文苑英華

第四册

中華書局

卷五一二　判一〇〔書·數·師學·射·投壺·圍棊〕

書

數

卷五二三　判二一（田農一）

卷五四五　判四三（關門·道路）

卷五七〇　表一八〔雜賀二〕

卷五七一　表一九〔遷祔·慰賀〕

卷五七二　表二〇〔宰相讓官一〕

文苑英華卷第五百三

判一

乾象律曆門二十三道

習星曆判

得甲稱人有習星曆爲會吉凶，有司劾以爲妖疑（一作欵）云天文志所載不伏

對

南正司天，北辰列象，昭田可議，坐徵雲漢之詩；曆數難推，自合史官之序。當今銅渾設範，五衡齊政，四時各業，庶績其凝。舉而推之，雖頗會於終吉；子不語怪，竟貽咎於爲妖。彼何人斯，獨探幽說？然古人垂教，良史屬詞，重黎掌日，得唐堯之躔次；甘公言星，明漢家之曆象。遐覽前志，事有職司；攻乎異端，誰任其罰？請寘霜典，無取星占。

同前　郭休賢

天道非遠，人情難測，俯察仰觀，知來藏往，顧惟所習，頗曰常途。取則四時，識乘蛇之度；數明諸六曆，辨廻蟻之循環。習洛閎之平生，得陵渠之志事，既知休咎，同入精微。攻乎異端，自貽伊慼，必若門傳良冶，亦觀過而知仁，如其職異靈臺，乃欽哉而難郵，劾爲妖妄，何太忽諸？引以天文，未聞其可。

同前　常恒

玄象垂文，星辰作範，休咎之徵，斯在吉凶之蹟。可明秘以人倫，得之邦國，既河長而山久，亦自古而迄今，尚有不遵典刑，默習推步。眷茲所學，幸遇休明，慕劉氏之高蹤，仰張衡之舊業。既而秋槎將泛，知河漢之明梭；太白初高，識將軍之出戰。雖灾祥之屢犯，在徵應之可憑，若彝典以斯違，亦公途而難舍。有司情惟糾慝，志切繩違，告爲妖訛，事恐乖於五聽；科其犯禁，誠有叶於三章。

同前　薛重暉

藝術多端，陰陽不測，吉凶潛運，倚伏難明，預曉灾祥，子產稱博通之首；逆窮否泰，裨竈爲廣學之宗。是知羽駕奔星，初平言七日之會；乘槎上漢，嚴君定八月之期。習學之規，枝無妨於紀曆；屢會之禮法，禁言於吉凶（英華作會之禮法禁妄言於吉凶）。非有司嫉惡居心，繩愆軫慮，恐或彝憲，劾以爲妖，冀必静於金科，庶不刑於玉律。眷言執吉，雖欵載於天文；審事語情，實恐迷於至理。即定刑罰，恐失平反。庶詰有司，方期後斷。

同前　褚廷詢

和氏命官，疇人繼職，裁度（一作成）歷數，辨正陰陽。雖日月星辰，無幽不燭，而吉凶性命，象在其中，所以班固題篇，編而

作志馬遷著史取以成書安可私議災祥公違典憲仰泰儀而雖隔瞻漢網而斯存豈得日用不知都勞帝力天文妄習仍委國刑宜峻典彝以申平反

同前　徐楚望

大君唐一作有位北辰列象庶官分職南正司天和玉燭而調四時制銅儀而稽六合是則官脩其業物有其方彼何人斯而言曆數假使道高王朔學富唐都徒取銜於人間故無聞於代掌多識前載方期爲己役成稱則一作賤寧是潤身眷彼司存行聞糾慝語其察變應眷石氏之經會以吉凶合引斑生之志誠其偏習宜肅正刑

家僮視天判

甲於庭中作小樓令家僮更直於上視天乙告違法甲云專心候業不伏

對　劉庭琦

士惟各業法貴師古苟睽厥道蓋速其尤甲也黔人頗遊玄藝門庭之中駕小樓而對月星象之下縱微管以窺天懸究昭回遠探雲物傳諸子弟頗覬前脩授以家僮未詳其可雖有詞於候業亦難免於刑典更資研問方寬糾繩

同前　蘇綰

聖人作乎萬物惟乂百僚分事命南正而司天五緯連衡遵北辰而列象莫不上稽天道下授人時率由舊章克備常典辨躔次之無忒識運行之有度南躔日至爰有望於靈臺東陸春歸方可觀於太室必若官非代掌業異家藏復王朔漢有王朔望氣英華作覇非之精才有唐都之秘術不在其位理宜易於閑邪有犯於時辭豈逃於語怪惟彼甲也能微訟乎僮則無良異疇人之子弟乙惟嫉惡復呂氏之刑書庭際遐瞻寧用圭而測景樓中仰視徒以管而窺天攻乎異端既殊氷操在乎正本請寘霜科

同前　薛驥

仰觀俯察通幽洞微明分野之災祥知廢興之休咎故漢皇應籙瑞日揚光宋景推誠妖星退舍所以標之甲令著自前經苟非主司習者多罪甲官非馮氏名在平人詩書爲席上之珍無聞教子圖緯豈門庭之事輒訓家僮公然

有違法在無赦難專候業定欲窺天措之罪刑應須搶地乙告非法既叶公途請寘條章無容詞訴

同前　崔翹

易不云乎仰觀時變詩有之矣上列昭回國家蓋轉銅渾灰飛玉律曙光侵而鼓應暝色下而鍾鳴月穆穆而增波煙虆虆而不散苟非其局必寘刑名甲命家僮心謀窺管至如長雲氣色京房有隱士之占德星夜聚太史有賢人之奏儻泛言古事自合張裕之流如私習天文請寘呂刑之訓必也業傳亏台名隸保章寧失不經豈濫無罪待窮由緒方正糾條

同前　員俶

聖人體道雖旁行而不流君子爲儒亦博覽而多識甲誠不敏嘗窺秘文傳妙術於青緗得精符於翠鳳嘗公明之好事不寐每踰於夜分劉子政之多能觀星或至於明發固當率由古道仰止先賢既非日御之官當晦風占之跡況門庭之内賓友相趨遂乃別構青樓廻披丹檻當牖異紅粧之女寓宿乃蒼頭之僕董訶災異主人猶且致尤雖語怪神秦帝尚令下獄既私庭竊候罪已（一作乃）良多公憲正詞刑其無捨但以考陳生之國志嘗有其人徵葛公之蜀科未聞斯罪古今異政夫何足疑待更細推方從公議

私習天文判

定州申望都縣馮文私習天文殆至妙絕被隣人告言追

文至云移習有實欲得供奉州司將科其罪文兄遂投匭請追第試勑付太史試訖甚爲精妙未審若爲處分

對　崔璀

精心寧寂綿思洞幽既訊水之如符亦言天而若印昔聞其事今覩斯人馮文儒術圓冠識均方士恥蒼蠅之迷夜重鳴鷄之唱晨（一作曉）由是微神穿右流觀刺井探九玄之微妙察五緯之綱維眷彼傾河言不垂於暝雨備茲險澗罪已掛於秋霜隣人嫉深始求資於魏闕友于情切方辨過於尭年由是皇旨鑒微刑不阿附（一作附重）既令付法須裁典憲按其所犯合處深刑但以學擅專精志希供奉事頗越於常道律當遵於異議即宜執奏伏聽上裁

馮相會天判

甲爲馮相氏掌十二歲以會天位闕於冬夏致日所司科之不伏

對

惟甲馮相稱氏陰陽具司登臺窺天庤無乖於經紀觀景致日方不越於躔次自可式旌典法克審璇衡或禳災於未彰亦表瑞於先覺而乃曠我后之要列効羲和之廢時愛陽南臨既睽於宿偶（月令宿離不貸註離讀如儷偶之儷宿儷謂其屬馮相氏保章氏掌天文者與宿偶當審候伺不得過差也）晷暑北至又闕於瞻度黛冬夏失度分至乖道則六氣不節五行混施爾職不恭天位斯紊所司科處誠謂合宜徒事薄言終資按法

以晉聽鳳判

乙以晉聽雌雄之鳳而不合將罪之云中國無竅均者

對　遠奚珣

鳳凰于飛聲中律呂雌雄是聽道在伶倫通乎忽微探彼幽順瞻言乙也忝跡於倫（一作斯）豈術数之未精飾詞之而有訴且軒轅已降歲序茲深推律者寧止於一家探竹者無聞於絕塞遐求嶰谷近捨金門荀勗聲高懸同此設京房識遠有愧其能既（一作多）謝知音宜從寘罪

爲律娶妻判

甲善筭爲律娶妻生子人告其妖不伏

對　周之翰

甲道窮靈府藝盡數原探鄒衍之幽谷揔洛閎之妙術洞律呂相生之道尚陰陽更配之理推計必究其精微變育乃均乎造化言其孕子如逢蘭夢之徵語以好仇似叶揚子之慶且智殫風律尚有華於京生況妙極玄穹豈無知於鄧道稽之自古尚不爲妖察之於今如何結罪告者無理咸從配之

同前　張鼎

理歷明時創自軒丘之帝寅餞納日制彼卅陵之主散在國典欝乎疇人甲以妙察五均工言三統雄管雌管候六間而靡差上生下生稽五行而得象乾坤並位律固聞於娶妻陰陽易（一作定）方呂實號於生子豈曰三星之會何驚十月之祥顧不謀於白圭寧豈信於緹幕如黃之口雖欲加人匪石之心安能引咎疑則合闕妖則謂何

同前　武同德

物生有象象而後數洎夫化原孰得其始惟此甲也筭莫善焉乃窮日者之言累盡唐生之術不測謂神推陰陽之度數贖能變谷知律呂之短長想彼娶妻寧因匪斧之克與言生子備見弄璋之慶與物相召誰其忍諸人告爲妖一何誣也

上生下生判

律生筭失上生下生之數或告之辭云管皆合度

對　張秀

元聖立極俾人作乂傳謀廣通以訪異能理曆明時用司氣候律生何者忝乎在職考銅渾而正氣吹玉管以飛灰變冷含（一作易寒）暄當盡互物之妙娶妻生子庶探成器之功何得傲擾厥繇候張失數儻虧官紀必殄盂陬安可敬授人時是亦焉知天道求惟至理多昧彝途且官不易方士資守業唐都秘術莫繼菁華趙達能名空嗟已矣既乖七始之則須正九章之科

曆生失度判

曆生失秒忽之度

對　李昂

鳳皐司曆象（疑）謀託筭象生有數感而遂通邈探渾元是知玄妙聆視雲物必在精微情至紛擾則他想交亂形質濁穢則寄鑒不明焉可以見天地之心窮鬼神之狀幽變未測孰辯端倪相彼曆生迹忝日御臺觀是忝臬蒙未豁庸都不作糟粕誰傳趙達何追菁華莫繼失秒忽之度曷以敬授人時若歸奇於抈蘊端於始則毫釐不爽忝累無愆如或未精法將焉捨

同前

瞻乎曆生跡編太史按黃鍾之妙筭玉管非工察緹幕之微灰銅儀罕究今者三元奥術尚惜發端之明六律幽源未達歸餘之數失之忝忽糾以簡孚誠槓龜之見毀豈書馬而致誤不堪敬授將亂甲乙頗異太初之差宜正羲和

之罪

同前　　王令然

律呂之本今古攸尚周行殷曆孔子於是興嗟漢襲秦正劉歆以之條奏莫不考於經傳稽之氣象惟彼曆生稱明筭法理須（一作辨）銅壺曉唱則聽鷄鳴玉斗夜迴方看蟻轉何得輕於秒忽失以毫釐裨竈多言豈知天道羲和廢職幾亂人時遂令太史罷占疇人廢業陸佐公之漏刻莫見新成張平子之渾儀但聞虛設既失推步之典何外寘棘之刑

典同度管判

典同度管失候不應史稱黍細徒少其人

對　　范鳴鶴

道幹始根陽圓成象同律審候紀物書雲各守其官倫創厥事考同律於巡禮光闡虞書省律於張生方尋漢志恭惟所典實曰司存職此之由須閑不息影度從候物精昭芒既未曉於談天徒効誠於窺管遂使牛車轉木顛倒烟灰之色鷄卵色黃混淆氣火之象損三生一紛糾無憑居陰布陽舛錯奚甚史也胥品誠迷厥官縱欲陳力就列未知不能者止黍細厥粒徒寡其人先無告辭後有推過此而復有何以用刑

同前　　常非月（登科記作自）

火正分司疇人命職欽若天象敬授人時黍累無愆寸管測陰陽之數葭灰期應閉戶窺天地之心所以申命有司節宣丕序未遂御於乾道近獲戾於羲官辰迴厲天不奪於房次月躔龍宿莫命於勤農二分或錯於春秋九土有虧於啟閉不修厥職循飾彼辭且列在群司匪無常典從有成數黍有常刑黍細當合簡乎從少豈宜緘口防微於始胡不謀先敗而後言無乃太晚愆我星度宜懸刑章待憑高下之班方定重輕之罪

文苑英華卷第五百三

文苑英華卷第五百四　判二

歲時門十九道

元日奏事上殿不脫劒履判四道

懸政象法判三道　元日大酺酌酒判三道

立春設土牛判二道　競渡賭錢判一道

伏日出何典憲判三道　九日登高墜脚判二道

冬日不獻狼判一道

元日奏事上殿不脫劒履判　鮮貢

土惟三分爵有五等懋勳庸而賜祿加道德以授封故鄭伯號公旌於周日鄭侯曲逆表乎漢代咸以胥寧帝道宣翼王室上殿而劒履不脫立朝而贊拜不名貴之與尊粲

然明矣景也三朝上壽百辟齊列敷奏自言對揚休命遠叶蕭何之軌復同子孟之躅若三台是職雅符周典如一命纔登須遵漢律

同前　蕭昕

夷夏一體正朔同班車服旌旗光分五等聲明文物照臨百官國家庶績其凝四聰咸達九重清問每降於絲綸萬人自奏方聞於後逆景以位階丹　得奏青蒲竹帛未書既非子孟之錫劍履不脫須寘良夫之刑且道在守官物推藏禮夫子相衛必在於正名謝恩守郞無聞於假器既忝變典須寘嚴科

同前　崔寓

一人垂拱百官象物典禮不易威儀孔昭屬三朝會同萬國咸造列辟勿褻天威不遠彼景何斯伏奏玆日若良夫之傲禮且不釋劒異尚書之寵光徒聞曳履尊於朝聘雖古代之有文失於敬守乃今日之無情（一作惧）必也位崇蕭霍榮極縉紳民（唐諱）且爾瞻備周官之九命馬錫蕃庶類康侯之三接不可議罪終然允臧

同前　楊陵

履端於始且正班爵之儀明試以言是陳敷奏之議觀其所會萬國來同相彼多士百寮咸列朝有著定失位有愆國明彝倫千進斯罰景以策名聖代忝跡周行初伏奏於青蒲遂來陞於冊陛舍車闕下升坐其幕帶劒君前旋棄

常禮儻王有錫命同蕭何之寵章人多大功類霍光之舊制既不多於紀律固難措於典刑罪疑於人宜竭兩端之問劾須當理方議片言之折

懸政象法判

甲元日懸政象之法於闕下金吾不許云職在佐天子以平邦國萬人觀之浹日而歛

對　姚齊梧

獻歲布德群物俱新懸法施令衆官畢舉是遵往躅無昧彝憲惟甲位當司馬職在平人載舉舊章不忘所守恪言新歲爰師其徒因天地之始和擇官司之令典懸之象魏表一人之有法徇以木鐸俾萬方之知禁將使國風所逮

不月海隅王化所流率先京邑斯乃行古之道得今之宜進不侵官退非越禮奚金吾之妄糾在古典而斯昧無亦禁衛是恤而於職司致尤夏官既掌邦鄙未嘗學矣周禮盡在吾子何所問焉

同前　衛潚

百辟咸乂六卿分職各帥其屬欽乃攸司既立司馬之名亦稱圻父之任相維彼甲是掌邦政率由舊典匪曰曠官將選賢以典功或制軍而轄禁以忠王國實代天工九代藏（疑作藏）陳且觀其坐作三陽告始克施于赦令將懸象魏猶秉于周禮不忘舊章載書於魯策既浹日而斂率何法乖且謀之用臧孰云勿許能守爾職夏官未失於先典不及而言中尉何慙於後動

同前　李崟

六官分職百辟爲憲式訓古典率由舊章惟甲盡臣克崇邦政行司馬之法平理萬人懸象魏之書糾綏四國必在肇脩人紀董正戎行審鐃鐲之聲教疏數之度（一作節）以爲諸侯入覲列土（一作上）朝宗序班爵之賢以觀周禮行蒐狩之令來覲漢儀布夏官之典常當正月之元吉斯乃敬其所事無曠庶官儻宣父以遊寧有喟然之歎而子牟不遠必懷多戀之心玉律惟明子將有問金吾所見子匪良圖

大酺酌酒判

元日會序賓光祿以大酺酌醴祈黃耉比部以無令式勾徵訴稱以引以翼古之道也

對　沈東美

比年三年殷見時見大會正殿小會東堂典禮序以圭建官司其鍾鎮瞻言光祿式遵古典且爾公酬匪無彝倫功沽之巧（周禮酒正注酒有米麴之數又有功沽之巧沽音古）先資於麴蘖水泉既香必絜於湛饎（周禮酒正注湛饎必絜）瑟彼玉瓚黃流在中挹彼注茲酌以大酺我客矣止嘉賓式宴呦呦鹿鳴酒正斯舉振振鷺舞兕觥其觩俾爾戩穀求錫難老式夷式已以引以翼方得古人之禮寧虧聖主之私郎署雖欲深文卿寺豈宜其罪

同前　王昌齡

設罇養老序賓惟賢將必發乎直言先用彼（一作用光彼）乎孝德徵元會之燕射展古義于君臣金奏洋洋合明神於九變青氣藹藹布慶雲於一色則當嘉賓矣止彝倫孔彰群儒就經之日天子遵師之禮袒割以俾其晃旒乞言以成其福祿昔之所發今之所崇瞻彼有司未詳光祿嗟引翼之攸情何令式之無稽徒欲致譏誠堪聳誚

同前　劉潤

元正告朔品物惟慶萬國朝宗九賓式序尊儒尚齒以中其宴慰養老乞言以成其福祿威儀秩秩弁（一作朴）舞傞傞等申公之置醴同齊侯之拜爵大酺以將其厚意加籩以寵其元老既醉既飽以引以翼引大雅之謙私致（一作教）太

平王（一作非）之樂事光祿乃遵古道未蹈深愆比部則格以金科言從勾納法其盡一理在徵收刑責惟輕不宜加罪

立春設土牛

得宜春縣門外各隨方色造牛耕人州司科不應爲訴云春前二日

對　許景休

玄陰方窮青律肇起霜歸寒鴈露洗春木是以星駕方廻知四時之代謝歲陰更始識五行以爲法甲以名乘令長須政邑人固合酌規前經考禮中典將以助養生物叶贊歲時然而涸陰沍寒王者以磔雞送節達陽遵禮主司以土牛迎氣所爲雖合於典時方色頗乖於禮經訴以立春之前雖有近於月令若以隨方之色誠可寘於秋官州科典刑竊以爲當甲將妄訴罪實難逃

同前　鄭老萊

惟彼璇衡分乎四序調茲玉管載啓三春裒中祈空土之功海內佇農祥之應甲職司銅墨道洽絃歌務切耕耘情深勸勉消乎立春之日望氣之辰爲土牛於縣門設耕人於（一作終）畝隨方所造雖取法於陰陽候節而爲固無虧於令式令者四門併造數坎施功便於春月之中預設秋冬之事攘災或可在法難通州司科以不應縣局乃爲申訴春在兩日雖事分踈齊復三廟何如道理即科其罪恐涉深文輒此商量寧斯折中請從寬典佇叶通規

競渡賭錢判

楊州深江都縣人以五月五日於江津競渡并設管絃時有縣人王文身居父服來預管絃并將錢物賭競渡因爭先後遂拆舟人臂

對　康建之

日（一作月）觀遙臨旁分震澤雷阪廻瞰近屆邦溝刻連五達之莊地近一都之會人多輕剽俗尚驕奢序屬良辰邇係令節江干可望俱遊白馬之濤邑屋相趨并載飛龍之舳泛長波而急槳有類乘毛溯脩浪而鳴舷更同浮葉簫吟柳吹疑傳塞北之聲棹引蓮歌即唱江南之曲王文闇賤品逢華庸流名教非閑喪儀多闕三年居廬無聞毀瘠之哀五月佳遊且預歌絃之樂重以心存清勝志在雄豪爭馳赤馬之津競賭青凫之貫先後由其不等忿爭於是遂興無思李老之言俄折楊公之臂然則居喪聽樂已紊科條在服傷人一何凶險論情撫事深織皇猷定罪明刑理資冊筆

伏日出何典憲判

廣漢等四郡俗並不以庚日爲伏或問其故云地氣温暑草木早生異於中土常自擇伏日既乖恒經出何典憲

對　邵潤之

斗建於戌知立冬之景星火勝於金故至庚而氣伏徵曆忌之故事因稟陰陽按方志之所宜或殊寒暑廣漢四郡

蜀門九折通濯錦之流入青衣之徼徒以溫暑異於中夏畜馭同於夷狄許令自擇伏日所以遂其土風當今齊七政之明垂四方之則百蠻由其奉朔九譯於是同文况茲巴蜀之人素陶齊魯之教自當變而至道卒乃舊儀苟亂人時奚同文軌風俗通之小說未足憲章中和樂之雅音領崇舞詠請下四郡俾依三伏

同前　趙如璧

天平四序有寒暑之殊地列九州著華夷之別風土既其不等節候於是莫同廣漢夷陬境連巴俗岷隅杳轉雲峯與霞岫爭輝江溜橫分綿爪共沙湍遄映候乖中壤萊茂三秋氣離炎州草長二月至若時鍾季夏節一重陽金方

始萌大德不競非無典司之主必告伏匿之辰當復取捨因循何得輒爲改革國家明堂布政象法已行豈使均雨之鄉翻聞易日之義雖殊風俗之典恐非得時之宜勒依恒式謂符通理

同前　崔翹

廣漢之郡寔惟沃壤江波濯錦斜分白馬之津山嶂吐雲近對黃牛之峽皇明撫運文軌大同自北徂南東被西漸徒以溼（一作霆）盈異等風候殊宜草木偏早於陽春金火不取於令日炎蒸郁毓未見行車毒霧氛氳唯看墜馬論其恒式遠帝者之金科語以憲章符漢王之故事是非之理其在茲乎

九日登高墜腳判

楊甲九月九日登高墜腳致跛乙告爲不孝科不應爲

對　馮敬微

無射良秋重陽嘉節登高有興坐追桓景下堂傷足多作子春雖異全歸何妨憂色寧損爲孝之道而斷不應之條告之者未達其幽趣科之者固知其失道棄而不問幸無濫焉

同前　馮貞素

楊甲溺志妙賞開襟季月探幽仙術既播美於銷災牘彼禮經復傳芳於作賦黃菊辟惡摘蘂徙存菊花之罇傷足旋及下堂之懼空負子春之懷登階與言方貽婦人之笑

窮其孝道雖則致於毀傷校彼行章豈有涉於情故乙誠妄告甲乃無辜輒賜片言能符至理

冬不獻狼判

得景爲獸人冬不獻狼責之訴云秦地無狼

對　白居易

鮮或不給既曠乃官辭且無徵是重而罪景獸人斯掌禽獸罔共當路可求曾不思於跋尾充庖爲用遂有闕於去腸既衍冬獻之期難償秋官之責爰載詳地產須重抵（集作核）國章薦必以時吾能言於周有生靡常所予勿謂其秦無縱口給之不慙在面欺而無捨

文苑英華卷第五百四

文苑英華卷第五百五　　判三

歲時雨雪儺門十九道

冬至越人駕象入庭判一道

亞歲上罇闕酒判一道　　臘嘉平神位判一道

天雨壞墻判一道　　復陶以行判一道

春不修鑑判二道　　藏氷不固判三道

西陸朝覿判七道　　驅儺判二道

冬至越人駕象入庭判

冬至朝越人駕象入庭不載黄門鼓吹法司科罪越人訴云依太康中儀不伏

對

大荒無限（一作垠）天下如截柔遠能邇老安少懷惟彼越人沐兹造化（一作洪造）境逶銅柱聞伏波而暫擊聲壁珠崖非尉佗而能制屬星躔北陸日届南長天子登靈臺觀雲物命群臣以成列執五瑞而知禮牛羊勿踐駕象奚趍來賓册禁之庭不載黄門之樂今朝高會笑塗山而未倫法奉㝠章鄙蠻風而詎設棘司以多聞闕殆直寘其先繩越人以古有典刑曹何敢侮且中古以降五運相乘太康之時九儀亦備具物云在時人屬遷須崇改更之文無致因循之禮

亞歲上罇闕酒判

亞歲遇群吏於庭將賜以樽酒所司闕供

對　　王運充

主上大明臨下有赫國章式序天秩孔昭亞歲崇時見之儀群吏脩會同之禮倬玉階之仗左右薰風須金奠之酒東西湛露庭實千品間皮馬以分行朝會九賓錯華蟲而雜燕羽觴無筭玄澤初流兕觥其觩皇歡以接賜上罇之旨酒帝命空霑承大聖之鴻恩天厨不給眷言此咎罪莫重焉所司罷供寔違常典旣罹深罰邦有常刑

臘嘉平神位判

先嘉平之夕索室不設存神之位有司告其師訴云小黄之過仰依禮處分

對　　趙泉虬

歲律仲冬寒生季朔尊待而臨清祀因蜡而祭嘉平承入政之勞農暢四人之休息既而日沉西障月下南軒夜復清而多闕神將肅而是享主不存位祭則無依幽靈無地玄酒何設如在之誠事旣驗於闕行斷禮之尤理合從於寘罪乃典職之有失事未（一作曷）可容類龜玉之將毀人何逃責有司推詰理（一作妙）合其宜訴非可憑庶歸常典

天雨壞墻判

乙富家天雨壞墻其子曰不築且有盜隣人之父亦云暮而果大亡失其家知其子而疑隣人之父告之隣人引其子不伏

對

雲蒸晝暝天雨滂降當此激射或頹圜（一作環）堵乙者何也

而貨殖焉既得陶公之術有同宋人之富雖家惟四壁而
堂累千金當戒爾不虞宜納善人之訓何故爲誨盜不從
幹父之情入門各媚信自負於知言讒或爲讐欲見疑於
忠告引之爲證事則可憑訟之無稽法亦難設謂宜按記
庶叶簡孚

復陶以行判

甲託秦復陶以行人告其不軌訴稱嚴霰使然非是妄作

對　康子季

日車南至星斗北廻徂歲既（一作洌）窮重陰慼發寒生大漠
雪下平蕪海曲於是先行山陰由其興徃惟備乃無患必
籍重裘而彰厥有常須遵法服甲榮微簪組候屬嚴凝節

愧高臺寧懷（一作華）平君之操尊非楚國輕襲靈王之儀罪
當抵於嚴霜（一作秋）詞徒稱於積霰向若楚制是用肅敢避
於濡身今乃秦陶謬加因難逭於匪服既負不衷之刺宜
投僭上之科

春不脩鑑判

丁掌頒不頒于命士春不修鑑而輒秋刷

對　庫狄履溫

開國承家建官分職品彙斯布卑高已陳故禮設六官必
在所掌士分九命且均其職眷彼凌人願忝班位惟茲命
士賓（疑）頒周行雖和平在時絲無夭昏之理而炎涼失節
或生疢疾之事備預之道寧失國經頒賜之儀豈乖常禮
且深溪寂寂方委積於大冬虛室寥寥遂收藏於小吏春
風已解不聞脩飾之功秋露未圓方事刷清之業當其時
而不作已表非勤應合給而缺供尤彰失守不應之罰從
此自貽慢令之科宜以爲始

同前　廉欒

宗周布政漢家舊法藏冰於陸自古有之頒冰於朝方今
靡替猗那厥職乃丁是掌西攀咸鎬寄耳泉之北宮東邑
鞏洛入茫山之陰洞覆霜如堅和翠微而一色積雪偕瀾
岌稜層而流寒當忝司存合閑主守苟違命士得無常刑
若惟陳迹良亦異聞且太歲換部盛德在木上從天子下
際群公大給千官備霑累命青熒片片光研（一作妍）金鏡之

空餅背峨峨姿凜玉壺之態蓋將以蕩清暑辟炎毒水精
簾內飛燕嬌歌而對山虎（疑作武）鬼盤中暑（一作星）署未吟而
陶酒時或稽緩人必其憂况士不頒冰闕也春不修鑑怠
也秋仍輒刷非也三者備矣夫何言哉眷言伊丁請用常
典

藏冰不固判

所司藏冰不固訴云採冰户家不依尺樣

對　崔希逸

寒暑遞遷四時有凝陰之節宗廟致敬五禮標陳薦之儀
徵萬古而莫遷雖百王而不易洎乎歲伏玄陸日短星昴
天寒地閉風淒雨霖（一作霏）積水成冰與銀床而等潔沍陰

鑿井映玉甃以生光既有峨峨之姿須備冲冲之禮苟斵
六尺之樣遂闕三冬之備祭供有罷職司其憂向若尺樣
頻乖納時不應緘默自緣蓋藏不謹今日方事推詢玉斲
櫝中是誰之過掌人自合當罪採户未可論辜

同前　裴幼卿

胃坎居卑履霜爲漸始衆流而就溼終積溜而成氷於是
歲紓星廻時遵月令啓凌陰之室享司寒之神山人縣人四字一作南至即分官而有典北陸西陸一無此二字將候日以無差
乃採沍寒必於窮谷豈可未終見睍遽此睎暘望朝覿而
未開與隆冬一作冬炭而共盡主司先標尺樣輸納當有程期
豈三令之莫申何一言之匪劾既乖守職詎可逃刑

同前　裴寬

正德厚生九功惟序備物致用十翼斯崇均諸五行厥一
不可況氣移西候日躔北陸深山窮谷凋陰沍寒孤絶聽
而無疑厲爰飛而向暖風驚千里草木落而云黄氷結三
河波瀾凝而不動眷言主者則有司存理宜採彼豳詩循
茅魯策獻羔無闕賓祭有宜何得慢令致期以速官謗氣
已昭於癸泄罪將祀於刑書雖嫁禍於户家固難免於科
罪

西陸朝覿判

西陸朝覿闕月繹之御史劾之非其時不合禮

對　鄧承緒

獻歲發春列宿分曜人其不惑序惟莫愆乙也司存式瞻
天道令乎窮谷以將納氷物其惟新時漸於廟日在北陸
其藏也以周星見東方其出之也以徧克諧冬夏之氣不
悖陰陽之宜彼彤繹而不脩何祭祀之爲禮御史之舉咥
執簡而不爲有司之儀蓋通而被利刑惟不濫其可加諸

同前　潘文環

將祭司寒必從朝覿自上下下須亦有宜惟彼乙兮是稱
主者獻羔而啓自仰天王之豐愆陽不興果叶藏氷之道
且祭之明日曰繹彤既區分於禮經亦隨時而用捨有何
乖制而致繩愆請覔靴毳之刑庶免不辜之罪

同前　孫益

凌人納室獻羔開氷取時寒而腹堅用覿朝而首出在於
賓祭則有彝倫況彤繹之禮既施水土之品必設屢年或
存乎顯若藏氷更闕於陳焉乙忝主司實爲失守無恒之
迹且類於南人有常之儀宜在於西陸未能引過猶謂非
時於禮何觀在形不忘

同前　劉肱

氣改東風日在西陸魚稱祭獺人用獻羔乙爲氷司預聞
政事朝之祿位尚合班行祭之彤繹俄聞悔吝誠應鑑室
初啓以享司寒何得羽籥載闡仍斲如在既蘋藻而有闕
仰哀敬而難逃青龍御辰二月行及駱馬問罪三尺須加
自得噬膚那應騰口

同前　吳蒙（一作承總　目作象之）

氷以風壯縣入初傳寒來春消王命是出遯夫彼能業其官豈炎凉之下總調乎四氣將潢汙之同薦利于百神滌意爰卜於吉蠲闕容乃稱於彤繹曾是獲麟之史西靚靡逾孰謂冠豸之雄南臺妄糾若五經之訓奉以守彼乃或繫（一作擊）無成曷爲知禮

同前　張巡

薦必及時政無墜禮雨雹可禦淒風不流惟乙淩陰是司將頒肉之列爰候伐氷之家將當夜頒有朝覲無戒且不遠於西陸蓋取其於東隣既憐中豐將除苦雨之變黷高子不爭靈星之詩御史職在秉驄誠爲直指有司義乖祭筵猶曰非時徒欲事於煩言得無同於矯舉罪之則可訴亦難從

同前

氷以禦炭祭而后用東風初至啓陰室以被除西陸既躔命淩人而蔵事朝覲而出必有事於司寒彤繹之儀固可徵於舊典眷言一職實忝司存進而不知類義和之廢職退而隨禮與由豐之善射（疑作對）獻羔斯闕須寘嚴科神豸觸邪豈其所過

驅儺判

月晦所司闕堂贈之禮

對

率以大儺是驅群厲斯逐夏官之所掌在東堂而成法鑰其金目視方隅而皆知拒乎用首絲章而必備有司奉職無競惟人既尸百隸之位當順四時之節值此日月初晦星辰已周欽奉國儀必聞堂贈須因周以成法將始逐兹赤疫困被清冷上以破除惡夢下以司執遺鬼宣尼之禮更立阼階張衡作賦是清京室此時廢執執以逃刑撫狀誠合科繩執文或當推問何者所稱晦日乍涉陽春儻作玄律在時不可朱裳有事理兹伏念然正嚴科必當建日之宸請寘先庚之罰

同前　顏朝隱

寘物自繫幽其罕除因憑神之道戒夫厲之災所以職在夏官事殷玄月煥其金目分若侲童是知作背之儀用符堂贈之禮況夫成時方代序稚冀砌而已殘物有札瘥在桃符而何闕載索舊典合寘彝條

文苑英華卷第五百五

文苑英華卷第五百六

判四

門

道

同前　崔璀

烏鳴亳社燕死吳宮屋室坐焚營魂溘盡下堂待傅嘗聞宋女之貞上國同盟亦曰諸侯之義情深怛化事急災分介之旌綿何嗟及矣求也攝帛如可贖兮豈澶泉（左傳會于澶淵宋災故既而無歸唐諱淵故作泉）之無歸困匍匐而將救欽怨為德容或干刑贈死及冕昧非憎禮覽公羊之大傳自有明文考縣象之舊章了昧非法人且無罪事固絕論

同前　張淵疑

景家非綿上室異廡焚初聞問馬之辭旋至歌龍之艷將救餘燼昧元瑜之舊林言訪遺煨異信父之前室埋人於茲逝者歌彼蕩乎亦既聚財更其所傷吊生以禮因不違於賵贈哀死及冕亦何譏於賍物誠以魯策求之宋妻丘既吾無間然預令得為義矣

凶荒判

豫州背歲人羨芋魁所由得租百姓大狀

對　賈登

則以三壤均乎九賦或忩歲計之期必降時宜之典荊河惟豫芋區在蜀徃有菜蔬之色獲充薤藿之資釆葑以菲且存下體如葵非智斯無衛足既而吏作輕稅人困薄言雖稱漢代有文頗異堯年作法且所緣歲損合預申陳大條初不上言百姓無從下免任從收稅將謂合宜

同前

食以爲天農固其本幾鈌有秋之稔徒有望歲之憂睇彼
荆河實惟菜色豐样不聞於鳴雀徇急頗見於蹲鴟地雖
化於岐山豈臻豐富人已歌於翟氏詎得徵收百姓有詞
理固難奪

反古脩火利判

乙學脩火利合土爲之用人言其反古辭云皆從其朔

對　常無求

五帝殊功不相沿襲三王異制各有等衰故汙罇於太素
之前合土漸澆醨之代乙雖非火正將效祝融未及漢陰
之望遂作河濵之器俾夫炎上之德有益陶鈞濟物之功
更成埏埴則宮室臺榭爲利頗多送死事生于何不有跡

雖反古事乃宗今無乖理佐之端妙合隨時之義況稱從
朔將執禮經雖致薄言何傷厥理

同前　張孫憲

傳考終古厥惟敦龎大智未萌尚資巢窟後聖有作乃教
炮燔爾來欽哉孰謂爲剌乙或工者舉而修之以火化物
豈特鎔金之利若泥在鈞斯從合土之法既埏埴以爲用
非陶甄而謂何苟學非乖方篤在守業得高曾之規矩無
窳濫之悔尤則彼有虞以協還淳之化紹于上古寧云反
古之道從朔者稱其有典薄言者則謂無稽

文苑英華卷第五百六　終

文苑英華卷第五百七　判五

禮門樂二十六道

國公嘉禮判

國公有嘉禮謁者不示儀式科之云非五品已上仰處分

對　齊融

稽彼寵章賓爭禮物以明貴賤諒有等差顧謂國公幸分
茅土爵參五等位冠諸侯爰擇良辰用展嘉事相夫儀式
合有司存謁者之行法乃爲允執非五品更引兩端宜更
喻知使仍舊貫

同前　李子卿

國著建封禮存嘉好蓋降殺之有數何等威之不忒惟彼
國公列在王制當享賓之日且欲勝羞於合好之時仍將
委幣顧玆謁者今則謂何拜辱拜嘉蔑無聞於紹相三揖
三讓曾不節於周旋五馬初來見使君之佇立三星已下
於粲者之未逢慢禮自宜抵罪闕事於何逃責遊詞所及

雖委援於五品薄訴徒爲袛取愆於一握俾投棘署無聽莠言

同前　　陶朝

五等之儀必從執物六禮之數非無令典或表著而失節固憲章而在斯惟彼國公責稱列士愼爾侯度見錫命之有常覩於承家知禮容之必盛謁者久闕問一作從事云在司存儀式且虧於職官論刑未免於離次法有常制從徵於五品義而能伏實佇於三緘必也位居襲封時在散職將申直筆應候正名

同前　　杜位

開國承家已應明命成人宜室當率舊章所謂伊人展斯

嘉禮三揖三讓爰脩著代之儀墨車漆車將執親迎之道眷言謁者曾莫是思儀式之間自合歸其茅土降殺之數復何眛於等威縱以五品爲辭終冀片言斯折

九文六采判

丁能從九文六采之大自謂成人或責其揖讓未中禮詞云周旋曲直各有所從

對　　李暄

威儀有差賓聘所貴舉必執禮是爲成人能曲直之不違則進退而皆中惟丁克荷前烈紹復舊典修上下之紀制財用之節不失天地之經尚陳文采之數此實大者夫何間焉同游吉得禮之初固疑作因於國產類趙簡習儀之際放彼魯侯奉以周旋誰敢失墮每事皆問無廢孔門之則一言之請將成晉國之風諒詞者之有據誠或人之妄責

負劒辟咡判

甲負劒辟咡受詔者不掩口或告失儀曰唯而未對

對　　撖括

父子興論應對殊旨或有不敬必心一作遺其責負劒者甲莫優乎禮爰辟咡而有詔宜掩口而斯答何乃良袂未引哆口斯張心尚滯於童蒙氣先加於長者倖之內則斯闕義方語彼過庭此迷禮訓或非爲當仍訴何爲

樂請置判懸判

有州申百姓皆好操縵都不識雅章以不能易俗請置判

懸供釋菜賓社之用使人觀習省以爲非所宜言不爲聞欲科罪訴云州將鹵簿見著令文且方古軒縣爲降已其置之何過

對　　萬希莊

華物訓時觀人設教欲風之以正樂必釆之以雅章苟操縵之見遷誠布政之爲辟如或上下乖序雅節亂常匪所以易俗宣風適足以貽刑立辟且禮資成化樂貴移風諸侯軒懸自有感緣之節州將鹵簿豈係賓社之容若以大夫之懸俾人觀習是棄先師之禮云誰降殺

同前　　齊融

國家制禮作樂懸象示人列在京師編諸甲令禮縁失序

自可取之於朝樂章不虧何輙列之於野苟希專制豈曰宜言惟彼有州殊非析衷中和樂職不見盛德之容上下判懸無聞達禮之意置之何過州乃飾非不與上聞省以爲當

同前　康子孝

雅有大夫樂有君子將以昇幽崇德降物平心當今率土齊觀頌無爲而擊壤普天同樂學操縵以施紋消選既脩匡衡之章遂覩鄭群父絶文侯之卧亦興比屋可封董琴解愠自應而日施化三年有成釋菜之儀則聞於肆夏賓杜之用蓋取於登歌欲還吘庚之風何假大夫之樂而引今鹵簿空肆危言州乃不應請置有紊彝章省以非所宜

言雅符公正事緣共理過亦難科未推皋陶之刑宜黜平輿之品

同前　李杭

樂章脩設國風式備延陵聘魯竟辯興王之徵魏絳和戎始受歌鍾之賜干舞有序上下於是協和金奏克諧陰陽以之交泰所以考性情之不忒質鬼神之無疑靖俗調人比物適節雖擊石拊石萬物必諧於大雅而不識不知百姓尚迷於古奏然而古今異制沿襲匪常皂蓋朱軒接國章而有著奏籥振萬徵古禮而斯易學操縵於雅曲乃大略之推輪感頌漸音行當易俗何必引軒判之制操賓祭之儀非所言焉絫刑之典宜及古之制也鹵簿之例徒施

同前　張玄度

明則有禮樂幽則有鬼神並繫國移風助天成物我堯舜其德清明在躬詠南風之時光宅天下斬東萊之樂政事惟醇贍彼有周誠爲率土百姓樂業羣黎向方而先彼藝能後其節目操兹雜弄存彼安絃承奬訓於鹿鳴冀成功於蟻垤州司以事乖易俗不識樂章既憖師乙之言有類文侯之問爰中禮闈欲置判懸供釋菜於賓杜庚吘黎以觀習且是請也非所宜言昔子路居蒲文翁處蜀自有無聲之樂豈聞操縵爲辭欲寘爰書若何文過斬懸鹵簿徒飾詞於如簧鄭罰麗事豈逃刑於聽棘

燕弓矢舞判

燕師國子以弓矢舞樂師巡列將撻之曰眂瞭詔瞽來皇

對　解貫

國有大會式敷燕禮大樂允龢萬舞斯列或陳干戚或執羽旄與天地而同和在神人以咸若惟彼國子師膠于庠將諧摶拊之節遂刑弓矢之制實違古典豈紊彝章樂師所巡奚妄加撻茅姑祭用徵羽乃遺其一聲饗以空桑孤竹或全於九變春秋典廢蓋宗伯之常禮尊卑抑揚實伶官之本職何惜大體忽寘深尤審樂不愆子焉斯得惟刑是恤師也則亡眂瞭稱過於師曠知音昌同於季札濫罰之咎明以刑書

同前　蕭昕

選勞策勳辨樂論德師曠侍晉如崇侑食之儀士丏平生頗職蒸餚之禮於是小臣戒備大師辨章笙入懸間歌昇堂上禮亦異數既加籩而稱節樂其無算方及旅而揚觶率禮未見陳丏搢朴固宜行撻國子以行能不著版籍徒編之周瑜之聽音同孔張之失位使仲尼忘味不及在齊吳札觀風還同自鄶舞師見察而不迷於樂章瞽人妄告請無廢於杜舉

同前　崔寓

禮備吉凶義存燕享苟嘉事之不體豈刑書之獲宥命夔典教虞經所重立政崇術王制攸先國家授才任能講信勸學鄭聲乂放不效文侯端冕蕭韶已陳足使孔宣忘味額是胄子舞斯嘉樂不能請業且服拳拳之道而乃將撻以速青青之刺樂師巡列蓋亦司存賴先父之職官敢有二習爲於予之擊拊能閑六律撻之不謹謂得其忠誠厚責而難逃奚薄言之妄訴將眂瞭成訟孰曰知言以瞽皐爲詞何居昧識德之不務失鵠自可求身過也必文溺人無宜反笑

同前　趙陵陽

國有燕禮式明慈惠之德政資和樂爰修歌舞之容所以厚之崇仁（此句疑）誠省威儀之節先王作則顧禮文而可徵君子守官瞻守（一作聽主）掌而何闕且宗伯列位舊章不妄司丂設班周經未棄是以舞而習射抑有前聞用斯義而燕飲孰明其趣而乃師茲國胄亂我王猷靜言越樽何以率職相師之道在眂瞭而何傷失禮之辜伊瞽矇之或忝樂師所罰雅有娀姦之刑訴者無辭尚勞縢口之說徒有來皐之詔終貽獲戾之憂

同前　張裔

燕訓恭儉樂協詠歌君子以之侑食先王所以布政師彼國子舞于公庭始合於文執羽籥而在列終奏以武覩弓矢之斯張進退疾徐取六律以成節屈伸俯仰宣八風以克諧始協伯夔之教自得周官之典眂瞭詔瞽既訴者之有詞樂師巡列何朴作之妄罰於此觀禮宜其緩刑

教擊編鍾判

太常申視瞭訴稱無人教擊編鍾科鍾司罪憲司按其本當所由不伏

對　邢寅（總目作寅）

國典攸設秩官之常各靖其能無替乃事所以備樂成列編鍾在懸是擊是考有倫有脊則修古訓儆其職官將視瞭之所司宜磬師之尚教何所由之黷禮寘鐘師於非辜同聲績與蟹筐比𩬊圜於魯簿興言循口刑其捨諸或縱詭辭罪難於已未當斯按皆將取焉不伏爲言猶捨（見左傳一作捨非）潘也

奏安代樂判

禮部責太常不奏安代樂訴云今之所奏雖曲名不聞聲

調相類且簫難備何用此爲

對　魏宥

禮因樂聲既沿且襲須有專達司于太常是知六律六呂之差（一作同）三成四成之奏所以感和天地降格神祇繁手淫聲必有所禁韗人安代奚乃之達則韶濩其名匪一夔而可辨笙鏞以間何細器之能諧輙游厥詞過亦奚追

典樂羽籥判

乙典樂掌羽籥干戚不知屈伸俯仰人或非之云所主者器未達其文

對　姚峴

聲以成文樂可易倍期於五者不亂故使八音克諧爾乙

于何典斯器也爰執干戚雖職列伶官徒紀鏗鏘則義同制氏欲使齊其綴兆節以屈伸縱曰仲由兼人不及鍾儀守職周旋周墜禮義何愆或者見非誠爲參不敏也而辭且能順勿謂夔其勞歟

四品女樂判

乙有女樂一部御史按之云見任四品清官仰處分

對　李仲云

樂云鍾鼓詩美琴瑟貴以平心非徒娛耳惟玆四品諧此八音苟嘉樂之可觀在官班而有節況昇平之代朝野多歡簫韶之陳獸猶來格家室之際女也何妨未乖至理之宜何速憲司之按此而獲過豈曰知音

同前

爵以馭貴樂以報功異其　四者昭以聲文既比物以飾節亦安德而教和乙也銀艾　蟬聯朱輪焯耀名稱貴士位列清班家乃伐氷朝膺食肉　二肆未陳於縮霤一部且列於曲房事等馬融義符魏絳且窈窕閑淑蛾眉麗姿樂則備於伶人禮可嬪於君子功化系象舞節鏗鏘稽命數而合宜在法令而何爽御史糾按無乃深文

同前　李應

禮不與奢慎微以從事用過於儉在貴而能貧乙也不愆其儀能憐其位詎聞不擊不考同詩人之鼓鍾而乃翁如純如類文侯之冠冕東山逸態事比謝安後庭曲施意齊

田蚡法司所舉允執厥中儻人惟通班列四備之嘉樂國成有命因五利以和戎理宜捨之以勸能者

怒心鼓琴判

甲聽乙鼓琴曰爾以怒心感者乙告誰云詞云粗厲之聲

對　元稹

感物而動樂容以和苟氣志憤興則琴音猛起儻精察之不昧豈情狀之可逃況乎乙異和鳴甲惟善聽克諧清響將窮舞鶴之能俄見殺聲以屬捕蟬之思憑陵內積趨數外形未平君子之心翻激小人之慍既彰蓄憾詎爽明言詳季札之觀風尚分理亂知伯牙之在水豈曰譸張斷以不疑昭然無妄宜加黜職用刺褊心

學生皷琴判

乙為大學生好皷琴博士科其廢業訴云非鄭衛之音

對　　前人

夙夜惟寅雖無捨業琴瑟在御誰謂滔音苟未爽於克諧亦何傷於不撤乙也良因釋卷雅尚安絃期青紫於通經喜遨槐市皷絲桐之逸韻叶暢薰風好濫既異於文侯和聲豈乖於曾子欲科將落合辨所操儻雜桑間之淫須懲煩手若經杏壇之引難責平心未詳緑綺之音何速青衿之刺忝司綿蕝當隷國章載考繩違恐非善教

廻風變節判

甲皷琴春叩商秋叩角樂正科慾特失律訴云能廻風變節

對　　前人

八風從律氣必順時五音迭奏和則變節絲桐之妙苟極寒暑之應或隨甲務以相宜因而牙動和飦牛之唱白露乍結於東郊授舞鶴之聲青陽忽生於南呂皷能氣至藝與天同且異反常之妖何傷應感而起惡夫典樂曾是濫科京風徐動於鄭奏遽云失節寒谷儻移於鄒律何以加刑克叶之薰無令寘棘

五品女樂判

辛為五品官有女樂五人或告於法訴云三品已上有一部不伏

對　　前人

聲樂皆具以奉常尊名位不同則難踰節辛也榮沾五命始用判懸僭越三人終乖儀制非道不處多備何為苟耽盈耳之繁遂過槃兮之數廣張女列徒効尤於馬融內顧何功欲思齊於魏絳罔循唐令空溺宋音雖與一部之詞其如隔品之異請懲擾雜以償人言

文苑英華卷第五百七　終

文苑英華卷第五百八　判六

樂門十九道

樂官樂司請考判二道　夷樂判一道
旄人奏散判二道　瞽相判一道
樂懸畫蚡蟠判四道　鍾官所鑄判二道
笙師不施舂牘判一道　笛判一道
琴有殺聲判一道　學琴不進判一道
學歌玄晏判一道　樂師教舞判一道
胥結風伎判一道

樂官樂師請考判

景任樂司博士教弟子難色五周成請進考所司以不能

發蒙教不進考不伏

對　王智明

聖人返古之道崇尚雅樂笙鏞䶵洋絲竹宴衎后夔節響子野垂聽文侯睹而存魏仲尼悅而留齊故列其樂司班以胄子九變至妙五年成聲一作音克諧奏之方澤地祇昇登之圓丘天神降觀則獲考所由奚疑童蒙之來可以漸進功不聞教胡用抑爲格令無文謂宜憑擬

同前　姜立佑

和以人神文之金石所以發揮時政導揚國風惟景職在伶倫克諧聲律笙鏞以間本歌頌而知音鍾鼓是陳謂鏗鏘之在耳師也有教藝則不孤故得遠會生徒方來胄子教成難色功正在於發蒙獎勸多方亦何疑於進考

夷樂鞮鞻爲任判

甲爲鞮鞻乃以爲南方所胥將訓之於人人以爲非訴其有謬甲不伏

對

萬邦作乂同乎文軌百度爲貞崇其禮樂祖考來格神人以和必四夷而克諧明庶士之交正國家一其區寓無思不伏歲覲有差方物斯備越裳重譯爰歸翡翠之賝大宛久闢一作開攸聞汗血之獻故得鞮鞻是列一作別聲律會同諭彼來王昭其率舞擊石拊石獸入子於以雅以任義與聲詩頌泉魚潛泳聽朱絃而躍昇雲鳳鶱迴訓金奏而不

去考鄙之所胥順操土風混夷夏之聲塵以廣朝命各得其所無相奪倫明九序之惟歌均兩階之無事甲之所訓亦無憯焉人則未從其爲過矣且南方北方之樂惟禁惟任之名既人絕而路殊誠有條而不紊辨方正位允執其中明罰勑法亦可不罔

旄人奏散判

日本請吏賜宴于朝旄人奏散不以韎爲惠忽文冠所持辭云爲鞮鞻氏

對　張秀明

國家有道日本請吏皇恩載洽式宴于朝眷彼旄人掌我夷樂邊夏不雜聲未動一作動於禁韎風霜有典罪已彰於

惠文雖御史彈毫雅存綱紀而旄人有訴請問鞮鞻

同前　　常無欲

中國有孚殊方委欵不遠波海來趨天闕仰衣冠而竭誠頫臣妾而見訴國客茲備式宴且酣方樂未陳闕歌與舞旄人典斯鍾鼓職彼韎任既乖周舍之宜須寘踈遺之罰爲惠文所抵信得其由推鞮鞻之僁（一作借）未聞其可

替相判

得太常備宿懸於太祭有瞽而無相歩所由請罪之

對

禮以導志樂以和聲爲儐詔而率先陳相歩而汲引是立扶工之稱式陳視瞭之司相須而成無濟爲道乃鍾牙之

比義實陳雷之喻堅等彼塤箎竽聞獨用均茲黼黻必在同施惟太常之官曹司雅樂之制度虔承大祭恭備宿懸杳杳嚴更滴銀壺而始唱鏘鏘逸韻考金奏而斯聞會彼公人咸資瞽者心則通於師曠目非類於離婁子夏新名徒起移冠之號荆軻舊客終聞擊筑之娛質明而行巳敷容於肅敬晏朝而退爰輟響於宮商柷史正詞良非矯舉相歩乖位何爽規儀就以逡巡其誰告導若蒙泉之無適非大車之利往雖六變六同不齊其節而及階及席是闕于言良未展於扶工禮將至於顛越此而不罰其有何誅

樂懸畫蚡蝟判

得樂懸上畫蚡蝟所司以細碎失禮不伏

對

樂備鐘鼓功存雕刻必資萬物之飾以助成器之雄况猛簴遺遺負筍嶷嶷懸以千石扣乎萬鈞績而爲形畢存旁行之彙微而裨箸何隔羽鳴之族所司昧禮未曰博通且考工之記實存其目梓人之職亦著恒規盡伯益之能名咸一夔而可變事既有據刑欲何施

同前　　范貞胐

體國經野在乎六職審材辨器謂之百工須任宜以播聲當舉類以爲用故贏者羽者爰標大獸之名連行　行定曰小蟲之屬施大於筍簴發爾標形篆小於宗彝寂然爲象有此成則斯無替之何彼所司用荒厥職以爲細碎不

亦宜乎

同前　　朱溫（一作縕）

昔者先王制禮作樂也象物昭著厥儀孔殷大夏雲門既脩之於千帝金鍾玉磬亦書之於五采用能文物以紀聲名有差習之以和人悅衆播之以移風易俗當今命夔奏樂使鳳振羽豈蟹虫之靈責何蚡蝟之矯言應爲細碎微軀別有所飾輕清雅樂此非其任所司是舉深得其宜請革前非仍科後罪

同前

應天爲同合雷作氣殊以堵肆設其簴業式覩周禮爰命工人備物雕鐫兼節冊漆恕鯨與翼鳴食賦旁行將跳躍

咸脩因木生姿似得陰陽之氣異體分象各類清濁之音有何疎失以爲細碎稽古未爽不伏何疑

鍾官所鑄判

㬌爲鍾官所鑄不充歲計工部按其罪訴云鉛錫未足

對　沈逢年

國家業籍承平道惟禮樂既克諧之是非豈鍾鼓之云乎調白雪之琴薫風已被蓄應霜之氣職務司存必俟洪鍾之功更叶陶鈞之力而和戎魏絳須錫歌鍾救衛于奚理存名器豈得時須有失歲計不充懼金玉之科條訴鉛錫之闕乏何不豫呈功課早計有無遠乎鑄銅之山近取罰鍰之坐宜棘之典今也何逃握蘭之見斯焉謂得

同前　鄭若方

我皇開元首正禮交樂舉智力者盡其謀能聰明者竭其視聽不勤術職自貽伊咎相彼鳧氏實乃鯨鍾理宜鎔鑄有方必使功程無闕鍾之爲用其大矣哉至若容夕九重奏各漏於銅史鏗鏘萬樂應宮懸於玉階可以和人神可以節寒暑㬌乃不率厥典坐於縱墮鉛錫未足胡不自言尸曠有歸虛爲詭訴且六師分掌四方取則既叅詳於甲令亦簡孚於㬌罪績用莫展誠自得之寮佐斯替固其宜矣

笙師不施春續判

甲爲笙師以敬陔樂不施春　等三品科之訴不伏

對

大同分序則備禮文九夏成章式明詩頌所以賓射喪祭軍旅會同必將有陳罔或無度求言春牘諭此安絃以諧八音實爲三品伐檀樂於雲夢影落梢雲採貞勁于仙壇色移寒壑夙開揮斲素列廣脩因玉潤之呈姿節金奏以爲用惟甲司至有昧欽承無相奪倫未求諸己不以其道輕欲訓人杳聆笙歌詎騫廻於鳳影嬋娟篠蕩殊髣髴於龍鳴應雅莫脩塤篪坐黷至若教之陔夏用以娛賓候終宴而言歸慮沉酣而越禮爲之行節肅以威儀釀取歎於傾家飲無罪於終日遵其聲律必在和均忽貽顧於周郎豈忘味於宣父不謀其政遐棄厥司當審詞以定刑處先

述而後得

笛判

甲剬解碧以當過本四加一所由科其不節訴不伏

對

玉潤碧鮮露青冥之秀色龍吟鳳吹發寒亮之飛聲始立制於工人方勸（一作歡）侑於君子簡易爰在繁會斯深惟甲練精而成厥象躋攀絕巘陟彼九成剸剬貞姿謐爲嬰笛撫羌人之効躅裁以當過感越客而興悲方延作賦霜候無變寧俟斲磨風韻將調遠資律度加君明之後出畢以五音佇寂夏之前規奏其三調落梅香遍日滿風前折抑陰躁橫分塞上固無失於倫序宛有叶於和均不節論辜

未知其可

琴有殺聲判

甲皷琴多殺聲景與其隣懸鏡於樹以盤水察之盡達微隱甲訟景非理云恐有害人

對

綠琴高張觸物易操朱絃促調緣心應聲既戕戕以在山亦蕩蕩而著水甲逢有道每歌詠於南薰景屬無爲亦歡娛於北里彈絲靜聽無閒獨鶴之吟外物生情忽作捕蟬之思平生雅意妙曲先知避逅商音有隣便覺鏡懸於樹疑桂兎之澄空水止於盤若水壺之在鑑隱微必察善惡斯彰纔聞蔡氏之絃遽作淮南之術迹或多於猜忌罪無

極（一作抵）於章程事則可懸訟宜乃（一作無）咎

學琴不進判

乙學皷琴於伶曹十日不進將撻之訟云未得其教仰正斷

對　李希言

愔愔琴德先聖所營詠薰風以解愠歌白雪而成操士具不撤國有其官將以盪滌放心發揚和氣不有君子其能爾乎乙學安絃同宣尼之不進伶將執朴異師襄之下拜已習其數又得其人聞（一作問）諸禦寇之書是曰文王之操君伶人子弟先文職官苟慢常以致尤遂飾詞以文過則穨楚之道何所疑焉

學歌玄宴判

得景學歌玄宴多肉好之音人告非特

對　李靈光

圓首方足戴天履地禀陰陽生殺之氣有喜怒哀樂之心舞所以節宣禮容歌所以吟詠情性故端木發問豈盡師乙之節薛談學謳未窮秦青之枝才有用捨命有通塞滄浪水清不行南楚白石山爛遂感東齊窮者或歌道固難廢惟景所學應有攸歸微妙之音雖聞是習貞俗之禮（一作韻）亦復懸殊悼彼玄宴之辰宜暢清都之奏紫芝仙客揭雅曲於重玄丹洞羽人吹真聲於倒景（一作碧落）聆彼肉好奇殊骨間既非慶雲韶夏之作又匪白雪陽春之調睽彼嘉

會乖茲正聲人告非時雅符通典

樂師教舞判

甲年十三爲國子樂師教之舞象甲不受命樂師將撻甲云遠禮不伏

對

夏序殷膠建國重務養老尊齒先王大猷所以長幼分規道業差序或殊誦習將明告教射御書數分制則於樂章中和祗庸遵規儀於性府既大成以方就圓（一作妥）小舞而首陳必在準繩無或差忒典言國子辯慧斯文系彼動華金張錫慶遵其禮樂遊夏申歡學必幼儀言辭外傳年深舞勺及践上庠春誦夏絃深其順節尊師重道寧顧踰閑

佩觿之辰成童未及摳衣之日舞象何先雖欲速於有知
終見陷於無度儻乎聞一知二亦何守其彞倫必也非禮
勿言固可徇之年限制於未亂詳茲雅得紀綱朴作教刑
撫事難從撻楚

習結風伎判

得乙習結風之技縣長以其惰業責之

對

舞以盡意用察其形或因序而持芬有傳規而去籥是以
六英方變用禮神祇八佾成章以和邦國雖聲歌而會理
終鄭雅而殊制陳之典則誠以怠荒乙也妄庸居然訓習
非策名於樂府潛託志於結風謂小吏之期仙鳳凰均影

學參軍之式宴鸜鵒成衣長袖蹁躚一作蹁躚未呈妙於風結
鴨絃糾舉爰寘罪於霜科足訓教人誠爲茂宰宜從攺革
無或因循

文苑英華卷第五百八

文苑英華卷第五百九　判七

師學門十六道

申公杜門判二道　坐於左塾判二道
聚徒教授判二道　蜀物至京判二道
生徒擢塵判一道　陳設印綬判一道
爲其師掃判二道　掘窖試之判一道
去師之妻判一道　請益不退判一道
勤學犯夜判一道

申公杜門判

申公杜門不出聚遠方衆百餘人里中興訟

對

儒惟教先學乃德本苟立誠以脩業終養中而果行故道

存斯貴方類是歸無嶽自遠之會廣克成之業雖門人
請益既有孚於鼎新而邑里無儀却興言於獄訟況吟漢
牘反復周典黨而成聚義非止於嚴科問以辯之理何妨
於聚學况杜門不出事匪干進敦魯服之玄風指楚郊之
遠避講習典禮翱翔墳素足以激揚時俗光闡儒門諒旌
賁之可知豈訟聲之所及捨而勿問深謂國章

同前　母嬰

達士遵德至人樂道金圖玉簡自勤鄒壁之書緑綬青章
不樂漢庭之貴申公括囊墳史養道衡門洞任一作木之書
倉擬曹魯之經苑知尚仁乎跡疑重任吾德以逾高聞俗

里之事畢杜兹門而不出仲舒之帷屢下太丘之衆增多適光聞於邦儒遜辭與(一作何)於里(必闕)訟況詩宗傳府馬鄭之徒鴻儒碩生游夏之黨周人紀律不覯於前科鄭國鑄書未彰乎舊法庶惟先託謂合通方

坐於左塾判

里胥坐於左塾隣長怒而逐之縣科無禮隣長訴非失

對　　盧昌

人最物靈道由學立詩書禮樂列聖巨儒之教行孝慈忠良父子君臣之義備是以國學宏建東序西序鄉校大起右塾左塾聞詩以言執禮而動遵夫子之善誘仰先師之至德里胥莫從鄉心(一作人)是類公門鞠恭未彰於嘉蹈費

塾促膝便乖於令典苟兹無禮胡異有皮隣長逐之允諸宜矣縣曹方斷竊未得書(疑)

同前　　馬損

聖人作乎百姓以理農夫服田乃亦有秋中庸可範則鄉有黨而國有學南畝不勤則里有胥而隣有長豈獨敦崇耕稼平秩出入亦將禮異班白儀成風化胥關於禮自可微訶長怒逐之夫何衆爲縣司科罪亦未爲得無方之士誠宜咎之

聚徒教授判

甲聚徒教授每春秋享射以素木瓠葉爲俎豆

對　　宋少真

學以知道行以成德謂脩己之不懈則化人而有孚甲括習詩書佩服忠信談經不同於稷下請益其多强學頗類於關西發蒙斯衆既聞講道亦見習儀且享以訓人射則觀德素木匏葉足表獻酬之教桑弧蒿矢方昭揖遜之容學不習而則無禮不行而斯壞刑而詰致何迷鄒魯之風習以見尤其如城闕之刺祭遵施之於軍旅尚不云非劉昆列之於家廷且未言失古則可擬今何以疑所謂習不遺經學無廢業告人眛識徒效西隣之責言在甲合儀請遵東觀之故事

同前　　胡連

學以道尊禮爲教首事克師古人焉生惑眷言彼甲惟德

潤身敦詩閱禮奉守先王之訓博聞强識能爲君子之儒是以生徒酸奔負笈雲集(一作華)横經紛其滿席執禮爛其盈門故能春秋匪懈享祀不忒教胄子之威儀陳鄉人之揖遜登以素器射從薄物楛諸匏葉有若蘋蘩桑弧不類於挑弧兎首豈齊於貍首同劉昆之故事習俎豆於私室異祭遵之前式陳禮容於軍旅古則無譏今亦何傷徒小有言責其行禮欲崇北海之術謹遵東觀之詞

蜀物至京判

得廬江人使計吏多賫蜀物至京分遺博士巡使問其故云官長勸人非爲已也

對　　李暄

有禮則安不學將落方斯（一作斷）化俗必在崇儒仰彼廬江
抑惟循吏等文翁之從政遺德未忘類邵父之爲邦餘芳
尚在是故循（疑作脩）其禮物隨此計偕豈燕昭之築臺自尊
郡士何楚元之設醴獨致書生將使洙泗之風未聞函丈
（一作杖按禮記席間丈注容杖足以指盡也丈或爲杖）舞雩之禮重見摳衣敢升夫
子之堂是樂先王之道巡使楊君之化按（疑作安）俗而行疑
爾所爲因之問政是可嘉其稟命賞此承式誠勸人之有
以非爲巳而何傷

同前

經邦致理化人成俗率由庠學可以移風或美政之書脩
則善誘而爲訓眷言官長頗爲循良精敏其才使乎計吏

減少府之用度齎賨渝之貨物無費力布行備束脩請秦
京而訪道遺魯儒而請益就賢體遠既虛往而實來閱禮
敦書果日就而月將類朱藍之（一作而）易染非橘楚以收成
自成洙泗之風以變廬江之俗百年講學諒崇化於文翁
三月舞雩寧慙詠於宣父巡使致詰胡乃不經計偕有詞
足以明道

生徒擢塵判

曲阜縣申孔禮教授生徒仲春欲祭遺門令生徒顏恭炊
飯及有塵落甑中恭官召先食有塵之飯恭友仲勇諸恭
於禮失恭云不知將祭州科罪者斷雪

對

曲阜境帶龜蒙地隣鳬繹淹中禮樂仲尼之盛德不渝闕
里詩書洙泗之英規尚在孔禮家承學府業宗詞林黃金
滿籯白珪無瑕泮宮刷羽方宣鳳德之儀沂水騰鱗再啓
龍躍之教壇花啓（一作發）杏設絳帳而橫經市葉抽（一作分）槐
攝緇帷而闡教經來斯講式崇函丈之規龍見而雩大備
嚴禋之禮顏恭躬忝胄子跡齒顓門叨承俎豆之間竊聽
弦歌之末爰崇奠祭乃肅粢盛方執爨於呉樵忽飛塵於
范甑師乃未飯豈可先嘗神且將歆寧宜預食不恭衣罰
罪合寘於嚴科無大（一作失）禮之刑理或存於宥過州司忽罰
頗涉深文臺苟寬刑寔尊平曲

陳設印綬判

甲陳其車馬印綬諸生非之曰稽古之力豈無前事

對　杜蒹遂

學能廣業德可潤身率由此道乃終有慶甲溫故知新博
聞強識究前言而識往行致廣大而盡精微故三千門徒
續于斧棘十五志學傚其發冡黃憲而初邑里有聲陳寔
而終海內多譽方今美其教化厚以人倫春誦夏弦遠邁
永平之際東膠西序殊超建武之初載平所以重席周福
因而獲印於是庭列輜駕堂循禮容將以勸凡今之人豈
徒矜稽古之力孔宣父之至德斯其務本桓春卿之雅意
誰復間言諸生或非竊謂匪當

爲其師掃判

甲爲鄉學生爲其師掃或詰之失禮訴云有近賓將至

對

稽先王之國法閱司徒之教典必由鄉校馴致膠庠用繫童蒙方論俊造資韰篋以懋德表師嚴而道遵甲也嘗學因心琢玉成器憤悱以攻木舂容而扣鍾然由衷執顏冋敢勦說初布席以函丈終樞衣而負墻問道非飲食之賓鳴謙用掃除之隸而禮去聚突義在攝齊賓主有儀應對無失主人觀禮弟子脩容訴人無乖所宜或者如何致詰

同前

顓業就師有大小之間函丈待扣慎先後之傳故得怡然有孚相悅以觧甲強學自立博習成性樞衣以往如趨闕

里之前請益而來疑在舞雩之上宜務知遠者而願學焉仲尼先乎祖述傳說念以終始豈可異子皮之言淺者何効師卜商之業末也無（一作那）如或屢聞長者之言將習少儀之禮心善魏勃宜拘袂於席前志異陳蕃或洒掃于庭內不議罪此無施勞心

掘窖試之判

甲訓弟子五百人業將成乃掘窖試之令甲泣下方遣之或人告爲妖甲不伏

對

家塾黨庠著以訓人之道儒生辨士分其志學之門擊磬同心琢玉殊制登四科而未覩鑿三窖而斯聞是以馮軾下齊未譽酈生之說處囊辭趙還推毛遂之言藉以師資成乎藝業是有伏膺之義攸呈綴旒之期甲道茂人倫才標鬼谷青溪託志自餘千仞之幽絳帳尊居早訓三端之藝樞衣鼓篋游夏斯均合從連衡蘇張式擬合生徒之五百類門人之三千濟濟分儀恂恂善誘服勤請益聞聚照於卅螢日就月將都試詞於黃馬卒以明試從而謝歸言遵掘窖之由厥察懸河之辨交頤泫泣知感激之攸同礪角含姿識奉授（疑作援）之或異事乃師古跡匪于誅告以爲妖此情何謬

去師之妻判

甲受業於乙乃去乙之妻同門以爲失弟子之禮郡欲科

罪甲云行古之道也所由不能定

對　張皓

學以居士人斯守業曾射御之必習在師資而有敬甲性匪生知才殊特達將祈代耕之祿式執樞衣之訓既而請益不倦寧止于五經廣業惟勤實苞乎六藝庶將貽厥小學奠亦臻夫大成列孔氏之四科登周官之一命且猶父之禮義固非經從夫而尊敬亦宜廣厥妻雖忘于毋訓惟一旦豫於人師縱隣樹以致嫌匪門生之或譴何乃窺其家室專務去彼遂使老萊之婦坐失齊眉之歡買臣之妻終成反目之恨況人實有偶甲則無良訐以爲直嘗聞君子之惡犯而不隱乃昧事師之迹失禮之告誠謂有乎行

古之道未知其可

請盋不退判

戊待先生視日早暮不請退鄉大夫責之詞云方及請盋

對

書稱教冑禮貴來學問一之道式昭在三之儀斯著戊行敎素履名列青襟懽扞格之無誠誠挑撻以自制潚巃不顧方欲期於俯拾重席擬登何敢遽云請退然先生在位侍坐以時自合發問有儀使師逸功倍何得請盋無節致視日欠伸雖涉進德之端其若伏膺之道鄉大夫之責是謂知言門弟子之禮不應飾詐息焉有故遲生且放嬾眠懲之勿深寧越豈宜鞭撻請舉坐觥之罰式陳鼓篋之誠

一作誠

勤學犯夜判

長安令杜཈有百姓王丁犯夜爲吏所拘཈問其故答云從師授書不覺日暮཈曰鞭撻寧越以立威名非政化之本使吏送歸家御史彈金吾郎將不覺人犯夜訴云縣令送歸非金吾之罪

對　　蘇頲

王丁果行育德師逸功倍參則不敏佇揚名以立身回也如愚自聞一而知十好問斯在請盋無疲拾紫期榮潚金非寶朝遊霧市披學府之圖書暝出香街聽嚴城之鍾鼓歸與不逮行者宜息愚綬榮班黃圖貴令懲姦擿伏甚靜於桴鼓慕道崇儒豈威於鞭撻奚殊政本不拡彝倫竟什吏人之執旋辱宰君之惠綉衣驄馬石室生風警夜巡晝金吾翊道雖將順其美不在伺察而名恭爾職罔或衍違有觸踈羅允符嚴簡

文苑英華卷第五百九

文苑英華卷第五百十　判八

勤學惰教師殁直講門十六道

勤學

惰教

師殁

直講

勤學

求隣壁光判

郗珍姓好讀書家貧隣家富乃穿隣壁取燭光隣告爲盜

對

郗珍黃冠野客白屋寒生仰桂林之一枝猶思對策掩蓬門之三逕無忘偷光但學以資身行不踰志一作短因人之利尚或不爲竊隣之光何君而可必欲三餘不棄百遍無疲原憲敝衣杖藜而非病顏回陋巷飲水而多歡既知讀書應聞對馬與其鑿穿何如聚螢君觀過知仁推情緻獄東緼之婦尚未過於黃沙懸梁之夫庶獲哀於丹筆遠禮入律理或難容君法徇私斯焉有在

同前　康廷之

郗珍荷衣橫帶緝柳編蒲有賤籯金將希片玉南都自富北郭實貧殊謝梁鴻不求因熱乃如蘇季頗借餘光已接武於匡衡方齊蹤於甯越室仍非遂未窺夫子之牆紡績可兼輒鑿隣人之壁情非竊伏事涉穿窬一作情非竊盜事涉穿窬抑有前聞宜徵故實從挍記過不合論辜

於途墜坑判

甯子讀書於途墜坑來晩師行檟楚令以罰非其罪令師謝過俱不伏

對

學古入官不學將落聖人所以留範君子誰非用心猗哉甯生勤亦至矣手繩口誦何劉寔之能匹負書擔笠豈蘇秦之可加悠悠長途是諷是詠舞中襟而始勵經巨嶮而方歸師以來晩見嫌聊申檟楚令以罰非其罪乃起異端在師雖則傷嚴遣謝又乖通論且尊無謝卑之禮卑有順上之心蒙雖不才此未爲允

就書着床判

孔安家貧就書一座數載不移故穿床邑宰以爲惰農遂蒙笞責庶使謂高賢附狀

對　崔融

孔安家承闕里訓習淹中黄叔度之平生朱買臣之故事康成進德斯覽卷於八千士安行道頹加年於數百邑宰職當訓俗務在化人晉幼安之藜床莫欽高義王君公之板榻靡尚真規縲絏冶長昔聞其事鞭撻甯越今見其人徒有望於勤農終致慙於勵學𢊁使親承聖旨肅事澄清一字之褒人知激節片言之貶士識愧心附狀稱不優賢據理自須慙德更懷文過須是提刑

惰教

投諸棘寄判

得國子監稱諸胄子不親師教將棘寄之省讓其侵冒刑章之於理監固論不已

對　于峴

有教無類下學上達春詩秋禮日就月將必復象賢之規以光胄之訓喻玉成器符金滿籯渥赭觀其屢舞拾青嘉其載擇況乎服勤多闕仰止徒虛溫故知新未之已也進德脩業此其謂何是朽木之難雕非槚楚之能及造士選士匪曰伊人左鄉右鄉攸稱往誥雖迂夫棘寄斥之遐邈且涉釁愆之罰將有招魂之詞會府以近滿刑章言拔法理監司以遠採經義事合禮文亦既將一作狀申後奚科抑

同前　蘇侻

聖人設教克勤于學胄子從師罕能由禮惟彼成均奉職宗伯分官將舞樂以待旄俾歌詩而序齒進而函丈知捨緊之華一有經字終一作退字且負墻識滿金之喻一有訓字不傳其習或失于多暨爾寡聞孰云功倍叩之勿應則罰於從容發然後禁何驚於扞格誠宜朴作二物吾與其進焉棘寄四夷若斯見罰伺行父之逐鳥豈待庶乎微楚子之奪牛理固深也不師之教雖載於禮經侵冒之刑合歸於司寇仍為多訴無乃厚誣

師歿

立廟藏衣判

甲脩絜矩之道歿後其弟子以師所居立廟藏衣冠琴書人告越禮

對

就賢體遠稱以動衆親師觀奧知乎成植甲允迪厥訓克懋存誠弘道惟人脩詞在己視傳習之志矜遊焉息焉觀絜矩之心後不寢不食況早承函丈常忝儒林讀夫子之微言習門人之正義學而已講吾其不憂歲月之微一作微梁木斯壞子在川上歎逝者之如斯人之云亡痛吾徒之安仰常時講位乍起於悲風他日荒墳俄懸於昔月輪奐斯在歌哭還升仰生前之令名存歿後之遺象上棟下宇不革故而廟成自堂徂軒咸屏新而貌立藏衣冠而不墜委琴書而宛在且心喪三年是則是效亭傳四序有嚴有翼彼循薄訴此實厚誣道雖謝於周書理亦殷於魯典緘

彼言者不亦可乎

着服六年判

兗州人平辯受業於田才才亡辨着服六年廬於墓側刺史以爲遠經越禮妄造異端禁錮三年辨妻遣小女上策稱冤廉察彈刺史刑獄不當

對

田才地居鄒魯家習文儒業擅籝金道光珍席夙漸昇堂之教早傳藏壁之書學市攸開几筵爰設故得詢疑請益還如北海之前函丈摳衣更似西河之上平辯雩川童子闕里諸生常因閉户之勤豫受專門之業庶祈榮於青紫希變釆於朱藍日就月將罰（一作赦）水之恩何極陵夷谷徙

頹山之痛已深舊宅淒清空聞系竹遺壇寂寞無復琴歌嗟二物之長收願百身而奚贖方思重服用表深衷一對松楸六遷檀柘曩時儒肆喜遇祥鱣今日凶廬悲逢吊鶴論情雖會於寧戚還理未允於通途刺史職在宣風政乖道俗沉憂六載亦可驚嗟積禁三年固其未得少女以卿冤伏奏雅叶於鷄鳴大使以糾慝彈豪正諧於隼擊即宜録奏伏聽寃衷

同前

不學墻面先哲之格言以德潤身前賢之令軌孔立要道逐楊震以西來馬融門生隨鄭玄而東去田才地隣鄒魯俗富詩書水接沂川家傳禮樂白圭無玷孤（一作禮）標席上之珍黃金可輕獨貴林中之寶平辨伏膺道術企足風猷訪顏子於淹中得田生於足下輩抽槐市鼓篋芹而殘緗帷花發杏壇整襟裾而趨絳帳一登闕閈幾積寒暄知十之業既弘在三之敬尤重專門春誦高臺於是忽傾負（一作扶）杖晨歌梁木由是遽壞荒階積雪徒規東郎之蹤逝水驚波無復西河之氣師資之禮痛貫幽靈伏道之誠悲深卉木葺菅廬於墓側製麻服於塋前檀木遷移葭灰屢變墳抽細草撫書帶而增悲牖桂殘絲拂琴絃而求慕刺史褰帷魯國剖竹雩壇焉能軾以宣風樹準旟而展化以爲非禮將作異端不樹小堂之陰翻行叢棘之酷昔門人子貢廬於孔氏之墳弟子叔然制彼鄭生之服六年不釋於

禮稍乖三載錮身在情何忍但以事符公冶繫犴獄而多年命彼緹縈仰鳳闈而長叫庶使垂星整俗驛傳宣威正豸冠以觸邪下烏臺而肅物女既陳請使又彈非霜簡載馳雪身無路兩頭今既發覺一面何使（一作所）逃刑宜降朱輸用直（一作申）丹筆

事貌相似判

甲容貌與乙相似甲殁後門人師事乙隣人讓其非禮

對　康季子

容貌相似陽貨惑於仲尼德義可尊門人師于有若歲丁辰巳甲遂云亡（一作七儒）月亦居儲乙方傳學實喪予於東魯復疑汝於西河已寂琴歌詎聞金石思其笑語寧忘罰（一作

菽水之因慕彼威儀（一作術誘）爰動頽山之戀不墜吾師之業還昇弟子之堂惟爾嗣音專之可也讓其非禮於已不然（一作何諸）有事古風未隳今聽

同前

道在則尊金籯非寶學而時習珍席為儒甲業擅專門勤茲閉户夙漸淹中之訓方傳壁裏之書絳帳談經蒙求者雲集緇帷講道鑽仰者電趨濟濟祈祈升堂入室夏弦春誦未厭于青藍閔水頽山遽悲於壞木歿而不作逝者何追道無常師未宜膠柱貌有相似自可摳衣昔夫子門人見師於有若馬融弟子或從於鄭玄故事非遥讓之未可

貌似溫敏判

儒生溫敏歿或有貌似敏者弟子共師之縣令責其無知

對　唐昭明

溫敏果行有德依仁游藝道鬱黄中聲芬白賁才充夔鳥（一作筆）針左氏之膏肓學綜成麟傳聖人之糟粕既而生也有涯歲聿其逝情般埋玉迹（一作迹）必應金類宣父之云亡還思有若同蔡邕之已歿更重五賁雖其人已還而典刑可想或欽遺韻用展師資唯彰好道之誠何宜無儀之論縣令奉子男之秩守帚弦之戒非欲使提耳流訓掣肘無識錯節盤根抑亦殊道移風易俗何妨異代縱有科罰未累德音無點（一作玷）憲章並宜告記

吊服加麻判

甲乙二人所受學師亡皆吊服加麻出有所之則經乙居則經出則否縣司科甲乙不合為師制服並不伏

對　顏勝

理範通明國圖惟遠班和正本式古崇風訓學典文當今是教甲乙同志媲化從師春誦夏弦自得西河之美摳衣函丈無非北海之遊道叶雩壇聲高闕里鴻都盛業方列義於儒堂電隙流年奄生悲於梟户兩楹之夢豈迴景於西山二竪之災竟遊魂於北斗壞木之悲（一作怨）師也何追頽山之哀吾將安仰因情定禮自可虔於心喪吊服加麻實無虧於聖政甲出而經是依古也乙居則否奚所咎焉既不異於門人信無微於魯禮欲加之罪其有辭乎

同前　盧昌

惟甲惟乙夙庇唐封如琢如磨服勤師訓自凝情於竹素將比色於朱藍既而逝水方驚梁木其壞微言已絶先師從召於鶴書素業無憑弟子空思於鱣序閑階寂歷泣對履綦舊宅淒清愁聞絲竹爰制纕經以報師資雖乖心喪之儀未失禮經之意何如宣尼既沒子貢（一作夏非）為廬鄭生云亡叔然制服徃哲不貽伊誚縣司何遽見繩請寬二公之懲無濫五刑之法

直講

直講無他伎判

丁專經直講每無他伎進考或人告濫

對　王靈漸

丁以聚學立身脩詞果行從師氏之六藝當孔門之四科淑行惟新鱣魚已落清言如屑麈尾先搖既珍席之有光亦經笥之攸屬籯金奪價琢玉成功皆取判於一經蓋不資於他伎誣其害誘生此薄言由也無人常聞於片折參則不敏必造其兩詞請更推尋然議斷割

同前　常無欲

典禮之興講經爲要安人和衆學古入官丁以專經直講精師訓造藝成重席業固專門歌詠先王頌聲以光於講肆討論文義德化藉甚於談筵考課攸歸勤效斯在以無他伎蒙竊惑焉且州縣徒勞自拘於常式庠序爰設亦著於彝章妄告之人湏科反坐

文苑英華卷第五百十一

教授文書門二十一道

博士教授

任太學博士或告教授失所云不知輕清在何時敘

對

宗伯建官成均務學本乎風化爰立庠序人惟教首義在逼經所授復據禮文有誤深非儒者講信之道自闕師資齒胄之儀曾非挑撻四時訓誘事乃茂如三月違仁豈無尤矣且如迷復未曉輕清儻舞樂或乖問變則可如論詩不足在鼎何覩既投刃而非虛宜稱（一作兒）觥而見罰

釋菜爭論判

得胡甲許乙俱任（一作在）直講因釋菜爭論遂形於顔色各持捶以相打法司科罪

對

膠庠之設國容在焉禮樂既陳王教玆始學之不講儒者

爲憂道或未行達人增歎皇上崇大文敦褒進儒書屬潤蘋可採爰奠祭於先師壇杏初開將發明於古學胡甲許乙說禮談經異議既生爭論斯起操持捶朴恐學業之不明顛墜衣裳見朝儀之有失四方從學華荒並湊百寮觀禮簪綬成行不愼于儀何所取則既懲規矩合寘刑科

持論湯武判

乙開筵講湯武事弟子丁曰無食馬肝乙撻之不伏折師塵尾事

對

君子爲儒學以致道聖人立教言無非法乙惟廣業義取精嚴函丈席間未述唐虞之際開筵講肆遽言湯武之非

符彼黄生之談爰有青襟之刺不能伏義故爲達人喻以馬肝足爲知味折之塵尾嘖有煩言一秩何傷將子無怨

持論攻擊判

愼到遇接子於路因持論遂攻擊人謂之狂生自云非狂生

對　常從心

講學崇儒語郊先禮詩書之奥以佇言揚玄妙之門方求理辨析閑愼接具折精微既遇於途詎爲傾蓋之厚各持其論以爭重席之功湯池鐵城取言詞而自困焚舟夷竈庶攻擊而無廻設喻指之縱橫不聞三倒語折角之勝負方持兩端孔立聽歌知撫輿之有德漢高揮洗見酈生之不狂拘繫之端冶長何在言談之下甯越無辜恭論兩賢請從一釋

同前　賈承暉

淹中闡教揔三墳以昭彰稷下馳聲籠百家而紛糾是以陶冶代俗脂粉寰中事鬱不刊之書理貫無疆之美惟愼與接契叶情忘忽遇諸途乃相問道探賾致遠飛辨交馳索隱鈎深玄談競瀉如磋如切頻發更僕之筵無體無方屢動起予之對公超山北吞九八於辭場伯起關西吼數千於辨囿孰謂寡識莫測高人輒此拘之誠爲未可

無鬼論判

甲執無鬼論餓而鬼忽來取求乞免鬼云誰似汝者甲云

乙似而便死後乙弟知告甲謀殺兄不伏

對　鄭績

神理茫昧幽期眇邈捴之於有演象渙於周經覈之於無持論標於晉史甲也持離堅之辨乙也遘死妄之災人謀鬼謀殊預能之迹一生一死等交情之見雖在原有急難之忿而從壑無可返之寃不降錫齡之神忽怨淫昏之鬼且當其變起倉卒事兼夭枉苟寧我之是圖豈恤人之有責況泛詳昭典靡及幽途讓以偷生方期恥格柳之謀殺稍涉淫刑非見所窺事宜從記

同前　趙不疑

惟恍惟惚甄巨匠於無名一陰一陽鼓鴻鈞而不息是知

天道玄遠子所不言甲以志尚縱橫心懷貞正振談端於海嶽抗高議於雲天取類阮瞻疑書生之自屈有符宗岱遇使者之方求乙以才貌畧同稱其似是殊仲偕之昆弟於此相推異張衡之後身斯焉見取生乎公府無聞鶴板之徵實幽途忽見鵲衣之召第以鴒原義切鴈序情深惜棣蕚之無春恨泉扃之不曙告稱謀殺未達幽明語事雖云代命至理終當濫盡憸而不鞠實謂爲宜

同前　張景明

幽變生物惟徵有象演伏羲之卦式載鬼（一無鬼字）一車脩纂人之冊文（一無文字）時生二豎未言其事豈獨前聞而甲道在自專情非傳聽仲舒往記則謂知言于寶舊書斯爲妄作

奚非有象持成論衡徒析理以致詞終忤宜而速戾恍惚而見始慮阮瞻之疾髣髴有言仍多杜鐵之請惟乙不弔奄及茲凶以蔡邕之形彷聞有似負莊叟之患濫然無疑（一作寘戚）昆既求往於隙駒季實悲鳴於原鳥雖死同無地情切於懷而生乃有涯欲將誰咎薄言謀殺理謂無慮

注書判

斛律景注書爲長孫乙所竊遂行於代景男訟之

對

自鳥跡垂文龜圖渙彩經文光乎歎鳳詩叶粲乎歌鸞由是百氏分門九師殊見詞義紛雜褒貶莫同鍼彼膏肓起茲廢疾杜元凱先鳴於麟史王輔嗣推雄於象繫（一作經）高山景慕何莫由斯斛律景投斧誓心題橋表志研精覃思溫故知新採摭群言遂立訓傳實求貽厥垂範將來長孫乙宅心典墳先無書籍習使迷於逐老窺宇感於陰陶黃金滿籯罕有一經之譽白珪無玷不聞三復之言而循借韻李奇竊名州黨今景男有訟方覺是非理須更爲昌言美惡自然明白

同前

卦演龜文書分鳥字左言右史紛綸於圖諜帝典皇墳昭彰於篆籀自非沉鬱澹雅以居業修辭立誠以進德則未能究精微之奧窮闖闢之源惟彼長孫器劣才娛竊沉宜之號求著述之能覽向郭二莊其爲可及見虞王兩史自

謂過之殊不知道不虛行名不苟得蜩甲蛇蛻有似之而非眞寶玉大弓亦得之而便失厚顏之甚實謂伊人景男之訟誠曰未達聽訟吾猶人也必也使無訟乎慢藏致盜則又誰咎請更詳審待至量斷

刪書判

甲以經多謬乃自刪書碑使工鐫刻立於大學門外其親友（一作觀）及摹寫者日千餘人兩京尹以其聚衆笞之訴稱有故

對　李希定

去聖久遠微言將絕人用其私各安所見闕文不及大義已乖非有獨見之明誰解僻儒之患甲一總覈六藝研精百

氏紕繆必考朱紫斯分既祖述於魯儒而升我堂矣自光揚於漢策職爾之由竹簡之書且或朽蠹金碑之字道茲鐫刻魏文典論起列鴻都楊子玄經虛傳麟閣觀者如堵且聞紙貴將萬古而不刊於千兩而何有京尹之罰其或病諸既無索於杜季庶息威於甯越

學書判

丁學盤盂書庚相爲引重後一云遂學或止之舉庚或正之丁云以此報德

對　員伸

學貴博通九流異軫書稱秘奧四徵收藏必溫故而知新方不朽而致遠丁服勤罔倦考古斯多精孔甲之書方求

筮仕獲鄭莊之薦終聞推轂登朝有譽常懷報德之心司敗在官遂致無私之罰此乃韓厥之舉郤詵其人旌國史而無慙訪朝英而罕輩彼或止者何其小哉請息挽弩之言以錫來乘一作車之寶

同前　郭立

丁本諸生弱齡有志操觚遊藝負笈從師服膺孔甲之書留心田蚡之業精窮小學聲洽大成庚有親仁之風乃思延譽之美爲游揚於左右得推擇於簪裾不以引重之恩而忘奏舉之義眷言報德在此奉公韓厥之故事非遥郤詵之前縱可襲行諸則仰推故典止之則未識通方自得盡忠之規何聽無稽之說

讀書判

甲讀周書陰符或告違法

對　孫逖

所習有業著在前典不讀非聖聞諸昔賢甲知敬學之爲先遂發憤而忘食既而下帷之時不學明訓張燈之際乃習陰符徒成仲舒之淹不如元凱之癖或稱違法誠則伊咎欲將議獄其或有詞至於太公傳符蘇秦佩六國之印黃石授記張良珥七葉之貂苟如斯失無寘于辟

讖書判

乙家有論語讖隣告其畜禁書科徒一載郡斷無罪未知合否

對　薛邕

幽冢玄苞秘書赤制賈逵是摘且未能言鄭興不爲孰云有學倘在法而斯禁寧當刑而可捨不惟斯乙嗜學可加仲惠施之藏書得蔡邕之舊業通德惟異未聞北海之旌里仁是依遽致西隣之責有論語之讖則稱私畜禁書覽天官之文豈曰潛窺玄象將循名以責實何如少而爲多役以牽傍是非舉直聞言是信雖吾子之有循執德不回終匹夫之爲諒請從郡斷以黜隣告

同前　孫宿

先聖立言蓋非爲己後學敬教可以潤身且匪亂常如何議辟乙門殊闕里室有儒書雖則家藏未遠邦禁同原伯

之不悅或可見非比常氏之能傳實惟濟美隣人誠爲妄糾彼巳未越彝倫遽欲論刑何縣吏之從昧不寘于理知郡司之有乎

文章判

鄭景才學高邁郡牧使求其文章景扶醉揮毫書於几上令使者寫之而去法司以爲失禮欲科傲慢罪縣令以文同宿構堪爲薦舉

對　康子元

鄭景學邁八千自高天爵郡牧賢求五百式貢人文而磔硯無拘忽醉厨中之酒崩騰有作便題几上之文使者操觚寫而旋去法司執憲訊以剛來雖疾惡之誠祔疑可爾

而優賢之道良或未然邑宰政尚儒風事符茅茹以爲詞同宿構無懸孫綽之金德應敷歆堪薦郄詵之玉眷茲兩議須遵一理昔嗣宗酩酊曾不寘以科條今鄭景含毫何遽繩於傲慢請輟埋桐之事徵申樹李之風

傭書判

甲居道周以傭書自業乙侮之折筆以笞其背甲告他物毆人

對　鄭少微

禮訓式俗貧賤有尊明義在躬德威不侮講學修業固無取於筆耕輿義輔仁事必資於善誘而由褒靡及旁狎是崇疑宓子之引肘類徒人之袒背茲諸私室雖一扶之何傷列在公庭抵三尺而誰咎他物毆繫法所難逃

同前　李休烈

士生於代各安其業或削觚成學或握槧求工道既多門藝非一揆甲言自巷黨爰居道周雖殊蘭蕙之遊且託桑榆之蔭傭書自給道有類於班超因侮見罪迹方均於甯越汗簡之責既不見稱折筆之尤理宜從譴

寫告身判

麴紹遠法寫告身邀勒選人爲選人所告

對

龍首高居揔群材以成務鴻翼漸陸入會府以參名既而樂鏡晨披山書密奏或連輝於喬木乍叅迹於場苗九流

多材百司職廣既深隨牒理藉符文麴紹窮巷無資傭書有素兩臺之妙雅善於銀鉤什一之求近通於金市挂迴鸞之健筆徇蝇鑞之輕資事既叶於私求迹已論於明憲（一作論於昭憲）況籤授之法本在職司擅鳴既逵（一作遠）且無條貫惟公書爲務自利刑既彰三章須窮兩造但選人以輕酬致怨麴紹以苟得生嫌若使不食先言便招後訟寘之嚴典惟會直繩

故紙判

州申遠年故紙請賣充公廨支用

對

六合爲家萬方同貫用人文以成化藉鳥章而理物由是

簿書嶮峙文帳波流酬答極於稽康沉迷昏於公幹按牘之理義在隨時曹局之資固宜適用即有年代浸遠事跡淪没寘諸幽閣疑孔壁而生塵納以嚴扃同汲書而有蠹桃花之色對春園而欲晚魚網之彩俯秋水而將沉羊續則不任補袍楊雄乃纔堪蓋醬令式既標年歲州縣自有準繩何事强申方來取决請以狀下任依彛途

文苑英華卷第五百十一

文苑英華卷第五百十二　判十

書數師學射投壺圍棊門二十七道

書

字詁判六道　署書題閣判一道

錯字判一道

數

習卜筭判一道　易家有歸藏判一道

觀生束脩判五道

師學

毁方瓦合判五道

射

兵部試馬一作射判一道　引弓不中判一道

賓爵西階判一道　雙耦射判二道

投壺

投壺判一道

圍棊

圍棊判一道

書

字詁判

對　左光嗣

甲書字詁所由討功不及日請科罪不伏訴云紙類不同

去聖久遠微言已絶求之淳儒存諸詁訓陳吳恢之青簡

恐誤當時許蔡邕之冊書將傳後學況秘綿有府寫書置官傭計長功能歸典藝紙既殊於大小課一作乃閒齊於徐疾覽之繁文豈將焉以觀迹率其大較乃非人之掣肘惟甲斯篆非罪勿藉

同前　　裴騰

底禄致位職司在公登朝庶官無廢一命甲也遊學效於文字工彼汗簡嘗觀太史之書臨諸墨池能效右軍之筆徵乎考績在日課而有違何以曠官俾月將而不及寧使微言有絕古訓無傳誠計功而致科豈多言而獲免

同前　　張巡

甲楷法有聞頗齊刀筆之吏象形自業偏在寫書之官不能殺竹惟青臨池盡黑當年有立應已盈褚計日不移無慙尺牘令乃字詁是事日課有違左氏門庭雖多筆硯稚川史籍不滿巾箱曾莫負於五車徒見司於雙管以是會意雖則麾肱不能中程何爲當理令之薄訴將俟片言欲遲單父之書須辨洛陽之紙然則類之大小猶或可問刑之出入於是乎在

同前　　呂因

甲手揮五色已臨科斗之書躬寫六經方寘麒麟之閣而論其日課將貽秋典且羲和之晷遲速有殊簡牘之差短長非等理宜科以畏愛之景辨以功庸之効先則窮其狀跡然後寘以刑科何乃厚誣仍令薄訴須緘滕口之訟方入噬膚之獄

同前　　王劍

人之從事則有司存率由舊章乃無厥咎甲以九流賤職工寫爲務理宜不懈于素欽乃攸司何得慢其所守越我王度挈瓶猶其不假落簡安得有乖致使魚魯闕辨於當時鉛黃莫施於學校一作典扳罪自撥也刑則何逃然而一作則紙類以難易論功時系一作日以短長命課事無準定或須加減不伐有詞理從哀敬待測淺深之量方申大小之辜

同前　　鄭宥

八卦六爻是生書籍龜文鳥跡遂成模楷開汲郡之塚升魯國之堂遂獲遺編因多墜簡惟甲婆娑王府掌握銀鉤取類筆耕能成墨妙棄其晷刻差以毫釐計功雖訴其短長類紙難逃其簡牘必也時無所廢理實可憑須旌不匱之勤寧塞有孚之訟

署書題閣判

得甲代以署書爲業因題閣而變華髮自後而絕鄉黨以墜業擯遂云甲訴無犯不伏

對

幹蠱馳聲協厲終吉振人爲義何難之有顛沛於是克荷良存甲絕翰深規代濟其美精逾史籀得方伏之宏模績洞張芝改圓池之波態晉廷稱妙即擅一臺越市推珍還標五字諒無殞於前構俾垂裕於後昆孰謂象賢旋聞鮮

克屬以功開揆日翦偃蹇之雕甍號起凌雲結曈曨之畫
閣式題飛牓方呈鵲反之書坐陵雲榜遂變武賁之髮葽
花鏡裏非復青頳薤葉風前俄隳素業莖堂取誡誡欲謹
身良治遽捐其如棄訓撫帚家之宿事徒想欽承語王氏
之門風深遠祖述永言丘首難忘懷土之心浩意冢聲宜
復懸針之藝

錯字判

丁申文書上尚書省按之辭云雖誤可行用

對　元稹集無

文奏或差本憑行詐此例可辨必有孫情苟異因緣之姦
則矜過誤之罰丁也方將計簿忽謬正名曾不戒於妥毫

遂見尤爲起草然以法存按省誤有等差倘以百爲千比
賜繼而難赦若當五而四縱闕馬而何傷苟殊魚魯相懸
宜恕甲由未遠按其非是雖懷三豕之疑訴以可行難書
一字之貶請諸會府棄此小瑕非愚訴人在法當爾

數

習卜筭判

趙丁年十八弟乙年十六並解卜筭所司補丁爲卜筮生
補乙爲曆生訴稱曆生六年滿兄年長易就卜筮生八年
方滿弟年幼請更習業所司不許苦訴不伏

對　康子元

趙遠餘苗惟丁及乙並測王衡之度俱閑龟兆之占二十
未能成童已邁謀龜謀筮補丁以卜史之曹六日六旬任
乙於保章之署雖咸用其術而未愜所懷論長幼於弟兄
徒稱易就訴六八之年載傾亦難從假有讓詞庸無他計
既言並解方見同波所司差擇寧乖名當各叅爾位無或
浮言

易家有歸藏判

甲爲處士家畜歸藏易常以七八爲占鄰人告其左道不
伏

對　元稹集無

四營成易本用窮神三代演圖孰云疑衆甲志敦素履學
洞青囊不言非聖之書忽招誣善之告雖九六布卦我則

背於周經而七八爲占爾盍觀於殷道徒驚異象曾是同
歸辨數雖冠履相睽得意而筌蹄可忘且穆姜遇艮足徵
鱗史之文尼父得坤亦驗歸藏之首以斯償責可用質疑

觀生束脩判

庚補觀生所學未就其師同筭生例徵束脩訴云蓋伎術
不可爲例必其抑納遣出幾何師曰筭之伎術生終不伏

對　張太古

天地設位羲和配職節氣序分保章有典叶四時之明著
授生人之出入庚來就學補我觀生朝視禎祥夜瞻恒象
頗知分野思辨華夷未明蜀使之來尚昧嚴陵之坐師徵
其禮同彼筭生以觀七宿之功援引六觚之事尚乖著業

徒爾受財雖勒望於束脩終難同於伎術生之不伏頗同
無祀無隱師之固求有異惟貞惟一各宜知理奚至費詞

同前　張瑷

執伎以事嚴師爲難束脩既行誨訓無倦惟庚業茲曲藝
就彼師資偶際摳衣已稱弟子席間函枝丈一作　須禀先生
妄有燕朋之詞而遠成例之訴以筭非伎斯爲妄矣在三
如一其若是乎既虧北面之禮須受西鄰之責

同前　李子珣

庚補觀生事師來學方欲空中辨氣指實紛於豐城天上
瞻星識賢人於潁水既而天遠人邇功業未就弟子之好
束脩是徵所務雖殊於筭生其致亦同於觀者康成博物

計天儀而不差裨竈多知察時變而無舛一彼一此豈曰
殊途觀生筭生固宜齊例何稱抑納輒此薄言須科盧訴
之愆俾從伎術之例

同前　張子琳

師資之道非唯今日隨時之義亦自從來頗謔觀生積習
玄象窮大衍之數藏往知來考天官之書鈎深順祕雖請
益不倦而斯道難弘忝曰服膺束脩宜其見贈雖云伎術
酒脯何所欲供筭例無憑師同苟失人情未爽庚實可矜

同前　李仲雍

仰乎天文用察昭應辨彼雲物以知休祥矜術數以分官
列保章而命職庚以幽微可尚精妙希探躡梓慎之陳迹
採劉向之故事補職觀生扣鍾師業銀河宛轉瞻一水而
初分玉溜蕭條齊七政而寧察業則未就師何有言且束
脩自行誨無倦矣六藝有數筭其異歟言生合行束脩稱
筭不同伎術始和昭布甲令明懸請從多少之差方定是
非之理生之不伏愚亦謂然

師學

毀方瓦合判

太學官後篇作𥳑太學博士教胄子毀方瓦合司業以爲非訓導之
本不許　此題又載五百十五卷今已削去

對　呂頴

國崇太學禮尚師儒教失其源人將安放學官懵夫古訓

好是多方徒探儒行之辭俾從瓦合罔思絜矩之道不改
松心雖百行殊途在來者之所擇而四教闡載何先師之
不遵苟訓導以生常懼毀方之易性樂正禁之非禮抑有
明徵胄子順以嚮方幸無迷復

同前　崔玄亮

學於是尊教所以立信尊賢可上在易性難從眷彼儒流
職司學校誠宜警不及之誠懼將落之辭苟毀方以爲心
雖容衆而奚用且非善誘在傳授而則乖曾是詭隨於博
裕而何有不可以訓無易由言請從司業之規無取學官
之見

同前　元稹集無

教以就賢雖無黷下俾其容衆則在毀方太學以將務發蒙宜先屈己君子不器須懷虛受之心至人無方何必自賢於物爰因善誘式念思恭將戒同塵之誠遂申合土之譽兒早以自牧仲尼嘗述於為儒禮貴用和子張亦非於拒我義存無傲道在可嘉長善之本不乖成均之言何憯

同前　哥舒伯

敬業服勤冀聞立身之本傳經作誡寧違從衆之規惟彼國庠典夫胄子以為公侯之胤自伐淹中謂其禮樂之家難為人下故毀方瓦合承聖人之情使慕賢容衆臻儒者之旨正唯弟子可學何慮成均見非

同前　白居易

教惟馴致道在曲成將遜志以樂群在毀方而和衆况化人由學成性因師雖和光以同塵德終不雜苟圜鑿而方枘物豈相容道且尚於無隅義莫先於不劌司業以訓導貴別或慮雷同學官以容衆由寬何傷瓦合教之未墜蓋宣尼之言然文且有徵則戴氏之典在將觀（集作勸）學者所宜遵之　此篇元編在五百十五卷今移入于此

射

兵部試射判

得兵部試舉人長契請用樂節太常稱格令無文此乃選士之禮

對　姜公復

射以觀德樂以和聲將選士於澤宮必張侯於相圃所以譬宗廟之賓客備饗宴之威儀何忽武夫而要雅頌豈圖強飲強食勞祝史之正辭采蘋采蘩令太常之踰局（一作奏曲）且五善之禮無赳赳之武夫三耦之間盡呦呦之鳴鹿苟用捨而有異在格令而無文責乃其不然乎訴之文益恥也

引弓不中判

兵部奏善射人署為列校遇敵引弓悉不中大將論之所選將依格式

對　張叔弼

射以選德期於禦侮引或不中病在即戎瞻彼夏卿置兹

列校行乎歷試采五善於禮容俾其載張徵七札之武力然以進不失鵠取必穿楊授受皆據於格文是視靡求於戰勝戴鶡與論雖繩闕事之非司馬與能難加有司之罰

賓爵西階判

甲以射會賓客賓爵於西階之上賓之拜受者三人頗疑其衆或曰多以德行道藝為榮何常數之有

對　嚴公衡

習射觀德序賓惟賢苟為當仁寔惟合禮甲爰展我嘉事將脩爾和容射夫既同且盡志而就列君子攸屆宜展敬於初筵故主人揖升而實爵嘉賓立飲而不拜登降之際既匪愆于儀德藝可尊寧限之以數盞恃多為貴者且不

聽於禮夫

雙耦射判

庚爲士雙耦射御於大夫或非之越次辭云非害禮文

對　李邦

射以觀德聞禮擇賢士或未賓賤亦爲耦庚列於下位陪此和容弓矢斯張乃同於相圃蘋蘩或獻何射於澤宮誠爵命有殊在客主宜敬從大夫之後執鴈雖尊樂嘉賓之心射侯無間事既殊於僭上辭未失於謙光覆視前經誠爲未害

同前　穆贄

將欲觀德式崇講義所以大射有諸侯之禮五善標六義

之首惟庚是時謬疑其盛禮疾徐得中應釆蘩之節揖讓而進忝大夫之耦既而心平體正儀備樂和雖不爭而爲仁亦發彼而有的且尊卑異等在典法而則然德義同歸豈班列而爲間庚爲稽古或乃謏聞

投壺

投壺判

得乙進枉矢於賓賓不拜前云魯鼓不作失儀不伏科罪

對

周公制禮王女媵規吐飛電於壺中躍流星於箭裏周旋之禮非無賓主之文進退之言自有威儀之法豈得妄申鄙見輒觸公方徒事曲躬虛持枉矢既投常憲復挂爰章此而不繩法將焉措詳條斷宜準禮科按理詳文將謂爲允

圍碁

圍碁判

安北副都護連帥愛與人弈碁聞寇至不輟御史以逗撓糾察

對　鄭少微

蕭一作肅然北庭不敢南牧有備無患尚勞我師都護副彼軍容屬當戎旅理宜躬擐甲冑静柝邊城焉得留翫弈碁撓師亭候懷爛柯之末伎虧投鈒之良謀苟失律而否臧況慢令而致寇逗撓之罪已孽難逃糾按之明職司其舉

請拘司敗以正爰書

同前　畢遴喬

連帥職當邊徼任切爪牙不留意於軍容殉忘情於奴戲雖費禱不輟未可因循而陶侃既捐何勞徒羨一枰之上空聞懷陣之心百戰之前不見臨戎之節御史乘驄按罪執簡彈違白以群兇寔由連帥此而可捨法安用哉寘以逗撓雅符爰憲

文苑英華卷第五百十二

文苑英華卷第五百十三　判十一

射御門三十一道

澤宮置福判

甲司澤宮將祭而習禮所由置福不設中御史劾之訴云自邦國已下則有名制王者之式未之前聞

對　鄧承緒

六藝之脩五善之備禮稱觀德義在興賢豈加爵而益封實選士而預祭惟甲何者司射澤宮見貍步之張侯以鹿鳴而應樂設中置福用陳矢筭之儀釋獲建旌遂明多少之數賓主存乎百拜公卿繼乎六耦能其中質定以和容豈罰觥之爲懲亦削地而成耻禮之美者德實在茲況名位不同自邦君而節制器物有等寔王者之殊儀卑不踰尊上得兼下法官所劾敢奉守官之誡訴者有辭恭聞克謹之義

同前　潘文璟

祭以訓恭射唯觀德出正中質將定於賢愚備物致用是昭其典禮瞻言爾甲司此澤宮張熊侯以示威酌貍步而遵美飲筭初列爰立豐以表儀射器斯存亦置福而供命然以高卑異等名位殊倫若事屬諸侯固宜同於相圃而舉非王者爰可論於設中既無共職之愆寧懼守官之劾

同前　程休

刑措化成教尊義立將崇大射爰肄[illegible]章先習禮於澤宮且觀德於方國恭惟彼甲天子有司以四體而能勤事一人而匪懈固合在儀必備豈可立事無規令則乾道昭回天光臨下捨矢如破雖則射不主皮置福無中如何發彼有的法官之劾以告關於今供司存之辭訴未聞於古制雖五等有數四侯既張而茲禮不存斯人何罪

同前　蔣準

射以觀德禮先擇士是明五善之義豈從六藝之卑況聖敬日躋王假有廟將期預祭之事是知必爭之道甲學乎相圃司彼澤宮并夾既陳決拾斯似思備物以致用奚曠官以速尤竟不具於鹿中乃空歌於貍首末學茲甚不敏則多天子之儀用或兼下諸侯之禮事乃舉中使揚觶而有言　發的而足獻遂合會稽之美每抽厨子之房肅慎之貢仍韜夏后之服緊謂

同前　裴子建

選賢觀德存乎射義爲邦之度因文物以肅陳將祭之儀必先朝而慎習於是審茲貍步張彼熊侯揖至讓升和容顯於相圃持弓挾矢雅頌彰乎澤宮司馬分進退之規工

人奏蘋蘩之節百禮式序五善無替既有備於置福復何遷於設中法官執此簡書欲行誅捷訢者確乎執理憑於名制用捨之道抑有司存且列國諸侯擇士而祭自守彝憲無相奪倫事乃屬於邦君罪寧歸於彼甲紬稽古訓斯爲正典得失之旨居然可知

同前　劉肱

大聖嗣文明時偃武弧矢之利可以訓戎禮容之規於焉觀德將因捨奠是用求賢甲爲主司素非遠達（一作吏）澤宮之制何昧周官相圃之儀旋乖魯典既而工歌九夏庭列三侯決拾既似於堈弓并夾則陳於揚矢標名（一作標）鹿兕或有國之前聞皮豻熊豹蓋王者之恒制語而有訢雖以

執禮爲詞闕而不供終當致櫝之責請依中典以勸無良

張侯下綱判

景張侯下綱不及地武賓逐貫之監者謂無揖讓之禮不坐奠豐上賓袒決而退

對　劉璀

六藝崇射五善遵禮景也張侯職効能於棲鵠賓之逐貫遷呈妙於啼猿曾不知揩策有揖讓之儀飲筭行多少之節下綱不及如堵奚瞻監者有知奠豐是闕人而無禮袒決雖留以之觀德從何擇士若不論辜是誣恒憲

同前　王譚

國將郊禘王有聘享宴而習禮射以觀德大侯既抗敦（一作彎）弓乃堅天子張熊武之威諸侯異朱玄之殺不及地武何所失儀高其下綱誠爲順理然禮崇三讓無聞周請之辭射有五容先招不至之誚雖飲於少筭自可奠豐而獻爾發功方觀袒決於賓徹於（一作爲）捨禮在景何所佚儀但欲旌能期於書過

同前

考贊論材審藝觀德爰設三侯之禮以崇五善之儀狸首發歌是求於合雅釆蘋斯奏何先於主皮惟彼武賓齒于其位宜揖讓中節允諧（一作叶）於觀善何穿洞非儀坐彰於伐德綱則未下射何速如自貽監者之尤遂干司馬之政不奠于坐誠叶周人之式袒決而還亦符相圃之事雖君子之爭戒（一作戚）所苟得而士師之律未可深文宜從肆赦謂叶平典

同前　姚承構

開彼澤宮臨茲相圃可以觀德必也射乎所以揖讓而升審固而動矢流貫的侯服親於主皮樂奏釆蘩笙鏞備於和體豈失于獻士而亂於簡能下綱靡及於地前飛羽扂驚於雲際坐奠斯闕袒決而還宜父之妙誰崇仲由之令何寄且君子之爭應免於嚴科小人伐伎須從於薄黜禮律之道斯合宜然

同前　嚴迪

景遵貍步張是熊侯地武苟合於舊儀下綱未踰於先制

賓則有藝執射多功䇿卷寧懽於出正發縱每聞於破的
形弓既彀與明月而合規白羽纔飛狀流星而遂貫然而
禮成揖讓不獨主皮徒矜相決之容未覩莫豐之事作而
非法不足書能人而無儀誠須寘罰

不以騶虞爲節判

大射之禮主司不以騶虞爲節

對　寇泚

禮經之設寔和天地凡在有司理資虔恪况大射斯御大
侯既張誦貍首以成章歌騶虞而應節匪文匪武載光於
禮容爰遊爰豫一作爰豫爰謀式備於彝典崇折俎之儀助發生
之氣豈得弨弓之旨致闕公宮彼茁之規猶虧相圃位已

爭於司射法須加於秩宗請寘鶖鴒之科以懲樹皮之失

不以采蘋爲節判

甲會射制氏不以采蘋爲節所由加罪訴稱非三命已上

對　常述

射以習戰樂本宣風雖君子之所爭乃先王之修訓惟甲
幸逢光宅早踐榮班羔裘以朝未登三命之秩主皮爲會
咸兹五善之儀興武與同必期多筭和容中質不出于正
節未及於采蘋事有歸於制氏欲加其罪竊謂誣辭且物
有司存孔門垂教失官爲慢春秋所規節以樂章誠則大
夫之禮非禮不動實惟先聖之謩師古未表其明知禮反
招其咎所由斯罰有異繩愆制氏有言誠爲舉枉

同前　馮萬石

三皇威察利用弧矢六藝和容率由飲射故澤宮相圃揆
尊卑之節出正中質定賢愚之分既參之以樂章必備之
以禮物甲利乃習妙言會其儀豈徒主皮之善將勸君子
之爭制氏頗曉鏗鏘班乎樂職屬斯登降須徇疇人寧宜
簨簴不修鍾鼓靡奏闕於所守罪亦何疑至如武侯熊侯
自天子而斯達采蘋采蘩一作采蘩采蘋由命士而有差理合各
附等威咸依節制訴非三命已覺詞游將扣兩端須知甲
品請更閱實然後定刑

鄉射司正倚旌判

甲司正命獲者倚旌爲有司所糾詞云兼官無事

對　李思元

國有燕饗代存飲射貴以觀德先乎踐禮故比兹六耦是
辨其等威抗彼三侯必憑乎班列眷言伊甲則曰司存寔
掌厥儀克閑乃事序賓明揖讓之則進或歷階贊射辨升
降之儀退惟輔序而決拾是佽弓矢斯調射人發功非無
破的之藝司正命獲爰有倚旌之禮將欲秉其多筭罰以
弛弓使夫沮勸必明威容可則况職不在備禮或從宜無
事則兼寧云離局之過有司所糾實負曠官之責

賓觀武藝判

乙爲賓觀武藝主人三拜不答兩拜責其闕禮

對　李暄

侯以明之射有觀者設中筭以章物立其賓以相儀乙鄉黨稱賢進退有度將拜至而拜洗且三讓而三揖(一作接)是欲體和容之節知曲藝之美匪惟訓人抑又觀德豈可空瞻棲鵠未盡主皮尚陳旅酬必俟(一作侯)與答將疑飲數故異禮容既不爽於威儀亦何勤於偏拜謂之有闕宜乎未甘

矜射判

樊少翁與前張廻各自矜尚諸府以廻優少翁不伏

對　李迥

武有七德所以保大定功器重五兵所以禁暴戢亂在三端而不棄居六藝以爲先張廻擅飛衛之功樊少得養由

之妙同觀挂蝨並斷征鳥暫彎繁弱之弓載發忘歸之矢俱窮中質各盡和容未見於撝謙遽聞於矜尚君子無爭必也射乎府司既曰廻優少翁如何不伏

同前　郭行則

少翁繁弱靈苗張廻忘歸遠系各是良弓之子俱膺美箭之名類餙角以甄形攸資定體固鉄羽而成質期乎陷堅蓋取諸睽用明弧矢之利道該於藝允覿和容之能非唯取貴禮經固亦以威天下是處顏高之室稱乎六鈞寔發養由之弦先於百中論其飲羽本爲相資詰以主皮事非獨善瞻言繕造何劣何優擬其精靈徒矜徒尚文戰而朱覺先鳴齊驅而適聞後殿少翁不伏雅叶道方張廻非優謂符彝典

祭侯判

得甲祭侯辭曰強飲食御史糾非息宴之禮不伏

對　袁歆

唯祀與戎禮之大者觀射見德侯其是歟俾徼福於爾靈將示威於我衆所以司馬張皇於五射梓人盛餙於三侯繫而有儀下綱不及於地武祭以盛禮上射更揖於堂楣是則俎豆克陳熊武相間多筭少筭射人或餙於示(疑作爾)爵強飲強食祝史無愧於我辭冀必懲於不庭是有祈於介福雖非宴禮寔曰武經既庶幾於戢兵復何疑乎致祭乘駟之糾斯心奚至於加諸而中鵠之誠彼甲未越其典

則禮不瀆也神其吐之

同前　魏兼柔

揖讓而升發彼以祈爾爵正鵠苟失必也反求諸身甲主張三侯是供五射篤貳以薦初陳強飲強食之辭金奏既動間以采蘩采蘋之節屬九圍有截五兵載櫜宜習禮於澤宮可觀德於相圃下綱不及於池武中掩以待於乎弓帷若寧侯則抗而祝也所以擇士乃與之祭焉稱非息宴妄爲柱史之糾觀其守職未失梓人之規無咎可徵甲兌夫戾

同前　李挺

澤宮舊典相圃遺法實備多儀亦彰異數至若一日之澤

息物休農四牡既朝勞勤式宴於是取像貍步設廣庭之禮物載張獸侯量下綱於地武射之義也豈直主皮神則憑焉必侯工祝羞醽醢之嘉薦陳儆戒之順辭或中鵠而升則實爵以獻終乃示其慈惠庶將強其飲食正依經禮寧畏簡書爰詢栢署之言未達梓人之職甲之不伏可謂守官

同前　秦用

五善與能三侯是列俾射夫有獻庶君子必爭甲藝窮決拾心惟審固成規月滿則先張之弧如破風馳能發彼有的對梓人之成器受司馬之𦉹觴祭則有經辭豈失舊既不寧是抗非貽福謂何且使臣農夫息宴以禮而主皮栖

鵠降殺異宜如或獸侯斯張是則豸冠虐觸尚迷岐路更佇指縱

同前　姜庭琬

祭以主敬射以觀德三侯既設遂聞熊豹之差二篋可享爰申脯醢之奠甲進退有度揖讓而升方備於五善詎界於六藝有如武子之妙以取牛心類后羿之能無全雀目祭必如在神當格思唯寧者立以繼代不屬者抗而射汝強飲強食陳祝史之正辭克禋克祝介曾孫之景福必也正其齒位稱彼兕觥將勞農以休息乃示宴以惠慈鐵冠所糾恐未三思鉛刀見用終資一割同於噬腊難以耳心

馬驚師徙判

卜氏為御馬驚師徙小却監軍糾為無勇卜氏遂死之或誄其功監軍請寘乎理誄者執云非罪

對　梁燕

戎御近官事資良藝或逐禽而過表且并轡而授綏克敵是因搴旗攸屬卜氏叅名訓僕奉職佳兵懸父之焉或奔晉侯之車將敗師徒小却鉦鼓微旋既獲譴於言司載興慙於無勇鳴轂小故猶有伏劒之臣敗軍大尤須聞免冑之客是用捐軀不悋（一作吝）視死如歸東野傾輈雖則其罪國書殞首終用可嘉足比乘丘之能宜錫滑臺之誄庶執死節以寵鬼雄

同前　楊仲昌

師貞以律大易徵言羣吏聽誓先王垂則卜氏致躬厮役頗事戎昭似乘丘之惣立寧執御而無勇遂使秋（一作欲）遝塞北介冑慙容日暮城南鼓鼙傷氣監軍執簡而往操刀必割冀圖賞罰以制忠邪但授（一作援）綴匪傚流矢斯驗嘉赴敵以徇節亦議功而何妨禮經孔昭誄德惟允實卜也之非罪宜捨諸而無惑

同前　呂令問

將執御乎必使能者佽苟有素失乃非愆卜氏御戎豈其敗績六藝之末尚勤夫子之言十乘之先遂執王良之轡既而師貞以律驕勇爭鋒外強中乾忽陸離而莫制大軍小將却還延而欲奔非馬其人異叔牂之沒怨有矢在肉

知賁父之非罪罶人以告誠合誅之生也不欺將子無怒

同前　　梁涉

赤羽相向魯戴乘丘之役紅塵交飛國縣賁父之御事足
蒙馬力均投牛變非銜橛驚爲流矢殊卻克之不止因潰
齊軍成魯師之小却便亡卜氏汙朱輪豈敢言病驗白肉
乃知非罪逝者既往吾誰與歸死而可哀士始有誅此焉
寘理執曰監軍雖欲必也正名是故惡夫佞者

同前　　褚思光

卜氏習閑秋駕工隨水曲驕出車檻檻有六月之師將執
訊連連成九天之勝而深谿難拔小駟易驚殊攝叔之致
師有懸賁之敗績是無勇也於此死之監軍糾慝未窮通

慝必若馬爲流矢所驚人殊執轡之罪則死非其道（一作過）
誅得其功率象前聞寧宜寘理

同前　　楊慎金

邊候時警聞列將之授師戎車啓行有僕夫之執御白刃
交下望軍麾而且前紅塵四飛聞戰鼓而俄駭甚朽索之
爲御因交綏而小却疇昔爲政雖異羊斟不仁今時敗績
還同卜國無勇結纓而盡復矢空非請易其名盖難霑於
下士將寘于理焉可罪於亡魂雖聞舊經非辜當失不誅
不罪斯焉取斯

同前　　劉瓌

登庸取士六藝稱先設策除兇五兵是要卜氏爲御招愆
於馬驚監軍正刑志存乎鶡遂昔懸賁理御嘗聞流矢之
災卜國佐驂遂彰白肉之患有功必賞有犯必科未明敗
績之由須覈馬驚之故請重尋詰然定是非庶使幽冥申
宽功過昭著即寘于理深涉乖踈

射不穿札判

得甲獻弓蹲甲而射不穿一札有司詰之辭云液角者不
得牛戴牛角

對　　白居易

貫革乖方則宜致詰相角失理亦可徵辭甲莫體以成執
簫而獻中規無（一作不）撓六材雖則合三檢抜有慚七札不
能穿一且（集作宜）恐傷人之甲不曰堅乎而非戴牛之角無

自入也液信虧於巧者射遂爽於臧兮周典足徵彼自乖
於三色楚君明試此無愧於二臣咎且有歸責之非當

文苑英華卷第五百一十三

文苑英華卷第五百十四　判十二

選舉門三十道

舉似己者判六道　舉方正者判三道
舉嘉遁第判一道　自舉判一道
舉人倨傲判一道　自比管仲判一道
貢士不歌鹿鳴判一道　鄉貢進士判五道
貢人帖經判一道　括州貢士判一道
獻賢能書判二道　舉賢任選判二道
被替請選判三道　詐假求官判一道
知名配杜判一道

舉似己者判

丙充使舉似己者御史糾按丙稱但成三物唯善能之

對　陳齊卿

舉善國經爲善身守有觀風俗俾擇賢良故軺轉（一作傳）封尚且通於鍾律埋輪八使豈獨懼於豺狼丙以星車達諸天府惟賢能似雖讎不忘御史彈遠蒞職肅物臨人謂無失於奉公乃見傷於與善使苟爲鬷邁（詩東門之枌鬷邁訓總聚而行）（但其下既引羊舌又疑是鬷蔑）畏此簡書則羊舌廢而不興祁奚誰其請老制命爲義然暫威於栢臺察理蒞仁終取連於茅茹欲成三物方建一官所糾之言其細已甚

同前　屈突滑

天生蒸人樹君以牧國有理體得付賢其昌丙人伊何麼我好爵發揮王化對揚天休整日馭以觀風駕星軺而問俗方欲庶績其凝伊又九功式序搜遺逸於巖藪訪才能於草澤舉不失德推皆似己既無替於拔茅亦何慙於擢（一作折）桂且鯀則廢命禹乃嗣興奚其歸老午也膺職內不子避外惟讎舉建茲一官成彼三物自叶彙征之吉寧失鶴鳴之義憲司所糾誠爲妄作不能沮勸忽肆淫刑參則不敏未敢從命

同前　裴春卿

受命觀風光膺耳目停車轂駕是牧（疑作收）翹楚知之不遠十步自得於芝蘭行之有隣千里方聞於應會惟彼舉善誠爲好德出門無爽於同人投士遂多於似已類祁奚之

直道有范滂之遠心建一官而三物克成舉十室而四方知勸皇華允美所謂伊人白簡以聞徒爲此糾

同前　獨孤峻

舉賢無私惟善所在苟利社稷無恤其他（疑作也）故德能佐時彭仲超於令尹才堪御敵觀父統於三軍唯得其人似已何爽且魏獻舉代祁奚薦讎將利國是資不阻親怨以進賢爲務寧問回邪故能建彼一官成乎三物先賢所尚君子遠之事以類分云胡不可瞻言丙也直指是稱舉爾所知何敢沒沒良才衆矣多舉何妨御史繡服霜華驄威電發將遠執秩言眞僕區曾不知欲也放紛刑乎頗類（見左傳昭十六年子產曰刑之頗類）逞刑以逞誰則無辜得善誠則可嘉糾按

斯爲戾也

同前　　房密

進賢受賞求善以類苟有徇於薦能固無嫌於讎黨夫不惡汝句柳朔方爲於栢人孰可代之伯華旋佐於軍尉事不爲諂舉乃斯得以成三物奚獨一官且王命使臣匪躬之故位多君子何限之拘方屬時而激俗寧守文以牽制能舉善也唯其似之大夫之中則聞於祁氏御史之糾無爲於魯人宜加爵地之榮勿陷功賢之議

同前　　李翥

父教子忠爲臣不易知人則哲惟帝稱難任官惟良底祿以德莫不進方正之士獻賢能之書詩詠繡裳禮設庭燎

衣冠濟濟鳴玉珮而來朝文雅鏘鏘望金門而待詔祁大夫之請老內選其親范文子之讓能豈遺其舊皆舉不失職義不在私晉國建其一官魯史成其（一作乎）三物士遇知已惟其似之覩星使之來儀長歌棫樸覽霜臺之糾謬反示（疑）狐裘寧假有辭自然無咎

舉方正者制

京兆尹舉方正所舉者召見槃辟雅拜有司以詭衆虛矯奏請左遷

對　　張萬頃

漢辟賢良周升俊造求我士庶登之于朝咨爾大夫褎然爲首以弼余教將沃朕心況張敞尹京孫弘待詔軒墀中禁襜褕上謁如咫尺之在顏何槃辟以爲禮將三命以必走奚九拜以愆儀然惟才所難與人無備焉可納虛詭之說畏賢能之書苟上第之得人豈左遷之云罪試可乃已吾無間然

同前　　崔珪璋

制祿受寵以身許國夫不舉賢宜其削地故何武所薦先於宗黨孫弘慎擇果得詞林至如官則尹京爵爲上秩問馬未能於鉤距推賢乃見於槃辟且不求備寧責於周旋如或可收豈徵於拜禮應屬天顏咫尺對敭失墜楚材儻以堪用卞璞詎宜便捨欲求上賞更俟試時因奏左遷孰云其可聖朝刑尚不濫舉賢理合從寬向觀稽首之儀未

成不削之罪

同前　　李伉

四方取則西夏爲樞九流待問東臺是急若舉不失德實人所具瞻而肅穆清規崇嚴冊陛登清光於霄漢不遠顏於咫尺則當進退禮容孰聞槃辟雅拜旣無覩於叔氏亦何取於鄒人有司上聞攸資伏念儻使廣成不遠應無北面之尊綺季或存未屈南山之老試可乃已誰謂不然

舉嘉遁第判

嚴虛應嘉遁科舉試策及第選曹爲非時進擬經臺有喧訴選司以虛名乖實貶第

對　　徐楚璧

嚴虛草澤賢才蒲輪辟命玉臺對問既則登科仙署縻爵
誠宜利用抑同選調詎曰非常坐見淪塞行門招徃訴然則
晦其跡也事等繫瓠行其道焉何論負鼎諒出處之有異
豈名實之相乖義在優賢理無貶第與言舉主誠則知人
賞先茅之地非無故實奪閑田之祿未之前聞循彼功曹
以爲直筆

自舉判（闕）　李昇朝

舉人據地判（標目作舉人倨傲判）

潁州常居於本屬舉刺史問所能乃據地而言刺史將爲
奇才察吏爲詞色倨傲不堪奬仰處分

對　常希顏

常居汝潁奇才丘園高士千進二千石自謂五百年陳思
王之藝能唯聞自舉馬相如之文藻故且先容蓄銳門庭
審屠龍之已就露才州府望維駒之有期舉善進賢英翹
是務負才任氣倨傲何傷計吏循揖司空處士何卑刺史
或是棲遲之侶禮律未閑流宕之夫拘檢不足取優退劣
赦過舉賢庶以爲宜未敢懸定

自比管仲判

無是子恒居草廬自比管仲云夢乘舟邑人告其虛誕

對　李昇朝

國家頓網鵷鴻廣羅舟檝人降三傑俾機務允釐天飛五
老而元氣清晏猶且弓招歲下徵拜日聞無是子毓德邱
扉滏神虛白效宣尼之竊比無踰老彭徵武侯之故事終
期管晏雖復跡符誅衒終是志越儕流或未可量有足嘉
尚昔月中見字尚表英童今夢裏乘舟故符王佐但聖朝
以丘園佇秀物色求人乘箕降昴之賓金礪玉璜之相必
循名實方漸台階今者邑子薄言告以虛誕且鄉人所惡
未可即依翁歸自陳亦難憑擬言之無罪告上何傷

貢士不歌鹿鳴判

甲秀才充貢郡送不歌鹿鳴之詩

對　苗收（總目作牧）

甲才惟國寶秀彼士林孫弘適見於贈𧧑郤詵佇希於擢
桂既添鄉賦將觀國光雖賓薦可嘉而禮容未足鹿鳴不

奏鳳德何衰爾闕其儀我愛其禮乙有言矣郡何詞焉自
速其尤誰曰無咎

鄉貢（一作舉）進士判

鄉舉（一作貢）進士至省求試秀才考功不聽求訴不已

對　趙岳

鄉大夫之興賢最（疑作能）大司徒之論俊造既升司馬又告
諸王天府拜而已登內史職爲其貳周云進士漢曰秀才
在今日之區分非曩時之名數文藝小善進士之能訪對
不休秀才之目美彼良士賢乎我師以窮鄉之莫知徒舉
其小庶會府之達識即致其大亦猶鯨魚之鼓溟海數蹄
涔之暴鱗驊騮之局中庭望雲朔而驤首考功自可表其

秀傑拔以殊倫纘常式之文不歲登其尤異急賢之地宜日新於進才聞言不聽斯爲蔽矣試可乃已何至是乎公使湮沉坐令求訴

同前

漢碑晉良莞徵側陋庶見拔茅之彙方資刈楚之才故選彼鄉閭貢之天府始策名於進士誠合明敭終求試於秀才一何乖謬既離爲以千事方越樽而代庖薄訴雖多厚顏奚甚國章攸著甲令斯存考功不聽誠則無爽

同前

講信明義脩詞立誠豈唯潤身且以干祿（一作以干祿仕）德成而上充歲賦於司徒道在則遷嘉名聞於會府叩兩端而入

仕傳之以文論二舉之殊條奪之於理尋擇賢之意無遺十室之才詳歷試之規寧隔四科之秀循名責實雖在司存改業惟人何求物議

同前　權寅獻

拔茅稱吉大易至言刈楚飛音詩人起詠進士以鋪翰振藻見舉於鄉閭文麗筆精允光於省闥攄才雖稱片玉無狀須依一名出敬梓之鄉但論進士入握蘭之署旋求茂才名異奏名事便迂僻訴非訴禮義甚乖踈瞻乎不已之詞何哉無狀之繆請依鄉舉謂允公途

同前

髦俊之侶鄉曲有聲閱五車之墳籍光三道之詞翰是得咸充歲賦各騁翹材喧（一作喧）鶯谷以載飛歌鹿鳴而入薦既臻華省方得甲科但以進秀異名考試殊例不應本舉誠恐非宜考功不聽良爲允當訴求不已何大乖踈

貢人帖經判

漳浦郡貢人景帖策不通所由將坐郡守云未成公仰處分

對　張憑

惟賢是舉慎擇爲先明試以言得失斯在惟景策名歲貢待扣禮闈將登甲乙之科翻速主君之疚何則帖茲學圃既謝專經策以詞林仍非善中遂使仙臺清鏡徒訝於才難幽谷遷鶯空悲於歲晚顧惟州將豈曰能官攄條雖未

成分於事恐非公薦景當冐貢請用遂郊之禮守舉非才宜從削地之罰

括州貢士判

括州（括州即括蒼也大曆十四年改爲處州）甲貢士火

對　諸葛若鸞

諸侯列土貢士有差稱彼地靈登之天府括州水鄉退服台嶺仙區梓漆標材幾馳聲於俊造竹箭爲美亦飛譽於東南頃以充賦上京頗規前古在褰帷而未失何直繩之見欺然則國家徵異搜奇招弓頓網移鄧林之茂樹接影槐庭掩澤國之瑰材連芳芸閣既惟新而製典何背禮之云稱廉使此推蓋申朝憲州將雖拒有昧隨書

獻賢能書判

甲歲終致事不獻賢能之書御史糾不能教其所理辭曰待經三年則以禮賓之

對　宋昱

考藝尚實進賢受賞必久於其道乃不失其人甲也齒鄉職於股引覲其所與以德行爲先察其所安則文理爲後縱舉不失選僉曰能賢循同三年乃賓以旌五物無爽筐篚以將其意笙歌以勸其從儒者爲榮詞宗立志始於司徒授法終以大夫獻書俊寵於君舊史每令於續食成賦於國前王肇俾於計偕將慎薦延之儀遂下崆峒之拜登于天府貳於史職當由致事之歲則匪掄才之時卿則守

官諒不愆於侯度臺應情理頗有乖於紀律有詞不伐無簡可聽

同前　鄭遂

國有地官以帥職鄉則大夫而列位政無苟貳命在奉扐告于鄉里須司徒之禁令期於歲時登夫家之衆寡眷言甲者斯焉從政既受其法如璽印塗將教所理猶金在鑄是以俊造察本於鄉閭賢能薦登于天府同谷求之舉士不失薛宣類周瑜之貢才無遺魯肅況致事有典大比作程詢衆之謩義存五物禮賓之飲道在三年作良命官是甲未聞失德賞恭罰否彼憲何其謬繩

舉賢任選判

得上封事人云吏部計選不得其才請命公卿舉賢而任所司云知人之難恐不絕私非選士之策

對　鄭察

底祿任人惟賢是務居位稱職無私乃可況爰設天官俾司衡鏡審輪轅之目每得山公表清通之心更推裴楷固不失士將無棄才何必咨爾公卿獲我髦彥雖鄉舉里選則有附於曩時而操柄執權諒難廢於今日且如知人匪易絕私尤難前王以之則哲五倫猶是自疑家官必擇夫至公廢流自息其貪競議乎經久曷可因循愚謂上封未協中道

同前　盧貽

求賢審官分職揆務必資慎擇乃罔姦邪惟彼禮闈式蒸髦士固亦品藻而無失夫何銓管而是昧所以懷山濤識量蘊毛玠公方擇其琳琅誰云非允刈乎杞梓孰曰謬賢嗟爾伊人議乎取士類匡衡之述古多所引經同谷求之上封屬（一作獨）將言事教懷邦典政敗豎儒且涉緣情殊非革弊天官嘉選是曰司存月卿薦賢恐成離局

被替請選判　牛聳

丁授官累日被奏替請非時選廢置不許云準勑旨冬巳過旬限丁訴云今正在冬當替只在下牒之日且辨論官材不合拘以限約廢置又執賢能以歲時入其書豈可無限

對　　牛僧孺

用行捨藏宣尼所誡難進易退老氏格言伊丁効官先甲入用曾未浹辰見代而解乎印綬已在後時叅選而趨乎衡鏡雖牽絲失位情有可矜而如綸與能材或無取誠宜委命而去何至滕口與爭但使如珪如璋不僭不濫孑旌自礪仁遠乎哉今則天鑒孔明星郎守法進退不遇斯害也已吏曹引乎周禮前言是徵丁意昧於隨時厚顏何格告令知分用止躁求

同前　　敬寬

底禄命賢諒存於考覈懸象班令克定於程期無慢國經必遵王度弩言丁矣庶得人焉登書拔才量能授職始望

政成人化冀及三年而乃褫服抽簪曾不累日屬叅選限勑而詣訴過時徒思揚已露才豈可違文破格然已而靡愠嗟有異於子文晋之物移傷不遇於黄霸誠哉廢置寔曰司存引明周典之文詎忝冢官之列輿言不失宜窒有詞

同前　　王沼

任良物官著國典而爲重守法立度在所司而靡踰丁筮仕策名掄材受署既而天書荐委寧俟及瓜之期會府陳辭重希刈楚之選官纔登於累日時已後於三冬允哉廢置明乎用捨雖進賢是急冀開取士之門而滋衸不移誠曰在公之義訴而不納信謂得宜況歲其書事有徵於前志不拘以限亦何聽於薄言請俟他年無隳舊典

詐假求官判

乙詐假求官科其罪訴云求而未得詐僞

對　　蘇寧

爲官擇人聿求俊乂强學干禄必正科名彼乙伊何不求諸已射官明試無聞六義之能藻鏡掄材將亂九流之序況今唐虞御極才子在官王裴持衡至公選士方聽得賢之頌寧容詐假之辜顧三面而斯宅既稱未得須議熾論

知名配社判

甲知名早卒郡守配食縣社糾不法曰恨不及之

對　　敬括

駿馬雖死猶聞市骨秋蘭縱敗罔或損香詢訏乃甲名器無瑕稟諸葛之美秀幼敏足稱韞子然之材能早代何速恨疑良者守克尚于賢仰之彌高未經旌其閭巷思而不見聿將配乎縣社俾善政彰聞下人悦勸伊可韙也何其糾之宜高孔氏之言無取使司之見

文苑英華卷第五百十四

文苑英華卷第五百十五

禮賢門二十七道　判十三

小吏歎言判四道　薦賢能判五道
寢延部人判三道　志行高潔判一道
舉拘鼈生判六道　貢市井之子判一道
選人代試判一道　拔萃相非判一道
取名士判一道　教胄子毁方瓦合判一道
試選人繼燭判一道　徵辟不起判一道

小吏歎言判

景與小吏歎言倨見功曹將黜不伏

對　康子元

義在斯合借容猶重於將軍道或可存縫掖未輕於太守景歎言小吏將疑十五之詩倨見功曹無近三千之律耕耘禮義儒行已申於仲尼嘯傲風雲高節未屈於光逸雖闕循牆之敬豈干銘鼎之科將加譴黜恐乖寬裕希從理遣無重斯慭

同前　毋嬰

聲同律和氣合形比渡遼捨鴈門之守獨把書生中郎指座客之談方近處士吁惟小吏職在含香光逸有耆於美名李斯果昇乎列位神期暗許能紆長者之歡精義其同何廢達人之話功曹望慙樂廣才謝范滂空嫌倨見之輕遂啓黜贊之責不省諸巳禰欲退人廵覆再三匪聞其可磁石非曲鍼之取武魄無俯芥之収捨凡就能幸從其議

同前　鄭少微

智士敏德難進易退明識流鑒察微知彰與善無求於貌恭選能何限於斯役一言而善三語攸升交匪竭歡談仍詣理不乏吾事在小吏而非辜無速我尤何主吏之頗類不從棄黜深謂得宜

同前

景與小吏歎而且言不勤無傲之心旋得有皮之刺恭匪近禮信則承羞黜而未并或難奪志若使才不足美怠而可尤必也德有可甄倨而何責徵諸故事折有其倫鄭生見重於杭詞元淑無嫌於長揖與其詰過寧取優賢

薦賢能判

甲薦賢能之士三詰公車試皆高第表請錫彤弓矢廷尉致詰詞云三適有功

對　趙子餘

建官惟材言刈其楚爲政以德行歸于周甲微華國章夾輔王室允茲好德是用進賢禮盡異能裦然登於漢室策選巖穴咨爾置於周行既三適於公車宜九錫以觀國且得臣敗楚失在子文夷吾霸齊功歸鮑叔寵錫既傾於彤弓將命必議於太常致詰豈煩於廷尉儻任刑而廢禮猶越祝以待庖既見侵官未能唯命

同前

甲何人斯惟曰舉善士異其行光〻（于）薦能如祁大夫則仇
讎不避若隨武子乃管庫先登才〻（才）膺明試雖公車之是辟
事匪專征豈彤弓以爲請名器不假車服以庸信有德之
可嘉終無功而何錫致廷尉之詰雖三適稱勞異諸侯之
勳而百矢奚用典禮不易事義斯存

同前　沈東美

舉善惟微知人則哲妙聞音者識窮山之竹能追芳者賞
幽徑之蘭甲位登八命才高四岳言刈其楚有異錯薪載
縶其駒屢聞驥首文舉之昇一鶚陶洪之拔三國志陶丘洪云御二龍
於長塗披字疑二龍曷足思齊寧將比價懿茲擢桂便請錫弓自
伐誠則躁求議功何妨懋賞稽諸漢史軌躅昭然名器不

可假人升降固宜合禮爵土互錫理或酬功弓矢斯張雅
符謬請六卿司過三適胡爲

同前　王昌齡

俾爾公侯敬服王命乃升賢俊昭宣訓典惟甲蕃屏有垣
既孜孜於審擇黜陟咸若亦賢賢而脩貢三詰二適登漢
室之明科九德九徵贊虞臣之寅亮有如取火於燧故能
任事加爵且汝惟勿伐則繼珪瓚不誣今也自賢豈曰彤
弓是允與其表請孰若謙光廷尉有詞匪伊妄作

同前　劉潤

唐堯稽古時謂能官周文小心號稱多士雲龍感召鸞鷺
充庭蒲璧交衢弓車荐委薦異能之士採非常之德遊太
學而横經詣公府而高第驥足十里同主父之三擢桂林
一枝耻公孫之十上爰求九錫之命以旌三適之功惟甲
書生可貴能移太守之尊小吏雖卑猶奪宰君之望在道
雖云可重傷倨無宜寘刑理在優賢不勞加黜此篇惟甲以下四十
二字疑誤

寢延部人判

撫州别駕豆盧安舍正寢延部人乙弗乾公事禀而後行
所由舉不法安不伏

對　員峴

端右之寄古人爲難光我大邦抑惟良政豆盧安雅有通
識率由舊章呂虔推其佩刀諸葛稱其驥足好問則裕高

步於丘門有道可尊且懸於陳榻舍茲正寢延彼部人饑
渴良圖咨謀雅道昔干木賤士文侯尚且軾閭侯嬴匹夫
信陵以之虚左重其所部望古何慙舉此爲非愚所不取

同前

豆盧安幸屬清泰早襲衣冠陪去獸而宣風贊還珠而緝
化題輿就職行聞仲舉之風展驥臨人坐振士元之躅爰
於正寢延茲部人罕言私情但舉公事乙弗乾既奉嚴命
禀而後行論情未越於古風據理何乖於即事王子之臨
東海雖未贈刀盧君之撫南康終其化鶴所司妄舉將有
昧於條章安既有推詞請從於緘默

同前　劉光

王梓望職久著傳刀麗統良材攸稱展驥承上接下故宜
自己而行舉目提綱或可稟人而借如鄭產流譽尚採鄉
校之言晉侯留疑猶聽輿人之誦則智有不逮材有不通
江海以納流爲大君子以訪謀爲美子賤之居茂宰實稟
度於邑人何晏之任尚書上關懷於談客孔丘既稱其善
史臣不叙其非按舊章而可憑明所司之妄舉安令不伏
良謂有詞

志行高潔判

得甲志高潔遂爲時人所宗有司詰之曰景前時以爲通
而今以爲介是不恒人也請斥之甲云景雅尚自若而論
者或異不伏

對　　李暄

國著進賢之賞人思類能之用欽崇慰薦敦固引繩野無
遺才邦有大任甲方伸己志將舉所知毛玠當仁克尊徐
邈孔融明敏無棄禰衡見機（一作貴）乃通達之人失道爲草
（一作井皆可疑）介之士隨乎去就順以行藏不會適來之時將疑
過後之行寧聞管鮑之厚孰存莊惠之深其於有司未曰
知我居然請斥何哉失辭

舉抱甕生判

河南東道持斧舉抱甕生或告云矯州科生妄罪不伏

對　　王利器

大道潛運群動無心明王德于庶物適遂由是山栖谷隱
常有居巢之人嚻疏灌圃（一作囿）時聞抱甕之叟屬旒冕側
席載勤於夢卜繡衣持斧傳訪於丘園皇華以知無不爲
誠朴略之可尚或人以多聞博識明渾沌之非真跡初兆
於行藏事有同於倚伏舉者縱非折衷猶或獻芹科者貴
叶平反無宜（一作疑）寘棘愚之寡見告訖爲宜

同前　　王泠然

使臣巡方天子錫命有能利國無待受辭况詩著考盤易
稱嘉遁清高勵俗義道周身致爲舉先可以師者御史歲
觀風物夜動星芒路出河東載馳驄馬地疑河上便遇真
人將觀善以懲遺遂薦賢而報國逄萌既達（疑作遠）威辟莫
辨東西法真（一作慎又作振非）不以禮迎何能進退由是黃金見

鑠白玉成瑕雖莊周道心以枯槁非本而子貢利口乃渾
沌假脩人既無情罵叔文而稱矯州寧妄罪鞭笞越以成
威

同前　　馬翊

濟濟以寧寔惟多士戔戔所貴其在旌賢且抱甕之生代
稱高尚垂竿投釣寧殊渭水之公灌園嚻蔬不讓漢陰之
叟御史以皇華動俗驄馬生風有隱逸而必求無賢才而
不舉今當所薦理合其宜復有澆薄之夫淳和詎識季孫
譏於子路未塤其容武叔毀於仲尼何傷其德寧使桂
之輩道以矯時飲犢之流人稱爲妄州司處斷未曰通途

同前　　張景

弓旌待士束帛巹賢授方任能察言觀行雖三徵改運文質有殊百代可知風聲不替國家克明俊德無曠庶官多士斯聞得人爲盛猶恐考盤有作薖軸生詞思草澤之遺芳憶山泉之逸賞傍馳鶴板博訪龜枚將求異等之才載下非常之制方貴執簡直指觀風澄清之道莫聞黜陟之宜且昧海隅沉隱未薦褒衣潢陰矯識翻稱抱甕詳延不中使司自是疎遺混沌假脩野老若爲加罪

同前　張法

詩詠考盤易稱嘉遁聲流載籍美播丘山誠出處之多途乃蕭蘭之或致至若丘中（一作立）老圃漢上栖神跡徒桂於幽閑名未通於東帛既而金潭洗菊不暇優遊玉鵞滋園

徒施混沌御史乘驄按俗持斧臨人有悔必彈聞善斯舉然以羸瓶小節抱甕微流賁然來思竊用多愧或告云矯深柰前聞生也不并如何厚貌

同前

世道交喪文質平易朴略之緒耿焉不退混沌之萌去之彌久眷言持斧尨我王職將鎮風化是旌漢陰子子千旄雖得詩人之詠悠悠抱甕仍招孔父之責或者之告不其宜乎假脩之名於是驗矣然刑克以當遁真存肥窜越尚不致科巢父如何詰罪免夫度外竊以爲得

貢市井之子判

得州府貢士或市井之子孫爲省司所詰申云（集作稱）羣萃之才（集作秀）出者不合限以常科

對　白居易

惟賢是求何賤之有況士之秀者而人其捨諸惟彼郡貢或稱市籍非我族類則嫌雜以蕭蘭舉爾所知安得棄其翹楚誠有惡於稗敗諒難捨於（集作其）茂異揀金於砂礫豈爲類賤而不收度木於澗松寧以地卑而見棄但恐所舉失德不可以賤廢人況乎識度冠時出自牛醫之後心計成務擢於賈豎之中在往事而足徵何常科而是限州申有據省詰非宜

選人代試判

得乙充選人識官選人代試法司斷乙與代試者同罪訴云實不知

對　前人

官擇賢良選稽名實苟作僞以（集作而）心拙必代斲而手傷乙情匪容奸行乖周慎將如吾面遂充識以不疑未見子心果代試而有悔既彰聞而貽戚乃連坐而（集作以）論辜察情諒不同謀結罪誠應異罰法無攸赦選者當準格論人不易知識名所宜情恕削奪恐爲過當貶降庶叶决平

拔萃相非判

得乙與丁俱應拔萃乙則趨時以求名丁則勤學而待命二人于有相非未知孰是

對　前人

立已徇名則由進□取脩身俟命寧在躁求智乎雖不失時仁者豈宜棄本屬□□懸拔萃才選出群勤苦脩詞乙不能也吹噓附勢丁亦恥之躁靜既殊惟胥遂遂各從所好爾由徑而方行難強不能吾舍道而奚適觀得失之路或似由人推通塞之門誠應在命所宜厲志焉用趨時若棄其葑菲失則自求諸已儻中其正鵠得亦不愧於人無尚苟求益嘉自致

取名士判

得選舉司取有名之士或云不息馳騖恐難責實

對　前人

聲雖非實善豈無名不可苟求亦難盡棄屬時當乏席任

重掄材思得士於聲華懼誘人於奔競若馳騖而方取慮非歲貢之賢儻（集作如）寂寥而後求恐失日彰之善將期擿實必在研精（集作情）但取捨不私是開乎公道則吹噓無益自閉其倖門名勿論於有無鑒自精於舉措

教冑子毀方瓦合判　前人

此篇當在五百一十二卷師學門今已移入此姑存其目

試選人繼燭判

得吏部選人入試請繼燭以盡精思有司許之及考其書判善惡與不繼燭同有司欲不許未知可否

對　前人

旁求俊造追將筮仕歷試文詞俾從卜夜苟任簡而無取宜確執而勿聽萃彼群才登于會府惟賢是急慮失實於握珠有命則從何（集作許）借光於（集作而）秉燭及乎考覈罕有菁英屬詞既謝於揀金待問徒煩於繼火將期百鍊之後思苦彌精何意一場之中心勞愈（集作逾）拙扃如早已焉用晚成敢告有司勿從所請

徵辟不起判

得乙隱居徵辟不起子孫請以所辟官用蔭所司不許

對

脩身獨善寵則若驚制爵尊賢命其難廢形雖遺於軒冕蔭宜及於子孫乙貞以自居辟而不起鶴書下（集作莫）顧雖忘恤後之心爵命已行寧闕賞延之典若使死無用蔭生

不及榮何成旌善之風宜（集作且）是廢君之命場苗不食誠自絕於縶維葛藟有陰義難虧於燕翼請優後嗣以獎外臣

無出身判

得乙居家理蕪使舉請受官吏部以無出身不許使執云行成於內可移於官

對　前人

選調（集作調選）正名誠宜守序敷求懋德安可拘文乙積行於中闈彰于外薦使以道孰知已欲致我於青雲天官以限在出身將棄子於白屋事雖異見理可明徵掄瑣瑣之材則循舊格割翹翹之楚寧守常科幸當乏席之求無惑刻

毋之執況自家刑國移孝資忠既聞道不虛行足見舉非失德所宜堅决無至深疑

文苑英華卷第五百十五

文苑英華卷第五百十六　判十四

祭祀一

祭天地嶽瀆十九道

祭天判一道　祭地判一道

祭星判一道　祭后土判一道

祭社判一道　祭不奏商均判二道

祭五嶽判四道　祭四鎮判二道

祭天判

立冬日南郊祀昊天上帝所司不歌由庚長奪其俸祿訴云有其義而忘其辭

對

立冬而郊先王之大禮備物以祭國家之舊章祝史正詞孚聖德於上帝牲牷肥腯降景福於明神機象既陳匏竹攸設所司涖職寧闕禮經三獻或陳且不乖於祭法九成既奏何必在於由庚苟辭亡而樂在（一作在）遽茲奪俸無乃非辜彼有辭焉捨之可也

祭地判

有司以陰祀用騂牲廷尉議罪云牧人不供

對　陳儻言

君上事地典禮孔明臣下奉天祀物斯辨以騂牲類圜德以黝牲奠方祇必齋躬以祼將咸先甲以從事今乃居陰位施陽禮紊百代之則循一時之宜豈惟不嚴於神實乃

有醜於國且祭以崇德禮以昭敬況在唐堯之朝守禮樂之秋而享祀顯若牲牷昧如固可捨其不供之辭責其尸位之罪

祭星判

甲祭司人沃盥執燭而獻人數未便陳玉徹奠監祀糾其失儀甲訴云來歲美惡豈玉能知

對

利用祭祀肅敬鬼神不僁乎物實受其祉甲歆司人事著宗伯當執燭以獻數亦數玉而備儀何肆無稽之言用虧有恒之典雖雅有洞酌以清絜爲貴而傳稱瓘斝在祈禱則施福善苟違珪璧之所傷無幾薦誠或應黎元之所獲

則多既靡終於舊章奚將表於明德神則不享吾何以觀糾夫失儀信爲得實罪自掇也刑其捨諸

同前　　劉廷實

祭神如在肅事以敬求之髣髴望及諸幽待以精誠同來當日甲司小職謬乎大義盥而從事情初寓於夙興燭以終歌理乃失於明發獻牲雖奠禮玉未陳苟蘋藻之可嘉將珪璧而何用雖氣均通正自調風雨之期若歲偏祈禳將從雲漢之祀入刑自通於抵玉論罰不假於鈎金

同前　　程廷玉

惟天生人罔不克乂所以陳玉帛奉粢盛啓蟄而郊方祈歲稔既盥沃以告虔爰執燭而抵事簫韶始奏謂冊鳳之來儀奠獻乖方寘鶵鳩之是問禮虧陳玉祭則徹懸雖以歲美爲辭其如失禮貽譴在祀之禮誰其捨諸

同前　　張默之

祭祀之儀精誠爲大陳列之品持玉攸先苟違禮經神將焉饗故博碩肥腯無禮不足爲豐潢汙行潦有禮不嫌於薄雖既灌之後吾不欲觀而陳玉之前故爲徹奠有年雖不由玉無禮誰愛其羊覽甲訴之詞覺其小失詳監祀所糾頗爲合宜

同前

天垂衆象地列百神四時祀之靡一不可所以爰命於甲有事司人如在表至誠之懷惟馨祈莫大之福遂能就盥

除穢用燭明儀既俎豆而式陳奠珪璧而必薦諸具已備惟玉未陳謂監祀而罔知何糾事而斯當詞雖不已其難捨諸

祭后土判

仲冬有祀於后土靈鼓不以節法司按罪訴云金鐲之過

對

鼓以格神金能制樂各率爾職斯謂守官國家展禮汾陽和穀雕上享祀不忒威儀孔昭薦鼎已覆於黃雲配俎必資於清奏神人式序金石克諧坎其以都進不失旌樂之時義其大矣哉相彼鼓人佑我祭典理宜徹茲六變以出地祇何得舛此八音坐罹天討曲誠有誤問迴頗於周瑜

聲無可聽闕疑稱美於吳札法司按罪其如有詞請議扣鐲之刑捨此援捊之失

祭祀判

宋元君叩鄫生鼻血祭祀人告妖

對　李廷暉

鐏俎牲牢歲時享獻祭神如在明德惟馨感以此誠曆茲介福先王令典列代通規且有生最靈惟人爲貴怨嗟尚傷於和氣淫酷豈叶於明神今扣鄫生之血以充勾龍之祠且送終尚不致殉祭社焉可用人徃諫前非恤事不遠原情擬罪在法難容告以爲妖或亦未可求言其實須寘于刑

同前　范仲邕

臧蔡用愿無宇興言伐莒獻俘周公不享馬先循不用馬人社寧容祭人惟彼宋君志多剛很惡有大而必稱善無細而必遠遂取鄫生以血祭社愚管窺此其傷實多或人所告深符至道殺人者死傷人者刑先達所制後進攸則（一作行）宜投正法庶革來祀

同前　王元貞

諸侯力爭乃立冢上動衆興事受脤攸行同盟之君先尊霸主附庸之國亦屬大邦畀鄫子於次睢皆嗤宋主將蹶由而釁鼓不利楚家此乃魯史明文殷鑒不遠靜思今者元君鄫子生事有符於曩辰何不仁於太甚生鼻取血誰其忍之畜不將人舊將何若眷言其事實類傷殘告以爲妖仍將未得況明君有道弓矢載橐坐九重而納隍恐萬姓之失所有此殘酷其如律何

祭社不奏商均判

太社奏樂不奏商均有司將爲失禮

對　李昴

聖有謨訓明徵定保於昭大社德洽生人雖烈山已還勾龍作配而享祀不忒國容孔彰鍠鍠雲門宛是天樂備物致用覺明鳳之不飛感靈動幽（一作術）識潛魚之入聽是知樂之至也乾坤由是混和祭必肅然神祇所以丕祐國家九變具設六府孔脩器陶匏而不奢聲鏗鏘以合雅洞酌明信神其享諸非楚使之誇秦異曹劌之諫魯列聖敷典則有其義商均不奏豈爲失禮

同前

五土爲社二時宗祀諒殷薦而無差將報功而有序在國彝典主司常儀方今百工惟時六樂非濫故當明祀之禮從防暗室之欺宮懸備庭克奏降神之變豐幣在席以表至誠之欵必仍舊貫當憑故實豈吹竽而混音何握蘭而妄舉內省不疚其詞未孚謬指商均之曲頗動周郎之顧

祭五嶽判

所司有事恒山用沈辜御史糾失禮不伏

對　張秀明

天子徧祭無文咸秩牲幣之禮則有司存惟彼恒山是稱北嶽洩雲雨以潤物森草木而藏景有靈則祀故能覩彼三公執文而行何其誣我五禮御史以寶符作氣雖久歆於無恤沈辜受欺曾不若於林放按以失禮竊謂其宜誠合没齒無怨豈爲噬腊遇毒所司不伏雖聞飾非敢陳愚見以罰白金

同前　張楚

恒山臨代惟嶽降神趙主藏其寶符武侯啚以兵勢是稱靈鎮且在祀典眷此宗伯用祭祁寒黍稷惟馨德之是賴牲牢不謹職爾之由苟失沈埋之規何班咸秩之禮匪黷而慢宜其不欽自尊致尤將欲誰咎請從宜指之按以塞

黷官之責

同前　張鷟卿

星開并汾嶽鎮恒山聚氣成德蘊靈藏寶吐納煙雲之秀寥邇胡狄之鄉國之大儀實在明祀所司有事期用無失絜牲幣而茂典舉祈懸而薦名茲秩秩而備章佇穰穰而勑福山既若是川亦有之抑此沈辜之迹寔鍾胥均之祭爰考樂歌與流峙而無別及徵禮號乃科目之斯殊豈得視諸侯之秩薦三公之用苟則有紊孰云不知御史學優竹帛榮高衣綉既覩祠祀之差遂推（一作擢）簡墨之糾諒爲昭範斯得罪人

同前　員押

能興雲雨山川有咸秩之文以懸日月祭祀爲不刊之典必考前志是謂禮經或忘甲令寧因官守惟彼恒山鎮茲魏國有虞巡符玉瑞班乎冀州無恤登臨寶符并於代郡干天之極括地之維先王是崇上公攸視四時有禮珪璧或聞其瘞埋百代常行牲牢不忘於封割所司有事故實無稽沈既殊乎大川辜亦非乎小祀山川（一作泉）反覆禮物徒施職業廢隳刑章安捨惠文直指始跡事而平彈尸祝無能讓繁詞而直對不有不蔽何徵黷官

祭四鎮判

祭醫巫（一作無）閭非是五郊迎氣日復無祀官法司科營州刺史罪不伏

對　閻抱褒

凡諸嶽瀆年則一祭祭當何日五郊迎氣之辰祀用何官千里宣風之職只如無閭峻嶠作鎮邉方營州刺史須崇望秩自合顯若觀盥率由舊章豈容祀匪其時身不預祭自貽厥咎何逭其愆行聧莫祭之規坐招法司之議準法科附仍下營州

同前

惟彼營州寔建司牧既班禮樂復典山川尊夏后之前謨佐皇朝而作乂月（一作日）醫閭作鎮祀典攸該或每歲以薦誠或隨時而致享克此以顯若或備牲牷國之大儀允有常憲眷言州將奚紊舊章乎涓吉日而非時捨祀官而莫預自貽伊

戚其可捨諸如也非因大祭苟爲小祀去黍稷之非馨存乎明德采蘋蘩而式薦將以昭儉未爽正途難貽濫罰片言將析兩聽猶疑期於無刑請重推鞫

文苑英華卷第五百十六

文苑英華卷第五百十七　判十五

祭祀二

祭山川百神

不供祭用判

景奉使沉埋虞人不供其用

對

國之大事必存乎祀禮有五經莫重乎祭故肅事享薦雖不祈求而歆馨碩德是資昭報主上纂堯丕緒欽虞大孝是卑宮室固非爲己用崇享祭其以佑人故臨遣制使聿脩祀典飭躬戒告展事采錯（司馬相如封禪書作展采錯事）捧玉（一作珪）將絜牷牲盛儀宿設嘉樂具舉川先河後得沉浮之儀因方即陰合瘞埋之禮比時具物責成存乎有司虛中處事先令期於使者彼何爲爾而敢闕供夫惟虞人不應無訴

同前

厚德載物山澤通氣珍惟期虞衡是職無幽不通在山川而有事至誠則感故鬼神以是依惟景肅將天威祇若事典式崇望祀之禮用展沉埋之義而虞人不虔祭物有闕各守爾典奚曠於厥官莫恭其職自貽於伊咎請舉虞人之罪歸於士師之辟

同前

社稷五祀山川百靈有國有家是尊是奉徧群神而致享環（一作理）四時而不忒爰以使臣巡行郡縣職茲望秩之事崇是沉埋之禮或陳典法無替虔恭況徵福假靈沉璧埋幣罔不祗肅通乎至誠蘋藻方薦粢食不繫神（疑作禋）官傳士分典斯務庖人尸祝各守是司事或有遺罪將何逭且

我愛其禮（一有而爾二字）闕供由（一作是）其寘罰神歆其絜克誠可以享斯眷彼虞人掌茲山澤不守其祀自貽厥愆宜寘乎刑以懲不恪

祭七祀判

甲爲盬人緣祀中霤供祭或告慢神訴云於事無失

對　邵瓔之

國禮在祀先王志其嚴絜神歆惟德之金期於肅恭苟有孚於蘋藻固非馨於黍稷盬人職列周官事供王祭因濶下之成用備奉上之班司屬夏禴爰臚群祀咸秩乎薦饗於中霤式虔誠於內饔五材之味或爽七祭之容遂闕然時有異同事有隨變至信爲用且（一作誠）應明心饗餌不虧

何傷介福既異不供之罰難科作咎之刑

百神判

將事百神差日有司不舉

對

請信脩睦禮行於時人和年豐神降以吉屬歲陰云暮田畯至喜農事不作役軍告休於是乎具器孚薦陳粢戒掌答成功於衆神設禋祀於大蜡雖既滌既濯不騫不忒日遠精擇神將曷歆吁嗟是司不謹有職昔仲尼觀魯助祭興於喟然今太卜差時儐神失於顯若祝史陳信其多媿詞司存不舉坐寘恒罰

蠲饎祭不供物判

以蠲饎祭百物不供

對

水旱雩禜山川沉埋畢爲雨師斗亦司命順四時之序祈萬姓之福蠲饎允祀於百物望秩備禮於四方事或闕供罪亦斯得無止風之磔徇同告朔之餼羊卜而罷郊以著春秋之失祭而廢禮宜投司寇之刑

祭宗廟（掃道儀牲附）

鬯酒不供判

太常申博士請鬱鬯酒光祿以久無匠人且金草不知所出不造祠部亦以爲禮有沿廢不允所請寺執見著唐禮豈得不行祠部云籍田准令裁給廩犧籍田今或不供犧

亦廢用酒無鬱鬯於事何䀯等猶固執

對　趙岊

雍穆清廟苾芬孝祀爲酒爲醴以蒸以嘗執鬯玉之黃流香鬱金之美草觀灌顯若居歆孔明鬱人是供鬯人聯事司樽彝之築鬻右貫字周禮肆師及果鬻贊宗伯之祼將自周道崩離禮籍咸滅漢儀草創祀典多湮有徐生之爲容非如叔氏雖匡衡之復古未及周監其後浸微不資沿革奉常執典同制氏之鏗鏘光祿溢祠無大酋之湛饎莫行其義徒紀斯文皇聖時乘官人則惠禮司皆好古之英博士有表微之職將盡善而論德同大道之中行豈可以沿廢爲言積習而惑未辨方志不監匠人何荊州之苞茅獨供王祭有

盧家之蘭草不入國香惟昔肆師位同祠部無爲大祭之佐不若吾子之言又以籍田明乎甲令去禮經之逾遠類俗吏之所爲且甸師之給神倉粢粢以供鬼享號文諫千畝之籍崔寔刺數畝之耕亦曰文存不當禮廢使唐禮不備於周禮比犧牲苟供於廩犧既慢乎粢盛仍拒我鬱鬯宜投棘署俾辭星郎

同前

祀事孔明必先於酒醴神其戾止亦在於馨香所以實彼樽彝達其牆屋太常恪勤乃職無忝司存光祿簡慢是彰自貽伊戚且酒人之職素著於周官酎飲之儀頗聞於班史殷因夏禮斯損益之可知漢立秦祠固典章而無墜本

經不失前法宜遵何廢禮而速尤欲墮官而招譴苞茅不入尚責於齊候鬱鬯廢供且虧於唐禮既不知於金草期斯疑作自掛於王條詞部所云奚其不當徒稱沿廢罕顧禮經且千畝陳儀牲牢致用而三清泛薦犧象焉施仙臺所論愚管非測禮虧顯若刑其捨諸

同前　斐幼卿

郊禘有常春秋匪懈人神足以叶祕禮物於焉致和薦黍推馨徵茅有典爲酒爲醴將見供於鬯人或廢或存且生文於甲令至如氣交殷臭法變周因始有襲於焚蕭竟將申於酌鬱灌以香草陳於卣罇備一獻之登歌知百神之受職固當所習寧越禮經況乎祀典有崇太常攸掌制經

且陳斯品著令元削此條光祿不供自覺罇之罄矣籍田爲喻誰云井有人焉舊章無替於執文王典豈新於改作三覆華省徒且慙於有司再覽太常實未乖於彝典

同前　權寅獻

五帝殊功不相襲樂三王異俗豈同常禮是以因事立制則制施而下從量時署官乃官脩而人理苟有其闕誰執其愆且祭天饗神太常攸主鬱大酒正光祿是司率彼舊章博士諸供而有裕顧瞻新職匠人乆廢而何憑夫以誠敬無文精靈不測若昭之以明德聽之以和聲則澗谿沼沚之毛可羞宗廟潢汙行潦之水堪薦鬼神且虧季蘭之誠何必鬱金之章況　國家光膺駿命克享天心合昭穆以

絜精下神祇而誠感酌至玄之酒七廟孔脩奏無聲之樂六宗攸序所以鬱鬯之禮見遺而不行金草之司有文而且闕省司含香推妙起草稱工酌一人之心是言沿廢引三推之令遽比爽供籍田既不供犧牲造酒何煩供鬱鬯禮雖見著令式空存請從祠部之言無聽太常之執

同前

國家大禮畢具無文咸秩聲名赫乎上古享獻周於百神每窮谿澗之毛誰爽粢盛之備太常宗廟攸奉禘祫爰司張君理家之才王肅儒崇之望請供鬯酒擬實卣罇允得事宜雅符恒典光禄以無匠不造又用靡草爲辭有司以沿革不同爽引籍田特比犧牲不廢愛禮斯深鬱鬯莫供

司存何労且鬯人之職須預其材（一作）醲金草之芳酌充蔓芓之既灌何得不供所務輒替彝章光禄拒之於前祠部送之於後事均齊楚得失（一作）而兩爽理同臧穀亡羊而一揆況國禮明著安可闕如咸請推窮方結刑憲

太廟登歌判

冬享太廟登歌擊拊大管不作法司科管者詞云詖轉不奏有所由

對　邊承斐（一作裴）

烝嘗有儀霜露是感必先金石之序以降神祇之福故絜粢豐盛年和登也傳碩肥腯人力存焉使三獻克終九成斯辨堂上堂下咨樂正而爲節載拊載擊播頌聲而有倫大管或虧小轉（一作詖避譴）攸闕既齊楚以引過奚韶頀以合雅宜寘法司以應伏念

造醎判

景以飴鹽造醎或責以若鹽有闕

對　田儀晊

虔稽祀典類造之禮攸陳緬睇齊筵俎奠之儀當潔景麗名宗伯展事鹽人白黑孔脩錯形飴而在列玄纁判（一作則）備考醝苦而斯乖雖德之惟馨亦或罔吐而物有奠具謂何獲鼈大事闕供小愆非逭

薦新判

春日薦新乙不送鹽

對

蒼龍正宿朱鳥方春山梅早花沼萍新葉嘗新傳於楚俗先薦表於周年採蘋奠誠式遵於南澗進櫻追遠首在於西京至若類獸之鹽唯調和於醯醢闔陽之薦恐有膈於烝嘗請準恒科以懲其慢

掃道判

甲主郊道當泥掃及道甲脩故而除無所改易所由科之不伏

對

經途九軌列以城國通莊四會達彼川梁廣直如弦有文侯之擁篲脩乎若砥見伯從之執殳非擒蒺藜將樹桃李

無使障塞用絶艱虞歲祀不除時饗不理甲掌惟郊道侯承司祭喪者輟哭田燭是爲百神以宗方陳明水之薦三條是務式崇新土之宜類祭傳嚴固將遵於大制殊開京兆亦何更於前名苟難榛蕪足歆蘋藻誠爲戮力匪曰犯刑且汜掃理在恭嚴又道義非變易何必攻作方設興功修故而除足奉虔誠之節棄核而按未通按獄之明

祀王判

甲掌六器不依方色所由加罪訴稱玉人闕供

對　顧倢

國有五禮甲主六器或欽若天地或虔奉廟祧將以降神祇辨方色則必臨之以莊敬守之以豐潔使舊章攸叙靡

物不精甲泰曰司存宜其祇肅徒尸此職曾不是省六宗有祀巳墜虞章三禮何知載愆周典所由加罪亦謂金銘（一作金名罪）勿言文過飾非方推玉人有闕若懲求有志（一作至）自可預論旣臨時有乖欲何逃責闕供之罪定罪非遥未知祠祀所須爲復陳設所犯待知本坐廢論如律

犧牲判

太常申稱充人養供大祀犧牲不如法致瘦損

對

精靈不測有上下之神祇敬誠無文有春秋之禴祀若昭之以明德聽之以和聲則澗谿沼沚之毛可一脩於宗廟蘋蘩蘊藻之菜可一薦於鬼神若無肅敬之心而有淫昏之祀則卜郊非祀國史由其致譏齋戒不嚴天皇於是流譴充人早竭明化泰曰司存職三犧之純養供六牲之荅物固謂其豢芻之食絜其文綉之衣豈容不整羽毛曾無博碩致令瘦損須寘科條

文苑英華卷第五百十七

文苑英華卷第五百十八

祭祀三

封君祭判

乙祖是始封君祭以不毛所司將爲失禮不伏

對

封植之規盛自三代享祭之設編諸五禮故存欲其貴粢竦敬勞人之言沒憂其祀若傲輿餕而之歎乙祖幸攀日

月視列山川堂構不貽於謀孫廟食遂虧於厥祖乃云可薦孰致其嚴洪業不享其牲牷明懷誰歆其黍稷所司重從周之訓糾以常刑愚者昧爻魯之言尚多紛訟彼不愛禮奚能捨諸須寘恒辜雅符通議

同前

禮經三百列爵五等食菜地以居榮封茅土以建號代不絕祀人其捨諸乙以孫謀贍言祖德精意以享展如在之儀利用建侯思（一作乃）不復之始詢諸家祭酌彼周官薦羞之容無聞於肥腯不毛之事有異於粢盛且物貴緣情循言禮不下庶而乙非妄作何妨儉而合禮既能師古奚事驚愚所司告言頗爲濡畧大易自宜窒訟春秋寧代有詞

同前　張鼎

百王率由禮建方社六服咸若寄切維城列王瑞以推尊錫圭田以表德綬分四色爵配五等開國稱孤彼既光於祖業列筵設奠此何昧於家聲言念尨牲空慙俺豆雖展敬於如在果見嗤於不毛葬以大夫禮既隔於問子爵爲侯氏祭豈及於謀孫親牽之用頗乖受脤之名應缺自須聞義能徙何不以欲從人

諸侯祭判

私廟三室將置新主家老毀擔主人訟之所由以非禮免之

對　閻伯與

毀廟遷主告終稱嗣父昭子穆將順從時之典易檐改塗恐墜思先之戚儀雖仍舊禮則謀新初致孝以觀德終因心而崇敬歲聿云暮祭則有倫守宗祐之威儀率由殷薦考新宮之成式虔奉外除所謂斯人未明古道訟彼家老自貽不臧

大夫祭判

有五品祭寢不祭廟饌用索牛御史劾於寢則以陋於饌則以泰訴云禮令無違

對

禮有九命聞之典秩爵惟五品存乎令制以祿饗親追崇孝敬之道以賢致位周旋名器之間從事於斯無宜失墜

執禮以動何所遲迴然則吾從大夫之后祭中寢而非奕奉守先王之典用太牢而爲過今則無廟子欲何之索而致牲古亦詳矣憲臣按法操持一作柄特深訴者執詞情理可據

同前　劉昇同

國政通班書崇明祀朝則齒爵載分於羔鴈祭必毛牲取類於豺獺惟彼五品薦于四時籩豆聿脩霜露而或愓寢門是祭因掃地而致誠克恭行蒿之酌或備菜蘋之奠雖夫子立言且云寧儉而聖人行禮必貴從宜恭已習常情稱偪下因心達孝事則由衷屬避馬申威出漢臺而有問索牛是効撫周禮而循疑餼取於豐祭從於薄過如不

及吾恐失之必存著甲之令一作命請恕先庚之罰

同前　裴士淹

命分九等以肅制爵禮有五經莫重於祭先王所以致理孝子爲能饗親乃如之人茲率厥典敬無忘於如在道有孚於不黷黍稷惟馨籩豆有楚哀樂相半必覩僾然之容軒裳已登非復傷哉之歎且禮或豐殺法從沿革無廟於寢在今令而則然求牲而餼徵古訓而奚失嗟夫御史所効恐傷曾孫是宜

同前　張鼎

廟者曰貌死者曰歸神人異業敬則如在牲牷必備祭而勿黷秩有五品榮加三命誠乃錫類孝能尊先春露既濡增怵惕之感秋霜已降發悽愴之心雖欲饗親孰爲知禮祭於寢也自合封羊祀諸廟焉方聞用犢庖丁展事雖則無全鄉人將入如何不問令無立廟理歸於寢祭設庶人之位薦以大夫之牲索而用之非其古也蘋蘩可重豈煩介葛之犧黍稷非馨寧展蒸嘗之禮精意以饗神其吐諸禮雖徵於曲臺罪自招於石室欲加之罪其無辭乎

同前　張鼎

人生最靈魂變爲物儀陳祭禮祀分物類品第有差等威是列秩牽朱綬雖登命於大夫廟闕冊楹未爲能於孝子祭寢非約用牛是泰儉以偪下已聞晏子之節禮而僭上更知管仲之罪蘭臺劾覆雖陳膳栢署彈違竟持霜古訓

是則令令未裁且祭寢廟既有秋而分求牛索牛豈無故而殺効而是誠誠窒惕而有孚訴者非辜終屨校而無咎

三命判

乙仕登三命舉以特牲祀以少牢人告其僭加於舉禮也

對

孝自天經禮爲人紀事有動於神理迹無球於生成乙則大夫位登右職庱極四時之享以符三命之貴飲食讌樂特牲備舉珪璧嚴奠少牢是加用誠信以敷心資豐絜而致薦是實一作賓其訓何糾其違徵之於前固不可罰

同前　顏貞卿

侑食以樂執恭展禮以辨等威以明貴賤乙以筮仕策名

清朝從大夫之後既登三命循先人之祭有事十倫已而鏗鏘且舉和平不爽苾芬承祀胡考之寧舉特且叶於禮經加牢未虧於祀典人告其僭罔知攸伏(一作徙)

同前　盧先之

易陳殷薦書列禋宗於昭考祀作樂崇德况春氷風泮河濱有獺祭之魚秋葉霜凋山林有豺祭之獸微物尚爾(一作其)生靈(一作爾靈)伊何且國有十倫仕登三命尊卑式序威儀孔昭車服以庸祀享寧僭矧惟舉禮無乃用心凡舉特牲者克從其祀少牢者實符于班失或歸於訟人禮不黷於君子爲之過矣其在玆乎

同前　馬挑

聖人成能設位待仕君子脩業考行入官等威有倫名器不假(一作柰)乙爵登寵命位列周行舉善有存乎禮物敬享無虧於豐殺既感霜露不忘豺獺是以用綸於焉展牲信以大夫之禮能行孝子之志緣祀而加誠不違於舊典或入妄告固未適於時宜雖二簋之可享豈少牢之爲僭此其禮歟固無尤矣(一作焉)

家廟失祭判

爲大夫家廟初成將享之夕牲死人告其違禮甲稱本牲

對

宗廟爲先是營宮室犧賦爲次則備牲牷甲運偶光華(一作先舉)羽成儀餙必復其始遂見稱家利涉大川爰假有廟一昭一穆佇列蒸嘗經之營之旋終黜罜許夫豐禮崇彼祔儀方有開於容聲何不務於豐絜且始養爲蓄卜日曰牲未就質明之期忽斃致齋之夕萬化先徃寧俟封刲三廟便陳實忘嚴敬用過乎儉誠不在斯事神則難深宜捨此祭器不鬻明君子之雖貧牲斃則埋乃先王之制禮靡尋典訓苟務所懷縱匪若敖之憂終近晏嬰之謚祭則受福義必闕如刑以正邪辜何可逭以本牲而文過豈精意而爲心實昧惟馨宜懲彼黷

牢祭有違判

孟王具少年祭仲巳遽執畢入贊者告巳有違巳云以備失也得禮之中何乃妄告俱詣博士定博士曰禮和爲貴豈在爭乎科贊者不伏

對

惇宗將禮以祗祀事命滌宿宮存乎饗獻執觚奉爵理必祖於敬恭籍茅設洗事無忘於豐絜惟王榮班命數羔鴈同行擇日筮尸將行懿祀死牲視物且祭爲先列羞鼎於門枋升俎載於階序巾盥在手餚核旅陳配平仲豚肩之陋思由也戶堂之禮仲巳恪恭所職持畢而來仰觀好雨之星欲理如湯之鼎此乃思無出位舉不失宜贊者有言事同差舛博士科罰理宜當深故椒舉規過須有媿於國僑張湯用法將無慙於寘詡請從寬典無寘急刑

同前　張緩(總目作綬)

我將我享維羊維牛籩豆牲牢非無升降大夫命士亦有等威經禮孔明宗祀無替汞言特牲之饋寔曰宗人之職筮尸筮日以崇賔主之儀東序東房克明兄弟之位況舉鼎告備雖符將禮執畢先入未或僭儀既南面以當階又尊主而備失其動也中伊糾胡爲適朔贊者無稽更彰博士同惡周旋既無失墜小言則亦何傷造次魯靡僭違知和豈能爲責惜其禮物博士不利於操刀正以刑書科者乃得其資斧既厚誣於君子亦淺之爲丈夫將子茸心無或騰口

同前

祭者曰薦申其至誠鬼之言歸于以明德欲祠祖禰一作欲祀禰祖必擇牲牷苟爾儀之不脩則其咎而焉往孟王三命是服匪懈既無忝於孝孫將有事於皇帝宿尸致祝初設位於廟中執豆陳籩終展禮於堂上相彼祀事居然可觀鍇以少年俾申於孝享用其柔日願接於神明周旋自適於等威終始不忘於齋敬執筆而入信鄒人之知禮卒事無規奚贊者之妄告徒質疑於博士合書罪於斯人

同前　李子珣

祭惟備物往籍攸先禮以貴和前賢所重苟初事之不曠在疚徐之可容相彼孟王將有事於牲具贍言仲巳乃無何而畢入誠則恭不失備遽而中規俎豆之事載陳金石之音卒奏夫惟贊者忝預於斯既曰偕行還宜共濟安得縱兹大惑發彼小瑕殊成子之不恭禍微受脤異陳佗之如忘豈起臨盟以懈怠之見規則聞前史因備失而歸罪且未合宜事貴無違禮宗得中請從博士之議庶叶隨時之理眷言贊者可無詞乎

同前　張子琳

祭禮崇孝事祀孔一作克明既前期筮賔亦將獻諏日於是闢廟門以禮所敬在供列有司而行事不舉違祀孟王義重五經職惟三命有豐卷之位不請因以用特牲此句疑明周公之典據少年而乃給然尸祝甚儼雷一作疊洗具陳剛鬣柔毛則云肥腯簠簋普淖所謂馨香宰人銜命以抽扃見儀禮注扃鉉也仲巳遽資於執畢又以舉肉在禮寔曰無違贊者則那每事奚其不問患既自擬爭乃增羞博士勿謂於貴和贊者終宜於伏罪

文苑英華卷第五百十八

文苑英華卷第五百十九　判十七

祭祀四

雜祭祀門二十八道

祭闕須誥判七道　大夫菜地祭判二道

㢝子牲祭失禮判一道　士祭判一道

疋大牢祭判一道　士不合設壇判一道

用牲于門判一道　歸胙判一道

祭器判一道　祭器奢僭判一道

祭闕須誥判

所司有禮事不須誥所由斷徒訴不伏

對　斐子建

禮典之制期諸豐潔裸鬯將行無宜秕稗是以有司卜日而須教所由先庚而讀法故能籩豆有楚殷薦聿脩皇祖降歆萬壽攸酢孝孫有慶百祿是荷若後時而不陳則臨事而或闕偶俱罹謗須一辨明彼以不戒視成居然有罰此以未承憲令無狀可明俱曰官臣當須愼守旣一作自胎伊慼尚曰奚爲

同前　常建

祀禮孔殷以供百姓禮容不肅奚兢作奚宗三獻與言國典厥在司存須之猶恐不供不須將何集事俾左社右廟奚擇幣薦牲方澤圓丘曷焚柴埋玉欲加之罪安得有詞必也禮或重輕法存降殺將定所刑之典須明所祭之神議以從徒宜其後命

同前

祀事孔明展誠告備崇享獻之道則歌舞其牲嘉滌濯之容則詔相其禮取則不遠聞斯行諸政貴有恒人用不撓雖小祭大祭課乃義疑而職人克人曷不須布況卸疑作鄭罰麗事職汝之由天子有司是堪自須龜玉毀櫝曷所逃刑

同前　薛彥國

國有祀典以和神人思不出位是主蠲潔苟越率履不承權輿難乎守官直以室愓所司實掌其祭或承之羞備物不須於職人戒嚴有乖於先甲遂使奉牲之告不及於肆

師降神之典無聞於六變闕而爲罪宜灼薰心過而必聞自貽噬腊詳諸秩典俾罰鬼薪

同前　郭庭誨

於糾禮官無辱祀典欽若天地肅恭神人如何有司失其須誥將季氏之暗失由也之質明致使檟燎不供難爲象祭爟火無設便乖漢典宗伯或差於三望太常乍闕於六宗職此之由而襲其守而天秩有禮罔不克集寘以徒坐復何疑焉

同前　梁秉

受福之祭固存乎肅恭出令以言實在乎須告緊有司之不腆乃事神而未達不能先備禮物預須祀典存彼舊章

介茲景福雖自牖納約所貴齋心倘入廟未知將何措手
若也禮則斯鈌人心匪虔信且未孚福將何所且祀有大
小罰有重輕大則合寘於徒刑小則宜從於笞坐須明大
小方辨重輕

同前　薛大球

祀以追孝祭以馭神厥儀孔昭執事有恪欲使粢盛豐備
祖考歆黍稷（一作禾稷）之馨珪璧允植川嶽享沉浮之薦所司
不供其職俾人用迷鍾鼓或闕於鏗鏘籩豆恒垂於薦楚
法既將紊神其舍（一作吐）諸且無翼翼之容曷降穰穰之福
自底不類嘖有煩言固乃曠我之官告曰轉爾于恤斷從
徒罪斯乃銳乎覈事言焉其何補也

大夫萊地祭判

得宗人掌三辰之法以循鬼神祇之居辨其明物保章不
供本職輙事左道人云萊地所祀

對

天子建國法合掌於三辰諸侯立家禮許脩其五祀非直
爲之糾禁抑亦辨其名物各有職守無相奪倫至如日月
運行陰陽消息乾坤測度之法山川沉埋之儀蓋存公道
希憲於觀臺豈合私爲輙陳於萊地宗人所祀正當左道
之條保氏所陳深得禮刑之制

同前

三代命祀闕有禮文六官陳般匪無名秩（田）心不出職舉必
在公神人之官各恭爾位俎豆之事實有司存伊彼宗人
祭于萊地苟不失禮夫何間言殊季孫之見喧振（疑作旅）于
岱嶽異晉侯之有疾不祀羽泉今茲掌彼三辰不脩其法
紊我禋祀之道以循鬼神之居祝詞爰諭名物徒辨不以
爲禮神其享諸保章祠彼上玄昔（疑作習）茲左道不恕其咎
何所逭逃

庶子牲祭失禮判

得庶子爲大夫以上牲祭其家人告其失禮辭云宗子爲
士不可以貴就賤

對　王綽

霜露孝思朔月（一作日）殷祭申其爵禄格以祖考苟或遺經

是同匹嫡相彼庶子命爲大夫體異承祧位踰齒族固令
奉其常祀從以大宗獻上牲於歲時稱介子於工祝使僾
然之歎不絕於聲如在之義徒存於目乃黷於祀典越我
巔毛恃肥腯之牲牷或將或肆緊豐盛之黍稷于豆于登
假（一作嘏）祖禰之恩二重寔疑於夫子竊蒸嘗之薦三廟奚
取於私家仍聞就賤之辭豈聽如流之責寔誣之祭人何
以觀

士祭判

爲士殺犬豕或人告君子遠庖厨凡有血氣之類不身踐
訴云有故準禮不坐

對

禮以制人命以防慾是彰品秩無取僭差苟豐約之不踰於德義而斯美乙周行已寘忝曰王臣班列尚微蓋爲元士會靖恭其位不虧莊敬之文當官而行既不越於時式執禮以動亦何恤於人言屬霜露既零春秋匪懈爰脩饗祀載展牲牷近彼庖厨雖則踐於血氣潔茲犬豕頗亦薦於夫疑膏既稱有故而殺難議不經之科或人詞游宜以麗法

同前　　曹詵

禮探寧儉士有等威苟不體於牲牢則無儀於享祭惟乙命士克由舊章入户僾然感四時而展敬祭神如在瞻一廟以式思告全將啓其血毛備物乃利一作封於犬豕脩戴

禮而不忒豈呂刑而可加或人何斯居然昧職好生軫憲徒有効於愛羊速訟不稽寧無慙於相鼠雖庖厨可遠身踐一作剪則誠爽至仁而蠲潔在躬親割乃允乎主敬稱以有故于何議刑

同前　　崔署

孝子饗親祭神如在主人肅容式宴以衎邊豈有楚無償西隣之言餼牢不竭是陳東道之禮觀乙爲士聞斯行諸日殺羔羊尚流詁訓歲脩犬豕何爽大經同燕人愛疑思雖踐血氣異楚氏之業終遠庖厨將食節而事時豈厚味而腊毒或人興訟捨禮何之有乎致辭勿問元吉

尼士大牢祭判

尼士大牢而祭

對

祀典所興人倫共仰遠越行禮章程不容尼士下流陋巷微物奇才有慙於梓漆利器無逮於干將事於鬼神陳於俎豆如在申敬惟馨展禮著於行潦無妨於蘋祀輒薦大牢載虧於非月既斯故祀宜寘于刑

士不合設壇判

甲嘗有大事祫於王父及其曾高遂設壇爲墠或曰僭而不經甲稱且有後命

對

祭盡於敬是敦孝享備其鼎俎潔爾牛羊克孚濟濟之容

實受穰穰之福眷言宗廟罔瀆烝嘗甲何人斯每事無問于彼祫典昧斯國經靡虔於寢之儀苟踰立廟之制有禱而祭實越等威我高我曾雖鑿由衷之道爲壇爲墠且貽僭上之責前言匪習後命奚施待窮越禮之詞然正恤刑之典

同前　　劉公輔

聖教因親人事有禮春秋祭祀以時思之眷言於甲慎終追遠祫父志高展於孝敬將序昭穆以列尊卑神明始交哀樂兼半祝史陳信曾無媿詞彼或何爲忽乎興訟然則五廟諸侯大夫此之等差非無典誥儻貴通五爵甲稱固則有憑如位列萬人或告不宜無當請責名品方正刑書

同前

孝以思親祭之如在既申怵惕武備蒸嘗惟甲承家方茲主鬯遵先王之法有事宗祊讀非月之書方申禘典既而享獻其絜壇墠克除在祀之敬不乖陳信之儀無闕有何所犯旋告不經請從後命之詞靡取無稽之訟

用牲于門判

洛水溢有司用牲于門或非之云苟濟於物祀之何爽

對

瞻彼洛矣其水泱泱雲澄綠潭樹夾清岸天作霖雨時維浸溢縱栢舟而難泛豈一葦之可航永惟主司能業爾職載懷黔首用祭玄冥巨浪無倪已不分於牛馬明德可恃

乃展敬於牲牷漢皇之歌彰夫舊史周官之禮著自前聞何彼人斯行藁末學事則有據非將奚爲

歸胙判

甲監享以胙歸父餕而祭

對　康子元

無文咸秩既重於肅雍有功則祭或防於跛倚甲以棘匕方載式預監牲茅縮以陳遂聞歸胙餕食煙達應非尊者之餘胙致曰嚴自入先生之饌用此而祭頗乖經禮之儀未及於刑須黜乎典之議

同前　晁良貞

精意以享敬于展牲率禮莫違洽乎歸胙甲以膚敏典司蒸禴分以貴骨爰封介葛之犧奉乎高堂用入老萊之膳恩必逮下子道或需其食餘祭示有先神理詎歆其餕末既比慶封之祀難許叔氏之禮

同前　毋嬰

宗廟崇儀禴嘗明祀先王有以尊祖考歷代所由追饗敬惟甲趨名奠奉蒸羞與於蜡賓非喟然之有歎侍於邦祭聞立者之無跛接神旌而下御來蠢恭肅送靈驛而方行去昇徵緘聆威儀之奕奕期降福之穰穰巳而徃辟云除笙鏞則闕罷儀於國休事于家致脤以歸奉其親乎則可既餘爲餕因設祭而何乖永言禮經瞻所祠〈一作祀〉典匪伊天降寧惟地出有誤於事貽謗何追

同前　鄭齊望

三才既分六宗爰設或因地事地或因天事天明堂尊嚴配之儀清廟崇禘祫之典國之盛禮其何以先神之至誠罔不或降於是陳以簠簋薦之犧牲瑟奏空桑管吹孤竹甲言參大享監彼有司獻灌無虧福祐攸洽貴骨以頒於高品賤禮〈疑作體〉仍需於庶寮他日鯉趨且聞歸胙今朝神惠更用祭先錫類之美則多黷禮之嫌宜避

同前　常述

郊廟蒸嘗春秋禴祀執膰成禮受胙爲榮甲位列周行職惟神監舉信從政須慎威儀屬有事宗祊無虧肅敬鄉人問禮非惟黍稷之馨祝史正詞抑亦牲牷必備既而三獻

徹組肆夏尸還天子多歡始預受釐之福先生有饌遂欣
歸胙之榮物則視膳在堂終則降福于廟雖必嘗君賜頒
取則於前規而不捨餕餘誠有違於昔典非復必齋之愼
審乎如在之儀何慢神之致尤惟失禮而斯取

同前　袁暉

餕餘不祭昭彼前聞事且違經慙於達者甲忝居官序式
陪精意悅分胙以言旋鄙過屠而自足瞻白華之養孝則
蓋誠昧非月之言理難逃責遠儔知禮雖惡於鄒人近取
恤刑宜寬於漢典

同前　牛上士

祀祭以神官司執事昔者由也曾陪季氏之庭孰謂鄒人

每入魯侯之廟甲既策名朝列監享嚴禋剛鬣柔毛不化
庖人之饌白茅醴酒遽聞歸胙之榮食美思親無乖孝養
餕餘有祭暫越禮經柴也之愚雖聞小過參也之魯何妨
大倫以禮許人則吾豈敢棄瑕録用將子有聞論情雖欲
薄言與進未宜深責

同前　畢有鄰

甲幸彼曲成官同直指不彼（一作彼）澤宮之誡與監清廟之
儀執燭薦腥禮循朝饋崇牙樹羽樂遽撤懸方致美於吉
蠲即同班於福肉榮仍在已禄逮其親詠蘭陔之詩晨昏
少力申絲服之養烏鳥多歡用廣中厨因茲外胙爲中之
道始則著於先嘗食父之餘終必歸於致祭且聖人之禮

祭示有先夫婦各差父子異數盡於是矣何所疑焉

祭器判

少府監申稱太常寺牒稱須造罇罍彝器并舟光不許形
狀制度請裁下

對

先王制物禮器爲先商周虞夏容形各異象罇之儀爰刻
象以成形玉斝之名遂以玉而爲飾罍雲釆釆如開五色
之雲彝鳥軒軒似翥六時之鳥舟其足也夫復奚疑少府
自有常儀太常非無舊準更請裁下未爽公方至於規模
（一作矩）並在於此如愚管見謂叶通途

祭器奢僭判

甲飾祭器以連行劾其奢僭訴禮也

對

殷之六瑚周之八簋始有列於雞象終見釁於瑕豚陳其
犧牲備以鼎俎用嚴莊敬則著品章是以有丹有壘貴適
用之恒理癈禁椕禁分貴賤之攸宜縛布之餘則以是具
畫布之羃則見將施苟禮典而是違信奢僭而逾陷甲桃
廟其主祭器爲先方用展於烝嘗忽謬崇於樸斲傳以庶
物損其蓧大考揮風之妙思得天巧之良工規制旋開鱗
甲斯覩開絃（疑作聞絃）樂影宛似出於重泉攤翮潛形坐見儀
於四豆雕其物象紊所欽崇（一作承）况黍稷而非馨何刻畫
而爲用且外骨内骨連行仄行同於剖劂之功以儷陶匏

之器非取義於鄉士本嚴禮於邦家託以私門實忘公憲同管仲之鏤簋昔所爲非擬季氏之舞庭孰不可忍此而捨罪子其何誅尚未覩於臧否口一作實有違於噬嗑

文苑英華卷第五百十九

文苑英華卷第五百二十　判十八

喪禮門上二十七道

不供夷盤判四道　毀壞壓死判四道
木墜誤壓判一道　溺死判二道
復以冕服判一道　縣君死復判一道
哭子喪夫判一道　所知哭寢門判二道
李尹爲主判二道

不供夷盤判

三品喪事夷盤不供司儀云時所不要

對

喪也寧戚禮亦從宜思有厚於大臣義不遺於小斂令位

崇三品名謝百年國章自書其禮物有司豈怠於供擬若春羔巳獻在寧室而須開夏蟲正疑闕夷盤而不可自當職官之責何待司儀之報時則匪要法欲何加

同前　劉同昇

喪事攸列凶禮克明佐喪者存乎有司致用者期於無悋綴几物設巳陳含玉之儀夷盤不供何施造氷之禮且議事以制觀過知仁必若夏日斯炎冕亡達於墻屋固當秋露結罪刑宜麗於簡書如或冬凄巳氷寒氣方總則史魚之殯雖且在堂咎繇之謩終期綏獄理則可也彼其詰哉

同前　裴士淹

凌人掌氷以待邦事深山窮谷居仲冬而盍堅獻羔祭韭

事司寒而方出且云一日二日亦惟𦤎刷夏須在用捨而
有時於出納而惟允嗟此三品俄嬰六極金章罷去玉䄙
方開具䵎疑作厥衣於庭中設夷盤於牀下國之老疾猶或
不遺朝之榮貴理宜從給徒以氣則分乎寒暑用則期乎
折衷司儀所告省括之道雖勤主者定詞挈瓶之智斯得

同前　顏勝

生榮死哀士有恒禮弔喪歸賵國著成規三品云亡九泉
方閟窀穸之事未展縣棺之儀唅襚所陳遂闕夷盤之典
至若夏德方暑自可歸氷冬陰沍寒何煩設器徒窮獻羔
之禮方議鶵鳩之訓

毁壞壓死判

乙有所毁壞而誤死人科其備慮不謹訴合所由爲罪

對　韓極

立物有恒堅樹在始繕而不固壞則難支既動作而必虞
將紀律而斯約罰之惟五先明宥有一作過之文死則有三
終傷不弔之旨若過誤而先定乃平刑而是察乙則何者
率爾薄言已聞臧鼻止災胡乃反脣推過且守之必葺誠
備慮而則安牆或不終將隤壞而誰咎罪有所在焉可逃
夫

同前　崔殷

九州既滌是資築護𢊍役斯起于以偫工俾湍悍不生而
安居作乂彼已之乙謂爲何人率作而毁豈增修而藏事
壞乃致害仍推過於所由言則飾文慮實無備然壓溺不
弔酌戴禮而何傷而殺人者死在蕭章而難忘論以故傷
闕則是臧稱其誤殺科其不應爾徒有詞吾從丕弊

同前　田季羔

乙惟賤工執用爲是撤彼牆屋嘗聞作向之詩誤此殺人
載犯蕙虞之律雖因緣毁壞宜申重典而過失殺傷非無
㝡憲毁垣之下人盍違而去之壞宅之間乙恐非其罪也
且凡所隳圮尤資審慎泉臺構落非梓匠之良規廣厦摧
崩必鄭僑之見壓備慮欲繩其不謹懸危可恐乎無情既
殊故犯之名請抵從輕之議許其收贖竊謂平反

同前　梁乘

奚有建立洎乎崩壞必慎傷人無致害物何哉主者曾不
任能顧彼匠人豈因何巧既無備慮且乏周防遂昧立身
果貽誤殺事殊隤壞物異榱崩將壓有契於國僑不弔遂
符於戴禮況造作之與毁壞匠人之與主司著皐繇之書
合以所由爲罪且人誰無死痛其不終宜用明刑以慰幽
壤

木墜誤壓判

將作官修城木墜誤殺行者

對

五材並用閼石是鈞百堵崇墉麗譙斯起瑱以春風析棟
秋雨摧梁雲構俄見於朝傾邊聲不聞於夜泣既而周官

揆日斲之登登郢匠成風行者擾擾杠木之下危於坐堂攻途而行何必由戶異文王之所避同子產之見壓華由已作殃實人與取類憑河有均暴虎唐諱據法雖論誤殺在禮爲之不弔

溺死判

甲與乙同舟既而甲懼水而投因溺死其家訟乙故殺縣斷以疑

對　孫欽望

靈長演泒資潤下以流謙習坎疏源合內虛而濟物故桂林望斷漢臣嗟其水源航葦無因衛女歎其河廣由是刳木爲檝利涉存焉造舟爲梁有自來矣惟甲與乙俱因行

邁駕言出遊大川爲阻家非漆灇不可褰裳地若滄流爰憑鼓棹既而甫辭岸浦喜二子之同舟方駕波心嗟一夫之墜魄尋漆園之奧旨未昧藏舟考司寇之微言旋驚逝水至若沃焦不易呂梁難涮一類士龍之笑幾慚漁父之勇家人告稱故殺縣司斷以疑條乙則有詞未云其伏向若平生宿憾殞命猶或推科如其邂逅相逢自死如何結罪誠可俾一作悍竿而求水府豈得陳牒而訟官曹不悟生也有涯將等死而無弔欲使長江岸上式旌孝女之碑墊篠曲中未作狂夫之曲竊稽狀迹不伏爲宜

同前

語稱有朋自遠易曰朋從爾思同氣相求同舟共濟呂安之懷叔夜或泛黃河之水王子之尋戴逵亦冒山陰之雪何以仰止欽賢是慕想彼甲乙道契筌蹄汎漲海之雲若見星一作蓬萊之樹掉倚砂之日方追河洛之仙既而智乏謀身情乖拯物覆舟之慎想伯夷而載虧驚濤之遊歎伯昏而遂遠三命有極百齡俄謝禍兮難倚寧收轉壑之魂比之眶人忽覩盈庭之訟尋端指狀於甲誠亦可矜據理詳刑在乙寧宜寘罪何者禮稱不弔溺者已絕律通人情乙惟一作爲無咎庶從平典用叶大倫

同前

鴻爐賦象人壽幾何生榮死哀物類同致晝夜不捨宣尼與其歎息吉凶共同賈誼發其詞賦眷言甲乙俱涉大川

懸流波而得朋理征棹而云邁乙則同舟而濟宛若神仙甲乃懼死而投遽嗟沉溺波心乍沒還疑覩影之人泉路不歸便似懷沙之客然則度河奏曲曾不爾思逝水沉寃而招其咎家人有訟虛陳故殺之端乙既無讐難寘惟輕之典薄訴不伏理合哀矜懸斷以疑殊乖部一作剖察以愚管見釋放爲宜

復以冕服判

甲復以冕服御史糾其違失

對

喪等孔昭復禮攸設公侯以下非無降殺用明沿襲且辨等威求彼平生振衣裳而有處號之其甫冀寬鬼而知歸

至如袞冕是陳爵弁斯列用捨之際抑亦有殊甲實伊何昧我常度未明死者之貴賤罕識凶儀之重輕自可憲章宣尼每事有問何乃祖述季路率爾而行法則無稽難爲叔氏之許舉而不物豈免先王之誅白簡彈違固其宜也

同前　常建

喪定等列在乎中制爵爲公侯招以上服禮則有數甲其謂何必若錫重五侯寵加八命寢于中霤固當復彼東榮適在他邦是何升其左轂冕服則順鐵冠奚爲如或有慾于儀不象厥德僭而有作同彼季孫孝則莫彰異夫曾子所謂殺禮宜其聚慝徵大夫之轍理既有違論司敗之刑法將何逭

同前　祖詠

吉凶殊流冕服異數苟將失制敢用此規而泉壤幽深生涯遠盡綴足歛手初聞於長逝設階乘屋遽見於三號甲也用心審于盡愛尤差司服還惜禮經招平生之衣不有曾子之問加冕弁之服更異鄉婁之言相彼冢冠素爲人望今將一糾實謂正途

同前　薛彥國

服以命賢喪則觀禮用存升降不易紀律故朝會之序必布常於典命死喪之儀亦辨等於司服指彼甲也復冕其誰必也德亞元良位光袞職隨會有紱受命叔孫以車服表肅自可飭虞人以設階命元士而即次取玆鷩衮載展升降之禮登彼毳弁或同秦佚之號道則庶乎禮無違者如或秩殊稍食家匪伐冰以陪臺之隸人遂瘢裂於喪紀寘之於理誰謂不然憲司所劾既不書於祿位宗伯之義亦孰知其用捨且曰獻狀必也正名

同前　郭廷誨

生也有涯死而必復苟或不率克有常憲故國備典訓禮陳等威（疑作臧）虞人以具（一作設）階崇壯（一作狄疑作狄狄人樂吏也）士以奉職若禱其五祀則事始東榮或問以三號而復行左轂自適變通之要夫何過差之有惟甲向者以冕而復同鄫人之失德刺起素冠齊魯俗之虧喪僭彰玄毳既非五等之列須異九儀之品何乃不類祇自塵兮非大猷是經而

峻簡斯糾違失之禮其難捨諸

同前　梁乘

祿秩之序貴有常尊凶喪之儀禮無越等巳矣逝者魂兮不來死實生哀殁西山於九夜招之望反將北面而三號既而骨肉復歸精魄無象宛其死矣則無不至且祭神不能如在神猶未饗復冕不似其服魂將奚依至若在館在家匪無名數公侯卿士實有彝倫小者則揄狄素紗諸侯乃袞衣冕服未詳甲也其位若何儻有士之公卿御史斯爲折角若食菜之鄉士甲也宜從噬膚

同前　薛大球

儉德之恭侈惡之大書分品命禮著等威苟違徵律曾是

抵禁稽諸甲也彼何人斯天不憖遺遺嬰六極服以昭寃見誥九章至如受服統戎建節將命或聞以矢亦曰以綏固傷逝者之魂或載先王之典且甲令云歿亦孔之哀莫知王爵之班胡僭弁師之冕必若位應受則邑錫建侯功有良夫之崇德祭士會之賜亦奚妨弁轂合禮（一作理）（作發榮）倘或生罔嘉聞死徵可作湏勗大夫之簀豈復諸侯之冕嗟夫鐵冠所糾請審毳衣是用

縣君死復判

縣君死於路所由不以綏復於右不給役車遽還

對

眷彼縣君征途有疾庚子戒曰止鵬生憂辰巳臨年巢鸞

起歎東流逝矣北首長辭遽委魄於松門奄歸魂於蒿里不祿公館湏申皐某之儀羇纊私家即寵求幽之義禮有明說焉可輙違準例合得遞車所司如何不給但比壁（作殯）璧用刑湏窮兩造鈞金察獄必聽五司公私之節未明左右如何定罪請更詳委方可要終

哭子哭夫判

哭子哭夫事

對

喪子之親哀情已極喪夫之婦爲死難勝非無寡鶴之悲豈息驚猿之痛然喪夫喪子悽感雖同而哭子哭夫禮儀湏別穆相之卒巳有前規敬姜告言一何無識縣承行罰之日於禮已違嫠婦指貽之愆在律難恕頓茲刑憲並合推科

哭子哭夫判

季氏夫子喪哭不捨晝夜鄉人告違禮

對

季氏令質幽閑秀容綺艷事夫有道金釵見美於梁鴻訓子多方布被推賢於孟毋爲善必應天乎不仁三從靡依兩喪相次歆枕之淚空灑倚廬之望莫依不捨晨昏深符禮制（一作則）

所知哭寢門判

太史令緒所知亡哭於寢門之外告違禮

對

歲月驚過人生若浮棲露不居空嗟溘死截飈易往共盡何言令緒歎交臂之無依恨同心而遽失瞻九原而長想白日何年撫三益而傷寃青松上月雖墳未宿草而室無其人同宿莘（恐用檀弓伯高事蓋荀子畢如訓高如廣韻皐典皐同）之奄終類一哀而出涕寢門與慟未見其容外野申悲嘗聞斯旨致哭雖稱失位寧戚亦著前聞禮貴因情夫何推究

所知哭寢門判

甲哭友人於寢門之外友弟將爲踈闊輙毆之

對

太虛運化勞息有期聖人制禮哀樂殊節甲以詩稱伐木

義切銜金追管鮑之平生欣然相得鄙張陳之棄置莧疑作莞爾無恥一作取臨川興歎逝者如斯怨天地之不仁撫琴書之空在昔之莫逆把黃菊而思來今也則亡乘素車而慟哭哭於門外禮亦宜之責以相輕誰執其咎且孔丘將聖昭著格言有弟何知胡然昧議龍頭不見已喪朋從鳳字未題遽招伊戚非理輒毆宜答刑書請驗所傷用申明罰

里尹爲主判

乙妹無子寡而死請里尹爲主決曹椽科其違禮訴云其夫無族

對

乙妹三從靡依一志空索榮落朝蕣覓棲夜臺生則事兄義或遵夫歸妹死而誰主禮用行乎寡妻夫無執紼之姻里有主喪之尹雖親不可間義並連枝而事寧敢逾禮從異教決曹謬舉職我之由訴者有詞今汝則盡尚恐邑多匍匐之子家有不相之隣未詳其宜莫適問罪

同前　闔渙

死生有命男女大綱于其不夭可以往唁惟乙之妹華而無實始窈窕以適人桃夭斯美俄惸獨以處室荼毒何深生無託於偕老死奄赴於同穴言念夫族曾何孑遺嗟兮隣人復已湮滅乙以骨肉之戚匍匐而來擬親則可奔喪執義不合襄事況臨窀穸復引銘旌訴天窮之人請里尹爲主決曹雖詰於禮無違

同前

喪則有等自辨於重輕禮之所行亦崇於節制乙以天乎降戾斯殞其夫則穆伯早亡鄧侯無嗣啜其泣矣何痛如之末懷夫黨無親因求里尹爲主禮則然矣人何非哉且決曹所稱亦何加止蓋以喪也寧戚禮則因情姊憂去官見稱於陳重弟服去職著美於譙玄斯則事之有由一作猷言也何爽得失相半斯之謂歟

文苑英華卷第五百二十

文苑英華卷第五百二十一　判十九

喪禮門二十六道

里正主妹喪判

癸爲縣令有妹之喪使里正主之或告非禮訴云所居無東西後家

對　侯喬

女也有喪行實殊制士之達禮哀以立則惟癸領縣同氣辭家生稱未亡已軫栢舟之詠死歸異姓且無欒棘之悲東西南北之人歎四隣而莫有卿黨里閭之室望九族而緊無日月有期主喪孰是匍匐救之里尹其人殊周勃之給喪所資致祭異項橐之倚辯寧惟執紼在禮自有明文或人胡爲妄動

本正爲主判

婦人問人死無親族兄乃爲主本正亦爲主鄉人弔者兄拜争爲主

對　嚴識賢

洪波振海終不到於蓬瀛流電促人詎有因於金石無不魂遊北斗水閣東川咸促半夜之山共盡明朝之露聞人不幸一去無歸洛川之風雪共銷陽臺之雲雨俱齊泉門永閉但聞松栢之聲繐帳空懸無復綺羅之色惜乎丈夫獨立親屬茂如秋蘭雁植於庭砌春花詎榮於棣萼春言爲主寂寞無人切哀痛於仁兄慟悲涼於本正争承卽疑禮競執喪儀未終白鶴之榮詎盡青繩之哭縣司直申情理非究禮經徒開弄法之門未杜簿書之路竊尋州斷實

允公途以隣主喪雖叶春卿之禮捨兄於罰殊乖秋典之文

同姓爲主判

甲妻亡無主後者乃命同姓主或人告失禮所由科之

對

美而無子賦以碩人生也有涯歸乎大夢贄榛栗而方就據疾瘵而何辜春言于甲條喪宜家鳳凰于飛八代徒兆蛟龍中絶一劍空悲扣盆之哀但取傷於對簞懸弧之義本未徵於夢蘭有歎溘先無以爲後爰邀同姓將陳主喪三祖思崇五哭攸設來惟哀戚誠則靡捐撫以禮經猶爲未達且男主婦主之道同姓異姓之儀抑有前聞非宜此

謬蓋匪愼玆坐貽差牙至若婦主必使異姓厥義彰乎外
成亥是不思捨禮何立道有取於宗婦事非屬於族人甲
所爲喪誠爲不法哀與弔影雖撫事以傷神迹未吞聲罪
恐餘一作爲於戚耳

主者不杖判

甲卒女子在堂無主喪者命同姓主之喪者不杖令女子
杖所由科失禮

對

男主女主則異其族苴杖削杖而別于儀良無皀皀之嫌
用竭親親之道承家有託亦何詢於異門繼代或虧乃陳
攝於同姓甲年馳石火光陰坐沉訓絶金藏胤嗣非立若

敖之餒固宜理而方嗟卹攸之諡諒天道而多憯桑孤靡
設訨憂稚紹之孤葛蕈在辰空有緹縈之類謝庭窺雪奏
歌詠於常時蔡氏知絃輟娛歡於是日三星尚阻末及有
行五哭斯崇奄嗟無怙喪主既非棣蕚韡杖固屬標梅同
切昊天寧遺巽位撫禮深逹將譴何憑則予一人諒斯取
而不謬惟刑三復宜伏念於無辜

父在凶門判

乙父在喪母立凶門或告一家不合一作二門乙訴云虞
而無主以重當輕

對　　　　　　　頼勝

休死勞生存亡大數絶漿泣血孝敬常期乙也哀摧禍鍾
凶釁感風枝而殞魄亥哺何施陟霜屺而縻心跪乳奚及
顧言負米空結戀於梁山疾深懷橘一作懷墻愴開編於吳史
凶門列位夙著等差方取則於殷周驗昭然於典禮既虞
而作瘞重之制自分有附于始爲主之儀寧惑坦然明白
可舉而行事不亂於大猷法難加於小累

同前

陟屺纏哀終天未慕形神嘗毀有切於何曾流慟傷神詎
慙於吳隱於是牛山卜兆魚岫開塋帝軒轅之乘龍衣冠
作塚王子晉之御鶴則舃成墳因班牛而動祥樹石馬而
旌既既而玄門告掩册旐云飛聊申虞祀之儀方則夏殷
之禮立主之義自有常條以重當輕終乖禮式既無虧越

何奕公途

同前

仁焉而終智焉而死九原悽愴寧聞可作之期千日荒凉
徒結有涯之恨乙以悲深厚地痛結終天克窮於溢米之
晨荼毒於緩古之日青烏襲吉已托萬家之地白鶴飛來
俄聞再奠之禮所以表斯廬位設彼銘旌佇馴獸之見遊
希祥禽之或至言申陟屺之戀再寫循陔之悲既結歎於
生靈實無慙於死孝或人言告未可依憑哀敬之心理在
矜察審愼之典憑藉必及淫濫儻行手足無措既非月之
無失何如霜之可繩

輿屍謁廟判

鄭太曾祖亡輿屍謁其家廟人告枉惟

對　張季明

聖立訓謨禮明沿襲文物大備沮勸攸先是以茂閥高勲載在王府封侯廟食克濟家聲允歸通德之門未絶謀孫之道旣而鬼闞其室祖以貧祆延灾人告其枉太以輿屍獲譴卒哭而祔反葬而虞捨禮何觀撫事斯謬且執喪以寧戚爲本謁廟以如在致誠昭穆相承自可次其神主宗祧有序焉得失乎禮文枉惟之言責則甚矣旣灌之後不欲觀之

同前　杜儼

廟者曰貌則事之若生鬼之言歸則敬而莫黷考孔丘之

要道將入必問覧周文之紫象輿屍且凶鄭太乂扡家聲素高門閥自宣王之毋弟承后稷之神人讀司農之經榮分爾族聽尚書之履代著（一作有）其名爵賞不泯錫承家而開國垣廟而立寵貽孫而及祖禍鍾斯兆哀慕何追父已喪親緦亦從嫡奠延無主孫也哭曾自宜別外内之嫌分吉凶之敬謁廟以輿屍見責寧合禮經告人以枉惟見尤豈諧典則太從笞罰有蔭須寬於贖刑告者仕還無識不勞於反坐

同前　度進

白駒易往素蓋俄歸長沙空庚日之災北海奄巳年之夢鄭太留舉承慕捧硯長悲通德之門露纏書草承明之殿塵絶寢聲且周設冢官孔演師卦戰亡猶令（周官冢人凡死於兵者不入兆域）幽（疑作出）兆輿屍豈宜廟謁雖理殊觀蜡同賜也之云枉而義異亂神乃夫子之稱惟鎬詩古制合寘今繩

同前

先王制禮造次以之君子奉行威儀無選鄭太門承通德代有象賢處異域之圖全其使節受良田之賜儉以家貞華軒懸示後之車客石表先人之廟舋鍾亡祖哀疚謀孫奉硯攀悲輿屍入廟大夫銜命神雖幽而已徃使者廻車身不幸而必告魯使以爲有美漢臣猶且不非况太恭事廟門展行祖德尊靈髣髴嚐棟宇而風生衣紀綢繆備衣常而日遠太之此舉必有爲之人雖薄言詎成枉惟

同前

聖人設教蔚在蓬山諸侯立家藏彼栗主豈唯孝子不匱薦蒸嘗於四時亦取孝孫承家咨吉凶於五廟鄭太迺祖厥德嘉聞有彰良弓克傳投筆從事孝比參也在家必聞勇超仲由從政何有或胡塵暗塞漢將鳴鞞遂金革之威唯聞死節登玉門之險不見生還輿屍方弟子之凶掃埏合鄒人之禮所謂去死事生來宜朝謁薄言枉惟何太踈遺

玏隣婦喪判

得聞人有隣婦喪自三日而不舉火乃力借凶事之給所以言黨人未獲因主歛爭訟官以先後逺罪具不伏

對　　　　　　　　　　　　　　　　趙泉虬

隣婦時命先秋生涯凋落四德之名尚在九泉之䰟俄沉存既寡於周親没亦感於隣義既而朱火不舉俯凶事而無從玄𨻶未臨仰生人而何托聞人以蹈危爲意憂濟罟心爰行慱施之恩自合無喪之服論其主歛則親屬爲先語其科辜則聞人無罪

同前

仲尼講三王之禮垂百代之範臨喪寧戚實先匍匐之風力行近仁更著威儀之則末惟隣婦忽奄泉扃（一作宮）蘭閨生向月之悲幽𨻶切行雲之望於是哀歌佇引尚有具於飯含夢容循遲誰見勤於營護三日不舉九原若何彼人以桑梓情深芝蘭愛厚欲奔波於黨屬先假借於鄉閭劬勞之志莫辭終始之心愈勵項將軍之志業比德循（一作無）慙郭有道之風猷方斯未遠且爲主歛緣是善隣親疎之争讐與牒訴之喧爰起官司以公平在慮剖析存懷申報禮以明愆討彝章而見罰既叶平邦之典妙符淳古之風徒更有詞終成飾說

寢苫枕草判

甲雅脩士禮爲宗黨所敬居斬縗寢苫枕草閭里化之御史劾其惑衆

對

甲脩道訓乣乎厥休宗黨稱其有儀閭閻美其惟孝而夜壑匪固風林多感雖就禮之則俯同縗絰之儀而由衷之心無奪絶深之至寢苫枕草抑惟寧戚仁里德門所居則化御史總威電發隼視霜椎坐非平仲之仁行問冶長之罪且鄉人化善則寘刑章隣母興悲欲從何典既有明於古事亦何滯於今科

同前　　　　　　　　　　　　　　　聶良貞（一作良貴）

閼水成川賢愚共盡因心制禮榮賤同歸甲以慶絶循陔（一作甲以悲愴絕恩）哀纏罷社緜緜其服未謝老萊之歡戀戀厥心空聞孺慕之切三年茹痛寢苫不爽於喪期九族遷風偃草遂行於仁里御史幸持清憲須辨彝章暴滕繡衣徒煞忝竊晏嬰（一作生）縗服罕悟重輕違禮之誠循迷寧戚之宜安在請從宗黨之好無憚簡書之威

父在杖堂判

戊居毋喪父在杖於堂上

對

居毋親之喪茹荼嬰痛踊既無節哭何常聲悲在其中形瘠於外口不丼味身不安美潘生園裏無復版輿顔氏家中空餘畫扇仙人白鶴遥投士行之前孺子隻鷄遠赴林宗之所蔡順有繞墳之感老萊無衣綵之由喬枝未摧桂樹循茂執椅桐之杖上芝蘭之堂循禮制而多違韻刑書而有犯請歸司敗任便科推

練祥群立旅行判

丁三年之喪練祥群立旅行

對

丁爲人子持乎喪服身體髮膚不失全生之道衣衾棺槨無虧送死之儀仰風樹而充窮履霜庭而孺慕鍾創巨之悲酷有荼蓼之苦辛壁日不停練期何及毀不滅性痛感終身道在慎終義存追遠人來輒語禮稱忘哀群立多爽於事宜旅行有乖於物理二途俱發一罪須科

除喪鼓琴判

乙既除喪而鼓琴成聲或告忘哀云不敢過

對

三年之喪寧戚則易百行之最唯孝爲先乙縗絰既除欒

棘餘毀既而緑琴在御朱絃高張搏拊成聲愉樂斯在雖子張臨喪和一作彈之而和先王制禮不敢不至與其樂也何其速哉

祥鼓素琴判

戊祥之日鼓素琴隣人告違禮

對

執親之喪行孝之道出入不當門隧升降不由阼階苴練在躬溢米充食恨纏風樹痛結寒泉擗號已見於心摧毀彌載聞於骨立念親之在土哀親之在外寢唯枕塊居必倚廬隙駟不留祥期奄及既除凶制奚鼓素琴示人有終於物無犯食醢猶許奏樂何辜請從雪滌庶符冰釋

禫服鼓琴判

得鄒人告孔叢子居親禫服鼓琴而作樂叢子曰此是子輿梁山之琴曲鼓罷不伏

對　張鼎

地惟洙泗人參鄒魯闕里之詩書斯在奄中之禮樂不渝孔叢子風樹搓悲寒泉動思霜露云愓日月其除是以君子爲難子皐一作非親喪而未慕先王制禮孟獻禫懸而不樂既祥絲屨一作而練見孔父之深譏行奏綺琴聞子輿之雅操且恩懷罔極五日樂禁於成聲哀貫終身踰月禮通於作樂去順効逆魯史稱其速禍朝祥暮歌鄒人據而興誚節哀順變雖殊念始之心以今况昔未悖送終之禮欲加

之罪其如詞乎

奪情釁經服事判

甲釁經服事既而曰不即人心致仕而退時謂非禮稱人蓋善之

對

出師正邦大易有象率義弭一作殄寇春秋則書用乎中行攸往夙吉以威作匿疑取渙於群甲閨門罹凶苴麻纏疚喪則寧戚義能繼思痛深倚廬雖授杖以不起政急分閫或執兵而啓行介以趨軍經而躬役魯侯金革我直以興晉襄墨縗彼釁而動克壯輿輻能獖豕牙任長子以帥師利元戎以光濟策勳苟進不即人心致仕能歸何暌孝體

有爲也無仁乎得又經以合道胡責善以非禮

妻喪奏樂判

得景妻有喪景於妻側奏樂妻責之不伏

白居易

對

喪則思哀見必存敬樂惟飾喜舉合從宜夫婦所貴同心吉凶固宜異道景室方在疚庭不徹懸鏗鏘無倦於鼓鍾好合有傷於琴瑟既愆夫義是奪集作棄人喪儼麻縗之在躬是吾憂也調絲竹一作管以盈耳於汝安乎如賓之敬頗乖若往之哀斯黷遂使唱和不應憂喜相干道路見縗猶必變色隣里有殯亦不爲歌誠無惻隱之心宜受庸奴之責

士弔大夫喪判

得景爲大夫有喪丁爲士而特弔或責之不伏

對

官有常尊禮無不敬位若殊於等列弔則異其節文景惟爲集作大夫丁乃元士居喪而哭合遵朝夕之期特弔以行寔越尊卑之序既乖前典乃速斯言且禮貴明徵位宜慎守事非其事信干食菜之榮儀失其宜徒展賵芻之意是曰無上將何以觀

同門生喪親判

得乙有同門生喪親將往弔之其父怒而撻之使遺縑而已或詰其故云交道之難

對　前人

子道貴恭當從理命交遊重義盍恤哀情孝不在於詭隨仁豈忘於惻隱乙父訓乖愛子道昧擇交況求益之初無友不如己者及居喪之際凡人猶合救之既罔念於一哀是有違集作不遵於久要苟知生而不弔雖贈死以何爲舊館遇忘集作哭亡宜父尚猶出涕同門在戚王册未可忘情縱申遺帛之誠豈補贈芻之義肆一挟之怒父兮既爽義方杜三諫之辭子也亦虧孝道宜哉或詰允矣知言

食於喪家判

得丁食於喪者之側而飽或責之辭云主人食我以禮故飽

對

飲食以陳庶無求飽齊斬集作衰可恤仁豈忘情丁靡念人喪姑求主禮遇加籩之膳誠可療饑對泣血之哀亦宜忘味既念吉蠲之饎是忘惻隱之心况舂於其隣相猶違禮而食於其側飽亦非仁徒嘉施氏之儀且昧宣尼之教勿思變色當顧戚容

文苑英華卷第五百二十一

文苑英華卷第五百二十二

判二十

刑獄門二十八道

流人降徒判

大理申去年流人恩降徒今徒會慮合免刑部駁制免徒罪此非本坐不許徒者寛許

對

曼倩持法恭聞至理之名公閭在官雅得平反之稱與其失善寧可利淫頊以澤被衆中風行水上象雷雨以作解自晃蟲而必及五流之罪恩降一至於徒年三看之條會慮復加於清霆渙然無咎咸與惟新大理以慮合從寛雅符平典刑部以徒非本坐何太深文

奇音基請他比議判

法司以奇請他比議爲蠲除而留臺特之不宜數變乃引聖智之所爲患前漢刑法志奇請他比日以益滋議可蠲除者或曰法難數變此庸人不達疑塞治道聖智之所常患者也

對

政貴有常理惟體要明罰勑法取誠於先王議獄緩死致誠於君子俾其科條克叙輕重有倫惟齊非齊以殺止殺事必謀始則司契之義明道先仍舊則改作之功未鄭僑

鑄鼎猶懟叔向之言周滿作刑稱耄呂侯之策况聖君御物天下文明人識舊章國懸常典舞文巧詆非則於張湯捨虐從寛有依於定國殆乃漢盜陵土惟輕載美於釋之於昭八議誠以類而可徵末言三尺復何懟於師古

誘人致罪判

甲誘丁致罪令其同坐云人各有心

對

率心無邪詩紊履福作僞背道經喻焚身若從惡而自貽將異罪而同罰利交相啗唯甲與丁隣德不慕於田蘇樂禍更移於齊豹誘招惡子名近盜夸且餙躬無良以欲敗度誘人迂迹以一作於義傷風六行無掛於爰書兩造不聞

於在宥待窮實狀方眞科條（一作刑）

因丑致罪判

癸因丑致罪所由欲科之及丑自死癸云罪人則亡我更何若（一作善）所由亦不知作何處分

對

生詠不謹法必繩愆既三禁而無移在五月（一作州）而難捨丑藥不可追鬼得而誅癸戮出於身官慢其業維天綱不漏亦未失刑而職司是虧攸宜坐罪且罪有輕重失亦降差刑難變於一成臧可從其二等

詐稱官銜判

辛詐稱官銜取給州縣所司以僞論不伏仰正斷

對

辛在德多涼於朝不齒九班之榮未及三思之志闕如妄稱爵里之尊以求州縣之給詐難久恃僞果自彰行詐爲官仲由以欺天見誚言僞而辨少正以左道亦誅前史以舉其不然在律又繩其有過理宜緘口何恤薄言

犯徒加杖判

乙犯徒訴家無兼丁縣斷加杖人告其有妻年二十一已上

對

麗刑務輕罰懲非死若膚受之訟則哀敬難原乙何人哉有耻未格不化厥訓自貽伊咎當從傅氏之策若赴驪山之徒謂無兼丁則合加杖而配有偶應是克家來訟無稽求宜易法縣且失律豈曰能官人之糾謬斯誰（一作謂不宜）（一作他人之糾謬謂不直）

解枉判

得甲送徒道解枉梏恣所過御史糾訴云尅期俱至無違者

對

法在安人刑忌留獄苟信不繼則噬膚而莫懲如得其情則緩死而無逸惟彼甲者奉詔送徒解其枉梏遵大易之利用申其甲庚係小子而且格承命爲信義則乖於守官推誠於物仁或昭其恤下與其刑茲無赦利武人之貞曷

若感而遂通賁文明以悅且虞廷作法人不敢欺鍾離縱徒尅期而至有叶良吏無瀆簡褻欲依驄馬之糾恐越鳲鳩之法

刑罰疑赦判

甲刑罰之疑俱赦有司以刑不上備省科之云適輕下服諸罰有權

對

先王立辟議事以制得情勿喜寧失不經故三宥以順時重一成而不改求懷中典亦謹無良惟罰與刑有疑俱赦厚倫正俗立教在寬二罪並興載難上備五聽無濫宜遵下服既有權而適道當惻隱而從輕不俾少懲將爲允當

告密判

維州申綿州告密囚王禮告本州人有謀反行至散關夜已將半關吏以其夜到不爲開門禮緣事急遂越關而度至留守所告關令趙秀并自首越關事到神都法司斷秀應爲而不爲主簿批爲不當舉牒議卿判秀當知反而不告下符科結秀輕廉使披訴仰正斷

對

王禮生於劔表長自巴中身在重關之外心馳魏闕之下踰岷越嶂雖効赤城觸網冒羅遂縈丹筆何者但緣謀反律有明條本州既不告言他邑寧且寢默必也同夫兆一作夙火應合控彼星昴何須乘夜犯關侵宵越棧異田文之

徑度不聽鷄鳴殊孫龍之縱辨無論馬色雖未詳其五聽聊請扣其兩端告密縱使非虛越關無宜首免

贓賄判

河南縣丞張季昭貸官錢一千貫私用縣令王楷糾從枉法季昭云既立帖取明即擬還不伏御史宋冲斷爲真盜

對

雷電作威先王以嚴刑斷獄脂膏不潤古人以從政立身故貪乃敗名子罕以不貪爲寶財悖而入踈廣以多財累愚河南帝城四方取則眦贊之職必惟其人季昭策名清時沐我玄化不能獨峻其節有異冰霜翻乃難湍爲心自同溪壑兇飛龍在運振鷺盈朝官材必乎名器無假不義而冒聞夫子之有言刑故無赦著文王之作罰臨財苟得古則恥之陳力不能今也宜止黃圖貴令欲以枉法定刑繡衣御史斷爲真盜論罪既立文帖應有限期或即結刑恐成疑獄空仰九天之問慙無一割之能待結事由寘之邦典

吏犯徵贓判

吏人犯枉法贓會恩免罪所由不徵正贓御史舉以非枉法不伏

對

肆眚從輕前王以之宥罪一成不變君子於焉盡心黠吏伊何罔知紀極貪瀋身之貨自底不經沐渙汗之恩幸而

獲宥雖小懲大誡既曰刑其恤哉而免罪徵贓尚謂生也酌彼三尺折以片言枉後爲官御史之舉非斯當順中有物所由之不伏未乎敢肆剛腸輕申直筆

主簿取受判

外州申屬縣主簿部內取受州將不之罪也出錢與之

對

束紳從官既擔人爵析珪銜命須代天工不息惡木之陰不畏貪泉之味豈溪壑其志山川其心錢且深藏非從地出金當客受不畏天知效無彰於萬分法宜加於三尺州將情爲寬簡道取敦龐必令上化用乎將使下僚知恥若過而能改合道期於反經若情不自峻罰罪當於懲惡請

吏研問方事科條

尉用官布判

鄮縣尉單則將官布七百端質錢還債經一百日合科何罪

對

單則策名秪下述職江濱才靡効於一身害已深於五蠹用公府之財酬私門之債虧貞節於箭巖汨清流於鏡水九章𢀖憲不惠姦疑三尺明科無捨刑故雖復陪填已畢終是濫竊成愆指事論情實嬰疎網披文按法或蔽蒙襟委諸兩造之司庶盡片言之斷

未上假借判

丁受官未上於所部假借科其監臨不伏

對

命官以賢底祿以道猶未蒞事胡爲賄聞無魏子之悛心有叔魚之黷貨即爲假借曾不內愧于躬式冐刑典仍欲外閔其過實叨憒之自速非監臨之謂何加言是丁不可逃罪

乾沒稍食判

乙主稍食輙自乾沒爲方書所刻

對

列爵分官用資監守臨班掌務必藉廉平其有黷貨居心類長安之小吏不貪爲寶殊宋國之司城將所未容法宜難捨況主茲稍食慢彼嚴章竊人之財從已之欲方書職惟糾謬本曰懲非罪即不誣任依輕典

取錢授官判

得楊甲選以錢十萬金三十斤求山乙得官後被告大理以甲選數合晋官不越次會恩洗滌甲不觧任錢金不追刑部斷甲觧見任徵乙金錢

對

學古入官不聞黷貨以賢制爵安可非材楊甲人實妄庸謬參調選山乙志惟貪冐多受金錢良以職謝巨源賢慙伯起鴻猷載黜是則難容大理同拘自貽伊戚承恩合免雖則棘署守文會赦獨徵實亦仙臺直筆請依省斷竊謂爲宜

受囚財物判

丁受囚財增其語贓輕減罪省司較議非當斷獄

對

斷獄賈直實誠曾史舞文巧詆用存漢策小大之察必惟其情輕重之權固茲無濫眷彼丁者職在監臨貨以潘身見魯劉之裂帶貪而速戾同叔魚之敗官且無屬厭難以末減省司忠告實謂平反

脫枷取絹判

祁陽縣尉董則任大理獄吏與囚脫枷取絹兩疋斷除名

對

刑政所存爲國之本有倫有要弘慎斯歸就重就輕哀矜無失董則事緣贓賄斷彼除名贖貨於無器之時定罪於有官之日問既承引斷亦甘心兩縑雖則難容雙胳終須審究脫枷狀非枉法準絹不至徒年除名雖據本條斷罪宜無覆定求州申上不詳前任之文刑部重尋妙得無官之列除名之坐未可依前罪不合徒何容濫罰

免罪不謝判

得乙有罪丁救以免乙不謝或責之乙云不爲己

對　白居易

在公而行誠非爲己懷惠以謝則涉徇私彼既求仁而得仁此宜以直而報直乙惟獲戾丁乃解紛以爲非罪而拘

冶長見稱於尼父直言以免叔向寧謝於祁奚論恩則丘山不勝在道而江湖可忘況情非私謁可以不愧於人義在公行實亦一作己無求於我盍加遺直勿聽責言

子行盜判

得甲告其子行盜或誚其父子不相爲一作容隱甲云大義滅親

對

法許原情慈通隱惡俾恩流于下亦直在其中甲蓋忝人倫忍傷天情義方失教曾莫愧于父頑攘竊成姦尚不爲其子隱道既虧於庭訓禮遂闕於家肥且情比樂羊可謂不慈傷教況罪非石厚徒云大義滅親是不及情所宜致詘

冒名事發判

得丁冒名事發法司準法科罪節度使奏丁在官有善集作美政請免罪真授以勸能者法司以亂法不許

對

宥則利淫誅爲一作則傷善失人猶可壞法實難丁僭濫爲心僶俛從事始假名而作偽咎則自貽及勵節而爲官政將可取節使以功惟補過情一作請欲勸能憲司以仁不惠姦議難亂紀制宜經久理貴從長見小善而必求財雖苟得踰大防而不禁弊將若何濟時不在於一夫守法宜守乎三尺盍懲行詐勿許拜真

請不用赦判

得乙上封請求不用赦大理云廢赦何以使人自新乙云數赦則姦生恐弊轉甚

對

刑乃天威赦惟王澤于以御下存乎建中上封以宥過利淫倖門宜閉大理以盪邪除舊權道當行皆推濟國之誠未達隨時之義何則政包寬猛法有弛張習以生常則起爲姦之弊廢而不用何成作解之恩請思砭石之言兼詠蓼蕭之什數則不可無之亦難

失囚判

得甲爲獄吏囚走限內他人獲之甲請免罪

對　　前人

圖土不嚴罪人其逋亡而由己誠曰慢官獲則因人其何補過相彼維甲所謂攸司不念恪居儆于羑里旋聞失守逸乃楚因雖非故縱所因魯是慢常而致徒稱勿佚未可寒遠得於他人自是踈網無漏失其所職豈可出柙不科無貪假手之功固念（集作合）非心於責（集作罰）

遇毒判

得景於逆旅食漿腊遇毒而死其黨訟之主人云買之有處

對

生不可保死必有因盡知命於喪予豈尤人於食我景秋

蓬方轉朝飱欲晞旅次員來將受飱而巳生涯溘盡當終食之間且非祭地之餘（集作殘）自是逢天之感未言其黨不察所由死且焉知徒云噬腊之毒買而有據請無寘堇之嫌誠匿士之可哀在主人而何咎幸恩恕物無妄罪人

被妻毆判

得甲居家被妻毆笞之隣人告其違法縣斷徒三年妻訴云非夫告不伏

對　　前人

櫬貴妻柔則宜禁暴罪非夫告未可麗刑何彼無良於斯有怒三從罔敬待以庸奴之心一杖所加辱於女子之手作威信傷於婦順（集作道）不告未失（集作爽）於夫義（集作和）招訟於隣誠愧聲聞於外斷徒不杖未乖直在其中雖未（集作昧）家肥難從縣責

稽緩制書判

得甲為所由稽緩制書法直斷合徒一年訴云違未經十日

對　　前人

王命急宣行無停晷制書稽緩罪有常刑將欲正其科繩必先揆以時日甲憐位敗度慢令速尤蓄怠棄之心既虧臣節壅駿奔之命自抵國章然則審時勿稽考程定罪法宜以役當朞月所由以違未浹辰將計年以斷徒恐乖閱實請據日而加等庶叶央平是曰由文俾乎息訟

刺史違法判

得景為録事叅軍刺史有違法事景封狀奏聞或責其失事長之道景云不敢不忠于國

對

守位居常小宜事大持法舉正卑可糾尊景名署外臺身由中立直宜自守郡鄴之政必行明不相蒙州將之邪無隱且六條枉撓百事滋昏苟不提綱是為漏網雖舉違犯上虧敬長之小心而陳奏盡忠得事君之大節既非下訕難抑上聞

私發制書判

得丁私發制書法司斷依漏洩坐丁訴云非密事請當本

罪

對　前人

君命是專刑其無小王言非密罪則從輕丁乃攸司屬當行下不愼厥德擅發如綸之言自災于身難求疎網之漏然則決遍加臧罪有重輕必也志在私行唯當專達之責如或事關樞密則科漏洩之辜請驗跡於紫泥方定刑於冊筆

文苑英華卷第五百二十二

文苑英華卷第五百二十三

田農門二十二道

萊田不應稅十道　初稅畝判十道

履畝判五道

萊田不應稅判

勸農使稱萊田舊不應稅州縣今有徵納爲例各自不同或據畝數均收或隨上下加減百姓紛訴使司科均收以不應爲從重科加減以非法均賦斂州訴恐年饑無以給貸且使司法例不平不伏處斷

對　張環

國征九賦農辨三壤用先疇之畝畝則有磽肥輸當年之

井稅寧均沃堉是以農扈率職夫家受田丁（一有當田較二字）較其甾畬底以藨蔉故我疆我理爰茲翼翼之苗如梁如茨卒獲芃芃之稼藝或若此稅其可知今若倬彼萊田是稱荒隴畝方蕪以三百始受一夫獲寧取於十千空勤四體雖則休於間歲易在他年徒冀耕而孰耘終費廣而收薄未言州縣是曰司存上則異宜畝何均稅必以年須賑乏事欲隨時加減於上下之間徵納於權宜之際則誅始立化斯焉可作慢官沮法訟者奚爲且使以勸農爲名人以足食爲本民（唐諱）苟可利賦亦何傷責以不應或將得罪處其非法良恐未然須從刑政之科難枉使司之例

同前

皇家刬華歸素抑末敦本式稽堯典授時之政克脩載歌豳頌祈年之禮尤洽是以野無曠土國絶遊人紅粟相因華黍興詠循復二星分出四牡載馳察俗觀風勸分務穡至如分地之利易田之宜擇乎令典酌於故實若秋苗有獲則可據地而徵儻春萊不芟焉得計畝令納苟貽碩鼠之謗須宜鳥（一作鵲）鳩之典若上田不易自有常規妄爲加減誠爲非法並從鳳舉之按宜正隼旟之罪

同前　柳同

度地制邑徹田爲糧必均三壤之宜以成九賦之則是以政令惟簡乃黎庶時蘇法物苟紛必謗讟日浸昔衆備齊難作丘甲之法晉爲泰擒起爰田之制俱錐刀之末開喪

亂之始今三時不害四人成功疆理多兩穗之收倉廩必九年之蓄惟彼州縣誠非紀綱既無恤人之心豈曰奉公之理省徭慎役未挂於愚心貪財徇名已聞於拙見昔興税畝嘗聞尼父之譏今欲萊田有類哀公之志非愛人以活國何深恩而淺謀使乎察彼衷情允茲上訴下停厚歛究者爰申寘官嚴刑罪人斯得既有雅見寔曰良圖

同前　樊光期

國爲爲農俾人作畝是刈是穫必在有苗不菑不畬何以望歲故刈耒斲耜自春徂秋與（疑作雨）公及私既庭且碩然後論彼薄税取於豐年仍聞寡婦之歌寧有匹夫之怨若斯士靡藝大田其荒穢穡之功不加於此竊訛之地或在其中而欲徵諸我廩問彼嘉穀非苗取實慙於老農棄本求華適此逾論州縣以廣地爲務入粟是功用藏於人何必改舊使司以惠言及物準度從人詣彼均收黜於加減罪雖一致法欲重科然不伐有詞且稱從責隨時之義庶叶論刑

同前　張調

賛王理制國用稽諸縣籍抑有彝典故命數土聿興五員之規用師須田式均三易之賦歷選列辟率由舊章國家大責四瀛咸則三壤穀出不過籍所以豊財萊田不致征寔惟饒衍麟書是紀象魏攸懸浹日使觀先時以令何彼咨獄猶火禁之因循孰謂法當亦小東而杼軸既徵求之

無藝翻給貸之是憂皮之不存毛將焉傅百姓不足九式何施外臺則驅鷄善嚴使司則害馬已去雅符中典無勞簿言

同前　張寂

我田既臧農夫是慶畝碩則播歲成厥功如茨如梁或祈於稷稼不狼不莠載嘉於曾田彼之荒萊僻在窮野芟夷未絶耒耜何施便加税畝之徵豈厚生人之道且漳河富鄴涇水利秦人既有臧國亦云幸當今百姓爲心六府脩教命勸分之使崇務本之農漢苑空閑已許蕭何之請魯田厚歛見譏哀公之昏人若屢空君孰與足州縣以政刑不用興訟是招使司以公職務平天心必稱雖假詞於給

貸綵失得於當官請寘明刑以鑒多士

同前

畫爲九州咸則三壤或溝洫創制或阡陌從宜肇乂萊田無聞稅畝今欲務耕興利盡地勸農驅役冗食之人示以不毛之罰則可規堰豬（一作肥瘠）而辨等視舄鹵以分疆必遵桀貊之中是行什一之稅惟此州縣沮爲藎臣不率古猷獨師襟抱而上下加減謂叶裒多之義據畝均收欲見無偏之跡曾不知定其可艱則寔適非宜捨彼所餘則仁將何遠欲救茲弊圖以拯人異李悝之上孰同冉求之急賦將恐事非適變徂怒惑於朝三日用不知焉力盡於斂百輶軒萬責何所逃威外臺簿訴終思寘罰

同前　林諤

俾彼甫田爰分沃瘠定其差等故九州攸同處有勞逸誠萬人是繫周官掌事征稅畢均皇明燭幽遠邇咸勸德音天發直指風行既有察於農功將不遺於屋粟翦萊非季路之政就蕪興元亮之詞責郡縣之勞煩慰黎甿之簿訴借如據畝數以收率隨上下而加減蓋議事以制示得便宜重戒年饑頗符日用苟殊乹沒獲戾何堪使司雖欲糾繳愚謂傷於嚴刻且萊田不稅實師古之通方倉庾流衍乃自公之上務繡衣匪同楚失應副九重州縣請宥漢章賞其一切

同前　任謬

宇宙爲家寔惟天府疆理爲畝成賦中邦而九州同風萬國共貫莫不開廬井而平賦稅準沃瘠以明勞逸則人狎於野穡而成功是以晉置爰田既易種於差美周任梢地復出布於不毛相彼萊田是稱餘地舊不應稅今則有徵事將利國法焉循古雖紛若人訟而略陳地宜何者彼田若焚薙草溝塍相錯稼穡屢登亦可據畝數以均收隨上下而加減必孟春月陳新未事即不應而可坐處非法而寔疑兇州阻饑饉薄言給貸於均地（一作輸）之法事舉其中軫憂人之道歛從其薄勸農使國待予而行即寘徽纏未爲允當

同前　楚（一作樊）晃

夏闢山川周疆井邑四人得業萬國作孚欲令應陽和以茂九農是知居瘠即勞處沃便逸必耕與瘵以易萊田祈南畝之有年望西成而必獲誰謂田其蕪矣似陶令之歸來稅輒均收疑魯卿之厚歛使司以愛人活國人富則國殷州縣以爻裘負薪裘敗則毛落既未閑於大體徒輕擬於小東縱訴將備年饑終合請裁天旨使糾非法未失清通

初稅畝判

所司初稅畝怨者實多僉議罪其變法中尉云匪躬之故兩執不同

對　王之貢

餝力長財任農勸業利則已乆稅宜在均或兼弊以歛輕或因虛而歛重邦都以入未息夫家之征倉廪是資仍鞭什一之稅籌茲變法初欲贍官亦循搜粟都尉冀立皁時之策司農中丞用成強國之筭雖將實於邦府恐多奪於吾人人其不足國也何有徵之以古則魯公之制難循用之於今則有若之言可尚出其過籍非禮誠深言人匪躬過之已甚

同前　趙栖簡

大道既行農不易畝中孚斯及國有常稅各修九賦之職寧奪三農之勤惟彼所司於何妄作㳟周公之垂法行魯

宣之弊政穀出不過籍已舉丘明之片法迺變於人寧規商鞅之律甿則骨怨誰任其辜主上情殷納隍慮一物之乖所見夫栖畝分五穀之荐登德澤既滂和氣充塞誠可減從輕賦冝允下人之詈（一作善）遂行厚歛虛憑中尉之詞事則匪躬罪當諸已則稜校㳙趾茲咎未深而剝床以膚取凶斯在

同前　孔齊參

賦政任人取之有節體天立制惟變能通倚歟主司厥初稅畝稽諸魯策川採憲章雖怨谷之談實多橫議而損益之政或在權宜然則擇利而行何常之有舉以非法斯其病諸較其短長於是乎在

同前　尹深源

先王制禮將使田賦有經中古從權亦由國用不足履畝而稅侵農實多小東作詩見刺於譚后大桀爲論甫聞於魯臣既繁秋歲之征同起祁寒之怨徒欲附上焉能服人且已効忠未爲干典當採議於中尉諒無媿於所司

同前　高璠

周官立法唯聞薄歛魯用不供爰行大桀皇家布聖敬之明德貴因循之令典乃脩弛賦之道不足宜陽之計什一而稅億兆以庸何彼所司率由非政不能和彼三事申物土之宜而乃鳩于庶甿成取怨之道豈自貉之爲制其於蠹而不若臨財無苟其曰是乎於義或妄未爲能也惟此

中尉曾無内省若利彼社稷則死生而以之斁我彝倫在憲章而莫捨盍之爲助空望於十朋孚則未敍且成乎一握獲吏不同於入腹出否幸從於蘋趾

同前　張秀明

什一而稅周道如砥二吾不足魯政斯壞國家隣善以化實穀而理上下皆給不學筭車移人邑和大來惟知手舞足蹈嗟爾加稅昧我大猷曾不慕於若堯坐貽陷於大桀將謂浚我有司何取於匪躬寧有盜臣中尉且多於尸禄儻能率法抑有前聞君苟而爲斯亦奚問

同前　杜梃

郊賦有籍邦政是數制乎上地無越三人之倫居彼中田

常許兩家之共始成薄賦乃曰恤人周末無年魯初有制憂稅畝者作自哀公對盍徹乎聞諸有若所以人多怨讟國起侵伐動干戈而稅繁供軍旅而儲廣抑爲末也寧（一作末）是本歟當今薰風阜財協氣登穀兵則不動人其以寧斯足解慍之時奚爲變法之稅中尉推過罔失㕥儀與人頌康當歸帝羨兩執斷矣一言在茲

履畝判

丙爲諸侯履畝擇其最好者取之百姓上訴御史糺違法云非入已

對　　常日進

政在利人法難變古苟非慎舉事則不經伊丙列侯無聞

嘉績未明盡地之力獨聞履畝之稅且以小惠誅（一作殊）怨莫見安人之理蘊利生孽先聞入已之嫌重稅既同於魯侯盍徹明棄於周典憲臺糺謬實可準繩分土煩言盍爲文過敢告司敗宜寘薄刑

同前　　盧術

涼以作法弊尚或貪謀之不臧事將奚適丙桐珪荷寵茅土分榮既稱孤之是崇在養人之爲政不有如傷之視遽興厚歛之文且井屋既殊收稅有數人或不足君何取諸苟縱欲之斯行紅粟多積豈堪命之能乂黔首何安敢請焚書將以和衆遂命持斧以問剖符縱非入已之科須當擅賦之責

同前　　下民（唐諸）　崔恁

公田有洫私家有封人或不康君孰與足丙分茅賜爵剪葉稱孤奪力役於夫家怠政教於公府徒使我疆我理空對汙萊爾宅爾田惟瞻磽确不勤東作但履西成急下民之見糧既同蝥賊務公家之厚歛寧有盜臣豈漢文施令之心乃魯宣救弊之術子行而法則有周公之典我愛其禮請遵尼父之言未可加刑宜從削地

同前　　朱濟

俾侯胙土分茅（一作剌）撫封視彼黔黎均其毛澤今者制田非夫厚歛殘人履畝尚徇於魯宣盍徹蔑聞於有若且農之有畔穀不過籍小桀之規是舉大侵之禮謂何此而淩

我以生無乃刑人之力既貪膏壤取溢京坻獨阻南勳盡其東畝雖非入已已是盜臣無罔繡衣請從褫帶

同前　　傅昇卿

制邑居民務農肥國均夫家之閭井末保士房（疑）徵載師之遠近將安地著惟丙職登牧伯位列諸侯茂穡勸分須聞露冕之化霑體塗足當務驟髮之勞而乃不問公私無論沃墝取其翼翼之稼擇彼芃芃之田同魯公之無恩穀梁是譏類季孫之苛賦尼父有言將剌大東何殊小桀嗟狐裘之非當宜豸冠之是糺何者倉惟國廩食則人天雖歆國實於倉其若人勤於食務知遠者不亦悅乎

文苑英華卷第五百二十三

文苑英華卷第五百二十四　判二十二

田農門二十四道

祈田判

甲擊土鼓祈年穀於田祖司察以禮不下庶人寘于罪不伏

對

先王教人貴賤有等常籍爲重躬青耜於靈壇終畝惟勤法朱紘於御典候鳥星之仲月闕龍鱗於上腴祥應豳詩祈歲功於土穀疑生魯禮罪越命於金章甲即非章擊之可也且援枹而進聲坎坎於田郊嘉粟佇登福穰穰於歲報司察此舉未曰合宜甲之不伏固當其理

同前　姚重成

饁彼南畝田畯興至喜（一作饁）之歌平秩西成丁壯起務農之事國家風雷順動黍稷惟馨辛春籍於三推佇年登於百穀野鷄五色先呈必稔之期銅鶴再鳴即告將豐之驗千箱萬庾實所荷於聖人土鼓汙罇徒有祈於田祖况祠祀禮也考擊脩焉司察即是妄稱惟甲固應無罪

糞田判

或以齋月屠犬縣科殺生曰爲輕爂（半照切見周禮爂用犬）所用

對　衛蓁

三壤克辨兆民允殖必廣地財式崇土訓載芟載柞爰盡力乎汙萊既方既阜俾恪勤乎稼穡伊趙爾鎛有略其耜荒度厥功寔函斯活是以粢粱嘉積曾孫作庾于斯箱獻畝歌豐婺婦栖糧於滯穗率由茲道萬邦乃粒眷彼草人蕪脩稼政無忝厥職分厚墡之規靖恭爾司省高卑之制雖陽和布始亟聞乎禁殺嗣歲將興必觀其行令苟能成憲犬則是屠將周禮之彝章功均物土資漢庭之舊業事取糞田叶緹赤以陳宜相爂疆而有旨雖云齋月法欲爰

加且八政食乃爲先五牲犬實居後以牲豢食其傷孔多棄循務農斯利則博縣道書罰誠爲昧禮或者張皇宜其窒惕

同前

春爲促農黎人務穡用宜種稑取化原防苟磽确之不滋將強騋之須糞或以令茲齋月言叶上春東作乃興咸持錢鎛南畝斯饁必清賛麻時（疑作待）器所以勸民興鋤由其阜倍我疆我理庶幾芃芃之秀或耕或耘思播芊芊之迹九天取歡於歲稔千期給於公征食我上腴陷茲中典且農爲理本法在禁弛有利輕爂誠宜重穀何擊之屠犬而謂殺生應稽諸草人將勤浸種縣司麗法詎曰優農或

且祀齋期於宥獄

同前　趙艮王

國著九賦農分三壤將功鳴鳩之稔是同磔犬之法時惟上月德在發生爰取則於周官遂興功於魯脊使我疆我理開膴膴之郊原如京如坻藹芃芃之稼穡執或若此業乃可憑彼何爲政義守常典徒嚴止殺之方豈曰利人之術且成物之急濟時攸重苟能敦本孰謂不經禮合時宜尚發犬羊之歎農爲政本爰停屠殺之罰

同前　袁自求

地邑人居必參相得樂功勸事然後相親不易之田畝百而尚逸再易之地倍三而猶倦漆林之征輕重是外園鄽

之稅等差斯別欲均沃埆必資改更故載芟載柞澤澤其耕不稂不莠芃芃其稼且輕爨用犬彊臝用蕡在禮經而可遵於圖章乎何有禹貢成賦標乎上中之宜周籍立規備設牛鹿之制況明君爲政動植以安田祖有神蜉螣不作科之署罪恐涉流言寧益國以利時豈棄人而愛犬食舊德能保全而不權（攜訟封注當作胙）田有禽利執言而無咎小狐汔濟未出險中即鹿無虞徃而見恡刑云不濫君子盡心有孚匪終渙汗何惕

命農判

得習壤常命農夙駕桑田採茅爲索人訴遇雨不充其役

對

爲天者食外地而利惟茲習壤命彼老農庶夫四體克勤三事就緒迺脂車以秣馬及零雨以星言芃野是臨桑田攸稅宜其荷蓑荷笠載惜光陰爾茅爾綯不虧晝夜何乃當既泥而自療假若濡以爲詞使七月遺風將乖陳業三時務穡有闕成功既不昏於作勞誠可繩其惰役

同前　傅懷海

農爲國本本固邦寧人生在勤勤則不匱爰以習壤夙駕命農匪雞則鳴已驅人於里巷白駒未照方執耒於疆埸克始克終惟掇惟採綿蕝宜禮儀之用縮酒非祭祀之須彼茅所資桑田爲事特若見奪不利於人宵爾索綯惟彼南畝田畯至喜意在東皐將以息耒取涼還淳反朴致君

於堯舜貽厥於孫謀農人性未適時智非及遠苟徒沮事妄作薄言豈遇雨而可憑欲將雪而無禮

學耕判

得甲於善田者學耕種養苗狀後期里父老罰之云告力牛少無以趨事

對　楊竦

惟農望歲勤穡則稔彼夫失時不畜何獲苟無備於器用實謂惰於作勞甲之務分寔亦敦本同我婦子饁田畯是司聞於仲尼善樊遲學稼祈養苗之狀將盡地之力惟先疇克服何後期有差雖畢逵餘萌行春已嘗乎陰雨而不穡招刺有秋胡取夫斯箱小懲其宜徃訴詭聽况犢惟不

佩則爾牛足餘人有耦耕則我農可理竟不趨乎時澤固難免乎罪戾

同前　劉貺

唯農是務經國之令典日服其鏄長人之美訓皇上躬耕千畝儀刑萬邦天報嘉祥風雨時若人惟善誘遠近咸勸甲也思趨過之有誨比樊遲之請學妾屬農政孫興上膏脉起家徒四壁文無五特是蕪是蓘既失於協風或耕或耘載愆於零雨實差龍見之序謬以牛火為說漢史著區種之術唐臣首代田之教長沮故事則非假於服箱勝之遺文亦無資於負轅既推司里之禁宜處惰農之刑

圭田判

得甲受圭田所由什一收稅不伏

對　鄭楚容

禹別山河周開井邑諸侯建國錫土之義載光大夫稱家食菜之文攸著甲因門緒得賦圭田傳冀缺之封襲彤班之賞外縣取給私室是殷雖居五等之尊猶均什一之稅縣司情以一作深奉法志在優人庶貢賦之取均冀上下之攸利權豪罔避貧弱是優所俾無得其人今訴誠難為理

履畝稅公田判

渭南縣履畝稅而御史劾之曰公田不善恐乏軍儲

對

兵惟靜難食以聚兵儻歲計之無虞必軍須之不繼縣司以職其日給科彼倉儲蕪穢公田嗟不登於晩歲嗷嗷士卒屢縣罄於糗糧厚歛之旨豈坐於冉求盍徹之稅已聞於有若情非徇己事或從權請霽霜簡之威庶獲兩田之稔一作庶中國經之體

不受征判

甲有賜田不受征稅

對　王智明

王者制田庶人計畝徵孟子之說徹故難移讀公羊之書禁皆不可然則食土之子與執圭之人按籍既有常法加田固宜不稅此乃行古之道誠非今之宜甲之所執或未為允

同前　賀蘭賁

分晝郊圻敬慎封守必正其經界均其牧井故上行其理而下得其和雖分制之有常蓋貴賤之異等夫畝不稅所以備公私圭田無征所以絜禋祀理其昭著禮有明文豈以代氷之家同於擊壤之伍甲之不受誠謂其宜

同前　盧禧

農之制地征不過籍德將見優賞莫爲稅伊甲也之介福承賢者之餘慶槲勳公家列爵王冊既未封於列土方受賜於加田爰乃後凡克奉先業責其徵稅徒稱聚歛之臣守以莫從是謂博通之士請依周典無撓戴經

同前　盧象

惟甲受茲明命允膺舊德公侯之動著在盟府恩澤不泯傳之子孫錫圭田以厚賢在王制而無稅徵斯什一頗涉無稽之言議以三章終發有爭之訟

同前　李喬年

王者之制加田無征蓋欲崇德厚賢安人薄賦眷言彼甲王室作藩既褒德而受圭亦班朝而錫壤且什一而稅周之通法纔算是資漢之舊典萬姓殷阜中外康寧有大夫之家尚苦於征稅法令爰著不稽舊章片言可折斯之謂矣

津吏告下方傷水判

得津吏告下方傷水請毀左右堤水工景固爭

對　魏烜

决河之處備聞前載隄防之設厥務匪輕故得其宜則俗除陻墊如失其道則人受沉淪由是禹得玄珪漢陳白璧古來所慎寧其怠諸且將毀右隄則左隄不理下方之弊為患將深漢代成規自宜遵奉不違舊載昧於物宜輕此毀除未聞其可水工之議謂得通方

同前　梁淡

遠通漕引近切河渠擁左右之連隄隨淺深之積態屬流水之至長河杳起桃花淼淼實類迷牛之關（一作闗）竹箭滔滔方比鑿龍之迅委輸無限傷害為虞既為長堤固全豈使下方傷水導之則可毀之匪宜無從津吏之言請依水工之見

同前　鄭遂初

九土之宜高卑異等百川之勢面背殊源所以提設沉薪以防其溢河流酸棗竟被其災今者津吏所陳水浸方盛請毀堤而取便遂抑強而扶弱考古類傾之異前後乖奉之宜未爽河渠之篇深符（疑）溝洫之記工人有諍即事雖通請更辨於今刑方可遵於古典

同前　盧韞價

覆釜遐源濫觴遥派龍門激浪飛竹箭於千里馬頰驚流擁桃花於三月尺波不住素序或臨霧逐牛迷查隨客至維舟不易航葦稱難洪濤之委無涯下方之傷遥及隄防

是制啓塞隨時固之則兩傷毀之乃雙羨津吏宅生禹迹行偶堯封名厠水官位居河右使廻天之浪遥注百川濺日之波滂流九派水工末品真買公心算垂柳之懸堤借瓠子之成詠雖守挈瓶之智還貽膠柱之責依津吏之請杜水工之疑不俟終日於是乎在

同前　李仲和

潤下斯弊漂流是虞欲崇堙塞必籍隄防津吏以下方致災冀應除毀水工以長堤作務不可依憑競有兩端事難雙允請闢千里無虧五詞則拯溺不待於規行聞諸往說而塞川頗類於防口得以今辰方見河渠之書自開標準溝洫之志以會規模左毀則右傷右傷則左弊左右俱毀

便沉下方津吏之言雖陳水工之志難奪既不合毀咸宜
告知

軍士營農判

得丁上書請令軍士自營農隙而教戰節度使稱疲兵於
隴畝緩急非可用也

對

先王教人必賓農本諸侯振旅實因事隙苟法度之不率
豈黔黎之克安彼丁以阜俗爲心類叶吾之寓政節度以
疲兵是恤爽充國之嘉謀昔楚宋理戎尚及築耕之士魏
蜀堅壁猶分上下之軍方今九服賓王四夷即序宜脩文
以化俗豈黷武而屯師既車書之大同何緩急之爭用兩

端之要片言可知

税畝多於什一判

得縣官税畝多於什一御史糾其擅賦斂訴稱晝供軍旅
二猶不足

對

當官而行必議徵斂賦里以入宜均有無政或遠於小康
税乃行於大桀是以我疆我理分上下之田有國有家建
中正之術不是過也皆將取焉伊惟縣官昧爾爲政誠合
酌於古訓量其經入使穀不過籍人斯樂輸今乃將多徵
於前復重歛其後所謂莫菑或擊徒聞後我以生雖億兆
是謀用給如貔之士而徵求失道寧忘碩鼠之詩且九年
之儲常聞富國二猶不足匪曰能言請從避馬之飛庶叶
公羊之訓

文苑英華卷第五百二十四

文苑英華卷第五百二十五　判二十三

勞農有闕判

冬勞農大酋有闕主司糾劾訴稱六物未備

對

昔在后稷躬稼宣王命籍用天之道因地之利率先以勸

敦本斯在是候春鶊初飛饁彼南畝秋蟬已鳴獲乎東臯順月令以迎猫何星廻而合蜡八政罔忒九職攸序擾粟多乎敖廪典農蓄於京坻以備荒札將樂豳鐘而報田蒲藩豈用淳于之哂載饁入野常聞王冊之勞惟彼大酋是稱司醞徒學杜康之藝有僁儀狄之職陶器必良工善其事火齊式序職司共憂和羹既用於鹽梅合禮必資於麴蘖六物未備胡不及言三農既休忽此闕禮使上農徒空迷於帝力大酋合寘於國章

同前　張栄問

盍取諸益乃九扈之資始仰法於旗（天門文書酒旗星去極七十七度）亦六齊之攸作國家制準利物順時設教函詩土鼓不忘舊章飲酒勞農事脩前典屬務畢南畝歲居北陸司稽無事索陶以居野人草笠斯糺我皇流澤既一弛而一張樂夫力田必強飲而強食俾乎老物是息畯人醉止百里以洽一國若狂瞻彼大酋掌此公酒既盎緹之有闕云秫稻之未備人而是紀方事畢脩職司其憂必作事而謀始欲求無咎豈惟刑之可逃

惰農判

甲有田不耕被罰三夫稅粟以質劑致人甲告旅師施惠散利法司科旅師罪不伏

對

敬授區分經邦所重畯農懋力緯俗攸先行夏正於東郊

黎元不惑歌豳風於南畝田畯知勸逖覽臧書率由玆典乙逢昌曆甲預允封玉燭時和無聞於勸勵金刀產慣罕見於籌謀異楚客之逃名耕耘不嗣匪梁巖之御節麓裘何施行有祭於農功遂見徵於屋粟質劑爰致投告旅師施捨未忘貽刑司敗採周年之故事頗叶常規求聖日（一作旨）之明科稍乖通典但以薄言未息被罰猶甘憔悴簡孚五詞詳明八辟待窮根柢方寘爰條

同前　儀崇哲

三推貽訓昭貢於天田萬井開規務揮於地利故五稼庭碩成厚下之道四時阜滋得奉上之績甲圭衡賤矣竅保浮生青郊無趄伏之田綠野有菑畬之地爰稽版籍舊（一作）

慮列郊封匪蠶而衣著於前誠不耕而食豈免徭科且甲
異嗇夫師非田畯墯惰斂不勤百畝之勞空致實剩未
舍三夫之稅訟旅師之散利以避罰而尤人美疑合券以
免科終歸非而為巳眷茲甲罪宜峻刑章惟彼旅師請從
寛典

同前

九扈分官四星垂彩廢其業則金湯莫守修其本則禮節
是興故晁錯獻書每論春稼仲舒上策特說秋麥人之天
也其可輕哉甲有良田從來不墾佩犢之風未革維魚之
夢豈成以果輸官自貽重罰輒將施惠遂有薄言然而周
覽經史備觀賢哲漢臣散利不見貽辜齊客市義無聞結

怨欲加嚴罰不亦難乎甲告誠是妄陳旅師請從寛宥

棄農判

乙農家子棄業從戎縣令捕而科之詞云征稅繁重餒在
其中苟圖庇身非棄本也

對

三農飭力九穀是資田祖報以斯箱烝民由其粒食乙輟
耕壠上環甲戎行棄帶經肆力之勤務投筆徇身之計遂
使經行靡望委臺笠於中田尺籍移名閑蓬門於故里父
耕子播亦足庇身君義臣行如何棄本而乃昧洪範之先
食怏逐嫖姚黜素王之去兵輕逃力穡徒託詞於凍餒終
難逭於刑憲且縣尹之職鄉戶是司觀惠偕於字人定否

臧於攊負必也稅符大集詠臧易堯坐琴堂以素飡帶墨
綬而尸祿自宜褫服寧上免冠待窮而造之詞聊舉一隅
之說

同前　張叔政

農政之先戎事之大乙也業惟田畯流匪兵家固當不見
異物豈伊敢有貳事屬裔夷壓境殘賊亿邊誰謂百夫之
雄且懼二吾之稅退惟憂於餒在進或望於名成秦楊（漢貨殖傳秦楊以田農而甲一州）
之蓋一州非其事也定遠之遊萬里竊有
慕焉揩指中野之軀寧顧西成之業縣令名當墨綬志在
繭絲惟（雖一作）求化洽之方奚必禁人之犯况北虜解辮西
戎屈膝聖朝偃伯之日賢相富人之時巳見小康孰慮多

難是知且耕且戰荷戈非黷武之夫足食足兵釋耒豈惰
農之士欲令科罪必使正名

居喪惰績判

得甲居喪不績綵訪使責太守風化不著訴稱誠耻之也
是亦為政

對　柴少儒

先王垂教則喪也寧戚君子立身必造次於是甲何為者
焉知禮乎惰爾庸功隳我王化既稱家而罕制復居里而
無職且啜菽飲水樂盡其中泣血寢苫孝乎斯在何必厚
藏醯醢傚襄公之送妻自可薄盡有無同子柳之槩母忽
而都闕未知前聞不績無纏則周官之故事有裘勿服乃

鄰人之匪臧況八使觀風澄清可尚六條曠職政化蔑[illegible]
不懲熊軾之愆孰謂蟠筐之責

均輸田判

吉泰將均輸地上已籍下人告不合

對

禹制初闢周疆肇建蕭收漢閣益掌虞邦井田有差經隧
無紊順陽和以肅事映秋霜以畢力四時得業萬邦作乂
豈容吉泰愚驁致心誣妄析言與盜亂名改作華公田以
入已自紀嚴科移私籍以安居不知天憲徙聞匡子今觀
吉生幸付司刑以議其罪

同前　樊光

大邦列土畀畫有則齊甿分利割據必書苟非躬田無或
編版功以受錫人其捨諸吉泰攝生明代志事耕鑿率情
暗昧固貪井蔭官未聞於三命謨亦乏於九功匡救本無
封賞何有輙將均輸之地以載充家之籍則弘羊藏事今
也雖存劉盆祝食此而安取既黷常典合寘常刑

田中有樹判

乙有樹於田中里人讓之稱在疆埸

對　薛季連

天官分政載師任土必均三壤以務九農乙則匪人其何
妄作將有樹於田畝誠害稼而傷農稽諸古經則有之矣
考以今制誰曰其然里人有孚可以受服乙也非古宜乎
褫帶

同前　張瓚

國有謨訓人惟定居非周封之井疆異秦制之阡陌乙有
嘉樹森乎甫田上含煙颷下潤溝洫擢本抽幹豈彭澤之
五柳負陰向陽等江陵之千橘此乃是地良美繇條草木
有滋稼穡看施鹽野之勞益我公私見滿如坻之積縱使
羣木聳秀何妨百穀用成今則不廢麓蓁況乎實在疆埸
里人之讓未知相土之宜司冦之局須寘贖金之名

同前

緬彼古制攸列埸人候農祥之戒晨服先疇之畝乙偶
昌運不知帝功是麓是蓁爰稼爰穡埸列瓜蔓圃資蔬材

藿靡芬芳歲阜其用多稌多黍乃顧於中田優哉游哉坐
矜於老圃果碩於灌或成蹊而則妨积樹於籬任爲疆而
何有里人不識輕爲誚一作詰讓徒肆無稽之言難投有夾
之任

易田請加倍數判後篇作授田判

乙授易田請加數倍所由以非寬鄉不給訴云三易以上

對　敬括

勞役異等廣狹殊制易固有數授惟從宜爾乙于何伊田
是職衣夫擬褫徒思畝疑作敏以四支闕彼萊蕪難望豐其
五穀因而上請冀以曲從但務居𤲞之嫌莫原負郭之貴
且一易再易禮誠舉以加饒近郊遠郊義或隨其衆寡枝

辭不已甚所未然

此篇五百二十六卷重出今已削去

給地過數判

甲給地過數科所由曰更耕之田

對　　韓秀榮（總目作明）

掌地之圖辨邦之數分疆畫野度土居民（唐諱）將以均其賦役一其征繕俾上下而爲宜體磽肥而施法甲之所給類彼均人度以物情須其職事我疆我理雖差百畝之田如茨如梁何乖一易之地且稽諸王制考彼周官當務審其徵求而克均其政令李悝爲魏方興地力之能管仲相齊式廩軍實之要更耕而穫豈昧隨時受以功田雅符通典

若科之罪勿使能殖

同前

磽肥異宜給授殊制苟夫田之可易在公道而奚爽惟甲奉其所主念此爲農無怠無荒將耕陳鑿之力是薦是蓘以期國家之利雖在勤不匱而處塉則勞風雨每調莫覬如雲之稼收穫斯至空嗟懸罄之室徒逢時於樂土終歎乏於良田懷不足而是憂思鼓腹而何及觀其所給察其所由在周典而無辜論漢史而何著惟農是恤於法何乖寧易地以豐財豈守株而喪本更耕之訴據百畝而何傷過數之科在三章而宜捨

同前　　蘇倂

沃土塉土厥有區分一易再易非無異制實資均政以利耕者甲有司也政實存焉因資地利之殊計若農家之請庶以通其勞逸齊厥等差寔謂更耕克精受授孰云過數且曰守經古可明徵今寧有罰

同前

八政交脩桑農爲本六官致理富教居先將取地財之生成須辨夫家之沃塉惟甲率是吏職行乎周禮我疆我理爰受授於三農如京如坻佇陳陳於九穀足使丁壯盡力汙萊合宜何斯有功輒欲加罪若也閭閻櫛比煙火星繁占天子之牛田廢將軍之馬埒則當惟辨布政求弊是圖况今邊鄙不聳流庸適至宜翦荊棘俾生稻粱勸農既任

其易耕給地何限於過數庶從行古未可非今

同前　　張濬

凡制農田是分地職家給百畝夫當一廛矧伊所由慎乃厥事善相丘陵坂險能均地邑人居使一易之田加之以二再易之地增之以三蓋居塉土者勞則宅土沃者逸將更耕以穫利與不易而方齊故俗阜時康以廣數圻之外家給人足寧嗟十畝之間曠土既無代田是足欲科之罪其名（一作善）有詞

屯田不開渠判

甲當屯於戊巳校尉故地乙告其常行厭勝之術御史按云唯使丁開渠播種不伏科罪

對

富國强兵久資重種闢土殖穀必候良農雖云因地之利
無爽用天之道惟甲克勤稼穡受任軍屯候正歲之布秬
乃宣乃理及王瓜之生夏或錢或鎛遂使其芡如梁必周
戊巳之地其比如櫛不黍京坻之詩眷此屯功宜蒙上賞
誰聞興利之舉翻招壓勝之訟然而六甲紀則剛柔異體
五行統歲穰獻分區苟獲賴於柔嘉固無嫌於法術況丁
也爲役職此開渠雖决泄之誠勞豈蒼黄而妄告仰稽古
訓甲則無辜旁酌人情乙宜致詰必若事非政要術異農
祥請遵持斧之繩勿怨薄言之訴

屯田佃百姓荒地判

諸畿縣置屯田佃百姓荒地主令復業請自耕種屯司不
與縣司執申若不還地人即却逃

對　李暄

畿承畿縣素匪萊田是中邦之廬伍爲上農之井賦日者
旄頭失象狂寇亂華王師未赫國人猶恐是以苟安便地
多出近關惜三遷之就荒歎五溝之不樹人迷可復土利
宜敦等允國之大閑時欣歲足類信臣之廣闢每詠年豐
今乃黎庶重遷歸還樂土服先疇之疆畝守故里之枌榆
將恃撥穢願事藨蓘誠宜饁彼南畝勞乎東郊國本必於
務農人安固在循業求言縣執何謝屯司

同前

人散久矣地廣大荒單都護之屯田闢天子之縣內且耕
且戰歲取十千以餉農足食足兵武有七德以威敵殊管
氏之見奪異周制之不頒且運屬中興人多復業惟桑與
梓詩人興敬止之辭安土重遷縣司敦仁人之禮請從地
著之業無俾流萍之歎

文苑英華卷第五百二十五

文苑英華卷第五百二十六　判二十四

蜡饗不祀判

歲十二月有司行蜡饗不祀司嗇迎猫而祭之御史糾云古之君子使而必報

對　陸據

窮陰殺節流歲云暮將舉祀典必奈故實無忘報本之始敬一作爱用伊耆之禮聚百物以饗息人大義爲一日之蜡非賜能知瞻言所司是爲之祭八神降止一國期集於焉觀德必也知古迎猫無闕言除碩鼠之患司嗇不預且有若救之餒雖祭能如在樂已吹豳而禮尚有疵人多歎曾有鬼或奚誣神若何事乃違經儻受嗤一作黜於草服國有報憲宜見繩於繡衣

同前　鄭岑

大司徒以物地是事小宗伯以人神是圖我稼既同則田祖斯饗爾酒既旨故嗇夫載馳堯典授時羲氏成於歲職魯人將事宣父與於蜡賓二三有司是勤執事奚不薦守自以速尤至如土反其澤之年水歸其壑之暮必合聚萬物而索饗焉欲使仁之深義之盡然後神不乏祀人亦報功今者所由實未敦古且藏冰以閟猶祭司寒何須霜既成獨遺司嗇雖云迎猫而祭其如避馬有辭且以德勤人豈三施而無報以庸食鼠將一祭而未忘況主稼則人食田惟獸棄人與獸雖祭何爲如或不有是神無足稱者一作爾必也猶能爲鬼不其餒而嗟呼主祠何其展事不如林放有問豈得季札無譏卒爲漢儒尚見非於齊魯未乖周

禮何謬若於滕薛御史報法愚所謂臧

同前　侯上卿

恤祀惟聖頒官有典三冬索饗以蜡昭報日乎皇澤非木賜之知歲勸農功首炎一作火帝之奠所司恪謹成式厥圖斯求豳詩土鼓用奏和音耒耜是蟲固茲咸秩雖田惡鼠之食在禮遵猫以迎豈可獨忘攝時見遺司嗇伊耆氏之作蓋不易然大宗伯之聽孰云能守御史以冠雄鐵柱糾繆是彰彼以口異金人餙詞猶費徒稱君子必報曷若明神處前古而強授使亦奚據請從白簡以奏彤廷

授田判已見五百二十五卷　敬括

無溝樹判

得甲掌事所司劾無溝樹之固云任其財器何用勞人

對

庶官司局共爲藏事各守爾典無廢厥職苟政令之或乖將會計而焉取甲理從邦教位列遂師甸梢縣都宜分地域封疆畝畞不奪人時而乃闕四井之畄畬廢五溝之種藝女桑不樹見戴勝之徒飛夫田無征望竊脂而何啄既莫喜於田畯又非成於穡人尚阻農功孰供兵器焉見不勞而逸無業而居雖有愛人之詞難恕失官之罪

多田判

丁多買田至四百頃極膏腴上買他財物稱是御史糾之云天恩數加賞賜不是贓賄

對

丁家類封君田成末業是稱近甸亦曰膏腴資貨乃兼於中人沃野自登於上買義殊不穡頗謂多藏道則惡盈志何自蒲必也德均洙泗學究典墳專經述鄭玄之風精義盡丘明之奧學優則仕道尊爲師類張禹之置田殊蕭何之遺子况稱恩命豈等平人御史繩之終難糾結

工商食貨判

得乙爲縣令授田不均科之訴云工食功商食貨田故少

對

三壤異宜四人差給用懲末作示禁淫利乙任當撫字能率典禮以爲播植務農實繁盛之備貿遷變業非禮節之本遂用均其利役別以等差類農家之一夫視工商之五口詳夫周禮則異井田之制稽諸漢志是同平土之法異以無而易有期彼竭而我盈各適所宜足見人而無黨不相偺奪可謂政之有經誠往訴之有孚將議刑而奚據

同前　李覿

給受有數田畝則差何患不均是亦爲政顧惟彼乙親物爲務則三壤之典平四人之利以爲用貧求富猶或慕於工商化有遷無詎均勞於蕉衮聿修稼政式贍農人罔恣五口之商俾齊三倍之賈冀使通財易有資殖貨以蕃身寒耕熱耘望豐年而潤屋不均致訟且曰未孚罪欲加之今有辭矣

射田判

或人於京兆府射蔭田

對

三秦奧壤陸海良田原隰條分溝塍脉散涇渭傍潤鄭白疏流荷鍤成雲决渠降雨秔稻漠漠黍稷油油無爽蟬鳴之期有至鳳冠之稔其地則上厥價惟（一作彌）高準丁而請則無妨廢據勲來射交爽事宜理既不通也須追奪

名田判

乙爲列侯名田縣道有司糾云既違新制請沒入縣官乙訴云雖已受封實未之國不伏

對　李冊

捨爵策勳必由舉德撫封胙土皆以報功苟薄厚之失宜在短長而何據乙之所賞是曰通侯皆受名田享其生祿權立四夷之制不殊五等之差經界本出於有司賦稅不關於主（一作之）國未知所過徒肆薄言寧虧萊地之名以盜王官之邑宰之所理事或不然

同前　常建

錫社啓土開國建侯惟彼占田制無踰等瞻言縣道未可裂封乙實無良不能惕利輙晏嬰之辭邑雖謝能賢非丞相之出關未宜加罪必也與蕭何之窮僻同王立之占求則漢典可遵殷鑒斯在待於閱實方正爰書

同前　杜萬

庸功制爵以國俾侯司勳是職太常是紀錫周官之彝器分漢家之茅土古之成憲今也則殊乙之所封義符分陜介珪入覲盛君子之威容家田無征備優賢之榮寵何縣道之爲僭宜有司之見劾徒用多言是爲害政

列侯實封判

得甲爲列侯以名田縣道所由以違新制合沒官訴云雖已受封實未之國不伏仰處分

對

五等疏封三壤咸則其於彊里各有區分甲忝居列侯且未之國威儀有翼雖委質於清朝日月其除終望歲於嘉穀爰在芃野是用占田將植油油之苗冀獲芃芃之稼未侵候甸之服且近蠻夷之郊於典章而莫遵取縣道而何害所由未詳漢制恐奪齊人將欲入官無寧非法

井田判

得縣申歲十月入人里胥使婦人相從夜績每月課四十五功聽其歌詠行人善之徇于路按察禁之太師以失職致詞

對　元稹

天廻地旋陽生陰息玉衡指孟冬之野促績鳴寒金鼎臨短景之昏厥人當燠相彼同色（一作邑）愍哉惟時戒坐塾之里胥稽其既入率同巷之衆婦績以相從素緒霜縷共紛如於永漏紅光炎上俱省費於餘輝夜兼功以日多日存

課而年最若薦敹之勤蜀襦袴興謳類古公之居豳茅綯斯誦故令風俗翕習家室乃宜有未得其所然或心傷而發詠則標梅求吉編王化之音采芑懷征列雅章之內行人掌乎宣布載在搜揚得詠言於此邦將遐徇以遒邁太師典樂允被克諧之恭按察觀風何爲失職之禁先王制法寧罰有詞

田中種樹判

乙於田中種樹鄰長責其妨五穀乙乃不伏（漢書食貨志種穀必雜五穀以備災傷田中不得有樹用妨五穀力耕數耘收穫如寇盜之至環志作還廬樹桑云云）

對　前人

百草麗地在物雖佳五稼用天於人尤急乙妨勸樹事頗

害農收列植有昧於環廬播穡遂妨於終畝雖椅桐梓漆或備梓人之材而黍稷稻粱宜先后稷之穡苟黜肙[illegible]龍焉用成蹊縱有念於息陰豈可侔於望歲植之場圃合奉周官置在田疇殊乖濮制既難償責無或順非

屯田官考績判

戊爲營田使申屯田官考課違常限省司不收辭云待農事畢方知殿最

對　前人

要會有期誠宜獻狀籍斂未入何以稽功戊也將俟農收方明績用三時罔害然有別於耗登五稼未終安可議其誅賞當從責實寧俾課虛苟欲考於歲成姑合畢其田事雖贒能是獻比要宜及於計偕而稼穡其難收功當俟於協入詳徵者令固有常規農扈之政不乖蘭省之非斯在

修隄請種樹判

乙修隄畢復請種樹功價有司以爲不急之務乙固請營繕令諸侯水隄内不得造小隄及人居其隄内外各五步并隄上種榆柳雜樹若隄内窄俠地種擬充隄堰之用

對

善防既畢固合程功桼木載施亦將補敗丁之函請誰謂過求隱椎之役雖終列樹之恩尚切有司見阻無備實難苟惓養材之資蓋非長利遠求爲擿之用豈不重勞當有取於繕完顧何煩於藝植且十年可待五步足徵防在未萌著之先甲因而致用庶無瓠子之災言之不從恐類匏瓜之繫

秋雲判

得景爲宰秋雩刺史責其非時辭云旱甚若不雩恐爲災

對　白居易

居常授時政則行古恤人救弊道在從宜旱將害於粢盛雩難拘於夏景象雷是職不雨其憂苟旱魃之愆時雩既太甚雖藝收之戒序雩亦何傷冀有聞於鸛鳴庶無慝於很顧馨香以有一作感夕且望於月離稼穡其傷時難遵於龍見雖事乖魯史而義合隨時製錦執言是亦爲政褰帷致詰未可與權

賑給判

得丁爲郡歲凶奏請賑給百姓制未下而而集無而字散之本使科其專命丁云恐其其集無其字人困

對　前人

臨邦賑乏情本由衷爲國救災義終歸上丁分條出守求瘼居心歲不順成人既憂於二鬴公有滯積戶將餼以集作於一鍾是輸濟種之成允叶分憂之政然以事雖上請恩未下流稍違主守之文遽見職司之舉使以未有君命何其速歟郡以苟利國家專之可也恤貧振廩䘏攸雖見兔官矯制發倉汲黯不聞獲罪請宥自專之過用旌共理之心

修耒耜判

得甲爲邠州刺史正月令人修耒耜廉使責其失農候訴云邠地寒

對　前人

教有權節業無易宜地苟異於寒温農則殊其早晩甲分憂率職從俗勉人天時有常農宜先定地氣不類寒則晩成雖徯揉木之時未違把草之候正唯廉使何昧遺風縱稼器之已修先成爲用苟土膏之不起欲速何爲誠宜嘉乃辨方豈可詰其行古稽諸呂(集作周)禮修耒雖在於季冬訓此豳人于耜未乖於正月責則迂也訴之宜哉

文苑英華卷第五百二十六

文苑英華卷第五百二十七　判二十五

田稅溝渠門十八道

什一稅功臣判十一道　受田兼種五菜判五道

爲吏私田不善判一道　稅千畝竹判三道

徵什一稅判三道　無失修堤堰判四道

修河堤不溉田判一道

什一稅功臣判

得京兆府行什一稅功臣不伏云賞地無國征

對　盧士瞻

禹貢三壤周頒九賦此爲古制實曰有經且四方無虞法宜仍舊二邊有備正可隨時瞻彼咸京是爲上國擁山川之固護百二稱雄開井邑之甾畬什一編稅將期倉庾流行斯箱發詠於詩人軍國豐盈盍徹見譏於有若功臣何若曾不是思忘雨露之濡恩有違王命矜爪牙以怙寵無入國征同彼宋人不修職貢類茲楚子闕薦苞茅罰可寘於刑書訟何聽於詭說

受田兼種五菜判

丁受田兼種五菜吏稅之丁云在外田稼不善請郡科吏吏固執合稅久莫能決廉察使按郡守令不行

對　平伾

度土有衆務農理國人力是借公田爲居既八家而共資亦五菜而云取惟丁率常由已不遂見異守質抱甕將類

漢陰之夫閑居蓄蔬未減河陽之令相維彼吏而乃弗經
既忘過籍之非將爲稜畝之稅是同大桀宜判小東且私
田於人餘力豈讓吏之不恤稼乃無成失官之譴已彰稅
人之理徒執季孫苟賦周典聞仲尼之言宣公不仁曾史
有穀梁之議吏而多僻守可論刑不能涖官何逃使按

同前　平超然

擇土制邑度地居民唐諱是分公私爰制內外食九食五一作外食內食制稱上下之農遠郊近郊師有異同之賦彼丁何者
賓曰田夫四體初勤五菜云樹既綠葵而白薤亦秋韭而
冬菁但類潘仁用供朝夕之費同夫揚惲取給公上之求
公田爲居稜畝非古考龔遂之政計口而畦讀穀梁之書

損廬以種稼則不善吏固應科既匪一作匪經大猷爰彰薄訴
籍而不稅雖固執而奚爲分而無成於從政乎何有廉使
所按誰曰不然

同前　熊季成

度土居民唐諱使有寧宇省徭薄賦期於利物政之善者傳
不云乎惟丁計畝受田奉時供上周公之典斯在穀梁之
志可徵且同居八家並種五菜取其葱薤既云救乏畷無
樹以楸桑誠得養生送死人苟利矣吾無間然此夫伊何
多求是務不遵有若之盍徹徒冉求之聚斂況廬舍自
損田園將蕪勤私自可以非人半禮無聞於稅畝迷而不
復過也必文以黥郡守之明宜允使司之舉

同前　李黄中

王者域人是制廬井丁之受地用給公私以耕以耘窮筋
力於歲月是穮是蓘慘容鬢於風霜循古蓄以禦冬慮艱
食而爲饉漢陰抱甕殆欲忘懷於陵灌園庶乎自適雖屋
粟興稅園纏有征而田畯急民唐諱已闕三時之務誠邦家
有賦焉取五菜之供恐非民唐諱之未宜將責吏之爲當還
同履畝郡令誰可封行請效埋輪廉使即當隼擊

同前　李夷吾

五土異宜三農是務井田肇啓稅畝斯均非無沃瘠之差
寔爲封疆之異顧惟田畯職在主農徵收雖合以時役使
宜遵常典安得不供所職有紊彝章將奪三時之功用此

八家之力俾務農之士東作愆期使擊壤之夫西成何望
必公田不善即過在夫人私稼靡登乃罪招於吏眷言丁
訴理或有憑審聽吏詞義將未可令者百城滯訟八使舉
繩曠官之責自貽不法之名斯在

爲吏私田不善判

景爲吏公田善私田不善或以議課不齊辭云非吏之罪

對　康元懔

阜俗敦本長財務力三時展務九扈分官自公田而及私
田俾我疆而豐我理千箱起詠佇美於詩人四體既勤孰
慙於夫子當勤甿而有典奚議課以不齊景也伊何職茲
爲吏任農均力未恤於人言徇公害私旋招於物議事頗

彰於妨奪法難逭於科繩考魯宣之舊章有同大桀徵穀梁之前志須末小懲宜祥刑於士師盍歸罪於田畯

稅千畝竹判

乙家于渭川有竹千畝京兆府什一稅之云非九穀

對　姚齊梧

度田居民唐諱因地制賦出不過籍汔可小康貢乃無藝云是稱大桀相維乙也業乃齊民唐諱營營四時頗聞渭屋青青千畝自比封君京兆以任切都城事繁供億主家咸里無聞萩漢貨殖傳河濟千樹萩乃梓也後世謂萩爲蕭高恐合作楸集韻楸萩通用英華作萩非竹之畬比屋編甿何擅渭川之富俾其什一而稅均夫播植之家事雖合權道恐非古必也稅同里布征與漆林自可責以

所宜誅其入觀二字疑九土之法賦不同科四人之事業乃殊等今乃責非其有出不以地僕雖無似竊亦有疑

同前　李崟

專欲召災蘊利嗇禍克勤于儉庶曰式臧乙志在垂竿居于渭涘師討然之術恥同也之貧移埒封君竹已遍於千畝富同李氏田不播於九穀遂使檀欒之質請擅利於膏腴耘耔之功不服勤於錢鎛府司登夫衆寡均彼有無爰度百夫之田用收什一之稅誠謂薄賦輕歛人無桀貊之譏年米稷禾國盈流衍之積自可貢其藝極弗犯有司豈得莠爾煩言以成無妄魯謂蠲其不如隷農

同前　衛偁

生民唐諱興業近郊制賦以物地事將均土法惟乙何人卜居渭汭臨川垂釣未坐太公之茅綠葉翠莖且多子猷之竹況楫云千畝栖鳳五毛豈是齊魯之桑還同漢蜀之漆頗爲潤屋咸曰比侯京兆救時什一之稅奚爽乙之無理九穀之訴何爲

徵什一稅判

長安縣徵什一稅百姓訴云取已過半人將不農縣官云恐國用不足

對　高果

眷彼長安是稱輦轂詢于百姓賦彼三農儻儲廩之未供在畝畝而攸給稽諸魯史什一稅而可徵詠彼魏風三百

廛而斯取是爲盍徹未抵奚倫雖過半有詞且悲杼柚而官惟恤隱宜室盈庭如或水旱不時薦衰無取歲莫貨於稼穡人必慮其流亡則徹田爲糧盡輸王府而賑廩同食猶飄疲人將循古而知方亦從權而未爽

同前　莊若訥

秦雍皇居田疇爲上若年有豐耗稅則等差相彼老農聿求多稼勤其四體庶彼千倉必也如京如坻無廢周公之典然而不足與足何恥魯侯之問縣司雖守文不替訴者亦舉直難違豆區之量必均過半之詞自息

同前　房說

務農重穀徹田爲糧布數頒常示人以信不足於二且異

魯侯拾而羅三非如漢吏況炎稟降雨神皐輿區既稱百
二之雄何辭什一之稅殊大桀而小桀且如狡而如桀特
軸其空則吾豈敢膏腴兼倍於爾何傷徒許語以無稽須
耳心而受課抵欺赤縣曾是迷愚家財若不助邊軍實如
何取給訴云過半誠爲罔上之人又曰不農恐涉要君之
責誠翕其舌無厚爾顏

無夫修隄堰判

河南諸州中無夫修理堤堰請與之平價仍免外徭省司
以爲與平價則官無所供免外徭則公事廢闕不之許州
訴人實阻飢恐不及冬成至春復桃花水爲害

對 元承先

備預不虞古來善策隨事興理今亦宜然於廓長河邈界
中國來萬理之外歷數州之間榮光載浮竹箭長下千里
作曲呈瑞馬以出圖三日成霖或迷牛而爲害永言諸郡
夾河之壖充水屢逢媧灰未正擬作當止淮南子女媧籍蘆灰以止洪水俾太
守沉馬空竭精誠將軍負薪循勞太息則必土功展事金
堤爰起匪用齊人之力孰免爲魚之歎恭聞漢事以蠲六
月之徭大哉聖朝實平百姓之價公家之事知無不爲苟
利於人胡爲不可省司所見未窒盈庭之辭州訴宜從可
塞如川之口

同前 郭尚溫

使人以時不奪農務前王令典歷代通規頃屬月離畢星

天作霖雨緣河諸郡水害方殷王尊之祭徒誠陽侯之怒
無息是隳堤堰乃請修營動衆興功雖不違於九月免徭
酬直或大優於百姓握蘭則兩停俱廢恐未得於隨時剖
竹則二事兼全行一作亦煩同於太過況頻遭墊溺人實阻
饑若不冬成必貽春慮理須折衷事遣合宜則丞相無壞
陂之尤將軍免負薪之苦

同前 劉閏

邦寧本固書稱經理之方慮始樂成易著變通之義且河
分南北境控青徐壤雜下田土爲上賦荐逢充水乍闕殷
儲感發於中思索其極順時令尤工徒版築爰興堤防互
設崛然特起同斷岸之孤標的爾殊形狀屯田雲一作之錯

峙期於永逸汔用小康望免外徭式酬平價州將當撫循
之寄顧瞻黔黎省司應出納之權愛存府庫俱爲奉國咸
是循公探源若混其淄澠究理頗別於涇渭何則雖言營
造本資其井田徒謂繕修未起於桑梓力常有限徭或可
蠲後靡踰時價無宜給是則上省勞費人忘阻饑無闕於
農不愆于素縱使堤疎瓠子不復興歌浪起桃花誰能爲
害

同前 孟楚瓊

五材並用水德靈長八卦裁成坎宮流潤銀河有飄查之
浪金堤苦懸米之憂漢書以溝洫興謠史記乃河渠發詠
疏導得理編甿以寧眷彼諸州是稱修葺堤堰縱橫瓠子

須切黎人阻饑匏瓜莫食遠申蘭署庶救梅林何嵩見之不同而平價之無給夫則非人莫可人則非食罔存數日暫勞循宜不許累旬重役焉可闕如官供尚且云無私備奚能取濟况國家無事主是唐堯河内有倉吏非汲黯但使準格與役何必申省拘文公課自有常程令式寧無舊例免徭請價義竊惑焉

修河隄不溉田判

對　　唐南華

乙主河隄郡守詰其不以溉田詞云亦有以攄

長河千里聖主一清漢帝宣防猶勞薪於瓠子王尊東郡尚堅立以安人所以河公不仁時聞泛濫主司有事每見

堤防蓋却晷於石門亦摧殺其水怒傳以客土將全其邑居聚之淇竹實揉以昏墊常流不弛於正道泗野寧淨於谿桑諒巡植之為功奚褰帷而見詰必人同鄭白食我京師或且溉而有餘何屯膏而不作均夫鄰令招不智於漳河異彼武安頓遺利於鄉邑良能沃野義在隨時請攄河渠之書無違溝洫之志

文苑英華卷第五百二十七

文苑英華卷第五百二十八　　判二十六

堤堰溝渠陂防門二十三道

稍溝判

對　　鄭昭

甲通稍溝三十里主者按與役不申甲云水漱之不合申

先生之制廬井有伍爰自澮畎達以溝洫拯下人之墊溺變彼汾之沮洳故河渠式脩煥馬遷之典衛漳既導美夏

禹之績今甲之所施用酌前訓不資穿鑿坐看通引顧源流之所觸望平疇之有蓺况承茲水漱罔殫衆庸同史起之利人類王尊之濟物遂使苞蕭發詠無浸彼之虞汾澮興言多流惡之美既稱裨益聞此損費自可旌其殊效勸彼異能豈宜按以不申加之底戾但刑期不僭令著明文後且不滿千夫法難從於五罪既不合上請郎宜原宥

同前　　湯巖水

甲義恤蓄畬志般溝洫懼褰陵之荐及稍孽攸通稽瀆川之前聞源流遂遠當以崇朝其雨高岸為谷無勞役之事濟稼穡之艱里則斯遂功則其倍溼泥是沃俄分數斗之謡韓工已成良開萬代之利歲自便稔邦由是賦異東西

之見分寧嗟别思殊劉項之有割是悅昌期漱而不徭足以嘉尚决而非役奚用申爲粉署將繩恐涉察泉之義白圭思復宜從因水之詞

萊地判

甲爲匠人於萊地制溝遂廣深二尺爲度所由劾功少訴不違理

對

十地分宜順其高下九夫爲井列以溝洫式備水泉之害將損壅塞之虞利以生人成其務本永言經典實著廣深自畎澮而陳規及園鄽而不紊守之勿失敏則有功惟彼匠人誠爲盡力審斷徑術善相丘陵設夫間之小溝明遂

上之有徑水勢地勢因而用焉善溝善防斯焉在矣二尺爲度殊其不法三農取託乃亦有秋方黍稷之離離見流波之活活决其行潦達彼巨川儿度功程規模曲節郎和夷之既蓺豈陵谷之將遷樊遲學於孔丘自得老農之術哀公問於有若寧有不足之憂縱彼公田何妨稼穡況兹萊地已輟耕耘將爲功少取科實爲淫刑以逞十門吳堰撫昔事而無慙三章漢條因兹躅而當逭

清白二渠判

得清白二渠交口不著斗門堰府司科高陵令罪云是二月一日以前

對

清白二渠其來自遠善利萬物聞諸古昔故疏溝若雨荷鍤如雲利彼秦坰興功鄭白雖犂鑿南畝人歌日出之功而翹望西成不假月離之潤所以每加脩葺式建隄防各有司存標諸令式高陵令以遐騖入仕翔鸞布德宣風百里早副天心管轄二渠正當交口欲加門堰諒有前規郎此經營非無往例但以金堤栁色未變新枝玉琯葭灰尚飄春雪節未逾於二月事不越於三章府局論辜竊以未可欲加罪也其如詞乎

同前

溝洫之宜隄防是急惟禹盡力乃安生人自鄭渠來與秦壤增利清白相映雲天並開稻粱交陰雨汗俱發東風適

降南畝初勸暵波猶微春脩未遑縣令以恤人從術計役秉閑雖蟄户驚飛方期伐木而斗門議立且恐勞人未爲瓠子之決欲后桃花之水府司按職體要俱懷聽風俗於初聞謂絃歌於未理誠以溉灌無闕經營有圖豈乖蕭宰之明當寬栁恵之黜情存審慎可適臨時

同前

三輔名區千里奥壤决渠爲雨荷鍤成雲衣食之源見資於畝畝桑麻之地實頼於溝渠故隱於金椎沉之石揵(見漢書作揷非)用防飄梗爰備塹流縣令職在字人化兼馴翟用遵常式或未成規良以秋潦未収且疑於瓠子春流詎泛未慮於桃花脩葺既非後時府科何其速耳請從按記愚謂

合宜

同前　劉仲宜

殷俗富人實惟稼穡分疆列土必假溝渠白公入秦卒與涇水之利史起居魏大引河流之溢信衣食之是資知殊王之非貴理宜順時役築作制隄防惟彼高陵地稱三輔贍言沃壤良由二渠完謹苟虧畜洩乖用必貽罪戾何以逃刑且如雨畢除道既俟於天時水涸成梁再綸於月令斗門不設交渠未脩功雖闕於千金時靡過於二月遽耶科殿恐乖廉平請從矜釋謂合通典

同前　薛齊

導水東流百川歸海井泉北對二渠交錯灌注不息黔黎

資上善之功奔瀉無窮生靈得下潤之廣鄭國創業白公繼焉秦兼十倍之資韓得數年之力决渠降雨不待商羊之歌荷鍤成雲寧假飛龍之氣理合克奉時令謹塞隄防水潦盛昌懼有奔突桃花泛溢增脩及二月之前郟子無異作與謡流潤安四人之業縣宰絃歌緝化鸞雉添祥雷震一時風行百里遵乎令典誠未失時見彼章程不罹其咎有詞難罰無濫斯人

同前　劉晉

作利生人實資水德至於泛溢或以災成故立彼隄存夫令式雖墨綬爲化不願於勞人而黃潦或湧益深於害物况作事謀始合用於農隙啓塞隨時豈待於春仲論事乃拙於爲政語對何聞於有司堰既不立於千金刑亦安疑於兩壁郡侯所詰然案科條

開渠判

岐州刺史馬田奏開渠與人相假貸歲課不時入執事以爲勞無成將議裁貶

對

肅審之化鄭白之饒溝洫可以立人秦漢斯焉定覇爾風載陳於王業瓠口深著於旰謡故典農中郎明濟河於興廢棲粟都尉定邦國於錙銖春彼循良義存俯企馬田中和踐化右翊班條以爲鄭下墢切鄧俊流功成於寫鹵南陽疏畝富埒於京坻雖開鑿方勤而清閑每就假多慙於邵

父終有協於倪公儻秋蟬春鶊人樂疲於力役杏花菖葉農靡闕於耕桑輸稅若或先時救粟何妨殷積詳刑議獄詎曰攸宜

毁濯龍泉判

輿人毁濯龍泉或失其利楊氏因形勝興廢業邑人訴勞役不伏事

對

因興立功就敗成罰天之所壞人莫能支泉既稱於濯龍歌未聞於黃鵠是爲廢墜匪克脩平則當程以土功議其遠邇同夫鄭令爲鹵更生其稻粱媿彼秦人荷鍤能降其雲雨若乃鷹藪澤之利迷形勝之由非曰子來驚一作敬乎

慮始無有猶可（見作傳）勿對其庸

同前　　李翥

秦起曲江之沼漢興灌龍之泉或因山壅流或平地出水皆導達溝瀆脩利隄防竭後費財窮侈極麗今國家能苑囿燕游之所爲農桑禾黍之塲浸彼稻粱實我箱庾事失業廢其何可知楊氏用因其資大興其利非直務盡地利蓋亦誘人歸本我疆我理既叶農夫之慶載勞載役徒使邑人有言

同前　　裴春卿

水德利物在乎泉源農功以時資於灌沃必欲壅畜無泄將以源防有用與人何者輙起訟於漚菅楊氏不争更有

興於負鍤詎謝王尊之堰重開方進之陂既以樂成何徵後本

同前　　蘇令問

灌龍之與泉源交屬楊氏因形以利物與人捨舊以謀新且河渠列於八方溝洫陳於十志類百工之居肆同五行之廢一提封既設潤下是資宜命水工鳩諸藪澤以文無害雖訟何傷邑中之黔實與我役汝南之鵠亦著人謡物之常情難與適變同源異口史起尊其前刊石表界信臣產於後苟利於物何恤於言既無稽於簡孚終有懸於割斷待資閱實方定刑名

同前　　房鍇

澤國之政川衡是恤止以瀦防均之溝遂畜彼兩施錯其水物將廢業之不脩豈分地之爲利雖與人之訟中則可毁而兩鵠之謠處聞當復候天時而潤澤成我濯龍灌秋水於渼涯誰其辨焉與人爲利其利則深仍舊爲功其功益（蓋一作）寡勞雖是憚訟則有乎何者伍其田疇初結怨於東里遵彼溉灌終見美於西門乃謀始而獲尤方樂成而又吹此而爲罪夫何勸能

同前　　岳奐湒

道達溝瀆濬利川源允符禮經克茂邦政啓塞苟失艱荒荐臻惟彼濯龍稱善利物不貴離畢之澤惟俟決渠之降奚其毁敗詎潤溝塍遂使彼黍離離竟無成於東作我稷

翼翼豈有收於南畝而上膺帝澤下爵畎業伊與人之是除同漢相之斯廢楊氏以量彼地勢度滋土宜興繼絶業如何不可既月長而日引亦暫勞而永逸邑人之訴稍乖常典此而不罰誰謂其宜

陂防判

甲秉權決去陂水人相傳云有兩鵠言陂當復甲以惑衆云飯我豆食羹芋魁科不伏罪

對

秉國之權非贊奚可因人所利君子不奪甲爲政者異於是乎以爲畜水不流竭之何害豈知舊防是要罷之或損且川浸藪澤殖物於是乎生蒲魚稻粱爲利於是乎博濟

人理國職此之由潰塘涸源過孰斯甚蓋藏或寡純固則盈劃𩴾厭粱空思於舊貫飯豆（一作菽）煑芋奚取於託（一作訛）言愚謂載以旣陂政可遵於夏訓廢而興謗事無取於漢臣此則有過能改彼當內訟自直無往不復傳者何傷聊以抒憂未爲惑衆甲自不典人無匪彝輒欲咎之未由也已

同前　　樊晦

開物議制興化優人務先適時權貴合道甲爲正典欲遵救弊決其澤障成我井疆蕪茨粱有作蕉荄無爊何巳日未乎率顲斯戚然在鼇變俗必觀習土與其芋羨豆食黃鵠興謡曷若池陽谷口白渠作頌自邑告命當反古以順

今代天救人奚愎衆而從巳謂莫益或擊湏移轍知方成旣無終往何難復雖聞言不信將降戾乎齊畔而有怨是叢請懲忿於鞭朴

同前　　任璆

紐金曳組贊不兼利央水窒陂權曷由巳伊甲開畔洗務無聞史起之功鳩藪牧皐習爲翟進之理俾初汪萬頃隱長天而不見載翔千仞下高風而有言評其放紛涸將必復而草木震色猶失其潤況舄鹵偏溉孰不思肥寄黃鵠而遺音實蹲鴟而猶美且受羨含菽利不天來委畝宿糧事資陂漲今奪衆水不及私恩是曰殘人何以富俗更收威也能無辭乎與其秉權以求利曷若秉祿以自馭請遏其清畝之流罔憖我宜鮮之所

同前　　裴鼎

天生五材水善利物且溉且糞長我黍禾爲隄爲防制爲畜泄甲秉國鈞軸作人父母可興以利除害仍舊貫以從時豈宜違俗變常歸（疑作師）乃心而改作使或者相駭訛言不懲託黃鵠以興詞冀洪波之必復烏鳴亳社抑有前聞后言魏榆斯無可梂昔田疇是闢歌鄭鄉之遺愛今羨芋興謡嗟漢臣之不軌緬想翟公之策安可效諸竊詳籌越之鞭非其罪也

同前　　于季重

政在利農人惟守業順其事者莫不胥悅變其舊者曾是

興謡惟甲國均是秉具瞻所重永言溝浚而新見謀水旱不憖資爕理而成化人天可望蕪敦勸而有秋然則南陽之陂自滮池而爲腴澤鄴傍之水因舄鹵而作膏腴是洮是流俯雲雨之攸潤我疆我理樹豆芋之餘糧方進不忘於前蹤白公且同於斯類此則有益於國專利而行未可式禮苟愆更從人欲陂兮當復聽乃輿言惑衆論咎責則何甚黃鵠既聞於師古焉敢定刑用筆亦宥於無稽緣宜伏念寘之理也誰曰是乎

河卒判

甲充河卒官給平價又被差外徭訴有兼丁不合倍賦

對　　鄭昭

徙駭既導誠禹貢之宏規宣防式歌亦漢國之盛業莫不功勤釃決績著疏開既輸閩越之賝行漕海陵之粟河渠既設控引是資青翰晨移背吳江而電騖艅艎夕至仰天府以雲趍眷彼泛舟良資鼓栧瞻言河卒實繫水官平價允叶於酬庸輕役雅符於悅使報者倦矣在彝典而無乖施者未厭論外徭而有訴羔羊起詠節儉寧聞碩鼠興謠貪婪何甚論古既聞此役設法不合輒獨無端之詞請從告記

請塞斗門判

得轉運使以汴河水淺運船不通請築塞兩岸斗門節度使以當軍營田悉在河次若斗門築塞無以供軍

對　白居易

川以利涉竭則壅稅水能潤下塞亦傷農將舍短以從長宜去彼而取此汴河決能降水(集作雨)流可導(集作通)財引漕運之千艘實資積水生稻粱於一溉亦藉餘波利既相妨用難兼濟節度使以軍儲足務斯開實而有年轉運司以邦賦貴通恐負舟而無力辭既(集作雖)執競理可明徵壅四國之征其傷多矣專一方之利所獲幾何瞻軍雖望於秋成濟國難虧於日用利害斯見與奪可知

文苑英華卷第五百二十八

文苑英華卷第五百二十九

判二十七

戶貫帳籍門二十三道

大比判

乙因大比有橘奴不書於版三老罪之用賦不闕

對　鄭韶

貢賦有差彰乎昔典貧贍斯別煥彼前書故地之居人因俗而理制以廬舍爲之井田考市籍而有倫工商式叙稽版圖而作範衆寡必登斯道或愆彝倫攸斁乙産均倚頓術殊得計然黍列編甿有虞常賦雖貞筠十頃稍異消濱之饒而木奴千頭自擅江陵之富爰因大比用奉舊章隱而不言國有彝憲籍爲大信命出惟行三老論辜宜察鄉人之惡五刑必審是詰所由之科庶書橘有差自井於屈法坐棠流惠克念於徇時

登夫家判

乙以歲時登其夫家辨其可任者甲免訴云服公事不伏

對　魏季邁

天子六官司徒九此稽其徵令登以歲時力役於是必均弛（一作施）舍自當率理有國之要無相奪倫乙職彼鄉師何逮官謗或爲我道孰守爾法且四人分任所以定乎等衰一切從徭何以彰乎貴賤甲乃爲吏有別夫家辨任必欲執文復除自應蒙幸與同夫者君役不及於支離長服事焉爾政何傷於滅裂苟欲逵於鄉黨豈辱在於泥塗訟則有孚理合無撓免之或可誰曰不然載徵司馬之書難舉鵜鳩之典

同前　解貢

都鄙攸創郊畿是畫聚之以廬井統之以胥長且用稽衆

寡差夫賦役爰別夏制備詳周官務欲先齊逸勞載量輕重乙爲何者登彼夫家不能種之以德而乃辨其所任若使名隸黨正事職鄉人尚宜式着平均允釐升降明練九比之數不害三時之理歸市籍者出乎等從王政者息其徭奚（一作畧）無恤人之心聿興從欲之訴服公事以求免甲誠有詞倚公法而取削乙則無妄

造帳籍判

戶部符下諸州令造帳籍州司以百姓艱辛人未歸復請待兵散後造省司不許云人爲國本賦在均平戶若不知軍何取給

對　宋余節

國之彝倫資於版籍儻或廢闕是長姦回頃者寰海微波編戶失業枌榆暫別遂擇無歸聖朝提象握符再造區夏矜百姓之流蕩廢三年之典故且量地出稅攤丁授田法在畫一事宜經久來言州府恤此疲人曾無革弊之規徒徇隨時之義昔漢朝倉卒循或先收今歷代升平寧容後造租賦所繫不可憑虛豪右主藏須從摭實欲施小惠亂我大猷人有憚於暫勞國遂忘於固本州司所見頗昧通途爰扣兩端敢申獨見

同前　蘇倩之

四海既清萬人求理在乎平均井賦議計師田條閭里之政役辨夫家之名數是分衆寡無失重輕必當按彼版圖

稽其勞逸故三年大比國有彝倫百役小差人其胥怨由是周官克崇於大閱蕭相先務於圖書贍言諸州不克致理未能洗舊汚之俗開新政之源使懷土知歸起邑如市而乃拒省司之命紊軍國之經此而可容孰不可忍

書齒判

乙合書生齒之數遂闕法司罪云未及三歲

對　楊成象

秋官聯職司人其位克守爾典用承天休所以辨九土之廣輪紀萬方之衆寡生齒之日必載版圖弱冠之年將均征賦況陰陽殊氣性有剛而有柔男女異倫齒或七而或八以小大斯比生死必登爰稽五刑罪也難離未及三載

詞之有年

兩貫判

甲先有兩貫一延州一巂鄯州爲定甲訴云先屬延州

對

版圖（一作籍）隄防生靈紀綱用收（一作俊）　不道是禁姦慝爲政之要莫先此途若能守之人無散逸甲關西男子隴水遊客從沙塞之荒澤棄田園之故鄉先爲流氏近爲編户同狡兔之三穴匪王人之一心或因官選數奇以建莊烏以班崇（一作禁）吟越鍾儀以幽繫思楚編彼樂土歌于歸來蘭署以鄯州臨戎人稀地曠留實邊户公利實（一作心爲）多割近甸之有餘助遐陬之不足依省爲定又何可疑若從訴端

詐道滋蔓

同前　王翰

淳維不虞塞門多事險其走集雖稱有典當其有衝安得無戰或逃或死家無康業且人户平分文昌之舊也邊郡以實先王之制也甲無一德遂編兩貫禮不忘本延州客邇於京轂武以戒嚴鄯府遠鄰於河縣詳其動靜徇欲茲深遠之則苦從之則樂國有大事在戎爲急邦之榮懷阜人斯可益（疑）其遠也不亦宜乎

同前

人則懷土狐乃首丘然蕩析離居罔能定極且甲義殊三徙編貫兩鄉作可封之比屋名標鄯部尋本枝之百代籍貫延州所以舊里馳誠是混新豐之犬故鄉提思不食武昌之魚想邑呻吟深嗟變橘瞻關歔止寓暴維桑欲遣（一作遺）三緘終無二見仙臺制則方闡長途匹夫之志信難可奪

同前　庾光先

國正封略旰編邑閭定要荒之制莫非王土開版圖之職司于下人甲惟常流迹齒編甿居先零之地早及戎風近燒當之俗又覃弘化既因流寓終是播遷失延州之故鄉隸鄯部之外郡亦循宰嚭辭宋陶朱去越遂飄萍轉曾何足以少留維桑及梓固不忘於祇載省司既定誠合三緘甲且有詞須分二里至若單于落（一作關）右地闊流沙總六

部之兵馬當三邊之要害戎羯時擬邊人屢聳事資捍禦安可輒移如或身列榮班苟非規免情有深於懷土人何繫於匏瓜扣其兩端宜不然矣

附貫五年復訖判

景於會郡附貫給五年訖差隴外鎮並訴不伏所由以爲無據

對　甯著

令出惟行人知所向苟不執一將何適從景爲行人得被聲教言附邊土而成樂郊聖上哀矜萍流是用安輯庠以富業期乎固心所司爲何不廣天澤再有騷動其誰克堪將使戍葵而得年若及瓜而有代五年之復謂蓋殊私三

徒之人難可奪志俾不勝口庶無怨言

同前　宇文進

瞻彼景也是何人斯逋逃故鄉離湯爾土苟不家食常懷旅遊比巢幕之未安如轉蓬之不定聿來茲郡冀厥攸居爰歷星霜載罹寒暑河源沙塞地鄰戎狄必資膂力以鎮疆埸惟景伊何當是役也自可有死無退爲主將之先鋒結袵抽戈斷賢王之右臂不聞爲力劬事游詞孰有沐君之恩食君之土偏蒙五稔之復不徇六尺之軀人之無良罪宜從重當復滅鼻無或噬臍

移貫判

乙移貫所由以軍府州不許訴云今不簡點

對

桑梓必敬版圖是崇先王所以制萬國仲父所以居四人農商不遷首尾相援乙里親走集貫實軍府已習金鼓之聲誠甚晝夜之戰何得不懷吾土將樂他鄉雖四海爲家孰匪斯人之適然九章作律元止所由之見縱使飛塵既靜喬士無虞猶存兕鍇之實遵有慮宣王之薄伐訴無簡點深覺詞游

户絶判

景身死户絶資財將没官出嫁女請除葬外悉收之叔復請分所由不決仰斷

對　王說

景忝彼齊人生此王土遂什一之利既富家財服畎畝之勤方編户籍既而盍先朝露遂下佳城遠日新封已供葬備昔時餘業可議官收相彼薄言將分厚産且甥惟同氣女有從人鳳兆于飛既歸他族鳫行以序自合保家繼絶請復（一作從）於叔分諭財難專於女也以茲不藴庶叶其宜

移鄉判

丁適他邑伍謂其叛追之遽出旌節以徇（一作詢）伍訴諸邑吏將内之闔土曰來有授也

對　張欽敬

典禮是興訓導爲本俗以遷善從乎樂郊生而在勤克有寧宇今丁之適無乃是諸鄰伍以追且咻愛（一作受）於旌節

邑吏之罰胡不恤於宜岸禁茲行者類厥罷人雖徇（一作詢）等閭門曾不忍於爲厲内於圜土且未見於虧則終是迷而妄作輙利動以生悔瑜瑕既不相掩齊楚豈能均得誨人不倦其若是乎遂使信不可知義無所立薄刑猶可誤作徙訴何太詞游爰扣兩端且知三失況率土無外君謂他邦當官以行何非己任免戾寔由勤職結罪終無正條寧其利澀是亦爲政

同前　席晋

天下一家王土萬里吴蔡齊秦之客憧憧往來東西南北之人靡靡行邁食矣（二字疑）遊子將道他邦喬木坐歲飄蓬目遠同仲尼之去魯方事問津異伯鸞之適越詎能登岳

若使符繻不給行者乃逋逃之流今則旌節有憑伍人何逐捕之有空効重丘之御楚則失之便爲圜土之囚齊亦未得誠宜俾其專達豈可徵於有授事同遠於周典理難投於吕刑

同前　劉庭誥

前王列土各有疆埸司徒典邦敷陳禮教苟遠近以適遠必咨官以辨族彼巳之子是何人斯罔恊厥居越在他邑動而有悔速訟所以成愆行而有由鄰人於何告攝離其鄉居彝倫或紊逞其旌節有授而來信既由衷何往不濟伍實妄訴宜其誳諸

徙鄉判

甲從於他鄉無旌節津吏輙以圜土内之彼告非法

對　楊慎金

貿遷不倦人且知往奔亡或生政亦嚴禁是以變而惟適時政任(疑)於磽肥行必有由誠取驗於旌節惟甲素非地着身同梗泛橋水淼在忽辭遠於舊居斷蓬孤飛方行邁於他國行則無驗動而見(一作有)疑津途以驗寧遇長沮之問獄户旋開(一作闢)行逢士師之擲且夫爲政以簡貴清澆訛職司其居務取徵察雖率土之内莫非王臣而遷人之中或有姦者旌節雖且云復關山如何得踰詰其所由方盡於理致之獄吏夫何有遠竊惟至公之道難加津吏之罰

樂土判

人進素衣朱襮欲從于沃或告擅去云我聞命不可告人

對

德以綏人遠來邇悦服以旌禮上衣下裳苟政刑之不脩則顛倒而成刺今者素衣見進白石作詩是曰無良因知暴政類桓叔之從沃君大王之有邠自可責以無歸豈得告其擅去且信美非好如登王粲之樓寧食與謡循思建業之水訴以聞命抑難有詞既無善閉之能任從樂土之適

同前　楊(總目作温)佚

建都立邑本大末小苟或假名必將兆亂相彼人也其有意焉既榮朱襮之進旋興白石之行(一作什)亦欲適彼樂土反於寛政義有涉溱之興業在揚水之章既侵涇庭方祟曲沃姑務脩德自感子來悦以忘勞寧科擅去人苟利矣豈同邾子之遷兄其智乎巳聞師服之歎既聞命而攸往雖或告而何傷

同前

寵辱若驚名器不假亮采有國欽若明憲知繁實之必披誠滋蔓而難除衣襮者何抑乃邦族桐圭錫寵晉國受其明命椒聊盈掬曲沃得其熾昌盍歡可持以匡乃辟胡棄即異取戾厥躬爰將樂於樹檀苟取徵於揚水遽聞有命擅彼適從未可告人且宜安土天工不曠王政有經懷遠

附離則上克用乂勞謙匪懈使下無覬覦人而無良不率大蒐或者之告允協舊章

移貫判

甲居兩鄉偏儉（一作險不同）人請從之甲訴是穀伯不合移貫

對　　鄭少微

賦命多途勞生各業或務農而敦本或易地以求安潘岳閑居且樂丘園之事樊遲學圃寧忘稼穡之勤惟甲平人名編比屋和風不應地罕膏腴百穀不登兩鄉偏儉歲聿云暮年儲屢空苟貧賤而焉欲在窮途而周流適彼樂土雖美擇鄉之詞宜敬維桑將悟詩人之戒稱爲穀伯難更邑居

還墳判

劉亨稱元是并州人因隋季而遷長安今請還就墳陵長不許去

對

頃者江濱鹿走道喪隋風晉水龍興祚開唐運干戈忽起自下都而入上都雞犬亂馳辭舊國而入新國劉亨爾日正喜攀龍忽念此時旋悲去鵠顧惟舊浦偶咽水而分聲還念故鄉共行雲而動色秋林葉下遽失維桑春圃花飛俄傷故梓以爲生金翠石黃絹仍存掛劍青松貞枝尚鬱四時節物供薦無由萬里蕭條歸窮莫遂氷狐夜聽首丘之戀不窮翔鳥晨驚懷土之悲寧輟披肝上請思切來歸零淚下霑悲深去國雖越吟楚奏幽顯頗殊而移尊就卑禮律通許宜依所請庶叶平反冀南國之禽能思閩越東平之樹不靡咸陽

文苑英華卷第五百二十九

文苑英華卷第五百三十　判二十八

商賈門十八道

貨有滯於人用判一道　買賣不和判一道
均市判一道　犯憲罰判一道
斷錦繡判一道　市賈爲胡貨判一道
鬻縉不利度木爲業判一道
陶人判一道　旊人判一道
行人供濫物判一道　和市給價判一道
於市鬻衆判一道　水石類銀判一道
熟羌市易判一道　真臘國人市馬判一道
避市籍判一道　率家屬籍名田判一道

稅商判一道

貨有滯於人用判

貨有滯於人用者甲不時而買請賒之所由不與云不過旬日勒從其主云已從其有司

對

貨有廢居政惟通變以收以斂實著於周經或與或求蓋存乎易象茍罔率厥典則其誰曰然伊甲者何不時而買屬蘋蘩有薦霜露盈懷家迫屢空昌求仁者之粟國崇救乏爰假所由之貨理宜給茲稽市遵彼貿遷期不過旬將貧屢之是恤勒夫從主豈出納而爲吝异乎吏執曰均官且濟俗利人操贏善賈誠爲體國之要亦取隨時之宜如存理而無傷何飾詞而不與遂使開倉長孺徒歸美於漢庭頒粟子皮獨垂芳於鄭志請辨而以授無貸以爲疑仍雄泉府之規用徵屬服之息儻從愚見庶爲式臧

買賣不和判

乙買賣不和郭固以取財科杖罪郡以盜論乙並不伏

對

必藉美言爰資善價化其小大是等精粗乙之蚩蚩矛市爲業取諸噬嗑乃競錐刀旣不我虞遂成爾詐惑亂爲意高下在心覽文惠之書鬲畧豈宜免罪披蕭何之律郭固安得無辜縣吏守文加杖刑而爲當郡僚無智寧以盜而深疑請擿明文斯爲適理

均市判

乙以赤金稽市爲業

對

闕

犯憲罰判

對

闕

分地而經立儀三市陳政以禁會商百族雖負販而有尊故質劑以結信莫不同其度量別以精麤荒禮無征珪璋不鬻君平閱隱取給成都之錢漢武沉魂即覩茂陵之梲甲託茲闤闠徇彼盈虛耀邊鄙以爲心雖良苦而成務穡

無二賈未偶迹於神仙坐陷三章遂沉名於罪網至若憲
罰銜罰中刑小刑既分彩於旗亭固非繆於圜土主司董
訓未盡甄明舉而罰之雖則罪人斯得哀而喜也有爽惟
刑恤哉且播肆之條誠其過矣示衆人之譴無乃重乎在
甲薄言均腊肉之遇毒主司苛政實剌骨而成冤復即命
渝改之爲貴義不可辱事當小懲宜麗本條用申典正

斷錦繡判

河南府準勑斷錦繡違式之物遂并斷布帛精麤之異者
市胥訴云妨商旅御史劾府擾人

對

詢于國章經綸有序思我王度軌物無愆苟不率常職司

是舉翼其京邑作式四方固當棄華敦素亦以提剛正物
欲使錐刀之末濟人不競精粗之制周經是法蓋以事屬
公家使之無爽柱其不軌理亦何乖然市胥以妨商薄言
御史以擾人致劾隋時之義抑即有之經邦大體宜從府
見

市賈爲胡貨判

甲爲市賈爲胡貨物有犯禁者大理以闌出邊關論罪至
死刑部覆云賈人不知法以誤論罪免死從贖

對

貨以貿遷日中爲市化能柔遠天下通商爰詰犯禁之人
以明有截之制矧惟（一作惟茲）市賈實主販夫競彼錐刀當展

誠而平肆取諸噬嗑方易有而均無既泉布之攸歸何器
用之或異梯山欵塞胡虜杓喜其來王懷寶越鄉周官方
驗其不物事既告於邊吏罪方書於賈人且覩爾質來則
銀錢是入既按其闌出何惡節無憑舉貨既麗於司關附
刑當置於圜土一成定法理官可貸其全生三宥是思憲
部宜允於從贖

鬻繒不利度木爲業判

丙鬻繒不利度木爲業鄰告惰農

對

利百變法工十易器地平天成罔爾降格爲農服賈厥道
何常丙市井其心負販爲業以貧求富則農不及工朝盈

夕虛乃末勝於本提緗入肆見無利於氷紈操斧登山更
求材於梢刃去彼取此亦以有之在於四人于時（一作時則）度
木顧惟遷貨何必守株鄰人有言告者非是

陶人判

市稱陶瓬者髻（音刮）墾辥（切卜華）暴（音剝）

對

惟彼陶者爲藝之卑讀天半之書豈功埏埴異河濱之迹
碩學陶匏智不逮於坮瓶心未忘於抱甕莫遇林宗之賞
詎爲顔闔之逃髻墾君茲姦巧逾露合徵虛器以肅旗亭

瓬人判

甲爲瓬人鬻髻墾辥暴之器於市人告違禁科之不伏

對

百族萬商會日中之市範金合土利天下之人是以陶器必良誠其渝濫用器乖度非所貿遷甲畎畝褊眦陶旒居業邡泉歸壞巳復志於千秋涇水非臨自餘泥一作泲於數斗不作無益未見存誠罔守爾典旋彰矯迹濫居闤闠之地豈成埏埴之功嚮斯辥暴眩乃邉鄙臨財作僞嗟日拙以成勞於義且忘喩雲浮而何取遂使淼園傲吏無任扣歌頻陰逸人難從抱汲同射鮒於井谷敝甕斯聞疑飲馬於重丘毁瓶攸在守不假器雖將智者之謀灌若漏卮終匪居人之用不軌不物旣爲亂正之流刑期無刑難從緩刑之義

行人供濫物判

官市納帙行人將濫物供所由揀退云彼頡頏不伏却領

對

四人異業百工居次事有資於軍國理無隔於纖微納帙所成多慙美質緝叢殘於鴛綺同裂製於狐裘行因針縷之工坐得烟霞之迹雖遠殊於法物遂有入於官須但物異新成幸非科作論市唯應見物論濫寧可別求物旣不任供官退亦何成頡頏不伏却領仍事薄言豈可加刑終希理遣

和市給價判

和市緒帶準法合即給價直少府監以稍入供之

對

聖人有作欝爲令典車服禮器貴賤有班文物彩章高下無濫我君開運朝儀式序敦樸素之風無麁麗之絺錦文不驚於肆冠佩必加於賢而肇厲杳光事華往來鑾甃靄餙理煥前古瞻彼緒帶有摽令則官所云市法乃酧傭盍亦釆均輸之餘濟鹽鐵之潤焉可減滋稍廩以虛國財靜言所司或匪通論

於市驚衆判

乙於市驚衆擾亂

對

日中爲市天下攸集貿絲抱布虛往實來士馬星繁寶貨

山積君平卜肆推步自資相如酒筵朝夕牟利乙識非賢達情昧憲章闤闠少游未見閱書之美旗亭之下自貽恐衆之愆一等事源不可開恕三尺律令請寘嚴科

水石類銀判

嶺南村洞間百姓水石大小類銀因忿爭打戾按察使科由縣令罪訴云因市易不伏

對

閩甌地闢奥嶠天嶮五嶺爲里辨方言之異華三品稱金徵土物之性錯禮不變俗市貴從宜貿遷海壖集朝夕於泉寶交易嶺徼得關石於他山義在隨時更法於易弊各得其所和均於類銀既來謀於我人有殊抱布俄必事於

彼衆暫似遺錢打炭爲嫵窒愓與訟軺軒按罪贍繡服之
增華邑宰移風聽琴堂而未静眞之于理孰謂非宜

熟羌市易判

當州熟羌十月來導江縣市易按察使科彭州刺史罪訴
云並蠶岸外不伏

對

當州導江山川雜閒貿絲抱布來往是常矧今赤羽開元
黃旗啓聖布堯心於萬國復禹迹於九州書等同文車無
異軌雖夷夏殊俗而交易何妨趙璧尚入秦庭楚材猶歸
晉用使人志清天下望重星軒標一作旟鐵柱之嚴班捴金
龍之使節未聞從善翻見求瑕鳥隼爲旟有虧於正直鷹

鸇逐雀稍涉於煩苛事不可詢期乎勿用

真臘國人市馬判

真臘國人來云於峯州市馬御史科安南都護罪訴云爲
相知捉搦陸路不伏

對

惟德動天無遠不届北極燭龍之國南窮火鼠
之鄉傾心向一作慕化眷兹真臘早挹淳風自昔雷同由來
霧集豈假鑄銅之力無勞刻石之銘所以來往邊州市馬
峯部論其由緒未乖從有之方驗以逗留豈爽求無之道
御史職惟激濁志在揚清疑彼姦非欲嬰羅網都護爲相
知捉搦先有禀承濫按一面之科寧杜三緘之口向若邊

烽變擾論情不可免辜今旣市馬往來據理難書厥罪御
史科結有謝於彈珠都護有詞無慙於辨璧宜依薄訴用
叶通途

避市籍判

大理稱人多避市籍逃役自陷於圜土所以每年旨條別
有處分不得如律若依旨則此刑將措若依法則無以代
更請省定

對

禆販所興聞乎往代入四人之伍隸九市之籍邪贏所尚
錐刀必爭曾不昏於作勞從乘時以射利故漢之定法禁
其末淫秦之設規謫以邊戍發號施令豈徒然哉且民唐諱

者曰甿傭夫立理避要荒之征役棄父母之版圖雖欲利
於飄蓬終見陷於圜土國家罪惟寧失德存好生濟寛猛
於隨時審科條於庶慎大哉至化刑措其宜但能峻以隄
防明其教令則有符古之道無遺一作其代之吏政在養民唐諱
何須如律

率家屬籍名田判

甲於鄉里率家屬籍名田乙告甲是賈人犯令沒入田甲
訴云無市籍不伏

對

道設彝倫用和萬物法垂禮典以制四人故放築隄防各
順流而取濟導從和品咸循義以取功甲本是市徒早馳

聲於鮑魚之肆吏率家屬復求潤於龍鱗之田廣事兼并以取浮雲之利專行欺詐曾無多露之嫌商賈蓋藏已聞辜於漢律籍書携貳詎免咎於湯羅乙告沒田自得埋括之術甲云不伏猶迷食椹之思此而不科刑章徒設請援明法用静姦流

稅商判

乙爲吏請稅商以勸農或云稅重時物倍貴則商不失利人受其獘

對

食哉人時農乃國本受利班爵必資敦勸苟昧茲道其惟謬官乙隨牒下車彈冠蒞職蠢茲商賈嗟彼耕桑苟征稅之匪差則黎甿之獲乂況黨良雜岦豈販夫之可矜需體塗足實農人之是愍故可經其龍斷重以𨙻廛將趨本而棄末杜惟利而是視所以時入芻藁歲課田租人必樂康俗寧凋瘵類信臣之仕漢姑正溝塍殊晏嬰之相齊爰知履踊必若誅求無度杼軸其空乃利晋以開秦是齊魯而肥杞或云之訟今則未詳停入撫實式將不蔽

文苑英華卷第五百三十

文苑英華卷第五百三十一　　判二十九

商賈傭賃門十七道

商賈

立功執商判一道　　斷屠判一道

同賈分利判一道　　權衡判一道

太倉耳鈌判一道　　粟氏爲量判一道

度判一道　　斗秤判一道

傭賃

傭賃判一道　　剉草誤斬指斷判一道

官户判一道　　奴判一道

買奴云是良人判一道　　奴死棄水中判一道

婢判一道　　部曲判一道

奴婢過制判一道

商賈

立功執商判

乙立軍功合授官或告親執商賈業

對

天子授鉞將軍運籌廣練精兵數道深入壯哉乙者屬當戎行攘臂專征負羽輕氣誓勵部伍張皇武威客爾元兇尚懷旅拒卉泉火起矜疑咸鑑之餘朔野風高已得摧枯之勢旣而凱歌還國疇庸武勳漢不孤恩方錫班超之職商乎見議詎奪弦高傳（見左）之詞或人盈庭是相喧聒旣而

斟酌典憲採摭群言樊噲擢於屠沽弘羊起於賈豎以今況古其誰不然今之游詞一何枉簡有功之賞理請必行無稽之言事宜勿用

斷屠判

京兆府申奏勅斷屠百姓造罪不止未知合不

對

聖上德合乾坤情深惻隱將廣厚生之道爰崇去殺之文受綏禮於前經懲噬乾於成象三鄽鼓刃有禁班行百姓造罪無令止息京兆以人多結網即謂臨河以皇上之任深見衆中之信及論設網之子即云盡欲求魚得鑄斂之夫何必皆緣斷馬事煩言上夫復奚疑

同賈分利判

得景與乙同賈景多收其利人刺其貪辭云知我貧也

對　　白居易

仁無貪貨義有通財在潔身而雖乖於知己而則可景乙奇龐同業氣類相求競以錐刀始聞小人喻利推其貨賄終見君子用心情表深知事符往行如或貧富必類自當興讓立廉今則有無相懸固合損多益寡是爲徇義豈曰竭忠受粟益親孔氏用敦吾道分財損己叔牙嘗謂我貧無畏人言俾彰交態

權衡判

景造權衡以百黍之重爲一銖以三兩爲一大兩所由科違令訴云調律仰正斷

對

景職此權衡性諧鍾律八音由茲遂播五聲從此克諧掌類義和主同尹氏錙銖無失於毫末斤兩匪差於黍累顯項火正虞典銅衡苟有罪（一作非）宜誠合科結況三兩爲一大兩未爽於通規百黍以爲一銖頗合於古制將科違令事乃近於深文訴以非辜理亦宜從告免

太倉耳鈌判

太倉申左右耳鈌大農不稱其任

對

正月吉日國命既懸於兩觀同律度量聖典每均乎四時

況天子有司多方取則如或失墜其謂法何但不戒而具有虞何闕縱令器有㬥毀亦宜隨事脩補既虧左右何成出入太倉乾斜不恪將射隼於高墉大農叨忝厥官失竜魚於下筒且如古今命官都邑（一作都署）聯屬沿革既異主掌斯殊不可歸罪一官責成一職重詰所謂庶符（一作乎）恤刑

粟氏爲量判

粟氏爲量容鬴令人概而不稅所司科之

對

謹其權量義叶順時範彼金錫道成厥器信斗筲而均制乃鍾鼎而齊功施之以平萬商立之而觀四國罔不以法貴諸合儀粟氏職在爲量功期永啓既改煎而不耗亦自

權而準之莫不審以方圓容之龢豆炎煙散彩浮紫氣之光芒洞響函規應黃鍾之宮律深模正典實利生民唐諱可以垂範將來可以行之天下槪而不梲雅符師古之蹤按而將科殊叅平反之道粟氏既無遺失圜囚一作梓匠理合審詳罰乃有詞刑宜用恤

度判

內官以竹爲引高廣之數法陰陽宗正以爲不中度請科之辭稱事所宜也非故無實

對

律曆攸司丈尺有準度必愼於圭撮高一作廣寧失於分寸苟昧斯義則非其人惟此內官聰於宗正權量法度無忝

累之差塁丈尋常豈毫釐之謬允酌故實克循前典既法陰陽之數固因銅竹之宜科之則非訴者爲是

斗秤判

太府寺去秋追三市斗秤踰月不送寺以市司違時徵銅四斤丞梅福訴云九月上旬平校畢

對

太府官惟度量務切權衡驗寶貝之充盈察泉貨之輕重校量斗秤甲令有時事屬司存不當踰月瞻言稽緩須寘科條梅福跡淪丁列志追前古覽轄九江之仙來從三市之任詞有所屈恐獲戾於錙銖道或可遵豈論愆於圭撮薄言未息紛紜一作紛紜循多宜窮五聽之情方按三章之律

傭賃

傭賃判

有客户閑人請移執事許之恐因有流散不許則見無常職欲允其請仍立案牒爲其限約州以爲優其請省裁

對

閑人者五列在周官雖去家而不歸終寓世而無職喬木空在乘白雲而不見飭蓬斯飄待凉風而未得今乃請移執事願効劬勞誠自強而不息後知一作卻疑迷而可尚必也未遊是恣浮迹難悛許之而行未敢聞命如或恪居爾職無俾我虞遂其由衷是亦奚擾况復存乎案牘置以隄防自可定於職司亦何請於華省

判草誤斬指斷判

甲顧乙剉草乙睡誤斬指斷請保辜不伏

對

夔古易俗因物造器蓋取諸用有適於時六職五材既攻金而攻木服牛乘馬亦秣之而策一作筴之甲有顧求乙爲傭保徇乎輕篋式供朝夕之資摧以生芻無乖阜養之事人或因寐彎驪龍而自失指致兇傷瞻蝃蝀而誰敢遂令食黿不効空怒子公喻馬元非豈齊莊叟談疑作誤由彼已歸全既謝於垂堂損乃自貽在理孰當於毁櫝保辜之請法未可依

官户判

官户灸面送掖庭舊有瘡疾所由以非五十已上不許

對

俾彼舊章聞於白粲嗟夫賤妾隸我册書當年且欲於役身稱疾式瞻乎灸面平陽白髮既乏子夫之容應門綠苔爰閉掖庭之恨薄言之訴情或可哀壯齒之年且殊知命嘉所由之直筆執法不回想官户之循涯吞聲未奏

奴判

下士有僮指千爲隣人所告縣斷不應云遇廉賈五金作之所致州覆無罪

對

爵以駁賢禄以須士去嬚守職雖殆亦榮捨道成富在官

所醜况位霑下士利掩上農千指家僮等江陵之橘樹萬金賈子均洛陽之富商畜伎既埒於卓孫遇豢頗同於翁伯財之所積但覺浮雲訟之所興果爲鳴鼓雖州縣兩斷片折未分而隣人一言商亦何玷士且同於賈豎州頗昧於正刑是可忍焉孰爲過者

買奴云是良人判

王丙於趙丁處買奴勤心至家一月餘日乃自云是良人丙告縣勘是良人科趙丁及奴罪申州州斷科趙丁其奴無罪

對

美言可市老經之格言聚人曰財彖象之明義王丙室盈龜貝持貨耆頭雖挾諸罷之規終成教子之競經三十日非關買者之愆依三千條須結鬻良之罪丙丁宜從縣斷勤心難聽州裁彼此攸同斯爲可矣

奴死棄水中判

丙奴死不埋棄水中人告之

對

丙爲不道魚鱉何親情之不良僮僕是棄愛其有力未聞恤册之恩欺其遊魂更比懷沙之慘雖不封不樹家僮無瘞送之儀而載沉載浮甲令有棄屍之禁告言不謬刑典宜申

婢判

命官婦女阿劉氏先是蔣恭家婢被放爲客女懷阿劉娠出嫁恭死後嫂將劉充女使劉不伏投匭訴

對

阿劉毋先從侍兒放爲客女夔蚳納慶先合含一作候月之胎附馬申觀歡一作即就行霜之禮繞欣執盥仍誕弄塼既而李善主君俄驚闔室孔丘兄子欲契宜家遽擁妖妍將充媵婢徒爲枉梛絡見稱張望彼劉閨箏苷誦賦均夫鄭室聊事薄言論毋既謝萱枝按女即非桃葉方欲指腹稱賤憑胎索婢自可以大匹小將古明今劉氏君屬蔣家秦政須歸呂族攜斯一節足定百端

部曲判

已男準格不合取部曲妻遠者　被繩訴云強幹弱枝觸將益利未知合利否

對

國家每軫納隍偏憂避微在庸微之俗隔良賤之婚千頭之奴具傳其號百姓之女罕聞其卜故爲罔冐取陷刑書何強幹而弱枝非愛人而治（唐諱）國議事以制非我㑒哉斯之謂宜確乎不拔

奴婢過制判

得丁上言豪富人畜奴婢過制請擬品秩爲限約或責其越職論事不伏

對

品秩異倫臧獲有數苟踰等列是紊典常丁志在作程惡乎（集作失）過制爰陳誠於白奏俾知禁於素封將使豪富之徒資雖積於鉅萬僮僕之限數無踰於指千抑淫義叶於隨時華斃道符於漢日責其論事無乃失辭若守職以（集作而）越思則爲出位將盡忠而陳計難伏嘉言楚旣失之鄭有辭矣

文苑英華卷第五百三十一

文苑英華卷第五百三十二　判三十

封建拜命請命職官門二十一道

封建

賜則出就判六道

拜命

拜命布武判三道

請命

請命服判二道　小國附庸判一道

職官

三公佩刀入閤判一道　方領爲衣判一道

問羊知馬判一道　鈎距爲桊判一道

大匠拜將作廳判二道　員外郎讓題劒判一道

錦衣狐裘判一道　太守步歸郡邸判一道

封建

賜則出就判

甲賜則有司令其出就訴云未成

對

王者制義所以禄實能人臣畜庸於是受錫命甲自天祐實勞王爵大邦吉士小雅蓋臣崇其徽章假其禮物漢詔求士寵錫惟重周官賜則命數未弘旣曰不如守官且能辭不失舊否遹侯服公卿采地非成國之制無出就之義魯叔孫之朝王賜之先輅鄭豐段（鄭有豐段英華作假非）之如晉受

以周田豈可比諸侯之撫封等功臣之就國薄言之訴誠謂有孚慎乃攸司寧宜假器

同前

肆覲群后事賁班瑞疇庸千乘義取朝宗等威有正位之常名器無假人之道甲以榮參賜則齒列建侯位若附庸僭東家而為主地非成國異南面而稱孤雁揖五玉之班徒承四時之事關內受賦獨申恩於萊田丘中食釆未延賞於茅土恩齊國典方期率職眷言彼甲何頹就封皮弁守官寧拒有司之命毳衣知禮無遠先王之書

同前　蘇綰

欽君典章丕承政道九州封域始昭於禹訓五等爵土終

叶於殷謨馴致者何率由斯在聖朝胙國本建方位才優者疏以爵號功未者頒以邑田是則秩子男而靡出帝畿介藩屏而用崇王室惟德是宅非賢孰居甲以克搆承宗疇庸錫社雖荷封茅之寵猶居食釆之列成功覽分一簣尚欽於為山賜則加榮九等未膺於就國因而勇退殊匪躁求陳力就列先賢攸重惟刑與禮循理何傷

同前　沈與宗

王者建德是啓苴茅諸侯象賢必異名數器服將施於九命蒲穀攸彰於五等惟甲箕仕當年彈冠上國梓材晉用蓋薦周行方叅叔豹之名未就伯禽之典稽諸載策閱以等威元士本視於附庸賜命不同於列國異唐侯之桐葉未剪荼墟如鄭武之緇衣尚勤周政提封匪盈萬井旌旗猶闕九斿丞相出關昔聞其語絳侯就國今則未宜請詳訴者之詞無縱有司之糾

同前　崔譚

天地設位聖人成能任良列官以同而異故周分六職懸教理之文禮辨九儀正邦國之典惟甲位荒王爵寵受公車賜則當五命之差等威陳七就之數既圖龍鵠之象亦分金王之飾大亦以朝關一作附諸異姓之伍太白爰耶崇乎四位之封彼巳之詞誠組總之未備有司之令意彝倫之是疑國容此欺爾瞻何在子有車馬不馳不驅禮尚威儀不軌不物寘以典憲允乎清明當是召霜之凶非為遇

雨之吉

同前　劉為輔

度土居人量地制邑政不求備官惟其能故周設六卿辨方正位禹敷九土俾乂底績將以緝綏黎獻作乂都鄙是崇錫命之儀爰求則柄之法靖言伊甲生也逢時祿以代耕榮冀登於一命朝以拜錫位何辭於小國必若才惟致理道可濟時則所告必聞何始乎就列鼎高自下宜忘於擇地兕堯舜在上車書必同莫非王臣咸仰天秩未能敬恭君命曷得遐棄厥司宜梳帶以受服奚薄言而有訴咎自作也刑其渥凶庶扂言之可懲一作徵慙兩端而斯扣拜命

拜命布武判

王季拜命堂下布武王人謂失恭肅正以簡書季云其儀得中

對

爵禄馭賢在乎典禮侯伯之秩厥有成命惟彼王季紀名太常對茲王人拜命堂下心則隕越若天威之不違躬行俯僂信魯史之無替禮實宜之德用稱者爲臣不易時覯布武之儀事君盡節寧及簡書之政言以得中季其信然刑乃正邪法固難捨

同前　長孫濦

拜有九命光錫之道長人有十等尊卑之位殊今者王人

斯來王季拜命固宜鞠躬以進安得布武而行天威咫尺異齊桓之盡敬綸命渙汗無考父之益恭實以乖儀柰何文過簡書既正噬腊空勤

同前　郭納

國有燕饗使存聘覲苟趨步失容豈外臣倨禮王季秩班王爵位叅朝會拜命之辱則崇布武之儀肅恭之容旋被簡書之正故知取禮則非爽謂失則深文肆無稽之薄言責有恒之大典眷言彼季頗習禮經得中之儀固無乖於揖讓同惡之恤爰匪臧於訟詞誰謂王人不如林放

請命

請命服判

庚爲伯有拓境之功而請命服所由以舊有不許曰非新命未敢自安請受其衣未知合不

對　盧藻

列爵有等是稱分地厥功惟茂爰加命服惟庚廓茲疆宇郄彼戎夷若置朔方如通西域同（一作用）秦襄之績寧徵舊有美晉文之勳實茲新命以斯而請誰曰不然方今文教式敷武功載闢將趨衞霍屢飲月氏之頭誤蓋賈終幾係單于之頸絶漠無驚緣邊罷候無聞茅土之封寧止衣裳之錫所由不許胡以自安豈曰無衣受其六而或可顧茲拓境聽彼伯而爲宜

同前　鄭昉

爵無及惡必在賞功服以旌禮豈忘褒德苟忠誠之不匱則禮命之可嘉惟庚五等受封九命作伯懷贊國之義（一作利）無忘盡忠申拓境之謀是爲罄節既而敢忘錫命以衞邑榮功則成爲賞宜及矣（一作也）雖名器所慎不欲假人而車服以庸是宜（一作何玄）勸善所司將爲賞僭難爲書勞彼庚自爲功能敢爲固請榮之不報善欲何歸宜褒晉武之六衣佇美吉甫之三捷必也爵無踰等道在守官未可新加請從舊制臧否之理其在茲乎

小國附庸判

甲有子男之爵田四十餘里修附庸之禮於諸侯所司以違禮科之不伏

對

列爵惟五肇侯伯而成規分土爲三自夏殷而立制爲之中上次以卿士式序代耕之禄攸均列國之田任土歸餘則聞恒政朝宗會正豈得踰閑惟甲策名膺兹利建朱羽入貢（一作朱縣入仕）漸飛鴻以成儀白茅致封均錫馬之蕃庶子男爲秩雖居尊爵（一作號）之榮井邑分疆爰在閑田之列里不充於五十國誠在於附庸文軌則同朝覲非及禮不合於天子事將託於諸侯抑惟典常孰爲乖越科之不伏誰謂非宜

職官

三公佩刀入閤判

乙爲三公佩刀入閤門下監門不覺法司論罪俱至死辭云錯誤請贖議論法司執云君上之前不容有誤議之則可贖之則非

對

宸居宅中元輔就列蘭錡襲固必表九重之尊槐位辨官以崇八命之禮旋觀彼乙從事於斯當竭奉上之誠翫畜不祥之器未聞擒敵徒有孟勞之寶踐歷（一作既踐）榮班遂得呂虔之贈况趨於清切佩以周旋誤作匪宜入閤固當伏罪守之不謹監門自可論辜請從司敗之科以戒事君之旨徒云議貴須正刑名

方領爲衣判

甲爲方伯以黃紈方領爲衣丁告不伏

對

分土建邦地方千里擇賢受職榮加九命將以大熺（一作焯）時憲欽奉國儀惠康庶績宣揚大化甲爲方伯實佩儀章既剖竹以分憂佇坐棠而行政理宜潛潤德教廣扇仁風用申象闕之儀以副專城之望何得異文翁之簡化昧朱邑之廉平擅易長裾忽爲方領効韓延之東郡有制黃紈比胡質之南荆曷無清譽且簪紱之節禮有等威踰矩不祥僭奢斯咎服之不稱（一作衷）身之爲災自投三尺之書須充六條之秩

問羊知馬判

甲問羊知馬隣人告其左道主司科之訴稱鈎距

對　裴典

天地設位聖賢成能一人垂衣百官承事瞻言京邑寔曰帝都必舉忠良是則率土聿求俊乂司牧黎甿猗哉彼甲俾兹從事寔王利用學古入官必誅群妖以靜矯慝於是彝倫各序軌物不愆將採績字人勿使失性終廣術察罪必欲懲非乃取赭汗衣息桴鼓而清盜因問羊知馬爲鈎距以得情斯亦多聞攸稱罕測且正色率下類夫韓氏之名厲節執忠同彼李公之譽必欲人安俗理在爲法以繩之擿伏擒姦於從政乎何有比諸製錦事且審於操刀語以烹鮮理必明於遊刃恪居爾職無俾我憂念兹隣人昧

於典憲徒爲狂狷之説雖尚口以見窮誰聽芻蕘之詞終
嗌腊而致譴窒其多訟無逞遊詞是非相夙之尤寧知鶂
鴂之罰彼廣漢者吾其與之

鈎距爲業判

甲以鈎距爲業鄉人告不詞

對

上智利人遵乎古道下愚樂業勤是貿遷且貨殖乃資政
之由龜貝作爲生之本所以五行嘉於權量九府鑄其圓
規弘羊筭金充物少府壽昌論穀興利大農文馬有權幣
分輕重之價青鳧致準物辦錙銖之則當較固而有禁在
乾沒而難容甲也探情善諗鈎距欲贏其貨寧惡其囂鬪

諸駔儈之言曉彼質劑之契縱使鈎顱去責先窺卜式之
羊瑩蹄來藺猶問李斯之犬参伍不失毫釐匪差實廣漢
之爲能非釋之而不調里仁爲美夫復何言

大匠拜將改廳判

姚先意拜將作大匠以父曾任此官請改易廳事坐處

對　　員峴

先意多才入仕直道登朝權上路之衣冠光大君之寵命
周官有序既標將作之名漢制無差還視列侯之秩家聲
克紹門閥載昌京兆地靈帝氏之繼爲丞相姑臧人物張
家之歷踐武威前史不以爲非通方不以爲累事可師古
何必循常然遺劍可悲喬木有感名教之地動息增懷儻
以屏風昔聞其旨易其坐處今見斯人苟遺芬而在旃豈
夫君之可詣

同前　　崔訟

先意夙傳餘慶生亦逢時章綬斯榮位崇多士箕裘不替
代掌百工帝丞相之高風鬱然繼軌顧侍郎之嘉植貽厥
有憑既而事因地勢言從天爵雖於公府之間_{疑作}問尚有
私庭之禮父子不宜同席古典有諸居官宜欲易廳今則
何稟

員外郎讓題劔判

員外郎陳景居官清謹上覩以宸_{一作神}筆題劔賜之有龍
泉字景揆無功不敢當受遂表奉讓御史彈故違勅不伏

對　　季子康

陳景門接聚星望高披霧香含紫帳昌下册墀待漏南軒
依玉壺而轉紫書章北闕映金波以自清趨簡要之司握
蘭任重出神仙之路題柱恩深電影分龍星芒自轉霜毫
寫鳳神筆俄飛事頗叶於韓稜寵方同於漢主慙無功最
固有讓辭奏草輸忠礽聞賜劔吹毛入罪忽見彈珠然而
鴻澤旁流將崇懋賞烏臺典法欲寘深文郎官未越常規
御史到_疑同違勅既無負犯並宜告記

錦衣狐裘判

有錦衣狐裘者或舉之違僭稱取地受服

對　　袁令問

命者則何諸侯錫服封之所謂天子胙土列爵馭貴班瑞
等官紀律有常紕繆無籍彼食舊德實光象賢引之表儀
用服臧禮分之彩物有文庇身無剡圭之削土是獻劍作疑
細以當室淹恤草莽乃徵褰之典襦恭承匕鬯宜錫袞以
用錦斯委曲以趨禮何譎詐而見尤無聽偏辭使叶中典

太守步歸郡邸判

甲步歸郡邸掾史太呼曰妄誕耳所由責其失禮訴云懷
其印綬袑不知實

對　張何

帝念分憂國資共理慎擇股肱之守以為藩屏之臣甲遇
明時偏承重寄須榮晝錦焉可步歸未聞叔度之歌空効

買臣之事自可奉乎新命剖之分符而乃襲以故衣懷其
印綬況從大夫之後不可徒行而於掾史之間誠為誕妄
車曾不下匪黃霸之臨人吏乃疾呼類陳遵之驚座以為
失禮其若有詞捨而勿詰於古何愧

文苑英華卷第五百三十二

文苑英華卷第五百三十三　判三十一

為政門十五道

為人興利判

南陽太守好為人興利作均水刻石立於田畔採訪使奏
煩擾訴云以防忿爭

對

樂都既康太守成式念為耒之功而無鹵莽開均水之法

以防忿爭故經界不正人將生心土田陪敦見左傳職競用
力規千木偃豬左傳千木規偃豬注下濕之地之政思桓公障谷之盟畚
鍤星繁溝塍綺錯孫叔敖之覇全楚意在陂塘邵信臣之
典南陽名因溉灌興利除害而人不爭雖歉歉音康穀不升謂之歉不
之荐及因京坻之有望俾知涯分無靡爭活何使司之不
明而効奏之非允昔鄧晨開夢理鴻隙而條源何敝效能
流觶陽而刻石揆今度古自合激揚紏繆繩愆妄云煩擾
以茲獲戾不亦太一有過字乎

同前　韓極

自物必制嘉謨克獲飭勸耕桑領符卧理出入阡陌其敢
寧居且通溝之彼在亦堰陂而斯尚鄉亭之中曾未刻石

水門之下初欲成雲化可比於文翁恩實多於邵父使臣以飲水察俗煩擾致詞太守以均水利人約束尤當疆埸有理知簿言之足稱忿爭不生何簡書之妄奏比而無爽自可明徵

教吏爲鍩筩判

景爲守教吏爲鍩筩得其書託子弟所言以相告訐採訪使科其不能和睦於人辭云以散其黨

對

閑邪存誠禦奸以德彼訓人者爲政先之其有風俗未齊梟獍爲患共成黨與率相比周作法於涼且從權而救弊誰能執熱故逝濯以隨時惟景化俗臨人除患務本散落

奸黨在三輔而尤異紏訴豪族爲一切之權宜同夫汙衣致偷問羊知馬類鉤距之能事物無隱情俾抱鼓之稀鳴人皆懼法既且違於從政復何恤於人言効廣漢之銘筩聿聞操簡比國僑之刑鼎終見貽昔既度時而立功亦反經而合義如肯綮之投刄乃豪猾之云鋤何入使之縱劾在一晝而斯蔽

同前　蔣諫

學以入官貞足幹事苟隨時而制法則助化之通方施於在公是亦爲政景忠而奉職知無不爲置以鍩筩方茲水器觀書記而察過託子弟以爲言冀乎擒奸固嘿黨與嗟爾人吏胡爲告訐未能反身三省而乃相怨一方不俊厥心覆惡其上（一作覆怨其上）使司急夫求瘼務彼澄清察以不能責其非當斯則小人難養抑亦君子何情顧禮義之不愆爰紏舉之能恤

不拘文法判

甲爲守不拘文法科其罪曰無爲而已

對

建官惟賢臨下以簡爰合大中之道可還淳古之風甲委質清時分符列郡崇簡易之道化洽百城削文法之苛人安千里如汲黯之爲守卧理淮陽若龔遂之能官行歌渤海無爲而理不肅而成固良吏之可嘉何深文而見劾且政有經矣豈必拘之守常人可化焉自當變而至道欲科

厥罪不見其宜

同前

垂範作則資政教而爲本君上訓下在文法而爲先甲非異能職忝專守聖人之縉策曾未奉於公家爲政之脂粉且聞聚於吏道必也心疑有待道貴無爲遠企華胥之朝或使人迷日用乂異大庭之俗何不事與時遷况澆風大行淳化已寢宜奉先王之法用革小人之心奚乃不拘自速伊咎縱引古訓亦寘令科

告糴判

得甲爲郡一年不升告糴於鄰州觀察使讓其無備云百姓有積則公賦不足

對　李淑

救災恤鄰古之令典有備無患邦之善謀甲宜彼六條克念勤恤施其五教務彼樂輸而天災流行實害嘉穀井稅不給職司其憂告糴於鄰庶擬泛舟之役有年而蘊咼資稟之用（一作為）況今寰宇初泰黔黎再寧惟彼萊田尚多荒隴畎畝之穫每憂於家給什一之稅咸資於國儲或委積之闕然乃凶歎而無備觀察援令習古恐謬是非郡守通變隨時何妨損益捨而勿讓咸（一作愚）謂合宜

刺史求青牛判

許州人鄭傑家有青牛刺史張勤從傑求市不與及勤身死傑將牛贈勤子鄉人告取牛父為監臨

對

張勤宗承七葉政舉六條經（一作謠）日無戲方訓白鹿牽星可恭欲好青牛鄭傑榮水通門褒城編户既仰留棠之德旋聞代梓之求言惜清廉少從拒抗雖林中鳳集已見秦彭而天上鶴來忽徵王距（一作）銅符此閟玉樹斯在始叶朱暉慮玷解刀（一作鈎）之化終齊季札即追懸劍之誠昔孔氏脫驂猶見疑於弟子今張勤受犢何廢惑於鄉人論情不是監臨撫事適當投贈輒為糾告深懵古今不犯刑書理宜絕筆

京令問喘牛判

京縣宰冬日退朝逢相害者至死初不胥懷委而不問俄見行牛喘停車尋詰久而方去所司以為不理所職妄干他事

對

二京分邑墨綬居官三揖通班黃圖作宰自可遙聞善政廣樹嘉猷江陵叩頭止風有驗洛陽強項據地無從何得道之良規人餘惡少翳桑墻下不見童子懷仁垂楊路傍唯聞暴客相殺一朝之忿爰揮白刃百年之命遽掩黃泉縣宰既不開口死者固難瞑目人雖進路事屬退朝忽此逢牛翻能駐馬群非向楚詎是因風氣似還吳猶疑見月但以時流愛（一作冬）景寒結層冰自有慘切之容元無溫燠之談六畜行觀致喘四時坐見失宜此乃丞相及言何煩邑宰垂詰操刀之術罕明代斲之喻難免憂喘不憂殺正是越司問牛不問人豈非離局以為妄干他事實亦雅叶本條

同前　崔融

弈弈九重鏘鏘萬國凝旒闢纊天臨布政之宮曳組垂紳日旰懸書之闕臺郎伏奏簫翟初飛縣宰退朝王鳧稍下度金錢之廣埒過鐵鎖之長橋河南帝城是惟都會陝西王邑須禁推埋何得逢暴客而不收委僵屍而無詰徵洛陽之故事行馬先知採漢相之遺塵停車有問當其所職曾不懼於宣風越其所司翻見憂於喘月妄干他事深謂當然牒送所由任依常典

同前　康廷芝

皇都赤縣帝宅仙居萬國攸歸四方是則縣令幸陶昌化
謬宰神京過比陸之寒礿屬南宮之朝退珂廻九陌騎歷
三條俄逢藿芥之兇復屬闌單之變材非玉鉉顧牛喘而
多慚任縮銅章覩人亡而不問旣昧爲邦之術徒興體國
之心是曰曠官足成侵職所司糾劾有合通途

長安令登夫家判

長安令礿上登夫家衆寡因移用其人觀察使以爲煩辭
云各逐地宜救其時事

對　盧仁贍（一作瞻）

求才審官以恤人瘼施貢須賦宜遵國章苟玷爾舊規亦

荒我王度瞻彼邑宰實曰能賢物土之宜使廬井之有伍
隨時改作在稅征而無差方今亏矢未櫜疆場尚（一作仍）駭
春言州縣尚勞其供億念兹倉庾已竭於餼牽固可當官
而行慮善以動均有無於鄉黨足可安人稽衆寡於夫家
是資贍國議事以制且叶於時宜執法奉公何乖於古典
觀察所見理或未然請從百里之謀佇聽千箱之詠

增貲就賦判

劉乙爲邑道百里增貲就賦減年從役

對　邵潤之

四井爲邑先王所以致理九賦斂財大宰由其懸法劉乙
返風遺緖震雷成化不下堂以任人入其境而稱善無奪

時以立教綏悅使以亡勞故增貲以請征方減年而願役
鶉衣本弊已聞杼柚之空鶴髮將衰尚勞筋力之事當今
升域中之福致天下之肥高三代之養老遵九式而節用
何必增貲減年然後計獎論績道（一作既）紀成於咸暢理儀
（一作宜又作其）守其恒典

同前　蔣挺

皇明撫運萬寓欽承墨綬爲邦四人從化雖輯寧之道自
我國章而惠養之規亦憑良宰劉乙懷符宓賤比績劉平
增貲減年誠一時之異政以今方古亦千載而同風撫狀
雖欲驚疑論情翻可嘉尚請從薦舉用表賢能

同前

學古入官議事以制正其德以率下下不忍欺厚其生以
養人人樂其業旣而教化之本禮讓爲先量力而行省嗇
其用懷恩者增貲就賦慕義者減年從役可爲銅墨之標
長不在金科之擬議必若情由抑遣可與顧爲欲求異政
之聞殊失養人之道此亦深心莫測詃聽攸疑百慮未孚
兩端須扣

文苑英華卷第五百三十三

文苑英華卷第五百三十四　判三十二

縣令門十六道

縣令有惠化判

晉陵縣人王茂於訪察使所稱縣令任意有惠化終日清談職務修理每行笞罰惟以蒲鞭舉請升進使司以爲寬踈不依令式欲科縣令不伏

對　康庭芝

任志慶偶千齡榮登萬室彈弦作宰動必賤之芳聲製錦無傷追尹何之美政浹辰行化方類子平終日清談更同夷甫有恥且格寧收檟楚之威以德代刑但示蒲鞭之罰王茂幸編名數預奉弦歌欣承赤子之恩喜沐慈君之惠屬以皇明遠散天使遐巡思甄三異之能式舉一同之善訪一作廉察使官膺珥筆任總方書飲驄馬於江城集霜烏於海樹埋輪糾慝豈謝張綱攬轡澄清何慚孟博眷言褒貶當適古今儻昧激揚遂乖彰癉徵劉寬之故事仁迹斯存覧任志之清猷嘉聲可挹既稱良吏雅合名聞忽見吹毛便虧直指銅章有術久垂桃李之陰鐵柱一作擢無謀一作冤且寢梧桐之問

損戶繭絲判

甲宰邑而損其戶數按察使糾按曰不爲繭絲

對　林琨

安人立政輯寧是職苟失厥德其惟不康伊甲宰邑墍爾于位異彼魯恭無聞馴翟詎同言偃不見割鷄況茲荻嵩嗤士言之招納且修保障類尹鐸之權宜事雖害公義不徇已損其戶數法所難踰務以繭絲特維救弊假如晉陽始禍朝歌同惡事貴適時辭之或可況今聖一作理惟敦本政在養人且乖既庶必招明罰察使所糾寧叶大中

夷攻蠻假道判

夷攻蠻道由邊邑麥已熟或請人皆出穫宰不許郡長讓

之云恐爲不耕者所得

對　史藏用

善教者爲政有聞適權者在邦必達能臨事而當斷非不詢而作謀苟或越官是稱專欲蜀王風不振覇業衰陵蠻夷假道於上國丁壯就功於下土我承其弊肆毒宜縱於貪狼爾無令聞爲患亦同於蟊賊思營負戶議發懸門雖師將入郛而人未及麥茂宰施令黔黎酌心能操製錦之刀不紊在綱之網禮先敦義政貴有恒盡地必資於勸分滌場或存於禁末我疆有畔須務材而訓農他人越思豈瘠魯而肥杞縣大夫之立法於予何誅郡符竹之薄言將子無怨且人有食色師非及耕宜從宣父之存信不讓荀

吳之棄鼓況縣道駢雜寇衝錯聯若從獲於或（一作域）人是
亂行於田畯則輕責者先於望歲剽劫者多於服勤華其
盧求亦謂盡善

同前　魏季龍

大爲之防自我王度動不失實爲爾政方苟消息之乖宜
諒子惠之無取相茲邊邑正曰寇衝務時訓農循溫麥而
雖盛勵（一作利）兵秣馬假虞道而方深實慮欺天之凶寧顧
如雲之稼或人行險以儌倖將馮河而請收縣宰觀變以
諮諏因下闢而不許度其危亂之際想其爭奪之源恐服
田者不得自專而游手者坐乘其利則不收不獲誠盧力
穡之功而惟一惟精實杜無知之俗臨下以簡示人不偷

得仲康馴翟之風符子賤彈琴之化何剖竹之盧讓掩烹
鮮之異能

同前　成貴

王者無外寰中有截邊鄙不聳邦國以寧蠢爾蠻夷遞相
攻伐異（一作思）苟息之假道且欲涉虞殊申舟之是行無聞
聘晉蜀四月維夏三農聿興麥已熟於東皐人未饁於南
畝聽言縣宰重化黎甿彈琴自娛宓子賤之多暇戴星以
出巫馬期之克勤過齊魯之相持觀邊儌而皆警是割是
穫雖羨或人之謀我疆我理須從宰君之法何者食曰人
天苟求食而忘恥農爲政本有情農以自安候其觀釁之
生將欲不耕而穫惡末可長患實預防百里正且得中六

條恐爲盧讓

同前　李昕

於從政乎務知遠者苟施小惠是紊大倫惟彼邊邑地雜
華裔允茲賢宰政協良能雲雨之施既行蒲密之風斯得
屬麥秋已至農事方殷不虞蠻夷聿相寇電豺狼倡獗（一作滑沒）
且迷假道之心原野馮陵得無犯苗之患遂使我疆我
理不復如茨如梁將從皆獲之詞是利不耕之穎雖或思
苟得從劾單父之甿而宰絕妄求式光宓子之教末哉郡
長昧此令圖雖爲責人無難其如有孚窒惕

同前　于邵

舉政之要先禁乎惠奸因人之欲必從於義取固防閑之

是以雖顛沛而無慓（一作慄）蠢彼邊邑實由徼路蜀門繫（二字疑）
於下幾出戰於行間瞻彼麥田是登
乎秋野惟人之恤且發乎縣門多稼其豈誰資於出穫或
人爲請雖楚得其所之宰也有詞寧齊至而作告（一作害）庶
有耻於吾化將不耕爲爾虞此日方殷人期利寇他年有
事誰不幸災異鄭師以取溫周人既怨同單父之規魯子
賤猶生爲郡依何徒聞有讓理邑餘裕云胡不知此而厚
誣昌旌善績以賛不欺之政因明致詰之非

同前　宇文賞

蠢賊尋戈聳我邊鄙穡人是溷曠茲割穫且蠻方不率夷
德無厭贄幣不通范宣止其預會攻取有道（一作何有）楚子莫

與（一作得）同盟乃類乎齊有魯師晉假虞道俾我原田亂轍
麥瓏啓行川上芃芃豈違出穫邑中惴惴時有登陴明宰
道不忍欺弦歌斯洽以爲不耕而穫負胡取之義有備而
舉寧（一作微）牽復之辭百里此勤信徵我有咎六條所讓伊
不明謂何

同前　楊歸俗

備豫不虞古之善教防萌是禁今也難易惟彼邊邑賴斯
良宰行化使尊其五教務穡不奪其三時屬夏麥已熟秋
成未幾丁壯愍焉望歲農父期於有年甸人未進於絳君
鄭師何傷於周野豈謂東夷有事南蠻是襲蜂火驚候於
井泉虜騎振威於汝塞固當因茲料敵無乃啓戎縱彼所

取肆其所獲則愚夫每渴於僥求空思寇盜田畯獨嗟於
苟得欲罷耕耘誠百里之良（一作長）謀豈一同之家政況慮
深知遠而智在窮微雖爲郡長之讓難免士師之罰

同前　元子貢

法不可易政貴有恒利物雖在於隨時出令必資於長久
遏矣遠邑濱諸蠻夷蔑其蝸角之兵無能猾夏不虞蜂聚
之衆將犯麥秋同鄭伯之襲溫若齊師之入魯自可申之
備預固其封疆豈宜因彼犬戎縱其斂積是教翫寇何以
字人雖無厚於讐前監是與然不耕而穫後嗣何觀邑宰
不從得宜頗類於宓子郡長見讓失指有契於季孫宰實
有詞理宜無罰

同前　權軼

疆場之事先於慎守田農之業在乎克勤必資禮以防之
是謂政有經矣國家卧鼓荒徼偃伯靈臺干戈既戢雖息
犯邊之虞蠻夷相攻尚無假道之禮今者大田既稼滯穗
未收邊邑常近於寇讐或人且慮其蹂踐請皆出穫成此
有年欲使功見於多安能義然後取邑人爭出必盡室以
行我倉既盈或不耕而穫豈伊恤病實長華災惟彼前修
邑宰之化斯得徵諸故事郡長之讓頗乖

廩無積粟判

得甲爲縣宰廩無積粟人言其過曰蓄積於人

對　王系

設法安人守官之能政革弊易俗經邦之茂典必從宜而
有素豈循常以見稱（一作非）甲恤隱在懷蘊利爲任思豈壞
以務本患杼軸之將空畝稅惟輕地利斯盡庶無捐瘠俾
家給而藏嫌於聚斂何縣廩是積況詩刺重賦傳美寬征
魯公不足聞諸有若之對齊國以富實資管仲之言曾謂
舉善奚其數過但恐永圖難繼涼德不堪苟關斯人容無
效此

縣令辭疾判

鄭胄授山陰令赴任行至浙江遇風濤鼓怒弭棹而迴乃
辭疾解職人告詐病

對　康庭芝

鄭胄家承曳履職綰鳴弦將登會王之山欲界一作留沉錢之浦方冀騁牛刀於劒佁舞鸞磬於鍾巖不孤王阜之能方繼子游之躅洎乎行窮楚塞路入吳江遥山將遠樹不分極岸與長天共合歸濤活活全疑白鷺之飛去舸遥遥直似青鳧之逝覩茲艱險慮有漂沉方懷魚腹之憂豈顧龜腸之爨情來歙嚮既有慕於王陽興盡廻舟亦何思於載道行背浙流之右坐歸漳水之濱從此挂冠頗諧高節因茲弭棹不來一作祀爨章輙被告言殊驚物聽任其罷退良謂合宜

增年避役判

乙為縣令百姓有增年避役者廉使察其無風化州將云移風易俗須父於其政令未成而驟改之何暇為理也

對　李淑

安人之本為政是先法令克修紀綱不忒乙授茲六命職彼一同實曰子男作人父母綏之以德化糾之以典刑自可禮義從心回邪革面何乃慢其銜策紊彼彝倫使氓之蚩蚩已懷奸慝之計而政罔察察徒云父遠之方廉使以糾謬為心當繩漢律州將以飾詞為喻有昧一作紊周官百姓合此從刑縣宰宜從通計

竊錢市衣與父判

丁竊錢市衣以與父父曰邑長如是使諸縣首丁往長問之具以父言長以衣賜其父錢主告長縱盜

對

盡敬事親居致其樂求錫爾類將為邑難丁也無良欲怒為德殺牲之養猶曰不仁竊人之財誰謂其孝動生悔吝行乏義方惟彼循良是稱邑長飲冰壺以從政播清風而成俗用既戒惡覩過知仁將順一作顧絲衣之歡以忝冊筆之罪雖聚蒲惡子難以法寬而偃草小人或期化理諒從權而適道豈撫俗以隨時錢主簿言誠稱縱盜宰君善政可謂勝殘於予何誅將予無怒

集百姓不便判

得魏州貴鄉學士謝希顏告本縣令鄭國僑每集百姓以為不便勸以六禮兼用七教修殷擊之法後井一作復伍其田百姓披論國僑法外妄加箠楚處分

對　宋璟

墨綬臨人國僑隨班於邑宰青襟敬業希顏齒跡於鄉校將宣風於禮教道化未敷議為政之得失訟聲斯起利害之間非是相半何則修六禮以節性明七教以崇德蓋聞皇王之風何斷令長之教至若廢耕釋耒方行殷擊之法計畝分疆後施子產之令風雨惟序豈資區種之勤虞芮不爭焉用井田之制處事則於人不便容或施張加箠則於法有違固須科結

文苑英華卷第五百三十四

文苑英華卷第五百三十五　判三十三

縣令曹官小吏門十九道

縣令有客判一道　立生祠判一道
叅軍鶻子判一道　卒史有文學判一道
小吏持斂判三道　省官員判四道
成都令勸學判一道　縣令祭名山判一道
吏曹判一道

縣令有客判

縣令有客吏賀皆往或遺賀錢萬人告其受贓辭云其實不持一錢

對　王綽

賓實有禮將存執贄之儀相在于堂爰司主進之務惟彼縣尹是亦爲政詩愷悌以字人需飲食而肅客宓琴多暇偃室常閑將有四方之賓用致萬錢之賀彼吏人而迭進伊或者以員來財非攄實詞作（一作則）誇誕稽諸漢史且曰大言詳乃呂刑寧聞贖貨哂無狀而即可驗受贓以謂何云非所能致

立生祠判

甲有惠政被立生祠百姓祈禱因而獲福或告有妖術訴

對　李宣

考龔黃之跡窮卓魯之化不孤良吏可謂能賢甲惠訓聿修仁政斯舉丕變舊染化居恒風歎歌邵之徒勤想借寇之無及冀全遺愛遂建生祠歿無媿於張蒼存不謝於王渙因心所感縱獲福而何傷唯道是從豈爲術之能致告之誠謬訴乃有乎

叅軍鶻子判

西州人逯鶻子先任沙州叅軍永淳二年赴選冬集歸至并州病經二年今於沙州取選解不於京臺銓試直赴神都選曹司判不許稱鄉路阻遠既有田收合便赴選

對　康子元

域中有道天下無外雖在戎落亦挂周行鶻子運偶南薰地濱西域久沐唐虞之化獲叅州郡之班萬里牽絲俄畢子荆之任九流懸鏡行披彥輔之雲未果登龍旋先（一作驚）退鷁金微絶徼將還敬梓之鄉王塞遥途尚轉飄蓬之陌風霜之疾忽遘於虵杯寒暑之期亟環於鳳律瞻彼故里歸路仍懸載撫身名銓衡復及本州文解難以希求往往官曹易爲憑託遂蒙申送但事奔波不就京邑仙臺直指神都覽觀辭官歷稔不可妄託田收明勅垂文無宜越來此選二途咸爽百慮空馳請精詭隨之人無黷清通之鑒

卒史有文學判

有司選擇卒史以文學掌故備員有比百石已上誦多者先求之不得訟如功令

對　李庭暉

學以從政位將禄賢必考徵言以登稱（疑作稍）食詢諸漢制

或漸通班按彼周官須當下秩若業同晁錯才比匡衡多聞闕疑果行育德三墳五典顧倚相而無慙七略九流仰劉歆而可繼固宜虛位允應傍求實乖與善之情而啓多訟之訴含光易退則醜歸於訟者推誠應物復過在於有司儻其誦過萬言加以通識千古與能從事可不務乎

同前　賀蘭恒

學古入官選才署吏以賢制爵無替舊典必加明試抑有前聞惟彼司存綜乎推擇課以經藝節其通敏或奉常以述職乍春坊而視事遂使晁錯通經將智囊而見擢東方荅客議雄辨以登難然則服勤滿歲人實勞心纔補卒史報亦何輕無儒雅之超昇執刀筆之叨擾訟如功令誠謂有孚

同前　賈季良

與能贊國于以敷求器人弼政聿先精擇有司審才無遺曲藝雖厮役之末劇亦文學以是徵列彼卒史典新掌故將適時而給務蓋從事以備員百石伊何九流清品禮秩式叙因等夷而不易干求無稽雖誦多而奚取欲加重典之科難取薄言之訴請詳漢道方議呂刑

同前　史淑

學古入官議事以制既叙功而論德將按名以責實眷乃卒史寔惟王人爰從推擇以膺明試同馬遷之有論望絶為鄉異晁錯之登科才非（一作無）掌故進取棄於梟短擇先得於龜長雖漢制四科先於德行而孔門十哲稱以文學求之者何方倚相之能讀有司奚失俾平津之下第且一言體國珪爵斯分片善不遺草萊靡滯薄言之訟功令式昭舉事之僭有司彌遠

同前　費光俗

懿文聚學以期致遠難進易退必在從誠且晁錯多才亦先於掌故東方答客豈望於侍郎苟有求於叙進亦何同於卒史受禄不誣致貴有漸陟遐由邇楊園必倚於亟丘在著從微增冰有成於積水方進寧辭於計食陶潜不耻（一作喜）於折腰矧茲百石之比乃是上農之秩誦多為美誠有司之合甄先求見黜宜功令之致訟罪自己招誰可怨咎

同前　鄭務

縣官疑命化天下以人文（一作字）有司慎舉闡大猷以儒行雖司徒既有詞客當國豈無髦士掌故帶經傳業射策徵庸歐陽生之代業自昔斯授孔安國之家書居常時習剌六經以達士就百石以代耕曩者植杖而耘未常釋卷今茲栫棘而訊豈廢傳儒由是策名廷尉公門惟其自訟備員文學卒史實以次敦以命求之自貽不得嫉詞多而有訟誣功令而不公寧假爰書宜從告誥

小吏持劒判

得乙為小吏持劒執燭車功曹後忽帶劒於槐棄炬於地

功曹將罰之乙不伏

對

天生小人以事君子各徇所守式恭爾位恪勤或懈法罰必施居官之恒雖細不宥既署名於小吏則委質於功曹持劍為儀執炬行夜乙誠微品猥構無良徒効激節慕竒不知安卑守道遂使披遮寶鍔向春樹而棄揹蕤桂華焰委霄途而撲滅執御洋洋不爽伊善為物謂謂果貽其傷空思疆梁罪欲何逭

同前　趙順真

王爵高懸惟才是與君子陳力必厠周行雖士庶區分固有限於流品而忠信之道是無隔於胥徒乙也鮿生職司

小吏業非地望有殊代祿之家才同懷寶頗異名人之子念荆璧之未斷惜連城之莫知吾道不行斯命也已一作命斷其也執鞭之事抑亦為之遂僶俛於下寮俄鞠躬而從役持劍曠久執炬斯勤竟無自明之効莫騁鉛刀之割掃丞相之門忠貞未表備功曹之卒日月其除無徐君之知已追延陵之挂劍爾位其曠誠逃王者之規嚴罰將加恐有蔽賢之責司徒尚猶不拜主吏更欲何尤不伏之辭恐為妄作

同前　翟禹錫

周曰胥吏漢稱轓幹既別府中之位仍標幹下之曹所以安其計食從於負版乙忻逢有造華預可封不學竒童俄為小史既而心勤左右荏苒驅馳慕郭太之平生有蕭何之志業帶昆吾之寶寧慙挂樹之人棄田祿之煙誰賞移薪之客功曹班同許邵才謝山濤未見優容雖聞致罰情有所急罪不合加

省官員判

有司議戶口減耗請省州縣百姓訴云州縣廢則所隸闊遠罷人益困請省官員

對　司馬滔

時康官備所藉為理戶減務煩則害於政有司慮我王爵思立國體知師旅之後版籍徒懸念閭里之空州縣宜省誠有可尚議未得中雖在濟物之規實亦勤人於遠請依

百姓之訴用減庶寮之員省事省官晉朝高其論從人從欲魯史異其文自古以然孰謂非允

同前　杜顗

列地之圖辨邦之數制以廛里設其井田居無遊人地不曠土頃因群寇且有大軍既為患於凶年每馮想於美歲方今國步將泰人心盡歸久悲風土之殊咸戀枌榆之舊則百堵皆作三農聿脩既富之教已興食貪之惡一作貧之怒將息故郊遂絕不毛之地郛閈鮮無名之人商旅厚生無肾心於倚市黎甿樂業必食力於代田然後地不耕耘稅以三家之粟宅無樹藝罰其一里之泉何必具以寮寀而欲省其州縣與其削邑寧愈減官是為政先實亦教本咨

爾戶部恤我人言將以攻乎異端不如坐進此道

同前　盧偘

度土啓人是資勞逸列官撫俗亦藉忠良苟適於宜寧求改作頃者三苗未偃萬人靡安遂令麗土之甿多困轉蓬之役今寰瀛有截率土無虞稽版籍而多虛望喬木而未復有司爰憂爾爵式保我人議併州閭庶節賦役眷夫白屋是啓刑誠請减職員以規省約且廢州則邑居不接聽訟實難省吏則權制可遵恤隱何害况官不備標之典經人之告勞豈忘惠迪

同前

禹別九州秦稱百郡非無沿革屢有廢興苟損益之或差

亦因循而是務頃者暫遇奸宄人或流亡軍旅是加荒饉仍及遂使黔黎失業喬木罕見於人煙井邑爲墟壞垣寧聞於畎畝洎乎皇威遠被寰宇肅清頻霑利澤之私遂忘干戈之患省司以罷人是恤議廢置於州縣百姓以遐路告勞難駿奔於隸屬衆以减員是請或願取新官以省邑爲謀盍宜仍舊從人欲也無或違之

成都令勸學判

得成都令江廷調縣中子弟二十已上除其吏徭各率環刀一密布十令請大學府司科擅賦斂錄事批放仍舉科諸生謀殺之罪

對　李乂

郎官上應列星惟帝稱難邑宰下宣風化得人斯委江延材膺訓俗功寄臨人拜職周京銅章之秩六百隨班蜀國劒門之路五千與行鄒魯之風思變彭蚳之俗上琴臺而訓翟依石鏡而翔鸞將弘富教之宜用廣文儒之業爰調子弟是蠲徭賦環刀密布聚糧求任土之資裂裳負笈函席就横經之道惜乎英靈莫嗣曾靡尚於摳衣剛悍猶傳遂有歌於剸刃不漸文翁之化有逾原壤之衍擅賦之條在江延之何負謀殺之狀碩諸生而已彰上藩之斷頗乖錄事之批爲得

縣令祭名山判

乙爲邑宰祭其封內名山州將按其非法訴稱旱暵甚所

以祈之苟利於人不敢避也

對　王重華

山川咸秩嘉其以靈雪霜不時於是乎禜厥懸斯設典禮孔明乙職惟奉公思不出位百里行善且在子男之列十倫展祭爰偕諸侯之封孰謂鄹人不如林放固宜按法曾是簡褻必也驕陽害時司當憚暑詩歌太甚義救如焚信靡神而不宗在精祈而則可用寧旱暵難責規爲雖欲正名如其恤隱不乏吾事須旌墨綬之賢空惜爾無允爲彤襜之舉

吏曹川

得甲之周親執工伎之業吏曹以甲不合仕甲云今見修

改吏曹又云雖改仍限三年後聽仕未知合否

對

業有四人職無二事如或居肆則不及仕門甲爰有周親是稱工者方執伎（集作耻役）以事上且思祿在其中有慕九流雖欲自遷其業未經三載安可同升諸公雖違甲令之文宜守吏曹之限如或材高技俗行茂出群豈唯限以常科自可登乎大用以斯而議誰曰不然

文苑英華卷第五百三十五

繼嗣封襲門二十三道

太室擇嗣判

甲於太室而擇嗣先幼者或非之稱神所命

對

立嫡以長不唯其賢或有時而捨兄則因次而謀弟惟甲克紹先烈啓廸後生（一作昆）有高陽之才聚太丘之德聿求門子聽是廟謀緜斯其繩雖有衆多之義爲行以列然乖長幼之序義則非據人斯見尤必欲揣之以神何如節之以禮兒楚君遺法殷家舊制人實不等代亦頗殊縱爲疑議益彰遺越罪之愆失在甲宜以準科懲之後先其男請從攺正

同前　賈廷珵

主器承宗雖存乎冢嫡象賢擇德必在乎權宜甲何人哉將定諸嗣年則有序未肆挈龜之卜室乎憑靈遂稽當璧之懿由是求周之故伯邑見捨即趙之美無恤是膺既崇定命之制克允尊神之道古則然矣夫何非哉

同前　賈承襲

執古以道格人其經捨而或逾動則奚軌況承家繼體之重義存乎家嗣絕嫡立庶之命禮資乎象賢是用弓裘必榮鍾鼎以赫斯列侯之恒典豈下愚而足度彼巳之甲惟秩何也德未昭寵過符行禁有子誰立固晋侯之不經擇幼為先類楚王之有變俱（一作伹）曰神命仍虧拜璧欲議刑章誰謂無玷况太室之禮僭巳淩於殷廟薄言之狀位匪列於周官欲按科條得悉名器此而伏念終謂疑刑

同前　康濯

納約自牖是脩禘祫於穆清廟肅供神人既不專而為名當幹蠱而承孝惟於甲也克構是思擇乎太室期以當祚壓紐斯兆想平王之舊儀佩王忘哀痛石駘之絕繼神保

是格信龜筮之叶和人謀僉同乃七鬯而不喪就諸臣位尚檀弓之所（一作而見）唉孱以臨喪蓋子游之習禮先乎幼者豈曰遲迴誣善之人何詞以免常賢後嗣謀之允臧季歷嘉猷誰執為咎或委（一作妄）咸股誠為孫順自羝羊而觸藩併䰟鼠而非據小懲是誡宜在執牛忿疾於頑無行射隼

同前　虞咸

天子建國諸侯立家率由舊章克備恒典列昭穆以有序承繼嗣而追著粤惟彼甲若昔大猷無忝乃先懋昭有訓同乎班氏思欲叙其家聲類夫帛孟將以傳其祖德雖珪璋克荷而嫡庶靡戎載懷捧程之倫猶疑幹蠱之嗣協比長幼陰騭廟祧庶降祉以象賢憑靈既以立德同其楚國先棄疾之當璧方彼衛人乃祁子而順兆神所命也則晉聞之龜有知焉實在茲矣或非無蓺甲擇有孚欲真于理誰謂其可

同前　常翃

將正人倫必惟嗣續故有側室嫡子乃別尊卑等威以年以德則闡常典神之聽之抑非通法惟甲啓爾宗廟守其禁苴類簡主之承祧嗣則未卜同獻公之有子其誰立焉爰訪恭王之事更徵駘仲之道佩王而兆既云取吉當璧而拜遂不敢違且繼體本以承家知子莫如其父借令愚知無辨何得長幼乃（一作仍）乖假之神明其義則淺捨我恒禮取諸何多文過飾詞徒為妄作

同前　嚴迴

將建嗣子必先克家豈唯典宗亦稱繼代今茲甲者昭穆茂如爰擇徵而承祧俾傳榮而開國而乃業歸于幼禮且殊於長年命自于神理徒稱於太室必也義均襄子覩常山而得符迹偶平王拜楚廟而當璧事則有據或者何非且今之所為有異於是無聞德舉將由愛立則震求致福慮喪主鬯之尤事乃得能（一作宜）奚堪幹蠱之任甲且違禮罪實難逃理不足稱刑之無捨

同前　徐晶

欽若古訓奉遵遺典禮崇繼體政重承邦苟家嫡之或遺諒昭穆之無取眷言於甲誠乎擇嗣殊無忌之不才讓德

於韓宣異延陵之守節歸義於諸樊既而龜其知乎類
祁之合兆神所命也同楚平之當璧且德均則卜䍐見前
非年均擇賢曾無昔讜先乎幼者誠合通規人或非之孰
云其可

捨嫡孫立庶子判

侯擇嗣捨嫡孫而立庶子人非之曰行古之道

對

錫土分茅承宗主祭立嗣以嫡非才則賢若拜璧而求則
佩玉寧吉（一作吉）惟彼侯國次當擇嗣類田氏之得文緣成
愛客同無恤之在趙不墜克家既捨子以貽孫何棄今而
行古雖檀弓制服而知仲子之非而棠棣與權亦宣尼之

訓請從宗計無信或非

同前　楊栖梧

王者之制著乎禮經五等已陳千古不替爾侯所擇以爲
後者蓋重仁賢詎論嫡庶故捨孫而立子將繼代以承家
壓紐可尊佩玉非嗣近思靖郭傳諸孟嘗遠學周文廢其
伯邑侯則可矣人妄非之

同前　石倚

胙土報功分茅錫瑞爰加九命是寵三接將崇繼代之美
以展象賢之慶顧彼擇嗣捨乎嫡孫寔亂大倫攸乖先典
將著其代匪尚其德亦循行古未息仲子之詞茍非從權
緣懽宣尼之對若也克紹前烈無貽後羞龜告其猷神歆

其類居喪而情忘佩玉臨代而智則藏符雖則嫡庶有殊
足使賢愚自別侯之所擇人或敢非在禮則乖於賢固可

同前　杜信

列爵疇庸承家繼體析薪負荷堂構纂脩彼侯運偶千齡
秩惟五等謀孫不朽傳錫土之榮嗣子云亡失克家之慶
殊孟縶之在衛異微子之居殷檀弓免焉有符周典仲子
行古實紊彝倫人或見非識明大體廢嫡立庶宜正刑書
吾茂從之無載爾僞

正室爲門子判

甲多諸媵之子乃以正室爲門子令限出入或人告有違
不伏

對

五常之教以經王道三族之別則辨人倫正昭穆以承祧
分嫡庶而繼代必誡差忒克明敦叙是以微子從禮捨其
孫遁（禮記作腯）獻公汎愛立以奚齊璧埋太室之庭楚則遙命
寶藏恒山之上趙乃知才順之克昌易則生亂茍至於道
訟不可成甲齊其家宅心知訓鍾皷思樂早聘問名媵姪
從觀（一作歡）仍邀卜姓自殊南陌豈狄胡之遲迴能若東山
即謝安之携賞於是慶徵蘭夢義感桑弧探社金而屢祥
列階王以分照同石駘之六子庶孽斯聞均衛家之一兒
冢嫡其取受崇立長有以代親詎黜商臣非取厚於江芈
寧謀伋子亦何怨於惠公趨庭既學詩人正室遂爲門子

達其禮典穆以閨門掌政令而攸歸限出入而奚失信居家之理寧父子之嘻或人所陳深爲未可

襲代封逃判

丁長當襲代封逃主司以有兄不録其弟

對

夏分五等周開九命國庸人爵貽厥孫謀青土白茅將傳欒郤之室衮裳鍾鼎必襲金張之家丁既慶積山河用光家國不聞必復之業旋有遁逃之讓榮命不顧同顏闔之鑿坏遁迹方來共丁鴻之蹈海一去鄉縣幾變星霜冀疇庸之有主在是弟而可録不謂政也無二法不容私終使長襲代封沮玄成之宏義幼而時棄允張純之格言

同前　張疇

先王有作班氏叙其家風遠代無遺萬孟陳其祖德是知本枝可重宗業難輕丁胄望素高勳庸夙著金柯玉葉冠蓋之望攸崇青社白茅諸侯之業斯大上林春至花萼均芳下澤秋歸鴻鴈齊列既而風枝不靜星琯屢移何郘承家泫然流涕桓玄襲爵悲不自勝苟懷揖讓之風遂有遁逃之迹昔延陵去國令範猶存太伯辭周遺芳未泯必若情深讓弟義等脱身請封萬氏之次男無虧太伯之高節

遺腹襲侯判

乙將襲祖侯以遺腹無識訢云生而有文小同爲字

對　周彦之

乙在蓼蘭生逢集蓼岐嶷繼體戀于冶之餘徽詩禮無聞想山河之舊業望九原而不作松石增哀思五等之崇班茅封闕嗣同夫稽紹未有識於巨源類彼叔敖亦無言於楚相當今封比干墓式商容閭豈可使諸葛之苗隨時歇滅樂毅之後沒代湮淪况乎血屬詳明宜存必復之始手文昭著須傳幹父之能討以前聞義何殊於仲子酌其故事跡頗類於周文則知莫藻獻誠禮不乖於大柄析薪克荷事可優於小同

同前　張純如

周道不虧嗣從嫡長魯風一變新用休祥爰稽仲子之文實定伯禽之裔抑爲大典猶天之志蔑云議以合權繼月

之書可仰惟乙誕茲蘭夢慶及茅封天孤逮事之歡神錫小同之字等康成之後亂克紹家聲類桓子之先宗儻爲公輔且立嗣不拘遺腹無長則合承家非俗説之輕談固典章之彝範乙當承襲理在不疑

同前　田義寵

靈慶所章錫亂乃承家之本恩華荐及疏封則開國之儀是知禮備十倫系宗祊而叙昭穆榮標五等列畿甸而制子男載德象賢山河必復謀孫翼子于冶方傳乙以夙漸禍胎喪嚴顏於未誕宜包疊始傾厚蔭於生前若趙氏之遺孫（一作孤）如鄭門之棄孕毋兮鞠我等令伯之成人生也有文同仲子之先兆既而聿脩祖德將克于家未展茅封

爰疑再弄之日遷從㓨議復引冠字之年敬省彝章未可隔其遺誕恭惟典制理宜允其詞徵

承襲稱狂判

甲承襲稱病狂所司按以爲妄

對

求仁得仁孔丘歎其無怨違節守節延陵慕其高風甲代襲衣裘家承茅土志無苟得爰作徉狂旦玄成讓兄初疑人望丁鴻避弟終感友言良史以爲美談志士稱其重義雖言詐善尚賢爲惡與其寧失猶曰從寬況觀過知仁求之不遠深明止足取則非遥而當斷以嚴科詳其大體參也不敏何足知之

同前　蔣厲躬

賞功行封父殁子繼義存昭穆理在宗祊夏殷以前罕詳斯制周漢之後咸用此途田忝籍勲庸得參纓冕誠宜率德攺行嗣先人之業冀子謀孫崇保家之道焉可忘析薪之荷稱徉狂之謀内虧孝子之心外爽忠臣之節同衣裘而鮮食類接輿而欲歌必事等玄成何替名家之譽情符孟縶不聞良史之嫌即按所司之科恐失惟輕之典待盡情僞方申斷割

同前　邵烱

建邦設都天秩有禮襲裘紹冶人教攸先甲以榮冠蝉宗躬忝門矛對謝庭之蓬蔚玉樹揺春窺陳氏之英靈珠星聚夜纂亡舊服誠宜象賢故遠正徒而冐狂疾伯夷去禄雖則有諸鄺生不狂誰信其（一作真）安若悽心讓美宜從温睦之規如諭行沽名須遵復禮之義自然日蕃錫馬晋家明受寵之文庭有懸鶉詩人寢伐檀之刺至公之道其在茲乎

襲爵徉狂判

甲有兄弟非賢所司命甲襲父爵以狂疾不應命御史劾知非狂請罪其謬

對

論以天倫分乎季孟鍾其大運異彼賢愚苟愛敬以存誠固傳襲而無忝是以隱公推魯爰高克讓之聲太伯辭吳

卒被至（一作深）仁之道眷言于甲克合承家同周子之有兄寧分菽麥懐謝庭之列照額馥芝蘭黄金滿籯已奉一經之訓白茅錫壤言逃五等之封竊意元昆頗伯夷而見捨思深内敏豈鄺食之非狂接輿行歌此時方奏州吁安忍是日非閑務以黜聰用辭深疾縱罕若於誠信終自牧於謙撝馮恹不言未將諧於哀懇常玄晦迹俄見劾於方書鴒野急難無違六順豸冠嚴勵何罪雙珠庶將必復台階無乃妄繩憲府

除喪襲爵判

得乙請襲爵所司以乙除喪十年而後申請引格不許乙云有故不伏

對　白居易

爵命未墜嗣襲有期在紀律而或愆當職司而宜舉乙舊德將繼新命未加所宜綦乃集作彼前脩相承以一子何乃廢其後嗣自棄於十年歲月既已淹深公侯固難必復然以法通議事理貴察情如致身於宴安則宜奪爵若居家而有故尚可策名須待畢辭方期集作斯析理

文苑英華卷第五百三十六

文苑英華卷第五百三十七

判三十五

襲封孝感門十八道

襲封

佯狂讓第判二道　嗣足不良判三道
予姪承襲判一道　當襲僞瘖判一道
用父蔭判一道　請封爵贖罪判一道

孝感

澤中得堇判二道　夢得籬菜判三道
赤烏巢門判一道　投戕獲弟判一道
嫂疾得藥判一道

襲封

佯狂讓第判

陳乙襲爵遂佯狂以讓第甲嗣爵後方入仕隣人告甲非嫡子不合襲

對　房自厚

德懋懋官功懋懋賞是崇開國之典以致承家之事陳乙志符前彥愛結友于雖佯狂之或違亦志義之可尚循令問而克嗣固不當仁依德言而靡渝理應承嫡況乃操刀使割能則無傷執射從畋貫乃斯獲仕進所取孝第歸先苟以讓而入官能濟人而輔國以之立長可不謂賢隣告失宜竊以為得

同前　康方俊

封襲大典存乎嫡嗣公侯榮冑貽厥後昆陳乙以代先崇班天賜重爵嗣業相繼家聲遠傳不好榮身克遵於謙讓欲求封弟乃致於徉徃祖業斯廣友于多稱法雖有乖恒典事則不爽人情昔玄成見承非妨入仕今陳甲爲襲難可寘刑

嗣足不良判

景食一縣嗣子足不良請立其弟禮司不許云古有其道

對

大夫稱家榮高食菜家子當室業茂本枝盈大足徵期克昌於魏國六三能履或取笑於齊堂弱足者居奉身而退遵康叔之命以崇次及察韓黶之裹雅符高讓則先茅舊

土令也載傳孤竹遺風此焉無替法聽棄疾禮貴象賢立弟捨兄理復何惑

同前　張洌

藉慶食邑象賢繼踵承家之道將不媿於前脩疇嗣之宜廢遂符於古義眷言長嫡疾乃天然旣類郤克之刑一作形將同孟縶之廢且仲子立衍循魯禮而知歸苗家封成鏡班書而有序瞻惟乙請未爽通規在律雖違行權則可請停司禁無拒乙辭

同前　席預

錫爵啓土將以疇庸開國承家寄于令嗣乙受封一邑忝榮五等高門不昌厥子嬰疾昔郤克爲使取笑齊人孟縶不侯稱於魯史况主喪祭之禮如有朝覲之儀繼代非輕擇賢而立有符故事無爽通途

子姪承襲判

武功中將軍沛公王伯宜身死無子孫其妻陳氏遂養伯宜再從姪承襲事

對

辨方經野天子之疇庸開國承家諸侯之立社盟河誓嶽藩屏之任攸歸鏤鼎銘鍾公侯之業爲大門驅駟馬路擁旛一作幡旗謀孫寄於衆疑作象賢嗣子希於必復伯宜太微忝代登上將之榮階黃上白茅踐通侯之貴族千二百石與群后而俱朝二十八星共功臣而並列當陽侯之文武

空勤高碑孟嘗君之池臺終同下泆數奇興歎殊李廣之無封天道何言傷鄧攸之不嗣陳氏驚傷主鏡鶴怨瑤徽分劍匣之沉浮異椅梧之生死崩城一慟非無杞婦之哀染竹千行自有湘妃之泣對霜閨而憫然徒念平生撫猶子而傷心深思繼絶立嫡違法自有全科無後國除宜從甲令

當襲僞瘖判

甲從軍戰亡嗣子當襲僞瘖讓人告許病

對　楊一作湯伯曦一作總

天子建國酌疇庸之典諸侯立家重延賞之業甲位居戎旅道在干城觀三邊之羽書獻七縱之奇計閫外之事旣

受命於瓜時軍中之法幾甲號於葱嶺雖王師有征而胡兵尚寇甲第之歡未展庚日之悲已及逝者何追空怨盧龍之塞嗣子克荷爰受白茅之封眷彼鴈行同夫鳥喙啚贊之子固是齊芳劉憲之兄宜其等列棣華有訓桃李無言不慭孤竹之風願守延陵之節前史嘉其德讓今人胡乃告論即議霜科寧符日用

用父蔭判

得乙請用父蔭所司以贈官降正官蔭一等乙云父死王事合與正官同

對　白居易

官分正贈蔭列品階既（集作如）酬死繼之勳則厚賞延之寵

令追思乙父勵乃臣節捐軀致命尚克底（一作立）定爾功繼代勸能豈忘勤恤我後椒聊既稱有實桃李未可無陰忠且忘身優宜及嗣如或病捐館舍贈官當合降階今則死衛國家敘蔭所宜同正庚旌義烈用叶條章

請封爵贖罪判

得丁氏有邑號犯罪當贖請同封爵之例所司不許辭云邑號不因夫子而致

對　前人

邑號旌賢國章議貴如或不能自庇則將焉用其封丁氏恩降閨門罪罹邦憲寵匪他致既因表以勳賢咎雖自貽亦可免於刑戮若不從其寬典則何貴於虛封漢恤緹縈猶聞贖父齊分石窌豈不庇身宜聽輯矢之辭難奪贖兮之請

孝感門

澤中得堇判

王祖母饑病立冬劉公孫因澤中取土得堇栗遺之後有火過於西隣隣告云妖有司科之使司奏請旌異

對　馮待微

至誠感神天道應善雖欲蔽德其如予何王祖母病既日臻其脆蓋闕劉公孫孝惟天性孳孳多勤坐北堂而搖（一作招）魂仰南陔而結思是賴天靈其鑒地輸其琮綠堇欺霜而杏榮紅栗無稼而呈粒此一奇也又何如（一作賀）焉况丹

谿飛空以災糜竺之室玄應必感不昧劉殷之家隣者奚患以厚誣而害物有司何酷載重詰而傷仁明哉使乎清識遠矣舉直錯枉揚于王庭蒙雖不才請從斯矣

同前

玄象燬邈群品必具流潛昭著衆感無隱懿哉公孫躬履節養悼彼祖母欻纏饑疾心乎謂何天亦明視驗栗有秼於籬下泣堇終同乎澤中可謂嗣德劉殷追縱李密激芳塵於西蜀藹嘉聲於東晉霜竹擢笋自可包羞冰魚振鱗頗亦慭德弟如蔡順伏柩劉昆叩頭驚風由其蓄緒洪焱爲之卷餘精誠所致緗素備列嗟乎至孝孤其善隣所司科妖將涉厚誣之酷明使旌異深符清德之美

夢得籬粟判

索和誠（一作成下同）家貧至孝夢西籬下有粟握得十五鍾鄉人以告非營求所得請納官

對　員峴

穹壤之福允及君子純嘏之徵良歸盛德索和誠孝摠心極義切天經其行則晉代荀何其道則孔門曾閔獲西籬之粟遂（一作便）貽俗士之譏採南陔之蘭應招獄官之訟愚謂不可（一作如此）况夫賢哉

同前　楊守納

索和至孝居家貧窶因心則烏鳥翔翱斆服則懸鶉碎羽立錐無地門挂陳平之席至誠動天庭列孟宗之笋五芝繁茂氣雜仙靈四壁森羅隙流穎日遂得玄穹降祉紅粟呈祥不資南畝之勤自有西籬之錫諒貞符所降非純孝之精欲以表斯孰能若此鄉人庸謬妄相詆訐不遠劉殷之德須遵呂侯之典

同前

索和中和產德純孝爲人親之所安類曾參之至性生無所養同子路之嗟貧定省切南陔之心殷憂有北門之典精誠所至動於鬼神吉夢有徵啓茲靈貺遂使鍾盈積粟自能貯於西籬更得如坻無假事於南畝動天地而降福集人靈之休慶美劉殷之孝行再覩於茲伊索氏之鄉（一作化）人一何狂簡天之所賜不合納官告者誕（一作游）詞固宜

反坐

赤烏巢門判

乙喪親之後家有赤烏巢門白兎遊墓人告不報官司

對

仁者曾輿孝哉閔子感彼天道通乎神明乙以顏色爲難溫凊是切顧罔極而何報當末錫以攸居致愛敬之歡盡哀戚之性宣父爲政足可連芳顏叔稱純行堪施及志義冲絜精神洞昭故得赤烏巢門白兎遊墓霞明丹翼艷日彩以揚光霜映素毛皓月華而皎質匪徒衒美寧用報官人也無良訐之非直乙兮推孝善則可嘉宜表陳遺之感用旌吳順之行

投殘獲弟判

河內縣荀君林乘冰省舅冰陷而逝兄倫求屍不獲遂作殘與河伯經宿冰開獲君林執殘出鄉人告稱妖惑

對

覃懷舊壤野王遺跡元凱造冊於後忿生食邑於前自晉啓山陽鄭錫河沃精靈有作人物代興相彼君林實爲茂族感如存之念恭自出之心憑河履冰自貽陷溺終墜而死當奈若何類無忌之末休比元陽之相負况鴒原稱詠本在急難凡今之人莫如兄弟嫂溺禮通於援手季没義切於投殘孝悌之心聰明正直靈鑒在斯信宿之間克備喪禮誠有應於今日事無隔於古人告以爲妖未符通識

誣人之罪法有恒規請據愆尤以定刑典

同前

風化所行德義爲本煥彼經籍形諸典謨君林行著循良道存甥舅比韓君之不別若劉生之酷似秦渭之際寧止康公贈瓊晉河之陰非無子犯投璧故使薄冰必履徽軀不怯乘遊水而長往詠龍君而父辭兄倫志切鴒原情敦鴈序散彼棣花一作蕚恨盈東注之流川一作投于戕牒泣下西門之恨疑惟德降美至誠感神芳聲列於緗帙雅譽標於今古執戕而出自可矜於至仁鄉人告妖恐或乖於常典

嫂疾得藥判

顏甲鰥寡嫂疾求藥無出有童子授之化鳥而去隣告妖異甲不伏

對

天鑒昭著神心正直苟精誠而聿敷何貺施而靡應顏甲族承先哲行不遠仁寧見倨於下機每防嫌於逼問榮擢棣蕚痛遺愛於仁兄諷起伯梁遂虔心於寡嫂衣冠肅敬方禮國而躬勤衾枕嬰纏忽孀閨而寢疾四時有厲始見攻裏五藥無資爰將瞑眩至誠攸感異兆旋臻豈童子之何知有神人之叶契香囊遽委俄瞻見於靈虵歛袵方廻宛遷形於羲鳥聯翩彩翮疑徵入夢之祥块圠玄功即降痊疴之慶勿藥有喜道則雖殊無言不酬一作讎義終可尚

鄉黨稱孝固足當仁隣伍生誣何誠蔽善

文苑英華卷第五百二十七

文苑英華卷第五百三十八　　判三十六

孝感門下十七道

墳樹有芔露判四道　　紫芝白兔判一道

紫芝白兔由刺史善政判二道

男取江水溺死判四道　　孝子抱父屍出判一道

賣宅奉葬判一道　　士用大夫禮葬父判一道

不除姊喪判一道　　居喪年老判一道

不用父言殉葬判一道

墳樹有芔露判

楚州申殷贇喪親負土成墳芔露降樹芝草生廬青鸞鎮集白鶴一作鸖通用翱翔縣令張德以爲孝感刺史欲旌表鄉

人梁靜告國家祥瑞

對

殷贇所親云喪罔極纏哀集荒蓼以崩心攀寒松而泣血既流悲而遶墓遽結欸以成墳所以白鶴青鸞靈芝芔露翔集墳塋之際降生廬樹之間善應類彰禎符洊至所感雖因孝致論孝亦感皇風旌以門閭實將無媿告以祥瑞良亦有疑

對

楚州淮海北距江水南濱挹桐栢之遙源酌紫桑之遠泒人沐無爲之化家覃孝理之風殷贇志切茹荼誠深負土故得靈芝三秀如馬如龍芔露載垂爲珠爲玉鳴琴邑宰先以檢尋集竹州司欲加旌表但喰和飲德日用猶迷舞鶴翔鸞天心有屬瑞允彰於周德孝因感於殷贇梁靜雖陳還宜準此

同前

殷贇名編澤國業預封人荷聖皇東户之期感孝子南陔之詠仰攀風樹俯蹈寒泉同王裒之手藝松栢比平原之躬脩墳墓哀哀之性切切逾悲孝徹幽明祥聞動息故得春芝列秀曉露凝芔青鸞迴入鏡之容素鶴舉聞琴之翼縣宰檢尋非謬州端勘亦不虛靜是鄉人親來投告以爲盛瑞咸屬國家但以子輿之冠前詢烏集休徵之屋一作室後見魚游則殊貺之來誠關於至化而楚州申狀亦符於

孝感事緣楚勸理合申明眷彼門閭固須旌表

同前　　劉憲

殷贇名編荆楚行達神明寔稟先賢之風遍聞至孝之感芔露降其樹還同淚栢之林芝草生其廬即在寢苫之室雖禎祥驟委諒神理無欺而謗議是興爲鄉人所惡且求諸故事抑有前聞率土莫非王臣含靈皆用天道通論則歸於有國析理則存乎其人以匹夫之感皆爲王者之瑞則皇天所相何彰孝德之深梁靜湏正刑書刺史不煩疑惑

紫芝白兔判

懷州申衛士楊建德被差鎮勑到之後母亡遂廬墓側哀

毀乃有紫芝生白兎來馴州司請加旌表薦察以爲避鎮科罪

對

橫戈出塞雖五校之嚴規主奠臨喪亦十倫之重制建德身叅戎旅名列材官負羽署鞬將馳邊戍枯魚銜索旋迫私庭瞻大樹於轅門痛風枝之不靜聽嘶驂於戎幕感隙駟之難留燕雀之心已纏於罔極熊羆之效未遑於載馳詳甲乙之科無虧典禁推忠孝之道何爽公私既而匍匐墳埏充窮隴隧霜露之思義貫天經精感之徵遂彰靈應白兎呈貺背三窟而來馴紫芝符祥對九莖而擢秀州司請加褒異錫類之儀載光使局作此科繩昧禮之情何甚

聖朝孝理史官自合發揮揚建至誠門閭固宜旌表

芝草白兎由刺史善政判

岳州人王懷俊幼喪二親廬于墓側負土成墳至孝潛通屢呈祥瑞其地內生芝草兼白兎刺史元利濟仁明訓俗善績著聞廉使以爲由刺史錄奏懷俊不伏

對　高思元

天經地義聖人不加通幽洞冥神心必應懷俊幼傾怙恃早標孝德無窮之思已結於檻書孺子之感更纏於匣扇既而日月有時窆從筮宅墳塋是託俄見葺廬馬鬣新封牛岡載闢有同文讀栢逕栖烏還類許孜蒿埏集鴈故得皎皎仙兎孕質而呈祥藹藹靈芝抽莖而表瑞豈以劉家之華唯出於生前王氏之魚不彰於死後此由聖皇御寓恩覃錫類神靈滋液品物昭蘇純仁蹈於二儀禎符效於萬象假使六條闡化千里宣風侔郭賀之深仁媲劉寬之善績何禎祥之所及豈徵應之所臻薦察推功妄塵旒扆懷俊不伏徒勞漫訟莫大之孝何以自安

同前

孝通神明誠感天地烏馴兎擾聲高曩傳芝秀莖榮事藹前史嘗聞其語豈獨古人王懷俊性實由衷行非外獎風樹不靜遽軫攀栢之哀陟屺無望終纏負土之感豈惟坐皇驚鶴故已祥霄集鴈遂使金英孕彩奪神葉於芝田玉毳含暉接仙毫於麗魄斯固仁聖有道至德潛通兆庶沐

化以自效動植乘休而相感非借瑞於閭里不乞靈於郡縣而利濟仁明不問喬卿之德察一作判使風績未見王褒之頌掠美竊譽在濟雖是有心假應移禎於使無宜妄察昔聞讓善今見爭功貪天之誠頗同於徃責無伐之願亦際於前事但論孝則義歸光國於師則不許讓仁與其抑俊而揚濟未若捨貴而褒下任雖通廣孝實因心許與一介之人豈累六條之政既繼錄奏須更申聞勸獎之規宜將合序

男取江水溺死判

顧乙從母所好令男十五里取江水溺死不爲之服

對

孝乃因心禮從適變惟彼顴乙德合天地卋旨必在於無違承顔克遵於不匱瞻言愛子取汲長江庾南陔之不虧豈東流而未逝掌玉兹碎庭蘭坐歎顴斯惟疾之憂恐阻長趍之樂既不彰於枭服誠有切於班衣雖失禮入刑合寘蓺典而割情循養庻可權宜既竭姜詩之孝無寘蕭何之律

同前

顴乙行繼人志譽美天經嘗申不匱之誠每竭服勤之養毋以不卋井汲好味江流爰將植杖之男當其抱甕之役異曹娥之父無復還屍均孤原之妻空餘徃恨緬瞻前誥既有同於姜詩詳彼舊章亦何殊於庾季雖云不服欲寘

何辜

同前

立身之道忠孝爲先訓俗之規喪紀攸重所以王祥王覽曾閔曾參曉於九族傳諸萬古顴乙芳撥美箭業嗣良弓挹至孝之清猷得隨時之大義毋之所好志必無違茹旨精誠乃臻異物長江汎濫取汲何功孝情至切於求魚喪制奚遵於舐犢欲遵寧慼恐阻承顔所以俛俛于懷幽哀容念懔將鷄之曲不忍聽琴對驅蚊之宵更勤扇枕眷彼純至足以揚名逝者如斯男何不吊三殤之服誠合切於哀情五禮之文貴取順於顔色既循姜詩之孝難科漢尉之刑

同前

顴乙依仁植性履孝因心生我之義方深倚廬之思何極（一作切）扇枕温席造次無違候旨承顔欽從所好屠維留勝不爲執友之贊求鯉探泉無入隣家之饌順慈親之旨忘愛子之勞屬以廻浦生風長江起浪因兹汲引遂見沉淪乙類姜詩無復弄璋之念男同精衛空捉（一作存）銜石之悲不服以殤初疑越禮苟全於孝取叶隨時既有符於古風恐難寘於令典

孝女抱文屍出判

錢塘人孫戳少以迎濤爲事因八月迎濤（一作潮）乘船衝濤船覆至死戳女媚容泝江哭以瓜設祭因而自投江水抱

父屍出縣司以爲純孝欲立碑州司不許乃禁媚容數日（一作月）

對

海水有期三秋必壯江濤可望八月湏迎孫戳既曰篙工是稱舟子自言習水不虞驚風豈知白馬俄奔空邀五相青鳧坐覆忽識馮夷應同罔象之神頗異呂梁之子媚容悲纏枕草志切投骸忽以祠瓜何殊薦艾（疑作芰）銜心似石寧怕海童泣淚如珠即追泉客初均洛媛持弱態以陵波竟學曹娥抱沉骸而出浪論情足爲純孝撫事不媿褒揚未題黄絹之詞先寘玄縲之罪州司滯獄法恐不然縣請立碑理應爲當

不除姊喪判

得景有姊之喪合除而不除或非之稱吾寡兄弟不忍除也

對

喪雖寧戚禮且節哀俾不足與有餘必跂及而俯就景愛深血屬禮過時制興鮮兄之嘆情既鍾於孔懷及居姊之喪服將除而不忍雖志崇敦睦而事越典彝況儀貴適中哀不在外宜抑情而順變多奚以爲苟在禮而或踰過猶不及請遵仲尼之訓無執季路之辭

居喪年老判

得景居喪年老毀瘠或非其過禮景云哀情所鍾

對

孝乃行先則當銜恤子爲親後安可危身景喪則未終老其將至懷荼蓼之慕誠合盡哀迫桑榆之光豈宜致毀所以爰從肉食唯服麻縗況血氣之既衰老夫耄矣縱哀情之罔極君子忍之苟滅性而不勝則傷生而非孝因親立節庶畢三年之喪順變從宜無及一朝之患既虧念始當愧或非

賣宅奉葬判

得丁喪親賣宅以奉葬或責其無廟云貧無以爲禮

對　前人

慎終之道必信必誠死葬之儀有豊有殺諒欲厚於卜宅亦難輕於廬居丁昊天降凶遠日叶吉思葬具之豊備欲附九泉頓家庭之屢空將鬻三畝愛雖深於喪死義且涉於傷生念顏氏之貧豈宜厚葬覽子游之問因合稱家禮所貴於從宜孝不在乎益侈合伸破産之禁以避無廟之嫌

士用大夫禮葬父判

得丁爲士葬其父用大夫或責其僭辭云從死者

對　前人

禮惟辨貴孝不貶親是謂奉先孰云僭上丁慶加一命憂及三年凶降昊天且結茹荼之痛吉從遠日方追食菜之榮既貴賤之殊宜亦父子之異道同曾元易簀正位於大夫殊晏嬰遣車見非於君子未爽慎終之義允符從死之文辭則有徵責之非當

不用父言殉葬判（一作嬖妾爲殉判）

得甲將死命其子以嬖妾爲殉其子嫁之或非其違父之命子云不敢陷父於惡

對

觀行慰心則稟父命辨惑執禮宜全子道甲立身失正沒齒歸亂命子以邪生不戒之在色愛妾爲殉死而有害於人違則棄言順爲陷惡三年之道雖奉先而無改一言以失難致親於不義誠宜嫁是豈可順非況孝在慎終有同魏顆理命事殊改正未傷莊子難能宜志在耳之言庶見

因心之孝

文苑英華卷第五百三十八

文苑英華卷第五百三十九　判三十七

畋獵門十七道

畋獵三品判

景畋獵三品自稱有功所統斷爲強暴天物且違時禁景詣三司訴持法不中

對

大易立象以畋以漁明君順人有典有則用能遵彼蒐狩奉于蒸嘗景何人斯祗若王命弧矢之利未聞貫於兩會邁豆之宜遽見論於三品斷暴天物幾於深文張皇巳功何逭自汰且因貳而濟刑可小懲欲一以窮禮（一作傳）云奚獲徒爲薄訴豈不多慙

覆車罝罘判

京兆申鄠社間有覆車罝罘縣悉禁之百姓訴財失業府

責縣以貧人獘政縣訴云此並犯禁之具若不毀除是誘人於陷阱也

對

惟聖開物以仁興化無麛無夘單率土而知方以畋以漁在王畿而愈（一作逾）禁所以中綸式降野揭恒書雖鷹準之已飛猶罻羅之不入（一作入澤）且政惟通變豈傷財以害人作爲網罟蓋備物而致用況今庶類蕃殖蒐田有時祝遵殷后之辭俗卜文王之囿必也專司牝牡晉臣有誡於虞箴如或不施林逵蜀土何妨於醼具俱焚見及罝罘若在於崑岡弊政攸加縣法誠傷於鄭社伊府之責允得其中

金吾不辨夜判

金吾不辨夜草止者不慎左巡使舉劾訴云五月教茇舍自有所由不伏

對

國有振旅畋且順時将利武人之貞是明司馬之法惟彼茇舍掌夜於軍器械儼陳防困獸於奔北名號明立與衆人爲司南指事旣取於隨時應命亦同於影響金吾不辨舉劾謂何自爲警夜之司寧分驅獸之命周亜夫營細栁制敵宜遵李將軍過覇亭宵行何禁左巡使糾非其罪黹以抵尤草止者職司無他孰爲不慎請從夏卿之教無舉秋官之典

不鎰獸於郊判

得大畋所司不鎰獸於郊御史詰之甲云將頒禽也

對

設彼大畋陳其盛禮車徒畢備鐃鼓皆作三發三刺無差於進退大獸小獸爰及於公私旣而獲耳之校未施驅逆之儀方罷所司莅職舊典攸著何鎰獸之云廢乃頒禽而是先宗伯守官實虧於古制主吏問罪雅符於通職以玆見詰理合無辭

澤虞傷田苗判

乙爲虞所司夏苗乙萊田表地或告有闕訴稱恐傷夏苗仰正斷

對

乙爲澤虞掌於原獸司其牝牡職在畋漁逢有司之夏苗而循秉於周禮至於萊田表地事屬農休驅豕迎貓恐爲稼害何得迷夏令之事行冬狩之儀翻罪守官之人奚勸在公之吏或者有告訟則未孚虞人所陳辭皆可據請從審允寧使厚誣

招虞人以弓不進判

甲畋于郊招虞人以弓不進法司劾辭以守官

對

林麓藪澤以畋以漁農牧衡虞是糺是禁禮無變俗政在守官甲獨于何不臧厥訓雖弦弧式或進足以表微而皮冠不懸無聞受爰（一作）令法司順諛成德舉以爲非君子正直

於人趧之無怒可否之理居然易知
中郎率家僮出畋判
中郎高牟率家僮出畋晚歸滋水亭長因醉使酒呵止云違
勑出畋牟云令既斷酒豈宜帶酒忿競詣金吾
對
高牟早承亭育夙效欵誠背牛加之絕壤奉鷹揚之峻秩
屬以葉下黃山草排冊浦歷非熊之舊徑徇逐兔之荒遊
既而獲已多乎言指霸陵之路日云暮矣果逢廷（一作醉）尉
之呵類寬饒之發狂焉知去就同季布之飲酒豈辨尊卑
既蚌鷸而相持乃齊楚之俱失則徽雖有禁文不繫於蕃
官酒乃停沽限未拘於自飲若其因酒入罪豈非釀具招

刑以徽為違則是移轅獲戾彼此俱無本罪論告皆失正
途既詣金吾之司須寘正條之典但告雖不當狀匪搆虛
不可從勑反科宜以不應寘罪待知官蔭方定刑名
仲夏百姓弋獵判
得鄭州刺史龐範以仲夏月令百姓弋獵觀察使糾其違
令云為苗除害
對
網罟之設有自來矣掎角之用其可廢乎苟利人阜俗亦
違令何咎龐範榮忝建隼職列褰帷將布政以頒條故違
經而合道當仲夏之月畋以為苗居專城之尊德惟除害
不麛不卵合取則於禮經以畋以漁蓋規承於易象且獸

之暴物人何以堪俾肅肅兔罝不忘於詩義芒芒禹跡克
疆我甫田雖黎庶勞四體之勤而畝畝取十千之歲則原
田膴膴不逢走險之遊稼穡芃芃豈雜食華之地刺史為
政諒在隨時觀察所繩奚將勸善寘之于理恐未通途
出畋毀耕者之瓶判
丁畋于渭表毀耕者之瓶訴丁及父為厲（一作詈非）事
對
眷彼徽徒情多禽獸之獲語茲農者心惟稼穡之勤鳴鏑
彎弧適騁麗龜之妙晨耕夕耒殊異非熊之師坐毀重丘
之瓶行取開門之誚苟敗其器宜徵陪償之資言詈彼尊
有虧耆耋之敬野人不敏於義何誅

用毒矢而射判
乙用毒矢而射迹人禁之云貴其必獲
對
大獸小獸各有攸處彀弓絜矢隨利而行爰俾迹人職斯
屬禁用捨必由其令左右無乃失宜苟封毒而重傷雖省
括而何狩況今物遂蕃茂政和鍾律四靈雜襲百瑞同休
彼何人斯虧我王化禁之可也多訴奚為
金吾不供畋矢判
金吾申不供畋矢冬狩有闕
對
制國之用（一作儀）必歲之秋量大小而用地審豐耗以視年

鳩化爲鷹見草木之搖落豺既祭獸設罻羅而以漁然後順時出遊因隙校獵俾虞人以入澤閱車徒而展事昆蟲未蟄無以火田麛夘不傷動必討叛金吾申上田矢不供職司其憂冬狩慮闕然寛則得衆敏則有功合供雖則不供恐闕固應未闕若官曹立限送者遠程於理難容請從嚴斷

搏獸判

山有徒搏殺獸者請賞州之所不與使科州違式不伏

對

賦受不同勇怯殊迹瞻彼徒搏罕能爲之眷乎傷（一作攝）生吾所不與何者啓足貽訓嘗不愛於遺軀履尾有言翻見

矜於扼猛撫事雖殊愛已除橫誠則利人州司執文切同膠柱使科違式所謂合宜

捕獸判

設穽獲取獸而誤陷人按罪不伏

對

山有猛獸林木不伐擇肉而食已假喻於秦君在物爲患實有同於周處所以冥氏張弧設其穽獲冀（疑）蹊在足李陵無憂於垂餌檻穽搖尾張衡絶言於搏翼人之誤陷罪亦何加且啓塞從時古今明準若鷹隼未擊設者誠則匪爰如鴻鴈已飛陷人豈可有訟兩端斯按一言可蔽

捕鳥鼠獲豹判

甲捕鳥鼠獲豹以爲有異送官求賞所由科罪

對

網罟結繩見彼取禽之道雄雌共穴聞於導渭之山甲雅志平生盤於是習利有攸往每懷馳騁之娛適我願兮仍持採捕之術既尋巒而討谷遂乘幽而歷險罻羅未亘傍掩西嶺之巖霧雨潛栖并獲南山之獸然體君子之變雖符豕象入虞人之羈蓋無奇異瞻言賞典或恐難從乃眷刑科寧宜濫罰

採捕判

甲採捕爲業斷溪路之木不殊夜行者過乃推蹶科故爲罪訴云暗中不審

對

爲利殊途生人各業或豺已祭獸罻羅方設或獺未祭魚津梁仍禁惟甲情閑採捕志樂畋遊即鹿于林涉崎嶇之險道將禽伐木橫結屈之荒途所以盡巢穴之羽毛窮棲宿之飛走竟歲趨末彌年棄本相彼夜行不遑宵處河傾左界捫暗樹以求溪月映前峯度幽溪而失路倚行招譴推蹶貽災斷之者雖則不殊觸之者有同非意不利攸往是妨行邁欲罪故爲良難與奪覽薄言之訴援（一作採）不審之詞法貴在寛庶從非濫

觀魚判

同州刺史矢漁而觀之御史糾彈辭曰農隙以講事仰處

分

對

爰整車徒用陳蒐狩辨其貴賤習以威儀將七德而聿脩在三時而無害眷言刺史殊昧禮經在施政以庇人無聞去獸苟徇情而畧地空見觀漁且魯隱如棠僖伯稱諫有窮遊洛虞人獻箴從皁隸之賤司誡當失位輕公候之重任實曰曠官理合緘言豈宜文過請從繡衣之糾勿聽彤襜之辭

取魚判

有人取漁輕車重馬或告非法訴有古義

對

彼何人斯漁以爲事結廬逃境吟澤畔之風煙垂竿振緡盡河邊之歲月坐嚴陵之磯石芳餌長懸入尚父之盤溪游鱗或躍始虛徐以在藻亦沉浮以遶蓮臨川之羡不忘入肆之求何遠殊野客之來歡匪曰猶賢類詩人之遊梁方聞起訟或告非法未見其宜採川徒山實庶人之攸利輕車重馬合古義其何傷

文苑英華卷第五百三十九

文苑英華卷第五百四十　判三十八

鹵簿刻漏印鑑梳鉤門十三道

差羊車判

丁被差羊車小吏辭曰籍小年高

對

國章攸著人命是懸莫匪黎甿咸悉版籍設令齒貌則長其如名數不踰二十朝之大夫既不登於鴈行十五府之小吏亦何取於羊車徒有訴於高年終無補於玆日理宜小冠趨事短服駿奔陪晋后之行宮爰紆御女從衛君之過市長觀工人語事不闕於奉公論職豈卑於陳力過爲辭費殊謂不然

好長鳴判

子弟好長鳴隣告是過聲

對

文物有章威儀以等式昭邦典將糾禮容鼙鼓戒宵發五

通於神警金鉦節旅齊七步於軍氣由是吹蠡擊土載享原田奏角鳴鼙爰感（疑）卤簫盖偏伍之為用誠子弟之能學籥章且誦古典猶施於樂言長鳴好為今日繇抵於隣告過孽本防於建國吹節何傷於習常肇此刑書終貽㵎趾能拾功録過無或噬膚金矢尚艱鍰罰奚詰

引漏水判

得甲引漏水於衢渠之下乙告違法甲云是金龍口吐轉注入渠法司以為虛妄科不應為不伏

對

七曜成文二儀不測聖人造理璿衡有用為魯侯之金鐍胳合鬼神窺漢史之銅渾有探造化圭撮不謬玉節斯調

晝夜必盡其規天地莫逃其筭登臺視朔覩雲物之必書拂琯移灰識權衡之有度惟甲名當典刻職在挈壺望朱鳥之在時見金龍之吐水雨霧時降波結霜盤之中晷刻相仍流泄衢渠之下在金徒之昧職徵玉典而可刑不應為而匪為甲無過也不應告而輙告乙有罪焉請從罰杖之科以明抱箭之士

得亡印判

丙拾得亡印而用科罪不伏

對

車書混同聖德汪濊朝無刻印路不拾遺謫夫主司遂敢亡失靈龜迴顧疑曳尾於途中神散無依遽韜形於私室景也行用實謂亂常湏寘霜科以懲日拙

獲古鏡判

甲遊嵩山獲古鏡文彩極異陳於縣縣宰因窺弩忽破甲訴闕進令科誣罔

對

君子効官豈輕舉措下民編户湏任指揮甲於維嵩得之古鏡宛轉盤龍自多狩彩翩翻鳷鵲是懷納用先皇銅印宜照舞鸞旋臨玉掌坐如半月昔年挂竹應罷全形今日繇蓑唯看碎影裂非因墜是則難誣破不原擊欲尤誰過（一作尤誰過惡）但空桑之理尚且移人歷陽之都猶聞化鼈况時經歷代固不可量物罕保常能無自損難為照膽理可緘

心仍敢浮詞尚論闕進事同懃豕累匪厚顏何得牽迷公為嫁禍令科其妄終非慎罰

斫街樹癭造梳判

人有告木奇斫街樹癭云擬將造梳進金吾劾之

對

通衢四會奇樹衆欝布夏葉以成帷聳雲柯而似盖日來月往鳥剥蟲穿或擁腫而不材未施功於匠石或輪囷而載癭疑見題於杜預相彼木奇心規草竊揮雪鋒而斯就抵霜簡而何逃事有可通情或宜恕按以刑典恐多遠於獻芹原其情志夫何妨於進梳梳雖未造誠即可嘉伊此木奇造進生於意表欲申芻議賞罰惛於愚衷請更斫根

廐寬抑曲

造削判

丙居魯造削遷鄭而不良所由科罪訴云非地氣

對

聖人豈功明著能事作程無資於苦窳爲度必禁於回邪俾夫越鑄燕函人能爲也宋斤魯削氣得良焉丙隷工人居肆事業鑪開夜火已流朱雀之輝竈發晨煙將視赤龍之術所以洗削之妙精奇於土風遷徙之殊理睽於分理鄭刀豈同於魯削難以厚誣周令將入於漢刑實乖中典觀乎獨斷未息群疑請覓書牘之辭謂審懸衡之要

削金判

甲爲削金居其二或糾之曰欲新而無窮也不伏斷罪

對

精鋼既鍊器用爰備或賦斯一鼓或徵乎九金俾人與行其利則博瞻彼甲也居無異聞四人各業夙承於良冶百工居事史列於周官而運思無窮成能有則光如濯雪豈徒賜劍之奇思逸言泉遂入青編之用雖用之日久若新發於硎妙符鉛錫之宜不假磨礱之助或人相糾深謂無稽而我有辭當從不濫

好鉤判

睦州刺史齊顗好鉤廣召巧工有能爲鉤者賈金五鎰新安縣主簿錢本造鉤殺其二子釁之以致於顗從顗索賞顗不與云蓋是常鉤憑何索賞本乃抱鉤泣呼其子名鉤遂飛著父背刺史科妖妄罪不伏云有節疑作前聞

對

齊顗承榮梓關作鎮桐廬化洽循良行聞棄戟情惟奇古方欲好鉤未宣邵伯之風且傚吳王之躅錢本雕鐫擅美冶鑄標能盡思倖於宋弓窮神等於越劍纖形孕玉疑懸秦女之樓曲影分鉤不若任公之釣於斯殺子何謝燔妻既極巧工言邀重賞彼則識非辨物怪遼豕之從來此乃道涉幽通惜吳鴻之枉逝鍾心之痛繞結著背之應斯彰雖頻會於前聞終取驚於即事刺史學殊該博情懼妖訛莫酬呂相之金先寡疑陶公之璧初聞或疑孟浪當察理

合推繩何者舐犢恩深將雛調切自可慕茲携劍聊追五月之歡豈得同彼釁鉤遽夭百年之命既虧天性須寘霜科請歸叢棘之曹速按鞭桐之罪

皮判

鮑人恃財信之而杜一方急有司繩其不任人云舉直錯諸枉者平急者正何患乎不任

對

周禮是視鮑人爲帬樹之列司成乎致用劒華則武豹斯別爲鞹乃犬羊不分眷也云時載理其職將以察其所以觀其所由引之而伸厚薄斯在信之而枉緩急自明或令雀弁之儀其服奚設鳥澗之政取佩寧堪非爲合度之資

招其不任之責將議其失猶或有辭稱使枉者能平當亦化惡為善更請閱實然定攸宜

戒豐判

施道安有誠豐人給之是不祥物遂命棄之因取以告縣

對

惡盈好謙天人同道備物致用器象攸明作必有孚服以為度有而不珍越人何臧於章甫貴而見薄楚國誰信於方暉人之無良巧言斯搆殊魏瓠之奇質何生濩落之嫌異班扇之恩情徒假棄捐之阻且言行之表信德之符或人給之行可知矣竊物為譽信其謂何愚以見疑施氏有請於滕瞽取為己有告人當坐於詐欺雖謂可珍得而送縣賞則及爾（一作宜及）刑其捨諸廢賞則無勸將來置刑則有懲同惡名器不假斯之謂與

私制九章判

乙私制九章重等

對

車服以庸衣裳在笥豈宜鷸冠好聚不可繁纓以朝司服為官制章程而有數司儀辨等顧禮命而無違陳之公朝則斯皇可賦作之私室將有害而家既越人常且非君命妄從重等敢此輕然工歌遄死之詩士寘不應之罰合於至當誰曰不宜

衣貍制判

或人衣貍製有司糾云不稱其服

對

車服以庸威儀有節各得其所無相奪倫戰者先登昔嘗聞於貍製或人匪服今頗同於鷸冠苟慢經以背常固速尤以貽咎身之災也妖實人興刑其恤哉理在無捨

文苑英華卷第五百四十

文苑英華卷第五百四十一　判三十九

軍令門上十九道

執鐃失位次判一道　挈壺挈轡不供判一道
載稻判一道　誓戒判一道
請侯降者判一道　不受敵判一道
先登判一道　斬將後殿判一道
戰勝作爇器判一道　克狄挐來判一道
獲五甲首判一道　爲將失禮判一道
旋凱獻俘判一道　獻捷稱其伐判一道
還生口判一道　獲俘衣之判一道
單醪投河判一道　受敵人藥判一道

將不迎制書判一道

執鐃失位次判

公司馬執鐃或告失位訴云不爽疾徐之節也

對

分命庶官各供所職有廠居守無相奪倫師貞丈人或雖威而振旅政成司馬將作氣而利用則擊鼓其鏜執鐃以節苟遠（疑作表）盈竭無乖疾徐類援抱而可嘉何動擔而能擬或其失位訟匪有孚我則辯明訴乃無咎

挈壺挈轡不供判

律挈壺氏合挈轡以令之云官有守不供其事

對

甲兵用嚴班位在守慘不畏法是瘝乃官挈轡挈壺陳力同道軍井軍舍從事殊觀匪恪居於戎律遽儆擾於侯度使介胄之夫云思拜井熊羆之將方觧佩刀緊所掌而有失故流毒之夫衆出晉侯於淖大夫且謂侵官加韓昭以衣典冠乃爲越事爾不還忌咎從自及

載稻（一作養士）判

甲爲侯邑隣于虜每載稻與脂於車行孺子之遊者無不餔也無不歠也必問其名居廉使奏飾訴邀譽訴云候其壯以威虜

對

介狄荐居緣邊鎮國有備無患則爲邦之大同使勇知方

乃訓人之善者惟彼甲也膺茲利建食兼縣邑位列通侯密邇冠讐每惕不虞之至不（一作無）忘戒懼空思誘掖之仁載稻與脂惠雖存於孺子式餔且歠吾淺爲之丈夫何則政貴有恒弗惟好異仁稱兼愛無獨孩提徒必問其名居亦奚俟於丁壯絶井分苦事雖均於越王小信未孚曾不酌於曹劌廉其邀譽法則傷深方乎訴善理難寘罰

誓戒判

甲掌誓戒鋪敎大防人告其給遊云不可測度

對

國章有節軍政必戒茲不率典誠爲曠官甲屬當戒行謹初乃事鑿門而誓伐鼓以律戎狄孔棘懼邊塵之是侵咨

謀有方遂鋪敦而外禦式遏寇虐載孚備預觀釁以動在春秋而則書匪紿而言於雅頌而何失彼人所告不亦厚誣勿得孤虛之奇無乖測度之道

請侯降者判

浙江西防禦使請侯降者御史臺守約而爭云非功臣

對

褒德祿賢建封列爵以勸能者且旌善人惟彼輶軒是職防禦敷其七德耀以五兵故戎狄之人重譯來朝北闕蠻夷之類稽顙願沐南薰使司欲以德招携請封茅土憲臺以舊非心膂未許繁纓得失可知與奪斯在且官不必備器無假人願取則於周書無貽誚於漢法

不受敵判

安西使路中遇賊命其改所受辭不耳致官甲以死王事論賞所司以爲非因戰陣不合訴者不伏

對

刑典有常君命無貳臨危不撓視死如歸瞻彼皇華職思其任眷言青史惟其嗣之況西蕃小寇亂我邊境忠臣効節絕其姦詐使國之軍威得存乎信人之質直以成其名事有類於解揚見稱晉代節無虧於蘇武不遺漢策斯乃一言可以興邦獨行可以振古宜申厚賞以勸不能何所司之見疑昧將軍之雅意訟端不息誠合其宜

先登判

甲先登死於雷下司馬三襚之與之犀軒直蓋御史劾其專命

對

委質策名惟忠與敬苟失玆道未之前聞甲實鯫生情深義勇常思報効願納忠貞且預公徒寧懷於倒戟忝膺介士遂自於先登嗟爾徇名何期死政任患有同於丑父見蔻則類於紛如（左傳石之紛如死於階下）難不越官我其懷矣死而利國爾實爲之何直蓋之先華俾懦夫之增氣生涯已謝寵覩馬依昔日求冤則聞五家之免今承寵命遽申三襚之儀優則未乖論且非當徵諸魯史覩推見賞於無存考以國章襚服豈聞於祈父劾爲專命對將何辭御史頗得於彈毫司馬宜懲於出位

斬將後殿判

景爲將斬將搴旗還後爲殿久而不至師詰之云馬不進非敢後也

對

讓禮之本矜伐之賊大勇不鬭小智自私故范宣執謙其下皆讓宣尼垂訓欲速不達景也出師自承王命被堅執銳皆奉廟謀斬將搴旗莫非皇化雖聞拓地之績未可貪天之功彼師不仁責其後殿有詞則捨之可也詐善亦不猶愈乎

戰勝作彝器判

小侯戰勝作彝器銘功林鍾軍正訟言時有妨小侯云以示子孫不伏

對

天子令德名（一作銘）日日新諸侯計功取彼凡獲永啓厥後無忘遠圖方展器於鐏彝果昭宣於篆刻所以懲其不恪載此燕猷何蕞爾之小侯敢招賢於大國雖出師（作師）以律其如尅敵之雄而救死何庸乃是因人之力同季孫之取惡且鑄齊兵聞臧氏之所言誠非魯德亦胡顏於燕翼遂有訟於妨時請從軍政之言以蔽林鍾之失

克狄拏來判

甲克狄邑長拏來有非寮者以有（疑作其）拏行軍吏執之云

非事士也

對

弧矢所以立威征伐所以柔遠瞻言甲也利用行師奪長策以從戎俄聞獲醜遽前歌以獻捷方見勞旋惟彼非寮職居何等將守死以效節豈成仁而有渝謀之孔臧實曰有倫有義忠以明訓必也主亡與亡行爲盡室之謀坐爲刻吏之誚類伯夷之潔已不食於周同夙沙之策名何賴於蔽主則辱矣士也何依旣無二君之心宜遂匹夫之志

獲五甲首判

景獲五甲首請隷五家御史按景干賞蹈利訴云銳士

對

休明在時蒸人亡戰雖塞垣無恐猶勞禦侮之師而銳士從戎理急策勳之典日者白蘭塵起紫塞煙飛無風而羌笛自吟有月而胡兵不去天子聞鼓鼙之響按劒興師將軍厲甲胄之容登壇受鉞景以聲雄薊北望重關西斬將搴旗威摧八陣屠兇執馘勇冠三軍盛績攸聞戎氛自滅甲首五級功可傳於藁街請隷五家罪方招於石室論咎雖云蹈利據理抑可酬功罰疑從輕景訴誠爲順理賞疑從重霜臺豈可濫刑旣有司存請依彝典

爲將失禮判

甲爲君之右令將卒取清有司劾云雖免君之難而失右之禮訴云君不欺軍安得不獲

對

危事不齒善敗豈亡苟能愛而盡忠何傷詐以兼智惟甲跡同丑父貌類頃公立於戎馬之前應識被廬之術進則思賞退則圖全擁鐸拱稽初言以律靡旗亂轍俄見覆軍方知處死之難期於隕命之禮梅林止渴蓋是從權竹箭議刑將何勸善免於軍難亦曰師貞殊不知索彼車中范睢以遠降之城下紀信空存宜表洋洋之人以旌赳赳之列有司見劾無罪可書

旋凱獻俘判

軍旋凱獻俘毛有二者執法止而劾之軍司云拔距石者

對

兵居死地百戰功宣將鑿空門三軍獻凱度關山之月摸
留吟秋驅隴路之風長旌曳曉實賈予勇寧老我師告捷
攸屬獲多斯舉故得繫頸請命不以懸首爲威亭障罷警
邊城偃柝十角搖蘴二毛就擒徵古可縱在今莫捨既負
投石之力允當操袂之來執法劾止未諧通議請依軍見
得謂其宜

獻捷稱其伐判

河源使獻捷驟稱其伐

對

師克在和軍政以順將數奏其勇何求掩於人以爲司馬
出征君子于役即戎禦寇初利於九征執訊獲醜俄獻於

三捷式宣王命大殪戎師而悉引厥功以爲己力横草可
重坐樹無聞方飲御於諸友遂颺言於執事同郄至之稱
伐非范宣之能讓攻戰必取欲先二子之鳴班列不同終
在七人之下聚爲怨府職在亂階蓋是速戾於争功實乃
包羞於閱禮不可在位何以佐軍

還生口判

得甲爲平盧小將軍軍中有擒得生口者盡還之節度使
欲加兵罪云古之名將亦有如此者

對

獲則必取兵家舊法捨之（一作以）從權伐國新意惟甲早從
師旅久戍邊庭將立大勳以圖貴位爰從是役得展其謀
於萬人之中力能獲醜用七縱之術志在平戎是則捨此
一家將來九族果取其國何止於鄉類孔明之用師威懷
蠻長同叔子之居鎮德服吳人皆是輔相之材明於制度
誰謂褊裨之任暗合前規節使屬當戎行未知軍要此宜
論賞翻欲加刑由是觀之罪有所在

獲俘衣之判

乙攻城獲俘衣之或以爲非曰使其如歸

對

德以綏邊仁惟克敵必將制勝是曰能賢乙出師以和攻
昧以順戈矛雲合士卒星馳既左旋右抽期一月三捷人
思懸布軍以獲俘以爲安忍無親黷武無列作其令主徵

治夫之謀賚還其侵地善羊祜之取吳則寒者衣之人遽
叛於南民歸乃有所城亦復於季孫美績可書策勳宜賞
彼或非者徒測海而多愧爾有詞焉固包荒而無怍

單（集作箪下同）醪投河判

得甲爲將以單醪投河命衆飲之或非其矯飾甲云推誠
而已何必在醉

對

將主軍情酒存人欲推誠之義必在於均飽德之文不專
於醉甲寄分外閫令出中權九醞投河義由獨斷一瓢飲
水惠在同沾儻師人之多寡恩逾挾纊如戰士之載渴功
倍望梅分少以表無頗和衆寧宜及亂豈資蒲腹所貴歸

心火鄉絶并見稱漢代子反獨醉實敗楚軍苟臧否之是必集作由何古今之有異非其矯節是不知言

受敵人藥判

得景爲將敵人遺之藥景受而飲之或責失人臣之節不伏

對

軍尚隱情臣宜守道况握中權之要當絶外交之嫌景受命建牙遇敵飲藥直雖可舉忠則不知且事君在公訓旅貴信夫人臣之節爾豈自明或士卒之心吾將安仰况兵惟尚詐人不易知同饋醪而無他推誠猶可苟毒流而不察雖悔寧追無謀既昧三思不伏恐涉貳過勿疑以飲徒徇陸抗之名未達而嘗且墜宣尼之訓是違師律難償隣言

將不迎制書判

得甲替乙爲將甲欲到乙嚴兵守備不出迎餐制書勘合符以法從事御史糾其無賓主之禮科罪不伏

對

師律貴貞兵符示信苟未會合敢忘戒嚴乙奉中權甲承後命推輪相待代集作言赴及瓜之期衷甲自防猶軫前茅之慮且信惟守器權在隱情符節既未合同軍衛如何徹警所宜慮遠安可徇私闕於將迎雖乖主禮完其守備是叶軍謀無責建牙恐非直指

卷終

文苑英華卷第五百四十二　　判四十

軍令門下十九道

知謀判

甲爲邊將私布渠答仍箴防兵御史糾其傷財惰職詞云既禦邊寇復息邊人輙欲論功不敢當罪

對

敦陣整旅必務成師正合奇勝亦資制敵苟取强於技擊豈見責於軍旅惟甲推轂總戎請纓爲將仲升投筆方期燕頷之封馮緄發奇且得蝨文之兆於是閉途伺敵臧戍恤人渠答爰施踐更斯遣賦晉臣之一鼓俾困蒺藜削漢李之伍符佇歌杖杜虜塵坐清於茇野公問寧候於瓜期誠可論功孰宜書罪且如器械爲費用不假於千金士卒

獲休功乃逾於三捷止戈若稱惰職棄甲何所論刑執簡是科失言斯甚雖疾惡爲事叔孫誠得於揹搤而見善則遷子夏自宜於投杖舍而勿問斯則爲然

以囚爲前鋒判

甲受律討不庭以囚爲前鋒簿威去備人告失軍容云先者之法

對

古之用兵抑爲制勝或以柔遠或以伐謀逸乃楚囚其來報也無扞樵採亦我誘焉果而稱師特緼權央不薄之險隘不邀之未濟而壯士曲踊於幕庭將軍下失而鳴鼓豈止血刃當觀縶俘亦有藏地勢之間用人謀之運右廣初

駕左輪未殷犯圍蹈鋒申厥誠果衿甲面縛纍鼓縲囚列之前伍以待後殿而薄威去備類陣振旅使戈旌霜指耀征壘而銜帳飲氣風趨駭轅門而籍骨於惟勝敵亦爲奇兵何失軍容更成餘議

棄子判

受命攻城在城中曰將誅孺子報云必與我飡之或以其不義

對

受命啓行有死無二雖因義以制令寧以權而滅親斷布重城先期賈勇析骸懸釜冀以論功食子自同於樂羊純臣多懟於石碏與其廢禮傷愛豈若徇節忘恩既覆醢以稱仁何請羨而遺我告爲虧義誰復聞言情則不經古亦有素

愛子爲賊所執判

乙有愛子爲賊所執因以登樓就乙求貨乙既不許而促兵進討所由攻之弃子亦死御史劾棄子喬財不可爲訓不伏

對

君惠於臣父愛其子蓋稟天性豈直物情事或不可義將何若乙以忝列藎臣合輸貞節言念幼子痛自闕於防閑欽奉大邦懼乃撓於法制若執人以求貨皆罄室以全生則因循而來虜掠何算欲求苟免之道恐貽嫁禍之愆所

以促兵冀其盡敵雖喪克家之子終成輔國之臣大義滅親且類橋玄之操深仁濟物奚取卜商之慈劾以喬財將何沮勸

擅發兵判

甲奉使副討罪擅發兵殺康國王執事加賞或非之

對

臨變有謀始聞勝敵興師一作擅兵無倖終以滅凶甲受命以行觀釁而動輶軒始發將遂使於四方臨衝載馳遂收功於萬里殊傳介之密旨因取樓蘭其陳湯之矯制更夷康國况今偃革息馬綏戎料華奚貪一一作多夕之勳遂侈三軍之事雖掠美以自滿終喬禍而難封執事念彼武功以

爲勇爵或人思我王度方循政典苟示化以徇物無忘經以敗常將爲後圖是亦爲政

矯節用兵判

矯節使邊逢諸國有難遂以兵革平之議不加賞

對

受命以出惟德之恭見可而行亦仁之勇矯節何者從玆使乎夙駕載馳異將軍之授律飲氷言邁逢邦國之交讐同楚君之用兵且聞覲釁殊羽父之能請因見出師愛發干戈以祈爾爵克寧邊鄙肇敏戎功事貴（一作賞）從宜賞期當物必也不虞或至拒寇爰來滅虜地之煙氛息漢庭之烽堠專則可也賞宜及之如或胡塵自飛我疆不聳空勤遠畧終匪臧謀苟免戾而已多何議功之敢望進退二理廉乎一隅

軍副別屯斬人判

丁爲軍副在別屯輙以法斬人主將奏誅之訴云專軍別將不在部曲於法不合罪

對

天討有罪成師以出注意於將稟命不威丁任旣干城寵亦受脤非以惠敵期於伐謀履武人之貞居元戎之副執訊獲醜義非喪律有虔秉鉞誅在明刑議七德以不傷爰九伐而何害主將不能命之以徇分謗生人方欲糾之以違篤責軍簿奉車都尉雖謂專而請誅龍驤將軍固違令以告捷兒斬之以法乃非徇私副在別屯異於擅殺欲加之罪無以爲詞

司馬斬變判

甲與戎戰司馬曰所遇有隘毀車以爲行甲所嬖校尉不肯司馬斬之以徇軍正奏其專殺

對

受命以出一鼓作氣惟師在和七戰皆獲覲釁而動者謂之軍志相時設教者是曰武經甲惟理戎與玆薄伐司馬決勝以先啓行彼徒我車懼其侵軼鑿門受脤陳其教令旣遇隘而難進請爲行而制敵校尉不肯軒之奚傷違其毀車有類荀吳之嬖是稱亂命以戮晉卿之僕奏以專殺斯則不然

死政判

死政之老求廩食乙以其無所歸供以閒粟

對

功立於時身有寵祿政死於國家備哀榮至若羽林孤兒且不遺於漢主膠庠養老猶見恤於周人雖廩食或求而閒粟是用法所當得昔嘗稅於關門無若我何今慮擠於溝壑旣受一夫之粟何慙七子之居惟乙所供理亦爲當

輕過罰甲判

士門使輕過移甲兵按察使糾之

對

制刑閱實勿替前（一作明）典詰罪理軍必條隱令將輕過而悅使同寄令而宥人雖疆埸無虞而蜂蠆有毒欲觀攻取必資甲兵讁以分金嘗聞管氏入茲束矢復起齊邦師古可權士門之良圖惟允倚法以削按察之糾謬何深理貴平反寧聞伐善

恤士判

得甲爲將卒有患癰甲吮之卒母哭而訴甲將殺其子請罪之甲不伏

對

總戎之寄爰比善於穰苴受甲之徒忽方疾（一作病）於荀偃均其挾纊始勉三軍惠以吮膿方憂七發佇盡佳兵之力坐興慈母之哀非輟哭於敬姜實先悲於蹇叔以父觀子固旋踵而無期諭（一作論）將綏兵乃推誠而有及預起三傷之慟雖欲防明深詳七萃之謀寧宜見罪

勇壯踰羽林亭判

丁爲羽林將超踰羽林亭樓或止之辭曰試弁（手搏也）而已仰斷

對

天生蒸民稟氣各異國徵武士以壯爲先惟丁力冠固人勇過延壽因材官以効職列羽林而爲將恒拔距以習戲樂彼從戎乍超樓而自矜聊爲試弁各適其適亦謂合宜有能不能奚爲見正

立功流例判

執戟董元於閤下立功流例七百人並䟽盜功叙錄咸依元格酬勳賜階惟元軍司削階不入五品

對

董元藝極穿犀官忝戴鶡言思報國即此臨營冒矢前驅爭爲䟽盜交鋒直進詎肯遷延忽逢蛺蝶之兵遽（一作遂）掃螳蜋之卒摧兇殺敵已立殊功準格疇庸例昇榮級前開已當褒錫後送獨被稽留既申橫草何能倚樹但令將（一作時）執戟雖切披陳囊日橫戈且知優劣既言功薄明即効殊懸登執鷹之階憲動續貂之刺

背侍從征判

王靜母年八十身充侍丁弟順名預軍團點從征鎮靜棄母投募䧟陣有功順戀母背征據法應罪縣令以靜闕養以順棄軍俱追勘當各科其罪靜云情存徇國順云意在懷親既並有詞令不能斷

對

効命捐軀式標於盡節冬溫夏凊載竭於因心靜母西日沉榆氣息奄奄順弟南風吹棘兄弟怡怡咸承大被之恩並籍高堂之慶靜之充侍須崇扇枕之方順乃從征宜著橫戈之績豈期兵交白刃侍丁爲報國之臣鍜躍頳鱗征客作安親之子或移忠入孝或徇國違家忠孝不可俱全國家終無暫闕投筆以去狀既不合論辜（一作功）戀母而還

法亦無煩實罪銅章既難推劾玉律須有哀矜請俱釋於
九章庶並從於三宥

復矢判

劉說家有喪登車轂用箭復魂人告越禮

對

精氣爲物聚極則散遊魂爲變死而有招歸地歸天人皆
共盡在師在旅禮則從宜若道屬多虞時因喪律勤王徇
節載居鋒鏑之中委骨捐軀但非歌笑之處既覩亂麻之
積爰崇復矢之儀亦同簣尚在途盡棺受吊仲尼於館脫
驂有情雖流千載之聲並是一時之事眷斯劉說有異鄴
人稱是家喪胡申戰禮罕遵升屋翻比登車驗古有殊論

今莫可科其越禮雅合彝章

武用文士判

得軍帥選將多用文儒之士兵部詰其無武藝帥云取其
謀也

對　白居易

亡身死藝（集作身死節）誠重武夫制敵伐謀則先儒士將策籌
而可尚奚騎射而（集作之）足稱軍帥明以知兵精於選將以
爲彎弧學劍用無出於一夫閱禮敦詩道可弘於七德功
宜保大理貴從長若王師之有征以謀則可苟戎略之無
取雖藝何爲況晉謀中軍選於義府漢求上將舉在儒流
豈唯我武惟揚誠亦斯文不墜元戎舉將（集作德）未爽能軍

兵部執言恐爲辱國

夜進軍判

得乙爲軍帥昧夜進軍諸將不發郤罪之辭云不見月章

對　前人

表旗示信戎政貴明在九章而式乖雖三令而惟反乙是
稱戎帥未達軍容奉明罰之詞無聞月捷用潛師之計方
事宵征徒欲董以爪牙曾不明其耳目況將經武必在昭
文夜號未申招（集作有）虞固宜不進月章莫舉毀槓自可當
辜訴非失辭責乃過聽（集作當罪）

邊將無勇判

得乙爲邊將虜至若涉無人之地監軍責其無勇略辭云

內無糗糧外無掎角

對　前人

封疆責安伍候尚警苟不固吾圉則速即爾刑乙登彼將
壇鎮于邊壘誠可戒嚴趨（集作走）集冑有敵于我師何乃啓
納寇戎若無人於吾地是昧安邊之略信貽失律之凶權
勇蔑聞罪戾誰執如或寇強師老食絕城孤期盡敵而還
且勤於堅守苟知難而退猶愈於覆亡宜矜掎角之辭難
議建牙之罪

犯專殺判

得丁將在別屯士卒有犯每專殺戮御史舉劾訴稱曾受
棨戟之賜

對

將非處右莫敢示威或在別屯則宜專命丁位雖佐理分以戎行執專征之權錫弓於周典操司殺之柄受棨於漢儀既有令而必行信無瑕而可戮實握兵之能政奚執簡之舉違如或稟命於連營畏子不敢今則分部而賜戟無我有尤宜崇魏絳之威勿議秦彭之罪

文苑英華卷第五百四十二

文苑英華卷第五百四十三　判四十二

衣冠扇食官酒器炭藁瓦門十八道

衣冠扇

禁楚製判一道　並冠兩梁判一道

執蒲葵扇判一道

食官

甲爲食官判一道　庖人進炙判一道

酒

酒正以水入王酒判一道

公酒後時判一道　一道

造五齊三酒非九穀判一道

盜酒判一道

器

告家有九龍鼎判一道

有五熟釜判一道　甕貿判一道

村人借鑵判一道　鐵樹爲杯棬判一道

碓分利不平判一道

炭藁瓦

二月不供宮人炭判一道

貯藁判一道　造瓦判一道

衣冠扇

禁楚製衣判

乙禁楚製（漢書云叔孫通[illegible]降漢王憎之乃變其服短[illegible]衣楚製）

對

衣裳楚楚須辨於彩章雨雪瀌瀌以虞其燥濕瞻言乙也所習伊何異子臧之不衷載時人之將誠同陳咸之所衣爲大國之榮觀製豈變常事仍師古魯之縫掖君子嘉其蔑儒楚之服陶當時不以爲罪度窮閲實之典爰寘不辜之刑

並冠兩梁判

丙爲大官令丁爲博士並冠兩梁御史奏違法丙云視省進膳丁云崇儒不伏仰正斷

對

車服以庸弁冕有等必章彩而象位具文物以昭德丁丙各從王事端委清時遵儒師以奉職率饔人以敬理至于玉膳將進躬視丹墀之側縹囊（一作表）方展危坐青襟之前雖匪官聯乃同其服進賢遂戴有類於漢臣委貌未得且謬於殷道以兩梁之製觸鐵柱之威巧詞俱飾文過斯在請詳典式以議科條

執蒲葵扇判

乙常執蒲葵扇於盛暑人多効之或告妖衆

對

服玩垂則歲時交進韞孤白以御冬裂紈素而清暑由是五明開製道在思賢七華擅奇思歸錫寵委方圓以呈質順行藏以適時登用有期著號無算乙行均山仰時聞是慕執殊方竹非承漢帝之私即好蒲葵式徇謝安之義事符懷舊跡遂移風類折巾於林宗寧俟題於逸少將以妖衆孰謂欽賢宜從三宥之書無陷五詞之罰

食官

甲爲食官判

中爲食官準赦合入五品所司不許

對

君有亢庖臣實司味是掌公餗以供王舉甲周均仲叩位減膳大漢類高祛秩登食監禹俎斯設刀匕是供蜀澤降紫書榮頒朱組黄香之秩咸以云增潘岳之階獨當不進

所司陋其烹飪黜彼乘軒昔笥餌立誠旣加都尉壺餐著節亦拜大夫以愚所窺合霑錫命

庖人進炙判

乙爲庖人進炙有髪繞之將科罪訴云當有讎事

對

相彼庖人政司口實式調玉饌以薦金門屠蒯之德莫如陳政之讐已作執鸞刀而袒割蟬翼必裁揚獸炭之赫曦鴻毛罔燎以此而科情則可知况乎鼠穢蜜（一作梅）中已申寃於吳日髮生肉內豈茲伎讒於唐年請推讐人以雪庖者

酒

酒正以水入王酒判

甲為酒正以水和酒入于　王之酒府法司劾其嬌濫訴稱時供六飲以爲凉不伏科

對

五齊分名陳乎式法六飲皆成薦差以時序明其有則誠以無愆率由典常俾克來世是以用光朝覲湛露興詩取備蒸嘗質明行事資以王齊度入于天府苟或不慭亦何專一惟其酒正職在漿人非作僞以心勞實陳力而就列相時後動跡匪踰閑飾古而行事乃從禮四運其易六飲攸供佇以稱凉爰資受和俯銀床之露井始汲香泉汎玉斝之流霞旋開聖酒若三重之盡醉即見投醪分八罇之立儀斯成薦飲炎光在候正有叶於須氷清虚坐井序將掮於

濘暑官無留事責乃非宜未覩旌功奚爲蔽善將同嬌濫何至寃誣法司自且不明酒正誠非忤典

公酒後時判

中爲公酒後時爲主司所詰辭曰酒材不足

對

酒以成禮國之大經祭祀賓客咸賴其用甲惟賤伍掌我斯職不率其度旋聞後時水泉必香無傳清苦火齊不作幾空賢聖主司方詰甲乃有詞酒材不供爲書難議明廢折獄君子攸存噬嗑論刑恐貽遇毒

造五齊三酒非九穀判

所司造五齊三酒憲司以非九穀罪云歲無餘

對

和其神人亦在酒醴能善乃事則惟司存故陶器必良既麴糵以云備六物式序必黍稷而非馨今者周官列職徒聞於五齊憲府舉非或虧於九穀尚負罍恥忽貽神羞既無餘之起訴何有詞之能代

盜酒判

卓媪翁伯並業卓嘗遣盜竊飲傾釀翁教以多養猛犬卓家酒滯而翁賓客猥售獨收其利媪告伯方便取人財

對

媪翁按開巵酒當壚不逢漢高之過何能大售頻遇畢公之竊頗煩小盜教其養犬蓋以防人聞夜吠而雖懲在春

醪而頗滯素蟻空汎鄰中之賢者莫傾盧鵲斯喧高陽之酒徒那至但非抑壓教有緣由獨收當曰非宜方便殆成無狀宜科誣謗以寘刑名

器

告家有九龍鼎判

是賢告耳孫家有九龍鼎歷代寶之恐非人臣所宜蓄

對

天子建德是班宗彝諸侯立家爰受分器業盛鼎彝功昭篆刻若使世唐諱濟不泯長子承主宗之規胙土云亡耳孫何克復之有况光涵一作浩没泗氣溢歆汾彼煥龍文昭其象物何速疾於懷璧盍歸休於國寶是賢所告謂得其宜

有五熟釜判

封君有五熟釜而銘其口隣人告違曰嘗有所賜

對

書功旂常然後克類分命彝器則惟其賢知三賜之有恒故百代之令典瞻言彼乙齒我封君開國承家方列土之貴玄袞赤舄見諸侯之禮嘉孔生之居衛三命益恭肆鍾氏之仕曹五熟云錫車服必班乎國命釜銘何恤於人言出話不然覺善隣之勝口有乎勿問驗所錫之徵人必也正名此焉無咎

甕負判

甲甕負彼乙盪倒甕甲索陪乙不伏

對

惟彼負徒行者固宜矜避至於顛仆盪若非其一作或非故爲甲且有詞媿林宗之妙賞乙爲無狀殊叔寶之情言謹守既謝於挈瓶敝漏方憂於射鮒欲令陪價須盡事由必其廣陌脩衢往來不接故爲搪揬是有常刑儻若狹路重闉風塵暗起誤而擊觸毁亦可矜刑故則罪合宜加捨誤則陪何足筭但官之議事貴在量情言盪非故犯之名稱負乃小人之事勸陪半價將謂合宜

村人借鑵判

村人借隣家鑵未出門打破　人索陪云未離本處準令合比附

對

變古易俗因物造器稽六爻之文蓋取諸益詢百工之事無或不良惟彼村人幸忝比屋既借鑵而攸要非抱甕而爲勞出門未覩於同人繘井先驚於敝漏雖罔離厥所而譴自已招異管寧之深仁愧林宗之妙賞且官之議事貴在量情忝曰村隣得來得往詳其故誤有重有輕向若俠肆通闤脩街隘路咽綺城之歌舞暗紫陌之煙塵物雖見盪夫何足咎兄蜀荆扉寂寞蓬徑蕭踈破由彼已孰當毁積事匪因人爰煩投杼勤酬半價良謂合宜盪物容撲減條損器何援比例輙云不伏深覺詞游

鏇樹爲杯椀判

得甲鏇榆樹爲杯椀出賣鄉官責其游手惰業

對

士農工商孟堅陳十志之本水火金木箕子載五行之數悠悠搴動各有定業明明財利爲謀不同惟甲宵形運乎天巧既勤事於賈豎且効功於匠伯加以是揆是度椅漢杜之星榆乃剡乃鏇揮匠人之風斷杯非承露未立雲表椀殊鍊藥空候淮南徇錐刀之小利捐耕桑之大業若斬伐愆時未符周禮如彫僞不作自陶唐政夫除害興利禁末勸農罔或奢巧寔防器玩器不涉於無用賣有濟於時須雖慙敦本之俗難加惰業之罪幸殊游手宜寬祝亩

磑分利不平判

吳丙王丁共有碓納課分利丙云有賸丁云擲日知分所得無賸

對

吳丙王丁均期叶契鷄鳴求利不憚孟軻之譏馬磨自資更殊許靖之操市道難固財交易竭競斯升斗顏寧厚於措困徇彼錐刀䫈無慙於碎璧或陳其有賸許以無厭或掠以浮雲稱斯擲日日有脩短闇諸至期利有盈虛定乎宜分理應各得何假相尤然質剩既未研詳刑名豈能懸斷更尋枝泒方悉根源

炭藁瓦

二月不供宮人炭

鈎盾二月不供宮人炭請處分

對

弄田之所鈎盾是司牽絲効官掌炭成務形雖比漆燒則如珠入侍女之熏爐香焚百和處仙人之丹竈巧液千金變寒作暄轉冷成熱投其鑄冶可以方其造化驗其燥濕可以測其陰陽充百郡之時須爲萬邦之日用二月不供三章有犯違令抵罪依條請科

貯藁判

所司貯藁以三千圍爲積苫覆無芘防脂切籬合科何罪

對

秩馬所資唯草是用徵科百里一輸納六閑黃白無差短長合度貯積之法令條有文數越三千理則多僻從縱疑作勤苫覆終闕芘籬施功不同處事彌乖犯既非謬辜不免科

造瓦判

甲雇乙造瓦口五分畢計其全乙不伏

對

工商異等埏埴殊制故有質兹土化均質日中乙也徇業求備偶鑿坯而取給甲則溺情豐屋冀如雪一作雲以自潤雖栽木詸瓦故無取於舉全約無陶穴亦何驚於敝漏且全毀興訟催買異儀催則不可計全買則合徵成筭乙之不伏誠則有詞甲之無良訟宜從記

文苑英華卷第五百四十三

國城

建國判（後篇作侵官判）

典同置臬晝參諸日中之景夜考之極星或告其越司視事詞云知無不爲

對　楊仲昌

考工建官匠人營國既臣政本將懋彝倫惟彼京師式模大壯三門煙竦九軌繩列殷稱重屋周曰明堂必有以懸之工理資置臬之審晝規日景夜考星躔陽不遯來月焉藏徃屬吾君稽古庶政文明將大朴爲城池用無私爲官闕凡諸奢靡咸悉棄捐瞻言主司雖設何有况典同之務隸在宗伯雖舉公道全非守官輙相奪倫焉以逃責望貽出仁之誠以厚正名之典

同前　褚亮

定之方中作爲宮室紫微夜視考太乙之帝居黃道晝參取羲和之亭午於是審曲面勢置臬懸衡各有典司無乃（一作乃無）詢於梓匠越其樽俎翻見作於同律胥雖不競楚勿與知侵官有刑罪將安捨不司宗伯之事忘爲苟息之詞人亦有言自貽伊咎

同前

乾道著明聖人作則仰必觀象測陰陽之運行俯而定居考星日之中正法象無昧道誠傳於古今典司不僭事宜禁於侵越典同業尚多藝知無不爲成周舊臺嘗見立圭

之法作楚前室能探置臬之規候太陽於齊天占列象於清夜六龍齊御不差亭午之陰衆星環拱自識方中之節雖行之有則無愆述者之明而視或越司終代匠人之斷

同前

晝夜分象爲章于天欽咨日官懋緝星紀探六曆之無爽齊七政而不忒周官命職各有司存相彼典同實非其任安得置斯水臬均彼土圭苟違盈縮之理徒知分至之節雖占星揆日坐識乾坤而越局侵官終罹罪咎既奈銅渾之典請挂玉條之律（此下二篇元編在五百四十九卷雜判門今移入于此）

同前

百揆分曹式著尊卑之位九流開務非無守主之規若官

得其人網在條而不紊任乖其器玉毀櫝而何僽惟彼典
同頗輕其職不專律呂之應傍占星緯之中在定雖合於
楚宮理職式乖於周秩越司之過誠謂當仁然以君子器
周無徃不利調鍾則聞於合響置臬何隔於兼通即欲論
辜恐乖輕典請重考其本藝然後定以明科愚管所窺將
此爲允

臨宮判

景登高臨宮法司斷徒一年景訴云令所

對　呂焯

至若惑衆創規邦憲貽範能賦雖聞一作云於囊列不呼取
誠於前經景登臨此時宮墉近矚方比迹於桓景豈均賞

於砥平窺見可徵僽尤自速法司務惟疾惡志在繩非未
窮令所之由遽加徒罪之罰待詳疑壁方可揮鉛

同前　范令芬總目作冬芬

玄圃遂居青宮秘禁事隔中外理絕登臨景之無良自貽
伊咎升高異梁竦之憤抵法挂皐陶之刑且夫子之牆猶
其難見儲君之禁焉可輙臨然法難動搖罪宜欽恤獘一作
典獄雖結於徒坐徃訴須從於減科

同前

宮室九重深居而理山河四顧設險爲樵或有登臨當其
近密始疑楚宮極目春江終類子牟遊心魏闕事必無故
情其難捨抵玉律以懲違論賴衣而何失既有詞於令所
須閲實於司存懸議科條恐貽深刻

同前

帝宅天居深宮遂宇闇闥爰啓井泉是壯必資恭敬無或
登臨景眯科條輙玆違犯且登臨之理抑有前聞桓景所
以消災山濤猶其望遠若非此道終合加刑法司處以徒
年景訴猶爲文過謂從令所冀減嚴科且前星發揮少陽
開景銀牓之門斯闢玉裕之德稱尊焉可輕然聿來愚恥
法司科結正合公途

城邑判

甲將仍邑乙不從命比周徇以屬之損已

對　蔣勵已

大道既隱天下爲家巢燧已遠於三皇城邑已安於萬姓
將以寇盜無擾隣伍有孚以崇墉濬洫用備於王制屋粟
里布亦率於周典徇嗟彼甲務成厥功足使孔立門人論
於千乘之賦鄭國說者難於九仞之高豈謂立身致誠人
未從命不聞忠信之迹翻起比周之言忘筌深謝於得魚
致損俄聞於屬徇且辨壁以聽理貴審詳束矢而論道取
嚴科且損者恐其無過命者寧載有詞待窮三刺之典然
措片言之折

同前　祝雲將

侯伯之城中五之一苟不以度事或有虞甲恪居官曹慎
固封守魯大夫之爲政必葺其垣晉獻子之城周先仍其

邑豈謂澤門之皙見沮於邑中之子于垣載闕於詩頌眷言于乙深昧從時且人之比周既貽官謗而墻之隙壞誰執其慭今遐邇又寧邊鄙不聳苟不從命亦何懵焉處嵕夫嫠棄人何甚況屬於古今出惟行欲加典刑可以理遣

同前　鹿慶期

自上棟下宇疆里井田度土居人量地制邑故墉垣是葺版築聿脩華元巡功見謳於城者子囊臨逝貢策於荆王甲何人斯職茲仞邑乙不從命同之鑿坏趣舍路殊便爲鎖（一作隟）末雖叔孫受縶每效勤勞而子騫發言何必改作遽營危堞未崇射隼之規不憚嚴科輙嵕夫嫠之嗤棄人用大何其不臧既紊風猷請書霜簡

同前　張思昂

大道既隱天下爲家度土以居人量地而制邑將興版築必俟命（疑作金）槌劃以斷岸長雲負以重城四郭孟軻五畝匪宅是營孔丘數仞爰茲仰止生異里仁之美行多嫉惡之辭苟此不從胡施而可棄人用大雖猛何爲且闔門塞竇在明時而難許比周阿黨豈君子之攸宜損乙既謝於當金罪甲庚期於無訟然恐造有妨害兆有吉凶或利晉而關秦將抑彼而就此各從所便不亦宜乎

城者謳甲判

甲爲植巡功城者謳之甲乃鞭之其城者訴不伏

對

千乘制國百堵興詩義非取於後隍道實遵於高壘繕葺惟隙人其以寧廣袤無稽禍由莫大是以京制非經禍延鄭伯梁興不處卒有秦兵在悅使以忘勞豈嚴刑而毒衆甲爲其植是訓於從尨以功程務其操築傅巖之野疑將見於代刑邑中之黔即類聞於有沮與其百板就以九成方取託於啼烏佇推功於射隼匪憤孀妻之慟寧積薛縣之琴晉獻成周初開仞邑華元植宋遂見爲謳省已良虧尨人遽覩棄甲而復事本叶於前聞執朴以行譴何貽於是日咸其輔頰雖成滕口之嫌既謹垣墉請追噬膚之罰

登城判

甲登城而指乙告其惑衆甲云實無妖言

對　王泠然

先王訓俗禁以窺臨君子執身慎乎登降惟甲才非入室教異升堂既處隘而乘閒爰與高而眺遠乎看雉堞廻數人家遍識山川周知國邑殊鄭君之伺敵忽上營埤同漢后之思鄉且瞻長路行未聞於能賦告將惑於妖言不指不呼孰云知禮從輕從重旋欲議刑向君甲是卑流恭隨長者承所視而待問事緣情而可矜今者攀陟不宜驚疑于衆獲（疑作護）非有失雖云李徑無言故犯難容亦可棘司懲訓嚴城作限緩獄何逃罪自招於指揮理宜退於心伏

升高判

解式與長年行因升高不從所視遂杖之式訴州斷鬭論

省科失入

對　　王延光

視瞻無回在於往記周旋有禮著之前聞惟彼長年與玆解式行將望遠豈伊升高之能賦悠然目極寧復登山而送歸且平原坦夷廻首趨忽苟不從其所視欲何詳於切問式之立身誠未謂之學矣長者加杖蓋亦尤而効之則不慍不知君子之通論如怒如祉詩人之美述旣墻面而斯責於情恕而安施薄訴之由其文有以雖闘論勑法煩欽於州見而失入在宥請遵乎省科

同前　　田南砅

罰懲其淫禮主於敬若長幼而失節在典刑而無捨蠢爾

解式從于長年三人而行尚聞擇善十年以長非可肩隨况侍上丘陵不能向其所視如問及雲物其將對於何詞無儀所謂於伊人有體自均於相鼠扶其傲禮固未乖宜昔者蜡畢出遊言偃問其何歎幼而不遜尼父叩其夷俟合志爲友前賢猶且不唯年長以倍今日云何致罰必若齒於鄉黨則應金作贖刑如或列於父兄豈可求之凡鬬失入宜從省見定刑更待州中欽哉惟刑捨此將濫

同前　　王惟孝

先王設教各有等威君子愼儀必脩德禮苟昧斯道時謂不欽解式妄人不若厥訓徒守尊卑之位終乖敬讓之節不從所視寔曰愆儀或人杖之是亦奚爽州曹丕弊因噬臘之遇毒省司失入覺從者之詞游罪自巳招云誰之咎請當從禮之罰勿聽無稽之訴

同前　　張郊（總目作郯）

行巳以恭執事在敬同人攸往于野則亨苟賤禮而不踰必遊目而從睹瞻言解式惟是長年道契三人方擬同心之利名祭百行亦專好德之寵行邁云靡丘陵是升覽雲物於五方壯山河於千里不從吾視奚率爾虞事類武侯且未屈於吳起義同文子仍不徵於叔向禮經有条櫝楚攸威寔長者之訓恭何薄言之速訟淫刑以逞外臺於是觸藩寬政荐數仙省準（一作宜）其射隼

同前　　劉孺之

設教以防禮不逆矣遇長不敬患至掇焉苟訓典之不脩乃扑撻而何害相彼（一作時）解式誠謂狡童五人羣居且聞異席十年以長則必肩隨不恭辟咡之儀致闕升高之禮或其所視吾何以觀之哉杖以作威固當斯害也巳小人文過肆以薄言君子詰姦無從長傲歸諸司敗足示陵尊成以調人可徵犯齒且州司以刑頗均短綆會府是糾且異長鞭伊小大之以情庶寬猛以相濟

同前　　王靈岳

長者與行登高向視古之用典决事原心越則謂昏是而生害是夫鞠稚從陟丘陵巳實處卑執奚有贖捨足于後固合益恭肆目以遊無乃長傲遂有所望問而莫知使曳

練呉門宣尼尚惑徹蕃晉璧楚子徒觀苟由舋以防非則記過而及杖兕尊能制幼刑期就均所罰則可豈宜有訴嗟州議之非當招省司之是詰

同前　程諫

恭敬何常少長有禮自以引以翼無失於等威左之右之動從於瞻視苟昧斯者則何以觀解式陪彼長年身居弱歲比景未聞於有德居卑且見於無儀於是捨車而徒升高自下異梁鴻之適越不覩輿謚殊栢景之禳災豈能成俗既而碧空一色翠微萬里迷周流於遠眺闕咫尺以承顔梢雲之杖遂行白雲（一作蜜）之途且黙然鞭以爲罰恐傷剛暴且人而無禮寧罷防閑與其居尊而肆威猶若導愚

而誘暗兕擊蒙垂象於周易叩脛設教於孔門徒事薄言寧容文過剖符之郡涉深故於闘論握蘭之司雅議懲於失入

同前　陳齊卿

介福維祺授康緝御未濟溝壑是登丘陵將察視之致虧唯對問之所詔非我族類其心則乖且幼長之行陟降有序儻云能賦遂爾升高或乖事親爰加大杖豈桑榆之已逼將檟楚而收威設取愧於離婁終見傷於甯越外臺置辟寔諧所訴華省繩愆請脩其本解式之競長年共悲

官宅

造室判

丁爲室斵其椽而磨之法司科罪訴云新加三命

對　袁令問

九儀辨等八柄正名設貴賤之地立財用之宅如或居處無節制度不經動而失中難以爲正彼丁爲室將寵是居有覺其楹於爍而掃上棟下宇爍濕不交輪焉奐焉鳥鼠攸去既成輿作如位崇而德尊不事廉隅知物誘而心汰無法自守用奢宣驕安且輿兮其功可取斵而礱也於禮則那且加命則大夫之命此室則君國之室何取彼義自用於身請麗本刑無橈常度

同前　王雄風

易稱上棟下宇禮載度堂考室眷言崇飾誠有等威動而

或踰過則誰任丁沐我皇化策名清時既登大夫之職方用少年之禮爰脩其廟載飾其椽斵之則通礱之未可事且非據法實難容尋考父之銘雖同三命徵穀梁之傳則僭諸侯憲局所科罪斯得中

宅判

洛陽縣人晁謗先業本縣給同鄉人任蘭死絶宅一區又被蘭女夫郭恭妻理訴此宅縣斷還謗州斷還女謗不伏

對

任蘭幸逢昌運得齒齊甿欽奉太和庶延遐壽豈謂夢瓊殘喘奄就飄零連石餘輝遽聞適盡但以庭虛謝玉掌絶韋珠同伯道之無兒類伯偕之輟嗣孟軻五畝竟闕承基

揚雄一區俄從別授縣司以女既出嫁判給晁諺之家州司以宅是晁財斷入郭恭之婦宅及資物女即近親令式有文章程宜據

牆井

築牆判

洛陽縣甲界內方牆因雨頹倒比令修築坊人訴稱皆合當面自築不伏率坊內衆人共脩

對

赤縣分曹黃圖控邑周公曲阜池一作地是浮龜之浦元禮高門人積登龍之望擊鍾鳴鼓歌吹由其沸天向述當衢壓閈於焉樸地蠲長空驟雨看石鷰之分飛廣術頹墉見

銅馳之咫尺仲尼數仞無復及肩相如上林唯餘塡塹徒掃茨之有刺終射隼之無由奚一作爰與洛汭之垣載佚傅嚴之築雖人唯比屋而地實離疆幸無踰於舊途理宜歸於本界若本衆戶始可興功自招頭會之嫌仍必面牆之請與奪之理斯之謂歟

同前　虞傭

帝王是宅河洛之陽雲闕巖巖列綺城之萬雉環途隱隱分體國之九經重閈交開樓臺相拒蠲陰風廻翳紫日沈輝灑洪雨於四濱布族雲於千里煙疑萬井萍洸中衢半露宮牆坐見室家之好全頹環堵行瞻湫溢之居且揆務黃圖忝榮赤縣理雖謹繁故典遵牧黎人必使溝洫廣開垣墻甚厚因茲法令正叶隨時坊人以東里北郭則邑居各異黔婁裔頓乃家產不侔奚事薄言佇遵恒式既資衆力須順人心垣高不可及肩板築何妨當面

鑿井獲鏡判

鑿井獲古鏡不送官司鄰告違法

對

玉甃浮輝珠星湛耀漢陰舊址方除飾智之心譙國開源忽遇神仙之兆乙廼劬勞是務穿鑿爲功暫因梧樹之傍遂覽菱花之照光芒駭目驤褭一作窈窕明心見飛鵲之時來覩廻鸞之屢舞雖則私獲合送官司愛而欲留法將焉許自招其責誰復哀矜鄰人告之雅符公正

同前　呂務博

乙既鑿井將開射鮒之泉欲施繘瓶已獲盤龍之鏡清源初鑿疑菱花而始成玉甃將升似明月而飛出寶匣藏而晦宇美人拂而生光玉潒覽影已堪自愛秦嘉贈心歎惜何極眷言此得誠所珍奇爰令送官不悋于下誠亦允當固無所疑即以鄰者之言寘乙之辜庸人陷法只堪矜憫請寬於乙將謂恤刑

同前　朱苯

乙也鑿井遺墳而獲古鏡抱春銅之色涵明月之輝罷照秦樓未懸溫室玉女窺而不倦仙人磨而益明輿龐儉之得銅殊宣尼之對隼既曰奇翫理合歸官雖隱則有愆刑

故無捨然物非古迹事或可矜請更詳審方可裁斷

義井判

得人於京陌施桔槔汲水作義漿尹責擅穿街地訴云濟途行

對

香街隱隱垂柳垂楊行道遲遲載饑載渴既繘井而辨義亦鑿木而設機故窮谷射鮒坐忘抱甕之勞挈水濟人行符種玉之兆魯宣遊往未捨蟻丘之漿漢尹載馳旋覲章臺之陌責其專擅雖掘地而及泉濟以途行庶恢天而漏網苟利則可胡其未從

文苑英華卷第五百四十四

文苑英華卷第五百四十五　判四十三

開門道路門三十一道

關門

棄符繻判

岐州參軍郭丹充計吏在路遺棄符繻及至大震關贈令五千文而府吏胡有捉丹越度告令取受隴州依狀結罪二人不伏

對

漢陽故國隴岑舊境若（春一作）彼郭丹効官茲邑同元淑之

計吏比孫楚之絺郷而重關設險是稱襟帶因辨馬而方來候鳴鷄而載入符繻且棄業雖有異於終軍道德斯留亦何慚於柱史從兹經度未失事宜若論尹喜之辜誰執伯陽之罪胡有妄告欲（一作合）抵刑書在於二人何所推鞫

作刻出關判

甯成抵罪得脫乃作刻出關（漢書作解脫詐刻傳出關）未知科何罪

對

甯成刻薄爲吏威酷成章吞舟之魚翻聞不漏觸罔之鳥遽見無逃不能戮辱自明覊遅取効而乃背叛西土蓄積南山刻傳既曰詐欺踰關豈爲誣罔請寘周侯之罰仍從漢相之科

同前　　鄭自新

錫以忠貞庶諧輕典嗟乎漢吏眷彼甯成不見德音唯聞刻薄乳虎之怒士卒所驚貪狼之名區宇攸震擅南方之利益志在徇私叛西土之寵章心懷背國刻傳既稱虛假論辜深是乖違請寘金科方形王律

越關判

越度關府欲科罪稱告急切不暇請公文

對　　張欽敬

恭惟我王設險以守是立關禁防諸未遊彼何人斯千國之紀異驅傳之高節非買符之達人去必乘星學鷄鳴而夜度行惟渴日談馬邑而朝迷此則匿姦於心詐僞難恕徒急切以文過豈刑章之可逃速歸爾尤無惑朝憲

同前　　封玠

王者署（一作置避諱）關是爲巨防所以察出入驗符繻故終軍入秦棄之以擊節臧文相魯廢之而受嫌彼何人斯輒此踰越稱急切之利徃冀刑章而免科當今烽堠無虞蠻貊請職荒徼不聞於擊柝私室寧容於度關請科罔上之人用杜憑虛之說

同前　　于孺卿

因固作關設險居國豈伊征筭是隔夷夏踰則歸法理惟其常越度人斯初聞有告棄繻抗志無似終軍之遊辭諜遂行且殊蘧瑗（一作伯避諱）之出彼則請給寧異公文足可坐

視更籌候鷄鳴而容度豈謂意陵霄漢學鳬飛而影移行雖有由越侵無狀寘之于理其誰不然

謁者私度關判

汾陽縣竟戎幼學弱冠應舉西入關遂委過所至京不應作對退從小選補謁者戎情思罷歸請過所專（一作曹）司以無來文不給

對

竟戎地接汾河業膺洙泗道標強學擅英妙於州（一作閭郷）年在弱冠慕明敭（一作經）於郷國簪雲行地載馳千里之路警露聞天爰振九皐之響遷亭記柱馬生之壯志可追函谷棄繻終軍（一作子）之雄心尚在雖言高方朔而調下孫弘

便抑大成將從小選入仕有吏曹之耻出關無使者之榮
名宦以調役生悲田園以歸來興嘆昔時過所以委於中
途今日行文須憑於下署無宜部傳不可買符事在弘通
理難退抑

恩賜綾錦出關判

安息國莫賀遠來入朝頻蒙賜綾錦等還將自隨關司以
物皆違様不放過

對　劉穆之

莫賀就日輪琛占風削袵既踰葱嶺便集藁街頻承湛露
之恩幾荷油雲之施至若綾開翥鶴映雎浦以成文錦縟
翔鴛艷江波而濯色近九重之厚錫充萬里之輕齎關司

以寄重咽喉任光襟帶物皆違様既生非馬之疑事乃出
蕃須既鳴鷄之失既緣恩賜有異常途勘責不虚固難留
滯

官門誤不下鍵判

安上門應閉主者誤不下鍵

對　呂令問

門闔洞開國都以赫禁鑰一作鋼下同崇設王府則有兹率厥
典欽乃攸司重城建扃安上題牓當天衢以南豁臨帝庭
而北峙上以發皇明之壯觀下乃備他盜之非常瞻彼主
司或殊善閉闔而不鑰已彰慢藏開而不鍵誰測深意但
人同於失雖有類於茅茹法貴在寛尚未方於莧陸若謂

一時有誤須稽錯失之由必當外戶不扃寧累升中之化
請捨小過無傷大猷幸未深於墄耳庶無勞於噬臍

同前　姚震

職司其居官以物辨苟失其道孰云其憂杲杲重城上列
雲霞之氣昭昭洞闔傍連紫翠之宮所以崇邃高深隔閡
中外所以何一作可非孰異服驚礬非良鍾鼓司時自可密而
善閉煙光臧景翻乃虛而不關扃鍵空施陛防靡寄且此
之職守用備非常故而不嚴誰曰其誤宜致繩愆之責以
懲慢官之罰

同前　王維

設險守國金城九重迎賓遠方朱門四闢將以晝通阡陌

宵禁姦非眷彼閽人實司是職當使秦王宮裏不失孤白
之裘漢后廐中唯通赭馬之跡而乃不施金鍵空下鐵關
將謂堯人可封固無狗盜之侶王者無外有輕魚鑰之心
過自慢生陷兹詿誤而抱關爲事空欲望於侯嬴或犯門
有人將何禦於臧紇固當無疑必寘嚴科

向街開門判

于門告張第向街開門第云祖父有勳蔭

對　王諲

東海于門高容駟馬南陽張第榮珥七貂通德未孚薄言
斯露或以霞扉晝敞臨大道之青樓畫拱雲構接長揚之
綺陌有同樹塞不遠人境車馬之客相闐冠蓋之賓坐合

若也人惟白屋奢僭之辜何逭必其地是朱門公侯之家始復有勳有蔭既未審於高卑應闔應開誠可窮其新舊敬申三覆然定五刑

新作南門判

甲新南門或人糾不時訴稱以新易舊

對　楊成象

門戶攸設姦慝是禁以開以閉在昏在晨當啓塞之從時實終始而合制若位崇列國名大諸侯因農隙而度功既日至而斯畢且魯門所作丘明書以不時長府匪仍宣聖議其有改蠢茲甲者興事不臧雖善閉之典聿脩而從時之宜或紊糾之則可稱易奚爲

道路

盧樹判

商子行飲食失節生疾糾云盧氏井樹不修

對　李融

先王作則以廣利制命以居人故官立井樹旅有施舍相彼盧氏寔曰職司在故事之允修於從政乎何有既而日暮途遠商子載馳轅端莫向馬首靡託既傷行旅之感加之暴露之憂寒温失時以千六物飲食不節是生百病且國生納幣咎在晉卿江氏失布盜由楚相玉毀於櫝罪有所在

同前　柳潤之

四人有業天下同歸理在營生方光潤屋貨賄山積是往來於五都珍奇海輸乃森羅於九市眺言商子實職貿遷（一作貿貨）冀弦高之風爲絳侯之事經途所亘多跋涉之勞飲宿乖宜爽陰陽之候野廬所掌井樹是修何得曠於主司致有損於行李遂使銀牀罷汲無郝子之投錢碧樹摧榮聞茅生之危坐盍歸司敗以正刑書懲其已犯之愆求息將來之弊

道路判

乙主路三十里置作館州按其違古制詞云險陸相半

對　趙良玉

國有郊鄙道有室廬是崇委積以待羇旅眷夫惟乙則曰司存掌彼康衢順帝之則修其候館斅古之制公家之事爲之式可舊章不率誰敢允從且十里有廬五十里有館

典經攸著龜玉是司徒以險陸爲詞其如專擅之罪

徑踰判

乙有畝種田苦徑踰者訴盧氏不禁

對

國勸勤農戶分田畝三時克務九穀斯登乙有良疇頗爲膏壤我疆我理式辨於溝塍是藨是蔉以薅音蒿其荼蓼觀黍稷之薿薿見麻麥之芃芃佇成庾億之詠冀貯秕鍾之積推耕讓畔異閑田之莫爭越陌度阡爽野廬而不禁乃徑踰而是苦實網漏而蔣蹊田奪牛昔聞太甚議獄詰

黽合則持平宜稽廷尉之法用正野廬之罪

科木作道判

當路多石所由科木作道科擅賦役

對

繕理通衢必遵時令蓋藏多暇農人務閑既刊木以爲工亦隨方而適用於是取材深谷與役平人將肆力於夷塗必希心於公道馳騖由其克濟行李於是知歸何所虧違論其罪坐必情惟害物據法須峻刑名若功可利人撫狀猶宜獎應縣爲斷結理未融乎請更下推使其無訟

穿牆出水判

甲孟穿牆爲水竇流其惡於街衢坊人論告

對

甲孟池逕汾澮居此閭閻喧上陌之風塵亂中衢之車馬攸繁湫隘未適閑居仰甲第而多慙顧衡扉而自悪鄰光近接亦重於丘墳竇孔傍流忽染於泥滓遂使浮雲之騎坐惜連乾道路之人行嗟揭厲流惡既侵於五府議刑還抵於三章牒送有司用懲其失

開溝向街判

丁開溝向街流惡水縣令責情杖六十訴違法既有文不合責情並仰依法正斷

對

惟丁門接通衢美非仁里異汾澮而流惡成閭閻之致沼遂使軒車曉（一作晚）度將墜於由輪銅墨風行有聞於華令雖禮律之目彼此或殊小大之情得失斯在而法有恒禁政貴移風故議事之刑則符令典妄情之訴期於自息

染甕灑塵判

丙傾染甕惡街衢縣令笞丙云便灑軌塵於事無廢

對　孫欽望

閭閈撲地咽綺城之歌鼓軒車沸曉度紫陌之煙埃攸更湫隘或資灑掃丙也業在門居向惟街道傾茲染甕殊漢陰之息機灑以香街異汾水之流惡黃圖作宰當旌卧疾之奇玄覽滌除令察軌塵之穢將加藍令允符鞭作灑灣之懲已聞揭厲無良之刺難滿刑名令既有科自成美錦

之製丙期無訟雖雪素絲之泣

街内燒灰判

令月望日西市商人街内燒炭縣布署令梅登（一作澄）以其犯禁决三十致死家人訴濫刑

對　令狐紹先

赤帝司節朱明肇位月（一作日）當既望特屬正陽理通幽化之急須長明生之氣商人徇利小子斆賈同長房之居産不得神仙類弦高之聚財寧宜犒士遂焚灰上路縣布長衢既觸陰科且亂陽禁躔次有累於干紀草木不滋於殖豐梅澄所守薄有笞刑精氣爲物頹齡俄謝論辜不知於内外定罪須憑於繩墨家人雖訴須審而行（一作如何）

造橋判

河陽欲造石梁以費廣請造舟計風烏鷁海亦用瓢巨萬州使相爭不定

對　孫崇古

河陽地即帝畿境惟天邑石季倫之別業吹樓雲斷潘河陽之古縣春樹花開波石沿洄杳崑崙之水車馬闐咽俟黿鼉之構虹梁鵲柱既暫勞而永逸風烏海鷺但有損而無成爰即兩端且多職競將申一部希劾管窺宜輿鞭石之功無取接舟之議

縣令不修橋判

長安萬年縣坐去歲霖雨不脩城內橋被推按訴云各有

司存不伏科罪

對

天開紫極地列鎬京渭水即飲龍之津橫橋得牽牛之象而二縣稱劇兩城攸壯望雙闕而如雲對九途一作逵而若厲頻年淫雨中逵泥濘石梁蕩構鐵鏁不修馬惜連乾遲迴於欲渡人嗟揭厲歎息於無艮既愆十月之期須明三典之坐然則據地雖從縣管修橋乃合監營職司自可爲憂有詞無宜濫罰飾五材而入用選百工以就程俾令蝃蝀如虹佇見闌干若斗請準此狀各牒所由

同前　崔翹

顧兎離星商羊應雨瀉厚地而沮洳灑長天而蕭索凝雲不動履雙闕而朝躋行潦坐流匝四濵而夜下遂使鵲橋半落虹影欹傾石杠沉而鐵鎖暗移舊枝壞而新查亂墜兩城之內是曰帝居作漕自合修營赤縣元非管屬輒被推按乃涉濫刑至於司存事資懲罰牒問由緒方正科條

同前　趙和

中京帝宅上洛星橋宮城俯臨九重密邇康莊或斷一切停留架海黿鼉誰看往迹填河烏鵲不見新營冠蓋相喧過紅塵而不度車徒競擁駐白日而移陰脩構既在科須差遣誠歸正典事合屬於將作不可責以親人訴者有詞請停推劾

私僱船渡人判

洛水中橋破絕往來渡縣令楊忠以爲時屬嚴寒未可修造遂私僱船舫於津所渡人百姓杜威等連狀舉忠將爲幹濟廉使以忠懦弱不舉職事以邀名欲科不伏

對

上洛飛湍中橋施構參差危柱若星影之全開斷絕浮梁似虹光之半起望九衢之車馬未見川流瞻兩岸之風煙更疑波委楊忠宣風帝輦作宰神州以修造之辰當冱寒之節私估船舫公然來往論患雖是恤人語事便非濟物且兩畢理道水涸成梁莫不率由舊章抑亦編諸甲令故違憲法自寘刑科廉使以懦弱繩愆正符厥理杜威以幹濟連狀未識其宜

同前

圭壓勝壤凫邑名都八達開衢傍連鶴嶠九重危堞近枕龜津鐵鏁長橋衣冠不絶金錢廣埒車馬相望楊忠擢以茂材宰斯京縣屬虹梁落構翠瀲驚波滯商賈於平川阻騑驂於上路將以日躔南陸氣叶冬郊當此冱寒難於修葺役徒未集且叶愛人船舫有私何乖嵩事杜威緼德載述風猷廉使繩違遽投霜翰究其所以蓋取義於隨時觀其所由亦何煩於褒貶

同前　李孝言

曲洛圭壓交風凫邑途開九達城控八關積溜澄雲王子吹笙之浦驚湍落日馮夷剖蚌之川衣冠之所往來商賈

於焉交集所以亘茲星柱架此虹橋疑海上之浮黿似天津之飛鵲誠合因人啓塞隨事脩營豈可使曲一作直岸全崩危梁中絶驚波淼淼却停流水之車急浪悠悠翻擁桃花之騎楊忠濫斯劇縣輙樹私恩不遵十月之規有損二周之化造舟之義自有公營浮航之機詎宜私估道橋有闕懦弱可知請依直指之科寘以曲從之坐

同前　崔釋

三川朝市六合樞機冠蓋如雲擁金錢之馬埒軒車若水赴鐵鎖之虹橋遐邇所資往來爲要不謂波湍溜激柱朽梁摧挺鳥鵲填河空餘處所驅黿鼉駕海尚有規模自合修營豈宜停廢楊忠佐光銅墨境控圭壓仙舸橫流畀林宗之共泛漁船逗浦非仲□之來遊縱徇私情恐乖公理雖當冬月况屬閑時造橋用功冀暫勞而永逸渡船費力但有損而無成官橋自可官修何關縣長私船輙爲私估便累宰君郡人褰揚將何舉首廉察附請即可甘心以狀告知庶無喧訴

不修橋判

得丁爲刺史見冬涉水者哀之下車以濟之觀察使責其不順時修橋以徼小惠丁云恤下

對

津橋不修何以爲政車服有命安可假人丁職是榮集作崇班體非威重輕漢臣之寵失位於高車徇鄭相之名濟人

於大水志雖恤下道未集作昧叶中與其能軾涉川小惠未遍曷若虹橋通路大道甚夷啓塞既闕於日脩揭厲徒哀其冬涉事關失政情近沽名宜科十月不成庚辨二天無政

文苑英華卷第五百四十五

文苑英華卷第五百四十六　判四十四

錢帛玉璧果門二十三道

錢帛

磨錢判一道　無名錢判一道
拾遺錢判一道　鑄錢數倍判一道
鍾官所鑄判一道　毋子權判一道
織素判一道　練不宿井判一道
黄門判一道

玉銅璧玉節

龍虎輔玉判一道　開銅坑判一道
璧判一道　玉節判一道

穀珪判一道

木樹草瓜果

採木判一道　橘奴判一道
平慮判一道　竹判一道
盜瓜判一道　芋判一道
柙子判一道　梨橘判一道
盜稻橘判一道

錢帛

磨錢判

甲磨錢質而取鎔乙告之訴不更鑄

對

緡鏹爰設銷鑄是司九府匠之以圓方三官因之以文質雖五銖異制半兩分形龍馬之造化不窮權衡之輕重有數寔惟泉貨校在水衡人之無良公爲不道徽漢臣之賜蜀鎔範成姦非魏帝之夢陳錯磨抵禁立辟自貽於錢府舉法須密於金科欲無王衍之害曷云非隱將刻劉陶之議刑其捨諸且取鎔不定其少多致徵孰究其高下欲加之罪其無詞乎待窮揚可之告緡方許（一作訊）五倫之督鑄

無名錢判

東門韜訴主司負物吏詰之韜云祖有無名錢

對

易象定位尊卑之禮聿脩人倫有序貴賤之容斯立布諸

方策聲塵藹然至若爵列子男恩垂帶礪有謀謂帝方承萬戶之榮無種封侯亦受千金之賜陸子橐中之寶已惠私門張氏無名之錢且留公庫東門韜家聲不墜祖德彌光想昔日之恩輝恃曩時之寵寄負玄絕海捨榆知其不建刳舟剡檝瘣木娩其無施仰堂構而未徹思必復而何已薄言公府方論赤仄之資爰詰主司更訴青鳧之鏹亦冀雲油露湛先人承元始之恩自葉流根後胤奉永平之賜迹有符於故事理無紊於今時既於古而無虧豈在今而可抑謂宜從允以叶彝章

拾遺錢判

乙拾遺錢於路縣科罪云家約俛有拾仰有取不敢失業

對

失得者在乎幾悔吝者在乎動苟或之昧其何以行乙乃妄人不慎厥德既俛拾而仰取亦虛往而實歸路有遺錢且效漢臣之鄙室而藏鏹庾同徜氏之宙在國經而斯濫寧家約之可遵且揭而書之縣未徵於古制貪以敗類乙見誚於詩人貽厥孫謀無聞以燕之訓恒有子禍將貽自掇之刑請糾其違用懲于悔

鑄錢數倍判

江東諸監鑄錢數倍費使牒令停監司云恐棄山澤之利而工匠私鑄犯法

對

貨以通商財以利俗國法施於九府鑄作行於四方輕重隨時子母由其迺用積流有象泉布所以得名國家立制經邦稽古爲理用天分地成其阜安之業聖作物覩有其通變之勞使乎伊何曾不是識專命非據亂常有誅人焉廋哉斯害也已請被刑辟無擾監司

鍾官所鑄判

庚爲鍾官所鑄不充歲計工部按其罪訴稱鉛錫未足

對

辨方制位大明治國之由興立教富人必先因地之利設家泉疑作府列鍾官將欲布人金刀之饒盡銅山之積庚以伎從能職鎔鑄爲勞歎炭炎爐非煙上出一作歎爐生炭炎煙上出危工動翦騄吹傍飛無名歸張氏之封因寵入鄧通之室自合預圖歲計先備年支不見請於文符空有辭於鉛錫撫周書而太息有愧川流披漢史而長懷無聞岳峙仙臺按罪實爲通規主局致詞憑何逃責

母子權判

順成方請爲母子權渝其好肉所司下科違法

對

調以玉燭天運和於四時用以金弊寶貨叶於三品是以榆花落影荇葉分形有母子之相權見大小之爲利歲用不足將救青災秋其以登孰爲鎔鑄眷茲方郡年在順成稱彼兄觥則叶飲蒸之義在其龜貝未詳豐有之期家蓄

三年自流衍於紅粟園資九府實抵胄於丹毫守以規模循違正典渝其好肉彌阻大同知無不爲何見妄從申請罪人斯得誠宜寘以科條

織素判

樊貴使妻織素先示其式而告之曰必如此妻織遂善於式乃出妻兄訴州特一作將判合仍笞貴六十因損一腳履地不得貴不伏訴臺

對

龜浪披圖地演金夫之卦鵲橋構象天垂織女之星故能陰陽克諧琴瑟斯和其道且合莊敬表以於齊眉其情或乖忿怨形於反目樊貴飛鳴聖代飲啄昌期預詳結媛之談

早契代柯之義皇皇受業初未見於拾青軋軋弄機遽有聞於裂素蜘蛛網戶朝續斷絲蟋蟀鳴階夜催殘織光明似曌未慙董永之妻皎潔如霜纔學王陽之婦兄莫能忍是歸妹之無家女既不良何立身之有地閨門險詖醜行已彰州將科繩罪人斯得有虧於禮善是責之難逃不足興行何藉跛而能履以郭賀爲州牧用刑而尚寬既不疑爲臺即所訴之何益

練不宿井判

丁爲水練不宿井七日夜所司科罪訴云晝暴

對

惟彼組練濟斯軍國或易象賁其戔戔或詩人歌其皎皎

理宜夜懸諸井晝暴於陽何得不務與門之光坐乖魏闕之理所司詰罪雅叶彝章丁則薄言何其厚貌請依司敗以肅爰書

黃閏判 黃閏細布也揚子雲蜀都賦曰筒中黃閏

乙借甲黃閏示幽閒因被鼠齧甲索比筒乙以當十無請酬價甲不伏集作訴

對

財以工化物以商通鮮名奇而可稱於一作亦實異而爲玩或有韜筒比細光越象簟況一作沉藻侔華色逾龍輔貨且難得稱珍於外土寵無棄不利取悅於中閨皎皎當窻已生紅粉之豔卿卿在室復觀黃閏之奇上客驚燒殊裴楷之未識相鼠斯齧惡蒼[illegible]句之啓智緘鏑不固誠毀櫝而亡龜詭異難求豈登山而[illegible]探蚌依酬元價無徵本物既非吾土所育請絶詩人薄言

玉銅璧玉飾

龍輔判

張齊私家畜龍輔不獻

對

[illegible]心四人各業不寶遠物載沐玄風南榮之暄猶思上獻東流之水必願朝宗所貴者忠誠孰非臣子所畜者珍物仍在私家況龍輔稱奇鳥篆攸載潛匿不送彰聞有司雖馬駕鼓車天心廣被而人迷日用物議猶多律有明

文刑故無捨

開銅坑判

蔚州申管內銅坑先禁採斫爲檀州警發遣兵州庫無物可裝束刺史判令開銅坑以市物給兵幕一作募不關軍機廉察使科違勅

對

星帶燕郊雲迷代郡地稱即山之利人擅燒銅之業有勅頒行無令採鑄頃以胡兵候月或度盧龍之水漢守宜風載撫飛狐之塞救兵屢發帑藏云空方興計日之師遂有隨時之義取銅以給在勅誠違一作誠在違科應機而行於事有可一作怨馮諼市義在昔未以爲非汲黯開倉於今不言其

失斷從違勅理或可矜

璧判

璧肉倍好太常以爲度失於判爲不可

對

大璞不雕國寶爲貴許田非易假諱朝宿之邑泰城可易獻章華之臺况祀地郊天或充禮物來朝入聘以表威儀然則聖人制禮特崇於饗薦王者之孝莫先於崇禋而三后在天聖靈浸遠四方成歲祭典聿脩有事廟庭載陳珪璧太常所主大禮攸存凡厥薦陳須明制度惟此璧禮不虧玉書色件截肪肉倍於好同楚人之鄙識妄有疵瑕當魯禮之明祠而致違闕曠其所職不得無辜

玉節判

癸盜玉節于諸其家科盜罪不伏

對

符璽出入惟帝之命節傳迂送（一作官節傳迂）有國之恒寶山圖獸知林木之多虞澤國用龍取江海（一作湖）之安棖飾玉之者惟人所持萬里無塵寢於廟堂之上四郊多壘行於軍陣之間癸何人斯不率而盜于卿漢朝之勇將權（一作摧）節不移無忌魏國之名臣竊符加罪彼已之子曾不是思數之萑蒲尚聞攻伐邪之旌節安可穿窬請歸義於鈎金庶無譁於束矢

穀珪判

甲受穀珪之節爲使而易之行除慝專以和難爲務法司劾之不伏

對

六節崇儀制叅龍虎五瑞分命列自公侯備以寵章異其文質嚴國朝而式序戒原隰而斯皇莫不尚以珪璧爲之制度氣中浮曜本自生虹山下沉輝由來抵鵲擬秦城而韞價邁燕石以推珍璞琢言敷彩就無僭起以軍旅恤其凶荒易行除慝之規結好和難之義咸崇馭下克著彝倫將叅厥司寔資謀政甲縉紳高踐符節光臨旣載馳而飲氷豈四方之辱命蒲璧云始早逾列於子男穀珪致榮遂專城於方岳克謹天戒肅將明威居不失中思非出位寧

違啓處務協仇讐得晋侯之平戎有宣公之靜苔奚爲不可而欲論刑易行本在剡珪此謬請分陶璧

木樹草瓜果

採木

終南山下人每至冬中於山北採木縣以斬（一作斫）伐非時皆欲禁斷人云山南險遠終（一作皆）不可行

對

節彼南山森乎灌木百工乘冬度庶人斯採厲禁攸施妄掄材而必制操斧以進何斬伐之乖宜斬陽盖（一作即）取乎陰時伐陰須在乎陽月古訓斯著今令惟宜若斷彼良輈剡乎服耜考工有典諒亦難違儻華路載馳折薪負荷藍縷

是阻巖險何階隨時之宜蓋取諸此

橘奴判

甲有橘奴不書於版圖大比被糾訴稱田賦不闕

對

江皋芊眠盧橘是植珠樹金實含芬吐芳班史將富於封君李衡取方於僮僕詳窺夏箓珍味備錯於苞貢式遵周禮物生必載於版圖何厚產之闕書而薄言於田賦寘于徽纆誠爲得宜

平慮判

僧稱院有一株平慮依驗乃是忘憂

對

王城福田禪宇清界忍草斯植天花亂開裛香雨而增紅澹祥煙而泛緑徵其種類已備神農之書覽彼芳菲取惑愚僧之目狀稱平慮驗乃忘憂初欲薦其棋枰終用彰於紕繆只可樹之於背詎彼芳香何乃言之於公取尤眩惑足以發周客之笑生燕人之慙未全害於政經不可罹於刑典

竹判

衛州申奉勑和市竹州送王錫司法科罪不伏並仰處分

對

王者立制諸侯附庸海內之化可弘任土之宜克著軍國既有曩準州縣非無舊式眷茲鄘衛築新臺於浼浼帶以淇澳挺綠竹之猗猗雖禹貢分析尚乎納秸（一作秸納）而唐年作賦送彼王錫既失奉於芝泥自投刑於棘署司法科罪正叶其宜輒爲詞訴殊是疎僻且虧效職之方須速謗官之罪

盜瓜判

常州申稱錢客每以種瓜爲業遂被伶人洪崖盜食其瓜並盡爲客所擒遂作術化出滿田是瓜客乃放之崖去後了復無瓜客詣縣告崖是妖賊

對

錢客家隣白杜業在青門米實葱花光浮五色藍皮密理美至三提長懷洗玉之珍方有致金之望洪崖行乖夔足

道契狼心不能李徑遺冠翻乃瓜田躡履狥（一作徇）茲猿臂因採掇而全空眷彼龍蹄隨指揮而忽見寧勞宋灌自含氷谷之文不假魯鋤俄結火山之實錢既迷於術化洪乃集彼回邪於是釋此妖人將殊盜者初觀帶毋似逐仙來後察空苗疑因夢失幻人爲幻幻已去而無瓜迷者知迷迷既祛而有悞論妖疑切誨盜情深雖陳莠口之詞莫辦訛言之實洪崖不在丹筆何施客告未曉真虛崖實未知州縣更宜尋問方可裁量

芋判

甲以蹲鴟自業丁告其惰農

對

我疆我理蓋取其宜採葑採菲止存其善甲以鑿井而飲耕田而食藝彼芋區安厥蓬戶不知堯舜之力聿求天地之利有斯而享同計然於范子無悶乃可均沃壤於婚山鄙哉彼丁好訐爲直昧長沮之自樂訝夫子之不勤告以情農未聞其可或恐人慙相鼠務彼蹲鴟匪夫折薪傾黷綱紀則片言難折審慎攸宜請俟三緘方申一剖

椑子判

栢會一作會下同南隣有椑樹垂枝於家侍兒取以噉會會送官仰正斷

對

栢會操深介直期在公清用理於家可移於國東家之棗

昔聞去婦之悲南隣之椑今見侍兒之噉論其嫉惡雖曰至公究其餘情終爲小行所盜不言多少量情應有重輕請更詳求方可裁斷

梨橘判

鄭州劉元禮載梨向蘇州蘇人弘執信載橘來鄭州行至徐城水流急兩船相衝俱破梨及橘並流梨散接得半橘薄盛總不失元禮執信索陪執信不伏

對

滎澤名區長洲澳壤土宜雖異川路攸通故使賈客相趨乘時射利商人逦委從有之無大谷玄光言移汴北江陵朱實欲度淮南於是鼓帆侵星俱辭故國扣船忘夕並屆徐城兩鷁爭飛雙允不背異虛舟而見觸均斷檻之相逢遂使橈逐蘭擢疑建平之柿下棹隨桂折若河上之查來落果於焉星散傍人由其鶩沒一游一沫橘包褁而全收載況載浮梨漂零而半失然防慮之術未聞責已而侵溺之弊直欲尤人乍尋似合酬塡審細便難允許何者梨因散失船則共傷若爲梨覓陪過自歸於毀櫝如損船索償理乃齊於指馬既非情故徒事披陳

盜稻橘判

會稽楊真種稻二十畝縣人張辨盜將今訪知收辨科罪訴楊真盜辨木奴復合科罪

對

汙泉芳稻風傳十里之香江陵木奴地均千戶之封青花竟吐色亂煙波朱實方成影分霞錦楊真張辨植業營生楚既失之齊亦未得且覆車攻轍前代之通宜牽牛蹊田往賢之深誠豈有一彼一此俱行盜竊之心以公以私深失是非之路鍾離牧之推讓曾不留心淳于恭之助收豈知勵俗論犯雖知先後語罪諒乃同歸請勘兩家之贓方定片言之獄

文苑英華卷第五百四十六

文苑英華卷第五百四十七　判四十五

鳥獸門二十四道

屠龍判

丁以屠龍爲業乙告不經

對

鱗族惟錯寔繁有徒人不知非龍實有智風雲遇坎見困豫且變化逢屯乞膳夏后丁以詭俗爲事遊刃非物或異仁賢罔識悔吝何則犬不言殺前哲良規馬重有功後代明訓况四靈之貴萬化之資匪惟瑞啓漢年固以仙登軒帝以屠爲稱豈不作法於涼以律繩之可謂自貽伊慼

射牛判

萬年縣申王祚告侯明射牛明疑狼入圈中齧牛將弓射狼誤中牛事

對

三元赫赫牛星紀於北方八極悠悠牛山建於東國錢塘水上遠浮金鎖之輝蜀郡江前遥沉石犀之影豈止披蹄載角玉鞅華鞦南州聞果下之名西域表花津之異固以禮標極敬大祀資於潔圭易賛神明引重憑於致遠由是降玆綸綍著彼科條姜牙絶其鼓刀庖丁息其游刃侯明鄉閭賤品稼穡庸夫常傳甯戚之經又習高堂之法西河資産希十千而萬計東州奔駿方一日而千里俄而野心

與暴縱目爲災引騂角之雕弓控青筌之箭羽興天弧之垂象空法向狼之星殊封禪之舊章便爲射牛之事悞殺不禁著自彝章罪疑從輕聞諸古實

驅犢蹊園判

乙驅犢蹊丑園丑怒留其犢乙訴強刧

對

人守堅貞克終無替苟失廉節其弊斯生乙接心丘園於志閑雅忘負鼎之事從叩角之遊徘徊泉石躑躅林草雅志情遠防微理乖事須正子夏之冠避朱仲之李豈得牽毒春之犢踐於陵之園人而失圖一至於此丑也奚據罰彼何深所損既在於場苗取酬便過於佩犢叔時作喻蹊

田罪輕丘明述事奪牛刑千里前文已决後見須依

殺牛判

景告丁殺牛事丁别款景鑄錢州斷盡處極刑使出從徒

對

議獄緩死先典攸慎德言觀色法貴詳平刑罰暂虧手足無措眷彼丁矣有異里仁見蒲葉之生春無聞曳来入桃林之鉅野爰事皷刀遂令河渚風秋奄沉星彩蜀山路險不見金生景匪良交遂來相訴芳蘭入詠遽展契於風雲叢棘議刑幾窮詞於刀筆搖尾求食斯之謂乎朝歌殺牛理非謬矣方引循環之辨翻露鑄錢之責緬監厥跡奚其若斯未盡金潭之由更起淮陽之獄州司振藻慮以極刑

使者彈毫將爲徒坐諒哀矜而勿喜何輕重其若斯狀外不推使司得其折衷案中論死州法酷其深文結以徒刑吾無間矣

爲父殺牛判

韓孝隨父行牛驚觝人恐損父遂以刀殺牛牛主論告孝請價陪填事

對

天經地義道冠生靈立身揚名德光終始見危受命宣尼以爲美談臨難捐軀馬遷述其遺烈韓孝忝曰人子先隨父行逢觜角之初驚似衝燕壘遇奔蹄之暫躍若走秦郊倉黄貽牲之憂倏忽慮庖之患霜鋒一舉若庖丁之刃游氷鍔聊揮似宰夫之斷割原始雖稱犯罪要終未可論辜既符名教之規還申壯勇之節酬價匪虧公理與直有慨私家庶叶平反之詞以表從輕之典

不理狗判

城外多死狗法司責京兆府不埋訴非掩骼時

對

惟犬守禦居人是要混鷄而入坐識於新豐伴鷹而遊行傳於上蔡是故閭閻密邇音響相聞喧雀成譁表貧吏之節噬腓起戎陳爲主之誠何畜養之是均而城外之多死知殃預兆未銜吳相之衣遘斃遄深爲食驪姬之藥流穢行路彰聞法司舉過從愆事關京兆且弊帷從棄孔丘之

義有虧掩骼候時周公之禮可守二途交戰須定是非執禮而行斯亦爲得

射猿判

戊至景乘舟來峽射猨中之黜其職景不伏

對

沉沉長江巖巖峻峻波瀾澳日嶺嶂横雲路出東吳即是三聲之地途危西蜀還尋萬里之橋顧惟彼景在兹干役乘流振檝方從赤馬之遊灔澦月彎弧遂落玄猿之影雖同養由之妙終致桓公之黜於人則事乖親愛在獸則理切肝腸彼或可傷此可辭黜

死官鵲判

乙養官鵝多死或告不以人養鳥

對

池籞大開羽簇無筭乙忝夷隷職養官鵝諒須盡心能識其性稻粱可遇蔓藻堪遊浮積水而連羣向長風而皷趐（一作翮）遂其棲託終冀繁多倦鷃䴏鴇以樊籠樂鵁鶄以鍾皷以人養鳥不死胡爲儻或類茲如何免責且片言折獄自古攸難理宜弃詰是非不可輕爲與奪

斷屠月殺鶩判

甲爲蒺藜飼鳧子致死鄰人告斷屠月殺鶩子

對

丁家葦泥載聞於頭禿黃氏把火旋見於眼傷甲之無良

情則非善以蒺藜而充飼三子俱亡無桃李之蹊陰一朝被告迹符周氏罪挂湯羅循情合科準狀難捨

養貫兒判

丁養貫兒能馴擾啄人穀不伏賠

對

丁爲拙好收養貫兒日月淹延羽毛成就逢人不懼遇物無驚有鴨羣之精神得鸒斯之風彩楚烏（一作鳥）既非別族吳鵶亦是一宗未能莌鼠已聞啄穀鳥未損物人則何辜即索陪填恐非通允丁稱不伏理亦無乖

爲碆簇判

甲爲碆簇以十日號覆鳥巢

對

順時之令則無覆巢作災之僭因資書版陳之禮典布以人倫苟或在辰克用玆道是以有鵶萃止爰結典於詩人見彈而求乃寓言於莊叟長沙天性入室貽凶曲阜陳誠毀巢標喻碆簇氏職惟斯掌務乃昭明有均大羅之躅是忝虞人之効將去妖鳥式徇其義（一作議）既均惡聲庶無全夘日號月號之法書而不憖從子從角之規用則斯備周典非昧方書是懸均射隼於高墉豈巢鴞於外戶將使鷩鳴緒闃同反舌之無聲聯翩影搖隨退鷁之不駐事非詭妄告實欺誣諒稽十日之號難闃三章之典

殺鳥獸

今有過而殺傷鳥獸者甲以人成之

對

大羅以往禮猶因蒐豢龍斯廢法亦罕聞自我化及豚魚仁霑草木放麑王之鵠不咎使乎驚梁君之鴈豈誅行者獸育豐草鳥棲平林一角以瑞於昌期九苞載叶於仁義贍言過者豈得傷乎必也百獸異倫六禽殊類稻粱空費庖厨未供遇而見傷亦何矜其非政捨而勿問庶得令其惟新（一作令其惟新）甲以人成恐乖中典欽哉惟恤寧失不經

觧牛鳴判

乙聞牛鳴云是生三犧或告妖妄欲科罪不伏

對

陰陽不測造化多端故有夷蠻之隸實司鳥獸之語乙波流未息克廣前書精義不窮旁通其類告稱妖妄欲抵刑章即科介葛之辜實恐冶長非罪以今況古不坐爲然

觧鵲語判

乙被告殺夫縣執之訴稱隣婦不伏其罪郡以鵲來相告將可爲徵者

對

道全皆應感至必通能分禽獸之言豈專夷貊之隸公冶長之縲絏鳥語知非介葛盧之犧牲牛鳴辨數始由人聽終見物情乙以氣烈剛腸冤深亥目素不謹於帷薄終取敗於嫌疑行兹亂風自抵邦憲徒嫁禍於隣婦冀逃刑於

我躬矯郡縣察微輕重不濫比夫屢數知來頗類乎方朔驗兹鳱鵠(占沃切廣雅鳱鵠鵲)取効何異於公明(管輅字也鳴鵲事見本傳)古而有徵今也寧惑殺人之罪按律可求孽乃自作死將誰諉

神爲異聲判

甲邑里有神爲異聲所不供太陰之弓請科之訴云掌非武庫

對

至若日月薄蝕君臣著象夌轉歌於童子闕取幣於啇夫伐鼓迴輪有祇膺之事迹陰弓枉矢開救射之規模義雖責於上公物終列於庭氏藏非武庫救即孽祆何邑居之有災見主司之不務殊若在己近欲幸人既闕五兵之威

因斷十日之號寔忓(古安切擾也又胡旦切抵也)於典良尸厥官思取義於殊壤請論刑於微纆

弓矢驅烏鳶判

詔賜蕃客宴有司不以弓矢驅烏鳶御史劾之詞云非祭祀之事

對

蠻夷麕至絜牛羊以宴私弓矢載張備烏鳶之鈔盜苟饋食而則爾豈薦饗之獨然況乎要服在庭舌人委體方示懷於犒飲胡廢職於毆除且賓主恪恭須防墜鼠之穢牲牢備禮寧無攫肉之虞曾是闕於弦弧復何徵於擊豕(疑)周禮盡在既專分鳥之司陳力自乖宜憚乘驄之劾

蕃客求魚判

蕃官(一作客)至鴻臚寺不供魚客怒辭云獺未祭朝議失隨時之義

對

沙漠寔來供宜必備澤梁有禁殺則以時信能及於鯤鯢化方行於蠻貊彼卿之屬得禮之中雖諭以象胥或聞彈鋏而徵諸獺祭未可振綱既懷友(一作友國語禮立之成者爲秖飫歌曰支以享夷狄疑用此事)物之虞遂阻烹鮮之請辭不失舊事必有初是曰國之典常焉用隨時之義且駒支昧禮信未習於華風里華(見國語)當朝返有迷於一夔濫矜其異俗責在有知合恕過求姑懲輕議

獻千歲龜判

戊獻千歲龜有司以欺罔舉科訴云得之於叢蓍之下

對

獻其介物雖合疑年驗以生蓍則當有數戊得茲外骨籍自幽叢嘗聞見夢之神將期百中况察退藏之所足辨千齡冀令僂句不欺誰謂蜉蝣興惑盍徵幽贊寧罪矯誣居蔡於家則吾豈敢遊蓮有歲視予非無科之蓋有不知獻者此宜無罪

宴客鼈小判

甲饗客羞鼈小客怒其不敬辭云水煩非傲

對

燕以示懷鼈於何有姑宜飲德豈誚水煩責外骨之不豐顧褊心之奚甚甲大將展禮旋遇過求水潦方塗且乏大為貴者壺飧一作飧饔苟備何必長而食之我惟敬於上賓爾寧貪於介物小不能忍禮何以觀儻羞南澗之毛尚當遺味詎勞東海之鼈然後合歡詞未爽於小施怒難信於睹父

養鷄豬判

甲為郡守令百姓養母豬及鷄督郵諫其擾人不許

對

扇以仁風阜財焉急教之畜擾利俗則多甲位列焉能政同佩犢將除饑餒之患用先蕃息之資俾爾生生非于擾擾二彘既侔於龔遂五牸足驗於陶朱訓養雖勤割烹斯利既符孳貨庶罔食貧使荷蓧之夫不空為黍倚杖而牧豈獨割葵人無見卵之思俗皆掩豆而祭寔惟務本焉用他規且異米鹽之煩寧懼糾繩之諫

父病殺牛判

壬父病殺牛祈禱縣以行孝不之罪州科違法

對

力施南畝晷則干刑祭比東鄰理難逢福冠帶縱勤於侍疾鉎刃寧同於彼袄壬憂或蒲容殺非無故愛人以德未聞易簀之言獲罪於天遂抵椎肥之禁志雖行孝捨則亂常父病誠切於肺肝私禱豈侔於璽粟且宋人皆用或免

乘城之虞魏郡不誅終非棄市之律令不惟反政是以常縣恐濫魚州符佩犢

狗傷人有牌判

癸家養狗傷人乙論官請償辭云有牌記行者非慎

對

畜狗不馴傷人必罪有標自觸徵償則非既懸迎吠之書寧忘慎行之道癸非用犬乙豈尤人防虞自失於周身齧噬尚貪於求貨有牌記而莫慎則欲請賡無標識而或傷若為加等徵詞可擬徙訴何憑

牛觝馬判

得甲牛觝乙馬死乙請償價甲云在放牧處相觝請倍半

價乙不伏

對

馬牛于牧蹄角難防苟死傷之可徵在故誤而宜別況日中出入郊外寢訛旣谷量以齊驅或風逸而（集作之）相及爾牛孔阜奮騂角而莫當我馬用傷蹶駿足而致斃情非故縱理合誤論在阜棧以來思罰宜惟重就桃林而招損價則從輕將息訟端請徵律典當陪半價勿聽過求

解牛鳴判

得乙聞牛鳴曰是生三犧皆用之矣問之皆信或謂之妖不伏

對

上稟天性旁通物情是謂生知孰云行怪況刑雖異類心則同歸四鳥分飛聽音旣稱有信三犧皆用聞鳴豈可爲妖且叶前言殊非左道爾惟不講我則有辭揆以周官業將司於夷隸詳夫魯史責不及於葛盧獸鳴可徵人言奚恤

文苑英華卷第五百四十七

文苑英華卷第五百四十八

易卜病疾占相妖言巫覡門二十三道

易卜

易道判

甲居重澤介疾有喜遂存乎辭[illegible]或告其妄干他事初不量力甲云剛德閑邪何往不利

對

乾坤旣列易行其中六九斯重爻見乎外有同功而異位亦原始而要終惟彼甲也乃居重澤當周公之述聖義存乎詞及宣父之窮微意筌於象然則上下合應利殊攸適剛柔立體位或非居是以同心暫間遄當介疾之失和光使終（一作和光終從）聿成勿藥之喜以千事而告未曰知章以量力而言何哉懵識兄乎形自然之變含不測之神古皓首而難明今冊筆而爰（一作奚）定含而勿問愚謂合宜

同前

甲惕號暮夜有戎勿恤中軍按逗撓爲咎將議明罰甲訴初往不勝今得中道

對

三才孕育六位時成藏往闡幽鉤深致遠用明失得之報是興易簡之能甲亦何爲形諸卦兆居悔吝之地處動靜之中乍行乍藏或進或退初往不勝故惕懼而號呼終歸得中則有戎而勿恤實元亨之利往乃爻象之情言中宜按論憑何議擬括囊已是無咎逗撓寧宜有刑

同前

丁即次得童僕乙于處得資斧在旅之時所得各別未知孰是

對

聖人作易窮理盡性君子明道體微知章發揮於剛柔而生爻觀變於陰陽而立卦用存悔吝之介式崇簡易之源旣致遠以鉤深亦仰觀而俯察相惟丁乙俱形卦兆匪以蒙而養正諒在旅而多虞異乎先笑後號豈曰大來小往得諸童僕知爾躬以無尤獲其資斧識我心之不快考即次而知是驗于處而覺非稽周家之文休咎斯在閱旅人之卦得失可明請探六畫之旨以取一言而蔽

同前

乙入于幽谷三歲不覿郡吏詰之稱澤無水以致命遂志

對

易之爲書觟類成象因涸澤之爲體致幽谷之深潛君子是以養蒙晦明致遠遂志豈隕獲於所遇將考槃而自得金車欲駕來尚虛徐朱紱方亨循多鷯𩾞龍蟠所以致用

蠖屈豈不求伸十年亥常志或斯在三歲不覿吏亦何非苟用（一作罔）有遺可以無詰

同前

景虞吉有他不燕或謂繫心於一云義及豚魚志不可變

對

行充有孚義形於色可爲己干櫓將措身波流敢昧斯言不知其可景學乎前訓從事於茲知通幽洞微設卦觀象敬慎不敗利用爲恒動協中庸德均上善獲此專吉莫知其他同夏翟之姿難儔耿介比寒松之節但覩青冥非無所守其不可變語稱近義敢匪聞諸易著盈缶死而後已豈苟息之受托終不食言何周勃之爲臣取於木訥所以

繫心於一存忠篤而不喪執志無二賊華美之外揚及於豚魚應彼鳴鶴或者所謂于何其臻且誰譽誰毀寧當盡好所以所安寔宜必察誠知言者不中無問吉人寡辭

同前

景之宋得乾坤丁告違禁景不伏

對

景德行純懿道術通明齒迹堯封騣邁宋國探微研奥鉤深致遠思尚長之薄遊每敷損益同孔丘之志事載演乾坤丁性直俠中奇疑能劉疑善類膺受之譏懇異皮裏之陽秋發言盈庭誰執其咎今動作非妄隄防未渝心儻偶於木人罪庶寬於艾韠

北斗龜判

得甲畜北斗龜財物歸之遂至萬千或告違禁詞云名在八龜

對

財無苟得義不厭取若奉業以徃積而無（一作向）傷或非道以行動且爲害於稽爾甲爰契我龜已見負圖不獨七星之號空嗟入夢詎終千載之期是諸侯之寶念彼當畜非宗伯之屬其敢誰私豈伊匪人妄致諸櫝迹罔厠於主守家用保於神靈徵以從長占八九之數窮於旣厭收千萬之盈茲乃多藏且不預於官事靡當知禁亦可畏於人言必曰職我之由守而勿失名可覆視余無爾刑

疊龜判

甲疊龜不辨名物將罪之云且疊而後辨

對

有龜之德徵神爲用稟靈千歲遊質於芳蓮納錫九江彰名於禮物取其象事知變占事知來然以寓莊周之談時聞曳尾挂預且之網寧知刳骨緬懷于甲將惟卜人將言疊龜以考其象理宜別諸名物定乎吉凶俾春夏以宜左右必順有斎于制實惟伊何欲寘戾焉事可訊者何則取十朋而分睨弇乃先疊以爲尤參五行以觀兆數雖後辨而未失覆其兩端顓言一問

居蔡判

得甲居蔡曰（一作目）寶人告以爲僭不可入官訴云僂句不余欺是以寶之

對

魯道浸微守臣喪職眷茲臧氏代稱冢卿方搆禍於家門始有誣於內子問則以黜察而愈欺理異斬關之爲跡同據邑之請三年一兆旣徒稽於大蔡始僭終吉彼何幸於纖人故帝舜格言惟先蔽志宣尼垂範數而爲瀆則知禍福無門通塞無數焉有性命之理存乎卜祝之間若廢興之道適然是善惡之徵一貫人與僭而不入因君子之明刑

家貧致壺判

易人家貧致墨以自給科惰農

對

藏往知來道高三聖內貞外悔名重九經所以大決狐疑先定人志焉得捨其三易紊彼六官賜帛無聞仰滑稽而慙姒致墨多中知僂句之不欺覺筮短而龜長遽變常而易業雖百錢取給有慕君平而四體不勤孰爲夫子智有所達鑽祀骨而覩貞神則何施抵疑脂而獲夾且以業爲兼善才貴多能端策拂龜罪不加於詹尹收畧解網刑請寬於易人

玄衣判

季冬命玄衣督護貞來歲之慶華人作而揚火以非青純

而不致墨報法告闕於太常訴云主巾笥者之過

對

道月戒期周乎四海一作象卜年貽慶稽彼十朋華人職在巫咸用方心而考吉材均季主負一作均圖背而知來拂此玄衣異夫青純有殊命寶何能致墨執法以簪筆彈珠且問九江之錫主司以巾笥藏骨莫辨千年所留既虧玉兆之歟須抵金科之罰徒爲薄訴誰之過歟

讀衛生經判

甲讀衛生經而知吉凶乙告違勑法司科擅卜禁刑

對

圖緯垂文龜蓍著象聖人操洞微之柄達者究索隱之端故知盡性窮理惟賢與聖是以魏稱管輅晉有景純卦成而洞曉吉凶繇發而潛知倚伏此皆奇才出於天骨遠識符於自然爰逮凡人不廾一作干其議所以時已惑衆勑設禁刑甲雖沉思緯象遊精數術名止齊於庶品道豈同於古人冒違勑之明文自貽伊戚桂繩非之峻筆何所逃刑然慮或告不真法須更審請窮兩造方定片言

死生符天判

得景請與丁卜丁云死生付天不付君也遂不卜或非之

對　白居易

聖人建易雖用稽疑君子樂天固宜知命苟吉凶之罔僭何中否之足詢丁執心不回出言有中爾考前知之兆誠

足決疑吾從一作我徵昆命之文必先蔽志以爲禍福由已休咎則繫於慎行生死付天脩短乃存乎陰騭當脫身於木爲寧問命於蓍龜言既中倫理亦窮性況詹尹釋策有問焉知闕蕪立言不疑何卜不從握粟是謂忘筌

病疾

病疾判

得甲爲郡守賜告養病而出界歸家法司科罪甲不伏

對

四嶽咨命九土司牧功共理於伏熊期得賢於建隼淮陽卧理聞汲黯之政譽渤海行歌美龔公之化洽甲官忝列郡未著能名庭無致仕之蘭院乏延年之菊漳濱卧疾雖

比於古人頡川流譽何醜類於今吏膏肓所及知藥石之
無施肝膽俱披果祈求而有遂賜告養疾宜輟務於公庭
出境而行何慢官於私第斷非斥吏欽漢相之高風才不
逮人招施祿之遄謗予告賜告義理懸殊應爲不爲自貽
諸咎不敬之罰焉所逃刑

臥大夫簀判

甲寢臥大夫簀執燭者請易竟不改而卒

對

喜怒不時患生滕理營衛失度疾起膏肓是以長卿文園
空傳封禪之草劉楨漳浦亟聞埋玉之悲人誰不亡道貴
從正身苟正矣衰亦何傷且衞臣不祿猶陳尸諫楚尹屬

纊城郢爲謀春秋書之用旌厥善况銀燭晶晃以流照華
簀輝煥以潛鋪既不率於典常法宜加於借擬必因國君
之賜有爭曾氏之詢過也非文童子何識

折指判

甲緣木損折枝指謂三疾數足官不許事

對

甲稟氣陶形偶華胥之代輕軀弱質謝都盧之人不能鑿
井耕田翻乃奔林緣木損其枝指蓋是懸疣雖拆一枝卒
袪數外之累即當三疾便爲非分之求理不可依宜從告
免

占相妖言

占相判

甲告乙左手有文直達中指景爲占君過橫節貴不可論
乙遂挑徹血流彈壁乃作公字

對

命理多途幽明罕測甲惟愚品丁也任夫憑仲子之有文
相士行之當貴虛論骨象謬定吉凶豈識李固之龜文莫
辨條侯之縱理聖人不相抑有前聞鄙夫何爲則預於此

妖言判

王遇於鄉閭妖言村人告事

對

王遇稟性不臧立身非謹官雖登於一命慝猶闕於三緘

不忍口闕坐彰言玷妖詞妄作雖未惑於平人正罪應論
事可繩於峻典定刑名於木吏應入流條量減贖於金科
合從徒坐

巫夢

巫恒判

巫恒堂贍鄉人叉接置於廣楙

對

惟彼巫恒志探幽賾以爲堵儺有禮堂贍無方式從招梗
之義自得禳禬之術鄉人悟不知之毀迷獨見之明恃衆
生威率情含怒同舞陽之從代鎮已能叉接異季布之適
朱家翻爲置楙處之刑典豈待邦成請從片折之詞以白

違行之訟

巫祠秦中判

南山有巫每祠秦中輙用王禮所由不禁御史詰之詞云恐為厲也

對

神祠所置祭享有由苟非國章無列祀典是以分巫覡之職審鬼神之狀恐伯有之為厲矜胡亥之乏祀小大從時輕重不越明無夭昏之患幽得憑依之方生既殊於庶人死何廢於王禮謂執憲之徒詰宜所由之不禁

夢判

夢氷下人語判

得甲為人作媒云夢立氷上與氷下人語當仲春成婚乙告甲誑惑

對

甲以判合為資行媒是務瞻言匪斧有類因針爰求六夢之徵告以三星之會微波可託豈脉脉於輕氷仙漢難攀尚盈盈於一水將同竹鳳之驗有符芻狗之言乙以至人所無告其狂惑必人同趙一術等周宣王濡懸刀不聞加罪孔丘曳杖未陷深愆

夢殿上有禾判

乙夢太極殿上有禾三穗跳而取之得中穗其友賀云中台之象人告其妖

對

執古以道格人其經捨而或踰動則奚執乙位居堯岳名列漢藩擁百姓（一作成）之寄秉六夢之吉朱門雄雄虛受冠蓋翠樓奕奕傍注煙霄同唐叔之得禾身居大殿異張華之傳物忽踐中台覺後成空賴功曹之來賀失而復得允慕茂之高班夫何妖哉古則有矣告人無識其若是乎

夢處女皷琴判

乙封侯嘗夢見處女皷琴而歌曰美人熒熒顏若苕之華後遂納國人姓為內子御史劾其僭詐（一作舞）云夢應也

對

國以定封邑惟利建社稷是衛邦畿以藩乙將度以土圭

設其苑序式遵厥度宜立其家鳳凰之兆未期桃李之妖將至剛柔自應精爽潛通吉以有祥將（一作符）表神來之兆庶乎無亂理乖藏往之感位在通侯夢茲處女横角枕而就寢見皷琴而作歌熒熒之詞開彼寬交之日夭夭之質覩茲刑開之時六夢之驗若存八徵之候如會納為內子誠類小君稱僭欲繩未通平典

文苑英華卷第五百四十八

文苑英華卷第五百四十九

雜判門三十七道

聽子判

聽子執硯翻瀉汙物擒獲欲科之

對

瞻言署曹克崇聽事旣分官而揆務異虛室而清神華茵載敷綺屏儼立頗有尊卑之禮須知進退之儀彼何人斯輕其主守迹旣殊於審慎事終致於愆尤足待數知有慙對馬墨因誤點更射成蠅坐彰怠慢之心須示鞭笞之罪且刑貴閱實政蠹深文汙雖有憑物終未驗儻非情故式可矜容請稽源流庶符明慎

同前

各備爾曹以供其職壁輸氷操同洽風規公府崢嶸具寮瞻矚事光文物掌設防非循衆派之源流若提綱而集目恐尚禽棲入槃絡青瑣於傍噎蛛網交絲架朱簷而上掩豈意故爲翻瀉用慢章程德不縈心罪亦旋踵違周氏之戒器水覆繩愆覽劉氏之朝衣羹傾宥過法開有誤理亦從宜

流水判

流水解請兵部勞所由不許訴五品以上

對

百度之間見於甲令九流之内言念胥徒在邦必達於大體爲政不遺於小物歲之云宴更議初勳勞之可書仍祈

後績慕緇雲之職名級願遷瞻巽風之命節文當協所由以司存必舉稽彼三章訴者以理實無訾徵諸五品旣詳於法難屈爾詞

同前

十等分賢九流殊致異漢儀之命吏若周官之爾胥頗供操牘之役寧有策勳之義具聞奸命復欲冐官未輸自貽之辜仍引無稽之訴縱已榮參朱綬其如匪是清流飽魚不可登庖笄冠豈宜雙履抑而未許寔謂有司

番官判

番官請稍食不給訴求違吏

對

番官名書小吏位列羣胥自宜恪守邦程勲（一作動）從吏道何得吻析稍食茍徇私儲瞻彼有司出納惟恡閑而不給雅合良規何所未厭仍勞上訴將求達吏雖且覿覦考以通章恐成抵牾何則國之甲令懸諸日月如或番程式序歲考茲深昔年自有常規今日何煩妄請

同前

六卿分職百揆特叙開之以府寺問之以胥徒所以理天下之人將以成天下之務雖動珂振珮嘗聞獻納之臣而負版持囊亦資趨走之吏番官之輩寔惟卑冗九流未齒一命何階心有規於斗儲意仍希於稍食条尋甲令緬覿彝章事列科條誰敢逾越

孔目判

得諸司長官初上皆孔目所由不送依問已付散官遂被遺失

對

建官分職揆務班司是稱會府實弘邦敎録舜黃閣棘寺蘭臺廨署星分胥徒雲集瞻言管轄必先卿尹案牘塡委薄領殷繁剖析是憑準繩斯在事資孔目以備闕遺而小吏寬疎下寮弛慢不恭爾事擅付他人因而致失誰任其咎散官闕送自合糾繩請更推尋方寘刑典

同前

百揆分曹六官咸事由來區別各有司存旋降綵綸遽覃簪紱令首政長寔繁有徒衆務條流須施孔目憑之以提綱紀藉之以恤機衡爰洎有時彰乎無替所由自宜遵奉所闕須有科繩散官非受納之人小吏是施行之輩茍乖其事盍寘于辜恭視事端方取誚於周客敬尋失狀欲何黜於堯封據律不見本條論情有虧通典請歸司敗以正刑書

公廨供給判

丁以公廨供給親屬郡科之云亦是實

對　盧藻

祿以馭賢匊茲實客將不速而是敬豈乾餱而以愆眷彼丁也給茲親屬未聞報巳之仁且有害公之負於焉獲譏

何以爲詞然獄貴原情事資恆衆必若行高曾史才茂鄒枚簞食屢空未改顏生之樂樵蘇不爨能師范子之廉乃謂國賢豈惟家食以之恤之何必正名

同前

受祿必資善戒飭躬且務勤王爻是不思罪亦難逭彼丁何者忝曰吏人茍徇私親以減公用式彰不令曾是養求重斂聚財可謂同於碩鼠食貨棄命曾不思於伐檀若情在恤貧志懷賙急奉其祿秩則可給於公廨而何雖曰衆實終爲多僻群司所糾允執厥中

不知名物判

得乙是甲吏之賊者問所掌名物而不知被科訴云蒞事

日近

對

陳力以位任才居守列王者之職百度惟貞在有司之能
廣官奚曠惟乙績乖幹蠱名匪靖恭等韓人之從吏周行
是處均倚相之言詩祈招以感何則窮爲下士秩等上農
莫究端倪孰云主守未聞數馬而對如何尸祿以言匪課
月成徒稱日近請抑無稽之訴以從司寇之罰

同前

執伎事上各有司存學古人官固非失職將守其業用不
易方必也正名無敢反側惟乙賤吏實曰凾人忘其下旋
上旋之權失其犀甲兕甲之屬訴云近莅豈曉壽籌一作年

化疑作比農功之越思同美錦而學製憒其名物主者不利
於操刀正以刑書所按乃得其資斧

同前

國有等威秩分貴賤必恭爾職乃罔後艱乙何人斯吏之
賤者匪懈于位無聞幹蠱之美不思厥職遽招尸素之刺
且龜王見毀誰之過歟名物不分信爲罪者貽曠官之罰
自巳包羞以近日爲詞是亦文過必若德同周勃才異嗇
夫當寬吶吶之人無求喋喋之口待窮閱實然爲不弊

同前

在心匪懈涖事克勤寔曰司存惟其慎敬不率厥訓自詒
伊戚聽言乙者忝名甲吏當恭爾職知關鑰之重無廢所
掌在組練之堅焉得曠官孰云從事且孔明輔相猶獨親
於簿書彼乙微品何不知其名物請寘于理以懲不能

不奠其祿判

得主司納錢不奠其祿致令不可覆校

對

正其歲會禮有明文錄而書之物合定數莫不登於天府
計以月成諒比要之可遵將奠祿而爲准憑茲出納乃絕
姦欺苟或差遺自貽乾沒龜王在櫝宜勤夙夜之心刀布
如泉何忽隄防之禁覆校斯闕罪累非輕忝曰主司殊爲
曠職但三尺之法期閱實以定刑九兩之官闕連事而同
坐必若甲乙俱犯上下相蒙規攘竊以故違自胥徒而共

議物又全曠情實難容如其數則非多訊之爲誤有納處
而可驗恕不逮而須矜請紓辨璧之疑方寘鈞金之罰

侵官判

此題及所對二篇當在五百四十四卷國城門今已移入
姑存其目

小吏陵上判

得丁爲小吏好陵上爲人操下如束濕薪議者稱酷吏曰
其理有所効

對

爲官擇才以政化物先甲申令著於易象惟丁者何効茲
酷吏循墻之敬巳殊於考父束濕之禮將類於甯成陵長

而六逆在玆滅德而九功失序且仁以爲寶嘗聞得國祀
而聚怨焉可定居旣紊彝倫之經莫知哀矜之道國之蠹
也刑其念哉

同前

在下陵上昔賢所耻嚴法峻文平國不設是用敏於從事
可以臨人必也允乎平亥方堪議罰丁爲小吏不慎厥躬
未能謹恪以執謙恭之道縱是暴慢且招苛酷之名奉上
有類於甯成操下乃同於東濕孽則自作罰實難逃雖欲
文過引人無乃執迷於巳

同前　曹詵

九命攸分百工惟叙率溫恭以成政資謙讓以恪居丁屈

蠖未伸摶鵬始舉且安身於小吏期漸陸於大來將能克
巳爲仁翻乃直而無禮誘人孔易奚昧政於蒲蘆雨雪其
滂奚取方於東濕不賢內省見惡探湯何甯成之可師逢
郅都而陵忽斯爲酷吏允叶班書欲因效以碎名實文過
而取誚

黜免判

得諫議大夫廖真坐事黜後旣寢病猶用大夫之簀御史
舉其非法大理斷無罪

對

廖眞干祿從班旣處大夫之職立朝束帶須勤公正之心
不著方聲俄嬰罪累人非士師同辰禽之三黜才異河陽
若潘仁之再免旣而巢爲作爨止鵩成災膚腠乖宜初驚
二竪之夢手足將啓終切九泉之悲眷彼禮容須依貴賤
瞻言令式亦具科條有德乃合旌門無官誠宜易簀不思
林放之問有昧曾子之儀憲司彈違實得其所

去官判

得甲去官居白沙里人云我家池中龍種本縣科里人妖
言訴云美其德讓不伏

對

度地居人量地制邑九有旣乂萬邦是孚甲密勿具寮僶
俛從仕陳力就列罷職言歸克昌捨芥之榮方展維桑之
敬爰居爰處以遊以娛且故國之生平即襄陽之耆舊人

之仰德我不求蒙譽擬潘安閒諸鄉曲榮參龐統頗曰池
中發其言而有由連其辜而未可請以里人爲美無宜告
者稱妖欲措常刑其如亥坐

同前

甲孝以居家學以從政非子房之晚歲翹想赤松類元亮
之中年棲神素里琴書養德道義資身青雲舊遊惜鵷行
之中斷白沙隣好善龍種之來歸異趙壹之招嫌同任光
之見愛孔丘垂教在家必聞程鄭有言寵而能降善莫之
大復何加焉至如勝友如龍高才比鳳渥水千里丹山五
色語其事類蓋亦繁多考以條章實難科罰

吏脫幘判

得丁爲吏脫幘挂縣門而去斷不應爲

對

田園燕坐(一作坐無)知陶潛之罷職冠冕巳挂見踈公之出祖雖吏同推擇而道在雲山脫幘而行不顧棲鸞之局觸綱輿坐何逃遠隼之司必也避讓韜光輒去無宜免幘況乃銷聲自逸旣往不咎挂冠緇帷晉史拒(疑作詎)抵蕭章矧當堯舜之代宜縱巢由之隱欲加之罪其無詞乎棄高蹈而可嘉雖小利而何失竊詳州斷未叶通規

同前　楊脊金

天育萬類人含五情行藏殊途語默分緒故有宴安榮利入朝廷而風趨脫落塵紛遁精白以雲卧丁以情忘寵辱

跡尚眞閑陶潛砥身繫在彭澤安石有志終憶東山厭吏隱之喧卑倚劍不樂出都門之慷慨挂幘長辭得五倫之遺風掩逢萌之往跡清聲可以激貪鄙美事足以光圖書于何不臧反以爲罪昔漢皇御宇且高疏廣之才今唐堯握圖宜遂許由之性

同前

瑰意琦行有應則通陳力就列不能則止故營營吏道坐州縣而徒勞寂寂閑居退丘園而優逸丁也縣吏職事前脩挂幘公門頗遵孤節角巾私第自得遐心州以小道從方恒科守職白雲巳遠尚勞矰繳之心尺蠖相趣未識江湖之意責其廉退之節科其高潔之辜欲使疏廣厚顏陶潛負譴僕雖不敏竊謂非宜

同前　氾雲將

學古入官式著墳誥(一作典)陳力就列聞諸聖人丁則鯫生頗爲高尚欽陶公之五斗初聞折節同方朔之一囊且安卑位作勞州縣早結梁生之悲挂幘公門晩慕伯魚之操齊李膺而命駕不俟秋風想仲翁之辭榮近歸蘿月江湖道逸狎魚鳥而爲羣龜墨信榮將松菊而齊致況大君有命廊廟須才旌帛日賁於丘園山林不容於隱遁欲將無悶未可即休

同前　甯軰

諠寰易擾野性難馴鴻鸞不處於俗中珠玉自生於塵外

丁至情無欲含章寡詞琴書未入於山林刀筆久勞於郡縣清風忽至白雲意多拂衣不留挂幘長往陶潛之美志斯在疏廣之芳猷未歇幽谷歸來高山可仰州司牽於常法責以詭時欲處伯魚之刑實恐冶長非罪

致仕判

渤海縣高邁高秀歷官清途位望崇重及懸車之歲挂冠辭歸於邑邑宰白雄令吏置酒肉於其家吏於道傍停肉爲鴟鳶所食還以此報雄不之信命官屬科之

對　李忠齊

高邁高秀俱承茂族惟兄惟弟各登清官故能望高陸實價重帛珠棠棣春風芳非兩襲桑榆日暮光景同歸挂冠

晃於東門方休白首奏絃歌於北里直散黃金邑宰率由舊章禮弘於羔鴈縣吏恭承嘉命事失於鵙鳶伏念刑書眷言惇史大夫學吏徵雖成於鼠偷京兆能官罪不加於烏攫

不仕判

得景有志行隱而不仕爲郡守所辟稱是巫家不當選吏功曹按其詭訴景不伏

對

鳴鶴處陰聲聞于外玄豹隱霧樂在其中此將適於退藏彼何強之維縶景業敦道行志薄宦情太守以舉爾所知將伸蒲帛之聘夫子以從吾所好不顧弓旌之招懼俗吏

之徒勞引巫家以自穢冀其言遜獲免翻以行詐論辜況商洛拂衣漢且求之不得潁川洗耳堯亦存而勿論天子尚不違情功曹如何按罪

未七十致仕

得乙爲大夫請致仕有司詰其未七十乙稱羸病不任事

對　前人

時制未及尚可俟朝疾疹集作店所加固難陳力乙位參食悉志在懸車揆以紀年桑榆之光未暮驗其羸病蒲柳之質先零既稱量力而行所謂奉身以退雖髮未種種告老無乃速歟而心既諄諄致政固其宜矣請高知止無強不能

用蔭判

范融曾祖在周爲六部官在隋居家不仕令兩應出身及爲人後者從高叙情取徵官蔭可不

對　邵昊

范融係虞龍之苗襲良弓之裔爰瞻乃祖委跡前周道煥九徵禮光三辟運遷正朔載掌丘園翼子謀孫雖慶流於後嗣論官叙蔭須屢降於前朝必令許從高議蔭減未盡斷從依請夫復何疑

徵官爲蔭判

乙請以父徵官爲蔭所由以其父不在用蔭例

對　劉銘

以功受賞繼統承嗣父不食於周粟子罕取於吾餘乙家尚隱淪素行貧賤固知鶴鳴子和配幽貞以就閑安得孤侵父名苟僥幸而求庇傳業且違於父志請蔭寧沐於君恩昔徹天書不脫薜蘿之服今從地勢難依桃李之陰所由不許誠哉此見

假蔭判

甲爲人後請準蔭人色所由以同假冒甲訴法有差等

對　陶翰

有國之制不易於常典王者之政未忘於繼絶人則不幸同叔向之有言天道如何比鄧攸之無子甲義當爲後情切自孤名不絶於本枝愛未遷於他室克聞鳴鳩之德寧

爽螟蛉之義知子之道必全兄父之行無改將議繼體那
慙象賢主禮方列於宗門入仕曷由於庇蔭苟從法之差
等亦在禮之何傷所由無端雖不憂懼訴者有據應異無
文

同前　李康成

不享非類將以亢宗無忝爾祖詎思述德甲庇身他族忘
情本根頗類移天之規方同擇陰之義將策名以筮仕豈
假蔭而因人約法是從不繼難失必若敎有餒而之歎庭
堅有忽諸之言以爲等差誰曰非允如子服其有子寧斯
焉而取斯

勳品判

宋臣前任視流外得勳品請依視品定階

對

宋臣位末名卑迹忝郎署前任後改亦異階資欲定見任
之階希取視流之品且視流與正流既別勳品將三品斯
殊階雖請於後高品終在於前任章程可據體例先施犯
罪雖許同科定階難爲共貫宜從二品庶允三章

請立長子爲嗣判

得甲告老請立長子爲嗣長辭云不能請讓其弟或詰之
云弟好仁

對

讓賢雖仁廢長非順徒聞日兄善則理其如亂嗣不祥甲告
老於朝立子於後集作爲後雖急難自舉必有可觀者焉長幼
以倫無所苟而已矣況欲正其爵位豈宜越以鴈行子弟
克恭厥兄徒有好仁之請知子莫若於父盍集作盖從立長
之言無忌雖欲傳家季札終當棄室諒可致告罔聽不能

文苑英華卷第五百四十九

文苑英華卷第五百五十　判四十八

雙闕門上十二道

不帥㸑寄判

國子監稱胄子不帥教將棘寄之省讓其侵冒刑章寘疑作寘之於理監固論不已

軍獻二毛判

又軍旋凱獻俘毛有二者執法止而劾之軍司云拔距投石者

對　景虎唐諱　苗晉卿

文以經邦武以禦寇開石渠而設教整金鼓以宣威爰施上下之庠式奉孤虛之術詔茲國序相彼軍容槐市立談一作誤經未展先王之禮柳營作法但見將軍之令摳衣不聞守道擐甲已見伐功靡好成麟之名且許貪很之意入室雖無鼓篋出塞終有鮮鞞既爵來學之能當令誘進未識出師之律誰爲否臧縱彪虎憑河猶其三省豈拔距投石方禽二毛夫子之道未行齊侯之失斯在自可因其雩詠令爾志之各言豈得承彼凱歌遂責人之不法投諸㸑寄稍均束濕之嚴劾以干城恐挫横行之氣矜乎愚戾何異竽乎勸此若辛宜哀去病握蘭稱過正合清明執簡彈違稍爭深識欲存疎網寧失不經

借鑵打破判

村人借鑵人家鑵未出門户打破未離本處

佩刀刺人判

又有人持佩刀傷人縣以爲用刃州以爲非仰正判

對　王紘

九野太清兆人承慶鑿井而飮方閑射鮒之泉持刃以雄仍均佩犢之日澄瀾可汲思抱甕而無階鋩刃將揮提判鍾而可擬故廻旁求假器甫當於銅瓶何輕用傷人有類於鉛筑衡門未出遽覩虧全疎網難容伉聞寘罰訟端斯起舆共弊而無憾刑柄終疑遂殊條而靡决慎非投鼠破則宜陪法在鷸鳩傷固難逭比盜之訴不亦厚顏用刃之科誠非次骨文漸陸海興洛三晡空有薦於芻詞諒輕塵於藻鏡

行盪甕破判

甲負甕行被乙盪倒甕破索陪乙不伏

奴死棄水判

又景奴死棄水中人告之

對　呂因

埏填成器盖資虛受之功役使爲臣同禀最靈之德他人毀棄緇鎰之直合酬營魄消淪埋瘞之義無闕甲行負甕雖有類於戴盆景畜家童情有虧於物議方漢陰之抱汲初未忘機等蜀郡之裁書唯資力使既而途遘卒遇尨觧無全命追力殫冊藏共遠不忘情於毁甑乙合償其錐刀方念舊於弊帷景須施其薪櫘已虧讓行之美更章速朽

之尤折其片言勸陪半價辭名冊籍委骨滄流死埋應切生情實爽旣遺掩骼之典宜從束矢之科

同前

惟甲與景殊途異致或行因負甕頗類漢陰之賔或家有役僮不讓江陵之樹旣而甕被盪倒奴則云殂鑿坯無返於在甄冊籍忽辭於白日原其情理覈以根由責之以陪未盡其意棄之以水何太不仁但法貴從寬事或通誤必也康莊廣陌甲負乙棄矜其輕肥故此行突將徵其價尚或未懲如其狹路稠人風昏日暮避逅而損知欲何傷昔取全陪恐乖設律至如畜生之屬循慮其慙醜犬馬之微不棄其帷盖藏諸廣㮙之內託義彌深瘞以江魚之腹在情焉取旣爲人告不可無辜請施懲罰輕科以符捨事誅意

夾廋合三判

救造夾廋少府合三而成規不九科罪

沂知哭寢判

又太史令緒所知亡哭於寢門之外人告違禮

對　蔣勵已

武有七德戎械攸先禮有五經喪紀爲重少府秦卿命爵海稅孔殷太史吳將疏苗家聲允迪天有成命式裁弦木之規人之云亡來展生芻之弔雖圓鑿方柄怕必由之而同波異瀾區以別矣何者弧矢之利張皇國威俯企之儀

樽節人序理宜器因古式自取妙於烏號禮合前聞固無譏於鼠刺昔宋公研慮妙盡踰山齊婦御哀深辭在野（一作弔深辭野）何得輕其琱葺命不審於絲言忽彼朋從慟無依於繐帳遂使規殊宛轉未全明月之輝交喪親仁遽異成風之質且天子疏制作九合以成規友生不幸拊百身而奚贖魚膠象弭已爽令儀白馬素車全殊昔契造虧夾廋豈獻春材哀傣寢門徒悲宿草眷茲有失請依漢相之科推彼無儀深情鄉人之譏或恐規閫異制制因義而隨時禮有異文文緣情而僶俛自須見可而進未必同年擇善而行寧俟終日

遴擇卒史判

有司選擇卒史以文學掌故備員有比百石以上誦多者先求之不得訟如功令

刑罰疑赦判

又甲刑罰之疑俱赦有司并刑不上備省科之云適輕不服諸罰有權

對

政以經邦揆務刑以禁暴去邪先王論於股肱大易明其噬嗑故賢能必佐小大以情立綱紀於天官作規模於秋典其來尚矣難可忽諸才有所通或徵諸管庫法有明象乃著自星辰所以掌故備員擇先文而後學刑法俱赦執有權而適輕盖晁錯惟勤昔聞其任呂刑高議已盡其能

興訟者何秩既下於百石折一作析中者理條不系於三千必也口無擇言身無擇行誦先聖之典誥有夫子之文章自合昇之司徒而曰俊士建功於當代垂裕於後昆未能鳴鶴聞天而乃嚇鴟從事誠宜改革徒以盈庭息乃訟端寢乎功令如有倫有要不慭不忒定國之慶溢高門蕭何之約在關中雖并制一作刑不上亦片言可折省之可罰甲也有詞法貴從寬難明與罪

萊田徵稅判

萊田舊不應稅州縣令有徵納

閑人執事判

又客户閑人請移執事

對

國家分出輶車董諸田户歛一作致我唐典藝夫周舊一作官别農郊以沃滄貫流墉於版畚何疑於萊田之征而失於閑人之職豈徘徊中曲候一作侯周郎之顧將疑後素招子貢疑作憂之詞然乃疆名既訓畬業須分上下宜繫井丘有菑而畬均其易歲自門及野化疑作比以同人若未給於棠陰或恐隨於蓬轉惡夫外臺徵稅尚起異門客户請移方徇常職且禮有恒歛豈宜據於故一作敝人改執事何必越於鄉寘加于刑便以愛羊廢禮立案爲限知其爲蛇畫足必也政弘通變人急遷移稅錢或致於所收州縣難詞於爲穆事未重詰愚或痛一作病諸而執簡書刑使不若凶年

人散省其謂何理在甄詳方可窒定

醮子於阼判

得甲醮子於阼素積以戒而尊有禁

醮子於宮判

又醮子於宮玄端以戒而無加景或告其非禮云古之道

對　晁良真

始乎冠婚是惟達禮貽之訓誡用肅令儀今昔或遺沿革斯别始弁髦而便棄實表成人初結褵而遂行或諧嘉偶甲以將雛襲慶元服就加乙以鳴鳳告祥束薪言徃尊奠于禁未虧寧敬之直姆加其景方昭有行之誨玄端素積雅叶禮經甲阼乙宮信於師古或者之告理實無從

賜告養病判

得甲爲郡守賜告養病出界歸家法司科奉制不敬之罪訴云予告得歸賜告亦合

乙父在喪母立凶門判

又乙父在喪母立凶門或告一家不合二門訴云禮既虞而作主今未有主故以重當主（一作輕）

對　尚理

漢閣官儀揚眉可見魯門喪紀拊膺何言觸甲前由竹符持手稽乙令迹桐杖摧心專城無時埋室云入輀車尚動落晝砮於尊前桮棬猶存飄繐帷於舍下芝泥有制則五馬歸來榔褭無因則九鸝相失周人已殯合殷禮之前虞

漳濱未痊罷淮陽之獨卧稱賜則元非奏請出自宸衷言主則令者始爲乃關喪後病不堪理河内無借冠之談門或以施淹中絕問喪之禮哀欲從重法貴從輕既無不敬之刑恕此訴云之罪三削藁（疑）札十捫蓬心恨流落之多年辱清通之此問愚所無盡謂惬事宜

漆室染瘡判

逢故人引入漆室遂患漆瘡訴云料理

緋衣版授判

又景版授刺史著緋袍村正云不合

對

甲以芝蘭同味早託葵歌景以蒲柳侵年方析艾壽煙火相接昔是往來雷雨或覃即承恩造鵜居鶖（一作鷲）飲共中東戶之遊鶴髮鷄皮載照西山之景既無犄於杵臼遂有奉於絲綸携手入門引故人於漆室披襟就服借常例於緋衣乙殊聶政之容相看不識景方龐統之秩即事何慙頭面有瘡自均無過耳目不審豈假論辜拊其訴端堪取笑於周客詳其告狀欲何罪於堯封染患自是晦明在法寧知老耄探情未虧於通恕據律不佗於正條便宜嚴霜虞傷非罪乙與村正咸釋爲宜

戰勝銘功判

得小侯戰勝作彝器銘林鍾軍正訟言妨時云示子孫

火災貯水判

又巴東每歲多火災熫使無術禁止唯今鑿池積水人戶稱勞

對　潘待福

理國之宜有時用戰爲政之要莫先利人先王以禁暴詰姦良使以移風易俗訓兵習武能羆熊之士卒在和積習生常邛僰之火災歲有衔枚被練必徇死而輕生飛焰浮煙或焦頭而爛額小侯以出車受脤始希分閫之威熫使以建節乘軺方展褰帷之惠功成戰勝知彼竭而我盈令行禁止用防微而慮遠林鍾有作同季武之客齊罐罕無施類國僑之相鄭軍正有訟均夫臧仲之非人戶稱勞昧彼熫公之化京觀不築楚功既存積塗而防宋災亦免因人

之功不可藏示之道何施利物之惠爲多無術之談或爽
備諸前史焉敢費詞

毒藥供醫判

甲聚毒藥以供醫事有死傷者造馬十失四乙告違法

登高臨宮判

又景登高臨宮法司斷徒一年半景訴云令所

對　魏牧

人生百年飲食過而生疾帝臺三襲趨拜華而則刑故良
醫之門固多病者而望苑之地胡可窺焉甲則業謝醫工
景乃行同惡少雖有求於毒藥失此死痛乃無狀而登高
俯其宮闕彼非上藥疾者無瘳此昧古人行不由徑况驗

蚰盃之影輒欲蠲疴而識龍樓之尊方能起敬醫未三代
得無恥之登而四臨過亦甚矣徵周禮而已失宜其自言
按呂刑而故違合從臧坐則使有死之者不俗(疑)而自除
無賴之徒伏軾而知禮

文苑英華卷第五百五十上

文苑英華卷第五百五十一

判四十九

雙關門中十二道

鍾官不克判

庚爲鍾官所鑄不克歲計工部按其罪訴稱鉛錫不足

亭長易傳判

又亭長私易傳置爲嗇夫所糾

對　賈晉

六官既分百工有序五里作候十里爲亭鍾官所資籍洪
鑪以鑄鎔(一作鎔鑄)傳置之用通遐方以奔走典尚方之衡量
揔亭郵(一作旅亭)之埽除位雖列於冗官役乃疑於劉氏不克

歲計鉛錫有虧私易傳車三千難逭工部以禮闕望重欲
飛奏草一作章之刑嗇夫以傍舍竭來將對上林之問庚有
詞而難罰亭易傳而寘愆會府無妄繩之幸糾人彰嫉惡
之德況風嚴北陸日落西山仰鳳闕而神微擁鵜衣而思
奪

同爨不服判

得王甲與從母夫趙乙同爨乙有罪物故甲不爲三月服
喪從母訴甲無義縣令王庚笞甲四十死州斷庚加役流
庚不服

義居芝草判

又虞乙家五從義居園中禾生兩穗庭中產芝草蓋形紫

色隣人告隱瑞州不斷罪亦不上聞

對　李龜年

命以義夫光昭令德俾立家室其一作禮或有差同爨則緦
巳發檀弓之問義居成瑞雅均唐叔之謠王甲寘豫在躬
物故無服虞乙至誠必祭感而遂通從毋薄言因邁慨而
興謗隣人所告何至攻乎異端德音莫遠及爾偕老制義
居業光輝日新繐帳空懸悲深苦月芝庭獨秀榮曜生春
一作春風宿草之墳未展生芻之禮擢蘭之砌巳交蕢葉之陰
縣令能業其官懲忿窒欲州司以明庶政敢復未聞罰既
甚於蹊田瑞頗陳於州里欲拘司敗法也何逃或禮出異
文緣情僶俛瑞符等級易有隨時未尋物故之由難語不
應之坐竚詳靈草之異方書掩瑞之愆

掌麑擅放判

丁獲麑付巳掌巳愍麑放之丁毆巳

穿墻流惡判

又甲孟穿墻爲水竇流其惡於街衢坊人論告

對　辛則然

帝德廣運皇綱載紐鳥獸咸若閭閻且千麟趾無不時之
求比屋有可封之美丁以庸妄謬居東户之朝孟以讙闐
獲染南風之化自合依仁游藝頌明王之盛德鼓腹擊讓
成一作歌太平之樂事何得盤遊無度肆情於麑鹿之間穿
穴匪恒流穢於街衢之內巳則志惟惻隱處食野之長驅

坊則情深嫉惡在公庭而載理徵諸故事巳有託付之高
考之令法蓋有干遠之疊請科毆巳之犯仍坐穿墻之愆
庶不慚於冊筆亦無媿於青史

襲封録兄判

得丁長當襲代封主司以有兄不録其讓

女代父刑判

又乙坐法女請代未亂官勒從奴

對　高璠

不掩厥善代選爾勞伊人祗辟咸示中正朝廷作乂大明
黜陟使苴茅永建無替於乃服鄭竹斯刊審欺于誠道丁
以祖孫繼體位由當室乙則戒慎不足人自速辜德在友

于復公侯於今季既生女子濟緩急其及嗣仰丁鴻之清節遠且逃身慕緹縈之淳志期無鑿顙有司務隨時之才徒高守法當官藉通變之識未宜膠柱昔太伯三讓公季代緒漢除五刑班史垂則行古之道仲子所以捨孫易父以死趙簡申其禮聘相彼一時之義今爲千載之明豈可使帶礪遂絶於承家齠亂服刑而代罪兄則不返封欲誰承女既年弱奴何足任鮑公往矣丁必無由理屈淳于獲宥乙女亦可恤刑景之前聞庶無疑滯

常好種茘判

戴子恭平居常好種茘時人以爲不道

繼母出服判

又曾元母出不知服

對

易曰出處語默非一途語曰愼終追遠民唐諱歸厚則所好不等有如其面一作其如衆面合禮而作難責一作則因心戴恭戴安之餘曾元曾參之後二十八宿外當處士之星七十二人中有至孝之性幽寂水石高山景行多所仰止信而欽風絃歌取樂無妄種茘霜露增感早切秉蘭居然傲時遵是繼母春池湛澹蔞巳緑風樹蕭條靜復鳴莖葉相依亦謂盛矣屺岵無託則可親之將備歎一作嘖歲無情故匪貯期剪緝別偶雙飛斯高奇致化成異物結而爲裳思得其趣不苟制服曷所見尤楚客興歌江潭可想周公範法曰月斯懸彼俗何知正刑不濫溫輿其嗤誚豈如勿言道存固合賞人義盡理難論罪

甲居重澤判

得甲居重澤介疾有喜遂存乎辭或告其妄干他事礿不量力甲云剛得閑邪何往不利

田獲三品判

又景田獲三品自稱有功所統斷爲强暴天物且違時禁景請三司訴持法不中

對　魏嘉慶

麗澤作兌馳騁爲獵大易克演老氏攸誡故遠者匪宅是卜終莫之陵愚者動而離制事不師古甲也所處得八卦

之龜輿景其律田獲三品之獸物隔疾生喜式損於悔吝自衒厥功載象於士女詳諸訟者反而不思稽以斷之固未爲失礿尋量力義叶獲麟之傳未覩强暴罪挂吞鯨之網苟用則德歸藏之繫象可尊奄一作奪諳有司溫柔之薄言斯在况何往不利違禁見嬰宜寘妄干之責勿容不中之訴則高尚其事甲取類於緇衣下人之孽景乖慕於白賁

是儀書衣判

是儀竊書衣於市或人告其不仁

主司舉正判

又華朔身爲主司不舉正之術

對

是儀無首（三國志是儀本姓氏孔融朝儀氏字民無上改爲是）族變於荀吳輩朔司軍績宣於全晉昔聯榮於方冊今異軫於旗亭至於質彼有無雖歸列肆譏其淫巧必在儲胥詭濫有彰典刑斯舉書衣創制編冊攸資厠緑篋以相耀雜紫荷而交映是儀所鬻非法貽譏既多謝於緹油徒獲愆於倍市不任（疑作）斯露刑故何逃眷彼主司宜從舉正委而不察事或有由更詰源流兼責名品所犯無謬方可用科

旄人奏散判

日本請吏賜宴於朝旄人奏散不以韎爲惠文冠所持辭云屬鞮鞻氏

率木脩防判

又柴桑備陽侯脩防率士木丁獨不從曰將俟息壤無何是成徒告其祅縣以爲瑞科告不伏並仰正斷

對

朔南聲教萬國賓王神靈滋液百琛寶用日本歸獻越沙海而西浮陽侯順流泛滄江而東徙衣冠所列是同於中外帷蓋其飛有覩於今昔而賜之禮樂飾以隄防歌鍾之奏已聞土木之功爰事將使陳兹禁韎無差絶國之音乘彼柴桑有廣通津之備彼旅而奏發稍（一作蓋）失有常此獨不從寔爭於衆遽彰糾禁幾抗成詞朸引罪於鞮鞻竟登期於息壤職司之分是則可矜祅妄之疑未應爲允惠文所劾旄人不可寘刑息壤既成縣斷理宜[illegible]瑞各從案記庚用平反

登城而指判

甲登城而指乙告其惑衆甲云實無祅言

專席而坐判

又丁專席而坐庚遂弔之或以爲失禮丁不伏

對

禮經爰備喪紀攸設君子行之以立身贊者俯之以合道理須非禮勿動循不忒之威儀臨而必哀弔有喪以匍匐甲也未達自貽登城之罪庚也有儀俄驚失禮之謗彼則戾矣此何異焉且登而不言既異仲宣之賦弔而未爽無

違孔父之經撫事勞於而（一作）三思片言申其一割但指則爲感（一作感衆）何必有於祅言弔其有喪寧可科其失禮向若登而不指乙告即曰誣人坐而不專庚弔便爲失禮况理則無牀事其可觀自邀惑衆之科未關弔人之禮寘甲之罪斯爲得歟論庚之辜頗多失矣

元日懸象判

甲懸政象之法闕下金吾不許曰職在佐天子以平邦國浹日而斂之

稅千畝竹判

又乙家渭濱有竹千畝京兆府什一稅之辭云非九穀

對　李陽水

司馬之職懸政一時封君之富比竹千畝高標魏闕事昭晰於周官近數渭濵理詳明於漢典所以平邦國之度遏貨殖之宜傳稱百王其禮一作道不易著乎三代厥義難渝方今區宇乂寧刑辟不用百工以理庶績其凝實由懸法有孚執古以道寧從變俗之禮以紊守官之政歛在浹日孰云其非至如什一而取井田遺制九穀之外均輸未聞苟脩筌之可率且丹橘其何賦金吾不許實慒大猷乙也有云雅符舊典兩端是扣片言斯折

罷役務農判

得戶部議請罷泰中百役專務農計其人可止關東轉漕長吏云兵滿近郊一作懸農人未復恐不足支國用

論象肉刑判

又甲與乙俱獻書甲請復象刑云行之已久人必自化乙請復肉刑云三代舊法所活甚多大理議俱不中

對　李紳

四征不庭錢穀是貴百王所切刑法其　難將哀輓粟之勞同轝赭衣之論顧茲建議惟彼獻書職　勞不來既有東人之歎惟命難繼求瞻緹縈之感豈擢髮　之未宜一作何刺骨之攸聞一作次澧漫渭川曾莫顧其千　刻深秦法且不愧於多端應緣兵未觧鞍衣迷襏襫人　捐援劍法異墨幪計必平均不應瘠魯肥杞令資禁止何必　蠑膚刖足況國家儉嗇寡欲好生惡死求懷其禍每捐無　盖之功尚媿論兵豈命有司之殺職由是舉合量出入得一作德用不擾當測淺深減功恤勞既令戎杞能給揆今酌古必使憲章勿墜三輔長吏不牽復於所司千代宏綱載行之於聖日

主司徵筭判

得主司徵筭癸訴未冠

探卵窺鄰判

又毋丘三兒登木探卵隣人以窺見室家執縛之

對　岐敬忠

輕徭賦則人安不覆巢則鳳集有司徵筭誠遠符於漢主毋丘探卵斯近慕於晋臣癸且有詞實庸人之告訴丘為無賴何小子之倡狂若國用耗虛自七歲而宜筭宅居隣

里思一顧而便窺亦何限於冠年須發怒於登木况為無事詎藉稅錢之歛既幼而小何處望風之責甲宜釋放癸請不徵

文苑英華卷第五百五十一

文苑英華卷第五百五十二　判五十

雙關門下十二道

司倉拔薤父老送錢判一道
父友操杖諸母漱裳判一道
春日餞歡夏日迎貓判一道
賁炊如苴卜得乾坤判一道
社中木鳩朔望秩酒判一道
坐大夫簀喪姊不除判一道
損名馬式直講考經判一道
男加布首縣宰倉漏判一道
私取行馬鸚爵享禰判一道

函人所掌張侯下網判一道
結交四騎獲豹不賞判一道
被髮禱斗學盤盂書判一道

司倉拔薤判

滑州刺史初臨人掃第以待司倉乃拔家薤一本水一器置於第中刺史入第見之以其饋餉遂與下考司倉不伏

父老送錢判

又越州都督更滿將還父老以錢物追送都督各取大錢一枚廉使訪知科其贓罪刑部例以爲不當

對　王友方

負海名區攸稱越府濱河大郡爰指滑臺旁連射的之巖俯帶瀍舟之浦户千人萬實俟廉能露冕褰帷是資寬惠司倉之置水拔薤丏取諭於龎參父老之賫物送錢乃報恩於劉寵漢陽服其高義耶溪書以清風取之者不以爲貪置之者無聞於詭詭不累物難以損名貪不汲求詎得而罪饋餉之理與此全乖廉察之行殆將謬舉賴秋官審慎弘茲閱實類皆無罪竊謂合宜

父友操杖判

得甲造父友操杖從之友將爲謀己命子毆之

諸母漱裳判

又乙脫犢鼻裩命諸母漱之庶弟告違禮

對

凡適於尊必聞操杖欲敬諸母豈可漱裳見父之執雖退讓而明禮逢彼之怒遂嫌疑而未防且挂竿之資誠爲褻服几杖之類克謀長者將害己而令毆此已負人取諸衣而見滌亦彰無禮子承父命或迫嚴顏季論昆非攸乖樂侮大未離於飛鳥兩難漏於吞鯨

春日餞歡判

冑齒以春日餞歡

夏日迎貓判

姜肱以夏日迎貓

對　高昇

至人御時大禮爰設資貪（含疑作）育以爲德立隄防以垂範

三千之儀畢備九歌之序載揚承規理人開物成化胥齒以青揚肇發落韶夏之風景姜肱以朱明始臨欣畏日之卉木俱尊函丈之業共仰摳衣之軌爰茲餞歲未叶於順時復此迎猫有虧於通典事不師古如何兩昧學而不脩此焉雙缺適吳蜀以俱廢比臧穀以同年雖聖主寬刑唯留一面而愚人懵學自挂三章咎也已招法將焉設請從泣辜之筆以徵衆禮之至

貰次如苴判

甲貰次如苴乙強力爲甲持錢舉半以遺侯家甲告乙盜用錢乙云望依權力人不敢負

卜得乾坤判

又景之宋卜得乾坤丁告違禁景不伏

對

貰貨山積行役如流四人別其工商六位占其來往惟乙與甲食利遇時等朱公之在陶慕梁生之適越豈其家產列次於苴觀彼國風將之乎宋小人窺利冀獲浮雲之財君子于行希就隕星之郡既假人而出舉實跂予而望之乙寡貞廉欲附其末既虧典禮誠不足徵異管仲之處南陽同孔丘之去東魯所持雖則減半將存故未全賒縱見遺於侯家實無追於殷道徒資權要空遇乾坤據法律而未通在禮經而無禁甲稱盜用頗涉盜由丁告差違豈爲差謬文飾其過猶掩耳而盜鍾詰問其源殊疾行而惡迹

乙則有罪景乃無辜彼按三章用肅嚴霜之典此詳五聽須寬類王之條狀亦疑既造殊途割斷豈宜同罪

社中木鳩判

甲旅食於人飲三爵行見社中木鳩闘嚴駕而去因告主人謀殺

朔望秩酒判

又景朝朔由供秩酒不如法

對　李畋

甲常疑作寄字韓信常寄食於人食同韓信之未遇景朝朔拘孔光之暮年王者優賢仍存几杖之禮主人愛客遂陳觴酌之儀三爵初行未應辭止上樽有闕罪即可存既而鳩闘杜中

華佗於焉辭去醴酒不設穆生所以言歸非養老之恩有虧乃起訟之徵斯驗害人無兆本非謀殺之條供秩乖儀須遵闕養之律罪歸酒正請送士師誣告主人應科反坐

坐大夫簀判

諫議大夫廖貞坐黜疾用大夫簀

喪姊不除服判

又俞仲喪姊不除服

對　張懷道

位列千官藻火陳輕重之制禮明五服床經分喪紀之儀苟失其中章程是紊廖真門承累葉坐登朝散之榮俞仲痛切連枝行招墨縗之問潘仁之遭遣累將復位而無階

子路之寡兄弟欲除喪而未忍與其易而寧戚稱越周公之經當其疾而不遑循卧大夫之簀下烏臺而遽斜如申避馬之威舉册筆以緩刑似得求羊之術與奪合理法有固於隄防刑罰失中人無措其手足縱其床簀不易見譏非帛之書服制將逾豈累絃歌之化言規小過欲寘深文令長臨人未庶幾於蠡蝌鷹鸇逐雀亦何問於狐狸聽子興之言

罪不假於科繩事終期於改正仲之無罪小鮮之責太深貞亦何辜大理之折斯當

損名馬式判

損名馬式

直講考經判

又直講請考專經

對

六藝式崇執馭爲重九流分泒經明可尚執鞭授策先古所宗聞道尊儒禮訓攸著疑想攸乙思所出群膽言于丁學優而仕規玉臺之奻式遠求名馬崇金籯之奥義載想蹲龍故得權奇之形事光於鎔鑄切嗟之道譽闡於膠庠紫燕雲飛影弄珂前之雪青衿日就來呈席上之珍既而欲騁長途遂得榮參直講且甲之無故或至損傷丁以有功理宜褒進免科已從寬宥合賞須即告知職司既在專經可得更邀他伎判放之筆詎曉通途告濫之詞未爲高見

男加布首判

得王甲散官八品有男將加布其首筮於堂

縣宰倉漏判

又尹乙掌縣倉漏三所斷徵銅自鮮職仰正斷

對　　魯唐客

王甲迹厠九流榮忝散冗尹乙聲高百里任摠絃歌玉樹光庭早襲夢熊之慶銅章列位未洽烹鮮之術禮經攸設存乎冠昏人天所賴在於倉儲緇布有序三加之義式陳禮節其輿千箱之積斯在過庭之訓教子未虧於義方作宰之規爲政殊乖於慎畜矧玆卜筮廼撰良辰惟彼蓋藏旋聞弊漏於堂則有虧明禮墮職則須按常刑稽以三千

詳諸五聽作醮陳其升降深謂合宜龜玉毀於櫝中誰執其咎在禮無失於法有遺存以威儀同仲尼之好禮輒求鮮職異淵（唐諱）明之去官加布未爽於前聞罰銅請依於州斷

私取行馬判

得暨師私取行馬以爨爲上司所擒獲

鷩爵享禰判

又乙弗鷩鵕爵不更享禰以翰音或告禮薄並仰處分

對　　郗象錢

行馬申儀事章恒典翰音致享理煥經書爲法藉於隄防設禮光於昭穆既將入爨有異鳳琴之鳴乙制不更遂舉

鸚杯之禮但關梁禁遏本防內外之姦黍稷粢盛彌益室
家之道私取旣無陳請已犯嚴科薄禮即欲告言恐傷孟
浪主司檎獲誠曰奉公乙弗所違理宜窮詰且法不遺貴
必行之命攸申禮不下庶輕重之端宜審竊尋名姓莫辨
高卑請更叅詳然後科結庶使兩曹義獄罷雙璧之堅疑
比寺平刑絕百金之奸利

函人所掌判

函人所掌不利欲告鎔範非工

張侯下綱判

又景張侯下綱不及地武

對　楊頤

建侯行師預順以動弦木剡篙睽威以作數我軍實昭彼
文章犀兕允著其壽年熊虎唐諱方異其班餙則考工有職
梓人不替五等差數三屬分明實戎律之所先誠保大之
攸急聿宜精其鎔範最彼弛張對夫子之和容拒養由之
徹箭且寘人實貫昧我通規函人之仁慈乎所掌是以綱
不及地將和容之未足而或告非工處常刑而誰捨聖澤
遐湊皇明幽燭射以觀士武以備文中罕主皮實有書於
揖讓作而不利人無取於能函昔疑作晉陽之美旣虧矍相
之儀何覩請徵非道方寘嚴刑

結交四騎判

南郡玄栖好黃老道德結交四騎所由以爲非宜

獲豹不賞判

又捕鳥鼠獲玄豹訴不酬賞

對

秉軺持斧漢家有直指之使鳥獸草木舜典標山澤之官
考行議能以先清舉選徒校獵自符月令抱甕矯俗已見一作是
褒升徒搏異物不聞加賞假漢廷之跡猶或心勞越
周家之雄乃聞手格州科妄罪須正本條使稱違式未詳
其事

被髮禱斗判

甲被髮禱于北斗乙告其詛云侯家恐盜

學盤盂書判

又丁學盤盂書庚相爲引重後遂舉行其罪或止之甲云
以此報德

對

律防姦慝書垂勸誡有犯無赦德懋必彰載以王條藏之
金匱使邪妄知禁忠義有憑至如北斗星象東荃秘績匪
遇疑庶之所規祈實詞儒之所採練甲被髮以淫禱丁伏
膺以儱精乙摘詛以明辜庚引重以捲譽詰理則事一作志
窮討賊原心則情在崇儒證漢代之浮訛存彰其器習般
時之典訓載穆其方且祝詛旨星曆刑莫重焉銘頌盤盂道
亦斯在息夫妄惑其術昔時已殲其身李尤刻緝其詞後
世亦高其旨曲而不離請標當於詳刑婉而且徵疑作微

舉罪以酬德乙之所訴請寘金科或人止之恐昧前典

文苑英華卷第五百五十二

文苑英華卷第五百五十三　表一

賀登極

代張仁亶賀中宗登極表一首

賀肅宗登極上玄宗表一首

賀登極表八首

賀郊禮

賀拜南郊表三首　賀饗太廟拜南郊表一首

爲郭令公賀南大禮表一首

爲桂府王中丞賀南郊表一首

賀登極

代張仁亶賀中宗登極表　吴少微（神龍元年）

臣仁亶言今月一日春官牒至皇帝陛下去月（按新舊唐書正月丙午中宗即位時張仁亶知洛州所上表作去月爲是類表作五月非也）二十五日光臨寶極誕告萬方億兆群生抃舞欣歡（一作賀）（一有微臣罔不幸甚六字）賀中臣聞皇天愛人則有非常之主聖人受命必復先王之業伏惟皇帝陛下明德動天輯寧國家張乾坤之重位紹文武之耿光日月再貞正朔惟序百神啓祐九服咸若（類表作熙）天下元元不勝慶戴臣夙仕皇朝彼荷恩化荏苒勤役復遇聖朝（一作明）扶（一作枯）朽再生慶抃（類表作踴躍）之情特萬恒品臣忝慶州域未獲馳賀闕庭（一無此十一字）

此篇一本作吕温代鄭相賀登極表其間異同注爲一作吕集亦無此其誤何疑

賀肅宗即位上玄宗表　顔真卿

臣真卿言六月二十七日伏承賊陷潼關駕幸蜀郡李光弼郭子儀等正圍傅陵郡收兵入土門王師既還百姓震恐憂惶危懼若無所歸臣不勝悲憤之深遂遣脚力人張雲子間道上表猶恐不達又差招討判官信都郡武邑縣主簿李銑（集作銧下同）相繼間行銑及雲子前後並到靈武郡奉皇帝七月十二敕伏承陛下命皇太子踐祚改元皇帝上陛下尊號曰上皇天帝臣及官吏僧道耆壽百姓等蹈舞抃躍不勝感咽其張雲子回皇帝授臣工部尚書兼御史大夫其李銑回又授臣銀青光禄大夫顧以庸微須叨寵命道路隔絶辭讓無由進退失圖伏增惶懼竊以逆賊安禄山孤負聖恩憑陵寓縣禍盈惡稔尚稽天誅今皇帝撫軍蒼生賈勇豐鎬河洛指期可平伏願陛下垂拱順神以覩廓清之慶臣官守有限不獲隨例（一作到）闕庭無任懇款悲戀之至

代崔冀公賀登極表　于公異

臣某言今月五日寅時大理少卿馬炫至未時監軍使判官奚官局丞程仙望至累承恩命宣慰臣及軍府將吏僧道百姓等半日之間二使連至六辰之内五奉詔書恩旨便繁顧問稠疊感懼交集競隕失圖中賀臣聞玄穹降災吉凶常數儲后繼立周漢舊儀伏惟陛下承（類表作纂）八華之重熙叶千齡之廣運以爲四海務重不可以一日而無君

九廟禮崇不可以一朝而乏饗是以順先皇三日之詔允群臣五表之請克遵古訓虔奉國經俯抑聖情以臨寶位大須騰（類表作新）命再造寰區海内悲歡天下幸甚臣謬司節制職守方隅不得與萬計連行同參盛禮千官並列稱慶闕庭無任抃躍哀榮之至

代路尚書賀登極表　王綿

臣某言臣伏聞陛下以某月日虔奉典冊允升寶位凡在群生孰不感慶中賀臣聞大人繼明品物皆照聖人首出萬國咸寧是以殷宗恭默纘成湯之業漢明聰哲繼光武之緒伏惟陛下並離開耀體乾成德神武著乎撫軍孝敬形于主鬯洎受遺嗣政正位居體以荷大業載緝重光布

詔號於華裔慰人神於遏密此所以溥天之下食土之毛喜抃踊躍而不知其止者臣守職藩鎮不獲稱賀瞻望闕庭無任哀榮之至

代鄭尚書賀登極表　令狐楚

臣某言伏承皇帝光膺冊命踐登寶位率土臣子抃慶滋深中賀臣聞天子之孝以纂承爲重聖人之寶以傳授爲公伏惟皇帝陛下德合乾符道光天宇廓寰區以御曆灑渥澤而飛龍上以代太上之憂勤下以副群生之欣戴溥傳天旨大洽人心喜氣騰輝晴雲動色黎元率舞將校傳呼即日而萬姓歡康累旬而四海清謐臣職當統帥寄重方隅慶賀之誠倍萬常品限以所守不獲奔赴闕庭

代孔侍郎蕃中賀順宗登極表　呂温

臣某言六月十六（集作日）日入蕃告哀使右（類表作左）金吾將軍兼御史中丞田景度至吐蕃列館伏承皇帝陛下以正月二十六日明德奉天纂臨宸極重光昇耀百化惟新澤被幽遐慶覃動植中賀臣聞和氣既蒸句萌具（集作必類表作且非）達時雨將降柱礎猶知臣從役單車閉留絶域天臨日照而別處幽陰雷動風行而兀爲聾聵伏賴（英華作顧恐非）陛下義敦柔遠禮及窮荒始獲虔奉德音仰霑聖澤具寮就列無階蹈詠之初庶物效靈獨在飛沉之後舛薄鍾命耻玷自躬疚心厚顏罔知攸措今月七日自列（集作別）館回至河州大夏川即以十二日進發星言夕惕豈敢遑寧瞻望天闕（集作

庭載深感懼（類表作躍）無任喜抃屛營之至

賀登極表　柳宗元

臣某言太子中舍嚴公弼至伏奉某月日勑書慰諭伏承陛下以某月日虔奉典冊允昇寶位凡在群生孰不慶幸臣某誠歡誠抃頓首頓首臣聞天地泰而聖人出雷雨解而品物榮是以五行迭用木火更其位十葉重光宗廟輔其德殷宗恭默再開（集作闡）成湯之業漢文聰明克承高祖（集作帝）之緒陛下重離出曜體乾繼統主鬯彰孝恭之美撫軍著神武之功欽承遺訓永保鴻業遏密之中施雨露以被物遐邇之地覩日月之繼明則四維之外八極之表人神胥悅草木皆春煦嫗生成不失覆載况臣謬膺守土（集作

蕃守累受國恩爰自出身洎乎領鎮沐浴聖澤優游昌時不獲覩闕庭之禮展臣庶之分戴天荷聖倍萬恒情

賀登極表　劉禹錫

臣某言伏見詔書正月二十六日皇帝陛下嗣登寶位萬國同歡日月繼明乾坤交泰中賀伏惟皇帝陛下欽承顧命惟懷求圖以大孝奉宗祧以至仁蘇品物洞照寰海統和神人聖祚遐（集作延）長從今無極群生鼓舞自此大寧臣限守遐藩恪居官次

代李相賀登極表　王超（總目作起）

臣某言臣伏聞陛下式遵典章正位宸極臣聞大明繼照雖昧者必昭其視震雷發聲雖聵者必達其聽是以聖人

鼓萬物而耳目咸華感人心而天下太平致理興邦率由茲道中賀伏惟陛下紹累聖之鴻緒冠前王之盛烈祥符荐委景福攸臻纂武繼文重光累洽自宣猷上嗣育德儲闈仁孝表於域中慈儉彰於天下由是餧者思食瘵者思豊曶奭咸耀於光明枯朽更延於惠澤顒顒億兆咸沐惟新皷舞而四表歡心運行而二儀貞觀臣夙承朝獎謬列藩條歡抃之誠倍萬恒品

第二表　前人

臣某言臣聞帝堯之禪虞舜也業歸乎異代漢祖之尊太上也禮徇乎虛名有棄徙而傳七廟之重斯則堯圖非遠漢道未全卓（一作悼）哉冠鳴名而超古始者孰若今之盛也陛下孝至通三上極於君父德均吹萬下被於生靈大聖所以宜照庶品由其利見聖作物覩天清地平故雖氷霰傷和之姿人情慢蔽之物宿陰茲解惡氣未除無不仰南至而自銷隨東風而盡變坐見可封之俗更覃無外之恩率（一作植）土之畔俱霑覆育秉靈之內無不謳吟遐邇歡康昭蘇欣贊臣謬忝朝列乂揔藩條

賀南郊

賀拜南郊表二首　王晙

臣晙言臣聞鴻勳大猷必崇昭饗至德廣運莫先郊禋伏惟陛下紹皇開圖纂聖興業舉昭祀之典尊嚴配之義（類表作儀）伏以長至陽升用書雲物玄穹有事祐福無窮纖嶽會

同升木咸悅臣獨擐甲朔野稪氷（一作理兵）河外不獲躬陪玉（一作大）輅預奉圜壇屛營棗垣抃躍何已無任翹翹鳧藻之至

同前　前人

臣某言臣伏承陛下親拜（類表作幸）南郊恭禋上帝竭孝誠於殷薦示彝訓於兆人寰海無虞（類表作波）玄穹啓祐百靈効（類表作受）職九服駿奔燔燎洞合於神光日月共禎於瑞色乾坤交泰動植歡榮臣限以守職在藩不獲趨陪大禮無任慶躍屛營之至

賀饗太廟拜南郊表　前人

臣某言臣得度支鹽鐵轉運副使戶部侍郎潘孟陽狀報

伏承皇帝陛下以來年正月四日謁玄元宮五日饗太廟六日拜南郊制命施行中外慶抃臣某誠懽誠抃頓首頓首臣聞四氣首時履端爲貴六經重祭報本是先伏惟皇帝陛下光啓曆圖纂承寶曆功格宇宙德冠勳華以建寅之吉辰備用辛之大禮祇事宮（類表作宗）廟克禋烈祖之嚴對越天地聿脩孝孫之敬萬靈從祀以肸饗（與饗通用）四夷率職而駿奔樂奏（一作變）九成神降百福臣幸逢昌運外守藩條不及侍蒼輅之後塵仰泰壇之盛典心馳魏闕目極漢儀踴躍海隅倍萬恒品

賀南郊表　令狐楚

臣某言伏奉聖旨以來年正月五日朝獻太清宮饗太廟

七日有事於南郊宜令所司準式者敬莫大於朝宗廟嚴莫大於饗郊丘此二帝三王與聖祖神宗之所以總百靈而臨萬國巍乎盛烈也伏惟皇帝陛下光膺大寶茂對上玄盡誠信以奉先極婉愉而致養孝光夷貊悌達神明方將告成功敷顯號惟天爲大俾衆庶咸新如日之昇與品物相見六幽傾耳四海翹首凡在臣下不勝慶幸而臣謬貞師律叨守戎藩不得捧豆籩於清廟之中執玉帛于泰壇之下仰觀盛禮伏賀鴻休聳踊轅門無任戀結屏營之至謹遣某官某奉表陳賀以聞

爲郭令公賀南郊大禮表　邵說

臣某言伏承今月二日冊皇太子六日朝獻太清宮七日享太廟八日有事于南郊者欽謁宮廟尊崇祖禰展郊（類表作）敬天之禮百神受職弘主鬯之義萬國以貞率土之濱孰不忻戴臣限以出鎮闕覩盛事（類表作儀）仰白日以心馳望赤（類表作彤）墀而手抃無任歡慶之至

爲桂府王珙中丞賀南郊表　令狐楚

臣某言伏奉十一月十日制書南郊大禮畢大赦天下者（中賀）臣聞禘嘗湛恩龐鴻大號渙汗際天接地孰不慶幸臣聞禘嘗之禮所以仁祖禰也郊祀之儀所以尊天地也五帝之前黃稃土鼓致其敬敬有餘矣而禮不足三王以降金罍玉斝備其禮禮有餘矣而敬不（一作未）聞秦之增封也覬望神仙漢之郊丘也禳除災害雖無文而咸秩終有廢而莫舉

循可以編在方冊垂其鳴名豈若國家祭文質于六經之中陛下酌損益於百代之後既（文粹作順）昊天之承命得黎人之歡心九穀有年四方無事然後因吉土迎長日咸池夔舞（文粹作奏）太簇登歌萬靈識周旋之位百神知饗獻之節雲歛（文粹作散）而柴燎高達風清而蕭薌遠聞信大報之無私亦玄鑒之不昧臣當時集軍州（文粹作將）官吏僧道百姓等丁寧宣示訖惟天之意莫遺於細微如日之輝不隔於幽遠頑鈍知感鬼神懷柔何則（文粹作者）刑莫大於成獄陛下捨之罪無輕重恩莫深於延賞陛下推之澤及存歿行道求志敢於直言者既許以親覽觸綸罥網屏於（文粹作在）遠方者又移之近郊減來歲之新稅（文粹作租）昭其儉也棄七歲（文粹作比年）之

逋債弘諸仁也念勳臣而樹勳者益勸尊有德而不德者知懃賜癃老有粟帛之優禮神祇無牲幣之愛此所謂幽室盡曉枯條遍春雷雨作而蟄蟲昭蘇疾風（文粹風雲）行而窮（文粹作寵）鳥飛舞率土臣下（文粹作妾）不勝大慶況臣蒙被恩澤獲廕生類會守遠郡阻窺盛禮徘徊天外目與心斷無任抃躍戀結之心謹遣奏將王清朝等奉表陳賀以聞

文苑英華卷第五百五十三

文苑英華卷第五百五十四　表二

尊號一

朝集使等上尊號表　李嶠

臣某等言臣等聞正覺既隱而苦海橫流衆教不興而業風亂起則有至人應運元聖撫期授手而拯其沉淪推心而救其焚爇四生不慧必將有以宅其緣六度未康必將有以振其緒慈氏越古今輪聖神皇帝陛下業隆四諦德

懋三空道成於祇劫之初迹遠於梵天之外而深惻末教俯哀流俗弘善推之畧下濟蒼生屈無上之尊降臨冊宸神功暢於明一至德覃於吹萬三千國土咸登福壽之庭百億天人並出塵勞之境能紹七佛之鴻業躡三身之正位雖多寶之證明法教出見空虛釋迦之慇護凡愚來遊穢濁未足以仰參神變遠媲仁慈臣等宿植有因生平多幸聖朝難遇類萱葉之希逢法主儻來似曇花之一出屬千齡之大慶欣萬劫之禎符是用下方謳歌旁稽讖籙摯玉署鴛鴻之議雜金園龍象之謀拜手闕庭虔奉徽號叫帝閽而延佇徙罄丹誠仰天路而遲回不流玄霈朝野失望衣冠沮色竊惟聖人忘己以百姓爲心菩薩救時共衆

生合體是故屈伸進退因其志而不滯變化感通順其求
（一作求）而不隔伏乞暫回聖慮俯鑒愚誠弘至公之大道畧
鳴謙之小節特命有司勉膺殊典使尊名嘉號與法日而
俱懸寶筭靈基比恒沙而不極臣等得預陪下列攀奉末
光長登正法之筵永樹來生之果豈不幸矣豈不大矣無
任誠懇之至謹詣闕固請以聞

同前　蔣欽緒

朝集使魏州刺史臣欽緒等二百四十六人言臣聞三統
彝皇五德號帝道實爲大義不可名且以明覆載之尊協
神人之望稽衆允迪萬邦咸休伏惟陛下道合乾坤明並
日月敷廣運之德懋昭格之功充塞六合光被二儀陛下

之聖理也禮展園廟孝感禎祥陛下之神應（一作文理非）也經
天緯地制禮作樂陛下之文德也柔遠能邇戡難定亂陛
下之武成也殫百王之能事創千古之終禮幽明感慶華
裔帥信伯益所謂乃聖乃神乃武乃文者也今大號雖稱
神武未備聖文臣等忝官州郡幸因朝集不勝至願望上
尊號開元聖文神武皇帝謹於朝堂昧死上表

代宰相上（疑作賀）尊號表　崔融

臣某言臣聞形器以陳萬物有名之謂母尊卑既位兩儀
合德之謂皇非母則不能慈愛域中非皇則不能導化天
下歷考前政詳窺舊牒金匱玉版帝王之迹易推鐵軸銅
渾天地之情可驗不知誰子氣母握其靈機厥初生人維
皇（一作皇建）啓其光宅然則儀神配永至聖者所以降天符建
極施尊至神者所以塞人望禮存知貴事叶强爲天命則
休應畢臻人心則休應允集不可得而避也不可得而遠
也其唯聖人乎其唯神用乎伏見某日制書以天授聖圖
群臣上尊號曰聖母神皇昭備典册肅應景命大赦天下
賜酺五日含生之類稟識之儔顒顒如欣欣如洎鳥獸率
舞與草樹咸樂中謝臣聞以凡測聖者理絶於名言以管
窺天者事迷於遠近雖帝其何力自聞田父之歌而事有
不談終獲樵夫之笑亦安敢梗槩而無述哉粤若稽古聖
母神皇陰陽和而叡德生日月合而冲靈降其在家也御
娥氏之瑶臺其正位也縮漢皇之玉璽維皇高祖肇創王

業惟太宗克成帝功惟高宗發揮二聖之耿光惟陛下對
越三后之明命顯承遺託敬守前基弘濟艱難躬親政事
情深社稷義切園陵其至公有如此者七月而葬三年免
喪乃顧明辟載懷高蹈陛下致還君之美德盛於謙尊皇
帝竭爲子之孝（一作方）誠深於覆育八紘無外六合一家其
冲讓有如此者蒐八代之禮講三王之樂定齊斬之數華
靡曼之音草章程垂勸誡除指斥之坐議故誤之條百官
以理萬人以察其制作有如此者慎終追遠因心罔極崇
七廟廣三雍仁不遺於一物教必行於百姓有虞舜大孝
之德焉訓甲兵誓將帥南北清晏東西緝穆有軒皇戰代
之功焉定都邑殊徽號居三統之政處六合之中有周成

（一作武非）隆平之業焉錦繡羅縠彫文刻鏤人君之美色也而陛下澣濯之服大帛之衣珍羞圓方玆味重累人君之甘旨也而陛下藜藿之羹粢糲之飯黃金白玉青珠紫貝人君之驕也而陛下所寶唯賢所重唯穀上林禁苑層臺累榭人君之麗也而陛下宫垣不葺廊宇莫脩置拾遺補闕之官則前疑後承仰天俯地孰云尚也創通賢招諫之鼗則聽聲之鼓告善之旌疇以懿玆夫然後（一作故）不登而高不行而遠天降以瑞地升以符日月光風雨潤慶雲出神泉湧鳳凰翔於庭麒麟臻於囿雲集霧散日至月書固不可得而言也陛下循固守冲挹深惟惕厲以玄默爲神澹泊爲德回聖慮運全謨采衢室之舊儀酌明臺之故事因

人之欲不日而成於是靈命孔彰玄心揔集山開秘篆洛出祥圖每纓冕同觀軒墀共謁則有犧車五色對玉匣而如遲雲蓋三層伴璎緘而不去豈非顯見神物覺寤黎蒸者歟可以昭報昊穹可以抑揚宗社明至德表至功陰陽不測之謂神應變不窮之謂聖洋洋乎發育萬物蕩蕩乎人無能名尊號之來豈徒然而已也聖母神皇乃不得已而從之命有司脩大禮秩群望懷百神配諸侯於四瀆（一作海）視上公於五鎮百姓有舉（一作華）思與天下滌之一人有慶思與天下覃之垂動鑰之深思降合錢之普澤凡百在育不知手之舞之足之蹈之者也豈使女媧神化仍參泰古之皇太姒徽音獨擅隆周之母而已微臣早霑揚歷亟奉恩榮慙擁腫之曲材荷生成之大德山濤者渾金之器魏國擢之以尚書伊尹者飾玉之姿殷朝待之於右相在臣駑暗遠謝賢明徽逢振拔擢登左右陛下不以臣不肖復使臣待罪元戎顧無平虜之能未答破羌之寄恭聞瑞典載休鴻私幸屬皇羲之代欣承帝魁之美冕旒端拱旣不獲接景前行玉帛來朝又不獲趨風後位橫行萬里限中國以長城悚踴一隅望東朝於西域不任悅豫（一作欣悅）翹勤（一作動）之至謹遣某官奉表稱賀以聞（垂拱四年常侍價以文昌右相安息道行軍大總管）

宰相等上尊號表　裴光庭

臣光庭等言臣聞惟天爲大聖人合其德知微其神至人

契其道德應者天錫其命道尊者帝受其名伏惟陛下克享天心誕承丕命仁育萬類道光四表功業見乎變禎符（一作符命）應乎時往者國步多艱克清内難皇天眷祐受命文宗允叶聖謨肇脩人紀不易日月再造乾坤此陛下之神武也若乃欽明上古允恭克讓綴學設教定禮創曆章施五彩克諧八音緝熙之教成肅雍之德備此陛下之聖文也若郊祀天地文之經也敬事神祇文之德也柔遠能邇文之化也登封告成文之表也非大聖則不能合其典謨非至神則不能制其通變故功成者不可不表德至者不可不崇是以百辟顒望三靈乃眷將謂鴻名尚闕大典未敷臣等昧死上尊號爲開元聖文神武皇帝陛下將以首

出千古表正萬邦伏願守神器之至公遺嗚謙之小節徼名不可以深拒大典不可以固違則乃謂韶盡美矣又盡善也凡在含生不勝大慶臣等區區敢以固請

第二表

臣光庭等言臣伏以聖德廣運神功莫大昭升于上敷聞在下是用稽古歷考元符敢備鴻名以光帝冊陛下蒸蒸大孝翼翼小心冲讓推誠未允群請臣等愚蔽罔知所圖臣聞聖者與天地合其德日月齊其明智無不通物無不照其德合其名稱蓋聖人之揔名非王者之私受昔周尊后稷推以配天所以美其聖矣及思齊文王人樂其德所以稱其聖矣及下武繼文能受其命亦稱其聖矣是以列

聖相承受天之祐豈則前聖有紀而後聖無名陛下聖無不通神無不妙克受文命大定武功稽之於古則如彼考之於今則如此豈可鴻名大寶未有所崇蓋天受者不可違人欲者從其願伏乞暫回玄鑒俯察冊誠使文德武功鬱爲稱首朝聞其道夕死是甘區區以固請無任悚踴之至

第三表

臣光庭等言臣等竊因輿頌上奉鴻名冊懇備陳玄鑒猶邈是故退省方策進輸真（類表作直）誠伏惟陛下少回天恩則海內幸甚臣聞天下者列帝之公器聖號者先王之至名故業崇則器尊道在則名應理徵不假義與無私今天之

祚唐光乎（類表作重光）累聖天則有命聖可無名今若遠而不居請而不（類表作未）允豈所謂畏天命以欲從人（一作以從人欲）之旨哉伏惟聖以知時神以妙物文經造化武定邦家書云乃聖乃神乃武乃文光昭帝圖莫斯（類表作與）爲大不稽古之明義豈在今之能名臣等虔率舊章奉將玄命非敢虛美以咨（疑）其詞伏願上察天心下自人聽使百靈遂望萬古式瞻則朝聞其道夕死無恨臣等不勝懇迫之至

代宰相請上尊號第二表　白居易

臣某等言今月二十四日臣等已陳表章請上尊號愚誠懇切聖鑒未回蹐地跼天不勝大願臣某等誠惶誠恐頓首頓首臣聞大道者無求於物物尊而不辭至公者非欲

其名名生而不讓不讓故與天合德不辭故率土歸心斯所謂應乎天（集有二字）順乎人者也伏惟皇帝陛下嗣興一德統牧萬方致時俗於（集作之）和平納生靈於福（集作富）壽金華已偃銷七十載之厲階（此句一作鋪七百載之鴻基）王燭方調啓一千年之聖運天人合應書軌混同而鴻名未加盛典猶鈌華夷失望史冊無光此誠君上之謙然亦臣下之罪也今臣所以上啓（集作稽）天意下酌人情再黷皇明重陳冊檄臣謹按書曰惟睿作聖（四字集作思作睿睿作聖）又曰乃聖乃神乃武乃文經曰明王之以孝理天下凡此五者歷觀列辟雖甚盛德莫能兼之伏以陛下自臨大位及茲二年無巾車汗馬之勞而坐平鎮冀無亡弓遺鏃之費而立定幽燕仁和一

薫獯鶩盡化不可謂曆文乎削平天下震曜八荒北虜求婚以禀命西戎乞盟而納款威靈所（集作四）及奔走來賓可不謂神武乎陛下以萬乘之尊四海之富供養長樂道光化成推而致（集作置）之可塞天地可不謂孝德乎故臣等敢冒死稽首上尊號曰曆文神武孝德皇帝伏惟陛下畧撝謙之小節弘祖宗之大猷惟十二（集作一）聖在天豈忘繼其志以億兆人爲子寧忍阻其心特回宸衷俯受徽號在玄功不爲主宰於盛德有所形容煥乎大哉垂裕無極此實天下之幸（集作甚字）非獨臣之幸也臣等無任誠願懇禱之至

代百官請上尊號第二表　崔融

臣等言一昨仰稽舊章虔上尊號至誠猶鬱中旨未回孤

遐邇之心缺神祇之望群臣百辟相顧罔然中謝臣聞古先王者祗奉天命遭時爲法因事制宜不必相沿各有所立化而裁之存乎變推而行之存乎通故庖犧是生創天下之法則周成既作改人間之制度况煌煌大寶穆穆中興至道已邁於胥庭鴻名尚襲於漢代臣子之地悚迫不安又謝伏惟陛下紹開聖圖光復丕緒繼文之體行湯之政撫綏兆庶清蕩二兇舊物不失能收夏衆老吏垂涕復見漢官補三皇之缺文緝五帝之漏目享太廟祀明堂禁網疎闊凡事簡易道德海浸符瑞山承百蠻向風萬人樂業固以萌祇闢闢彈壓徃初自可去故而取新何必同條而共貫循季末之常蹈忽殊尤之盛儀乎臣等顒顒不勝

致懇又謝臣聞天爲上帝九名所以示崇高佛爲法王十號所以稱具足陛下安得徇小節遺至公推而不居猶以爲薄臣等敢昧死謹再拜重上尊號曰應天皇帝伏乞順萬國之歡心答三靈之睠命不遠誠請昭備典冊使百代垂景光而作程飛英聲而不朽豈不美歟豈不盛歟臣等幸逢興運夙叅朝列累獻非常之祈願奉惟新之慶所冀日回三舍天移二山愚有不奪期有必遂無任悃款屏營之至謹詣朝堂奉表固請以聞

代百官請上尊號第三表　呂温

臣某等言臣等自管窺天以凡揆聖虔奉徽號罄陳至誠而再降謙光未迴宸睠慙蹐（一作跼）罔攄彷徨失圖臣等誠

感誠懼頓首頓首臣聞強名曰道莫體混元之功推大于天（類表作惟大則天）豈報生成之德徒以定物視聽示人津涯俾其會歸有所則象伏惟皇帝陛下克廣曆圖紹休聖緒順考古訓茂宣重光亭毒以佐天和震曜以除人害性與道合身爲化先神行六幽風（集作威）動九服求珠赤水觀妙用於無方檢玉名山告成功而有日豈可過損盛德不昭鴻休棄臣子瀝血之誠阻華夷傾首之望當仁必受乃曰至公與物無私寧嫌在已安卑者地山嶽之峻豈慙好謙者天日月之光何讓道貴傳繼禮從宜稱邦家之舊典不可以廢天人之合應不可以違臣等謬服官常親承至化一披肝膽三黷宸嚴殞越爲期俯伏俟命（類表作以俟）實望陛下

隨時立教以欲從人游神於不宰之鄉屈已於有名之域潤色大寶發揮皇猷古今一時天下幸甚無任懇迫屛營之至謹奉表陳請以聞

元和南省請上尊號表　　類表

臣聞皇階（類表作陛）肇典必本其丕烈明號允屬將御其成功所以開天地命歷之符合人靈慶感之運臣等輒敢上稽天鑒下採人謠以今月十九日瀝懇陳辭冀乎睿聽九重尊秘萬有顒顒誠未動天心如履薄（類表作未動天心懼如履薄）臣誠惶誠恐頓首頓首伏惟睿聖文武皇帝陛下一德繼統上符十天六龍時乘下壓群嶽張寶圖以光帝載懸玉鏡以澈襟靈休明會期則百神宜衞清淨子物而萬邦式孚今

（類表無今字）夫陰本於刑陽稱其德以刑而（類表作則）右武以德而（類表作則）尚文蓋將導人君無爲之初（類表作物）官天道有成之始今陛下宣威紀功示人以武也業古垂統示人以文也纂炎唐十一之盛陋宗周八百之期孝庶徵於域中推賜履於閫外宇宙至廣每驚符瑞之繁動植殊輕奚答生成之造昔之述夏禹美宣王雖外軼其聲而中未盡善孰若陛下慮及（類表作深）一物精入萬樞發揮盛祉啓迪鴻業自彼元和至於茲歲掃群妖清巨祲率黎崇（類表作元非）之不恪刻節（類表作美）枅之方圖或身梟都市或首懸藁街天英神斷不疾而速雖堯伏四罪殷征三年揆之於今彼有慙德固當仰應名實丕陟鴻徽闢乾位於象帝（類表作玄象）之文飭宸耀於

稟氣之類豈可抱冲謙之微（類表作小）事曠祖宗之大猷臣等不勝由衷大願願上尊號曰元和聖文神武法天應道皇帝伏願納天人之貺采臣庶之誠昭示至公允塞群議無任悃迫懮懮之至

第三表（第二表闕）　同前

臣聞古先哲王垂衣御極何嘗不取鑒祖則作爲盛猷伏覩列聖以來必崇明號既以表域中之大亦以示天下之公苟或冲讓未行撝謙不發則無以焜煌前烈威畧外區臣等所以披誠上陳冀垂明聽墨詔批答天心尚遠臣庶顒顒不知所措臣等誠惶誠恐頓首頓首伏聞（類表作惟）開元天寶之盛也典章大備劍戟已銷表德顯功累上尊稱蓋

天人之符契不得已而從之陛下稟上聖之姿造中興之運踐臨土宇（類表作方夏）虔奉宗祧恢復兩河廓清四海象天爲（類表作之）大並日之中丕業巍乎已成鴻名鬱而未稱臣等所以采前古之議酌當今之詮（類表非字）有敢悅懌乎天顏（類表有所字）冀光昭乎史冊百辟卿士皆以爲宜萬方黎元固不可忽陛下損之於其成（類表作甚盛）之代棄（類表作斥）之於泰寧之時尚以河隍未收關隴設備而欲更施利澤方啓舊章執謙德而彌仰（類表作抑）崇高議神功而無以彰灼億兆延頸靈祇顒懷率土之人皆知不可況天地之意祖宗之靈乎臣等命偶昌期職叨（類表作忝）樞近雖微誠不足以上感而懇願終冀於必從伏乞深惟訓謨特降宸慮允華夷之至望回

日月之殊輝誕受鴻名光膺大慶紹五帝三皇之絶典光
九廟萬國之丕休人神交感孰不爲允無任懇欵兢惶之
至

第四表　同前

臣仲稽舊章虔上尊號懇誠三瀝冲旨未回朝野顒然（類表作若）罔知攸措臣等誠惶誠恐頓首頓首臣聞帝王御極作
人司牧德盛者爰加顯號功高者必建鴻名是用叶天地
之符塞人祇之望榮非爲己義實徇公爰在累聖必從衆
欲矧陛下踐寶祚握瑤圖懸日月而照九圍皷雷霆而清
八極故得吳蜀電滅齊蔡砥平攄祖宗之宿憤救黎元於
焚溺今者威加四海澤浸八荒文軌罔不同華夷罔不服

政刑罔不舉符瑞罔不臻闢（類表作開）再造之宏規致中興之
昌運而典冊（類表作大典）猶鬱徽號未崇何以副萬國之心何
以答三靈之貺臣等謬居樞近累黷宸嚴望九重之俯從
爲千載之榮遇雖則祈天之奏伏蒲而未感所冀回日之
誠傾藿而必遂臣等不勝懇欵屏營之至

文苑英華卷第五百五十四

文苑英華卷第五百五十五　表三

尊號二

中書門下請上尊號表三首
爲文武百官請復尊號表六首
京兆府請復尊號表二首
代京兆府耆老請復尊號表二首
禮部爲百官上尊號表二首

中書門下請上尊號第一表　于邵（建中元年）

臣炎等言臣聞自古帝王配天受命必建徽號傳之無窮
號者功之表也三五以降皆約所著之功以彰厥德則犧
農軒頊之號或質勝文而文勝質悉以一時盛烈而崇號

爲伏惟皇帝陛下纘戎立極紹庭應運居域中之大爲天
下之君聖敬日躋孝理時乂放珍禽奇獸爲異方遠物畧
嘉禾美瑞俾良史不書洪惟成湯一德率先老氏三寶舞
干是務和戎是利惟賢是登惟惡是去雖夏后卑宮菲食
漢文帷囊弋綈與我比崇彼實慙德今園陵永閟升祔云
畢孝思罔極達于神明克禋克祀卜時撰吉載命元子光
啓儲君禮無不備道無不洽而鴻名未揚典故猶缺將何
以告清朝謁聖祖對越神祇昭格上下伏乞許臣等上尊
號以備大禮有以答乾坤之貺有以符億兆之歡臣等才
非啓沃職忝近侍遠媿賡歌空懷赤實不勝懇願屏營之
至謹奉表陳以聞

第二表　前人同前

臣炎等言伏以表鴻勳尊明號百王之弘典八聖之嗣烈則可祖述古訓憲章前範上以明帝王無私於巳下以表臣子行古之道所以詢於公卿稽彼典常昌牀爲請期於必從奉詔還答未蒙聽允阻臣子之協同彰聖人之讓甚當此反側得爲安乎臣炎等誠惶誠迫頓首頓首臣聞上覆有名曰天下載有名曰地天地尚著於名位而陛下父毋天地端居大寶獨無名乎臣等固知其不可謂此况踰年作制履端於始啓廼乾運祗膺天秩此皆宗社廼睠元元式瞻其當至公不在謙巳伏惟一作以陛下首在藩邸親揔六軍屬彼昆夷乘我間釁犯我都鄙邑鑾輿以東幸舊

貔武以旋師一呼而上將雲奔傳檄而遠蕃麕至朝廷以正華夏以寧旋表元良迨茲臨御顧命之後畏天之威躬履節用勤於宵旰大孝感於神明茂功由乎發號友愛日至觀行不忘願升平以俟致將徠遠以德服風雨時若妖氣一作氛不動夫然則俗可追於大庭人可納於壽域而欲忽鴻名觖人望固以自約其可得乎臣等才謝將明力慙匡輔欣逢至道竊荷寵光願回天私獲遂丹悃無任懇迫屏營之至謹奉表陳請以聞

第三表　前人同前

臣炎等言臣等考古訓酌群言建大中之道陳徽號之請累表上聞皆抑而未許跼天迹迫屏營失圖臣固以此請者方欲協萬國之歡繫一人之本蓋非私於主而專於巳實以荷大賚法上玄遵王之路也伏惟皇帝陛下以唐堯四德光宅天下以周文直行陟降庭止應乾立極迨乎踰年又奉今月甲寅詔將有事於郊廟越翼日乙卯後下有司命元子以主器薦珪置幣尊祖配嚴屬車將邁明號未布瞻望霄極遐哉邈乎至乃陳一王之儀合百神之禮祝告史載則謂之何臣又聞之守文纘服繼序不忘遵奉遺烈必思其復惟高祖象雲雷以起經綸惟太宗造區夏以創大業惟玄宗倚孤劍以攘臂惟肅宗振一旅而討逆惟代宗揔天兵以佐命皆拯生人之崩角安國家之綴旒德澤洽于上蒼功業冠於邃古而皆順人心以敬天命享大

名而騰茂實况陛下居雍邸將天下奔西戎約北狄此所以彰武功也其在望苑則問安視膳春誦夏弦尊師以廣其聰明敬老以全其羽翼此所以懿文德也及受顧命反居諒闇勺飲不入杖而後起同軌不踰於七月升祔未終于九虞此所以昭大孝也克勤于邦日親萬務克儉于用化行四海珍禽奇獸不育於國沉珠捐金必受以人此所以返太素也有一於此則可以發揮鴻休光啓尊號豈可尚懷謙損莫顧輿能九廟之靈儼思慶告百辟之望終期必從陛下必欲固拒群心輕此盛典則祖宗之前號盡爲虛美陛下安得而墮之臣愚故知其不可也臣等待罪披垣屢陳愚款儻未回天睠將萬請以之無任大願懷懷之

至謹奉表昧死以聞

爲文武百官請復尊號第一表　崔元翰貞元五年

臣等言：臣竊觀前代之盛列辟之英咸保鴻名而崇明號或配其德或昭其功蓋所以揚耿光彰淳懿而示遠也其有暗然類表作而不耀後嗣何覯蔽而不揚群臣之罪伏惟皇帝陛下由正統而臨祚承聖緒而受圖稟高明之姿於天侔博厚之德於地端教化之本制行禮之中聲震八區威加六合運造化之柄柳集類表作運玄造之化靡有不通成陰騭之功衆莫類表作信莫柳集作莫之能測是用光膺聖神文武之號其後雖逢阸運尋柳集作今睹昌期誠我武之掃清猶自咎而抑損同罪己之義明愛人之仁群臣等上順聖心以成恭德而退

懷大懼謂掩全功五年于茲若墜冰谷方今百職皆理庶績其凝人用咸和俗惟丕變陳師鞠旅無犯塞之虞封疆畫界柳集作畫界封疆無專地之患四海寧謐柳集類表作一萬類蕃滋薄刑濫不寃之聲逋賦蒙勿收之惠西成有穰歲之報南極見壽星之祥靈貺屢加天恩允答豈宜固類表作妄爲菲薄以掩盛明尊號之崇願復如舊况臣等覩奉平明之理久蒙覆露之恩耻德美之不彰憂罪戾之將及伏惟陛下復循舊典俯徇群心柳集作情誠天地神祇内外臣庶之所望也臣等無任屏營悃款柳集類表作懇之至謹詣朝堂奉表陳請以聞臣誠勤誠懇頓首頓首謹言

德宗興元元年幸奉天削去徽號貞元五年六年百僚六表請復舊即此也是時崔元翰爲禮部員外郎歷知制誥唐書稱其詔令温雅故類表以爲元翰所作而英華誤作常衮按衮建中初卒至是巳十年又柳文收此表或入正集或入外集按宗元年譜貞元五年方十七歲八年始貢京師其謬誤可知况英華總目明言取之類表其爲元翰何疑

第二表　前人同前

臣某等言：臣等前詣朝堂上表伏願柳集作請復加尊號奉被還旨未遂懇誠拳拳顒顒不勝大願臣等伏以崇明號昭盛德爰自中古實爲上儀以至於我祖宗莫不膺兹典禮伏惟皇帝陛下有廣運之德弘覆載柳集作照微之仁燭幽以

明威遠以武惠澤之被誠浹洽于八方英聲之揚宜越軼于千古而乃久爲抑損以守謙恭事有曠而不遵禮有缺而未備臣等又以爲不私與己是謂至德柳集類表作公有美之而莫敢辭有非之而莫敢隱必推於物而順於人既以徇於群心又思叶於中典此皆聖王柳集作人之事也且夫虛而失實則夸耀而誣質而不華則朴略而固而而字柳集作所以王度資於潤飾帝者務於恢崇蓋柳集無蓋字將以法日月之昭明配天地之廣大聳遠人之觀德兼前代之軌模然後表其全功謂之盡善不可以方當陛下臨位群臣在庭而使鴻名不彰盛典猶闕既無以光昭衆美又無以丕承舊儀類表作章則臣等蒙恥於今獲罪於後實爲大懼敢忘盡規尊

號之崇願從群議伏惟陛下俯回宸睠察納愚誠不惟臣
等受恩天下幸甚無任區區懇迫之至謹昧死重詣朝堂
奉表固請以聞臣等誠懇誠勤頓首頓首謹言

第三表　前人（同前）

臣某等言臣等前拜上表請加尊號實以功德俱茂典禮
宜崇然而不能鋪陳無以動竊愚誠雖竭天鑒未回臣某
等誠懼（類表作惶）誠恐頓首頓首臣某等謹按白武通曰號者
功之表也神農有教田事之勤燧人有與火食之利伏羲
正五始（白虎通曰伏羲因夫婦正五行始定人道始字疑）祝融續（柳集作紹）三皇人爲
之名以（柳集作不非）美其事其後帝王之盛洎我祖宗之明咸
因人心而慎（柳集作順）古道雖損益或異其於（二字柳集作而）表功明

德一也臣等所（柳集類表作是）以遵有國之令典采上古之遺文
察人志（柳集作心）於謳謡觀天意於符瑞敢以爲請累表陳誠
曩者運丁艱難時或順動陛下思成湯之罪己念周宣之
側身去徽號而不稱垂惆誠而自儆應天以德示人以恭
聞於蠻貊戎夷告于天地宗廟是故咸知陛下之志慕義
而歸仁潛感陛下之誠垂（柳集作通）靈而叻順今者君臣和（柳集
作同）德上下叶心百職畢脩庶官以序法令明具教化流行
方内歡康天下寧壹四人遵業萬類樂生嘉應休徵神物
靈貺形于草木著于星辰而辭之以仁壽未臻至化猶鬱
遂使德誠可紀名號（類表作仍）未崇不告於明神不示於殊俗
將何以知陛下之戢難將何以表陛下之致平下無以威

於四方上無以報於九廟其不可一也淳古之至化邈而
不追（柳集作足非）烈祖之盛儀廢而不續其不可二也庚正群
官宗室支屬西土耆老（柳集作長）太學諸生黃冠之倫緇衣之
侶萬衆伏闕彌旬織路而乃不從人心以違公議其不可
三也守謙恭卑讓之志忽光大弘遠之圖臣等誠雖至愚
以爲大謬伏以恒久之德貞夫一也元始之義善之長也
弇包覆露天之大也清净玄默道之妙也睿知之周物不
可以不稱夫聖也妙筭之無方不可以不稱夫神也行仁
義脩典法歌詩頌考文章不可以不稱夫文也攘却戎夷
戢剪暴逆遏兵以整禁衛以嚴不可以不稱夫武也而合
於唐堯乃聖乃神乃武乃文之德臣某等謹稽以乾符叶

於古典侔德澤之廣配功業之崇昧冒萬死伏請上尊號
曰貞元大道聖神文武皇帝臣等竭其精誠發於交感庚
（柳集作無）以回日其能動天無任屏營悃懇之至謹詣朝堂奉
表固請以聞臣誠惶誠恐頓首頓首謹言
及大會議户部尚書班宏又請加奉道字故又改其
文傳施不息而萬物以生推功不宰而萬化以成又
合於書之奉若天道之義伏請上尊號曰聖神文武
奉道皇帝

第四表　前人（貞元六年）

臣某等言臣等去年九月三度詣闕上表請復上尊號懇
悃雖竭精誠莫通又懼於累塵聖聽（類表作聰）是用中輟大願

未畢群心靡寧臣某等誠勸誠懇頓首頓首臣等生逢昌運早列清朝獲睹文明繼迹贒俊（類表作俊乂柳集作聖俊）亦嘗考前載於史氏訪遺儀於禮官至於保鴻名尊號之榮昭茂功盛德之美皆烈祖之垂法爲累代之成規子孫之所宜丕承臣下之所宜崇奉陛下纂聖緒而臨下尊令典而（柳集作以）制中則亦俯從公卿大夫之請光膺聖神文武之號間者陛下以禍亂之故特貶損而自儆以從一時之宜信爲恭也今乃欲遂變更而不復以廢先祖之典則若專焉豈陛下或未之思然臣等實以爲懼雖欲行陛下之志忝先祖之典法何伏惟陛下因于憂勞深自咎責命祝史告于天地陳圭幣祠于祖宗布于群臣聞于兆庶固能降開祐之

福致感悅之誠咸和以叶心盡瘁而畢力弼成神造康濟艱難寇逆掃除暴強擾順侯衛奉守屏之職夷狄爲來庭之賓兵戎不興邊鄙（類表作圖）不聳文軌同於四海貢賦脩於九州至若時候將愆必惟思而內省皇情儆軫遂交感而潛通陰陽和而風雨時年穀熟而財用足休祥數見福應屢臻此皆天地祖宗垂靈錫祉以成陛下之志明無不答不享之咎也陛下宜承天意以悅神心增修盛儀再加明號崇昭報之禮表愜復之功而辭以仁壽未臻至化猶鬱則若尚懷不足以要天地祖宗雖有固讓之勤而非重請之義且夫號若其來尚矣燧人神農各旌其事湯以甚武而曰武王迨我祖宗亦（柳集無亦字）崇高（柳集類表作尚）古道垂著新法陛下獨爲辭讓以守謙冲則皇王將有媿於前祖宗將不悅於後而帝德是非之辨固有所歸國典異同之文後難以守且陛下本爲惻誠以示敬恭誠謙德也今以先王之道而不敢不法烈祖之訓而不敢不承又謙德之大也若乃守獨善而遺公議執小讓而忽宏規遠臣庶之心廢祖宗之典乃所以失陛下之恭德又徒以掩陛下之全功臣等雖誠至愚竊所不取輒敢徵之國典酌於經義取貞者事之幹元者善之長以配聖謨神化之盛文德武功之崇叶紀年之嘉名遵舊號之美稱以如開元故（類表作政）事謹昧冒萬死請上尊號曰貞元聖神文武皇帝伏惟皇帝陛下沛然回慮俯徇群情然後聖德之光昭玄功之茂著後

代得揚盛美而鏡至清是群臣之願也不勝懇迫之至謹復奉表詣闕固請以聞臣某等誠勸誠懇頓首頓首謹言

第五表（爲文武百僚太子少保于頎以下作）　前人（同前）

臣頎等言臣伏以尊號未復累表陳情伏奉詔旨固守謙恭臣頎等上援（柳集作授）天地神靈次奉祖宗典法列經義而順古因（類表作考）人心以從時詞繁而不能陳明誠端而未蒙察納德美盛而猶蔽憲度缺而莫修罪戾是憂冰炭交集臣頎等誠惶誠恐頓首頓首臣頎等伏以先王之道由大中而可久近古之化以彌文而益彰則守謙而爲恭不如立中而垂法表（類表作素）樸而禮畧（柳集作畧禮）不如文明而化光况於文質異時而國家自有制度豈直爲一王之法固以

過三代之文其於規模信爲弘遠之陛下嗣訓先祖貽謀後
聖當踐修以纂承奚(柳集作寧)變更而廢墜臣等又復讀詔書
曰遐想哲王則自燧人神農殷湯之時有其事也又曰欽
若典訓則自代宗肅宗玄宗而上有其儀也又曰所誡者
滿所尚者謙守之以誠期於終始臣等以爲去鴻名而貶
損謙之始也遵舊典而奉承謙之終也造次而未嘗違於
禮守之以誠也敬恭而無或蹈(柳集類表作謟)於專所誡者滿也
又曰虛美崇飾所不敢當伏惟皇帝陛下恤人之心動天
之德致理之文戡難之武功著於頌聲光於史氏上有
其實無虛美之謙(集作嫌)下盡其誠非崇飾之僞又曰勉一
乃心共康庶政褰者公卿大夫侍御攜僕或從扞牧圉或

備持戈矛蓋有同力之誠而無離德之間今者四嶽群后
九土庶邦外自藩維內及宗室黃髮耆老青衿諸儒或僉
以同辭或遠而抗疏一心之効也詳材序進百職交脩烽
燧不驚兵戈以息鑽鑿不用獄訟以此六氣和而風雨時
五穀昌而倉廩實庶政之康也誠由教化以致雍熙自當
冠於皇王寧復謝於堯禹宜加明號以表成功陛下雖以
爲辭臣等未知其說又伏奉詔旨令臣等斷表伏以君親
一致臣子一例而春秋之義以王父命辭父命(柳集無此二字)不
以父命辭王父命則臣頎等得遵先帝之典以遂陛下之
詔謹昧萬死伏請復上尊號如前不勝惶懼懇迫之至
謹復詣朝堂奉表固請以聞臣頎等誠惶誠恐誠勤誠懇
頓首頓首謹言

第六表　　前人(同前)

臣頎等言臣等今月七日所上表昨十五日下詔旨如初
辭讓愈固臣等感謙冲於盛德而私有舊典隳廢之憂懼
煩瀆於聖聽(類表作聰)而內懷微誠懇迫之切進退兢惕不知
所措臣頎等誠惶誠恐頓首頓首臣頎等伏以爲(類表無爲字)
事貴舉其中立(柳集類表無立字)名惡浮於實得其中不宜變之
而失正有其實不必避之以爲恭況以祖宗之矩儀國家
之典制陛下道尊教備(柳集作尊道備教)德博化光奚(柳集作辭)取於
貶損而自卑朴略而太簡者也昔漢宣帝謂元帝曰我漢
家自有制度諸葛孔明誡其主曰不宜妄自菲薄前史載

之詳矣幸陛下思之臣等又為執小讓之賢不足以方得
禮(柳集作宜)合度之善去鴻名之敬不足以補變法改作之專
陛下行之將何所守伏以尚祖受茲(柳集作其)明命歷代承以
聖德至陛下又有下武繼之又重熙累盛之美不可謂德之
不嗣也躬上聖之資合至神之化戡禍亂制夷狄之武修
禮樂垂憲度之文不可謂貫之不孚也比年以來俗化斯
厚人少犯法吏無舞文獄犴將空桎梏(柳集作梏桎)不用可謂
人皆遷善豈曰俗未勝殘若固(柳集作然若)辭之所未悟也況
於尊號之美陛下已受於初去之既(柳集作即)由於艱虞復之
宜因於康靖若(柳集類表作徒)示其罰不旌其功何以知區宇之
削平何以知宗廟之紹復(柳集作復祀)似非陛下之本意但自

欲改先祖之遺儀耳內外臣庶踐復山川思報主恩誓雪讐恥亦欲攄其宿憤表其成勞陛下猶掩鴻名不彰（柳集作罔）窮其事則此等有如（柳集作如有）未盡不以爲歡儻陛下以自咎責之心尚或未弭則群臣不能匡輔之罪是亦（柳集類表作亦）當未除將何以蒙陛下之恩私將何以受陛下之爵賞君猶含垢臣以偷榮群下之情必深反側又無以示於萬古無以威於四夷皆非遠圖且乖大體臣等懷此數者恨恨而不能自安謹昧萬死重瀝詔旨伏請復上尊號以如前表伏惟皇帝陛下思聿脩無念（柳集作忝）之言俯屈以從人之義再膺大典俯徇群心因來月謁太清宮太廟郊祀上帝遂以告祠實臣等之至誠實臣等之厚幸不勝惶懼懇迫之至謹復詣朝堂奉表固請以聞臣等誠惶誠恐誠勤誠懇頓首頓首謹言

及大會議國子祭酒韓洄請歷數近日徵應祥瑞故

又改其文如後表

又伏見陛下以今年四月以來方當雩祭之脩而有旱備之請纔愆期而未害於物深軫念而將恤其人氣潛通而交感以和澤旋流而滂霈思遠由是風雨時而霜雹不降稼穡茂而螟蝗不生農功以成年穀大熟休祥數見福應屢臻仁木連理而垂陰嘉禾同穎而挺秀壽星舒景炎之盛芝草布葩英之重白鸞凝彩而雪暉蒼烏取象於天色將徧於郡國相繼於歲時右具如表

京兆府請復尊號表　柳宗元（貞元十九年）

臣某言某日月諸縣耆老某等若干人詣臣陳狀辭意迫切以陛下尊號未復請詣闕上表者人心已鬱安可久遏天意實勤諒難固拒撫狀（英華作伏非）感悅深契微誠臣某誠懇誠迫頓首頓首伏惟皇帝陛下聖神之功貫於天地文武之道超乎古今盛德愈大而謙光益深玄化已成而徽號未復遂使神祇觖望人庶怨思沐浴鴻澤者敢懷晷刻之安捧戴皇恩者不知寢食之適負愧懷憤萬方一心日日以冀遂淹星歲況今地不愛寶致百穀之豐穰天惟降衷呈衆瑞而繁委汙萊瘠鹵之地混成大田草木蟲（集作鳥）獸之微化爲神貺萬靈垂鑒昭然甚明此而不從臣所大

惑矧又兵戎未戢夷狄咸懷煦（英華作照非）然長春樂以終日是以耆老等深感聖育踊躍不寧上奉天心（集作恩）踊蹈知懼頓顙闕下願復鴻名不謀而同無期而至此皆上玄幽贊以誘其衷列聖垂靈以悟其意臣以爲陛下當敬于（類表作承）斯旨不可忽也臣又伏以陛下賞功與能舉賢出滯小言不廢片善是褒豈可使臣子之効雖微而必旌君父之德盡美而無稱凡在覆載孰不驚惶臣不勝懇倒恐懼之至謹封耆老等狀隨表昧死陳情以聞謹言

第二表　前人（同前）

臣某等言臣伏以耆老等並發丹誠將貫白日請復徽號以光聖謨臣以其懇欵自中不可禁止遂抗表陳情備述

徵誠伏奉墨詔批答未蒙允許者衆心尚阻天意未從懇
迫逾深兢惶無措臣某中謝伏惟皇帝陛下道大益謙化
成彌損雖江海善下每應朝宗之心而日月居高久稱照
臨之位況復上承天命下覩人誠若然辭之理有不可伏
以陛下功參造化政體乾坤萬邦宅心百靈効職此聖之
至也明並兩曜信如四時先天不違窮神知化此神之極
也道德純被禮樂興行宸翰動於三光膚藻窮於六義此
文之備也五兵不試七德咸宣殊方者知歸負固者率服
此武之成也黃龍皓兎耳露慶雲神禾嘉瓜祥蓮瑞木萬
物暢遂百穀茂滋此天之至靈也黎老班白伏守闕庭鰥
嫠童幼謳歌道路此人之至誠也有其德而無其號拒乎

天而違乎人雖陛下謙讓之至美抑非臣心之所安也伏
以賤志雖明微誠莫達戴天彌懼履地益慙不任懇迫屏
營之至伏願早建大號以稱天人之心謹再奉表昧死陳
請以聞

代京兆府耆老請復尊號表　前人同前

京兆府長安縣耆老臣石靈等言臣伏以陛下尊號未復
一十九年盛德彌光大化益被加以休徵咸集福應具臻
至於今歲紛綸尤盛風雨必順生長以時五稼盡登萬方
皆稔神意類表作應人事正在於斯天不可棄臣等誠懇誠迫
頓首頓首臣聞恩深必報德盛必崇以陛下九重之尊推
崇無上以陛下四海之大報効何施惟有尊名用光聖理
闡然未復誰所敢安臣心則微天意甚重伏惟皇帝陛下
體昊穹以施化戾上帝以致誠今則集作即萬祥應期百神
奉職飛走之物皆已効靈草木之類咸能應聖天命降於
上人誠發於中此而可辭孰云有奉況復野多滯穗畆有
餘粮足食之慶克溢於京坻阜財之謠歡呼於道路盡非
人力皆是天成神祇之望既勤遐邇之心又迫況臣等得
生邦甸幸遇盛明身體髪膚盡歸於聖育衣服飲食悉自
於皇恩被玄化而益深望鴻名而未覩懇倒之至夙夜不
寧謹詣光順門昧死請復聖神文武之號以副天地宗社
之心使海內赤子得安其所臣等不勝懇倒迫切之至謹
奉表以聞

第二表　前人

京兆府長安等縣耆老臣石靈等言伏奉墨批答臣所請
復尊號未蒙允許者捧對惶遽不知所裁天實命之於臣
何有臣等誠懇誠懼頓首頓首臣聞聖君以奉天爲心不
以執謙爲德以順人爲大不以崇讓爲優今陛下深拒天
人之誠循懷謙讓之道臣等愚惑未知所歸且百祥荐臻
特表昊穹之睠五穀蕃熟用彰后土之勤億兆嗷嗷顒天
請命上下交應幽明同心舉而遺之臣所未識況臣等共
被仁育同臻太和陛下德達上玄以豐臣之衣食道躋壽
域以延臣之歲年沐浴皇風二十餘載兒童感化鰥寡知
恩故臣等出鄉之時歡呼遍野閭里勉臣以不進不止妻

挈誓臣以不遂不歸唯竭血誠退無面目便當殞首闕下終不徙還伏惟陛下照臣懇迫之情哀臣羸老之命臣等不勝嗚咽慚恨之至謹奉表陳請以聞

禮部爲百官上尊號表　前人（永貞元年）

臣某言伏以聖王之纂承天位也臣子必竭懇誠獻尊號安敢爲倭禮在其中一則以告天地神祇二則以奉宗廟社稷三則以安華夏蠻貊巍巍大稱其可廢乎臣等誠歡誠望頓首頓首伏惟皇帝陛下叶周文之孝德齊大禹之約身弘帝堯之法天過殷湯之解網未逾周月四海將致於時雍甫及元正率土更欣於再造然而神人之願億兆之情有所不安率謂未盡善者以爲帝德廣運而尊號猶

（一作獨）闕郊廟備禮而祝嘏無詞凡百兢懷華夷屬望臣謹按昔皋陶之頌舜伊尹之頌湯皆臣子至公面揚君父以敷於當代以播於無窮夫豈飾哉率由事實帝王尊號蓋漸於此皇家光被四表祖宗烈文時當太和德崇明號（類表作崇號表德）耳目所接簡牘斯存稽之於前典則如彼考之於聖朝又如此今龜筮習吉元正戒期當品物惟新之時乃皇上大禮之日陛下交天地饗宗祧陰陽協和動植交暢不建至尊之稱恐遺列聖之心所以臣等昌責（集作死）陳聞請上尊號伏惟陛下抑（集作小）謙讓之節安延企之情特詔名儒禮官百寮庶尹詳明故實議崇聖德則人望允厭神心獲安山川効靈光贊無疆之壽祝史陳信永彰不朽之功臣等蒙國寵榮備位班列無任懇望之至

第二表　前人（同前）（順宗）

臣某等言臣等再陳丹懇請獻鴻名天心未從伏增隕越（集作隕越無措）臣某等誠惶誠恐頓首頓首謹按堯曰咨爾舜舜曰格爾禹湯曰吾甚武自號曰武王則堯舜禹湯皆當時王者之號也考帝王之故實徵往聖之憲章允協禮經煥乎圖諜伏惟皇帝陛下允恭克讓約己讓尊參天兩地之功爲而不有安上理人之德置而不論此至哉王言非群下所能仰望也然臣等伏以爲尊號所以類上帝饗祖宗萬人所稱百蠻所仰表聖德於率土播天聲於無疆臣下請之之謂禮帝王允（集作承）之之謂孝孝大於讓禮光（集作先）

於讓百王不刊之典安可得而廢也臣等又以春秋本於五始元者五氣（集作一歲）之首春者四時之首王者受命之首正月者政教之首郊天大禮者立極之首今天地交泰俯臨元辰正始之美正當其運陛下確遠群願固守謙沖此臣等所以兢惕失圖回（集作徊）惶無措上冒嚴憲敢逃厚責伏乞俯賜（集作垂）天聽察納微誠特詔禮官議臣所請擇日推策虔奉鴻休區區懇誠期（集作敬）盡於此猶恐天光未照三獻無徵彷徨關庭伏待斧鑕無任聳望之至

此卷英華所編失年代先後之序今正之

文苑英華卷第五百五十五

文苑英華卷第五百五十六　表四

封禪

明堂

封禪

勸封禪表　許敬宗

臣某等言 臣緬尋三古縱觀百王裁玉牒之靈文酌金繩

之雅誥稽諸列辟用考當今徵天意於禎機（類表作機祥）昭昭乎溢目察人心於謠詠洋洋乎盈耳參三才之奧賾驗百神之感通諒可出震登封申明聖政乘春告禪仰答玄功而睿旨謙沖固遠僉願徇茲小讓淹斯大典 臣等愚思竊所未喻 臣某等誠惶誠恐頓首頓首死罪死罪 臣聞崇高不極至哉乾象之尊博厚無涯大矣坤靈之德若乃代兩儀以亭育體覆燾（類表作載）之無私法四序以平分運陰陽而不測者非聖人孰能與於此乎是以天道會昌靈命（類表作曆數）係於元后帝圖昭格禋禮歸於昊（一作皞）穹鴻名列乎三大廣運由乎一體齊明合德抑斯之謂歟粵自生民肇興司牧朱襄皓英之日黃軒蒼天之世莫不雷發振響節萬

舞（一作舞字）於雲門大路脂輪籍千薰於麃里使夫空桑孤竹仰鈞天而合奏十碑再累齊厚地以相終斯道既行遂（一作常）為稱首奉天之務義極於茲伏惟皇帝陛下陶冶生靈雕鎪品彙立四維於草昧再造寰區射九日之流金爵興精耀德淪垓表功凝帝先於是戶牖三光提封六合不言而化搴炎燧之菁華無為可測（類表作則）軼堯舜之文軌故已道光紫極慶溢玄（類表作乾）元豈與夫七十二君可齊年而語矣是以圓精朗鑒睠欽明之同德方祇効祉祚至仁之比義馳薰風而驛膏露靈心急於置郵驟澤馬而騖山車神物切於推轂上帝之性（類表作情）已見天人之際乃交推之（一作而）不居疇克與（一作與為）讓 臣等中謝 臣又聞之太岳臨雲登

其峰而小天下岱宗零雨不崇朝而彌海內信天地之關鍵為人祇之會同雖復稽社分區玄亭允峙陰崖俯禪循或多途陽嶠乾封必歸斯境自九皇而發迹歷萬代而無差曩者帝道浸微淳風不兢南茅北秬綿百世而寂寥升中告成歷千祀而湮墜使太山靡紀梁甫曠巡復盛（一作庶復）禮於休明企來蘇於肆覲大夫之樹傾柔荑以望塵仙人之閭聳危峰而佇睨中外禔福幽明會徵敬俟翠華之旗紀號青（類表作正非）陽之日實望夙恭儲祉仰副元符召圓冠徽博帶緝無懷之逸憲採東吾之舊文式道揚鑾錯事介丘之表飛英騰茂展采日觀之前闡絕代之丕業盡天子之能事榮貺（類表作鏡）融乎往初尊號（類表作名）洽乎區有則懷生

之類冠帶之倫朴夕死於朝聞傾朝野而相賀接萬齡於
旦暮亦何樂以如之臣等預在普天咸蒙大造㕦帝閽而
引領佇神儀之改容昧死千陳期於覆命不任悾款之至
謹詣闕奉表以聞

同前　上官儀

臣某等言臣聞乾元惟大播四序而無言坤儀蓋厚寧萬
象而復一作得一至於甄均三大體覆載以曲成聖表千齡
順剛柔以裁用是以可久可大永固皇王之緒貞觀一作一
貞明獨照陶鈞之上故可登封泰嶽類帝以尊天降禪肅
然禋宗以厚地伏惟陛下膺圖紹一作受纂儀天縣鏡受昭
華而光寶位正璣衡而握金符銷伏鼇而綴上玄剪應龍

而清下瀆於是靈臺偃伯暢轂埋輪刑政肅一作肅清削秋
荼之繁蕪一作舞雅頌一作光闡先烈激圓海之漪瀾就月幽覃
則燭龍開景薰風遠暢則蟠木增華沒羽浮金之章昭載
筆於仙室帝籍弁柢一作服之首襲長纓於蘭錡九疇式序
七德攸宣發神化之一作於丹青敷禮義之粉澤既而曆德
潛通至誠冥召禎圖載啓神物發揮雙觡呈班騶虞擾於君
囿九芝獻彩燭耀於帝池大史標祥鏡流千里卿雲表貺
凝華五色江茅鄗黍歲時鱗萃東鰈西鶼日月波屬鴻符
巨慶疇可詳言誠廼岱郊佇遂云堈望躍臣某等誠惶誠
恐死罪死罪永言遐載緬鏡前徽王迹一作籍之所蔵纂帝
圖之所凝遠龍官結繩之后鳥紀垂衣之君治定功成俱

備升中之禮塵清海晏咸申謁款之誠異世同符千載一
揆諒以增高益厚式酬靈貺陛下德一作道光宙始文一作德
煥震初蕭蘿而因一作固萬物典裒而濟下一作天下元鎔範生
靈張四維於地絡締構函夏建八柱於玄樞宏規絕跡功
無與二駕三五而遥集超八九而騰驤加以璇曆啓徵一作
徵躔南至於朔旦金鼓問罪削左衽於交河固可恭柴燎
之展采穆靈壇之禋敬焉得徇小節於冲挹忘至公之鴻
典絕三神之歡拒萬方之志雖復翹心天路未留三舍之
感延佇帝閽一作閶逾邈一作邈若九霄之望伏惟一作頋陛下紆
瑤池之湫轡屈姑射之凝神酌令典於中樽遵時邁於巖
里採公卿之嘉議覽搢紳之讜辭逸託重甄頹章再紐詔

雨師以先路命風伯以清塵六飛案軌九旗齊列榮光承
幰非煙翼衡輯瑞而嘉肆覲瘞玉而恭儲祉一作禮非方使日
觀增華仙閭改飾神光霄映若流照於春陵雲色晝開似
凝暉於豐谷表咸池於翠岊一作奏咸韶於翠池萬歲叶其殷薦席
纂一作祖非秸於紫壇八神歆其明杞籠千古之億觀孕七百
之丕業臣等命與時偕濯景昌運優游渠閣之內怊悵南
風之絃棲息蓬山之阿弋釣先皇之道至於朝獻國紀頗
踐典隅陛下推而不居竊所未喻爵云梁之典鈌懷庭之
儀沮神主之欲漏貪天之議伏願杲其日出照其一無其字傾
陽之心一作正油然作雲降其一無其字離畢之澤庶使飛英騰
茂秘玉檢而遐傳手舞足蹈蹈翠華於喬嶽云云一作皆云唐類表

宰相請封禪表　蔣欽緒

侍中臣乾曜中書令臣說等言臣聞自古受天命居大寶者必登嵩高之嶽行封禪之事所以展誠敬報神祇三五迄今未之闕也是以高宗因文武之業盛岱亭之禮方冊所記虞夏同風聖移三朝年經五紀封崇之典缺而未備(會要作脩)山川望幸屬在今日陛下靖多難遵(諸本作尊)先朝天所啓也承天統臨萬邦天所命也焉得(會要作可)不陟東嶽禪(會要作封)云亭報上玄之靈恩紹高宗之鴻烈則天地之意宗廟之心將何以克厭哉且陛下即位以來十有四載創九廟禮二郊大舜之孝敬也叙(會要作敦)九族友兄弟文王之慈惠也卑宮室非飲食夏禹之恭儉也道稽古德日新帝堯之

文思也嚮黔首惠蒼生成湯之深仁也化玄漠風大和軒皇之至理也至如日月星辰(類表作雲)山河草木羽毛鱗介窮(會要作嘉)祥極瑞蓋以荐至而爲常衆(諸本作繁)多而不録正以天平地成人和歲稔可以報於神明矣鴻生碩儒上章奏而請封禪者前後千百(會要作數)聖情撝挹天鑒未廻臣等仰考聖(會要作神)心傍採衆望封巒(一作高)展禮時不可抑陛下縱不欲以成功告天豈不以天休報德臣等昧死上請以聞

再請封禪表　前人

臣乾曜說等言臣等考天人之際稽億兆之性以爲理定功成登封告禪鴻名盛則屬在聖明陛下讓德冲深未允群請神祇觖望臣等懼焉且今四海和平百蠻率職莫不

含道德之茸實嗅仁義之馨香(一作惟馨)是以上帝聿懷名山望幸珍符荐委(一作委至)年穀屢登開闢已來未之有也臣聞自古受命而封禪者七十二君安有殊風絶業以方今(一作相)也然猶躡梁甫登太山飛英聲騰茂實而陛下功德之美符瑞之富固以孕虞夏含(一作淩)殷周有何退讓逡巡於大禮哉夫昭報天地至敬也嚴配祖宗大孝也厚福蒼生博惠也發策紀號丕業也陛下安可以闕哉天地之符彰矣祖宗之靈著矣蒼生之望勤矣禮樂之文備矣陛下安可以辭哉故臣等願因神祇之叶贊順華夏之懇誠早稽舊章特降明詔庶及仲春農桑之隙以展巡狩肆覲之儀則天下幸甚(一作皆唐類表)

賀封禪表　蘇頲

臣頲等言伏以升中禮旋降禪云(一作於非)始五玉既輯萬方胥賴臣等中賀臣聞封太山至梁甫天下之壯觀王者之丕業伏惟開元神武皇帝陛下以天覆之大地容之厚車書不及而來王日月所臨而奉朔周年七百未可語於期運漢里三萬曾何校於提封大和浹區寓榮既彌川陸將辭上帝之休靡抗鴻儒之議式考南至之度爰備東巡之禮列戎夷之君長聚華夷之玉帛惠化潜扇納人歡以錫符淳風外流奉天符以行事遂登日觀弄雲封泥瑞芝之檢珍玉導以六穗之禾犧以雙輅之獸芽黍畢陳鶼鰈咸在六宗起典則百神之禮具群臣(一作后)克庭則肆覲之儀洽

乃藏秘冊昭尊名山稱歲以效祥乘溫以儲祉而叶同之令再造於黔黎增廣之仁更張於品物歸功當格於藝祖致美末延於岱宗斯所謂皇哉唐哉唐哉皇哉者也臣等不勝大慶謹奉表稱賀以聞臣頲等無任

同前　崔融

臣某等言伏奉某日詔書有某年月日有事於中嶽恭聞大禮不勝欣抃臣聞巡狩者何觀人風而叶時月封禪者何增天高而益地厚然則聖帝臨下必有玉帛萬國之事焉明王在上必有柴望百神之禮焉伏惟天皇御寶位膺璿曆宅顥氣以開元誕淳風以成化宗文祖武之業天祚彌光制禮作樂之功皇猷載遠四方無事不聞犬吠於中

國六合同歸唯睹鳫行於道路恩周動植德洞淪冥東魚西鳥不召而自至玄秬黃麰應圖而合牒嵩維中嶽洛陽下都三臺崛起五衢相映風雨交會實惟天地之中威靈肅然固是神明所伏可以光昭累聖可以謁款上玄展時邁於仙宮叶歲巡於福地象天之道備法駕而非遥望君之來因名山而有日臣等欽一作款和昌運冒寵崇班用雖徵於犬馬情諒兼於鳥獸三呼在聽欣承漢后之儀群議不行竊鄙晉皇之德限以官守不獲稱賀一作慶軒墀無任悚踴之至謹附某奉表申賀以聞

代赤縣父老勸封禪表　陳子昂

臣某等聞帝功既大必昭告於上玄元首一作命攸尊必升封於厚載故七十二主能恢萬代之規三五六經以爲百王之典伏惟陛下膺集作應天受命握紀登樞包括乾坤之靈亭毒神明之化故能開天寶闢地珍温洛所以升圖榮河由其薦籙群神既賛衆瑞交馳謳歌於是大歸禮樂以致咸備陛下仰順天意允答神休垂顥貌以居宸建明堂而理物百僚惟允萬國咸寧然則嵩嶽神宗望王鑾而來禪天中仙族佇金駕以崇封實大禮一作德之昌期膺告成之茂典況神都爲八方之極太室居五嶽之尊陛下垂統紫微大昌皇運報功崇德允叶神心應天順人雅符靈望皇圖聖業實在於茲臣等叨預堯封久忘帝力竊聞聖人封禪天下所以會昌山嶽成功皇壽由其配天臣等既爲

陛下赤子又爲萬姓慈親實願上報天功下順人望勸成嵩嶽大顯尊名不勝慶幸之至

請許王公百官封太山表　張說

臣說等言臣聞聖人者與天地合其德故珍符休命不可得而辭鴻名盛典不可得而讓陛下功格上玄後篇作天澤流厚載三五之盛莫能比崇登封告成理叶幽贊故符瑞必臻天意也書軌大同人事也菽粟屢登和平也刑罰不用至理也今陛下稽天意以固辭違人事以久讓是和平而不崇昭報至理而闕薦祖宗億兆之性集作情猶知不可況上帝臨照神祖集作宗顧諟後篇作托其可止乎頓納王公卿士列嶽縉紳之衆望廻命有司速定大典臣等不勝懇禱敢

昧死再拜（僖宗一作陳示）上言

此篇又載六百卷今已削去

明堂

代家（一作宗）奉御賀明堂成表　崔融

臣某言臣聞昭昭（一作明明）上天五座列降神之府赫赫中國凡筵開布政之宫自軒皇肇制帝堯嗣作歷虞夏而惟新在殷周而克壯斯在尊祖配帝從時統天節寒暑而吹律順陰陽以班令降及有漢頗採前章雖年惟屢豊而日不暇給過此以往寂寥無聲伏惟天册金輪聖神皇帝陛下與復舊邦光啓新邑萬物睹而聖人作百實用而神靈滋遠肅邇安功成道洽泥金刻玉紀脩中嶽之儀乘鑾駕龍

更葺正陽之禮乾策坤策具（一作是）宸聰左个右个親承廠式朴略淹中莫能言其制度崎嶇汶上疇克（一作以）効其規模土事不文木事不鏤九柱自立豈藉鄭卿之飛二石潛開寧煩穀城之採拔築星奔而化造斧斤風動而神助聖有通於上帝産無費於中人由是日抱紅輝雲叢紫靄霜毛下翥電翼群飛夕見神光似對莊嚴之國晝聞仙響疑過數（一作非枝）樂之天匪日而成衝霄特起仰浮圓笠俯鎮方輿金鸑鷟而將飛玉驪龍而若動三辰引曜相望於複道之間六氣氤氳旁魄於重檐之半可以發大教陳威容會百神朝萬國比二儀而永固齊四序而偕行允所謂穆穆皇皇巍巍蕩蕩者矣微臣攀光日用荷蔭天休接五尚

陛班霑九清之下列方圓罕任叨重寄之（一作於）程材輪之稱無施濫殊私（一作恩）於構厦仰之不逮雖謝於鵾翔成輙相歡竊同於燕賀手舞足蹈倍百恒情無任悚躍之至謹奉表稱賀以聞

代百官賀明堂成上禮表　前人

臣某以下文武官若干人等上言臣等聞上帝居高懸大微之府先王建國闡宗祀之堂不有聖人誰其經始伏惟天册金輪聖神皇帝陛下尊祖揚禰嚴禋之德再光統天順時布政之道尤急親紆睿思躬運玄模故能上合乾象下當坤策柱將扶而已立石未鑿而懸開冊鶩鶗鵞似鳴岐而遠至蒼蚪繞棟疑出河而欲飛神光熠爚（一作燿）於向

晩仙樂清今而方晝月惟孟夏時屬正陽張文物於闕庭震聲名於寓縣聖皇戾止諸侯在列穆穆焉顒顒焉交喜氣於三靈動歡心於萬類者也臣等進窺朝典既逢嘗麥之辰旋顧野誠輕襲獻芹之禮謹上禮若干轝如別項滋踈鶴鼎（一作灰）味劣龜庖何以延蓮蕭之京契芝英之壽無任對懇之至謹奉表稱賀隨進以聞

文苑英華卷第五百五十六

文苑英華卷第五百五十七　表五

后妃

賀冊皇太后表　常袞

臣某言伏見八月二十六日制冊上皇太后尊號凡在生靈不勝慶幸臣聞天地之因（一作經）所固（一作因）者本聖人之德無加於孝故紹休以受命榮號以歸尊是用慶善奉慈因親教愛也伏以皇太后法象太極是生兩儀光昭上元以母萬物坌山降瑞華渚呈符照臨典禮示天人之慶（一作謨）範裁成風化表戚屬之宗師詩云思齊太任文王以聖則知祚我仁慶誕興睿哲穆穆明明有自來矣伏惟聖神文武皇帝陛下以皇道還淳以文明致理行三代之典（一作極）敷備兩漢之威（一作盛）儀逾年改元謁告清廟永言配命殷薦圓丘大孝通於神明至化被於寰宇瞻戀慈訓尚未遑安處奉徽章以崇位號嚴恭前殿陳布外朝萬國在庭千官執禮晃旒端拱翼翼烝烝候（一作佚）金冊以拜興承瑞寶而俯受聖理之至其道大光朝野同歡臣妾有恃言念舊黨遂及姻聯褒德以殊榮推恩以序進華胄增貴外家益尊固可以感動靈祇懷服戎狄豈止德教加於百姓仁厚及於九族而已宜其煥列青史昭播鴻猷億萬斯年以承多福臣所守有限不獲稱慶闕庭無任抃躍忻悅之至謹遣某官奉表陳賀以聞（一作皆類唐表）

同前　劉禹錫

臣某言伏見制書以二月二十五日冊立皇太后盛禮畢陳德音遠被一人有慶萬國同歡（中賀）伏以（集作惟）皇太后稟靈作合（集作配）誕聖表祥徽號極域中之尊至仁為天下之母陛下君臨有國子道無違長樂宮中永獻南山之壽濯龍門上再揚東漢之風率土臣子不勝歡（集作欣）抃

同前　楊於陵

臣某言伏奉月日制書奉太上皇后尊號曰皇太后坤儀鎮定孝德昭升大義冠於人倫盛德（類表作禮）光於史冊凡在臣子不任抃躍（中賀）臣聞周室興王文母同其經理漢皇

嗣聖明德贊其徽猷伏惟陛下弘闡曆圖誕膺昌曆皇太
后宣明懿範超邁前脩家國慶靈慈孝交感堯門爲祉延
寶祚於無疆長信順神播歡心於率土由我愛敬致茲雍
熙何幸萬邦之人親逢千載之運臣叨承獎任職守藩條
阻拜彤庭雖遠於常典載馳冊懇倍過於恒情

同前　羊士諤

伏以某日誥命爰以令辰太上皇后光膺典冊盛化既行
中外同慶臣某（中賀）皇太后陰靈（類表作母德）降祥坤儀垂訓
堯門誕聖時逢寶曆之典彤管紀言道光內輔之業允族
承序萬國乂安伏惟皇帝展禮南宮奉觴北極榮超簡冊
慶浹寰區凡在生靈孰不傾戴臣以遠守藩鎮不獲稱賀（二字類表作抃舞闕庭）

百寮賀冊太上皇后禮畢表　栁宗元

臣某等言今月日太上皇后冊禮云畢率土臣妾慶抃無
窮臣某等誠慶誠賀頓首頓首伏以太上皇后著嬪虞（集作虞嬪）
之至德嗣毋周（集作周母）之徽音表率六宮明彰萬國陛下
克脩理本以暢化源神道知事地之方人倫識尊親之大
豈爲婦道（集作順）斯備陰理（集作禮）用脩足以播正始於王（集作國）
風致時雍於帝典臣等謬叨（集作塵）榮位獲覩盛儀踴躍
之誠倍萬恒品

鄭尚書賀冊皇太后表　令狐楚

臣某言伏聞制冊皇太后（七字一作臣伏奉五月二十八日勅旨尊太上皇后）恩覃
日下歡動中天（一作天中）臣伏以皇太后坤德合符陰靈表慶
化光宮職道贊國風伏惟皇帝仁聖宅心文明恭已遵承
孝理嚴奉慈顏獻寶綬於內朝宣玉冊於中禁彰明順德
知陛下就養之勤表正母儀見陛下歸安之盛萬國所繫
四方是刑人（一作召）臣之懇願既申品物之歡心斯洽臣叨
承寄任限守藩（一作方）隅不及（一作獲）陪位闕庭抃舞稱賀無
任聳慶踴悦之至

賀冊太上皇后及德妃表　一作皆唐類表　栁宗元

臣某等言伏奉今月日誥良娣王氏冊太上皇后良媛董
氏冊太上皇德妃宜令所司備禮冊命者母儀有光坤道
克（集作成）順陰教方行於萬國內理克和於六宮臣某等誠

慶誠賀頓首頓首伏惟皇帝陛下對若天休奉揚睿旨長
秋既登其品（集作正）位榆狄亦洽（集作被）於恩光奉養見三朝
之安周旋有四星之輔豈徒配乾稱大事（集作助）日爲明所
以表王化之源知孝理之本冠映千古儀刑四方臣等捧
戴施行踴躍無地無任蹈舞忻喜之至

中書門下請冊貴妃表　常袞

臣等言臣聞天文次星配以妃位帝宮內職守在（一作守於）王
化視公卿而命秩思賢才以審官蓋五禮之宗（一作定非）六義
之本也伏惟寶應元聖文武皇帝陛下紹興下（一作典文）武屬
當多難一日萬務親紓聖心初定群兇尚多闕典紫庭分
理頃刻未遑彤管記言因茲而缺然則（一作以）奉若天道以

陰而助陽御于家邦由中而及外今既三靈叶泰四海永
清宜舉舊章以行盛禮竊承（一作以）壺制未正等威當熊之
德或聞於蘭殿貫魚之序無列（一作別）於椒房固以（一作已）叶
周南之風忝虞汭之化豈使坤儀曠其取法陰教闕而不
脩雖則蘭在宸衷安敢默於誠請伏冀大明禮秩俾率宮
庭以厚人倫以風天下庶得外朝均政群望獲從無任懇
款屏營之至臣某誠惶誠恐頓首頓首謹言

一作皆唐類表

太子

賀傳位於皇太子表　庾信

臣某言伏見二月十九日詔傳位於皇太子昔者降居弱

水登庸有優劣之殊來朝櫟陽繼體有君臣之異不得與
夫天之兩日日之再中並曜聯輝重明雙照同年而語矣
伏惟天元皇帝惟聖作聖惟親尊親降意於與能鳴謙於
神器欲令百二相和先聞揖讓之風天下無爲早識吾君
之子是以運獨見之明行非常之事先天不違後天而奉
皇太子身貞萬國道照四門夙膺再命之符實允基天之
命非關復子明辟異於遷虞事夏既損既益尚或二天爲
離爲火何妨兩日且平陽蒲坂贒臣則二十五人顓頊高
辛才子則一十六族與此計事何遽無成襲（丑艮切鼓聲）乎鼓
之軒乎舞之自當八風通慶雲聚五老同遊三星運曜豈
直雙龍再賜九雉重飛而已哉皇帝藐然姑射正當乘雲

馭龍問道崆峒豈復先秋木落臣生預堯年時逢舜日覩
惟新之慶實倍萬恒情

請冊皇太子表二首　于邵

臣聞立天下之本故受之以震明兩承統慶元有光期（一作斯）
萬國以貞而一人有慶也伏惟皇帝陛下受天明命尊
祖嚴配聖謨廣運禮秩咸若六親承式而理六合不論而
定伏以儲宮未立人望猶勤奉天順人事不可曠夙聞宣
王天資孝敬訓稟詩禮可以奉宗祧之重可以當匕鬯之
主朝三命宰則以安親前師後傳則以齒冑伏乞以時冊
命報慶天人然後啓承華以論道起博望而養德天下幸
甚天下幸甚臣等忝跡樞宥（一作寮）倍萬恒情謹奉表陳請

以聞

二

臣炎等言今月十六日敢以古儀請建皇儲伏奉恩命未
垂允答受命兢悚怳然失圖臣炎等惶恐頓首臣聞帝王
之理必先體統而後正百度以臨四方脩人紀以符天道
則居震守器重離繼明是先代行於天下也況尊宗廟而
奉君親乎此而不先孰可先者陛下尚執謙德方勤庶政
畧至公之務慎翼子之私是何小嫌而癈前訓今臣等不
敢以歷代爲擬且以國朝以來言之有若高祖義寧二年
五月即位六月立建成爲皇太子太宗武德九年八月即
位十月立中山王爲皇太子高宗貞觀二十三年六月即

位七月立陳王爲皇太子（按新舊唐書并會要高宗永徽三年七月立陳王忠爲皇太子）則祖宗垂範如示諸掌今抑而不立豈塞天下之望（十一字作今抑而不奉而當何奉之伏乞考百代不刋之典遂萬國元良之望天下幸甚）伏聞宣王以子則嫡以家則孝天姿玉裕雅性冲深足以奉粢盛之重視朝夕之膳然則行一物而三善皆得者建儲之謂也臣等不勝大願懇請之至

代宗讓皇太子表　常衮

臣某言臣聞君父之命誠不合辭臣子之心固無所隱隱之則有累天鑒辭之則有負國貞在無隱而不言雖稟命而非孝臣所以省躬審分讓德推賢瀝懇上聞冐嚴亟請冊誠罔感皇睠來（婞未作）昭戰兢失圖精爽飛越臣某誠惶

誠恐頓首頓首伏以國之上嗣古曰元良觀象于天應前星之環極取法于地視少海之朝宗必訪蓍龜以承主鬯臣幼非樂善長未好儒慈獎特深愚蒙不易教之羽籥有昧樂章訓以詩書終迷義府遊衢四老才乏五官人莫係心德非守器項者外統群帥内録尚書竊懼任榮以憂官謗今謬塵博望猥辱壽春位登青宮禮絶朱邸且乖人望載黷朝經循名責實未足承天之序捨長立賢亦循行古之道伏惟陛下博求公議允納微誠更擇温文俾膺繼紹遠想伯夷之讓用升季歷之材至公大行天下幸甚無任懇迫屏營之至謹奉表陳讓以聞臣誠惶誠恐頓首頓首

爲楊州李長史賀立皇太子表　蕭穎士

臣某言伏奉制書皇太子以今月嘉辰肅膺典冊少陽輔德前星耿耀凡在生靈預增慶幸臣聞立嗣必子愛徵古訓惟賢乃建式固宗祧周漢以還憲章未改伏惟開元神武皇帝陛下嚴祗實祚光啓曆圖則哲其難至公有在惟天爲大萬邦所以作貞如日之昇重離所以增煥況璵枝挺秀玉葉資神允鳌壐撫儀形雅頌春華秋實嘗俯俟於嘉言一物三善諒行稱於至德固以靈祇叶賛景命昭宣馳道之前猶應著令寢門之外方候問安臣忝貳藩條局守官次不獲預倍大禮稱慶闕庭延首承華以忭以抃

賀冊皇太子表　張九齡

臣言伏奉今月二十日制冊立皇太子者伏以皇太子天

實生德睿哲夙備爰以吉辰光膺盛典伏惟開元神武皇帝陛下建儲固本體天合聖萬方之心永貞是屬一人有慶大賚斯在臣某待罪南郡不獲稱慶闕庭欣躍之誠實百恒品無任悚躍慶抃（一作躍）之至謹遣所部官宣義郎行枝江縣尉楊崇先奉表陳賀以聞臣誠喜誠抃（類表作誠歎誠喜）頓首頓首死罪死罪謹言

同前　呂温

臣某言伏見十月十二日勑伏承皇太子以四月二十一日冊命禮畢光紹前典惟懷永圖神人允諧動植咸賴臣某誠歡誠抃頓首頓首臣聞燕翼貽謀帝王之大孝立嫡主器禮易之明訓伏惟皇帝陛下克明駿（一作俊）德恢纂鴻

休武功有成文理既定然後弘三王之教諭建萬國之元良凡在生靈孰不慶幸臣守官荒服稱賀無階竊抃嶺隅倍萬恒品無任感悅屛營之至謹奉表陳賀以聞

同前　劉禹錫

臣某言伏見冊皇太子盛禮斯畢德音遐宣萬國以貞庶類咸悅（中賀）伏惟文武孝德皇帝陛下體元立極垂訓御時既闡王猷思安國本前星位定拱宸極以昭彰蒼震氣宣與天地而長久禮光匕鬯澤被華夷宗社有無疆之休生靈懷莫大之慶臣恪居官次遐守巴南不獲稱慶（二字集作稱賀）闕庭臣無任踴躍之至

百寮賀冊皇太子表　柳宗元

臣某等言伏奉今月二十四日制廣陵郡王宜冊爲皇太子改名某仍令所司擇日備禮冊命者天序有奉皇心載寧臣某等誠慶誠賀頓首頓首臣聞商書載以貞之文漢史傳早建之義不惟立愛其在繼明陛下奉率前規敷揚盛典顧茲守器之重爰正承華之位尊義方之教載錫嘉名崇建樹之禮式光典命以長而立自符於愼擇必子而選遂合于至公邦本不搖王業彌固此皆宗社垂祉啓佑皇心乾坤叶（集作合）謀保安聖運足以播休氣於四海洽太和於萬寓食毛含齒所同歡慶臣等奉承制命蹈舞周行不任歡抃之至（六字集作踴躍之誠倍百恒品無任慶抃感悅之至謹奉表陳賀以聞）

此篇元誤編在六百三十五卷狀門今移入于此

賀皇太子知軍國表　令狐楚

臣得上都進奏官狀報伏承七月二十八日詔旨軍國政事權令皇太子勾當者（中賀）伏惟皇帝陛下大明御寓至孝自天霜露既濡想園陵之漸近雲霞是仰悲弓劍之方遥內感深衷外勉（類表作煩）庶政由是推赤心於後又委寶曆於元良宣明兩曜之光崇重萬國（一作邦）之本與夫遊神姑射義豈同風養道大庭禮誠異日天下臣子不勝慶幸臣限以所守不獲拜候闕庭無任屛營之至

賀皇太子知軍國牋　前人

臣某牋伏見七月二十八日皇帝宣詔（後篇作詔旨）軍國政事並權委皇太子殿下勾當者（後篇有右字）伏以皇帝陛下躬勤

黼扆志奉山陵（後篇作園宇）恭（後篇類表作思）慕積中殷憂發外瞻九廟之重須有繼承以萬機（後篇作方）爲煩期在宴息伏惟皇太子殿下日躋睿哲天縱欽明繼丕業而光曆重昌嗣鴻名而文功累盛事有光於往古慶（類表作思）實被於殊方率土臣心（後篇作子）不（後篇作無）任欣戴臣限以（後篇作於）鎮守遠在方隅不（後篇作未）獲倍慶（後篇作位）宫庭抃舞稱賀瞻戀踴躍之至謹奉牋以聞

此篇六百二十七卷重出今已削去

文苑英華卷第五百五十七

文苑英華卷第五百五十八　表六

賀赦一

爲崔冀公賀赦表　陽於陵

臣某言送赦書使某人至伏奉月日恩制大赦天下臣聞獻歲之初也惟天所以布和將以發生萬類故降之春雨俾澤及群品也明后始立也惟君所以使令將以昭蘇萬國故降之以大赦蓋與人更始也伏惟陛下道叶千齡克膺聖嗣光乘八葉式纂鴻休則高天以布和法文明以施令故大赦天下殊澤霈然德及群生宥加殊死薄賦棄債恤孤養老不須瑞物所以戒驕也節省其用所以防侈也卑宮菲食所以昭儉也黜邪去佞所以懲惡也任才用能所以勸善也賞勞録効所以報功也睦親敦族所以明孝也招諫納言所以聞過也尊賢容衆所以興化也三事用殷六府孔脩九功既備無得而稱四海乂安斯爲盛矣矧夫省不急之務損太官之膳外廢五坊内減六宮釋鷙鳥於長林縱猛獸於深谷俾鳥獸咸若黔黎用康舉五帝之闕遺行三皇之聖化自三皇兩漢以來無可比也臣權叨連帥職守藩閫備位明朝幸逢昌運不獲與千官拔武稱慶闕庭無任

禮部賀改永貞元年表　柳宗元

臣某等言伏奉今日詔集作誥命今月九日冊皇帝改貞元二十一年爲永貞元年自貞元二十一年八月五日昧爽以前應犯死罪特降從流流以下遞降一等者實命方始聖曆用彰載宣照臨之明遂施涣汗之澤臣某等誠慶誠賀頓首頓首臣伏以類表作惟重光下濟積慶旁流類表作流行集作旁流漢祖推奉教之尊文王遂無憂之志正名紀曆表運行於萬方宥過輕刑流汪濊於四海歡呼抃蹈遐邇攸同臣某等親奉聖謨仰承大化踴躍之至倍萬恒情無任蹈舞欣慶之至

爲宰相賀赦表　誅南郊撰進

臣某等言伏奉今日制書大赦天下者臣與百執事奉揚宣布與億兆衆舞抃一作蹈舞歡呼自天降和率土同慶臣某誠歡誠抃頓首頓首伏惟皇帝陛下出震御極建元發號大明升而六合曉一氣薰而萬物春肆眚措刑滌瑕蕩穢凡在圓首納於歡心矧又祇祀天地孝享宗廟蠲減租債策徵賢良褒德及先賞功延嗣敬賓養老念舊睦親生人之積弊盡除有國之頹綱必振况陛下承二百祀鴻業之重纂十二聖耿光之初始奉嚴禋新開寶曆天下之目專然觀陛下之動天下之耳顒然聽陛下之言斯則陛下出一言不終日必達於朝野舉一事不浹辰必聞於華夷當疲人求安思理之秋是陛下敬始慎微之日苟行一善則

可以動人聽而歌舞况其衆美信足以感人心而和平康哉可期天下同慶臣等謬居重任幸屬休明懃竊股肱喜深骨髓歡抃悚躍倍萬常情無任皷舞慶幸之至

賀上尊號後大赦表

臣某言伏奉某月日制書大赦天下跪捧宣命蹈舞歡呼自天降休率土同慶臣某誠歡誠抃頓首頓首臣聞玄功盛德非鴻名不能形容物厲人疵非皇澤不能蕩滌自非上聖莫能兼之伏惟元和聖文神武法天應道皇帝陛下纂承大業子育群生信及豚魚威殲梟獍剗平寰海混一車書億兆一心願崇大號從人欲而俯膺盛禮暢時和而廣洽鴻恩蠲減賦租拯拔淹滯命黜陟以別臧否開諫諍

而策賢良宿弊必除舊章咸舉帝王能事盡集於今凡在生靈孰不幸甚臣謬當委擢職奉詔條抃躍之誠倍萬百品限以官守不獲稱慶闕庭無任皷舞慶幸之至

賀赦表　崔融

臣某言臣伏奉　元年十月十日墨制以二月為正大赦天下服周之冕衣冠混於無外行夏之時正朔覃於有截伏惟皇帝陛下天地合德曆數在躬交日月於龍躔會風雲於鳳紀取新之化首出於九皇除舊之恩曲成於庶類加以載懷孝享肅事天田休聲動於萬國盛禮懸於百代凡在形氣孰不昭蘇微臣慶偶時來榮沾日用同草樹而知樂類鳥獸而增歡跡雖限於一隅心每馳於雙闕抃舞昌運倍百恒情不任屏營之至謹附賀正使某官奉表稱賀以聞

賀赦表（此下六表英華以爲李邕作按邕天寶初卒而六表在代宗德宗憲宗時故英華五百五十九卷有重出一表題云李吉甫又唐類表亦然今從之）　李吉甫

臣某言伏奉某月日制大赦天下至德純茂鴻私浦洽中謝臣聞聖人紹統必建元良王者郊天是崇嚴配伏惟寶應元聖文武皇帝陛下嗣守鴻業光膺駿命奉先思孝誠已達於幽明立嫡以長義仍深於燕翼皇猷允塞墜禮咸甄俯弘作解之恩式布惟新之令若乃滌瑕蕩穢雷雨之施也茂時育物天地之仁也薄征弛力政理之源也錄功念舊敦勸之方也加以躬儉節用捐珠棄玉執喪者俾從達

禮繫獄者咸釋明刑啓進善之門開廣（一作直）言之路德殷虞夏義掩羲軒凡在宥刑孰不欣悅

同前（類表作貞元二十一年賀大赦表後篇作賀貞元大赦表）　前人

臣某言伏奉二月二十四日制書大赦天下德洋恩溥遠洽邇安億兆欣欣罔不幸甚臣某誠歡誠喜頓首頓首伏惟陛下體元聖之姿膺出符之運（類表及後篇作纂奉昌圖光膺寶曆）統理萬事建中于人躬大禹之菲薄奉（後篇作本）玄元之慈儉損己以益下約身而愛人捐珠玉而不玩斥綺（類表作纖）麗而不御事有妨於農業物有害於女工人力所疲上心攸蕩自此罷黜歸于典常若乃按荒禦魅之倫觸網嬰羅之類或炎裔淪屈骨肉相從或囹圄幽囚饘餉不至皆陽和所未煦

雨露所罕一作未霑靡不沐浴天波昭覩白日然後長揖軀之烈所以勸忠賡自棄之仁所以敦孝虔奉寢廟輟王輿之資惠綏市估發金錢之積異類均懷土之志高年加挾纊之恩斟酌泉貨之源變通惠利之弊逋債咸已蠲直必容如天之湛恩廣矣稽古之能事備矣彼鶉衣之徒類表作珉鮐背之叟孰不擊中衢之壤共樂於堯年詠太階之符同躋於壽域況臣謬當共理職在撫循欣後篇作惟抃之誠倍萬恒品不任踊悚後篇作悅之至謹遣當州軍事衙前虞候王國清奉表陳賀以聞臣某誠歡誠喜頓首頓首謹言

此篇五百五十九卷重出今已削去

同前　前人

臣某言伏見制書大赦天下以今年正月一日改爲元和元年者臣聞行慶布和允光於獻歲履端居始實屬於元正將大有以惠人乃順時而布令法五始之要流恩而降澤統三微之曆觀象而建元正朔所加遐邇忻戴中賀伏惟皇帝陛下大孝嗣業鴻猷啓圖順天地而發生均日月而齊照馴洽飛走煦育生靈既承太宗文武皇帝之耿光稟保壽天皇之嚴訓百神饗德萬國宅心敷作解之澤布維新之典將致和平蠲京畿之逋債言念水旱薄江淮之征賦開羅網以宥過崇勳秩以賞勞弘褒酬之典澤被幽明旌忠烈之臣賞延於代闡庠序以勸學愍耆艾而加禮恩覃有截化洽無垠超溢虞夏掩映軒項首出千古邈冠百王億萬斯年永荷天祿臣謬當任用分鎮藩維不獲奔赴闕庭親覩盛禮

同前　前人

臣某言伏奉某月日恩制大赦天下一人百慶百度惟新戴天履土罔不欣抃中賀臣聞天地元功施雨露以育物帝王繼統昇日月以垂曜群品資始萬方文明伏惟皇帝陛下嗣守鴻業光膺駿命淳化均於四序大德合於二儀保寧社稷光宅區宇弘孝慈以御下崇恭儉以垂休恩覃浹旬事冠今古況乃順時布政乘春導和敷作解之恩宣在宥之典九族既睦四門廣闢而又洗滌幽縶雷雨之施也歸還流竄羅網之釋也移叙貶黜覆載之仁也蠲除逋

債政理之源也褒寵勳賢激勸之方也廢金寶之貢有以彰儉德也搜遺逸之士有以表至公也元勳宿將賞延子孫庶尹卿士榮周存沒廣直言之路啓進善之門德超虞夏道掩軒項必將平一殊俗發揮大猷億萬斯年永荷天緒臣謬當任用述職藩維不獲奔赴闕庭臣無任云云

同前　前人

臣某言伏奉今月日赦詔自上下下由衷尊尊恭天地之大名貴聖文之崇號休氣宛秀瀰漫雲天煙景昭華光融草樹臣誠歡誠踊一作躍再舞再蹈者有以副萬國之歡情增九廟之炳靈矣臣聞孝子事父誠奉其色忠臣事君將順其美皆疑殊外奬情實內敫超邁盈耳之言適會因心

之義所以然也伏惟陛下道弘一德功蓋四時辰象昺以煥其文雷霆無以雄其武固以業振今昔事溢名言雖僉臣子之謀莫究圓方之廣所謂塞元命起兆人群岳騰聲長河變色宜其雷振於地慶蟄戶之出幽日飛於天賀霄極漢一作之開朗是以神魚載舞祥鳳載鳴況於人靈況於榮位乎徒張三寸之舌不足以談聖猷空捐七尺之軀不足以報明主無任大慶忻抃倍百之至謹遣所部宣德郎某奉表陳賀以聞臣某誠惶誠恐頓首頓首

同前　　前人

臣某言伏奉七月三日冊皇太子詔書大赦天下臣聞元良者宗祀之本枝赦宥者含育之全德伏惟陛下赫然光

大日昇於天巋然崇高岳鎮於地萬齡爲庚壽物咸春東海注百川之朝北辰列衆星之拱笑龜鶴之將老朝龍鳳之未伸但以禮備儲宮德刑廣物拯黃沙之罪再荷生成洗白玉之瑕俱承渙汗中外一命錫無戰之勳壽考百年賜不耕之粟莫不抃舞帝極頌歌聖慈萬歲之聲戎夏一作華夷合聽九成之樂天地同懽臣父沐鴻恩竟無上答悅豫之至倍百恒情謹因進樂使某陳賀表以聞

同前　　獨孤及

臣某言中使某至宣示赦書大赦天下者臣伏以作解宥過前王之茂典嚴配享神聖朝之縟禮非大孝無以肅祗宗廟非洪勳不得告承天下伏惟皇帝陛下誕敷文德昭烈武功鋪於八埏橫被四海拯兆人之　苦恢累聖之洪業伐叛問罪電發王師爲人除害爲時誅惡陛下恬神凝累儲道蘊德以義制事以欲從人雷霆之震也心不怒於兇戾元惡之戮也勳不書於簡策淡泊功德陰騭萬邦大哉聖王之爲君也無德而稱矣頃者賊臣伺梟獍之變翠華巡遊四方愁冤百神震駭誅剪大憝清復闕庭事不稽於浹旬慶已延於億萬接踵之禍又起近郊犬羊倡亂相繼夷滅然後舉墜典脩禮文鑾輦繁苛搜揚嘉遁自上古之所不臣前聖之所未賓梯航而來悅我聲教掃除氛沴日月載貞天安反側上下交泰而又發德音降明詔歸過罪已降去鴻名含生動植許遂其性草木知感況在人倫

今以履端之初先陳盛禮豊絜簡易應時順人展敬於郊壇薦誠於清廟丕昭列聖咸秩神祇抑臣聞之仲尼曰明乎郊社之禮禘嘗之義是陛下德合祖宗道符三五慶于祉福與天無疆鴻私湛恩溥施萬國洗蕩瘢垢咸使維新牢獄空虛因拘蕩滌禎祥鬱于川瀆嘉氣塞于乾坤天下臣妾不勝慶幸

同前　　前人

臣某言伏奉今月某日制大赦天下恭承恩詔宣布藩隅負瑕累者咸荷生成被傷痍者如蒙覆育中賀臣聞春以首時蓋本於陽德澤以周物取象於鴻私伏惟皇帝陛下出震繼明體元立極作解施會順時致和問安禮備於三

朝班朔恩加於九有猶念刑不可變死不復生泣辜與慈納隍軫慮與民更始其命惟新禦魑魅者復還係桎梏者咸宥冊黴（一作激）無滯黄沙已空疎漢網而遠無不宥祝湯羅而下無犯順雖水旱繫於常數每惻憂勤以征賦本於黎人載加蠲貸應天以實推已以誠疇庸懋能旬家刑國或圖舊以延賞或錫類以崇先日月遍燭於幽明雨露不私於中外舊章備舉墜典咸秩崇儒術所以弘敎化旌孝義所以厚時風憫耆耋而廪賜有差廢橫歛而凶荒是禦皆歷代哲王之茂典今陛下脩（一作總）而行之洋洋聖謨曠所聞見雖虞帝之孝殷后之仁垂拱而人無間然鞬櫜而兵不復用方於今日未足比崇臣幸屬昌期謬領藩服宫

惟責實未効消埃之勞賞及無功亦洽（一作沾）渙汗之寵拜恩竊抃倍萬恒情

同前　劉禹錫

臣某言伏奉今月一日制書改太和十年爲開成元年大赦天下者雷雨作解人神悅随澤及八荒網開三面臣某誠歡誠喜頓首頓首伏惟皇帝陛下上承乾綱下立人極用含弘光大之德（集作澤非）副華（集作夷）夏會同之心獻歲改元惟新景祚先明首罪次及群妖述曆情以曉萬方施鴻霈以蘇庶物恤刑（集作辜）宥過已責弛征郡縣之舊弊悉除賦稅之新規咸備停藩方節獻之禮以惠疲人廻摧筦餘羨之財以資京邑命使展澄清之志察言求讜直之材弓旌

賁于丘園粟帛頒於耆至（集作艾）爰以初告御于明庭德音一發於九天和氣䁥同（集作周）於四海開物成務實表於建元應天順人永延於億載臣幸居近輔先受殊恩不獲稱慶闕庭陪榮班次衆星列位常拱北辰之尊（集作光）新歲拜章遥獻南山之壽無任抃躍屏營之至

同前　令狐楚

臣某言臣伏奉今月十一（一作五）日制書玄德融明聲聞於宗廟鴻名光大充塞於乾坤與物皆春大赦天下臣當時宣流渥澤騰布耿光恩均而萬物昭蘇慶洽而三軍鼓舞中賀臣聞覆載無私天地所以爲大德照臨不已日月所以爲大明六位因時以成功一代（一作人）觀象而設教肇自

古昔垂爲憲章伏惟睿聖文武皇帝陛下並日而明配天爲大冠三皇之道弘十聖之風保合大和緝熙帝載是以廓清氛霧曾不累旬慶（一作賜）奉郊禋未嘗虛歲百蠻梯航以内面萬國歌舞而宅心所謂巍乎其有成功煥乎其有文章也尚復勞譓亥席勤恤納隍釋纍繫（一作責）之幽囚無分輕重歸遐遠之放逐不問存亡棄逋債（一作責）於窮人戒多求於貪吏憫朔邊之介士厚其寒衣恢武功也褒闕里之胄嗣（一作緒）賁以布帛振文教也推恩而九族既睦行慶而六師用張忠貞必表於門閭耆耋遍蓋其牢醴百神咸秩一物不遺安人之所未安理人之所未理天波渙汗綸旨丁寧有以知天地覆載之仁有以見日月照臨之德天

下臣妾不勝慶幸臣限守藩鎮不獲稱慶闕庭無任抃躍
欣賀之至謹遣某官奉表陳賀以聞　一作皆唐類表

賀赦表（後篇作爲鄭尚書賀登極赦表）

臣某言伏以（類表作奉）二月二十四日制書大赦天下者霈澤
自天鴻恩匝（後篇作遍）地三軍萬姓不勝慶躍（後篇作抃）日聞天地
至大或有所不容日月至明猶（後篇作或）有所不照伏惟皇帝
陛下體元繼統乘象立極齊軒昊之玄化冠唐虞之至仁
敷大號於天中揭明著於日下臣以爲覆載之德大於天
地矣照臨之光明於日月矣何則用刀鋸而伏斧鑕者無
重無輕陛下捨之投豺虎而禦魑魅者無遠無近（後篇作邇）陛
下移（後篇作還）之免逋宿負（後篇作逃亂）畝之租罷雕華任土之貢

出後宮之伎樂還外國之俘囚褒崇先首於二王敦叙旁
周（類表作流）於九族明徵義烈各録其裔胄（後篇作胄胤）悉數忠勞
廻增其爵級宣股肱之力者賞延於上（後篇作近）効爪牙之任
者賜出於中搜淪滯之才遷父次之秩聘士既尊於經術
問年必本於期順在幽隱（一作陟降）而不遺雖細微而皆（後篇作之）
必及歡聲雷動喜氣雲騰百姓知聖人之仁萬物覩聖人
之作普天率土無不慶幸臣叨居藩服累沐（後篇作荷）恩榮抃
舞欣歡倍百恒品所守有限不獲稱慶闕庭臣（後篇作與）及將
士官吏百姓等無任踴躍屏營之至

此篇五百五十九卷重出今已削去

文苑英華卷第五百五十八

文苑英華卷第五百五十九　表七

賀赦二

爲建安王（武攸宜爲同州刺史）賀赦表　武后富嘉謩

臣某言今月七日奉十月二十三日制書大赦天下日者
關輔之地鑾輅曠遊山川望幸積有年歲是以西土耆老
東首累祈瀍城隍脩宮室考舊邦之式稱長安之盛福應
旋（一作還）至嘉穀屢升故奉時無違乘輿乃降六龍大動群
方咸悅蓋三光增曜而漢祚隆萬戶加嚴而高居壯紫宸
端拱朝諸侯而垂統鴻霈（一作寖）流恩申三宥而作典浹洽

遐邇孰不抃躍臣寄重軍州地連肺腑載覃天恩不勝悅
豫無任踴躍之至謹奉表陳賀以聞謹言

爲益州刺史賀赦表（中宗）　閻立均

臣某言臣伏奉二月二十二日制書大赦天下恭惟大賚
踴躍無地臣聞德至於天禎符幽感業齊於聖神物昭光
伏惟應天皇帝陛下纂復膺謨祇定天保英茂開聰聖之
體文章煥皇王之列（一作烈）道（疑作道）祿錫衛卜食延休順天
翊聖皇后垂耀軒轅命兆沙麓明章教訓以致其功陰祇
助宣於陽靈坤德承順於乾道是故貺流椒掖慶發瑶墀
祥裔五靈（一作祥裔五雲）絳冊黃而振色褘褕六服合黼藻而融
文皇歡載紓滂澤時降洗滌逋纖洽潤資生宥死之

懋榮加命婦之爵凡在區宇孰不載欣臣忝二方岳化理
筏闕忝一物而霑恩蔭同列以稱慶無任下情蹈舞之至
云
云

賀廣德二年大赦表（代宗）　元結

臣某言臣伏奉某月日赦某月日宣示百姓訖伏惟皇帝
陛下以慈惠馭兆庶以謙讓化天下凡所赦宥皆允人望
凡所敦勸皆合大經生識之類不勝大幸臣方領陛下州
縣守陛下符節不得稱慶下位蹈舞闕庭不任歡戀之至
謹遣某官奉表陳賀以聞

賀永泰改元大赦表（代宗）　前人

臣某言某月日恩赦到州宣示百姓訖百姓貧弱者多勞

苦日久忽蒙惠澤更相喜賀歡呼抃躍不自禁止伏惟皇
帝陛下增脩典禮弘正紀度勞謙慈惠與人更新此實與
王之盛烈明聖之至德戴履天地誰不慶幸臣方鎮守州
縣不得蹈舞闕庭無任歡欣之極（集作至）謹奉表陳賀以聞

爲譙郡唐太守賀赦表　獨孤及

臣某言伏奉二月五日制書大赦天下喜氣動天榮光被
物鬼（集作百）神踴躍衆庶悅豫臣某誠歡誠喜頓首頓首臣
聞天（類表作大）道所實莫先於慈聖人之德無以加孝陛下執
大象以御物不得已而用兵假一戎之威爲萬物戡難再
造區宇以康黎元慈之至也纂服配天不失舊物然後增
鴻名以嚴父正榮號以恭巳元元本本尊尊親親孝之大

也猶慮物有不遂其性政有不阜於俗弘肆眚之恩與天
下更始滌瑕蕩穢燭幽及微風行物表鏡照海內雷作而
萬户蟄振網開而三面鳥飛陽春無私品物何幸臣位忝
邦守預沐渥（類表作湛）恩無任抃躍之至謹奉表陳賀以聞

代路冀公賀改元赦表　王綽（總目作縉）

臣某言伏奉某月日制書大赦天下改元罪無輕重一皆
蕩滌率土生靈孰不歡抃臣聞生植長育天地之大德在
宥布和后王之盛典伏惟皇帝陛下以道御時與天合運
當文武之際恢中興之功轉黃道而三象昭明彭洪鑪而
二儀貞觀方告成於郊廟且降祉於人神而猶旁詢時議
中守謙德爰毅盛禮載布湛恩正元氣以紀年惠（一作恩）人

心而垂化綏死申柔服之義念功宥脅從一作制之徒然後用唐虞官人之訓追周漢考績之法節用所以厚下懋賞所以勸勞誠明動天地利澤施四海大易云神武不殺太上稱仁方之聖猷實有慙德臣謬專方鎮獲奉明詔疲劣何幸沐浴皇風欣抃之至倍萬恒情云云

賀平賊赦表　戴叔倫

臣某言伏奉某月日制書大赦天下雪滌痕累發生枯朽榮光被於草木和氣貫於華夷含生之徒罔不胥悅臣聞氣沴為祆蒙蔽二曜而祥風掃蕩無損日月之光狂逆亂常震驚四海而玄功戡定不虧天地之大伏惟皇帝陛下文武繼聖聰明在躬協堯舜之心崇禹湯之德清廟禮展

圓丘敬申禋類已以求瑕布恩澤以滌一作原過康哉沛乎虞夏之盛典也臣忝職藩條實慙尸曠徒積歲星蔑聞化理望九重而稱慶遙百辟以霑恩瞻戀闕庭慶抃之至

賀南郊大赦表德宗　呂頌

臣某言伏奉去年月日制書禮展郊禋告成上帝一作展功成禮郊在上帝恩霑動植道洽幽明東風變而四海春聖帝一作人作而萬物覩懷生庶類罔不歡抃中賀伏惟皇帝陛下體元立極撫運受圖御一氣以乘乾飛六龍而出震德合天地明齊日月叶三光之幽贊承八聖之曆謀頊者國步未康王室多難兵纏禍結害及生人塵飛簑園燧燭郊甸陛下乘時順動鑾駕南巡凡在食土之毛圓首之類豈莫一作不號天向闕望氣瞻星遂得猛士雷奔義旗雲合西戎自效北狄爭驅一舉而氛祲掃清覽勞而寰宇大定則知千年降聖天命有歸六合奉尊神器斯在今農郊罷戰邊徼無虞九有一作服偃戈八一作萬方同軌荷皇慈之覆育知聖祚之靈長匪人革心罔不咸率陛下勤禹湯之罪己法堯舜以為心肅恭神明虔奉宗廟損抑徽號憂濟黎元始自迎長之初大申報本之禮冊勳進舊列爵分官宥死緩刑掩骼埋胔粟帛周於耆老一作耋奠酹及於幽冤天覆海渟與人更始釋羸俘於死地俾異域而生還赦枯木之嚴刑蠲執弓一作殳之常賦臣及三軍百姓蠻夷酋長等伏讀制書沐浴玄澤莫不喧呼抃躍蹈舞徘徊絕徼窮荒盡沐生成

之造翾飛蠢動俱承雨露之恩臣限以藩守不獲稱慶闕庭無任踴躍慶抃之至　一作皆唐類表

賀貞元大赦表已見五百五十八卷　李吉甫

代常中丞賀元和大赦表憲宗　柳宗元

臣某言伏奉正月二日制書大赦天下永貞二年宜改為元和元年者太陽既升煦育資始霈澤斯降膏潤無遺臣某誠慶誠賀頓首頓首伏惟皇帝陛下仁化旁流孝理弘闡紀元示布和之令肆眚見恤人之心曠然滌瑕得以遷善渙發大號申明舊章農有薄征市無強賈集作價勳勤是錄爵秩以集作已班寵寧間於幽明澤必周於夷夏近甸輕權酤之入遠人忘水旱之災既行慶於官類表作宮寮亦推恩

於天屬諸生喜饗藝之廣庶老加絮帛之優量入所以備凶興廉期於變俗爰褒有客尊賢之典惟新載奉素王宗尋之道斯在綸言一降庶政畢行懷生之倫感悅無量臣某守在遐遠親奉詔條踴（集作踊）躍之誠倍百恒品無任感恩抃舞屏營之至謹奉表陳賀以聞

代杜司徒賀大赦表（憲宗）　呂温

臣某言伏奉（集作見）今月二日制書改元元和大赦天下新雲雷（集作雷雨）之澤重日月之光仁被幽遐慶覃動植三元經始萬化惟新臣某誠歡誠抃頓首頓首臣聞羲軒馭宇（類作表物）堯舜爲君德莫盛於好生政莫弘於在宥然而事資體要理極精微百王所難千載斯遇伏惟皇帝陛下纂臨大

寶光啓曆圖當獻歲之元順陽和（集作春）之氣朝前殿御正門發德音布慈旨明大孝之本褒至忠之後省役輕（集作徭損）稅以清疾苦之源蕩累滌瑕以厚廉耻之俗往典之所未舉前代之所未該莫不悉出宸衷咸歸聖政坐聞仁壽之域行（集作竹）見雍熙之朝（集作期）凡在生靈孰不慶幸况臣陳力滋（集作歲）久受恩最深而蒲柳餘年犬馬多疾不獲奉觴冊陛蹈詠康衢猶蒙天眷留聖慈曲至特降中使俯加慰勉衰憊增氣枯朽生光施重丘山感深骨髓闔門灰粉豈足上報無任喜抃（集作懽）屏營之至

禮部賀冊皇太子禮畢赦（集作德音）表　柳宗元

臣某等言伏奉今日制書皇太子冊禮云畢恩與萬方同其惠澤者盛典斯舉鴻恩遂行凡在率土不勝抃躍臣某等誠喜誠賀頓首頓首伏惟陛下克奉神休以正邦統建天下之本宗廟以安致萬國之貞兆人休賴典冊既備慶澤載流既廣愛而推恩亦好生而布德緩刑而曰囯知感進勳而嗣續增榮崇教諭之方忠良是舉嚴賛相（集作襃）之禮賜與有加旌孝悌以厚於人倫敬鬼神而脩其祀事况行禮之日則屏翳收蹟太陽宣精用彰出震之休更表重離之耀神化旁暢皇風遠揚自華及夷異俗同慶臣某等謬忝著定倍百恒情無任歡慶踴躍之至

賀冊太子赦表　令狐楚

臣某言伏奉今月九日制書皇太子冊禮云畢恩與萬方

同其惠澤者國慶遐宣天波曲被懷生之類咸共欣榮（中）賀臣聞德教所加一人有慶元良既立萬國以貞伏惟皇帝陛下至化旁流神功廣運以爲義莫重於主鬯禮無大於承祧考古揚前星之光順人（類表作時）弘少海之澤誕敷明詔宣告庶萬（英華作萬國非）雷初動於地中風已行於天下（類表作正）由是哀矜罪戾甄奬功勳（類表作動勤）表順孫孝子之門秩名山大川之祝仁無不覆惠無不均草木惟繇鳥獸咸若率土臣子不勝慶抃臣限守藩鎮不獲陪位闕庭踴躍稱慶無任屏營之至

爲監軍賀赦表　前人

臣某言今月四日節度使伏奉制書大赦天下者渙汗大

號滂沲鴻恩降自九天（八）被於四海懷生之類無不慶躍（中）
賀臣 聞天地之大德本於生成聖人之全功在乎化育伏惟皇帝陛下至明立極大聖統天法貞觀之宏規纂建中之盛業降哀矜於罪戾一物不遺頒寵贈於忠勤萬方皆及事遵儉約道在寬弘散作仁風灑爲膏澤率土臣下不勝懽喜臣限以監守未獲奔走稱慶闕庭不勝戀結欣戴之至謹遣某官某奉表陳賀以聞

為鄭尚書賀登極赦表（已見五百五十八卷）　前人

中書門下賀赦表（憲宗）　令狐楚（英華作獨孤及非）

臣某言伏見今日制書御冊鳳門大赦天下者明照六幽澤流九有臣等誠歡誠喜頓首頓首臣聞覆幬生成乾坤

之盛德釐理化育帝王之極功伏惟睿聖文武皇帝陛下受天元符纂聖光宅躬夏禹之勤儉體帝堯之聰明除惡必絕其根耀武威而四凶既殛制政皆循（一作脩）其本振文敎而百度惟貞今者東風發春元日獻歲凝旒視朝於正殿步輦臨御于應門開麗鴻之湛恩孚渙汗之大號萬物瞻覩兆人允懷至若移其放逐解網（一作生）之仁也弔彼傷殘納隍之義也罷開市之征稅足以弘聖人厚下之風褒卿士之祖先足以廣聖人追遠之孝潛蟄一振槁根（一作根萁）盡榮普天率土不勝慶幸臣某等謬司樞務虔奉德音喜抃之誠倍百恒品無任慶躍屏營之至

賀德音表（憲宗）　前人

等言伏見今月二十八日制書普（類表作惠）安群生憂濟庶士每念下農艱苦賑紅粟而流衍知貪賈滯財禁青蚨之飛走千官聳聽萬國欽聞（中賀臣） 聞損有餘補不足太上（類表作大帝）之教也歛以輕散其重哲王之制也肇自古昔垂爲憲章其或法因情遷事與時異則物力甚屈人心用咨是故書載行之惟艱史稱守而勿失伏惟睿聖文武皇帝陛下紹興丕圖光啓鴻業勤恤人隱精知化源以爲麥禾雖登農食猶歉布帛大賤女工必傷因發生之時下慈惠之詔清問疾苦昭宣令宜嚴除暴征令已逋責首自京國達于淮湖三方雖遙如視以宸鑒萬機（類表作務）誠衆皆經於睿心自然事耕桑者忘四體之勤游市井者樂一朝之

便慶共雲布恩隨風翔率土之内不勝慶（類表作欣）幸臣等叨逢聖運預（類表作皆）列班榮攀日月之光無能獻替遇雲雷之澤空荷霑濡捧戴德音不任抃躍屏營之至

賀德音表（文宗）　劉禹錫

臣某言伏見今月十六日德音布告遐邇天道下濟人情大安（中賀） 伏惟皇帝陛下凝旒思理垂衣擇材以日月無私之光照寰區有截之内貴使下情盡達寧廑厚貌潛謀一昨李訓鄭注等敢有逆心熏連兇黨陛下睿謀神斷左右協同（集作心） 頃刻之間掃除已定重臣畢力禁旅竭忠氛祲廓清華夷咸悦言念政刑之外或有詿誤之徒再發德音廣宣聖澤當星紀迴天之日迎陽和煦物之光懷危疑

者如山之安欲告訐（集作訴非）者望風知懼非同謀者一切不問未結正者三宥從寬含生之倫普天同感臣恪居官次不獲稱賀闕庭臣無任

此卷英華所編失年代先後之次序今正之

文苑英華卷第五百五十九

文苑英華卷第五百六十　表八

賀赦三

為李中丞賀赦表（玄宗幸蜀時）　蕭穎士

臣某言中書省馬崇至自蜀郡伏奉八月一日制書大赦天下罪無輕重咸蒙洗滌覆宗之辜亦賜原宥惠澤浹於存沒恩榮被於（一作乎）出處聲動夷夏氣感風雲含齒戴髮孰非幸甚鑠哉沛乎虞后肆赦義文作解之感典也臣某中賀臣聞乾靈肇運亭育萬方其德至普而或水旱流行氛沴表見然後蕩之以祥風煦之以和氣而品物熙焉聖人立極平章庶政其道至明亦或四凶在朝三苗逆命然後寘諸嚴刑被以文德而官方正焉伏惟開元天寶聖文神武證道孝德皇帝陛下纘戎累聖惟新舊服天成地平萬邦作乂德禮備舉符應爰臻下加有隩（一作下知有文）四紀（一作粤四紀）于茲矣由是嚮明端拱齋居玄默布大信於群后絕嫌疑於纖芥孤鼠憑依傲擾天紀陛下垂泣辜之旨降勤

郵之令將士勵節黎庶歸仁咸思赴蹈指期蕩定開泰之
辰討不忘遠臣又聞之昔上皇御辨秖車巡於谷口感漢
曆運賓旅奮乎關中蓋風謠尚武可以大殲醜類會昌建
福可以永保邦家前古休期復見兹日臣嘗叨近侍謬佐
藩牧千里景從不及扈遊之觀百城風靡空懼分憂之責
魂馳井絡戀結巴渝無任感激悦豫之至

爲潤州太守賀赦表代宗　柳

臣某言臣聞元氣氤氳生成道達聖王教化恩煦流行自
昔仁壽之時皆同寛大之典伏見五月二十九日恩制昭
洗庶獄廓清萬寓億兆欣戴人神叶心臣某中賀伏惟寶
應元聖文武皇帝陛下體元立極至德提運俗阜和平之

理天垂景福之祥故得年穀大豐五兵不用倉廩既實禮
義興行此已道合一作洽羲軒功格天地陛下聖德之至勞
謙恤隱猶慮淳風未溥惟咎或多務寛典刑以廣覆載當
一陰始生感陽用事言念肎犯慘酷幽閉囹圄降玄猷渙
汗之恩賛朱明長養之氣而使省躬者自新有路懷生者
得遂其情枯朽重沐陽和雲煙助爲喜色元元感戴皆見
聖明一作慈遇此昌時生靈何幸臣忝述職字人不任抃舞
欣躍之至

爲吉州大守賀赦表德宗

臣某言伏奉今月日詔書大赦天下禹湯罪己霈澤既同
羿浞負恩姦謀自噬中賀伏惟陛下以大聖匡難弘慈御

物而賊臣棄義秉亂一作疊敗常爰幸近郊方勤遠略改元
更始統曆惟新猶復惕厲懷柔誠明引咎務好生之德恩
覃萬類遵泣辜之典罪止元兇振廢滯而片善無遺安反
側而群邪革慮損去徽號帝堯之克讓也貶徹服御大禹
之師儉也罷摧筦之利征賦就恒正封略之侵干戈繼息
辟賢致理疏爵報功咸冗官而禄秩有倫優死事而存歿
知感喜氣充於六合仁風被於八荒孰非昭蘇罔不率俾
自然假息之孽輿櫬就誅改轍之徒束身請命八龍旋軫
萬國來庭不勞王者之師重集康哉之化臣忝守藩維不
獲稱慶闕庭抃躍之至倍萬恒品云云

蘇州賀赦表　柳宗元

臣某言伏奉二月十三日勑下垂拱臨軒親受典册大赦
天下與人更始中賀伏惟元和聖文神武法天應道皇帝
陛下用人情爲田播殖萬類細徹微妙靈通幽神洗盪危
疑開釋罪罟酬勞而盡傾府帑貶用而大減租入逋負除
而餒者自活力役省而耕者倍功繼絶存亡忠賢飲德於
黄壤棄瑕肆眚奪魄再麗於遺骸極天地之歡心盡帝皇
之上事疲史臣之筆編簡難書涸詩人之思謳謡絶路臣
揔集黎老伏讀德音不窘微生坐階仁壽不勝慶抃之至

宗元未嘗爲蘇州此篇當考

代鄜州太守賀赦表

臣某言伏奉月日制書大赦天下鴻恩至德曠古無鄰喜

氣休聲韶光共茂化流海外澤及荒陬震雷作解於九霄
渙汗霑數於萬國生靈交感動植增榮中賀伏惟陛下天
覆地載昭升聖蓍執契垂衣財成庶品搜百王之墜禮舉
三代之嘉猷明達四門駿奔九有揭天綱以齊衆理運斗
極以示群方精微於玄造之源拯救於蒼生之弊釋縲絏
於囹圄徵遺逸於丘園矜水旱所沴之方慎牧宰重難之
選蠲苛已責崇德報功有典必禋無文咸秩普天率土飛
翔所加俱臻仁壽之鄉一作場共戴乾坤之德臣忝承戎寄
職列藩隅雨露之恩草木同慶

為李諫議賀赦表

臣某言伏奉今月二十四日制書大赦天下恩覃九有化

被萬方至仁與陽和並舒大霈一作霈澤隨雨露偕潤凡在品
彙莫不昭蘇臣某中賀臣聞天地功成是先煦育皇王立
極必洽好生所以書著眚災傳稱肆赦將其更始咸與惟
新廓氛霧於八紘澡塵靄於四裔幽隱有感動植懷恩朝
野交歡率土胥慶恩覃有截惠及無垠固天縱之知四門
已闢闡日躋之敬百度惟貞澡雪舊痕蕩除宿負宥赭衣
之罪得辨平人洗白玉之瑕復為重寶唯才是急仄席搜
揚阜俗為期常賦蠲滌悉中賦以贍經費罷別進以息疲
黎錫死事之官封幽明知感禮高年之粟帛老幼乂安班
爵以勞勤敘親以脩睦貔貅之士累洽恩私縉紳之徒同
榮慶賞返縲囚於異域出閉幽於深宮感人心而理定體

乾道而化光澤及華夷仁霑草木含生之類孰不欣歡歌
一德之心邇遐齊貫傳萬國之慶上下同聲祥光若浮瑞
氣可覽億兆所未見古今所罕聞臣某備列班榮親覩盛
禮踴躍兢抃倍萬恒情無任慶悅之至

連州賀赦表憲宗　劉禹錫

臣某言伏奉今月一日制書大赦天下者聖德廣運浹一作
洽于華夷天光下臨照被英華作彼非幽蟄臣某誠歡誠躍頓
首頓首伏惟睿聖文武皇帝陛下神扶寶祚天贊鴻猷意
有所之事無不尅當淮甸類表作古凱旋之後是域中慶幸之
時順陽和以發生施霈澤於寰海網開三面危疑者許以
自新照達四聰瑕累者期於錄用求碩畫於庶位慮遺材

於放一作微臣旌忠烈之家賞勳庸之胤英華作後非仁及枯骨
無隔於寇戎榮加顯親普類表作並霑於存歿恤刑已責實廪
蠲類表作輕徭須錫彰有客之詩崇儒叶宗子之望嶽瀆咸秩
耆艾歆和大僚承任子之恩武旅類表作士荷賜金之寵斯皆
禹湯文武之遺美高祖太宗之耿光集于聖朝然後大備
德音所至和氣隨之歡謠上徹於九天福祚永延於億載
能使遠夷屈膝豈唯小醜革心率土人臣不勝大慶臣乂
辭闕下恪守海隅犬馬之誠倍百恒品無任抃躍屏營之
至

代鄭尚書賀冊太后禮畢赦表　令狐楚

臣某言伏奉五月二十八日制書十字一作伏審皇太后禮畢伏以皇太

后光膺茂典誕受鴻猷（一作恩）恩榮（一作恩加）慶賜覃被率土（中賀）
臣聞天子以德教而兆人慶賴明王以孝理而百姓（一作神）
和平伏以皇太后秉德陰凝體仁坤厚弘是（一作于）內則順
于先朝道配軒皇之尊功叅文母之盛伏惟皇帝陛下孝
承丕緒仁嗣寶圖則天之明事地以察昭彰慈訓光啓尊
名發德音於上玄流惠（一作霈）澤於下土陷疎網者許其臧
等養高堂者錫以加封粟帛徧霑於耆年門閭必表於仁
里是（一作悉使）懷生庶類行道群心非獨親親（一無親字）其所親無
不長人之所（一無所字）長湛恩布護盛禮豐融信可通（一作乎字）神
明而光（一作于字）四海天下臣子不勝慶幸（臣）限於鎮守遠在
方隅不獲躬詣闕庭抃舞稱慶無任聳踴慶幸之至

此篇從唐類表而以英華本爲一作

爲汝南公華州賀赦表　李商隱

臣某言伏奉正月九日制書南郊禮畢改元爲某大赦天
下者奉郊禋以定天位新曆象以授人時乾健离明震動
兊悅跂行喙息罔不慶幸（臣某中賀）臣聞禋昊天而旅上
帝者聖人（集作王）之重事覃殊休而發大號者哲后之洪猷
故必致四圭以達誠制六器而申敬將崇嚴配必在元旬
先之以蒼璧騂牲重之以雲門大呂然後王猶有闕於薦
敬爽彼告虔周官三代之文絕而不續漢氏萬靈之位失
而莫尋豈若皇帝陛下以大道遂群生以至公臨寶祚上
苞玄象下惣墬祇黜幽陟明興廢繼絕靈芝茸露鄗之而
不告史官赤鴈白麟陋之而不編瑞牒然後因孟春（集作月）
擇（集作卜）上辛率于國南式是歲首且天以陛下爲子故必
饗明誠人以陛下爲天故必流膏澤踰千越萬邁五登三
何則取（集作致）直言之科則聽輿論者不足算設宥過之令
則除鄉議者未可儔延賞推恩用以勸樂災捍患之士臧
祖退責將以矜水耕火耨之人養庶老須湻糜燠帛之資
走群望絜刳牲瘞幣之禮古不覩者復覩古不聞者復聞
萬蟄蘇而六幽盡開五叉藏而九土咸闢（臣）當時集軍州
官吏等丁寧告示訖兒（臣）嘗備論思獲叨侍從當時仙禁
慭視草以無能此日泰壇望給薪而靡及徘徊甸服睇瞻
關城雖有慶於文明竟無階於奔走司馬談闕陪盛禮沒

齒難忘蕭望之頓立本朝馳冕莫極無任抃舞結戀之至

爲京兆公陝州賀南郊赦表　前人

臣某言（臣）伏奉正月九日制書郊禋禮畢改元爲某大赦
天下者既事虞郊復新堯曆天潢瀉潤日觀揚輝普天率
土罔不慶幸（臣某中賀臣）聞君人之孝莫大於尊祖王者
之敬孰踰於事天固必用因高之儀申嚴配之禮百神（集有做字）
叙萬靈昭（集有蘇字）乃可覃殊恩渙大號禮成而德備惠敷
而慶弘然而秦尚武功先祈禳之事故柴燎蕭薌未必饗
漢稱文物重神仙之道故雲門大簇未必和既不講於禮
官終致譏於儒者伏惟皇帝陛下與蒼生育並日照臨究
三代之質文酌百王之損益定午位卜上辛齊絜之誠先

掃除而遐遼孝思之志叶氣臭以升聞然後推作解之恩
降惟新之令設科以招諫諍宥過以務哀矜已責旣䘏於
三農錄勳無遺於十代頒粟帛而養耆老走牲幣而徧山
川舉皇王之廢官盡古今之能事臣當時集軍州官吏丁
寧告示訖兄臣嘗奉恩光叨居華顯當太史撰日之際猶
立漢庭及宗伯相儀之時已辭魏闕怊悵郡印徘徊使車
徒深傾藿之誠實積懸瓠（一作匏）之歎邵公邑內敢思棠樹
以追蹤尹喜宅中唯望靈符之復出臣不勝慶幸踴躍之
至

爲汝南公以妖星見賀德音表　前人

臣某言臣伏奉某月日德音以妖星謫見思答天戒者臣

當時集軍州官吏丁寧宣示訖仁深覆載恩極照臨究祖
宗之令圖極皇王之盛事圓首方足罔不欣慶臣某中賀
臣聞覆載莫大於天地而升（集作騰）降之氣或不接照臨莫
大於日月而薄蝕之度或有差豈唯休咎之徵自是陰陽
之事旋觀彗孛載考策書雖欲爲災曷嘗勝德伏惟皇帝
陛下剸枝載茂棣萼重輝旣居正以體元亦觀文而察變
仰窺星彩稍越天常於是深軫皇情重廻宸睠省躬之懼
洞感於幽明及物之恩畢霑於華夏戒田遊則成（集作殷）湯
祝網之意釋究滯乃大禹泣辜之慈罷去脩營惜漢氏十
家之產勸課耕耘（一作耔）復周邦九歲之儲德已厚矣仁已
極矣然猶避寢自責撤膳貽憂以此延休何休不至以茲
備患何患能爲足以高步三王平窺百古鞭撻守成之主
粃糠中代之君抑臣又聞之昔貞觀之理也太宗文皇帝
吞蝗而災沴息太岳之封也玄宗明皇帝露坐而風雨銷
炯戒猶存神靈未遠陛下衣懷（一作昭）厥有切欽承爲其所不
爲至其所不至佇見地泉流醴天（一作大）酒凝甘人知朱草之祥
家識白麟之瑞又豈芒角足懼晷度可憂者哉臣素乏器
能謬當任使東雍西岳雖首化於百城日遠天高但心存
於雙闕聽金石而慙殊舞獸無羽翼而恨異賓鴻唯當虔
奉詔條頒宣德澤成陛下無偏之道畢微臣盡瘁之勤所
冀不寘簡書免拘司敗如其禮樂非臣所能無任感恩戀
闕懇悃屏營之至

文苑英華卷第五百六十　終

文苑英華卷第五百六十一　表九

賀祥瑞一

為西京百官賀老君見表　武后　崔融

臣某等文武官若干人言臣聞至德之運必有告聖之符大道之行必有通神（一作靈）之應故虞舜氏作五老出遊於河渚周武勃興四神來朝於洛邑伏惟皇太后陛下補天為感配地居尊體國經野肇建惟新之業應天順人果得非常之事伏見某日敕虢州閿鄉縣界老君見并授鄔玄宗語嶕（一作然）鶴首至哉龍德若遊渦水之年疑徃流氿之路叙皇威之有截論國祚之無疆道可以濟天下功可以侔造化玄言妙鍵闢今受教而先迷神理希微河公顧談而莫測方驗老人見於南極但謂承天黃人遊於後池止云乘上固不可同年而議也臣等預睹嘉祥早參簪笏惟神降福欣承帝系之隆惟德洞冥願奉玄元之慶無任感悅之至謹附某奉表稱賀以聞

賀老人星見表　武后　武三思

臣守節等文武官九品以上四千八百四十一人上言臣聞惟德動天必有非常之應惟神感兕允膺會昌之期天鑒孔明降休徵者所以宣天意神聰無昧効嘉祉者所以贊神功故黃（一作赤）烏白麟載稱姬漢之日玄圭黑玉式昭禹湯之代伏惟天冊金輪聖神皇帝陛下潤色丕業光赫寶祚執大象而御風雲鼓洪鑪而運寒燠浹洽四海輝華

六幽希代符來超今邁昔浪委波屬故合沓而無窮日臻月見尚殷勤而未已伏見太史奏稱八月十九日夜有老人星見臣等謹按黃帝占云老人星一名壽星色黃明見則人主壽昌又按孫氏瑞應圖云王者承天則老人星臨其國又春秋分候懸象文曜鏡云王者安靜則老人星見當以秋分候之懸象著符於上人事發明於下壽昌者知億載之有歸安靜者示萬邦之必附澄霞助月非唯石氏之占散翼垂芒何獨斗樞之說臣等謬參纓笏叨目禎祥慶抃之誠實倍殊品無任踊躍之至

同前　憲宗　楊憑

臣某言伏聞太史奏昨八月十五日夜壽星見奉敕宣付

所司者伏以三光在天垂象以昭德一人御寓應運以發祥將後天而奉時遂瞻星而稱壽九重納慶萬國同歡（中賀）臣聞聖人握乾以繼統輔德以垂休則必焜燿耿光昭宣景福歷考圖牒皦然明徵謹按孫氏瑞應圖云老人星見人主壽昌陛下丕承寶曆光宅天下恢弘聖烈允執大中化成而天道不遠（一作邇）感至而星精介祉是以去歲已出今秋又見光靜而明當井絡之端色黃而潤叶中方之位降茲靈貺賞契福庭帝圖表無疆之休史冊傳萬祀之慶臣生逢聖代幸覩昌期以藩鎮守土不獲奔詣闕庭稱賀北望宸極倍萬恒情

同前（憲宗）　令狐楚

臣某言當道進奏院狀報司天臺奏八月十五日乙亥夜老人星見於井東色黃明潤勑旨宣付所司者率土咸觀際天同慶（中賀）臣聞上天不言而星垂象次舍隱見其指甚明伏惟陛下道冠帝先恩覃物表太和之氣上達萬壽之瑞下呈既在井東又當秦分色侔蒸栗光掩連珠彰爾寶圖類堯年之河出延長聖曆齊漢代之山呼凡百臣下歡心如一況臣幸霑皇屬叨守國藩瞻望闕庭不勝慶抃之至

同前（憲宗）　張權（為定州張令公作）

臣某言臣聞惟德動天惟睿作聖既聖德格于上下故玄貺動于乾文天高聽卑應猶影響臣得上都進奏院狀報司天臺奏八月某日老人星見於井東色黃明潤大者臣按文耀鉤曰老人星見則主安又熊氏瑞應圖曰王者承天得理則老人星臨其國（中賀）伏惟睿聖文武皇帝陛下德邁前華道侔覆載武以勘亂文以化成然猶旰食宵衣憂勤庶政令動植得所寓縣和平故上感絪緼發瑞辰象色黃兆土德之有慶見井表聖年之無疆昭昭垂休上帝允答求諸簡冊光絕古今凡在億兆孰不歡抃臣限以祗守藩鎮不籍稱慶闕庭舞詠之誠倍萬恒品謹遣某官奉表陳賀以聞

同前　李商隱（為滎陽公作）

臣某官臣得本道進奏院狀報司天監李景亮奏八月六

日寅時老人星見於南極其色黃明潤大者聖惟合德神實効祥必甄有爛之文以表無疆之祚臣某（中賀）臣聞玄象示人昊穹凝命曜為經而宿為紀則曰常名斗挹酒而牛服箱或標虛稱未若候時而出有道則彰居五福之先在三辰之列伏惟皇帝陛下昭明老契游泳莊寰（集作環）戒（集作式）是中秋呈茲上瑞況見於午位又屬寅時仰考玄符乃有深意自南耀彩將弘觧慍之風近曉流光欲助無私之日皇心載裕靈鑒孔昭凡居率土之濱皆慶后天之壽臣誤蒙重寄實遠清光迭玄燕於梁間傷時自切望（集作數）白榆於天上厥路無由賀聖戀恩無任蹈舞屏營之至

為汝南公賀彗星不見復正殿表　前人

臣某言得本州進奏院狀報今月某日夜彗星不見宰臣
某等奉表稱賀請御正殿復常膳者天道甚密聖心不遐
感極而災亦爲祥誠至而妖寧勝德臣某（中賀）臣聞殷湯以
六事責躬止七年之旱宋景以一言修德退三舍之星歷
代以來咎徵常有苟君能克己則禍不移人伏惟皇帝陛
下寅恭丕圖恭臨大寶尊符列聖酌憲前王昨者天象之
開星文稱異載深歸咎爰用覃恩倉箱（集作請）畢從於九年
羅網併開其三面去營繕絕蕩心之巧申冤結除滅耳之
停而又正殿不居大庖盡減精誠昭達懇惻敷聞芒焰遽
銷躔度如舊況蕞爾戎羯正犯疆場載思星見之徵恐是
滅虜（集作亡）之兆伏惟稍寬聖慮以擁皇休遵九廟之降祥

副光人之欽屬臣又聞皇王之事業也雖至理之時不遺
於憂畏（集作惕）雖至和之氣不忘於將迎是故神農焦勞軒
帝顦顇堯既癯瘠舜（集作禹）亦胼胝此四主側身於昔時陛
下用心於茲日千載符契萬方懷柔臣嘗忝內朝今居近
甸拱辰不及空瞻北極之尊就日無因忽覺長安之遠惟
知抃蹈莫可奮飛況時及初正禮當元會華夷畢至玉帛
皆陳小國行人外藩下士皆得入趨鳳閣仰望獸樽臣獨
限關河坐縈符竹戀既深而詞懇慶已極而涕零無任感
恩賀聖懽戀屏營之至

爲成魏州賀瑞雪慶雲日抱戴表

臣某言臣聞玄德上升三靈爲之動色聖功下濟萬類所
以傾誠臣州去秋之間時雨不足自陽風應律子月經年
今月十二日晚降雪越至十四旦開霽絮飛千里花聚六
出糅物梅而委苞封宿麥而垂津其日晡時西南有慶雲
見爲樓爲閣圖閶闔之九重非錦非繡狀衣裳之五色其
時又有日抱戴日晚澄廓天景淑清掩黃氣而重圍舒紅
光而四溢臣與司馬樊玄則并寮屬吏等三十餘人得所
部貴鄉冠氏等縣申稱雪厚一尺以下并覩慶雲抱戴等
瑞臣謹按詩云上天同雲雨雪雰雰毛萇云豐年之冬必
有積雪若烟氾勝之書云雪者五穀之精又按史記云慶
雲一名卿雲若烟非烟若雲非雲郁郁紛紛蕭索輪囷是
謂卿雲喜氣也瑞應圖曰景雲者太平之應也一曰慶雲

非烟五色氤氳謂之景雲援神契云天子孝則景雲出游
又按援神契云王者德至於天則日抱戴在上曰戴在傍
曰抱又云黃氣抱日輔臣納忠漢書曰宣重光李奇云太
平之代日抱重光伏惟陛下受天寶命沖用情深豐食之
要鑒寢憂勞雪爲五穀之精麥爲六田之首由是天降瑞
雪其意若曰太平其有年乎雲者運氣立名布恩成義陛
下仁霑草木惠及蟲魚揚宗祖之烈光垂天地之正色由
是天降雲瑞其意如若（一作）曰天子其大孝乎日者衆陽之
宗人君之表由是天降日瑞其意若曰天下其大明乎魏
州大明之慶基光封之舊國嘉祥備致靈貺綢繆豈徒然
哉斯有由矣臣叨倍漢守肅奉堯親逢日月之貞明嘉烟

雲之爛熳手舞足蹈地雖限於外臺按牒披圖心已馳於
雙闕不任感忭之至

爲百寮賀雪表　武后　李嶠

臣某等言臣聞至道充被而冲和感發玄化沉潛而祥物
昭應伏惟皇帝陛下合德天地齊光日月陶正氣之氤氳
降元符之肸蠁用能經緯六合驅馭百靈乘旒法宫而品
物清晏（晏疑作）撫景中土而風雨休若三元肇華九陽初動
撞黄鍾而布氣順玄冥而率職曾陰候律豐澤順時奮蔚
方輿起太山之膚寸參差荐委自平地而盈尺銅街沿其
如素金隄紛其遂蒲縈樓棲檻凝璧瑩之九重落絮飄花
似芳林之二月豈惟洛神呈象來舞帝宫故亦海騎相趨

下朝仙闕東阜欣而望歲南史慶而書祥萬寶登秋居然
可詠雙銅叶唱即事非遙自非睿感通微乾心輔德何以
降神靈之滋液發兆庶之歡慶臣等恭承玄造沐浴太和
欣聖澤之滂沛對天休而踴躍無任鳧藻之至謹詣朝堂
奉表稱賀以聞

爲定王賀雪表　武后　前人

臣某言自涉隆冬頗虧北液皇情睠佇聖德憂勤慜囹圄
之惟憋念祈寒之在節爰發恩造親慮囚徒絲綍始行褰
光已布德音纔降同雲使飛落絮飄花與新梅而競彩凝
光吐艷共胥桂而連輝俄盈九域之中遍灑四瀛之外遂
使徭牢式舞布需澤於三天畎畝長歌佇豐年之（於一作）萬

庚報應之速固影響而無違慶躍之私在臣妾而何極無
任欣抃之至謹奉表陳賀以聞謹言

爲納言姚璹等賀雪表　武后　前人

臣某言自玄冥授節素液未流宿麥翹滋陳根俟拔聖情
翹睠天造曲成載想徭牢有矜幽滯方臨聽訟之觀且閱
明刑之書中旨纔宣上玄俄應沛乎降澤油然興雲凝瑞
色於千里散禎祥於六出積素彌晝下集於瓊臺飄花滿
空旁霈於玉樹海神奔走而來賀田畯謳吟而共舞靈心
昭發事速於置郵聖意冥通有同於合契臣等謬當樞近
親覩休祥抃躍之情實百恒品無任欣慶之至謹奉表陳
賀以聞謹言

爲宰相賀雪表　孫逖

臣某言臣伏見自冬已來雨潤微少雖春候尚遠未足爲
災而聖慮憂勤恐妨農事靈心允答瑞雪其滂自昏達明
已覩於盈尺無遠不及何止於千里既溥既霈足表西成
之徵不疾不徐正符東作之候豈伊利澤更是殊祥臣等
微生叨荷榮渥幸覩休慶空知抃舞無任欣躍之至謹奉
表陳賀以聞

中書門下賀雪表　常袞

臣子儀等言臣聞聖人昭事以奉時乾道下濟以成物伏
惟寶應元聖文武皇帝陛下勤勞庶政憂濟萬邦念生靈
之未康慮兵食之不足恭默寅畏齋于穆清減膳撤樂以

祈玄造天人合應雨雪呈祥在登臺視朔之辰飄灑盈尺俯獻歲發生之節飛舞驚春太素混成浩然萬里甲子之瑞載表於昌期春秋所書亦先於農事重陰益固應水澤腹堅之時積潤潛通迎土膏脉起之候鑒睨斯在豐年可知佇登來麰不暇祈穀侍臣相慶野老同歡臣謬奉中樞獲覩嘉慶無任抃躍之至謹奉表陳賀以聞臣子儀等誠歡誠喜頓首頓首

同前　德宗　　權德輿

臣某等言臣聞王者布令以時應天以實惟茲瑞雪用兆豐年伏惟陛下齋誠念人振廩恤隱同雲斯兆應（集作宿麥）可期以五穀播植之精驗於農志當一陽發生之候助此

休徵感通不違朝野相賀臣等謬居近侍獲奉昌期無任欣抃踴躍之至謹奉表陳賀以聞臣某誠歡誠喜頓首頓首謹言

同前　德宗　　前人

臣某言臣聞天道下濟聖心上感以是訢合發爲休徵惟茲雨澤之祥必稽時令之順伏惟皇帝陛下憂勞庶政勤恤烝人鑒寐之間不忘於念慮賑恤之使相繼於道途膚寸興雲盈尺呈瑞以來麰之積潤爲嗣歲之順成如京如坻百嘉可望既霑既足率土同歡臣等忝列侍臣倍百欣賀無任慶抃踴躍之至謹奉表陳賀以聞臣某等誠歡誠喜頓首頓首謹言

爲京兆韋尹賀元旦降雪表　　劉禹錫

臣某言伏以去冬以來久無雨雪臣每於殿内親奉德音以宿麥未滋爲慮以兆人生憂（集作病）爲念聖情所屬神理潛通獻歲發春佳雪肇降當夷夏會同之日覩天人合應之徵（集作期）迎喜氣於三光浹歡心於萬國癘（集作疹）疵永息豐年（集作阜）可期臣以疾疢未平趨步有阻伏望恩貸已具奏聞謹於光宅寺中勾當本務不獲隨例稱慶明庭既覩嘉祥益彰聖德無任欣躍屏營之至

爲百官賀雨請復膳表　武后　　崔融

臣某等文武官若干人言臣等聞太平之代天地合而流津至德之時陰陽和而布澤所以三農滋殖百物阜安伏

惟天册金輪聖神皇帝陛下寶命絪緼玄期昈爕包混元而建極宅造化而開階德教布濩仁聲洋溢增高益厚已脩中岳之儀順時班令更緝正陽之禮近以少愆甘澍親發至誠懐宋景之一言棌殷湯之六事德音纔降靈心允協捧瑶緘而風起迎寶字而星流雲不崇朝復三千之藥草雨必以夜通百億之江河遍高下而同霑在公私而並及陳晋雨穀譬此非多櫟陽雨金方斯未重邦國延有年之慶黎元罷望歲之憂臣等中賀伏願陛下凝神保和順情養壽復龜庖之舊膳進鶴鼎之常羞使芝英有駐液之期蓮蒲知送凉之地則光天之下率土之濱孰不欣戴孰不幸甚微臣等幸逢休運預沐恩波混虞獸而同歡此齊禽

而累抃無任悚荷之至謹詣朝堂奉表稱賀

賀祈雨感應表 玄宗　張說

臣某言臣聞水旱常數堯湯固有聖賢之理恭潔爲難自冬踰春積陽成亢陛下以時災繫政人患由君退巫女之雩却應龍之請陛下躬自暴露炎景瞻仰雲漢推心引譴爲人受咎誠既發而動天言纔期而降雨今已霖霪三日澤漏重泉草樹含欣郊原變色加以雲平雨細氣潤風和豈唯優渥王畿必將周遍天下羣心舒釋聖情開暢無任萬姓歡悦之至謹奉表陳賀以聞

中書門下賀雨第一表 代宗　常衮

臣某言臣一昨奏封親承聖旨以旬期少愆春雨未降雖

去冬積雪宿麥頗滋潤年之候農耕未晚再當薦鮪之月爰及禁火之辰紫陌揚塵青郊晦色日勞聖念恐失人時虔於龍堂親行齋禱德音朝發甘澤夕零霢霂散於城池芳菲遍於草樹四遠皆浹羣情共歡昔在聖人祭則受福必以精意通於神祇伏見陛下毎發聖心未嘗無應與天合德所感昭然慶悦之深倍萬恒品無任之至

第二表 代宗　前人

臣等言臣聞王者應天以實禮神以誠則其祥大來所禁必速伏惟寶應元聖文武皇帝陛下端命上帝陰隲下人大哉洋洋發育萬物一風一雨必輕（疑作經）於憂勞惟精惟徹久存於齋禱自立春之後膏澤頻滋宿麥方蘇首種不入百穀皆賤羣黎稍安屬盛德在火之辰恐散陽流輝之亢小愆旬候則失人時及命尹京載明祀典飭三輔之屬吏脩百縣之大雩陛下又於龍祠躬自祈請雖田事未廢而皇情過勤意纔發而氣烝令始降而雲合寧止西郊之密且有南山之躋霈然時行丕冒海表浹辰而霽更説羣心擢芒之蓄將豐於時薦流根之潤佇合於秋成固使我倉如陵萬億及秭軍國是賴朝野同歡多福殊休莫盛於此臣等謬塵樞近喜倍恒情無任慶抃之至

第三表 代宗　前人

臣某言臣聞春秋龍見而雩以其盛德在火萬物炳然陽驕而旱也周禮所以脩一縣之大祀命三公以卜郊則知

古之勤雨首於是月蓋聖人順天以垂訓王者奉時而告虔伏惟寶應元聖文武皇帝陛下憂勤庶政寅畏上玄全萬物而曲成恐一夫之不獲嘉生是降率土皆穰又自春已來膏澤相繼禾方長茂猶潤纖莖麥且耀芒仍涵秀色及純陽用事流輝是憂未見旬期已勞聖慮勉農祈穀合樂圜丘感上帝之儲祉顧蒼生之禔福祭之明日夜合層雲微風既和震電（一作雷）不作霈然四合滂灑終朝動乾坤而滿盈洽陰陽之化育郊原益茂田穉皆登俯觀秋至之收佇廣歲成之望自朝及野咸慶時和比肩鼓腹空迷日用臣謬參衮職久荷鴻私仰聖澤之無涯愧生成之未答無任抃躍之至謹奉表陳賀以聞

第四表　權德輿

臣某言臣聞王者以誠愛人以德動天則交感不違庶徵時序頃自春澤愆候上軫皇情協用五紀憂勤六事暨純陽之節雩禱是脩齋心勞慮恤隱宥過雲觸石而興潤月離畢以呈祥南畝就功西成可望含餔鼓腹幼艾相觀（集作歡）見聖人之化育符上帝之陰騭臣等忝列台司喜萬恒品無任慶抃踴躍之至謹奉表陳賀以聞

第五表　前人

臣某言等百穀所仰甘雨是資三務成功望歲斯切雖閏候頗晚農耕未遲而時澤稍（集作小）愆皇情所軫齋禱上應（集作感）陰陽以和遲興有渰之潤方茂如茨之稼況霡霂未已公私必均叶聖道之休徵副玄功之育物臣等職叨樞近喜萬恒情無任欣賀踴（集作抃）躍之至謹奉表陳賀以聞

臣某等誠惶誠恐頓首頓首謹言

第六表　前人

臣某等言臣聞聖人之德與天地合則庶徵時若生類昭蘇伏惟陛下慈愛元元統御（集作燭）萬物憂在稼穡切於登成慮甘澤之愆期憫烝人之望歲誠之所感天且不違有渰而興覩一夕之霑洽大田相慶知百穀之阜蕃農夫克敏秀者皆實蓑（集作臺）笠就緒倉箱可期遠邇幼艾忻歡鼓舞臣等繆當近侍喜萬恒情無任喜抃之至謹奉表陳賀以聞臣等某頓首頓首謹言

爲宰相賀雨表　遜逖

臣等今日見高力士伏承陛下以春雨暫愆皇慈軫念特紆鳳輦俯詣龍沙祝之以聖言誥之以神理靈歆允答膏澤遂盈速若影響合如符節則知聰明之德與乾道而潛通變化之功隨聖情而廣運殊祥昭著丕應難名在於微臣倍深慶悅伏望宣付國史以揚天休無任抃躍之至謹奉表陳賀以聞

同前　前人

臣某言臣等伏見近者微旱聖情勤勞躬徇物情脩禱祀於神明焦思憂人罷歡宴於良節精誠懇至上應玄通果叶休徵遂成膏雨植物皆潤已霑霡霂之恩陰雲尚多終

致滂沱之澤三農有慶萬寓（一作國）同歡臣等職在燮和効無涓滴久勞聖慮責且重於丘山幸遇甘霖恩實濃於草木無任欣慶之至謹奉表陳賀以聞

同前　錢珝

臣某等今月某日京兆府奏降雨分寸者伏以頃屬時雨稍愆聖慮憂軫尋舉祀典用禱玄功臣聞廣覆無親明德是輔誠之所動天則不高仲春以來驕陽頗熾宵旰勞念生靈具知部樂空縣常羞盡減遽陳牲玉並走山川況便殿坐朝深形憂色不責輔臣之咎恐貽赤子之心槖籥之問神祇咸聽既有聲聞之實寧無昭報之期是以豐隆忽興蜿蜒遂作固得遠踰闟輔匪獨周燾郊圻君必動天歲

有成於登參臣雖无位力不足於爲霖空喜滂沲敢言燮
理甫田皆潤沴氣全銷信可律於豐穰更何求於符瑞臣
等無任賀聖欣躍抃舞之至

文苑英華卷第五百六十一 終

文苑英華卷第五百六十二

賀祥瑞二

賀大陽當虧不虧表一首
中書門下賀日當蝕不蝕表一首
賀歲除日太陽不虧表一首
賀洪州慶雲見表一首
百寮賀日抱戴慶雲見表一首
百寮賀誅逆人王慈徵後慶雲見表一首
爲涇州李刺史賀慶雲見表一首
扶風郡賀慶雲見表一首
賀祥雲見表一首

爲宰相賀平原郡鑄等容鑪上有紫雲等瑞表一首
爲宰相賀開元觀鑄聖容慶雲見表一首
爲宰相賀昌山慶雲見表一首
爲宰相賀賽龍潭有瑞雲表一首
爲宰相賀中岳合煉處藥自成并有瑞雲見表一首
爲宰相賀太原府聖容樣至有慶雲見表一首
中書門下賀慶雲見表一首
中書門下賀太原紫雲見表一首
爲皇太子賀甘露表一首
爲百官賀衙獄甘露降表一首
賀萬年縣甘露表一首

為百官賀舒州甘露表一首　賀甘露表一首
中書門下賀元和殿甘露降表一首
賀太陽當虧不虧表（代宗大曆十三年）　獨孤及
臣等言伏見今月一日雲物陰晦太陽當虧不虧者臣聞
殷太戊宋景公皆修德立言而妖變爲福以日月薄蝕勞
謙惕厲而災不勝德雲爲垂陰若天降衷使其譴故（集作收字）
不見易象曰既憂之咎不長也臣等無任欣戴之至
中書門下賀日當蝕不蝕表（代宗大曆十三年）　常袞
臣某言伏見徐承嗣奏今月一日法當日蝕時有澍雨者
臣聞日之所躔行有虛道至之所會蝕亦無災況聖以合
天德以提福是有幽贊宜於感通伏惟寶應元聖文武皇

帝陛下協用五紀順用三極曆象日月統和陰陽（一有序）行之慶
（四字恐非）迺者疇人推策今朔於辰非正陽之所忌於大明而
何損猶能懼而勤政實以應天齋于穆清益用恭默精誠
所達玄運相符圜尺之影始生於海上膚寸之雲忽遍於
天下霈然而起豈止終朝莫測應龍之外潜復踆烏之次
伐鼓用幣悉罷于有司潤物蕃生普歡於在野及乎曆宿
更益清光同道相避則聞昭子（一疑當作梓愼恐避諱改）之對當交而
變果徵劉邵之言古今殊祥中外所慶臣等謬陪近侍喜
萬恒情無任抃蹈謹表
賀歲除日太陽不虧表
臣聞惟德動天其應如響日月交會數之常也交而不蝕

德所感也伏見有司奏今日午正後七刻太陽初虧未正
後三刻復滿者是日也高天無雲太陽不掩訖于申酉光
彩逾明萬寓同瞻百神協慶（中賀）伏以聖人者合天地以爲
德與日月以爲明當虧而不虧明足見矣當應而遂應神
不欺矣伏惟陛下德本於孝動由於禮勤儉以厚下寬仁
以愛人憂庶政而夜懷求衆善如不及行之於下土升聞
于上帝無遠不届感而遂通一人有慶三光薦祉昔唐虞
至化而星辰不孛日月不蝕以今方古千載同熙大禮元
辰在於明發俯逼惟新之運彌彰不掩之祥人事天心何
其允叶潜輝散彩愈曜於朱城麗景臨空轉明於黃道凡
在生類同知聖猷無任踴躍之至

賀洪州慶雲見表　許敬宗
臣某等言臣聞靈心不測叶至道以升聞上帝無聲候休
明而降祉同夫影響在感斯通相彼天心實交其際伏惟
皇帝陛下垂光御極體睿凝圖始自憂勤寧羣飛於海外
賜之仁壽拯塗地於寰中揔絕代之英聲實興爲之美政
三秦咸泰六府斯歌首冠往初功無取譬德澤共二儀潜
運清明與七曜齊光是以邇無不安遠無不届雕題鏤留
之類款邠甸以相趨氊裘椓屋之朋入提封而請吏上騰
下漏天平地成嘉（一作喜）氣内充卿雲以之舒彩盛德外發
非煙由其散色竊見守洪州長史張惟善（一有悟解二字）等稱以
六月二十六日於城内見慶雲自旦及申然後方散謹按

瑞應圖曰慶雲者太平之應孝經援神契曰德至山林則景雲（一作慶）雲出又曰天子孝則慶雲見金枝玉葉若臨軒帝之營蕭索氤氳復入唐臣之詠自非工侔造化道格上玄光含六幽恩流四海安能致茲神感式彰靈貺玄黃間起朱紫相輝千載合符如斯之盛也雖復駢枝合穎疋此爲輕絳霄玄霜曾何足喻凡諸率土預在肖形沐浴皇風用源凫藻況以臣等謬忝衣簪旦夕嚴廊親開錫瑞相呼抃躍實百常情不勝忭豫之至

百寮賀日抱戴慶雲見表　武后　李嶠

臣某等言臣聞大人造物亨衢所以貞觀上帝懸象層穹所以照臨合其德而先後不違契其誠而表裏潛應伏惟

聖母聖皇陛下仰應顧託俯順謳歌臨天下之大寶當域中之正氣酙酌律度三神擾亭毒之權鼓舞陰陽萬象入則成之契六幽金鏡四時玉燭凱澤將膏雨共流協氣與景風齊暢故能使天地儲祉靈祇降福樞紐薦符勾芒錫壽自呈有命洛書肇出惟宗社之饗德廸神明之祚聖象物昭應休徵煥發每至十二月玄琨啓匣綠錯披題還寶秘於東序視衣纓於北闕必有仙鶴翔集雲烏杲曜祥光入於九重異氣懸於三象雖復鼎來汾水黃雲冠於北山劒在豐城紫氣衝於南斗無以方斯影響近此　天作符籙動而有徵日官考驗以爲帝準日在朔月時惟孟秋奉鴻休而正位先告辰而解網休日申酉衆姬稱賀申禮既畢昭示聖國芝檢初開扶光未徙即有氤氳傳瀵發祥於俛仰之間蕭索浮天舒彩於折旋之際于時粹容當宁嬪儀在列文物充於紫庭輝光察於玄象或戴洪琛之威儀非烟非雲奪褘褕之彩色兩宮背抃六妃式舞欣就望之近臨悅光靈之下濟臣等謹按孝經援神契王者德至於天則日抱戴又黃氣抱日輔臣納忠瑞應圖曰天子德孝則慶雲出又曰天下太平慶雲見陛下宵衣旰食至德通於九玄皇帝錫類推恩純孝刑於八表惟明求道若金在礪自物觀化如草從風屬千齡之景業承肆告之鴻霈乾坤合而喜氣生圖籙啓而禎符作既以發揮天德昭寶運之隆平且以光翼端章究靈心之終始自非上下和洽

幽明薦成何以微（微旋）自造化之神偉合天人之符契昔者玄珪受命無間感召之祥赤土披圖不發昭回之貺故知冥祇職道歷載祀而潛休靈物俟時當聖明而效用事超六籍之外聲高百王之表卓哉至矣無德而稱臣等謬奉隆知親承大慶朝聞夕死每竊抃於昌期手舞足蹈敢承歡於下列無任凫藻踴躍之至謹詣闕奉表陳賀以聞

百寮賀戮逆人王慈徵後慶雲見表　前人

臣某等言伏見今月十一日誅反逆王慈徵等乃有慶雲見於申未之間蕭索滿空氛氳蔽日五彩畢備萬人同仰伏以慈徵等並典司戎旅出入禁闈反德亂常背天逆理聖靈感通神祇昭應雖逆節始萌而潛謀必兆窮姦田之

容計盡苞藏之巨慝並膏斧鑕俱肆朝市五爲明啓嚴刑
應於九秋萬寓悅豫嘉氣呈於三象此實天人合德宗社
降休欣紫宸之永固在蒼生而知幸無任嘉慶之至謹拜
表稱賀以聞

爲涇州李刺史賀慶雲見表　崔融

臣某言伏奉詔書上御武殿有慶雲映日見於辰巳之間
肅奉休徵不勝抃躍中賀臣聞諸瑞應圖曰天下太平則慶
雲見天子大孝則慶雲見伏惟皇帝陛下旱朝宴坐憂勞
庶政遠無不肅邇無不懷神感潛通至誠上格涼秋中月
滯雨移旬天心合而喜氣騰陽德動而愁陰歇文章郁郁
悳日照而成彩花藹蓬蓬晴風搖而不散雖復紫雲來漢

皇殿白雲入殷帝房校其優劣疇以爲喻臣運奉休明榮
霑剌舉千年多幸巳逢河水之清百辟相歡重偶叢雲之
曲不任悚躍之至謹遣某官奉表稱慶以聞

扶風郡賀慶雲見表玄宗　楊譚

臣某言臣聞休徵所應克昭明盛之期靈貺攸歸必會升
平之運伏惟開元天寶聖文神武皇帝陛下發揮真宰撫
育道樞致妙用於希夷納蒼生於仁壽故得風雲効祉動
植呈祥臣所管内雍州界天柱山頂有玄元皇帝古宮考
時代而罔知覩寂寞而如在今月十四日辛丑皇妹持盈
守法於宮前紫虛觀中齋心伏形爲陛下祈福忽有慶雲
照耀施五彩於山巔喜氣紛綸散重光於宮上其日從巳

時至未時官吏僧道瞻顧彌遠陛下纘玄元之仙籙授天
寶之禎符千古未開百靈何幸克叶天意必因人心表陛
下無疆之福明陛下無疆之壽臣忝守方岳寄重分憂抃
躍之誠倍百恒品謹寫圖奏以聞特望天恩宣示中外以
光史策天下幸甚臣等誠懽誠喜頓首頓首

賀祥雲見表玄宗　張九齡

臣某等言伏見道門威儀司馬秀表稱今月十日夜陛下
親臨同明殿道場爲宗廟蒼生祈福有祥雲見伏以聖德
以精至動天天意以肹蠁符聖其應集作甚速豈云玄遠
集作其應豈遠陛下孝聖集作敬之深勤恤所至靈心如答神道何
言自表休期以介景福生人大賴天下幸甚臣等忝居近

侍倍百恒情謹奉賀陳賀以聞

爲宰相賀平原郡鑄尊容鑪上有紫雲等瑞表玄宗　孫逖

臣等伏見平原郡奏去月七日鑄尊容鑪上有紫雲如蓋
高三尺餘鑄畢方散烟焰中又依稀有一老人鬚眉皓白
俯臨鑄上并繞鑪行道時聞空中傳億萬聲及鑄畢啓模
相好圓滿而有自然之金色者聖心通感至道炳靈洪鑪
未開殊祥累見蓋呈祥瑞相表異金光烈火之中式瞻仙
老無聲之地忽聽神言在前古而未聞不崇朝而荐至稠
疊之慶名言所難况肇自京師至于郡國真容所鑄靈應
必臻神妙無方用彰于聖壽生靈何幸永覩於昌期臣等

忝居近侍倍加欣慶無任抃躍之至謹奉表陳賀以聞

爲宰相賀開元觀鑄聖容慶雲見表 玄宗 前人

臣等伏見開元觀先請今月十八日鑄聖容昨夜先期普天降雨遲明展事萬里無雲及寫之際又有卿雲休氣氤氳扶日道俗咸覩移時不散伏以聖惟不測有感而必通天則無言觸類而成應陛下欽崇至道子育蒼生爰寫尊容將洪介福故得天地合氣神靈布和甘澤而達曙已晴彩雲而抱日呈瑞鎔範之際殊祥畢集寔表聖明之感更彰仁壽之期臣等忝在掖垣不勝大慶無任悅豫之至

爲宰相賀會昌山慶雲見表 玄宗 前人

臣某等言今日伏退後伏見會昌山上有五色雲見紅翠

稠疊光彩相鮮爛若藻繪積如山岳近依湯井俯俛宸居移時不散從臣咸覩伏以雲物變態眞仙所憑法駕纔上祥光已見豈惟天地合氣以表於和平固以神靈告休用彰於聖壽無任抃躍之至奉表稱賀以聞

爲宰相賀賽龍潭有瑞雪表 玄宗 前人

臣某言適內謁者監牛仙童至奉宣進旨先爲蒼生祈雨今日告賽不坐明日亦脩疑不坐者凉秋已來時雨未降陛下憂勤兆庶躬自祈禱甘澤溥洽又陳昭報親紆鳳輦俯詣龍堂御膳撤鮮齋宮致絜亦既累日方申大祭禮畢之後更祝龍潭纔發德音已臻丕應仙童云其時即有青紫雲自潭而起爛熠呈祥烟熅布和勢騰晴空光映秋水即知飛龍之德變化無方聖人之感深微莫測惟茲靈貺實謂殊常臣等特符恩榮倍增欣慶伏望宣示朝列兼付史官用垂明徵永昭盛德無任慶抃之至謹奉表陳賀以聞

爲宰相賀中岳合煉藥自成兼有瑞雲見表

臣某言臣等伏見道士孫太冲奏事奉進止令中使辥履信監臣於中岳嵩陽觀合煉其竈中着水置炭於竈側對三邦廻已經數月泥拭既密緘封并全即與縣官等對開門其炭並盡灰又別聚不動人力其藥已成物乃五色發端絡則太陽暉於鑪際又河南裴敦復所奏并奉勑令右闕李成式往驗並同者臣聞神變無方式昭於幽贊聖心

有感必驗於玄通陛下至德奉天精誠契道動無不應事若合符故得煉藥之所瑞雲先見用鑪不藝金液自成太陽降精宜假於人工飛廉扇炭諒關於神力殊祥特異曠古未聞靈跡旣彰用資於聖壽羣生何幸永覩於昌期況在微臣實倍常品無任抃躍之至謹奉表陳賀以聞

爲宰相賀太原府聖容樣至有慶雲見表 玄宗 前人

臣等伏見太原尹常濟奏今月四日紫極宮玉石聖容樣至北京其時有慶雲垂天自辰至巳輪囷紛郁萬姓咸觀者伏以靈物呈祥神仙效靈豈伊天地之和更是壽昌之慶況太原舊國王業所興聖容纔及於近郊卿靄已彰於合契氤氳五色變汾水之白雲隱映三清類函關之紫氣

上玄感通品物同歡况任微臣倍深慶悦無任抃躍之至

中書門下賀慶雲見表 代宗　常衮

臣某言伏見太史奏今月十三日降誕之辰有慶雲見自卯及巳五色相輝京城士庶無不覩覩者臣聞應天者聖降必有期從龍者雲感而成瑞伏惟寶應元聖文武皇帝陛下啓我昌運本乎大徽甲觀畫堂以書有慶赤光紫氣以表祥符每歲孟冬内朝舉禮萬國稱賀羣臣獻壽紛委靈貺總集良辰今者卿雲表祥史册十月良月遠膺盈數之期後天奉天近叶下元之曆從風蕭索抱日縈迴色涵流渚之虹影雜繞樞之電交映榮光曲成轉蓋萬物皆覩羣情共歡無疆之休未末禔福臣奉觴慶賀於萬斯年無任抃躍謹奉表陳賀以聞

中書門下賀太原紫雲見表　前人

臣等言伏見太原尹北都留守檢校工部尚書薛兼訓奏忻州七聖廟内尊容奉勑移太原府紫微宫安置昨正月二十九日啓告其時有紫雲見兼聞金奏之聲者臣聞廟貌嚴奉所以追孝天地明祭則必垂祥伏惟皇帝陛下全聖人之至德合神道之設教受天之命嚴龔奉先明發有懷載感于文武菲食致美必誠於宗廟序五位而周順刑四海而化光兹以聖靈在天緬幕增惕是有象設不忘哀矜永念興王之地如聞樂沛之言遠自方州遷于京邑克配上帝高居紫微當其撰吉之時爰有奏章之請百神紛委萬靈朝拜雲浮瑞色樂協薰風已合氣於潛龍更和響於翔鳳用彰莫大之孝以嗣無疆之曆雖周室之既受多祉漢朝之屢獲嘉應未有祖禰丕祐天人合符若斯之盛也臣無裨政事但慶鴻休不勝抃躍之至謹奉表陳賀以聞

爲皇太子賀甘露表 高宗　崔融

臣某言某至伏承某月日甘露降於金闕亭肅奉休徵不勝抃躍 中賀 臣聞五材並用天地合而凝津四序遞來陰陽和而灑潤望之成雪若墜崑崙之山嘗之則甘似降軒轅之國伏惟天皇部元氣平太階正圭表於都畿考銅欄於宮室薦河圖而升洛範日載 一作至 祥編過竹苑而憩芝臺

宵零瑞液爾其塗塗被物滴滴流膏承以玉杯凌漢宫而擅美獻之璦爵掩魏殿而稱珍可以致靈仙之寄可以延帝王之壽孝經援神契未足叙其和平春秋運斗樞不能議其清濁臣濫膺國本多慙人望仰宸遊而不及倍戀恒情聞帝澤而先驚慶深常位無任喜抃之至謹遣某官某奉表陳賀以聞

爲百官賀斷獄甘露降表 武后　前人

臣某等文武百官若干人言一昨伏見御史中丞吉頊稱某日承制推法司斷事惡逆者會赦不免謀反者會赦從流主上以爲輕重不當陷入人罪制曰君親無將將而必誅安有忠孝同極而流罪異貫若此者豈欽恤之意耶旋

命主司奏上沿革謹按貞觀律唯有十卷其捕亡斷獄兩卷乃是永徽二年長孫無忌等奏加果非庭堅所制百寮蒙朞一朝開鑿聖鑒玄通有如影響自發德音之後每夜觸處有甘露降者臣等中賀臣等聞刑罰者人之鞭策號令者國之舟車所以懲惡止姦輔政助化故軒轅之爲君也設法而天下安樂陶唐之爲帝也察令而天下昭明然則不令而誅不教而殺是虐人也法不勝姦刑不制罪是陷人也有以知懸之象魏布以都鄙是謂禁人爲非銘之鍾鼎鑄之金石是謂丕天之責爲人上者可不務乎君乃前主所是疏爲律後主所是疏爲令事有不合於古不務於時則弛而更張矯以歸正正朔三而改文質再而復王禮

不相襲帝樂不相沿夫何爲乎亦云適時而已惟天册金輪聖神皇帝陛下躬明哲之性秉淑聖之姿順風雨以發生乘雷電以震耀推功天地所以告成太室致孝祖考所以宗祀明堂陳寶鼎於帝庭正土圭於王邑能事畢訟聲興冤積之氣不彰刑殘之尸復育斷獄四百愈鑒寀於淳源科條三千尚劬勞於畫象日者有司奏牘議事不明大聖當樞因一作四人軫慮但臣之事主猶子之事親父子則身體髮膚君臣則股肱元首出忠入孝義在俱全履霜堅氷法無其罰曲禮垂教子處涔宮之條大傳立文臣從湝室之坐何以纔經赦宥頻隔刑書反逆首條而遂生惡逆未坐而猶死下上替覆顛倒衣裳遂使吏生滛巧人無常禁逆節所以時萌凶黨由其或在夫立殺止殺制刑息刑重其死然後生峻其法然後禁禮以齊君子刑以齊小人非惟聞義而輸忠固亦知教而遷善斵彫爲樸自然登至道之初墨幪赭衣何必獨上皇之代銓也法也念兹在兹昔者仲尼脩春秋亂臣賊子懼梁靖撰七序竊位素食慙况我大君財成上帝制作昭昭焉若日月之代明纍纍焉似星辰之錯行有典有則是彝是訓懷生幸生而有餘辜下瞻仰而不足蕭相國捃摭秦法寬天無階杜武庫參定漢章蹐地失措誠可以垂後誠可以達幽至人無心靈契昭於玄極昊天有命神物萃於休期巽風未行甘露頻降亦何止言善而星退躬禱而雲來夫其素液繁灑芳滋豐

溢叢駢六氣之英擬動二儀之粹匝園林而並潤溥郡邑而同霑漢宮無假於玉盃魏殿不勞於瓊爵臣等謹按甘露者美露也一名膏露一名天酒其凝如脂其甘如飴盖神靈之精仁瑞之澤稽命徵云稱謚正名則華竹受甘露孫氏圖云王者和氣茂則降於草木食之壽援神契云天子刑於四海德洞淪冥則甘露降鶡冠子曰聖人之德上及太清下及太寧中及萬靈則膏露下白武通云甘露之降則百物無不盛也陛下俯迴冲眷親定律文必也正名果符稽命是使孟堅持論談功德而未詳抱朴裁書稱太平而不盡上可以輔聖躬之壽下可以延庶物之和言之動天一至於是臣等庇廕昌運接景清朝常勉志於克家

每勤誠於報國恭聞大典伏覽殊臣知拱極之尊子識晞
陽之慶無任抃躍之至謹詣朝堂奉表稱賀以聞仍請宣
付所司頒告遐邇

賀萬年縣甘露表 代宗　前人

臣某言今日中使吳承清宣示臣萬年縣靖恭坊南街栁
樹上降甘露者臣聞玄元皇帝有言曰天地相合以降甘
露伏惟寶應元聖文武皇帝陛下事天明事地察所以受
三靈之景貺叶萬國之歡心其在陽不晞被葉增固且浓
且絜如脂如飴神明有以告祥蒼翠因而不改則顯元之
氣下浹於人軒轅之精不愛其寶裨太平之瑞呈上陌之
中況地即萬年時當子月不懲寒沍實表靈長禎荐臻符

壽域何遠以之興運在陶唐而則然特用紀元於大漢而
無愧伏望宣付史館永播休徵臣謬承雨露之恩愧無涓
滴之至

為百官賀舒州甘露表　崔元翰

臣某等言伏見舒州奏懷寧縣界天柱山東南谷寺降甘
露今月五日下尚書省者臣等謹按皇王已來圖牒所載
皆以為天地之合神靈之精感中和之茂育彰太清之至
理故鶡冠子曰聖人之德上及太清下及太寧中及萬靈
則甘露下禮曰天不愛其道地不愛其寶則甘露降伏惟
皇帝陛下玄化醇茂沐澤汪洋合覆幬持載之功配高明
博厚之德恩加羣物禮及百神可謂同符實如前載又據

舒州刺史宇文適所奏云天柱山者柱石之象也表山岳
之靈懷寧縣者寧謐之義也表懷柔之理伏以遠夷懷恩
輔臣納忠觀其所言信而有理臣等親聞聖政獲覩殊祥
無任

賀甘露表　武元衡

臣某言伏奉今月九日聖恩以元和殿前所降甘露宣示
百寮者伏聞聖德至而和風應元氣滋而靈液降不有上
瑞曷彰盛時況甘惟旨味露則仁澤豈無外野故呈祥于
禁中不於別殿特表慶於元和光凝棲鳳之林氣浥傳香
之樹將使五靈集祉奕葉流芳伏惟陛下先天奉時王道
立極不言而風雨咸若無為而禎祥荐至故得蒸雲降液

覩陽不晞如脂如飴珠連星綴可以彰聖感可以保豐年
漢致金盤魏稱瓊爵方茲寡睨固有慙德臣遇斯鴻造幸
偶昌期希代稱符微生畢覩載欣載賀徒竭犬馬之誠舞
之詠之共樂華胥之俗無任

中書門下賀元和殿甘露降表 德宗　權德輿

臣某等言中使某乙至奉宣進止示臣等元和殿今日甘
露降於梧桐丁香樹者謹按孝經援神契曰王者德至天
則甘露降孫氏瑞應圖曰王者和氣茂則降於草木伏惟
陛下聖德感通殊祥允集當長嬴之月下順人心降穆清
之中上昭天意太和陰隲靈液潛滋屑玉綴珠溥圃集作枝
泫葉質同雪白味若飴甘灑珍木以相鮮激繁香而合發

雖軒丘頒瑞漢史紀年徒習前聞豈如目覩此皆至誠旁及（集作協氣旁達）天休合符凡在懷生不勝大慶臣等謬居樞要倍萬歡誠無任欣抃踴躍之至謹奉表陳賀以聞（貞元十八年五月十八日）

文苑英華卷第五百六十二　終

文苑英華卷第五百六十三

賀祥瑞三

賀連理樹表　闾丘均

臣聞靈氣所生恒起於無形祥跡所憑名屬於聖日雖微
物之成象固王者之明徵臣所部官園中有李樹質茂宗
生異標恒類交枝兩出共理三連緑葉密而泛烟白花糅
而似雪槪於即事此句疑知者稱瑞當今星精下流天意玄
奇徃嘉一作圖誰載休徵莫儔昔上林樹生中興劉氏推神
議物我則居多臣謬齒勞疑章慙名首甯欣逢偶數竊躍
昌期

皇太子賀瑞木表高宗　崔融

臣某言臣聞惟德動天無遠而不格惟神感物有來而必
應伏惟天皇提乾象運斗柄載黃屋而臨太階正紫宮而

開列室伏見某官奏稱石門玄谷内玉山宫側秋水一作暴長
漂木三萬餘根林衡悚迫匠人驚視仙桂來於月中靈查
下於天上昔開陽門之肇建飛柱潛移太極殿之初營浮
梁遠至論其壯觀循尺燼之窺尋本喻以皇家若牛渚之
望鼇海方見凌雲之構匪日而成負黼扆而朝百神垂衣
裳而會萬國盛矣美矣輪焉奐焉臣德謝元良濫膺儲貳
寢門來謁常取候於鳴鷄大厦既成竊自歡於賀雀不任
鳧藻之至謹遣某官某奉表稱賀

爲納言姚璹等賀瑞桃表　李嶠

臣某等言伏見内出靈桃四實共同一蒂禁園方果仙庭
奇樹名珍杏柰族茂櫻胡鮮花發於上春嘉實成於早夏
四而爲一表四夷之一君異而爲同明異才之同貫漢宫
晉核曾所未窺衛國報瓊何能竊似殊祥靈應疊貺駢臻
凡在見聞孰不歡躍臣等謬當樞近累覩休符喜抃之情
實萬恒品無任欣慶之至謹奉表陳賀以聞

爲宰相賀連理木表　常袞

臣言今月二十六日得太清宫道士陳岳等狀稱聖祖殿
院東廊九靈門北有柰樹連理異枝還合者臣按漢武元
符元年得奇木枝旁出輒後數日越地及匈奴率衆來降
者中興書云王者德澤純洽八方大同則木連理伏惟皇
帝陛下體元以臨寶位法道以御太和孝通神明故祖宗
禔福德合天地則草木呈祥至孝所感生靈遂性湛恩既

溥異類懷仁大告休期累彰嘉瑞况我祖太清别殿奇樹
効珍連理雙莖混成一體其同本也所以煩於衆枝其附
内也所以屢於無外必有削柢之類亦表其強幹之休天
下一家本支百代稽於圖傳可以明徵聖敬所臨神心允
答不然豈獨秀不遷之廟增華太素之宫曲折合符精靈
相會耿光丕顯高映古今臣媿無黃老之術謬賛清虚之
化獲奉休典喜萬恒情望請宣付史官編之簡冊無任欣
抃之至謹奉表陳賀以聞臣某誠歡誠慶頓首頓首

爲宰相賀李樹凌冬結實表　孫逖

臣等伏見劉麟奏南郡李樹凌冬結實并圖及李實者惟
此珍樹名應皇族玄元所指用興長發之祥明靈是憑故

表非常之瑞已經夏冬實更發冬榮霜雪而翠葉不凋斯須而朱實皆就仁及草木既叶太平之期道貴生成仍呈久視之應恭惟聖感詎可名言所以彰寶祚之靈長表天枝之碩茂遂踰海嶠來薦闕庭豈三秀之足稱何兩岐之敢喩殊祥荐至品物同歡況在臣等寧勝抃躍無任欣慶之至謹奉表陳賀以聞

中書門下賀許州連理棠樹表 德宗　權德輿

臣某等言今月中使某乙至奉宣進止示臣等許州觀察使上官說所奏許州長社縣嘉禾鄉合穗村連理棠樹一株者謹按孝經援神契曰王者德及草木則木連理伏惟陛下聖澤玄功浹洽生類故天休滋至地產交感亭育變

化發爲百祥珍木敷榮異根合幹表茲植物以瑞康時況嘉禾名地已同唐叔之獻甘棠挺秀寧比郡南之什芬芳連理遐邇叶心叢滋慶祉昭煥圖籍臣等謬忝鼎飪喜萬恒情無任欣抃踴躍之至謹奉表陳賀以聞 貞元八年四月一日

皇太子賀芝草表 高宗　崔融

臣某言伏承某月日芝草生於乾元殿瑞命天來符祥日至煌煌三秀分莖一作藂井而攢柯曄曄九光間梅梁而吐葉晉都宮闕何必靈芝之臺洛邑山川居然容芝之地中賀伏惟天皇天臨海內帝有城中燕漢制而宅兩京用堯心而加百姓神精下降洽至道於丘陵靈液旁霑被深仁於草木覩其如蓋如閣一作爲蓋爲閣如日如星得五方之氣象合四時之景色仙人在上則車馬疑飛神龍居下則風雲不去謂蓬瀛之海列一作到即崑閬之山開魏皇之雙幹莫儔漢帝之九莖爲劣可以薦郊廟可以觴公卿臣謬踐儲闈祗膺守國不獲親承左右目覽休徵雖玉膣逆疑作延齡在神仙而可致而方刀疑作圭入膳桃朝夕而猶賒是用心馳仁壽之前慶集肅成之下無任抃躍之至謹遣某官某奉表稱賀

皇太子賀天后芝草表　前人

臣某言臣聞德合天地仁之所及也深道貫神明孝之所寘也極故有玄功肸蠁靈命氤氳瑶光發辰象之精金色吐陰陽之秀伏惟天后化含萬物訓正六宮天下被塗山

之音海內仰河洲之教今月某日使某至伏承芝草生於東都太原寺舍利塔屋下芝英繞殿驚疑王母之臺芝草成田聊比宓妃之館其帶紫其莖白霑霈雨露之津搖動風雲之氣斜臨綱樹分貝葉而重開近對瑜池接蓮花而倒下豈與夫生于石室空傳好道之言產自珠宮徒事不經之說可同年而語哉臣濫承天祚多慙國本始欽玄澗之祥更喜黃雲之地頌聲無輟在郊廟而方傳御膳有憑俯神仙而何遠臣子之慶倍百恒情無任欣忭之至

爲宰相賀合鍊院產芝草表　孫逖

臣等伏見道士黃河清等奏興慶宮合鍊院內產芝草五色分輝六莖神冊入鍊而轉精禎祥應期以如答覩

茲嘉瑞望宣付史官者伏以靈芝之所致和氣之精著美仙經標名瑞典陛下深仁契道至德通神鍊液飛丹既啓長年之餌敷華有葉遽呈三秀之祥五色有類於卿雲六莖且符於帝樂豈唯動植昭感以表於休徵固亦真仙叶應用彰於聖壽臣等忝侍軒陛倍深慶悅無任抃躍之至謹奉表陳賀以聞

代百官賀芝草表　獨孤及

臣某等言伏見開府儀同三司魚朝恩奏含暉院及白華亭院內並芝草生者臣等謹按圖諜（集作謹披圖按諜）竊考前典（集作志）蓋王者以道蒞天下而德及庶物則有靈木神草（集作神木靈草）儲祉（集作祥）效異陛下寶聖恭儉慈仁愛人開闡學校

尊教勸德將以五經根本庶政風化所浹神人以和和氣旁達感蒸爲瑞（集作和氣傍感蒸而爲瑞）不然豈靈芝菌蠢異處同植不產他宇必於宸居曄曄九葩之蓋煌煌三秀之質蓋表陛下之欽明光宅以人文成化靈根碩茂萬葉無疆神應炳然天意如荅臣等獲忝朝列幸覩禎祥云云

中書門下賀芝草嘉禾表　常袞

臣等言伏見兵部尚書中書門下平事李抱玉進芝草嘉禾者臣聞王者道洽則靈芝生天下和一則嘉禾應伏惟陛下誕膺景命憂濟生靈合太上之德感元精之氣天地氤氳神明滋液降此珍物叶於昌期垂蓋連莖三華煥發離根合穎一穗孤秀㳚我渥澤翕其祥風衆草之英百穀之長以兆稔歲以符太平昔周得唐郊之獻列篇於典策漢獲甘泉之祉薦歌於清廟三瑞之極一朝會同長發其祥無疆之慶臣等謬參近侍幸覩休祥喜抃之情倍萬恒品無任歡抃之至

中書門下賀芝草表　前人

臣某言今日中使吳承（求作）清至宣示宋汴節度使御史大夫田神功所獻芝草一株紫蓋黃莖叢生者天生神物王者嘉瑞奇秀之狀靈篇未書伏惟陛下孝通神明德至草木和氣所感禎祥屢彰煌煌靈芝之郡國來獻垂以金蓋發其瓊葩爛然紫雲之色灼然紅蕖之秀于德斯應皇家永昌固可寫狀圖諜薦于郊廟祇奉天意贊揚鴻休臣等

獲覩殊祥喜倍恒品無任慶抃之至

皇太子賀嘉麥表　崔融

臣某言伏見雍州司馬徐慶稱所部有嘉麥一莖六穗纖芒濯露擬因黑壤之宜香稼搖風若吐黃金之色豈非靈心昭應睿德感通降之自天何必來麰之詠嘗之于廟先符孟夏之時凡在含生相趨動色臣謬當居守肅奉宗祧一穗兩岐徒說張君之詠十畝千石方輕范氏之書仰天意而增歡顧人心而載躍無任喜抃之至謹附起居使某官某奉表陳賀以聞

中書門下賀恒華州嘉禾合穗表（德宗）　權德輿

臣等某言伏見武俊所奏恒州鼓城縣生嘉禾一本合穗

文盧徵奏華州鄭縣太平鄉三交里獲嘉禾一穗者謹按孫氏瑞應圖曰嘉禾者五穀之長長者德茂則生伏惟陛下德叶玄功仁育生類同頴擢秀殊秆並時昔周道既昌唐叔以獻表天下和平之兆爲陰陽訢合之符五穀發成百嘉儲祉發於厚載集是休徵況徵鎮之方表章繼至感通昭晰莫甚於斯臣等忝列台司喜倍恒品無任欣抃踴躍之至謹奉表陳賀以聞臣某等誠歡誠喜頓首頓首謹言

貞元十五年九月七日

賀嘉禾表　張仲素

臣某等言今月某日伏見平盧淄青等州節度使鄆州大都督府東平縣官莊地內有禾異壠雙本合成一穗盡圖奏進傳示百僚者臣等中賀謹按瑞應圖曰王者德茂而太平君臣和則嘉禾朱草以中萌言不得中和之氣即不生也伏惟陛下鼓和風茂休德泰階平於上下大中建於人臣神明是若徵兆必報通彼殊壠揔其雙莖滋大澤以冥造成嘉穗而爲和合爲一彰至化之會同堅而好表資生之豐實推物類以得天意觀繪事而擬靈篇凡在班行咸同慶幸不勝云云

爲百官賀千葉瑞蓮表　武后　崔融

臣某等文武官若干人言伏奉恩旨垂示臣等千葉瑞蓮觀其綠裏紅葩緗跗素蕊含露擢珠點霞圻金鬚百星交映羽蓋張而一色萬目齊明車輪合而千狀謂翔鸞之欲舞若群鵠之並飛峯形聳而半天石勢蹲而臨海沖氣積其下惠風流其上服之可以登仙採之可以駐壽雖復釋梵天王之國千影離婁菩薩天子之地雙輝燦爛校之今日未可同年臣等謹按華嚴經云蓮花世界是盧舍那佛成道之國一蓮花有百億國無量清淨經云無量清淨佛七寶池中生蓮花上夫蓮花者出塵離染清淨無瑕有以見如來之心有以祭如來之法道之行也曾不徒然伏惟天冊寶金輪聖神皇帝現此妙身當茲巨瑞符契冥合影響不差有百億國無量清淨者天意若曰護蘇蟻結點竪蜂飛聞鼓鞞而革面望旌旗而懸首指麾而邊境獲安高枕而中國無事風行電埽納噍類於百億之區霧廓塵銷反遊魂於清淨之域深仁所及不亦弘哉臣等濫奉朝恩親披瑞諜非常之貺曠古未聞殊特之珍歷代一見手舞足蹈倍百常情無任慶躍之至謹詣朝堂奉表陳賀以聞

中書門下賀神龍寺渠中瑞蓮表　德宗　權德輿

臣某等言今日中使某至奉宣進止示臣等神龍寺殿前渠中瑞蓮花圖其花一莖兩房者伏惟陛下仁聖感通弘被生植宥萬方之暇必順天心於九重之中別開佛剎綱罽降祉菡萏敷榮瑞茲灼灼之花迥出田田之葉吉祥殿外芳集作芬馥殊常功德池中光華交映扶疎發越並秀相鮮玄功嘉應超冠圖諜彼芝之稱三秀麥有兩岐雖驗休祥豈階妙法觀雙房之挺茂若一雨之均霑陰騭生成發輝

嚴淨臣等忝居樞近倍萬歡心無任欣忭悦懌之至謹奉表陳賀以聞貞元十八年六月十八日

賀西内嘉蓮表德宗　柳宗元

臣某言今日某時中使某至奉宣聖旨出西内神龍寺前水渠内合歡蓮花圖一軸示百寮神圖煥開異彩交映賛天地之合德表神人以同歡臣某誠歡誠慶頓首頓首伏惟皇帝陛下道協重華慶傳種德陶陰陽之粹美孕造化之精英吉慶每見於天心發祥必自於禁掖是使雙華擢秀連蔕垂芳香激大王之風影耀集作輝天泉之水煥開宫沼旁映給園靈既應期天龍護聖寶曆𤨏超於小刧神功允洽集作協於大千臣某獲覩昇平濫居榮寵聞瑞應而稱

慶仰繪事以增歡無任抃蹈喜躍之至

賀西内嘉蓮表　張仲素

臣某言臣伏見今月九日中書門下宣示百官西内池中嘉蓮圖其蓮一本兩花者臣聞明聖有作天人合應既彰花本必降祥符即事而推昭昭可見伏惟陛下儲精要道凝濟群方致理大同循懼不至所以恢弘聖敎資福生靈玄造感通嘉瑞屢降況兹菡萏儒釋同稱經文但喻乎淤泥詩人特歌於波澤豈比夫躍銅池傳芳冊禁濯影清流特聳孤莖以表清凈之源一致對敷雙萼是明内外之教齊興天雖不言假物明意臣仰披圖諜逖覽古先豈無禎祥莫此昭著望雲就日徒深抃躍之誠舞德歌功何報恩私之重無任抃賀慶躍之至云云

爲百寮賀瑞笋表　李嶠

臣某等言伏見舊明堂基前有叢竹抽新笋數莖緑籜含霜紫苞承雪凌九冬而擢穎冐重陰而發翠伏惟陛下仁兼動植化感靈祗故得萌動惟新象珍臺之更始貞堅效質符聖壽之無疆隣帝座而虛心當歲寒而抱節一人有慶萬類呈祥凡在見聞孰不欣躍無任慶抃之至謹奉表稱賀以聞

爲朝官及岳牧賀慈竹再生表　陳子昂

臣某等言臣等聞書曰天視自我人視天聽自我人聽故堯臣方命降震怒之災姬旦聖人集作聖尊仁姬受昭事之福先

王所以恭畏上下祇奉天心於是有昭德塞違懲惡勸善所以明枉直正典刑伏奉恩勑宣示司農卿宗正集作晋卿所奏日者王德壽等承使失旨寃濫無辜災感蝗蟲毒痛慈竹寧歲爲之鐵鑪旷庶以之流離寃魂宜呻玄感上惻乃降明制發德音恤淫刑蠲雪典於是幽魂雪憤遺噍昭蘇枯竹由其再生蝗蟲爲之隕跡集作謚青𧎋蠻動色瘴癘収氛當夭札之凶年致昇平之稔歲非大聖靈昭感天人合符何吉凶之徵報同影響天下幸甚臣等聞聖人法天所以順物小人違道則必亂常故虞稱欽明嚴四凶之罪魯有仁義正兩觀之誅所以邦家用昌苛慝不作王某等色厲内荏心僻行堅弄措刑之文爲商鞅之法以訟受賦同

惡自尤竟招殛竄之辜允釐政刑之序今者蒼鷹歛翼乳虎含牙朝廷無腹誹之憂天下有措手之頌信可以懲殘創酷誘善旌寃求清侮弄之階共登仁壽之域臣等謬賛臺閣忝守藩維實思仰奉大猷以穆中典幸屬至聖崇德小人勿用凡在庶品實百恒歡雖成康頌聲文景默化形清政肅曾何足云伏乞書之國䌫頒示天下使四方風動萬國歸仁垂範後昆以爲㶿誠無任慶抃之至

賀連理棠樹合歡瓜白兔表　武元衡

臣某言臣聞至德有感嘉瑞必呈非汪洋霧霈不能動神靈非葳蕤合還無以彰明盛伏惟陛下登建皇極二紀于茲情無忘于一日德彌新於萬載懷徠互側優容真諒至

仁所漸潜銷于毒螫大賚所及無間于忽荒故得禎祥荐臻策簡填委迨于今日不可勝書此實上天所以丁寧佚發封告成也今又見許州長社縣劉斌地内連理棠樹圖徐州彭城縣陽守志園中合歡瓜圖又進白兔并圖等伏以非常符於國號連理表於邑中瓜瓞頌於詩人合歡守於園内兔居卯位白順金色金者取象於武臣白者明資於義邑足表巍巍宗社長慶於大同赫赫天枝永崇於皇度俾秉旄節必効精誠懸象告人焯乎明著竊覽前志歷考休徵積數千載之祥無茲一歲之盛臣忝私恩覩所未聞抃舞之誠倍百恒品無任云云

文苑英華卷第五百六十三

文苑英華卷第五百六十四

賀祥瑞四

爲朝臣賀涼州瑞石表一首
代皇太子賀石龜負圖表一首
爲納言姚璹等賀瑞石龜表一首
爲納言姚璹等賀瑞石表一首
百寮賀瑞石表一首
賀天尊瑞石及雨表一首
爲宰臣賀武威石化爲麪表一首
爲涇州李使君賀慶山表一首
爲許智仁奏懷州黃河清表一首

賀秦州河清表一首
中書門下賀滑州黃河清表一首
賀河清表一首
中書門下賀醴泉表一首
賀櫟陽醴泉表一首

爲朝臣賀涼州瑞石表　太宗　上官儀　貞觀十七年

臣元嘉等言臣聞太陽含字天之命也德水呈文地之符也是知光膺寶曆非幽賛無以享鴻名對越兩儀非神物何以昌丕緒故有玄龜負卦犧表軒功朱烏啣書兆彰姬籙非聖人之撫運孰能與於此乎伏惟皇帝陛下慶謚上元與天皇而合德祥凝太始體耀魄以齊明作周錫胤王

業木於水翼生商降祉寶祚基於玉筐然後樞電効神皇虹授彩彤雲濬景標映龍顏瑞火流光呈蔡烏跡由是凝圖作極握紀中天化洽九垓恩錦(疑作綿)八表功成戢武散騑服於桃園業定弘文覃正朔於昌海輯五玉而彰禮備陳萬舞而表樂成至德至仁垂拱巖廊之上乃聖乃神遠算廟堂之下憲文王而授立招天獎於夢齡象漢帝以登賢選仁明於刻 國重曜而臨照家萬宇而永貞是以淹歲允陽離輝昇而玄澤降春疇穿鬭震方建而年稼登受冊之辰隨輕輪而翊佳氣夏紘之月接飛蓋而吐芝英郡國陳孝德之符煙浮(一作霏)霧集縣道奏明靈之貺電擊雷奔豈與夫日至月書可同年而語矣伏見凉州都督李襲

譽表奏昌松瑞石合百一十字文曰高皇海出多子李乂(唐書五行志作元)王八千(唐書作十)年太平天子李世民王(唐書無王字)千年太子李治書燕山人(唐書有士字)樂太國主尚汪譯(唐書作汪譯)獎文仁邁千古大王五王六王七王十王(唐書無王字)鳳尾書(唐書作毛)才子七佛八菩薩及上果佛田天子武文(唐書作文武)貞觀昌大聖延四方上下萬治忠孝為善(八字唐書作上不治示孝仙戈八為善)其文不次者略而不載勑遣禮部郎中栁逞馳驛檢覆並同所奏皆素文玉潔若瓊樹之華滋玄質碧鮮擬翠微之遠色雖復霞標冠岳蟬鏤誅(疑)於介丘海鏡浮山昭列名於稽岳方茲秀麗曾何足云 臣等歷選皇猶稽河圖於東亭詳觀帝籙披冊府於西崑嫋嬈以前不可得而知矣羲農以降乃考載而言焉若乃馬遞堯壇鳳御虞冊驎遊吐字頡涉劉邦葉靈為文纔稱病已玄石降徵於典午赤伏錫命於炎精皆琴鼎如神徵文見意或傍通以取證或索隱以求端猶且動色當年光華囊志矧茲天冊顯發靈瑞頌聖德之欽明通史筆之揚堯典述國祚之悠永倍龜策之卜周年追美先朝衍軒丘之德姓式昭儲后邁釣臺之有光豈非天鑒孔明聖猶大者祥彌著靈心至察德加厚者祚逾長是用越契超繩光前振古績無與二慶溢登千

臣等自省微生幸露鴻造荷重光之煦育覩三才之宅心雀躍無以表其誠鳧趨不足勝其喜 臣無任忭豫之至

代皇太子賀石龜負圖表(高宗)　崔融

臣某言 臣聞虞舜五帝也夏禹三王也應曆數則星昴告期度水上則河精授象故知至誠上感無往而不通神道曲成有來而先見伏惟天皇運斗極平太階湔德澤於海河散皇明於日月煙雲郁郁鳥獸蹌蹌百寶用而銀甕滿五穀豐而卅甗出化之遠及陰陽不測之謂神德之廣被天地無名之曰道嵩高維嶽洛陽下都此焉符理之所古則仙靈之地伏見洛州牧相王所奏嵩山下頂封禪壇側掘得石龜負圖篆文一百六十字者 臣亟聞其言矣昔者黃轅東省河獻龍書蒼頡南巡洛呈龜字古猶今也其若茲乎夫惟氣挾風霜文含星象玉經山上匪藉傍求銀冊池中居然暗發頌國祚之長久孕育於萬八千年歌卜筮

之叶從牢籠於六十四卦况復高臨秦室近控洛壇佇降
王者之封常有君來之望由是神工不召若鑄金鏤之名
天意潜彰似刻銀繩之篆豈與玉龜在泰山之上莫覩其
祥石龜出吳江之右空傳其跡可同年而語哉臣才謝元
良忝當儲貳三靈睠命預聞東序之圖萬國心歡願奉南
山之壽無任悦豫之至謹遣某官奉表稱慶以聞臣某誠
歡誠喜云云

爲納言姚璹等賀瑞石龜表 武后 李嶠

臣某言伏見衛州所進瑞石形似龜頂上有文曰大周并
有乾坤卦字左邊有王武九千字又有水火金木土字各
依其方北邊兼有井字臣等詳觀靈字伏覩奇文事實非

常理同神仙疑首列大周文之疑作字表元首之尊左有王
武之名明左契之執合乾坤之兩卦分金木之五行五行
展轉而不窮兩卦周流而無極井以養物而知渥泥疑作澤
之下單石以補天乃顯貞堅而上列將以九千之寶祚嗣
七百之鴻基兆發靈心事符嘉運况復名爲玄武叶國姓
而呈休出自炎方迎嚮明而發祉神祇之命受託於四靈
感應之符實超於千載臣等叨延恩奬屢覩覯一作嘉祥喜
抃之情實百常品無任慶躍之至謹奉表陳賀以聞謹言

爲納言姚璹等賀瑞石表 前人

臣某等言伏見瑞石有文曰武帝李彰好生臨國永保吉
昌伏惟陛下受命旻穹降靈宗祏複棟重簷之禮嚴配昭
升五刑九辟之科平反宥恤故能使三精孚德七廟垂祥
頻降靈符屢彰潜祉好生臨國寔開琬琰之文永保吉昌
顯示貞堅之籙降萬代之遐算曠千齡而不聞臣等叨沐
恩私謬當樞近親覩休實相趨抃躍無任嘉慶之至謹奉
表稱賀以聞仍請出示百寮并録付史館

百寮賀瑞石表 武后 前人 垂拱四年

臣某等言臣聞高明博臨無遠不應正直潜感雖幽必通
伏惟皇太后陛下慶發曾沙業隆大寶以至明當宗社之
寄以至聖合乾坤之德荷三葉之休光承五形之曆紀平
秩庶政大亨羣物冠帶遐荒之域天福日臨閭閻富壽之
氓禮變樂和液露霑洽休徵昭顯用能上披乾象下發坤

珍吐川之靈秘開神之韞匱伏見雍州永安縣人唐同泰
於洛水中得瑞石一枚上有紫脉成文曰聖母臨人永昌
帝業八字臣等抃窺靈迹駭矚珍圖俯仰殊觀相趨動色
竊惟聖德奉天迺爲先後神道助教相因發明陛下對越
昭升欽若扶揖允塞人祇之望寔當天地之心所以幽賛
嘉兆傍通景貺且人稱同泰縣實永安姓氏將國號玄符
土地與后文明應表叢潜會樞機冥發明宴坐之逾昌驗
皇基之永泰則自然之無朕不測之謂神非夫道格昊蒼
德充幽顯豈能發何言之徵旨臻不召之靈物考皇圖於
金冊搜瑞典於瑤編則有蟲篆成文魚鱗吐匣冊書集於
昌户緑錯薦於堯壇或詞隱密微或氣藏讖緯莫究天人

之際窣甄神祕之心未有昭聖䰟靈發祥貭祉明白顯著燭曜暉光若斯之盛者也且夫導洛疏津卜瀍經宇是開帝王之宅實謂龜書之泉伯禹以致孝鬼神九疇天錫陛下以虔恭顧託八象靈開超萬祀而同存歷百百疑而罕逮况乎陰陽景測朝市天臨號令施於四海機衡動於萬國靈心叶贊景業會昌薦希代之鴻寶獲非常之嘉應固可以明禋太寶禮秩介丘副神宗之延睠答上玄之蕃祉臣等遇偶休明榮參彝物千年旦暮邀逢累聖之期百辟歌謳喜屬三靈之慶無任鳧藻踴躍之至謹表詣闕陳賀以聞

賀天尊瑞后及雨表

臣聞大悲揑契汲引之數盈千玄聖垂機感現之瑞不一隨緣應俗或作儒童降跡通凡常爲長者然則前佛皆同一字可通道疑作非道理兩名至矣哉不可得而稱也伏惟天冊金輪聖神皇帝陛下功成塵刼跡御金輪萬姓樂推百靈欣戴如來備記昔避天女之宮菩薩降生遂坐人王之國臣等一昨伏見四疑岳雲臺觀道士奏稱御像瑞后大妙至極天尊一鋪創造聖容未施五色宿昔之頃晝續自然不加之分宛同神化七十二相合而成體八十一好散而成章披絳雲之室闢明霞之館千乘億騎浮空而下九仙五老步虛而來羽抱錦帔風擢雲起龍文而鳳章日縣而月綴威儀而晬侍衞無聲坐疑龍漢之遊何必仙山

之會自非陰陽不測變化無方憑法匠之威靈假神功之動用其孰能與於此中賀臣等又聞先天後天聖德合於無象欲雨而雨玄契通於不言日者王室屋一作屆聞炎方在候陛下乘朱幹駕赤騮歷太陽之中道居明堂之左个百神受職萬國來朝既配帝而嚴禋亦統天而布政是時也慈雲結慶甘露流香微風蕭然纖塵不起凡百在宥動色相歡咸以爲天者萬人之本物有不霑於澤者則仰皇天而望之有不覃於惠者則籲告而請之更祈洪澍輙聞流潦俄而油雲族晩覆雙闕而朝隮膏雨及私浹三川而校疑下郊原吐潤呈彙霑蘇麥壟纖莖巴濯㴩歧之秀黍田香粒方滋合穎之苗凡在群生不勝幸甚然後知御雲臺

而占縣幸洛陽而録因蓋其恥少曾何髣髴臣等幸忝簪笏預睹珍符惟德洞冥即叶元皇之化惟靈薦福長延梵帝之尊抃蹈之情倍百恒品無任鳧藻之至

爲宰相賀武威郡石化爲麪表　玄宗天寶三載　孫逖

臣等伏見王倕奏武威郡番禾縣嘉瑞鄉天寶山周回五六里后化爲麪在近村閭及諸郡部落自今載正月以來取食甘美益人又按圖經貞觀九年鳳凰集於此故名嘉瑞鄉其天寶山在此鄉界伏以神道設教變化無方聖人爲心感通必應陛下仁霑動植澤及生靈故得地不藏瑶后變爲麪既資人食又濟邊廩成熟自因於道氣艱難不待於農功豈麰麰之足方何雨粟之能喻况山符聖號用

彰於萬壽鄉表瑞石允迪於前烈殊祥叶應景福攸臻臣等忝侍軒墀倍深慶忭無任抃懼之至謹奉表陳賀以聞

為涇州李使君賀慶山表（武后）　崔融（垂拱二年）

臣某等言某日奉某月詔書新豐縣有慶山出曲赦縣囚徒改新豐為慶山縣賜天下輔三日凡在含生孰不慶幸（中賀）徵臣詳覽海記博訪山經方丈蓬萊之人（疑作跡）所窆到營（作增）城玄圃道家之妄說伏惟皇太后陛下應天順人正位凝命中外咸一陰陽以和嘉木四方而平春露草三旬而候月冲恩浹洽嘉貺駢闐當雍州之福地在漢都之新邑聖渚潛開神峯欻見政平而湧自蕩於雲日德茂而生非乘於風雨游龍蜿蜿疑呈八卦之圖鳴鳳喈喈似發

五音之奏仙鼇曳爾羨稼抽芒一人有合於天心百姓不知其帝力方驗鎮星垂象山萌輔地之徵太歲加年水兆載坤之應天人交際影響合符雷雨既作喜氣冲於二象鍾石以陳歡心動於萬物臣幸忝簪帶濫守藩隅不獲馳蒼闕而拜手望紫庭而繼足殊祥踵至寶筭無疆厚賚傍霑群生（一有之字非）幸甚不任悚踊之至謹遣某官奉表以聞

為許智仁奏懷州黃河清表（太宗）　前人

臣智仁言臣聞德水清濟詩人以之興頌濁流澄鏡大聖於是登期伏惟皇帝陛下道叶二儀功超萬古上玄降祉變孟津於淥波厚載呈祥發榮光於翠嶮臣以去月得河內縣申云自太平村已下三十餘里河水變清各遂淺深

冷然徹底鱗介之族無所藏形（一作萋藏）謹自依極（疑此句）息同其狀又嵩高維岳形人清流少室奇峯忝差具寫謹按易坤靈圖曰聖人受命瑞見於河伏見涼州玄石式昭靈命臣部黃河應時清徹天禎地貺既符易象之文聖祚河清暗合靈圖之義古人歎其難候臣今乃得親覩身體太平之風目擊會昌之瑞無任忭豫之至（唐書五行志涼州玄石在十七年懷州河清乃十六年當考）

賀秦州河清表（太宗）　同前

臣聞崇高不極之謂天廣博無涯之謂地若乃參天地之玄化代覆育之神功者其在聖人乎故能俯同五情恩浸八紘允膺千載仁霑萬代明靈之貺自我所招幽顯合符

斯其效矣伏惟皇帝陛下家六合馭三光推明允之一心置於天下之腹用徇齊之四日招於萬物之情蜻蟲孵卵之所安猶懷夕惕輿頌蒭蕘之誓說尚迥天聰其所愛育者多矣而況於公侯卿士乎至若削平宇宙混一華夷乃武也致（疑）教會昌樂新禮創乃文也移巖廊以凝蹕調風雨於絕根（疑）乃聖也運埏埴以裁成動陰陽而不測乃神也體茲四聚侔彼兩儀神物之來蓋惟常理伏見秦州刺史表今月某黃河水復清深淺澄映百有餘里清自龍門之下驗登期以御天波及萬春之甲表無疆以穪壽臣聞道之所格者弘則靈之所感者大德之所包者厚（疑）則地之所應者深是以

千祀登期自古歎其難遇一歲之内祚聖人而再清求諸典墳竟無倫匹在於明世絶後光前宜其上答靈心升中告禪金聲（一作集來）玉振合百神於介丘玉輅未輪副萬國之翹首則普天幸甚何其樂歟臣等越自下才欣逢上德致百王之不致聞億載之未聞舞蹈之深實百恒品

中書門下賀滑州黃河清表（德宗）　權德輿

臣某等言今日内侍朱希顏奉宣進止示臣鄭滑觀察使姚南仲所奏今月一日至六日白馬縣界三十里黃河清者伏以道（集作導）自積石出於崑崙乃建靈源之封特視上公之禮克符昌運必降殊祥伏惟陛下聖澤感通休徵（集作貞）疊委惟此濁質化爲清瀾國典所書是稱太瑞詩曰俟

河之清人壽幾何歎其不可得而見也今則白馬之津三十里所澄澈如練淪漪成文一邦幼艾共觀嘉應乃寓經界式彰未寧昔秦號水德徒推厭勝漢紀河平苟安決溢神功幽贊獨表清時足以薦諸宗廟書之史策臣等忝（集作謬）登樞近獲奉休明無任欣抃踴躍之至謹奉表陳賀以聞臣某等誠歡誠抃頓首謹言（貞元十四年五月十五日）

賀黃河清表（憲宗）

臣某言臣得進奏官狀伏承河陽奏汜水西界從洛口黃河清一百六十里又橫海軍奏界内河清澄徹分明者臣聞聖人在上天下和平風雨時若則海波不蕩黃河清夫土所以載水水所以利物天意鍾土德之道（集作）開水瑞之

華符我上聖祥於下土（中賀）伏惟睿聖文武皇帝陛下蹈十聖之原軌陳一王之大法垂衣裳以朝萬國舞干羽而來四夷平泰階於天纏偃師節於靈臺故得濁波渾渾千載一清長瀾浩浩百里如鏡氣新天宇光澈地脉仰分萬象之法中涵千聖之德初澄海裔表陛下橫恩波於海上再清洛口助陛下鋪文明於土中二十八日兆陛下告成之日也百六十里期陛下得聖之數也臣謬承分閫之寄叨榮持節之權生當海宴之年幸識河清之日未奉明詔不敢擅離軍府詣闕隨公卿蹈舞明庭下情無任西望踴躍之至

中書門下賀醴泉表（代宗）　常袞（大曆二年）

臣等伏以西京櫟陽縣有泉水於平地湧出絜誠飲者錮疾咸瘥稽之圖牒是曰醴泉臣聞和氣上感湛恩下浹則有休徵以彰至化近在兩畿之地特啓荚泉之瑞無源獨湧平地滂流當神明之積高表陰陽之不測其氣香絜其味甘醇抱華清而盪邪資靈化以除瘵積年之疾一飲皆愈挈瓶而至重跡相望日以萬計酌而不竭齊莊之誠益厲神達之效愈彰伏惟陛下弘父母之深仁納黎元於壽域感此靈液助其生成疢苦假除天昏不作勿藥有喜愛人斯甚可以見天地之心可以明帝王之德昔唐堯至聖光武中興沛然發祥千歲一覯啓我昌運居然合符鴻休無疆天下慶幸臣等謬司近密喜倍常情無任忻慶之至

賀櫟陽醴泉表　　獨孤及　同前

臣等言伏見京兆尹李勉奏櫟陽縣有醴泉出飲之者痼疾皆愈臣聞王者澤周庶類則神降百祥天地之心去人不遠陛下厚德載物與坤同符以善利人如水潤下故厚后集作土獻瑞踴泉療疾靈源酌而不竭沉痼飲而皆痊勿藥之喜萬人是賴仰窺天意豈不以是彰陛下之德施乎不然何衆庶顒顒強名聖水彼冊甝集作井朱草白麒赤鴈徒稱太平之瑞未聞功施於人方之聖泉豈踰神異臣等無任喜慶之至

文苑英華卷第五百六十四

文苑英華卷第五百六十五　表十三

賀祥瑞五

賀杭州等龍見并慶雲朱草表　許敬宗

臣某言臣聞休氣降祥與聖人而合契明靈之貺候昌辰而咸遹自五帝寂寥九皇悠緬神龍遊夏中之世一去莫追景靈欣伊帝之朝千齡不嗣逮乎玆日翔驟來儀天道去人何其交際伏惟皇帝陛下化龍隆疑作乾棟施厚人鏞馭三光以照臨撫萬寓而光宅雖復荒陬之遠億兆之多一物不安則宵衣載惕四夷有罪則納隍興歎日者東師作梗類農皇之夙沙交河阻兵等軒后之德徐元戎所輯

疑大漢申湧醴之奇齊斧栽加昌海效静波之慶既而西
師獻捷東岱希封日告禎機歲登靈稼表裏禔福彰外平
而内成幽顯合符叶天意於人事伏見杭州刺史潘求仁
表稱於錢唐縣界見青龍一又江州刺史左難當稱尋陽
縣界見青龍二又得汝州及沂州狀稱所部各有慶雲見
又延州刺史席辨稱臨貞縣界有朱草生臣等以晉竊天
之意若曰青者方色宜順動以東巡龍者帝閑可騑驂於
大輅非煙五色維雲旗於翠華朱草三英代靈芽於芳籍
豈非以玆幽旨警悞皇情促升中以奉高與臣等自慶一
生頃逢千載繼後仲尼將聖恨出圖之未期夷吾大賢嗟
比翼之難致羣臣庸昧竊譬古人幸遇休明勝之多矣披

祥澁目觀祕驚心庇大厦以相歡荷施生而罔謝無任鳧
藻之至

賀隰州等龍見表　前人

臣某等言臣聞徇齊御極玄滬（疑作扈）表其鷟鳳文思則天
黄河昵其龍馬是知利克於物乾坤應而合符行出於身
明靈感而幽賛伏惟皇帝陛下道登邃古功濟懷生發軫
升陑墾災（出漢書）除害坐玉帳振金鼓運天機掩區縣然後
散服林塞偃伯靈臺覊左衽以長纓同文軌於遐裔禮高
年以執酒酳　通孝敬於神明
猶且昧旦丕顯疑旒庶政臨草纓而罪已削金諜以勝残
化洽風移禮脩樂備是以百靈効職四海夷波物不疵厲
人無呰窳烟雲動色星辰叶契儀雙觡之駿奔莫飛茸之
清醴黄金撥彩紫玉摛英粤自離陸之前其事無得而聞
羲軒之降書契可畧而詳焉未有茂實鴻名君斯光大休
徵美端（疑作瑞）如此感通伏見隰州刺史表稟（疑）異度表稱
某月日青龍見隰州城北大四五圍長八九丈謹按瑞應
圖云青龍水之精乘雨而下不屬深泉王者有仁則出竊
惟升雲騰霧孔氏論而不知夌江負州（疑作負州）大禹對而猶
懼豈如册文録錯驟簡皇情或躍且飛亟遊明世蒸哉懿
巳絶名　考曆觀圖將何取譬臣等撫躬私抃鼓腹相
歡忽以微生同沾（一作沾天）大賚逢物覩之昌運覧天祚之禎
符開闢已來未聞斯遇千齡一會循謂比肩何幸之深親

承旦暮鸞雀相慶實百常情不勝悅豫之至

賀常州龍見表　前人

臣某言臣聞聖人作而萬物覩神靈滋而百貨用是以飛
龍御天五雲勝彩潛龍涵池四海夷波軒帝由其受圖大
昊以之爲紀莫不游沫宫沼騑服輿鑾玉牘册文與會昌
而契合金繩緑錯候休明而降祚伏惟皇帝陛下道極上
玄功成下武重光煥籙體曆凝圖至德克於兩儀大孝刑
于四海（一作表）網地張天之謂武制禮裁樂之謂文惟幾惟
深運神樞而不測無爲無事致璇曆於平分故能網絡九
重琢磨三代溥天之下用至道而不知懷生之倫荷大造
而無謝於是湛恩洋溢休氣氤氳上格天下漏泉不私其

照日月爲之揚彩不爱其道麟介所以騰文神物有徵於斯不忒伏見常州別駕終文英表稱所部晋陵縣尉信都叔卿等七人以六月十三日於縣城南雲雨之際見有青龍長數十丈大八九圍乂之乃沒謹按熊氏瑞應圖曰有仁聖君子在位不肖斥退則見惟皇作極感而遂通惟德動天遠無不應是使四靈嘉瑞叶千祀之登期五色榮光高萬古之靈貺方且以茲嘉祉造類雲亭須其徵猷歸功清廟豈與夫魚生露鼎蔡上荷心竹蔕凝珠晨昏合璧校其優劣何可同年而語哉臣等運偶明時預聞靈慶不任凫藻之至

賀富平縣龍見表　前人

臣某等言臣等歷選前辟皇王之道詳焉遐觀囊載致治之方備矣竊聞垂衣垂拱之世追獯鬻而匪寧秉舟乘橇之期即折支而僅叙尭民有竄徒謂可封湯禱無徵非合一作能具美道光史册幽贊禎符各擅鴻名俱爲稱首况以括地成象中天作鏡代玄功而造物叶神化以開祥取譬前脩豈同年而語矣伏惟皇帝陛下受初或躍嘯命風雲廓彼重昏裁成環㝢張維立極不盈少選之間邁五登三慶越千齡之表施生靈於動植日用者不知混覆燾於華戎航深者忘遠巍巍乎赫赫乎書契已來未之聞也猶且晋神昧旦克念終朝去歲以膏澤遲時撤八珍而罪己今春以濯枝未降輟萬騎於甘泉徇物爲心憂勤至矣於是天先致感畝積餘粮聖敬日躋虛心効祉近得富平縣令獨孤仁宗奏云十二月一日白龍見又得沂州刺史李道遷狀云去年二月内景雲出又臣聞之天飛水游洞陰暘而不測雲行雨施混神妙而無端龍之謂靈義彰於此至乃千年韓疑慶四和克瑞名叶尭歌色符軒紀卿雲所貺復在於斯陛下挺睿哲之資納明靈之祐是以中天宛宛貫六位以呈祥秘景紛紛亂五章而發彩故能遠安邇肅理定功成動而弗違告禪展禮　報功使夫同和之樂與鈞天而並奏無體之禮對上玄而比隆超出萬古之前獨立九皇之上道格區宇何其盛歟臣等屬會昌之辰曲成惠日倏聞嘉瑞再佇升中慶賴之深實兼恒抃不任凫

藻之至

皇太子賀白龍見表高宗　崔融

臣等言伏見某官等奏稱某月日玉山宮西南王谷上有白龍見臣聞天地和平聖人所以乘九五帝王符命神物所以寤黎蒸粤若皇家既高居而遠望於惟史閣亦舒圖而負璽疑服星辰之晃衮彩奪華蟲建日月之旂常文騰翠鳳出東方而攝木天下知春臨北荒而御火容光是燭風雨順陰陽和五穀登百寶用豈孫氏所謂出入應命上下以時無道則處有聖則見矣木火中星長風季月詳乎戴禮則帝嚳乘龍之時校以河圖是黃軒夢龍之晦栽金別宇挺玉名區宮摸抗殿之基山接陵陽之路翩翩素翼

嬌嬌白鱗異彩霜封風姿雪操（一作躁）徵鄴城之故事若下神祠探吳郡之遺塵疑過象冗臣聞感通之效人事可尋嘉瑞之來天心容察地稱王谷先題王者之名壤號玉山實兆南山之固天皇以帝出乎震自天鍾有德之期天后以致養乎坤承天得西南之位披圖按諜影響合符漢朝之出在上封特其小者晉國之來從京兆曾何足云唯我后能得之固前王所不逮方使見龍于甸一人繫年月之書豈冝囿龍于池百姓爲朝夕之觀而已臣業謝溫文觀聞絕瑞雖四靈爲畜未足以彝之蹈之而萬國歡心敢忘於美矣戚矣不勝鳧藻之至

賀麟跡表　李嶠

臣某言今月十六日聖上擬檢行安置大像廳其夜舊著大像曜儀院內從南行向北總有八十一麟跡見外無入廳內有出蹤靈既潛開禎符顯發唯此仁獸獨冠毛羣識變知機通靈感化悟金輪之欲轉即見殊祥知玉輦之方遊先呈異跡九九爲數明曆筭之無疆濯濯咸歌見休明之有應五蹄顯五方之會一角彰一統之符式廣鴻基方弘象教昔有鳳巢軒閣纓冕相趨龍止堯壇神祇動色豈若祥開紫掖瑞感玄樞發揮萬劫之符幽贊三天之果美超五籍珍越四靈曠千古而不聞超九皇而獨遠臣濫承驅策親覩嘉祥欣慶之情實倍恒品無任抃躍之至謹奉表陳賀以聞伏請頒示天下錄付史館

賀東川麟見表（憲）　張仲素（元和七年）

臣某言伏見劍南東川觀察使潘孟陽奏龍州寶華山中有麟見獨角馬蹄遍身光耀并嘉禾二十二莖至八十九穗麟見與鹿每來同食各畫圖函感封進者臣聞六合同歸則麒麟至天下和一則嘉禾生伏惟陛下昭事上帝凝情衢室宵興滌慮申旦忘倦大敷至化以來時邕故得希世之祥應我皇運異質卓犖奇彩光明頓步幽巖發聞郡國神物自生於聖日靈編徒載其嘉名况大田之中衆穗斯茂沐以膏澤扇其祥風而後呈彼珍群承茲共觝必生長畝之秀以期王者之瑞因緣所驗鄭重合符有以識上聖之心兆至和之本德超千古慶洽無疆日月所均無思不服臣等幸覩休異喜萬恒情無任抃躍之至

為魏州成使君賀白狼表　崔融

臣某言某月日得所部魏縣申稱得令孟神符諜稱某日得佐吏長壽鄉單守中狀稱隆周長壽兩鄉界有白狼見臣等嘗恐是虛未敢即申因處分諸鄉若有見者輒令繫取某日長壽鄉致仕前游擊將軍上柱國朱佛兒於長壽鄉界內逢白狼馴狎無懼人意遂以繩絡頭繫得隨送者臣謹按瑞應圖云白狼者金狼精也殷湯時銜鉤入于庭王者仁智明哲即至動準法度即見周宣王時見而犬戎服伏惟皇帝陛下玄期兆朕靈命絪氳物類有感而必通符祥不召而總集金精累爍鼓鑄於陰陽玉毳霜翹騰倚

於郊甸應時乃出野心狎而無驚有道則游貪性馴而不擾亦何必兕豹可履蚖虵可弄者哉徵故事於璇鈐考異聞於玉冊出自神符之縣顯符命之通神來於長壽之鄉明父長之益壽重以陛下獨尊三界高視四天身運明哲動循法度既合周王之時仍彰犬戎之服上玄潛驚佛兒來送天尊若曰陛下養衆生其如二乎善守其忠亦可知矣謹尋令式唯合申臺臣以尊號初加神聰顯應守文不奏恐爽靈心無任躍悚之至謹冒死遣官奉表稱賀以聞其白狼既非常獸臣未敢即放之山野見令佛兒養飼伏聽進止

中書門下賀文冊國獻白象表　常袞

臣等言今月日内侍董秀至宣進止文冊國王來朝并獻白象十一頭者臣聞春秋二百四十年不紀祥瑞而載異國之朝其在周書亦美西戎之獻蓋重其德化及遠天下大同也伏惟陛下以致敬事天地以致孝奉宗祀武功以定大難文德以懷遠人故舊典未載之邦前王不賓之長聲教所隔言語莫通悠悠南溟幾千萬里瞻望中國知有聖人踰海而來歷年方至紳疑冒重阻奔波載馳黄帔飾冠白鐺玩耳伏柔群象牽置闕前低廻馴擾稽顙屈膝隨萬國而來庭與百獸而率舞如知禮樂之節益威羽儀之容有以彰仁化玄通淳源洽暢至和大順以兆昌期事軼於軒轅跡超於漢代矣臣等謬塵樞近獲覩鴻休伏請宣付史官光照簡策無任慶忭之至

賀白鼠表　前人

臣某言今日内常侍吴承倩宣恩命示臣咸陽縣所進白鼠臣聞王者將致無疆之休必有非常之應臣竊謂鼠者陰類四夷之象白日金精西方之色以西方陰類受制於近郊得非諸戎有納款之誠中國啓受降之兆也伏惟陛下俯憂黎獻控馭蠻夷能以禮綏執云力競而晝伏夜動時擾於封疆秉障安邊尚勞於師旅今天且悔禍戎將感恩方委貢於蠻邸遂呈祥於甸邑干戈既息已有明徵鳥雀之來多慙遠瑞臣等忝居近侍獲覩禎符歡忭之誠倍萬恒品

中書門下賀河陽獲白兎表　德宗　權德輿

臣某等言今日中使楊明義奉宣進止示臣河陽三城節度使李元淳所奏今月六日於河陽縣城南社壇獲白兎者謹按孫氏瑞應圖曰王者加恩耆老則白兎見又前史所稱多自純孝之本感集作伏惟皇帝陛下誠合天地孝通神明玄符嘉祉遠近相屬雖集作惟此瑞獸是稱月精來應昌期皓然雪彩當盟津之壘俯勾龍之壇邦畿士吏駭視歡賀且自前歲已來中外所列凡在羽毛之族多呈皎絜之祥今八陵園寢脩復斯畢萬國臣寮手足相慶盛儀既展靈貺斯臻幽賛素姿若合符契臣等謬居台鼎倍萬恒情無任慶忭之至伏請宣付史館謹奉表陳賀以聞貞元十四

年八月二十二日

賀白鹿表　令狐楚

臣某言臣得進奏院狀報中書門下奏賀於醴泉縣建陵栢城獲白鹿一聖敬日躋禎祥荐至臣某謹按孝經神契曰王者德至禽獸則白鹿見伏惟陛下感德配天深仁育物和氣交感出爲休徵懿此異獸挺茲奇表在嶠山之側宛是隨仙來魏闕之前如將率舞天下稱述兆人歡慶昔者周因征伐而獲漢自祭祀而臻比今無爲宜有慚德臣某幸逢昭代獲覩玄功欣抃之誠倍百恒品所守有限不獲隨例稱慶闕庭無任屛營踴躍之至

中書門下賀白野鷄表　代宗

臣某言內常侍吳承倩至宣示臣淮南節度使陳少遊所進白野鷄者臣聞聖法天以調氣天表聖以呈祥皆啓廸皇猷發揮至理事均影響必在感通伏惟寶應元聖文武皇帝陛下德合大和化高前古休徵異瑞以月繫年方啓（疑衍）率舞以來儀豈（疑）重譯（疑）而作貢臣謹按瑞應圖云王者仁聖旁流四海則見又云祭祀不相踰宴會衣服有節則見耿介之性自能馴狎綷雜之姿䌯然純素冊立楹檻雪映雕籠時和自叶於禎祥天意實彰於變化豈越裳之獻獨美於前王而岱宗之精用呈於今旣必然之應幽贊如斯載表太平之符克明柔遠之德臣謬參樞近獲覩鴻休慶躍之情倍萬恒品

中書門下賀邢州獲白雀白山鵲表　權德輿

臣某等言今日伏奉宣示昭義軍節度使李元淳所進於邢州獲白雀白山鵲各一者謹按孫氏瑞應圖曰王者奉己儉約尊事耆老則白雀見又晉中興書曰天下安寧則見伏惟陛下純儉成化乾坤合符敬彼黃髮感茲霜毳俗旣登於壽域事多驗於祥經用應昌時固無虛月昔神雀效祉乾鵲知來或用以紀年或聞諸往載豈比山禽叶質靈貺特殊皎潔異姿追飛交映休嘉所集遐邇同歡臣等忝列台司倍百忻賀無任喜慶之至謹奉表陳賀以聞

中書門下賀興慶池白鸕鷀表　德宗　前人

臣某言伏承陛下以去月九日幸興慶池龍堂爲人祈雨忽有一白鸕鷀見於池上衆鸕鷀羅列前後如引御舟明日之夕甘（集作澍）雨遂降者伏惟陛下子惠元元躬勤庶政念切時澤虔於祈禱以陛下如傷之誠上感玄貺在烈祖發祥之地下降靈禽潔白異姿翩飛成列若應天意以承宸衷族（集作蔟）陰雲於一夕灑霈澤於千里疾均影響慶浹公私昔周致白翟徒稱遐邇（集作遠）漢歌赤鴈亦薦郊廟豈比今日感於至誠瑞諜所無蒸人何幸伏望宜付史冊昭示將來臣等備位攝司倍百惟賀無任欣慶抃躍之至謹奉表陳賀以聞（貞元十三年四月十二日）

爲百官賀白烏表　令狐楚

臣某等言臣昨二十三日中書宣武軍節度使臣劉彥佐

進白烏并以烏及所獻圖示百官臣某伏以殊祥絕瑞有
應斯歸絪緼感通難識其朕惟聖德動于皇天天意勤于
聖后則必昭彰肹蠁靈物荐臻流行茀之仁樹太平之業
毛羽遂性禽鳥呈祥臣等中賀臣謹按孫氏圖云王者宗
廟敬則白烏至又漢成帝時白烏集於文武廟黒烏皆從
頗類此圖去年冬十一月履端之始陛下擁萬國驅百靈
祀圓丘封天老前一日巳孝享於宗廟盡敬致美竭力精
誠悲感之音動於列祔孝敬之極通於神明白烏之來允
荅醇至書之史冊萬代有詞觀其素彩皓絜冊背朱蹕氷
霧霜疑作奪色龜龍騰輝參五雲周禮雖有五雲又疑別用事之嘉祥掩
百王之能事臣等叨逢昌運累沐殊私親覩太陽之精克

叶大君之祉歡躍抃舞手足無從不勝犬馬欣慶之至

文苑英華卷第五百六十五

文苑英華卷第五百六十六

賀捷一 自此賀捷表凡三卷英華所編既不以類從又失其年代今各以先後而正之

賀平鄴都表 周武帝　庾信 建德六年

臣某言臣聞太山梁甫以來即有七十二代龍圖龜書之
後又已三千餘年雖復制法樹司禮殊樂異至於文類集作天
離武落剡木弦弧席卷天下之心苞含八荒之志其揆一

矣（類聚作焉）伏惟皇帝陛下握天樞秉地軸駕馭風雲驅馳龍虎沉雄內斷不勞謀於力牧天策勇决無待問於容成是以威風所振烈火之過鴻毛旗皷所臨衝風之卷秋葉竊聞伊洛戎夷幽并借僞抱圖載籍已歸丞相之府銜玉繫綏並詣中軍之營百年逋誅遂窮巢窟三代敵怨俄然掃蕩昔周王鮪水之師尚勞再駕軒轅上谷之戰猶須九代未有一朝指麾獨決神慮平定寓內光宅天下二十八宿止餘吳越一星千二百國裁漏麟洲小水若夫咸康之年四方始定建武之代諸侯並朝不得同年而語矣雖復八風並唱未足頌其英聲六樂俱陳無以歌其神武坐釣臺而誓衆姒啓繼夏禹之功入商郊而問罪姬發成周文之

志無改之道大孝也歟當今鹿臺已散須宮已遣兵藏武庫馬入華山立明堂之制奏大武之樂盛矣哉上天降休未之有也政須東南一尉立於比景之南西北一候置於交河之北然後命東后詔蒼冥衢壇琬碑銀繩瓊檢告厥成功差無慙德臣忝竊榮幸涖政東藩不獲射到闕庭預觀大慶不勝鳧藻踊躍之至謹遣主簿陪臣曹敏奉表以聞

爲納言姚璹等賀破契丹表（武后）　李嶠（登聖二年）

臣某等言伏見遼東都督高仇須（英華作項非）承露布逆賊孫萬斬（按唐書證聖元年改制契丹首領李盡忠爲盡賊孫萬榮爲萬斬英華作滎非）等驅率凶黨燒逼州城城中出兵與其賊拒戰則有飛鷹作氣回祿揚熛起沙礫而薄天助茲雷皷吹煙火而漲日燎彼鴻毛靈應潛施勇士皆奮遂使妖徒震慴亂轍而搴旗善戰橫行摧枯而拉朽僵屍蔽於草芥俘馘聚於轅門善馬咸牧名王且縶無假燒雞之策而覩其自焚不勞燧象之師而撲（一作颺）其餘燼又凶渠不逞將竊號而假名逆黨未悛（一作誅）止挺妖而怙亂或神摧其股或天厲其身似安國之從車同伯牛之自牖故知高明輔順正直司懲惟辟好仁與乾坤而合德惟狂樂禍在神鬼而同誅方肴剪滅之期行觀凱旋之奏臣等叨延獎渥謬奉軒墀抃躍之情實萬恒品無任慶快之至謹奉表稱賀以聞謹言

爲建安王賀破賊表　陳子昂

臣某言今月日得遼東都督高仇須等日月破逆賊契丹孫萬斬等一十一陣露布幷捉得生口一百人送至軍前事三軍慶快不勝踴躍臣聞天之所棄雖暴必亡人之共讎在遠彌戮况凶羯遺醜未及犬羊固作孽以招誅自尋恩而取滅伏惟陛下威加四海子育百靈（集作靈是）鬼神尚不敢欺（集作遺）凶狡豈能逃罪逆賊萬斬等天奪其魄生自爲殃仇須等謹奉廟謀遠憑國討短兵纔接群逆銷亡又云反風迴煙熛晴掩日此乃天威潛運神道密周豈止人謀仰由靈助今盡滅殃病婆固折股（一作婆目折股）饑災薦至凋弊日滋未加天兵已（集作應）自糜爛臣訓勵士馬今日（集作月）赴行大軍一臨凶殘必殄獻俘在即拜闕有期預喜承恩不

勝慶賀無任抃快之極

爲中書令李昭德宰相賀平賊表 武后　崔融

臣某言伏奉某月日遞敕逆賊等並已傳首都市幕庭拜受旌門宣告凡預軍司孰不慶悅賀中臣聞惡禽梟獸有以彰普覆之仁亂臣逆子不能損盛明之德故三監作難周王未寢於頌聲七國爲災漢帝克臻於刑措伏惟聖册神皇陛下象天之運法地之安澤浸河海光懸日月以忠信爲甲冑以慈惠爲干戈所向無前何人不服舉神兵如電掃破兇黨若水離數月妖氛一朝清蕩斯實皇威遠肅聖化傍齊故能市不改肆人皆安堵臣濫承天澤忝預戎麾聞逆命而憎憤聽梟懸而累抃慶快之情倍百恒品不任悅豫之至謹附某官奉表稱賀以聞

賀賊自相誅滅表 玄宗　張九齡

此篇當在六百三十七卷賀狀門今已移入姑存其目

賀章仇兼瓊克捷表 玄宗　李邕 開元二十八年

臣邕等言伏見中書門下草章仇兼瓊奏稱吐蕃數萬圍逼于城皆遵奉九重決勝萬里臣聞雷之震者可以破山風之威者可以蕩海伏惟陛下允答天地丕應鬼神吸之而百川却流吹之而萬物倒植是以貔貅貔武一掃戎羌高屋用兵於建瓴銛戈申於破竹豈云懸懸獨有獲嘉何止絳城復稱聞喜光風動處草樹爲之欣榮晴天轉時日月爲之融朗况臣等分官寄切報國身輕蹈舞徘徊恐門庭之地窄詠歌踴躍賀邦家之慶深無任欣悅豁快之至謹奉朝堂奉表陳賀以聞

爲宰相賀權一作檀非州界破奚賊表 玄宗　孫逖

臣等今月二十五日於易州所奏事陛下顧謂臣曰朝夕之間諸軍當有捷書至臣等愚淺莫測天心不逾數日張守珪果奏副將安禄山於檀州界破奚賊擒生斬級并獲馬計至數千定期不差於晷刻指事有同於符契聖惟廣運神以知來微妙之言自成於繫象玄通之術不假於蓍龜精義難名前古未有臣等何幸親覩明徵驚喜之誠抃躍交集伏望宣示朝列兼付史官式昭德音永用垂範無任喜慶之至謹奉表陳賀以聞

爲宰相賀破吐蕃并慶雲見表 玄宗　前人 天寶元年

臣等比見吐蕃舉國徵兵向二十萬掘壕置柵攻逼定戎城頃因奏事陛下謂臣等曰吐蕃雖衆當即破亡計日之間捷書必至昨見皇甫惟明奏破定戎城下吐蕃賊二十萬衆并斬獲大將論莽布支頭隨狀奏進又勑與賊相遇西風甚急及交鋒之後便至風迴既掃妖氛兼有慶雲見者臣聞天之討一作罰罪俟盈貫而方誅聖無不通匪常情之所及伏以一戎凶醜义負恩信敢踰絶漠來犯邊城舉國興師二十餘萬經時固守八十餘日蟻聚蛇伏狼顧鴟張據便地之井泉逼懸軍之塹壘雖逆順曲直本無敵於王師而衆寡安危難預卜於人事自朝及野能不憂虞陛

下神筭無方廟謀先覺料此狂寇必合敗亡決祕策於禁中落奇兵於天下應期撲㓕萬里廓清天聲所振已讋一作聞於四海虜將之首又懸於北闕事均符契理絕名言況合戰之時則返風破敵決勝之後則卿雲藹空大塊資其殺氣輪囷表其休色實惟聖感詎測神功凡在庶寮不勝抃躍況於在一作臣等倍萬恒品情一作無任慶快之至謹奉表陳賀以聞

爲宰相賀九姓斬送突厥首表　玄宗　前人　天寶三載

臣等伏見王忠嗣奏九姓拔悉密等斬突厥可汗首送至朔方軍者伏以北虜孔熾其來自久憑險恃遠干紀亂常雖聖德撫和約爲父子之國而野心凶獷不改豺狼之性

既盈稔貫自速天誅頃歲已來頻貽喪敗酋豪向化雖已歸降黠啜迷恩尚爲潛竄苟合餘燼偷安絕漠陛下聖慮先覺神謀獨斷使其種類自至携離咸革面於塞垣遂傳首於軍壘以狄攻狄寧勞六月之師有征無戰豈待三年之克永罷邊柝遂清虜庭斬蚩尤而莫儔戮防風而何有豈惟率土無外用表於昌期固亦先天不違更彰於廟筭凡曰士庶不勝慶悅況在臣等倍百恒情無任抃躍之至謹奉表陳賀以聞

爲宰相賀匈奴來降表　玄宗　前人

臣等伏以匈奴患邊其來自久頃雖朝廷示信約爲父子之國然而戎狄無親常畜豺狼之志陛下聖謀廣運廟略

玄通至道昭感神明叶贊不勞一卒不頓一兵使其種落自相携貳令華護敗亡殞身漠北妻子縲紲爲俘闕下巢傾廬卷瓦解雲散萬里無事二庭遂空曠古不賓盡爲臣僕普天所覆皆入封疆諒由負德背恩自速天亡之禍固亦休兵偃甲用彰海晏之期實有無方之神寧惟不戰之勝求諸載籍所未嘗聞臣等幸遇昌期欣逢大慶忝居近密實倍恒情無任抃躍之至謹奉表陳賀以聞仍望宣付史官兼示中外

爲宰相賀隴右破吐蕃表　玄宗　前人　天寶元年

臣等先在城中因奏事陛下謂臣等曰朕料至重陽已來諸軍必頻尅捷臣等欽承聖旨詎測神功近者隴右果奏

斬獲莽布支并生擒蘇毗王及鑾駕將廻劍南節度使章仇兼瓊又奏西山將士分爲五道破吐蕃城保鎮柵等四十餘所四鎮節度馬靈察又奏破吐蕃不可勝數并開護密識匿等數國共爲邊捍者數旬之間內一作三方告捷應如影響合若符契禁聽如武盡決於宸衷知來似神更超於縶表斬級獲醜陷陣隳城分南方之五將舉無遺策道西城之諸蕃仍爲外蔽百戰百勝以夷攻夷高告九重懸料萬里所以彰廟略之天贊知犬戎之日蹙臣等忝陪巡幸預奉德音踴躍之誠實倍恒品無任欣慶之至謹奉表陳賀以聞

李揆訪賀收西京表　肅宗　常衮　至德二載

臣聞夏曆其昌羿何逃罪漢維既振莽亦伏誅伏惟皇帝陛下恢正皇綱光膺帝業日月照其明略雷霆發其英斷極横流而方割撲燎火之已焚頑者胡羯亂常崤函失守恭殄天物憑陵帝京上皇與避狄之仁陛下有蒙塵之難賴宸衷果決膚筭昭宣憤陵寢之燋蘇悲黎元之塗炭必將背膽誓使然臍不有殷憂何以啓中興之盛業不有患難何以彰撥亂之英哲步自鄜郊至于朔漠撫巡城邑招致甲兵誥命俯臨三讓而登九五師徒走集一呼而踰百萬設壇拜將虛左迎師臨朝有怵惕之容率土下哀痛之詔六軍之號令既肅萬人之賞罰且明湯火不辭矢石何懼及清秋戒節太白方高爰整軍容順乎殺氣龔行天罰掃彼妖氛千里纔武之營百里龍蛇之陣沸若雲海聚如雪山壘楬絡峯塹迴渭水闘軍聲而丘陵歎盪煬兵氣而天地晦冥蠢茲兇徒猶敢旅拒皷譟白刃來聚犬羊之群旗靡黃塵旋就鯨鯢之戮渠魁不漏噍類無遺枝梧者面縛中軍顛背者頭懸後殿敗符融於肥水自可慚功破王邑於昆陽未云快意遂封尸於京觀旋振旅於王城啓關千門掃除九陌椟擐腥於宮闕洗毒螫於閭閻耆艾歡迎乂思周德衣冠兩泣還觀漢儀謳吟變嘆咻之聲氣象迴嚴凝之慘廓卌霄以瞻羽衛肅黃道而復鑾輿正寶位於北辰道光主鬯迎上皇於西蜀歡展奉親末惟宗社之靈實荷乾坤之慶臣忝陪宗室喜萬佰情無任踴躍歡抃之至謹奉表陳賀以聞

為江淮都統使賀田神功平劉展表（肅宗）

獨孤及（上元二年）

臣某言得田神功等狀稱官軍以正月二十六日過江大破賊衆擒元惡於蒜山之下凶殘撲滅江介無事臣某誠歡誠喜頓首頓首臣聞四時成歲秋實（集作為）司殺聖人則之以作五兵蓋姦宄寇賊或乘釁而起干戈弧矢亦有時而動自陛下率遏亂略再造區宇欃槍旬始竹破瓦解蕞爾狂狡敢干天誅作為蛇虺荐食江漢乃誣矯我詔（集作天）命擁竊我王師恭殄我城邑傲擾我邊鄙荊吳之人若墜泉谷萬姓業業云我（集作奔走）無所陛下神聰不測膚筭無方將欲擒之必固縱之先侈其心而厚其毒然後制勝兩楹之下授略千里之外使神功等一戰而陷陣再戰而逐北三戰而擒其渠魁繫頸以索覆巢傾郊（集作）刮野掃地如冽風之破駭浪嚴霜之墜（集作隕）落葉決辰之内平陽州定淮南下東方收三吳流亡者復故業塗炭者返壽域扇以皇風與之更始遂令東土耆舊復見漢官威儀非陛下乃武乃文之洪烈日用不知之玄化孰能陰騭聖功如此神（集作其）速臣無任慶抃之至

為江淮都統使奏破劉展兵捷書表（肅宗）　前人（上元二年）

臣聞聖人之生不能使大盜不起故唐虞（集作堯）之代時則有四凶之（集作在）列王制所以誅不恪討不庭小者市朝大

者原野姦宄草竊何代無之劉展包藏禍心爲日久矣（集作久）圖敢恣姦慝乘間阻兵長驅凶徒掩臣未備以僞言亂衆謂天命在已於是有豕食淮泗鯨吞荊楚（集作吳）之心使黎庶播越人神憤怒臣職司靖難敢不戮力將（集作當）憑廟略以殄寇讐謹遣副使少府少監攝侍御史臣李藏用屯兵杭州伺隙進討且分據隘害以遏其唐突賊衆狃于初役驕舞輕脫（集作師輕而驕）不虞我軍能折其銳也乃以今月三日使其僞將軍張翰朱德裕（集作法雲一作德容）等領步兵（集作卒）七千馬兵六百徑入杭州東門焚燒閭閻鼓譟而進藏用引其精卒設伏險（集作於）途羸師張之使入死地然後整堂堂之陣以薄其壘使左廂兵馬使前澤州長史李澄爲左軍左第（集作弟字）一將張巖光先鋒將李強李陵等佐之都押衙高幹爲右軍左押衙楊覆和都虞候魏守寂佐之左第（集作弟字）二將皇甫山栖左三將梁朝康承寂左四將吳季之李楚玉顔光亂等督遊軍之騎以彌縫其闕表裏合戰奇正夾攻以將帥之餘勇因黎元之積憤奮皆敢死登必爭先赤羽交而三軍風生金鼓鳴而萬夫氣作自卯至午覆而敗之神扶電掃雷落山破噍類無餘隻輪莫反鋒鏑之血朱殷長江甲齊崇山尸作京觀實賴陛下聰明齊聖與日月合照故能屢圖發於罇俎而威靈加於遠方使臣等盡敵如拾芥成功如抵（集作指）掌惡氣沴祲掃蕩無日海隅蒼生比屋何幸無任慶快之至

爲江東節度使奏破餘姚草賊襲屬捷書表（代宗）

前人

臣聞皇天分時秋爲司殺王者立極兵以禁暴唐虞有共工三苗（集作苗人）之患殷周有鬼方昆夷之戰蓋蠻夷猾夏自古有之自頃胡寇作逆吳越震恐襲屬父子乘間起兵刼明州之人略餘姚之地負隘（後篇作險集作阻）海口憑陵江千蟻聚偷安蠶食取（集作分）給屬王師北伐未遑南征迨茲二年（集作春）侵掠益甚將擬得（集作復）東甌故地窺南越僭跡邊邑黎庶爲之騷然臣方荷推轂之寄懷盡敵之計思所以扶秉天威圖制遠略料其衆而無整勇而無剛烏散獸聚不足當堂堂之陣山潛海（後篇作水）匿不足用桓桓之師難以力制易以計滅臣遂遣軍將潘景蘭領輜馱數十輩僞爲商旅傍山谷往來以餌之又遣軍將呂道光領陌（集作相）刀手一百人取其便道爲伏以待之遣軍將左琮率弩手一百五十人爲左翼軍將（後篇作將軍）余能變率弩手一百五十人爲右翼皆三吳良家百越勁卒爭賈餘勇樂於公戰蓬頭突鬢炎（集作焱）駭火烈相爲輔車當（集作夾）敵之路又遣軍將張思覧率陌（集作）刀手二（集作一）百人爲中軍操中權之制以節其進退以三月二十九日至青煙洞口果如臣策賊遂出山先者遇伏鼓噪合戰於是奇正（後篇作兵）畢舉四軍夾攻賊衆奪氣不知所守鳴鞞雷動飛鏑雨集轉戰數（集作四）十里殺其三百餘人襲屬尚稽天誅且偷晷刻收合餘燼

八九十人更登高岡背勇借一集作勢張思覽等連弩並作集
亂發引軍合圍天聲揚而勇士勵銳氣作而妖星隕遂斬
元兇父子擒其妻孥餘黨僵仆原隰脂膏草莽猶恐蔣濆
醫耆尚有伏姦遂攬山搜谷刮野掃地傾其巢窟返旆而
旋累載逋誅一朝撲滅非陛下聖謨神策與天合契制勝
兩楹加威後篇作威加四海則安能剪豺很如拉朽掃欃槍如
拾芥後篇作同使吳越又安江漢澄廓臣授鉞未幾覩茲後篇作同
成功無任慶抃之至謹差攝福州泉山府別將左璋奉捷
書以聞并齎逆賊父子頭奉獻伏望後篇作請懸之藁街以示
百姓其餘首級於當州梟示訖所獲賊物各令分賞將士
器械官收山海餘妖自取誅滅既非強敵不足叙功謹録

奏聞

此篇又　六百八十四卷今已削去

賀袁傪破賊表 代宗　前人 寶應二年

臣某等言臣等伏見河南副元帥行軍司馬太子右庶子
兼御史中丞袁傪露布奏今年五月十七日破石埭城賊
方清并降烏石山賊陳莊等徒黨二萬五千五百人者臣
聞聖人之生不能使大盜不起故唐虞之代時則有三苗
之師姦宄草竊為患舊矣山賊方清等蕞爾狂狡敢干天
誅聚輕剽之徒謂險遠可恃作為蛇豕以荐食句吳乃有
跨據大江吞噬東土之計七州之地人罷物獘集作耕織百姓
業業全活無所陛下方銳志於偃武不得已而用師乃命
將授略使先勝後戰故傪等後不再舉而用有成績巢窟
皆傾俾無遺類詿誤之輩得返故業汙俗更始流人汔康
此三代之舉也非陛下齊聖格天文思柔遠豈能底綏盜
亂如此其速臣等幸覩成功不勝大慶臣無任抃躍之至

文苑英華卷第五百六十六

文苑英華卷第五百六十七　表十五

賀捷二

爲百寮賀僕固懷恩死并諸道破賊表（代宗永泰元年）

臣某等言臣伏聞逆賊僕固懷恩以去月九日死於靈州
鳴沙縣又見成德軍節度使李寶臣露布斬逆賊蔚州刺
史曹楚玉并破党項部落收諸蕃漢官兵（一作捷）及百姓等
三萬餘衆又邠寧節度使白孝德破僕固瑒下兵馬及吐
蕃斬首三千級生擒一百九十五人獲馬八百疋并鳳翔
節度使李抱玉亦破吐蕃羌渾等三千餘衆收其軍資器
械不可勝數者臣聞積德者天之所啓亙道者鬼得而誅
逆賊懷恩者氊裘雜種出身微賤陛下以其久經驅策嘗
立功勳任以樞機（一作中樞）升之上將而豺狼其性梟獍其（一作爲）
心連結西蕃因依北虜大爲人患二年于茲謂旅拒可
以偷生猖狂可以集事曾不知逆天暴物其惡貫盈故王
師未加而元兇自斃又曹楚玉去順効逆與之連衡更唱
迭和同爲不道李寶臣恭行天罰遂戮鯨鯢其餘吐蕃之

兵羌渾之旅或敺役邠土或陵逼鳳翔白孝德陷之於前
李抱玉破之於後既已剪其兩翼方且覆其全軍信宿（一作
開非）之間數道皆捷彼進無所入退無所從殄掃妖羣指期
非遠臣歷考近事因知天意自祿山開釁思明亂常迄于
懷恩三凶繼跡始雖倣擾旋見敗亡社稷危而復安天地
否而重泰足明皇穹保佑曆數延長卜年之慶永代無極
臣等幸逢昌運忝列朝行慶躍之誠倍萬恒品無任歡抃
之至

爲崔大夫賀破吐蕃表（代宗永泰元年）　浩虛舟

臣某言伏見關內河東副元帥朔方節度使司徒兼中書
令汾陽郡王郭子儀八月日（一作）狀今月日先軍李懷光於

監州界大破吐蕃及吐谷渾賊一萬餘衆獲馬六千七百五十疋牛羊器械未知定數者臣聞戎狄無厭厚將自斃兇殘不革舉必生擒惟此犬羊屢侵壃埸陛下頃雖遣將猶命纔追冀承含育之恩以變貪婪之性今乃先時入塞乘間犯邉鬼得而誅人皆自戰偏師暫出舉衆大奔係彼牛馬獲其生級數踰萬計威攝四夷陛下神化無方聖功潜被資於秘畧成此殊勳臣承恩入朝次行分陝雖捷書傳慶已竊抃於道（一作途）中而賀表陳誠願先馳於闕下無任之至

賀郭子儀破吐蕃表（代宗）　于邵（永泰元年）

臣某言今日吴承倩至奉宣進止示臣關内河東副元帥

司徒兼中書令汾陽王郭子儀奏捷狀李懐光於監州界積石川大破吐蕃一萬餘衆生擒斬首共六千餘級獲牛馬及器械不可勝數者伏以聖畧遠加制勝前定神功不測告捷如期吐蕃忘國厚恩歲犯邉境陛下料其進退知其無策親以規模授於諸將以鹽夏之路地曠人稀嘗語臣曰此賊秋中必來擾鹽夏今覩成擒之處果於所料之中俘馘既多羊馬甚衆此皆宸心懸照不差毫髮天威遠被克壯師徒遂令智勇雲起妖氛電掃合符聖斷有此豐功子儀狀云又計日追蹤必當再捷者臣以蕃醜久逋聖誅從此氣衰必當瓦解坐視無外之慶載美即叙之勳罷柝可期戢戈有望覩承睿筭忽驗於今奉覩戎捷不勝慶快之至

賀擒周智光表（代宗）　獨孤受（永泰二年）

臣等言臣聞征而無戰者王者之師也將而必誅者春秋之義也臣伏見周智光傲很禎虐昏迷俏佼（集作任）敢專生殺之威以慢王度崇飾姦慝之志自干天誅陛下謂罪在已躬視人如子永言式遏之義不得已而用師而將纔受鉞兵未血刃已梟元惡之首載安舊污之俗昔漢征黥布望塵（集作陣）而憂殷伐鬼方積年乃克豈若陛下朝命將帥夕殲渠魁制勝神速從右未有臣等不勝慶快之至

賀劒南破西蕃表（代宗）　常衮（大暦十年）

臣某言今日伏見劒南西川節度使崔寧所奏露布十一

月七日於劒南大破吐蕃斬首八千五首級生擒九百四十二人獲馬牛器械一千萬計者陛下以西戎負恩連歲設備近興武旅遠籞王師故隴上或虞卭南每捷事同符契謀動鬼神凡在臣庻不勝慶快伏以西蜀一隅犬戎乘隙聖謀潜運藩帥龔行以我同力出其不意故得邉兵無遺鏃之費在冦有（一作致）輿尸之凶名王首將既充俘馘要塞堅城亦入封守神武之德莫測掃除之勢足徵天聲一臨風動萬國則方隅不擾候我綏懐夷夏大同期於指掌臣等覩兹大捷愧乏嘉謀慶躍之誠實倍恒品

賀破山南賊表（代宗）　前人

臣某言中使某至示臣山南西道露布破吐蕃高安堡五

百人又生擒堡使等七人又破急援兵馬二千餘人者大
獲帥長驅其畜牧焚其資儲夷其堡隊獲覩慶捷喜倍一作
萬恒情臣伏以秋成以來羣帥宣力陛下皆先授方畧合
如符契以蕃醜東寇犄窺疆場受命獻恭掩征巢穴允膺
密旨精擇奇鋒行於險中出其料外遂使恃固之壘遽復
于隍將領之渠盡衿其甲猶不悔禍更招援軍以犬羊恃
衆之羣當貔武輕齎之旅雖終日猶鬬殲耗相仍而乘夕
盡遯覆亡不暇聖謀方舉西候遂寧神筭旣行北郊以靖
遠周萬里之外甫料四夷之情中詔是闕所征皆捷苟承
成命皆可指期故卭道拜章於前漢池拜章於後復畱睿
畧更布新書軍中皆必勝之師天下無不賓之虜臣幸參

樞近更乏嘉猷拜舞失容以慰以賀

爲崔中丞賀討田承嗣表代宗　大曆十一年

臣某言中使某至奉宣某月日勑承嗣本輔逆臣罪當三
夷陛下垂包荒之德開自新之路假以台衮寵其悛革豈
謂豺狼之心飽而增兇動搖隣境慢易君命天下臣子雖
扼腕攘臂願食其肉畏懼陛下不敢自絲今陛下殷然震
雷霆之怒下誅購之令戴髮橫目莫不憤激臣受國恩守
在遠藩不得驅策駑蹇列於將臣巨猾之首竟爲他斷撫
劒慙耻心魂馳越臣又知鯨鯢既盡蜂蠆自滅陛下垂衣
裳以臨萬邦無爲之政行同[illegible]一作大舜無任慶快感憤之
至

賀張獻恭破賊表代宗

臣某言今月中使某至伏蒙聖恩宣示南山西道節度使
檢校工部尚書張獻恭所奏露布破岷州吐蕃十萬餘衆
生擒百餘人幷獲牛馬及燒焚賊倉庫甲仗並盡者伏以
吐蕃背恩負約屢擾邊陲惡稔福盈自招喪敗聖謀潛運
尅捷相仍自秋已來制勝非一頃則收功朔北今又獻凱
山南皆陛下指受規模尅期進取遂令銜命之將感義之
徒伏順爭先奉詞掩襲未皷而收城壘既戰而殲寇戎策
備火攻威同電掃廻軍乘勝又破柘川殺獲追擒不可勝
數嘯聚之黨今已戮除噍類之餘自當殄滅廓清右地計
日可期斯實皇威遠覃睿畧先定動罔遺策舉必有功臣

謬踐台陛親承睿筭無任踴躍之至

賀收涇州表德宗　常衮　建中元年

臣某言中使王闕諫李重芝等至伏奉勑旨送吐火羅王
子弁曹義臣家口共四十四人配漳泉等州安置伏聞大
破兇醜收復涇州梟斬帥劉元等傳送闕下餘黨悉降西
陲底定允在臣庶不勝慶悛臣聞聖人有作神契必先用
彰睿謀小有邊患以威天下大告武成因茲斬效疑罔不
率俾伏惟聖神文武皇帝陛下德合天地明罰以法雷霆
道符炎黄有征以懲姦宄蠢茲狂狡敢拒封圻梟獍之心
不知恩愛豺狼之性輙肆傷殘聖慈以玄造曲成神武不
殺特寬嚴旨頻許自新益用恣睢竟無悛革然夏后之征

奄氏召六卿以龔行周文之伐密人示萬邦以整旅咸在
侯甸之内亦効訓誓之勤於是我伐用張親授經畧而孰
迷不復雖困猶鬭蹔假游氣尚稽靈誅皇赫斯怒天威震
耀簡車馬以大閱命將帥以長驅飛舞㩦衝瞰臨壁壘克
徒悚慄義士激昂梟懸渠魁檻送支黨上以告清廟下以
布遐方人神豁憤朝野大慶百二之塞外虞解嚴十萬之
師餘勇可息則日月所照敢不來庭戎夏大同期於指掌
臣謬承重寄喜萬恒情無任慶躍之至謹奉表陳賀以聞

賀破賊表 德宗

于邵 興元元年

臣某言臣聞春生秋殺天之令也撫順討逆國之教也故
王者上法震耀下脩典刑雖當垂拱之朝亦整干戈之用

伏見今月十日神策行營節度使尚可孤破藍田賊保生
擒賊僞署御史大夫仇敬忠斬獲共二千餘人者初從摩
壘旋即合圍因乘破竹之威不漏枯池之網 中賀 伏惟皇
帝陛下聲教以文暢禍亂以武戮奄有華夏光臨統曆日
者蕞爾朱泚怙亂涇原腥穢宫闈僭賊神器陰連叛將竊
綏輿廐實由逆賊仇忠敬等姦宄相資狡惡爲事因山據
崄欲抗雷霆之誅積粟稅 一作挽 芻冀延晷刻之命殊不知
天威不遠曆筭何逃未終爽鳩之征已觸駭鯨之勢餘宄
奪魄義衆增威掃氛祲於順風復京師於不日臣謬乘統
帥濫 一作叨 總禁戎矢石不親虗當坐制之地宄渠尚在終
決前驅之心無任慶忭之至

賀破吐蕃表 德宗

齊映

臣某言伏聞南蠻以六月某日大破吐蕃弄視等城擒戮
俘獲不可勝計者臣聞德之所綏在遠咸服義之所棄雖
暴必亡蠢茲犬戎敢肆兇戾乂稽天討時動邊塵人神共
讐夷夏同憤遂使南蠻奮於仗義爭先覆其保障之時奪
彼肥饒之地斬馘萬級俘計千羣揚天聲於區外正王畧
於殊俗自非陛下道超帝圖化協神用武先七德守在四
夷安得使百蠻稽服潛被聲教始左衽以請吏俄倒戈而
効誠捨其昏齒之資爲我爪牙之用雖書稱即叙時美來
威方之聖功彼有慙德臣謬膺朝寄待位東土不獲隨例
稱慶闕庭抃躍之誠倍萬恒品不勝之至

賀劒南奏破吐蕃表 德宗

令狐楚

臣某言當道進奏院狀報六月某日劒南節度使韋臯狀
奏破吐蕃五千餘衆生擒大酋官七人陣上殺一百五十
餘人收獲牛馬四百餘頭疋器械一千五百餘事者吉語
遠及歡聲相接 中賀 臣聞順實臣道伏頭者至柔而全禮
爲天經無禮者雖衆必敗陛下君臨萬國天覆兆人思覃
于幽微澤及乎荒遠蠢茲蕃醜假息西陲惟天地含弘之
心未能剪滅以豺狼貪戾之性輙欲 一作肆 陸梁爰整其師
不攻而取此皆降睿略於天上須明謀於閫外制士之死
命得人之歡心所以殪戎如羊破虜如蟻毆彼牛馬獲其
侯王威加于殊域武暢于羣動自然赤山之壤可蹈清海

之波可涉必當封土刻石以垂天聲戎臣司武獲覩其慶不勝歡抃之至

中書門下賀雲南軍破吐蕃劒山保定城表（德宗）　權德輿

臣某言伏見劒南西川節度使某官某所奏兵馬使宋昦前月十八日與雲南軍合勢攻破吐蕃劒山保定城當日斬城使者伏以聲教所被遐邇大同蠢茲西戎尚有遺類或犯亭鄣且稽靈誅陛下睿筭無窮天威遠震以夷裔感恩之衆佐藩隅制勝之臣取以多方累獻戎捷事皆前定必稟聖謀（集作猷）斬將搴旗出於料外堅城使地盡落彀中通荒服會朝之途絶餘孽窺覦之際奉威懷之命以律而

藏兼夷夏之師在和而克此皆陛下神武潛運妖氛未清由是成擒自當盡敵臣等謬當樞近媿乏廟謀幸覩成功不勝大慶無任欣抃之至謹奉表陳賀以聞（貞元元年十二月三日）

中書門下賀元誼李文通出洛州城表（德宗）　前人

臣某言臣等今日面奉進止元誼李文通等蒙恩宥過以今月七日將領將士出洛州城者伏惟皇帝陛下聖神之化懷保元元仁洽好生感深格物誼等列於守將本以忠勞師旅之間失於慮始蒼黃之際自謂匪人士吏危疑謀猷廻適陛下以震耀所及殺傷則多曲成以誘其衷持久以通其變愀然軫念不忍致誅待以初心許之遷善指其開壁率衆來朝實賴亭毒之恩再全臣子之節宥玆一眚昭示萬方睿慈所弘動植知幸臣等虛薄備位台司愧無調鼎之能獲覩止戈之慶無任欣抃踴躍之至謹奉表陳賀以聞（貞觀十二年正月十三日）

中書門下賀汴州擒李迺表（德宗）　前人

臣某言中使某乙奉宣進止汴州以今月三日擒送李迺軍州並已寧帖者伏以聖德含弘在宥天下而匪人醜類自抵刑章李迺本以庸微謬從軍校潛懷狂戾輙擾師徒乘其疾病坐邀職秩怙亂以逞志專殺以作威人思納忠義不同惡俄就械繫一方晏然雖梟獍之心暫求假息而膺鸇之逐曾不崇朝衆情交欣以待朝旨陛下命將相之重撫按是邦明書罪人且示輕典成命方下浚郊以清聖

謨炳然若合符契足使義士勵節貪夫革心稟化畏威無有遠近（集作邇）臣等繆居台鉉每奉德音愧乏嘉猷以承睿略無任懽忻慶幸之至謹奉表陳賀以聞（貞元十二年七月九日）

中書門下賀靈武破吐蕃表　前人

臣某等言臣等今日面奉德音靈武大破吐蕃擒生斬將者伏以睿謀武經陰騭上畧兵符所授攻戰多方蠢茲犬羊尚勞爟燧羣師稟命中權戒嚴掎角相因初設險於三覆奇正合發俄獻功於七擒數酋渠之首級積戎械於亭堠勝氣餘勇誠行無前即敘可期有征斯在臣等繆居樞掖莫效消埃每承以律之貞空荷止戈之運無任慶快踴躍之至謹奉表陳賀以聞（貞元十四年十三月二十九日）

中書門下賀蔡州破賊表（德宗）　前人

臣某等言：伏奉宣示蔡州行營招討使韓全義所奏云：四月二十七日於逆賊吳少誠界破賊四驍子及馬步軍三千餘人，賊弟吳少陽棄衆奔遁者。伏惟陛下聖神廣運，丕冒萬方，而頑越匪彝，自蹈鋒刃。德音累降，曉告不悛，禁暴安人，酌於軍志。命師授律，發於宸心。整旅有嚴，拊循决勝。據便地以三覆，分銳師而九攻。材官突騎，奮勵精勇。啓行所及，莫敢枝梧。奔北之徒，自相蹈藉。威謀克壯，殺獲斯多。更俟便宜，續圖攻取。掌輪超乘，靡不賈餘；長轂鈎援，期於盡殪。此皆睿筭前定，純臣協心。佇清淮濆，以慶天下。臣等繆居樞近，喜倍（集作萬）恒情，無任欣抃踴躍之至。謹奉表陳賀以聞。（貞元十六年五月四日）

賀蔡州破賊表（德宗）　張仲素

臣某言：伏聞蔡州營田招討（一作招討行營）韓全義今月某日大破賊軍，斬首擒生，其數至廣（臣某中賀）。臣聞天覆至大，負慝者必降雷電之討；君恩至重，失節者須示斧鉞之誅。賊臣吳少誠輒因將帥之權，遂肆豺狼之性。聖恩含忍，久示招携。敢固執迷，未即歸罪。今全義親承睿旨，虔稟聖謨，暫師臨境，羣兇授首，梟斬元惡，計日可期。廓清淮濆，在兹一舉。臣謬忝地官之職，情同率土之歡。欣快之誠，倍百常品。無任踴躍之至。

賀靈武破吐蕃表（德宗）　令狐楚

臣某言：臣得朔方節度使李欒牒稱：十一月二十日大破吐蕃者。千里喧傳，三軍快抃。臣某誠歡誠喜，頓首頓首。臣聞天生四夷，用別荒服；國有二柄，誰能去兵。伏惟陛下臣妾兆人，庭衢六合。溟波靜息，車軌混同。萬里清平，三分底定。而吐蕃豶膝醜類，狂狡陰計，乘陵凍草，妄窺邊疆。相鼠無牙，安能穿屋；羝羊羸角，徒欲觸藩。是以神聖啓其將心，忠勇成於士力。兵既落於天上，虜乃（一作果）陷於彀中。犇口之馬，償車而繫者千蹄（一作數）；辮髮之人，爲俘輿屍者萬指。降旗載路，棄甲蒲野。遂知水赤，坐想風腥。此皆宗社儲靈，朝廷決策。破碎戎膽，振騰天威。凡百人臣，不勝踴躍。臣某未申絲髮，謬總旗旄。欣歡憤激，倍萬恒品。所守有限，不獲稱慶。

此表合在本卷令狐楚賀朔南吐蕃之後，元誤入六百三十七卷賀狀内，今移附卷末。

文苑英華卷第五百六十七

文苑英華卷第五百六十八

表十六

賀捷三

賀梟賊叛將楊惠琳表〔憲宗〕　楊於陵〔元和元年〕

臣某言臣得當道進奏官高振報夏州叛將楊惠琳肅賊匹夫兇頑習性憑依壁壘竊弄干戈陷我邊鄙之人將流蜂蠆之毒伏惟陛下道包覆育〔一作載〕威貫風雷乃命戎人恭行討罰文告纔布已見甘心携離天人誅未加倏從於梟戮輦車不頃餽餉靡勞寢笄不遺於指蹤王師盖本於無戰雖巴庸醜類衆禍一隅顧其巢幕之危因同破竹之勢妖氣坐掃仁壽可期臣職忝藩條任分師旅遠承慶捷倍萬恒情無任踴躍之至

賀收劒門表〔憲宗〕　前人〔元和元年〕

臣某言伏見正月二十九日制書以劉闢擢於非次授任節旄不立朝章擅有侵軼詔命左右神策行營節度使高崇文領馬步將士嚴礪李康等計會討伐臣又得上都進奏院官高振報嚴礪下告捷官嚴公晄奏正月二十二〔一作三〕日收復劒門破賊五千斬僞授劒州刺史武德昭訖又夏州叛將楊惠琳援絶城孤勢窮力屈王師進襲計已尅平凡在遠邇不勝慶幸某〔中賀〕伏惟皇帝陛下誕敷文德廣被文明寰海乂寧戎夷欽附叢爾狂狡敢縱姦兇藉方伯任用之資乘軍城變故之際阻兵拒命肆虐讐鄰陛下志任安人尚爲含垢頃令申諭許以自新誠宜改過感恩迷而知〔一作非〕復而乃恣情干紀長惡不悛旣黷稔而禍盈俾人怨而神怒今戎臣授律睿略遐宣迫脅者知有所歸忠義者得以自效因利乘勝掎角攻驅固無遺鏃之勞佇見輿尸之變臣忝職藩服授任偏師憤激之誠倍百常品無任踴躍之至

代李侍郎賀收成都表〔憲宗〕　呂溫〔元和元年〕

臣某言伏見高崇文奏以九月二十二日官軍入成都府逆賊劉闢走出見勒兵追捕者臣聞夏震秋落乃觀成物

之功善陣有征方見勝殘之理然則殺之所以生之也動之所以綏之也氣和則歲功早就德盛則廟筭先期無遺鏃而巨盜（集作兇）窮奔不血刃而全蜀底定奔走夷裔皷舞生靈騰瑞氣而躍祥風披慶雲（集作霄）而捧白日（中賀）伏以陛下恭臨宸極惟新庶政拓跡開統之始作法定制之初而賊闢敢犯天威首干大紀恃嶮與遠窮兇極暴雖禍淫助順誠天道之必然而制勝舉全皆聖謨之自出諸軍既集鋒鏑爭先陛下以爲方耆用兵觸冒害氣與勤人而欲速寧全衆以（集作而）功遲遂令緩螻蟻之誅抑貔貅之銳休養磨礪以須秋期由是感恩而思奮者萬心如一又高崇文疾惡太甚殺傷小（一作少）過陛下推弔伐之義弘覆燾之慈狃寇（集作寇逆）是誅吾人何罪遂令逐北者生致爲上脅從者獲則捨（集作免）之且諭鴻私仍加宴慰由是飲澤而向化者十室而九加以聖慈曲被大信有孚當挾纊之時賜戰士悉出內府開食黙（集作饍）之路賞降者曾不踰辰遂使昏迷革心義勇增氣江山自拔雷雨長驅渠魁假息而逃威士衆順風而捨伏市不易肆巷無驚犬人蒙賞肉戶辯倒懸旌旗導長養之風金皷動發生之氣然後知至仁能殺曆略無方大典用彰神武可畏全苞形器（集作氣）之內有罪必誅旁行天地之間無思不服臣繆膺重寄[illegible]奉昌期坐觀彔授之清目覩鯨鯢之戮手舞足蹈倍萬恒情無任慶抃之至

賀破賊表（憲宗）　郗、竹素（元和元年）

臣某言得度支使李巽與臣委曲報劍南行營官軍大破逆賊劉闢事宜伏承自六月十日後鹿頭城下石碑谷口前後殺獲已僅三萬餘人今月六日又於鹿頭城下殺賊二百餘人兼奪得一栅東川節度使高崇文便於城下頓軍又西川賊於鹿頭城投降都虞候郝同美說賊城精兵不下數百人其餘一二千悉是子弟鹿頭城內人心亦甚危懼計即投降又官軍出戰賊衆大敗殺傷欲盡者伏以逆賊劉闢愚狡狂童稔蓄兇慝脅帶州邑怙阻城池背誕皇恩自貽赤族陛下曲垂弘貸念彼遠人此賊敢肆拒張恃茲薄戍望其悛革又已稽誅一興貔武之師果盡螳蜋之衛今則神人共怒覆載不容玉師皷行窮寇席卷傾枳棘之巢待擒妖鳥決潢汙之水以捕涸鱗揚旆整戈指期剪滅此實聖德遐被神武昭宣岷蜀清寧當候旬日凡在臣子孰不歡心某忝荷鴻私謬承朝寄無任慶快之至

賀捉獲劉闢等表（憲宗）　前人（元和元年）

臣某言得進奏官報狀伏承九月某日高崇文差馬使鄜定進於彭州界捉到劉闢盧文若幷家口等有詔罪劉闢及生擒外餘一切不問西川減放兩稅幷割西川六州與東川者臣聞鬼方不賓高宗用討防風後至夏禹行誅自古聖帝明王將欲上平泰階下齊萬國未有不先正刑罰後致雍熙者也闢構亂阻兵違天背順聚茲蜴蜮固彼幽

遐謂天可逃無罪不肆陛下斷於睿略與此神兵彪壘妖鋒飈馳電掃顧兹劇賊尚敢退藏同惡相携偷生逭孽灌莽雖深豈網羅之能避武夫多力已梟獍而同擒萬里喧傳兆人鼓舞刑當磔裂罪合誅夷肆市陳屍繞攎衆怒自陛下握乾御曆授籙纂圖玉燭載和金鏡愈朗至於夏州僭擾蜀郡亂常春斬惠琳冬擒劉闢神速之効從古所無復纛整旅之威降納汙之詔滔天作逆唯罪一身僉兩川徑後之勤爰矜賦稅割六州版圖之屬以定封疆日月發一作麗其貞暉山澤通其喜氣凡在率土孰不歡康臣謬沐殊私叨承重寄手舞足蹈倍萬恒情無任慶抃之至

代李尚書賀生擒李錡表 憲宗元和二年　呂温

臣某言臣得某官某乙狀報伏承今月十二集作十三日夜浙西將士張子良將相率効順生擒李錡者天討有罪國無稽誅夷夏同歡飛沉咸躍臣某中賀臣聞炎氣方蒸伏陰不能藏其沴必疑戰發泄以彰正陽之功至化方融大姦無所集作以隱其慝必陵犯誅夷以耀聖人之武沴不盡消生德不遂姦不盡發聖功不成蓋自然之明徵而必至之恒理伏惟皇帝陛下光膺駿命恢纂鴻休仁育群生義征不讓無與讓而誕修文德不得已而有此武功日者周歲之間大刑再舉朔陲叛將獻首於九廟之庭盐部寃渠伏鑕於萬人之目被髮左袵且猶知懼肖形含氣孰不革心賊錡身齒人倫家承國集作宗籍三朝以任遇五族光輝而獨藏禍謀密聚姦黨梟琳之牙旗尚在忽已發狂劉闢之刃血未乾敢兹拒命陛下重難戎事深愍遠人先示招諭後加討伐方伯嚴兵有司調食經略纔下形勢已張果得義勇叶心鬼神假手大旆迴指長戟合圍兵火之氣天運金鼓之聲海動集作震曾不終夜遂擒元兇巷有居人市無改肆滔天之逆踰月而平去歲西征則善陣不戰今兹東伐則善師不陣有以見睿略天縱神武日新聖道久而投刃皆虛德澤深而用力彌寡從此氛集作災窮沴盡俗變風移百蠻成冠帶之鄉五兵為耒耜之器溥天同軌比屋可封古今一時堯舜何遠臣謬膺重寄時荷殊恩載集作再逢河海之清三覩鯨鯢之戮志深除惡義切同休歡抃之誠倍萬恒品無任手舞足蹈屏營之至謹奉表陳賀以聞

賀收蔡州表 憲宗元和十二年　劉禹錫

臣某言伏見詔書以唐州節度使李愬生擒逆賊吳元濟獻俘文武百僚於興安門列班稱賀者天威遠被元惡就誅一方既平萬國咸慶中賀伏惟睿聖文武皇帝陛下德超邃古道合上玄臨御已來天人協贊削平吳蜀掃蕩塞垣車書大同夷狄來貢最爾元濟敢懷野心輒聚犬羊苟偷時月陛下聖謨獨運睿感潛通天助神兵人生勇氣既擒兇逆爰集作遂正刑書伏三紀之逋誅成九衢之壯觀宗社昭告華夷式瞻行弔伐而在禮無違烜一作振威聲而何城不克楚氛改色淮水安流漢上疲人盡霑雨露汝南遺老

重覩昇平凡在具臣孰不欣抃臣久辭朝列忝守遐藩不獲稱慶闕庭陳露丹悃（集作懇）仰瞻宸極倍萬群情無任屛營之至

賀誅吳元濟表（憲宗）　元稹（元和十一年見集本）

臣某言某月得當道節度使牒呈本州稱逆賊吳元濟已就誅斬訖臣某（中賀）臣聞拯遺甿於溝瀆非聖不能掃餘沴以雪霜非天不可日者神棄中蔡蓄爲汙瀦五十年間三后貽顧恥爾元濟繼爲兇妖謂君命可逃以父死爲利陛下凝玆睿筭取彼兇殘不越殷宗之期遂勤淮夷之命威動區宇道光祖宗凡在生成孰不歡抃臣忝官藩翰不獲率舞闕庭瞻望徘徊無任踴躍屛營之至

賀平淄清表一首（憲宗）　白居易（元和十四年）

臣某言伏見二月二十二日制書逆賊李師道已就梟戮者皇靈有截睿筭無遺妖氛廓清遐邇慶幸臣某誠歡誠喜頓首頓首臣聞亂常干紀天殛神誅李師道包藏禍心暴露逆節罪滿惡稔衆叛親離未勞師徒自取擒戮伏惟皇帝陛下文經天地武定華夷凡是猖狂無不誅剪兩河清晏四海會同清平之風實自玆（集作沃）始臣名參共理職忝分憂抃舞歡呼倍萬恒品官守有限不獲稱慶闕庭無任慶快踴躍之至

爲宰相賀殺賊表（穆宗）　前人

臣某等言伏承某道逆賊某某年某月某日已被某殺戮訖皇靈震耀兇孽梟夷率土普天歡呼鼓舞臣某等誠喜誠抃頓首頓首臣聞亂臣賊子阻兵干紀者明則有天討幽則有鬼誅遲速之間罔不殲殄伏惟文武孝德皇帝陛下君臨八表子育群生合天覆地載之德順春生秋殺之令宿憝遺孽闇然銷亡四海九州廓然清晏逆賊某乙一介賤隷兩河叛人包藏禍心竊弄凶器戕害士師虔劉（一作劉掠）善良幕燕鼎魚偷活頃刻所謂顛木之餘枿痤疽之遺種重斧欲加而先折鍼石未攻而自潰不有弔伐孰知德威不有妖氛孰知神筭則天下之耳將來（集此四字無）之心有以知順逆存亡其猶影響者也臣伏以某乙既已斬首某乙將何保身若不乞降即應生縛輔之或在車即相依皮既

不存毛將安附兒我渠破竹彼繼覆車止戈之期翹足何待無任喜慶抃躍之至

賀汴州誅李介表　元稹（長慶二年）

臣某言臣伏見逆賊李介已就誅夷韓充入汴州訖一方既定率土無虞凡在臣僚實增歡抃臣某（中賀）伏以汴州扼吳楚之津梁據咽喉之要地將驕卒悍易動難安急攻則越軼（集作逸）是憂緩取則遷延（集作易）變自非陛下盡排群議獨斷宸衷外委將臣中（集作由）敷睿筭風行號令天助機謀則何以斬此鯨鯢破玆梟獍臣摧兇志切受國恩深仰荷威靈倍萬常品限以符守不獲稱賀闕庭無任踴躍屛營之至

賀平党項表宣宗　杜牧

臣某言伏奉二月二十七日勑党項剪除北邊寧靜華夏同慶道路歡呼臣某誠慶誠抃頓首頓首伏以上天有震耀殺戮王者有攻討誅夷是以不暫費者不久寧不一勞者不永逸伏以自古蕃夷狄於中華未有不爲患者春秋時長狄攻魯北戎病齊破衛滅燕侵秦撓晋西漢趙克國納先零於內地東朝馬文泉置當煎於三輔自後熾大侵亂關中戰爭十年騷擾四海凌逼京邑發掘園陵㱠頽不生終不能滅後至曹公因匈奴衰弱分爲五部處在汾晋散而居之元海傑然首亂華夏中原喪沒凡數百年國朝貞觀之初突厥破滅大宗惑彥博之利口忽文貞之成算

處其降衆置於河南不數十年果殘燕趙輿師命將輸轂饋財天下騷然始能殄滅是知古今夷狄處在中土未有不爲亂者伏以党羌雜種本在河外生西北之勁俗禀天地之戾氣爲西戎所壓舉種來降國家納之置於內地受冠帶兼伏征徭角觡旣成觝觸是務天寶至德之際北燕偏重中原一擲大曆建中之時逆胡余波巨盗幷起党羌因此亦恣猖狂兎伏鳥飛爲戎虜之耳目狼心梟響作郊畿之殘賊北以迴鶻未殄吐蕃正強且須羈縻未可重撅於是邊疆日駭種類歲繁每至勁弓折膠重馬兑乳以尫徤之質張忿鷙之兇刼饋谷以焚舟殺輜車而閉道衆虺盤結群犬吽牙依徼深山出沒險淫近在宇下游於轂中艱難已來不能剗削伏惟聖敬文思和武光孝皇帝皇天縱聖赫日資明威極風霆謀先造化潛運曆筭獨央神機箕宿携牙狼星歛角戊日禱馬太白揚眉授鑽而邊事無遺聚米而兵刑盡見拔其要地禱以奇兵獸窮搏人鹿急走險囊封赤白雜沓繼來雉走檄書遠近同至蘇辛李蔡傅鄭苻陳十萬齊呼四面同入行軍猶衽席之上敗虜於阻險之中或以利戈舂喉或以長矛𢷤脅偃屍積疊千山之草木盡腥霆雷轟喧萬里之威靈大震詩曰不弔昊天亂靡有定此言中國不振蠻夷入伐下人號天以告亂也復曰宣王薄伐小雅中興是知武功不成文德不洽阜陶無遺之戒史佚非類之言若不殄除何爲家國自此兵

爲農器革作軒車泥紫金於常山洗殘戎於青海天覆盡得禹畫無遺統華夏爲一家用夷狄爲四守萬物由道百度皆貞遠超三代之風使無一人之虐臣僻左小郡一作守非樸樕散材空過流年徒生聖代尚能爲詩見志作歌極情上詠神功庶垂後代不獲稱慶闕庭無任踴躍屏營之至謹奉表陳賀以聞

賀生擒衡州草賊鄧裴表　前人

臣某等言伏見湖南都團練使奏生擒衡州草賊鄧裴及徒黨等伏以湖湘旱耗百姓饑荒遂有姦兇敢圖嘯聚今永擒戮已盡根株臣等誠歡誠忭頓首頓首臣聞三代之英兩漢之盛姦宄亂常之類梃兇構逆之黨乘間即有過

隙便生伏以聖敬文思和武光孝皇帝陛下威極風霆德滋雨露正開壽域盡納群生永戢干戈將臻富庶逆賊鄒裴蕞爾小孽敢因艱食漸誘饑人剽亂鄉閭陵驚郡邑徒堅黨合事鉅寇年或據深山或閉官道遂使湖嶺之外人不聊生慎由指揮義從總齊武士仰憑睿筭遠仗皇威不經歲時盡剪豺虺究羌（一作頑）已寧於朔北妖黨復殄於巴西今擒鄒裴一清湖嶺用夷狄為四守統華夏為一家言念秋毫無非帝力臣等備位台鼎日奉聖謨無任慶抃歡呼之至

為滎陽公賀幽州破奚寇表　李商隱

臣某言臣得本道進奏官某狀報某月日幽州節度使張

仲武奏破奚北部落及諸山奚除舊奚王匿郎所管外殺戮首領丁壯老幼并殺獲牛羊焚燒車帳器械等計二十萬刺史已下面皮一百具耳二百隻奚車五百乘羊一萬口牛一千五百頭者天聲遠疊廟畧遐宣白虜獲於寧臺赤戎俘於燕路臣某（中賀）臣竊窺舊史逖聽前朝有天子憂邊清霄輟寐將軍出塞白首言歸至乃或勝或奔一彼一此竟困塞郊之柝那停絕漢之烽猶欲叙烈旂常告功祧廟用其甦勝謂曰難能况幽朔巨都全燕重地栫臻奚寇猾亂華人田讓之護（集作獲）鮮卑莫能深入祭彤之軍遼水唯遣相攻近歲以來為忠滋甚是單于偵邏之路懷駒支漏泄之姦張仲武重感國恩習知邊事同三師而隸楚倅五餌以開戎乘其驚惰之時俄得剪除之便燕犀客掛冀馬潛羈超距投石者動過千群戟手科頭者畧踰萬計坎三皷而河流自郄聲六校而屋瓦皆飛自使鶚懼喪林兎忙迷穴無舟擲指有地僵屍未驚紫陌之鳥前軍已變不淚淮山之鶴後隊仍窮遂分袁尚之頭顱仍裂蚩尤之肩髀穹廬落燼同甲揚灰山積雲屯大收其車乘角羸耳溼盡獲其牛羊棚水戴澄桑河無事爰施（疑）言語入鮮皇威此皆皇帝陛下功格上玄運膺下武授茲成算于彼當仁震肅九圍歡呼萬國昔艱難云始胡塵首起於盧龍今開大有期而漢將先清於涿鹿人謀允若靈貺昭然固已上慶祖宗下光編策籙圖洪範競三古之殊猷玉檢金泥有

百神之靈符臣雖當防遏不介邊陲空增氣於懦夫實叨榮於下將日圍千里天蓋九重奉一月之捷書唯知抃蹈獻萬年之壽酒尚隔班行念風水於遐藩寄夢寐於宣室無任望闕結戀之至

文苑英華卷第五百六十八

文苑英華卷第五百六十九　表十七

雜賀一

爲杭州崔使君賀加尊號表武后　李嶠延載元年

臣某言伏奉五月十一日制書陛下俯順群情懋膺大典垂光休於百代被鴻私於萬族凡在含生孰不慶幸臣某中賀臣聞太朴既謝曰昏之迹已殊聖道不追王覇之風且雜雖崇號廣溢遞高於尊名而德薄政衰不光於神器一作氣伏惟越古金輪聖神皇帝陛下承大雲之法記應榮河之寶籙以天上天下之尊爲隆平太平之主不言而理三階正而六氣調不怒而威萬方清而百蠻服延富壽於和平制雍熙於易簡懷恩慕化之黨候雨占風疇德瑞聖之符非烟若霧青襟詠歎於庠塾黃髮謳吟於衢路固可使堯舜擁篲禹湯扶轂踰賢刼而首唱邈梵天而高視豈登三烕疑作咸五邁昔超今而已哉嘉號初登殊章備舉鋪帝容而建皇極大寶重光撫乾軸而正坤維洪鑪再造仙漁輿祥風俱動湛恩將洊雷並作緩姬文之獄旣削爰書錫漢后之酺且頒戎級滂流之澤出九掖而浸群方抃躍之音自三川而周四海加以崇祗肅於梵宇致嚴恭於清廟申究舉滯而有善必甄享德報功而無文咸秩規模粲而洋溢道德紛而布護豈徒朝野稱慶觀美化之維新故亦

神祇降祥見鴻基之載永臣叨延龜組謬分虎符千年有遇更逢開闢之初百辟相歡不預趨馳之末瞻雲路而式作仰天庭而載佇踴躍之懷企聳無極不任鳧藻忭豫之至謹遣某官奉表陳賀以聞

賀加天寶尊號表　李邕天寶元年

臣邕言伏奉今月日恩制萬方士庶九土軍戎昭洗宸波光被聖澤臣誠歡誠喜載欣載躍頓首頓首死罪死罪臣聞沐雨露者草樹自樂荷陶鈞者動植皆春故知則而象之守而行之所謂則天之明立人之極有慶斯大無得而名者也伏惟陛下尊崇聖祖肅恭道教子物天德序位代工惣三五之妙勳統億兆之全業戈甲謐息華戎底平故

得真容慶應潛通帝𡗒寶符靈貺久叶神心加號所以發祥郊天所以昭報大禮盛事光赫旬時作解周仁鄘開宇宙天禀（類表作京）褒稱雲紀變名風物光華再馳驛於日月河山保界重賦質於乾坤同一氣之遠（類表作建）初與四時而浸遠天長地久呼萬歲於太平國泰朝歡舞（一作職）九韶於聖主臣忝私守郡常荷載天空馳就日之誠未盡歌雲之慶無任欣躍蹀抃之至

賀册尊號表 憲宗

韓愈（元和十四年）

臣某言伏聞宰相公卿百官及關輔百姓者（集作耆）老等以陛下功崇德鉅天成地平宜加號於殊常以昭示於來代載陳情欵懇到再三陛下仰稽乾文（集作符）俯順人志乃以

新秋首序令月吉辰發揚鴻休膺受顯册天人交慶日月揚光寰海之間含生之類抃歡踴躍以歌以舞誠歡誠喜頓首頓首臣聞體仁長人之謂元發而中節之謂和無所不通之謂聖妙萬無方之謂神經緯天地之謂文戡定禍亂之謂武先天不違之謂法天道濟天下之謂應道伏惟元和聖神文武法天應道皇帝陛下子育億兆視之如傷可謂體仁長人矣喜怒以類刑賞不差可謂發而中節矣明照無私幽隱畢達可謂無所不通矣發號出令雲行雨施可謂妙萬無方矣三光順軌草木遂長可謂經緯天地矣除剗寇盜宇縣清夷可謂戡定禍亂矣風雨以時祥瑞輻湊可謂先天而天不違矣國內無饑寒四夷皆朝貢可謂道濟天下矣然美備具名實相當赫赫巍巍超今冠古方當講明堂辟雍之事撰太山梁父之儀搜三代之逸禮補百王之漏典時乘六龍肆覲東后微臣幸生聖代觸犯刑章假息海隅死亡無日瞻望宸極心魂飛揚有斥（集作求）棄之非（集作悲）無自新之望曾不與鳥獸率舞蠻戎縱觀為此嘶酸抱痛負（集作旦）耻且慙無任感恩戀闕懇迫彷徨之至謹奉表陳賀以聞

為河南盧尹賀上尊號表 武宗

李商隱（會昌五年）

臣某言臣得本道進奏院狀知宰臣某等奉上尊號以光洪休耀列聖之磨圖表三宮之慈（集作義）訓凡在生物孰不歡心臣某（中賀）臣聞善言天者必推功於廣覆善言日者必

詠德於大明然後物仰玄穹人知景曜皇王擬象今古同規伏惟仁聖文武章天成功神德明道大孝皇帝陛下體天垂法日輪輝弘上德以纘戎啓下武而膺運頊從臨御旋致治平雨順風調時推順適苗蝡葉虫坐致消亡是以銀甕石碑非煙浪井神而告瑞史不絕書且僬獠為災周秦之策金行火運不絕於侵陵瀚海陰山幾淪於約誓而敢乘衰運來犯呂朝陛下乃赫以天威授之宏畧一伐而單于僅免三皷而貴主來還臧大邦之仇讎攄累聖之忿憤及晉陽逐帥代馬斥羈陛下又濬發宸襟委諸廟畫浹辰而前軍就路逾月而元惡膏碪淨豐泒之遺疆舉陶唐之故俗莪爾潞子復生輦童脫縲黃恩止柩拒詔撫九

祈之險有五州之人藪澤逋逃糞土租稅陛下又遠揚神
斷深詔徂征合鎮魏之谥藩出韓彭之銳將夷其巢窟去
彼根株清明王之舊宮復金橋之故地曾非曠歲集此丕
功固已至化潛融事光於玉板玄機獨運理溢於瑤編况
又志切希惟道存冲漠慕遺蹤於姑射軌動堯心思順請
於崆峒欲勞軒拜遠惟（集作揚）聖祖載佇神孫俾其法皆祛
多門蕆掩麟殿正玄元之座鳳書招黃老之徒將以休有
萬齡臨兹兆衆使咸踐壽昌之域俱遊富庶之鄉巍乎煥
乎盛矣美矣故得人祇叶欲華夏均懷願加尊顯之稱以
報財成之美宰臣等果能陳大義允建鴻名伊尹暨湯咸
有一德咎繇謨禹克讚九功述盡善於王猷標具美於帝

籙南山稱壽地辰降光末終（一作於）無極之年長奉上清之
號臣幸丁昌運方守洛京空深戀闕之誠不在稱觴之列
舉頭見日雖悲千里之遥測管窺天且慶百生之幸無任
徘徊望闕蹈舞踴躍之至

賀新樂表　周武帝　庾信

臣等言臣聞天地順動則雷出爲豫聖人功成則風行有
節故六德在咸池之官山谷可調八風入承雲之奏人神
不雜我大祖文皇帝體國經野設官分職變魏作周移風
正雅衣裳而朝萬國珪璧而會諸侯至如經綸圖籍校讐
煙燼樂正無缺章秩宗無廢典豈但商頌十篇得諸太師
之室虞書五禮取於恭王之宮伏　惟皇帝以下武嗣興中
陽繼業運日月之明動淵泉之慮律歷著微無煩於太史
陰陽晷度躬定於天官故得參考八音研精六代封晉魏
爲二王序殷周爲三恪雖服朱千玉戚尚識典刑素鼓纁
裳循因雄據未若山雲特起八卦成形鳳凰于飛九州觀
德攺金奏於八列合天元於六舞聲含擊石更入絲歌調
起初鐘還參玉管足以感天地而通神明康帝德而光玄
象昔者齊居玄扈爲曲在於雲門師度盟津習舞歸于山
立遂乃包括三名克諧一代作者之謂聖天之所啓乎豈
惟路鼓靈鼗空桑孤竹廣矣大矣輪焉奐焉是知零陵孝
廉空傳玉管始平太守虛稱銅尺臣等並預鈞天同觀張
樂軒墀弘敞欄檻眺聽崇牙業業簨簴趪趪翠鳳揚旌靈

鼉樹鼓沓宜雲霧蕩薄丘陵醴泉與甘露同飛赤鳳與班
麟俱下聘魯請觀理當見其盛德適齊忘味定是知其盡
美昔淵魚聽曲尚得聳鱗櫪馬聞絃猶能仰秣臣等誠愧
知音敢忘悅豫若使詳其音律是所邈然但能記其鏗鏘
於兹爲幸不勝慶悅之誠謹詣朝堂奉表以聞

爲雍州父老賀鑾駕停幸洛邑表　高宗　李嶠

臣等某言伏奉今月日詔書鑾駕停幸洛邑臣等輕生多
幸沐識逢特青襟遊聖人之國白首觀太平之化常恐涓
涘難效涓壑易期所以眷戀軒宇徘徊霄極日者農秋甦
飫庶政徵勤天皇損上益下忘身循物便欲移鑾徙蹕望
河洛之封畿削賦蠲徭罷咸秦之力役臣等仰銘玄造退

撫愚心誠以天府膏腴帝畿殷實雖菑畬之務稍闕於千箱而衣食所資尚豐於累載況惸嫠鰥寡給家室又安何咨使衆庢鳴謙聖躬服勤勞之事衡門高蓽臣等家過差之澤是用低徊跼蹐抒抽慙惶方且邐議蓬茨推中襟於白屋四言槐棘外下情於紫路不謂乾心俯應聖德潛融降六璽而紆紱迴三光而改照人欲天從既通誠感禀靈含氣疇非慶躍竊惟政途非一朝務有恒國彝不可以思疑廢家征不可以事闕皇天愛精順肅苔兆庶之歡心臣等畢力窮年供黍稷之餘稅庶得百度無曠九功惟叙伏望皇明乃睠輿輦少安則海甸蒸人撫耕鑿而知勉渭濱遺老仰雲天而識庇無任踴躍之至

為何舍人賀梁王處見御書雜文表　前人

臣彥先等言臣於梁王三思處見御書雜文凡牘凡九十卷跪發殄藏肅承瑤檢天文景鑠璧合而珠連聖理雲迴鸞驚而鳳集究黃軒鳥跡之巧殫紫府結空之勢偃波垂露會寶意而咸一作成新半魄全曦象天形而得妙固已奇蹤絕俗羙態入神擬八體而擅規模冠千齡而垂楷法重以語成四教文總六詩聲咀徵而含宮旨徵違而動疑作勸德用之於國敦風俗而厚人倫行之於家習雍和而崇孝敬惟彼良翰特蒙殊獎銘厚渥而歡悚竭深誠而奉戴是用編之玉軸勒以銀繩盡麓渠珠特裝瑇瑁之匣總攻一作被陶璧用飾瑠璃之前彫鏤千品縹巾萬襲芸香虬靈芝體爲封珎寶之精下燭西崑之岫文章之氣上纏東壁之象實可謂天下之妙迹域中之奇觀者焉臣等幸遇休明叨近簪笏駭矚非常之瑞欣逢不世之寶足蹈手舞徒懷鑽仰之心夕死朝聞豈識名言之地無任抃躍歡忻之至謹奉表陳賀以聞

爲帝右相賀拜洛表　武后垂拱四年

臣某等言伏奉五月九日制書將拜圖温洛肅事南郊御朝堂列群后恭聞大禮不勝慶躍臣某中賀微臣泛覽金冊詳窺玉板商較於七十二代下上一作上下於數百千年以羲軒稱皇所貴者河圖龍出以堯舜稱帝所尊者洛書龜負猶未聞總集靈命弘敷聖業籠大勛於萬古盡能事於一

朝非天下之至神其孰能與此乎伏惟皇太后陛下肅膺遺托光踐丕基皇業高於補天母德隆於配地東西浹洽窮八制而流河海南北貞明洞六幽而懸日月淹中訪禮汶上披圖情每留於布政義不忘於宗祀於是金謀聖造異制神行迎四象而疏圜向八風而闢廂上圓法天而煙雲爲之動色下方象地而龜玉所以呈姿文功啟範洋溢於歌頌秘乘靈文昭彰於篆刻豈白雲青玉嗟傳地理之經黃魚黑鳥但播一作術天乙之號可以答上玄之命可以光累聖之隆制有司陳法駕用禋柴之典採沉璧之儀然後負黼扆而朝百神垂衣裳而會萬國不亦休哉不亦盛哉臣忝預出征恨深留滯河西弔影御珠之託未申洛北

馳心柎石之歡何極不任悚懼之至

賀納諫表代宗　常袞

臣某言伏以補闕姚南仲和仕幹等上封事恩命特與改官及進階兼賜章服又内常侍吴承倩奉聖旨令兩省供奉官數論得失無有隱諱者德音霈然公議知勸群情震喜中朝動色易曰感人心而天下和平今之所感可謂深矣臣謬當丞弼之任不能有所啓聞踧踖自慚惶汗失次然以聖德之弘納天聽之宏慱欣奉踴躍不勝大慶中賀臣聞從諫則聖帝之德也有犯無隱臣之分也故上聞逆耳之忤受而不疑下有殺身之盁死而無悔禮曰天子齋戒受諫又曰近而不諫則尸利帝道莫盛於有虞書之美舜

則曰嘉言罔攸伏萬邦咸寧王道莫過於有周詩之頌文則曰思皇多士惟周之楨漢家雜之以覇亦詳延極諫訪求得失國朝稽合皇道肇脩人紀貞觀故事布政典章危言正論聞於天下陛下以欽明御曆紹休祖業仁聖廣大天覆地容求賢進善有如不及每覧群臣奏議日旰忘勞穆然嘉納不令夙退順顏者必遠忤旨者必容而蒭蕘之可擇庶黎藿之無採少有所補從之如流雖委輅論都即日西行伏車頓首路廻乗輿方之於今未云其速而又渙發宸旨宣褒近臣直言者賞之於朝罷奏者責其所職以明沮勸大悅人心則太平雍熙之化溥將四表矣可以動天地可以服伏一作戎夷雖上古至理納諫逹聰坦然不諱

未覩今日之盛也望請宣付史官光垂帝録臣職任潤色敢揚鴻休無任欣躍之至

爲秋官員外郎李敬仁賀聖躬新牙更生表武后　李嶠

臣敬仁言昨因奉事蒙恩入對伏見陛下所御湛露殿三間兩間雨漏無所修葺又因顧問之次伏承聖旨云去年口中生一齒今年又生一齒臣伏以聖德謙冲躬自菲薄富有四海尊居萬乗而中堂外扉不閟一作關於寒暑上棟下宇未離於燥温降紫宸而齊白屋屈帝力而用保心雖昔之采椽土階茅茨蒿柱漢皇之儉用臯后之卑宮六籍之所讃揚百家之所記述曷足以希風上聖仰帝道之崇

高攀嵩後塵望皇輿之軌躅臣又聞之易有四營金牙爲壽考之象詩有六義玉齒載神仙之謡還年而編貝不虧却老而瓠犀仍出亦有堅而不脱聞於道養之方落而更生得自靈飛之散斯並道藏幽記術隱上情誠福力之所招匪勤求而可致陛下端莊靜默寛惠仁慈抑嗜欲而省煩勞恤饑寒而茸弊陋宜其延貺宗社受報黎元集天地之休和享靈祇之介祉故得百祥護體五福登年同鎬邑之夢齡邁鑣宮之錫壽豈徒一人有慶常居北極之尊實乃萬姓同歡共仰南山之固臣謬以庸賤獲奉宸嚴欣聖壽之延長頼稱大慶見宸居之挹損思揚至德乞宣示海内仍録付史官庶使六合之中知實筭之方永百代之後

頌休風而不絕無任抃躍之至謹詣閣奉表陳賀以聞

賀聖躬痊復表 代宗　常袞

臣某言臣親(一作見)奉聖旨伏承御膳過時微似煩熱臣等退用兢悸不安寢興齋居潔誠恐獲休問適中使吴承倩至奉宣德音今已校退卿等不須憂者恭承睿旨俯協歡心欣抃失容蹈舞不足伏以陛下裁成二氣聽斷萬方每積憂勞載勤旱暵(一作宵旰)所以下祈人命上黷聖躬責在微臣退增兢懼今溽暑過候凉秋戒期方勁穆清上滌玄慮伏惟簡臨庶政保合太和以答天地穰穰之福以慰臣子顒顒之望天下幸甚無任喜慶踴躍之至

同前　于公異

臣某言今月十七日衙官吏萬項奏事廻伏奉手詔伏審聖躬頃暫乖理今悉康平凡在臣子不勝抃躍(中賀)伏惟皇帝陛下自天生德昭聖垂衣(類表作休)運啓握符已慶無疆之壽疾稱勿藥果從有喜之辭歡初洽於朝廷慶旋周於海內臣伏以天心恭順庶政殷繁既當痊愈之初宜加順攝之道然猶日旰對奏未明求衣理或至於憂勤事終干於思慮恐乖將俟竊未遑寧伏乞朝廷之宜付之宰相伐討之任仗被戎臣從容聖心消息玄化爲宗社自愛委諸有司幸甚幸甚臣蒙國寵榮輒露誠懇伏惟察納表臣愚衷

同前　前人

臣某言今月七日中使至進伏奉勑書手詔慰諭臣者伏以聖躬頃乖順攝少有不安景福無疆旋以康泰屛營奉詔且喜且驚臣聞子之事親出告反面臣之事主移孝爲忠君親之間其體無異自宜問安内豎增憂寢門平君之時猶無闕禮乖理之後豈合遑寧又臣聞勤則近憂憂則生疾豈陛下以萬方黎庶尚未和平三輔甲兵猶從征討此皆臣下之過遂煩君上之懷臣特荷國恩超踰儕輩死生不係於己命休戚實同於國家况聖壽日躋皇符永固雖禎祥合慶祚必壽於南山臣子馳誠心豈離於北闕(類表作極)伏以聖謀思振徽徽正安輕騎無信宿之程郵館無蕪金之費臣欲旬日之内輕行入朝陪列庶官恭承睿旨審聖質之安否布微臣之欵誠伏乞矜允遂臣愚懇

賀聖體平復御紫宸殿受朝賀表　元稹

臣某言今日得上都進奏官報稱昨日陛下御紫宸殿受群臣賀表伏審聖躬萬福親見百寮率土皆歡溥天同慶臣某(中賀)臣聞西曜有明晦所以成其不已四瀆有盈縮所以成其不竭不有燎火無以辨玉質不有霜霰無以驗松心是以軒轅神仙然後夢華胥之遊秦穆疾寢然後享鈞天之樂堯以癰瘠而爲聖禹以胼胝而稱功斯皆因疾成妍以勞逢福非臣臆度敢進瞽言昨者聖體不安繞經旬日穆不卜吉勿藥有喜此所以表北極而長尊配南山而永固者也况日臨黄道萬物皆榮帝御紫宸千官畢賀臣恨以守符外郡不獲稱慶明庭空懷鼓舞之心莫備賡歌

之末臣某無任跳躍徘徊瞻望歡欣之至謹差知衙官劉
宗奉表陳賀以聞

代安平公華州賀聖躬痊復表 文宗　李商隱

臣某言今月某日得本道進奏院報以聖躬痊和右僕射平章事臣涯等奉見聖躬莬社稷殊祥生靈大慶臣忝分朝寄四奉國恩無任抃舞踴躍之至臣聞天普覆也應運而健若龍行日至明焉有時而氣如虹貫伏惟皇帝陛下道超普覆跡邁至明恩社稷（集作宗社）之靈惟德是輔念烝黎至廣以位爲憂求衣未明觀書一夜壽域既勤於躋俗大庭微闕於怡神是以自北陸送寒暫停禹會及東郊迎氣爰俟堯咨四海方來百辟咸在六幽雷動萬壽山呼惟臣

獨以一麾載離雙闕犬馬之微誠空切鴛鴻之舊列難階提郡印而通霄九驚對使符而一食三起今幸以俗臻富庶年比順成伏惟稍簡萬幾以迎百福託燮調於彼相責綏撫於列藩承九廟之降祥副兆人之允望臣某不勝慺慺懽懽之至謹差某奉表陳賀以聞

文苑英華卷第五百六十九

文苑英華卷第五百七十　表十八

雜賀

爲宰相賀趙郡鑄天尊及佛有諸瑞表 玄宗　孫逖

臣等伏見趙郡奏鑄等身元始天尊其日天氣晴和祥雲散彩又開模未畢先出白光尊容漸見毫光圓滿其花冠耀白色如玉遍身衣帔自然雲霞眉上有兩點白光流轉照耀又鑄等身釋迦牟尼佛螺髻兼遍身自然玉色唯頂至面爲紫金色聖情敦道天心護法爰降宸儀將崇寶相鑄寫之際禎祥屢臻祕法止（一作正）於上京遂呈祥於外郡

金姿玉色不假琢磨霞帔霓裳非因藻繪見祥光於眉宇
生瑞氣於雲端曲示明徵宛如合契玄貺稠疊用彰萬億
之期蒼生何幸盡登仁壽之域臣等忝奉（一作侍）軒墀倍深
欣慶無任抃躍之至謹奉表陳賀以聞仍望宣示朝廷編
諸簡冊

爲宰相賀開元寺鑄釋迦牟尼佛白光等瑞表　玄宗

前人

臣等伏見開元寺所鑄釋迦牟尼佛身現金色頂含白光
鮮濃紫於聖容散純黃於佛體未加瑩飾已成相好殊祥
異應昔所未聞伏以聖人爲心玄妙莫測至誠所感靈變
無方陛下子育群生弘脩正教寫真容於法界傳實相於

恒沙洎崇建以來禎祥（一作符）畢集自有神通之功豈資人
妙之功超絕瑞於千古表昌期於萬邦凡曰士庶不勝慶
幸況於臣等倍切常情無任抃悅之至謹奉表陳賀以聞

爲宰相賀宮人夢玄元皇帝應見表　玄宗

前人

臣等昨因奏事親承德音宮中有一婦人性頗好道然未
全通悟數日已前忽夢玄元皇帝懃懃教誡道法尚未盡
解遵承無何又依前夢見大被呵責遂以水噀其兩目因
而喪明比覺後都無所見然始責躬罪已情祈至真又夢
玄元皇帝教之曰汝可見吾孫自立愈其婦人曰不知吾
孫是何人曰汝皇帝是也汝至酉時可見當施其法使汝
知驗至時宮中教人共扶見朕朕（一作因）累誡作道法使救療

其目須臾自開平復如舊聖祖（一作靈）感昭然合符與卿等同
慶者伏以混成莫測玄元闡其教衆妙難名陛下光其業
二聖表德千古叶符將告天休遂憑宮女乘恍惚而爲夢
在希微而有聲不因其言孰報貽孫之慶不開其目何彰
救物之慈法事既陳靈徵果驗能使病者復歸其明當聖
躬本命之時合烈祖玄通之契事且符於父視理仍叶於
常存殊尤之祥載籍未有臣忝跡樞近親奉德音慶悅之
情實倍恒品無任抃躍之至謹奉表陳賀以聞

賀新殿鍾鳴表　玄宗

李邕

臣邕等言伏見昨宣示於新殿爲萬姓祈禱神鍾自鳴是
知聖作昇聞天意下降道開皇極潤及生人臣等（中賀）臣聞

光覆動植者莫如天臨照幽遐者莫如日自非齊聖妙用
曷以則而象之玄化至德曷以感而通之伏惟陛下道心
沖叶神教昭宣以四海爲家萬人爲子常恐水旱遞有干
戈暫勞所以供祀百神用祈五福德澤被物聖靈動天屬
情注於一時景鍾鳴於別殿夫衆者萬有也廣者四維也
今陛下物總萬有一四維潛運方寸之間克塞宇宙之外則
何聖不鑒何神不昭豈唯一鍾乎況南面之位屈陛下之
至尊西方之金啓陛下之本命非無情之應是有由而來
自然群龍扶持九天欣戴保億兆之元后登千萬之永年
時觀雍熙代偕（一作階）仁壽此天所以告鍾所以鳴臣等幸
朝上京欣遭大慶一舞一蹈未極臣子之心再詠再歌徒

知天地之德無任抃躍之至

賀感夢聖祖表 玄宗　前人

臣邕言伏奉今月日制書至德感神通夢聖祖一作聖祖通夢告
以莫大之福示以無疆之期上賀國覩下敷人願以抃以
躍且舞且歌臣某中賀臣聞百川所歸者謂之大海萬有所
仰者謂之聖人今四海獲安聖人致壽臣子之願乂塞乾
坤之應克諧粵自書籍以來感慶之深福祐之盛未有如
斯者也伏惟陛下道用御天德心子物事無事以集休明
至明以玄悟人天乃椄福貺爰臻故得真仙見靈異相昭
應言皆合天心讖非外將恢弘聖慮照自宸衷啓之大年
授以元祐麻姑觀海歷歲彌長王母記桃與時無準則幽

明所載宗廟所鍾兆庶子孫百靈齊集知億年之永託沐
萬代之延休草樹自榮魚鱉咸若五風異色四氣同和誠
天地之大鑪鑄邦家之鴻業八極猶小不足受其禎符萬
物每輕不足答其成造鄙欲宥死符以弄生寵賢達人宴
以旬日耆艾衢陌工賈旗亭高與太平之時歡言上古之
化撫家族以自慰諸州邑以相誇官不驕人人不畏吏誠
天之覆燾焉如春惟聖之慈陶然如醉無任抃躍慶喜之
極謹附表陳賀以聞臣邕誠歡誠喜頓首頓首

百官賀佛放光表　常袞

臣等言今日董秀奉宣文成殿御功德佛放光明六宮及
諸王公主逬近侍等並觀其光從三更四點直至四更猶
在臣聞明主之理本以庇人大聖之教先於及物合者符
契感而遂通伏惟陛下以道法天以心詣佛指六合於無
事納群生於慶閭熏然慈心在宥天下滌慮恭默齊於穆
清以四海之尊勤三乘之法故得大雅應見變化無方毫
光破昏金殿如晝照恒星而奪彩混圓魄而一色曠代之
瑞天人咸覩玉漏將盡銀河以低仰光明而無際知皇劫
之彌遠臣等謬忝樞近倍萬恒情無任慶抃之至

百官賀朔旦冬至表　許敬宗 貞觀十四年

臣聞乾坤資始上元開曆象之端日月還流朔旦正旋衡
之本事韞有形之表理遂無物之先故能運彼玄樞財成
庶類麗茲黃道孕育群生惟聖則天允執在躬之曆惟皇

作極必叶履端之契所以書稱敬受易曰明時克正降平
無非此道伏惟皇帝陛下聲凝祕籙功弘造化縱如神之
玄覽體不言於四海發就日之光華同無私於七曜皆貫
循斝呵鳳吟辰元精究開闢之初握先窮名數之始載炎
涼於玉管節雨露於金渾道格彼蒼仁霑無外八紘受朔
盡入封疆九譯承風遠遵文軌昆蟲涵於凱澤草木洗於
榮光由是上感天而下漏泉不愛道而効其寶肇一元於
甲子致希世之貞符挾五始於長至播光前之茂禮伏見
宣義郎李淳風表稱竊見古曆分日起於子半勘得今歲
十一月甲子朔旦冬至而故太使令傅仁均欲苟異張胄
玄法減餘稍多子初爲朔遂差三刻用乖天正然自初及

半日月全未相離算與太初事皆符合奉勑付有司及經術者詳加考定以議奏聞於是鴻生碩儒咸稽茂典研精覃思俱考舊文國子祭酒臣孔頴達十有一人與尚書八座參議得失咸以爲仁均定朔事有微差淳風推校理尤精密謹按漢書云古者黄帝合而不死應劭云曆合天心而得僊也又按益部耆舊傳云洛下閎改顓頊法更作太初曆自云後八百歲此曆差一日有聖人出定之斯乃差日濫觴久著之於冥兆聖出之驗叶當今之有徵俯會八百之期遠叶九仙之道臣等緬惟邃古曆考前王若乃萌氣黄鍾兆根玄牝闡其幽而藏其用窺其奥而開其文列聖存而不論故無得而稱也自圖書爰始三統騰鑣皇王以來六家分軫帝軒垂憲大撓汨其洪源伯禹嗣興小正窮其至順命羲叔於唐曆考箕子於周年或以玄乙司分翠虬定箭登清臺而索隱揆圭表以知微事緒多途無聞感應猶且各稱書契並擅鴻名改年號以應元符禮日觀而爲稱首豈與夫兩儀同德五緯齊明景延南正星纏北流聯珠候朔的皪清漢之間合璧規天徘徊紫霄之上校先代之優劣豈同年而語哉庶當玉輅徐輪金泥裕後塗山之下會百神而合符介丘之側朝萬玉而光輝天人交際不亦休歟臣等生屬壽昌累逢祉福至於今慶曠古無儔何幸如之觀承旦暮不任欣躍之至

爲汝南公賀元日御正殿受朝賀表

臣某言臣得州本進奏院狀稱報元日皇帝陛下御含元殿受朝賀者上正三辰下臨萬國事雖舉舊命則惟新中賀臣聞聖祖垂訓王者處域中之尊公羊紀時春者爲一歲之始載稽故實抑有典章近歲以來此禮多闕或事因借費或時屬告休伏惟皇帝陛下道被無垠政敷有截全取發生之德無非訢合之仁蒼旻降符黄輿告瑞石碑既見文作太平銀甕旋臻字成萬歲而又憂勤不輟克責方深精誠旁照於八紘懇惻上通於九廟仙厨撤味獸舘休畋遂使化妖宿爲詩星變小戎爲餓殍慶由聖感令屬神行爰在新正式脩闕典彤庭列位册陛陳儀凝旒而天啓其門服袞而日升於觀巽風發越兌澤滂沱左右贊臣駿奔多士國無詖佞擢靈草而不搖出朝絶奸邪儼神羊而莫動禮成而退物有其容宮一作況一作以光耀璟圖册青王版輝前映後邁五登三臣竊訪碩儒遠徵舊典帝堯華封之祝唯止匹夫神禹塗山之儀只非元會然猶堯有多憂之戒禹存一作行後至之誅在和平而尚乖孰歡呼之可致豈與茲日而得同年臣方守河壖運正分符竹不獲躬陳玉帛首率榆舫況又嘗以藝文叨居禁密雖遠離天上猶近闕西非賀空深就望無所心馳紫闥非夢寐而不適魂繞皇闈羨歸飛而莫及無任賀恩祝壽戀闕屏營之至

賀大衍曆表　玄宗

張說

臣說言伏以開元大衍曆天旨裁其紀綱日官考其精要

履端更始敬授惟新加以辨五行之序推七精之數明徵
聖期實光土德臣又見梁天監中陶弘景著王匱記云盛
德木子以華來運頂者僧一行推璿璣曆得皇家天命成
數千年古今祥兆若合符契曆數既在於聖躬卜年仍兼
於長曆莫大之慶獨冠前王臣忝跡儒林預聞昌運無任
抃躍之至謹奉表陳賀以聞

賀示曆書表 玄宗　前人

臣某等言内侍尹鳳翔至奉宣聖旨内出新撰曆書二十
五卷以示臣等竊窺深奥仰觀天華涉海登山罔知攸際
臣聞唐堯光宅順昊天而定四時虞舜登庸在璿璣而齊
七政伏惟開元聖文神皇帝陛下至德廣運文明睿哲道

冠生知與神合契備徂聖之能事紹昔王之闕典發揮易
象以應乘乾之時考正曆書更表履端之始上包二帝下
括三王徵晷運之盈虛究推步之疎密備稽氣象載纏坎
離一作載纏離三辰順軌而更明五緯合度而增煥是使天地
貞觀神人允諧唐虞舊章於斯重覩臣等幸陪書府得預
朝門抃躍之情實萬恒品奉表陳賀以聞

代百寮賀放浙西租賦表　呂温

臣聞等言伏見今月十五日制命以天下經賦首於東南
浙右諸州猶罹災歉全以逋債大敷湛恩人謳勃興朝聽
震動一作賀臣聞三王已降綿曠千祀爲邦之政盡在欲理之
主甚衆莫不知傳戒獨豐語稱與足至於愛人節用之際

約躬紓國之時則必情隨事遷以欲忘道故曰人鮮克舉
行之惟難伏惟皇帝陛下濬發睿圖紹休聖緒躬行慈儉
子育困窮皇明燭幽惠訓不倦撫臨萬國曾未再周深求
疾苦之源屢下蠲除之詔裁戎杞之經費減乘輿之服御
雖邦計之有羨入憂於未憂雖生人之所樂輸損之又損
風行號令日貫精誠明神聽其德音和氣生於文字將冊
車所及咸升至理之期豈江湖下方獨被曲成之澤臣等
尸素有日獻納無聞尚勞聖心軫恤人隱并同凡品不敢
望於清光竊與疲甿共謝生於玄造無任感抃之至

爲杜相公賀恩賜淮西粟帛表　符載

臣某言今月某日使某官至伏知聖旨賜淮西節度使吳

少誠米若干石鹽若干石絹若干疋雨露之潤忽沾於焦
旱生育之德忽被於饑寒凡在臣庶孰不慶幸臣某誠歡
誠喜頓首頓首日者少誠迷誤興兵淮蔡陛下開日月之
耀霽雷震之威洗其瑕纖復賜珪爵使螻蟻重安於窟穴
章木再浹於恩光大一作忠義易兇邪之心和平銷悖亂之
氣今復恤其歉儉賜之粟帛聖澤灑危疑之地皇慈周反
側之人合救時之宜塞未萌之釁微禽食椹尚懷好音萬
夫載恩豈不知感此所謂睿圖宏遠神武深沈善戰於仁
施之中伐謀於洋昧之際武何戈而不止物何化而不從
增七德之輝華動八紘之踴躍臣叨居將相職守藩維不
獲奔走稱慶宮闕無任歡抃懇欵之至謹奉表陳賀以聞

中書門下賀抑情復膳表　裴衮

臣某等言：中使吳承倩至，奉宣進止，以臣等所奏華陽公主初薨，聖慈深悼，抑情復膳，保御至和。伏惟（類表作承）陛下初以愛主幼冲，純性聰敏，（類表作逵）恩念之厚，有過於成人；疾病之憂，非止於一日。早齡遽失，流痛熱哀，臣等不安，下情惶燭。上請微誠，感達蒙降德音，而不以至憂（類作愛）之私，忘於所寶之重。推必然於大分，割無益以遣懷，用復常禮，以勤庶政。致此陛下齊親疎於一致，和福壽（類作表弘覆壽）於萬邦，契膺（類作聖）祖玄元之符，實天下蒼生之福。臣等累日兢怖，焦心失圖，承命釋憂，倍百慰幸，無任感悅之至。謹奉表陳賀以聞。

代李侍郎賀德政表（德宗）　呂温

臣某言：臣聞上蒼垂象，當分野者先知；元后用心，奉職司者方見。是以堯稱光被，四岳得於疇咨；舜號文明，九官稟其（集作於）分命。豈非蘊方表志，因事立言，陳力自叅於化源，造膝難迷於日用。伏惟皇帝陛下膺圖曆，發玄德，廣運祅，纂鴻緒，允升大猷，振十聖之遺休，復百王之墜典。至如崇陵盡瘁，率禮無遺，長信歸尊，因心剋感，內成則仁叙九族，外平則義協萬邦，厚俗則寵及高年，廣孝則榮加錫類，能刑則朝無隱慝，善任則野不遺才，修文則戎蠻來威（集作王），整武則南北繼捷。此皆事懸（集作光）日月，聲洽寰區，黔首之所謳歌，縉紳之所抃蹈（集作歟）。其或機參造物，意兆先天，事陽於人，謳功隱於朝，聽者若非奉職之臣，官業所及，諒無得而稱焉。臣以庸劣，謬膺寄任，調盈歷而駁輕重，關成敗而繫安危，職思其憂，夕惕若厲，每因替率，披竭愚衷（集作忠），出奉溫顏，累承睿旨，有以知造化之意，有以見天地之心，曠若發蒙，折（一作浙）如愈疾。管窺所至，可得而言。昨者臣以潮州刺史李𡊮放縱私鹽，耗散公利，請從免職，以儆慢官。陛下以為法令改更，且（一作宜）當申諭，道途悠遠，容或未知，俾為後圖，用緩前責。弘恕包於廣大，明察貫於精微。此則群臣不可望清光者一也。江南西道觀察使楊憑奏以支郡旱歉，經賦不充，請征居地之羨，且循稅茶之法。陛下以天災流行，以時而息，人怨滯茹貽患，則深縱無日新之美，忍復已除之弊。特令寢奏，姑務通商。有司知畫一之方，負販有昭蘇之望。此又群臣不可望清光者二也。臣嘗使推官殿中侍御史崔太素奉使淮南，臣以太素（集作其二字）名秩甚卑，濬決務重，徵令郡縣釐（集作整）訓役徒，須示等威，請賜章服。陛下以為職任伊始，勤効未成，必有可觀，乃申後命。臣再陳所切，方可其奏。雖事從權，與且濟物之宜，而賞不僭行，已見求圖之旨。此又群臣不可望清光者三也。臣對敭之日，親奉德音，知臣使司支計，關少必擬昭明儉德，振起素風，率身為天下之節，用自宮而始。又曰（集作云）：臺殿舊制，已當惕慮經營，改作非所措懷，將不崇三尺之階，豈復議十家之產。發自宸念，形于天顏，意開而河海自清，言出而神祇知感此又群臣不可望清光者四也陛下光臨大寶星歲將周貴戚之賜與無問恩倖之霑濡殆絕至於贍軍供國行賞報功則必鴻毛府庫糞土金玉遂使夏州諸將恨効淺而恩深劍外三軍知生輕而義重此又群臣不可望清光者五也夫唐虞盛烈文武餘風莫不傳詩聲詩布在方冊且匹夫匹婦片善必書飛羽沉鱗一祥皆紀况陛下動關教化言在政刑理參至道之精躬行盛德之事而冲虛謙讓辭而未發將何以光揚藝祖昭示後昆伏請宣付史官永爲大法臣幸蒙恩遇獲奉昌期言必親聞事皆目覩分深骨髓義激血誠輕黷宸嚴魂宇集作首飛越無任屏營之至

文苑英華卷第五百七十

文苑英華卷第五百七十一　表十九

遷祔慰賀

代齊賈二相賀遷獻懿二祖表　呂温

臣某言伏見今月十四日制命以尊親親之義虔祔獻

祖懿祖於德明興聖廟室正太（祖）景皇帝東向之尊者十
五日奉遷事畢十六日祫饗禮成日月貞曜乾坤定紀稱
情靡忒合敬有歸百神得受職之方萬國知來祭之本（中
賀）
臣聞國有事莫大於嚴祀禮有經莫大（集作崇）於尊祖夏
殷得之以繁祉周漢用之以（集作而）休明爰自魏晉迄于隋
氏或以祚短而不及祧正或以時艱（集作難）而未遑討論紛
綸興謝綿曠載祀竟虛盛典（類表作美）允屬昌期陛下道冠前
王慶殷累聖奉無競之烈克廣鴻休瞻有赫之靈思正大
典精誠感念旰食疇咨內斷皇明俯裁羣議奉祖宗於常
尊之地定昭穆於亡序之宜清廟肅雍玄（英華避諱改作吴今從集本）
穹保祐奔走夷裔鼓舞生靈煥乎觀一代之光盛矣接千

年之統臣等自鍾舛薄生嬰衰瘵不獲躬執籩豆稱慶闕
庭誠仰聖敬（英華避諱改作欽今從集本）感深孝理形留神往倍百恒
情無任竊忻之至

代京兆李尹賀遷獻懿二祖表　劉禹錫

臣某言伏見詔書以今月某日奉遷獻祖懿祖神主祔於
德明興聖皇帝廟盛禮云畢宗祧永安誠感誠悅頓首頓
首伏以太祖景皇帝膺期撫運啓封于唐爲百代不遷之
宗開三靈眷命之兆頃以本（類表作聖）朝初建清廟備儀二祖
冠西室之先景皇闕東向之位諸儒獻議歷載未行陛下
濬發睿謨旁延正論爰詔多士會于中臺酌三禮之前文
參百王之故事講貫斯定詢謀僉同備物（類表集本作撰日）展儀

孝祥視履配貴神於遠祖正尊位於始封廟貌有嚴禘嘗
允穆示人以孝得禮之中既觀秩秩之容必降穰穰之福
臣職爲內史屬忝本枝躬逢盛儀獲申誠敬無任感悅屏
營之至

爲代宗告謝九廟表　常袞

臣某言臣纂承丕圖懼忝鴻業宵衣旰食寅畏增深未戢
難於寰區恐獲戾於宗廟明發惕厲祈哀聖靈夢寐承顏
如親左右謂臣曰知爾孝敬憫臣而降以恩私福及冲人
祐其後嗣德音所悔歎息如聞睿旨慈仁再三眷命追攀
不逮哀慕難任欲報之恩昊天罔極無任荷恩摧咽之至
謹奉表陳謝以聞臣某誠悲誠喜頓首謹言

代百寮慰七廟追崇先祖表　李嶠

臣某等言臣聞享帝立廟陳乎太極之典尊祖配天載乎
厥初之頌蓋用嚴宗虔祀敦孝睦親以脩海內之職以崇
天下之訓斯千帝百王之所因襲也四學三雍之所講論
（一作肄）也伏惟大周纘天作聖踵武嗣徽湛恩洎於行葦崇
構興於綿瓞陛下纂祖宗之洪緒資聖神之睿問乾坤合
德日月在躬利澤浹幽顯光明燭宇宙用能誕膺休曆丕
臨大寶近惟神祇福祿之祚遠想稼穡艱難之業后稷以
弼諧大舜隆姬錫受命之符太皇以翼亮有唐聖武當樂
推之運七百之鴻基不墜九五之尊位以光天休荐委靈
命再集豈非積善累慶深仁厚德之致歟夫源長者流深

道悠者利博是以商廟觀德享祀彌乎七代牧野追尊謚號光於三葉今者徽章改物鍾石變音神靈扶更始之運億兆慶維新之業宜其憲章典禮損益質文奉嚴祀之恒事採褒崇之故實三昭三穆對于不遷之祖八簋八簋存乎如在之敬然後上以化下卑不臨尊弘詩人永錫之義合周易大觀之象豈惟祖考來格實懷安樂之心故亦夷夏式瞻載佇雍熙之福伏願浚發皇鑒時流天覃考經籍哲王之典雜縉紳先生之議涓時擇日冊祝備禮臣等得忝陪振鷺洗滌大牲承奔走之下列觀肅邕之盛典則一人有慶子孫承永保之祥四海宅心臣下得自安之地無任懃懇之至

爲于侍中後篇作卿請赴山陵表　上官儀

臣某言伏以塗宮方撤祖載有期後篇作辰蹐厚地而靡容跼高穹而標絕臣昔逢開運委質藩朝荏苒迄茲後篇作今年將一一作數紀位非德漸榮以後篇作自恩滋顧視後篇作循涯分何階致此而今谷林啓隧宸衛將移杻席遺簪纏哀罔極方願鏊素題表作網絲後篇作隨綏翊而攀慕奉劍舄類表作弓劍而崩號後篇作摧送往已後篇作茲窮事居方永特希宸鑒曲遂荒襟伏紙失圖罔知攸措

此篇六百七卷重出今已削去

爲崔冀公請赴山陵表　于公異

臣某言臣聞臣之事君盡於追遠子之事父禮在送終忠孝苟全死且無悔後篇作恨臣某中謝臣本山東布衣耕于後篇作於淇澳兮類表後篇作海寓裘陵替無以庇身屬天寶中玄宗聖明河海清晏臣始忝宿衛入侍丹墀合門歡榮長幼同慶洎祿山叛命慶緒西侵玄宗以玉輅南巡肅宗以金輿北幸諸侯避狄天子蒙塵臣當此時有死無貳於是執殳荷戟漸拜偏裨逮肅宗克復兩京再安九廟臣遂東征西伐式遏蕃蠻荷寵承榮稍遷將帥先皇以臣頗經統領乂鎮方隅天渙曲臨授臣節制後篇作遐方授節一辭雲陛十載守邊空懸魏闕之心未展子亍之戀徒慙堡障有愧蘭絲後一篇肇作書肇自一官累登三事兢惶罔措悲駭失圖荷戴恩榮不勝號絕且諸侯五月同盟至天子七月同軌至今先皇厭代已歷四旬臣妾攀號哀纏六合況臣一身授任九族霑榮華轂朱輪貂蟬滿路永惟恩寵荅荷後篇作效何階豈謂先皇後篇作帝升遐臣不得執紼陵隧陛下登極臣不得後篇作進稱慶闕庭吉凶二途禮制皆闕伏乞皇類表作聖慈曲被天澤俯臨許臣匍匐玄堂稽首黃壤攀穹永訣蹐地長號獲申罔極之哀用畢終天之願無任殞絕崩迷後篇作迫之至

此篇六百八卷重出今已削去

爲裴尚書慰山陵事畢上表　崔融

臣某等言自遏密纏悲山陵啓卜陛下情深撤帳戀切遊冠至於鹵簿吉凶途程日月莫不親垂睿旨顯發宸衷由是川后兢馳山祇荐委雲物澄霽景氣清和靈驂電轉非

因下人之力神輦風行自有上天之助山河道路曾不艱
虞木石犬馬咸當感悅豈非大孝所洽通於神明至聖所
弘動於天地者矣伏以某日吉辰永安神寢郊原四合門
闕九重傍奉園林近瞻京邑玄宫一閟紫禁長辭萬國同
軌五情分裂伏惟皇太后陛下哀慕永往聖懷難居臣等
早侍軒墀謬霑簪履攀龍不及顧慕軒轅之臺耘鳥相驚
犀營會稽之野限以歸從未由詣闕無任悲感之至謹遣
某奉表以聞

代中書門下賀八陵脩復畢表（德宗）　權德輿

臣某等言臣聞宗廟之享以致吉蠲山園之制以極嚴敬
國朝祀典盡（集作參）用漢法寢宫便殿永（集作虔）奉衣冠日往
月來久未脩復伏惟皇帝陛下繼明恭巳大孝因心丕承
祖宗對越天地薦馨香於九廟崇經構於八陵庶工子來
百堵皆作人神協吉龜筮告猷用成奕奕之新實自蒸蒸
之孝行宫盡復神御以安掌禮之官虔於受命奉陵之縣
但覩成功慮財用而靡（集作不）賦於人量事期而不愆于素
罔極之感交於神明奚斯閟宫徒頌諸侯之事叔孫原廟
蓋匪先王之法孝彰禮備豈比於今列聖在天萬方受祉
春秋匪懈超冠百王臣等謬忝（集作忝）台司獲承詔旨無任
誠賀之至（貞元十四年八月十七日）

賀修八陵畢表　令狐楚

臣某言得進奏院狀報八月十五日百寮於宣政（類表作和）殿

賀脩八陵畢伏惟陛下行通神明孝彰天地深懷遠慕嚴
奉諸陵台階元臣展敬以祗命甸服蒸庶忘勞而陳力芟（類表作薙）
青蕪以疏徹道掃紅腐而淨藩園崇固護於岡陵增
肅清于松栢漢朝充奉徒見其遷人魏時向望空聞夫作
樂方今大禮彼實缺然天下臣妾不勝幸甚況臣名編竹
籍屬忝葭莩感慶之誠倍百恒品

奉慰過山陵表　前人

伏承順宗至德大聖大安孝皇帝奄過山陵率土臣庶不
勝號慕伏惟陛下孝思天（類表作之）至祗事薦誠精貫昊穹禮
備園寢攀慟（類表作號）罔極聖情難居臣謬列藩條限於守職
不獲奔走陪慰內庭無任感惕兢越之至

爲福建閻常侍奉慰德宗山陵表　前人

臣某言伏見制書大行皇帝靈駕赴以某月日遷座崇陵
先太后梓宫自靖陵啓發同時合祔萬邦永慕悲纏於亏
劒七月有期殯延於鑾貊伏惟皇帝陛下孝思罔極至性
自天攀奉山園聖情難處（中慰）先朝臨御悠長威靈遐被儲
祉傳聖以福四方今祗祔禮終清廟如在率土臣庶實謂（一作爲）
哀榮臣職忝方隅分憂地遠不獲仰倍下列奉慰外
朝無任瞻戀哀惶之至

爲羣官請公除表　蘇頲

臣某等言伏奉今月二十日敕初違此終喪未從權禮恭惟
聖旨相顧失圖臣某中謝臣聞孝德稱三事親之道不貳

喪禮有五權制之一儀居一雖霜露增惕君子有終身之非
而月月其除達人無追遠之我故大賢抑情而俯就不肖
庶幾而企及百王同範千古不刊此所以定通喪此所以
明大孝陛下欲承前訓獨展因心棄易月之制申再期之
禮臣何人斯輒敢裁議然凡聖殊貫尊卑異等情則無別
服則不同漢朝故事行之自久是以先后遺旨具刊節制
率土之濱孰不哀奉陛下若違衆慮循私情想繁棘以纏
悲服苴枲而增慕此則非先后之遺意也興通賢之達節
也伏願俯依縿制以順權宜屈小節而存至公抑冲襟而
明大禮則下顧上達人欲天從陛下不違於先旨微臣得
申於公議不任悲迫之至謹詣朝堂奉表陳請以聞

此篇原編在六百七卷今移入于此

為羣官固請公除表　前人

臣某等言臣聞以日易月著自不刊之典以臣事君竊惟
有爭之義羣心累切聖感未迴臣等焦惶不安啓處中謝
臣又聞之高宗諒陰三年不言百官總已以聽於冢宰斯
則求古之人自殷宗行之矣但事有通變時有損益或循
古法多昧遠圖孝文由是創禮孝景因之從令故漢之帝
王獨高文景孝者先於百行豈欲違而致美誠以神器之
重天下至公所直小所枉大加百姓而刑四海作程於後
罔不率由陛下纂大横之緒開中興之業每旰食坐朝求
衣視事不可得不言也不可得總已也固不可如殷之時

也臣請以近事為明是云典故豈三聖追遠曷不甚哉三
年制服蓋未然矣先后（一作王）所以末（一作未）顧之深（一作除）者
欲順成先志不改其道乎若遂乖於所奉固於執見寧獨
神祇之望缺億兆之心阻必當太宗有恨於昭陵之仙寢
高宗不悅於梁山之玄宮先后徒勤於憑几之言陛下是
忘於綴衣之日矣今禮云衰後聖不宜獨善今禮云非前
王故以乖訓其可專之乎況教於宗廟四時之感斯在廢
於禮樂萬邦之化安寄不薦不享久矣其如奉先何禮壞
樂崩久矣其如致理何懼非大孝之意也頃公除有數臣
等祗若今攢塗又畢時月已遠而陛下廷則簪裾之序居
尚苴菓之容至有百蠻入覲千官在列仰睎太陽俾見羣

下便謂君臣之禮舉而有三遐邇之人感且非一彼數事
者伏惟熟計之臣等輙以悃愊之懷願抑蒸蒸之孝陛下
當廻思遷處從權達禮思代天理物之大惟愛人治國之
機上則遵於累聖稟於遺旨下則順此誠祈因而俯就顒
然所戴罔不知幸無任悲迫惶悚之至謹詣朝堂奉表以
聞

第二表　前人

臣某等言臣以易服之禮著之前訓從權之義聞諸格言
遂乃披瀝肝血願垂昭亮天心彌固日慮徒勤是用怔惶
但深焦懼臣中謝臣聞通喪之制差等不同天子絕朞故
云自達此孝情之專旨不（疑作非）衰服之遺事故雍言致惑

子張發問於殷宗除服不疑元凱具陳於晉主此則家國
殊禮君臣異貫前帝執儀備之方冊況皇朝典故駿命斯
在祖宗奉先不違茲躅陛下若以舊言不信上則請按於
周禮陛下若以今古異途此則請詢於唐典雖聖情多感
臣不忍言而有義可憑終期俯察復以四海無外萬機事
大國望時宗猶有權奪則陛下為天下主作人父母司牧
羣方纂膺寶業何忽以冕旒之貴而行布衣之禮也且臣
等子一作公除虞奉明訓陛下若素齋未卷縞衣仍服使吉
凶殊於內外丹素雜於宮寢無乃哀樂乖宜乎無乃情禮
失衷乎又臣以奉君為忠子以奉親為孝孝必順於先志
忠必期於助禮今先后遺制服紀具存陛下小不忍行動

而愈失陛下則固執儻違於大孝愚臣不請先蹈於不忠
臣何心顏敢安視息是以不勝慺慺崩迫之至謹詣朝堂
固請以聞

將加神龍尊號羣官請公除表　前人

臣某等言臣聞君親之義臣子同極陛下至孝純深將固
三年之典臣等盡忠懇倒佇迴三舍之轡是則陛下違先
后之遺命臣等忤聖人之嚴旨違命幾於過戚不可以稱
孝忤旨嬀於必諍不可以稱忠所以莫顧犯鱗共甘碎首
臣等中謝臣又聞之王者代天理物為天所子循至公以
臨大寶非獨善以崇小節由是漢之國章始從權以變禮
晉之廷議故恧已以因除擁萬乘之尊有萬機之政者示

不得同於九也前王著於不刊其來久矣四聖則常追遠
俯而就之陛下罔極之思過喪是執所不忍言莫之省奏
遂令霜露多變日月其除皆臣之至愚誠未感聖天意若
曰助陛下以非常之功人謀協從尊陛下以非常之號者
欲陛下司龍紀受龍圖祇分社而建皇極擁神休而奉清
廟者也故天有景貺不可拒者審矣國有茂典不可廢者
明矣鍾鼓不擊不足以旅庭冕旒不施不足以端扆未有
膺其冊鈇其儀乎臣等茫然悉未能喻況哀戚有制故非
同日變通適道甫及載朞誠宜奪因心之慕稽順時之請
當建鴻名以承上帝則所直者大所枉者小罔不格于上
下通於神祇睎太陽之光曜秉和氣之充塞伏願陛下全

之臣等昧死以聞期於必遂

此篇元編在六百八卷今入于此

為羣官請虞卒哭表　前人

臣某等言臣等伏見有司撰既葬及虞之禮陛下當以今
月二十七日公除卒哭聖情感慕所未忍言衆慮焦惶罔
知攸寘中謝臣等謹按晉書杜預議畧曰天子之位至尊
萬機之政至大羣臣之衆至廣不得同於凡人故大行既
葬祔祭於廟則因而除之不除羣臣莫敢故恧已而除之
天下之人皆曰我王仁也我王孝也此乃聖制移風易俗
之本於是盧欽魏舒等從其奏議莫不厭服臣等歷選列
辟頗徵前史王者為天所子受天明命代天育物先天弗

違居大寶之位行至公之道故沿華而致理變通以成政況先右之末願聖朝之舊式簡冊備矣方乖無窮君親臨之寧愛非禮而陛下愈遲（見禮記三年問）之痛孝思罔極履曾參之小節遺漢文之故事

貫於神明粤自開闢天子之德未有如睿宗孝之純深也至使慶雲湧浪井出嘉木連理神芝三秀蓋其效歟要不可以情過哀而所枉斯大矣臣又聞七月而葬既葬練除其月而虞既虞吉祭爲之降殺用斷喪服示不得踰之令合□山陵祔於宗廟詢之典訓嘗有稽矣而終不師古始不易月考之事宜又無謂矣舉而書此將何以法陛下昧旦聽朝戚容深視庶官所以環拱近臣莫之利

見戴九天之仁覆渴十泉之清光顒然之情蓋未能諭且追遠興感君子有終身之憂以權制服聖人思屈己之重何必三年之禮稱爲百行之端若天無畢聽固違於獻款臣敢先除今附於不義豈司牧黎獻作人父母之意乎伏惟陛下可羣司之奏順剛日之請去獨行以致美闡大猷以光濟勿使鴻生鉅儒廢（一作發）書而鬱悒下學上達空草議以昇營臣等至懷期必俯就則凡在動植無任悲幸謹昧死詣朝堂拜表以聞

代太原李僕射慰義章公主薨表　令狐楚

臣某言得進奏官（類表作院）狀報義章公主今月九日薨輟朝七（類表作三）日者臣伏聞公主分輝帝籍擢秀皇闈麗有掩於舜華纔成下嫁慶初傳於螽羽奄見（一作有）上仙伏惟陛下仁愛方深恩慈所屬始其凋謝軫以悲傷臣限守邊陲忝聯枝葉不獲陪位奉慰無任哀塞悽愴戀結之至

爲杜司徒慰義陽公主薨表　劉禹錫

臣某言伏承義陽公主薨伏惟聖懷傷悼增切伏以公主妍姿令則冠絕天人禀教皇宮已挺柔嘉之德降嬪卿族益彰貞粹之儀方期作範壼闈長榮邸第豈意遘茲短曆奄謝昌辰慮陛下軫念未捐（類表作損）深慈莫遣有虧常膳罷設宮懸臣子之情不任惕戀况聖凡禮異家國制殊伏願道齊彭殤理達脩短割肌膚之愛慰寰海之心率土人臣孰不相賀（集作慰）無任懇款屏營之至

爲王侍御瓘謝宣弔並賻贈表　李商隱

草土臣瓘言今月某日某官吕述某官任疇等至奉將聖旨以臣父某官某亡殁賜弔臣等并賻贈臣亡父布帛三百疋米粟二百石者大夜銜輝窮泉漏澤以殞以越終哀且榮臣某中謝臣先臣某託體元侯策名任子象賢傳嫋餘力攻書歷七朝而在公秉二道而非墜氛興赤狄兵聚晉城先臣受律臨戎忘家徇衆士卒均食罔媿於前修廊廡散金遠齊於舊說上憑王略下振軍威旬月之間慶捷相繼並親桴三鼓躬運九章如臣弟兄皆冒矢石豈意奇功垂立大願莫從傳飧失時餡血成疾奄至凋落長違盛明此皆由臣等抱釁既深就養無素遂延家難仰惻宸襟

尚偷生於晷刻亦何顏於天地伏惟皇帝陛下悼深撫机
悲軫聞鼙降憫册於上公厚賻禮於遺體昔魏優死事上
分食邑之餘漢養孤兒但有羽林之聚方於今日彼媿推
恩叫號失容戴履無所軍前結草必自於幽靈石上澆（集作生）
松敢忘於遺訓無任感恩荒殞之至

爲令狐博士緒補闕綯謝宣祭表　前人

草土臣某言今月某日中使某至奉宣恩旨致祭臣亡父
贈司空臣某者存歿願終哀榮禮備荒迷觸地號叫聽天
宸襟特降王人迂臨私第陳其醆爵絜以豆登招（集作檀）遺
魄於幽陰旋歸莫覩視殘生於晷刻報効無期臣等無任

戴恩荒殞之至謹附中使某奉表陳謝以聞

賀順宗謚議表（爲人作）　令狐楚

臣某言伏奉六月十四日勅旨太常奏大行大皇尊謚曰
至德大聖安孝皇帝廟號曰順宗臣某誠感誠慶頓首頓
首臣聞入廟觀德載在前言聞謚知行傳於故志伏惟順
宗大聖安孝皇帝統承九聖保乂萬邦繼耀大明合符真
宰方同天以下覆俄狀代以上僊伏惟皇帝陛下哀慕未
忘孝思罔極痛衣冠之永閟攀弓劒而無階殷薦鴻名光
昭懿德廟號非徵於漢魏帝圖自掩於羲軒百代見聖人
之功四方知君子之孝率土臣子以欣以感臣限於鎮守
遠在方隅不獲奔赴闕庭陪位稱賀無任踴躍之至

此篇元誤編在六百三十五卷狀門今移入于此

文苑英華卷第五百七十一

文苑英華卷第五百七十二　表二十

宰相讓官一

爲魏王讓知政事第二表　李嶠

臣某言臣由衷之辭已具前表分外之澤仍叨後恩祗命低迴不知所處臣某誠惶誠恐頓首頓首死罪死罪臣九能無術五伎不成空荷陶甄竟微知效陛下篤循子之愛用家人之慈流其渥恩被以簪組折珪分器等姬氏之藩維裂壤誓河承漢家之禮秩皇儀曉列拜金扆而升玉墀仙蹕晨遊陪栢梁而侍宴尚柱在臣榮幸實冠等夷惟臣妄庸已成忝越豈可以仍黷大命更竊厚恩任濟時之股肱爲巨川之舟檝且臣屬居宗室地接葭莩惟社稷之安危乃門庭之休戚豈不願磨頂至踵裨高益深徒以智力有涯勉強無地懼傾輈之爲敗憂折鼎之生災匪藏器而謀身實輸誠而體國伏乞俯矜愚劣永鑒隆替思懋賞懋官之義用知臣知子之心特停過恩速寢嚴命則物情輿議咸仰於至公叨榮謬官不塵於則哲無任慙懼屏營之至謹詣閤奉表以聞

爲王及善讓内史第二表　前人

臣及善言臣叨荷殊私肙陳至懇而惕慮昏於凡識深誠蔽於短辭丹懇罔通紫泥徒渥祗奉還答周惶失措臣中

謝臣才疎行缺運偶時來榮匪德遷官由恩逹法河象岳升臺歷府行忝八命坐陟九霄彤軒阜騎非振鷺之飾青組丹紱是濡鵜之譏施重丘山効微涓滴妨賢自乂速謗滋深頃因齒髮之衰得蒙骸骨之賜西河退老非訪經書東海歸閑空求藥餌方養支離之疾翻成愷悌之恩曲降綠綸重收簪屨（屨一作履）徵榮槁木責焰寒灰將使策蹇磨鉛入總樞秘牽羸引憊忝典鈞石仰朴恩渥顧揆心守桑榆且晏蒲栁先秋方與絳縣老人論其甲子淄川艾耋比其容貌將何以對敭金扆趨奉玉墀當鳳沼之便蕃望龍闈之清切況寅亮皇極經綸帝道功參濟巨義等作霖隆替是因具瞻斯在求言授受豈當容易是用深鑒陳力載懷

量巳方憂折鼎乞保懸車且今百度惟貞九流式序鵷鴻齊列俊乂在官可使畫虎（唐諱作武）承羞豐貂竊幸謬中乎之好爵辱大雅之能官伏願深惟至公俯收曲澤矜此疲劣改命才賢則器蒲之凶不累於愚叟棟隆之吉永光於聖代無任慙懼屏營之至謹重詣朝堂奉表以聞

為王方慶讓鳳閣侍郎表　前人

臣某言伏奉恩制以臣為鳳閣侍郎同鳳閣鸞臺平章事恩寵光臨獎飾踰分虔荷明命營魂失守臣某中謝臣學非儒墨術異商韓文乏斧藻藝慙刀筆屬乾坤貞觀日月光暉飛龍在天而庶物咸覩仙兎離畢而羣萌皆潤遂得封植樗散謬齒於翹薪剪拂駑駘濫陪於逸驥驟荷私遇

頻階榮擢入參丹閣出擁彤騶爰自海邦遂升河輦佩若若之綬鶩轔轔之轂叨恩竊幸空變星霜尸祿妨官曾微報効宜受素餐之責翻成黃閣之榮夕拜瑣闈朝陪禁省敢希任先淑慝之美每憂王猷謬誤之失而天慈逾渥聖澤無涯爰迴斗極之暉更寵掖垣之授下神畿而入仙禁未變葭灰自鸞渚而遊鳳池僅彫蓂葉荷俟之十旬累命未可為倚車公之一日九遷曾無足比既超倫而邁等實負愧而承羞臣亦何人敢叨非據況樞秘之重絲綸是職言參玄化步入紫微臣蒲柳既秋桑榆漸迫耄期云及衰疾徂侵以日昳之歌當夜行之罪招愆覆謗非為身謀敗駕傾餗將貽國負盡力周於用則輕重咸宜任（一作用）過其才則巨細同顚伏願察臣知止之分矜臣自量之情寀乎出日廻三舍之光油然作雲垂九霄之澤曲収過謬改命才賢則維鵜之譏不起於輿誦振鷺之詠復聞於朝序無任悚懼之至謹詣朝堂奉表以聞所讓人别狀封進臣某誠惶誠恐頓首頓首死罪死罪謹言

第二表

臣某言臣由衷之析已具前奏而不次之澤仍垂後恩俯仰慙懼莫知啓處臣某誠惶誠恐頓首頓首死罪死罪臣爰從壯齒不逮儕流況在耄期曾何志力嗟負鼎之無術患挈瓶而屢空徒以慶雲垂津枯槁蒙澤杲日流照嚴（一作甲）霜不凋貪及聖明之辰願從簪履之列僶俛榮祿推遷

歲時豈忘陳力之言方致乞骸之請不謂聖慈廻眷天造曲成東膠尚賢未始澄汰西伯養老更垂優渥拔跡寰洋之曹假寵神仙之署二離齊景八舍連芳歘陟千里之途輪困為萬乘之器龍池沐髮始暢前榮鳳沼躍鱗旋叨後命顧茲衰朽理絶琢磨在方圓而罕施顧長短而無取豈可以仍塵常載累忝國經使身貽鼎覆之憂朝失棟隆之舉是用內慙外懼夕惕晨興輕薦木誠敢謝非餙伏乞矜臣難奪之志體臣不移之愚特停過恩改命賢哲則濟濟之詠復聞於聖朝洋洋之美不專於曩載無任慚懼之至謹重詣朝堂奉表以聞

為楊執柔讓同鳳閣鸞臺平章事表　前人

臣某言伏奉恩制命臣同鳳閣鸞臺平章事受命祗懼載驚魂爽臣執杀誠惶誠恐頓首頓首死罪死罪臣聞任官擇人哲王之所不易陳力審分忠臣之所宜守固當使寵私路絶公直道行然後能謗讟不興緝熙有寄臣材非上達地則外姻攀日月之末光承雨露之餘渥遂得持衡天關攝職斗極塵八座之政本忝三軍之戎務高秩厚位徒辱於庸虛弱羽輕埃竟微於答効盤桓寵禄僶俛歲時茸受維鵜之刺寧懷振鷺之舉而聖慈無已天造彌隆復使忝掌國鈞預聞執政撫己慙悸捫心震越夫以衡石萬機鹽梅三鉉忝翕闢疑作闢之玄造輔丹青之景化自非勝莘古渭出昴乘箕安可寅亮帝圖弼諧邦教臣之蒙蔽久塵

聽覽豈足以傍允物情上迴天鑒承丹檝之遠託當股肱之重寄伏願暫停旒纊俯擇芻蕘搜訪才良用平分之道屏絶私昵收曲成之惠則域中多幸天下至公豈惟匪服免譏臣無器蒲之懼固亦得賢斯在朝有棟隆之吉無任慙悚之至謹詣朝堂奉表以聞

讓知政事表　前人

臣某言伏奉恩旨令臣同鳳閣鸞臺平章事有命自天光寵踰量如集于木啓處失圖臣嶠誠惶誠恐頓首頓首死罪死罪臣聞簡賢任能百揆所以時叙謬官失職九流於是咸曠隆替所寄義不可輕臣才實凡庸志無遠大叨預贊複遂升臺閣踐金門而遊石室掌徂史而參鳳綸被蜉蝣之衣徒竊榮寵接鴛鷺之羽久慙尸曠茸受妨賢之責忽承非次之恩仍使參預機衡獻替帷幄持濟巨之舟楫味和羹之醯醢以挈瓶之智陪負鼎之遊將何以祗奉帝難弼亮皇極况丹青所運鼓舞通於四時鑪錘所裁綱紀行於萬俗動關政體豈易其人臣才闕行踈藝殫術淺同子房之多病異吳漢之强力策支離之杖未振其軀脊擁腫之材豈勝其任將恐貽災傾餗取辱敗軍喪實虧名夫豈足惜害公撓法茲焉是懼敢緣陳力之義輕布由衷之請伏冀九霄垂澤三舍廻光體臣不移之愚矜臣難奪之志特停過謬改命才賢則器蒲之凶不累於凡鄙棟隆之吉永光於聖代無任慙懼屏營之至謹詣朝堂奉表陳讓以聞

讓同平章事表

臣某言高品吳千金至奉制加臣銀青光禄大夫同中書門下平章事兼泗濠等州節度觀察處置等使餘如故者初受恩榮若登霄漢退思塵忝如履春氷臣中謝臣聞以德詔官以勞定賞苟或虛授人無勸心臣自守方隅累更時歲荷唐虞宣力之寄乏齊魯振政之能愧無可稱以答高位豈意聖慈弘奬天澤荐加以爕贊之崇名被庸虛之陋質懼速官謗有玷大猷伏以宰相之職安危是主其在當否繫于慘舒唯以材升例無平進舉不失德則副蒼生之心苟非其人或致夷戎一作外夷之哂臣雖愚昧嘗覽前言

豈敢冒榮遂安竊位輒思事理冀盡芻蕘若以汴河要津漕運所切徐方做擾師旅未寧謹當上禀睿謀下貞戎律尅期而進屈指可平勵衆之先是臣之志旣行其事必在正名所加飾制安敢餙讓至於銀青貴服金鉉重名勳績無聞豈宜濫及伏乞賜寢前命俯亮愚衷微臣有遂心之宜聖朝無不稱之服名器斯慎退讓有聞遐邇聆風孰不知勸其新授官告謹重封進無任屏營之至

讓鸞臺侍郎表　前人

臣某言伏奉恩制以臣爲鸞臺侍郎依舊同鸞臺鳳閣平章事兼脩國史仰祇聖澤退揆愚衷周章失圖怵惕惟厲臣某誠惶誠恐頓首頓首死罪死罪臣聞疇德而授則尸

曠之譏絶推恩而舉則緝熙之道廢臣志狹量淺業空理疎揆才與言行之科入仕非應高之選遨屬時幸累叨榮級石渠麟閣司典籍之林金門鳳池參廟堂之議以小才而居大任用近智而恢遠畧緣鶴之鼎旣失於鹽梅濡鵜之衣實慙於紱冕井待素飡之責忽承非次之恩夫以瑣闈崇嚴玉堂祕近職參持蓋位亞掌壺子雲以善屬文詞始應夕拜李真以妙通經術方陪旦講臣之愚陋實畏友朋豈足以奉帷幄之昌言聯名賢之逸軌且短才不齒末减雙鳧之數豐秩妄加必喪羣龍之績陛下經緯品物搜揚管庫方使道風德範遠出帝先豈令敗政妨官近自臣始伏願俯收人望顧惜朝班特廻寵光改命賢俊則百揆寅亮長無鼎覆之憂三階底平自有棟隆之吉無任戴踈屏榮之至謹詣朝堂奉表陳請以聞其所讓人具如別狀臣某誠惶誠恐頓首頓首死罪死罪謹言

爲張令讓麟臺監封國公表　前人

臣某言臣短辭易窮愚意難達雖由衷之訴累瀆於清規而臨下之明未照於丹懇伏奉還旨更優前命心魂交悸啓處失圖臣某誠惶誠恐頓首頓首死罪死罪竊惟服勤致用事主之名節推誠納忠爲臣之職分凡列衣冠之序忝升敎義之筵立身揚名孰不由此况臣沐浴盛化被服隆恩陪萬乘之旌旆列四臣之禦侮犬馬立効雖未堪申防代勞膺鸇有情豈敢志除凶弭慝論剸蒲之釁逆舉鬭

瑟之祆變盖惟恒事豈足言功陛下録臣謏才收臣薄藝以某纓組舊業頗聞於義方山林遠情粗閑於道術訪其隱仙之訣求其詩禮之對不行而至坐辭麋鹿之羣無翼而飛遂接鵉鴻之侶乂慙粉米之餙欲辭稻梁之惠日來月往猶戀於軒墀雨施雲行亟廻於印綬今復更申殊奬追叙微庸以臣子之恒情辱公卿之顯位等威齊乎四履名器光於五臺縟禮崇徽頓榮於非據深憂巨惕更切於如臨夫不失賞刑先王所以撫中外大明黜陟前典所以正邦家中麋豹之侯僅堪封爵乏羔羊之節無階流品乃賢哲之所愼豈庸微之敢安是用仰辭渥恩俯誓肌骨寧井於犯違朝憲不可以虧損帝難固守不移之愚庶全難

奪之志伏惟南離廻耀微察於傾心北斗垂芒稍矜於走魄特停過謬曲賜優容使官謗不喧工歌有序則無私之覆彌大於九玄至公之途末隆於萬國無任忝竊慙懼屏營之至謹重詣朝堂奉表固請以聞

代家君讓左僕射表　蘇頲

臣某言伏奉制書以臣爲尚書左僕射餘如故祗陳惶悸罔知攸處臣中謝臣始孩而孤不承義方之訓及壯思勉又乏殊異之才幸以高曾緒業妄膺俊造州郡徒勞豈議聞達陛下昔居邸第臣得謬連牧馬曳裾之末忽焉三載遺簪之舊親奉六飛攀鱗而踐臺閣無翼而登霄漢皆聖主造物之恩成小臣飾躬之漸雖出入升降數十年間紆

青拖紫復何功業大行皇帝不以非才擢登近侍貂蟬始拜居守三秦輿駕來旋俯移數月以臣愚直不任政事俯假位遷曹晉臺洛邑去歲秋暮復叨端揆臣往以謀猷缺如壽而年病相追每經陳乞未賜哀矜屬升遐之際變起倉卒受遺顧託形於制旨臣雖獨拒邪謀莫能死全忠烈則臣之爲咎已無所逃豈謂聖聽廻誠曲蒙照獎非臣微命能答鴻鈞自光華在辰睿聖登極四罪皆服百工咸事尚書萬機之會僕射庶寮之長正宜明德茂才彌綸經濟豈使妨賢敗政自左而右陛下以維新之業始邀於卜夢而念舊之私尚任於疲老臣知不可議者伊何安敢上累明特下塵良史伏乞憫臣有涯之忝越然後選衆而舉得人爲盛非唯微物覽分固亦朝廷益光無任慙荷屏營之至謹奉表陳讓以聞臣所讓人別狀封進

代家君讓侍中表　前人

臣某言伏奉制書以臣守侍中散官勳封如故仍西京留守恩降霄極澤深雲露内省諸已不知所裁臣中謝臣實小人偶識常分志學頗慚於先構致身匪期於遠達將五十年自微而著蓋妄庸者何幸而升頃主禁令於管轄臣歷踐而不能肅事訓黎人以五教臣謬遷而不能揚職公私愧靦夙夜憂惶豈悟微物更蒙殊造臣中謝且常伯納言其來自古切問近對執密於兹王命惟允宰臣之任政刑所繫理亂攸在臣忝聞典謨遠觀載籍得其人則有鹽

梅之寄矣失其人則有鍾鼓之妖矣況臣淺陋加以衰疾便欲左貂右蟬負璽陪乘頡頏清禁光耀紫極臣知不可何止流議遂使臣比肩風力接武元凱正恐國家疑事非宿儒莫辯以經術朝庭大體非故實莫稽於政要獻忠納規力不足者負乘致寇誠所宜然官謗已招身尤何塞之秦中帝里天府之奧俞往重寄於臣復忝寧有拜則侍中遠慙於軒曆同居相國多謝於漢圖以臣兼之胡顔而處伏惟應天皇帝陛下中興景運大造羣物恩周動植故惕慮以求衣化移彝倫豈非材而補衮伏乞矜臣由衷之請覽臣自卜之祈更擇俊賢曲垂照一作昭亮維鵷之作不列於詩人振鷺之儀識揚於史筆臣所以敢守難奪期於必

行無任慙懼悚戴之極謹詣朝堂奉表陳讓其所讓人別
狀封進

爲王尚書讓宰相表　前人

臣晙言伏奉制書以臣爲兵部尚書同中書門下三品制
命先臨寬守飛越臣中謝臣素以凡薄何階遠大明經試
史多從州縣之榮陳力就列豈望雲霄之舉爰孚皇揆屢
叨一作延宸渥出則雄藩重鎮伏鉞臨戎入則副相常伯剽
纓旅位負乘致寇福過生災昔忝今職將貽法罪矜臣愚
者聖慈宥臣直者天斷曾莫報効仍紆寵光吏部升家宰
之司并州尹興王之邑臣每自料竊不遑寧豈悟衡軸之
委韜鈐之要無通知四夷之畧乏决勝千里之才使臣爲

之非敢矯飾鈇邦家之望則物誰謂一作論爲宜塵日月之明
則臣何以處伏乞察臣自卜之審憫臣由衷之訴更選羣
賢以乂成績庶使朝端不虛授天下知至公臣罄露懇誠
期於必遂謹詣朝堂奉表以聞

爲李尚書讓兼左僕射表　崔位

臣某言中使某至伏奉某月日制書除臣檢校某官者伏
惟皇帝陛下以仲春之月居青陽太廟順發生之令乘溥
洽之恩建萬國而覲諸侯闢四門而延多士雖成周析壤
唐虞命官穆穆皇皇何以加此天下幸甚臣謬列藩鎮極
兹寵榮捧戴絲綸形神駭越中謝臣聞謙以立衆明於害
爲言在不知退臣敢瀝懇悃讓披心自陳何也臣
天枝遂階名級立身終始竊慕古人履官途惟直道
而行居聖代而孤立寡援自陛下纂承王業致理雍熙臣
以瑣微累蒙任遇入司宗籍出按節旄報恩百用未中一
割悚惕惟厲中夜以興臣伏以爵本酬庸秩由崇德無功
庸而冐爵秩乖寀煥而怒鬼神詩有不稱之譏易垂折足
之誡仰惟古訓歷選先賢未有不澤潤生人功在王室而
可驟升重位安處大名况今同軌絶垠韜弦息甲守戎內
地卉食羨衣舉勞無汗馬之勤論兵乏出人之畧方將尸
素刻責豈意恩光荐加在亭育而則然當覩冐而奚若且
柜撥之職而布於典策優游二一作三品師長百寮自漢魏
尤難此選非夫李固忠讜黃瓊奏議羊祜以荆州無領謝

安由戎政特拜以臣方之遠有所愧臣高祖淮安郡王神
通翼贊神堯竭誠締構勳彰國史方任此官在臣何堪謬
繼前哲循涯省分憂悖失圖垂之簡書不可以訓是願罄
露丹懇冀迴聖鑒察臣辭避之至恕臣量已之誠乞停今
授以俟後効君由天也焉敢飾詞臣限以所守不獲奔赴
闕下拜舞丹墀無任慙惶懇迫之至唐僕射雖爲尚書省長官號宰相此表乃
在外檢校官合在五百七十七卷英華誤入于此

第二表此表合在五百八十九卷謝門英華誤入于此

臣某言某月日奏事官迴伏奉勅旨以臣讓官即宜斷表
者微臣材劣不足動天再蒙中詔曲賜獎飾捧授之際襟
靈君飛中謝臣伏以運屬昌期干戈乂戢人懷聖澤閭里

乂安臣總戎無分寸之勞爲政乏循良之異是以内思陳力難處百揆之崇外愧妨賢願効九官之讓而宸私荐及寵命莫廻敢煩君父之聰用申犬馬之志唯當書心許國盡瘁在公廉問黎烝訓輯師旅庶立毫髮以副憂勤臣所守有限不獲奔走拜舞丹墀無任感恩殞越屛榮之至

爲韋相讓豳公表　　賈至

臣見素言伏奉某月日制書封臣豳國公食邑五百戶仍特加金紫光祿大夫兼與一子五品臣次男諤又特授五品官者臣才術寡薄操行無取幸因資序謬陟台衡不能燮理和氣裨補德化致使四凶構慝天下震驚鑾輿南巡函谷失守語曰焉用彼相易曰負且乘致寇至由此言之

臣雖殺身不足補過且臣値祿山干紀不能制其命臣與國忠同儕不能正其惡尸忝厚祿竊位多時一昨扈從之初不即死者蓋以翠華歷險牧圉無扞駑馬思効且伏轅輿候至蜀城自拘司敗豈謂渙汗大布網羅江河茅土猥加恩廻日月當今天下未定忠義驅馳（類表作並驅）封賞之行不宜踰濫借如冀從行李操執鞭轡臣子職分何名爲功以此受封不可以訓含𢙣榮冐寵非臣所圖伏願俯垂矜憫捨此階爵不使臣父子得罪於公議見唾於有識微臣幸甚不任懇迫之至

文苑英華卷第五百七十二

文苑英華卷第五百七十三

宰相讓官二

爲蕭復讓宰相表三首

爲桓侍郎讓侍中表　　吳兢

臣彥範言伏奉恩制除臣侍中光大之命忽降望表頗越之懼頻積心涯（臣某中謝）臣聞君子樹功心在利物義夫建策口不言賞故田疇以責寵爲

恥達於閭里筮仕本祈於州縣竊天道貞觀功能咸錄曾未一紀殆將十遷三入憲司莫禁奸宄再中會府寧裨準繩掌棘木之刑訟聳詛弭受羽林之寄軍容未肅循省知懼竇興弗遑頃逆豎等潛構禍端竊窺神器外結凶黨陰懷密圖則天大聖皇帝天縱睿明察之於將兆陛下性命（旋）神武擒之於發機臣職統士卒受命梟

斬此宗社之福也陛下之明也臣何力之有焉金紫佩腰
已虧於褭節貂蟬冠首胡顏於後命不出旬朔頓越等倫
臣知不可物議誰塞臣又聞暴進者罹咎知止者無辱詩
有匪服之議易著折足之誡歷考前載益用惶惑且賞罰
之柄國之大典罰一罪使天下革心賞一人使天下知勸
今皇極肇建明命初基惠化始覃而賞勸失中此臣所以
固讓也況此官出納帝命喉舌王言政之治亂實所攸繫
豈可以微蚋之力能負丘山一葦之航克濟溟渤伏願覽
任官惟賢之旨察量能受職之義寢已施之澤鑒不奪之
誠幸甚幸甚

爲晉公讓中書令表　苑咸

臣某言臣聞百工允釐方可咸熙庶績九流不雜所以彌
獎人倫苟非其才胡顏妄處中謝臣智識凡近藝能瑣薄徒
以遭逢運遇預奉休明謬忝宗枝特承甄拔爰從散職拜
以中司三入仙臺兩登禁掖久於近密衆莫能過念臣愚
者聖慈收臣直者天鑒頃者外總戎律曾無決勝之謀內
參鈞衡實寡推賢之舉將何以彌綸庶政翊贊雍熙以此
懃一作惶無忘鑒寐況中書理本軍國務重事無巨細稟
於睿旨斷愆時兩陛下每降於親祈未有邊塵陛下尚勞
於邊詔無幽不燭有感必通在臣何人叨居大任雖頑荷
恩効力更勉驅馳其如竊位妨賢自多愧耻鴻私茂寵於
臣已極纖勞薄効在國何施況貞觀已來相無宗子唯臣
忝越擢自宸衷誠宜粉骨碎首尸素之
嫌久招輿議屏退之分臣之宿心實恐上累明時下玷良
史比因趨奏屢有陳祈天眷未迴聖情猶阻伏願陛下察
臣之情悃臣之訢惕疑臣止足之分恕臣不逮之力賜停
今職退守閑司且臣感恩至深報效殊淺儻中外任使衆
所辭難臣願先登罄誠節豈敢偷安重祿自保優閑特
望更選羣賢以秉成績庶使朝無闕政天下稱公區區懇
誠期於必遂不勝戰汗惶懼之至謹奉表請朝堂陳乞以
聞

讓兵部尚書平章事表　張說

臣說言伏奉九月十九日制書到并州授臣兵部尚書同
中書門下三品王人在門驛騎臨集作首路倖恩循分以慙
以惕臣說中謝臣早以書生射策載筆聖朝晚以軍誌典
兵秉集作權旄秉塞祿非援進集作授等寵是宸衷久侍玉階四
掌綸誥一心好直三黜其宜今復用之猶夫人也何足以
舉明邦政光緝帝猷更策疲駑來麾法駕又臣已受命司
籍專意簡書所希散冗因間就業忽叨劇職責大憂深人
心有限事難兩濟國史無成臣執其罪上恩薦賢以自代
下願守分以全節竊見開府宋璟清介獨立倚法不回詹
事陸象先清明向道臨事能斷其高明有素歷朝之所伏
委其積行無疵衆人之所體信換停往任未盡宿誠乞迴
此恩以納來効必能補舊政之缺漏廣前途之軌轍雖探

心角力臣頗與二子齊驅然校德考年彼皆有一日之長天下者累聖之公器宰相者萬方之具瞻臣所以廷讓彰言不陳密啓伏願聖恩聽輿論（二字論表集本並作與）而舉俾諧僉屬儻朝任得人實海內幸甚無任力微任重惶懼之至謹奉表陳讓

讓封燕國公表　前人

臣某言伏奉今月七日制書封臣燕國公食封三百戶寵靈猥及中心如惔臣某（中謝）臣聞至道之時重法守義上無無功之賞下無無德之祿故授受禮全而踰越不起伏惟陛下光撫寓內大寧天域百度惟新萬靈翹注建侯疏壤允答元功臣亦何人首膺是命（一作首膺嘉命）自古有傳道而爵

說經而封蓋以訓蒙成聖資師道學臣之侍講有異前聞何者大明朝昇螢爝無助時雨夕濡浸灌焉施幸得依附光景游泳渥澤豈敢虛承啓發之恩謬荷將就之報且如人臣之義二則爲罪一心不回愚智之分譬如犬馬有不背之性草木有不凋之理知何德於天壤而欲蒙造化之偏施哉臣之無功正與此類叨恩過量終懼且慙乞迴聖慈以容介節無任惶悚之至謹詣朝堂奉表陳讓以聞

讓中書侍郎表（說以睿宗即位爲中書侍郎景雲二年方同平章事疑不當入宰相門）　前人

臣說言伏奉制書除臣中書侍郎寵命俯臨驚魂自失臣說（中謝）臣聞雲構斯起非（類表作豈）枳棘之任天波暴集寧畎澮所容臣識無通方文不經國南宮華省已忝前行西垣內閣（集作閤）將陪近侍心慙官謗跡愧時流何以承掌王言替央機務當今二儀再造百度皆新太平之基惟賢是與混成庶政責在中書豈以常才敢膺首（類表作榮）選乞寢恩命改擇時髦惟慎庶官以諧僉議無任悃款之至謹詣朝堂奉表陳讓以聞臣所讓人別狀封進

讓右丞相表二首

臣說言伏奉制書除臣右丞相兼中書令臣學慙稽古早侍春官階緣舊恩忝竊樞近雖思致君堯舜而才謝伊皐今屬升中大封方求俊乂猥（集作俾）升端右實媿朝行乞停新恩獲守舊職辭訥情懇希垂察諒無任屏營之至謹奉

表陳讓以聞

二

臣說言伏奉今月十日制書除臣尚書右丞相恩命自天戰跼無地臣說（中謝）臣少長儒門懇擊墳史才非高格官不因人徒以命偶龍興位階鴻漸五入西掖七踐南宮中閒拙延謫放直招玷缺傷矢之禽聞弦虛墜賜環之客聽歌先泣此則魂（一作魂）爲危感氣由懼奪安可重收廢器再辱端揆何以師長禮闈正持憲府當今典章華故風教鼎新野無四隱朝有三傑具瞻之地頗擇時髦臣幸沐遺簪墮屨之恩好生養老之德朝遊簡牘暮對圖書受賜無涯循忝過分豈更千歲士之橫議招匈奴之逢晒艾（英華作文非）骨

自揣含乘致寇雖則愚情懷戀覦冒求寵亦望聖慈限約令（集作生非）度餘年願停今授長守舊吏罄陳肝膽非敢飾讓謹詣朝堂奉表自乞臣說誠惶誠恐頓首頓首死罪死罪謹言

讓中書令表

臣說言伏奉今月十一日制授臣中書令恩澤自天震越無地臣某（中謝）伏惟陛下至孝安親大功定國六合翹首庶政惟新雍熙之化望在茲日中書理本臣叨首名將何以翊贊聖君光澤天下自臣攝官禁掖已涉七旬不知賢才以舉是不仁也不辯不肖以退是無勇也何足以備乎宰臣胡顏冒恩復受真拜臣之愚執正在於此不敢繁詞以

塵聖聽乞迴榮授改擇時髦無任懇款之至謹詣朝堂奉表陳讓以聞臣所讓人別狀封進

讓平章事表　前人

臣說言臣伏奉宣旨制書以臣同中書門下平章事承命戰汗拜舞失容臣說誠惶誠恐頓首頓首死罪死罪臣本書生器識凢近仕不望於通貴祿只宜於代耕家時寵榮越踐臺閣苟心守職竊所庶幾長筭經邦則無逮及伏以廟堂寄切軍國務殷循涯審分非臣攸處爲國者爲官擇人爲臣者陳力就列若志小謀大力微任重豈敢顧惜賤軀實恐上塵王政是以披露肝膽不暇飾詞乞停此授俯遂誠請無任怖懼慙惶之至謹詣朝堂奉表陳讓（集作請）以聞臣某云云

同前　裴度

臣某言臣聞知足不辱知止不殆若險危而久處駑劣而又病則顛隮之期斯須可待況臣本性褊狹又塵樞近衆所謂否心有可焉衆所謂可心有否焉則皆盡言莫敢畏避所以居多忤物動不適時聖恩雖爲曲全人理終難自咎臣某（中謝）伏惟尊號皇帝陛下紹開洪業再受景命盪諸夏之妖孽致羣生於仁壽臣之厚幸遇此昌時徒荷聖功莫効分寸乞避賢路少安疲病臣不敢廣引前事崇飾虛辭直以折足爲憂冀有保身之望若任在可以匡輔朝廷則臣以生前豈敢愛惜性

命但以去之無損留則可哀（一作畏）儻受始終之恩是全進退之道無任悃款之至

同前二首　李吉甫

臣某言臣久處樞機切思退免伏奉詔旨未允深衷仰戴天慈如寘冰谷臣某（中謝）臣竊惟至敬豈敢煩文再以懇誠上陳虔覽伏以陛下初臨寶圖獲侍冊豕一心捧日見四海之大（一作文）明八稔代天親羣生之茂育恭承虔筭實罄愚衷雖微寸功豈敢織負倘陛下存簪履之舊念葵藿之誠終全深恩退蒙厚禮則是陛下既假之以位又寵之以名至德深仁光昭千古況臣年齒雖長筋力幸全猶得申獲戰之功展死綏之分倘蒙驅使足可酬恩至於左右便

繁朝夕機務則心憂智竭力所不任以此至誠期於允遂然以特不再得感王道之方平福不重來念君恩之已極進退惶戀罔知所安謹再奉表陳乞云云

二

臣某言臣昨八日再表自陳九日於延英奏對公事既畢輒言私情陛下語臣以兢懼之由諭臣以進退之義今奉批答令斷表章無涯恩渥水石知感況陛下俯鑒誠懇知非飾詞鑒以止足之心特申分列之外敢不上尊明令退抑微衷恪居官次更館兢仁恩顧伯玉之末果徒慙聖私秉安石之偷安徧期他日銜恩之分萬殞猶輕不任感戴惶悚之至謹再奉表以聞

又旱陳讓相表　常袞

臣某言臣聞陽唱陰和合之則理任重力寡强之則顛茍穪竊位何所逃責伏惟陛下以大聖之資除去奸惡臣茍承正刑之後擢在台衡不能有所建明坐致災旱燮理之任虧系固多邦畿之間愆亢特甚陛下發勤閔之慮躬旰昃之勞大憂痍獄並走羣望而踰夏涉秋天則不雨垂落復散人其謂何伏以東漢之制存乎舊史或陰陽失節水旱不時必策免三公勵精百揆蓋以其陽唱而不和力薄而位崇所以荅天譴也今上玄赫赫如此舊史昭昭如彼臣尚以愚劣偷安廟堂負乘不慙覥冒難處伏乞解臣所職更擇良才省致旱之由求作霖之輔則萬姓咸賴百穀用成上寬聖憂下塞人望臣敢尸位重祿以負明時無任兢惶惕厲之至

為蕭復讓宰相表三首　齊映

臣某言臣不幸多疾且昧攝生積年不瘳遂成沉痼内有五臟心病轉深外有四肢足力不逮豈可叅掌密命趨侍玉階上負聖私下曠公事縱特恩無懼而省己何安臣某中謝臣以為寵祿不可苟偷疾病實難自强所以每轉一職常積憂惶自頃受官累經陳乞及奉天拜命陛下般憂臣合捐生豈敢言病況當憤切所致實亦患苦自亡今逆臣殲夷庶物忻暢餘生獲泰宿疾頓來豈無諸醫竟未有効悁悸之疾動發無時事輙經心病則加劇或達曙方定或彌日不瘳神形怗然若無所據又風痹之狀趨步蹇澁徃來扶策自不能持念此餘生顧成廢棄豈宜叨處榮位貽瘝台司聖恩縱欲優容公議實難逃避特乞賜臣骸骨待盡丘園冀勿藥以稍痊實殺身而非報無任懇迫惶懼之至

第二表

臣復言臣以沉疾在躬不任所職每因召對輙具上聞遂敢重表陳誠所冀俯廻天鑒伏奉還詔未蒙矜允慙惶靡據冰谷再一作在懷臣某中謝臣竊以幹事先於志氣立朝本於威儀威儀整則朝無惰容志氣强則事無遺理今臣足疾近安敢高行止年又衰殆豈任機務況自宣恩從命

僅歷七旬扶疾趨朝唯經再月纔惟非據何心自安聖慈雖欲優容公議實難逃責且頃冒榮獎屬當艱虞在中無獻納之能奉使乖撫綏之術涓埃莫効偕忝實多上孤恩私內苦疲薾將何以奉中興寧濟之道致太階平一之符夙夜愧怖精爽飄越伏惟皇帝陛下高覆厚載慈惠生成矜臣朽憊賜臣首領豈惟微臣免曠官之罪實亦聖朝廣全育之恩

第三表

臣復言臣以病曠官合從罷免累陳丹懇豈蒙允察再奉墨詔猶未優容受恩則深揣分增懼臣某中謝臣聞循己就安聖賢之深誡捐軀報効臣子之大端況臣一門荷恩四

葉為相謬以姻戚光于宗親殊私未酬微命寧顧但苦病在方寸慮事則愈昏職近宥密戶位則多曠今四遠氛祲尚未廓清萬機損益皆關聖慮是明主宵旰之日賢哲馳騖之秋豈臣安庸所當叨倚犬馬之戀雖欲遲迴蹇能之行詎宜塵瀆伏乞曲留宸鑒俯察愚衷矜臣量力之請免臣妨賢之責私誠獲遂公議允諧無任悃款悚迫之至

文苑英華卷第五百七十三

文苑英華卷第五百七十四　表二十二

宰相讓官三

代杜司徒讓平章事表　呂温

臣某言伏奉恩制授臣檢校司徒充度支使兼鹽鐵轉運等使依前同中書門下平章事恩獎殊常授任非據承旨慶忭省躬慙惶中謝臣素無異能幸逢昌運頃因人舉累荷國恩聲績靡聞塵忝增懼陛下丕承景命光闡鴻猷理財阜人尤所注意臣竊位時久妨賢愧深柄用之地甘心自絕豈謂大明私照玄造曲成俾參論道兼領經費當至化鼎新之日在微臣運蹇之年將何以上副宸衷外弭官謗負乘爲盜一作寇冰炭在懷庶遵周任之言敢飾范宣之讓伏惟睿鑒俯亮愚誠特降殊私賜寢嚴命則聖朝無濫授之譏微臣遂審己之宜遐邇之間孰不知勸無任懇迫屏營之至

為鄭相公讓中書侍郎平章事表　權德輿

臣某言伏奉今日恩制授臣中書侍郎同中書門下平章事詔書自天受命惶悸俯伏循省不知所容中謝臣聞宰理中樞從古所重貞教化之本導陰陽之和外撫四夷內循百職或乖於是則謂曠官臣志在服儒才非經遠爰自筮仕期於代耕而遭時諭量踐歷朝序自奉禁中之職累叨望外之恩超貳冬官兼司選部流品未序銓綜乖方以榮為憂伏待譴責豈謂特延曆渥忝列廟謀以樗散之資當柱石之重况臣自去夏尚守臺郎周月之間遂懸相印承陛下厲精之切副陛下則哲之明循量省躬必知不可伏乞俯廻詔命別選公才敢瀝血誠上黷天鑒無任惶懼

懇迫之至謹奉表陳讓以聞（貞元十四年七月二十五日）

為齊相公讓修國史表　前人

臣某言臣去九日於延英對陛下勤求理本語及史官遂命崔損承旨令臣兼修國史臣省已無取受恩殊常蒼惶震驚未及陳露今日中使某乞奉宣進止授臣此職竊自思忖非所克堪感戴屏營不知所措伏以褒貶善否裁成義類直辭是繫往哲攸難臣謬踐台司無補皇化每憂覆敗上負聰明豈足以再紆宸慈累忝榮渥稽前古之彝訓昭聖朝（集作明聖朝一作聖明）之法誠立言載筆豈易其人量力循涯自知不可又自貞元四年李泌後宰臣遂不兼此職蓋以論著慎重留於聖心自非特謂全才何以遠循故事用此內省以榮為憂况君舉必書時同堯舜之理任人以器顧無遷固之能所覬殊私特寢成命無任感恩惶懼之至（貞元十八年五月十八日）

代人讓宰相表　白居易（為微之作）

臣某言伏奉今日制書授臣某官同中書門下平章事者寵擢非次憂惶失圖蹐地跼天不知所措臣某誠兢誠惕頓首頓首臣聞上理陰陽下平法度外撫夷狄內親黎元使百官各修其職一物不失其所此宰相之任也臣有何功德有何才能越次超倫忽承此命下乖人望上忝朝經致寇速尤無甚於此臣謬因文學忝列班行先朝之人擢居內職星霜屢改爵秩驟加未逾十年忽登相位名浮於

實任過其才豈唯覆餗是憂實累知人之鑒况陛下肇開曆數將致升平輔弼之臣尤宜慎擇臣粗知古今敢言本末若樞衡要地初不得人則理化勞心終無成日此所以重陳手疏再瀝血誠乞廻此官別授能者臣若得其請便不負恩情見於辭非敢飾讓皇天白日實鑒臣心無任懇款屏營之至謹奉表陳讓以聞

為杜相公讓河南等道元帥表一首　常衮

此篇見五百七十六卷

代裴相公讓平章事表　杜牧

臣某言臣伏奉今月日制書除臣某官同中書門下平章事者祗奉成命進退失圖捧詔兢惶銜恩戰慄臣誠惶誠

恐頓首頓首臣本書生仕逢聖代掌綸言於西掖作藩守於名邦自顧才能已是踰越陛下獎遇不次拔擢過分春闈典貢地官掌財咸無政能粗免愆闕及擢爲叅權累受寵榮雖竭盡疲駑欲裨萬一而才疎智拙不効消塵夫宰相之任前賢有言如涉川有舟如幽室有燭代天理物爲人具瞻豈伊小臣而膺大任今朝廷髦雋並集集作髦俊並作名德森然或多歷庶官或皆有功實或四方屏翰或已著勳勞舉而用之無不可者如臣凡淺豈宜委任伏乞俯迴天鑒更擇時賢必能丹青帝圖金玉王度使微臣無尸位集作祿之誚聖王有得賢之名非唯微臣獲安實亦天下幸甚無任悃懇血誠之至

爲集賢崔相公讓大學士表　錢珝

臣某言臣昨奉恩命加臣某官者非常之澤稟命實難今月某日已奉表讓訖伏慮聖慈所注宸旨未迴累足屏躬自逃無地遂敢再傾肝膈仰告曆明臣雖至愚非敢飾讓一則副陛下用臣之公道保陛下知臣之遠圖一則惜朝廷之典章重朝廷之爵秩永惟矜鑒在我聰明伏以顯賞之恩殊勳是稱凡施君命必合國章昨者逆將興妖急兵一作稱構變災匪同於天作患實過於主憂咎在輔臣理當昭憲但臣久罹強切莫寇出居走間道以獲歸乃王靈之所被免致陷身之禍得陳拜首之容伏蒙陛下特陵鸞危盡寬罪戾收雷不振旋日復安尚處彌諧空知悲感至於還停輦輅近駐郊圻廟貌不遷園陵可望是陛下孝通祖考所以不遠京師也又能庇茅茨抵臨草莽滞施英略使殄逆徒坐待梟夷風行號令然後決乘輿之反正慰父老之怨思謀夫自多曆志先定是陛下精感社稷所以不移節序重啓昌期咸資聖斷臣將何力可助玄功比者殊渥遽臨莫知所以爲賞之僭懼及淫人春秋正言國家大事聖朝行之則有損微臣受之則無名且臣叨荷休明貴爲宰物兢兢守道尚懼僭尤汲汲經邦未能報効今伐叛之地實非近藩屑馬方飲於渭川戎帳頗施於秦甸農商半收貢賦鮮通中外未安宵旰多慮凡垂恩澤先布瘡痍次及勳功方爲

元和聖武乃顧淮

西宰臣裴度揔統全師削平宿寇勤勞忠烈史策昭煥獻捷還都書勳行賞持衡之地但加金紫之階詎是憲皇之恩澤不深裴度之勳名不盛此乃愛重彝憲保持大臣遂令賞薄於功欲使衆稱其美列祖遺法陛下聿修在臣感恩欲增聖德中書故事常欲兼官雖當叙進之間亦在歲時稍久錫之有度拜者則安臣又非宜朝將何論奠食之命令典俱存求而論之斯事非細軍儲方困公聚正虛郡國凋殘乃陛下殷憂之本臣僚艱窘是陛下軫卹之秋而宰臣獨以膏腴贍其封邑人情頗惑事理不通承命以來連宵審度粗能祇荷皆欲寵光何敢進犯天顏尚煩俯察誠愛赫怒其可苟安不言則負任使之恩有讓則違獎擢

之旨有違無負明主必容情激辭多憂緣寵過伏乞特廻
霈澤且使燮調息致寇之危疑合興邦之理道臣某無任
死請迫切懇悃之至

第二表　　前人

臣某言臣昨蒙聖恩加臣某官實封等瀝誠雖切天鑒未
廻今月某日又奉宣命賜臣持危匡國致理功臣者寵光
踰溢俯僂驚惶昨已奉表陳讓詑恩出一時事非常典衆
方興論内不自容是以伏紙寫心累千蹇騰未蒙俞允匪
獨驚危朝省夕思且涕且激臣腐材弱質叨列公台何施
尊主之能未立爲臣之節而艱難之後陛下待遇愈優食
必分其言皆動色弘慈厚禮前代所無比及今茲適當亟

正斷一作頓自不疑之旨遽行非次之恩則臣竊驚孤心兼
量愚分仰酬萬一且合如何至使堅讓未休蓋亦深知不
可上惟聖德恐有失中受詔之難血誠在此陛下以歸復
之慶謂臣有參替之功嘉謀既出於玄機勝略必資於英
決恭惟茂實前已備論上聖推不宰之心而具臣乏可書
之績則甄賞之命遵行及私唯增鄉校之言兼致匈奴之
笑否臧足驗損益可知况臣在中書又殊同列彥若與慱
執政在臣之先或累歲燮和或踰年鎮撫彌遠斯切成効
固彰臣自再忝秉鈞初當變律未調鼎餗徒辱車茵遂罹
向闕之兵莫救原燎之火至于今日無補大朝寵奬重恩
臣實非稱伏以奠食之命雖著舊章蓋上將平戎大勳卓

立超酬特賞始可勝任行於文臣此事固少况在今日不
並往時天下編氓殆無膏血筋力盡疲於戰伐經營多廢
於耕桑所在聚兵肆爲厚歛不免者痛侵刻剥可免者患
至流亡鄉弊家殘不勝條説寧於此際更可重傷羔計百
户之封歲當五百餘萬軍儲常廢國用急須以此校之所
濟非少今陛下焦勞睿筭臣等涸竭智謀蓋爲朝廷日憂
匱乏曷若廻非宜之恩命救急務於公家聖慮既寬臣心
自太生人不加於怨苦經費自濟於艱危弘陛下爲國之
資伸微臣代天之極幸以是竊度實敢固違加臣之名本
加疑武將伏自先帝興復之後宰臣特授殊恩且類權宜
何光定制况臣執政爲日未多安可輙冒憲章當此多數

伏自陛下光承丕搆實耀英謀如秦權黄鎬之凶徒及近
歲遄誅之大寇載揚我武克致明刑此外凡有兇渠未嘗
漏網聖功神畧可謂赫然去年公卿等合彼兆庶之心遂
有鴻名之請封章四上伏奏累陳陛下以時未戢兵人多
言旃不循令典不顧群情久執至謙畢奪衆懇作聖有歸
於公堂上言敢犯於聖明夫元首股肱
　　　　　陛下讓懿號於太
年臣則受鉅名於今日　　不同一體之榮與
之則臣蒙姑息之愛矧於事實未合便宜近者國之名器
多假諸侯法度久踰攺張何暇宰臣謹畏再務率先尚慮
驕矜不能儆戒陛下若於朝廷未安之際藩方難臨一作制

之時忽使輔臣併加殊事則勲伕戎師越例貪求中書自恩無以奏奪空煩聖慮益壞政經是因今日之恩復作他時之患誠非細故得不極言累陳切讓之辭庶獲洞開之鑒上祈聖哲備識愚衷寵渥未收憂心如燭生惟富貴誰無崇盛之誅禍在滿盈臣有顛危之懼方承任使必覬哀矜伏乞聖慈速降明詔允許臣某無任瀝血輸懷祈恩俟命激切惴悸之至謹奉表陳讓以聞

第三表

臣某言臣叨膺殊渥特越常倫一縷千鈞非能比重累棊加卵何足爲危是以繼獻封章面陳肝血哀衷益注寵數不移未允愚私如中狂疾伏以皇帝陛下恢張天覆優遇宰衡沉澤而唯恐不深錫爵而惟恐不重欲行君德更邁古皇茂典畢申睿慈未足內惟感激旁有神明則臣報効之端合識安危之道臣昨者辭讓繼具鋪陳不敢更伕煩文上干聖覽但以陛下大崇儒術多悅群書經誥之間講論尤切察臣子去就之分考生人禍福之源固以精辨否臧盡詳炯戒今臣之懇激尚敢披陳夫貴而知懼者春秋所書祿不期侈者尚書之訓苟忘斯論何以全身況臣之年歲當內子四十強仕血氣方剛求之族類之間初在簪裾之列而臣亨逢廈運夙忝重官爰自前年已居台輔至于今日復列鼎司享於極位之中處在群寮之上潜憂弔者已在臣門凡有寵光每宜畏避則官無厚謗天祐微躬上可以永保陛下之恩次可以善守先臣之嗣是非之際物理甚明如或終自昏迷仍貪寵利害盈之罰更在何人太盛之災不到他日今陛下以崇名重器豊祿殊榮併壓臣身必速天咎倘此期未至尚或苟容而焚灼常苦於寸心芒刺日加於四體精神紛擾疾疹交侵便至乞骸何能克位雖臣欲陳綿力粗補萬機更策儒才何康庶政固無門於立効徒抱恨以自尤且臣在同列之間擢用最近等衰之制輕重有宜今臣所蒙制命授集賢殿大學士序遷彝典寵飾新恩難有固違謹當祗受其功臣名號官階爵賞實封等深思僭濫必致遭災敢激飾讓之名願擇常存之福且將勸勵獲佐盛明直露情私寧欺君父伏乞聖慈終賜矜允臣某無任迫切泣請恐悸之至

爲蕭相公讓官表　元稹

臣某言伏奉今日制書授臣某官者恩加望外寵過憂深魂魄驚翔手足失墜臣某中謝臣猥以凡材謬居重任當陛下維新之始屬陛下爰立之恩有累樞衡無裨衮職外致匈奴之哂內失蒼生之心推換炎凉因循德澤妨寒賢路塵忝台階自顧疲駑方求息駕豈謂陛下特迂神鑒曲矜凡材集作曲用朽材再生集作提腹背之毛重委股肱之地大辜集作孤人望循簡帝心雖君父深恩莫知其惡而駑駘力竭何以自安豈敢退而生光集作全實賴求其死所伏望再移天眷重選時英特廻加膝之恩別受沃心之相全陛下始

終之道成微臣生死之榮無任懇迫慚懼之至

此篇原編在六百二十八卷謝狀今移于此

文苑英華卷第五百七十四

文苑英華卷第五百七十五

宰相讓官四

讓中書侍郎表　令狐楚

臣某言臣聞斗筲之器不可持盈腹背之毛安能翔遠是以知進忘退易象之深戒在寵若驚道家之切訓此微臣所以遑遑然夕積肝血銜恩陳露而未得者也中謝臣代業儒素心游文史雖自勵已豈敢矜身始望之官止於中臺郎吏外郡牧守而已幸而因緣昌運遭遇盛時振拔群倫驟登台衮伏惟皇帝陛下欽明御曆膺哲配天華夏宅心俊賢翹首方當選衆固合退身豈意迂於皇闈之崇忝以紫微之重特出睿旨不因人言九重所知萬類何答誠宜建用皇極保合大和弘聖功於堯舜之時追格德於夔龍之列而和羹乏用覆餗為憂空有仰於清光實無裨於玄化一自叨竊遽經炎涼跼影兢魂痛心疾首伏乞鑒其悃款察其疾羸賜以冗員寘於散地溥求俊傑委爲鈞衡則大君知人之明永光於典策微臣妨賢之責將息於輿言（一作朝）天下幸甚微臣幸甚不勝感恩屏營之至

代史館相公讓官第一表　錢珝

臣某言伏奉今月十三日制命授臣某階某官仍加食邑一千户今日獲於延英親承聖造瀝懇陳讓未賜允從臣某誠感誠憂頓首頓首臣聞衽席之上讓而坐下人猶犯齒朝廷之位讓而就賤人猶犯貴人情之間讓猶如此況其不讓無犯則難而復台輔至崇鈞軸至重頃年陛下擢臣秉政莫獲固辭已乖於當時敢因循於今日伏惟尊號皇帝陛下於君臣之際今古所希有善必知有過必掩使之夾輔恐不光昭故重器崇名焜燿而常思假寵進言（一作良）論道周旋而盡鑒推誠上感天心臣非木偶令之讓爵蓋懼生災猶慮天下之人將有所犯敢於翰墨畧布肺

肝且陛下示以殊恩增其貴秩當廢事荀同未稱在衆心必以爲非旒扆寓臨宗祐權設有兵革未能戢有法制未盡公行凡此憂虞不遑寤寐茲以受命可謂稱乎聖澤縱流謗言亦至縱朝行爲臣竊結顧寰海必自沸騰則上有私於輔佐之間而臣竊啓災咎之本繇（一作緣）是終始揣度進退驚疑以此拜章實期得請陛下加臣以渥澤不若使臣合物情寵（一作借）臣以光華不若遣臣免災咎儻人言不息天咎必來焉得自隱自欺不披不露懇悃伏惟洞開睿鑒俯循愚衷且遣粗安更容陳力廣至明之德罷已降之書昭示四方用新聖政臣某無任感激惶懼屏營之至

第二表　前人

臣某言伏奉今月某日批詔具承聖旨臣昨者固辭寵休有異常等然始以謙讓爲說終以災咎自陳未能便動天心上迴睿渥復傾肝血進拜封章直舉其言冀蒙昭允臣某誠迫誠懼伏惟陛下寬明有制聰哲成文揚憲祖宣祖之風冀元和大中之運故欲治而尚亂欲泰而未安潛測聖懷常縈百慮臣爲宰輔得不周知且自去秋以來國步未復臣每思人事每揣人情內激肺腸有如湯火陛下當食不美當寐不甘欲以攻苦食淡之心抱公滅私之道致陛下之理釋陛下之憂然而再秉機權未能致此者蓋臣去已之事尚有因循防患之謀率多容易若臣去已必決防患必專天下之憂庶幾稍改而禄位輕授之弊近歲愈

深上自侯王下至卒伍受爵賞者所承不重荷恩澤者所感不深蓋緣族類之間踰謬者衆不重則無以勸其勠力不深則何以激其盡心因之且不稟朝廷不畏法度不稟必亂不畏必危本末之間實出於此今臣貴爲四輔重有萬機階秩就加朝廷常典又何必齷齪謙讓而違君命也但欲審度去就明辯否臧以臣去已決烈之心拒天下越等干求之患使爵賞不濫與（一作及）恩澤不妄加則承之者必重感之者必深如此自凜朝廷自畏法度有患可弭有難可平此事非所難爲祇在陛下明察倘或信其誠請遂寢新恩則君臣之志氣大同理道之根源必正若陛下不顧其說在臣亦欲何爲但抱憂惶難居夾輔有渝斯語是

謂明欺君道始終聖情深淺秪期遂志不敢匿情再黷冕旒若臨泉谷臣某無任迫切惶恐俟命允許之至

第三表　前人

臣某言臣昨者再獻封章實披肝膽而詔書批諭德澤滋深有志未從有言未納雖屬冱寒之候不勝流汗之憂臣某誠悸誠惕臣聞帝王以國事之重倚於輔相者既覩舉直之誠必責理平之效故責之必信信之必終然則歷覽古今此乃明君遇賢臣之事今陛下明德非臣獨知臣之非賢人共知耳而待罪之位非次久居陛下知臣之心處臣之地每升便殿常認聖慈謂臣輸寫甚忠舉措多直每參大政皆聽淺謀有間之言無從而入至如一昨忽構群

邪奏密而左右不知禍鉅而本根已固雖傾陷盡闕闢一作於大事而諸傷先在於微臣陛下知臣素無他腸知彼但肆讒口聰明一寤擊斷不疑否則臣永抱幽冤已當誅殛棄逐奸臣之日忽降渥恩蓋欲使中外之人明知遇臣益厚以茲銜謝詎並尋常則臣自此事君自此執政每圖報効且合何如所以固讓重恩深申血懇昨者所陳章表始末以去已爲言蓋欲以人情所難爲臣願爲之於今日陛下所賜之異寵臣願却之於此時將使萬邦盡驚致理因茲約束冀漸和平若臣冒寵不辭何術可制天下至大至切不得不然今陛下未察愚衷頃黷煩一作加聖澤與向來知臣之旨昨者保臣之心顯有不同臣將何託前所謂齷齪

謙讓臣實不爲伏望陛下以所奏之書靜賜睿覽察其陳讓之懇匪以沽激爲名利於國家不避震怒倘陛下將期復國別欲任賢奪臣迫切之心以示棄絕之旨則當避賢而退不敢更煩聖聰竊期此言得遂堅請臣某無任拜首瞻天瀝血殞涕懇激彷徨之至

第四表

臣某言今月十八日延英敷奏親獲固讓官榮徒荷皇私未從冊悃今日又聞芝檢復閟綸言莫聽鋪陳尚令祗受臣某誠懼誠迫臣聞高下相遠者天地也而天地之氣必通所以四時周旋萬物生育尊卑相懸者君臣也而君臣之道必合所以統理諸華肅齊庶政天地不通則萬物夭

君臣不合則庶政乖今臣讓爵推誠極言防患拜章累日答詔三臨聖鑒未迴愚衷無感恥君道之難合懼庶政之將乖內負沉憂若罹昭憲是以泣邀神助往覺魂飛伏念此心匪緣他事推誠爲國防患爲君恭惟睿慈寧忍不察且朝廷之勢不強於藩方輔相之權見侵於將帥聚毁我法制殘害我生靈臣常結憤於胸中陛下亦興歎於南面固欲乘機革弊因事抑強二者之能不假奇術但所行必正所作無私秪於賞罰之間必與物情相順陛下中命宰臣奉之聾聵皆披頑嚚可化而將帥見侵之患日息則朝廷不強之勢日興關害政理之大經關累聖明之全德將使國平時泰不慮不憂陛下若棄此不從是怠於中興之

志矣臣之痛惜如割飢膚心腹腎腸傾寫罄竭臣血可歐臣軀可糜已決之心則不可奪臣某叩頭瀝懇無任涕流泣血精爽殞越之至

第五表　前人

臣某言臣今月某日延英面獲陳讓後復拜封章詔諭又臨懇激未遂臣某誠兢誠慄頓首頓首臣聞琴瑟有不調者尚或改而張之辯士之言良史必記朝廷命官之典故大於琴瑟之弦公輔求理之謀亦重於辯士之說况所命者宰相崇高之秩所謀者邦國臨制之機而臣等堅辭必防他患陛下固奪將啓後艱他患若生後艱何救且臣伏思陸贄以忠信事德宗皇帝建中初方為侍從之臣事繫

安危言皆激切有不納者必能力爭當彼寇難之時德宗欲加尊號訪於陸贄遂獻忠言以為大憝猶存中區多梗是天意去就之際人情向背之秋若使重益美名必累中興之業德宗英寤遂納忠言當時轉禍之期實若走丸之速然則以近臣直道奪聖主鳴名有犯之言莫甚於此今臣讓官辭爵與彼輕重不同而於危難之中陳匡救之力愛君為國心則無殊昔者德宗排閣披陳具明損益今臣四上直疏陛下未察愚誠是何恩澤之深全惑是非之理感泣慙懼知臣者天然陛下處多難之時欲繼德祖之美彼則深思利害聽一學士之普言今則可見不臧阻二宰臣之固請臣是以極疑此事是皇天誠陛下之心皇天無親惟德是輔今若尚令批論抑與寵私則臣恥陛下不如德宗臣亦自恥不如陸贄臣自知其恥天下得不其然積恥成憂積憂生疾心神錯亂舉措顛危祗於旬時必當殞餗便須未棄不見中興以是而思生不如死臣言至此臣意可憐惟在聖明速賜聽允臣某無任俯伏嗚咽以身候命之至

第六表

臣某言同心同德是為亂臣五獻封章繼陳懇悃復升便殿累貢切言天高而曾不少聞日近而未嘗俯照臣某誠憂誠迫頓首頓首臣聞詩云受爵不讓至於已斯亡仲尼刪詩此言不去則古之為君者非憎其臣而欲以爵亡之

也蓋勸忠勞昭典冊無以加於爵位也古之為臣者非惡其爵而欲讓之也蓋定是非畏盈滿無以加於謙讓也得受爵之宜無不存也失讓爵之宜無不亡也古人所謂亡者彼亦不過其身既而有益於君亡亦可也苟或亡身敗國無益於君致亂階於一時流惡名於千載今臣之不讓是長亂階且陛下觀天下之事理乎觀宰臣之心忠乎若天下已理宰臣不忠陛下迫以爵位致其危亡臣則瞋目而歸何害於國若天下未理宰臣則忠陛下不聽若言須加重爵臣則碎首而退何利於國臣之不畏其亡但當未理之時不可更長亂階也所謂未理則非聖德有所不能蓋天下承弊日深諸侯不順其理故臣欲以今日之讓制

天下承弊之風而正其不順也不革承弊不正不順而望萬人再安四方無事者是抱薪救火其可撲滅乎言出臣口事痛臣心假使嚴旨復臨臣則終讓而已奚自拜疏却類叩閽臣某無任流涕哽切進退屏營之至

爲王相公讓加司空表　前人

臣某言伏奉今月某日恩制特受某官者三公之選八命而居前古以來無人則闕仍開大國兼進崇階言溢恩則深若紫泉顧名器則重侔泰嶽揣分（一作揣循）非次恐悸難安臣某誠惶誠恐頓首頓首臣忝列公台忽踰半紀事乖允當識昧便宜何施作相之材但累知臣之道頃因出狩自合乞骸未臨復國之期敢有逃天之意而君能得一日且

再中空知陪扈之勞獲覩清夷之慶伏自去歲至于今春每懷失職之憂繼瀝避賢之懇愚衷無感睿鑒莫迴從齷齪以受譏但因循而竊位何言霈澤又降重霄實慙旁賚之人安稱坐論之地捫心自省沾背不遑雖陛下修道側身發言罪己可卜運興之兆將承天賜之休然則劍戟未銷江關或阻猶煩聖慮且乏嘉謀敢於此時輒荷極寵上祈玄造俯信赤心行之則明主有私寵之則微臣無咎推諸至理是以固辭蓋欲保全實非飾詐冀家矜鑒特賜允從冒黷冕旒臣無任兢惕戰越之至

爲徐相公讓加食邑表

臣某言伏奉今月某日恩制加臣食邑一千戶實封一百戶臣某伏惟尊號皇帝陛下文武應天憂勤厚國旁求明賛慎擇能賢如臣之才焉可執政從以甚濫承台階擢處鼎司屢改流年多慙蔡憲莫獲乞骸之便空懷沾背之羞頃屬陛下尚駐乘輿且臨關輔都人久散廟貌未嚴顧居守之重難注宸衷而任使聖言親降霈澤遽行拜官仍忝於緇衣備位不離於黃閣寵靈則固兢懍載深蓋以乍遠天顏初違帝里雖南山渭水變王氣以潛新而荒草壞垣動秋風而尚慘連甍何有編戶猶稀臣當此時莫知所措實賴祖宗垂祐睿哲申謀兼委近藩旁分庶事允微臣之獲戾濟重務以有成遂致五輅鳴鑾六師被甲陳吉行之盛禮正法座於良辰誕告四方復興景運御日月而無遠

素志嚮丘園而已動歸心遽謂聖慈忽加玄造尚責佐王之効重增開國之封仍容素餐兼賜莫食祇承異數徒冒優恩已虞招損之譏敢竊好謙之美況佳兵未息公聚多虛詎宜特命輔臣更加井賦事非允當言必喧傳伏惟由鑒愚誠便迴厚渥冀絕謗論且顯聰明臣某無任荷聖感恩瀝懇待命激切屏營之至

爲中書崔相公讓官第二表　錢珝

臣某言今月某日伏奉批詔以臣陳讓寵光未賜允許揣分而省躬知懼感恩而鏤骨彼深臣某誠憂誠激頓首頓首伏念臣之事君也輸忠竭力以從政君之使臣也增爵進秩以報勞勞既未申寵至必讓允於庶事皆在適時當

其時不得不行非其時不得不止今臣承命可謂非時且
恩加獻鴻名是爲常典而去歲之首群臣数四拜章頻増
神武之名用稱欽明之德而陛下永惟大體堅奪衆心蓋
以反正之初艱難未濟仰惟睿旨非獨謙光欲廣嘉猷深
知不可陛下之志既定臣子安敢復言亦以非時罷茲盛
典今臣之愚懇竊合聖謨去春方在京師尚煉此事比者
猶當愆幸固不可爲内度宸衷必開弘鑒遂敢弁披肝膽
實期便輟渥恩請候鑾輅歸還干戈弭息却施綸綍俾合
憲章今日皇私則難濫受可行可止事理甚明伏冀睿慈
更收霈澤弁冒旒扆臣某無任兢悸迫切之至

第三表　前人

臣某言臣昨以寵光踰濫循省兢憂兼懼用典非時有累
日新之德弁傾肝血冀允從而天鑒未開愚誠愈迫臣
某誠惶誠激頓首頓首伏以陛下濬哲自天憂勤爲國感
屯蒙之未泰先昧爽以有臨臣每奉清光備承睿旨無言
不盡無理不思決去邪徵惡之謀若反掌轉圜之速況察
忠仗信據禮任材誣譖者徒欲横侵傾危者皆令立定茲
所謂疏通知遠淵唐諱静有謀闢四門明四目者也臣不
知昔之令主何以加於陛下之道乎然睿哲憂勤昭彰如
此今宰臣以非時之命有所堅辭蓋欲朝廷行事得宜天
下物情共洽則臣可以制天下非宜之請廣朝廷致理之
端用賛中興以新庶政詎獨務爲飾讓而進犯宸嚴且濬

哲則何嚮不通憂勤則何思不至既通既至必察必知臣
之所陳實欲利國神明所聽毫髮敢欺況有常情亦難自
匿臣雖乏出群之智纔踰強仕之年幸偶文明方圖富貴
苟或拜恩可稱荷禄不慙則何必固小節以鳴謙干大君
而違命跪承批詔退揣事機讓之則所益必多受之則所
損非細仍念王搏崔徹以懇激拜章并臣披露之辭累蓋
否臧之説雖煩聖覽當察群心得不遂有改張遽收渥澤
斯爲從善實可經邦且凡受寵休有所退避或名聲不稱
或遭遇非才小則恥識者談笑之端大則憂賢人譏責之
罪今臣於談笑譏責亦不敢以君恩避之實欲制天下之
非宜廣朝廷之政理用光興復未濟艱難仰望聖慈臣某

無任寤寐齊禱激切之至

第四表　前人

臣某言伏奉今月某日批詔以臣堅讓寵章未賜允許者
憂誠若焚駭汗如雨發於肝鬲鑒在神祇臣某誠恐誠迫
頓首頓首臣聞以欲從人則可以人從欲鮮濟此蓋左丘
明之信史臧文仲之至言陛下多閲正經以資明德固於
深旨靡不盡知然而陛下優遇台臣恢張天覆賜爵而唯
恐不重流澤而唯恐不深茂典畢申睿慈未足此蓋陛下
以無私之欲勸有位之臣使其更竭謀猷以濟難否是陛
下之欲也臣匪不知臣所以斯須不寧数四而讓者蓋緣
陛下在省方之地有國未歸微臣忝執政之權遇昧未泰

謂爲輔弼實抱憂慙刻苦厲精進賢讓寵所期天下之士且不加罪於臣既安其心庶竭其力此臣之欲也陛下之欲不過勉勞臣等三人納善罷之小無所損徵臣之欲使昭示天下之人聽而俞之大有所利利在邦國皎然可知陛下若以欲從臣理無不可若以臣從欲鮮濟不疑雖又新奉聖慈未容陳讓在臣用赤哲不稟遵其於利害之言辯折將盡實以多爲緣飾亦不敢更黷英明進思之心死請而已臣某無任懇激兢越之至

第五表

臣某言臣事君未盡舉職無聞瀝血懇而難纉不聽降呈使而紫泥適至臣某誠惶誠懼頓首頓首臣聞啓乃心沃

朕心哲王所以倚輔相而成理道也然則觀便冝陳討謨務臣救而由諫諍不可必奪可者必行竭力盡忠是爲啓沃苟無啓沃何用弼諧伏以陛下自周歲以來出居未後南嚮而坐聖慮日深思頃來及審之言還天下控荒之上潛心有感逆耳多容今大駕方欲還京宰臣非時進秩上爵聖政旁啓貪謀宇內幸門因茲大啓竊念久紊法制何堪更自破除倘陛下固行寵光乃是姑息之旨信任則疎四海得以酌量萬事更當奸弊且臣罔受爵祿唯惜政經盡理極詞未蒙聖鑒則是陛下棄啓沃而任獨見絶諫諍而惡正言自此朝廷郤成壅蔽凡關得失凡有是非徒欲抗論必無允納則不知天下之事自此如何近歲宰執加恩不過再陳謙讓至于今日莫並前時朝省夕思可畏可懼蓋二年之內六馬再奔若使理道昭彰奸宄懍畏何由致此安得不憂聖聽雖煩朝綱必振良圖甚大至化斯明若以干犯未休震怒不捨即臣直視鼎鑊如對軒裳蓋有氣經邦有心事主死而無悔言實可悲唯恐但留名聲不足彌其憂患更無多語祗欲長號臣某無任披瀝隕肝請罪之至

第六表　　前人

臣某言某五奉批詔尚未允臣所讓官階爵邑者伏以將相大臣凡被恩命有所辭讓不過再三安則稟而受之不安者亦許其讓今臣已倍再三之數情固有所不安聖鑒

未開憂心如醉臣某誠恐誠迫頓首頓首臣聞杜恕魏之名臣也常以立心行事若非明達君子見諒本心不然則剗心示人與臣何異臣雖不侔常歎其言知信人難古昔如是然杜恕於族類之內尚興此言今臣幸以遭逢重爲宰執雖論才較智莫稱陶鈞而秉直輸忠敢欺神象拜章之請擇利經邦況奉天顏盡披血懇誓然（詒疑作）莫信死請莫從則臣剗心於册袟之前陛下亦當未察兢憂慙歎無地可逃今辭理已殫懇激愈甚蓋臣於不安之事終無受寵之期苟或譴怒下臨臣則伏罪而去干犯宸嚴臣某無任殞涕流汗惶越之至

代史館王相公讓相位第一表　前人

臣某言臣聞君人之私在始終而必遂人臣之分於進退以自圖嘗觀古今莫不如此臣謬從先訓本涉儒流傳之者猶有琴書教之者令歸忠孝臣之不佞頗墜所承唯於忠孝之心實畏神明之責策名游官止望周行偶聖立身俄塵大任材同常士寵過素期雖欲遠慕前脩旁探令典窺其事業勵此顓蒙副明主之憂勤避衆人之指笑而所務者生靈富壽每痛剋刻所制者兵革弭寧尚聞侵伐報然備位何以事君不唯乂合避賢固亦尋宜獲罪偷安四輔忽已六年假名器而則崇執機權而益拙循省是懼斯須不遑然臣於六年之中未忍爲一朝之計者蓋以陛下信其愚直如見肺肝姿以彌諧終無疑間事不卒者必蒙

曲恕心不欺者則荷明知忝異禽魚感深骨髓強陳蹇力用答聖慈今則曠敗漸多智謀將竭不能引退定至顛危况陛下光復京師已逾周歲臣之去就亦謂得宜竊見嶺南節度使嗣王知柔近有封章懇求替罷是以臣今日敢於便殿直冒宸嚴乞免鈞衡得分節制亦誠盡寫天聽莫迴既集兢憂彌增激切伏念臣之心力則未甚衰嘗學政經因參戎事尚可遠臨海服具舉化條每推糾率之勤兼濟邦家之用謹廉無犯攻苦不私微臣所能庶幾有効實非飾詐輙罔昏明聚膽獻書期於聽允登壇受命皆是寵光遂之則臣必有爲奪之則臣將不逮上惟君命乃獲始終且使臣又全進退自昭聖德未爽舊章仰望鴻恩臣某無任迫切悸恐之至

第二表　　前人

臣某言去冬以持衡力竭待罪年深曾披肺肝乞免機務兼遇嶺南節度使知柔上書求代臣遂仰告聖慈願守遠藩別立微効陛下未容休罷尚委彌諧旋命貴臣容宣睿旨臣之去就詎合固違焉敢復拜封章是以苟安廊廟又移歲序何裨國家臣頃者瀝懇之時陛下亦降許臣之旨欲俟他日知柔再有陳情則於此時允臣所請邇來備位不敢更言上荷皇私且策駑蹇今知柔又貢章表辭甚激切宗枝將帥事體可從亦繫機宜便合制置速擇交代免失一方倘陛下念知柔陳乞之私察臣披露之懇使之伏

鉞委以藩條必能撫諭島夷董集征賦旁資國用粗慰聖心躬親則可以便人廉謹則不令生事擇利而斷全在宸衷當邦家匱乏之時敢違輸貢兵革交侵之際幸保土疆臣與知柔各獲其所伏惟尊號皇帝陛下恭默守位明哲臨人每務永圖以揚丕烈克全君體右重大臣苟非輔相之間誰能盡窺聖德臣之遭遇獨異等倫臨事出言未嘗不信輸忠抱直無所不知七年以來萬機是重仍逢多難唯任至愚若非聖明尋合顛敗由茲感激更竭觔骸近者自量力實不逮今所陳乞未曰退休荷寵出藩臨戎報國誓秉始終之節兼推糾率之心直寫赤誠冀開玄鑒今日延英殿已具奏聞未蒙聽允輙陳牋翰更冒宸嚴臣某無

任祈恩待命迫切兢悸之至

文苑英華卷第五百七十五

文苑英華卷第五百七十六　表二十四

節度刺史讓官

為楊許州讓右羽林將軍表　宋之問

臣某言伏奉今月二日制書除臣忠武將軍守右羽林將軍五色無主如驚葉縣之龍千秋來歸似對遼門之鶴中謝臣聞為官擇人集作才先辟之成務陳力就列古人之用心臣家本關西衣冠河曲素業將墜莫嗣英靈朱輪載輝謬承恩渥未盈一紀連刺九州西涼本六部之樞南荊乃九州之會蒲滯關左之重鎮魏郡山東之奧區宣城襟帶於吳郊許昌密邇於周室每恥政踰期月乏來暮之歌候

易星霜無去思之詠隼旟廻復日忝恩榮熊軾徂還多慙道路出居岳牧負尸祿之譏入計河都待聽官之責不意天私俯宥孱獎曲成擢之(類表無之字)以心膂之官賜之(類表無之字)在爪牙之地非常之澤捧戴失圖天衛凝嚴北軍清切風霜劍騎頓玄武之僊闌龍馬(集作烏)旌旗環紫微之帝座掌斯嚴祕必屬親賢臣也何顏敢膺殊寵當今鵷鴻接翼文武周身咸皆實已過名位未允望臣內求諸己外媿妨賢若使愚臣苟安於私懷聖授不允於清議陶鈞雖廣無路自容其實由衷讓非飾跡伏乞垂收渙汗更授(類表作俾)褒材軍司得人臣謂報國無任傾(類表作欣)幸媿負之極謹詣朝堂上表陳讓以聞

千秋(集作千歲)衣冠河曲(集作旌非河北)關左(集作關右)允量(集作允德)

爲皇甫懷州讓官表　前人

臣某言伏奉今月一日制書除臣使持節懷州諸軍事守懷州刺史成命俯臨兢寬自失妨賢不退無德而升恩屢錫而知慙祿彌高而轉懼(中謝)臣聞國經選士有一善而不(集作無)遺天爵與能從九徵而可試臣薄遊憲府累踐禮闈衣繡無執簡之才起草愧含香之列移官望苑日月其除驂駕梁園消埃莫効剖符南峴旣恧民謠(集作旣乏民謠)作鎮西河未寬人隱二(一作三)邦爲政撫熊軾而無功(集作無補)八使廻軒同鶴鳴而有薦遂遇謬霑束帛猥賜褒揚頓捲前瑕更延今寵山陽大郡河內名區桑竹蔭淇水之西井田雜

邛山之北將何以潤通京邑化接神州雖勉三載之勤何補(集作何階)一年之借封畿之要歷選稱難臣也胡顏敢膺斯寄伏乞再求遺玉更網潛珠庶使賢才申共理之心(集作能)聖主得分憂之地無任叨竊之至謹詣朝堂奉表陳讓以聞臣所讓人別狀封進

爲鄭資州讓官表　陳子昂

臣某言伏奉某月日勑(集作制)以臣爲資州刺史恭承寵命祇拜龍章且服知慙循榮如失(中謝)臣學慚名術才乏器能而寶曆逢時金章坐忝題輿佐岳無展驥之能(集作廨)剖竹專城闕懸魚之化坐嘯徒積主諾空慙伏惟陛下革命開基造天立極方且弘宣帝典大啓皇猷而四岳觀風不

虛其任六條班(集作頒)政允屬其人(集作才)臣疲朽已侵循良久昧將何式遏(集作光)刺舉允叶得人伏願愼選英髦(集作博選英才)克諧僉議使人光共理政洽惟良大周之命惟新愚臣之責攸息其所讓人具列(集作如)前狀

爲第二舅讓江州刺史表　李嶠

臣某言伏奉恩制以臣爲江州刺史寵命載臨憂惕若厲臣某誠惶誠恐頓首頓首死罪死罪臣行踈道缺學淺藝空百里弦歌尠蒲密之化六條贊貳乏海沂之績幸屬乾坤改旦堯舜爲君下邑多淳朴之氓太平無峻切之政遂得逾安高秩未抵直繩尚且叨價藩廷竊譽人口挂二星之光彩達九皐於霄漢畫餅虛名軌云可録素餐厚責猶

懼米弭不謂聖恩旁暢天造曲成錫大官之印綬剖專城之符竹飲冰懷炭内慙外悚况夏首西浮水陸交湊荆門東會舳艫相接是謂九江之府實殷三楚之郊旋領庸虛本慙幹理將何以階浮歡之政術奉錫龜之職貢負乘之累豈但於身災敗駕之憂慮虧於國重臣雖貪冒苟在進趨至於上負帝難下速官謗循恐知懼不敢寢默伏願回光三舍收霈九天徵漢濵之翅楚罷燕宮之緩䙰則共理之寄無虧於外臺得賢之什復聞於中扆無任悚慙之至謹詣朝堂奉表以聞

爲臨川王嗣宗讓陜州刺史表　前人

臣某言臣謬延殊獎改牧大藩由中之析已薦於宸扆恤

下之鑒未迴於霄極祗奉還命咎觑失圖臣某誠惶誠恐頓首頓首死罪死罪臣地則葭莩質惟樗散實慙淮南好古之意有謝東平爲善之樂徒以攀光日月藉慶雲霄遂得升降玉除珮服金璽四科取士本異賢良五等建侯自緣恩澤常懼貽累宗室取笑衣冠上缺麟趾之風下招鵜翼之刺不謂聖慈愈厚天造彌隆收其十舍之才委以六條之任雖臻榮益覩觸忤於如絲而謬職妨賢顧慙於匪（一作篚）服况神皋名岳天府上腴是殷帝畿實始王化東則二南作頌有周召之餘風西則三輔式歌望趙張之遺迹顧循庸昧本慙政理將何以肅應殊典崇藩屛之位繼踵前良致京師之福不能者止竊銘於夙心非擬必危敢忘於大誠伏願覽紆聖鑒俯收愚款杰懷至公之道特寢曲私之澤則符竹有寄長無尸素之譏栖薪得才不失朝廷之序無任慙懼之至謹重詣朝堂奉表陳請以聞

爲竇孝諶讓潤州刺史表　前人

臣某言伏奉恩制以臣爲潤州刺史祗奉寵榮俯仰慙惕臣某誠惶誠恐頓首頓首死罪死罪臣尺澤輕生斗筲淺（一作賤）品行非三德藝乏四科屬雲雨曲成山川廣納遂得差有冕笏簉羽鴛鷺自兼（一作隸）司天地副象河海空陪九卿之末詎達三禮之源栢梁賦詩徒述鍾磬槐市講藝更慙几杖當曰（一作用）妨賢獲罪豈以稱職爲功而皇矣高臨霈然降澤乃爲棘寺還剖竹符入奉千乘之尊出當六條

之寄叨恩竊幸自初泊未夫以下邑樹風是惟政本外臺驅傳實惣人極薛宣以理劇有才蒲歲加授龔遂以撥繁無効數月仍遷力遜前徽實資共理安可使赤綬虛忝素餐高詠伏願敦名器之實絕過謬之私更簡良才言刈其楚則山谷耆老方懷樹李之觀江湖吏人不起伐擅之刺無任悚懼之至謹詣朝堂奉表以聞臣所讓人具如別狀臣某誠惶誠恐頓首頓首死罪死罪謹言

讓容州表　元結（集無）

臣結言臣伏奉今月二十二日勑授臣使持節都督容州諸軍事守容州刺史中丞充本管經畧守捉使四月十六日勑到二十一日發付本道行營臣實愚弱謬當寄任奉

詔之日不獲（缺）憂懼臣結中謝臣聞存於家者忠於國以事君者無所隱臣有至切不敢不言臣實一身奉養老母醫藥飲食非臣不喜臣蹔違離則憂悸成疾臣又多疾近日加劇前在道州邕勉六歲實無政理多是假名頻請停官使司不許令臣所蒞之州陷賊歲久頹城古木遠在炎荒管內諸州多未賓伏行營野次向十餘年在臣一身爲國展効死當不避敢憚艱危但以老母念臣疾疹日久特方大暑南逾火山舉家漂泊寄在湖上單車將命赴於賊庭臣將就路老母悲泣聞者悽愴臣心可知臣欲扶持版輿南之合浦則老母氣力難於遠行臣欲奮不顧家則母子之情禽畜猶有臣欲又辭老母則又汚辱名教臣欲便

不之官又恐稽違詔命在臣肝腸如煎如燭昔徐庶心亂先主不逼令伯陳情晉武允許君臣國家萬代爲規伏惟陛下以孝理萬姓慈育生類在臣情志實堪矜愍臣每讀前史見吳起非官嚙臂不歸溫嶠奉使絕裾而去常恨不逢斯人使之殊死臣所以冒犯聖旨乞停今授待罪私門長得奉養供給井稅臣之懇願塵黷天威不勝惶恐謹遣某官奉表陳讓以聞

再讓容州表　前人

草土臣結言伏奉四月十三日勑以臣前在容州殊有理政使司乞留以遂人望起復臣守金吾衛將軍員外置同正員兼御史中丞使持節都督容州諸軍事兼容州刺史充本管經略守捉使賜紫金魚袋忽奉恩詔心魂驚悸哀慕悲感不任憂懼臣某中謝臣聞苟傷禮法妄蒙寄任古人所畏臣敢不懼國家近年切惡薄俗文官憂免許終喪制臣素非戰士曾忝臺省墨縗戎旅實傷禮法且容府陷沒十二三年管內諸州多在賊境臣前行營日月甚淺宣布聖澤遠人未知有何政能得在人口使司過聽誤有請留遂令朝廷應紊法禁至使愚弱微汚禮教臣實不敢踐古人可畏之跡辱聖朝委任之命敢以死請乞追恩詔前者陛下授臣容州臣正任道州刺史臣身病母老不敢辭謝實爲道州地安數年祿養容州破陷不宜辭避臣以爲安食其祿蹈危不免此乃人臣之節其時臣便奉表陳乞

以母老地遠請解職任陛下察臣懇至追臣入朝臣以爲不貽憂歎榮及膝下人子之分不圖恩勑未到臣丁酷罰哀號究怨無所逃及今陛下又奪臣情禮授容州臣遂行則亡母旅櫬歸葬無日几筵漂寄奠祀無主捧讀詔書不勝悲懼臣舊患風疾近轉增劇荒忽迷忘不自知覺餘生殘喘朝夕殞殲豈堪金革能伏叛人特乞聖慈允臣所請收臣新授官誥令臣終喪制免生死羞愧是臣懇願臣今寄任永州請刺史王庭璬爲臣進表陳乞以聞

代獨孤將軍讓魏州刺史表　獨孤及（集無）

臣莊言伏奉今月十九日制書以臣爲中大夫持節魏州諸軍事守魏州刺史寵命光臨心靈震奪中謝臣才質汚

濫學藝空疎徃緣乏人謬叨參多士賡唱雨降而鮮鱗躍和風
流而短翮飛遂以庸微累升清貫天臺望重始預廊官帝
賛務殷仍露縣宰翊州司而罕効撫邊鎮而何功膺澤旁
滋皇明遠照曲顧先臣之舊不忘支屬之姻遷臣以大樹
之榮搃臣以儀本之任既而力微招責祿厚延疴深慮即
塡溝壑不得重趨階陛伏蒙天地仁慈聽臣入都醫療承
恩之日頓咸焦勞在路已來小將瘳健若何以仰祗嘉惠
俯策疲駑當河北之奥藩忝山東之厚寄魏郡太守豈岑
熙之可攀冀州刺史寧籍章之敢列伏乞廻光斂露竊汁
停綸矜臣竊位之誠遂臣量能之請庶知人之鑒影響不
差循吏之聲朞年而至無任忝冐屏營之至謹詣朝堂奉

表陳讓以聞其所讓人別狀封進

為崔史君讓潤州表　前人 集無

臣某言伏奉今月日制書以臣為使持節潤州諸軍事潤
州刺史散官如故前命甫流後恩遄集進退惟谷憂喜聚
門臣某中謝臣材質孤陋藝能鄙薄徒以頻承舊業遂得
歷踐清資國庠司級一作极既非所據六衛陪軒又無足採
久欲避賢公府移疾家園不悟冲眷曲臨殊私屬委瓠溝
東望始拜寵於韓臺竹里南浮遽遷榮於楚澤何以仰承
皇寄俯緝甿謠伏乞日月廻光雲雨流霈深惟鑒察改任
良能則朝有至公臣知免戾無任屛營之至

代裴相公讓河南等道副元帥表　常衮

臣某言伏奉今月恩制以臣兼東都留守河南淮西山南
東道副元帥伏以東征之寄相宅之選皆周召之臣一作重
統一也故二南風化見美詩人况洛邑經陸渾之戎有舊
染之俗賴陛下發皇明以燭之布陽和以煦之流散稍歸
傷殘甫起然猶師居一作君師之任宜得經濟之才自河而南
至於吳楚節制戎律半於天下非宏略傑出功冠一時不
可以專五侯九伯之征揔衣裳兵車之會臣以衰朽薄劣
待罪台司塵忝尸素無禆朝政每趨宸陛益愧周行豈謂
殊常之恩屢出非望注意之責并在微軀憂懼慙惶寸刻
難措臣聞唯名與器不可假人審己量力未宜虛授若貪
榮冐寵黽俛苟容神明昭昭必速其害伏望曆求類表作選百

辟黍之兼才以分三老之任用增九鼎之重則至公大行
群下知勸無任懇迫之至

謝讓加銀青福建觀察使表　前人

臣某言伏奉五月二十五日類表無五字恩制授臣銀青光祿
大夫使持節都督福建諸軍事福建刺史充福建等州都
團練觀察處置等使以今月二十一日類表作二十三至所部上
訖臣負恩至深中類表作曆慈曲宥待罪猶近殊渥荐臨一作加
蕩滌瑕累超遷方任寵榮非次荷懼失圖臣誠恐誠喜頓
首頓首臣本性下愚起自孤賤代耕之望心在於斯經遠
之道一作謀實非所及先朝驅策以奉綸言曲承眷私累漸
階歷遂忝重務有數彝倫未申報効未負天地孽由自作

罪在難容伏以宸斷察微聖慈憫下抑群議以屈法捨萬死以矜愚循委藩條不坐親[illegible]如臣之比前例所無戴感兢惶（類表作感戴兢慚）殞越無措（一作惶折）誓將沒齒效職南荒刻責自新庶補前咎常恐惡聲已被有汗於史冊朽骨縱歸實愧於泉壤豈謂天波一洗塵滓忽除面目何施灰粉亦足聖朝使過始自肅臣特賜崇階超授連率臧論之貸曾未周星錄用之榮頻極今日素多孱劣又乏幹能將何以式過外虞澄清列郡（一作郡部）幸遇德音頻降霈澤普覃惠恤困窮均省財賦盡除疾苦莫不昭蘇海隅蒼生自樂淳化臣奉宣清問遠布皇猷老少懷安抃躍相慶臣才非所任不敢冒榮必招無德之殃恐致負乘之戮伏請削除三品退守一州冀循恒資免至踰分庶迴宸鑒俯恤（一作遂）血誠所叨榮班請授能者無任戰荷懇迫之至謹差特進試鴻臚卿臣郝誠溢奉表謝恩陳乞以聞

代杜相公讓劒南元帥表　前人

臣鴻漸惶恐言臣本自諸生素乏經邦之具無才無行至愚至拙其所望者在寸祿代耕而已往歲先帝中興時方草昧攀附日月遭逢盛時獲奉馳驅遂蒙委遇毫髮未報哀悴罹及陛下龍飛踐祚俊乂滿朝猶顧微臣使叅大政備位宰輔出入六年上不能調和陰陽下不能親輔百姓朝典蕪廢聖慮憂勞其心愧恥中夜三嘆况外統群帥遥制戎閫在臣懦劣非所堪任藝者受命而行蜀西南未安中外所主（一作注）雖有危難臣不合辭崔寧頃至朝廷親授經略及遷（一作還）方鎮事頗條理叔明獻款並是良將自掌（一作承）擢用甚允聲實可以倚辦並堪獨任且將在閫外事得專之遠道取决恐失要會坐而臨制誠亦非宜今又靖謐臣何所効豈苟貪榮利以固寵榮（類表作恩）蓋鎮撫四夷宰相之任也陛下不以臣薄陋待罪台司至于疆事不修戎車未息實得叅議任其安危無以（一作所）裨補皆臣之罪也何必一方之務獨有責成特乞下鑒愚懇俯停戎號則王（一作天）朝無蓺授之寵臣下有知止之分昧死上言冀迴宸聰無任惶迫屏營之至謹奉表陳露以聞

代杜相公讓河南等道副元帥表　前人

臣某言伏奉今月日恩制以臣兼河南江淮山南東道副元帥祇奉詔書俯伏流汗驚悚惶灼若無所容臣某誠惶誠恐頓首頓首臣聞將帥者四方之守中夏垣翰也上以衛社稷外以撫戎夷（前篇作四夷）國容不入於軍閫（類表作門）戎事得專其將命漢讓端信以安危存亡之地齊擢擾苟以文武威附之名所授既難所責亦重非才而處鮮不敗事臣固陋無識蒙國厚恩遭時備位塵忝華衮見貽匈奴之哂不副蒼生之望効拙無補六年曠官陰陽愆和政理乖度金革未戢水旱相乘常待罪於策免敢希恩於望外臣所以徘徊遲澤尚忝中樞豈持祿保身苟自容也以其瀝誠未鑒不敢固辭頃者即戎巴蜀揔制群師屬兩川未安遂

任憂責而避患稍息方隅甫寧此蓋憑神武之威用廟勝之策不然者將顛沛是懼豈望於天幸哉陛下覆之如天容之如地矜其疾病察以愚懇特蒙優詔獲上兵符喜忭未寧遽承新命東南至海俾護諸軍外綏四國專制萬里以天子二老之任會諸侯九合之師事之濟否所繫尤大在臣懦劣非所克堪誠願飾愚磨鈍展効毫髮以報所授之恩以勤所忝之職而器非所適力又不任加之衰老事多廢忘豈可訓師詰禁以張威武（前篇作衆職）伏冀求方叔南仲之賢授統一專征之寄天下大柄豈私於臣實恐傷陛下之知人干處士之橫議誓將死請輙露血誠輕黷威嚴無任懇款屏營之至

第二表

臣某言伏以智小識淺懇辭新命德音緬邈聖旨如初憂悸慚（一作驚）惶寸陰難處情有所迫再黷宸嚴冀天光之下濟期夕殞之無恨臣某誠惶誠恐頓首頓首臣聞以賢授任猶誠盈滿無德而禄固宜思（前篇作勇）退如或不量其分苟患失之貪榮冒寵以曠職事禍之所伏亦可畏也臣孤陋疵賤自視欿然遭遇（類表作逢）盛時謬此榮達得以貂蟬袞服趨侍雲陛擁旄杖節綰護戎師崇班厚過（前篇作禄）頻極於此退自惟省夙夜慚惶（類表作懼）內曠論道經邦之位外乏濟河登山之功但終恩眷萬不酬一四方歸責喧喧盈耳陛下矜其不逮近罷即戎未踰旬時又辱誅眦私懷爽絶以驚以怖昔光武見事於千里之外諸將授（類表作受）成算而已陛下聰明神武超然過之戡濟多難（類表一作大）戎大定今天下方鎮東南（類表山東）最寧（九字一作天下方鎮西最寧謐）但委之將守授以經畧自可致理又何足廑豈必以不才之臣竊（一作授）非據之位加之衰憊難於力強陛下知人則哲憫臣竊位之愚固當降殊私之貸開至公之選倘以懦敗事謗缺上聞雖欲宥之其可及（前篇作得）也昧死陳乞庶鑒愚誠祈於必從不敢有隱伏冀收春雨之既降炮朝陽而見燭俾不能者止實望於曲成之仁也無任懇迫屏營之至

右二篇又載五百七十四卷前已削去

代裴相公讓將相封爵表　前人

臣某惶恐言臣聞無德而禄殃咎必至又鬼神害盈而福謙蓋經旨（一作籍）之明言聖哲之垂誡也臣儒門孤賤行拙性愚自甘散棄豈望榮達時來驟進任遇頗（一作崇）重備位將相無補聖朝道惡其滿天與之疾素有氣癖熱之風眩又多煩躁事劇則昏伏以軍國重務猥承紊决強策駑朽以親事任精爽潛耗病源益深近日有加曠旬彌（一作綿）滯食不知味所進殊少形神憔悴惘惘不樂聖慈憐憫（一作恤）恤（一作曲）念微生御膳（一作藥）名醫屢蒙降錫靄然有喜載感於渥恩終亦無瘳復增其沉痼豈不以禄秩過量憂責在心強其不逮之分促其有終之限以玆速疾固亦明徵且臣子之急必告君父在臣今日實堪憐憫以陛下之知臣

豈獨厚其爵位也以陛下之念臣豈不存全一作其骸骨也臣以冒寵則憐於危殆辭榮則安於攝衛伏冀特廻宸眷俯察愚誠削除官爵使養衰疾庶垂白之年受賜於陛下生成之德有過於天地無任懇迫屏營之至

第二表　前人

臣某言伏以衰疾沉綿久曠樞務憂惶迫切不敢自安作一專所以昧死上將相列侯印綬披瀝冊愚再有陳乞頓景待命還旨如初窮情未達轉益危困臣誠惶誠恐頓首頓首臣內顧微躬自量拙分無片善可取無一事可稱皆緣際會叅務軍國尸榮竊位公責所歸且智小謀大鮮不敗事福過災生常然之理一自嬰瘵疾一作句朔未瘳大減服食晦明異候竊料氣力衰憊恐先犬馬乞遂閑退庶安形神且臣素疵賤敢期貴達常慮薄質不堪重任今祿位俱極過逾涯分致此沉痼得非害盈思自損抑冀通神理又不親政事歷受寵榮廢公曠時益用慚懼所以塵黷旒扆至于再三情迫於茲敢有所隱愚朴之性陛下素知加以危頓豈容矯飾伏望罷其新所一作授貸以微殘一作生昔漢魏近臣有以期暮一作年久疾者則賜告就第或再起復位若大限未盡羸痾漸平聖慈不棄驅策非晚重得珥貂冊禁條紫玉墀則微効獲申所乞無幾如或殆至深慮何必覽榮儻生遂兆志沒無所恨矣實冀皇天聽卑於在上太陽廻舍於志誠生成一作俯納誠祈退令攝衛衰朽餘齒殊私曲全受賜則多生涯之年臣無任懇迫之至

文苑英華卷第五百七十六

文苑英華卷第五百七十七　表二十五

文官讓官

代王尚書讓官表

臣某言臣聞綆之短者無以汲深馬之疲者無以致遠臣實凡淺素乏器能爰自效官累蒙驅策服勤中外三十餘年始奉將作遽加節制叨尹京觀之任兼副八座之權空勵駑鉛竟無裨補陛下寬其罪戾特見優容尚列周行更升榮級臣以殿中監依前檢校刑部尚書未經數月又集賢侍制豈臣才能及此皆是明主曲成感戴殊私不忘寢食誓將竭節以報國恩而去歲已來累嬰沉瘵形神久殆觔力漸微在暇日多朝天未克顧惟所職倍益兢惶地近衞（一作）宮闈事繁供應統茲六尚之務不可一日缺人以臣之曠所害尤甚雖欲匍匐就列支持守官力所不任難於自勉伏乞矜臣不逮許停此官在臣血誠實惟志願無任懇迫之至

第二表

臣某言臣聞爲臣事君貴於無隱情有所切必以上聞（一作言）苟易茲道即非盡節臣以衰憊形貌支離自冬徂春心勞力竭綿料旬月之內未能趨拜關庭殿省務殷實憂廢失昨以所歷上請乞罷此官天路高深未能允納伏覩墨詔冰炭交懷且人之立身大抵榮祿蓋有欲之而不得未有得之而頻辭今臣務總六尚位惟九列往來中禁輝映當朝在臣私門實深慶幸若力能奉職智可効官豈敢冐冒天聽堅爲飾讓推之物理皃見愚衷又臣曩昔之志每懷勤恪比雖綿惙倍益殷憂小有供擬盡關心慮以茲重困轉覺疲羸伏乞天慈察臣不逮儻獲免所職俯救沉痾

生成之恩無以堪比無任懇迫之至

爲李景諶讓天官尙書表　李嶠

臣景諶言伏奉恩制以臣爲天官尙書寵命載臨震悸交集鞠躬自覶屛營無措臣景諶誠惶誠恐頓首頓首死罪死罪臣聞俊乂在官百揆所以時叙名器妄假九流於是咸曠事關隆替義難忝越臣才踈行缺學淺智空十舍無千里之資一經乏三冬之教（一作效）徒以遭逢昌運始因藉時（一作集來）幸雨露（一作雲雨）之曲成遇山川之廣納遂得差肩冕紱比跡流品出入臺省周旋階闥鏘金鳴玉坐榮枯朽擊水摶風顧慙腹背自忝司衡鏡亟易（一作積）星灰雖智力已窮而清通未效朱紫多紊涇渭莫辯宜其抵罪觸網稍清官謗翻乃假寵增服更乖天獎是用荷恩内訟以榮爲憂且夫八座位隆五曹望重典南宮之喉舌象北斗之樞機式資藻鑑奚綜官實自非孝先亮直彥輔公忠（一作恕）山濤之簡静篤素顧譚之心精體密何以對揚天哲厭塞人望顧斯政本實揔國鈞豈臣庸愚所堪尸忝伏願迴光寢照返汗收恩察臣由衷之請矜臣陳力之議則朝端允穆天下至公四始輟在梁之譏六爻無負乘之累矣無任慙懼之至謹詣朝堂奉表以聞其所讓人具如別狀臣景諶誠惶誠恐頓首頓首死罪謹言

讓地官尙書表　前人

臣某言伏奉制旨以臣爲地官尙書無涯之恩忽降霄極非據之惕坐驚魂守臣某誠惶誠恐頓首頓首死罪死罪臣少無奇志長乏異能短步非疾於驊騮翔飛自同於燕雀逢聖神之再造屬天地之寬容鄭璞齊竽竊混聲價秦冠漢綬叨踐名級步鵉池之清切陟鸞渚之便蕃出入五臺周旋三閣行膺負鼎之任遂服專車之寵萬機損益於庸陋之心百揆謨猷滯於膏肓之疾爰發皇揆特留宸眷假優閑之秩雖入杏壇參翊亮之謀尚和梅鼎徒延舟檝之舉竟微股肱之效挈瓶之智患在於空虛曠室之災懼深於盈滿方陳骸骨之情遽荷雲霄之命負乘之責前謗未除忝越之譏後恩仍及還振蜉蝣之羽欲參龍鳳之行亦綏妨賢物知不可素食得位臣亦胡顏況八座樞機五曹要劇上儀七星之象旁理萬邦之教自非元凱之明允忠肅陳韓之敦樸淳深將何以釐正版圖揆安邦國臣之淺狹誠則貪叨朝有典章敢叨（疑）非望伏乞迴乾坤之曲澤收雨露之殊私廣訪訏謨詳求棫樸更引食場之彥俾臨均土之司則受任得才無愆振鷺之美官方有序不失貫魚之次無任慙悚之至謹詣朝堂奉表陳請以聞臣所讓人別狀封進臣某誠惶誠恐頓首頓首謹言

爲歐陽通讓夏官尙書表　前人

臣通言伏奉恩制以臣爲夏官尙書非常之恩忽萃庸朽顧匪服而增醜奉如絲而自失臣通中謝臣聞思皇多士必求於俊乂惟帝念功不寄於庸保臣識量凡淺志業空

廢之刀筆之吏能無俎豆之經術徒以積勞爲忝久宦成資承日月之末光霑雨露之弘貸丈二之組每慙於假竊尺一之制更獎於庸微俛仰慙惶屏營夕惕夫以天臺峻密帝猷殷曠端揆隆於八座樞衡總於萬機非夫賢才孰能綜理況周官司馬有甲兵之職漢服珥貂兼喉舌之任歷觀前載此選尤難安可以樗櫟散才瓶筲小器比德陳劔差蹤鄭履豈無慙於謬寵實有懼於妨官今聖曆惟新王化資始天工其代帝難所急伏願特寢過恩旁求實用塞多幸之路開至公之道則臣鱗縱壑朝有得賢之頌惟鵜在梁臣無濫官之責無任慙懼之至謹詣朝闕奉表陳請以聞

爲楊執柔讓夏官尚書表　前人

臣執柔言伏奉恩制以臣爲夏官尚書光寵載臨震悸交集臣共誠惶誠恐頓首頓首死罪死罪臣學無所成志不及遠徒以憑託霄漢接南陽之近親感會風雲附西京之外戚遂得叨恩藉幸服冕乘軒將鷰雀而同化共鸞鳳而並翼自升禁闥接武卿士徒忝河海之象竟乏涓塵之效竊位妨賢自甘屏黜循涯揣分敢希超獎而聖造不貲天波累洽仍降非常之澤更申踰等之命豈惟連芳八座上比七星固亦分職五曹專司九法昔虞登百揆命喉舌之官晉簡庶寮崇元凱之秩自時厥後此選尤難自非宿望通才高賢舊德何以別邦國之大典膺腹心之重寄臣尸忝無成實彰於既往朽劣不逮難冀於將來雖輸報有心而勉勵無術寧敢自安特謗屢玷國猷陛下綜理機衡搜擇才俊而至公之道未廣於翹薪則哲之明近謬於庸菲恐人物鮮體衣冠失望伏乞蹔迴冲鑒俯絕過恩更弘尚德之舉不失能官之授則濟濟庶寮自有悅於多士區區庸鄙儻無譏於候人不任慙懼之至謹詣朝堂奉表以聞謹言

爲歐陽通讓司禮卿第二表　前人

臣通言臣受恩怖懼已薦款誠而還旨綢繆未垂矜亮俯仰跼蹐心魂震蕩臣通誠惶誠恐頓首頓首死罪死罪臣學藝雙缺心迹兩蕪顧常接言友朋而信未盈乏陳力官

守而智罕挈缾徒以沐道康衢飡和休曆四方無事逢聖后之垂衣百度已貞得庸夫之高枕幸承寬大遂安忝竊本將榮利求達不以廉隅自脩厚祿尊官雅是所溺陳辭抗疏豈爲高誠以理苟未安義則不可何者器有剩限物有局量當其才則事或能濟踰其分則力所不堪是以枯木朽株不荷棟梁之任謏聞曲學不爲廊廟之資臣妨賢自久竊位非今然自承乏且叅叨榮散職雖云尸忝未甚曠廢至於典司邦禮出納王言徒飭躬而自強終絕臏而無力汝作霖雨既非庸妄所堪臣爲股肱必致陰陽之失虧名損實匪顧身疵蠹政傷風將辱朝鑒誠爲負負豈敢自安伏願回日月之明收雲霄之澤察臣由衷之請矜臣

知止之分則周廟之器無慳於盈滿曹人之衣或免於識
剌無任悚懼屏營之至謹詣朝堂奉表以聞臣通誠惶誠
恐頓首頓首死罪死罪

爲司禮武卿讓官表　前人

臣重規言伏奉今月十五日制書加臣中大夫兼司禮卿
寵命光臨心靈隕一作震越臣重規中謝臣聞量能而官徃
聖垂範無德而祿昔賢有誡陛下施物之平不私毫髮知
人之鑒獨謬庸虛一作瑣但禮秩一作秩宗之職歷選所難苟非
得賢於何求化西京置一十二列首貫金吾東漢有三十
九人多選玉鉉妙擇時望將以洽神祇博採列侯所謂重
宗廟桓榮之經學始展今恩孫通之禮儀方膺此命在臣

無取遠謝古人將何以載玄冕之七旒驅素一作赤車之十
一作千乘臣之慊慊非欲自保其身臣之慺慺深慮上塵於
國伏乞聖恩容納臯澤霑濡深惟得人傍授能者則天官
無曠庶績其凝謹封所讓人狀如前不任悚懼屏營之至
一作皆唐類表

爲崔神基讓司賓卿表　前人

臣神基伏奉恩制以臣爲司賓卿芝渙曲臨奬飾踰分蓬
心迴蕩氷炭交集臣神基誠惶誠恐頓首頓首死罪死罪
臣才實凡庸志無遠大從以命偶時來飡和飲澤累叨恩
遇浸成榮顯遂得出擁朱軒入陪紫蓋被服珪組周旋階
闥自謬司六尚承乏九賓星琯驟移塵露無紀每懷忌滿
之誠實負曠官之責寧可以更奉殊徵重叨非據當象河
之顯列處惟月之崇班陛下刻象埛金焚山牓道維駒在
詠異人並出無容使芳蕙爲菑烖康瓠成寶伏乞天哲改
擇人望則尚德之舉無累於翹薪匪服之譏不塵於列棘
無任悚悚之至謹詣朝堂奉表以聞

爲司刑袁卿讓官表　陳子昂

臣某言伏奉某月日勑授臣某官祇拜寵章集作光魂宇飛
越臣某中謝臣聞王者敬懼慜在典刑天下取允集作平允
集作取兹廷尉苟非其人法不虛行臣本庸微名術無紀階
緣際會昭遇盛明謬得揚歷簪裾陪奉鴛鷺綢繆榮寵集作
祿荏苒年時毫髮之功無聞於官守素飡之責每積於公

朝何嘗不悚迫惟憂夙夜祇畏而天恩方被寵命仍加復
蒙璽誥之榮驟綰集作覩銀章之貴未言非據稽首知慙伏
惟神皇陛下恭已受圖任賢興化方且合符皇極代理天
工臣亦何人敢妨賢路伏見某官某乙弱冠登仕早有能
名每以清白洗心不爲寒溫變節誠使榮加天寵職察雲
司必能利用文明哀矜庶獄弼成五教無謝於堯集作虞臣
載光三典允諧於周議愚臣昧暗不識大猷請乞以臣所
授官讓與某官庶使官允其才名不失實聖朝有得人之
盛愚臣無冒貴一作責之譏實在宸集作聖慈鑒非虛謬

爲司農李卿讓官表　前人

臣某言伏奉今月日恩制依舊授臣中大夫守司農卿臣

枯骨再生更蒙寵命魂魄兢越不知所圖臣某中謝臣實庸愚本無名節庇身公族竊軒冕之餘假翼宗枝濫衣冠之末因循寵秩（集作服）累歷榮班素飡之責每深效拙之勤未補横被逆賊徐敬真以私讐究架延臣（集作架禍誣臣）云與叔孝逸交通逆竪獄官執法寘以極刑臣腰領之誅已甘灰粉泉壤之魄分隔幽明不圖陛下天地之恩再生朽骨日月之照曲被重泉察臣非辜愍臣無罪不牽文法之議特垂赦宥之慈螻蟻微軀復得全活自非陛下克明克聖至德至仁臣之魂魄不保今日臣免死爲幸豈敢期榮陛下加臣寵章還臣舊職載（集作典）司宗伯以睦周親愚臣胡顔敢冐朝典况臣叔孝逸推使未還（集作迴）在於愚臣更深（集作須）待罪安敢私職（一作訟職）以玷國章伏乞天恩照臣愚懇不勝感戴生榮之至

爲宗楚客讓營膳太監表　李嶠

臣某言臣叨承寵澤冐陳愚懇而九重再達三舍不迴鞠躬慙惶莫知啓處臣誠惶誠恐頓首頓首死罪死罪臣自惟寡薄何階榮遇徒以山林舊籍有感聖慈葭莩末戚特延褒奬遂得升朝列位服冕乘軒平視公卿奄同七貴坐登霄漢非因六翮自燕司喉舌副掌樞衡百姓不親徒承在寬之訓萬機都曠終替責成之舉期獲戾於妨官敢邀榮於賜秩而甘露時雨不遺於溥汎尊官厚祿更集於庸虛仍令入總巨卿出毗藩牧顧非材於樗櫟空媿梓（一作杍）人方假職於襜帷多慙竹使夫以渚宫作鎮旁蕪水陸營室致功上儀星象自非馬延年之勤若羊叔子之恩惠何以撫茲千里按彼百工陛下義不斷恩遂忘濯龍之誡微臣寵深增懼敢冐濡鵜之譏况今天地開元聖神改物四方拭目而觀化九流褰裳而願仕而則哲之鑒未奬於翹薪至公之心近謬於凡菲將恐開親昵之多幸失衣冠之雅望小人淺見偶識自量匹夫雖微敢守難奪伏乞俯停過謬更擇良能則出門同人更釋于宗之吝側席思彥不乏登壇之寶無任慙懼之至謹重詣朝堂奉表以聞謹言

爲王遺恕讓殿中少監表　前人

臣遺恕言伏奉恩制以臣爲殿中少監奉命荒越不知啓處臣某中謝臣行忤神祇身積釁咎偷延苦累自甘殞越陛下忘其瑕陋牽以縶維仰號上昊俯踏下土精誠無感三舍不迴志節莫修九泉未即遂復蕭膺紫綬權就墨縗俛首官寺靦顔朝序自攝職天臺慙簡要之目徙秩京輦乏仁明之政銓管無滯多謝昔賢抱鼓不鳴實愧前烈空尸厚祿坐積時謗不謂天光下濟聖慈曲覽重延殊奬更超顯位司六尚之嚴凝望九重之清切懷恩撫拙既懼且慙但臣下棄情禮上虧荅效孝不足稱忠無可紀永惟家國實負君親將何以安其尸忝暴之視聽伏乞翦廻沖鑑少察懇誠不虧聖朝之鑒無重愚臣之罪則漸有有方官厚無替無任哀悚之至謹詣朝堂奉表以聞

爲第十舅讓殿中監兼仗内閑廐表

臣某言伏奉恩制以臣爲殿中監兼檢校仗内諸閑廐逾涯之恩忽降寵極非據之惕坐驚寬宇臣某誠惶誠恐頓首頓首死罪死罪臣本乏才藝素無操植徒因緒業獲齒簪裾屬兩曜重光三靈再造登山捧日始會於風雲涉海窺天遂攀於星漢位非德進榮以恩昇出捧鸞鑣驂王輿之式道入陪鳳扆預金門之通籍邑清切之嚴衞接綢繆之宴私丘山之恩徒謝成貸（一作徒慚冐忝）絲髮之効竟知無補加以燕烏竊幸假鳳連棲弟兄分侍於閶闔甥舅齊蹤於樞秘光榮被於九族寵遇傾於百寮是以常誡滿盈亟慚尸素（一作本）叔寶之遇武子雖願輸忠正禮之對公山唯憂

曠職常思高明之瞰室無懼平路之傾輈豈謂天道不貲聖慈逾厚仍降非常之澤重紆加等之命妨賢受位多慚於鴛鷺之群匪服叨榮實愧於蜉蝣之羽（一作維鶴之判）竊惟先王慎擇不進於凡庸明主虛求務延於才俊伏乞傍羅杞梓更詢棫樸必取尤能秀傑方爲御府之臣無使五技輕姿謬處七閑之任自然六尚增價七騶無忝納于百揆終無廢事之譏賓于四門必有得人之頌無任慙懼屏營之至謹詣朝堂奉表陳謝以聞謹言

讓麟臺少監表　　前人

臣嶠言伏奉制書以臣爲麟臺少監依舊兼脩國史仍知鳳閣舍人制閣事仰戴私恩退揆愚陋手足知舞心魂載惕臣嶠誠惶誠恐頓首頓首死罪死罪臣一經莫守五技不成宮墻易窺俎豆無術陽和布德枯朽同榮雷霆發音閉蟄俱起用叨特幸遂歷清階含香握蘭惟塵於兩息之署切問近對匪服於雙鸞之沼西垣載筆五字非工東觀屬詞兩班難嗣空抱支離之疾坐招尸素之譏惟此挈瓶忝四郎之末綱羅帝籍既佇英才出納王言寧容妄處陛下搜賢擇善責實循名程才舉入於準繩適用不差於輪桷伏願特迴鑒揆俯察愚蒙深惟帝難妙簡人才則尚德之舉寧謬於鳳池妨賢之談不起於麟閣無任忝竊慙悚之至謹詣朝堂奉表陳請以聞臣所讓人別狀封進臣嶠

誠惶誠恐頓首頓首死罪死罪謹言

爲田歸道讓殿中監表　　宋之問

臣某言伏奉今月二十二日制除臣殿中監依舊押千騎特降鴻私（一作恩）超加等數足臨鯨壑未偕聞罷之憂首抃鼇山豈踰承恩之重臣某中謝臣聞欲成大厦必資於瓌材將適遠途理歸於駿足未有闕公輸之巧輒事揮斤無良樂之能謬令市骨臣藝術無取名檢莫聞叨承任遇遂階通顯再趨（一作超）武禁誠恪未聞三入文昌涓埃莫效剖符爲郡山東無勿剪之謠擁節和戎漠北有不賓之虜而制書涵育猥錫褒揚天造曲成更延今授臣知不可清議難容推賢讓能列聖之明範量力審分先覺之讜言當今

運屬昇平朝多俊乂伏乞精求稱職以代不能遂愚臣由衷之詞全聖主一作皇至公之道授受無失臣免妨賢無任悚懼忝竊之極謹詣朝堂奉表陳讓以聞臣所讓人別狀封進謹言

讓成均祭酒表　李嶠久視元年

臣嶠言伏奉恩制以臣爲成均祭酒對揚鴻休揣摩褊量獎飾踰分周惶增惕臣誠惶誠恐頓首頓首死罪死罪臣才不應務命實偶時非親非賢奉帷幄之侍無藝無術備鹽梅之臣排金門而上玉堂步鴛閣而遊鸑沼抱支離之沉痾曠密勿之繁機六翮不任但懸於腹背四支已頓空請於骸體一作體骨分辭榮於瑣闥仍藉寵於環林顧非庠上

之珍敢忝淹中之賞况東序蟻學稱爲教化之宮西膠庠門實惣文章之宿論姬孔之制度談夏商之損益方期遺典墜業有可發明豈伊曲學謏聞所堪户忝伏望俯停庸瘵改命耆儒則授几肆筵還知入廟之禮褒衣博帶不濡在梁之翼無任忝竊慙惶之至謹詣朝堂奉表陳讓以聞臣所讓人具如別狀臣嶠誠惶誠恐頓首頓首死罪死罪謹言

自内史再讓成均祭酒表　前人長安四年

臣嶠言伏奉今月二十四日制書除臣成均祭酒同鳳閣鸞臺三品餘並如故列星曒日曲垂鑒挨膏雨油雲傍灑渥澤承命如失負恩不勝臣嶠中謝臣本諸生偕緣常調幼趨詩禮繞學脩身長習文章罕能經國徒以淹年曠日積勤累勞無翼而偶摩霄不材而參構廈往逢人乏濫荷天聽類表作聰預聞政事莫近主益尋而犬馬私疾頗至羸蟆蟻殘生俯蒙含育矜其不逮備以閑司臣獲從容稍似強健復屬皇慈不已聖獎彌勤始接貂蟬更追龍鳳機務填委昏情戰兢風勞霧氣曉迫宵煎因此疲羸遂成廢類表作瘵曠所以每求清閑輙事陳乞竊望優游散輩沐浴淳源豈晤大類表作聖造弗遺殊榮累及玷類表作沾代天之列躡教胄之行且祭酒之榮有道之選往年已知不可今者何宜重遘伏乞特寢嚴汗改命長才非敢欲逃身責深恐有忝國經由衷精誠惟聖矜納無任懇迫慙荷之至謹詣朝堂奉

表陳讓以聞其所讓人別狀封進

讓吏部侍郎表　邵說此表唐書邵說傳有之已注異同英華作張說非

臣某言臣以殃釁頃遭污染知臣者或哀其逼切畏忌者或肆其讒誣自授南宮分銓東洛于茲累月憂懼實深火心水背若墜泉谷何則拜命之始遇山陵附近奉辭之日屬蒸祭未終不得入覲天顏少申誠懇此臣所以達曙不寢一作寐終朝孜懷徘徊傍徨莫知死所今情有至切不敢不盡陳其愚衷臣家本儒素代傳名節臣祖長白山人貞一以周朝權統革命潛遁終身臣父殿中侍御史瓊之偶玄宗撥亂興邦楊歷數四累登甲乙之第再踐準繩之任

微臣積釁殃禍所終十八而孤長於母手誓心墳史不出戸庭迨至天寶中謬忝詞場擢第適會老母棄背服喪河洛及祿山之至禮制當終臣愚不脫縗麻更踰再歲而賊中言議往往紛然臣懼竄凡黨不容寓遊洛魏值慶緒奔遁保於相（唐書作西）城大搜詞人脅為己用以充威責臣不至以驛騎逼臣遂行與潘炎始陷兇逆遽聞思明款附燕趙服從欲取黃沙嶺路因此得歸闕下屬思明數萬之衆南鎮趙州送臣於范陽抗疏以聞奏肅宗特降中旨授臣左金吾衛騎曹將軍宣恩命云聞卿遠來可且於思明處憩息留滯未幾忽遇烏承恩事彰由是井陘路絕再陷兇盜而思明朝義負恩之際臣亦累達款誠伏蒙肅宗皇帝賜臣

勑書云卿志士苦心王臣勵節藝成俎豆跡陷豺貔頃年鄴中策馬歸命出於萬死臣節尤彰忠誠若茲不負於國比朝義將敗謀守河陽臣知廻紇利於野戰沮破其計及朝義奔走臣得西歸伏死於闕庭獻狀於先聖中使特宣進旨云卿之狀跡多肅宗特事二數日內即授卿官當蒙除臣延王府功曹參軍宣進旨云卿所進狀見今在院及翰林檢勘至其年六月十九日與王佃同時召見先聖謂臣及王佃曰卿所進狀朕一一已令檢卿之誠節可謂著明尋除王佃侍御史除臣殿中侍御史仍遣宣進止中書門下令制詞中盡言其事詞云王佃邵說有文學政事之資餙溫良恭儉之行嘗應推擇薦屬流離失身淹恃無路自免然而深知逆順潛竭款誠當慶緒之難已彰臣節及朝義之敗更沮兇謀言念忠懇何傷點汚思申雅器且表至公宜擢憲司式弘國體則先聖疇昔之意蓋已知之自是再忝栢臺四登郎署宰理京劇倅貳祕書一十八年備更任使今復以非次待之不疑斯發自天斷非常情所及且棄瑕錄用古昔攸難稽之載籍所傳無幾則齊桓諸侯之主能收管仲太宗非常之聖特任魏徵咸為得人終成大業如臣行藝寡薄知識凡淺有殊管魏之事曾無管魏之才必恐受謗於衣冠不容於輩列速愚臣之禍傷聖主之明其理必然固無疑也古語曰女無好醜入宮見妬士無賢不肖入朝見嫉臣雖掌銓日近切慮見嫉已深伏願

哀臣血誠免臣此職四門已穆百度惟貞在于微臣死生感戴無任懇切之至

第二表　　前人

臣某言臣以玷缺懼辱高位一昨瀝肝上請泣血祈天冀達愚衷俯停新命不謂聖慈褒餙宸鑒未迴伏讀墨詔載深兢惕臣某中謝臣嘗覽載籍備知古今用人之道其流不一遇艱難之際或有棄瑕偶文明之時固當慎擇如臣頃陷兇逆大節已虧雖昔曾獻款而罪難自贖今中朝無事八表會同有符帝舜之理日漸時雍之化已明四目特存九流豈臣汚染之餘合受清通之寄縱使陛下憐臣宿志察臣脅從無邪取捨群才易招毀讟亦安可家至戶說

今盡知愚臣疇昔之血誠哉向則今歲吏曹至難十倍常歲欽員至少從調者多盍知唐書作以功優其數尤廣又準選唐書作皿格以判留人十華之中放其六七彼輩衣粮自遠旅食經時固不甘心必大騰口說有誣謗上疑聖心事等投杼將何取雪此臣之懼敢不盡言况朝廷冠冕如雲咸稱俊傑或以文行底禄或以政術知名出入中外累更任使而臣謬司左職實用多慙伏見户部侍郎唐書作郎中蕭定司農卿庾準才優識遠望重一時伏望罷臣别受定等庶光朝選克辯人倫則徐毛裴王復存聖代無任懇願迫切之至

文苑英華卷第五百七十七

文苑英華卷第五百七十八　表二十六

藩王讓官

雜讓

藩王讓官

爲杞公讓宗師表　庾信

臣某言伏見詔書以臣爲使持節驃騎大將軍開府儀同三司宗師中大夫伏奉綸言心寛震讋臣聞堯分四岳是以望秩山川舜命九官是以光華日月必須易儀一作刑以德明試以功乃可協和萬邦咸熙庶績臣幼無學植長闕才成鴻都之門不能定其章句鷄鹿之塞無以名其碑碣憑天漢之派水附弱木之分枝東岳則朝宿有名南宮則門闌有籍在臣庸劣久知蒲盈武陽以功臣之重特拜宗師東平以毋弟之尊超登上將臣有何德能兼此榮臣早傾廷蔭曾未扶墻毋氏慈訓衣衿勞苦甫及成人俊垂捐棄几筵如在忍離鞠養之恩終天無報叩地難任欲草土丘陵終身塋域霜露申覆苻之感鷰雀展迴翔之心不悟

天澤沛然謬垂提拔當今王燭調和既非金華之世璿璣齊政豈忘松檟之餘况復一枝蹉曲終危九層之臺一股岑蹄必傷千里之駕聖帝欽明文思光宅區宇禮格四方無容奪臣此志孝治天下自當衣臣此情大宗爲師更求同姓之國元戎參乘別選能賢之臣伏願覽清蒲之奏曲允微誠詔鳳凰之池特收嚴召則天慈無濫私願獲從臣之容身便當有地不任荒悚戰懼之誠謹詣朝堂奉表以聞

爲定王讓官封表　　李嶠

臣某言臣頻布欵誠厥蒙矜𧕿而由衷之請空竭於肝膽臨下之鑒未察於庸愚集木非兢臨泉罔懼臣某誠惶誠恐頓首頓首死罪死罪臣歷覽前志詳考舊聞莫不以有道興邦家不才替社稷漢武帝網羅群士唯佇俊賢周成王訓廸庶官不求庸保臣行能近淺識性凡陋難化之質非八音所陶不移之愚豈六藝能飾往緣戚屬叨奉恩私遂得地列齊封門開魯館承敦叙於九族被徽章於五等今光華始旦品物維新三代典章理遵於舊式二京恩澤宜革於權制方就散秩之輩幸沾朝請之流寧可以冒踐槐廷更增茅土况班璽錫瑞執揆提衡法垂象於三台視隆班於四瀆實司邦教是曰藩維豈臣餘喘殘生所合尸忝非臣荒情菲質所宜叨攝陛下懸旌訪逸刻象求才朝有白駒之賢野無黄犢之彥方使思皇多士必明於至公

豈令棫樸能官近廢於親昵臣自審量實所不堪部室之災豈唯於身咎拆嵩之責方貽於國恵伏冀回光欽霽穀綏牧綸察臣不移之心矜臣非飾之請特停過誤改命才良則白馬册書不慙於異姓和羹作礪不逮於凡庸無任慙懼屏營之至謹重詣朝堂奉表陳請以聞

爲定王讓兼知司禮寺事表　　前人

臣攸暨言伏奉恩制一作旨命臣兼知司禮寺事臣本無操履素之藝能愚藉箕裘遂叨晃笏畫龍刻鵠一作鶴非有天才簪岸紐龜但因地勢鑒空虛微眇之質驗庸闇不逮之姿素簡神衷豈勞銓叙幸得攀光日月藉寵侯王禄比萬鍾爵窮五等備梁園之車服司周室之典經朝夕起居出

入倍奉在生多幸於臣已足豈可重叨非據更竊隆班上爵國章下速身謗昔漢疇稷嗣將冠九卿虞兼伯夷實掌三禮奉蒸嘗祈祀之典有魏土筌鏞之節能徙移風易俗兼且尊事神祇一作尊天事神豈於凡庸所可參議況此司禮分職見有二卿並在官懸事且無缺更參駑蹇之足徒亂鵷鴻之序伏乞聖慈迴鑒天造曲成矜其懇切之心念其尸曠之責怡然俯察濡乎垂許則至公之道實弘於聖朝多幸之災不累於凡識無任慙懼屏營之至謹詣朝堂奉表以聞

爲臨川王讓千牛將軍表　前人

臣嗣宗言臣學藝無稱才行兼闕幸得一作延慈蔭遂歷通

班花萼同榮依上林而發彩鶺鴒交賀仰大厦而相歡恩此丘山效微塵露叨榮席寵荷愧承羞臣嗣宗中謝臣嗣宗夙奉皇明已忝銜珠之秩兄懿宗近承天澤又當執金之位弟兄齊列伯仲分曹咸典禁戎並參宸衛旣唯官崇一作尊祿厚思滿盈而增憂固亦秉勢操權顧章程而自惕況臣素抱愚拙更纏痾恙牽羸引憊竊位妨賢内懷尸素之慙外負朝廷之謗豈可以多塵聖化久累能官伏乞收迹丹墀歸骸素里庇堯雲之光彩浴舜海之波瀾柳蔚桃濃聽南隣之鍾磬茅舒桂滿陪北闕之簪纓食厚遲而忘饑樂太平而愈疾則涵養之德瞻天造而斯弘覩冒之識在微臣而知免輒陳固陋輕黷威嚴授紙彈毫驚魂悚魄臣嗣宗誠惶誠恐頓首頓首死罪死罪謹言

此篇五百八十一卷重出今已削去注異同爲一作

爲安平王謝授揚州都督府長史表

臣某言伏奉恩制以臣爲楊州大都督府長史光寵載臨震悸交集臣某誠惶誠恐頓首頓首死罪死罪臣蒙蔽有素非陶染所移磨礪無成豈鑽仰能及斯並久塵聖鑒不逮更伸愚款陛下降猶子之愛忘具臣之譏乘以軒車佩以璽綬射榮席寵曆歲月而徒深結課疇庸在涓埃而莫取何曾不外慙赤紱内負素飡是以前布腹心辭禁衞之重後竭誠懇歸殿省之榮豈欲娛志養高實願遺身體國不爲疑作謂聖情重疊恩旨綢繆更錫隆章重紆顯命刷燕

雀之毛羽求其奮飛飾駑駘之銜轡徵其熾浚雖願盡智力而終難勉強陛下宵衣待旦仄席思賢必欲無曠庶官克諧共理臣智慙一割政乏四科豈足以恭副虛求弘宣美績況三楚舊壤一都之會求言作鎮匪易其人伏願遵尚德之義躅杜推恩之妄舉以公滅私簡才授職則武皇得士不慙於曩歲文王能官復在於茲日無任慙悚之至謹詣朝堂奉表以聞臣所讓人具如別狀

爲建安王讓羽林大將軍兼司賓卿表　張説

臣某言伏奉集作承月日制書除臣右羽林衞大將軍兼檢校司賓卿朝榮對及恩露洪垂聲仰驚扑環換失圖集作燋失臣某中謝臣席慶皇支忝辱司天衞素官成書久盈人口填屬

山戎自擅王師震加謬當推轂之禮竟空汗馬之績實賴廟謨幽贊靈兵潛討烕犬羊於遼海卷旌麾於燕薊臣得歸功北闕待罪東藩沐沫休服生死榮幸安敢賣要塞而告勞貪天功以爲己又況羽林清禁上則星辰主客命卿下法河海蓋文武具美方議望僉歸豈臣弊劣所堪尸忝伏乞特迴睠鑒更擇能賢俾朝興薪槱之歌臣免代檀之刺非敢飾讓實披誠請無任悚戴之至謹詣朝堂奉表陳讓以聞

爲岐王讓太常卿表　蘇頲

臣某言伏奉制書以臣爲太常卿兼檢校左羽林將軍虔奉恩命罔寘心顏臣某（中謝）臣託蔭宸極分聯景緒從學多滯不足對於三雍爲文蓋疎不足齊於七步日者自天有命裂地而封盛亨岐之井邑比從梁之騶駕旋省慙惶益增忝越不悟前榮始拜後寵仍加且彝倫攸叙百官所以象物方策不墜二柄所以濟時苟非其才將汨于政況上卿之任中尉之重自非膠庠告老植榮列於東面藩邸求舊宋昌摠於北軍臣何妄膺兼此叨竊（類表作冒）伏惟皇帝陛下夙祗圖録光宅區寓允厥在位喜聖朝之得人獨此曠官覽曆鑒之知子將何以典司禮樂綜理韜鈐伏乞太陽迴光慶雲灑澤俯察衷款旁求賢俊則冀受授無失謀謨有倫無任下情愧悚之至謹詣朝堂奉表陳乞以聞

爲安國相王讓東宮第二表　崔湜

臣某言前累表自陳披瀝肝膽懇誠所守期在不移而天聽邈然未垂矜納屏營踴踏罔措（類表作寘）心顙臣竊覩帝王支庶進以寵私雖假恩靈必詒禍咎親如梁孝尚非正議所容才同季札猶爲長亂之本況臣朽懦將何忝竊且承先建極當可推恩作範惟親宜崇以正伏願陛下稚畧潛明皇威誕發燻逐孤鼠梟剪鯨鯢上慰祖宗之心下保元元之命大位既定丕業重光再造四海之基方流萬代之福至於守器允屬元良非聖賢無以厭天下之心非典禮無以爲後嗣之法臣地非冢嫡才實昏庸一旦干月大倫亂越皇統近爲身患遠成國耻將何以措身闕庭將何以歸骨山陵是用專固不迴繼之以死特希慈造俯垂聖諒（一作諒察）臣某（中謝）臣跡非飭讓言實由衷區區之心敢不披瀝素所蓄積塵黷上聞嗟臣不天（一作才）夙遭險釁哀惸孤藐百罹是攻嗣聖之後天步艱難逼迫崎嶇措身無地既冒儲貳又塵尊極正名罰罪合當萬死忝曰臣子豈所晏安殞首烕身無以塞責臣某（中謝）臣當此際之心豈貪生而憂死誠以身居（類表作處）不容之地命盡危疑之辰上適可以增國羞下未足以明臣節是用冒罪假息忍死苟全尚祈宗廟之靈庶覩返正之運使臣得退保先朝所命歸死藩邸之下則雖灰臧良無遺恨惓惓所守神明知之既而天啓聖期興運伊始明兩出震九二在田臣克遂誠祈獲返舊國私願雖果而皇猷未忝每以釁萌城社將傾宗稷常慮

奄忽禍出非常夙夜憂惶罔知攸濟幸屬陛下光啓休烈克復中興長信高居供養有地明堂正位忻戴知安抃舞謳歌稱慶未已不意陛下復將置之非據迫以奪宗前憂未忘後懼仍及臣之胥剥胡寧斯甚今天地交泰朝野歡娛獨在微臣殷憂昭代念及同氣頻垂憐察

代宣王誦讓皇太子表

臣某言臣自奉明命累表陳乞懇誠無感聖慈未迴進退兢惶如履冰谷臣誦誠惶誠恐頓首頓首臣聞少陽之重嗣守宗祧故傳曰年均擇賢義均以卜爲國之本繼奉休明臣質惟愚蒙未經師（類表作保）傅問安侍膳夙乖奉養之規秋蓄夏茲昧於（類表作素昧）齒胄之訓無以上承七鬯展敬粢

盛内省多慙（類表作内多慙愧）豈敢飾讓未蒙諒察惶怖失圖臣所以累獻封章備陳肝懇伏望俯迴天眷曲遂愚衷臣無任懇欵之至

雜讓

爲梁王武三思妃讓封表　宋之問

妾言妾聞天與才多地居外戚理乖謙益（一作不患無位）患在寵盈妾亡夫三思頻讀聖賢之書夙知止足之分在先朝錫漢藩之社位亞上台陛下流渭陽之恩室嬪愛主常恐官高祿厚福極禍來閨門之談顛覆存戒但以願施塵露之効尚贊山林之遊詎謂吳楚指有寵爲名父子以無辜同枉良以崇高取忌退讓未形事雖噬臍言猶在耳妾夫埋黃壤子夭青春唯知哀訴神明號泣天地妾之殘命稱曰未忘更何心顏亨茲豐厚况三恩久謀謙退人所未知實恐士庶遊談是非相半既未能辨明高義豈復忍貪吝餘資雖則伯宗已亡獻誠者聞乎姧盜尚冀黔婁宿意見知者因乎寡妻今墳土未乾繐帷猶設妾所以廢寢忘飡瀝欵披誠未允前祈更陳後請伏願俯矜賤妾遠念幽魂收彼白茅之封表其赤松之節光陛下有任賢之德明三思無冒寵之譏妾之區區意盡於此無任感切之至謹遣某詣朝堂上表以聞再黷威嚴伏深戰越妾死罪謹言

益州父老請攝司馬鄧公爲真表　閭丘均

此篇合在六百九卷雜上請門今已移入姑存其目

爲僧普潤辭公封表　張說

僧普潤言伏奉甲寅制書以普潤加榮沐秩授邑封公聖恩無涯將變枯朽佛法有教誠願住持普潤自剃落壞衣五十餘載心不見是口不言俗因誠證業懲禪悟理幸逢皇祚將（集作特）啓大運有歸皇太子逼畏兇讐永懷興復憂扆之際（一作始）始（一作特）蒙顧問貧道起廣救之悲決必成之策奉符命之旨贊無畏之心令得衆生又安羣魔消伏在於法侶所願爲多視身本無何功受祿天位有德陛下享之天討有罪太子行之豈貪天之功以爲己力背佛之法而求身利必若冒榮背律返俗違真亦恐乖陛下崇誠之情（集作崇信之誠）失如來付囑之義凡所稱述諸佛證明伏願聖

慈亦垂開領乞停恩授以辛法門無任護戒傳道之至願
謹詣朝堂奉疏陳情（一作請）以聞

為道士馮道力讓官封表　李嶠

臣道力言叨緣幸會謬奉渥恩隨簪笏之九班列山河之
三土王言如綍敢不欽承人好惟星願披誠款道力本厭
囂滓夙躭閑曠潛形草澤不將皋鶴並聞浪性雲霞惟慕
（一作共）海鷗相狎十步徒歡於飲啄一官匪尚於榮華幸屬
聖期謬迴天奬承軒冕之賜列是樊籠踐繩墨之途更成
維縶尺鷃但慙於鍾鼓鶢鶋空費於牲牢故欲瀝膽輸肝
（一作誠）披誠（一作肝）進款倘蒙却收匪服改命如綵不（一作矜）以
尸曠之交免其負乘之責則物情輿論誰不謂宜如將衆

列（一作疑例）難遠微功必叙仍優附鳳之賞遂假濡鵜之衣則
望賜以宮名還其道服仲虞懷八座之禄未入朝廷之推
列五等之封尚居山藪所冀資此俸秩永脩齊供廢王清
垂既增寶祚於三光（一作元）金籙開祥固珍圖於萬劫上隆
紫極之統下遂清溪之遊在於微生實為幸甚道力昨已
陳請未蒙處分重此干祈伏增戰越道力誠惶誠恐頓首
頓首罪死罪死謹言

為郭子儀讓華州及奉天縣請立生祠堂及碑表　邵說

臣子儀言臣得同華節度使刺華州刺史周智光牒稱得
耆壽薛遠等牒以華州是臣所生之地奏請與臣立紀功
頌德碑天慈曲臨已蒙聽許又得奉天縣令程暹狀得百
姓仇廷珍及僧山海等狀亦請與臣立碑及生祠者伏以
皇家受命祚運延昌雖妖孽暫興而天地終大收兩京之
際陛下親總元戎臣忝職驅馳躬執鞭弭指蹤逐寇皆聖
主之雄圖静難夷凶且微臣而何力（四句類表作指蹤逐寇幸克有成皆聖主之雄圖顧微臣而何力）又奉天之役大挫渠魁亦仗天威以集戎事
必欲紀之金石播美無疆理合昭宣聖功垂於不朽豈臣
薄劣輒敢當仁寤寐兢惶莫知死所瘡痍之後凋瘵未平
更屬春時實妨農業乞迴成命一切勒停廢老臣無貪天
之責疲人有息肩之望懇款迫切之至謹奉表陳讓以聞

第二表　前人

臣子儀言伏以華州及奉天耆壽等請與臣立碑及生祠
昨已奉表請停未蒙允納夙夜省究（一作度）不勝戰悸臣某
（中謝）臣以衰庸謬承驅策雖東征西伐莫顧微軀而保大定
功皆憑睿筭今欲刊諸貞石永播徽猷實為貪天之功難
勝跼地之愧況今兵革未息瘡痍未平忽此勞煩必有妨
奪顧臣薄劣將何自安臣雖至愚深知不可再陳旒扆伏
用兢惶所望聖慈遂臣誠請無任懇迫之至

第三表　前人

臣子儀言臣聞人臣事君稟命而已若君有非常之畀則
臣成佐命之勳象彼四時運行實因於上帝配諸百谷廣
大在宗於滄溟頃陛下監國撫軍則再安宗社及飛龍踐

祚又克清夷狄所有成績皆臣雄圖臣雖在行何力之有
今奉天華州耆壽請爲臣建生碑立祠且陛下聖功已書簡
策微臣薄效何足褒稱耆壽父之徒昧於事體謬請刊紀殊
乖名實昨已再表懇辭冀達誠懇陛下未察今斷來章奉
詔兢惶若墜泉谷況今畿內百姓日益凋殘粮無半菽室
如懸磬以不急之務擾至疲之人竊顧心顏益增覥懼又
比來耆壽陳狀是官吏指麾恐以臣備位台司妄爲希附
纔有勤請或非矯飾所祈聖造特遂愚衷區區之誠敢以
死請無任懇迫之至

第四表　前人

臣子儀言伏以奉天華州耆壽請爲臣立碑及生祠臣自

揣功業至薄不足以當刊紀百姓至弊不可以興力役歷
獻愚懇至于再三言不動天未蒙允納夙夜兢懼不遑寧
止臣非有馬援南征之績竇憲北伐之功安敢飾詞以陳
謙讓但以兵革不息十年于茲天下之人未獲其所臣幸
備相位尚負憂責頃歲之克復京都去冬之小却夷醜所
有微効皆稟聖謀然未能使其干戈盡銷郊甸罷警比有
亡命之虜西有無厭之戎公卿大夫未免旰食臣幸而獲
有其榮已多豈可竊功侻名以圖不朽其若千古何昔漢
爲霍去病理第辭以匈奴未滅無以家爲況今殘孽尚存
而敢播美金石臣雖才不逮名竊慕古人之志所望再效
鷹犬遠斥兇渠三虜之首必懸四海之波自定從茲偃伯
可以息人然後紀功亦未爲晚臣以誠願實在於斯伏乞
聖恩特遂勤請無任惶怖懇迫之至

爲杜司徒讓淮南立去思碑表　劉禹錫

臣某言伏見淮南節度使王鍔一作諤下同所奏當道將吏僧
道耆老集作壽等請爲臣立去思碑伏奉聖旨允其所奏內
惟非薄聲績無聞祗荷恩私慙懼交至臣某誠惶誠恐頓
首頓首臣伏蒙先朝過獎累典方隅頃鎮江都十有四載
數周星紀水旱備經境接淮濆兵戈時起至於邑里粗免
流離非臣所能悉稟聖化在唐堯可封之日奚假吏才集作師
當漢宣責實之時皆承詔旨王鍔與臣交代輒有上聞
况以去思爲名慙無可紀之績伏以建碑示後集作有制甲令

垂文苟非至公則翻集作飜濫貽誚臣伏覽故事宋璟自廣州
都督入拜集作爲尚書南海之人請刊樂石璟自懇遜集作讓
至於再三雖勤其文竟從降制在於國史集作著國典舉垂集作
爲美談璟非苟榮人益見德臣才識不逮心實慕之伏乞
聖慈賜寢前命情非飾讓義在徇公無任懇款之至謹奉
表陳讓以聞

代公主讓起新宅表六百五卷重出今已删去　李嶠

臣妾言伏承聖慈以妾居處褊狹欲開拓宅北更起新第
恭聞綸旨不勝慙惕陛下骨肉之愛天至而深源敦叙之
風日隆而月厚乃復推心連萼結念同胞方欲廣沁水之
庭除增常山之版築雖殊恩曲獎惠澤實浸於肌膚而妨

公害私謗訕恐盈於道路況臣妾承靈天妹藉寵王姬與服亞於椒宮土田方於茅社甲第之當衢何術並列三區別廬之帶水連山料盈萬畝深均則可乘騏驥高樓則唯待鳳凰常憂職室之易災實懼滿堂之難守寧可更求輪奐別構崇深擾閭里之甿黎傾國家之府藏且鬼神所福常矜於缺隅賢聖垂箴必誡於豐屋孫叔辭良沃之土晏嬰求湫隘之居妾雖愚蒙頗聞訓典實願歸（一作遵）師老氏以止足自防仰慕周公將逸豫爲戒但希安分於容膝非敢攀榮於潤身且坊爲要衝地當貴里畝賃二三十貫居人四五百家奪其近市之門閭生其破家之怨讟雖下人之不語豈愚妾之能安又妾之平生每存捨施亟身濟物

心所願爲益己害人情豈能處今麥苗雖盛谷價未豊家少糧儲人多菜色但可勸耕耘之業未宜興土木之功伏乞俯察愚誠傍詢衆望體東作之尤要知西第之非急收茲霈澤惠彼黎蒸則天下蒼生孰不欣幸無任悾款屏營之至謹遣某官詣朝堂奉表陳請以聞謹言

爲公主辭家人畜産官給料表　前人

臣妾等言妾聞賢相防微格（一作林）盈門之車騎通人酌損忌滿堂之金玉尚子平之讀易富不如貧孔宣尼之立言奢也寧儉未言故實此爲明鑒妾等並承靈坤載荷蔭中樞或天妹申慈忝扶桑之瑞萼或王姬藉寵竊穠李之奇秀開沁水之園苑賜常山之湯沐牓懸金字分衢離巽之宮路夾銀河並列星辰之位通秘籍於龍廷之內杜仙輿於鳳樓之下殊私曲獎以日而繫年縟禮崇徽夸今而邁昔兼復別降朝旨猥存家務輿臺供隷之衣食棧廐豢牢之秣養並廻中府俱出大農終歲之儲但愁絲綬供閭門之費不煩機杼仰祇鴻澤退省微躬生以地高徒竊雲霄之幸寵非德進曾微纖芥之勞何義而虛受渥恩何功而謬延賞賜是用每積慙悚常憂顛沛收志周公逸豫之誡深念老氏止足之言乞留聖慈俯鑒愚懇使榮無過懼滿不至溢國邑田租之常料既已豐殷馬牛陪隷之雜供並希停減庶得無耗府實稍清朝謗長轂遠馭不逢於致寇之人高門洞開無怯於害盈之鬼不任兢悚惕懼之至

謹遣某官詣朝堂奉表陳請以聞

爲裴駙馬讓官與父表

臣某言臣聞善則歸君臣之報上功推於父子所榮親臣本愚賤幸承門閥擢自弱齡得尚公主耀（一作輝）宗榮黨何已七十年成名效能曾未之有得是以昧死旒扆陳情控告臣某（中謝）臣聞情隱而言不吐者害君之罪人心孝而迹未行者事親之逆子臣擢自泥滓起登上第受國之寵負親之恩情所隱而言未吐者敢奏於今日臣門閥少薄冑因遺緒父叔昆弟忝列朝班唯臣一身特拜都尉然駙馬之位因天所封寺卿之階何功受賞寵過宗祖榮過棠棣無德而祿將何以堪臣父正議大夫前太子少詹事臣居

士風預周行早娩陳力頃以天波溥洽許順懸車然朝命
先霑已三十載累年効職復十数遷金紫末階叨從致仕
桑榆尚早寵頒榮班臣亦何人獨多勳賞臣聞父子罪不
相及而官獨踰於父雖爵因天假不限高卑而官入私門
自多伊愧每用責躬晨省靦恧疑作而朝端臣子之情祇所
不忍伏乞以臣在身三品并見在進讓臣父本品降賜於
臣貴得秩禄相次承寵朝聞夕死實所甘心伏願陛下容
臣恭讓允臣愚懇非直聖朝高孝理之風抑亦微臣盡爲
子之道

文苑英華卷第五百七十八

文苑英華卷第五百七十九　表二十七

讓起復

為建昌王辭奪禮表一首　讓楊州長史起復表三首
讓起復表五首
讓起復除黄門侍郎表　讓奪禮表三首
為李給事讓起復尚書左丞兼御史大夫等表六首
為李懷光讓起復表二首
為商州吳仲孺中丞讓起復表一首

為建昌王辭奪禮表　李嶠

臣攸寧言伏奉恩制起臣為春官尚書曲降芝泥俯收草
土承命哀震扣心號絕臣攸寧誠惶誠恐頓首頓首死罪

死罪誠孝莫紀咎殃所鍾過隙永辭倚閭奚望不自灰滅
偷視光陰尚何心靈得齒人類陛下愛結敦叙慈深宴逸
免之苫塊錫以衣簪鼓茟之恩飲澤誠厚荼蓼之戚胡顏
以寬況天地同節宗伯是經尊卑共儀達喪有典使臣外
掌邦禮內虧庭訓何以奉宣名教克弭訕謗臣之愚蒙夙
夜換鑒平居疇日屢職曠官况識亂匪莪情荒植栢寧可
儀刑八座損益萬機虛玷玄猷上黷清鑒伏冀哀其窮懇
惠以至德用伸犬馬之願獲遂烏鳥之情則地義所弘彌
文於永錫人倫所詠實光於孝理無任荒迫之至謹奉表
陳請以聞臣攸寧誠惶誠恐頓首頓首

此篇原在五百八十一卷中今移此

讓起復表　張九齡

草土臣九齡言伏奉去年十二月十四日制書復臣中書侍郎同平章事者外沮公望內奪私情餘生力微哀怖殞絕臣某誠哀誠懼死罪死罪伏以宰臣（集作相）所職贊理庶事陶冶大和以遂萬物苟非所任有受其殃臣實草人本無大用況在艱疚觸緒哀迷剝以素所不堪加之荒塞而軍國事重資亮誠難臣獨何人謬居此地退省所有負敗將及雖願感恩扶力匍匐祗命其如塵玷聖鑒汙辱台衡於國非急於理虛廢臣比年限役多闕晨昏疾疹之際遽乖救藥凶諱之日遠隔追攀而星霜未周冠纓載迫是以庭闈昔絕几筵今阻凡曰名教實所深哀伏惟曆情有以

文苑英華　五百七十九卷　二

未錫況質言非讓悲欸不文祈天之心惟聖所體實冀哀素有次衰紀獲終俯察荒迷乞遂情禮臣無任感絕哀迫之至謹詣朝堂奉表陳乞以聞臣誠哀誠懼頓首頓首死罪死罪謹言（開元二十二年正月二十七日）

同前　王鉷

草土臣鉷言伏奉制書復臣御史中丞餘並如故恭承縻獎五情震越臣（中謝）臣弱喪所生不能自立慈親撫育得以成人所恨終身號慕無及今纔踰卒哭寧冀生全聖澤曲流天光特照記臣於苫凶之下起臣於風憲之前知臣轉深萬死難謝誓將糜粉上答殊私豈固禮經輒稽嚴命但臣自丁艱疚日漸尫羸揣料形體未堪驅策徒招謗議無褒紀綱伏乞聖恩捨憐俯矜覥冒容臣歲月抱釁私門稍能支持不敢辭訴無任感懼荒迫之至謹詣朝堂路左奉表陳乞以聞

第二表　前人

草土臣鉷言臣迫以私情銜血上訴曲垂聖禮敦諭彌深恩重難移心孤易殞哀榮之極肝腦何酬（中謝）臣伏在糞土之中苟偷朝夕之命殊私荐及特蒙收獎授以風憲委以澄清臣雖至愚豈不知天慈所屬使臣即蹈湯火若登雲霄安敢固辭輒拘常限但緣荒瘵忽忝衣冠自審殘生必招官謗謹冒死重請不勝戰越無任哀懇荷戴之至謹詣朝堂路左奉表陳乞以聞

文苑英華　五百七十九卷　三

同前　蘇頲

草土臣某言伏奉恩制授臣銀青光祿大夫起復行尚書工部侍郎勳封如故制書俯臨荒怖殞絕臣某（中謝）私門不造殃罰所鍾遂延先臣永辭聖代陛下飾終念舊事光前典臣孝誠微薄不自滅身幸忝大臣之胤假存主祀追惟慈父之恩不可復得痛殷創鉅豈冀生全臣心欲言言不忍踰陛下孝理天下俊乂在官恤臣遺孤加臣寵命非臣舉族少能謝天誠以吉凶典禮朝廷大政喪親執喪人倫為極使臣廢禮於心極冒榮於喪紀虧紊過甚將焉用之況其不任孰可陳力抱釁窮懇理殊他人匪直悲深名教實亦感增存沒煢煢昧死罔知所裁伏乞聖恩垂寢嚴命

無任荒迫之至謹詣朝堂路左奉表陳乞以聞

同前　厙狄履温

草土臣履温言臣行迮神明禍歸先父日月未幾苴麻未變伏奉恩勑授臣駕部員外郎充朔方軍判官詔書臨門匍匐廬次捧跪驚骸號纏痛絶氣殘毁容臣今殞越伏以臧性非教逃天莫由敢祈孝治（唐諱）少察哀訴（中謝）臣門緒單賤本無兄弟惟臣一人鞠育鍾愛幼在隴畝輟臣讀書家貧本無僕役柴水爲資（一作弊）臣在師氏父常有勞束脩資費毋亦勤績訓誨之漸明時忝官唯資以榮過此無報豈謂祿養纔及殃釁已深所侍老毋風氣仍積每臣崩摧撫對增病臣稍用割哀就（一作用）禮間哭承顏若乃（一作臣若）暫離

毋亦難保且祠祀無主几筵何依臣之憂酷特爲尤甚逮及秋季始至小祥苫廬尚新墳土猶濕聖情何忍令其輟情顧惟形骸實汚冠冕臣又近染風疾似因哀瘵語事便忘居常輒驚以此從戎必不堪命伏乞憫臣艱疾察臣孤獨卒臣喪服矜臣毋老則生人之本盡於哀敬國家淳風載激流俗無任荒懇

讓楊州長史起復表　李朝隱

草土臣某言奉親無狀禍降私門窮衰殘喘不自殞滅朝夕苫塊縗絰半年伏奉四月十八日勑書俯奪情制授臣楊州長史荒情震怖悼心失圖臣某（中謝）臣險釁不殲才術無紀往因叨遇頻升榮秩很忝青紫罕裨塵露今乃寄以維楊位超列岳非常睿渥忽忘霑朽瘵尚敢冒哀陳欵實以私志未終且臣亡毋在猶懸曲澤憫其羸老抱疾不任隨臣之官有命自天數令歸覲受恩未幾此禍俄鍾上既不盡天慈下則未由就養今復號哭無位奠酹莫親有倍哀情重增摧苦況臣之在疚尚未小祥遽此復官殆無其例臣今扶力自曳哀惶請闕伏乞賜停權奪許以終哀則微命偷生終期報國倚廬過隙少答允懷無任窮懇之至

第二表　前人

草土臣某言臣在艱疚遽蒙榮擬曳體陳欵冀遂荒誠天旣綢繆未蒙哀（一作允）許進退狼狽悲惶殞絶臣某（中謝）今臣窮噎豈暇多喻所不殫（一作憚）言敢以陳冒臣自少不幸先

臣早世（唐諱）亡毋養訓謹能成立昔處微秩井占不充及忝大官臣親已老從官或遠不任扶輿十數年來每遣左右以臣長子常恨不見積此憂憶遂成沉痼是臣不孝莫慰毋心追惟及此五藏隨裂且毋尚憶臣以成病臣豈可變縗以就榮新殺未升便起如故則臣何力以負斯咎何心以忍此痛何痛以承孝理何面以對吏人又臣先患風緩頃加心疾觸事迷錯鮮能行步臣平日無恙猶不如人今疢疾轉侵朝不報夕仍令處事恐忝所委徒忝藩條必不勝任以是冒昧不測仰天重請望輟前恩以全餘息忽不聽臣血淚俱盡死亡無日無任荒迫之至

第三表　前人

草土臣某言昨再犯宸嚴亟陳哀懇荒辭謬理不足感天恩既知初又令斷表臣知萬死豈合觸冒甞畢窮命更披肝血俯匐下迷悚懼失據逼迫碎首不知所陳謝中臣既自傷早孤墳塋未立母因臣成疾以至於亡殺身何瘳昊天罔極母終日近遷祔猶闕臣病危殘懼不克葬故欲偷生忍死冀遂本情服勤墓側以畢封樹不謂殊私忽降委臣藩岳累有懇誠天恩未許事君遠命罪在殊刑喪親靡終期不覆載去就無屆幽明受責雖大和所容而莫知所擇且臣先患風緩今已積年往年任大理卿於朝堂悶倒困殆良久朝臣共見自爾已來數數發動及丁艱酷此疹彌加每常一發累日月一作不起心緒煩迷若喪若失更令處

劇形必不支窀穸闕營葬則倍苦心形俱極死可立至若不具陳實理便成欺罔聖恩送終莫從郡務不舉無益於國兩罪何逃殘氣泯焉誰執其咎特望哀其巨痛救其將死知臣無他直以衰病惜臣微喘使延晷刻嚴命少輟情禮得終非臣蕞爾所能上答臣今哀辭窮極莫可告訴皇天后土實鑒臣心前後所上無非至切敢有片言假託誑露虛妄天地鬼神當共殛滅臣身以謝陛下恩遇之重魂爽震越不知所忌無任懇苦之至

讓起復除黃門侍郎表　張說

草土臣說言臣私門凶咎喪紀未終不自毀滅苟存聖代忽降制書復臣工部侍郎尋奉後命授臣黃門侍郎震駭集作驚失圖哀怖殞絕臣說誠惶誠恐頓首頓首死罪死罪臣弱年早孤母氏訓立得紹基構忝列簪裾從官歷年晨昏多闕播遷遠裔離別一作又又苦顧復無答報養何追心所摧感語不能喻甫至冬中禮及祥禫今已春暮瞻言幾何是臣事朝廷日長戀几筵日短乞寢嚴命許遂私情訴衷祈天所望矜遂無任荒迫之至謹詣朝堂路左奉表乞哀以聞謹言

此篇六百一卷重出今已削去

第二表　前人集無

草土臣說言臣在疚承榮布哀陳款精誠無感天聽未迴假喘殘生悲懼轉集臣說誠惶誠恐頓首頓首死罪死罪

臣聞苦者不覺聲哀窮者莫貴其言達情有至切辭無敢隱臣為少子慈愛所鍾每一離別輒加憂憫況臣生年多故遠隔私庭終堂之日身限公事仔既數遣左右沒後不畢几筵痛心自傷特殊人類臣今望延數月企及再期乞恩無多報國非晚冒死重請冀蒙哀遂無任懇迫之至謹詣朝堂路左奉表陳乞以聞

第三表　前人集無

草土臣說言臣荒喘窮情再黷旒扆一作宸聰懇誠不到未感天心誓將冒死祈恩分外中謝臣本書生門非代祿數葉單緒族無親房臣父遭憂曾祖未葬臣有兩兄一妹甥姪九人又有中表相依尚成百口吉凶衣食待臣以辦臣今拜

職(一作職忝)黃閣侍奉冊墀厚祿清班一朝改官舉宗榮賴爲幸過甚人情所欲豈合稽恩正以煢煢苦心有所未盡臣亡母在日朝夕誡臣以臣獨立無徒好直多忤知子者母果驗所(一作此)言往罹大獄寘命炎海晨出晚歸貽慮非一況涉危難傷心幾途追計生平倍增摧慕侍養日少遠離日多即(一作則)臣母憂臣以終身臣其忍服縗以從事情既不同常例望在特降殊恩(一作私)臣先患風緩近加虛羸陛下倘從臣數月容過再朞非但寬其哀疚固亦全其生理亡身報國庶竭後圖木植(一作直)有性枉之則折人願在心違之則苦雖强(一作欲)爲用將何以堪銜泣仰天冀蒙哀允無任懇迫之至謹詣朝堂路左奉表陳乞以聞

此篇六百一卷重出今已削去注異同爲一作

讓奪禮表　吳兢

草土臣兢言伏奉去年八月十(後編有八字)日恩勑追臣赴京起復尚書水部郎中依舊兼判刑部郎中知國史事聞命驚號心手無措臣兢(中謝)臣行負幽明禍延所怙(一作恃)銜哀茹血五情崩潰卜鄰之訓永慕不追陟岵之感窮寃已及但心同木石未能自死豈悟(後篇作謂或作意)皇明旋加辟命且臣聞在家稱孝居國必忠苟違斯理實虧禮教焉有躬嬰荼毒而跡忝南史首伏苫廬而名叨東觀將何以發揮帝典褒貶人倫定一代之是非爲百王之準的臣不敢遠踰前古廣飾浮辭自近歲以來起復者則有御史大夫解琬黃門侍郎張說工部侍郎蘇頲皆訴哀陳欵特蒙矜遂此實成例竊敢庶幾伏願陛下敦孝理之風全通喪之典追收綸渙俯納懇誠許其畢疚私庭終服凶次獲申負土之禮用展攀栢之悲則雖死之年猶生之日無任荒迫之至謹遣臣大學生終奉表陳乞以聞

此篇五百八十一卷重出今已削去

第二表　前人

草土臣兢言頻表乞哀誠辭已罄未蒙矜亮將喻彌切鞠躬罔章倍增號震臣聞自昔墨縗本因兵革權宜變禮不爲文儒後來浮薄罕存喪紀事匪軍容亦從權奪陛下休明撫運景業惟新伏望革近代之澆漓復先王之至德況

史官之任爲代準的若苟虧情禮輙徇恩榮靦目強顏操簡書事適足玷聖朝之孝理何以樹終古之風聲特乞天慈少加矜察使畢情苫萊少申悲露則天地之恩實爲至厚臣子之道幸此克全無任懇迫之至謹詣朝堂路左奉表乞哀以聞

第三表　前人

草土臣兢言臣去九月一日冒死哀訴冀得終服私門天睠猶邈未垂哀察跼影窮號罔知自寘又奉十一月二日勑史館要才須從權奪宜令州縣敦諭發遣者伏對崩號觸緒屠裂臣兢(中謝)臣孝虧誠感奄遘憫凶瀝膽銜荼崩心茹棘扼骸殘喘豈冀生全天澤曲私曝加奪命令居史閣

是掌記言臣昔忝此官十有餘載才輕寄重答效無施未能褒貶有章使人倫知勸典謨大訓與日月俱懸即微臣平日其職、職如此今心形隕越荒疾失圖寧可重處南董之司類叨班馬之列實貽貪祿之咎更招廢禮之辜顧視等夷何施面目且三年之制貴賤同遵四時之悲几筵是託乞歸身苫壤趨侍松塋既不負素心亦不玷皇化干黷已屢伏待刑書無任崩迫之至謹詣朝堂路左奉表乞哀以聞

為李給事讓起復尚書左丞兼御史大夫第二表　獨孤及

草土臣某言臣昨以哀瘵愚懇昧死上陳冀回日月之光曲成螻蟻之命（集作志）伏奉丁酉詔報未蒙矜允捧讀聖旨五情殞絕（中謝）臣伏以適四方宣王命之任必擇職位素高聞望炳著學能專對有餘力者以充其選臣以宗室末屬妄荷寵命推（集作惟）才與知俱不如人況今衰羸殘喘加以病苦支離沉瘵歷夏及秋終日不過一食不杖不能自起自料若力疾祇命適數千里雖欲自強必中道委頓銜書詔旨廢失是憂臣伏見廣德二年七月赦書龍天下起復之官俾（集作許）終喪禮此陛下孝德過於雨露（集作西漢）然渙汗之發率土霑濡（集作霈）豈獨令臣隔在赦外又尚書右丞會府之樞轄御史大夫天下之準繩宣慰巡撫朝廷之大寄今臣授此三職而以起復為名因臣過舉破陛下德（集作法）

令使百寮師師何以取則臣夙遭不造備生人之艱官始一命先臣棄背養母鞠育至於（一作于）成立遭罹二京覆沒弟以宗室見害臣惸然茹痛獨侍板輿備嘗險阻莫及榮養纔擢掖垣慈顏遽代罔極之痛終天莫追今靈筵未壓墳土尚濕遽命（集作令）臣荷金印之寵處皇華之榮使繐帷廓然奠祭無主此恒情之所不忍也陛下其忍之乎伏乞聖慈曲臨皇明下照矜臣哀（集作厄）瘵察臣不逮更擇時彥授之使職許臣得以羸骸終其喪紀實天地之施鍾於臣身倘殘魂不（集作未）滅賤（集作朽）質川委壑當摩頂至踵以答聖造臣無任哀瘵懇迫之至

第三表　前人

草土臣某言再以微[illegible]伏閤請命綸言累降天聽未迴仰戴聖情俯循哀感心懼交迫悼心失圖臣某（中謝）臣才能不及中人且未嘗有毫髮勳效陛下不以臣不肖特降殊私授以驅馳之任賜以覲覽之目臣且匍匐奉詔勠力將命寧敢矯禮為名以讓自飾顧臣羸瘵奄奄行步支離力有所不任用有所不逮風憲重任也宣撫大典也誠恐以疾墜天（集作王）命黍使職負陛下所舉以重臣之罪方今濟濟多士盈於朝列陛下捨而不（集作勿）用而授臣於苫廬之中必以臣守職（集作智識）為小有可採休臣之他日猶不如人況今尪劣餘息方寸紊矣焉能為陛下震揚休命覽觀風俗躬自惟忖知不勝任是以拳然冊八誠御冀識察陛下仁聖孝

德錫類海內豈今喜貸不沾臣身敢冀（集作希）殊造俯遂微懇則死之日生之年也臣無任哀懼之至

第四表　前人

臣某言一昨臣以哀瘵叩奉恩私封章三上不蒙矜允猥以羸薾之質謬銜出疆之命賴陛下威靈免貽咎責復得待罪朝廷（集作闕）拜首（集作許）几筵仰荷天恩（集作慈）俯慰靈祐臣（中謝）頃陛下不以臣駑蹇特加寵渥者豈非知臣屬忝宗明曾奉使河朔謂能闡揚天吉懷柔遠方而尚書省材賢如林庶政必舉陛下垂拱群臣守職固不假臣以區區之力重尸省闥明矣今將命既復本職未解敢恃皇眷輒復陳乞臣煢然在疚獨無兄弟荼毒日淺創鉅痛甚且又疾

（集作疢）病四體支離重寄榮遇人之所欲力有不任豈敢虛受此臣所由拳拳不已有望於陛下也臣伏以三年之喪未足申罔極之恩先王制禮以節人情臣本喪未及（集作踰）一年奉使已歷三月若有假國家名器食陛下祿俸是臣亡母於臣有終身之愛而臣於亡母無數月之報先聖以孝感為號陛下以孝德格天錫類之恩宜及海內今寵命一降使臣有不孝之目子而不孝臣亦（集作如臣）不忠不孝不忠人所當棄豈足為陛下操持綱轄彌綸憲章臣之頑固猶知不可況天下僉論朝廷與（集作公）議乎伏願許臣免官遂臣私志儻終喪紀尚有餘息誓當摩頂粉骨以答殊私臣無任

第五表　前人

臣某言臣去十一月某日又詣銀臺門上表陳乞（集作情）至今積旬未奉恩旨屏營無地哀惶疚心臣某（中謝）臣最爾朽質叨奉明恩遠天固辭豈不知罪實由恃陛下烝烝之德故敢守臣子區區之意伏以忠孝之道禮生於情資親事君愛敬同等臣生處聖代齒力未衰致身日長效節途遠獨慈親遺棄永往莫追先王制禮居喪之紀有限昊天不弔欲報之德罔極而含哀茹痛縗衰日月（九字集作而今茹痛縗衰）恃（集作肖）寵忝貴雖欲僶俛從事使臣何以為心蓋三年之喪金革無避自魯公伯禽晉襄公始也實以徐戎秦師之役有為為之非是則否故孔子對子夏問曰以三年之喪從

利者吾不知也今朝無徐秦之難臣非金革之任竊陛下名器是從利於喪也食稻食錦之責捨臣誰歸凡曲全萬物使不失情（集作性）天地之仁也鞠育嫗煦知寒熱疾痛父母之慈也兼仁慈（集作二字）而有之明君之惠也臣是以又持悃款昧死上言竊希天父之恩不奪臣子之志泣血待罪惟陛下省察無任

第六表　前人

臣頃頓首昧死詣闕累陳情狀肝膽悉已披露懇誠冀蒙識察于今浹辰德音不下實由臣辭淺意陋無以動天哀惶失圖跼蹐無地臣某（中謝）臣雖親忝葭莩才實駑鈍位忽過重（集作黃）恩亦加等宜竭觔力仰酬造化豈敢餙讓自言

企禮顧望嘗聞上有至仁之君則下無失性之臣（一作人）陛下以蒸蒸聖德格于上下故臣以哀哀孝思敢辭寵榮（一作榮祿）陛下豈忍抑其微誠假令臣損情變禮陳力就列亦循雙鳧乘鴈何補江海況敢貪不次之寵遺罔極之報因喪從利以哀爲榮此臣所以屢黷天威望廻卑（集作宸）聽懇懇至願形於累表拳然待命惟聖慈察之臣無任

第七謝免起復表　前人（見集本）

臣某言伏奉某月日批勑矜臣荒凉之情許以殘喘終喪使奉几筵獲展哀報陛下誕敷五教惇叙九族以臣屬忝枝葉哀纏蓼莪故恤以皇慈使及於禮天地之意曲全人欲日月廻照下及苦廬伏讀詔書感懼交集仰戴聖造若

蚑負山屛營瞻奉惶悚殞越臣無任哀戴之至

爲李懷光讓起復表二首（按舊唐書李懷光以大曆十二年起復獨孤及神道碑大曆十二年卒今英華以此二表爲及所作而本集亦無之疑誤隨前人名氏）

草土臣某言伏奉某月日制書起復授臣某官兼某使捧對恩命哀號失圖微臣夙遭凶釁幼集荼毒亡母鞠育驟歷艱寒三十年間勤勞備至俾臣習武教臣觀書丁寧懇切僅至成立自逢昌曆累辱驅馳待罪朝行或申微効皆母之訓以及於斯凡在簪列莫不知委而又從王事靡有定居晨昏屢違甘旨多缺則臣之於母所負實深扣地呼天萬恨何極伏願察臣哀迫許臣終喪少申子道無任企及無任迷謬崩迫之至

第二表

草土臣某言一昨具陳哀懇冀蒙諒察旋奉墨制有阻微誠精魄震蕩五內分裂（中謝）臣爲學至淺昧於禮經今冐死上聞實私情懇迫臣年未弱冠即罹閔凶終鮮兄弟惟臣與母零丁孤苦繼以窶貧衣食所資悉資紡績比臣從戎朔漠漸列軍行適遇艱難累經戰陣北出恒趙西趨鳳翔或往鄴下或留河上臣母別臣積憂成疾禪誦之外涕泣終日形貌支離殆於骨立及兩京既復九方攸同臣在邠寧粗申力養豈謂無狀速禍殃罰所鍾深顧起復之恩永負劬勞之報興言及此摧心痛骨則臣母於臣異於常母臣之於母不逮常人誠合服練廬墓以終餘齒豈可忘哀

徇祿所務從權此則天地不容名教所棄伏乞納臣窮款矜臣血誠俯遂愚衷許終喪紀倘殘生未泯子道獲全必當竭力他年以答玄造雖復殞身鋒鏑死且無恨無任荒迫之至

爲商州吳仲孺中丞讓起復表　于邵

草土臣某言一昨瀝血上聞乞停新命聖情未察鄙志莫申捧對天書載崩載殞（中謝）臣聞忠孝同道君親一致爲子能孝爲臣能忠苟或易茲固無所取臣幼多疹疾氣彙形羸臣父閔臣尪瘵特所鍾念一飯一藥皆自躬親十有餘年方至成立及臣委身戎幕効職塞垣頻歲驅馳頗乖視膳自授任中於漸列班行始遂晨昏獲申祿養豈謂

星霜未幾殃纍遽鍾拊心擗踊萬恨無及倘遂臣請得終禮制其於子道所負猶深如或遠別几筵苟從職事此則禽獸不若名教所無於家尚然於國何有況聖恩一昨用臣之意本爲子儀奏聞當以蕃寇憑陵遠慮河中危逼謂臣舊將素習兵謀遂用起臣使當金革危難之日事或從權今郊壘無虞妖氛殄滅以臣苴絰更齒衣冠自顧形骸實慚面目伏祈玄造許以終喪殘喘餘魂死將不朽無任迷謬崩迫之至

文苑英華卷第五百七十九

文苑英華卷第五百八十　表二十八

辭官一辭官表二卷英華所編失年代先後今正之

爲金吾將軍陳令英請免官表武后　陳子昂

臣某頓首死罪死罪上言臣聞軍政不藏春秋責師故揚干之亂魏絳致戮所以國有明賞下無濫功臣實（集作幸）以常才文武兼闕始年（類表作年始）十八授筆從戎（類表作戎行）西踰流沙東絕滄海南征北伐無所不至藉（集作席）寵門緒忝迹軒墀屬高宗崇德深仁孝理天下（八字類表作經仁義理天下）以臣父（集作祖父）兄弟一門五人皆仗節盡忠身死王事遂超臣不次授原州都督臣時行年始四（集作三）十二職兼五印寵（集作榮）絕一時階緣此恩累忝藩翰持節統郡（集作部）前後八州皆居塞垣當賊衝要國之重寄莫與爲（集作臣）比臣雖無長策恤戎伏胡然恭守朝章保完免失又屬陛下大聖矜光容愚不以臣駑怯更加寵命授以青紫遣督幽州林胡構凶王師出討士馬雲集軍務星繁糧饋戎（集作戈）甲以萬（集作動以）

億計，臣無田疇鄉導之策，又乏杜預度支之才，空竭疲駑（一作罷），晝夜不息，以勤補拙，首尾二（集作三）年，彌縫闕漏，幸無僁乏。張玄遇等不謹師律，賊得乘機，遂敢長驅，燕壁深入趙地（集作際），臣又無李牧東胡之累，實愧吳起西河之守，使匈奴攘奪（集作敚敵），遂擾邊甿。論之國憲，合刎頸謝罪，陛下不以臣之（集作為）奉，更授清邊軍副大總管。五月恩制，六月到軍（一作邊），逆虜天亡，臣又無效。至於軍功戰籍，叙勳定勞，副職日淺，未及精覈（一作覆）。大兵旋旆，王師獻功，而漢廷將軍未聞辭第，雲中太守已論增級。今乃竊功謬賞，有異（集作塞）朝章，忠誠殉節不昭（類表作明），國議（一作憲），而臣由濫其職任過其才實（類表作皆由臣身濫其職任過其才），上不能允副聖心，中不能匡正戎律，傍招物議，有忝（一作失）軍容，臣罪何逃，誰執其咎？伏願乞賜骸骨，貶歸私第，式清朝序，永覩師貞，不勝待罪惶懼之至。

為宗監請停政事表（武后神功元年）　崔融

臣楚客言：臣聞古之聖君，慎擇賢佐，故軒轅得力牧而為五帝先，夏后得咎繇而為三王祖，殷之盛也，伊尹格于皇天，姬之隆也，䟽叔聞于上帝，斯皆應風雲之會，依日月之光，社稷繫以興衰，時政由其輕重。粵若大周之有國也，天策金輪聖神皇帝提封千里，光宅四天，道化淳醲，神功靜默，雖堯年無事，久聞童子之謠，而漢家用人，或取匈奴之笑。臣某（中謝）。臣疲駑強策，卒無行地之功，決羽曾飛，終罕冲天之望。今臣經術淺短，才能朴略，言不足以補世，行不足以勵時，徒以枝葉微姻，葭莩末屬，遂得拔擢泥滓，騫翥雲霄，食君厚祿，不能有所輸報，受君殊寵，不能有所發明，茫然政途，妨此賢路，外慙衆口，内愧諸心，朝廷亦何異捨陸而泛舟，膠柱而調瑟？當域中之有道，豈天下之無人？常深禹覆之憂，每切鼓妖之懼。臣之懇懇，非欲自保其身，臣之區區，切慮上塵於國。今者契冊大勳，默啜自來，六合大同，四方向化，加以朔旦冬至，禹命惟新，五星若連珠，二曜如合璧，謂宜退不肖，進賢良，與天同休，與人更始。又聞管夷吾有言曰：德義未明於朝，而使居尊位者，則良臣不進也；功力未見於國，而令處重祿者，則勞臣不勸也。臣有何德而居之？臣有何功而處之？臣雖至愚，敢忘先誡，伏乞陛下察匹夫之志，思仲父之言，坦至公之方，弘滅私之道。羊叔子之辭開府，臣事君以忠；庾元規之讓中書，君使臣以禮。傳求于衆，廣聽于人，停臣檢校夏官，輟臣平章政事，臣得避位清切，待罪尚方，罄竭单誠，庶幾或濟。伏惟陛下容納纖陋，鑒撿愚衷，使周勃無浹背之慙，疏廣有退身之地，則雖死之日，猶生之年矣。無任悃款屏營之至，謹詣闕奉表陳情以聞。（云云）

為王起避諱辭澧陽縣令表　前人

臣某言：臣伏奉恩旨，授臣澧陽縣令。臣才疏藝薄，植此無庸，命偶時來，遭茲多幸，逢上聖之初，切忝太平之末位，槐檀驟徙亟遊銓館之門草芥何爲忽枉樵薪之綾召見於赤墀之下垂恩於紫霄之上豈徒任好之䬘忽上於鈞天固亦闕澤之名遂昇於飛日仰殊私而載惕顧匪服而增慙雖刻跡都畿末無闕庭之望然委心蓬艾長懷雨露之仁幸欣就日之明敢憚乘流之遠但以州縣之號與臣亡父諱同迫切私情不獲遄赴伏乞天慈末錫聖造曲成弘以孝理之風愍其心瞿之日使得策名他職陳力異邦則地義天經實獎於名教糜軀粉骨豈酧於鴻恩(一作恩造)無任懇迫之至謹昧死陳表以聞

爲定王武攸暨諸降王位表(中宗)　宋之問

臣攸暨言臣聞力微任重無德者覆之必危功薄賞隆有

識者陋其非據臣地因外戚器實中庸顧慙蓬艾之姿謬忝葭莩之末則天大聖皇后敦睦九族崇念六姻曲申循子之情爰垂降主之澤禮優築館恩洽錫珪拔自堂姪之流光以親王之位臣常再瀝誠懇(集作款)已蒙賜等諸昆今陛下隆德嗣興鴻基紹復群萬物而改旦宅千齡而配永洛讖河圖允叶純深之義雲行雨施載流寬大之恩追奉先慈將覃後命外家諸子降等循晢於山河主第增榮在臣更超於等數陛下雖渭陽情重沁水恩多凡是封冊王公絡亦(集作須)憲章堯舜以濯龍之戚今乃方於五侯緣駙馬之姻古未封於四履私親越禮聖人之孝理載光昌寵延災微臣之宵謗斯久又以班參禁內秩比侍中自非德邇應璩識仵虁忌將何以對揚顧問規獻文章况臣位以恩升寵非才進無脛而至凡姿澄於珠玉無翼而飛譽澤借其毛羽未貽身譏幸庇容光臣亡兄攸寧循榮增懼以臣叨冕紱之貴日夕兢負黿井之恩歲時力盡屬纊之夕再受懇言憂臣愚蒙令臣退讓倘陛下俯遂勤請照(集作)遠察其心納臣撝分之言賞臣獲全之地去茲王號降以公名爰食封邑同諸兄弟賜改散職即望參朝賀襲家福惟新朝典(集作章)咸序天德更逾於造化神理不貴於滿盈臣無任懇款覥懼之至

第二表　前人

臣聞富貴者易象謂之崇高滿盈者至人誡其顛覆臣在

非次久冒殊恩所以輟寢思危廢飡懷懼憮欸(集作嫌疑)之極載陳前表備瀝中誠之訴實非外飾之詞而聖鑒未迴寵章仍舊戴岳之重何憚力疲怗原之隍日憂身墜臣某(中謝)臣雖學慙敦史而塗聽前言尸位者必會短期冒榮者難爲長守豈有外戚尚主異姓封王男皆公侯女食鄉縣佩服五等輝耀一門湯沐山河家傳(集作喻)萬戶耕夫織婦凡有幾人役彼有勞之人供臣無德(集作無德之費)之用縱蒙聖心再(集作垂)假其如神理不容自先后臨朝攀榮已久聖皇纂極沐澤惟新自古迄今如臣流輩苟進者速禍勇退者獲全且王者所以強幹弱枝爲藩(集作佐)外封必李氏無闕漢文(集作章)乞伏陛下降河渚之姻感渭陽之族賜臣軀命

永守蒸嘗得同昆季之流均至捨郡王之號臣以日爲歲以榮爲憂希迴三舍之光允臣萬死之請無任覼月之至

太陽虧爲宰臣乞退表 中宗　　蘇頲

臣某等言伏見今月朔旦太陽虧陛下啓輟朝之典有司尊伐社之義臣等伏自尋繹無任惴恐臣某中謝臣聞官或迷焉疑必犯先王之誅辰弗次舍必貽上公之責此乃邦有常刑聖有明訓頃者論道任重袞章猶鈇端揆位隆鼎台是亟所以熙帝之載代天之工調六氣之和法三光之度則大化爲本非小才所宜崇替率由咎徵斯爲伏惟應天神龍皇帝陛下光被四海對越二儀人祇宅心俊賢翹首但置之左右以爲輔弼自忠言啓沃功臣保乂用作霖

雨格于皇天臣何人斯而敢叨擬議臣等智能素薄經術殊陋望不過於掾史名不達於州閭徒以遭逢盛明頻皆履歷參廟堂之機密爲宗族之光寵者十數年于今矣忠肅恭懿遠謝八元之名進善退惡近慙二君之美陳平有言嘗則不稱賈詡延諸佔然已得光陰久馳年禮俱逮自應弃黜以清彝序而徘徊聖恩萬一希效僶俛殘歲甲子空多遂超總領之司愈失具瞻之望將何以匡翼庶政儀刑師尹且視事而老才媿千秋之賢待罪安歸憂深萬石之裔久知塵穢寧膺負乘所以素飡加貴聚謗於下薄蝕生災見昭於上天之所戒臣不可逃陛下矜而宥之未致于理伏乞收其印綬賜以骸骨則知胡廣罷位抑有前聞

徐防免官復自茲始臣竊其幸物議不宜懇倒所祈惶怖交集無任切迫之至

辭官歸滑州表　　李邕 開元中

臣邕言臣素無藝能積負訕謗衆多之口自可銷金怨讎之心每堪碎首伏惟陛下至明大聖察之纖微盛德在人洗之瑕穢山川納者不擇薰猶天地覆之是霑雨露且人荷惠渥大抵官榮今臣蒙國恩私及驅疑作軀命車出涯分之外恩加父母之深已逝之魂復歸朽質既乏安地尚忝高班雖欲殺身未能報主彌慙持禄有以保名但秋燕將辭必徘徊於大厦老馬雖去終顧步於華軒况臣今茲六十有七光陰荏苒行止一作上下欻奄就木之時不知幾日懸

車之歲僅有三年即以今日歸州不任遠遠涕戀之極謹奉表以聞

爲薰江夏乞退表 肅宗　　元結

臣某言月日勅賜某官某乙至賜臣制書示臣云云者臣伏見詔旨感深驚懼臣豈草木不知天心頃者潼關失守皇輿不安四方之人無所繫命及永王承制出鎮荆南婦人童子忻奉王教意其然者人未離心臣謂此時可奮臣節王初見臣謂臣可任遂授臣江夏郡太守近日王以寇盜侵迫總兵東下傍牒郡縣皆言巡撫今諸道節度以爲王不奉詔兵臨郡縣疑王之議聞於朝廷臣則王所授官有兵防禦隣郡並邑疑臣順王旬日之間致身無地臣本

受王之命爲王奉詔王所授臣之官爲臣許國忠孝（集作正）之分臣實未暫眷黃之中死幾無所不圖今日得達聖聰（集作聽）臣今（集作今臣）年將六十老母在堂縱未能奉義捐生則豈忍兩忘忠孝臣少以文學爲諸生所多中年自耳順逸在山澤聖明無事并爲外臣無何以鄙僻之故返爲人知遂汙官次以至今日臣又頃年貶謫罪未昭洗今所授官復超越班秩罷歸待罪是臣之分今陛下以王室艱難寄臣方面臣亦已忘身許國誓於皇天伏惟陛下念臣懇至謹因敕使臣某官奉表以聞

代于京兆請停官侍親表（代宗）　獨孤及

臣某言臣聞審官而用者君上之明也量力而動者人臣

之義也然則審官先於責實量力在於知止苟違斯道是必終凶臣以薄劣忝空行藝遭逢際會累忝驅馳自受京尹向逾周月上無報國安民之効下乏推賢審己（類表作進善）之能官謗日深內省知愧伏以去年冬末迄于今日竊聽閭閻頗有流散在于京輦亦多攘奪臣兄枉橫爲賊所傷哀苦之中忍耻尤甚雖又令分捕而竟未就擒臣之無能於茲可驗偷安重任夫亦胡顏況臣同氣數人相次淪沒閨門之內哭不絕聲應由臣無德而禄召此殃釁興言感慕痛骨摧心又臣老母素多羸瘵近從數載頗益沉綿臣妻先亡無人侍側飲膳衣服臣悉躬親頃任京兆少尹中間又司給藏雖稱要劇亦有餘閒臣每退朝使道覽視方

臻自公言歸早見安否老母以數在左右都忘呻吟及臣典領大府事繁務切鷄鳴而出暮夜方歸清晝之時莫見親面凡所服餌或非調適心有未伏（類表作慊）疾亦轉侵在臣焦灼（類表作惶）恪瘝無地專力養則有妨吏職徇公事則闕奉慈顏忠孝兩虧紀綱將廢以天倫哀緒未平之日憂老母方寸已亂之時雖欲自強必不勝任倘漸荒府政小紊朝經（類表作章）他日噬臍固將何及或當重責已負前恩豈敢泣血祈天瀝肝請命特乞免臣所職就養私門非惟有光孝理實亦少裨玄化龜蛇賤類上報何階烏鳥微情反哺斯足無任懇願迫切之至謹詣右銀臺門奉表陳乞以聞誠惶誠恐頓首頓首

文苑英華卷第五百八十

文苑英華卷第五百八十一

辭官二

為楊相求退表 德宗

于邵 建中二年

臣炎言比者盛夏無雨農人觖望遂軫聖慮迨乎孟秋乃下明詔並表羣祀神人協和膏澤旋降嘉穀無害粢盛可期此皆陛下明聖慈仁上應臣所以慙貌重位容身無地載積憂懼豈遑夙夜歷觀自昔帝王以理天下者未有不疇咨訏謨以熈帝載三五以降則有六相十六族共陳嘉亮之功其在夏殷不易斯典逮周分六官秦置左右西漢因之以丞相東漢更名以三公魏晉雖有損益亦無獨任之道陛下拔臣江澤之外致臣密勿之地縱欲思報鴻造贊襄盛業其如智識薄劣力所不任常恐負乘之類無以塞責臣又聞之天有三台鼎有三足丞疑所以備四輔股肱所以象四體創明堂構大廈非一木之力焉况臣駑愚而久備位今舞干以化戎狄脩好綱羅再張兆人是賴朝多賢達野無遺逸一能勝臣者則指顧皆是豈以萬務之重而獨委於凡流乎縱臣一朝敗累分從隕越則既墜之跡死將安謝伏乞俯迴天鑒退臣散地舉用伊臯使不仁者遠臣雖萬死誓無所恨不勝待罪兢惶之至

河東副元帥馬司徒請罷節度表 德宗

崔元翰 貞元元年

臣燧言臣聞享其名者必有其實受其賞者必有其功臣以往年奉詔東征田悅尋又伏奉恩命加臣魏傅節度使

方將收其土地撫彼黎人致天誅以伸威布王澤而施惠不得不居其任何事而辭其後摧敗雖多剪滅未即（類表作則未）其賊偷延數刻獨保孤城田悅以潰亂殞身田緒以窘逼歸欵聖恩復加弘貸悉復舊封以臣有擒制之所係纏綏懷之所降附人徒之衆將吏之多特勑別置保寧軍節度仍以臣兼充其使臣又方以勞來為事實且慰安其心舉蜀西討河中內清關輔事殷任重勞力焦神正在憂虞未遑辭讓今臣舉軍還鎮解甲息師况當歎歲未康疲人（類表作重）固若復虛兼二使別創兩軍職任既繁祿廩愈（一作逾）倍且臣非有收郡邑壁壘之實不宜復加名位非有保城池封畧之才不宜別開軍府而乃妄為繁費謬積恩榮在

私心懷苟得之羞於國典爲虛授之失伏乞罷保寧節度停臣此使以保寧軍兵馬隸鄜河東節度則聖朝有省約之利愚臣減盈溢之憂且臣尊爵大官窮榮極寵何待加兹一職乃爲被以鴻私今保寧河東兵馬久同征行以相和協有同一體不必異名煩亦便安伏希裁擇無任悃欵之至

第二表

臣某言爲臣之道臣實聞之有難則受命而不敢辭事君無苟免之責已安則避位而不敢處量已無昧進之譏況禍過忌於蒲盈任重憂於顛覆臣之所懼孰以（類表作不）爲宜臣少無材能進非輕術因逢屯難遂効驅馳陛下每録微

功累加高秩皆緣恩澤備盡寵光名列台司位兼宰輔總戎臣鎮（類表作防）居守舊都比又以東討魏州招降頗衆伏奉恩命別以爲保寧軍節度又以臣兼充其使重以四征羣寇總帥諸軍加臣河寧保奉誠等軍節度并管内諸道兵馬副元帥臣亦欲懷來欵附統一携離以此因循不即辭避今者寇戎剪掃區宇混同方將撫綏無事征伐則止不宜復居副元帥之任保寧軍將士與河東將士久同居處並以和寧不必別爲節度伏請停此二使許臣但以河東節度使鎮守北藩猶有尊官又兼寵禄以爲厚甚不可復加雖尚偷榮近於量力豈將飾讓於外實惟陳請於中伏乞聖慈俯垂照鑒臣無任懇欵屏營之至

卧疾辭官表　德宗　　齊映　貞元二年

臣某言臣生何僥倖遇聖曆千年之運命何舛薄染患逾十旬之程法既限於朝章事竟塵於天聽惶懼戰灼不知所圖臣某中謝臣自三月天澤滂流御醫親降膏肓既辨沉痾日輕但於寢疾多時羸頓猶甚支體骨立氣力慘然審慮旬日之間未任朝謁之禮更以法資畫一令在必行豈以微臣虧於大憲況中書近密樞務重切不可一日而闕臣以累月在假頗爲曠闕罪實難逃更乞淹延心何自處故臣之陳奏非敢竊退讓之名臣之懇誠非爲追止足之誠直以當其無病猶不逮人既以違文豈堪玷法伏乞弘廣運之道崇大中之規是歸執象之言以副垂衣之理

豈微臣幸甚實褰章幸甚無任誠懇之至

代盧相公謝賜方藥并陳乞表　德宗　　權德輿　見集本

臣邁言臣自染偏風今已彌月將息未減淹澤轉深伏蒙特令供奉僧智昌醫療每日令中使存問及賜栁湯煎驢頭方仍便令服餌者雇以庸賤昧於攝理久玆竊位常懼害盈陰陽之和無補特化風毒生疾上煩聖慈靈方御醫稠疊備至雖受恩服藥誠合漸瘳而福過災生慮難自保況中貴將命寵臨私門犬馬之微日塵黈纊或有加減自合上聞非常之恩伏乞停罷且台司要重廢政泉源以臣平居素積官謗今右邊手足動用不隨自滯枕席已淹弦

晦伏乞以時免職使得養疾家居傳求上才用塞人望則公朝無覆餗之責陋質荷生成之仁今攝衣拜章力且未足口占代署貴達愚衷無任感恩迫切之至謹奉表陳請以聞貞元十二年十月一日

第二表　前人

臣某言臣以疾病所嬰在假既久自審不逮遂有上陳詔旨優答懇誠未允屏營慚懼不知所安臣聞爲官擇人各司其局條貫責實集作條責實効共致理平凡在庶僚猶不可曠況宰臣之任曷足承君調和陰陽左右教化能否之下利害繫焉苟有所壅其傷必大以臣虛薄備位四年奉勵精之勤但樂昌運當具瞻之地莫負羣心書曰百僚師師百

工維時言得其人也語曰陳力就列不能者止言審其分也況沉頓逾月冠帶未任風毒所侵惟望速差彼已之刺倍切於今以被病之微臣尸台司之厚祿自知不可如公議何伏枕披誠再黷宸扆冀迴天鑒俯遂愚衷所謂曲成豈惟平施無任悃款迫切之至謹奉表陳情以聞貞元十二年十月八日

第三表　前人

臣某言臣逼於疾瘵累有陳奏再奉詔旨私願未從感恩則深量力難濟況偏風伏候與諸疾不同雖時似少減終慮成沉痼中樞務重不可闕人自臣在假已四十餘日曠瘝斯甚兢惶益深一夫不獲一吏不職則繫聖慮以之憂勞今臣手足未平心緒未復叨受豐祿胡顏自安伏惟陛下順天理物躬勤庶政事無細大咸遂其宜豈可獨私微臣久玷時化是以直疏誠懇不敢苟飾煩詞冒黷宸嚴期於照鑒無任惶怖震越之至謹奉表陳請以聞貞元十二年十月十六日

第四表　前人

臣某言臣素以庸虛又嬰疾病半年在假未任出入四表上陳備盡誠懇過蒙渥澤特賜優容聖慈則深私願猶阻俯仰祗席兢惶靡寧臣本謂至春和得漸平復今方藥遍用根本未除雖簪帶假人得以被體而趨步無力難於拜恩輔臣之任百辟是仰遵守法度誠所宜先豈有踰歲家

居尚塵曷飪況所受厚祿出於疲人竊位公卿尚知不可沉痾私室何以自安易象害盈實在今日伏惟陛下弘覆萬物曲成不遺凡在懷生各得其所以臣沉痾久曠官司前後臣聞披瀝肝膽期切之至謹奉表陳請以聞貞元十二年二月二十五日

第五表　前人

臣某言臣待罪非據歲時已深寵秩逾涯災患自至一從移病忽及周月五獻章表未遂血誠沉痼之身滯於床枕職守之効絕於官曹虛費祿廪不安夙夜遂於去年五月二十八日進狀乞停俸錢自後不敢更有請受竊冀素飡之責少息輿議再懇之至上迴聖心邇來又經九十餘日

承命未下憂惶無措蓋聞祿以詔功又以養賢以臣之愚而無功績久此尸曠俯仰內訟逼於公私臣之情理實爲難處臣之言詞不能自達使得終獲退免曲遂微誠亭育深恩實在於此無任猥逼懇欵之至謹奉表陳乞以聞（貞元十三年九月某日）

代賈相公乞退表　前人

臣躭言臣以庸愚謬尸寵祿位居師長職重台司徒叨渥恩無裨時化跼蹐荏苒六年于茲去秋以來多病相繼每自策勉以奉休明而筋骸內衰官謗外積近染痾疾綿歷旬時進退之狀不恒寢食之理皆耗伏寢循省無所克堪凡在常情皆願貴仕況臣累蒙任使實越等夷從容廟（集作）

朝堂沐浴天澤恩私歲久誠每切於匪躬疲薾日侵事有逼於量力伏惟陛下覆育臨照曲成不遺俯矜愚衷移授散秩則樞軸不曠輪轅適宜拳拳之誠所望斯足無任懇欵惶懼之至謹奉表陳請以聞（貞元十四年七月二十四日）

又代賈相公陳乞表（順宗）　前人

臣躭言伏奉今日制除臣檢校司空兼左僕射依前同中書門下平章事秪荷成命捧戴恩私心寬震驚慙怖失次臣以庸薄無他才能先朝過聽謬賜驅策叨居鼎飪十有三年猥承雨露之恩終闕涓埃之効累經陳乞未允懇誠復以餘年再承休運（集作命）自陛下紹纂（集作）膺寶歷澤被羣生亭育所加飛沉遂性而臣齒髮頹暮疾恙嬰侵筋體（集作）

日衰心力皆耗況宰相之職用調陰陽司空之官實平水土從古授受重難其人以臣平居猶知不可今中既眩耄外亦支離寢興不安言語失次豈可苟貪貴任上玷清時省躬則然況在公議古者君有致政之惠臣感得謝之恩鍾鳴漏盡前哲所誡年衰疾劇在臣爲甚逼於情理敢黷天威慺慺血誠期在鑒聽無任懇欵恐懼之至謹奉表陳讓以聞臣躭誠惶誠恐頓首頓首謹言（貞元二十一年三月二十一日）

第二表　前人

臣躭言臣以疾病所逼氣力不任輒露懇誠上祈退免聖慈備至私願未從詔旨便蕃慰勉纖悉自宜策勵以奉休明螻蟻之誠敢忘夙夜犬馬之疾日益纏綿視聽昏煩舉

措乖誤心不記事口不逮心神理害盈正謂今日昔韋賢致仕著在漢庭韓厥請老書於魯史豈可以茲沉廢苟汗班榮逼於公私非敢撝挹自聖明馭宇動植覃恩豈於庸愚獨阻誠志乞廻天鑒俯遂殘生伏紙上陳感涕嗚咽無任惶懼懇切之至謹再奉表陳乞以聞臣躭誠惶誠恐頓首頓首謹言（貞元二十一年三月二十七日）

第三表　前人

臣躭言臣殘年沉瘵漸不支持再表上陳未蒙允許顧茲朽質徒感鴻私而枕席纏綿形神消耗上台之任歲月積深大病之期晦明難俟自叨升論道扶疾拜恩邇來狀候日以羸瘠（集作頓）災因福過足驗於今伏乞賜臣骸骨收臣

印綬期於必遂不敢煩辭無任量力懇迫之至謹奉表陳
乞以聞（貞元二十一年五月二十日）

第四表

臣耽言臣聞生人所欲豈過富貴仕進之榮無踰公相臣
受祿過厚叨恩亦深疾瘵所侵日月以甚表章三上宸聰
未迴蕭然私室遠盡是慮臣頃歲齒及懸車疾經百日輒
援禮令乞遂休閑先聖優容未蒙允許（集作矜允）今則桑榆轉
迫沉頓寢深比於往年遠不相及前後陳請備竭肺肝特
希聖慈俯鑒愚懇羸骸假息所望退身瀝血披誠伏待明
命無任屏營懇迫之至謹奉表陳乞以聞（貞元二十一年七月二十二日）

第五表　前人

臣某言臣以庸愚累叨爵命大行皇帝拔擢非次列於宰
輔歲時寖深塵露無補太上皇踐祚聽政寵登三公而臣
寢疾所嬰已在牀枕沉痾日劇氣力漸微自春涉秋四表
陳乞伏遇陛下纘明纂統臨照萬方澄清化源朝野相慶
但臣百疾所湊四支不任豈使將盡之人猶處具瞻之地
私誠所迫上黷宸嚴既非矯（一作飭）讓期在聽納無任懇款
迫切之至謹奉表陳乞以聞（永貞元年八月八日）

第六表

臣某言臣犬馬之疾福過災生前日以來轉就危困自量
氣力的不支持自陛下□嗣纂膺圖臣已寢疾（一作瘵）綿亟竟
不得一趨陛下謁龍顏□幽壤之中以此爲恨臣備位宰相
歲時最深永歸泉下無□□明代伏惟陛下爲萬姓自愛則
幽明蒙福無任感恩哀戀之至謹奉遺表以聞（永貞元年十月十一日）

代魏博田僕射辭官表

臣某言臣聞中原息戰子房得以乞身東吳既平范蠡終
能行志二臣皆因時效用遇主成功進咸展於盡忠退各
安於秩考所以立名萬古保慶一時愚臣夙心私有所慕
況蒲栁先邁駑蹇易疲審已無堪量力知止吐誠上達暨
寫中懷仰覬天慈俯照愚悃中謝臣雖長於戎旅幼業詩
書每禀効忠之言早勵爲臣之節當河朔承襲之日在軍
幕危疑之間每動險中幾隣於死常以捐軀報國率彼頑

人受命指蹤掃清餘孽用攄宿憤（一作志）以答明時一覩天
庭百生願足但懷感激豈意遭逢伏遇陛下神武應期聖
謨獨斷臣得進陳忠款見委赤心唯將擐甲啓行執殳畢
力上憑睿筭凶寇自夷今日獲覲天顏躬承睿渥平生之
願既遂休老之志宜申豈可更貪寵光久冒榮祿使貽官
謗取笑將來臣自總魏師初率歸化當時結念便誓此心
祈於（一作緣始）素誠非是飭讓匹夫之志猶不可奪臣昨自離
本鎮亦以此意明言陳論聖恩勉其忠義將士等皆懷皇
化盡激丹誠則一軍幸安且無足慮在於今日臣何所任
豈可久職妨賢待譏竊位此時不退何日宜退臣犬馬之
齒未云甚高筋力之間已知不健（一作逮）加以少罹憂患鬢

髮早衰久經行陳心力已耗君　許其優養或冀保餘年儻抑其愚性則生理必阻且身兼將相人臣之位已極蒲朝子弟人臣之家至盛於國何補獨荷殊私所以優餘惡盈樂在知足擊壤自歡於聖日懸車豈待於禮年是用瀝膽披肝冒昧陳乞伏惟皇帝陛下德邁羲軒恩深覆載蕩除餘侵理致太和動植含靈無不遂性方將旁求英俊共洽昇平如臣以鷹犬之微獲申摶噬累塵高位常積厚顏福過災生自當勇退且富貴榮樂是人所欲苟心所有尚意趣或違彊其不能適足增苦儻蒙恩造獲遂優閑許歸衡茅取樂餘齒是天地曲成之德君父莫大之恩五湖迴舟生無慙於越相都門揮手死不愧於漢臣言披血誠情切

中素無任悃款懇逼之至

代韓僕射辭官表　張述

臣某言臣以夙疾多時受任非淺常有負覗肩據官榮將貽折足之尤以速素飡之謗昨者輒陳章疏冀蒙矜免不意血誠徒懇聖慮未迴懷荷寵私有如氷炭臣聞力小任重久則致敗功微祿厚過則生災故經垂知足之言易著負乘之誠皆明力不勝任才不當官臣雖孱微嘗所執守且臣受鉞閫外二十一年第執金吾男居藩服窮極寵幸萃臣一門每夙夜憂惶常恐身先犬馬不獲策勵駑蹇上報鴻恩今臣實懼不逮是以上訴況臣心力未減猶可支持筋骸已傷或難勉彊伏望聖慈哀察賜徇一作鑒懇誠恐其再有陳聞許以病免丹款無憑遂沒齒爲榮無任懇逼之至

第二表

臣某言伏以累獻表章微誠務達屢陳聖聽罪犯已多臣聞固陋寒賤人之所惡富貴榮達人之所欲自臣忝謬即宜推陳豈可蓄縮偷安欲數一作依違苟得若禮一作命宇乖當植得者不勸一作榮故禮以旌德賞以勸勞諒或苟差何以沮勸臣自叨幸高位二十一年手足病風十有餘歲每恨國恩未答況疹遂嬰命竊極於公侯身實隣於廢棄幸逢明詔獲覩闕庭天顏咫尺之間稠疊慈諭彤庭拜舞之際宜一作曲賜人扶焉有臣對君上獲此恩禮陳于明庭雖丞相

乘車入朝鄭侯劔履上殿臣忝一作方臣僥倖竊彼殊榮未知何功寵光及此史冊莫載今古全無皆陛下降稽天之仁垂極地之德特開貸納俯賜含容君父之恩不可稱量臣每退朝之後感極涕流唯思訓子導孫披誠瀝懇率令致命不止終身盖由感深遂切肌骨但臣去就如此保固官榮尚稽覆載之私更安顯重之位則何以標明賞典準約朝綱臣是以陳露鄙誠罄竭於此昨者再披悃款冒死奏聞蒙賜批諭特加獎飾録其微功未賜允從臣今輒敢復獻表章觸法陳乞特仰恩私養疾衡門則陛下無虚授之名微臣免曠官之責不奪之志告訴豈懼於再三觖望之誠允許庶幾於萬一陛下倘恕塵黷俯察區區容其病免

以徇誠請（一作情）雖死之日猶生之年臣無任

為鄭滑李僕射辭官表

臣某言臣聞虞舜之朝九官皆讓西漢之盛二疏云去蓋上以淳風盪俗下以廉恥激節故也況寵辱之際不驚則愚進退之間不知則殆中謝伏惟皇帝陛下德超邃古功格上玄誕敷文教丕變頹靡天地日月載惟貞明動植翔泳罔不咸若臣某席以枝蔭階緣休運弱齡入仕四紀于茲三省微躬一何厚幸是以每蒞一職每徙一官未嘗不心劾權銜操懷竹栢雖齷齪廉謹曾無異績而毫釐過犯未汚簡書知臣在君匪敢矜述自陛下嗣臨寶位一十七年不以疲駑猥蒙獎拔授以疆土假以麾幢入居宗廟之

司出典股肱之郡八座之貴臣拜者三六條之榮臣守其五四開戎幕一佐中軍至如宮相臺丞侍臣堯印兼命稠疊累遷頻速輝光既極盈滿是憂間歲初領華州方宣聖澤俄以滑臺選帥非次及臣雙旌自天匹馬之鎮此州當四達之地控兩河之境兵雖勁逸人至凋殘臣遠伏皇威推誠撫衆服勤吏事盡瘁牧人遂得黎庶就耕織之時士伍知訓習之禮此皆大化光被臣敢貪天之功常恐三至奪慈孤立速謗此臣所以怵惕惟厲中夜以興願披血誠上達旒扆伏惟陛下少加憐察臣竊以酬恩徇節心實無涯引重致遠力誠有極臣先於嶺南染風毒脚氣今年春又患發鬢分將不起命及阽危幸沐亭育之恩免從惟蓋

之斃臣年逾知命齒髮已衰疾經沉痼方寸頓減久當繁劇必慮闕遺臣又聞制（類表作分）閫者以重鎭為雄仗鉞者以專征為務臣器幹不足以在（類聚作獨）任方畧不足以持權何以統節制之師貞定否臧之戎律臣且陳力就列訓誥攸存審才則然以病宜免況嚴廊多士宇宙無虞為官擇人背出臣右胡可晏安冒寵尸素妨賢乞降賜骸之恩以全折足之咎臣獲退就散秩保養餘年（類表作生）候筋力之復疆申赴蹈而寧晚臣於當（類表作所）部勸課營田及以羨餘優恤將士等事一一別具條奏冀明轄睦上副憂勤塵黷宸嚴氷炭交臆無任懇切屏營之至

代裴相公辭官表（文宗太和四年）　劉禹錫

臣某言臣去冬得疾近日加（集作方）劇西夕之景豈能久留及其未亂披露誠懇臣犬馬之齒六十有七壽雖不長亦不為短位忝公台近十五年皆由際會非以才進常懼官謗以招國刑令被病得死保其始終為幸甚厚豈復咨嗟所恨者遇聖明之君不得佐成太平之化自量氣力忽恐奄時（一作然）則心有微素無陛上達伏惟聖慈照鑒臨而察之中謝伏惟（集作以）三公非曠職之地宰相非卧理之官臣伏枕之初已有陳乞請罷真食兼辭貴階（集作之陛）伏蒙優詔纔遂一事頻降中使慰勉再三專令御醫旦夕診視苟安名器不覺經時主恩則深公議不可伏思陛下臨御之始宰臣四人逮今零落忽已一半臣且危殘餘年幾何唯易

直外鎭獨得無恙竊持此理權位難居伏乞賜臣停官許在家養疾兼開辭祿或冀有瘳害盈福謙固是神理儻天眷綢厚念以伏事多年臣之所陳未蒙便遂則國朝勳舊以疾辭碎一作位者皆得致仕使其家居足以頤養皆有成例著於舊章伏望天恩特賜哀允

文苑英華卷第五百八十一

文苑英華卷第五百八十二　表三十

宰相雜謝 雜謝表二卷英華所編失年代今以先後正之

爲左丞宗楚客謝知政事表 武后長安四年　李嶠

臣某言臣志識無取才藝缺然叨預葭莩遂升班秩彈冠受撤电組登朝內府尸榮以招官謗中臺揆務愈塵政本

聖恩無限天造不貲仍屈帝難俾參皇極西雍之羽仍所
庶幾東郭之毫敢陳誠請九霄從邈三舍不廻嚴命必行
靦顏何寘方持晝虎且對羣龍遂以挈瓶謬膺和鼎空爲
作礪之命豈庶磨鉛之功祗拜寵臨伏增慚惕無任悚戴
屏營之至謹奉表陳謝以聞

爲宋尚書謝（一作讓）加三品表　睿宗　蘇頲（景雲元年）

臣某言伏奉制書加臣爲銀青光祿大夫餘如故寵榮俯臨（一作寵臨俯逮）惶怖交集臣某中謝臣爰自弱齡素無（一作微）遠操僶俛職事豈期聞達二朝揚歷數載塵冒以茲過聽皆是曠官內省寂寥長懷愧負陛下聖明御極多士如林不以臣不才擢升宰輔每侍帷幄未能招宣景化頊司衡鏡

未能澄汰流品（一作品流）若臣之咎將何以逃又擢（一作拔）臣於循良之末賞於廉問之間（一作舉）遂出常規猥班休命臣之涯分頓爲忝越比者應踐榮秩各限格文欲使無相奪倫較若畫一臣課効多闕勤勞未著爰屬首秋尚居五品名聞之始階方泛及格限之內考復想懸臣何人斯忽當今授臣縱不能鎮靜流弊安敢不罄其愚直首虧不刊之典坐取非據之榮進退失圖心顏何寘況國之程式示於天下凡有虧紊過在大臣臣自違之復將焉用臣年未知命識非半古旋叨厚祿仍受隆寄求國章其已黙（一作已黙而）顧身老而必然聖朝有刺於在梁微臣生災於職室豈唯簪紱之耻抑亦邦家之羞伏乞天恩曲流成貸矜其至懇知

匪餙詞反汗收綸亦（一作實）臣之幸臣無任切逼之至

爲兵部王尚書謝加門下三品表　玄宗　張九齡（開元十一年）

臣晙言伏奉今月二十九日制敕授臣兵部尚書同中書門下三品殊常寵榮（集作靈）妄集疲朽承恩竊喜任重憂深（集作惟憂）臣誠懽誠恐臣伏以虛受之難曾史誡以量力滿盈之患（集作過）夏載陳其招損（一作損益非）臣昔（集作階）緣試吏際會登朝遂得入拜尚書比天之喉舌出鎮方伯（集作出典方鎮）爲王之爪牙雖忠烈之誠心知所蹈而績用之美歲久無聞今陛下不以爲愚（四字集作不以不能爲光寵）眞之廟堂之上委（集作參）以軍國之謀實恐鼎足不任鶴翼爲刺退失微臣之守上累

陛下之明是以一（集作求）夕九飛終朝三省泉谷爲懼氷炭在懷道路改觀於將行班位（一作列）固慙於幸得（十四字集作道雖顯於將行位固慙於幸得）臣已有別狀具所讓人猶蒙曲私未寢嚴命方欲俯僂恭命對揚休光磨鉛効於一割策蹇同於十駕臣誠懼塵合席繆齒國華將何以允答鴻私弼諧大化拜命祗懼罔知所爲臣不勝荷懼之至謹奉表陳謝以聞臣誠惶誠恐謹言

代宰相謝加銀青弁郡公表

臣某言伏奉今日制書加臣銀青光祿大夫特封河內郡開國公食邑二千戶承命戰兢伏詔惶駭拜抃（一作舞）無以感涕失容中謝臣累代宗儒傳經素位所以勉脩學藝將

業其官而文愧承家識非半古本期代耕之祿稍階載筆之地幸忝近署久侍内朝謬霑雨露之恩頻甄歲月之効獲承大命謝暮訓之規載忝有司無辨論之實既虛職守常懼蒲盈無日不思每期負敗當時同列咸（一作衆）所明知豈意朝廷方正於紀綱天地忽思於微細擢升佐輔望出羣情陳乞靡從曠廢何甚在萬邦之化首處百辟之儀刑出自諸生猥當非據所以風雨愆候年歲不登邊徼（一作撽）交馳田租減耗凡此數事職臣之由歷觀舊典合貶優秩累因陛下奏獻封章天威俯臨懲誡屢奪雖瀝懇無報期至誠必通上仰於朝廷幾諧願受策於第是所甘心方祈獲免之時更遇非常之賜特承七命之貴超過八階仍叨

五等之榮坐封千里雖庭堅謨弼之德山甫將明之才頓過今恩亦稱踰分况臣道慚先哲識類平人未遂退還已紆聖眷頻繁寵拜實懼宸命（一作神明）伏乞俯照血誠特廻睿旨夫上有無功之授則下多不勸之嫌涓滴之勞未彰於近掖風塵之議將集於遠方所以撫心疚懷不敢奉詔拜手流汗詎容飾詞無任懇惶之至

謝（一作讓）門下侍郎平章事第一表（代宗大曆十二年四月）　常袞

臣袞言伏奉今日恩旨除臣門下侍郎平章事祗奉失圖進退無據捧詔驚（一作兢）駭銜恩戰惶徼存懇誠得自陳露臣某誠惶誠恐稽首頓首臣本粗儒舊業猥以文藝獲（一作辱）於職官去歲已前尚忝絲綸之末今年夏首（一作首夏）遂登鈞石之司舊德名臣當朝宿齒不忝此選獨進非才撫已再思胡顏自處伏以朝廷新有處分重舉典章而上稟睿謀下清庶品（或作物）通於元本（一作元本或作元品）僭懼匪服之嫌訪於顓蒙將貽覆餗之責伏乞俯廻天鑒更擇時賢則三階有協贊之功兩府無虛（一作尸）曠之誚無任惶恐之至臣無任

第二表　前人

臣袞言臣退省無堪恐辱所（一作寵）授是（一作所）以昧死上言拜首頓首讓于百辟（一作卿）士冀廻宸鑒以遂至公鴻私復降墨詔未允懇報惶怖不知所圖臣某誠惶誠恐稽首頓

首臣聞左右惟賢國安在相處具瞻（一有儀表字）之地當賦政（一有典化字）之源故有開必先玄感幽贊軒皇則三台作配虞舜則五臣（一作老）同遊殷夢帝而得說周降神而生甫用能洽皇王之道致天地之和至於漢典一用人傑爰及江表猶擇（一作資）偉才當此大任固非常品臣性惟愚拙才無經濟徒以趨宮覲聖逮事先朝頻川扈蹕獲承中顧凡所履歷莫非塵忝出於始望之外不知自至之由豈謂玄造曲成大明私照俾佐邦政得叅廟謀（一作謨）竊以當今樞務之重在昔上公之任臣職非通鑒（一作傳）不可以論道文非雅正不足以經邦德不能鎮撫四夷政不能親附百姓况戎車上駕邊患未寧方欲弘濟艱難以崇大化豈蹔蹶（三字一作

（故非曠職）廉謹所能稱職若不自揣度苟貪寵榮寧止尸官備
員期於掛拆棟撓伏乞訪求羣議選用上才使聖朝有則
哲之明臣下無虛據（一作受）之責蹐天跼地（一作傾血汙地）誓將死
請如或聖眷俯迴實亦天下幸甚無任懇迫屏營之至謹
奉表陳乞

代嚴大夫謝黃門侍郎表　前人

臣武言伏奉今月十日恩制除臣黃門侍郎忽降紫泥擢
升黃閣出自非望感恩戰懼臣某中謝臣才乏經綸時逢
際會累更天秩何補聖朝三踐掖垣九除憲府久慙在政
（一作有慙違政）空忝觸邪犀節四持亂繩不理牙璋再建（一作橫
草無功既曠職於神州又尸官於華省屬犬戎猾夏鑾駕

省方未殄國讐正當臣辱陛下分麾以討傳檄自安空隨
冗從之流竟乏橫行之議尚多淹致（一作尚淹政命）仍更冒榮方
扈宸遊遽膺夕拜久缺斯任求難其人本求英儒將備顧
問素無學術何以允諾竊汗軒（一作詩）屏謬塵鎖闥寵榮非
望祗荷失圖恩重才微難於捧戴眷深効淺祗益兢惶上
答生成唯知死節無任感戴屏營之至（一作皆唐類表）

唐門下侍郎（黃門東臺鑾臺同）掌二侍中之職帶平章事
者固是宰相如褚遂良崔日用皆爲黃門侍郎或
參綜朝政或參知機務亦宰相之任令嚴武表誤
入宰相門殆以此耳

爲盧相公謝除中書侍郎表（貞元十一年正月六日）　權德輿

臣邁言伏奉今月日恩制授（一作命除）臣中書侍郎同中書門
下平章事祗奉詔命循省妄庸感恩量力不知所措中謝
臣聞宰相者叙四時之化順萬物之宜用贊裁成使之茂
遂而中書密勿庶政本源以奉大猷是爲右弼臣實凡輩
本無他能家尚儒風獲承緒業因緣忝幸踐履班榮誠不
自意忽焉過量台司待罪已涉三年妨賢既久內省（一作訟）
彌切蓋廉謹誠懼人之常分而訏謨教化宜擇全才陛下
在宥萬方躬勤百度豈虞賤質再沐膚慈特遷崇秩實玷
皇極臣面所陳讓推於至公天鑒未迴進退惶灼且使（一作
段）人以器知臣者君循冀鴻私俯察愚懇害盈之禍敢受

微軀覆餗之憂難抑公議無任感恩怖懼之至謹奉表陳
謝以聞

爲趙庶子謝平章事表（貞元十二年十一月十一日）　前人

臣宗儒言臣伏奉今日恩制除臣爲同中書門下平章事
祗荷承命捧讀詔書心寬震驚拜抃失所中謝臣聞燮贊
化源絫和鼎實上合一德以平六符苟非其人所繫斯重
臣本虛薄素無器能徒以文藝獲承代業比有多士陳力
清時絫叨渥恩踐履官序頃歲奉職中禁草議南宮遂忝
左曹列於近侍顧常內訟〻慮曠官豈惟宸眷特加擢在
非據伏自循省不知所安〻且臣去冬尚守郎吏今纔一歲
遂備台司苟（集作自）非全才[illegible]難塞公議雖鞠躬匪懈心盡事

君之誠而宣化賦政恐累知臣之輿生成難報覆餗是憂
伏以面奉德音不敢更有陳讓拜音感涕上答何階無任
荷戴惶懼之至謹奉表陳謝以聞

爲崔相公謝門下侍郎表（貞元十四年七月二十七日）　前人

臣損言審巳無庸謬膺寵授昨所陳讓逼於懇誠冀全至公豈敢外飾黄閣務重非才實難墨詔復臨捧讀增懼臣聞惟君知臣任之以器惟臣事君量而後入生逢昌運自比可封之人職任（集作佐）台司難逃竊位之責三年待罪表章不敢累瀆宸扆雖誓心畢命以竭微衷而折足覆餗其如公議無任感恩惶懼之至謹奉表陳謝以聞

代杜司徒謝平章事表　劉禹錫

臣某言臣伏蒙奬拔超踐鈞衡慮玷大猷昧死陳讓再奉嚴旨不令固辭恩厚命輕位高責重中謝臣聞天下安危注意將相處論道具瞻之地當總戎作鎮之權雖叶夢而求無聞秉鉞之寄登壇以拜不兼調鼎之榮授受（一作命）惟難伊昔僉爾況臣庸瑣（類表作蒙瞽）何以克堪陛下玄造曲成大明私照俾掌戎律復參廟謨寵光之命在臣已極毫髮之効於國何施謹當罄竭微誠奉遵至教仗天威以懾不順（類表作類）敷聖澤以遂羣生上分旰食之憂下塞素飡之責力誠不足心實念茲伏乞皇明俯賜照鑒臣恪居官次遐守藩維不獲伏謝彤庭陳露冊慊（一作悃）心存闕下同犬馬之戀恩身在淮濆仰雲天而結思（一作恨）無任懇悃屏營之至

代人謝平章事（穆宗）　白居易（長慶二年）

臣稹言伏奉今月日制書授臣守本官同中書門下平章事者殊常之命非望之恩出自震衷加於九陋竦駭震越不知所爲某臣誠惶誠恐頓首頓首臣伏惟近例宰相上後合獻表陳謝臣今所獻與衆不同伏惟聖慈特賜留聽臣伏聞玄宗即位之初姚元崇爲宰相元崇欲救時弊獻事十條未得請問不立相位玄宗明聖盡許行之遂致太平實由於此陛下視今日天下何如開元天下微臣自知才用亦遠不逮（集作及）元崇若又僶俛懷安因循保位不唯恩德是負實亦軍國可憂臣欲候侍（集無侍字）坐對時便陳當

今切事下救時弊上酧君恩臣之誓心爲日久矣陛下許行則進不許則退進退之分斷之不疑敢於事前先此陳啓況臣才本庸賤遭遇聖明天心自知不因人進擢居禁署方以密謀恩奬太深讒謗並至雖内省行事無愧於（集作所愧）心然上黷宸嚴（一作聽）合當死責豈意憐察曲賜安全螻蟻之生得到今（集作自茲）日超越流輩授以台衡拔於萬死之中置（集作致）在九天（集作霄）之上捫心揣巳審分量恩陛下猶不以衆人之心待臣（臣）豈敢以衆人之心事上皇天白日實鑒臣心得獻前言雖死無恨無任感恩懇欵屏營之至謹奉表陳謝以聞臣某誠惶誠恐頓首頓首謹言

代王相公謝加門下侍郎食邑表（昭宗）　錢珝

臣某言昨蒙恩命授臣某官等者今月日已奉表陳讓跪承批詔未賜允從方就日以傾心若履氷而舉足臣某中謝臣立朝（一作守身）嗣莫繼前脩學古入官敢期高位伏遇尊號皇帝陛下道惟樂育志在紹聞待河清而先靜化源致俗阜而深探理窟當乙夜縱觀之後啓輔臣夢得之休而遽以平衡授茲弱質頗乖庶政莫達大經何施作相之才但累知臣之鑒厭兵而五兵尚在唯恐人殘祈穀而百穀未升仍憂歲旱尋宜待罪已合避賢陛下慎以退人容於竊位兼迴睿眷遽正台階進當浴鳳之榮更懼惟鵜之刺況增封建俾重彌諧臣且自量則爲不稱是以陳辭瀝懇冀動天心拜章而方謂可安捧詔而未嘗得請尚希終

收渥澤遂寢典彝苟責實而有聞信假寵之非晚徇之公道籍主所圖受爵既多懼君恩之大盛省躬甚拙知官謗之必興負戴聖慈臣某無任感激兢悸之至

代崔相公謝加中書侍郎食邑表　昭宗　前人

臣某言伏奉今月某日制書授臣中書侍郎仍進封開國子加食邑二百戶者寵踰素分憂集微躬臣某中謝臣聞當可舉而後行則彝倫叙見有功而後進則勞臣勸如或行不可舉進不見功是謂謬恩實維（一作難）虛授臣學非練達質異溫良致身而敢望坐茵措手而寧期補衮嘗塵侍從且昧論思既無酒誥之能莫並食時之敏忽蒙聖造遽委化權佐運行而不應中台論燮理而未周四序何言膺澤曲被微臣纔叨正秩之榮兼進疏封之命戴恩無力臨事知非將投盈篋之書寧用濟川之檝願迴玄鑒俯徇愚衷致公器之無私在國章而克（一作益）重光昭（一作克光）聖德復戒貪夫仰望皇私臣某無任懇悃激切兢悸之至

代史館王相公謝加食邑實封表　昭宗　前人

臣某言伏奉今月某日恩制加臣食邑實封若干者允位代天無名益地祇膺茂寵併集百憂中謝臣聞賞以昭其功典以載其事是爲重柄用合大經苟功不足昭事非可載濫承休命實累皇猷臣謬執化權無裨衮職徒見容於君父每受責於神靈頃者陛下薄狩近藩復興否運寬仁屈已神武去邪敢有惑於羣謀實無渝於睿斷寰區之內

耳目同驚此非臣齷齪之心所能匡替重圖反國艱若設都仗戎師以經營寄輔臣而鎮撫泰人載聚周廟克成千門既啓於建章萬騎仍隨於司隸宸居復正懸法更高又非蒙昧之才所能施展荷玄（一作景）既而寧參天力奉清光而徒和山呼無補艱難方懷慙懼詎謂聖慈忽被異數仍加賞優而欲舉何功典重而將言何事況乎真食尤日寵榮輕行於富庶之秋皆期必稱尚屬於艱難之日焉可非宜伏冀聖慈必收殊渥臣某無任仰望逼切懇悃屏營之至

代中書孫相公謝登庸表　前人　乾元二年

臣偓言伏奉今月某日制命授臣中書侍郎同中書門下

平章事者渥澤自天怔忪無地臣某中謝臣聞佐天子理
陰陽撫四夷遂萬物者宰相之職也然而能經國則可以
佐天子達化源即可以理陰陽善柔服可以撫四夷適方
圓可以遂萬物今臣才非經國智昧化源不知柔服之謀
未達方圓之道使之執政必致曠官伏惟皇帝陛下與天
同覆與日合明有言必訪於蒭蕘有用必搜於林藪今者
初當出狩且欲興戎脩至德以弭災動神機以伐叛復亨
否運昭告玄穹是宜慎擇賢良光輔睿哲臣志雖懋學器
異混成但爲章句之徒莫應權衡之任陛下明恩委照聖
鑑洞開拔於駮正之司置在仰成之地越諸夔典授以洪
鈞空驚行潦之流忽載大川之檝遭逢獨異寢寐終疑願

廻非次之榮且降可行之命立朝在野必有其人省已捫
心莫知所措臣某無任感恩荷聖兢懼屏營之至

代陸相公謝再入表　昭宗　前人　光化二年

臣扆言臣昨蒙恩制除授中書侍郎同中書門下平章事
今日面宣聖旨不令更有陳讓者臣聞虞舜成湯之爲君
也舉臯陶伊尹之賢處補袞宰衡之任不仁自遠大道甚
夷上可致君下可遂物相須之用古策具書獲彼龍靈再
當燮理仰成之重內省至難披肝鬲之所藏冀封章之可
達煩言無取睿聽莫廻親奉清光復傾冊懇讓不容於稽
首進何務以沃心臣誠憂誠感頓首頓首伏惟尊號皇帝
陛下濬哲守文高明立極廣好問則裕之美推任賢勿貳

之誠思舉直以化人待封比屋念偃兵而屈已欲拜昌言
是宜慎擇濟川博求在野並稷契之稱前代若姚宋之賛
本朝使竭謨猷以光輔弼臣器殊王佐質謝鄉才常念立
身但希承嗣未曉必聞之政合居不急之官雖臨事秉心
如秤敢期於輕重而自天率性佩弦亦戒於因循頃者徒
幸遭逢且乖斟酌旣塵公餗果驗素飱旋叨就列之榮每
荷匪躬之道今者忽流霑澤又執洪鈞信夢寢寐一作之難
期詎蓍龜之可卜頃雖當軸竊類代庖是非誠畏於人言
去就敢違於君命中台不耀先慙箕斗之光元首自明何
効股肱之力銜恩匪稱揣分彌憂詞不盡於抽毫淚空知
於承睫負戴聖造辭莫能揮臣某無任感激榮抃屏營之

至謹言

代史館王相公謝監脩國史監鐵使表　昭宗　前人　乾寧四年

臣摶言伏奉今月某日制書加授臣門下侍郎監脩國史
充諸道轉運鹽鐵等使者進當辨色動乏書恩寵光忽降
於昭回循揣空知於殞越中謝臣聞可衛社稷謂之大臣
有利國家是爲公輔大臣所以能經濟公輔所以竭訏謨
儻昧於斯則同備位臣爲儒孤陋守嗣凌遲旣無稽古之
勤止望易農之仕安敢苟求進達濫買名聲但任顓愚獲
逢濬哲聯叨服冕遽至秉鈞而莫貢昌言多慙庶績復致
瞀方之難皆由失職之愆且合自拘敢期策免陛下克固

知臣之鑒，每推責已之誠，雖罷變調，猶當節制。捧彤弓而欲去，尚抱憂心；指金鉉以復留，終廻宸睠。輔相之委，近代所無，不才何補於股肱，有感徒深於骨髓。伏遇陛下勃興景祚，丕變公朝，掃蔽日之浮雲，納投水之堅石。應機之急，當佇不違；從諫之明，轉圜未速。仰觀奮發，實在斯須，聖政惟新，墜章咸舉，宜求耆碩，共致承平。今臣曲被慮慈，仍加霈澤，黄樞正秩，青史專脩，兼司運漕之權，俾集牢籠之利。屏躬承命，俛首退思，固合避賢，唯憂致寇。保其終始，賜以安全，陛下且許乞骸，不令覆餗。徇公爲理，擇善任人，幸非伯石一作安石非之情，敢待召平之說。且移盛寵，別授通材，顧叶澄清，仍資康富，而近臣遽降一作近遽辭免聖旨，重臨難陳固

讓之辭。唯勵恪居之志，雖多言可畏，重紸纊而有所不聞，而内省堪憂，補玄衮而何能自効。臣某無任荷恩榮耀兢戴怔忪之至。

文苑英華卷第五百八十二

文苑英華卷第五百八十三　表三十一

宰相雜謝

爲宰相謝至尊爲蒼生祈福表玄宗　孫逖

臣等伏見太常寺祝王璵奏：陛下自臨御以來，未嘗不四更已後夙興盥漱，爲蒼生祈福。每遣公卿方士巡祭川岳，祝文虔誠，御札親署，曾無一字自爲聖躬。伏請自今以後，聖心徇物，俯垂矜允，下情獲展，品物同歡。伏以虞后浚明

但聞恭巳周王旰食亦謂憂人未有精意妙門勤祈道實勞聖躬於夙夜移景福於蒼生遂以爲常久而無倦肇自開闢未嘗覩聞雖覆燾之恩豈求報於芻狗而生成之類願効祝於封人天聽不違民心載悦況在臣等特荷殊私莫測神功空慙帝力無任忻慶之至謹奉表陳謝以聞

爲李右相謝上上考表　前人

臣今日伏奉恩旨垂賜上上考并辭捧讀兢惶戰汗交集臣謬以庸薄久塵樞近承奉明命述宣聖謨罪戾猶多涓埃何補豈寤天心善誘宸眷殊常垂翦拂於德音踰涯越分降恩私於考績超等逾倫雖承含垢之慈終多覆餗之懼無任慙悚之至

爲宰相謝竹扇表　前人

高力士至奉宣恩制各賜臣等竹扇及聖賛頼（疑作賚）以器用俯矜於煩暑傳以文章更垂於光拂殊私備及自昔未聞臣等輕生謬膺大任雖罄心勵節徒有慕於脩篁而淺謝（疑作識）薄材何足當於睿藻外榮天錫内愧御題善誘之恩則深負乘之責彌懼何以對越休命奉揚玄風捧對兢惶罔知攸措不勝感戴之至謹奉表陳謝以聞

爲趙公謝賜金石淩表　權德輿

臣憬言伏奉恩勑賜臣金石淩并方及服法并金花銀合一又賜臣蘇膏方及眼赤有瘡方其方皇太子書者鴻私榮貺特發天心受恩拜賜慙怖交集中謝臣聞台司之任茂遂羣生而攝衛乖宜自貽病疾理身未暇賦政何堪豈謂上簡宸衷下矜賤質御方靈藥稠疊寵光劑和至精減聖躬所服翰墨玄妙降皇儲之書仰光輝而陋目增明承渥澤而沉痾自愈致金石之固通性命之和保持誨諭曲盡慈旨蠲其煩滯授以康寧省巳何功害盈知懼伏惟陛下宣布大和則時無疵癘懋建大中則物以阜安生及昌期自登壽域況臣劣薄待罪樞衡感平施而巳深荷殊榮而難報雖陰陽不測犬馬之疾頻瘳而日月無私螢燭之光何補生成覆露皆稟睿慈竭力致命豈申愚效無任感恩惶懼之至謹具表陳謝以聞

爲盧相公謝恩并請罷官養疾表（德宗）　高郢

臣邁言今月十四日以在假百日進狀上聞其日中使某奉宣進止令臣在家將養損日朝叅者力疾受恩慙懼交集中謝臣病滿百日法當罷免恩自九天優以賜告伏念手足餘疾運用未平風毒常作療除多久臣今若卧叨厚禄坐待全瘳豈惟日月易淹實亦恩私過幸且台輔爲任周行所瞻臣匪服以居既貽官謗沉痾不退又廢公法夙夜循省心愧靡寧雖宸慈曲臨有所不忍而王道平施則惟無私臣既内懐尸曠之慙外迫支體之慮竊恐所攻非一望損彌遠徒闕遵常之典增延悯下之仁如蒙特恩俯遂微懇得從觧綬專一就醫則冀形寬兩安物議皆息全度之澤於此爲深無任感恩之至謹奉表陳謝以聞

代賈相公謝賜馬及銀器錦彩等表　權德輿

臣躭言今日中使某奉宣進止以臣所進關內隴右圖錄十卷特賜馬一匹并銀瓶盤等若干事錦彩等若干疋者承命抃舞震驚失圖伏以聖朝覆幬無私聲教遠被雖夏書禹貢周制職方重譯所通未若今日臣以末學舊奉昌期常好地理之書頗知河湟之事明徵舊史傳考傳（集作前）聞夙夜以思歲時遂久紀諸文字繢以丹青上塵聖聰庶備方志豈謂睿慈弘獎寵賚特深出珍華於內府下駔駿於天廄恩榮所及煥麗相輝循顧庸虛曲承蕃錫負乘匪服倂切於今無任瞻恩荷戴之至謹奉表陳謝以聞（貞元十四年九月）

代武相公謝槍旗器甲鞍馬表　呂温

臣元衡言今日中使某乙至臣宅奉宣聖旨賜臣槍旗器甲鞍馬幷錦彩等禮殊其數物備其容肅以將威煥以昭寵雲澤濡體天光照門抃駭失圖兢惶罔據臣某誠荷誠感頓首頓首臣才無可取進不因人陛下憐其小心知其盡節特紓宸睠謬委台司匡補之益無聞將明之效靡著方俟嚴譴（集作家）忽被殊恩寄重西南任兼中外封開太郡秩正黃樞登壇於六符之階被袞爲三軍之帥今古盛典盡在茲日人臣寵貴併（集作舉）集微躬豈臣孱庸所克負荷非臣殞越所能上報重錦名馬玄甲朱旗王事靡盬儼有行色天顏咫尺忽當遠離感戀彷徨拜受涕泣（集作咽）拆衝分閫媿非式遏之才榮耀（一作耀）自天猥叨專征之賜無任感恩激切之至謹奉表陳謝以聞

代武相公謝借飛龍馬表　前人

臣元衡言伏蒙聖慈借飛龍馬若干匹至京兆府界首者臣謬膺台司將明薄（集作無）効自忝方任恩禮特加獎諭綢繆寵錫輝煥寒衣病藥悉出聖慈匹馬一人咸經御選遠覽圖史近徵耳目如臣蒙幸未見其倫實有何功敢當斯遇盡節竭誠在臣子之本分殺身致命報君親之常道竟將何力上答殊私空保丹誠以致灰粉王程靡膺天駟言旋仰服皁之有期恨違顏之方始精魂自越顧步莫留權奇之姿向雲闕以驤首（集作獨夫）惘欵之戀與星影而共馳瞻望天庭罔知所措無任感戴彷徨之至謹奉表陳謝以聞

代鄭相公謝賜戟表　前人（見六百一十八卷）

代集賢崔相公謝賜官誥表　錢珝

臣某言伏蒙聖慈賜臣某階某官食邑若干戶官誥一通者臣某中謝臣伏以周官所建冢宰是先進階陛之名增井賦以數重在彝典合爲渥恩冐寵以來偷安而處不能退讓方懼蒲盈詎謂陛下每顧舊章必加優禮雅誥既垂於綸綍侍臣忽降於宮闈五彩相鮮且成文於潤飾萬鈞比重幾無力以捧持聚族咸觀省躬何稱遭遇莫酧於君父寶藏空戒於子孫竊視權衡惟思砥礪臣某無任感恩荷聖激切惶越之至

同前　前人

臣某言今月某日賜臣某官誥一通者臣某中謝臣敢謂皇慈仍加霈澤固讓而丹誠莫遂退思而玄造寧酧今者特降近臣（一作與思）遽臨私室琅函乍啓捧持空耀於微躬寶軸載觀燦爛仍驚於衆目榮光併集舒卷不遑難勝黼黻之文何補燮調之任唯當千慮以荷（一作濟）萬機見可而進之謀知無不為之力用裨至理庶奉休期仰戴聖慈臣某無任省已感恩之至

同前　前人

臣某言臣先蒙恩命授集賢殿大學士今月某日中使至忽承霈澤降自重霄并披五色之文若戴千鈞之重臣某中謝伏惟尊號皇帝陛下求衣待旦側席視朝方致理於雍熙每仰成於輔相臣自慚竊位唯懼曠官未獲避賢何堪假寵爰驚瑣質更被鴻私提玉鉉於中台已憂公餗總石渠之秘署兼及（一作集）羣才當文德之大朝實名儒之大任今者遽頒稚誥益示皇慈兼命王人且臨私第琅函乍啓光凝紫府之烟寶軸潛舒潤帶金盤之露空知焜耀無報睿明臣某無任荷聖感恩兢懼之至

代宰相謝示白野鵲表　前人

臣某等言今月某日高品張師道至奉宣聖旨示臣等涇州所進白野鵲者臣聞白為正色鵲實靈禽在五行而賦稟金精於衆鳥而有殊羽族臣某中謝伏惟尊號皇帝陛下應上天之道必順五行遂萬物之情非徒衆鳥宜獲降祥之類以昭致理之心是以素翼流光丹眸耀衆俄呈瑞質能弄好音應圖諜以自來詎網羅之所得諸侯入獻史氏明書寧同集樹之烏堪並紀年之雀方開景運實契禎符臣某等謬參皇猷竊觀神貺無任賀聖歡抃之至

代宰相宣示白鵲白鸜鵒表　前人

臣某等言今月某日高品張徒（一作從）羽至奉宣聖旨示臣某物者至化無私殊祥畢萃既光史策允叶元符臣某中謝伏以西方主白金氣應秋故靈禽頻見於塞垣玄貺實招於人事遂使載飛之類皆呈受彩之姿以物窺天知天感聖犬戎柔服必無犯於西方禾黍豐登將有成於金象（一作氣）假慈毛羽降彼藩隅既來獻於帝居獲同觀於公府何能翼戴徒荷休明臣等無任舞詠聳抃之至

代宰相謝賜布帛表　前人

臣某言今月某日中使某至奉宣聖旨賜臣布一千疋絹二千疋者臣某誠哀誠感頓首頓首臣災集衰門禍貽諸父執禮既循於經典成喪將服於冠裳何言臣子之情必軫君親之念近効承命飛星忽降於重霄寵數有章束帛載頒於內府哀榮曲被跪受難勝上感聖慈臣無任涕泣惶越之至

代宰相謝降朱書御札表　前人

臣某言今月某日中使某至奉宣聖旨頒示御札以貶黜

張道古事更令申誥中外者聖旨昭垂羣情胥悅臣某中
謝臣伏念元和中（一作年）吏部侍郎韓愈因陳佛骨遂拜封
章以爲前古奉佛帝王年代尤促憲宗以人臣去就乖忤
非輕震怒所臨遂竄荒裔憲宗英主韓愈名臣典記可行
事無不順今張道古狂愚（一作譬）所獻斥犯非常凡曰在庭
皆知難恕深弘睿哲且欲含容雖匿瑕之道則然於犯上
之名斯重臣等請行譴逐陛下尚顧物情宸翰所臨臯言
曲被盡賀爲君之盛咸知六德之能捧戴聖慈如親丹扆
臣某等無任銘篆兢越榮感之至

代史館王相公謝令樞密使宣諭奸邪表

臣某等言臣嘗讀漢史竊見上官桀桑弘羊皆惡霍光之

忠於王室也欲奪其權遂詐爲燕王上書言光將有非常
之變而昭帝知其詭詐欲害賢良顯發怒言保明元輔識
者以爲漢昭之聰睿遠過周成臣等每閱其書實感其事
以爲後代不復有之今月某日獲延英奏事親奉聖言且
以陛下深懼艱屯欲清教化竊亂階於前事窮蠹本於小
人既以（一作已）誅鋤方期屛絕而常有技術賤微之輩班行
險躁之徒潛結詭謀輙投邪隙且相援引遂有譖傷間諜
滋深根株甚鉅而聖心不動睿鑒有融盡辨讒諛靡容交
亂致臣於不疑之地知彼有禍人之心且赫揚於斯必令
懲革覯於左右求杜奸邪臣等且懼且驚載思載感還至
公府未知所安樞密使某等又至中書備傳睿旨伏知是

李遂劉逵等共謀推薦李絜秉政因此大惑天聽君臣之
所難聞乾坤之所共棄有李遂之奏肆志巧言而陛下不
以爲疑秖以爲恕凡所布諭必盡洪纖某等復宣陛下之
言不惟保任臣等兼欲擊斷此輩彰明我心臣等禀命而
思激情以泣自有邦國誰（一作詎）無君臣今此讒邪忍施陷
穽密構於一夫之口何術可知潛行於萬乘之前何人敢
辨雖陛下察之不惑隱之不言有此釁端加於輔相臣之
寤寐將至驚狂一旦親奉堯言俾行漢律使罪人斯得餘
纔（一作除讒）自安復使微臣必無他慮食駃騠者未足爲德輸
媟蘖者未足爲辭李遂輩擠臣於不測之谿陛下賜臣以
援溺之手誣臣以難明之罪陛下諭臣以必信之言彼昭

帝之時漢家方盛霍光之辨且有詐書今李遂得於艱否
（一作若）之朝進傾危之計宸聰之外孰可得聞（一作明）則臣等
塗汙一浸江漢難濯殁爲野上誰爲叫閽不有睿明焉知
昭釋感入骨髓誓諸神祇千拜首以何爲一剖心而始足
惟當竭誠啓沃戮力彌諧盡毀家紓難之謀繼圖國忘身
之策尚疑丹悃未答皇私荷聖感恩臣等無任抃蹈兢慄
涕泣屛營之至

文苑英華卷第五百八十三

文苑英華卷第五百八十四　表三十二

藩鎮謝官一 藩鎮謝官表四卷英華所編失年代先後今正之

爲西川崔僕射謝却赴劒南表

臣某言自中使馬承倩送臣却至所部漢州廻監軍中使孟遊仙等續發比面拜天南旋舊鎮望九門而彌遠顧三蜀而何情如丹之心具列前表庶明臣子之分以期君父之知臣某中謝臣四度興師每多獻捷頗將邊事親達宸聰比恐三軍阻臣行計潛裝密辦亦既經年上都廳糧傍路支費事皆前定誓衆遂行日望京闕闕一作天威咫尺豈知時乖運未屬彼外虞徵發之期指縱又切進退難處彷徨以還有心未明有口猶閉若撻之耻空思於堯舜戀生之誠倍慙於犬馬臣知銜從一作事官王所傳進自經驅使積有歲時言行爲惟一作一惟爲一作臣腹心當今切務具如別狀悉令密啓遠達由衷伏乞聖慈俯迴神鑒仍賜容納許以畢辭天下幸甚天下幸甚其有不載文墨更令附口奏聞皆是刳心所陳豈爲憶聽一作中之說倘可裨補雖死猶生區區赤實敢希萬一臣以今月某日却至成都乞整齊

戎事即赴行營兩藩動靜續具聞奏衆星微象長拱北辰勺水細流盡朝東海惟臣不及欽恨何言無任感戀屏營之至謹奉表陳謝以聞

爲夔州集作府栢都督謝上表

臣某言伏奉今月某日制授臣某官臣祗拜休命内顧殞越策駑馬之力冒累踐之寵自數勛力萬無一稱再三怵惕汗流至踵謹以某月日到任上訖臣某誠戰誠懼頓首頓首死罪死罪伏惟陛下以君父任使之義掩臣子不逮之過就其小效復分深憂察臣劒南區區恐失臣節如彼加臣頻煩階級鎮守要衝如此勉勵疲鈍仗揚陛下之聖德愛惜陛下之百姓先之以簡易間之以樂業均之以賦

歛終之以惇勸然後畢禁將士之暴弘洽主客之宜示以刑典難犯之科寬以困窮計無所出哀今之人庶古之道內教惇獨外攘師寇上報君父曲盡庸拙之分下循臣子勤補失墜之日灰粉骸骨以備守官伏惟恩慈胡恐容易愚臣之願也明主之望也限以所領未遑言謁(集作對)無任兢灼之極謹遣某官奉表馳陳(集作謝)以聞

為崔鄴公謝除鳳翔節度使表

臣某言伏奉去年二十八日恩制加臣鳳翔尹仍充本府及秦隴等州節度觀察使伏以才淺過深者敗公之本力微任重者職禍之由况鳳翔天京四方取則使增廉問千里準繩苟非其人是速官謗前已再三懇讓實冀陛下矜

臣不逮察臣無能忝侍朝廷獲保衰朽豈意堯曦下屬舜澤旁流荐降殊恩不許固讓恭承寵命感懼交懷臣某(中謝)伏惟陛下德耀三光勲崇萬古彝倫式序庶績其凝臣本愚才素乏籌畧謬膺任使累踐殊班顧無毫髮之功叨領丘山之寄今鳳翔近甸秦隴雄藩北有党項之虞西有羌渾之患或阻絕我道路或侵軼我封疆王師出征則烏散山谷官軍罷討則雨集郊圻臣雖不才庶竭孱懦必將勸分務穡訓卒利兵勦除凶殘式遏寇虐使黎元無俶擾之患里閭無暴殄之災下傾百慮之愚上補萬分之一臣無任

謝浙西節度使表(肅宗)　顏真卿

臣真卿言伏奉六月九日恩制以臣為昇州刺史充浙西節度使兼江寧軍使聖德含弘不遺簪履拾其罪戾假以麾幢感戴恩榮死生知報臣某(中謝)臣以為全吳舊國分閫重權煑東海以自資塹西河而作固九州天險之地六代帝王之都是以魏文興嗟苻堅恃衆(集作怙侈)爰喪百萬之師豈不以形勝是先腹心斯切親賢重寄鎮遏攸難矧在庸微寧堪及此是以拜命之日以榮為憂制書以今月四日至饒州臣以今日發赴本道取都統節度觀察使李坦處分訖即赴昇州即當繕修甲兵撫循將士觀察要害以備不虞假陛下英武之威遵陛下聖(集作平)明之理一心戮力上荅天慈伏惟陛下察臣愚衷(集作忠)則死

且不朽無任感戴屏營之至

代郭子儀謝副元帥河中節度使表(代宗)

邵說(廣隆元年)

臣某言伏奉今月日制授臣河東副元帥河中節度使寄深臣輔任切安危寵命遄臨憂惶如灼臣某(中謝)臣智術凡淺才畧無聞承日月之光偶風雲之會自奉先帝徇以驅馳被甲即戎載罹寒暑比憑朝筭克振天聲雖毫髮之功曾無足紀竟不能掃蕩妖孽使八方攸同謬踐中樞仍叨上將分茅錫土榮貫一時懍懍之誠竊自增愧今又猥蒙驅策出鎮河中授臣以連帥之權委臣以專征之務雖才輕方邵而任比桓文此陛下除奸之時乃微臣死難之日

竊覩自古忠義之士莫不扶危救禍憂國忘家雖在暮年猶思報主則廉頗強飯馬援據鞍以臣方之有甚前哲軍國重事不敢固辭誓竭股肱之力以副腹心之寄倘皇猷獲展寇難克平殞身戎行實無所恨無任感恩

代郭子儀謝兼河東節度使表　前人

臣某言今月日奉伏恩制授臣使持節都督雲州（一作中同下）諸軍事兼雲州太守充河東節度支營田大使大同軍使晉內採訪使祇拜休命內揣薄才委任專崇周章失據（一作周張靡攄）臣某（中謝）臣聞邊之安危係於所用事之成敗諒在先謀故寸璧必求良工尺錦亦資善製況夫謀無智勇備列戎旃自守封疆頗淹歲序肅將朝算（一作命）剪滅兇徒此乃

天功匪惟臣力陛下不遺犬馬念以驅馳收其分寸之勞加以丘山之賞禮因位重恩與日深長恐顛危不克負荷所以非有（疑）陳讓乞停范陽而手詔曲（一作榮）埀不蒙允許退就私室竊愧明時素食之詩自臣攸作今又更承獎命兼以河東邊境相連三千餘里烽燧列警斥堠須明雖則居安（一作安寧）終資有備以臣獨制謂必無失然以能勲一事身任一官猶擇其人且懼曠職況臣旁綰三節控帶數蕃智有所不周心有所不及兵權倘失奔馹寧追實慮授受乖宜簡書是畏望特矜臣不逮察臣愚誠更選良能付以旄鉞則樵夫絕議官序有倫臣無任

為陳大夫謝上淮南節鎮表（代宗太曆八年）　劉太真

臣某言今月二十日中使輔懷恩送告身至伏見（一作奉）恩制特加臣銀青光祿大夫揚州大都督長史充淮南節度使仍封潁川縣開國子（一作男）食邑五百戶者臣以駑駘賤質葵藿愚誠謬荷深（一作殊）恩頻膺重寄（一作移）日月私照雨露曲霑召戴不任兢惶失措臣某（中謝）臣自遠辭天闕恭守海隅思陛下臨御之勤竊罄愚衷蹇拙之分所恨智慮不及績用無成（一作罕）豈望陛下知懇款之不渝將纖毫而見擢特超階序俾易旌旄錫以開國之封授以臨戎之節出江南（一作浙）之遠鎮踐淮表之名藩且地在要衝職名（一作居）分閫副茲統理豈易其人臣亦何功忽當此任仰膺休命難叨覆載之榮伏省微躬實積負乘之懼臣即以今月二

十五日發赴揚州其浙東使事已差觀察使殿中侍御史盧翰權知留後無任感戴戰越之至（一作皆唐類表）

湖南觀察使謝上表　王仲舒

臣某言臣以某月日到本部上訖榮如憂中不敢自信臣其誠懽誠懼頓首頓首臣頃備位省官孤特無與自堅內志不近權門遑憾者以陰計中臣伺其顛沛而臣位從懽進身自危安陛下之保臣也陛下開張至道以福群生長人之吏必以歲久課其能否定為差等（一作著令）特（疑作特）無倖人獨臣領常州一年超居近地陛下之私臣也臣當此時不能稱揚隱晦以納聖聰（一作聰聽）論列奇計以靖封畧使下有勝臣而未用者邊有戰聚而偷生者是臣負陛下之知

也況今方隅之任得其人則聖慮安失其才則衆情苦斯
位不細惟賢者宜之臣前宮已曠後恩逾重公議難逭殞
越是憂謹當日用皇慈下求利病鎮浮惰之俗杜奸邪之
萌冀其小康上簡天府臣之心也敢有二事不勝感恩戀
闕之至　一作皆唐類表

爲荊南節度使謝恩表　前人

臣某言中使某至奉三月二十五日勅除臣江陵尹兼御
史大夫荊南節度觀察處置等使者如綸炳然中天而下
伏讀惶駭不知所裁臣某誠懽誠恐頓首頓首臣既無老
謀又無壯事塵玷重位前後六年將陛下覆幬之仁煦嫗
羣物所至之土方獲小安如日照臨人共知見敢盜以爲

已功況文昌六星將帥爲首非全才碩德(類表作書)未嘗苟居
陛下睿慮神行雄威電斷將付斯任尤精其人過量之榮
臣獨虛授(類表作臣實虛授)若在憂寀不敢自期即以今日祗命
上道臣團練判官太子舍人兼侍御史楊洽(類表作暢怡)乂更
吏塗兼練戎事謹差專領留務侍李衡交割不勝感恩忻
躍之至謹奉表陳謝以聞

爲鄭儋尚書謝河東節度使表(德宗)　令狐楚(貞元十六年)

臣某言銜官竇及廻伏奉十月二十九詔書授臣朝散大
夫檢校工部尚書兼御史大夫太原尹北都留守充河東
節度度支營田觀察處置等使勳賜如故者寵章明命忽
降自天捧受兢惶不知所措臣某(中謝)性稟(一作本)愚懦才惟
薄劣居常勵已進匪因人心無所營宦不期達伏蒙陛下
旁羅俊乂登用賢良擢臣於傳士之中授臣以良吏之任
其後驟昇郎署猥在朝行塵忝日深光耀隆(一作煇)已極徒恩
報効未有因緣旋屬邊上選能軍中乏使特蒙宸眷遣佐
兵符空知徇公無以稱職望帝城而積戀倏已四年虓戎
幕而懷憂若臨千仞本使李說暫嬰疾苦奄從薨逝伏以
天威遠被廟畧克成將士等盡忠義之心竭恭敬之力保
完府庫鎮定城池奸宄不生三軍如一軍(一作監)使李輔光
器能周敏智識通明與臣同心祗奉王事豈意殊常渥澤
忽出於宸中不次榮名併加於朽(一作賤)質仰承雨露使(一作便)
在雲霄蹈影兢寬心驚股戰進非所據懼不自勝臣伏

以太原守在北門地方千里豐沛故壤陶唐遺人合求勳
賢膺此委用如臣山東弱植海內散材非郤縠禮樂之資
無翁歸文武之用將何以佩六官之印綬平三府之憲章
節御(一作制)萬人典司百事天庭高邈陳讓無由感恩而涕
下霑襟(一作袍)忍愧而汗流浹背謹以三日上訖數陳(一作演)
天意叶暢軍情綸言一宣列校相慶臣誓當恭承睿算庶
奉聖慈以安人和衆爲心用報國忘家爲志冀伸分十土
荅聖明所守有限不獲陳謝臣無任感戴屛營之至(一作皆唐類表)

爲裴相公謝淮西節度使表(憲宗)　馮宿(元和十二年)

臣度言伏奉去年七月二十七(一作五)日制書除臣門下侍

郎同中書門下平章事兗淮西節度觀察處置等使蔡州刺史并淮西宣慰處置等使緣逆賊吳元濟尚拒王師遂於郾城縣權爲理所臣篤勵群師潛設多方傾其重兵頓在洄曲今月十七日唐鄧節度使李愬承虛直進生致元兗臣與賈甹三營諸軍便降洄曲三萬餘衆積年逋寇日殄除淮右千里通行無礙臣以二十五日領所部兵馬及歸順將士至蔡州上訖豺豕舊冗迎風而汛掃鴟梟故林應節而黃洛督督者咸觀堯日皤皤者重識漢儀臣以不才猥當重寄力一作下排苟且之議上賛聖明之心不敢偷安廟堂遂期親臨疆埸陛下初猶未一作不許微臣亟請是行曆旨丁寧寵光照耀臣中心自警畢命無憾若不成

事必當死綏伏賴神道惡盈罪人斯得而今而後方保餘生就天地削平之功貽策書不朽之美是使懦夫增氣獷俗刳心方偃武以脩文故暫勞而永逸臣謹敷揚帝澤宣布國章滌其瑕疵衣以黼黻俾斯汚俗咸若新邦底寧但以才一作某之折衝任兼中外摩頂至踵諒無非其渥恩知臣若君庶不辱於玄鑒無任感激忻喜之至其承厲人自代具於別狀

爲馬揔尚書謝除彰義節度使表　憲宗　前人

臣某言臣今月某日中使某至伏奉九日制書除臣工部尚書兼御史大夫充彰義軍節度觀察處置等使并賜官告一通旌節一副及手詔等雨露恩覃雲霈易及丘山施重負乘難勝臣某中謝伏惟睿聖文武皇帝陛下文教暢三台武功加四海蕞爾淮寇久稽靈誅蓋懷捨服之心不以虔劉爲事既已統之上將撫以中台臣實妄庸獲充貳職誠無裨補亦備阽危頃來面辭咨奉天旨以爲此道必付微臣蒼黃受恩黽俛從事幸擒元惡曾未踰時果復聖言遽承寵命彩章五色虔奉璽書賞罰二權猥操兵柄鴻私荐及蚤力何堪即以今月上訖臣伏聞師之所處荊棘生焉今管内數州凋殘極矣遍郊骸骴比屋瘡痍謹當扇以皇風施之帝澤俾汙浴遷善頑人嚮方知無不爲敢竭微志事有未便即當上聞徒以跡遠闕庭戀深阜棧鑿門授鉞空愧于兹執贄奉章未知何日臣無任

河陽節度使謝上表　憲宗　令狐楚　元和十三年

臣某言伏奉前月二十七日詔旨授臣朝議郎使持節懷州諸軍事守懷州刺史御史大夫充河陽三城懷州節度使寵任非常怔營失次已再奉表陳謝訖臣某中謝臣器質庸懦材能駑下文詞小枝不足飾身軍旅大權未嘗措意頃者叨居近密親事聖明選擢一作拔皆出於宸衷遭逢似一作自又作偶協於昌運進每憂國退常樂天曾不知操舟者忌臣及津執轡者畏臣先路雖皎皎下燭見一心之無瑕而營營謗興翕十手以相指去秋方半已出嚴扃今夏正中文離禁掖伏惟睿聖文武皇帝陛下恩深君父德厚乾坤憫棄席之恩軫遺簪之念微臣自臨關輔恭守章程非官

辨而政成幸人安而事集既無罪悔亦望歸還豈意便昇疆埸（一作壇場）超授鈇鉞再麾飄飄而出手十乘隱轔以啓行荷委寄而誠深若離違之稍遠蔬日積戀瞻天靡追拂儒冠以自驚對朝服而增歎（一作歡）以今月十四日到本鎮上訖伏以郡稱河內山倚太行古爲雄藩今號要地但緣瘡痍未復杼軸已空力欲輯綏曷由振舉謹當拊循羸卒字育疲甿横征擅賦誓不爲（一作行）峻法嚴科議不用與之休息使得便安以此執心期於報德前臨河（一作濟）瀆羡朝宗而指期仰觀衆星（一作恩）拱辰而何日所守有限不獲指闕辭讓無任感激（一作恩）攀戀涕咽之至（一作皆唐類表）

謝徐宣歙觀察使表（穆宗）　前人（元和十五年）

臣某言伏奉今月日制書授臣宣州刺史兼御史大夫充宣歙池等州觀察處置等使者命自（類表作出）九重恩加一介兢惶感惕無地自容臣某（中謝）臣本以凡才從來孤立謬居要地常積憂危頃者陛下嚴奉園陵孝思弓劍徵臣職當營護理合勵精而昧於隄防誤有任使既招牒訴合抵憲章豈意（類表作謂）陛下恩過生成念深簪履寬朝廷之典制委藩鎮之賦輿飛魂再還戰汗交集誓當飲冰食蘗鏤骨銘肌冀申絲髮之効上報乾坤之德不勝感恩惶恐屏營之至

爲昭義王大夫謝知節度觀察等留後表　前人

臣某言中使第五守進至奉宣勑旨擢臣知節度觀察等留後臣即以今月十八日上訖非常之命降自宸衷不次之恩猥加賤質奉戴兢惕罔知所圖臣某（中謝）臣內顧孱庸素無器業量力揣分委質戎行身居將列朝絕親授不識公卿之第粗聞宰輔之名雖學孫吳未知七德之要嘗師顏閔不究六經之旨愚惟守直訥未近仁遠瞻等夷每愧劣薄苟求寡過之地竊慕事君之道束髮筮仕逢盛時以自怡執心許國遇暗室而增懼臣之愚素敢忘恩榮頃以陪臣獲覲見北辭瑶陛瞻覲天顏遂因頒慶竊膺寵錫自謂生足榮矣死無恨矣豈意聖慈煥發曆奬曲成拔自轅門寄之藩閫洎天心特達因屈朝章而人望乖踈必速官謗內念惶灼浩無津涯且上黨重鎮赤狄遺人師旅荐

興風俗難理猛則生怨寛不知恩隣接強暴地當關塞加之以仍歲災沴不足以兩稅徵科軍政稍乖壓覆是懼臣雖竭股肱之力瀝肝膽之誠不知何以上荅乾坤少裨塵露云云

爲安平公謝除兗海觀察使表　李商隱

臣某言今月某日中使王仕岌至奉宣恩旨改授臣某官并賜臣前件告身一通者寵命天臨恩光春煦兢惶無措抃蹈失容臣某（中謝）臣幸逢昭代本自諸生叉以餙身學實爲己寧韞玉而待賈竊運甓以私勞春園再中於明經天官一昇於判第階級甚薄際會則多芸閣讎書藍田（集作山）作史中間因依知己契濶從軍其後超屬憲司驟登郎署

埋輪而出高懸集作懸八使之威起草以居遠謝三臺之妙每含香而自歎常襆被而待命一作行伏惟皇帝陛下陶鈞庶彙亭毒萬方憂心同堯好諫若禹東掖垣內封章何有於日聞青鎖門前列位徒參於夕拜擺波濤而鯤鱗纔變望煙霄而鸞翮初高誓將竭誠非敢仰望然虛受難厭忝擲非安忽擁隼旟竟辭龍闕循賴雲日未遠闕城不遥慶奉國章粗免官謗豈意便昇亞相之重集作班秩復委大藩之廉問魚箴帝語象軸神工拜受而若捧千鈞伏讀而如聽九奏誠雖深於負荷戀實切於違離況曲阜遺封導河舊壤列九州之數帶五嶽之雄古爲詩書俎豆之鄉今兼魚鹽兵革之地訓整合資於武幹拊循宜屬於柔良豈伊

孱微堪此委寄謹當氷霜勵志金石貫誠駑馬奮十駕之勤鉛刀淬一割之用即以今月二日雪泣西拜星馳東下京城思入雖有類於陳咸闕外恥居安敢同於揚僕無任瞻天戀闕之至謹附中使某奉表陳謝以聞

文苑英華卷第五百八十四

文苑英華卷第五百八十五　表三十三

藩鎮謝二官

爲濠州刺史王弼謝上表一首
爲福建李中丞謝上表一首
爲柳州鄭郎中謝上表一首

刺史謝上表十六首

爲濠州刺史王弼謝上表　李邕

臣某言伏奉某月日制除臣濠州刺史聖澤天臨寵章霞煥身微草芥地疑作施重丘山臣某中謝臣某言奉詔宇人星言即路三省不及二過有懷棄短之恩竭力難負悔非之感瀝血未申以某月日到州上訖臣履氷誓心飲水銘骨

勵精爲政刻意求仁實望昭發宿誠宣揚大化上酬天地之德下盡臣子之忠臣萬死足矣

爲福建李中丞謝上表　于邵

臣某言臣以二月二十四日特奉渥恩授臣福建都團練觀察處置等使福州刺史兼御史中丞某月二十九日與中使某南北路分即以今月某日至所部上訖感戴踰涯跼天增懼臣某誠惶誠恐頓首頓首臣聞度材任器論吏底祿三代所以直道而行迭相沿襲未之易也伏惟皇帝陛下聖謨廣運光宅天下德澤遐溢蒼生海隅至若閩越都會東南重鎮爰思俾乂宜者甚衆則中外咨諏孰非俊選豈臣薄劣一無所取超獎不次特稟震衷是以前表上

陳披肝布懇自茲夙夜不遑底寧况今右武之狀（一作秋）先
資輯睦安人之切又籍綏懷貢賦不差於時蠻夷得今安
堵惟是四者之備皆臣之職分也誓將克勤竭力處約勵
心日宣皇化以展微誠無任忘軀報國之至謹遣某官奉
表陳謝以聞臣某誠憂誠懼頓首頓首謹言

為柳州鄭郎中謝上表

臣某言臣伏奉某月日制書授臣某官即以今月日到任
上訖臣某（中謝）臣緒承舊族師事通儒萬里成功雖無壯志
九夷不陋庶慕前蹤二紀蠻陬三提郡印惟貞苦節以奉
休辰牙管一雙未嘗闢慮（集作日）竹書兩何敢輕懷渭水
之陰弊廬斯託每還初服常慶上農今者又即殊方復臨

雜俗固蒙聲教綏遠文明謹當宣舉（一作丞奉）詔書撫安縣道
媒官學舍舉納於人倫畜蠱帶牛盡移於地利至於因遐
弄法挾遠生情縱漏嚴科必貽陰責山連象縣江帶龍城
撫以蹈天敢忘玄造舉頭望日何處皇居憑宵夢以銜誠
託歸飛而結懇無任瞻天戀闕之至

淄州刺史謝上表　李邕

臣某言伏奉某月日恩制除臣淄州刺史以今月日便道
至任自遠江左近守河南收弊死灰建置生路別荷成造
冀冀昇遷三慶集身百齡踰外（中謝）臣聞天地大德含育及
於昆蟲雨露深仁霑濡及於蔣艾不限微品有愧洪鑪職
臣之謂歟伏惟陛下道揔三才在璿齊政運超四孟輿物
為春玄造加於萬方聖慈周於一物子人開化議事立權
張皇連城勸勉犀岳身同京職承祿賜之恩榮子預選曹
廣門閭之惠澤是以龔黃蓄銳卓魯專精（一作稱能）竭盡公忠
弘宣績用但駑駘之力不足以騁長衢朽木之資不足以
施長桷徙遷厚祿無益聖朝撫事捫躬慙魂蹈影伏以東
臨巨壑借渤澥之水寬西望京師就長安之日近

岳州刺史謝上表　張說

臣說言伏奉四月十有二日制書除臣岳州刺史某月二
十七日遞（集作魚）書到相州承恩惶怖狼狽上道以月一日
至岳州上訖臣以昔侍金華過蒙榮寵負乘招寇日待譴
黜（一作非日）聞聖慈遲廻仍委符守刻肌刻骨誠願上報恩私

無術無才將何克宣風化夙夜慙惕胡顏（集作寧）啓處伏以
貶官到任理在速聞不敢循常稽緩附使無任荷恩兢懼
之至謹遞表陳謝以聞

荊南（集作州）謝上表　前人

臣某言伏奉二月一十五日制書除臣荊州大都督府長
史拜（集作受）命荒服浮冊遡沂以今月十七日到州上訖山
列楚望水橫南紀德非半祐迹謝朱均何以鎮靜流亡懷
除猛獸（中謝）臣宿濫寵暱累塵榮獎福過生災至剛多
缺及一辭庭闕已涉五年不有自白之書竟無因人之請
天光獨照雲霧頓披穹鱗更躍鎩翮仍翥揣分瞻恩何階
及此媿乏才能（集作用）不足宣暢皇風敢竭心力少冀上酬

玄造無任欣忭兢惕之至謹附送丁匠資使所部文林郎守公安縣主簿封希魯奉表陳謝以聞

武州刺史謝上表　于邵

臣某言伏奉今月日制除臣兼武州刺史本官勳封如故寵榮洊及忝竊逾涯心魂驚越跼蹐無地臣某（中謝）臣本虛賤生遇休明雖跡淹戎位而功微涓滴自陛下聖理天下孝感神明任人無舊在物無棄故臣得叅定洛汭凱旋鎬京職分上卿位列特進材力之所不足官謗之所自貽跼天路地心愧顏厚殞身滅迹無以上報猶且恤臣家㓜放臣休沐遂嬰疾苦未及歸朝一年以還四命爲牧内省尸素空勤竹符將免冑而有期且戴天而何力即以今月日至州上訖奉宣皇化以靖方隅誓求人瘼勉守亭障無任負恩勵節之至

汝州刺史謝上表　賈至

臣某言伏奉某月日制（一作勑）除臣汝州刺史捧荷恩私遽離軒陛專城之寄則厚魏闕之心斯切即以今月至州上訖臣某誠惶誠恐頓首頓首臣遭遇艱難謬忝近侍扈從巴蜀朝覲朔方崎嶇三年恒伏輿下（一作軨）而才微智淺内不能申奇謀異畫外不能預武毅崇（一作戎）勳掌翰承榮日以爲愧屬陛下神武戡難再構乾坤動植生靈濟於塗炭臣以庸劣績用無聞生覩中興以爲殊幸官登列守彌覺叨榮汝墳（一作瀆）之人久罹殘賊閭閻凋弊萑蒲未靜陛下慈卹之旨承陛下雷霆之威緝里疲人畏懷亡命均其（一作爾）賦役勉其農桑庶憑睿謀迄可底定敢勵鉛刀之割終於（一作成）犬馬之戀不任慺慺之至謹奉表陳謝以聞臣某誠惶誠恐頓首頓首謹言

忠州刺史謝上表　李吉甫

臣某言伏奉恩命擢授臣持節忠州諸軍事守忠州刺史越自東海收於巴中秩優專城任切謠俗臣某誠懽誠喜頓首頓首頃以進取乖方讒累斯及遠投海裔分棄朱崖（類表作生涯恐足）陛下精意饗天覃恩率土故臣得湔身霈澤剖竹藩方（一作方州）恩出九重謗銷衆口受命之日心魂載馳屬楚越途遥奔馳道阻泝流七千陟涉（一作）險非一雲暑嬰癘羸骸僅存以今月七日昇曳到所部上訖臣往歲曲臺掌禮已蒙（一作承）訪對之榮南宮起草猶兼奉綍之任陛下展事宮廟臣實職導乘輿接星仗於鉤陳趨日馭於黃道奉璋薦鬯左右天威增秩進階霑霈慶渥臣業以儒進才匪時須書生之幸亦已過分中貽謗鈌咎則自招（一作已貽）今荷寵光恩由天造勤（一作勵）勵精於緝理庶有効於涓塵（一作埃）巴山萬里峽水千仞徽分（一作公非）何寄長瞻北辰臣無任感戴屏營之至謹遣衙官朝散大夫試兖州長史賜紫金魚袋宇文儇奉表陳謝以聞臣某誠惶誠恐稽首頓首謹言

（一作出唐類表）

爲汝州刺史謝上表　穆員

臣某言伏奉正月九日勑授臣使持節汝州諸軍事守汝州刺史充本州防禦使臣祗荷寵命兢惶戒路以今月二十五日到州上訖臣聞位非所據榮實爲憂任過於量勤不補敗伏自省懼心魂震驚臣某誠惶誠恐頓首頓首臣頃佐方鎮本逃饑寒推遷歲時累忝班序而身遠跡賤才薄官微宣力中朝事將望絕昨者一介陪隷萬國朝元不縉日月垂明幽隱斯燭荒徼未効記意於勞問之初愚懇徵誠甲辭於朝賀之次亦既信宿遽承寵光況地屬王畿任當時要憂寄所切文武是資何堪負乘又過獎擢唯當以竭誠自勵戒懼自持庶副所受安人理戎之命少酬萬一無任懇悃屏營之至謹遣某官奉表陳謝以聞

爲福州刺史謝上表　常袞

臣某言奏事官特進試鴻臚卿臣郝誠盐（類表作誠溢）至伏奉璽制優答兼賜手詔宸旨寵臨榮渥光被跪讀流汗捧抃失容臣某誠懽誠喜頓首頓首伏以聖慈宥過朝奬踰涯敢希身榮以冐班列殊死陳乞冀遂愚誠天覆棄瑕藩寄如舊宜勵駑鈍以効涓塵（類表作毫）不敢稽恩有靦承命感戴欣躍仰荷殊私踧踖戰兢實憂曠職謹當宣布德澤奉行科條苦節以緝疲人誓心擬補前咎夙夜祗畏懲省微勤期於萬一以申上報無任捧戴屏營之至謹奉表以聞

潮州刺史謝上表　前人

臣某言臣冐犯刑章合當萬死曲蒙慈貸特賜再生仍假公符更承寵授感恩待罪心魂戰越以九月十一日到州上訖臣某誠惶誠恐頓首頓首臣凡賤末品非才冐榮虛忝國恩實昧朝典尸榮無補公責所歸竊自循省早宜譴黜永惟光顧未答殊私慙負至深衷惶靡及陛下以大聖承統以至明照臨孝思感於天地儉德齊於堯禹道在還淳化先無事臣宜進賢以報國同力（一作休）以守公而乃輕奏忠良苟循愚執豈非臣褊心失措躁遽而然亦是速戾之時迷誤至此負恩既重自棄何逃處之嚴刑猶未追責豈謂特迴宸斷俯降天慈矜臣惷愚憫臣孤弱全其將朽之骨復其已逝之魂俾奉藩條獲從職守悚愓懼荷罔知所圖臣自辭闕庭深省罪釁（一作釁咎）未嘗頃刻輙忘悔尤中

朝再馳每步懲誠終夜不寐每思兢慙尚偷餘生誓將改過敢惜微命以自懷安惟勵丹誠庶答鴻覆況親人之寄在遠尤切謹當宣揚聖化慰撫海隅少安疲甿以展微効伏以差使上謝有虧格文跼蹐憂惶不敢專擅無任懇迫之至謹附本道觀察使附便使奉表陳謝以聞

柳州刺史謝上表　李吉甫

臣某言伏奉詔書授任郴州刺史以今月二十五日（柳宗元集作二日）至所部上訖臣某誠惶誠恐頓首頓首臣前歲以疾（集作久）停官去年蒙恩除替便欲裂裳裹足趨赴京師以舊疾所嬰彌年未愈逮及今夏始就歸途襄州（集作陽）節度使于頔與臣早歲同官見臣當暑在道懇留就館尋假職名

意欲厚臣非臣本（集作所）願伏惟陛下光被之德道已洽於
區中憂濟之勤心每徧於天下常以萬邦共理必藉於循
良一物不遺尚延於愚遜假臣寵渥重領方州駑駘得効
於馳驅（集作奔馳）枯朽更同於華秀臣某誠懽誠喜頓首頓首
臣聞潢汚易竭從有朝宗之願犬馬無識猶知戀主之誠
揣分則然惟天所鑒況臣昔因左官一紀于外予年馳心
於魏闕汲黯注意（集作積思）於漢庭豈伊非夫（類表作臣豈非人集作豈非其）
人獨無斯戀去就者榮辱之主朝廷者仕進之源臣子之
宜忠貞所志臣雖心同犬馬而分比潢汙幸躡康衢意（集作）
竟悲往蹇臣之此誠口不能諭意欲自（集作悉）達文非盡言
此臣所以自咎自傷恨乖志願猶冀苦心勵節上奉詔條

惠寡安（集作郵）貧下除人瘼恭宣皇化少答鴻私不勝感戴
懽欣之極謹遣軍事衙前虞侯王國清奉表陳謝以聞
新唐書李吉甫傳改柳移饒舊唐書乃以柳爲柳致柳
宗元集三十八卷娯收兩表前題謝除云奉三月十三
日制六月二十七日上訖此即宗元表也後但題謝上
又云今月二十日上訖月日文理皆非宗元事其爲吉
甫何疑

饒州刺史謝上表　前人

臣某言今月五日中使劉元晏奉宣聖旨擢授臣饒州刺
史兼賜官告仍至當州送上者臣與元晏某（一作其）月二十
三日至州上訖臣伏以郡守分符朝有常典主人賜告班
（一作祭）竝貴臣事出非常恩超往例拜（一作抃）舞之際悲歡失
容臣某誠懽誠喜頓首頓首臣聞千年一聖生聖（一作此）時
者爲遭逢萬朝一昌偶昌期（一作斷運）者爲嘉會臣頃者每念
生聖時逢聖運而職在遐外莫能自通何嘗不顧影獨悲
捫心屢泣晝望白日夜瞻北辰豈謂分寸之績未施丹懇
之誠若感微藿傾心蓋草木之常分太陽廻燭及幽遠而
不遺今陛下降不次之恩授分憂之地拜章承旨皆自中
人聖渥霑霈天威咫尺從此萬里不爲孤臣臣某誠懽誠
喜頓首頓首臣又聞臣子之道犬馬代勞義不辭難分當
竭命臣竊以（一作鄙）飽食厚祿肌（一作肥）生澤膚猶願荷戈於
逐虜之疆免胄於捐軀之所至於理財均賦惠寡安貧勸

農桑敦學校儒吏之常節駑駘顧何以堪當此殊勞少答
玄造高秩以忝鴻私未酬僂僂此誠沒齒無怠不任感涕
屏營之至（三十六字一作駑駘賍勞願上表詔條下蘇人瘼恭宣大化少答鴻私不勝感戴欣歡之極）
一作皆唐類表

柳州刺史謝上表　柳宗元

臣宗元言臣伏奉三月十三日制除臣使持節柳州諸軍
事守柳州刺史以六月二十七日到州上訖臣宗元誠惶
誠恐頓首頓首早以文律參於士林德宗皇帝選於衆流
擢列御史陛下嗣登寶位微臣官在禮司百寮稱賀皆臣
草奏臣以不慎交友旋及禍謫（集作謫）聖恩弘貸謫在善地
累更大赦獲奉詔追遠離十年一見宮闕親受朝命牧人

遠方漸輕不宥之辜特奉分憂之寄銘心鏤骨無報上天謹當宣布詔條竭盡駑蹇皇風不異於遐邇聖澤無間於華夷庶答鴻恩以塞餘罪無任感恩隕越喜懼之至謹遣軍事十將劉伯通奉表以聞

代永州常刺史謝上表　前人

臣某言臣伏奉某月日制書除臣永州刺史以某月日到州上訖受命若驚臨職彌懼臣某誠惶誠恐頓首頓首臣以無能累更事任神州赤縣實所備嘗過量踰涯每深競惕不謂聖恩推澤濫駕朱輪禄秩徒增詎施乳哺之惠服命虛受寧興襦袴之謠況此州地極三湘俗參百越左衽居推髻之半可墾乃石田之餘曠牧守於再秋罷驕獷俗代征賦於三郡重困疲人分災本出於一時積弊遂逾於十稔撫安未易知法出而姦生子育誠難懼力勞而功寡夙夜憂切不敢遑寧謹當宣布天慈奉揚神化以日繫月儻或有成少裨愷悌之風因答生成之造臣無任感恩殞越之至

道州刺史謝上表　呂溫（英華作呂頌非）

臣某言臣去十月十七日蒙恩授使持節道州諸軍事守道州刺史奉命星馳不敢遑息以今月七日（類表作二十八日）到州上訖祇寵自天戰（類表作抃）跼無地臣某誠兢誠感頓首頓首臣謬以孱庸早忝朝序再塵憲府三踐文昌竟不能著稱彌綸贊翮綱紀合行殿黜（集作誠合沐黜）翻蒙獎任共至公之理分子物之憂自古審官莫斯爲重臣才乏吏用識昧政經將何以克副聖心撫寧遐俗唯當勤宣皇（一作王）化虔奉彝章苦節勵精（類表作精心）少酬萬一臣無任受恩感激之至謹奉表陳謝以聞

衡州刺史謝上表　前人

臣某言伏奉五十一日恩制授臣使持節衡州諸軍事守衡州刺史散官勲賜如故謹以七月十五日到本州上訖忝承寵命循顧庸虛感抃失圖戰跼無地臣某誠感誠懼頓首頓首臣聞三載陟明虞書盛典六條舉最漢制宏規必在上允帝俞俯諧師錫臣謬領郡務素無吏能虔守國章布宣皇化匪寧（一作能）夙夜再換炎涼仰奉陛下憂勤以

恤遠人凋瘵雖檢身肅下不敢愧於神明而阜俗移風竟未彰於績用將何以特膺睿獎簡在宸心當愷悌之旁求副（集作擧）循良之慎（集作盛）選省躬增愧（集作惕）殞首知慙謹當恪勵（集作罄竭）精誠策磨朽鈍冀（集作庶）立日新之效少酬天覆之恩實望聖慈照臣肝膽臣無任感躍屏營之至謹差某官某乙奉表陳謝以聞

黔州刺史謝上表　呂頌

臣某言伏奉去年某月日恩勑授臣使持節都督黔州諸軍事守黔州刺史兼御史中丞（一作大夫）臣某（中謝）臣以今年某月日到所部上訖螢爵之光無裨日月螻蟻之埋謬廁丘山臣素以凡庸幼乏師訓遭逢聖代（一作多難）士志業無聞徃昔

建中之初嘗備對敭之末臣於延英殿獻大禮賦一首特奉恩旨令臣自讀天顏咫尺𦈢鄙必聞一覽繁詞三蒙眷奬宣付史館列在圖書此微臣之榮一也尋屬賊臣希烈上表臣奉詔奔馳因茲淪陷臣忍死効節偷生竭忠分士伍以弱枝獻土地以强幹當元兇授首之際亂兵害帥之時玉石不分生殺（一作殺傷）未定初則傳臣及禍後乃知臣僅存陛下分命宰臣念形于色始臨軒而出涕終省表而再歡君上之慈古今未有此微臣之榮二也妖氛即殄飛詔追臣就拜銀青仍（一作特）加金印授官華省列位聖朝萬死之中再肉白骨九泉之下獨見青天此微臣之榮三也去歲季春（一作去年春）陛下與太子諸王賦詩見宴中書宣付遍

示百寮凡在臣下（一作朝臣）無不奉和擢居第一唯臣一人獨荷殊旌乃（一作仍）蒙厚錫光生御札榮溢天衢百辟具瞻萬人傳誦此微臣之榮四也臣本書生謬登清秩始許刑政旋改轄司陛下不念愚蒙（一作念臣愚衷）擢臣非次草奏之地忽降旌旄郎署之間遽（一作速）遷方鎮此微臣之榮五也臣聞受寄崇者其勳大荷恩重者其感深今臣無迹可稱無功可紀累承睿渥叨冒寵章草木逢春罔答陽和之煦昆蟲啓蟄寧知天地之仁將何以受陛下非次之恩答陛下殊常之造臣伏以黔巫遠（一作遐）僻山洞阻深地接荒陬人多逋挭不生五穀不（一作豈）識桑蠶迫之則鳥獸同群綏（一作緩）之則木石爲伍臣謹當申明朝典宣布皇慈扇以仁義之風諭以君臣之道俾知必教化或漸庶幾普安遠人永清殊俗臣無任荷恩寵之至　一作皆唐類表

文苑英華卷第五百八十五

藩鎭謝官三

爲同州顏中丞謝上表一首
代鄭南海謝上表一首
爲安平公兗州謝上表一首
爲濮陽公陳許謝上表一首
刺史謝上表十三首

爲同州顏中丞謝上表　謝楚

臣某言：伏奉恩制授臣同州刺史本州防禦長春宮等使，即以今月八日到任上訖。載服明命，叨塵寵光，逾涯之榮，滿覆是懼。臣某中謝。臣幸逢昌時，早獲入仕，由乎邑吏參佐

戎藩材謝中人官寧期達聖朝道廣管蒯不遺遂得牧守連擢大郡徒以清心自約直質在公未申致命之誠久負竊位之責前秋屬奸宄構禍謀動諸方臣所部當州首爲劫脅乃籍天聲以告鄰境戮其僞將以阻奸謀蓋知無不爲是臣職分陛下特録其微効超授方隅從政未洽於遠人進律俄遷於近輔非次之奬臣何以膺又臣伯父贈太師臣真卿在肅宗朝嘗典茲郡餘蹤遺事較然可徵臣以不腆之姿繼序官業誠比德非省（疑）陳力異能而代授國恩若未失墜臣不勝感涕榮荷之至當今德澤被於寰宇薰風襲於隱微俗臻大寧吏易爲理臣專奉揚大化申報皇慈事有未便於人者續具條奏以酬陛下子育之旨臣

無任戴恩隕越之至

代鄭南海謝上表　呂溫

臣某言：臣自遠（集作違）離闕庭，晨夜奔涉，祗承寵命，不敢遑寧。謹以某月某日到所部上訖，仰（奉集作）宣聖旨，親諭遠人，酬恩之効未期，戀主之誠已積。臣某誠恐（感集作）誠懼，頓首頓首。臣本章句諸生，器用無取，徒以小心畏敬，謬爲先聖所知，趨奉禁闈，淩踰星紀。屬内外危疑之際，是非剖判之初，實以艱貞自持，中立無倚。天高聽近，愚欵獲申，神幽鑒明，昌運斯屬。遂蒙陛下擢於侍從，超冠等倫，用其憂國之寸心，委以代天之重務。俯僂三命，炎涼五周，登車奉馭朽之懷，假寐感宵衣之志。徒耗神用，莫能將明，釁盈謗而方

賜駃騠鼎折足而未忘簪履（集作屨），竟以陳乞，遂其優容。無綺季夏黄之德，而猥當調護；無賓融賈復之勞，而獲奉朝請。以此沒齒，猶爲負恩。豈意曾未踰年，忽蒙抽奬，廟授鈇鉞，廷賜旌旗，俾臣儒夫，當此大任，節制五嶺，幅員萬里。伏波之銅柱猶在，永謝奇功；士燮之鼓吹日聞，彌慙武幹。將何以宣美皇化，振揚國威，洗愆責於千齡，答生成於再造。唯當舉章脩法，苦節清心，撫獷俗以恩柔，酌貪泉而無懼，庶幾萬一，仰副憂勤。但以白日在天，長安不見，冊涯限地，濵海方深，顧蒲柳之前衰，奉軒墀而尚遠。無任感戀屏營之至。謹差某官某奉表陳謝以聞。

爲安平公兗州謝上表　李商隱

臣某言臣自承明詔移鎮東藩望闕而血涕以辭戒途而星奔不息即以今月五日到任上訖當時集軍州官吏等宣布皇風闡揚玄造歡聲雷動嘉集作喜氣雲高臣某中謝臣本由儒業獲廁榮朝奧自烏臺至于青瑣累更近地皆奉休期用盡心以書紳長憂福過取知足而銘座敢傲時來旋屬皇帝陛下垂意闕城推心甸服俾之防遏兼使緝綏橫被天波未移星琯豈期非次忽致殊遷察俗雄藩分榮大憲地濱河濟山奄龜蒙本孔里周封有堯祠舜澤九州之名數甚古三代之禮樂舊傳退省何人合安茲地撫躬而浹集作沾背汗下仰恩而溢面淚流況所部驍雄素兼節制爲於當代便屬文臣盡武聚螢昔雖久事筆硯佩韀帶

騶今寧能執干戈幸臣前在華州日虔奉詔條克宣戎律檢下而羊無久牧馭黠而犬用左牽用令去任之時大有遮留之請盡三屬縣至萬餘人不放即途皆來卧轍竟稽朝發遂致宵奔請於茲時亦因前政冀漸令蘇息長使謐寧然後遠訪雲亭高尋日觀備萬乘登封之所設諸侯朝宿之儀盛禮獲窺微願斯畢過此已往不知所圖無任戴恩隕越之至謹差某官某奉表陳謝以聞

為濮陽公陳許謝上表　前人

臣某言臣伏奉去月八日制書授臣前件官臣即以某月日到任上訖當時集軍州官吏僧道耆老等諭揚皇集作玄化宣布睿慈運營咸鼓於巽風闔境均霑於兌澤臣某中謝臣材謝漢飛義慙燕使集作客獻書求試學劒邀勳大舸千艘早竊樓船之任勝兵萬數晚兼車騎之名雖任在啓行而時當柔遠珠崖銅柱祗務廉平麻壘艾亭莫能恢復旋屬皇帝陛下荊枝叶慶棣萼傳輝臣得先中壘車入拜冊陛蘭臺假號棘署參榮奉漢后之園陵護中送往掌周王之廩庾方切事居不謂遽董戎旃還持武節賜國既高於七命承家又慶於重侯維彼壁田實聯鼎邑古之近甸今也雄藩想像汝南星聚而先賢未遠經過潁上水濁而强族皆除況在昔年常隣多壘載瞻軍額深見士心貴忠孝之兩全則忠可移孝正文武之二道則武可輔文將謀將領之能必重英豪之選豈虞拔擢乃出尋微謹當阜俗而

必致人和貞師而不爲兒戲使流庸自占驍悍知方任棠水薤之規臣當可服黃霸米塩之政臣亦不遺粗勤報効之資用贖食饕集作叨之責奉違軒鏡幾洛堯蓂比園葵以自傾晝唯向日羨海槎之不繫秋則經天感激而淚血霑衣兢憂而汗雨浹集作洽背無任感恩戀闕兢惕屏營之至

濠州刺史謝上表　獨孤及

臣及言臣伏奉今年五月一日勑授臣使持節濠州諸軍事濠州刺史臣頃待罪禮官備員郎署曠無補增慚且愧陛下不以臣愚擢居二千石之列今之刺史古之諸侯州人安否係在一吏臣非其才無以稱旨奉詔之日懼又甚焉以閏六月十二日到任所集作所部上訖唯當奉宣聖猷

唱誠帥下瞻戀天造酬効無階無任喜懼之至謹附驛奉表陳謝以聞臣及誠惶誠恐頓首頓首

常州刺史謝上表　前人

臣及言臣伏奉去年十二月二十三日勅授臣使持節常州諸軍事守常州刺史充常州（類表作常州當道）團練守捉使臣伏以江東之州常最（集作州）爲大（類表作爲大部）陛下不以臣不肖拔臣於群吏之中以考則年未久以勞則功無可録而除拜之次加於人一等臣及誠惶誠恐頓首頓首臣往歲常忝諫官歷傳士尚書郎之秩雖備嘗獻納累黷天聰（集作聽）竟無絲髮裨補盛明（集作明盛）及典濠舒二州出入七年又不能副陛下政平訟息與我共理（集作此）之嘆至如流人自占

旱不爲災實由陛下當勤兩（集作卹）之初下哀痛之詔寬減租稅入三分之二是以和氣傍感災變爲福福流臣州人是以乂（類表作泰）臣寧敢貪天之功以爲己力今陛下賜臣詔曰斷獄歲減流庸日歸以人俗之豐給當淮湖之災旱陟爾明効宜列中朝臣無其實謬奉殊獎（集作恩）伏覽聖旨惶悚殞越況遇陛下厲精百揆之始日以堯吁舜咨旁求俊造或經時不除一吏除必公才爲先苟非其人位不虛授縉紳之輩僥倖望絶臣當此時（類表作如此）非獨荷榮奇人之多幸將自臣始致寇連謗實憂自（類表集作自臣）貽今以三月十七日到州上訖雖欲勉勵疲鈍勤（集作增）脩吏職懼力不逮上累皇明奉詔夕惕且慙且駭無任感戴喜懼之至謹奉表陳謝以聞

爲張洪州刺史謝上表　前人

臣某言伏奉某月日勅除臣使持節都督洪府（集作州）諸軍事洪州刺史充洪府等七州都防禦觀察等使臣才不如人位忽過量仰戴天造兢然自失臣某誠惶誠恐頓首頓首臣往歲安禄山以盜泉飲臣臣受左衽之辱而不能死陛下以鴻私活臣臣荷乾坤之施而不能荅徒竊寵榮（類表作秩）三典藩郡至如俗阜（類表作幸）不擾人或小康此實堯風被物比屋日用臣敢貪天功以爲己力不謂陛下獎勤是務以臣爲勤自春徂秋凡三錫命九州之伯臣忝其一况豫章重鎮荆楊奥區五嶺控其南九江在其北軍師之統（集作

連率所統）安危是繫分憂之寄豈臣足當負荷恩光（集作輝）懼殞越于下今以某月日到任所（集作所部）上訖謹當靖恭守位夙夜在公宣皇猷以導風俗仗天威以訓師旅庶以四境無虞百姓輯睦爲報力或不足則繼之以死臣之分也敢有二事臣無任感戴喜懼之至謹奉表陳謝以聞

爲張濠州謝上表　前人

臣休（集作沐）言臣頃陷身兇族待罪黄沙戮杜釁鼓職（集作是）臣之分陛下照臣以日月之光察其微懇拔臣於縲紲之下授以專城今日餘生實聖朝所賜寵章榮命豈賤臣之心碎首粉骨未荅天造今以某月日到濠州上任訖（類表作到州上訖）臣謹當竭力守官正身率下勉勵苦節緝綏疲人冀立

犬馬之誠或伸縧髪之効無任感懼之至謹附表陳謝以聞

代容州刺史謝上表(時在朗州相逢因以見託)　劉禹錫

臣某言伏奉某月日制授臣容州刺史兼御史中丞充本路(川文粹作管)經畧招討等使臣發開州日已差某官某奉表陳謝伏以道途遐阻水陸縈紆臣以今月某日到本任上訖謹宣聖旨慰諭遠人臣某(中謝)臣本書生素無吏術頃因多幸貴自(川文粹作及)丘園累沐聖慈驟居清貫識昧通變動乖事宜慚(集作愧)無善狀以塞公責伏惟睿聖文武皇帝陛下凝旒穆清洞照寰海恕臣本性朴愚賜以恩輝拔(一作被)於廢棄遠辭偏郡重鎮(集作委)方隅捧印綬而爲榮望關庭

而增戀雖到官之始惠未及人而率下之誠務先克已凡施政教皆禀詔條參以土宜遂其物性可行必守有弊必除使(集作便)蠻夷生梗之風慕臣子盡忠之道力誠不足心實在兹伏乞聖明俯賜照(集作昭)鑒云云

連州刺史謝上表(憲宗)　前人(元和十年)

臣某言伏奉去三月七日制授臣使持節連州刺史恭承睿旨跪奉詔書皇恩重於丘山聖澤深於雨露抃舞失次神魂再揚誠歡誠懼頓首頓首臣性本愚拙謬學文詞幸遇休明累登科第出身入仕並不因人德宗臨御之時臣忝御史陛下龍飛之日臣忝郎官恭守章程勤脩職業權臣奏用盖闡虛名實非曲求可以覆視跡卑易枉無路自

明亦緣臣有微才所以嫉臣者衆兢生口語廣肆加誣伏賴陛下至仁特從寬(集作寬刑)典舉以緣坐貶佐遐藩屢易(集作變)星霜頻經恩赦犬馬懷戀寢興匪寧惟讀佛經願延聖筭(集作壽)昨蒙詔命追赴上都隨例授官俾居遠郡在臣之分榮幸已多伏荷陛下孝理弘深皇明照燭哀臣老母羸疾憫臣一身零丁特降新恩移臣善郡(集作得移善部)光榮廣被母子再生凡在人臣皆感聖德凡爲人子皆荷聖慈豈惟賤臣獨蒙(集作受)恩造不覺喜極至於涕零昔殷王俯念於前禽且聞觧網漢帝有哀於少女爰命罷刑方之聖朝不足多尚感召和氣慰安群生非臣殞越所能上報伏以南方癘疾多在夏中自發郴(集作郴)州便染瘴癘扶策在道不

敢停留即以今月十一日到州上訖謹宣聖旨以示遠人恭述詔條所期安復(集作福應)無任感恩戀闕之至

此篇元編在五百八十七卷今移此

和州刺史謝上表　前人

臣某言伏奉制書授臣使持節和州諸軍事守和州刺史臣自理巴賨不聞善政恩私忽降慶抃失容臣某(中謝)伏惟皇帝陛下丕承寶祚光闡鴻猷有漢武天人之姿禀周成睿哲之德發言合古舉意通神委用得人動植咸悅理平之速從古無倫微臣何幸獲覩昌運臣業在詞學早歲策名德宗尚文擢爲御史出入中外歷事五朝累承恩光三換符竹在分憂之寄祿秩不輕而素蓄所長効用無日臣

聞一物失所前王軫懷今逢聖朝豈患無位臣即以今月二十六日到所任上訖伏以地在江淮俗參吳楚災旱之後綏撫誠難謹當奉宣皇風（集作恩）慰彼黎庶久於其道冀使知方伏乞聖慈俯賜照（集作昭）鑒臣無任

蘇州刺史謝上表

臣某言伏奉制書授臣蘇州刺史始從郎署出領郡長承命若驚省躬增（集作知）感臣某（中謝）伏惟皇帝陛下受上玄之眷佑揚列聖之耿光大康黎元愼擇牧守德音每發品物咸蘇臣本書生素無黨援謬以薄伎三登文科德宗皇帝擢爲御史在臺三載倒轉省官永貞之初權臣領務遂奏錄用蓋聞虛名惟守職業實無朋附（一作俾補）竟坐飛語貶在

遐藩憲宗皇帝後知事情却授刺史凡歷外任二十餘年伏遇陛下應運重光物無廢滯收拾耆舊塵忝班行既幸逢時常思展効在集賢院四換星霜供進新書二千餘卷（集作供御書二十餘卷）儒臣之分甘老於典墳優詔忽臨又委之符竹分憂誠重戀闕滋深石室之書空留筆札金閨之籍已去姓名本末可明申雪無路豈意聖慈弘納不隔卑微面辭之日特許外殿天顏咫尺臣禮兢惶不敢盡言空懷誠懇謝恩而出生光於九陌之間授訓而行布政於五湖之外臣即以今月六日到任上訖伏以水災之後物力素（集作索）空臣謹揚（文粹作以集作宣）皇風慰彼黎庶臣聞有味之物蠹蟲必生有才之人讒言必至事理如此古今同途了然辨

之唯在明聖伏惟陛下察臣〃此言則天下之人無不幸甚江海遠地孤危小臣雖雨露之〃恩幽遐必被而犬馬之戀親近爲榮臣無任

汝州刺史謝上表　前人

臣某言伏奉去年七月十四日詔書授書使持節汝州諸軍事守汝州刺史兼御史中丞充本州（集作道）防禦使餘如故者臣久居遠服戀闕常深忽降新恩近鄉爲貴承旨慶抃省躬慙惶臣某誠歡誠喜頓首頓首伏惟皇帝陛下垂衣清穆之中旁照寰瀛之內車書所及動植咸安臣昨離班行遠守江徼延英辭日親奉德音知臣所部災荒許臣到任條奏恭承睿旨宣示群黎減其征徭頒以賑賜伏蒙

聖澤救此天災疲羸再甦幼艾同感二年連遭水潦百姓幸免流離交割之時戶口增長雖才術不至於事未周而憂勞則深爲衆所悉臣本業儒素頻登文科帝命遽迴（集作時命遭迴）再領軍郡即以今月二十七日到州上訖謹當奉宣聖化慰撫（集作彼）蒼生臨汝海（集作水）之波朝宗尚阻望秦城之日迴照何時臣無任感激屏營之至

同州刺史謝上表　前人

臣某言伏奉去年十月二十二日制書授書使持節同州諸軍事守同州刺史兼御史中丞充本州防禦長春宮等使恩降九重榮忝三輔承旨慶抃省躬慙惶臣某（中謝）伏惟皇帝陛下丕承列聖光闡〃鴻猷氛祲掃除乾坤交泰臣幸

逢昌運累沐殊私苟荷生成之恩寧酬雨露之澤即以今月二十日到州上訖謹宣睿旨安慰蒸黎伏以本州四年以來連遭旱損閭閻凋瘵遠近共知臣頃任蘇州之年亦遭大水之後面辭之日親奉德音至於撫綏皆承聖敎二年之後百姓獲安今本部災荒物力困涸忝爲長史敢不竭誠即須滌流續具聞奏臣恪居官次幸接王畿不獲拜舞彤庭陳露丹懇犬馬懷戀寢興匪寧瞻魏闕之容朝天尚阻望長安之路近日爲榮臣無任感激屏營之至

爲道州許使君謝上表　令孤楚

臣某言伏奉某月日勅旨授臣道州刺史恭承榮命拜伏寵光如出井谷而見日月臣某（中謝）臣聞周室建侯每先親

舊漢朝置守必選循良臣公才蔑聞利用無取自幼及壯終艱且拙然而竭誠以許國必盡（二字類表作畢）力而在公一辭朝右累守郡佐不寒自慄無水而沉伏惟陛下頒帝堯分命之典敷孝宣共理之詔方須俊乂以輯俘婪若臣之倫何敢望此不圖恩從上降命自中出付以金印委之竹符立有光耀坐生羽翼荷天地之德戴山爲輕感雨露之仁測海猶淺謹以某月日便道到州上訖誓當佩帶以勵志置水而清心酌遠俗之便宜節下人之好惡使豪奪（類表作舊）斂手疲羸息肩雖不足稱陛下愼擇眷求之意其於乾乾憂濟庶分萬一臣官守所恨不勝（疑）蹈舞天庭無任

衡州刺史謝上表（穆岸）　前人（元和十五年）

臣某言去九月十五日於宣州伏奉某月日勅旨貶授臣使特節衡州諸軍事守衡州刺史散官勳賜如故仍馳驛發遣者嚴威成命忽降自天戰灼飛魂如臨于谷臣某（中謝）臣素以凡品謬登高位雖滿盈是（一作之）戒每剖（一作刻）肺腑而怨讟所歸難防頰舌屬奉陵無狀選吏不精多偷見繙（一作鐵）連鷩枯木擢臣之髮豈可贖罪粉臣之骨不足勝刑伏惟皇帝陛下德厚於乾坤明齊於日月斷自深慮遠置寬科降受郡符錫留命服九重殊渥再荷生成萬殞殘骸何由報效以今月十二日到所部上訖伏以君親同致臣子一例（一作列）情有思於聞達理合具而奏陳今臣官忝須條職非奉使謝上之外拜章無因欲隱默而不言懼中傷

而未已何者微臣頃蒙朝奬謬列宰司誠不曾壅隔賢才（一作才賢）怨臣者至寡辭京之後毀臣者則多今却望朝廷更無庇援曲全孤賤唯託聖明特乞眷慈俯鑒哀懇庶使窮鱗懷躍波之望幽蟄有聞雷之期仰天垂涕伏地流汗不勝感恩懼罪戰慄屏營之至臣無任（一作皆唐類表）

爲石州刺史謝上表　前人

臣某言伏奉某月日恩制（一作勅）授臣石州刺史持節石州諸軍事謹以某月日到所部上訖祗奉（一作拜）明命伏深戰越臣某（中謝）臣本瑣材素無明略雖被堅執銳曾立絲髮之功而化人成俗未知煮弦之政豈意陛下録其微效（一作忘）此無能付臣以六條之法委臣以千里之地况離石古

郡洪河臣防官惟其人位不虛授㓐顧一作攜庸劣將焉克堪誓當宣陛下之風達其壅鬱布陛下之澤潤其枯槁少助神化微分聖憂然後退歸農畝以一作遣避賢路臣不勝悃欵屏營之至一作皆唐類表

文苑英華卷第五百八十六

文苑英華卷第五百八十七　表三十五

藩鎮謝官四

為滎陽公桂州謝上表　李商隱

臣某言臣奉遣禁掖祗役遐陬雖懸就日之誠懼曠宣風之寄柔鑾載揚於末路輕船利濟於大川即以今月九日到任上訖臣某中謝臣係承儒訓生屬昌期初掛弁髦即親筐篋嘉樹無忘於封殖青氈不落於寇偷再擢詞科一登冊府徂遷歲律浮泛軍裝忽彰華英俄列通籍極望郎於南省備給事於左曹中間帖掌臺綱分脩國史旋植孽童拒詔集作召狂虜亂華副中璽以急宣佐威城而遥護督晉氏遷延之後絕戎人值邏之奸敢伐善以攘揄固盡誠於養棟集作㯓伏惟皇帝陛下武推時夏文冠欽明方將虔奉紫泥恭拜青璅豈意遽分專席叨賜再麾首南服以稱藩控西原而遏寇褰帷廉部猶恐墜於斯文橫槊令軍實致憂於不武雖朋竭力終懼敗官況俗雜華夷地無縣道文身推髻漸尉佗南越之餘叩鼓鳴鍾傳士燮州交之態網疎則魚漏繩急則麏驚欲經綸以合宜顧帛弦而匪易伏願陛下務脩儉德盾翦應風拾翠採珠不勤異物驅羣逐集作返象用示深仁始於問俗之時便獲稱君之美臣亦

當求規水雍取戒脂膏冀少息於群(集作疲)黎庶免拘於司敗(集作隸)三梁路阻九嶠山(集作封)遥浮江遇(一作過)楚澤之萍望國隔番禺之桂遐思白鳥鎮颶音於周囿之中遠羨仙貸求固本於堯陛之上無任感恩望闕結戀屏營之至

爲懷州李中丞謝上表(武宗)　前人

臣某言臣伏奉某月日制書授臣某官者天旨下臨星言東騖即以今月某日到任上訖臣某(中謝)臣聞漢分剌舉之條三河最重唐制郊圻之數二宅唯均况蘇公舊田懷侯故邑太行會險德水通津在申畫之間素爲清地語翕張之勢號(一作實)曰要區自河上致軍以幕中分理地雖紛邇事異躬親伏惟仁聖文武至神大孝皇帝陛下神以運

機聖而制變將鎮頑梗吏務恢張由是開三壘之新規復數朝之故事齋壇將節重加應郡之雄皂蓋朱幡各有爲州之貴遠徵三紀間有兩人陶某以吏理當材鄭某以名家正授清塵不遠餘烈猶存循條之寄繼祖爲難若臣者品以勳昇官由賞達徒慕益恭之美以承猶宥之恩過獎在朝承乏充使將聖代懷柔之德率昆(一作吹)夷畏慕之心萬里以逞三時而復副介不離於痼疾(一作疾故)故人(一作人從)兌難於凋零敢於跋涉之勞自被生成之賜豈謂皇帝陛下謂能專對遽委牧人仍其栢署之榷錫以竹符之重遂使霍氏固辭之第早建雙旌于公必大之門更屯五馬賢無所象分可自量入祖廟而欲驚瞻父堂而益懼况潞潛逆

孽許出全師繫(集作毄)此州兵横制賊境無聲勢之任有資扉之須謹當懋舉詔書聽求人瘼思理行之第一誠愧昔賢奉忠孝於在三亦唯先訓苟懲素誓則有神明伏遠雲天已逾旬朔獻封人富壽之祝未卜其時懸子牟江海之思莫知其極無任感恩攀戀闕庭之至

蘇州刺史謝上表　元錫

臣某言伏奉十一月七日恩敕授臣持節蘇州諸軍事守蘇州刺史以今月六日到州上訖臣績用無聞寵章非次恩崇勑淺任過憂深承命震惶不知所措臣某(中謝)伏惟睿聖文武皇帝陛下道符乾元功配坤德盛明象於兩曜休烈冠於百王覆幬群生憂勤庶政至於牧人長吏簡在

宸衷然後明視達聰獎勞懲過俗臻壽域該(疑)靡窮人是以列郡庶尹莫不弭於隕首以答玄造臣藝術非工吏能罕立累因過幸嘗忝官榮所歷衢婺兩州皆屬荒殘之後侵漁積(疑作稍)息是朝廷法令之明饑饉不生屬年歲豐稔之運績無異等恩被殊私累貪天功以竊身寵况東吳繁劇首冠江淮自非良能豈可妄處受任踰重兢懼失圖獨不汰侈於法程宴安於寢食誓刻肌骨用申涓毫無任受恩慚懼之至

福州刺史謝上表　前人

臣某言臣才不(一作無)過人位忽踰量跼蹐無措憂惻不容臣某誠惶誠懼頓首頓首臣歷忝方州誠無異効至如俗

幸不擾人懷小安是屬天時實非臣力況自永貞以來陛下每降卹隱之澤則俘婺保安發賑救之仁則癘灾不起法令昭著姦(類表作貪)邪已清時歲豐穰流庸(類表作亡)自占比屋日用豈臣之功陛下勸獎道崇葺(一作輯)綏念切採擢凡品統臨列城將何以表正一方肅清群吏庶竭微力仰酬天慈力不足則繼之以死是臣職分所當奉行秉茲一心敢有貳事以今月二十八日到所部上訖謹奉表陳謝以聞

衢(一作婺)州刺史謝上表　前人

臣某言伏奉九月二十一日恩旨授臣衢(一作婺)州刺史以今月十八日到州上訖祗承寵光魂首飛越臣已嘗試任績用無聞荐沐恩私兢惶靡措臣本諸生行能罕立徒以

親知謬舉踐履踰涯常叨省署之榮亟歷萬方之重事懷靦冒恩戴生成伏以浙東諸州衢(一作婺)為大郡累經荒險切在保綏憂勤所分簡求非易臣自量智力懼不勝任守信偷安踰年受代當此益重實昧寵章頃屬旱灾相繼夭喪過半生聚長育理難卒平賦歛徵求物有常數自前年以來陛下以覆育之慈深布吊憫賑貽口食蠲復地征人用昭蘇氣消疵瘼竊以匹夫遂性天下懷仁況江表獲安動踰百萬臣職當撫字倍切常情欲宣明詔條通達幽隱敦實務本者勸之以農開通明敏者進之以學奉朝廷法制守使府規模克勵小心庶無大悔有渝此志敢逭明刑

宣州刺史謝上表　前人

臣某言中使王文朝至伏奉六月六日恩制授臣宣州刺史兼御史中丞充宣歙池等州都團練觀察處置等使以七月二十九日到鎮上訖臣謬承寵章顧影慙灼祗奉明詔撫心震驚臣某中謝伏惟元和聖文神武法天應道皇帝陛下嗣承大寶光啓中興德洽生靈道超今古平逆亂之本建太平之階將澄化源先正理道詳授(一作擇)長吏撫綏疲人冀厚生成用頒教化以臣庸昧何以表率一方以臣孱微何以訓齊百姓始懼貪冒終思悔尤伏以人之性命懸在衣食衣食所繫蠶農為先使蠶不失時農無愆候其在姦豪屏息賦役均平既絶侵漁雖灾害不困既均物力雖貧乏亦安不困而安可成富庶臣累叨重任願効(一作

立)徵功嘗所粗知猶勉懼(一作強)不至況有未達豈昏愚可任竊自思惟不遑寢食(一作處)至若鉛刀一割之用駑馬再馳之勤所願酬恩更期效命旬歲無補刑章敢逃無任受恩惶恐之至(唐類表一作皆)

忠州刺史謝上表(憲宗)　白居易

臣某言臣以去年十二月十二日伏奉勑旨授臣忠州刺史以今月二十八日到本州當日上訖殊恩收(一作時)獎非次遷榮(集作昇遷)感戴驚惶殞越無地臣某誠喜誠懼頓首頓首臣性本疎愚識惟褊狹早蒙採録擢在翰林僅歷五年每知塵忝竟無一字上答聖明及移秩宮寮卑冗疎賤不能周慎自取悔尤猶蒙聖慈曲賜容貸尚加禄食出佐潯

陽一志憂惶四年循省晝夜寢食未嘗敢安負霜枯葵雖
思向日委風黃葉敢望需春豈意天慈忽加詔命特從佐
郡寵授專城喜極魂驚感深泣下方今淮蔡底定兩河乂
寧臣得爲昇平之人遭遇已極況居符竹之寄榮幸實多
誓當負刺慎貞履氷厲節下安凋瘵上副憂勤未死之間
期展微効跼身地遠仰首天高螻蟻之誠伏希憐察無任
感激懇欵彷徨之至謹遣某官某乙奉表陳謝以聞臣某
誠惶誠恐頓首頓首謹言（元和十四年三月二十八日）

杭州刺史謝上表　前人

臣某言去年七月十四日蒙恩除授杭州刺史屬汴路未
通取襄漢路赴任水陸七千餘里晝夜奔馳以今月一日

到本州當日上（集有任字）訖外憂重寄（集作上分憂寄）內省庸虛仰天
戴恩蹈（集作踴）地失次臣某誠感誠懼頓首頓首臣謬因文
學早忝（集作忝廁）班行自先朝黜官以來六年放棄逢陛下嗣
位之後數月徵還生歸帝鄉（集作京）寵在郎署不踰年擢知
制誥未周歲正授舍人出泥登霄從骨生肉惟有一死擬
將報恩旋屬邊（集作方）隅不寧朝廷多事當陛下旰食宵衣
之日是微臣輸肝寫膽之時雖進獻愚衷敢（集作或）期有補
而退思事理多不合宜臣猶自知況在天鑒忝非土木若
（集作如）履氷泉合當鼎鑊之誅尚忝藩條（集作宣）之寄才小官
重恩深責輕欲答生成未知死所惟當夙興夕惕焦思苦
心恭守詔條勤恤人隱（集作庶）下蘇凋瘵上副憂勤萬分之

恩冀（一作冀）酬一二仰天舉首望闕馳心葵藿之志徒傾螻
蟻之誠難達無任感恩懇（一作激）切之至謹奉表稱謝以聞
（長慶二年）

蘇州刺史謝上表（敬宗）　前人（寶曆中）

臣居易言伏奉三月四日恩制授臣使持節蘇州諸軍事
守蘇州刺史臣以某月二十九日發東都今月五日到州
當日上訖時當明盛寵在藩條祇命荷恩以感以懼臣某
誠懽誠幸頓首頓首伏惟皇帝陛下嗣膺曆數重造寰區
將致昇平在先政化詢求牧守勤恤黎元實陛下慎選惟
良之秋責成共理之日也臣以微陋早忝班行首自中書
舍人出爲杭州刺史苟（集作幸）免敗缺實無政能已蒙寵榮

入改宮相今奉恩寄又分郡符獎飾具載於詔中慶幸實
生於望外況當今國用多出江南江南諸州蘇最爲大兵
數不少稅額至多土雖沃而尚勞人徒庶而未富宜擇循
良之吏委以撫綏豈臣瑣劣之才合當任使然既成命敢
不誓心必擬夕惕夙興焦心苦節惟詔條是守惟人瘼是
求諭陛下憂勤之心布陛下慈和之澤則亭育之下疲人
自當感恩而歲時之間微臣或希報効塵黷皇鑒吐露赤
誠寵至空驚恩深未答無任慚惶懇激之至謹差軍事散
將某乙奉表陳謝以聞臣誠惶誠恐頓首頓首謹言

連州刺史謝上表　劉禹錫

此篇合入五百八十六卷今已移入始存其目

同州刺史謝上表　元稹

臣稹言伏奉今月三日制書授臣使持節同州諸軍事守
同州刺史兼本州防禦使臣罪重責輕憂惶失據處爲臺
府逼逐不敢徘徊闕庭便自朝堂匍匐進發謹以今月六(集作九)
日到州上訖臣稹辜負聖朝(唐書作明)辱累恩奬便合自
求死所豈謂(集作宜)尚忝官榮臣稹誠恐誠慙死罪死罪臣
八歲喪父家貧無業母兄乞丐以供資養衣不布體食不
充腸幼學之年不蒙師訓因感隣里兒稚有父兄爲開學
校涕咽發憤願知詩書慈母哀臣親爲教授年十有五得
明經出身由(集作自)是苦心爲文夙夜強學年二十四登吏
部乙科受校書郎年二十八歲蒙制舉首選授左拾遺始

自爲學至於升朝無朋友爲臣吹噓無親黨爲(唐書作戚)臣援
庇莫非苦己實不因人獨立性成(集作成性)遂無交結任拾遺
日屢陳時政蒙先皇帝召對(集作召問舊書作召問於)延英旋爲宰相
所憎貶(唐書作出)臣河南縣尉及爲監察御史又不敢規避專
心糾繩復爲宰相怒臣不庇親黨因以他事貶臣江陵判
司廢棄十年分死溝瀆元和十四年憲宗皇帝開釋有罪
始授臣膳部員外郎與臣同省署者多是臣初登朝時舉
人任卿相者半是臣同諫院時拾遺補闕愚臣既不能低
心曲就流輩亦以此望風怒臣不料陛下天聽過卑知臣
薄藝朱書授臣制誥延英詔臣賜緋宰相惡臣不出其門
由是百方(集作計)侵毀陛下察臣無罪寵奬逾深召臣面授

舍人遣充承旨翰林學士金章紫服光飾陋軀人生之榮
臣亦至矣然臣益遭誹謗日夜憂危惟陛下聖鑒照(唐書作昭)
臨彌加保任竟排群議擢授(集作備)台司臣忝有肺肝豈並
尋常宰相況當行營退散之後牛元翼未出之間每聞陛
下軫念之言愚(集作微)臣恨不身先士卒所以問于方計策
遣王友明等救解深州蓋欲上副聖情豈是別懷他意不
料奸人疑臣殺害裴度妄有告論塵黷聖聰媿羞天地臣
本待辨明示(集作未)了便擬殺身謝責豈料聖慈尚加(集作在)
薄貶同州雖遠咫尺之顏不遠郊畿之境伏料必是宸衷
獨斷乞臣此官若遣他人商量乍可與臣遠處方(集作藩)鎮
豈有(集作旨)遣臣俯近闕庭臣所恨今月三日尚蒙召對延

英此時不解泣血仰辭天顏便(唐書作乃)至今日竄逐臣自離
京國目斷魂銷每至五更朝謁之時臣實制淚不得已臣
若餘生未死他時萬一歸還不敢更望得見天顏但得再
聞京城鍾鼓之音臣雖黃土覆面無恨九泉(集作原)臣某無
任自恨自悲(集作慙)攀戀聖慈之至然臣一日未死亦合有
所陳論或聞党項小有動搖臣今謹具手疏陳奏伏望恕
臣死罪特留聖覽今(集作臣)此表並臣手疏並望(集作講)留中
不出謹差知衙官試殿中監馬弘直奉表謝罪以聞

黃州刺史謝上表(文宗)　杜牧

臣某言臣奉某月某日敕旨自某官授臣黃州刺史以某
月日到任上訖臣某誠惶誠恐頓首頓首臣自出身以來

任職使府雖有官業不親治（唐諱）人、及登朝四任皆參臺閣優游無事止奉朝謁今者家恩擢授刺史專斷刑罰施行詔條政之善惡惟臣所繫素不更練兼之愚昧（集作昧愚）一自到任憂惕不勝動作舉止惟恐罪悔伏以黄州在大江之側（集作北）雲夢澤南古有夷風今盡華俗戶不滿二萬稅錢纔三萬貫風俗謹朴法令明具乆無水旱疾疫人業不耗謹奉貢賦不爲罪惡臣雖不行亦能守之然臣觀東漢光武明帝稱爲明主不信（集作任）德教專任刑名二主相繼聮五十年當時以深刻剌舉號爲稱職治（唐諱）古之風廢俗吏之課高於此時循吏衞颯任延王景魯恭劉寛陳寵之徒止一縣宰獨能不狥時俗自行教化惟德是務愛民如

愛子廢鞭笞責削之文用忠恕撫字之道百里之内勃生古風凡遠衆背時狥古非今王者公侯尚難其事豈一縣宰能移其俗此蓋人爲治古之人法爲一時之法以治古之教教之即治古之人以一時之法齊之即一時之人國家自有天下以來二百三十餘年間專用仁恕每後刑罰是以内難外難作者相繼土地甲兵權柄號令盡非我有終能擒之此實恩澤慈愛入人骨髓俗厚風古不可動搖今自陛下即位以來重罪不殺小過不問普天之下蠻陌之邦有罹艱凶一皆存卹聖明睿哲廣大慈恕遠僻隱阨無不歡戴受十四聖之生育張二百四十年之基宇臣於此際爲吏長人敢不遵行國風彰揚至化小大之獄必以

情恕孤獨鰥寡必躬問撫恵使一州之人知上有仁聖天子所遣刺史不爲虚受蒸其和氣感其歡心庶爲瑞爲祥爲謌爲詠以裨盛業流乎無窮在臣心之則然豈材術之能及無任感激悃懇血誠之至

文苑英華卷第五百八十七

文苑英華卷第五百八十八　表三十六

公卿雜謝一

為武奉御謝官表一首　武后

臣某伏奉某月日詔書以臣為尚食奉御肅恭休命祇拜寵章榮慶既崇慙懼交集臣某中謝臣才虧琢玉學昧籯金徒以席（一作藉）寵葭莩容光日月叨承雲渥既曠天工而榮更恩覃（集作昇）位非德舉無階而進坐致於青霄有慶方來載光於朱紱臣聞瑤庭任切猶稱六尚之榮玉食禮尊實總八珍之貴臣術慙綠鶴業匪豢龍將何致美瓊芳式和金鼎鴻私曲被殊寵降臨天命既不可違聖恩允宜祇戴循涯揣分實所非宜（集作畐）

謝尚方監表　武后

臣某言伏奉制書以臣為尚方監忽承鴻霈遽辱崇章澤甚漏泉懼深阽谷臣材乖遠大識謝（一作昧）淹通曾微汗馬之勞非有成麟之業欣逢睿曆謬踐清階自適陟遐從幽至顯題輿外郡多慙展驥之能綰墨中京久乏棲鸞之譽

雖常弦自勗而寬猛猶昧空慙尸素罕聞政績幸以聖德動天而祥山發地踴奇峯而槃日披秀崿以干雲慶惟造化之靈以告休明之慶帝之力也臣何預焉乾獎曲臨聖恩橫被俄輟一同之務坐遷二府之班秩亞括河榮兼稅滓（疑）顧茲疎謏何以克堪伏願七景停輝五潢收潤矜容薄淺更採英髦則上不汨於朝彝下無招於官謗無任控款之至

代侯中庄謝封表　肅宗　邵說

臣言某伏奉某月日制授臣太子詹事兼封上谷郡王祇奉榮命以慙以惕臣聞論德而建封者聖王之事量功而受賞者忠臣之義也封或謬建則王綱斯紊賞或虛受則

臣體以乖聞之古先敢忘之疑誠伏惟皇帝陛下大聖繼
統神武經邦道邁蒸堯功高復禹頊幽燕肆逆汾澮阻兵
朝義叛換於前懷恩旅拒於後陛下宸謨獨斷庿畧潛行
曾未三年克平二豎此蓋皇躬保祐宗社降靈豈臣愚蒙
敢叨封爵假使進能排難退克全軍爲臣之節固當若是
以玆千賞實爲包羞昔漢祖仗義而西滅秦項韓彭諸將
異姓同封然而德薄位崇卒見傾覆以臣智畧敢方先賢
苟或受之其能自保力微任重禍過災生俛仰增憂心魂
若厲乞停嚴令俯遂私情儻聖澤旁流天光曲照俾從散
秩得齒周行臣之至願死將不朽無任懇迫之至

謝兄除補闕表肅宗

五百九十一卷謝親屬加官門有此題而闕其表今
已移入姑存其目

爲王仲昇謝加兵馬使表代宗

臣某言伏奉今月日制書授臣元帥左廂兵馬使兼知滑
州兵馬使恭承寵命祇懼兼深臣某中謝臣聞至理之代
爲官擇人故能謨謀有成授受惟允若才不稱職任非其
能冒進求榮必貽禍敗伏惟寶應元聖文武皇帝陛下道
齊濬哲德邁徇齊惟新景命再造區宇微臣薄劣早荷恩
私慙無樽俎之謀謨一作累忝腹心之寄擁旄仗鉞自北徂
南來翦兇渠已嗟挫惡守節雖同於蘇武喪師有類於孟
明議以刑章分從虀粉陛下察其本志念臣微忠特全要

領再加驅策位無風憲職典禁兵撫已循涯實爲塵忝每
思陳力之誠竊懼妨賢之責不謂更沐殊恩猥當重任佐
皇太子元戎之律統王畿禦侮之權內省凢庸必多敗事
乞停新命別授時英則朝章式序軍政無闕無任云云

謝加授通議大夫表武后　李嶠

臣嶠言伏奉恩制加臣通議大夫守成均祭酒兼檢校文
昌左丞餘如故榮過望表慶溢身涯荷寵祇恩蹈氷臨谷
臣嶠中謝臣鷰雀之羽多謝於飛飜蜉蝣之衣久慙於忝
竊屬秦人望幸虞帝上征萬騎時巡不倍遊於渭北四關
留鎮獨延欲於周南劬勞異羈靮之臣寵渥均廟堂之士
燕溪弱忝分隔於陽和楚塞輕茅遂承於雨露仰平分而

載躍撫留滯而成歡惠重丘山徒深於抃舞身輕糞壤豈
議於答酬無任真載慙惶之至謹附某官奉表陳謝以聞

爲崔日知謝洛州長史唐書作司馬恐非表睿宗　崔沔景雲中

臣某言伏奉某月日制書除臣洛州長史勲封如故伏荷
殊私祇承重任屛營夕惕無以自寧臣某中謝臣實凢材
素無遠量書生間道未探經術之精俗吏隨班僅見章程
之末官資命達榮與時來謬齒周行誤升官秩挈缾之智
守職何功盈缶之誠蹈常斯在冀免罪戾以紓微生仍賜
寵章胡寧始望服忝三命階踰九列子孫蒙澤宗黨被恩
榮遇既深殞越何答豈雨露之潤沐浴無涯而日月之明

昭晰不已更承中旨作尹下都玉城嚴門洛師殷雜寔四海之朝市擬三河之樞要鎮俗移風方資舊德剸繁理劇必藉良能臣亦何人濫膺斯授如觀渤澥未測淺深若負蓬萊無任施重云云

謝除考功郎中知制誥表代宗　常衮寶應二年

臣衮言伏奉去年十二月二十六日恩制授臣考功郎中餘如故詔書降厚類表作猥降詔書特榮新命祗荷殊造若無所容臣衮誠惶誠恐稽首頓首臣本諸生素虧令望憑藉儒業遭逢聖時類表作朝幸從爨序累踐清秩得以文墨侍於軒墀五字非工四年待罪禁垣之右朝奉如綸宸扆之前夜參視草以地尤密惟才必精在臣無堪忝跡斯甚食浮之

議所責何逃類表作何逃責於陛下弘獎文儒優容侍從恕其職事之闕録以歲時之深爰錫朝章俾遷郎位典掌如舊寵榮有加翺翔雲霄沐浴雨露俯伏拜賜心靈若飛效薄恩崇罔知攸措何以上報期於死節無任感戴屏營之至

謝賜緋表代宗　常衮

臣衮言今日内給事潘副宗奉宣勅旨賜臣緋衣一副并魚袋玉帶牙笏等寵自天來恩加望外顧已何幸循涯若驚臣衮中謝臣學愧聚螢才非倚馬典墳未博謬陳良史之官詞翰不工叨辱侍臣之列唯知待罪敢望殊私銀章雪明朱紱霞映魚須在手虹玉横腰祗奉寵榮頓忘競惕蜉蝣之羽恐刺國風螻蟻之誠難酬天造捧戴無力競惶

在心無任感荷屏營之至謹奉表謝以聞

謝加銀青光禄大夫表代宗　常元甫大曆中

臣某言伏奉去年月日制特加銀青光禄大夫跪奉詔書震驚心膽恩深益懼喜極成悲臣某中謝臣肄業儒門出身聖代始服勤於州縣遂竊位於臺省毎自競惕常憂滿盈一從效官三十餘載不敢受鍾釜之禄不敢叙節級之階中朝舊人或所知悉非唯懼速訕一作誹謗實亦有畏神明屬頃歲姦宄亂常中原多故聖皇委臣以武關方城之任賜以章服監護七軍先帝委臣以荆南江西之寄特加朝散無祭兩道今陛下又録臣駑駘薄効超授銀青三朝荷榮百生何報仰天跼地自省無能撫本循涯罔知攸措

便當門施棨戟綬綰銀黄車服有加子孫蒙福禽鳥飛動不如天地之功草木芬華空滋雨露之澤誓將輕命上答生成冀効涓埃以裨萬一

代路冀公謝旌節等表代宗　王縉大曆八年

臣嗣恭言月日中使至伏奉勅書并賜臣冬衣一副李獻誠至奉宣聖旨重賜臣勅書一通并領南旌節及告身殊恩薦至列郡光生旌旄自天介胄增氣榮加慶外感在懼中臣某中謝臣幸承明命出鎮楚郊忽奉除書無緫閫徼捧彩牒而親承睿旨受命服而遠荷聖慈仰戴俯慙以懽為懼況臣名膺上將識昧中權豹韜無聞龍節見授但欲仗於百越震閫外之雷霆亦示未詳三軍壯轅門之聲該

光生澤國榮觀江城所恨荒服猶虞且有後命長安更遠未賜前期望冊闕而心魂共驚負鴻恩而灰粉何答不勝感激荷載之至

謝銀青光祿大夫河內郡開國公第二表（代宗）　常袞（大曆十三年）

臣某言内侍喬獻德至奉示答臣所讓新受階封德音宜即斷來表者臣自沐恩私不遑寢息所以上冒宸扆頓首拜章瀝懇於宴賜之辰披誠於對敭之次累煩睿覽下執愚衷竊以榮級清階本因馭貴分茅錫土必在報功冀達舊章非勤飾讓天書再及嚴旨不移受詔兢惶撫躬震越伏自思念戰汗交馳恐負聖睿之慈（當作類表亦）審微臣之分

何者謬升非次既忝二府之榮繼避今恩不減四方之責唯當勉申駑蹇恭守紀綱苟塵露之可裨雖灰壤而無恨重承嚴命不敢固辭此生甚微厚施何答無任惶懼感荷（類表作懇惶感戴）之至謹奉表陳謝以聞臣某誠惶誠恐稽首頓首謹言

謝加正議大夫表　蘇冕

臣某言伏奉今月日制書以臣職理粗進加正議大夫朝命遠臨天慈曲被感戴殊造震驚失圖臣某中謝臣自出書生謬分旌鉞拙直無援孤貞少徒雖封域乂安忝憑理化而消塵靡効實懼素飡屬瘴癘爲災私門多釁媿無烈士之死志而有犬馬之貪生輒狀表章陳乞骸骨遇陛下寬一毅之責起將廢之魂因請退之誠增進秩之典宸光獨照枯朽頓榮况堯舜在上蒸人自理日月既出爝火何光加以無左右之容無龔黃之政猥蒙天地之德載於金玉之音是則陛下切思理之心以風海內而臣受分憂之寄謬竊寵榮成命已行不敢固讓受恩益厚期於殺身無任感戴屏營之至

謝舒州刺史兼加朝散大夫表（代宗）　獨孤及

臣及言臣伏奉七月十八日勅加臣朝散大夫使持節舒州諸軍事守舒州刺史充當州團練守捉使兼知淮南岸當界緣江賊盜臣典濠州無政可紀人幸不擾時和所致流者稍復年登之力臣敢貪此以爲己能陛下過聽驟降

殊私（集作獎）既增之秩又命以服無德受賞（集作愧）幸孰甚焉仰戴皇渥（類表作澤）且榮且懼今以九月二十七日到州上訖州經積年寇盜瘡痍之後百姓流浪（集作竄）十不一存臣已奉宣聖慈與之休息勞來鰥寡寬（集作薄）其徭賦以是（集作是以）招携亡者撫柔存者庶經秋之後或致（集作頗或）安集非曰能爾冀竭力焉臣無任感戴之至謹奉表陳謝以聞

謝加司封郎中賜紫表（代宗）　前人

臣及言臣伏奉三月一日勅加臣檢校司封郎中使持節舒州諸軍事兼舒州刺史當州團練守捉使仍知淮南岸當界沿江賊盜賜紫金魚袋殊榮厚渥驟鍾臣身且喜且驚（集作駭）以愧以懼臣聞堯舜建官三考黜陟漢代二千石

以循良稱者於是有璽書勞勉增秩賜金之制臣到官始半歲職事未有所補見在戶口纔肯地著其中鰥寡疲弱不能自存者十猶六七徵遣征賦未嘗及期此臣政不逮力不任之効獲宥罪戾幸固深矣豈謂皇恩驟降復以古典命臣加位授服寵過臣量伏讀詔書懼執大焉此州古荊舒之地詩人懲其剽輕復當賊寇虔劉比屋流亡之後其人心已難安易動況加徭役稅斂日不獲已緩之則驕急之則散輯柔底綏之道尤非愚臣所及伏當宣風集作伏思夙夜勉勵力安斯人省事以慰其愁示信以杜其爭亦冀俗稍務本人漸足食使貢賦之入歲增月長三歲大比以版圖歸於有司犬馬之心敢有貳事臣無任感戴之至

代閤中丞謝銀青光祿大夫表　羊士諤

臣某言今月日吏部符下奉恩制加臣銀青光祿大夫朝命遠臨殊私曲被喜躍無措感懼惟深臣某中謝臣謬忝方隅實淹歲序幸逢昌運得備職官昨者累狀封章輒有陳乞敢希獎進虛荷恩榮而陛下不思天功為臣已力詔曰二千石便安吾人理有異等則就行賞典不繫年序夫人神休泰自感陶鈞封域乂安是恭理化雖云六稔無裨三載之文況當退思乃叨進秩之典濫憑徵績陟在綸言超踐清階猥登明勸深榮載造光被生華匪臣孱愚所宜忝竊唯奉宣時令敬尊農祥保率土之康寧贊遠黎之生植而丘山施重螻蟻効輕上報無階稽首知懼無任感戴屏營之至

為李希烈謝留後表代宗　韓翃大曆十四年

臣某言中使梁某至伏奉今月日制書授臣使持節蔡州刺史兼御史中丞充淮西節度觀察度支營田等使留後特達睿恩殊常寵寄權兼專席榮重褰帷稠疊聖慈心魂戰越臣某中謝臣少小孤遺又無藝術叔父忠臣勵以成人自屬艱難親承任使備牙門之將總帳下之兵耳目腹心臣當職分毫釐絲髮臣合知委而依阿從事暧昧居心群小用權臣不能規諫三軍潛怨臣不能警覺蒼黃之際遂成禍階十起之恩低佪未報一朝之難逼迫見留白刃交前脫身無路謝安內舉竊効驅馳疏廣告歸獨乖隨從在臣情地何以自容雖早殄仇讎纔雪家怨而自慙面目有負國恩豈謂降以殊私副茲重鎮上承朱邸之令下奉玉帳之謨權副九州地方千里在臣微恥難繼威聲豈臣竊貴舊勳謬膺殊澤撫心泣血何地自容特望聖恩察臣徵懇選朝廷舊德副節度重權許臣歸骨關西死且不朽

文苑英華卷第五百八十八

文苑英華卷第五百八十九　表三十七

公卿雜謝二

爲河東副元帥馬司徒謝實封表 德宗　崔元翰 貞元元年

臣燧言某月日中使某乙至伏奉手詔復以收河中功賜臣實封五百户通前爲七百户功微賞重恩積生輕報效何階祗懼惟甚臣某誠惶誠恐稽首頓首臣頃奉詔與諸道同討逆賊上稟謨（類表作謀）筭克致誅夷越升（類表作超授）官榮真食户邑且有後命再荷殊私伏以聖德結於人心皇威加於物表將帥克宜其力凶逆盡（一作咸）伏其辜此皆國之福也至若分閫作藩秉旄仗節扞禦患難翦掃冦雠此固臣之職也幸無獲戾何以爲功爵秩既崇封賞又重絲髮未効涓塵莫施雖復捐軀豈能上答無任荷懼之至

爲桂府王中丞謝加朝議大夫　令狐楚

臣某言伏奉某月日恩旨南郊禮畢進加臣朝議大夫拜受嚴命感惕交集臣某中謝臣泗濱諸生塞上從事被蒙恩澤齒列才俊戴髙履厚實有忝焉乃建子月伏惟皇帝

陛下般薦祖宗嚴禋天地而限從外役不侍中禁有望雲就日之戀無給薪除地之勞今者爵賞遠加寵榮俯及拾級以上早忝諸侯之秩歷階而昇又廁大夫之品峨峨象笏粲粲銀章自揆何人敢安非據伏以神光（類表作休）既擁王澤已流難申牢讓之心空秉益恭之禮無任慶幸屏營之至

爲太原鄭尚書謝賜旌節等表　前人

臣某言今月七日中使尹偕至伏奉勑書手詔慰諭（一作問）臣及將仕叅佐等并賜臣官告旌節寵命併臨榮光疊至欽承捧受感惕難勝臣某中謝臣昔爲諸（一作書）生所冀微禄揣摩鉛鈍際會清平伏惟皇帝陛下至德配天大（一作文）

明並日朝有多士國無幸人若臣庸虛何足比數階緣所職被服殊私居郎吏之中已爲饕竊立戎旃之下安所堪任前奉詔書除臣節度託肺腸而三省覺魂魄之九飛懇欵未申恩光荐至(一作及)使從天下拜迎而萬姓(一作衆)懽呼王在日中照臨而一方安泰綸綍言於寶軸揮宸翰於綵牋既賜諸侯之旌又降將軍之節委之刑賞許以便宜臣實何人忽蒙斯寵重如山壓薰若火炎無以爲容不知自處謹以今日準勅拜受訖臣伏以旌唯進善節以詰姦昔常傳聞今即(一作則)祗受度才非將雖天地(一作下)所知稟令於君豈風塵敢犯誓當保安四境和叶三軍灑帝(一作王)澤於州閭振皇威於邉境(一作徼)難酬天造虔竭臣心所守有

限不獲陳謝無任感戴抃躍之至(一作皆唐類表)

爲太原李少尹謝上表　前人

臣某言伏奉恩旨授臣太原少尹兼御史中丞充河東節度使行軍司馬祗承榮命以感以懼臣某(中謝)臣器質凢下行能無取父母生之陛下知之頃陷官謗會從吏議伏賴陛下聖明乃得全活既而有隨多士掌領孤兒警夜廵晝疲將終老跼天蹐地誓不遑遠豈意陛下不量臣之能否拔自近侍貳於大藩且御史丞執憲之任府少尹理民之官也軍司馬握兵之職也皆須率其屬以賛其長必國之良循懼不稱況於疲病安所堪任此臣所以行思坐念常恐失墜以某月日到府上訖伏以太原建國興王大都

曉嚣五氏合沓萬室動見指視甚難爲理唯稟謨猷於廊廟同心力於幕府勤以臨事清而處身至若上分乃眷之憂下塞具瞻之望雖欲自勵終非所能離去殿階已彌旬月攀望不及腸迴目斷無任(云云)

謝兵馬使朱鄭等官表(初除御史續除中丞封異姓王)　劉禹錫(德宗)

臣某言奏事韋温廻特蒙聖恩重賜朱鄭等官告宸象昭回煥然下燭榮分右職光賁遐藩臣某(中謝臣言)伏以朱鄭朴忠爲心沉毅見色當建封禦侮之寄見張愔(建封子也)提孩之年昨者隷職徐州分鎮蘄縣繹(英華作驛非)騷之際梗亮彌彰歷險而前寔繁其族詳探本末有足褒稱輙具奏聞恐

須奬勸伏蒙睿鑒俯亮微誠優詔先行已階直指之日殊私荐至超昇獨坐之崇户嶺三千爵踰五等恩生非次感異常倫轅門有光武族增氣遂使感激之士希男爵以捐軀倡狂之徒聆聖澤而悛性風行草偃其勢必然臣忝揔戎倍百欣荷臣無任(云云)

爲昭義王大夫謝賜改名表　崔行先

臣某言中使第五守進至伏奉今月日制命授臣開府儀同三司潞州大都督府司馬知府事充昭義軍節度營田澤潞刑洺等州觀察留後兼賜名虔休雨露湛恩光臨非次蚳蝝眇質負戴難勝臣某(中謝)臣出(一有身字)自行間噐識粗淺理兵從衆問陣無師一心守愚六藝皆闕自謂才無

經濟智之周防吐誠託人損己待物每日揣分有時撫膺徒生於此何以報主得免獲戾已足爲榮敢求聞達妄進階級豈意陛下顯元合德日月在躬夏開獨見之明特降發哀之詔拔自泥滓致于煙霄臣之榮幸孰與爲比伏以處休之義恭謙有章簡自帝心納于臣口自（一作內）訟增感以榮爲憂魄散心殞罔知所措況名器所慎春秋格言服之不稱詩人是刺雖欲勿議誰能捨諸曩日劉玄佐之領浚郊李元諒之居關輔皆勳崇台揆業濟艱難方開加等之恩姑受錫名之寵臣何爲者坐繼前人三省驚鉛未展涓埃之効百身灰粉何酬天地之恩

謝賜光宅坊宅表　李揆

臣某言中使某至奉宣聖旨知臣無宅以光宅坊去內最近賜臣宅一區寵渥特臨喜懼交集臣某中謝臣自惟固陋謬忝恩私陛下收其樸材擢以密職司言北闕已揮翰於紫垣秩禮南宮復彯纓於冊地故得迴翔三省出入九重此皆稟自宸衷不因人譽毛髮之內曾未報於生成雨露之恩猥有加於疵賤頃以寓居失火事忽聞天慈親垂恤問環堵之業雖有虧於魯經賜宅之人（疑作仁）遂承榮於漢詔況王人啓戶大廈當衢顧螻蟻而知慙迎鸞雀而相賀古制官闕近地公卿不居唯信臣密戚時聞詔賜所謂北闕甲第者蓋由遠近差之今宅在廟圖地近冊禁朝天不遠於咫尺捧日如奮於雲霄仰惟明主之恩賞私徹臣之幸銜恩撫己尤懷戰跼誓當竭忠盡節鏤骨銘肌豈擬足而獲安誓損軀以爲報無任

謝授右（集作左下同）拾遺表（德宗）　呂溫（貞元十九年）

臣某言伏奉制命擢（集作授）臣右拾遺又中使毛進朝至宅奉宣進旨（集作止）賜臣本官官告（集作告身）者澤濡窮鱗雷起幽蟄塵忝近侍冠軼常倫震驚失圖蹐跼罔據臣某中謝臣嘗學舊史承訓先臣皆以奉上自致爲榮附下苟進爲耻臣所以既孤之後義不因依（集作依人）賣洛中之（集無此字）薄田歸闕下之（集無此字）舊宅退藏其跡私誓于心不邀利於權門不求名於衆口星霜苦節夙夜精誠唯願投軀盛時自結明主愚誠神感人欲天從果蒙陛下自記姓名猥憐孤直振

零丁於絕望拔曖昧於無階獨斷皇明起至（集作寘）清列俯降中貴內賜官告特遠恒例光寵賤臣俾其不出戶庭坐生羽翼萬乘知己一鳴驚人公朝得盡節之方私室無謝恩之處顧惟凡陋（集作瑣）叨此殊尤纏激血誠銘鏤膚骨採拔恩重泥塗感深畢性命以爲期裂肝膽而何述唯當竭誠陳力効節明忠使冊心有孚白首無玷（集作點）然後敢望披雲捧日一識天顏則闔門之灰粉知歸百生之志願斯畢臣家雖在城多適田野久廢簪笏皆須營備不獲當時隨例拜謝闕庭

代李僕射謝加營田使表　崔位

臣某言伏奉某月日勅以臣兼充當道營田使者捧受綵

綸載驚載躍臣某（中謝）幸忝宗室沐浴恩波性惟直方官絶依倚凡忝任用皆自宸衷常思殺身以答鴻造所至之職勵精昔節苟可利人利國誠願悉心况西戎狡謀有備無患東都要害居安慮危俱屯偃革之師豈可不耕而食臣是以諭臨邊將士首建屯田董所屬軍人力開荒壤近爲水旱之蓄遠減飛輓之勞臣之用心素切於此又背（一作單）管衣賜久費度支百方圓融三分全給在臣守土固合分憂此皆塵露至微豈於山海云益陛下曲垂天獎正以使名榮光荐加荷懼惟厲但當撫字鰥寡訓練貔貅克宣皇風底靖藩鎮庶申萬一少報生成臣所守有限不獲奔赴闕庭拜舞忭蹈無任感恩殞越之至

謝太常卿并舉官自代表　德宗　高郢

臣郢言伏奉今月二十七（一作二）日勅除臣太常卿曲降殊私猥被凡器非才荷寵聞命自驚臣聞太常者舜臣秩宗之任周室春官之職其所典者禮樂所奉者郊祠故班冠（類表作班官）九棘選重歷代臣學識凡近遭逢聖明管庫無遺久塵貢士之列疲駑不逮嘗獻避賢之疏特蒙天鑒俯及容光煦嫗之仁允前請而既幸綢繆之寵沐今授而增忝將何以欽承睿獎備舉官司顧慙匪服之嗤上累能官之謗（類表作咏）恩深命淺報効無階伏準建中元年正月五日制常參官授訖上表讓一人自代者臣竊見銀青光禄大夫守太子賓客上柱國鄭縣開國公杜黃裳識度深遠志業忠厚達於大體練於故實群而不黨和而不流與臣同在周行臣頗知其優裕伏請準制舉以自代臣郢無任感戴欣惕之至

謝再除太常卿充禮儀使表　憲宗　前人

臣郢言伏奉今月二十一日恩命除臣太常卿充禮儀使者累歲守藩每馳心於魏闕一朝聞命得備位於周行上慙叨（一作塵）忝之深下慰違離之思臣某（中謝）臣聞秩宗之任典司三禮奉常之選班列九卿前古以來用人爲重非有望實不宜謬居臣昔叨此官已積負乘之懼今復再歷俗增濡翼之憂况專職禮儀別蒙委遇明時大禮方奉郊禋末學謏聞何徵損益飲冰斯切佚駕靡（一作匪）遑螻蟻之

微無階報國犬馬之恋但（一作旦）喜歸朝臣不勝感戴欣懼之至

東都留守謝上表　憲宗　權德輿

臣某言伏奉今月三日制命授臣檢校吏部尚書兼御史大夫充東都留守判東都尚書省事以今月二十四日到東都上訖榮渥特加寵光倍至俯仰印綬慙懼交懷臣某（中謝）臣才不出衆禄期代耕因緣文字進越名級自聖明臨御特沐鴻私歷五曹之貳居九卿之長遂叨大任忽涉四年智慮孱愚言辭朴訥徒淹歲日莫展涓埃雖竭匪躬之誠竟乖陳力之効自免樞務猶忝春官緫經半歲復授今任前後所歷皆不因人無非睿獎以至崇大况留（集作居）

守所寄東夏式贍在君陳畢公之選兼天官憲府之重面辭之日親奉聖謩式遏匪人整訓戎事用制竊發必資兼材豈臣懦薄所宜負荷今兵力至微武備不足此皆天鑒所察臣不敢累黷聰明杜其姦情亦在早計必冀磨礪鉛鈍罄竭肝心忠以事君死而後已遠離宸睠感恋關庭以陛下注意之恩誓微臣捐軀之節無任荷戴屏營之至謹差押衙試殿中鑒成黨奉表以聞臣某誠惶誠恐頓首頓首謹言元和八年七月二十四日

謝除太常卿表　憲宗　前人　元和十年

臣某言伏奉十月二十四日詔命除臣太常卿統和神人典司禮樂臣實庸菲謬叨寵榮臣某誠惶誠恐頓首頓首

臣以書生凡輩懦薄無堪生遇昌期累膺爵秩四掌誥命五居列曹遂叨禮卿乃佩相印竟無微效上荅皇明自罷宰司再履宗伯旋忝保釐之任屬當憂寄之時淮甸多虞周知接攘上勞聖慮下輯戎師臣不敢愛身不敢避事頻抗手疏備陳物宜猶集作苟披肺肝莫識忌諱自承詔旨許募新軍實使懦夫增氣輒恩仁者有勇繕脩器甲招集驍雄每竭一心敢有二事陛下憂臣不逮全度特深出於殊私遽降新命沐浴皇澤從容大僚量力無庸庇身何幸况太常者伯夷叔孫通之職臣豈其人五六年間再居此地感恩知懼循分難任即以今月三日進發瞻望關庭踴躍欣抃謹奉表陳謝以聞無任感戴喜懼之至臣某誠惶誠恐頓首頓首謹言

代李中丞謝官表　元稹

臣某言伏奉今月二十九日勅集作制授臣御史中丞寵秩逾涯心魂戰越臣某中謝臣生值聖時蔭分天屬雖牽絲入仕或因瑣碎之文而執簡當朝實由睦族而致頃以材駑氣直屢棄遐荒陛下擢自藩方集作遠藩任兼臺閣夙夜循省報効無階豈謂天眷曲臨過蒙奨擢集作長坐令專席位忝中司因期集作圖當陳乞於天安敢叨榮於己如或綸言旣降冊慊莫從則當破柱求奸碎首請事死而後已義不苟然增日月之末光荅天地之殊造無任懇欵屏營之至

謝貸錢物表　劉禹錫

臣某言中使南宫懷珍至奉宣聖旨存問兼賜臣墨詔天光下濟膏澤曲流銜恩未酬居寵彌懼臣某中謝臣受任斯極微功莫施昨以封畧未寧干戈猶動壽春固壘以備淮甸興師以扞姦經費所資數盈鉅萬餽餉時久倶億力殫慮始圖終不敢緘黙輒陳管見上黷宸聰伏蒙聖慈特遂誠精遠承如綍之旨特假聚人之財軍湏不僁士氣彌振糗粮旣備末無半菽之虞襦袴足須遠起挾纊之感是爲悅使咸願先登臣忝總戎倩百欣荷伏以上分國用俯濟軍興候清烟塵謹備償納

蘇州謝恩賜加章服表　文宗　前人

臣某言伏奉去年十一月二十七日詔書加臣賜紫金魚

褒餘如故者恩降重霄榮霑陋質既（集作虛）贖陟明之典恐興彼已之詩寵過若驚喜深生懼臣某（中謝）臣起自書生業文入仕德宗朝爲御史以孤直在臺順宗朝爲郎官以緣累出省憲宗皇帝後知其冤枉特降勑書追赴京國緣有虛稱恐居清班務進者爭先上封者潛毀巧言易信孤憤難申俄復一麾外轉三郡伏遇陛下應期御宇大振滯淹哀臣宿舊猥見收拾職兼書殿官忝儀曹微績（集作勞）未宣薄命多故又離省署重領郡符延英面辭親承教誨銜命即路星言載馳到任之初便逢灾疫奉宣聖澤恭守詔條上禀睿謨下求人瘼才術雖短憂勞則深幸免流離漸臻完復皆承聖化所及遂使人心獲安豈由微臣薄劣

能致臣素乏親黨家本孤貧年衰無酒色之娛性拙無博奕之藝自理（集作領）大郡又逢時灾晝夜苦心寢食忘味曾經讒（集作誣）毀每事防虞唯托神明更無媒援豈期片善上達宸聰迴日月之重光燭江湘之下國絲綸褒異苦節既彰印綬煒煌老容如少望雲天而拜舞豈盡丹誠視環玦以徘徊空嗟白首無任感激屏營之至

文苑英華卷第五百八十九

文苑英華卷第五百九十　表三十八

公卿雜謝表三

爲李尚書謝恩表　王行先

臣某言監軍副使迴伏奉勑書手詔宣慰臣及將士黎庶等并賜幕府太將已下改官告身二百八十七通神澤鴻私發揚寓縣榮光喜氣充溢轅門臣某（中謝）伏惟皇帝陛下配天立極撫運承（一作乘）時酌萬姓而爲心法四時之行

信汗馬之勞必錄鳴鷄之用不遺實均雨露之澤曲播乾
坤之造頃以戎臣殞喪軍國憂惶將校叶心佐寮奉職皆
能獎忠守義俟命於天致使州縣底寧風塵不驚此乃臣
子常分國家舊規守而勿失幸免獲戾豈意聖謨廣運虜
渥旁流特令甄叙寵授官命勗以忠貞之効優其爵秩之
榮光啓朝端昭宣海內凡是含職孰不知恩其來希皓等
二百餘人無不感極成悲銘心殞涕不勝荷戴之至

代羣官謝恩表　李嶠

臣嶠言臣植性愚陋稟質庸疎過蒙恩私特垂獎飾擢自
泥滓之下昇之雲霄之上忝預機密接奉軒墀寵光百僚
榮被九族殞身未能以答施灰骨不足以明恩屬日月齊

明乾坤交泰弓旌出谷俊乂盈朝非親非賢無藝無識猥
將脣竽入吹謬以鄭璞爲珍昔綜銓衡有慙簡要署置過
當涇渭莫分致令外削垠黎內傾府藏煩擾之弊既傷於
國體謗訕之咎允集於臣躬是用仰慙公朝下積私懼顧
循支離犬馬之疾恐玷棫樸鵷鸞之羣不敢仍勞準繩實
願自甘屛黜言布心腹輙以陳祈而愚慮不周僁違自速
有命遄降管寬載飛豈徒絕望丘園故有甘心鼎鑊忽蒙
聖恩懸察慈旨曲矜爰集簪纓諭以絲綸許臣以無僁衡
鏡惟臣以輙謝鹽梅察臣誠款之言一作心知其憂國覽臣
任愚之奏謂合事宜譴讓之中恩多而責少含容之內善
詳而過畧本將因愆而獲戾翻乃以諂而蒙榮惟大造曲

成既蒙再生之惠小人多幸方輸九死之答無任欣喜踊
躍之至謹詣明福門奉表陳謝以聞臣嶠誠歡誠喜頓首
頓首死罪死罪

爲將軍程處弼謝放流表見六百十八卷　陳子昂

謝觀唐昌公主花燭表玄宗　張說

臣說言內侍尹鳳祥宣勅賜臣觀唐昌公主花燭伏以天
人下嫁王宰送行苟非榮集作殊寵何階瞻望臣免歸餘叟
忽承朝請之恩廢駕麤集作疲驂復覩肅雍之禮鴻私所被
枯瘁生光無任歡荷之至謹奉表陳謝以聞

謝追赴大禮表玄宗　王晙開元十一年

臣晙言直省王容至伏奉恩勑朔方無事且赴大禮者臣

肅承寵命喜躍交并臣某中謝臣實不才累承恩獎入忝
喉舌叨居國相之榮出惣旌麾謬忝元戎之寄常願俯陳
螢爝寧有益於曦舒思竭涓塵何以裨於海岳每憂折鼎
負乘碎首糜軀何階荅施伏以禋宗大享禮備郊天特垂
綸綍之私聽同玉帛之會馳心輦蹕不遑俟駕跼影塞垣
迫於遵守以慶以懼戰汗兼深今長河始氷太漠初雪邊
亭有賊今正其時事不可期兵難預度儻驚塵忽起禍出
不虞臣進不之京退不及事微軀塞責無益於軍誠願陪
扈屬車仰望雲漢顧惟軍旅之重正當預備之辰不敢釋
此嚴防馳赴恩命惟當利兵訓卒息烽候於三邊耀武懷
荒宣皇威於萬里無任悚荷屏營之至

謝入朝表　玄宗　李邕

臣邕言伏奉七月十五日恩勅許臣會計京師者止水一盃忽聞朝海枯查八月更待（一作得）浮天臣某（中謝）臣以幽遐必察者日月之照明憔悴皆霑者雨露之恩廣伏惟陛下天德陰騭神功獨斷咸造吹萬容至於工養報通三大及於小豈臣微物得預洪鑪任昔全生已承曲記斯今上計再荷特恩戴盆之心仰天有望出籠之鳥飛空可期方將蹈舞闕庭懇戴咫尺葉公宿願一覩真龍岐下遺甿忻逢聖主無任喜躍懇荷之至

謝書上考表　玄宗　李邕

臣某言伏奉今月日聖恩鑒以薄能光賜上考御詞激物

勵獎動時戴天不（類表作奚）勝蹐地無所臣某（中謝）臣聞荷再造者遍於有情勸庶工者盡於有位莫不宣其力竭乃誠欣赴前儔恥居後殿者蓋以萬數則區區揚化恥恥納忠自化彭蠡之魚更是海濱之鴈伏惟陛下大和布氣巨壑流津宇宙開明既照（類表作照）纖草山河鮮潤每納昆蟲豈臣凋枯復霑雨露天漢之上遙記嚴平宣室之中與言賈誼摧羽插翼忽飛翥於雲霄恭總揵鰭重游泳於滇渤豈有循吏得預詞林飈晨軒墀鷄鴟鏈鼓徒驚奬飾益用慙惶況乎政術空虛褒述累積文高日月辰象法之不逮德厚嵩華羣岳朝之莫階雖郭隗濫觴明主有所蓄意然邵信敦本微臣不敢負人慶抃則深憂懼亦切無所報國空以誓心不任感荷欣惕之至

為李大夫謝恩表　肅宗　常袞

臣某言伏奉聖恩捨臣罪累復臣班榮承命驚懇戴恩惶抃臣某誠歡誠懼頓首頓首伏惟乾元光天文武大聖至德孝感皇帝陛下俯寬國法大庇宗枝兄抵憲章已從輕典臣合緣坐又貸殊私雷霆解威日月迴照枯木之上殘花忽開死灰之中餘燼再爇曲成含育特荷仁慈一門感恩萬死何効謹奉表陳謝以聞臣某誠歡誠喜頓首頓首謹言

為張監謝天長節答賜表　玄宗　于邵

臣某言伏奉恩命賜臣若干物寵錫自天兢戴無地臣某

誠歡誠喜頓首頓首伏惟開元天地大寶聖文神武應道皇帝陛下寶運應期金秋表節慶邁賡歌之曲歡同率土之濱循之由衷無以展禮輒獻衣鏡式陳懇款不謂聖慈迴顧允納涓涔宸光曲臨行及恵賜載驚載懼罔知攸處臣本愚直早荷賞延陛下念舊勳庸擢臣專典御府盡忠不足報德勞力豈曰幹時空勤日慎之心以副夙興之戒無任感戴屏營之至謹奉表陳謝以聞臣某誠歡誠喜頓首頓首謹言

為崔鄴公謝勅追赴京表　前人

臣某言伏奉十二月日勅追赴京仍待史翽到即發恩私曲被喜賀無從臣某（中謝）臣聞至誠感神雖微必應皇天

鑒物無幽不通伏惟陛下道貫乾坤明懸日月千年一聖四海在寧臣實何人時逢昌運近緣荆襄微擾尚軫聖憂不以臣之非才特加節制持綱憲府曳履文昌一日九遷頻頻忝竊常恐委身江外朝滄海而無因豈意復命闕庭隨白雲而有望遥思捧日預想朝天臣子之情倍萬恒品不勝

謝恩寫眞表　前人

臣某言今月日中使至伏奉聖慈特賜寫臣容貌絹圖一本跪捧殊賜（一作錫）兢抃交馳臣某中謝臣聞兩漢功勳國朝將相咸傳風彩遂列丹青非爲當代之榮亦欲後來之識臣功無半古貌未出群叨承明主之恩叉冠台司之首

重蒙渥澤特降畫工神既盡傳照無遺寫從衰朽之質別荷寵光分遭遇之形長含喜氣誠慙鎮俗頗近恭人祗嚴如見於大賓拂飾信歸於天造驅馳聖運撫躬未負於微誠唐突前賢顧影不無於愧色足以流傳不朽舒卷無窮君父廻恩便是百身之報子孫爲寶知承一顧之榮無任競荷屏營之至

爲崔僕射謝恩賜表　代宗　前人

臣某言某官某至伏奉勑書仍賜手詔并諸錫賚（一作錫）等宸聰曆眷一以及臣舉族同歡致身無處臣誠歡誠喜頓首頓首臣聞自古明哲之君以化天下也莫不乘時制變因弊立法既資國體亦在便人常準大端不失其道伏惟寶應元聖文武皇帝陛下隱旒思理宵衣布政臨萬物而含弘不測明四察而英斷非常去邪勿疑則滌除汙俗渴賢致理則振拔時淹納强諫而如流佇沃心而不足微臣何幸屬會昌期今四罪咸伏八蠻慕義禄有所及刑無所冤拜皷登聞申明理匭祭令而雍熙日洽推心而反側自安何負阻而不來何假威而不敗太宗聖化復見於今文命賡歌詎慙希古日宣九德千載難逢然則靡不有初前史攸誡知始知卒唯聖能之今陛下發自宸衷懇懃詔命克念作聖期於必然無任拜舞歡欣之至謹遣某官奉表陳賀以聞

謝恩表　代宗　常元甫

臣某言中使楊華林至伏奉勑書慰臣及將士者祗奉寵靈進退兢惕臣某中謝臣本書生素非公器恭守憲令所期自勉揔司戎律實非所長頃者宣州用兵皆以詔書從事但悉所管兵馬禀副元帥文符幸隨衆軍克有成功皆王縉指蹤之力衷係致命之功群帥成之在臣何有今又曲承霈澤特賜天書任重材微恩深効淺拜舞之下戰汗無從不任歡喜踴躍之至

同前　前人

臣某言中使鎮軍大將軍行左威衛大將楊宗敬至奉勑宜慰臣等清問俯臨兢懼交集臣某中謝臣識非務大才不逮人依日月之末光叨藩條之重寄臣之薄劣實負寵

榮頃年以來寇賊漸息時將休泰人自康寧臣但布皇風
恭行憲令待罪而已致理無聞曠官之責未書偏照之榮
已及再三循省何以克堪蹈舞徘徊唯增戰越不任欣躍
之至

為百官謝放朝表

臣某等言中書門下奉宣進旨緣天寒常參官放朝者伏
惟皇帝陛下憂勤致理惻隱無遺節應初寒仁深潤下宵
衣之際天意迨於周行挾纊之恩群臣照於堯日無任欣
荷感銘之至

為京兆尹捉賊不獲謝恩表　前人

臣某言臣亡兄某頃於興平縣界遇賊刼死臣忝司京尹

職在肅清不能屏息姦回乃令害及骨肉既負曠官之責
仍積私門之恨此賊漏網臣亦何顏况以私讐上貽聖德
寬臣弛慢之罪哀臣死喪之戚類降德音容臣追捕又恐
事端皆知巢穴緣是行營官健未敢懸有追擒討會往來
遂淹旬日以今月某日於某縣界捉獲所射臣兄賊某軍
行官某并同伴若干人此乃天意除害轅門奉法不然則
萑蒲之盜安得盡誅冥漠之魂猶將永恨擒姦擿伏仰荷
聖威雪憤申冤俯獲私願生死蒙施無階上答無任

為京兆尹謝許折糴表　劉禹錫　見集本

臣某言伏奉詔旨臣所請畿內折糴宜令度支計會定數
奏來者天慈廣被人瘼是求臣某中謝臣自理京邑不先
威刑惟務便安所期富庶每因賜對常奉德音府縣之間
巨細令奏伏以聖明在上風雨應時順成之年穀糴常賤
若無輕重之法必利兼并之家輒敢上聞請行折糴天光
下燭幽隱無遺宣付所司允臣所奏事關理本惠及生靈
臣忝尹京倍百欣荷

謝差中使送上表　前人

臣某言中使吐突仕曉至奉宣聖旨慰諭并送臣至本任
者深山遠郡忽降王人跪受恩榮仰瞻宸極伏以發自巴
硤至于南荒陟水陸湍險之途當炎夏鬱蒸之候山川縈
轉晨夜奔馳幸無他疾得至本管九重結戀遥傾捧日之
心萬里獲安皆荷自天之祐無任　云云

謝獎諭表　憲宗　馮審

臣某言今月日本道監軍使內侍省宮闈令劉某至伏奉
某月日勑書并賜臣手詔奉宣口勑特加獎諭將士官吏
百姓僧道等並蒙宣慰存問者王人旋鎮宸藻自天敷德
澤於藩維被恩波於動植爰及介冑逮於縉紳祇榮一作寵
若驚交抃無措臣某中謝伏惟睿聖文武皇帝陛下恭承
寶圖奄宅區寓一物失所必軫於憂勤一善可稱無忘於
獎勗義深共理務在擇人昇平之運實遇今日臣以儒流
賤品生遇聖明雖力罄駑駘而効無絲髮皇明鑒澈撫勞
再三黎甿既荷於生成尸素稍寬於罪責揣循涯分木石
增懸又降殊私曲沾睿渥慰諭之意稠疊於頒宣藻飾之

榮昭彰於綸綍無微不録無遠不該地里雖介於炎荒天威如在於咫尺所期俗阜以洽邑熈

謝追赴闕庭表 憲宗　前人

臣某言某月日度支急遞到伏奉某月日勑追臣赴闕庭者鴻恩曲被宸翰忽臨來自天衷出於望表抃躍無地光輝在身臣某中謝伏惟睿聖文武皇帝陛下以至仁格物玄德統乾臣孤立愚直素空器藝朝無瓜葛之援外絶朋黨之私以苦抱忠自托明代神理昭鑒天聰自仁遂忝再領近州一居方鎮前歲延英面辭之日親受聖慈百身何答三復在心銘肌鏤骨恐不負荷洎祗恩赴任陳力在公海隅黔黎日樂皇化至於軍州經諸道往來但守官司不

虞謗讟以冊心奉上仰恃宸威爰經二年首陟三載幸無罪戾皆荷生成陛下聖慈優崇皇鑒明朗不遺一物信若四時果降中詔特令赴闕恩崇感極義切戀深顧親族而生輝望雲霄而有喜以今月五日發離本鎮尅期兼道計日趨程竟馳軒階心注晷刻朝天既近承雨露而增榮向闕匪遥望恩光而稱慶

代李侍郎謝用內庫錢充軍資表 代宗　吕温

臣某言今月十三日面奉進旨其南郊嘗設錢恐度支支計闕少以庫內錢充者臣聞王者以四海為家君道唯百姓與足象天平施而無別如地生財而不私溥奉已而厚奉公重從人而輕從欲知則孔易行之惟艱曠代莫聞今日斯遇伏惟皇帝陛下誕膺駿命富有萬邦而能寶玄光慈儉之宗奉列聖憂勤之緒臣謬司禹貢竊見兗心非戎祀之用無急宜非軌物之經無別獻土木之功遂聞於厥息恩幸之賜殆絶于霑濡固已行路謳吟縉紳抃歎者久矣伏以郊禋有日慶澤自天楚師思挾纊之恩漢將望解衣之惠國存舊典事有恒規臣在集作在臣職司敢不供集陛下憐江淮甫罹旱暵一作歎念庸蜀新羅大兵雖經費有餘而聖慮猶軫昨因伏奏親奉德音悉擬出集作發內府金錢御服繒絲約躬節用濟一作舒國贍軍允叶師和克虔一作虔恭祀事必知感神人之德未酌獻而幽通動天地之誠先燎烟而上達百辟所降萬福攸宜信可以光洽寰區覃掩圖

篆家知自遂户識至公風人竊杼軸之詩黔首蒙富庶之域微臣何幸獲覩昇平至德難名載深感躍無任喜抃激切之至謹奉表陳謝以聞

文苑英華卷第五百九十

文苑英華卷第五百九十一　　表三十九

謝親屬加官 此卷英華所編失年代先後今正之

爲魏王武承嗣謝男授官表一首

爲王華暢謝兄官表一首

爲桓彥範謝男授官表一首

爲并州長史張仁亶謝長男官表一首

謝弟詵除給事中自求改職表一首

謝兄除太常丞表一首

爲李晉公謝賜兄章表一首

謝兄除補闕表一首

爲許卿謝堂弟叔冀授青州節度使表一首

爲崔僕射謝許弟寬宣慰表一首

代郭令公謝男尚公主表一首

爲崔僕射謝弟除給事中表一首

爲郭令公謝一子三品官表一首

代李僕射謝男賜緋魚袋表一首

謝妻封弘農郡夫人表一首

謝兄授太子僕表一首

謝兄授祕書省著作郎表一首

代尹僕射謝男宥授安州刺史表一首

代杜司徒謝男授官表一首

代杜司徒謝妻封邑表一首

謝兄除官表一首

爲族兄琰謝守虔王入尚書表一首

代戶部孫相公謝授兄太常卿表一首

爲魏王武承嗣謝男授官表 武后　李嶠

臣某言伏奉恩制除臣息尚舍直長史某爲左監門衛長史榮隨恩集歡與懼并臣攀軫日車附流星漢才無天質藝以地高陛下每降皇情特垂聖蔭先親後疏之澤自華流根謀孫翼子之慈愛人及息遂復推恩家室假職幼童參九等之班榮掌重門之禁銜賞延之命寧待於勳庸敘之風但緣於骨肉雖東平之子能趨拜咸錫印章齊國之地可割分悉侯支庶豈足以方斯嘉惠匹此殊渥奉絲

綸而仰德叩木石而論心受生於天但知榮荷縻骨於地何階酬答無任悚戴慙懼之至謹詣朝堂奉表陳謝以聞

爲王華暢謝兄官表 武后時

臣某言臣兄某前某官某月日特蒙恩詔擢授武州司馬未及赴職即八月改除亳州司馬再三榮命叨荷恩私在臣宗門實爲慶幸臣兄自歸解巾從仕三十餘年五爲縣宰三遷州佐政皆通顯職實蕃勤直道在公有始終之節平心應物無造次之愆在於周行頗蒙推擇近屬虺冠構術惑亂豫州詿誤平人自貽梟磔陛下憫荊河之俗遭此無辜弔海濱之人使同昭慶以爲奉揚皇化者必藉其才撫御窮人者亦資有德臣兄同濫承天獎遷移武州在於

天恩實爲超擢今者未及赴任復蒙改授亳州重疊承恩
黍同貶降朝廷體例實以爲先臣兄弟叨榮濫竊非據臣
兄既授不合冒聞但以始者承恩越蒙抽擢今有何過遂
同左遷區區懇誠輒敢祈愬伏願皇恩有裕降昭獎之恩
兄果竭忠獲展才之地小臣死日猶生之年臣無任

爲桓彥範謝男授官表（中宗）　吴少微

臣某言伏奉某月日恩勑以臣男某爲某官臣實多幸偶遭皇運鳴玉以相建土而王大錫崇榮斯亦極矣先臣老母復荷渥（一作湛）恩追亡寵存光被窀穸自妻及弟雙綬（一作紱）六珈闔門振耀惶懼（一作惧）未已今臣子某識惟髫弁（一作年力髫齓）服臣之榮爲祿已甚更承天秩將何以（一作克）堪殊澤

荐臨斯厚臣寵（一作闔門光寵）敢不祗奉拜命之休無任悚荷之至

一作皆唐類表

爲并州長史張仁亶謝賜長男官表（中宗）　富嘉謨

臣某言伏奉二月十四日勑賜臣絹一百疋又奉其月二十六日勑除臣男之輔尚舍直長史麗澤之來匪月而降受賞轉級惟臣及子寵渥所分臣無與二夙夜惶悸萬殞增惕然旌節所統緣邊千里禦寇既廣兵賦自殷受任非據屢移年祀未能司大事而靜外處（疑）泛小康而獨內役而崇班厚貺載在臣門將何以祗拜殊渥光顯休命此微臣所以有死無報也南望闕庭以榮受（疑作爲）懼無任悾款之至謹附表陳謝以聞

謝弟詵除給事中自求改職表（玄宗）　蘇頲

臣某言伏奉今月二十四日勑以臣弟左司郎中臣詵爲給事中嘉命猥臻（一作臨）惶怖相視榮以爲感（一作戚）忙然失圖臣某（中謝）臣兄弟（一作弟兄）數人獲承累代之庇自幼而長惟愚與直臣（一作弟）某臣詵初一尉耳竊願從微守分置思養拙邀榮而乾道曲臨一（一作臣）門特幸前恩罔謝後忝仍及生臣者父母寵臣者聖明非臣等殞首流腸少酧萬分之一臣某（中謝）臣自叨清切頗歷星霜多鍾會五字之敏多王濛四年之任竟未能陳一策進一賢雕蟲粗辨其所爲濡翼又知其非據下慙先臣戒盈之訓上負聖主則哲之明常甘屏黜以待髦俊豈悟臣詵復私成造比臣則行

有餘力選衆則曾無足言遂使聯事掖垣同趨階（一作超軒）陛或紊公式必招私議臣知不可物謂臣何（一作其宜）安有兄弟妄廁並居東西要近臣慚靦愧非敢身謀事或乖（一作虧）違實塵皇揆伏乞羣臣自下之審察臣由衷之請（一作至）臣弟詵殊榮既拜奉綸紱（一作綍）而難迴臣頑薄技何成頹瓶管而易竭指於十手臣假遑寧不如一眼臣將焉用所冀移臣職守允臣陳乞（一作請）抑朝章之是移匪等列（一作臣等）之攸宜悽悽款誠昧死期達無任悚荷屏營之至（一作極）謹詣肅章門外奉表以聞又臣先臣某往忠社稷陛下特賜茅土遂臣所讓因授臣第四弟乂右補闕亦希別從選序不敢同在近侍臣之感恩不識爲喻輕黷旒晃惶懼深沐谷

謝兄除總目作授太常丞表

臣某言伏奉今月日恩制除臣兄某太常丞跪發詔書光駭閭里寵盈益懼喜極而悲闔門感恩垂淚相賀中謝臣自登兩府倏至三旬天地之間未裨塵露雲雨之施已遍公私撫心載驚顧影增惕伏以臣兄列官清憲專於察視臣又承弼皇樞課其條職苟愆綱紀責在隼繩所以請移別官冀循常序聖慈曲被命數有加獲陪卿士之行更列大夫之後遇深賤質誠合懇辭恩及長兄不敢多讓誓將死節上答生成云

爲李晉公謝賜兄章服表見六百二十九卷以表作狀云　苑咸

謝兄除補闕表　肅宗

臣某言伏奉恩旨臣兄前長安縣尉某特授左補闕內供奉賜紫金魚袋踰涯之澤忽降於重霄非次之榮猥延於同氣自天有命闔室相歡臣某中謝臣兄比因寇孽潛跡江湖臣侍奉皇輿委身巴蜀艱虞萬里兄弟一方分成吳越之人久切支離之思陛下克清禍難再闢寰區臣兄幸遇休明得歸鄉陌雖骨肉之愛重喜如初而班秩已停久嗟失職臣昨因對奏遂竭懇誠情至所陳言將無隱陛下道弘孝理念廣睦親載懷逐物之仁爰軫在原之急皇慈曲被朝獎仍加擢同補袞之司錫以腰章之寵況臣官參秩禮任在司言身上列於紫垣兄遽升於青瑣故得連枝捧日方企侍於軒墀比影朝天復忽華於朱紫一門受賜舉族增榮斯實眷自宸衷恩加望外臣比承顧使本不因人今又沐殊私特延慈旨投軀有地報德無階非臣灰粉所能答效惟當昆弟相勗以孝資忠螻蟻之負細塵誓將裨補烏鵲之銜微毳志願填河將九死而猶生豈百年之足謝云

此篇元誤入五百八十八卷公卿雜謝門今移入于此

爲許卿謝堂弟叔冀授青州節度使表　肅宗　于邵

臣某言伏奉今月二十三日恩制除臣堂弟叔冀青州刺史兼御史大夫充青淄等五州節度使不次之恩特出聖

鑒大柰之慶延及宗親彷徨若驚啓處無措臣某誠歡誠喜頓首頓首臣聞應天順人將將之道也保大定功將兵之道也然後賞罰二柄懸于日月伏惟光天文武大聖孝感皇帝陛下濬謨廣運玄功莫測保天命以立極伏人心而戡難遂使妖不得爲災謀不得及伐動皆殲潰以靖神人如叔冀者曷爲力也徒以遠奉威靈獲全私懇雖堅守薄節轉戰微功而寵寄雄州榮兼獨坐爲叔冀之非望實舉宗之所懼今復割海岱之衆創立節度之權超將中軍兼領仍舊受委斯重其憂轉深屬餘孽未除誅翦指日策勳飲至責其總戎勉勵之心伯仲之分以此思効不遑居寧臣綱惟代業竊又自愧臣之父河西節度使先臣某叔

冀之父平盧節度使先臣某皆中朝舊勳式遏寇虐東西
故事人或賴焉而叔冀何功實膺克荷非臣所感特論者
榮追懷父子之軍信兼國家之報載競載躍無以克堪臣
雖偶中外義形骨肉事濟時康死復何恨無任感恩競躍
之至謹詣某門奉表陳謝以聞

為崔僕射謝許弟寬宣慰表（代宗）　前人

臣寧言中使馬承倩至奉傳德音特自宸衷矜臣束身遠
鎮兄弟別離許令弟寬與臣相見義切君父恩連骨肉神
寬驚駭不知所之一生有涯萬死難報臣某（中謝）臣實最
小眾所鍾憐臣在劍門強逾二紀形影相吊未嘗棄離忽
遇聖朝委臣方面在寬何有累踐班榮職縮通曹貴通三

獨功慙汗馬業謝屠龍禁掖禮闈踰津越分每一念至刻
心如焚纖脂分戰塲血染邊草未之云報降此無圖上感
推心下排飛謗惟此之際臣知所安但以蕃寇外虞蒼黃
後命欽至清廟或未尅期所冀蹔來不失宜撫臣之願也
每羨聯行獨憐迴鴈長恩共易不着新衣無任感戴慙惶
之至

為崔僕射謝弟除給事中表（代宗）　前人

臣某言伏見某月日恩制除臣弟審給事中寵命自天驚
寬無地求惟非據靦面何深臣某載競載躍頓首頓首臣
家本東周代傳素業衣冠祖襲豈望繁華至於伯仲雖聞
詩禮但欲官常（一作從）詎知生遇聖明日加重寄擢臣偏將

之下録臣久戍之勤待罪西南時逾一紀分憂障塞心係
兩蕃策無類於燒牛功有慙於求大長懷尸素之責重貽
門戶之羞今則恩聯兄弟澤及中外在審何者累踐通班
未聞三諫之勤仍忝八年之寵將何以曲承顧問接武名
儒分陪掖下之榮專掌殿中之事在盈知鈌居寵思危臨
深履薄莫之為喻伏以王居渙汗方鎮途遙遠有所聞推
（疑作擢）謝無及空慙為人之擇不遂免冠之讓臣無任喜躍
屏榮之至

代郭令公謝男尚公主表（代宗）　吳頌

臣某言伏奉某月日恩制授臣男曖試殿中監駙馬都尉
尚昇平公主聖慈曲被焜耀私門揣分慙恩以榮以懼臣

本寒素（類表作單緒）愧（類表作素）非閥閱幼男弱稚（類表作植）又乏義方
陛下以臣備位台司服勤王室特收賤族許以國姻宗黨
生光室家同慶門開魯館地列沁園事出非常榮加望外
恩深義重何以克堪糜軀粉骨不知所報無任感戴受恩
之至

為郭公謝一子三品官表　邵說（見表類）

臣某言伏奉二月二十一日恩制勑賜臣一子三品之官
弁階鴻私曲臨寵守飛越臣某（中謝）臣聞祿位之設以待
勳賢苟非其人必貽伊咎臣之弱子未有令聞方且勵以
義方教之詩禮遽承殊澤將授崇班非唯有黷朝章名器
難假實亦懼招官謗顛沛為憂寤寐兢惶罔知攸處況臣

榮登上相任重總戎子弟數人盡居右職過亢之誠切在於心既懷棟撓之災寧忘屋漏之媿乞停寵命俯遂愚衷庶幼童無冒進之嫌微臣有知足之誼無任感懼屏營之至

代李僕射謝男賜緋魚袋表　令狐楚

臣某言臣得進奏院狀報今月七日聖慈召臣男公敏令對見其日中使馬承倩奉宣進止賜緋魚袋欽承失圖啓處無地臣某中謝臣才非動衆勇不兼人仰一作抑緣枝葉獲展筋力荷天百祿幸據於周詩遺子一經誠慙於漢史男公敏義方未教容止無儀伏蒙陛下召入清禁之中立於丹墀之下遠憂顛沛伏用兢惶特受宸恩榮綰朱紱八字類表作岦意明命曲臨榮光下燭小鶵猶佩忽帶金章褐衣纔解便綰朱紱生成之功不吹浸潤之澤無涯重若戴山輝如衣錦匈奴未滅方忍恥於恩臣童子何知復受恩於聖主六姻交賀百衆同歡空竭節於邊陲豈酬仁於覆載銘膚鏤骨不敢殞墜所守有限不獲陳謝臣無任感戴屏營之至

謝妻封弘農郡夫人表代宗　常衮

臣某言伏奉恩命賜臣妻楊氏邑號封弘農郡夫人伏以古者卿大夫之妻咸曰命婦亦曰一作云內子但有稱謂皆無封邑其後雖有名節延鄉陳留風俗傳漢與項氏戰厄於延鄉有翟母免其難故改延鄉爲封丘縣以封翟母英華誤作延卿類表闕二字之錫亦無夫人之號唯漢魏戚里晉宋外家平原清河疏郡以駁貴建昌高密啓邑以睦親循止於郡縣君而已近代著令國朝相襲階至三品妻封夫人上比鵲巢遠齊翟茀禮秩兼盛等威稍逾其或襄贊類表作襄勷勳臣光華戚屬以茲而授尚可相循臣以凡賤謬承委遇尸職已久愧心匪寧仰酬國恩分寸未展內省家事慈渥過豐又蒙曲私霑及主饋特封嘉號載錫徽章中壼慶其秩高外姻賀其禮盛儀參貴列寵極私門自顧何功叨榮至此頓逾涯分退益兢惶無任荷戴屏營之至謹奉表陳謝以聞

謝兄授太子僕表代宗　前人

臣某言伏奉五月十七日恩制授臣兄依前秘書省著作郎太子僕特恩曲降殊私一作渥下霑踴躍宛轉兢惶震越

臣某誠歡誠懼頓首頓首臣自承録用已積歲時內省微効未申涓瀝虛受祿俸有靦官榮在公無益於已多罪一作已寬臣罪及私之幸又獎臣兄伏以頊冐朝章兄合坐罪一作同坐伏蒙慈貸仍進常班庇一作畀賤孤門已墜復立蒸嘗獲主將廢更存寵被幽明感涕橫集一作戴感天日求之古今一作今古無臣此例雖肝膽塗地未塞前責而糞土餘生尋加後命臣授方鎮一作面兼錫崇階兄拜宮僚又參高秩慶聯鴈序澤及翾一作翔飛承命若驚何功至此愧心跼蹐赧汗流離非望驟遷罔知所措殘骸萬死難以上酬無任感荷兢抃之至謹遣散將某官某奉表陳謝以聞一作皆唐類表

謝兄授秘書省著作郎表代宗　前人

臣某言伏奉閏五月二十四日恩制授臣兄太常丞秘書省著作郎臣待罪兢灼啓處不遑寵命荐臨驚抃失次臣某誠喜誠懼頓首頓首臣上負國恩自抵邦憲聖慈矜宥屈法全生猶許自新特虧令典（一作時令典郡）惶怖殞越夙夜載馳雖荷殊渥尚憂嚴命臣兄今（一作令）從連坐伏待貶官不謂玄造曲成鴻私下覆在憂惕之際特受寵榮當譴斥之時忽承遷轉品秩下降清望有加復齒周行獲陪班列向非親紆聽斷俯燭幽微則骨肉分竄於殊方簪裾永絕於昭代豈望更霑人次再沐朝奉罪重丘山恩過天地感戴慙赧俯伏驚惶臣竊自思惟無所上報糜將懲改前過克厲殘骸苦節誓心冀申萬一無任感恩惶（一作喜）懼之至

一作皆唐類表

代伊僕射謝男宥授安州刺史表（憲宗）　呂温

臣慎言伏奉某月日勅（集作制書）授臣男宥安州刺史兼侍御史充武昌軍兵馬留後仍賜紫金魚袋者雷驚里巷日照閭門寵命自天戰蹐無地臣誠懼誠感頓首頓首臣聞惟君任臣固無虛授知子者父敢私不才臣頃者伏以聖政惟新時清無事遂絕指縱之望求申戀主之誠陛下以臣統兵（集作所統）歲深周涉（集作旋）艱險長三軍之子弟積百戰之瘡痍將有去留念其情義理資感勵事貴便安爰勅臣男試總戎務臣雖訓之以義教之以忠而鈍拙（集作拐鈍）有涯策磨靡及童兒（集作子）代斲每懷傷手之憂小子（集作兒）在邊曾無折展之喜將何遽膺寵數（集作命）荐沐恩光真授竹符就加金組且祁午之爲軍尉父已懸車陸抗之將父兵子非紱服豈比臣身居端右男領方州鳴玉會朝朱轓行縣（集作樂）焜耀中外超冠（集作冠超）古今名數之榮何加（集作如）人臣之事斯極千載至公之運獨被殊私萬物咸遂之辰先蒙曲澤瀝肝呈膽莫盡微誠毀族滅身（集作滅）寧足上報臣無任感恩殞越之至謹奉表陳謝以聞

代杜司徒謝男授官表　劉禹錫

臣某言伏奉今月一日制授臣長男師損祕書省著作郎次男式万太常寺主簿又得進奏官裴遘狀報伏承聖恩特降中使送官告到臣宅分付師損者寵渥非常授任不次驚躍無措覥懼失容臣某（中謝）臣繆分重寄獲守外藩受恩既深無績可紀男師損等器惟凡品教闕義方早沐睿慈已階官次每懷塵忝常誠蒲盈豈謂鴻霈曲覃大明私照寬臣尸素之責念臣葵藿之誠命下延恩（集作下延亂息）叨踐班級天書出禁中貴臨門榮冠等夷慶流宗族況著作乃撰論之地唯史才是居太常寔禮樂之司非儒者勿履顧茲庸謬（集作昧）忽此超昇內省慙惶若墜氷谷伏以聖朝立制建官惟賢名實無乖輪轅盡適微臣父子獨爲幸人非據踰涯自中徂外虛受丘山之賜實增負乘之憂進退徨彷不知所履（集作據）無任戰荷屏營之至

代杜司徒謝妻封邑表（憲宗）　王仲周

臣佑言伏奉恩制封臣小男母李氏密國夫人臣某中謝伏以禮經明文婦人本無爵命秦漢以降優賢以寵閨門固無繆及有紊彝典臣小男母李氏本非主饋若貴云因子臣男尚自賤微禮有從夫臣妻又早逝殁豈伊末品忽被殊私此蓋陛下念臣齒髮漸衰嬪終無主俾立家而有裕遂開國以疏封詩羨鵲巢懼無德而自處禮榮翟茀恐負乘以貽災瞻上天而以懼以慙顧中闈而載榮載躍不任荷懼屏營之至

謝兄除官表　歸晃

臣某臣伏奉某月日恩制授臣兄前湖南觀察判官侍御史内供奉賜緋魚袋國子監博士兩露殊私忽霑微賤儒

雅盛職光寵衷門承命宸驚感恩躍踴臣聞聖王勸學庠序爲本故堯命后夔典樂以教胄子周立師氏以教三德漢制博士以教五經歷考校學之官蓋今博士之任用人之選非賢莫居臣兄幸遇昌時守臣之訓孤貧好學以傳家業而聖代推恩遂及兄弟位登五品光賁一門感鶺鴒之詩增友悌之愛齒羔鴈之序媿荀陳之才兄臣受任方隅莫申涓効寵榮荐及灰粉難酬誓期殺身以酬萬一無任感恩殞越之至

爲族兄瑗謝守度支尚書表　王涓

臣某言伏見詔書以臣族兄瑗守度支尚書三元告慶萬國朝宗榮命與璧月相輝厚澤與金雲並潤顧其踈薄寧不震驚臣某中謝臣聞坳堂之水必膠於置杯曲木爲資無階於刻桷何則適用之風斯替其効靡成失材之道旣彰厥功寧著相彼庶物尚或其然矧伊名器理難冒居一作叨冐微臣自料浮淺業藝何甄德匪潤身學慙爲己文辭小道曾無沉鬱之才刀筆淺能非有精明之舉特以夙因多幸篷奉承華猶見録其疲駘且弗遺其管蒯高榮好爵疊委屨疑作屢寮入掌便繁傍參侍從事然積步竟慙一割竊妨賢路深希退託降階之念空誓丹愚昭著之恩更彰綸綍差肩六尚方駕八元内省輶輕義無祇冐伏惟陛下明兼七曜照及九幽寧在微臣近虧則哲特願褰玆旒纊察是芻蕘迴此如繪矜其匪石則失應之善求息得人之美

載揚物議允諧朝經式序不勝云云

代戶部孫相公謝授兄太常卿表　唐末特　錢珝

臣某言伏奉今月某日勑命授臣親兄太常卿檢校右僕射者霈澤下臨私室相慶臣某誠懽誠荷頓首頓首臣兄某抱公藏器據德有鄰爲善而不欲近名從政而但思利物自臣遽升台輔獲導化源雖向國去秘戒臣常切而入門避事遠謗每深出趨乖拱之朝退務掩關之樂陛下禮行舟楫念及塤篪慰其友愛之懷進以優崇之秩伏以九卿之位歷代所尊舜以三禮命伯夷漢以奉常加稷嗣倚古則重得人始光用典之難敢言兄氏方懷慚惕忽荷皇私而階峻銀青寵兼端揆喜溢在原之屬恩加奄疑當作軸

之臣既激弼諸且弘名教股肱　作輔莫成鎭撫之功手足
相須但有胼胝之誓臣無任

文苑英華卷第五百九十一

文苑英華卷第五百九十二　表四十

謝文章

謝撰懿德太子哀策文降勅褒揚表　李嶠

臣某言昨奉勅令臣撰懿德太子哀策文臣術異懷蛟藝非吞鳥四科函丈多謝於文學七子登筵有慙於詞賦恭聞聖旨輒奏庸音豈足以褒叙重離激揚三善宣春慈之惻愴述天顏之綢繆曲降絲綸猥垂剪拂諭之以雲間日下方之以陸海潘江飾嫫母之容加其粉澤營碔砆之質發其光彩雖宋王大言見褒於楚國公孫下策蒙賞於漢朝無以比此揄揚方斯恩渥欽戴紫綬伏銘玄造仰高天而發悸顧短札而成羞無任慙荷戰懼之誠謹詣閣奉表

陳謝以聞

謝撰攀龍臺碑家賜物表

臣嶠言伏奉恩勑編撰攀龍臺碑文賜臣物四百段研精不優篆刻無術下帷闕蛟龍之學搦管慙鳳凰之思猥辱隆命俾圖光範戴天知跼仰大象而增迷遊聖爲言撫管魂而自失寧足以發揮一德楊攉萬分述虞后之孝思談姬文之睿業而天情不匱帝造無涯式推愛敬之心用廣褒崇之惠披文相質本殊黃絹之詞須賞計勞遂承紫泥之渥荷寵惟懼瞻恩戴䩄祗奉之日悚汗交馳無任慙戴屏營之至謹附洛州奏事使具官臣某奉表陳謝以聞

為納言姚璹等謝勑賜飛白書表

臣璹等言今月十一日侍晏蒙恩作飛白書題臣等名字垂賜跪承寶貺仰戴瓊文如披七曜之圖似發五神之檢九霄靈澤與垂露而同霑千載嘉祥共迴鸞而並集冠六文而首出掩八體而孤騫恥乎若遊霧之拂春林鄙乎似輕雲之上秋漢頡皇之始模蟲篆未足多奇劉后之嘗學史書孰云能擬固已工踰懸帳妙盡刻符鍾繇竭力而難比伯英絕筋而不逮則知乃神乃聖包衆智而同歸多藝多才總群方而兼善諒天機之獨運豈凡識之能窺臣等才埼瓶筲任叨衡右器滿之誠每切於愚心棟隆之吉實慙於明代而天慈曲獎聖造不遺厚祿尊官既殫恩而極寵良辰美景又申歡而接宴慶方行而已及澤未溥而先加殊恩與骨肉等深縟禮共衣冠相絕今復親陪睿賞持流宸翰嬴氏之魂遊天上未比超昇闞生之名在月中詎方遐邈昔者韓稜深傳筆蒙於署劍田鳳名流僅聞於題柱未有芝英草聖近縟於絲牋合璧連珠俯光於掌握在臣叨忝獨冠古今方且示彼記言傳諸貽訓表一人之殊寵留百代之榮觀手舞足蹈徒申踴躍之心摩頂至踵豈荅生成之施無任欣戴之至謹詣闕奉表陳謝以聞

為文武百僚謝示鏡圖表　邵說

開元十八年張說已卒此表乃代宗時英華作張說非

臣等某言某日開府魚朝恩以所造周易鏡圖於中書門下奉宣聖旨傳示臣等仰觀易象遠見天心捧對循環載

欣載躍臣某中謝臣聞太極既立是生兩儀六書以畫卦四營而成易備君臣父子之道盡陰陽變化之源理亂吉凶必以類應自古哲后曾未研精爰及近臣莫聞訓習而朝恩深窮損益續以成圖陛下重有激揚示之於外臣幽觀妙用周覽玄言警誡人君恢張治道陛下欲成其政必在動而行之儻能建中於民實亦天下幸甚臣無任

謝賜碑額表　張說

臣說言伏奉今日恩旨賜先臣碑額悲荷交心拜捧以泣臣某中謝臣亡父先臣騭安貞下位不待昌辰先帝贈之以專城陛下日之以積善光賁重渥感慶三泉舉宗悲喜外姻歡賀昔孔篆吳札之墳秦存里子集作展季之壟辭集作事

輕列國義小陪臣豈若天王禮士鳳書旌墓榮軼曩賢道映來籍在臣在子移孝爲忠心効草木何酬雨露無任幽明感戴之至謹奉表陳謝以聞

謝脩史表　前人

臣某言伏奉今月十六日勑令臣在家脩史捧恩戴命且喜且慙臣服道儒門策名昌運掌綸四后載筆三朝階緣宿遇登（集作殘）躡端揆職爲斲於心畫史無用（集作閑疑）而功廢自貽官謗待罪私門反（集作歸）睯之感特（集作徒）深藏周之望已絕豈意特流天旨重緝簡書雖才慙左丘（集作馬）而時盛周漢況復編堯舜之年事皆目覩叙義黃之德言匪傳聞善志（集作悪）將訓於百王實錄可貽於千古國家之鴻業辦

矣朽臣之至願畢矣不勝天恩難任之至謹奉表附内侍尹鳳祥陳謝以聞

爲李僕射賀聖製政刑箴表　崔位

臣某言伏見聖製政刑箴天文昭囬八表皆燭睿藻稽古六經不刊（臣某中謝）伏惟皇帝陛下致理和平躋人壽域猶懷兢業重設箴規酌裁成立政之中求司牧措刑之本信成康之能事蓋堯禹之用心可以萬邦作孚千載垂範金石不朽日月俱懸爰自繩契已還歷選列辟憲章代有詞義罕攻湯製筍促於盤銘虞歌淡泊於琴曲横汾乃縱雅誥寂蔑無聞曷若光啓格言昭融至道勤萬機於一日

二日立盛德於先天後天長垂四目之明詎假百官之獻臣職惟方鎮忝蕃成誦已在於丹心述宜願播於青史臣限以所守不獲奔走闕下拜舞天階無任捧讀跪戴抃躍之至

爲戴中丞謝賜中和節詩序表　馬總

臣某言中使至奉宣聖旨賜臣勑書手詔并御製中和節詩序及尺等天睠荐臨睿文亮發仰觀俯愧祇懼若驚自受殊恩守玆遠鎮才拙日淺政未及人陛下頻降寵私驟施惠渥雖大君獎飾其道則然微臣駑猥豈宜及此臣聞先聖有作不相沿襲苟合天理順乎人心則可以垂憲百王布諸彝典側覽明詔以二月一日爲中和節事因祈穀

便賜歡娛兼賜臣御製書序一本尺一枝者伏以仲月良辰首建嘉節朝野慶洽君臣樂康助萌牙之發生擬天地之含育誠所以跨越周漢邁絕古今況聖人麗藻高懸日月皇儲妙翰益覩文明誕告萬方孰不歡抃又書同律度禮均衡石以尺頒賜固協其時敢不佩此謨猷謹於軌範限守邊鎮遂闕稱觴徒覩宴鎬之詩不厠賡歌之末無任兢荷歡躍之至

代李令公謝手詔爲製東渭橋碑文表　于公異

臣某言某月日某至伏奉詔命以臣收復聖旨褒揚特爲製東渭橋碑文皇太子書手詔賜臣及將士者驚拜捧荷魂神飛越臣聞霍光戴漢輔昭立宣鄧禹佐王寧人除暴

或道扶衰運或功格皇天纔聞麟閣之圖適及雲臺之紀未有事微賞厚用淺報崇廻辰象之天文降明離之筆札跪捧尋繹慙惶失圖事出古今感深臣子雖百身殞越曾未賁於片言九族燎離實難酬於一顧臣某中謝伏惟皇帝陛下邁軒皇之武德續唐帝之文思六義不足以財成五聲徒表於宣暢躬親庶政而睿藻日新化洽萬方而宸章間作頃屬克徒扇結都邑震驚陛下克讓斯在推功勿居廻天漢之文章賜光輝於臣下英聲茂實演奧窮微昭宣造化之情黼黻羲文之制顧乃上按彥範坎述子儀此皆功賛中興道化來裔纂循前緒陛下寔紹於耿光瞻慕勲庸微臣固無其影響此皆疑二字陛下特標文字曲降恩

私激揚雅頌之風儆厲人臣之節自家刑國垂範作程恩誠借於微臣道將周于天下足使懷忠服義爭死節以駿奔叉側危疑望皇風而懲華史籍之所未有自此而書人臣之所未聞自臣而始雖年踰知命筋力尚全國家西有未賓之戎東有乘邊之寇每煩宸慮尚集王師顧此生涯未知死所庶損微瑣之質少益覆載之仁限以戎鎮不獲奔赴闕庭輕陳懇悃無任荷戴惶灼之極

代陳司徒謝勅賜麟德殿宴百僚詩序表　王維

臣某言支使某官奏事廻伏奉某月日手詔賜臣以皇太子所寫聖製麟德殿宴百僚詩序日月揚光風雲動色捧受之次震駭失常臣某中謝臣伏以經天緯地者聖人之文多才多藝者元良之美迹一總前脩旋觀往冊考論盛事罕見全能故漢后詠歌有乖雅頌之旨周儲聰哲不聞翰墨之妙伏惟陛下道洽帝堯文趨繫表體陰陽之變化與雲漢而昭回皇太子德邁生知學資聖訓掩鍾張之筆札並虬鸞以飛動臣特承湛恩荷此殊錫集榮光於外府啓重寶於私庭班氏賜書既甚懸隔馬卿梘草曾未比擬又臣所獻奉和詩事等賡疑作歌情同率舞濫吹之音謬塵於天聽踰涯之賞忽降於絲言豈臣微力所宜負戴非臣捐軀所能効益無任榮荷感惕之至

謝賜中和節御製詩序表

臣某言中使至伏奉手詔并賜臣皇太子所寫御製中和

節詩序聖澤曲臨天文下降日月爛其光彩風雲蔚其氣色捧讀驚駭魂守失常臣某中謝臣伏以天地有常萬物必由其化陰陽不測聖人能爲之節然後垂文章以皷天下之動張宴樂以道天下之和三五以還盛美斯在伏惟陛下以道御物以文化成立言盡經緯之本秉筆節陽和之中雖天旨玄深理絶於彌度而眷詞煥洽義歸於德邵文輝三象諧同六律邁殷湯之晨露掩虞舜之薰風皇太子以聰哲之姿篆隸之妙鸞鳳之勢鍾王莫儔臣備守外藩獲承殊奬荷此非常之賜實惟希代之寶竊觀則河漢無極負戴則山岳爲輕沉族捐軀何階上答不勝欣感之誠謹獻應制詩一首章句疎蕪義理鄙淺君唱臣和歡逢

宴鎬之時濫吹徒歌輙効鈞天八之末塵濤凶旒宸伏深戰懼無任祗惕之至

為李大夫謝御製詩表　常袞

臣某言伏奉恩旨賜臣詩一篇并酒脯文迴睿思忽懸日月之光膳自御厨更覩雲天之樂感恩抃躍受賜兢惶施已重於丘山功未申於毫髪賞則過望臣何以堪無任感戴悦豫之至謹表陳謝以聞臣某誠歡誠喜頓首頓首謹言

文苑英華卷第五百九十二

文苑英華卷第五百九十三　表四十一

謝春冬衣 附祿廩

謝賜春衣及牙尺表　呂頌

臣某言中使至伏奉某月日勑書及所部將吏僧道百姓等伏蒙聖恩慰勞并賜臣手詔及春衣兩副金縷牙尺一面大將衣若干者天睠退臨恩波荐及跪承寵賞以懼以慙臣某中謝伏惟陛下德配二儀恩覃九有雖雲雨之施在物無遺而渥澤所加於臣為幸誠以任叨藩鎮才本庸虛威畧不足以暢皇風政術不足以裨朝政顧慙曠職常用夜懷今又特降寵臣俯延殊獎須以尺度承春令之溥臨賜以衣裳荷天慈之遠覆榮均將校慶被蒸黎歡心積於

萬靈喜氣盈於五嶺臣往塵近㩀負敗已彰洎守炎陬恩禮彌厚實懼無功之賜敢安逾分之榮仰戴鴻私捐軀寧報無任感恩瀝懇之至

為武中丞謝春衣表　劉禹錫

臣某言中使某奉宣聖旨賜臣春衣一副王人臨第御府降衣忭舞失容捧戴無措臣某（中謝）伏以律當春暮慶洽時邕萬物被薰風之和九天垂湛露之澤臣受任非次速尤是虞方懷匪服之憂更荷解衣之賜恩加畫飾榮掩朱紫而（集作以）為榮受非以膚顏形影而知（集作增）愧丹誠徒罄玄造難酬無任踴躍感恩之至

寒食謝新火及春衣表　武元衡

臣某言中使至奉宣進止賜臣新火及春衣等熒煌自天纖麗同降束帶斂衽盡飾之道已加捧炬廻光照臨之榮荐及臣某（中謝）臣以薄才濫居臺憲曠官尸祿驟涉歲年陛下未責前過尚容舊職忝陪班列兢惕每多載冒簪纓慙惶益甚今時惟清明律中姑洗當改燧火既荷惟新之恩未去緼袍更沐衣輕之賜猥霑鄙陋曲被幽微臣雖至愚豈不知愧伏以先皇之德未報陛下之澤又深揣分循涯過叨獎遇將仰申裨補俯効涓埃惟當以火燭心焚灼不忘於盡瘁以衣勵己夙夜常誓於糜軀嫉惡觸邪進賢惟善有死莫貳知無不為伏冀聖慈鑒臣冊慊（一作悃）無任踴躍屏營之至

謝勑書賜春衣并尺表　令狐楚

臣某言去二月日中使某至伏奉勑書手詔并賜臣春衣一副牙尺一條宸翰葳蕤寵錫稠疊捧受榮忭如將不勝臣聞衣裳在笥輿必有道刀尺為器用惟其人臣魯國小儒漢庭下士因緣霈澤汙染官牒顏嘗忍愧心不容憂陛下仁發於中惠周於外矜臣以溽暑之患賜之葛衣念臣無忖度之能降其寶尺輕新有楚廣狹不踰被服而炎蒸坐銷秉持而長短立辨揆才量力將何補於分寸運肘延頸實有靡於領袖當期畢命無以酬恩臣無任

謝春衣并端午衣物表　前人

臣某言今月日中使周某至奉宣口勑賜臣春衣一副并端午衣一副銀枕一口百索一軸累受寵光載懷兢懼自揣涯分若臨氷淵（唐諱）臣某（中謝）臣以昧於知人交逼元載合從牽累伏待刑章豈謂俯廻宸翰特有殊賜罪當褫帶忽頒御府之衣憂可傷生重延長命之縷更加珍器曲被深恩徒懷推食之仁立遣（疑作豈遑）素飡之責施均雷雨荷重丘山雖畢命以自期終粉身而無恨臣無任（云云）

謝春衣表　前人

臣某言中使某至伏奉勑書手詔兼賜臣及大將軍等春衣一副金縷牙尺一條拜奉天書光生萬里即受殊賜喜溢三軍臣某（中謝）臣素以膚虛特承聖獎寄深分閫恩重丘山祇奉朝章布宣皇澤藩夷即叙懸道廓清將士無戰伐

之勞四時沾衣服之賜况榮須及度禮叶典經敢懷寸進之心空積違顏之戀臣無任云云

同前　劉禹錫

臣某言中使陳日華至伏奉聖旨慰勞臣及将佐官吏僧道耆老集作壽百姓等并賜臣墨詔及春衣兩副大将衣四副王人捧詔御府降衣寵光不隔於遐藩慶賜猥霑於裨将臣某中謝臣素乏器能謬膺驅使每慙効薄常懼食浮陛下覃以至仁均其厚施寀元和而布澤順時律以頒衣出自禁中賁于臣下執領襘而抃舞失次被織柔而顧眄增輝舉體動容既安且吉在身不稱恐招鵜翼之譏居任集作位無功叨受鶴紋之賜下延将校同荷生成云云

謝賜冬衣表　陳子昂

臣某言中使某至伏奉某月日勑書慰問将士官吏僧道耆老等并賜臣手詔及冬衣兩副大将等衣一十五副者天慈遠致聖澤傍流海隅臣庶忭舞相慶臣某中謝伏惟陛下道弘文武任切藩維遠念戎旅之勤亟須時節之賜臣以謬膺寄理載涉炎凉効績無聞徒負歲時一作負敗将及恩私每降慙懼不寧今又俯浹宸慈曲延寵賚當祇寒之初候沐挾纊之殊榮佳氣集於城池喜容生於草木三軍叶慶萬井相歡况臣荷寵逾涯忝恩滋甚嘗燭無裨於景曜映滄徒願於朝宗竦踴遐方感戀俱切無任感恩荷懼屏營之至

同前二首　呂頌

臣某言中使至伏奉勑書手詔并賜臣冬衣一副大将衣兩副九霄垂露忽降天文萬里飛軺更頒盛服臣某中謝臣凡庸淺劣才不逮人謬荷國恩猥居方鎮自宣風撫俗循未周星朝章已布於蠻夷聖澤載覃於遠道将士等干戈久戢歲月空深曾無横草之功累受賜衣之慶伏以陽和生植不隔薰犹日月照臨寧分遠邇喜溢要荒之外榮均将校之中蚊蚋力微丘山難荷無任感戴兢惶屏營之至

二

臣某言中使至伏奉某月日勑書慰問将士官吏僧道并賜臣手詔及冬衣兩副大将衣五十副者清禁絲綸特臨

遠鎮中天雨露忽灑炎州感戴殊私抃躍無據臣某中謝臣頃踐臺司已招負敗洎分戎閫又寡威謀陛下歎纊闕遺含弘尸素恩深全宥德邁生成地偏而頒賜每臨節換而授衣先及王人宣勞降自烟霄宸翰昭融如瞻日月綢繆睿睠咫尺天顏三軍激踴躍之誠五嶺溢謳歌之響皇慈溥洽顧品物而均榮寵渥謬加在微臣而增懼非勤勞以受賜徒跼蹐以祗恩灰壤爲期豈云上報感恩荷懼屏營之至

同前三首　皇甫冉

臣某言中使某至伏奉勑書手詔賜臣及兵馬使都虞候冬衣各一副拜受綸言跪承珍服荷同山岳懼比氷淵唐諱

臣某中謝臣功微草芥寄重藩條每懷尸祿之羞實負曠官之耻豈謂天文廻照不隔於遐方御府頒衣更蒙於陋質傍沾偏將曲被殊私挾纊既及于三軍酬恩將期於萬死無任云云

二

臣某言伏奉聖恩賜臣冬衣四襲跪捧驚喜抃躍交馳臣某中謝臣功效微薄任遇寵榮使降專人衣裁御府寵光既極恩已及於解衣雨露既濡德又承於挾纊實亦發輝陋質煥赫私門未知此生何以仰報謹當訓厲師旅式遏邉陲用宣力於百身酬鴻私於一顧無任云云

三

臣某言某月日中使某至伏奉勑書手詔並賜臣冬衣一襲者清風早至白露初凝方思挾纊之溫忽報頒裘之禮跪拜受服形寃惕然臣某中謝臣學非博古才不動衆幸逢開泰列在方隅天高地厚未知所荅而時雨露洗太陽昭燭王人捧詔每降於上天御府賜衣不遺於下土既其輕煖加之麗密束帶而立周旋有光驚寒沍之難侵賀威靈之曲被無任感恩

同前　權德輿

臣某言九月二十日中夜孟國瑫至伏奉某月十七日勑書手詔慰諭臣及將佐僧道百姓等并賜臣冬衣兩副大將冬衣共四副者詔旨曲臨慶賜旁集凡在裨校一其懽愉臣某誠歡誠喜頓首頓首臣自違奉闕庭保釐河洛異戎師式遏之任非封部底貢之勤坐叨名器所謂尸素月日云邁寒暑迭來再及授衣之辰每蒙挾纊之澤被服輕煖章施賤陋彼已不稱於臣則多雖竭捐軀之誠豈逃濡翼之刺撫躬愧畏上荅何階無任慙懼感戴之至謹奉表陳謝以聞臣某誠惶誠恐頓首頓首謹言

此篇誤編在六百三十三卷狀門今移入于此

同前　令狐楚

臣某言某月日中使至伏奉勑書手詔等捧戴拜賜榮感兢惕軍城歡抃海曲光輝臣某中謝伏惟尊號皇帝陛下至仁育物玄德統乾恩被生靈惠周遐邇臣猥蒙寄任謬領

方隅寒暑驟移庸績罔紀王人忽降慈旨曲臨涉遐遠之道途敷殊常之渥澤詔書既啓仰觀垂露之華珍服俯臨實懼維鵜之刺慶同戎府榮及閨門况節戒玄冬戀深丹闕授衣感自天之錫盡力堅粉骨之誠屬垂溥天和布代化萬方昭泰四海無虞空知報効之勞願同犬馬未展消埃之績何荅丘山寢興靡遑慙懼交集無任受恩悃懇之至

同前　劉禹錫

臣某言德音爰錫降自煙霄黔黎沐賜共承睿渥臣某中謝伏惟皇帝陛下誕敷文教丕變時雍遐邇克清翔泳咸若臣繆膺寵任每愧素飡荷海岳之私無毫釐之績式用衣

裳在笥之戒惟媿輕暖被身載詠維鵜在梁之詩罔知死節之所誓當訓勵士伍寧輯閭里盡瘁竭心以酬天造臣與大將等無任感戴屏營之至

同前

臣某言恭承御封捧授恩錫喜懼交集精魂若飛臣某中謝臣夙荷寵榮累伏旄鉞西戎未殄無式遏之勞東郡已安有息偃之逸髙秋空度永夕知慙陛下亭育深慈生成大德三軍挾纊俯聽綸言九月授衣載馳天使臣被服既畢感戴難勝誓當罄節苦心死生立効敢以微軀陋質麗靡自安臣所守有限不獲奔走冊墀犬馬微誠伏增竊戀臣無任云云

同前　爲杜相公　前人

臣某言中使王國清至伏奉聖旨慰勞臣及將佐官吏僧道耆壽百姓等并賜臣墨詔及冬衣兩副大將衣四副者大明昭回遠燭下土殊錫稠疊延及偏裨慶忭失圖捧戴相賀臣某中謝臣謬承委寄獲守藩條灰琯屢移塵露無補陛下至仁天覆玄化風薰頒以兼衣賁茲瑣質降自天府光于轅門緘縢既開覩絲章之盛俯蹈舞而服發温燠於和寒愧塵補衮之名更荷觧衣之賜恩波下浹將校同霑共戴殊榮咸思竭節生成是荷雨露難酬臣無任云云

同前　符載

臣某言中使某至伏奉詔旨并賜臣及將士冬衣等來自九天頒于下土手捧目視霞開雪凝是何耿爾之賤質膺此爛然之盛服臣某中謝臣久在藩條無裨政術每懼素飡之責以成負乘之羞陛下含貸優容天覆地載伏念微臣之羸老且憂將校之寒沍賜之以衣服寵之以光榮俱無汗馬之勞已有維鵜之刺雖君父德大不求於所酬而臣子感深自期于必死無任感恩懇激之至謹奉表以聞

謝勑書兼賜冬衣表　獨孤及

臣某言伏奉某月日勑書慰問將士等跪承寵錫仰荷天慈忭躍周章不知所措臣某中謝陛下體仁恤遠崇德念功恩浹勳賢禮優方國臣行能無取志畧非長徒以嘗謬台司遂叨藩守誠寬覆餗之罪更切致寇之憂豈謂宸睠不遺天波荐及奬飾加於尸素恩竟逮於庸微嶺嶂萬里迴日月之私照偏裨一介沐乾坤之厚施緇黃載躍班白相歡騰喜氣於城壘舞祥風於旌旆臣曠官已久無補休明戀闕慈深又移寒燠累忝逾涯之賜敢安非據之榮丘山至重灰壤寧報無任感恩戀主屏營之至

謝加賜防閤品子課及全禄表　李嶠

臣某言伏奉恩旨加賜臣防閤品子課及全禄並以特進全給身若在京仍朝朔望者臣自叨榮職無補分毫抱疾沉痾有踰年歲蒙賜臣骸骨得守丘園方從麋鹿之遊分隔鵷鴻之侶不謂皇私廣被天造曲成迴日月之光更臨幽側降雲霄之澤俯潤凋枯歲時頒稟藏之儲朔望接縉

紳之禮無績無効虛忝於恩榮非才非賢謬霑於祿秩仁慈出於分外寵渥生於望表丘山厚澤猥及下流草木輕生何階上答臣苦腰脚軟弱不獲躬詣闕庭拜謝無任懇悚喜荷之至謹因晉守奏事奉表陳謝以聞

爲第五男謝加賜臣防閤品子課及全祿表

臣某言伏奉恩旨加賜臣防閤品子課及祿并全給身若在京仍朝朔望者臣運偶時來久叨匪服鍾鳴漏盡得保懸車逢舜歷之邕熙遂堯人之耕鑿乾坤含養之德尚貸光陰雨露霑霈之恩不遺枯朽特降綸旨優加祿秩更沐天慈許朝朔望大賜造於平分之外收無能於委棄之餘荷澤豢榮空深於忭躍殘生餘喘豈期於答効無任懇悚

喜荷之至謹附中使某官某奉表陳謝以聞

謝恩賜粟表　劉禹錫

臣某言伏奉今月一日制書以臣當州連年歉旱特放開成元年夏青苗錢并賜斛㪷六萬碩仰長吏逐急濟用不得非時量有抽斂（集有於字）百姓者恩降九天澤周萬姓優詔纔下羣情頓安某誠歡誠喜頓首頓首伏以災沴流行陰陽常數物力旣竭人心匪遑輒敢奏聞本求賑貸皇恩廣被玄造曲成旣免在田之征仍頒發廩之賜臣謹宣赦文節目彰示兆人鼓舞歡謡自中徂外臣初到所部便遇儉時今蒙聖慈特有賑恤主恩及物已爲壽域之人衆意感天必有豐年之應臣恪居官業不獲拜舞闕庭臣無任

謝恩放先貸斛㪷表　前人

臣某言臣奉五月二十九日勅牒據度支所奏諸道節度觀察使及州府借便省司錢物斛㪷等數內當州欠三萬六千二十三貫石並放免者殊私忽降逋債滌除蕃（集作一）方永安遐邇咸悅臣某誠歡誠喜頓首頓首伏以闕輔之間頻年歉旱田租旣須矜放公用交不支持承前長吏例有借便以救一時之急皆成積欠之名旣未支填常懷憂懼聖恩周洽洞見物情爰命有司使之條奏去其舊弊衆已獲安嚴立新規人知所措臣恪居官次不獲拜舞闕庭臣無任忭躍屏營之至

蘇州謝賑賜表　前人

臣某言伏奉去年二月十五日勅蘇州宜（集作宣）賜米一十二萬碩委刺史據戶均給者恩降九天澤流萬姓伏以臣當州去年災沴尤甚水潦雖退流庸尚多臣前月到任奉宣聖旨闔境老幼無不涕零詢訪里閭備知凋瘵方具事實便欲奏論聖慈憂人照燭幽遠特有賑䘏救其災荒蒼生荷再造之恩儉歲同有年之慶臣忝爲長吏倍萬恒情謹奉表謝以聞臣等云云

文苑英華卷第五百九十三

文苑英華卷第五百九十四　表四十二

謝茶藥 果子絲帛附

代武中丞謝新茶表二首　劉禹錫

臣某言中使某奉宣聖旨賜臣新茶一斤猥沐深恩弄霑殊錫承吉慶忭省躬慚惶臣某中謝伏以貢自外方名集作珍殊衆品效參藥石芳越椒蘭出自仙廚俯頒私室義同推食空荷於曲成責在素飡實慙於虛受臣無任

二

臣某言中使竇國晏奉宣聖旨賜臣新茶一斤猥降王人光臨私室恭承慶賜跪啓緘封臣某中謝伏以方隅入貢採擷至珍自遠貢來以新爲貴捧而觀妙飲以滌煩顧蘭露而慙芳豈柘漿而齊味既榮凡口倍切丹心臣無任云云

同前　柳宗元

臣某言中使竇某至奉宣聖旨賜臣新茶一斤者天睠忽臨時珍俯一作驟及捧戴忙驚以兢集作喜以惶臣某中謝臣以無能一本作惟辱膺臣謬司邦憲大明首出一作臨照無非得親仰於

雲霄渥澤遂一作流行忽一作遽先霑於草木况茲靈味一作品成自遐一作遠方照臨而甲拆惟新煦嫗而芬芳可襲調六氣而成美扶萬壽以効珍豈臣集作可非賤微膺此殊錫對恩敢同於嘗酒滌慮方切於飲冰十四字一作感恩思効百倍恒情撫事循涯隕越無地臣不任感戴忻忭之至

此篇本卷重出今已削去注異同爲一作

謝賜新火及新茶表　武元衡

臣某言中使至奉宣聖旨賜臣新茶二斤者慈澤曲臨恩波下浹光燭閭里榮加賤微驚歡失圖荷戴無力臣某中謝臣庸瑣無堪謬參風憲嚬官尸禄已涉歲年竊位妨賢心知不可陛下弘上天之私覆迴白日之餘光錫貢頒榮

布芳新於令節鑽燧改火燭幽昧於蓬門既荷惟新之恩更沐時珍之賜將何以仰申裨補俯効涓埃惟當焚灼丹誠激勵愚魯況先朝之恩未報陛下之澤又深省分循涯伏增隕越無任感戴屏營之至

爲田神玉謝茶表　韓翃

臣某言中使至伏奉手詔兼賜臣茶一千五百串令臣分給將士以下聖慈曲被戴荷無階臣某中謝臣智謝理戎功慙盪寇前恩未報厚賜仍加念以炎蒸恤其暴露榮分紫筍寵降朱宮味足蠲邪助其正直香堪愈病沃以勤勞飲德相歡撫心是荷前朝饗士往典犒軍皆是循常非聞特達顧惟荷幸忽被殊私吳主禮賢方聞置茗晉臣愛客

纔有分茶豈如澤被三軍仁加十乘以欣以忭感戴無階臣無任云云

謝衣藥表　張說

臣某言伏奉某月日恩勅賜臣衣及藥渥流璿極綵溢旌門拜奉忭集作戴舞感戴忻越集作戴欣載越臣受律爵方扞城無寄偏師不振逋寇仍滋進慙討日之功退積踰時之咎誠合歸罪司寇以壓深責豈圖天寵猥臨宸慈寬假當從褫服英華作非敗轉承且吉之衣宜肆典刑翻加有喜之藥毀車夷馬復振鑾和窮灰枯荑集作莖非重殷集作敷榮談蹈影邊塞馳心闕城微命旁殁集作投生成難謝無任感戴之至

謝賜藥表

臣某言去年某月日於右銀臺門蒙天恩引對特承慰問攝理無方以致熱疾縁在假内不敢奏聞聖慈憂軫詔使臨門伏枕在床雖體氣未適趣風拜命覺膝理遂平恩榮豈止於丘山朽質永延於龜鶴無任感戴之至謹奉表陳謝以聞

謝賜廣利方表　劉禹錫

臣某言中使至伏奉某月日勅書手詔賜臣元集要廣利方五卷者將吏森列黎元寂聽綵言溥及感荷德音緗秩頒開皆覩聖作臣某中謝伏惟皇帝陛下玄風御宇教以五常赤子愛人念其六疾遂長驅和扁高視農軒刪彼繁蕪撫其簡驗莫匪十全之妙不勞三代之醫況慮軫服乘

療覃牛馬圓首方足畢荷亭育之恩含齒帶觡盡歸仁壽之域臣奉明詔併工繕録俾封疆之内日月俱懸雖聾瞽而必知在幽偏而亦達臣所守有限不獲走奔闕下蹈舞彤庭無任踴躍屏營之至

謝賜藥方表　符載

臣某言中使朱萬春至伏知聖旨念臣風疾賜臣手詔并賜御札藥方四道天使忽臨宸翰猶濕跪捧驚越不知所從臣某中謝前月九日臣飲食失宜誤爲熱風所中初甚沉頓肢體不安今漸調護稍用衰退伏以微臣之疾貽陛下之憂降駟騎於雲霄出神方於禁掖循端究末味寂思精補神農之闕遺笩桐君之漏畧乾坤恩重螻蟻感深將

欲調和已知平逾此所謂半枯之樹遇陰陽而扶疎旣涸之魚值洪波而奮迅仰天忭躍踴地兢惶惟兩曜以鑒誠何百年之可報不勝感戴懇迫之至

謝賜衣甲及藥物等表　令狐楚

臣某言中使某至伏奉勅書手詔兼賜臣衣甲器械刀斧銀器及藥物等幷賜臣下軍將者賜因寄重報覺身輕蹈舞若驚載忻載躍臣某中謝臣力慙致（一作毅）果迹忝理戎六月之師纔申國討九天之詔先布皇慈將以忠勤恤其暴露側身拜命覩物知恩念臣或抱羸痾是加藥物矜臣必摧兇醜載錫戎裝兮倍六鈞刀逾百鍊衣分玄甲戰則保全器有白金食唯豪貴寵連諸將榮冠一時漢主賜人

空聞寶劍宋朝頒藥但理金瘡豈如兼備五兵盡蠲萬病榮玆陋質感戴奚殫無任感恩捐軀之至

為宰相謝賜果實等表　孫逖

臣等今日頻承賜賚累降珍鮮飽德空深荷恩無力伏以甘果之實今則非時寧唯自遠而來固亦以少為貴當供御膳以備天廚何幸小人之腹忽辱非常之賜未施塵露空忝稻粱悚戴慙惶罔知攸措謹奉表陳謝以聞

代武中丞謝新橘表　劉禹錫

臣某言中使某至奉宣聖旨賜臣新橘若干顆特降恩光猥頒慶賜珍踰百果榮比兼金臣某中謝臣伏以冊實初成苞貢爰至芬馨味重方列於御筵雨露恩深忽霑於賤品感同推食事等絕甘豈惟適口為珍實冀捐軀上答臣無任感戴之至

代武中丞謝新柑表　前人

臣某言中使某至奉宣聖旨賜臣新柑若干顆猥（集作持）降殊私再頒名果自遠稱貴以新為榮臣某中謝伏以果實旣成南方有貴瓊芽合貢中禁為珍（集無此四字）方外貢來人間未覩黃苞輝穎雕俎增華芬芳初佐於天庖慶賜忽霑於（集作遂霑於）凡口甘踰萍實剖食旣同於楚謎寒比柘漿析醒何慙於漢史恩光斯重尸素彌彰誓當捐軀以申上答（四句集作感恩恩効倍百恒情）臣無任感戴之至

為武中丞謝賜櫻桃表　柳宗元

臣某言中使某至奉宣聖旨賜臣櫻桃若干顆者天睠特深時珍荐降寵驚里巷恩溢圓方臣某誠喜誠懼頓首頓首伏以含桃之羞時令攸貴況今採因御苑分自天廚使發九霄集繁星而積耀味調六氣承湛露而不晞盈堦而外被恩光適口而中含渥澤顧慙素食彌切自公豈徒君子所先遂厭小人之腹無任感恩喜荷（集作懼）之至

謝進橙子賜茶表　常袞

臣某言中使某至奉宣恩旨以臣所進太清宮聖祖殿前橙子賜茶百串榮賚非次承命兢惶伏以陛下尊玄元於上宮本枝旣盛降馨香於嘉木果實自珍常令護領之司及時採掇以進臣謬當率職正在戎期豈望皇澤之曲臨

寵及下臣之私獻貪天是懼踏地戴惶無任

為御史大夫婁師德謝賜雜綵表　李嶠

臣某言顯福門宣勑出綵八十段賜臣充軍裝臣才質駑下智能短乏謀非上畧識豈中權謬奉殊私猥叅大任雖鑿門之志必掃妖凶而受鉞之功未宣戎幕遽延寵命先承優賞懷恩撫拙既懼且慙唯當誓骨銘心永緘天地之施觸鋒突刃常為士卒之先庶邀犬馬之勳遂戮鯨鯢之黨七擒三捷誠所庶幾九死一生豈當還顧無任悚戴懽忻之至謹奉表陳謝以聞

為定王謝賜錦表　前人

臣攸暨言伏奉恩旨以臣昨扈遊上苑執轡還宮特賜臣

瑞錦一疋臣某中謝承輝日月漸潤雲霄叨符聖慈累延宸照遂得入陪金殿出捧玉輿瑤水叅八駿之遊瓊臺翊三龍之輦榮兼侍從寵冠宗枝捧日無以儷其歡登天未足儔其樂昔蟻封落絲不廻叅乘之恩駟馬從良寧承附輿之澤在臣叨忝實邁古今徒欣不世之榮豈望非常之賜況臣地兼臣子職奉君親暫尋咫尺之途纔捧神仙之馭有何殊効合降隆私陛下恩愛曲成綢繆累洽俯廻珍異猥及庸微跪開緘題伏視文彩爛若朝霞之初起曄如春花之競發成都濯具本自非儔朝鮮製衣制如難擬方且裁而學政希勉勵於天工服以晝遊庶光榮於戚里効微施廣徒益慙惶恩重命輕罔知酬荅無任悚佩之至謹詣閤奉表陳謝以聞

謝勑書及綵綾表二首　李邕

臣邕言內使左立真至伏奉去年五月二十日御禮慰問并賜綵綾章服跪捧天書勢在龍武仰瞻禮物色映虹電慙戴汗流戰懼心慄臣某中謝臣聞食曰人天實生生之厚道稱物母得存存之多伏惟陛下載以坤輿覆以乾宇排衆口之謗開獨見之明生臣存臣至於數四寵及問及彌於再三豈魯陽胥人景曰廻照荊樹散木慶雲結陰臣是以坐有所思行冀所得求西山之藥願補聖躬論東户之人以分帝念識愚不足以廣聽事蹟不足以動忠夫何望焉非所隱也豈謂塵壤見納推言不遺獎以及誠許以

佳士澤深巨海德重崇丘扃云家奉賜書光華九族物延世唐諱舊褒寵百齡淥水之龜且能廻首黃華之鳥將以誓心惟報主之未由恐殺身之無益不任戴荷欣躍之極謹因內使左立真附表云云

二

臣某言伏奉去年月日御札特賜臣章服綵綾等八體神變廻龍鳳之殊姿五色暈開動雲霞之仙氣臣誠歡誠喜頓首頓首臣聞礎之潤也是足興雲戈之鋒也或能照水雖言微物有以上通常未察焉今可明矣伏惟陛下一武一文彌綸之道乃神乃聖跡造化之元盛業極天鴻休紹古子育庶物臣伏百蠻溟渤不波沙朔無障太平之律

大聖之功不得已而用之猶且增高彌短廣大衆流録賢
傾守内之心捨過求天下之俊所以喁喁者將百身以効
節區區者願一報以瀝肝况臣拔自九原出於萬死再收
骸骨更造衣冠舌在不足以歌尭命存未能以報國豈謂
上仁德廣澤利無益之臣博愛理深慈育不才之子天門
下詔横筆陣於長山御府賜衣列錦川於淄水臣道子道
何顏受之今恩昔恩咼云報者戴天知重望日懷慙無任
悚惕震惶感戴忭躍之極謹昧死逅表陳謝以聞

為封大夫謝勑賜衣及綾綵表　張渭

臣某言中使某至奉宣勑旨賜臣衣若干事目靚絲綸手
披篋笥新衣二稱虹電間出綵綾五色鸞鶴互飛臣受鉞

西門建旟北府地僻萬里天遠九重豈意仁出於聖心賜
出於御府白日亭午忽蒙慶雲之惠清秋届節偏承王露
之恩負丘山而忘疲瞻闕庭而莫見臣無任

謝内宴賜錦綵器物等表　常衮

臣某言伏奉恩旨賜臣内宴仍賜錦綵綾絹四百匹瓶盤
五事衣二副并柑橘等殊常之寵上戴若驚伏惟寶應元
聖文武皇帝陛下恭儉以行禮慈惠以布政式厚君臣之
義爰崇饗宴之道至如醴以命宥幣以將意非有方叔之
勲曾侯之親則不可以禮奉和之樂溥將之也臣以至愚
承弼無益尸官夙夜自惟兢惶失次尚蒙慈恕猶厚樞衡
荐沐鴻私歡承嘉惠接雲霄之上境陪勳戚於内朝宸威
俯臨以戰以悚中食循省實慙孤賤微生遭逢一至於此
屢眷流渥慈賞過豐廣乾坤而行慶俾下臣之受福束帛
加璧申錫在於王庭珍器黄柑浹洽至於歸第拜恩初喜
審分增憂臣實非才事無任效待罪已久冒榮則多况戎
患未寧寅車尚駕聖懷所軫日旰忘勞躬行儉素以濟軍
國臣之俸禄猶合助邊臣之服用敢安私室今又俯霑慶
賞將此勞臣雖宏覆曲全務於均施而冊誠上感實愧無
功不勝荷懼屏營之至

謝賜銀器及疋帛等表（此篇是辭賜表非謝表）　于邵

臣某言今月日中使奉宣進上賜臣銀器壹瓶合各一銀
榹一并盖錦帳一錦九疋白熟綾十疋色羅五十疋雜綵

一百三十疋者恩私荐及跪捧增慙雖雨露殊深而心魂
若厲何則臣之受遇有異朝班任重元戎榮登上相自當
盡瘁與國同憂豈比常人妄加厚賜况戎夷初退帑藏猶
虚每欲傾家以供國用區區之願神明所知乞回此物復
歸内府下以備六軍之寵賜上以奉一人之宴私臣之鄙
懷於斯萬足其器物等臣已勒押衙試少監郭某詣右銀
臺門別狀奉進　云云

謝賜錦綵綾銀器等表　高郢

臣某言伏奉恩詔以告祔禮畢賜臣錦綵一百五十疋銀
椀一無庸受恩不知所措臣某中謝伏以禘祫元祀從祔
大經酌禮求中聖情合於天地奉先致孝精意刑於四海

臣職叨禮闈（一作衬）獲奉皇猷欣盛典於無窮顧微生而何
補謬霑慶賜竊自慙惶無任

文苑英華卷第五百九十四

文苑英華卷第五百九十五　表四十三

節朔謝物（附宴賜）

謝端午賜物表一首　謝端午賜衣表一首
為田神玉謝端午物表一首
謝端午賜衣及器物等表六首
謝社日賜羊酒等表一首
謝冬至賜羊酒等表二首
謝賜遊曲江宴表一首
謝京城東亭子宴送表一首
三月三日為百官謝賜宴表一首
謝觀內宴表一首

為宰相謝賜宋穆公主池亭宴表一首
謝賜宴表一首　為楊中丞謝設表一首
代百僚謝許遊宴表一首
為宰相謝內宴表一首
為兩省官謝內宴表一首

謝端午賜物表　李嶠

臣某言中使某至伏奉手詔慰諭并宣口敕賜臣端午衣一副及銀椀百索等蕪賜大將衣若干副者天書綢繆聖澤汪濊被服輝煥承恩隕越臣某中謝臣聞日移東井律應南風正陽為納慶之辰長嬴表文運之節臣謬膺任使備位守臣撫封而多愧無能望闕而遥思獻壽而陛下恩

覃率土罷並勳賢俯因初五之辰遠頒尺一之詔衣垂纖靡之盛器飾雕刻之珍則辟邪寧假於赤符蠲癘詎勞於朱索况賜霑裨將化洽方隅仰荷殊私實慚非據誓將誕敷渥澤保定藩維變淳風於邑里宣戎政於軍旅俾谿洞安靜波濤不驚伏惟皇明俯照冊慊臣無任

謝端午賜衣表

臣某言中使某至伏奉手詔慰諭并奉宣聖旨賜臣端午衣一副銀椀百索等大將衣兩副者王人遠臨天賚下逮承恩捧詔悸心汗流臣伏以正陽届節初五授時萬國獻珍以稱壽九天垂衣而納慶至如靡麗出於王府頒賜及於方隅蓋所以褒寵有功旌異有德顧臣庸劣未補涓毫

沐日月之齊明與勳賢而並命猥將固陋之質獲茲器用之深衣降九天懼興剌於鵜翼縷分五色增長壽於尭年何角黍之足稱豈纖縿之爲比况賚及裨將澤被戎行顧茲殊賜實愧非據臣一至湖湘再周星歲扇皇風而蘇息黎庶布聖澤而底定封疆今井賦不愆軍旅知訓庶期獷悍之倍獲躋仁壽之域伏惟鴻造俯察冊誠無任

爲田神玉謝端午物表　張說

（田神玉大曆中爲節度張說開元十八年卒此表疑邵說代作英華恐誤）

臣某言中使某至賜臣母趙國太夫人手詔并衣一副銀椀一事百索十軸兼賜臣勑書及手詔并衣一副銀椀一事百索十軸又賜將軍等衣共五副百索共二十軸者聖

慈稠疊感戴無階臣某（中謝）臣恭守舊規謬知重務功勲毫髮寵荷丘山蒲篋詔書偏承睿顧傾家服玩皆自天來叶彼良時旌其益壽淮南藥椀對此殊輕漢帝露盤方斯匪重索盈千縷衣倍五時雨露恩深不遺於老母乾坤施廣遍及於下臣受賜若驚銜恩載躍誓當戮力柢奉威靈縱有百身何階報効臣無任感恩

謝端午賜衣及器物等表二首　常袞

臣袞言中使羅希皎至奉宣恩旨賜臣衣二襲金銀器物十事百索兩軸扇一柄特降王人俯臨私第捧承殊賚祗荷失圖臣袞誠惶誠恐頓首頓首伏以聖政惟新方求至理天心所待豈止常才在臣庸愚何足驅使自受恩寵

已積三旬尸素廟堂未有能事固宜歸責誠合避賢聖恩優容寵渥逾厚今屬三（疑）陽届節五日御辰下濟天光曲流睿澤王人班器司服降衣飾其盤盂示以金玉王度總其領會（一作繪）將何以黼藻朝章佩色絲而表祥捧輕箑而迎暑寵光逾分憂負難勝出自禁中珍華未覩在於臣下服用敢安既承飾外之恩彌積善中之懼無任感戴屏營之至

二

臣某言中使某至奉宣聖旨賜臣衣兩襲金銀器物十事扇一柄百索兩軸伏以塵忝台司曠廢事任遭逢若此報効無聞罪譴未知已荷曲成之施庸愚不逮恐傷則哲之

明所以極月宸嚴懇祈罷黜中慈未允外責彌深徘徊遲恩覗愧朝列四時之錫累沐寵私五日之慶又蒙榮賚衣服器用特降珍華殊賤凡微曷堪光飾況師旅在外疆界未寧日費千金箪無半菽今有功之士賞或未周無益之官（一作臣）寵之過厚已紆成命不敢上辭惶赧拜恩實慙虛受無任荷懼之至謹奉謝表以聞

同前　呂頌

臣某言中使至伏奉詔書并賜臣衣一副金花銀椀二枚百索一軸大將衣兩副大明生東無遠不照時雨潤物有形必霑臣某中謝伏以朱明屆節端午良辰寶曆叶於重离聖壽齊於兩曜臣凡愚賤質草木微軀謬居藩鎮之榮

獲守黔巫之地豈意聖慈天覆不隔遐荒珍物出於九重麗服延於萬品臣與將校等雖備戎旅素乏勳庸當蠻徼廓清之時霑普恩頒賚之慶榮分閫外喜溢行間仰戴殊私罔知所報不勝抃躍之至

同前　權德輿

臣某言中使陳忠玠至伏奉（集作准）前月十七日手詔賜臣端午衣一副銀椀二隻銀鈔羅二（集作紗羅）百索一軸并大將衣服等慶賜遠降天顏如臨恩光綢繆器服輝麗成周士吏居守輿師喜氣歡聲以感以抃臣某誠欣誠荷頓首頓首伏以斗杓建午之初日永星火之際陰陽慶接天地氣交陛下法象乾坤順行時令賀獻本臣子之志寵賚延君上之恩孱微無庸跼蹐斯甚佩長命之縷俾壽而臧捧在笥之衣既安且吉然後大敷渥澤盡感鴻私顧已難酬此生何幸無任荷戴踴躍之至謹附中使陳忠玠奉表陳謝以聞臣誠歡誠抃頓首頓首謹言

同前二首　劉禹錫

臣某言中使劉元弼至奉宣聖旨慰勞臣及將佐官吏僧道耆老（集作壽）百姓等兼賜臣墨詔并衣一副金花器三事絲索（集作絲絲）一軸大將衣四副絲絲五軸寵光荐至慶賜曲霑忭舞失容捧戴無力臣某中謝伏以朱明仲月端午佳辰萬國被薰風之和九天垂湛露之澤臣幸逢休運獲守外藩叨承睿慈偎霑（集作受）榮賚發詔而煥窺宸翰（集作象）振

衣而頓失炎威色絲表祥載光於佩服珍器充玩盡飾於圖方恩輝既盈喜懼交集下延裨將共荷鴻私

二

臣某言德音曲被喜溢群情厚賜遐頒榮霑陋質臣某中謝伏以蕤賓在律端午御辰慶列冊墀守藩莫及恩隨綵縷捧軸難勝況衣極珍纖涼生溫暑器皆照爛光發户庭竊慙彼已之詩敢忘蒲盈之誡惟當蒞戎有勇訓俗知方永懷銘縷之誠冀申赴蹈之節臣與大將無任感戴踴躍之至

謝社日賜羊酒等表　常衮

臣某言內常侍王子昇至宣奉聖旨以社日賜臣羊酒脯

腊海味油麪粳米等仍特賜藥飲者喜抃失容兢慙無措
臣誠惶誠悚頓首頓首臣叨踐台階已速官謗聖慈矜宥
殊貸曲全猶使省近掖之文重高門之地白骨再起飛寃
復還感恩若驚雖死何答伏以宰輔之任燮和所關自項
愆陽向逾累月近方降雨今復周旬致令水旱不時陰陽
失序若令歸責臣亦何逃故事昭然所宜黜免且勾龍立
社祀典攸書大稷主農國章斯在以享田租以報秋成今
穎實未登粢盛乖望是君積憂之日是臣獲戾之時豈望
慶自雲天曲容酒食之宴恩霑疵賤下及膏粱之珍醉樂
空比於堯人宰平實慙於漢相無功受賜有靦何逃上戴
寵私益深惶惕無任忭躍屏營之至

謝冬至賜羊酒等表　前人

臣某言中使某至奉宣恩旨以至節賜臣米麪羊酒猪鹿
雜味等伏以非才曠官微臣之愧恥待覓責薄聖造之矜
容貸罪則多負恩已甚進思無補退復何顏以周官之職
且乖於水旱而漢臣之賜空積於歲時屬北陸涸陰南郊
迎日古今良節朝野同休天慈過深榮賚逾厚王人結駟
膳宰騈輜特減內庖之珍遍賜遠方之異光華里閈充溢
門閭臣本布衣列於賤品千年遇聖忽至層霄萬死酬恩
豈裨大化素丼藜糗既飽於梁肉多乏濁醪既醉於醇酎
荐沐非常之寵不知所忝之由火長對筵悲歡相慶何功
而至此何力以任之捧戴若驚慚惶交集無任

同前

臣某言中使某至奉宣恩命以至節賜臣者聖旨頻降榮
賚過優以周官百品之珍載須其實雖魏臣五熟之釜豈
容其多受賜踰涯拜恩失次臣出自孤微素常貧苦食不
蒲腹竊誠脩身且祭不揜豆飯惟脫粟昔賢之美其儉可
師敢望豐盈重彰尸曠而雨露偏施歲時益榮俾奉先之
饗味兼陸海合族之宴丼及膏粱又沐深慈下霑中饋以
感以慶啓處難勝無德無功慙惶罔極云云

謝賜遊曲江宴表　李邕

臣邕等言臣聞昔持人君之德也大撫萬國必親諸侯是
以通下情序賓禮伏惟陛下因遇上巳权接下臣順發生

之時弘在鎬之宴仙厨和鼎浹洽於廣筵舜瑟一作樂歌風
均調於曲水士女車騎充溢山川林薄光華纚連城闕臣
等撫躬何幸報德無階空慙尸素之名豈適輪轅之用不
任戴荷忭躍之至謹詣朝堂奉表以聞

謝京城東亭子宴送表　張說

臣某言力士至奉宣勑以臣臨岐特令賜宴恭承恵渥念
及庸微天地同仁木石知感不勝惶悚戴荷之極臣某中
謝臣歷覩自古君臣凡所際會或因緣黨進或延接功成
故未竭而知不言而信豈有地孤援寡毀衆謗深察蒙蔽
之中致曠蕩之外逢陛下特達之遇當陛下聖明之朝事
出非常澤均恩重今者誓將瀝血未足竭誠徒欲殺身豈

能報德至如勵精勤政與直守公酬陛下憂人之心行陛下弘道之化敢安失墜以負神明但一函關路遥長安日遠不任戀主悽愴之至

三月三日爲百官謝賜宴表　宋璟

臣某言臣伏以漢崇元巳齊曰上遊咸聞執蘭以盛禊飲洛水之會囂呼不足紀也求和之遊觶陋不足追也臣等生逢多幸遇會聖明賜與榮渥逾溢涯分詢於史策超軼古今臣某中謝伏惟皇帝陛下屈巳愛人布和施恩慶賞所及萬國歡心財成之道與天悠久爰以令節錫宴公亭華（集作畢）奔文茵俱來天上嘉餚清酤亦自大官欣歡之聲浹於億兆銜感之至形於頌歌而天心霈然宸章煥發曲

蒙賜示捧讀競懼涵泳五音光輝二雅流於篪磬未播無窮豈臣庸愚詎能思度今狂屬衰息年穀屢登俗被湛恩人歸壽域讌遊高會適助時康况上宰冢卿脩替長劍前後羅列小大相從所以序聖朝之多士爲百代之風流臣等叨榮無任懇迫報効何日進退知慚不勝欣抃之至

謝觀内宴表　前人

臣某等言伏以雲韶是稱天樂華夷不覩庶品徒瞻伏惟皇帝陛下慶浹人神惠敷雲雨合歡於八仙伎降於九重遂使六樂增唱萬人駭嘆豈激楚之足匹何鈞天之能擬况復飾無貨寶衣用大帛遠而望之如金翠之旅近而觀之同戈綈而髣其廣大也可以俗應陽和其純儉也可以

人知執物故能作程海内垂裕天長望編史冊永彰明聖臣等不勝悅豫之至

爲宰相謝賜永穆公主池亭遊宴表　孫逖

臣某言内使趙侃奉宣恩旨賜臣等明日於永穆公主池亭遊宴者謬承天澤頻賜春遊小人之腹每辱於珍膳下里之聽屢聞於仙樂殊私荐及榮施難酬雖朝野多歡實樂太平之運而涓埃莫効慚懼非據之恩無任悚灼之至謹奉表陳謝以聞

謝賜宴表　常袞

臣某言臣一昨特荷聖慈曲承寵會今日又奉進旨臣兄太常丞臣某亦霑内宴仍賜錦綵百疋衣一襲并銀器等

非據之任已忝股肱曲承之恩更及骨肉仰天增愧何地有安臣某中謝臣聞禮之制也以飲食親宗族詩之義也以愷樂宴嘉賓以通上下之情以展君臣之義將以裨於風化故無謬於寵私伏惟陛下稽古以理宗儒之教示其恭儉之訓溥頒雨露之恩叶時布和式崇饗宴至於需以酒食昭其慈惠必先宗戚次及舊勳臣出於孤賤又乏功勞無所克堪豈宜廁列臣兄何幸又沐殊榮寵極膳羞之珍禮優筐篚之至合生成於同氣聚慶賀於私庭昔人獨咏於鹿鳴在臣兼輝於鴈序手足無措揣分空慚形影相顧捐軀何答臣無任

爲楊中丞（集作湖南）謝設表　柳宗元

臣某言中使某乙至奉宣聖旨賜臣長樂驛設者恩榮特殊宴飲斯及顧茲厚禮猥（集作微）躬臣某誠懽誠慶頓首頓首臣以多幸屬此昌時任重方隅職叅文武并受素飡之刺知無肉食之謀以憂以惶寢寐無措豈謂鴻私繼至豐膳爰來陸海兼陳酒（集作酺）醴皆設庶當奉揚聖澤覃布遠人流愷樂於皇風均乳哺於赤子火陳微効上答殊私無任感恩抃（集作欣）躍之至

代百僚謝許遊宴表　呂温

臣某等言今月二十三日宰臣奉宣進旨（集作止）如聞百寮士庶等親友追遊公私宴集及晝日出城餞送每慮奏報自今已後各暢所懷者志存必信義切同休令行如春神

應若響寒木曄潤嚴風變和推已感於人心發生先於天意臣某中謝臣聞與人同其樂者不必盡致於韶夏之庭在夫不奪其歡而已與物致於（集作其）誠者不必日効於冊青之信在夫不察其細而已況乎縉紳之樂名教聚皆以類臣子之事君父游必有方豈足輕聳物情遽塵天聽伏惟皇帝陛下光纂十聖威臨萬方（集作國）神武功就人文化成窮溟無波豊歲將宴（集作晏）樂奏穆清感深乎共樂之道駕言遊幸思所以適人之方爰詔輔臣式將明命優諭卿士達於庶人琴筑追遊無憚京輦（集作轂）輜軿送遠勿限嚴城禁吏司之苛察盡朝野之歡泰始覺飛沉之樂宇宙之寬物不自疑人知所措（集作得所）在宗載考夜飲承湛露之恩求友相鳴時宴奉祥（集作需）雲之慶浹休聲於夷夏蒸喜氣於山川千載之昌運允符百王之遺美斯舉臣等謬膺寄任親奉休明方感生成之德更蒙優貸之詔恭承睿旨務竭歡心飽思屬厭醉念温克戒竹林之虛誕去金谷之浮華君雖不察於泉魚臣敢有愧於屋漏承歡且懼居寵彌驚稽首知慚殺身何報無任感恩兢惕之至

為宰相謝內宴表　錢珝

臣某言臣聞古之王道美在詩人爰徵式宴之名則有鹿鳴之什俎豆既列筐篚亦陳群臣享而受之得使盡其心也能追古道實在哲王臣某中謝伏惟尊號皇帝陛下聖文有作臨照克明昨者以告見祖宗率兩宮而偕行重典

祈禱天地感百神而已報豐年方屬清和更弘慈惠遂當暇日乃闢廣場既接輔臣兼延卿士我心則悅洞開咫尺之顏不醉無歸畢降獻酬之禮而又深形睿旨新製樂章但臣等忠則有思拙而無術陛下勉其翼戴播在絃歌竊聽鏗鏘空知慚感為恩如此何力可勝徒以宮殿飾同（疑）文符混一舞成奇字更俟太平待季子之請觀笑吳宮之教戰盡如觧愠詎異聞韶況凡有嘉邁親令下筋巨細之事指顧不遺鴻私曲被於茲辰寵遇頻踰於往列仍蒙賜賚且極纖華伏自侍宴已來還家自省燮理欲酬於玄造絡乏嘉謨傳聞空徧於遠方彌光聖德君臣共樂史冊可書臣某等無任銜恩洊感歡榮忭躍之至

爲兩省官謝内宴表　前人

臣某等言臣聞謂傾心於百辟向日雖同觀拱極於衆星在天各遠所以會朝之地每隔冊墀而燕私之嘉忽親黼扆注渥恩而則可求故實以未聞事出常倫感深庚位臣某等伏以考擊鍾鼓鋪陳几席恭惟列聖常命周行且屬宴安仍須物用匪勞規畫始就歡娛今陛下以尚念多難不爲自逸外開貢輸之數内無饒羨之資蓋以臨昧旦而謁宗祧褒章必具仰昊天而祈稼穡卉澤已頻方當行慶之時且欲與人同樂昨者昭垂睿睠俯接群僚忘憂而飲備六清既飽而羞踰百品戒膳夫之失飪詔酒正以如澠賜者鮮關行之皆徧飾喜則聲從禹律製曲則音自堯聰

樂和而鳳鳥應來舞妙而薰風共轉曲形文字全爲生靈承天詔以成觀燕聞金石泛恩波而已醉不待罇罍栢梁殿唯召詞臣華林園亦非客座共當異寵難並茲辰光柬帶而更勵立朝顧紼纁而彌慚勝質則微臣非徒享滋味聽鏗鏘而已霑纓感德稽首拜章臣某等無任荷恩激切榮躍屏營之至謹奉表陳謝以聞

文苑英華卷第五百九十五

文苑英華卷第五百九十六　表四十四

節朔謝物二

謝臘日賜臘脂口脂表　李嶠

臣某等言品官劉阿道至奉墨勑賜臣等臘脂口脂等物恩命忽臨喜抃交至手舞足蹈心慚意悚伏以安寧戒序嘉平在節白日臨於暘谷繁霜入於露寒衛林始椁疑桂筵豐暇青牛帳裏木輟鑪香朱鳥窗前新調鉛粉因三冬之吉慶造六宮之脂澤糅之以辛夷甲煎燃之以桂火蘭蘇氣象滋奩香銜翠幄以光金屋之仙卿以賜瑤房之帝嬪南國容華之人從來未識西京妖冶之妾何時可見臣等叨膺天命謬據留臺雖天動星廻隳謫於侍從而雲行雨施更延於恩渥猥承郵驛曲賜絲綸分入子之膏腴及

三臣之瓆䁥竊窺明鏡已覺衣冠之不任旋顧粧奩遂成
箕箒之多幸身輕塵露佩德空深既等丘山殞身何答無
任踴躍屏營之至

謝賜香藥面脂表　張九齡

臣某言某至宣勑旨賜臣裛衣香面脂及小通中散等藥
捧日月之光寒移雪海沐雲雨之澤春入花門雕奩忽開
珠囊暫解蘭薰異氣玉潤凝脂藥自天來不假淮王之術
香宜風度如傳荀令之衣臣才謝中人位參上將疆埸効
淺山嶽恩深唯因受遇之多轉覺輕生之速臣無任

謝賜新曆日及口脂面藥等表　邵說英華作張說非

臣某言中使某至伏奉某月日墨詔賜臣新曆日一通并

口脂面藥紅雪紫雪等窮濵之上寵詔忽臨大蜡之辰慶
賜爰及跪承慈渥戰汗失容臣往塵近掖實曠天心洎守
遐藩多昧戎畧殊私未答官謗將營陛下聖德包荒宸嚴
曲貸猶存寵任便浹恩波覆燾不遺於遐陬賜賚亟霑於
尸素況日官頒曆承敬授之規綸旨宣慈沐逾涯之奬蘭
膏滋潤絳雪珍芳捧持而炎瘴自消潤飾而衰容坐變丘
山非重草芥至微雖百其身豈酬鴻造無任感恩瞻戀之
至

謝墨詔賜曆日口脂表　前人

臣某言伏奉月日墨詔等恩波遠被寵賜荐臨捧持傾心
踧踖無據臣某中謝臣分麾五嶺謬竊殊榮涖鎮三年竟
無績効陛下不遺舊齒猶奬非才恩禮浹於遐藩慶賜覃
於令節天心弘覆慈旨優醲頒聖曆以授時降寵恩而撫
俗薰風溥暢陽景照臨輝華遍於草木忭舞盈於路衢蘭
膏絳雪沐雨露之湛恩陋質凡姿荷乾坤之厚施伏以三
元在近國度維新百辟獻芹獨馳心而望闕二毛垂領唯
懇願以朝天犬馬微誠感戀逾切無任感恩戀主屏營之
至

爲郭令公謝臘日賜香藥表　前人

臣某言月日中使某至伏奉恩旨勑賜臣臘日香藥金花
銀合子兩枚面一作面脂一合裛香二袋澡豆一袋者開奩
氣馥拜蹈增慚臣中謝伏以時當大蜡節號嘉平歡已洽

於人神賜仍周於黻冕沐茲芳澤傳以香蘇忖陋體而何
幸顧頹齡而可駐丘山施重雨露恩深感戴慙惶不知所
報無任荷恩稠疊之至

爲郭令公出上都赴奉天行營勑賜錦戰袍并口脂等謝表　王諫

臣某言臣今日巳時至臨皐驛西開府魚朝恩見奉宣進
止賜臣錦戰袍等又未時至管城驛縣中使至賜臣爪兩
顆聖慈荐及寵賜頻加榮有同於衣錦恩乃及於挾纊重
褒莫比被練非堅以此臨戎期於盡敵況傳之香澤分以
甘瓜推食挾衣未足爲喻誓當畢命少答殊私身膏草野
實伸至願無任受恩稠疊之至

謝勑書賜臈日口脂等表　呂頌

臣某言中使某至伏奉勑書手詔并賜臣暦日藥物及銀合等千年聖暦忽降遐荒萬里天書更臨下土臣某中謝臣駑駘賤質草木微生謬荷國恩擢居方鎮按俗闕澄清之任臨戎無毫髮之功累授殊私荐霑芳澤况靈長上藥列在仙方芬馥蘭膏出於中禁豈臣庸陋宜此寵榮感戴天恩不勝抃躍云云

同前　前人

臣某言中使某至奉宣聖旨賜臣臈日香藥口脂等宸私曲被殊賜荐加祗奉恩榮荷戴惶灼臣中謝陛下德施周普蜡百神而魚蟲不遺慈澤旁流錫群下而細微皆及謬

承良藥之貺豈當同體之榮龜首手疑作既沐其芳馨香膏又霑於脣吻賁飾之道備華於臣澤浹肌膚恩深骸骨撫心揣分慙厚施於天休賤質庸陋荷曲誠於玄造實爲僥倖何以克堪涓埃無補於綱維濡渥有加於蓬賤丘山惠重螻蟻命輕靦厚顔於一作以死生覬忘軀而徇節臣無任

同前　前人

臣某言中使某至伏奉宣賜臣紅雪口脂各一合降自重霄賚于賤品承旨慶抃省躬慙惶臣某中謝臣謬處準繩遂更律候每慙効薄常懼食浮豈謂特迗鴻私猥霑殊賜時當蜡臈澤浹幽微彩雪蠲邪無虞於美疢芳膏畫飾有愧於陋容徒罄丹誠不知上答無任感戴之至

同前　前人

臣某言中使某至伏奉手勑書慰諭并宣進止賜臣紅雪紫雪口脂等慶賜以時寵光逮下捧詔心慄承恩汗流中謝伏以玄律送寒清霜戒臈九天布惠萬類發生臣以庸虛謬當任使觀風未乂按部無能而陛下俯念守臣恩同勳舊詔垂御札藥稟仙方降蘭澤以傳馨頒玉暦以示慶實慙固陋忽被光輝撫躬循己終夕愧厲謹當訓整師旅牧養黎甿敷雨露之恩宣日月之照俾瘡痍漸復江湖安流庶於涓毫上答山岳伏惟皇鑒俯照丹誠無任

同前　常袞

臣某言內侍蒙日新等至奉宣恩命賜臣面脂口脂香藥

澡豆并銀餅子等伏以受任以來殊私未答每更節候慙曠歲時屬玄律送寒清霜戒臈陛下爰脩大蜡用告順成既息田夫復祭先嗇臣以涓埃莫効冰炭相仍年穀未登人財益匱致茲不稔之咎實媿報農之辰兢惶失圖啓處無地聖慈全宥寵錫過優珍器鮮華蘭膏芳潤以疵賤之質忽降御香以靦貌之容忽澡天澤省躬無措跪奉何施粉骨酬恩未伸萬一無任感戴欣懼之至謹奉表陳謝以聞

同前

臣某言中使某至伏奉某月日勑書并手詔勞勉臣等兼賜臣衣一副臈日口脂紅雪一合中和尺一貞元八年暦

日一通陛下道邁古先德動天地凡於一物必寄聖慈欲
臣襦暖慘叅故衣裳是賜欲臣除去人患故良藥下霑欲
臣永駐衰容故馨香流潤新曆方啓慶昌運之無窮彝尺
辨才審度量之不昧力微賜重捧戴兢惶臣無任

同前

臣某言中使郭昕至伏奉手詔并賜臘日口脂紅雪貞元
九年曆日等拜受怔營不知所措臣某中謝伏以玉散降
於仙官金膏流於秘藏含芳咀味覺六府之和潤骨凝膚
改三年之觀況復惟新聖曆受朔齊人稱慶戴恩倍萬恒
品不勝踴躍之至

同前

臣某言中使吳千金至伏奉十一月九日賜勑書手詔存
問臣及將吏百姓等自天渙汗徧施稚孺普及纖細歡呼
未暇聖念再加老幼捧恩感動肌骨又以臘日將及賜臣
紅雪口脂各一合貞元十五年曆日一通跪啓緘封榮抃
相集伏以方傳上仙藥成中禁卻老除患妙絶如神甞所
聞知豈期親授況階蓂候朔晷度不差蒲柳微生又膺天
曆恩波逾重踊踏難勝不任感恩荷聖踴躍之至

同前　李舟

臣某言今月日中使內府丞張某至伏奉勑書賜臣及軍
將臘日面脂香袋紅雪澡豆等殊私忽臨捧戴無力手足
蹈舞心魂若驚臣某中謝伏惟陛下以節遇嘉平律當凝
閉爰布發生之德俍承頒賜之榮膏液廣霑降中天之渥
澤生香遠及蘊西域之芳馨苦口以愈沉疴澡身以滌塵
垢無任感戴屏營之至

同前

臣某言中使至伏奉勑書手詔賜臣新曆日一本口脂面
脂紅雪紫雪金花各一枝并賜臣春衣一副牙尺一枚大
將衣兩副宸翰忽臨殊賜兼及蠻夷捧詔抃躍輕生將吏
受恩誓心効死臣某中謝伏以令節喜平曲承寵賚凝膏
芳潤獲滋蒲柳之容寶器珍奇遠承日月之照謬當重寄
星歲屢移恩積丘山功無毫髮況玄陰云暮斗柄初迴已
霑芳澤之恩兼降中和之服頒賜尺於王度布新曆於荒

陬躍抃徘徊罔知所報臣無任

同前　韓翃

臣某言中使某至伏奉勑書宣慰臣及將士等并賜臣母
中國太夫人口脂一合面脂一合澡豆一貼并賜臣溫香
一合兼賜將士口脂等聖慈稠疊感戴無階臣某中謝臣
絲髮効微乾坤施重因時受賜覩物知恩寵及澡身榮加
潤色恭嘗御藥心則和平親受國香人其服媚飾犬羊之
賤質齊鴛鷺之增慶恩必及於慈親澤兼流於宿將感戴
洪恩無任抃躍屏營之至

同前　劉禹錫

臣某言今日中使某官至奉宣詔書賜臣及將士臘日口

脂香藥紅雪等自天有命蹐地無容虛受寵光翻成憂負臣某中謝臣位居方鎮才實凡庸郡邑臨人未移風於弊俗歲時頒物空竊賜於聖明特降璽書重加靈藥潤之膏液襲以蘭芳期美疢以蠲除冀頹顏而可駐殊私不遺於一物曲澤下及於三軍未報主恩慙於犬馬唯將臣節死於封疆無任

同前　前人

臣某言中使霍子璘至奉宣聖旨存問臣及將士官吏僧道耆壽百姓等兼賜臣墨詔及貞元十七年新曆一軸臘日面脂口脂紅雪紫雪并金花銀合二金稜合二皇明遠燭殊恩（集作）錫荐臻抃舞失容捧戴無措臣某中謝伏惟皇帝陛下立極御人順時布政禮崇大蜡澤浹遐藩臣叨榮日深竊位時久謬迴宸眷猥降王人天書下臨覩三光之照耀王曆爰授知四氣之環周雕奩既開珍藥斯見膏凝雪瑩含液騰芳頓光蒲柳之容永去癘疵之患命輕恩重上答何階無任屏營之至

同前　令狐楚

臣某言去年十二月中使至奉宣勑書手詔兼賜臣口脂紅雪各一合十年曆日一通捧緘跪發以喜以駭臣某中謝臣聞平分四時堯有曆象聚蓄百藥周之憲章至若雪散擁紅紫之名香膏蘊蘭薰之氣合自金鼎貯於雕奩是宜寵錫大臣榮加有德用灑非常之澤式彰不次之恩而臣遠守嶺隅職同凡器曾無薄技上荅殊私陛下惠與雲行德如天覆發於中禁及此下藩諭以綸綍之言頒其啓閉之節脂膏一潤覺面目之有功藥石載攻知肺腑之去疾誓當延年聖代戮力清朝戴昊天而不勝瞻魏闕而增戀臣無任

謝停賜口脂臘脂表　權德輿

臣某言伏奉今月十七日手詔以諸道每年合送口脂（集作臘）及尺既非厚賜未足伸恩以方鎮勞煩道路爲弊一例停罷貴適便宜以示臣者恩自九天澤同（集作周）萬宇伏讀詔旨仰荷皇明臣某誠懽誠喜頓首頓首臣聞務其大者捨其細存其廣者遺其狹故先師有寧儉之教禮經有必簡之文陛下誠切愛人志於求瘼口臘香澤豈均雨露之濡尺寸度數曷比乾坤之大以道途勞費傳置將迎鑒在事先慮周物表去煩就省約已便人合簡易於二儀燭休明於四裔臣謬居分正獲奉德旨（集作音）抃賀之誠倍萬恒品無任感戴忭懌之至謹奉表陳謝以聞臣某誠懽誠喜頓首頓首謹言

謝賜鍾馗及曆日表　張說

臣某言中使至奉宣聖旨賜畫鍾馗一及新曆日一軸者猥降王人俯臨私室榮鍾睿澤寵被恩輝臣某中謝伏以星紀廻天陽和應律萬國仰惟新之慶九霄垂湛露之恩爰及下臣亦承殊賜屏祛群厲繢神象以無邪允授人時

須曆日而敬授臣性惟愚懦才與職乖特蒙聖慈委以信任旣負叨榮之責亦懷非據之憂積愧心顏難勝惕厲豈謂光廻蓬蓽念等勳賢慶賜之榮賤微常及感深犬馬戴重丘山無任 云云

同前　劉禹錫

臣某言中使某至奉宣聖旨賜臣畫鍾馗一新曆日一軸恩降雲霄光生里巷雖當歲暮如煦陽和臣某中謝伏以將慶新年肆脩 集作術 故事續其神象表去厲之方頒以曆書敬授時之始微臣何幸天意不遺 云云

同前　前人

臣某言高品某至奉宣聖旨賜臣畫鍾馗一新曆日一軸

星紀方廻雖逢歲盡恩輝忽降已覺春來伏以圖寫威神驅除群厲頒行律曆敬授四時施張有嚴旣增門戶之貴動用叶吉常爲掌握之珍瞻仰披尋皆知聖澤無任欣戴之至 云云

文苑英華卷第五百九十六

文苑英華卷第五百九十七　表四十五

謝追贈官喪葬 此卷英華所編失年代先後今正之

爲田神玉謝詔葬兄神功畢表一首

謝贈官表　常袞

臣袞言伏奉今日恩命臣亡祖故慶王（宰相世系表作雍王）文學先臣楚珪贈兵部尚書亡祖母王氏贈齊國夫人亡父故京兆府三原縣丞贈給事中先臣無爲贈太子太保亡母南陽縣太君張氏贈鄧國夫人仍賜立私廟三室慈旨忽臨憫冊加等哀榮頓極感涕交流今日殺身此生分足臣袞（中謝）臣聞德及於人功濟於物然有光昭祖考特加追命之榮崇嚴廟室俾展奉先之敬臣授任非據尸位已淹合上叩公朝退身私第固以未裨神化誓答皇慈尚塵青瑣之闈猶污玉堂之署乾坤施厚歲月恩深趨進崇階坐封故郡如臣之比罕見其倫今又念及先臣旌其內訓寵以六官之長榮極三師之列魚軒表於東海翟茀賦于南都宗祏有儀春秋有祀變其士祭之禮被其公服之章昭穆偕昇感懷泣血永惟臣之祖父業茂文儒夙荷重名不躋通列微夫小子實忝前人才薄位高上慙無地夙夜感切啓處不寧豈謂寵靈荐加志願俱畢人子之道聖慈曲成情禮之間私門獲遂屬當禁火歸省先塋便奉除書以時昭啓洒雨露於松栢懸日月於丘封閭里相榮故老垂泣不圖存殁頓極於斯寵渥殊常戴荷失次於家出望於國無勞惶赧踧踖不知所報無任感慶屏營之至謹奉表陳謝以聞

爲寧王謝亡兄贈太子太師表　元明

臣琳言伏奉今月七日制書贈亡兄特進汝陽郡王太子太師澤下天中寵被泉次昭告且畢摧絕失圖臣某（中謝）臣自撥咎釁復此悲苦更蒙飾終恩倍盈先遠之痛無任屏營偎塞之至

謝贈亡妻鄭國夫人

臣某言某月日中使某至特蒙聖慈追贈妻單氏鄭國夫人捧拜絲綸載光窀穸臣某（中謝）臣亡妻所生男憑見任御史中丞充張忠孝軍職務臣須應援易定之日屬京師變亂之初臣方誓死廻軍星言赴難孝忠敵強勢弱切欲相留稍住則臣子不安往來則懷撫交闕男憑年甚幼小留定婚姻恭行廟勝之謀克覩中興之運憑雖昧稚似可憂矜陛下猥賜寵章贈延聖善因子及母恭承孝理之風念往慰存爲屈哀榮之典既申翟茀追詠鵲巢恩光既洽於幽明霈澤永流於泉壤憑緣所職久在定州殊私豈止於丘山感激實深於內外臣無任

謝贈姊隴西郡夫人表　前人

臣某言伏奉詔命贈王氏之姊隴西郡夫人恩澤迭紹寵賁中錫感戴無力幽冥有光臣某（中謝）臣少遭閔凶長姊鞠育中限王事動成遠辭奉迎纔至殂謝已及臣頃者近當剿賊遠候蕃戎方勤公家遂殺（一作豈暇）私禮瞻言痛慕有踰常品豈意詔書下降聖澤旁流念微臣之瑣功封及其

（一作亡）妳廻聖代之茂典榮彼重泉未知何階仰荅殊造庶將安愛之分用酬愷悌之恩臣無任

謝賜男絹等物并贈亡妻晉國夫人表（代人作）　令狐楚

臣某言臣特進奏官狀報三月二十五日本道監軍李輔光奉宣進止賜臣男公敏絹五十疋衣一副著蓋椀一并合發遣往東都辦護喪事至二十六日伏奉勅賜臣妻傳陵郡夫人崔氏晉國夫人欽承明命以悲以歡臣某（中謝）臣某帝枝末屬天壤微生幸偶升平叨居要劇生成之德無以奉於君親封賞之榮豈望及於妻子今者一門之內二日之中王澤浹於幽門天光蟠於高下受恩過厚忍愧

逾深且剪華爲珪晉封所以稱其大織縑如雪班女由是詠其妍既耀溢於親疎實感纏于存沒未知所荅難以自陳空知想泉路以傷心仰天衢而稽首所守有限未獲陳謝無任

謝追贈父官表　韓翃

臣某言伏奉恩制追贈臣亡父通直郎行京兆府醴泉縣尉成名禮部郎中者渥澤流於幽隧哀榮集於私門兢惶拜命涕咽無措臣某（中謝）先臣素履貞白早謝昌時臣雖叨竊班榮不及祿養每懷風樹之痛莫報蓼莪之恩伏惟皇帝陛下深源（一作弘）孝理澤被存沒特降殊私爰加褒贈幽靈知感結草有期微臣戴恩畢命思報不任荷懼懇悃之至

謝贈母官表　前人

臣某言伏奉詔書追贈臣亡母李氏楚國太夫人者承命祗感哀榮罔極臣某（中謝）臣年甫強仕禍積靡恃痛吹棘之莫諭瞻風樹以永懷雖忝分茅之榮實由斷織之訓動與休惕感戴劬勞豈謂陛下推恩成仁廣孝致理寵延隴隧秩開國封使微臣沒地有辭終天無恨既申欲報之志更切匪躬之誠餘生萬死豈答玄造無任受恩屏營哀感之至

謝追贈父表　前人

臣某言伏奉詔書追贈臣亡父先臣師空者慶因出震澤

及重泉禮命式加哀榮無極臣某（中謝）臣遭家不造過庭無聞仰先聲而彌高勤遺訓而靡及徒因積善率勵小心位忝統戎寵加錫賞此誠陛下孝理爲本德教所先因作解之明威布追遠之厚德禮降幽壤位崇上公遂使展罔極之哀受恩感於庶物襲有後之慶撫事愧於揚名既申報養之懷載竭移忠之孝臣子誠願備極於斯無任哀感之至

謝追贈父母官表　權德輿

臣德輿言伏奉今日恩制臣亡父贈太子少傅先臣某追贈太子太保寵靈所及徽數特加捧承命書感奉酸咽臣某誠惶誠荷頓首頓首伏以先臣在天寶末年筮仕幽朔

艱貞特立忠孝兩全名節冠於古今風聲激乎天下以執憲載筆逮事肅宗稟命不融早違昭代臣齠齔之歲孤苦零丁遭逢昌運漸履名級過叨屠奬忽至台司無能受祿莫與臣比以先臣之名器未稱餘慶或鍾蒙陛下之寵秩逾涯此生何幸所建家廟實稽國章時及春祀禮從柎饗豈謂聖慈曲被孝理（集作思）是崇當啓匱題主之時有告第濡泉之命感悲（集作深）霜露禮盛蒸嘗自葉流根寔荷非常之澤摩頂至踵難酬不次之恩交感之情（集作昭朋交感）山岳非重無任祗荷殞越之至謹奉表陳謝以聞臣某誠惶誠荷頓首頓首謹言（元和七年二月一日）

代常令公謝先人贈官表　良士

臣某言伏蒙天恩贈臣父尚書右丞司農卿先臣某揚州大都督禮極哀榮感戴增懼臣某中謝臣父受教儒門宣力王室雖典司綱轄而未及崇班臣殃咎所終早失嚴蔭恭守遺訓致及人倫逮事休明謬登清貫常恐不克負荷忝辱祖宗豈謂陽和之仁因下炎上雨露之澤自葉流根大府名藩位秩崇重授之庶姓罕有其倫是臣父著績於先朝蒙寵於今日臣事君之節未効涓塵爲子之方已榮松檟感恩思報豈謂爲忠覆族殞身孰云非孝方任有限拜謝無田徬徨海隅進退哀懼不任荷恩之至

代路中丞謝先人贈官表　正甫

臣某言伏奉某月日恩制追贈亡父先臣某司空積感昭靈肅膺嘉命捧戴綸旨哀號靡及追榮褒章沒世無覩先臣某策名昌運不待聖明錄功上台載彰忠烈陛下以臣兄應理行有聞擢居連率光賁重渥慶流三泉此皆陛下代天永錫論道成於故事俾臣兄弟私務（集作擬）孝歸於盡忠悲喜交心拜舞以泣不勝感咽崩摧之至

爲杜司徒謝追贈表　劉禹錫

臣某言伏奉制書褒贈臣亡父冠臣某官尚書左僕射者時逢霈澤禮極徽章臣某中謝臣家受國恩至臣累葉常懼不克負荷以忝前人豈意多幸遭逢獲居台輔（集作高位）陛下應乾御極作解庇人恩洽寰區禮崇（集作成）宗廟垂仁布德自葉流根紫書忽煇黃壤多幸（八字集作紫書忽降於重霄寵印榮加於厚夜星霜增感蒸嘗有輝）非臣殞越所能上報云云

代兵部崔相公謝追贈三代表　錢珝

臣某言伏奉某月某日制命追贈臣亡曾祖某贈某官亡祖某贈某官亡父某贈某官伏以恩深逝水澤及重泉哀極失圖感惟增懼伏念先臣實封聖代寵被乘軒之數名傳汗簡之書而隙駟難留隴樹斯拱積感既深於霜露叨榮復忝於陶甄陛下重顧台臣爰加贈典陰陽未序寧施報國之功霈澤遐臨空激承家之志仰惟追命唯自省躬臣某無任荷聖感恩哀榮懽（一作懽）懼屏營之至

同前　前人

臣某言伏奉今月某日制書追封（一作贈）臣亡曾祖母亡祖

毋亡毋某國夫人者典常重舉渥澤下流臣某中謝伏以
尊號皇帝陛下動法天經用弘王道繼降追榮之命若酬
輔政之功竊念微臣謬持魁柄計月日則四時來疑作未半
調陰陽則六氣未知疑作和而聖造曲臨褒章俯及上公端
揆已承褒飾之恩大國贈封更荷顯揚之賜康化權而無
力顧家諒而有光祇戴睿慈臣某無任哀感激懼屏營之
至

為宗舍人謝賻贈表　陳子昂

草土臣某頓首稽顙言今月日中使某官集作至奉宣勅旨
以臣母喪贈物若干以給凶事孤臣鞠凶禮辱天贈集作貺
稽顙拜命號絕迷圖臣某中謝孤臣不天早失覆集作父蔭

兄弟孤藐並未成人亡母哀惸鞠育見保不墜于地以及
於茲煢煢私門幽顯為慶榮泰集作忝之望非有始圖陛下
親親敦念末屬憫臣單賤惠降恩休孤門再集作載昌實始
天造母子之賴以喜以惶兢兢孤人未知攸答陛下又恢
大運崇號寵章特復私臣弟兄超登顯位母子光寵榮養
以申集作全豈臣單微官能及此早暫集作逝先沒以為親榮
而天不禍臣延及先母集作延于老母號訴集作愬無及荼毒煩冤
陛下降哀又見憫悼惠賜禮物過越典章生榮死哀重疊
若此孤臣殘喘胡顏日月集作冐德而臣之迷塞荒謬禮經先
遠之期又勞聖問有無之禮憂若家人天實為之臣復何
及即此殞絕期以謝恩號慟集作兆崩摧一作皸伏表迷塞不
勝荒迫之至

初七謝恩表　前人

草土臣某頓首稽顙言今月日伏奉恩勅以臣亡母初七
特降上宮若干人給事黃門若干人并賜物若干段以給
設一作獲齋事天命集作恩過禮伏命集作念號惶以臣凶殃集作孤臣殃疊尚未殞滅荼毒如昨奄將一旬崩號無及肝心靡集作糜潰陛下慈惻哀念孤窮復憂齋祭恐有闕禮既賜束帛
又降上宮恩慈再三若猶未足自國家寵貴不集作未聞此
榮草茅孤臣何以堪處不日銷滅永負聖恩泣血號天集作號泣旻天以崩以懇不勝荒迫之至

遷祔謝恩表　前人

草土臣某頓首稽顙言伏奉某月日恩勅以臣亡母遷祔
特降勅給人夫若干車牛及服用物若干以護送靈柩至
京祇奉恩私頓首崩隕臣未亡滅假息苦廬日月永往奄
及先遠荒迷在疚不知禮儀陛下哀矜憫其不逮恐有顛
沛憂及亡靈備物象設並自天錫集作賜祖載營集作塋送又
遣集作悉官供威儀不遺集作在途魂魄光寵行路延跂而以為
榮孤臣窮凶何圖至此盛集作天德彌厚殘喘待終泣血扶
靈方臧歸路號感恩造窮絕迷圖不勝號噎戀恩殞絕

為義興公求拜掃表　陳子昂

臣禍釁所鍾早日孤露墳塋莫掃松栢凋荒臣之不天實
有由集作攸咎死罪死罪昔先臣下代遺訓未亡集作忘而殃

罰不圖家禍漸遘（集作潛構）兄弟無故並爲黍离中冓之言所
不可道孤臣不孝萬死餘責死罪死罪然臣之負譴實陷
無辜吏議不明以投魑魅自泣血去國寄命南荒歷年被
病弃以生死炎山漲海氣瘴窮天戴白之老俗無聞者孤
臣疲苶豈堪須臾分謂委骨滄（集作窮）溟餌身魚鱉狼荒之
鬼永悲長逝不意慶雲垂澤天渙橫流（集作宏流）拂拭露霜（集作霧露）
生兒白日賜曜昭泰情何以堪（集作勝）死罪死罪而餘殃
未泯凶故仍（集作荐）臻亡兄濟江合家淪溺嫂姪俱沒一不
生存尋途未中臣妻又殞重疊亡歿契闊山川至止之日
生意盡矣誓將守死陵墓歿齒家園不圖恩幸曲成寵章
仍及題輿別駕職是恩州再造生涯天實爲德死罪死罪

臣自歸日淺塋廟未修荆棘荒然祭祀無主今則便柢王
命遠職邊夷歲月方賒拜掃何日瞻言出涕感咽崩摧伏
惟陛下仁養群生孝理天下萬物咸遂各得其宜臣獨向
隅有以長戚伏願天慈愷悌憐憫孤窮寬以簡書之刑賜
其告歸之請使其駿奔西土長號北陵獲申存歿之悲生
謁園塋之樹稽顙松關謝不睦之辜內祖山門祈自新之
路誓刻骪骨奉以周旋然後退死蠻夷沉骸冀土丹心朽
滅庶無遺恨儻昊（集作）天鑒照孤誠可哀則臣之鯫生志
畢今日不勝崩迫之至

爲義興公陳請終喪第二表　前人

草土臣某言去年某月日奉哀陳請乞終喪制今某月日
奏事官賫臣所奏表迴伏讀報詔不勝悲懼陛下爲臣累
有政能特見任用使臣移孝爲忠即斷來表臣內傀不孝
外慙無能汙辱聖聰措身無地臣某（中謝）臣聞時方踰薄
勸人以孝時方趨兢勸人有禮有不至者誅而教之臣今
不病固合辭避況臣疾發日久亡母未葬忍偷餘生望畢
家事敢汙人倫以傷風俗昔山濤與時主有舊溫嶠亦功
存當代濤起應禮嶠不歸葬守禮法者議而薄之臣於國
家無濤嶠之功舊必依詔命兼濤嶠之可薄俛仰人間豈
獨羞耻聖朝用法合置誅殛前者直省賫勑勒臣赴任使
司准勑移責州縣所由官吏畏懼威嚴臣所經行停留不
得待臣出界然後奏報臣氣力羸憊奔波道路悲憂悍恐

舊疾加極半身不遂手節拘急行步飲食須人扶助近又
兩目昏暗如有瘴月雖生猶死不堪力強特望聖慈乞臣
骸骨歸奏几筵及塋州里在臣私情死生願足臣今病在
桂州俯伏待命臣風昏謬妄舉動失常頻犯天威不勝震
恐謹遣某官奉表陳乞以聞

第三表　前人

草土臣某言臣先患風疹并兩目昏闇右手不能制物一
足不自運動前後頻有表狀請停官職臣自到桂州病轉
增劇更加瘴癘卧在床枕兩目漸不見物起動皆須扶引
死在朝夕敢偷祿位伏恐陛下謂臣尚顧禮教以疾辭讓
遷延歲月待畢喪紀臣除官已來向欲　歲頻　詔命合

正典刑陛下縱不忍罪臣　乞臣餘生固不可　臣曠
官　臣痛損特望天恩即爲臣替不任荒懼哀懇之至

爲田僕射蔑謝制使問表　于邵

臣某言左金吾將軍吳湊至奉聖旨兼賜臣母趙國大夫
人臣嫂夫人并臣及將士等勅書以臣亡兄某特承憫問
捧對哀咽摧裂肝心臣某中謝　臣兄報恩未畢抱恨黃泉
陛下俯聽鼓鼙永悲簪屨哀痛之詔併歸一門撫存之恩
將宥十世載悲載躍感戴無階以亡兄既忝信臣寡嫂則
惟近屬偏承恤慰曲被恩慈義同家人禮絕朝典喻臣老
母保養高年念臣諸孤俾全餘喘無大無小上煩聖慈寵
光親降於重臣優問必先於宿將殞身難報拜手增悲臣

無任荷恩哽咽之至

爲田神玉謝賜錢供兄塟事表　韓翃

臣神玉言伏奉手詔兼奉勅牒賜錢五千貫文給臣亡兄
神功塟事用拜手感恩闔門悲戴臣某中謝　臣兄始終効
節存歿銜恩智悼在堂已加朝禮滕公居室又荷天慈錫
其九府之錢寵以重泉之路多踰千萬榮冠一時去病餙
終空陳玄甲孔光送往薄賜黃金在臣私門寵極前古但
盡哀號之禮寧憂窀穸之儀臣無任感戴悲躍之至

爲田神玉母太夫人謝男神功塟賜錢及神玉領
節度表　表中云觀謂周觀勤謂馬勤　前人

妾張氏言奏事官潘洽廻伏奉手詔以妾亡男贈司徒神
功葬日有期特承哀問兼賜神玉手詔所賜本道錢四萬
貫並令妾以下聖慈曲被感戴哀絕妾中謝　妾隨子東征
銜恩北闕累承雨露載啓山河同顛之親幸及貴登僕射
異一作非　勤之母不見生拜司徒何一作忽　荷聖慈寵加存歿
弘疑作敬　姜年暮俯矜哭子之哀庚量才微尚使領兄之衆
殊悲望外且慰目前况將通疑作過　遠期特垂渥澤更切撫
存之義兼廻贈往之資赤仄蒲庭紫泥在簏痛而受賜哀
以爲榮庶神功有知應感安親之道寃其無昧更酬報國
之誠載號載悲不勝感絕妾無任悲戴之至

爲田神玉謝兄神功於京兆府界擇葬地表

臣神玉言今月三日得上都留後報稱伏奉勅牒臣亡兄

神功宜令所司於京兆府界擇地安葬仍令京兆尹克監
護使勾當恭承渥澤俯及遠期拜手感恩摧心增慟臣某
中謝　臣亡兄任崇寄重方報聖恩祚薄釁深早違昭代天
慈悼往朝典餙終日月有時乾坤曲施榮加昭葬寵荷官
給榮如曹氏京兆開阡貴比霍家枏連象冢義光前古禮
極哀榮在臣一門盡出望外載悲載躍無階上酬臣頋號
赴私門親護喪事緣惣留務不敢自專今見催促行裝伏
待進止云云

爲田神玉論不許赴上都護喪表

臣某言奏事官潘洽廻伏奉勅書手詔兼宣進旨不許臣
輙離所部又以臣脚弱無力伏奉批表以軍府政殷藉卿

鎮綿不赴上都也懇誠莫遂祇命哀惶臣某中謝臣兄永辭昭代俯及葬期臣請解戎章歸護喪事義雖聞上恩不聽甲掩泣轅門飛魂隴樹外慙形影內切肝腸千兩送車臣空瞻望九原臨穴臣不躬親一叫骨驚三時心死伏以大君有命重鎮無人俾臣割哀勗臣留務宣恩拜手祇事撫膺又荷聖慈追懷前効俯悲簪履軫念松楸更使改期貴光遠日幽明銜荷感謝無階不任哀感之極

此篇元誤編在六百二十五卷雜諫門今移于此

爲田神玉謝詔葬兄神功畢表　韓翃

臣某言臣亡兄某以今月二十日詔葬永畢感恩追慟肝心如裂臣某中謝臣亡兄俯歸幽穸更軫皇慈爵以大名

賜夫秘器王人加贈京兆護喪道備哀榮念深勳舊霍光故事斯則爲優一作方斯爲優謝安殊禮彼何足貴臣限惣留務戾恭聖私不及親扣泉扃盡哀號之義廻趨陛下謝褒寵之恩慟哭轅門五情分潰臣無任感激之至

文苑英華卷第五百九十七

文苑英華卷第五百九十八　表四十六

爲留守羣官謝恩詔表　顏師古

臣某等言守太常少卿崔敦禮至京師俯降神筆曲垂誨獎祇奉欣戴伏深抃躍臣等詳觀史策歷選前王損益相承質文遞變遺風餘烈昭然可觀自堯舜之後殷周已降政道踳雜淳風斯寢干戈日用喪亂弘多悠悠千載莫能溉廓況乎有隋失德區宇分離九鼎鳧飛八紘魚爛圓首

方足俱委骸於原野蹠實罷𡲆同取斃於凶毒亂極則治命實有歸河清啓期天祚攸底陛下獨運神武援手濡足陶甄庶類屈己忘勞日月之所照臨天地之所覆載皆受更生之賜俱荷裁成之力加以留情庶政昧旦丕顯掃滌煩苛澄清禮樂遂邁開闢之功牢籠帝王之表時和歲稔玉燭遐被嘉祉靈貺金英自臻朱明炎暑聊因多暇鑾迴鑾蹕巡幸甘泉伏承攝衛攸宜聖躬萬福下情慶幸率土咸賴臣等材質庸陋謬荷超擢俯循薄劣懼不克堪謹當夙夜戰兢自相勗勵竭心盡力以酬鴻造使百僚率職仰副天心四方祗勉俱稱慈澤臣無任

謝勑書表　許敬宗

臣某言奉今月十一日勑伏開璽檢等鑒寂而覩虹霓戴荷絲言似假翼而騰雲漢臣以愚劣本乏詞情比加衰耄更增才盡年踰郭北滯守周南引領天庭望冊霄而結戀馳魂魏闕懼黃落而長違忽預聞詔方申擊壤之慰詞均鄭璞匪無遂豕之慙精衛銜勞豈究靈鼇之境秋螢繼日安測陽羽之升天澤旁濡恩光曲照翦拂錫其容彩吹噓飾其羽毛雕朽為妍竊比鏗（一作絲）金之響涸鱗霑潤縱游陸海之深不勝抃躍之至謹附右崇衛副率賀拔儼奉表陳謝以聞謹言

為劉仁傅等謝勑書慰勞表 高宗　楊炯

臣某等言司馬郎中王知敬至伏奉今月日手詔璿璣下照覩天象之三光玉檢前開見河洛之八卦發揮珪璧感召風雲不知手之舞之足之蹈之者也臣等稽之天地明山闕長男之宮步之日星樂府奏重光之典（疑作曲）二王所以立教者天子為先萬國所以稱貞者元良是寄伏惟天皇御中道踐平陛對揚文武之休命紹伏古先（一作先王）之大業洛京朝市義叶於省方秦地山河事資於監守皇太子一物三善四方繼明孝以承親顯於直地之路明以照下驗於長壽之術屢奉絲綸躬親政事德刑詳矣既遠安而邇肅傅愛先之亦途歌而里詠固以禮成恭敬道洽溫文知實歷之無疆信蒼生之幸甚臣等竊循愚蔽謬荷恩私或位聯輔弼職在台衡希少陽之末光自韶螢大洽重海

之餘潤色　息牛涔不謂殊獎曲覃真文俯及載之眉首奉以周旋聽葛天氏之歌方慙此慶聞有虞氏之石未均斯喜但知懷璧之罪不可越卿豈敢貪天之功以為己力傾誠每積候朱鳥於南宮拜德無因限蒼龍於左闕臣無任

謝問表 玄宗　張說

臣說言內給事高力士至伏奉墨制（集作勑）聖慈綢繆言及舊昔拜舞捧讀且驚且喜（集作且喜且慙）臣聞漢主春騶乘之臣魏君憶同遊之客誠以故舊不棄而光陰易往今之聖情實過於昔臣曩蒙侍文北闕倍宴東堂庭闕一逢寒暄二載不意逢春之草承清（集作湛）露之惠渥容光之隙引遲日

之暉華無任荷恩戀主之至謹附高力士奉表陳謝以聞

謝恩慰喻表 玄宗　李邕

臣某言伏奉今年某月日恩旨恕臣重責護臣小才日月之明早曜絲髮雷雨之施振起昆蟲臣某中謝臣二十餘年數從遠謫流離辛苦契闊死生因陛下興聖謀行天討救萬人之命解四海之懸臣所以脫於往危保於今泰者爲此頃歲昌宗執柄三思弄權臣與宋璟同論桓敬俱奏貶臣爲常李邕傳作富州司户實荷陛下誅韋氏之後收正人之餘特拜臣左臺侍御史此陛下活臣之命貸臣之榮一也頃歲譙王重福謀立東都臣當留臺與洛州司户傳作日知馬崔日知挫其逆形收其餘孽東都底定職臣之功自文

林郎拜朝散大夫除户部員外郎岑曦崔湜之輩以臣再用往還弁忌崔隱甫倪若水等恐爲陛下之助與臣同制各貶官仍聯翩左遷爲崖州舍城縣丞及陛下正位紫宸臣又自嶺南九品遠惡官除朝散大夫户部郎中又荷陛下活臣之命貸臣之榮二也頃歲陛下東封將還臣路左謁見猥承聖顧廣録舊文朝議恐陛下用臣薛自勤與外生庫狄履温羅織臣至死仍承陛下免其罪授臣官又荷陛下活臣之命貸臣之榮三也臣出入嶺南自經一紀自澧州司馬加朝散大夫兼此州牧解青綬垂彤襜去瘴毒之艱遂江山之性又荷陛下活臣之命貸臣之榮四也且臣遠覽前書頗聞故事一食之惠尚可殺身況臣蒙聖主千年之恩救愚臣萬死之急至若訓誨委積率喻再三蚊力負山不勝其重螢火向日徒失其晶必當閉户絶交澄心去欲下以安所部上以報所天豈徒殞軀喪元焚妻夷族而已無任生死肉骨恐懼感戴之至云云

同前 玄宗　崔沔

臣某言伏奉某月日勑書慰問跪捧抃躍不勝感戴臣某中謝臣東鄙孤賤名節未立比州述職績用無聞誠愧王尊傾河羨溢德慙呂望恒雨霖靈加以擅散國儲輙違常憲權稽兵賦不會嚴程雖事切憂人而跡冒平法鞠躬夕惕側足屏營伏待刑書豈期恩命陛下明逾日月施重丘山察求瘼之心弛慢公之責紫泥佳命降自雲霄玄澤殊

私旁霑草木振窮之際散餘廪之深憫拯溺之辰矜泛舟之小惠恤下諸吏咸知向方徒殺征夫卒獲寧止猥承天造安敢名言徒誓微軀何能答効臣某限以守職不獲蹈舞闕庭無任

代河南裴尹謝墨勑賜衣物表 玄宗

臣某言今月日進麄器官某郎行河南尹鞏縣主簿蔣清還伏奉墨制仍賜臣衣一副瑞錦一端恩垂北闕榮照東園捧戴殊私載競載惕臣某中謝伏惟開元天寶聖文神武應道皇帝陛下兼上聖之姿運大明之照雨露萬國陶甄百靈履無爲而撫域中躬自然而化天下猶復勤勞膺念祇奉宗祧以億兆爲心慈儉爲寶臣曲延休聆叨樞天

官上報無階致身惟谷任土修貢臣子率由之禮自天降祐君父非常之恩宸翰昭回聖慈稠疊寧期水土之淺上簡乾坤之心天下幸甚復淳風於大古小儉德於前王特垂懸象之明俯賜名臣之服恩銘骨髓澤被宗門不勝慶幸且重錦之賜取貴春秋解衣之賞見高漢代服以宮中之製耀其機上之文潢潦獻微丘山報重又臣所進新米特奉手詔更聞豐歲知萬國之至和式絜秋嘗明一人之孝理無任手足蹈舞之至

謝詔許濠泗兩州割屬淮南表 代杜相公德宗　劉禹錫

臣某言伏奉十一月二十九日詔書其濠泗兩州令依前收管臣謬承寵光作鎮淮海伉均九百攉總十連內省無

堪常恐不逮豈謂恩私曲被封略有加慙無報政之勤重受分憂之寄伏以兵戎方息閭里未安謹當奉宣皇風慰彼黔首且責成於牧宰期不失於澄清伏惟聖明俯賜照集作昭鑒臣無任

謝手詔慰撫表　前人

臣某言臣監軍使判官劉寄至伏奉敕書手詔兼奉宣口敕奏事官王穆迴又奉尺書手詔兼宣口敕并慰撫問臣及將士等聖慈稠疊感戴無階臣某中謝臣跡忝戎力慙致果一昨勵兵秣馬破賊攻城皆承廟略指縱一作蹤廟謀制勝豈臣庸妄敢竊勳勞每佳馮異推功見稱良史常惡樂羊求賞一作貺謝謗書拳拳血誠天實諒只但以孤根獨立衆口易誣銷骨為虛撫心是懼樹楊恐拔非獨一人採葛畏讒信如三月忘寢與食以禁為憂陛下聖聰聽卑宸鑒燭遠天書軫念口詔宣慈特荷知臣之明累矜報主之効許之純直慰以貞堅北闕之恩謬加倚賴東門之倚又切防虞寵兼腹心澤浸骨髓載欣載躍感戴無階豈唯剪逆梟兇獨申微効實冀粉身灰骨上答殊私臣無任

謝恩存問表　前人

臣某言王敬仁至奉口勑存問微臣憫其疏遠之悲慰其遠離之思臣某中謝臣自今春分司入洛即屬陛下受命承天企揖讓之盛儀隔肅雍之大禮玄英匝歲日夜懷歸白雲在天闕庭難見豈期延壤為寶尚憶他山之石貞明

溥臨遠及容光之地仁深行葦眷甚遺簪草木之誠何酬造化無任感恩慕戀之至

謝璽詔表二首　前人

臣某言中使陳日華至奉宣聖旨存問兼賜臣璽詔又以臣所奏羅珦及裴埥政理有方今各賜手詔激賞者恩降重霄澤流下土義敦獎勸榮冠等夷臣某中謝臣昨以羅珦裴埥勵精吏理効用著明人感悅安俗致殷阜恐湮甄錄以勸在官輒獻封章具陳成績伏蒙睿覽集作慈俯亮愚衷嘉理行之尤光示絲綸之深旨守道者益以固志懷愚者由是悛心激俗化人於慈兗紓大臣謬司廉察職在澄清幸遇旌善之時獲免蔽賢之責云云

二

臣某言中使陳日華至奉宣聖旨慰勞臣及將佐官吏僧道耆壽百姓等兼賜臣墨詔恩降紫泥澤流下土跪捧自天之命遂傾捧日之心臣某中謝伏以皇帝陛下凝旒穆清軫念黎獻已洽雍熙之化尚存宵旰之勤遠降王人特紆宸翰慰問集作安稠疊曉諭便蕃任重力微不知上答應緣戎旅庶務謹具別狀奏聞伏乞皇明俯賜照鑒無任

謝手詔表詔後批云朕自書　前人

臣某言中使閻忠信至奉宣聖旨存問兼賜臣手詔拜捧紫泥跪伸金簡承旨見聖神之略感恩知身命之輕臣某中謝臣素之異能幸逢昌運猥當旄鉞之寄未靖妖氛榮分台鼎之名何階啓沃竊位斯久速尤是虞豈謂玄化曲成鴻私荐及特紆睿思英華作異恩非親灑仙毫降自九天粲然五色物喜麗天之象遠燭輝光旋驚垂露之蹤曲覃霈澤鸞鶴迴集作鸞鳳騫翔而變態煙雲舒卷以呈姿賦彩飛空聳神蕩目恭惟國寶何幸家藏感極涕零莫知上答應緣軍旅庶務謹具別狀奏聞無任屏營之至

同前二首　符載

臣某言今月日中使郢忠政至伏奉手詔以臣微疾尚軫聖懷日月私臨於幽陰一作蟲雨路曲霑於旱草感戴所迫若無精魂臣某中謝臣初中風疾狀候頗劇自蒙聖澤特賜神方酌和劑之宜備苦辛之味曾不信宿已覺痊平伏以聖意纏綿此方神異思慮超古今之表重輕得損益之中故以藥攻病如水灌火且以鴻恩爲湯餌何榮衛之不調以造化爲岐和何膏肓之不去丘山至重草介極微報恩之分殺身後已不勝激切危懇之至謹奉表陳謝以聞

二

臣某言中使某至伏蒙詔旨褒臣政事慰臣疾病并示除改廬州刺史路應等五色絲綸九霄雨露光華潤澤併集微臣捧戴兢惶無地容措臣某中謝臣伏見自淮而南天下重鎮臣叨受旄鉞僅二十年人無夭昏歲屬豐稔瞻彼疆域小有康寧此皆陛下睿謀鴻化之所被及豈臣薄劣自能致理臣所患風疾漸至降損飲食甘適肢體便安此皆陛下神方秘術之所攻療非臣調護所能平愈伏見除改諸州刺史等路應和而明裴靖才而通羅珣斷而達李正臣強而毅陛下或以賞受或以能遷或增之以憲司或擢之以棘寺實所謂宸鑒高遠睿獎弘深雖虞舜官人之美無以過此臣才非申甫恩重嵩華惟跼地以彷徨敢窺天之遠近不勝懇切懷懼之至謹奉表陳謝以聞

謝潘侍郎到宣慰表憲宗　楊於陵

臣伏奉八月二十四日敕陛下以江淮旱歉軫慮蒸黎命度支鹽鐵轉運使户部侍郎兼御史中丞潘孟陽宣諭慰安蠲除疾苦以今月二十九日到臣本州頒錫詔書以示恩化臣及官吏百姓等咸蒙聖慈特加存問委自城邑達

於里閭，喜氣浮川，歡聲被野。臣忝守藩服，恭承德音，荷戴寵光，蹈踏無地。中謝臣聞天覆無私，雖幽必燭；人心有係，惟聖能通。伏惟皇帝陛下德冠君臨，澤均子愛，一物失所，如軫於納隍，一人不獲，載懷於馭朽。敷求至理，懋建大和，明命施行，率土欣戴。臣實庸瑣，叨領方隅，奉陛下亭育之仁，當海濱旱歎之後，人多遷徙，賦亦逋懸，夙夜憂兢，冰炭交戰。忽承慈旨，特降使臣，優貸俯及於藩條，勤恤遍加於凋瘵。以制國用，恩致於均平；以弭庶官，俾甄其課効。發號而生靈交暢，先春而和氣導迎。宇雖廣而煦嫗必周，天雖高而感通一作應寰遠。臣幸逢昌運，荐沐殊私，誓將罄竭駑駘，上裨萬一。無任激勵踴躍感恩之至，謹遣討擊副使曹

序奉表陳謝以聞。

謝恩宣慰并賜手詔表　前人

臣某言：押領日本國朝貢使迴，伏奉宣聖旨，并賜臣手詔，寵私累降，荷戴難勝。臣某中謝伏惟皇帝陛下重光嗣聖，玄德升聞，九有來王，萬方率職。以日本國使遠獻琛贄，畢事旋歸，言念梯航之勞，厚其行李之費。恭承詔旨，伏見天慈。臣當道發遣，素有舊例，今則稍加豐備，上副懷柔。已具別狀分析聞奏。臣無任

謝手詔許受吐蕃信物表　前人

臣某言：奏事官戴誠迴，伏奉墨勅慰問臣，并以臣所進助山陵材木收納訖，及吐蕃東道都元帥尚乞悉羅與臣及邵崇政等信物，並蒙聖慈許令收領者。殊私累降，感抃難勝。臣某中謝臣以庸鈍，叨膺任寄，憑奉聖略，藩守疆陲，而亭障無虞，戎夷歡款。每示綏懷之德，顒輸臣妾之心，昆夷喜附於漢疆，禮物遺通於邊將。陛下以覆載之廣，延納是弘，假其專受之名，外示不疑之禮。仰承弘貸，俯積兢慚。今臣及邵崇政所與迴答信物，并準詔據舊例量事發遣訖。其敵國清巳牒本鎮令勘，待報到續具文奏。又蒙宸慈特賜答蕃書，本宣威示信，體遠懷人，俾無飾詐之虞，實感曲成之道。誓當戮力，以俟一時，永絕虛名，乃臣職分。無任感荷屏營之至。

謝勅書宣慰表

臣某言：中使馮仙鶴至，伏奉手詔，兼宣口勅慰撫臣及將士等，聖恩曲被，載荷無階。臣某中謝臣謬承驅策，濫威兇殘，役未踰時，恩無曠日。九天之上，詔下斯須；千里而遙，威如咫尺。示臣攻守之勢，啟臣進取之期，斷敵用奇，皆憑睿略，指縱制勝，盡出宸衷。但當戮力悉心，捐軀致命，冀申微効，仰答鴻私。臣無任

為判官郭彥郎中謝手詔表

臣某言：監軍使判官馬某至，伏奉勅書，奉宣口勅慰撫臣及將士等，恩獎殊常，寵驚無地。臣某中謝臣幸承朝命，叨佐戎旃，無借箸之謀，詎申微効，有挈瓶之智，備守成規。戮力彼軍，悉心省務，雖事皆關白，旌旆非遙，而職在防虞，城

池是切豈謂常憂罪戾忽降綸言每驚寵辱特荷恩私聖澤載覃不遺於細物天書忽降曲賜於賤臣手捧紫泥心馳丹闕以欣以抃戴荷無階上答殊恩百生多幸俯慙微命萬死難酬臣無任

代裴相公謝賜批答表　杜牧

臣某言臣伏奉今月日批答令臣宜斷來表不許牢讓者仰承鴻澤跪捧芝緘戰越失圖啓處無地臣某誠惶誠恐頓首頓首臣昨奉制詔集作書付以魁柄自顧斗筲之器樸樕之才乘恩寵時竊棟梁任只合効蔡謨堅卧孔覇懇辭尚循拜謝天顏進見卿士榮忝既積憂慙集作實惶深是以拜章上陳懇詞自叙冀迴聖鑒更擇時賢豈意睿旨重臨

綸言再下不令徇志且遺守官大君之成命已行微臣之丹懇不遂誓當戮力盡瘁粉骨捐軀知無不爲有集作見死不避冀答君親生成之德用酬乾坤覆載集作育之恩無任感激血誠慙惶戰越之至謹奉陳謝以聞

文苑英華卷第五百九十八

文苑英華卷第五百九十九　表四十七

請聽政

中書門下請聽政表三首

勸釋服聽政表三首

勸聽政表三首

宰臣等請聽政表七首

禮部爲文武百官請聽政表二首

中書門下請聽政表三首　于邵

臣某言臣及文武百寮上乞奉遵遺詔俯乖聽政迨于再三尚阻羣請所天未復何地自容伏自焦惶罔知攸處臣以因心之感是陛下私戚顧命之重是先帝至公未有因

私戚而忘至公屈大寶而懷小節者也且漢文昔王之賢者豈欲垂訓作則自虧其道而後嗣忘其孝思蓋所以垂時制禮從權體國千載不易直道而行曾參閔損俯就者家也周康漢景抑就者國也安以一家之行而廢萬國之務乎今陛下禮以自拘　爲全孝臣謂從而觀志存其中則明遺制不可徇禮而忽萬務不可一日而曠臣又聞之子事父以無違臣事君以替否臣陪陛下霑承末命臣言未感其受不忠陛下固辭豈得稱孝特乞受憑几之顧託損蓼莪之哀思以時闡皇綱創帝範副人之所望悦億兆之心寧止宗社焉依實將教　速及披肝屢啓冀獲哀從無任崩迫彷徨之至

第二表

臣等欽承顧命遵守舊章冒陳至理上喧霄極冀廻三舍以幸萬方而呼天未聞觸地無眉庶僚何恃而不恐率土何仰而不憂至如仙駕在天玄猷未遠窮崩之慕臣子之極同況陛下新離供養纏哀風樹誠不宜屢黷嚴纊仰傷聖心臣等備位台衡與國休戚所顧者小節所全者大體是用頻煩于奏殞越為期臣某中謝竊以三漢成規備乎六冊六宗遺範列在史官歷羣聖無以易其儀貫百王無以更斯制則知聖人達節而俯就王者屈己以徇時故周發誓師當未葬之日康王作誥纔憑几之辰夫大孝在於述先執禮懲乎發疑作廢命所以伯魚止慟稟趨庭之規

孝景抑情循易月之制弛張期乎得中壓降在於適時今中夏雖寧而外郊猶警幸屬千年嗣聖九有惟新顧循問豎之初迨今宅憂之日已交朏魄不决外虞普天率土任重事般一日暫曠萬務所擁況朞月之詔手澤猶存敢忘導揚以塞恩顧且小大之理須稟聖規聽斷之期已違先旨庶政羣情惟上帝之降命屬陛下以黎元宜以闡皇綱創帝範副靈祇之望悦兆庶之心焉得極蓼莪之哀忽宗社之重伏惟陛下仰思無改之道俯戒在茅之責抑損至情覽决庶務存萬代之固遺一介之善率繇大道克允至公天下幸甚天下幸甚云云

第三表

臣某言稱情立制禮經美人道之文屈己從宜前史稱我王之孝故魏文膈臆以莅事晉襄縗絰而從師誠有由然非不懷也伏惟皇帝陛下屬當聖業纏思遺弓至性出於自然孝情稟於天質雖考妣之慟被於含齒而皇王之道寧有常心天下之志宜通太陽之照難闕況百度惟始萬目未張遂吁帝閽期抑舜慕雖封章累至而閶闔不開九服失圖羣司沮色豈悟至誠不昧有感必通今日中使某至伏蒙昭迴天鑒允納窮款皇風廣被神詔沛然觀象於天同伏羲之始畫奉先思孝狹武丁之不言厥極二字疑愛於祖宗體前行之覆育周漢所以繼理政術魏晉由是經綸理道實足垂風萬古作範百王詒億兆惶惑之心示人

祗聞奏之路百穀荷膏雨之澤羣生覩天地之初以悲以歡載號載懼云云

勸釋服聽政表三首

臣某等言再奉恩勅一作旨聖心永慕未忍割哀過大祥則素衣練冠銜恤聽政當外除則降從禫服以終喪紀者羣臣等重於荒迫之中頻奉不忍之詔精寃飛越兢惶失圖臣某等中謝伏惟皇帝陛下孝心自天孝道踰禮宅憂之日痛感人神顧命之文興言不忍微臣等前後五表昧死上陳雖皇恩抑從而猶至十日自鼎湖昇馭俯及祥除其間唯見羣臣禮展哀感又伏聞杖不能起哭不絶聲常膳頓減至於一溢一作併一以王者之尊過子皐之毁然臣等伏

以三年之喪古稱云逵禮者前王之舊制也三日而聽政二十七日而釋服者先皇之遺令（一作命）也今陛下不勝罔極之痛欲遂因心之哀遠追前古之禮近廢無違之義愚臣荒塞莫知死所且梓宮未遷於陵隧聖慮方切於哀號（一作逵）雖釋服從（一作臨）朝慰撫臣子猶恐天顏慘戚率土不安羣臣未通庶事皆闕今方以練冠爲易月之服禫制終諒闇之喪羣臣進見莫勝憂戚又安敢議及時政下延兆庶者哉遐邇幽明同知不可伏乞聖情深思園陵興作之務仰順先聖殷憂之說上尊祖宗傳襲之典精釋服之注俯從有司銜哀求懷豈有時日萬人之命懸在聖躬今臣等昧死請不奉詔上冐宸嚴心寃兢悸言辭失序無任憂

國切（一作荒）追之至

第二表　一作皆唐類表

臣等至哀至切昧死上表乞奉遺詔順時釋服日月有期而精誠未達率土臣子未（類表作莫）知所從況在朝行伏待斧鑕臣等伏以昔漢文帝初制易月之禮以爲帝王者不可因喪而廢政若君上重服則率土何心爰建此儀以垂後葉自爾至今殆千載矣豈無哲王皆所尊奉聖朝奄有四海撫寧萬邦重光叡圖孝理天下臣不敢備引前古以煩聖聽（英華作德非）乞畧陳玄宗先帝即位故事耆老當月所聞見者皆以日易月依禮外除有司繼存儀注尚在臣敢罔冐伏受嚴刑且先王制禮禫服止於兩月爲日正當兩日

今詔旨降從禫服（類表作服）以終喪臣雖固（類表作愚）陋不逵禮本今服禫三載實所未聞況君者天也豈有天意慘愴萬物得遂其性父懷隱痛赤子得安其心哉陛下若固違羣言未奉遺詔非唯臣子哀懼實恐蠻貊不安非陽和發生之道聖人順物之義愚臣等心之所切抵冐國章刑神悚越文理繁黷頻黷旒扆庶感天心雖死之日將無所恨無任荒悚之至

第三表

臣某等言伏聞事有至公不敢避責確守臣節不敢逃刑天心未從有死無二臣伏以大行皇帝憑几顧命俾二十七日而釋服者蓋以天下事重軫慮于懷陛下至孝（一作情至）

純深必多損毀竊恐因創巨之痛忘艱難之業累聖鴻緒萬邦赤子或一事不得其所豈非重服傷生之患哉所以當大漸之辰託殷憂之命蓋緣社稷之遠計須抑陛下之至情遺旨若此猶未忍割哀況（一作向）無制命則如何上請且攢宮尚臨於前殿陵寢方興於復（英華作厚非）土朝野縞素殆將三旬雖聽政俯在於天心而庶務未親其萬一今又禫服終制普告四方典章文物何所設施（一作將何所設）且西戎北狄頃歲未賓涼秋氣高每伺邊隙今若開國有大故喪又未除姦謀或生事則非遠（一作遠慮）雖皇威遐振應時掃除然恩患之道（一作前）必戒不虞善師不陣蓋在此也今陛下若御常服決大務不逾月之內天聲被於八極凡厥夷貊

聳聽皇猷自然大者畏威小者懷德稽顙率賦疆場無虞告成之功上薦於帝則先皇帝之遺旨（一作命）行矣天子之大孝備矣羣下之所願遂矣萬國之兆庶安矣陛下不思此事之利害忍違臣子之誠心此臣等所以兢惶無措哀迫失圖叩心三請上冒天憲死而利國臣不敢辭臣之丹心天地明察無任兢迫之至　一作皆唐類表

勸聽政表三首　陳諫

臣某言伏以大行皇帝導揚天命付陛下以宗社託陛下以殷憂俾抑情以順人節哀以聽政伏惟皇帝陛下哀思至孝與天罔極不忍遵奉喪過乎哀羣臣上陳未蒙降允荒迫之至不知所措伏以上天降禍率土號慕哭泣之哀

喪紀之節凡在臣子所宜同哀（一作懷）豈合此時再三陳請但四郊尚有師旅萬國未登和平衆事從宜兆人思理當通變之日非慕巳（疑）之時陛下臨之浹辰則雍熙可覩廢之一日則憂慮或生所以遺旨殷勤俾三日而聽政非欲抑陛下至哀之情蓋爲社稷萬人之計不得不爾也臣聞周稱成康漢稱文景咸爲至理之主百王則而象之然成王有顧命康王翌日而踐祚文帝著遺令景帝釋服而視朝夫豈無私懷爲至公抑也伏惟陛下省當時安危之理順普天延企之望賡謀光於八葉成天子不匱（英華作遺）之孝荅先聖乃眷之情（一作懷）凡在生靈孰不悲戴臣等時逢繼聖位忝通班犬馬之心不勝哀懇　一作皆唐類表

第二表

臣某言臣聞先王立禮所以安邦國（一作國家）定社稷也帝王喪制之義古今損益不同蓋時有安危禮有沿革當萬邦無事可以諒闇屬百度思理固當節哀時殊事與不得不然至於罔極之情（一作懷）孝思（一作因心）之感皆由率天性隱痛深焉或不在喪服之輕重臨朝之遲速也臣謹案孝經云事天明事地察德教加於百姓刑於四海蓋天子之孝也又禮中庸曰武王周公其達孝乎夫孝者善繼人之志善述人之事者也臣等伏考前典保寧家邦嚴薦胙（一作薦嚴社疑）於九廟流慶祚於萬葉此所謂繼先皇之志也哀痛既往經營將來致干戈於不用登兆庶於壽域此所謂述先皇

之事也陛下儻忘此二者未忍哀情固違百辟之誠請不咨前王之故實其若天地宗廟何其若萬方四海何臣等位忝班行同國所戚不任哀迫之至　一作皆唐類表

第三表

臣某等言昔袁盎以漢文孝過於曾參臣今伏以聖情之慟過於漢文遠矣凡在羣下孰不歸仁臣等荒迫之中竊有所感伏以大行皇帝深惟天下之重憑几顧命俾陛下三日而聽政今顒顒萬國企聞王言已七日矣而銜哀永慕未忍抑從尚（一作豈）可謂奉先皇之旨行天子之孝乎大行皇帝封植萬邦傳之陛下屬艱難之運當金革之衰庶務權宜懸於晷刻如或一夫不獲一事不理雖陛下心同

大舜跡齊武丁豈可謂負荷祖業求和一作安兆庶之望也
一作乎 臣等荒愚未見其可所以前後三表血誠上請祇冒
哀戾戰越伏深無任憂戚一作感之至　一作皆唐類表

宰臣等請聽政表七首　林逢

臣等聞王者之孝不可與士庶同萬機不可以逡巡曠典
策所載古今必然伏惟皇帝陛下出震纘圖體乾御極荷
祖宗之丕烈啓運祚於雍熙自大故已來孝思罔極天地
以之慘戚臣庶以之震駭而節文有變遺旨無違伏乞稍
抑哀懷俯親庶政冀使生靈獲泰日月重明臣忝列台司
謬叅樞務無任懇悃之至

第二表

臣某言伏以萬機事繁不可久曠今則披瀝血誠乞親庶
政聖情哀塞未允愚衷夙夜兢憂是再陳啓伏惟皇帝誕
受欽明夙誠疑 睿哲道光王室運屬承天而孝感因心悲
摧過毀一自國故殆逾半旬誠四海哀號如喪考妣而萬
靈顒若未覩乾坤伏冀思繼體之大猷棄執哀之小節行
帝王代天之法薄曾閔匹夫之情特抑哀懷俯躬朝政宗
廟之業永遂和寧社稷之靈知其允答況事非爲己道本
徇公一作人 仰惟聖慈俯塞羣望臣等叨逢景運獲列樞衡
昧死竭愚布露丹懇伏紙殞越庶垂天鑒

第三表 此篇柳宗元集中誤收作第二表晏元獻公云是林逢作決非宗元

臣伏奉大行皇帝知陛下至性自天恐陛下執哀過毀上
惟九廟之重下念萬務之殷故遺詔丁寧俾遵舊典今百
辟卿士顒然在廷瞻望清光已七日矣固陳誠請猶未允
從內外憂惶莫知所出臣聞大孝之本繼志爲難酌禮之
情尚柳集中作得爲貴是以哀迷期數哭泣有常俯而就之聖
人所重知難繼也君子不爲伏願少抑哀情柳集作懷仰遵禮
命以副神祇之望以安億兆之心光祖業於無窮流德教
於千古柳集作化於天下 凡在臣子孰不悲戴不任哀懇誠切之
至

第四表 此篇亦誤入柳宗元集作禮部爲文武百寮請聽政第三表按表文云兩河之寇盜蹤除百姓之瘡痍未合乃是穆宗敬宗時事宗元元和十五年卒誤收何疑

臣某等言伏以萬機事柳集作至重遺旨難違再獻表章上塵

旒扆精誠徒竭天意未迴內外遑遑人神企望臣聞王者
之孝異於匹夫禮不相沿道資適變向柳集作當承平之代故
殷帝宅憂而不言遇有事之時則周王未葬而誓衆況今
戎車猶駕邊候多虞兩河之寇盜雖柳集作難弭 除百姓之瘡
痍未合亂者思理危者求安天下嗷嗷正在今日誠宜抑
其至性以副羣心成先帝之大功繼中興之盛業豈可寢
苦啜泣庶政闕然九廟之靈何報萬方之望何塞臣等職
參樞近誠切邦家若陛下未忍臨軒尚持前志臣等有死
而已不敢奉詔不勝哀迫懇切之至

第五表

臣聞樹之元后以牧蒸人猶日月之照臨不可以少曠如

天地之覆育不可以暫虧故歷代明王取鑒於此必屈己
以徇物遂抑哀而從宜期爲彝章行於往古聖心哀迫未
體至公羣臣憂疑罔知所措伏惟皇帝陛下温恭允塞遹
德文明承二百年之丕圖當十三聖之大業生靈所屬負
荷不輕豈宜直(疑)貌棘心蹈小節而自遂寶符神器委大
計而未臨且萬機事殷九有望切運當克構政在惟新顒
顒蒼生日有所冀伏乞皇帝以安黎庶爲念以保社稷爲
心對越上玄克揚顧命俯從人願用答天休臣之慺慺實
在於此况萬國將至七月匪遑須務山陵以申孝敬在於
營奉不可曠違抑有前規罔無徇巳伏惟特膺順變允叶
情文抑至性而副羣誠略小善而章大道則天下幸甚宇

內和寧臣等生忝明時位當樞軸敬同羣品重啓宸嚴悃
愊之誠至於死請云云

第六表

臣等昧死上表以陳備竭肝膈聖情超遠未蒙聽覽臣等
中謝臣等謬膺爕賛猥奉恩私未廻日月之光是負股肱
之寄豈臣心不忠無能感竊今者萬機之曠四海同憂顒
顒衆心不安寢食以陛下聽政之期未尅執喪之志尚堅
臣等當伏閤叫(一作扣)閽殞身碎首所期宸鑒下察微誠不
勝迫切之至

第七表

臣等言今月日巳後累陳七表請御萬方忽蒙宣旨尚未
聽許臣等驚怖不知所裁敢徵前言以奉萬一伏惟漢朝
諸帝文稱明聖而著易月之典以爲後代之法光武巳降
迄于我唐繼有睿哲之君不無明聖之主豈皆忘殷宗之
孝豈盡無陛下之心但以所守者祖考之丕圖所臨者生
靈之重事不敢徇其巳以屈萬姓不欲申其志以蓋百王
具在典謨莫得逾越况元和巳前十一聖矣皆以孝理化
於萬國迭承次守無議改纏大行皇帝恭承昌緒亦遵前
訓當陛下舊規或墜忠言莫從遠棄漢文之風烈近乖先
帝之遺躅獨徇一時之至性臣恐掩祖宗之舊儀不足以
流範越大行之性度不足以揚名夫喪以敬爲上哀亦次
之著在禮經陛下之所鑒也伏惟以社稷爲心以邦國爲

念以奉山陵爲至敬以安社稷爲至勤溥會閔之非名纂
堯舜之盛業副中外之丹款濟蒼生之血誠臣等慺慺不
寧寢食况臣等備任宰衡時逢昌運荅先朝之眷遇承陛
下之文明伏乞俯察愚心允兹羣望期於得請昧死上陳
今樞務之目曠廢巳久朝野心惑人祗望切安可盤桓更
延時日伏乞更賜允許以慰上下億兆之誠立俟聖諭晷
刻是望無任

禮部爲文武百官(集作寮)請聽政表　柳宗元

臣某等言臣聞大道必體於至公大孝無(集作莫)高於善繼
上觀列聖旁考前王罔不俯就禮文仰承大事嚴奉宗社
(集作廟)慰安黎元然後德教惟新邦家永固伏惟皇帝陛下

寢苫泣血號慕無時貫於（集作于）神明動于天地未臨庶政
徇徇至誠凡在人臣孰不哀懼伏以（集作惟）先聖遺旨俾陛
下抑哀而聽政本朝之人使臣等竭忠而（集作以）奉上非敢
懼死輙布懇辭朝於必從以慰寰宇且王業至重軍國方
殷一日萬機（一作萬機之事）不可暫闕伏願追遵顧命蹈履成規
愜王者華夷之望順上帝乃眷之懷臣等不勝哀迫誠懇
之至

第二表

臣某等言臣聞聖凡殊途邦家異禮故王者捨己從物用
身許天雖居達喪猶以事奪伏以大行皇帝道成鑄鼎仙
等馭龍萬姓長號九有顒望陛下以聰明睿聖嗣守寶圖

爰及宅憂迫茲累日而孝思罔極尚輟乃懽之言庶政未
釐頗闕如絲之命臣等嘗覽載籍粗知喪紀若成周顧命
歷代猶遵西漢遺詔前王所奉我國家以孝理天下文明
應期上（類表作亦）用此法胥以傳授蓋事歸至當則不可不遵
禮貴從宜則不得不守理固然也臣等是敢（集作以）上陳愚
懇輕黷宸嚴冀遂血誠俯親國政而陛下執喪逾切聽理
未聞億兆嗷嗷不知所訴臣以為天子之孝在於保安社
稷司牧蒸黎功超百王慶流萬代亦何必守臣下之小節
蔑皇王之大猷固阻羣情務成謙德伏願以遺詔為念奪
在疚之懷就臨軒之制天下幸甚幸甚不勝哀惶懇迫之
至

卷終

文苑英華卷第六百　表四十八

請勸進及封岳行幸

勸進梁元帝表二首　請復子正位表一首
為齊州父老請陪封禪表一首
為朝集使于思言等請封中岳表一首
請許封泰山表一首
百官請不從靈駕表一首
在神都留守請車駕還洛表一首
諫則天幸三陽宮表一首
李採訪請駕停金牛一日表一首
為京兆第五尹請車駕迴西京表一首

勸進梁元帝表　徐陵

臣陵言臣聞封唐有聖還承帝嚳之家居代維賢終纂高
皇之祚無為稱於華胥至治表於垂衣而撥亂反正非聞（一作間）
前古至如金行重作源出東莞炎運猶昌枝分南頓
豈得掩顯姓於軒轅非才子於顓頊莫不因時多難俱繼
神宗者也伏惟皇帝陛下出震等於勛華鳴謙（一作明讓）同於
旦奭握褒秉鉞（類聚作握圖執鉞）將在御天玉滕（一作勝）珠衡先彰（類聚作章）
元后神祇所合（一作命）非惟太室之祥圖諜（一作畫類聚作書）
斯歸何止堯門之瑞若夫大孝聖人之心中庸君子之德
固以作訓生民貽風多士一日二日研覽萬機允文允武
包羅羣藝擬茲三大賓是四門歷試諸難咸熙庶績斯無

得而稱也自無妄爲象鍾禍上京梟從虔劉　宗蕩墜銅頭鐵額興暴皇年二十四字一作無妄爲暴皇作綏微封豨脩虵行災中國靈心所宅下武其興望紫極而行一作長號瞻丹陵而殞慟家宄將報天賜黃鳥之旗國害宜誅神奉玄狐之録一作籙尅李軼於河津征陶謙於海岱滕公擁樹一本作面擁蓋避諱也出漢書滕公夏侯嬰傳雄氣方嚴張繡交兵風神彌勇忠誠貫於日月孝義感於氷霜如雷如霆非貔非虎一作如貔如虎前驅效命元惡斯殲既挂膽於西州方燃臍於東市蚩尤三塚寧謂嚴誅王莽千段一作刺非云明罰青羌赤狄同界狼豺胡服夷言咸爲京觀邦畿濟濟還見隆平宗祀一作廟愔愔方承多福自氛一作氤氳渾沌之世驪連栗陸之君卦起龍圖文因鳥

跡雲師火帝非無戰陣之風堯誓湯征咸用干戈之道星纏東井時破崤潼雷震南陽朸平尋邑未有援三靈之已墜救四海之羣飛赫赫明明龔行天罰莫如當今之盛者也於是卿雲似蓋晨映姚鄉甘露如珠朝垂原一作華景寢之旁感德咸出銅池翼羨何哀無勞銀翦重以東漸玄兔西踰白狼高柳生風扶桑銜一作盛日莫不編名屬國歸貢一作賓鴻臚荒服來賓遐邇司慶一作福其文昭武穆時晷也如彼天平地成功業也如此父應旁求掌故一作固詢詔一作諮諏天官斟酌繁昌經營高邑宗一作宋非王啓霸非勞武德一作陽武之侯清蹕無虞何事長安之邸揚龍一作鑾旂以饗帝御鳳扆以承天曆數在躬疇咨一作與爲讓去七月二十四日無

散騎常侍柳暉等至鄴伏承聖旨謙冲爲而不一作弗宰或云洛一作涇非陽未復函谷無泥旋駕金陵方膺天眷愚謂大庭少昊非有定居漢祖殷宗皆無恒宅登封岱嶽且署一作猶置明堂巡狩荊州一作章陵時行司隸何必西瞻虎踞一作據乃建王宮南望牛頭方稱天闕抑又聞之玄珪既錫蒼玉無陳乃棫樸之悠期非苞茅之不貢雲和之瑟久廢甘泉孤竹之管無聞方澤豈不懼歟伏願陛下因百姓之心振一作極萬邦之命豈可遂巡固讓方示石户之農高謝爲君一作君臨徒弘箕山之容未知上德之不德惟見聖人之不仁率土翹翹蒼生何望昔蘇季張儀違鄉負俗尚復招三方以事趙請六國以尊秦況臣等預一作顯奉皇華親承朝命珪

璋特達通聘河陽貂珥雍容尋盟漳水加年貶館隨世一作勢汙隆瞻望鄉關一作關誠均休戚但輕生不造命與時乖等一作黍一介之行人同三危之遠擯承間內殿事絶耿介之因一作恩封奏邊城私等劉琨之哭不勝區區之至謹拜表以聞臣陵云云　一作皆梁書元帝紀

同前　沈炯

臣僧辯等言衆軍以今月戊子英華作午非惣集建康賊景烏伏獸窮徒爲擊摶一作擊頻挫力一作姦竭詐盡深溝自固臣等分命將士一作分勤武旅百道同趨突騎短兵犀函鐵楯結隊千羣持戟百萬止紂七步圍項三重轟然大潰羣兇殄一作四滅京師少長俱稱萬歲長安酒食於此價高九縣雲開六

合清朗矧伊圓(一作點)首誰不載躍伏惟陛下咀痛茹哀[illegible]憤銜(一作忍憤)酷自紫庭絳闕胡塵四起恒山易水(一作擩垣好曛)冀馬雲屯泣血思治(一作治兵)嘗膽誓衆而吳楚一家方與七國俱叛管蔡流言又以三監作亂西京義衆阻強秦而不達(一作通)并州遺民跨飛狐而見抵(一作泯)豺狼當路非止一人鯨鯢不梟倏焉五載雄(一作英)武克振哀(一作怨)恥並雪不申(二字一作末尋霜露如何可言)臣等輙依故實奉脩祖廟(一作廟社)使者持節分告園(一作塋)陵嗣君升遐龍輴失(一作未)殯承華掩曜梓宮莫測並隨局(一作並即隨由)備辨禮具凶荒四海同哀六軍祖哭情敦孝友理增(一作當)感慟日者百司群岳(一作岳牧)仰祈宸鑑以析(一作錫)珪之功既歸有道當璧之禮又(一作允)屬聖明而

優詔謙冲宵(或作寂)然凝邈飛龍可濟(一作躋)而乾爻在四常閽云叫而閶闔未聞謳歌載馳是用翹首所以越人(類聚英華作楚人非)固執燻丹穴以求君周氏樂歸(一作推)越(一作踰)岐山而事主漢王不即位無以貴功臣光武思蕭王(一作止戈)不豈謂紹宗廟黃帝迷(一作遊)於襄城尚訪治民之道放勛寂(一作入)(一作)於姑射當(一作猶)使罇俎有歸伊此儻來豈聖人所欲帝王應運(一作所應)可不可然(一作已而然)(一作不獲)伏讀璽書仰承(一作尋諷)制旨顧懷物外未奉慈衷陛下日角龍顏之姿表於徇齊之日彤雲素氣之瑞基於應物之初傳覽則大哉無所與名深言則蔑乎昭章之觀忠爲令德孝實動天加以英威茂略雄圖武筭指麾則冊浦不戰顧眄則阪泉自蕩(七十六字英華作陛下孝實動天忠爲令德加以威窮則板泉自蕩非)地維絕而重紐天柱傾而更植鑿河津於孟門百川復啓補穹儀於(一作以)五石萬物再生縱陛下拂衿衣而遊廣成登弁山而去東土羣臣安得仰訴兆庶何以歸仁況郊祀配天豐觴(一作鑵)禮曠齊宮清廟邊豆(一作匏竹)不陳仰望乘(一作鑾)輿匪朝伊夕瞻言法駕載渴且飢豈可久稽衆議有曠彝典(一作則)況舊邦凱(一作既)復函洛巳還(一作函頟巳平)高陵櫟陽宮館雖毀(一作毀)榮(一作渦)河清洛(一作渭)佳氣斯在(一作猶存)皐門有伉井泉四敞土圭測景仙人承露斯蓋九州之宇縣六合之樞機博士奉(一作捧)圖書而稍還太常定禮儀而已立(一作列)豈得不揚警蹕(一作清駕)而赴名都振(一作具)玉鑾而旋正寢昔東周既遷鎬京遂其不復

長安一亂陝洛未以爲居(英華作不以爲君非)夏禹以萬國朝諸侯文王以六州匡天下方之(一無方之二字)王(一作跡)基百里劍拔(一作杖)三尺以殘楚之地抗拒六(一作九)戎一旅之卒(一作師)剪夷(一作滅)三叛坦然大定御辯(一作輦)東歸解五牛於冀州秣六馬於譙郡緬求前古可得比歟(一作其可得歟)對揚天命何所讓德有理存焉敢重所(一作所)奏臣僧辯等誠惶誠恐頓首頓首死罪死罪　一作皆梁書元帝紀

請復子正位表(武后)　蘇安恒

此篇唐書作疏又載六百九十四卷封建門題作請皇家諸孫姪疏

爲齊州父老請陪封禪表　駱賓王

臣聞元天列象紫宮通北極之尊天(集作大)帝凝圖玄猷暢
東巡之禮是知道隆充澤(集作光宅)既輯玉於雲臺績劭(集作業紹)
禋宗必塗金於日觀(云云)伏惟皇帝乘乾握紀纂三統之
重光御辯登樞應千齡之累聖故得河浮五老啓赤文於
帝期海薦四神奉冊書於王會瑞開三春祥洽五靈旣而
緝總章之舊文据辟雍之故事非煙翼軑移玉輦於梁陰
若月承(集作乘)輪祕金繩於岱巘臣等質均芻狗陰謝桑榆
幸屬堯鏡多暉昭餘光於連石軒圖廣運(集作燿)追盛禮於
擬金然而鄒魯舊邦臨淄遺俗俱穆二周之化咸稱一變
之風境接青疇俯瞰獲麟之野山開翠巘斜連辨馬之峯
豈可使稷下遺甿頻隔陪封之禮淹中故老獨奏(集作奉)告

成之儀是用就日披冊御璧輪之三舍望雲抒素叫天門
(集作闔)於九重儻允微誠許陪大禮則夢瓊餘息翫仙閭(集作仰仙闥)
以相蹕就本殘魂遊岱宗而載躍

爲朝集使于思言等請封中岳表　武后　崔融

臣某言臣聞易有太極是生兩儀有父子焉有君臣焉道
莫尊於三皇皇合符於奕葉德莫高於五帝帝展事於云
亭禮莫盛於三王報功於岱畎政莫隆於兩漢紀號於仙
閭皆所以省方觀人增天益地刻玉篆印金泥激清流於
滲漉翔仁風而崩動然則業隆不封禪何以答三靈道備
不巡遊何以會萬國爲人上者可不敬哉(中謝)伏惟聖母
神皇陛下寶命絪縕立期肹蠁包混元而建極宅造化而
開階剖靈符於天合至德於地渥澤浸潤萬物恩光明懸
四海不言而含氣風從無爲而流形日用允所謂樂鏡絶
代禪壓振古者焉臣聞古之聖王受命者然後得封禪又
云功成道洽符出乃封又云致太平必封禪今陛下獲瑞
銘於廣武得寶圖於温洛星連月合雲起風搖上以擁神
休下以塞天望崇徽號定都邑文質再而復正朔三而改
義在得天乃立天統非受命者孰能臻茲因時創宜以順
制逆建三廟崇五堂廣太學以教冑子開明堂而祀上帝
彼東夷西戎南蠻北狄殊方絶界窮幽極遠蠢然莫敢不
來享莫敢不來王非功成者孰能臻茲三階平萬方晏歲
廊無事囹圄云空獄訟清而王風淳禮樂和而人氣樂衢

路有鳳行之序邑里得鶉居之時五尺童兒羞論霸道八
十父老不知帝力非道洽者孰能臻茲乾符總集不召而
自至坤瑞昭昇應圖而合諜慶雲出神池涌毛宗擾羽族
馴樹連理而麥兩岐　黃黍而　玄秬匪朝伊夕以時繼
年非符王者之瑞孰能臻茲命旣受於天矣功旣成於人
矣道已洽於古矣符已出於今矣若此者非太平之効歟
可以升中名山可以肆類上帝嵩嵩維岳峻極于天風雷
所起設險於畿甸霜露所均作鎮於邦國雖復千八百處
未常遊王女之臺七十四家不能幸仙人之洞區區漢武
止聽三呼汲汲晉炎但詣羣議臣等竊以爲秘籙有云中
岳之神姓武天意若曰神皇其封中岳乎藏讖緯以湏時

蓄符祥而待聖顯見神跡覺寤黎蒸天祚岳姓必將封祀神岳者非陛下而誰由是王公侯伯日夕登封之奏禮官博士歲時符命之書鴻儒碩學思獻儀於野外川后山祇願前駐於闕下天人之望久矣陛下何得而辭哉伏乞深惟至公仰祗靈眷傍稽瑞命俯順旿歌龍駕帝服背河洛而上圻星陳天行指轘嵩而東邁石芝生而五色可以爲盛貝樹長而三化可以爲籍埋玉報地燔柴告天載巍巍扇翼翼上以答昊穹之儲祉下以副率土之歡心永保鴻名長爲稱首盛矣美矣猗歟偉（一作邪）歟臣等忝職外臺受委方玉宣太平之風化聽古老之謳謠望屬車而未來思叫（一作扣）閽而至極庶千年一會陛下垂不讓之恩使五載

四朝羣臣有慶成之地孰不幸甚不勝悃款之至謹詣朝堂奉表誠請以聞

請許封泰山表（已見五百五十六卷）　張說

百官請不從靈駕表　李嶠

臣嶠等言伏以靈駕道（疑作遵）途聖恩攀從國計非便羣臣不安昌昧上忻未蒙哀允跪對還旨載深惶惕臣嶠等（中謝）臣聞古者天子上法天心不極私情遠衆欲以順人理國爲孝以克已制心爲禮是故凡聖異禮公私殊制私心獨展凡人之孝也萬姓咸若聖人之孝也陛下行舜禹之事以萬姓爲心柰何守曾閔之節懷獨展之願臣等嚚竊所未曉且永淳已後關輔流散近適旋定人猶未足今山陵起築役徒物萃彌春涉夏爲費弘多若陛下此行羣司畢從於人取給臣實難之水旱小愆農慮非淺東都則水漕淮海易資鹽穀之蓄陸走幽并近壓戎夷之便朝命新復人望安在宜應靜鎮未可移動陛下若俯順羣願留撫都人則其安如此若不勝私情攀奉靈駕則其慮如彼況扈從兵馬既不預集行宮廩蓄又未先備發期俯邇支計闕然倉卒敦迫必不敢辦若待陵寢安厝霜露終感三農歲稔萬乘時巡奉郊廟以展虔瞻日月其何遠今固將抒私戀棄羣言忘人力蔑國用此實非陛下安集新業之故亦非先后憐憫遺人之意且朝廷故事典章猶在獻陵追遠太宗不至於三元昭陵上遷高宗不至於九嵕豈先

帝私懷不堪故事羣臣公議之所奪也伏願仰遵舊訓顧定新基屈至情而順羣心抑小節而成大孝使軍國長算函洛皆安邦甸窮人賦歛少減萬姓翹望實深至願百寮結誠期於死請無任悲迫之至謹詣朝堂奉表固請以聞

在神都留守請車駕還洛表（武后）　前人

臣嶠等言臣聞天下皆春而燕谷有析暄之律日中並照而彭澤有隨陽之禽豈非承光飲和仰德延鹿（二字疑）深於戀者其徙若不親渴於求者其來如不足以圭表旣宅關河馳怨思之誠鑾和未巡襄鄧切謳歌之慕帝車北指震（疑）駕西臨槐櫝　歷於四時舊茂（二字疑）猶淹乎入水者（一作）老延頸簪裾企望戴天有分徙嗟京兆之遙捧日無階

竊恨長安之遠臣嶠等中謝伏以載祀七百卜年非豐岱
鎬疑作之地時乘九五啓聖由瀍洛之鄉所以受龍圖龜書
所以朝兩師河　叶祥符於讖籙採謀議於人鬼萬靈幽
贊百物阜昌是曰天地之心實興帝王之祚方使四夷爲
守西賓丕無外之談六合爲家東土壯居中之業况復圓
立方澤神祇之兆域以安複廟重檐昭穆之尊卑既叙定
社而立稷建邦而設都是萬年長王之郊誠億載不遷之
宇寧可久曠中壤即安偏據詠山河於漢舊訪宮室於秦
餘五載時巡曾無告至之禮四方述職仍以不均之患臣
等庸愚竊所未達今三秋告稔萬實已成陰陽所和有一作
稼穡徧茂却連澤潞汾曲叙廟荊揚海隅萬庾同殷千箱

斯一作並誅禾萌一作舊九穗未曰休徵穀石五錢詎名豐穰
加以舟車並湊水陸交衡物産尤多觀聽胥悅衆庶有來
蘇之冀神靈翹望幸之心伏願陛下俯察民謡仰祇天意
因銅省疑作雀之稔歲命玉鑾之仙軫消時擇日屯萬騎而
出函秦省俗觀風撫四人而還輦洛逍遙乎九阿之阻容
與乎八表之路廻輿駐蹕觀十月之圃場關纊凝旒問百
年之疾苦然後歸格道乎疑九廟疑明堂衆星拱列長居
辰極之尊萬寓駿驅　詠朝宗之俯光輝將日月齊殷德
澤與江河比潤致乾坤之景福盡億兆之歡心凡在人祇
孰不欣幸臣等限以所守不獲親詣闕庭無任區區之誠
謹附洛州奏事使朝議郎行洛州司兵參軍盧正言奉表
陳請以聞

陳則天幸三陽宮表後篇作疏　張說久視元年爲右補闕

臣說言臣聞明王集作主不惡切諫以博覽忠臣不敢隱忠
以曲辭伏願陛下特集作少加裁察臣說誠惶誠恐頓首頓
首死罪死罪陛下屯萬乘幸離宮暑退凉歸未降還旨愚
臣固陋恐非長舊唐書作良策請爲陛下陳其不可三陽宮去
洛陽城一百餘後篇集本作一百六十里有伊水之隔崿峽之峻過
涉夏秋集作過夏涉秋水潦方積道壞山險不通轉運河廣無梁
咫尺千里扈集作擁從兵馬日費資給連雨彌旬即難周濟
陛下太倉武庫並在都邑積後篇集本作紅粟利器蘊若丘山後篇作山積
奈何去宗廟之上都安山谷之僻處是猶倒持劍戟

示人鐏柄臣竊爲陛下不取夫禍敗後篇集本作變之生在人所
忽故曰安樂必戒無行所悔此不可止之理一也告成英華
及集本作御城非　福小萬方輻湊填城溢郭併集作鉼插無所排斥
居人蓬宿草次風雨暴至不知庇託孤惸老疾唐書後篇作病流
轉衢巷陛下作人父母將若之何此不可止之理二也造
設後篇作池臺唐書作池亭奇巧誘掖上心鑿山疏觀後篇唐書削巒起觀竭流
漲海俯貫集作窮地脉仰出雲路集作端易山川之氣奪農桑
之土延木石運斧斤山谷連聲春夏不輟勸陛下作此者
豈正人耶詩云人亦勞止汔可小康此不可止之理三也
御苑東西僅三十里集作二十里所出入來去後篇唐書作往雜人甚多
外無墻垣扃禁內有榛藂谿谷猛獸後篇唐書集本作毅所伏暴慝

是憑陛下來往（後篇唐書作徃徃）輕行警蹕不肅歷蒙密乘險巇卒然有逸獸狂夫（後篇作奔突）驚犯左右豈不殆哉雖萬全無疑然人主之動不宜容易也易曰思患豫防願陛下爲萬姓持重此不可止之理四也今國家北有胡寇覘（後篇作窺）邊南有夷獠騷徼關西小旱耕稼是憂安東近平輸漕方始臣願陛下及時旋軫深居上京息人以展農脩德以來遠罷不急之役省無用之費澄心澹慮惟億萬年蒼蒼羣生莫不幸甚臣自度芻議十不一從何者阻（唐書集作沮）盤遊之娛閒林沚之玩規遠圖而替近適要後利而棄前懽未沃明主之心已挨（後篇作怫唐書作欬）貴臣之意然臣血誠密奏而不愛死者不顧負陛下言責之職耳輕觸天威伏地待罪

此篇又載六百九十四卷今已削去

李揆訪請駕停金牛一日表（玄宗　常衮）

臣某言臣聞葵藿何禀猶每傾陽犬馬無知尚能戀主伏惟陛下迴鑾巴蜀指揄咸秦萬乘雷奔經劍門之險阻六宮雲從歷棧道以崎嶇恐天步有獸於登臨聖躬（疑是）勞於行幸稍移玉輦將至金牛漢水梁城郡當所守蜀門秦塞路則居中乃微臣廁侍從之時宜陛下休羽儀之地伏望小停仙蹕寬一日之程暫（疑是）奉宸居喜千年之遇臣忝陪宗室得備藩條懇欵之誠倍萬恒品無任攀戀屏營之至奉表陳情以聞

爲京兆第五尹請車駕迴（一作還）西京表（代宗　于邵）

臣某言臣聞古公去邠初因避狄襄王出鄭終見興周故能成九五之尊享八百之祚載在前史照然可知伏惟元聖文武皇帝陛下道合四國威加八紘（一作裔）啓中興之運弘下武之功殊方異俗重譯交順惟犬戎小醜敢亂天常陵逼豐鎬震驚都邑陛下理兵陝服遣將秦川鴟張未幾狥游自溺今八川底定萬姓怨思同（一作皆）懷奉（一作捧）日之誠共結屬車之望況地稱百二勢比咽喉足以橫制九圍財成六合陛下豈可捨山川之固爲巡省之遊臣雖至愚竊知不可伏願謀及百辟俯狥羣心迴鑾舊宮駐蹕西夏使百川有朝宗之所衆星復環拱之方凡在有（一作肖）形孰不幸甚無任懇欵溯戀之至謹遣官奉表陳情以聞

陳情（疑作）陳情一作皆唐類表

文苑英華卷第六百

文苑英華卷第六百一　表四十九

陳情一（陳情表二卷英華所編失年代先後今正之）

陳情表　陳文帝時　沈炯

臣嬰生不幸弱冠而孤母（英華作子諸非）子零丁兄弟相長謹身爲養仕不擇官承襲朝命偶在亂世（一作官成梁朝命存亂世）冒危履險自死輕生妻息誅夷昆季屠（一作冥）滅但餘老母（一作餘臣母子）得逢興運臣母妻劉今年八十有一臣叔母妻丘七十有五私（一作臣）門弟姪故自無人妻丘兒孫又久亡泯兩家侍養餘臣一人前帝知臣之孤煢眷臣以州里不欲使頓居草萊又復矜臣温凊所以一年之內再三休沐臣之屢披丹款頻冒宸鑒非欲苟避（一作違）朝廷遠離鑾輦一者以年將六十湯火居心每跪讀家書前懼後喜溫枕扇席無復成童二者職居彝憲邦之司直若自虧身禮何問國章前德綢繆始許哀放內侍近臣多悉此旨正以選賢與能廣求明哲趑趄荏苒未始取才而上玄降戾奄至今日德音在耳墳土遽乾悠悠昊天哀此困（一作罔）極兼臣私心煎切彌迫近時懍懍之祈轉忘塵黷伏惟陛下睿哲聰明嗣興下武刑于四海弘此孝治寸管求天仰歸帳（一作帷）宸有感必應實望明時（一作聖明）特乞霈然申其私禮則王者之德覃及無方矧彼翔沈孰非涵養（去）（一作皆陳書本傳）

爲人陳情表　陳子昂

臣某言臣門衰祚薄少遭險釁行年三歲嚴父早亡慈母鞠育哀惸相養臣又尪羸少多疾病（集作疹）零丁孤苦僅得成人老母愍（集作憫）臣孤薄恐不能負荷教誨師氏訓以義方家貧無資績紡（集作紡績）以給束脩衣褐並出母指臣既無姊妹寡有兄弟（集作弟兄）衡門獨立唯形與影母子相視惸惸靡依羅此艱虞歷二十歲臣稍以成立忝跡朝班薄祿微資始期色養私情獲遂（集作既獲）母子同（集作相）歡殃罰不圖老母見背攀號何及泣血漣洏于時日月非便（集作宜）權殯京兆歲序遷速於今若干年臣本貫河東墳隧無改先人丘壠桑梓猶存而老（集作亡）母客居未歸舊土宿草滋蔓成（集作列）拱樹荒涼興言感傷增以崩咽今卜居宅兆將入舊塋明年吉辰最是良便過於此際（集作除此之際）未有剋期臣謬齒王人職在驅役今歲奉使已至居延單行虜庭絕漠千里臣雖萬死無答鴻恩恐先朝露有負老母（集作知眷）伏惟陛下仁隱自天孝思在物哀臣孤苦降鑒幽微（集作冥）使臣來年得營葬具斬草舊域合骨先墳保送靈（集作魂）獲申子道烏鳥之志已（集作獲）遂私情遷舉事終（集作遷變事畢）馳影奔赴雖其（集作即）殞歿甘心無恨（集作憾）云云

陳情表　高宗　員半千（咸亨中）

臣某言臣貧窮孤露家資不滿千錢乳杖藜糗朝夕纔充一飯有田三十畝有粟五十石聞陛下封神嶽舉英才（唐書作豪英一作賢才）貨賣以充糧食奔走而歸帝里京官九品無爪葛之親立身三十有餘志懷松栢之操不能羅賤販貴取利於錐刀斟酒隻雞求舉將何以辦投匭進款奉勅送天官捧以當心似懸龍鏡家乏以守若戴鼇山於今立身未

蒙一任臣恨不能益國死將以選地不賜臣一職剖判疑滯移風易俗以報陛下深恩若使臣平章軍國燮理陰陽臣不如稷契若使臣十年成賦一代稱美臣不如左太冲若使臣荷戈出戰除凶去逆臣不如李廣若使臣七步成文一定無改臣不愧子建若使臣飛書走檄援筆立成臣不愧枚皐陛下何惜玉階前方寸地不使臣披露肝膽抑揚辭翰請陛下召天下才子三五千人與臣同試詩策判牋表論勒字數定一人在前（疑作臣）先者陛下斬臣頭粉臣骨懸於都市以謝天下才子望陛下收臣才與臣官如用臣芻蕘之言一辭一句敢[redacted]於玉階之前如棄臣微見即燒詩書焚筆硯獨坐幽巖看陛下召得何人舉得何士無任鬱結之至

爲水潦災異陳情表　武后　李嶠

臣嶠言臣聞明主程才先求於稱職忠臣効用必務於量己然後庶官無廢百度以康若使假鳳登朝真龍不馭將緣鶴之鼎方憂於折足和鸞之駕必誡於傾輈豈徒鍾鼓生祅鸒夷起笑而已臣瓶筲賤器駑蹇輕姿同鼯鼠之五伎不成異飛鴻之六翮兼備邀逢幸會累叨階級陛下降非常之澤垂不次之恩昇之冢司握九流之銓管委以樞近參萬機之損益傅說作舟之命徒奉箴規仲山補袞之談曾微答効致令衡鏡失序綱紀不張官寮日增府庫歲減累謬職之謗或譏於晝武續貂敗官之尤有議於諠廬吠鵲（盧宋鵲名或作鸛非）犬下生朝野之蠧上悖陰陽之和水潦爲災慮深於昏墊黎氓失稔憂在於灊鬱彰皇情於南面墜國度於西成虧燮理之節失平分之度推其咎戾實在微臣昔者堯逢阻飢而四岳咨訪漢遇災異而三公策免舉遺才而求俊乂退不肖而清庶官厥有由來著于古昔臣緝熙莫効尸曠無成以擁腫之凡材抱支離之痼疾久懷致寇之祿猶帶妨官之綬靦目而視不遑自安是用啓處慙惶寢興誠惕思解鵷鷯之服願辭鵷鷺之行庶得保愚公之廬避賢者之路以寧衆口之囂謗以荅三靈之譴咎則物情朝序誰不謂宜昔干木辭第恒思衛主營平寢疾不忘憂國當今兵戎未靜費務方多人庶空虛官寮苟且不可不深爲防慮妙思政術臣銜恩佩德念咎慙榮雖智効無聞自甘於罷黜而庸短所見猶樂於輸盡不勝區區之意謹昧死陳利害事一封幸當明主不諱之朝敢効愚臣無隱之節儻蒙赦其狂直收其固陋乃冀有益纖芥効（一作微）添山海無任悚懼懇誠之至謹詣朝堂奉表陳情以聞

爲任虛白陳情表　武后　吳少微

臣某言臣亡父某昔在聖朝累蒙遷任丞登麟閣纘校祕文衛迹鳳池翊謨神化內陳青瑣之拜出有朱輪之寵何其休哉而恩榮未報釁禍潛起閶門而就拘連頸而待戮陛下發雲軺（一作雲霓或作雲蜺）之彩迴霜雷之威捨過好生全棄嶺表一蒙渙汗於借命之恩萬里奔波無乞骸之望寘身邊裔皓首荒隅以臨年之危坐炎方之瘴雖欲勿死其可得乎遠謝關庭奄先泉路旅櫬期朽今猶未還與言血下號懼交集臣某（中謝）陛下通天之歲復降恩勑追魏其崔其及臣亡父等赴都元忠或入處台相出臨蕃牧門庭曜軒組之榮妻子厭粱錦之美其李乙雖死亦蒙贈官子其又登微（一作顯）職惟臣一門之內存亡俱不霑恩臣之不天亦胡顏上訴然此生則孤臣豈敢同死則在李獨優皇天

平分豈其偏施伏惟皇帝陛下惠育羣生無幽不燭臣之孤苦皇天所鑒父終嶺外喪在關中宇宙雖廣無一壥之地弟妹幼稚絕斗舂之儲兩柩雙魂未遑安厝臣所以鯁情割懇忍而未死者竊爲此耳儻雲雨之賜覆潤無私則南有歸來之魂北無高堂之位臣之罪也不任崩迫之至謹奉表以聞輕觸宸嚴伏知待罪

陳情表　玄宗　張文成　開元初

萬死糞土臣文成言臣忝朝班幸蒙驅策不了一使罪應至死自可鉗口吞聲伏待刑書灰身粉骨甘從斧鉞豈可昆蟲惜命雀鼠貪生區區微心有所未盡臣平生好學頗愛文章雖不逮於詞人濫流傳於視草近來撰集詩賦表記等若干卷編集擬進繕寫未周負譴明時方從極典恐士衡止息華亭之唳不聞嵇康顧影廣陵之音永絕鈌簡零落抱痛幽泉昔司馬遷請就腐刑以終史記漢武帝愍其至懇矜而許之伏願陛下遂臣萬請之心寬臣百日之命集錄繕寫奉進闕庭微願獲申就死無恨然則歸罪廷尉肆諸市朝腰領橫分有同仙化一作苑　肝腦塗地百代如生骸骨埋塵千載不朽無任迫切之至

陳情表已見五百七十九卷　張說

第二表已見五百七十九卷　前人

同前　蘇頲

臣某言伏奉今月十三日制鑾駕閏九月十日幸長安陛下東封禮還西賔係望顒顒品物不獨耆老屬黃壤年豐翠華時邁制書爰降懇願咸達相聚抃躍不知所裁跡諠路衢聲溢歌頌若臣者奉辭軒幄縈疾鎬京常恐先犬馬填溝壑朝聞既獲瞑目猶生臣某誠歡誠喜頓首頓首死罪死罪臣彌曠旬朔官曹事鈌乞解見職罄陳前表又伏奉今月五日勑以留司務閑不妨醫療所請辭官不須者臣志不動天身容何地周章慙悸惶駭戰慄退則恩被羽翼德均造化臣之不敢止也進則匍匐窂遂支羸苶然臣之不能任也臣所[redacted]進退失守涕洟嗚咽宜其重請骸骨豈可虛榮省署竊以鴻私俾療成貸特矜日夜翹清蹕之途炎涼近素秋之節臣希眇視跛履手之足之覬憑渥以還魂輒延慈而待罪不勝悚踴怖懼之切謹附起居使朝議郎右補闕內供奉臣李鄰奉表以聞臣無任

初至益州上託陳情表　前人

臣某言奉辭闕庭馳詣州府以某月日上託臣某中謝臣稟識庸妄受恩忝越十有四年中書省三命承明廬臣竊比方倍逾於是特編疑　皇擢不以人進父於近密衆莫過臣厚施如丘山微功罕絲髮遂叨宰弼莫允瞻望心慮何補血誠徒勤陛下深慈矜愚至德念舊以臣頗習儒訓更超宗伯臣益用慙負匪遑底寧豈悟西南重鎮巴蜀奧壤奚雜縣道且聯軍戎付臣兼之才寡不逮審編疑作　自惟省函經聞微誠謂憑威可盡力諭指期致命臣敢辭事誰去効忠及當官而行臨事益懼者竟以邊鄙之筭儻貽朝廷之厚其於靜人蠲役懲吏抑強惟國之政庶臣能勉流波出浦而嗚咽玄鸞辭巢而顧慕況若臣者最蒙聖渥雲山萬里霄漢獨遠[redacted]載惕拜章失圖無任

辭上滑州刺史陳情表　李邕

臣某言臣素無藝能積負訕謗衆口之多自可銷金怨讎之心每堪殞首伏惟陛下至明大聖察之纖微淳德上仁洗之瑕穢山川納者不擇薰猶天地覆之是霑雨露且又

荷惠渥大底官榮今臣蒙國用累及軀命事出涯分之外
恩加父母之深已逝之魂復歸朽質既存之地更忝高班
雖欲殺身未能報德彌慙持祿有以保名秋鷲將辭必徘
徊於大厦老馬離秣終顧步於華軒況臣今茲六十有七
光陰荏苒行止欷危就木之時未知幾日懸車之歲僅有
三年不任違遠涕戀之至

爲崔僕射陳情表代宗　于邵

臣某言臣聞行師命將必先保大服戎共武方議膺公所
以協和軍蒐戡定時難伏惟寶應元聖文武皇帝陛下誕
膺天命以撫方夏洪惟眷圖用征不惠上敬天授下咨人
力則殊方異俗罔不率俾蠢茲西戎猶肆逆命勞我薄伐
示人有征夷不亂華自宜殄滅盈不可久神亦禍淫天之
道也臣近得上都所由報狀伏承受相府元帥之寄領漁

陽突騎之衆分邠土鎮守之師內無所疑外無所怨上讓
下競禮合義均不爲身謀同獎王室此皆陛下明爲元首
德洽蓋臣夷吾必知其小大孔明遂均於魚水不然豈同
德度力偶俱無猜以此討戎何戎不滅以此論道何道不
平臣蒙國寵靈榮加九族功勲白馬位達綠車每承聖敬
日躋輒願殺身是効今日之會實契丹誠無任感時悃款之
至謹遣某官某奉表陳情以聞

代高尚書陳情表

臣某言臣本凡才智略無取因緣際會驟歷班榮分閫尹
京實爲塵忝頃[redacted]鳳翔之日蕃漢憑陵臣嘗激勵羌渾竟
勦摧一作戎虜方將席卷永息邊虞旋奉德音遽令入奏微
誠莫展殃釁已鍾痛骨摧心載崩載咽荼毒未幾起復舊
官累表陳乞不蒙允許及犬戎構禍憑陵京城陛下授臣
檢校刑部尚書都知元帥中軍兵馬使雖承恩命未有軍
行麾下之人纔盈數騎空懷赴難莫克死綏仰天推心伏
增憤激不踰信宿便屬蒼黃未知鑾駕東巡且欲剿襲陪
扈累遭剽掠始達藍田更逢子儀留臣計事招集亡散共
收上都比至入城又奏臣往奔波險阻契闊山川進慙將
帥之臣退羞羈紲之僕顧惟狼狽寢寐兢惶臣某誠惶誠
恐頓首頓首死罪死罪今又亡母在殯欲祔舊塋先遠戒
期正當此月干戈之際寇盜爲虞小有不安永負生亡疑作
毋願終子道以奉亡靈儻封樹有成雖殞越無恨伏望許
臣畢事之日得令奔走陝郊碎首行間甘心罪責無任兢
灼屏營之至

爲趙侍郎陳情表

臣某言臣以固陋累蒙獎擢揚厠朝列與羣賢並始自給

事驟遷侍郎贊貳冬官典司邦教屬師旅之後庶政從權
會府舊章多所曠廢唯禮部兵部度支職務尚存頗同往
昔餘曹空閒案牘全稀一飯而歸竟日無事此臣所以寢
興長想俛仰增慙何則受恩至深報德無所未裨毫髮虛
費稻粱伏以人君命官期於述職人臣量力不叨非據豈
有食君上之祿爲保妻子之謀臣內顧塵忝尤增愧懼頃
陛下躬決庶務萬方不言而理遠近承式幸當天下無事
未敢上塵其愚今承嗣背德阻兵全魏靈曜失道謀亂大
梁犬戎爲患獯虜伺隙雖禍盈惡稔終梟梟夷而調兵轉
粟在彼疲弊乃羣下憂國之日微臣赴難之秋況諸道牧
守闕人頗衆是敢不揆薄劣特祈任使如或領一郡或統
數城綏懷將卒招復逃散近當狂寇俯制奔衝必使人業
耕桑盜無充斥昔子建之表懇求自試充國之對無踰老

臣豈徒冒寵干榮實欲酬恩立節臣年甫知命筋力猶強策勵駑蹇庶成萬一無任懇悃迫切之至

文苑英華卷第六百一

登仕郎胡　柯　鄉貢進士彭　叓　校正

文苑英華卷第六百二　表五十

陳情二（自叙附）

為河南魏尹謝官陳情表一首

劉相請女壻潘炎罷元帥判官陳情表一首

謝試秘書少監陳情表一首

為崔大夫陳情表一首　為王戶部叔文陳情表一首

為崔相陳情表一首　為濮陽公陳情表一首

自叙表一首　出官後自叙表一首

為河南魏尹謝官陳情表（代宗）　常衮（廣德元年）

臣少遊言伏奉恩制除臣某州刺史尋即有替又蒙恩除臣河南（唐書作京兆）闕尹澤及遐荒榮霑枯朽以驚以惕載抃載懽臣少遊誠懽誠喜頓首頓首臣名無德稱官偶時來政謝有經文慚無害朝恩早竄（竊班）命累塵每食皆浮何官不曠四三年內榮至崇高萬一分中効仍微薄踰涯若此招損宜然頃者獲罪于天跼身無地曲承鴻霈仍佐隼旟省揆責輕寢興憂負豈圖昭洗瑕纇發生羽毛不次之恩九霄橫落無階之位四裔超登開散皇明龍銜巨燭捧酬玄造鼇戴崇山且河洛軍與（疑作輿）京尹寄切念臣術非鈎距識昧平反將何以肅清姦回董正人吏自蒙獎擢願覲天慈限以阻脩未承勑命傳聞尚感（疑作惑）奔赴終勤以七月一日發自渠州星言即路久冒炎瘴因成癘痁行役支離轉加沉瘵隙光是迫草露將危今月四日乘輿至漢中尋問醫藥直省王許佺至奉宣進止促臣行程震威俯臨精魄飛散進退無措屏營失圖即以今日驅策殘骸載馳鳳闕猶冀獲全餘喘祇謁龍顏犬馬之疾久纏螻蟻之誠愈結無任感戴懇迫之至謹因直省王許佺迴謹奉表陳

謝以聞臣少遊誠惶誠恐頓首頓首謹言

劉相請女壻潘炎罷元帥判官陳情表（代宗）　王諫

臣晏言臣實凡淺謬典樞衡元元未安庶政多闕湣塵罕錄尸素空慙臣女壻元帥判官駕部員外郎知制誥潘炎入侍帷幄又司戎政嫌疑之地顛沛是憂頃者累表陳聞冀炎得歸省闥不謂天聽未達尚阻愚誠內懷冰炭若墜泉谷臣某誠惶誠恐臣聞統天下者以天下舉直措枉不私其親故能啓至公之門塞羣邪之務伏惟元聖文武皇帝陛下紹休聖緒惟新寶曆內釐百揆外清四海鵷鸞之士充庭漸階而臣與潘炎俱忝近密兵權國政在臣二人是使惡炎者易爲辭嫉臣者易爲毀儻炎獲戾臣無以見雪脫臣遇謗炎無以自明此臣所以寤寐兢惶罔知攸止昔霍光爲大司馬長女壻度遼將軍范明友次女壻羽林監任勝爲東西宮衛尉威勢崇重冠於一時不能抑退卒見傾覆前史所惡書而貶之又劉弘爲鎮南將軍事時朝廷以其女壻夏侯陟爲襄陽太守弘表陟親戚舊制不得相監有詔聽從竟免禍敗先賢所尚美而書之臣雖才謝古人智不經遠每憂覆餗大懼妨賢竊惟瓜李之嫌寧望桑藿之許（一作訴）今是以瀝肝上請昧死聞天必元帥藉炎諮謀則臣甘引退如或廟堂留臣擇用伏願終許罷炎庶遂劉弘之心無成子孟之禍無任懇願迫切之至

謝試祕書少監陳情表　蕭華

臣某言伏奉制書以臣試祕書少監恩出意表榮超望外循涯揣分以慙以悚臣華（中謝）臣素庸儒又乏智謀進不能殺身以自明退不能拂衣以遠禍蒙昧昏虐僶俛歲時每讀李陵之書備見前賢之意以爲虛死不如立節成名不如報德常恐溘先犬馬湮沒羯胡上負君親之恩下貽妻子之耻何嘗不仰南雲而歎息瞻北闕而銷魂偷生苟安蓋所以誓將骸骨歸死朝廷伏賴陛下察以愚衷每垂保護遂得潛通間使遠請官軍收金州而功不踰時掃餘孽而兵無血刃陛下矜臣一介之節捨臣萬死之罪念臣簪履之舊納臣葵藿之誠許歸故國之田園退守先人之墳墓則在臣之志願榮望畢矣陛下之聖恩於臣深矣豈期皇慈廣被玄造曲成拔臣於泥滓之中致臣於雲霄之上已蒙殊獎遽典雄藩旋沐後恩復登蓬閣空慙有命竊愧無能將何以發揮儒林潤色鴻業稠疊恩意感戴難勝豈臣隕越所能上報無任悚荷屏營之至

爲崔大夫陳情表（代宗）　李舟

臣某言臣素以庸虛百無所取肅宗委臣方面擢尹兩京蓋以天寶末年祿山干命臣未有職位客遊陳州賊兵過河官吏奔竄臣義集驍勇亟摧賊鋒以閭閻之人當幽薊之卒勢相懸倍不顧死亡臣之輕生實著誠素今者迴紇代立求援聖朝陛下大布皇威加其冊禮爰膺將命實受寵光又其道路無虞夏（一作虜）帳尤近擁旄仗節持憲珥貂衛非常之詔書寵內附之蕃落去獲重貺歸成大勳雖遼倒之人衰朽之士亦宜據鞍增氣叱馭前驅況臣常在軍戎未至遲暮豈不欲保微臣之富貴求陛下之恩私哉其理必至顛沛必至廢闕隱而不露何以事君臣往在宣州曾卒得癇疾三日三夜都不知人自此已來發無時候或輕或重或疾或遲此病所來得於風熱常因冒暑失食及冬衣太溫兼食羊肉立即發動若過積之後更無菜蔬苦寒之地須加狐貉又於藥物不得及時則微臣必不全活且

螻蟻之命誠何足言但恐敗事有失前期稽恩廢禮伏願
陛下以臣此表徧訪朝臣言若涉虛事近辭避伏願加以
斧鑕肆諸市朝且使將來永息欺詐無任哀懇迫切之至

爲王戶部叔文陳情表　柳宗元

臣某言臣母劉氏今月十三日忽患暗(集作瘖)風發動狀候非常今雖似退猶甚虛惙驚惶憂苦不知所圖臣唯一身更無兄弟侍疾嘗藥難闕須臾伏乞聖恩停臣所職今臣見在家扶侍其官吏等並已發遣訖臣以庸微特承顧遇拔自卑品委以劇司夙夜兢惶唯思答效至誠至懇天聰所知豈慮未効消塵遽迫方寸以開塞重輕之務加焦勞皇(集作憂)灼之懷雖欲徇公無由枉志況忠孝同道臣子一心許國誠切於死生報親忍忘於顧復進退窮蹙昧死上陳候母劉氏疾疢小瘳冀微臣驚褰再効無任惶懼懇倒哀鳴(類表作鳴咽)之至

爲崔相陳情表　白居易

臣植言臣有情事久未敢言今輒陳露伏增戰灼臣亡父某官亡妣某氏是臣本生亡伯某官某贈某官臣今承後建中初德宗皇帝念臣亡伯位高無後以猶子之義命臣繼紹仍賜臣名嗣襲雖移孝思則在上荷君命俾(集作永)承繼絕之宗中奪私恩遂阻劬勞之報歲月曠久情禮莫申自去年已來累有慶澤凡在朝列再蒙追榮或有陳乞皆許迴授況臣猥當寵擢謬陟台階爵祿之榮實有踰於同輩顯揚之命獨未及於先人歎泣茹悲哀慙兩極臣今請以在身官秩并前後合叙勳封特乞聖慈迴充追贈儻允所請無幸於斯則臣烏鳥之心(集作微)猶再生而展養犬馬之力誓萬死以酬恩蹐地仰天不勝感咽披陳誠懇煩黷宸嚴無任惶懼激切之至謹奉表陳露以聞

爲濮陽公陳情表　李商隱

臣某言臣聞事君以忠者所宜効死食君之祿者亦戒妨賢茍非內懷私誠外憂官謗則安肯固辭武節強委侯(集作信)圭拒七命賜國之榮捨萬里封侯之策必知不可安敢無言臣某(中謝)臣因緣代業遭逢(集作遇)聖時竊常(集作嘗)有志四方不掃一室奉隋(左傳范武子即士會士會即隋會至隋始改隨爲隋)武之家事無媿陳辭(范武子之德何如曰夫子之家事治其祝史陳信於鬼神無媿辭)纂鄧傳之門風不傷清議屬者每憂不試深恥因媒自薦之書朝投象魏殊常之澤暮降芸香其後契闊星霜羈離戎旅從軍王粲徒感所知掌(集作草)檄陳琳亦常交辟呂元膺東周保釐之日李師古天平畔(集作叛)換之時潛入其徒盈於留邸臣此時尚持白簡猶着青袍元膺知臣傳劒論兵本於仁信佩韘挿羽亦識孤虛俾以發姦假之捕盜幸無容忍(集作刃)以及焚巢旋帶銀章俄分竹使隼旟楚峽出以分憂能軾鄭城忽然通貴豈意復踰五嶺更授再麾中間叨相青宮忝司緹騎纔通閨籍又處藩條越井朝臺備經艱險貪泉湞(漢武帝紀下湞水湞水出湞陽縣今屬英州改作貞陽集作湞非)水益勵平生是甘馬革之言常懼武皮之誚及聖造遠流南極許拱北辰黃犢留官胡牀挂柱如生羽翼若出嬰羅誓以歸彼冗員處之散地俄以朝那闕守昆壤須人一去關庭五罹寒燠處京畿五百里之內控蕃寇數十州之多提鼓燒烽增埤濬洫雖國家遠追(集作躬)上策不事交爭然蚍豕難防犬羊易縱茍罷嚴徹警則負約渝盟臣自受命已來爲日斯久未嘗一食不修戰格未嘗一日不數軍儲使士有闕心人無虛額使之偵候咸亦聞知尚未能率勵驍雄揣磨鋒鏑遠收厤壘直取

艾亭成大朝經武之威畢微臣報主之分可書竹帛不辱旂常蓋以久處炎荒備熏瘴毒內搖心力外耗筋骸雖馬援據鞍尚能矍鑠而班超攬鏡不覺蕭衰恐無以早（集作即）就大功久當重任自思已熟求退爲宜伏惟皇帝陛下道冠百王功高三代照臨若日覆露如天況今國不乏人時稱多士有才略在臣之右齒髮少臣之年俾代處是邦遽臨斯位以之責效誰曰不然俾前達後生皆無蔽滯由中及外得以交相成陛下適時之方滅微臣固寵之責臣不勝祈恩懇迫之至謹差某官某奉表以聞

自敘表

李嶠

臣嶠言奉今月十七日口勑令臣等各自述行能進者臣以蒙鄙遭逢休歷陛下降非常之遇垂不次之恩擢處等班超登近侍上感皇明識遇之厚下憂忝冒負乘之責常願肝腦塗地以報所天魂魄歸泉不忘結草至於欲披誠款曲盡智能竭心本朝輸力明主此臣日夜之所思念胷襟之所蓄積豈敢更爲進退苟事廉隅固守撝謙坐飾邊幅臣早遘凶閔素甘賤貧少纏羸痾不任勞苦從仕代飢寒之役徇祿無顯達之心修身懼於辱先履道期於遠害見強禦之爲患也故處之以謙卑知刻薄之爲尤也故行之以仁恕慕退讓不敢從馳競之流誡貪殘不敢爲絲髮之犯若乃溫良誠信之道忠孝友悌之規莫不仰承聖風俯蹈家訓束太平之名教移中人之志業及其屏私昵忘比周內無數術之機外絕朋附之黨一心奉主介然孤立此臣之所以登朝廷而事明聖全直道而昴身名者也夫臣事君有死無貳見危則致其命當事則先其勞有罪不敢辭有能不敢隱是以西戎不靜充國自銜其謀南越未賓終軍思越（闕）其難臣幸蒙採擢得備驅馳若使飾固陋之心竭駑蹇之用勉之以匪懈將之以至公則雖簿領百端樞衡衆務亦淺深而必効何難易之敢辭哉蓋明主程材以建官忠臣量己以受職是故輪轅異適水火殊用當其才則事逸而功倍乖其分則形勞而績虧陛下棄短收長循名責實使得効其薄伎申其末用則臣之淺術可得而言臣曾涉經典篤好文史漸六藝之腴潤馳百家之闈閫至若操觚秉牘紀事屬辭雖竊比老彭誠未擬[redacted]先哲而上追班馬敢自強於後進陛下以欽明撫運齊聖握圖冠千齡而首出超百王而高視德澤汪濊典章明密至道共八風俱翔神功與四時並運是以衆庶悅豫符瑞肸蠁九服清夷百蠻職貢而嵩高梁父未循（疑作脩）昭報之壇禮官儒林不輯昇平之頌使鴻名有時而鬱良史靡得而稱臣竊懼焉昔成康之隆頌聲並作武宣之盛文章間起虞德茂而皐繇作歌魯道興而奚斯有述然後功業顯乎代德音昭乎聲若夫褒敘中和憲章大雅通諷諭之旨抒嗟歎之懷此臣子之舊習經國家之前式不可闕也臣幸得沐浴恩造伏事軒墀目覩邕熙心積憤懣思陳愚瞽庶存萬一徒以牽迫賤事卒卒無須臾之閑頓伏尪羸軋軋多沉滯之思常恐犯霧露填溝壑不獲贊揚上德攄布下情生爲負義之人死爲辜恩之鬼是用終朝三省達夜九迴撫心刻意屏營反側儻獲忝名芸閣假跡蓬山探石室之祕文覽金版之遺籍聽歌採頌以覲四方之風講藝論詩以崇三代之式第其科目載之簡編大以薦陳郊廟報享成功小以敷布樂章潤色鴻業使宏勳播於金石盛德流乎舞詠光濟於當日洋被於來葉然後退歿草澤下入幽泉

猶生之年也冒陳愚懇惟陛下察焉臣嶠誠惶誠恐頓首
頓首

出官後自叙表 德宗　齊映

臣某言伏以臣之依君猶子之依父若心有憂患曰不陳聞則是孤負恩慈自取禍敗臣某中謝臣去八月十九日陛下賜臣蔭官詔去漕運成功擢居東掖者臣俯慚光寵上感聖明粉骨糜軀匪申報効臣昨東都主軍之日是上都闕糧之時賊光李懷光也未平蝗蟲方甚臣於河陰領米分付陝州務相催驅不敢迴避其時王事至切臣官最卑臣心雖守謙恭公事亦多抵誤猶蒙陛下遣段日暹宣慰於臣處事之難臣有微功實由天庇及臣延英對日不敢一言自陳貶官自緣親累聖恩猶與上州自然宿怒未平因恐小人怒臣者疑臣以張身疑作聲勢憂臣者料臣必投讒慝今臣承便臣既在遠還固易誣痛則呼天實在今日憂之切者謹陳一端往者張鎰在鳳翔之時奏留却營田副使張信之得罪自為犯贓以臣不與往還於臣便生疑怨一昨秋夏之際張信之多在上都自臣貶黜已來不知今向何處但慮知臣在近又知執政怯臣必恐求媚取容構虛逞怨儻有罪矣聞於聖聽乞降三司審推則臣萬死無恨方當黜責猶恃恩私仰望天顔實如咫尺無任憂迫恃恩之至

文苑英華卷第六百二

登仕郎胡柯　鄉貢進士彭叔夏　校正

文苑英華卷第六百三　表五十一

請致仕一 致仕表二卷英華所編失年代先後今正之

為閻大將軍乞致仕表一首　代人乞致仕表一首
為太僕卿劉弘基請致仕表一首　代劉幽州請致仕表一首
盧岐州請致仕表一首
為殿中監趙元楷請致仕表一首
為工部尚書段綸請致仕表一首
為姚大夫請致仕歸侍表一首
為温給事請致仕歸侍表一首
為王左相請致仕表一首

為閻大將軍乞致仕表 後周　庾信

臣某言臣聞禮云大夫七十致仕於朝傳家於子膳則貳珍衣稱時制臣自出身奉國四十餘年遭遇風雲從微至著太祖文皇帝扶危濟難奮有關河臣實無堪中涓從事自洛食風塵河梁旗鼓華陰有白馬之兵河曲有黄沙之陣臣雖用命不能奇策功薄賞厚因人成事恩澤年表常以愧心仰逢周朝以揖讓登庸謳謌受命主貴臣遷頻煩榮寵三槐以鑄鼎象物知其神姦五等以桓珪飾瑞守其宫室臣以何德兼而有之況復水土之職王梁以應讖受銜兵戈之主韓信以登壇獨拜語其連類臣又何人當今四海未寧三方鼎峙陛下勞心之日羣公展効之秋而臣甲子既多耄年又及無忝賓客之事謬達諸侯之班尸禄素餐久紊彝典負乘致寇徒煩有司加以寒暑乖違節宣失序風水交侵菁華已竭雖復廉頗強飯馬援據鞍求欲報恩何能為役榮啓期之樂適足自貽燭之武之言無能為也特乞解所居官言從初服事符骸骨之請非謀几杖之

賜若臣北陵移病東皐歸老山河茅社一反司勳公侯珪璧還封典瑞則朝無冒位之人臣免妨賢之責虞氏養老敢希東序之榮周朝如恭豈望西郊之禮但瞻仰天威方違咫尺徘徊城闕私增悽戀不任知止之情云云

代人乞致仕表　前人

臣遡言臣聞一葉將隕寧待於風露百川皆到自竭者潢汚臣輒感之以悲以咽臣某中謝臣仲春之末舊患漸加雙足頗蹇四支不利扶步有邯鄲之失勉視無離婁之明安可率此留務溷茲恒典陛下恩周其成未忍捐弃微臣困至於亟轉不堪勝臣所以自咎自傷淚繼之血臣某中謝臣特承先緒進不因人陛下憫臣則無用舉直而有懇自奉圖太極宣綍中書陛下收臣於一心任臣以獨掌九年冀登宰輔入歲載踐宗伯出擁千旄入參衡鏡或雲臺之上徵臣預疇咨之旨或日觀之下詔臣操刋勒之文美而暢之臣實尤忝明憲不敢以纖負玄造竟微於滴助[redacted]日月[redacted]其如冰炭交集誠懷伏以前陪政事親荷德音謂臣等經侍軒墀子孫尚延保護臣何螻蟻欲戴一作欲蟣異戴翼丘山臣宜生亦盡命死且陳力竊不知終而不知止朝列三數與臣同儕臣未六十推臣則幼獨臣彌當一作留頓頹病不俟年盈量窮涯滿而招損逾時每乖於勿藥永日猶繫於苞桑覽分必然貪榮所忌伏乞免臣見職退畢餘生察臣榮不可支矜臣分不能強廼臣之幸也豈悟仁壽之閾有此一時承明之廬無緣再謁心神已弊晷刻增悲叨眷鑒則多士莫先違聖顏則小臣何遠唯冀三條啓道一作路萬乘巡京悅西怨之群黎逮東封之從者危魂儻駐枯骨如存是臣之愜非臣所望臣又聞驅奔效駕先輟於羸駘翔集賀成近遺於鎩翮彼常知慕而況臣哉聞未遑請一有成字臣之懇戀至於隤忝官臣合書罪無任戰灼戀結之至

爲太僕卿新舊唐書作衛尉卿劉弘基請致仕表太宗　上官儀

臣某言臣輕生多幸早逢運昌締構之初得効驚塞誠款雖竭功績靡伸沐浴恩光繆叨榮級歷居近要出納隆顯顧循庸菲踰濫涯分思展塵露以酬鴻造鏤骨銘肌無忘夙夜但犬馬之齒甲子已多風雨之疾惛眊日甚雖年非致事而力不當官簿領沉迷端緒紕繆久尸厚祿靦懼在躬内省愆尤外慚物議乞解見職退就衡門朽質餘生獲從藥療冀蒙渥澤未歸泉壤雖預朝請瞻望闕庭葵藿微心方希臨照不任悃款之至伏願天慈特垂矜許輕塵聰覽愈增震越云云

盧坡州請致仕表　[illegible]

臣某言竊以日月迅驅歎留侯之過隙桑榆易晏嗟趙孟之愒陰是以杖國之儀曩籍之通訓夜行之誡先達之明範臣三河素品一藝罕稱斂袵衡泌之間優遊農仕之際特以雲雷肇構龍德在田遂得混吹齊庭濫遊梁苑昧昔賢之先覺慶生涯之嘉會屬大橫闢祉幾澤荐臻同菅蒯而靡遺喻袵席而無改叨竊非據綿歷歲時智能之効寂寥何紀伐檀以茲興刺濡翼由是致譏況乎時迫耄期識用衰耗仲宣體弱遽與年并脩齡疾甚亦隨衰及范綏在飾深驚蒲柳之秋蒱鬢承冠逾慚仁壽之鏡空貽謗毀坐忝官曹虛受之來履薄未均危懼知止之分餘生實所庶幾披瀝丹愚諒非矯飾伏願大明委照曲遂今請退影閑扉待終初服儻蔽帷未掩岱宗少駐擊壤歌其自逸高枕歡其有餘望瑤池之還駕候仙間之歸蹕臣並仕聖朝位

非才授曾微涓滴少答鴻私收請骸骨心顏靦怍微臣限兹外任不獲拜奉闕庭犬馬之戀徘徊何已

代劉幽州請致仕表

臣某言臣海沂陋品業尚罕稱斂衽衡泌之間角巾人（疑作山）野之際夙安環堵之室罔知榮進之階屬天步方艱霸圖資始遂偶飛龍之會預豢汗馬之期既而慶集私門恩被昆弟歷職內外備蒙選擢承乏三朝于兹三十餘載竟微塵髮之効空負亭育之私加以鍾漏已殫齒歷云暮杖國之年斯及夜行之懼載深若勉兹衰遲久玷剌舉既取素於官曹抑貽誚於通識當今天地休明賢能方軌豈可以策駑懷祿茹怍昧榮是以量力陳辭料能寫實天鑒凝遠特希憫照昔廣德休老方開漢室之恩陽元請骸空表晉朝之惠微臣竊景前懿敢祈今澤反初服於東皋沐薰風於窮巷儻高春少駐弊蓋未陳庶予瑶池之曲延望白雲之宴仙閭之阿載奉翠華之謁犬馬之志實百恒心臨表鯁戀辭意懇結云云

為殿中監趙元楷請致仕表　上官儀

臣某言臣聞高年致政前徽之彝準仲秋授杖縣載之通規正以制逮乎桑榆惕陰於鍾漏臣顧惟菲陋輪轅無所瞻言賓實高謝等夷筮仕之初不期通顯干祿所望抑在代耕初以生涯多幸屬奉昌數（一作期）仁被草木德洎昆蚑獎飾曲流豐恩傍洽言揚德舉內視缺然比彥叅賢載離滋永至於姬駿長驅奉玄池之廣宴蚪龍避（疑作遠）鶯陪樂野之宣遊塵露罕稱榮異空甚捫躬靦怍罔歷（疑作曆）心顏既而貳膳在辰懸輿甫及光華云旦聖造方深蒲柳行秋朽材知止勝西羌而側（一作測）勇惟〔闕〕東都而自牧伏請褫帶彤闈歸骸素里挹清風於國讓追盛範於陽元効鈞璜於渭濱類飛星於河渚是知疲駿解馭辭金根而不歸衽席帷幄去青蒲而方遠望軒屏而徘徊仰煙霄而鯁戀無任感愧之至

為工部尚書段綸請致仕表　許敬宗

臣綸言臣質輕散木運忝連姻濫叨右戚之榮曲荷睦親之禮攀鱗切漢顧毛羽而多慚雕朽成姿撫簪纓而自失在梁之誚甲子徒深大造之恩涓塵靡報常懷戰灼夙夜無忘況以蒲柳易衰犬馬將暮沉痾歲積惛耄日侵雖復年未杖鄉而疾乖陳力惕陰理務沉迷簿領之書伏枕當官敢斁彝倫之序久尸寵祿事等曠官內省愆尤何顏在職冒乞骸骨退就廬田庶得休閑微加攝餌則皇天有施生之惠庸臣免偷安之責儻蒙恩許負岳為輕徂頓懲在躬方違旦夕仰軒檻而增戀望霄極以長懷伏紙陳誠心靈戰越不任悲愴之至

為姚大夫請致仕歸侍表（武后）　盧藏用

臣某言臣聞孝於親者然後可以忠於君理於家者然後可以移於官臣實妄庸叨奉明聖職在樞要切寄股肱恩非始圖榮絕流輩臣之殞身無以上答然臣老母今年八十有一起居漸廢齒髮日衰飲食朝晡非臣不膳寢興侍奉非臣不懽臣欲僶俛國朝則顧復無報臣欲歸養私第則聖澤不貲實類羝羊羸角方同狼跋其尾去歲陳乞初沐聖恩旋承後命不垂允納良由臣孝道衰廢至誠無感扣心泣血夙夜無寧臣自受北征緜歷旬月慈母銜泣朝夕倚閭寢膳不時重增羸耗臣子之道何以為心陛下聖澤遠覃中外無事彝倫攸叙俊乂盈朝臣之短才無所裨

補伏願少垂矜察俯遂私恩許臣告歸之請終臣犬馬之養然後糜軀粉骨上答天造奮身廣庭効命戎幙臣之萬死不敢爲恨無任愚懇之至

爲溫給事請致仕歸侍表 武后 崔融

臣某言臣以凡薄幸承基蔭一霑官侶三十餘年爲子未能報鞠育之慈爲臣未能答生成之惠公私靦冒夙夜兢惶久欲退奉家園以避賢路直以犬馬識戀木石感恩猶希罄竭未即陳叫今臣母虞國夫人妾盧氏行年八十志力衰謝體氣虛羸先苦胘癖近微風痃委卧牀枕緜歷歲時扶人不行加帛不暖比者西京有宅老母在堂臣以留司之餘常接和顏之半自忝膺皇睠祗命神都手奉局而莫從毋倚閭而空切加以門衰祚薄長兄早世 唐諱 昏定晨省唯臣一身但臣之所以捧徽戴馳釋巾從務貪榮徇祿唯迫於甘旨淺知薄能豈期於聞達伏惟皇太后陛下天地容納雲雨霑被祿 疑作錄 臣勳舊賜臣丘山臣雖小人豈忘大德然以聖人在上孝理天下整齊風俗砥礪名教臣縱不才其如禮法何臣雖無識其若朝廷何無任丹血懃懇之誠謹冒死詣闕請罷官歸養奉表以聞方違軒扆伏紙惶戀云云

爲王左相請致仕表 武后 李嶠

臣及善言臣愚款頻薦心隨言盡而眷旨彌隆禮以恩詘固辭則成命有廢勉進則私情不堪惟此憂惶坐交冰炭臣及善 闕中 臣志均駑馬知眷戀於軒櫪生比瑰木懼零落於風霜思十駕之驅馳迫四時之代序辭稻粱之惠寧是宿心乞桑榆之年但緣量力昔者主父未達常健羨於陳鼎孔丘遭難每殷勤於執鞭或排擯於中朝乍栖遑於列國況臣叨恩竊幸非待營求尸祿効官不假才藝獲當年之榮貴無曩世 唐諱 之艱虞豈應輕物傲時薄優遊之寵官陳辭抗疏循耿介之名節直以頹齡向盡衰疹踰加二首六身甲子催其歲月百骸九竅寒溫煎其骨髓無仙童之却老有災豎之侵年志力昏沉精神耗竭心已迷於方寸目久暗於玄黃鳩杖扶危且猶不逮鵷池養望孰云非罪竊畏衆多之口顧思庸短之累昔之少壯猶不如人今也耄期詎堪經國是用披肝踏地拜手祈天方登月制之辰庶免夜行之咎言非飾請理實誠陳陛下厚眷殊私尚留陪於簪屨老臣餘喘微息終絕望於軒墀空荷不貲之恩實無自強之地伏望俯矜疲劣微賜含容免其折鼎之憂假以懸車之樂儻殘骸未殞尚齒不遺猶望俎豆几筵接虞庠之庥老歲時朔望陪周行之末班更得拜奉宮闈瞻覲日月則生涯兼足死將不朽伏蝸廬而獻款仰龍闕而翹魂心往形留援簡增欷無任拙疾衰老戀慕屏營之誠謹遣息清廟臺主簿溫重詣朝堂奉表陳請以聞

文苑英華卷第六百三

登仕郎胡 柯 鄉貢進士彭 叔夏 校正

文苑英華卷第六百四　　表五十二

請致仕二（謝表附）

告老乞致仕表一首　　請致仕侍親表四首
請致仕表四首　　謝恩勑許致仕表一首
代崔公授祕書監致仕謝表一首
爲蕭太師謝致仕表一首　　謝分司表一首

告老乞致仕表　　宋璟（開元二十年）

臣璟言臣聞力不足者老則更衰心無主者疾而尤廢臣昔聞其語今驗諸身況且兼之何能爲也臣拔自幽介欽屬盛明才不逮人藝非經國徒以久從驅策歷忝試用命偶時來榮因歲積遂得再昇台座三入冢司進階開府增邑大郡所更中外已忝彝章速居端揆尤竊（一作叨）右職何者丞相官師之長任重昔時愚（一作微）臣衰朽之餘用慙他日位則逾盛人則浸微盡知其然何居而可頃所以（二字一作者）僶俛從政蒼黃不言實懷覆載之德冀竭涓塵之効今積羸成憊況痾（一作痼）莫瘳耳目更昏手足多廢顧將殞越寧遂宿心安可苟徇大名仍尸重祿且留章綬不（一作未）上闕庭儀刑此乖禮法何設伏惟陛下採（一作選）能以授爲官而擇察臣之有詞矜臣之不逮使得罷歸私室養疾衡門上弭官謗下知死所則歸全之望獲在愚臣養老之恩成於聖代日暮途遠天高聽卑瞻望軒墀伏深感戀臣比（一作此）伏枕不堪詣闕無任誠懇之至謹遣男朝請大夫行起居郎渾於朝堂奉表陳乞以聞

請致仕侍親表　　一作皆唐類表　　敬讓

臣讓言臣聞事君事親率由之道斯一爲臣爲子資敬之途無二臣實不才累昇榮級徒以家承勳舊地分茅社寵命優渥寔此之由非臣妄庸所堪奬拔臣未登壯歲乾蔭先傾逮于強仕母氏爲育欣欣而就祿者希祿養之及親也臣雖愚鄙妄佩朝簪臣母王夙侍巾櫛久經憂苦一纏風疾二十餘年今秋已來所苦增劇板輿周覽近在於家園綵服承歡久違於膝下臣謬居藩佐累變炎涼瞻望庭闈五情紆結雖王臣蹇蹇匪躬之故而孝道蒸蒸因心罔極伏惟陛下聖明統業孝理天下文軌同於八荒德教加于百姓況臣沐浴皇化差池班列塵忝滋久臣復何言臣兄弟之中臣又居長五起三省是臣微志視膳嘗藥非臣而誰臣之愚誠天地神祇所共昭鑒伏乞天恩少留京察臣請解所職侍養京都冀烏鳥之情俯遂終食犬馬之報希酬萬一臣雖死之日猶生之年無任悾惚（一作惶悃）迫切之至

請致仕侍親表　　拓跋興宗（天寶中）

臣某言臣聞懷祿者耻於冒進事親者貴在及時苟貪非分之榮何報所生之德臣興宗（中謝）伏奉某月日勑許臣入京覲省者臣母譙郡太夫人曹氏今八十有四一遭風疾倍加羸綴臣之戰灼罔知攸從然曹氏有臣更無他子臣纔齠齔父已背亡守志偏棲鍾情善訓恩深徙宅慈過折葼孤危相保臣得成立蕃夷賤末久荷國恩磨鈍策疲已歷三紀覃金拖紫四昇八命每慙祿厚庸臣身災況老親在堂迫於衰疾而更晨昏有闕尸素無厭碩鼠貽刺林烏不若尚忝朝列心豈遑安特乞停官許從歸侍則藜藿之養子道獲申桑榆之暉母心是慰當今大聖御極羣賢共理豈資微臣而在冗職雙鳧隻鴈寧覺少多九牛一毛未爲增損儻明神見祐母體漸平在臣犬馬敢不驅策伏望採詩人之錫類■令伯之陳情曲降鴻私俯矜微懇垂恩遂

志死將萬足不勝懇款之至

第二表　　前人

臣某言臣前表自陳上許母親乞停所職以就私養聖恩未許懇願莫從母子二人肝腦塗地臣某中謝臣初孩則孤未冠而仕不識父兄之教但承慈母之育向母無臣[illegible]烏烏誰哺向臣志母則禽獸不若更爲性命以至成長今臣老母八十五載矣加之疾疹日甚一日有增無減疹一作湯藥杜口粥食不入頃乃祈恩請命忍死待臣臣不承聖恩不復見母母不蒙聖造亦不重見臣自從去年漸能開釋若臣又辭母母更別臣臣母必即倚門氣絶上馬心斷母必失臣臣亦失母忠孝雙缺公私並喪假臣強顏苟冒榮寵猶望孝理抑就名教以蕃夷之賤品忝冠冕之清流身帶三印爵封五等入踐命卿出爲副將正是臣報國立功榮宗輝戚之時愛惜毛羽保持名位寧可進寸其容退尺豈願驅一作損華轂以傳板輿樂閑居而忘厚秩士君子猶貪其富貴臣種類豈知其矯飾母不能割慈忍愛子不可背義違親二者之心賢愚共悉方寸既亂焉可以理軍否臧皆凶焉足以謀敵無自招於遄死則未戰以取亡何以爲萬人之命赴國家之急陛下於愚臣過聽謂邊將得人則有隴右專知教練兵馬使右驍衛將軍蘭庭暉材略冠軍智勇無對今節度王忠嗣知其名已令攝使替臣如流輩諸將皆是可惜臣匹夫之勇而不見萬人之敵何抑烏鳥之衆而不用熊羆之帥一作師陛下必以臣幸無大過不令失職即望全其官守罷以軍麾減其俸禄一作禄俸以延老母略許其宿衛兼遂微臣之定省朝則覲君退還侍母公私兩遂忠孝並存母子如初生死萬足遠近夷落咸知聲教無任懇切危急之至

第三表　　前人

臣某言臣聞事君愛親出忠入孝孝苟不足忠能獨全自古及今未之有也臣夙遭凶憫早喪父兄母秪育臣臣唯侍母更相爲命逮至于今誠願報國安親兩遂忠孝況臣少從邊役侍養多違母常憶臣積憂成疾往者一辭天闕六變星霜徒叨守郡之榮終切倚門之望加以老母年將遄邁景晏桑榆衰疾交侵藥餌無主頃乃祈哀上請忍死待臣臣幸獲歸寧老母稍安寢息再造之施空荷於乾坤廣大之恩無階於答効臣又聞子急告父臣急告君今母若無臣臣定失母所以隳裂肝膽塵犯威嚴乞停臣尸素之禄假老母殘餘之命誠爲至願非敢飾情自聖鑒未迴懇誠猶阻而臣又不幸愚子供奉官右威衛郎將守義近亡臣今惸然形影相弔生人之極無甚於臣老母既見孫亡預愁臣去舊患未損泣盡繼血伏惟聖主孝理天下特降綸言户有老親令蠲賦役鄉有孝子必表門閭洎乎荒外百蠻咸被教化一作聲教臣雖戎狄賤品忝沐薰風烏鳥之心實愧乳哺若使貪榮徇禄背義忘親固天地所不容人倫所同棄更何面目敢列聖朝特望上垂天光俯照愚懇矜臣養親之日短効命之日長允其停官許令侍疾四夷慕義陛下之德化無窮豈唯微臣獨荷恩施無任迫切屏營之至

請致仕表憲宗　　高郢

臣郢言臣聞量力而仕臣下之審分知止不殆道經之明訓所以七十致事禮式其期臣犬馬之年去春已滿頃者方欲陳乞屬蒙新授今任忻時忘老祇命戀恩復屬王師

出征聖軫方切輒求安退又所不敢伏惟睿聖文武皇帝陛下德廣天地道孚干羽承宗順命服罪効誠制誥班師萬方軌道昆蟲草木各遂其性臣早當告謝無忘夙心不應遲回更俟終日況復夏官任重賢路久妨時制已過衰疾兼甚實懼夜行之罪上累明時之寵伏乞詳遵恒典特賜餘年止物議之貪榮洽宸慈於休老微臣之願庶蒙矜允臣竊惟塵曠謬迹三朝叨承眷奬中外六任竟無毫髮上答恩私齒盡請骸終慚且惕徘徊積戀戰汗陳愚天闕一辭朝車永稅方從野老共樂堯年臣郢不勝感恩兢惶之至

第二表　　前人

臣郢言臣上陳丹懇非敢飾辭前月二十三日中使梁士平奉宣[redacted]旨賜臣還詔聖慈曲念未忍棄捐綸旨下臨特加褒奬心魂震悚拜舞靦容臣某（中謝）臣血氣既衰戒之在得鍾漏云盡行者當止臣今所乞已過常期若志悅前言事違往行雖稱守命誰曰非貪況臣外朝已來歷忝清貫歲時空久叨（疑作功）用茂聞前恩無報後効焉取使蚊負山欲強何由臣伏以戀主之心古今齊致暫從外補猶所不樂永違闕庭豈遑勇退竊以菌蟪生促無幾光陰駑駘齒窮匪任銜轡加以疾疹時發筋力日耗與曠官而叨寵寧量已以乞恩庶蒙聖鑒昭回愚悃特許臣得從時休息以禮進退免於黃耆猶負素餐全度甫微生成莫大天無私覆冀收惠渥歲不與臣敢忘披露再瀆宸聽辭隨涕零臣郢不勝感戀兢戰之至

第三表　　前人

臣郢言再表陳情一心仰施暫言無感宸眷不迴今月四日中使魏寶義至奉宣進止賜臣還詔倍加榮奬未允愚衷驚寵循涯伏躬隕越臣某（中謝）臣聞勞生佚老天理自然蠕動翾飛日入皆息時不期而必至物雖強而無由禮經所以制限疲疴所以獲退自非賁禹之守終據古趙嘉之正身匪懈韓暨之志（一作至非）節高絜山濤之道德模表人皆顧望禮以至公縱過常期詎爲貪冒其有當仁不讓急病忘身豈止君命猶宜自舉故魏伐秦師唐睢請[redacted]重而[redacted]說漢謀邊將充國對無踰於老臣所謂臣事君以忠君使臣以禮忠無不納禮亦從宜如此則選舊任能足供國用優年加惠得遂時歸古之進退鮮不由此臣以不才叨辱高位幸而免戾年及乞骸苟蒙得請之恩實受終身之賜若叨榮不怍當退而留則上累皇明下重臣罪況臣自少力薄不知等夷年老氣衰見孰（疑作就）羸憊形因榮弊疾與齒并榮衛每乘滕脛多痺既憂廢職又懼妨賢內外交攻生涯轉迫窮暮之懇不遑啓居匑蕘之辭已罄肝膽一物有關於亭毒容光時（一作特）假於臨照顧西山而駭目瞻北闕以馳心臣郢不勝戰惕感戀之至

請致仕表　穆宗　孔戣

臣某言臣聞七十致政禮經格言此蓋先王立教示人有終也苟或冒榮貪祿不知其退亦搢紳之醜也今臣年已過矣耄亦及之顧眄班行每懷慚靦幸屬聖明御宇多士盈朝百度既貞萬靈遂性躍魚戲在藻之樂野夫盡擊壤之歡微臣叨逢此時得以陳露而猶進不知止懼損明風況齒髮已衰筋力不逮雖力官次恐貽敗闕伏以南宮左轄華省紀綱政理所關選用爲重豈臣衰朽久曆此任伏乞聖鑒察臣誠懇賜臣骸骨歸老丘園所冀聖朝無浮食之

人微臣免強飯之責將違聖代戀闕誠深無任悃款之至

謝恩勅許致仕表 睿宗　李嶠

臣某言伏奉恩勅聽臣致仕祗服慈造不勝銘戴臣本無器識素乏才能幸屬時來屢蒙朝獎虛受榮遇迄無成績光陰漸迫衰疾常留二豎頻侵十旬每曠懼忝腹心之寄遂陳骸骨之請天情曲獎聖渥旁流殺鼎調梅雖輟參議漢藩剖竹仍叨卧理百城聲案六疾彌加竟虧露冕之功俄錫懸車之寵方循初服退守故園忘機求漢水之翁擊壤就堯衢之老歌太平而永日飲聖澤而窮年林壑長辭傒舟木而俱槁雲霄坐隔仰闕庭而增慕無任犬馬悽戀之至謹因留守起居使奉表陳謝以聞謹言

代崔公授祕書監致仕謝表　常袞

臣某言伏奉恩制授臣銀青光祿大夫祕書監仍聽致仕臣聞不修其德老當見遺無益於時祿不虛詔伏惟陛下以大聖撫（一作臨）運以至公宰物凡在爵秩必俟賢能況茲寵異豈及駑朽臣官歷五朝年踰八十勤勞莫効齒髮久衰舊好同遊索然已盡經行郡國（一作終朝行國）不見一人歎娛且少形魄如寄古之養老義在師臣必公卿大夫耆年多疾乃有詔書褒勞之寵靈壽安車之賜不然則高尚之士亦以道存非閔仲之絜清姜肱之孝行固不可猥承嘉命特受殊禮今陛下以臣之甥任在樞近階緣厚遇曲被鴻私官品過崇越於班列疵賤忽貴枯瘁增華親戚相榮以感以涕猶復恤其羸憊貸以休閑成（一作從）周禮四方之適存漢儀八月之問惠養益厚等威益尊自恩不訾（景帝紀與貲同）仰戴無力殘生有幾上報（一作答）何階無任感戴（一作荷）之至

一作皆唐類表

為蕭少師謝致仕表 德宗　高郢

臣昕言伏奉今月二十三日制除臣太子少（一作太）非師致仕仍給半祿料其宴會及朝朔望並依常式者桑榆暮齒忽遂休閑犬馬微誠仍參朝會臣某（中謝）臣本書生資於巾褐每歷清列尸曠徒深早迫流年止足有素特以四朝受任千載逢時難勝戀闕之心久滯乞骸之疏陛下俯憂羸老曲被庸愚三（闕）印之辰更加新命懸車之後且許時朝榮賜俸祿澤深惠養昊天罔極思上報而無階餘日幾何奉湛恩而不朽無任感戴忻抃之至

謝分司表　劉禹錫

臣某言伏奉今月十九日制書授臣太子賓客分司東都者寵命自天戰越無地臣某（中謝）臣發迹書生以文為業出身入仕四十餘年頃自集賢學士出守吳郡面辭之日親承德音念百姓水潦之餘示微臣政理之法臣祗承（集作膺）聖旨夙夜竭誠閭里獲安流庸盡復猥蒙朝獎賜（集作錫）以金章及遷同州又遇歉旱悉心綏撫幸免流離今荷天慈憫臣耆舊列名賓護之職分局河洛之都老馬霑束帛之恩枯株蒙雨露之澤獲居榮秩以畢餘年顧此微軀實為厚幸伏以臣始為御史逮事德宗今忝宮寮幸逢聖日舉四海之內賢能則多求六朝之臣零落將盡雖迫桑榆之景猶傾葵藿之心無任感恩惕抃之至

文苑英華卷第六百四

登仕郎胡　柯　鄉貢進士彭　叕　挍正

文苑英華卷第六百五　表五十三

太子公主上請（僧請附）

皇太子請停幸東都表一首
皇太子請家令寺地給貧人表一首
皇太子請放罪囚表一首　皇太子請復膳表一首
皇太子請起居表一首　皇太子請給庶人衣服表一首
皇太子請修書表一首　皇太子請加相王封邑表一首
爲太平公主請住山陵轉一切經表一首
爲太平公主辭欲起新宅表一首
爲魏國北寺西寺請迎寺額表一首
爲人請子弟出家表一首
爲東都僧等請留駕表一首
爲洛下諸僧請法事迎秀禪師表一首

皇太子請停幸東都表（高宗）　崔融

臣某言臣聞乘雲駕羽者非以逸樂其身觀風設教者將以弘濟於物故後予胥怨幾（一作觖）望湯來吾王不遊嘗思禹會伏惟天皇察帝道敷皇極一日二日智周於萬機先天後天化成（一作行）於四序雖鴻名已建銘日觀而知尊而膏澤未流御雲臺而不懌市朝之邑天地所中四方樞（一作極）會百物殷阜爰降恩旨行幸東都然以星見蒼龍日躔朱鳥清風用事庶彙且繁桑翳葉而眠蠶麥飛芒而雊雉詳求易緯是君無發衆之辰博訪禮經當人急勸農之月固未可陳詩展義拜洛觀河況序屬亢（一作正）陽時方避暑露臺風館尚多熏灼之勞帳殿帷宮將有鬱蒸之弊天皇昔嘗服餌近更躬親睿情勤苦天儀憔悴若何以萬乘之重四海之尊暴露而行旰日而食者也加以官寮扈從或少資糧程期迫促未遑周辦必若事應巡狩（一作省）務從寬恤猶望白露涼風然後清蹕灑道下不違於人欲（一作願）上無隔於天心可舉而行庶幾於此臣又聞關中屬縣畿內傍州百姓驅馳頗多飢餒天皇仁深覆育並令賑贍求轉徙者任其逐糧欲寧居者加其廪食家懷再造人得安全乞至秋來不煩聖慮特乞少留玄鑒俯察丹誠迴太陽之末光納蒙泉之餘瀝臣三朝問寢常候色於宸慈五日詣臺每承言於聖獎輒陳冗識輕進芻詞踏地知驚窺天自失無任私懇之至謹遣某官奉表以聞

一作皆唐類表

皇太子請家令寺地給貧人表　前人

臣某言臣聞法天之道義屬於有餘象地之宜理存於益寡頃以咸城近縣鄜市傍州頗積風霜或侵苗稼天皇兩儀合德百姓爲心發倉廪以賑貧人垂雨露以滋微物俗荷財成之施家懷亭毒之恩臣濫奉宗祧親承覆載歲時衣服咸憑府藏之餘朝夕膳羞必佇饔餼之辦過此以往臣亦何求但知問豎寢門尊師胄序魏兩文儒之盛竊所係心漢儲湯沐之資未嘗留意但關輔之地萌庶孔殷丁壯受田罕能充足所以水旱之歲家室未豐正末端本思有裨助臣家令寺有地九百餘頃特請迴授關中貧下等色雖地非安邑寧期千户之封而價等露臺豈費十家之產伏乞皇恩遠及聖澤旁流矜臣愚款遂臣誠請謹遣某官某奉表以聞

皇太子請放罪囚表　前人

臣某言臣聞堯舜推心諒因於百姓禹湯責己必在於至（一作庶）人頃以炎亢踰時資儲頗乏天皇情勤戒慎務切憂勞發倉廪以賙窮罷珍羞而酌損紅粟未阜愈兢御朽之

懷白粲有刑特軫推溝之念爰降恩旨俯加寬恤凡在生靈不勝鼓舞然以和風所被蘭艾同榮膏雨所流公私並潤徒刑之輩已沐於深慈杖罪之流未霑於厚渥且五刑之内笞坐爲輕兩造之間原情可恕時當慘勁命甚漂浮因茲決罰或從顛躓伏乞迎春布澤應天道而無違任地成功順人時而不奪使三農有望萬物知歸臣濫守儲闈叨陪帝幄乾坤覆載荷至德而徒深日月昭明在末光而何助無任區區之至

皇太子請復膳表　前人

臣某言臣聞善持國者舒慘必繫於天時德稱皇者動靜莫違於物理故百姓不足一人所以載懷四海爲家萬方由其在慮伏惟天皇觀風設教拜洛遊河光華前乎日月法象齊乎天地頃以歲儲微秏年穀未登睿旨憂勞宸一作沖情戒惕菲飲食而卑宮室居常夏禹之期減厨膳而徹一作撤鍾懸重取黃軒之事由是神靈肸蠁景氣氤氳雪千里而朝飛雨四溟而夜下兩河之甸瑞麥盈疇三川之境嘉苗被隰天意人事其在茲乎可以隨道抑揚可以與時通變周王之本枝百代每進鱻庖殷帝之亢旱七年猶資鶴鼎昔賢具稱其美往聖不議其非惟此小心將乘大德臣又聞下之奉上猶枝附根君以人作基人以君爲命天皇恩深子育念切家安損已勵精無違早晏停滋罷味已隔歲時聖躬有勞悴之容羣類動兢惶之責伏乞俯從人欲仰順靈心具珍物以登羞隨太陽而復膳蓂莆知送涼之地芝英識駐壽之期豈使眇眇燧皇獨流名於燔炙悠悠黃帝空紀稱於庖犧而已哉臣寄忝元良任當監守春冬胄序學書禮而空勤朝夕寢門視寒温而未即無任悃款之至謹遣其官奉表陳請以聞

皇太子請起居表　高宗　前人

臣某言今月[illegible]日起居舍人某至一作還伏承聖躬頃稍不安今已痊復手舞足蹈慶躍兼深臣聞孝於事親爲子之方以一作已極恭於奉上爲臣之道則先臣自違侍軒墀已淹時序周儲故事一日三至於寢門晉兩一作室舊儀一月五朝於左一作龍閤今之望古臣獨何人日者瀝膽陳祈焦心覲謁伏惟天皇以關河鎮重監守務殷睿旨沖邈未垂矜亮今既十月築場三農事隙特乞暫流恩召俯念單誠遂以起居假以時日得晨拜旒扆遂一作展臣私情則暮辭闕庭在臣無恨不勝戀慕之至謹遣其官奉表陳請以聞

一作皆唐類表

皇太子請給庶人衣服表　前人

臣某言臣聞心有所至諒在於聞天事或可矜必先於叫帝庶人不道徙竄巴州臣以兄弟之情有懷傷憫昨者臨發之日輒遣使看見其緣身衣服微多故弊男女下從亦稍單薄有至於是雖自取之在於臣心能無憤愴天皇衣被天下子育蒼生特乞流此聖恩霈然垂許其庶人男女下從等每年所司春冬兩季聽給時服則浸潤之澤曲霑於螻蟻生長之仁不遺於蕭艾無任私懇之至謹遣其官奉表陳請以聞

皇太子請修書表　前人

臣聞昔者明王學以化人成俗古之君子文以緯地經天雖有閬風之高嶽弗登弗知其峻也雖有浴日之巨溟弗涉弗知其廣也伏惟天皇域中居大天下化成百官以理萬人以察日行中道而淑清歲起攝提而位序光薰萬物豈

直芝珥蓂茆澤加施一作四海寧惟壽麻孤竹地成形而天
成象其道彌光河出圖而洛出書其徵可驗環林壁沼金
門石室墳典積於丘山筆墨盈於泉海聖朝多士自可包
二代之文臣顧不才何足奉三王之教皇慈渥洽帝獎優
隆擢公望爲太師徵子房爲少傅所冀習與智長化與心
成嘗辛苦於歲餘終未階於日就臣聞學者殖也問以辯
之積必有成勤則不匱以周公之上聖日讀百篇以孔父
之多能韋編三絶臣雖不敏竊所庶幾然以列代遺章先
王舊典康成奧業纔覽卷於八千士安覃思願加年於累
百豈不以學而時習博則難精者乎今欲搴其蕭稂撮其
樞要可以出忠入孝可以益國利人極賢聖之大猷盡今
昔之能事商搉百氏勒成一家庶有代於箴規長不違於
左右又近代書鈔寔繁部帙至如華林園徧略脩文殿御
覽壽光書苑長洲玉鏡及國家以來新撰藝文類聚文思
博要等並包括弘遠卒難詳悉亦望錯綜羣言删成一部
藝官賔館亦既天皇立之矣端士正人亦既天皇致之矣
伏乞俯從微願特降鴻私許臣撰緝遂臣誠請當宮學士
如少仍望通取京官謹當開桂樹之山鑿芙蓉之水引甘
泉之詞賦物望園之賔客下芸閣而長謡臨梓厨而高會
一遊蘭芷佇變蓬麻區區之誠敢希矜允豈使肅成門内
唯傳魏國之名崇政殿中獨紀晋朝之事而已無任誠懇
之至謹遣某官某奉表陳請以聞

皇太子請加相王封邑表　　李嶠

臣某言臣以相王旦發彩璿萼承流寶派雖班彝錫瑞既
同於伯叔之封而食菜苴茅不逮於子男之國敢緣軫叙
之義輙獻由衷之誠而葵藿傾心徒希皇矣之鑒雲霄絶
望不流霈然之澤惝怳如失徘徊增佇臣某誠惶誠恐頓首
頓首死罪死罪臣聞命以車服錫之土田寔將共安邦家
永固宗祏炎漢之開藩樹屏慶開七十城隆姬之書社建
侯封疆四百里故知業隆者基大本盛者末豐涯涘闊而
潤澤深枝條繁而庇蔭遠伏惟皇帝陛下握河開曆截海
凝圖化縣於商夏之朝地廣於唐虞之域裁舊曲之損益
補前王之闕漏萬官咸事百度以貞雖穆穆之風具宣於
政理而親親之道或廢於揖謙至令骨肉禮薄藩維業曠
曲阜之特高才藝仍減附庸平臺之深篤孝慈僅留湯沐
徽章空列於五等禄秩不踰於九命曦舒兼曜之德久被
於寰中雲雨曲成之恩翻遺於滕上異強幹弱枝之道違
先親後疎之意非所以上宗王室下睦帝姻況天垂後星
承鬉膺者蓋尠卦膺習坎奉晨昬者非衆荷圓穹之寶覆
藉厚載之珍腴若令寵數不加等威無辨便是卑萬乘之
尊蔭缺四海之遐瞻蠻貊荒陬猶知不可衣纓士庶孰謂
其宜臣伏念天倫深惟國體情實存於公道理不涉於私
求伏願曲降聖慈俯收愚懇恢久遠之大義抑沖撝之小
節疇咨故實申命有司劃以山川優其井賦剖符開國依
希魯衛之親盤石居宗駸騄應韓之躅明鳲鳩均養之惠
慰鶺鴒同氣之心使麟趾式安犬牙愈適一作固則鴻恩所
被允及於萬方靈貺慶一作所覃豈唯於九族無任悃款屏
營之至謹遣某官某奉表陳請以聞

爲太平公主請住山陵轉一切經表　前人

妾某言妾生涯有縁仰繫皇極孝行無感上傾乾蔭號天
罔及扣地不追集蓼崩心茹荼泣血自攢開東洛紼下西
秦氣朔遄移光靈浸遠怨晨昬之易隔悲節叙之難留舉

目摧傷觸途殞裂今橋山已祔瀍水還封二曜停臨九天
絕仰慟遺弓於此日思晚駕其何年追想平居永惟曩載
粤自襁褓迄于成立鍾慈結愛殆欲蒙攜於掌中候色承
顏何嘗暫離於膝下方倚南山之固長承北極之尊豈圖
就養之歡遽乖於扇枕問安之地翻類於過隙念凶妨而
自咎思顧復以何酬所冀扶杖墳塋結廬山隧瞻奉觴奠
依憑園寢終三年之禮企及通喪轉一切之經庶邀冥福
上以資未來之果下以攄罔極之心伏惟陛下孝通神明
仁洎草木乞體荒亥特垂憐許使烏鳥微志獲與耘禽致
哀犬馬孤誠得從耕象申慕則窮喘無恨餘生知幸無任哀
切之至謹附使具官某奉表陳請以聞

爲太平公主辭欲起新宅表 見五百七十八卷 前人

留箴 前篇作垂箴 畝價 前篇作畝賁

爲魏國北寺西寺請迎寺額表 武后 李嶠

沙門臣某等言竊聞加隆園寢漢道以光絜誠宗廟周卜
惟永斯但禮極崇奉事昭嚴配未能遵揚七覺酬顧復於
前生幽贊三途樹津梁於後劫伏惟聖母神皇陛下中天
搆極截海凝圖懸法日而貞觀泛慈舟而利涉天經地義
之德率禮因心奉先追遠之誠宅緣證果弘濟深於冥境
薰脩入於梵門天子之孝感陰陽而通鬼神聖人之心刑
萬邦而被千祀乃者深發睿思永懷遺躅禮帷轍跡之所
盡建寶坊南北東北之城咸修法宇佛刹周於天壤寺名
因於國號自崇陽改謚奉明增邑雖配天盛典已革於常
數而淨境大名尚題於舊額是以稻麻衆侶葵藿微心願
弘金石之名思降瓊瑤之礼 疑作札 愚言聖澤已蒙昭許日
往月來未遑迎致今望以九秋嘉節七月良辰當賁茲之
初滿屬盂蘭之始獻勝幡香蓋延寶字於金門法鼓天花
奉鸞書於象闕俾夫道俗瞻仰虛空唄讚高懸銀牓豈惟
天地之宮列署瑤房遠邁神仙之宅某等或枌榆故社或
桑梓舊京謬忝龍象之筵預奉衣冠之列白雲千里瞻帝
鄉而極目朱門九重望宸陛而延首儻皇慈曲被人願不
違則八部式歌四海知幸無任懇倒之至 聖澤疑作聖擇

爲人請子弟出家表 陳子昂

臣某言臣以險釁私門不造亡父故某官先臣某早先朝
露永謝休明日月不居星紀云暮伏以先臣榮綰章綬 四字集作策名委質冠冕早年始自解巾即陪軒禁總于結綬 累忝榮私三歷名卿職忝於
河海八居惣守 集作州牧 任切 集作叨 於股肱而報効莫聞零落
先及啓足 英華作發足冰 之日露首知慙是以臣克奉詰 集作詁 言志
期冥報請以當家子弟三兩人奉爲高宗大帝出家歸道
而孤煢在疚遺囑未申奉以哀號實貫心髓今者高宗大
帝登仙之忌已及茲辰先臣懇誠未効他日所以乞遂冥
願敢覬天恩度菩提之因發揮於正覺涅盤之證幽讚
於宸階先臣夙心無恨於 集無於字 泉壤伏願上天降鑒微誠
可哀因緣獲展存沒交慶不勝崩迫之至

爲東都僧等請留駕表 中宗 宋之問

臣僧某等言臣伏見某月日勑以今月九日 集作今年九月 將幸長安
東京道俗不勝攀戀伏惟應天皇帝陛下重興靈命再造
黎元域中懷三聖之恩天下識五君之子關西帝宅渭北神皐
思切園塋未謁長陵之樹貴爲天子不歷咸陽之宮宜應萬
乘巡遊展鎬池之新慶三秦故老覩漢家之舊儀率土顒顒孰
不欣躍但以先后神寢負首方成太子仙墳秋中未畢王主陪
奉吏促工徒雖力以子來而頗妨農事儻千官扈輦同費太

倉之粟萬國來庭共索長安之米將何給用以濟公私且東都有河朔之饒食江淮之利九年之儲已積四方之賦攸均誠宜宅幸三川寬徭入水稍登稔歲方事歸鑾以欲從人孰不幸甚則天聖后久成佛果俯應輪王冀發無邊之巨願光有爲之妙福經始大像年籥滋深愧緇流之淨財念蒼生之苦力俯從羣議莫遂聖情陛下孝感傍通沖襟獨斷追成先志上合天心故得蓮礎未施爲停風雨梅梁欝起若有神明施其力者萬殊莫分龍鬼捨其財者千計豈辨人祇岌已(集作以)千雲成之匪日實冀金輿近幸玉輅親臨禮如來之大身畢先聖之遺旨然後載脂京輔馳謁山陵即付囑無違情禮兼極無任懇款戀慕之至

爲洛下諸僧請法事迎秀禪師表　前人

僧某等言某聞住持真教先憑帝力導誘將來遠屬能者伏見月日勑遣使迎玉泉寺僧道秀陛下載弘佛事夢寐斯人語程指期朝夕詣闕此僧契無生至理傳東山妙法(集作法門)開室(集作長齋)巖居年過九十形彩日茂弘益愈深兩京學徒羣方信士不遠千里同赴五門衣鉢魚頡於草堂菴廬鴈行於竹帛(集作丘阜)雲集霧委虛往實歸隱三楚之窮林繼一佛而揚化栖山好遠久在荆南與國有緣今還豫北九曲(集作江)道俗戀(集作愛)之如父母三河士女仰之猶山岳謂宜緇徒野宿法事郊迎若是(集作使)輕來赴都遐邇失望威儀俗尚道秀所忌崇敬異人和衆之願儻得焚香以遵法王散花而入道場則四部銜恩萬人生善無任懇款之至謹詣闕奉表請與都城徒衆將法事往龍門迎道秀以聞輕觸天威伏深戰越

文苑英華卷第六百五

登仕郎胡柯　鄉貢進士彭叔夏　校正

文苑英華卷第六百六　表五十四

請朝覲(此卷英華所編失年代先後今正之)

爲房州長史請朝覲表　上官儀

臣某言臣一介薄才不周時務(一作一介庸薄才不周務)命隨事偶超竊官途歷職文武榮兼內外年餘三紀受恩兩朝循涯省分實優常品自違丹陛寒暑亟移限以大藩久絕朝覲頃以年頹疹逼風眩日增懍闕庭而載佇仰雲霄而聳望陛下昔居春禁臣預應朝集披膽祈恩特蒙鑒許尋奉明詔入衛鈎陳惠澤曲流其來自遠誓生沉族未識所酬今以衰疾之年久違趨拜望充計吏一奉宸闈傾首希天聽卑期照心靈振蕩冰谷非危干黷旒纊伏知待罪謹言

爲張侍郎乞入覲表(德宗時任黔府觀察使)　呂頌

臣某言去貞元五年於延英殿賜面辭之日親奉進止(一作聖旨)令臣一考即來者臣謬承聖獎猥守方隅自到黔中首末三年(一作首尾三歲)更入新正即及四載(一作更至正月即入四年)臣素以微(一作旨)生叨居重鎮恭行朝旨宣諭皇恩種落遠人庶幾於理伏以遐荒僻阻控帶諸蕃溪洞蠻夷性本生梗木石爲伍鳥獸同羣寬之則伏匿山林不遵王命(一作公法)迫之則

結聚蜂蠆害及邊陲臣於撫馭之間酌其中道示以（一作之）威惠諭（英華作論誤）以憲章以清靜臨人以不擾爲政開設學校令知君臣父子之道勸勉（一作課）稼穡令知生成衣食之原減以征徭蠲其力役令國恩遠及夷落大安萬里勤王一方無事臣管内素多瘴癘山峽重深毒霧烝雲常在牕户四時多雨不識霜雪終歲陰昏少見天日出門無路舉目唯山猿鳥之心如在籠檻臣從去年冬初忽染脚疾膝脛頑痺行步（一作立）艱難絶無醫人素乏藥物深山窮谷無處市求任重命輕不可言疾（一作病）臣先奉進止（一作旨）一考令歸又準勑文二年與替臣今歲月以（一作已）久疫（一作疾）癘交侵況奉綸言難堪更住臣久辭天闕（一作闕庭）戀切龍顔瞻望天門不勝涕殞無任攀戀切迫之至（一作皆唐類表）

再請入覲表　前人

臣某言臣去貞元五年面辭之日親奉進止令臣一考即來臣謬荷聖恩擢居方鎮炎瘴之地首末四年恭守廟謀（一作謨）宣布皇澤唯以靜理惠卹遠夷令縣道晏清干戈罷戢雕題左袵萬里勤王溪洞之人無不樂業此皆聖上（一作主）之恩豈是微臣之力臣從前年六月患脚膝行立艱難秋深已來更染氣疾又從去年六月直至今日不見三光山谷昏昏終日陰雨吞茹瘴毒實所難堪伏奉勑文二年與替況奉進止（一作旨）一考令歸臣疾癘所侵氣力衰敗（一作憊）素無醫藥恐不支持臣伏見近日已來楊（惕或作）悗孫成李速裴腆皆在遐裔相次喪亡特乞聖恩全臣性命許臣準勑歸赴闕庭再覲龍顔灰粉無恨臣去年十二月已進表陳乞情有至切再黷宸聰伏乞天慈救臣疾苦（一作病）不勝懇迫憂塞之至（一作皆唐類表）

李令公乞朝覲南郊表　于公異

國家以來年正月五日告謁宗廟柴燎南郊率土同歡室家相慶臣已陳乞願奉大儀監使王敬親至陛下以西門式遏未蒙矜遂夙夜惶戀心如焚灼目觀漢儀猶傳故老況臣累塵清貫謬處台司侍奉翠華未爲失任亟承顧問亦近守官既違捧日之誠益慕告天之慶伏惟皇帝纂戎聖運光啓帝圖澤流亭毒（一作育）之源化溢舟車之外今者以天地交泰華夷大同明發以展神宗陶匏而郊上帝紹前王之闕典納殊俗之始賓九域駿奔傾皇都而壯觀庶官少[illegible]肅扈清蹕而徐驅臣於此時獨守藩鎮伏承陛下鳳翔密邇或多戎梗未可輕離臣酌事宜必無所慮何者吐蕃所有兵甲悉不在邊流沙已西纔有烽戍況其畏威讋伏向化協和自安戎貊之邊敢犯漢家之塞吴説之居隴上李觀之處涇州既承聖謀各有成筭以此制敵何憂撫封臣於鳳翔亦擇留後庶令軍務皆叶權宜又以州縣雖存黔黎未復徒御既衆供承則難臣當倍道兼行貴於入侍謝車捎騎才取成容則岐路有載馳之章郵亭絶告勞之費以此利往未爲擾人今者設壇場告天地尊嚴執禮陛下當元首之明贊拜陳儀臣子漏股肱之用臣且自媿人何以觀乞陛下特降鴻私容臣朝聘俾汪洋皇澤亦霑戎屏之臣肅穆旌門粗識昇平之禮既均情於故老庶無媿於子牟退入泉壑不爲恨矣（六去）

皇帝違和請朝覲表　前人

臣某言伏奉手詔聖躬頃暫違和旋亦康復鼓舞歡抃倍百常情然且爾來未有人到惶戀之至寢興無寧何者臣義忝寵榮恩當弼亮聖躬乖理股肱何安是以瑣瑣寸誠

款款微志悳陪朝列一解漏(闕)容之憂或從良醫待獻十全之藥頃以陳乞願得輕行未蒙還旨猶增戀慕且春謀弘遠邊鄙方安春候轉深戎馬難動以此揣度固無憂慮伏乞聖慈許臣朝謁輟旬時於藩鎮候安否於宸顏臣之微願於斯畢也

青(闕)帥乞朝覲表　柳冕

臣某言臣備位方面守鎮(一作在)海隅顧無理平之績猥受增秩之榮而不自媿者顏之厚也竊感江漢朝宗之義鹿鳴君臣之讌頌聲之作王道之(唐書作本)始也國家自兵興之後不遑儀(一作議)禮方岳(唐書作牧)未朝讌樂久缺臣限以一切之制例無朝集之期目不覩朝廷之禮耳不聞宗廟之樂足不踐軒墀之地十有二年于茲矣犬馬齒衰益深戀主葵藿將暮空仰太陽古人云日雖不爲葵藿迴光然向之者誠也臣職在戎馬身辭日月願因朝謁一見漢儀會(一作亦)臣之誠也傳曰朝以正班爵之義會以訓上下之則朝會者禮之本也臣安敢忘之故羣后四朝以明黜陟唐虞制也五歲一見以考制度殷周制也三載上計以會考課(唐書作最課)兩漢制也其或不朝則以禮讓之故孟子曰諸侯之朝天子曰述職一不朝則黜其(一作以)爵再不朝則削以地三不朝以(一作則)六師移之然則諸侯朝會尊王室也可以廢食不可以廢朝洎秦滅古制罷侯置郡漢立王侯並建守相聖唐稽古兼而用之故天下朝集三考一見皆以十月上計至于京師十一月禮見會于尚書省其朝覲也應考績之事至(一作其)元日也陳筐篚之貢集於朝(唐書作考)堂唱其考第進賢以興善簡不肖以黜惡穆穆濟濟靡然成風太宗之遺政也自安史亂常始有專地者矣四方多故始有不朝者矣戎臣恃險未有悔過者矣臣忝閫外(一作牧圉)之寄竊憤不朝之臣故每忘寢與食思一入覲庶因微臣率先天下則君臣之義親而不疎朝覲之禮廢而復興(一作舉)臣之幸也常(唐書作識)恐負薪之疾溘先朝露覲禮不展歿於下泉臣之憂也又臣四年已來頻乞骸骨聖恩哀憫許爲擇替無德而祿殃釁荐臻臣雖上恃天慈不殞瘴癘而下悲骨肉繼以死喪及聞諸將帥亡歿亦衆臣自悼何德以堪久長昔公子牟身在江海之上心馳魏闕之下則鄉國者人情不忘也闕庭者臣子之戀也朝覲者國家之大禮也是三者人之大願伏乞(一作惟)陛下憫臣丹懇許臣入朝得再謁聖顏萬舞稱賀(一作慶)斯願畢矣無任懇款屛營之至(一作皆唐類表)

(唐書柳冕傳有此表類表作柳冕是也英華誤作李俛又本傳云柳冕爲福建觀察使上表明朝覲之義兼表文又有瘴癘之說恐非青帥)

爲陝州盧中丞請朝覲表(德宗)　周行先

臣某言臣家忝儒門才非國器生休明之代遇堯舜爲君束髮從宦三十餘年矣曩日佐幕獲在湖南蒙先聖察臣効愚錄臣克謹歷外臺三院知留務五年頻降絲綸驟登朱紫天慈子育不棄戾於微躬君父之德且深昆蟲之力難報臣某(中謝)伏惟陛下繼明授圖誕敷至化特授以刺史兼經略觀察等使頃容管鎮任職方隅逮茲五考要荒外服僻陋在夷不能賦車籍馬以給國儲不能饒牽饋餉以賑軍食忝列位聯率慙無於疋間歲陛下避狄奉天省方梁漢臣不獲身當矢石血濺兇渠及陛下掃除妖氛再造區宇臣復不獲扈蹕清道執戈啓行且霑率土之毛莫展事君之節此臣所以内訟刻骨上思訴天苟貪符竹之榮實懼素餐之刺臣今年踰知命齒髮已衰官守炎陬星霜屢改乏中和之理行無考課之彰聞而炎癘暗侵桑榆

漸迫常恐一先風燭永謝聖朝況復不識覲見之儀未知班瑞之禮羞鴈列序空聞於禮經鵷鷺同行欲求於夢寐伏惟皇帝陛下煦育動植酌心元元垂仁降慈俯遂愚懇許臣得對敭休命抃舞薰風則朝拜玉墀夕歸泉壤愚臣生不恨矣一作死且不朽云

鄭滑李僕射乞朝覲表　馬懲五百八十一卷有爲鄭滑李僕射辭官表乃王懲作此云馬懲

臣聞臣之事君如子事父子有晨昏之道臣有朝覲之儀載罹寒暑之遷豈勝犬馬之戀臣聞古之郡國皆有邸第列在京師出命守藩入令述職所謂百谷朝海衆星拱辰伏惟皇帝陛下德伏萬邦理臻三代夷夏率俾沉翔煦然臣頃受任番禺星霜七變身在南海心懸北闕特蒙渥澤徵領宗司方厠朝行旋牧關輔東郡鈇帥又忝物戎雙旌自天便道之鎮赤墀輴轉一作遠伏謝無因及玆三年丹懇每結況自貞觀之後迄于聖朝臣之一門繼荷重任擁旌鉞者僅二十人高祖淮安郡王神通弼亮太宗勠力締構榮登左揆以寵勳勞臣無先祖之功而塵先祖之位師長宗秩胡堪謬到累是願罄述愚志一覲聖顔育腸九迴晝食三歎今河朔軌道汴宋厎寧臣所部宣揚睿慈綏緝黔庶師旅知訓農桑以時徵賦有常廩儲有備但以違奉既久心不遑安輒敢冒昧上聞特希矜許入覲臣獲蹈舞班叙親承德音却歸方隅生死榮幸云云

杜司徒乞朝覲表　劉禹錫

臣聞事君之道集作臣之事君有死無隱懇誠所至敢不罄陳伏惟聖明俯賜矜察臣某中謝臣代受國恩忝承門蔭脫巾筮仕敢期榮名陳力效官靡樹聲績始因人乏集作孤直驟歷清班復荷朝獎作藩外府遠違輦下十有四年恪守淮濆于集作建今一紀犬馬戀主集作懷戀寤興匪遑蒲柳易衰遲暮俄及竊位時久妨賢愧深況歷任集作官已來四十八考祗奉朝謁時纔二周服勤郡府集作符荏苒垂老屛營魏闕之思夢想承明之迹集作遊如迫餒寒不忘衣食伏惟睿鑒俯亮愚衷早賜擇人與臣爲替交受集作授之際冀無可虞然後脂車奔赴京輦微願斯畢雖死且集作猶生臣頃以戎務方殷猥加宰輔今既事罷實慙此名爲有藩鎮同時未敢輕上印綬伏以聖朝赫奕左右惟賢漢愧得人周慙多士臣才略既短齒髮且集作又衰柄用之地甘心自絕所冀退歸舊里沐浴皇風絕鍾鳴漏盡之譏展維桑與梓之敬匪惟名器不假實貫骸骨獲集作可全知止之心神祇可集作所鑒無任悃款屛營之至

爲鄭相請朝覲表　元固

臣某言伏以受恩之地中外則同戀主之心遐遠愈一作逾切臣素無方略又乏理能徒以久侍掖垣嘗叨袞職罪已彰於負乘位猶忝一作列於藩維一違關庭累變寒燠虛當重任未答鴻恩一作私常恐愚効未一作莫申官謗將及敢不誓心奉職克己臨一作勤人哀矜獄情節省財用觸途誠慎終日憂慙而百越殊風庶甿失一作墮業流庸未復於田里逋賦仍積於歲時邕管防虞尚勞師旅海南饋饟尤資費用一作允費資儲軍府屢空物力將竭至如奉宣化理一作皇化恭守國章臣實盡疲駑庶裨萬一將使寇戎殄一作殲滅食貨豐滋臣雖策勵終亦無一作無逮及伏乞聖慈矜念天鑒照臨察臣審分之誠哀臣瀝懇之意一作許儻獲言旋京國重覲天顔則汲黯無恨於淮陽馬援不辭一作憂於瘴海矣微臣幸甚無任感恩戀主踴躍之至

一作皆唐類表

為樓煩監楊大夫請朝覲表　令狐楚

臣某言臣聞君猶父也臣猶子也子事父有冬温夏清之禮臣事君有大聘小聘之義臣雖庸鄙常感斯言今(類表作況)乃地離京師千里而近身去王室十年有餘心既傾而陽光未迴目已極而雲路猶阻此臣所以形留神往淚盡繼血者也況監司之寄甚重馬乘之務非細或物有因襲(類表作循)華之而無妨或事無典據爲之而有利咸非翰墨所可升聞貯于中心期以上達伏惟陛下迴天地之鑒垂日月之明俯借恩光暫令朝奏儻得飛纓於赤墀之下委珮于彤庭之前目見龍顏足履丹地則犬馬大幸與天無窮無任悃款之至

同前　前人

臣某言臣自罷侍龍樓出班馬政星霜驟變十有三年伏惟陛下光宅寰瀛惟新景命奏簫韶之九變獨臣未聞舞干羽於兩階唯臣未見累歲有違離之苦終朝懷戀慕之誠是以屢獻封章懇求朝覲愚衷不達聖眷未迴邊山之中躑躅愁結比者臣雖庸鄙兼領嵐州職在治(唐諱)人固難離局今既專知監務特有使名伏櫪多暇望雲(英華作蹤望非)增切且臣所部濵(類表作瀕)河近塞兵家利病時事便宜難於遠陳願一數奏而況道途非遠僕御不多次舍之費誠未擾於郡縣往來之期當不踰於旬月伏願俯迴天鑒曲遂臣(一作誠)心使得稱慶於中朝然後代勞於外廐至願斯畢死無所恨無任懇迫戀結之至

同前　前人

臣某言臣聞心孤者觸緒而悲意切者發言皆懇揣情循理今古同塵嘗謂無之今乃信有臣某(中謝)臣雖頑鄙無取亦嘗側聞長者之論上自古昔迄至于今才能事業百十於臣而不升名官之級不知禄廩之數者何可一二其紀臣某無耿介之秀(或作節)開濟之能且有極愚至陋之累而微生際會事陛下於藩邸之中周旋出處雖無擁全神聖之績便蕃左右曾有侍從言語之樂竊自欣賀若昇雲天伏惟陛下握圖御極凝旒垂象惠均於動植信及於細微擢臣於方岳之中委臣以監牧之務仰憑殊造俯竭愚衷封人粗安國馬稍息今者秩視賓客位爲大夫耳煩絲竹之音饗口厭粱肉之滋味驅馳駿足偃息華樓蒙陛下覆育之恩已爲太過顧微臣止足之分實所甚榮豈敢更冒寵光別求獎用伏以狗馬之齒衰暮相迫螻蟻之命危殘不常日往月來懼貽敗覆天地相分(一作天長地久)不勝瞻戀每至木葉下邊馬嘶切思指畫君前以畢平生之力常恐先霜露填溝壑不見丹闕長恨黃泉伏惟陛下仁愛惻隱及於萬類察臣之至願表(一作知)臣之赤心使一入帝城死無所恨無任(一作不勝)哀迫懇苦之至

請朝覲表　符載

(一作皆唐類表)

臣某言臣聞臣之事君猶子之事父苟庭闈之侍曠晨昏之禮絕擬議名教得爲孝子乎臣自違天顏二十餘載身不趨宮闕之地心不展烏鳥之誠戴天嚮日肝肺焦灼況臣暮齒筋力漸衰以中人之才當大藩之寄智慮昏殆政術荒疏自揣封疆固多敗累豈可使萬人稟無德之令四方興尸祿之譏跼形顧影月慙歲恥方今赫赫大國髦彥如林采於衆才必超十倍伏願陛下暫廻慈眷俯察愚衷念蒼生之疲授能者之位即微臣無妨賢之愧大君有任用之明得公論於搢紳盡私誠於犬馬再以白首獲奉紫

宸備一刻於周行實百生之榮耀前後陳乞煩黷聖聰雖
懇迫之未申瞻軒墀之巳近不勝慺慺之至

同前　周行先

臣某言昨遣奏事官馬元宗附臣口奏請赴朝覲馬元宗
迴奉宣進止語臣去君臣之情不厭相見朕與卿心無二
緣途路稍遠卿來後[redacted]即不免朕憂況乍收復洺州士庶
恐未安泰須卿存卹未能遂卿此志且不須作來意者皇
靈特降天語密聞俯伏流汗殞越無地臣某中謝臣內顧
庸虛謬居藩鎮日月云邁倏然三年空荷丘山之恩未申
絲髮之効隳肝瀝膽豈盡愚誠從頂至踵皆承玄造夙夜
祗惕悼心失圖誠願暫覲鸞鷺之行獲陪羔鴈之列特迂
宸睠親奉德音則朝聞夕死臣之幸甚而軍城初復天意
遐軫戀結之至尚抑懇誠今疆場無虞干戈巳戢軍儲戎
賦幸有支持伏望天意許臣至冬末春初巳來暫赴朝謁
得申犬馬之志庶盡葵藿之心碎首糜軀死之無恨云云

代孔大夫乞一作請朝覲表憲宗　杜周士

臣某言臣以斗筲之資荷旄一作旌鉞之寄一作任職一作賜兼
千乘位一作職惣十聯而節制頒條曾無可紀妨賢尊祿亦
一作忽已四年由是再陳表章備瀝哀一作衷懇誠在必達義
無苟安伏惟元和聖文神武法天應道皇帝陛下憂勤萬
務砥礪庶工服勞中外者有更踐之常受寄方隅者無專
任之幸所以俗用丕變官稱得人坐致治唐諱平寔使一作荷
均一天下幸甚天下幸甚今輒冒犯嚴譴更陳丹悃不敢
廣引遠事請以近日一作事言之至如楊於陵鄭絪馬惣等
或從偏鎮陟授或自周行莅事或三年獲歸或三考一作載
除替公議惟允私願亦伸伏乞聖慈平分許循往例賜停
見職擇用羣才則聖代盛審官之規微臣無去國之歎無
任禱祈祈二字一作祈恩懇迫之至

崔中丞請朝覲表憲宗　一作皆唐頌表

臣某言臣歷刺三州連惣二府外任逾紀入覲無階就日
望雲魂飛心往臣某中謝伏惟睿聖文武皇帝陛下覆載
無私遐邇同致復昇平之故事繼前聖之高蹤中外踐更
出入迭用臣以虛薄叨受恩榮徒竭夙夜之心未申朝夕
之敬天威咫尺誠寤寐而無違雲漢昭回固瞻仰而何及
是以前在朗寧封章累上及移臨松漠星紀屢周微衷尚
隔於戴盆積望徒懸於窺管葵藿之誠彌切犬馬之戀愈
深人欲天從於玆未驗下情上達終冀不誣敢黷宸嚴瞻
陳丹懇伏乞賜臣除替許至闕庭厠蹈舞於羣寮備班行
之散地足趨中禁目覩大明俾成九族之榮以盡百生之
幸非敢竊國賓五獻之禮希康侯三接之恩一覩龍顏萬
死爲足無任懇倒迫切之至謹遣某官奉表陳乞以聞

李大夫請朝覲表敬宗　裴度集無

臣聞天道君也高而下濟地道臣也卑而上行上下交感
然後萬姓生焉庶政成焉其或翁鬱不通則爲災沴之氣
必在宣達使之光明太平之風實繫於此伏惟文武大聖
廣孝皇帝洪覆品彙光宅寰區翾飛跂行皆得其所況臣
器識庸陋遭遇便蕃始事憲宗過蒙驅策復事先帝猥加
爵命大恩無報終懼且慙以至今日又承寵寄消毫末効
齒髮將衰起在山南不遠甸服宴安厚利受拜軒墀此則
爲君之道下濟爲臣之道上行不足尸祿彌久心魂若驚
日往月來寢成憂塞伏希降鑒特許入覲冀得少謝萬一
使無壅情然後退歸里閭降避賢路雖則萬殞無恨可謂

百生之幸況李光顏薛平皆武臣也淮海以爲要重然猶邅迍而至述職明庭臣儒■也梁漢無事道途孔邇若泰然自安貪冒崇顯位爲公相衆所指名又何以表率四方儀刑多士臣不勝傾心延首瞻系天衢之至下濟此下疑少二字

文苑英華卷第六百六

登仕郎胡　柯　鄉貢進士彭　叔夏　校正

文苑英華卷第六百七　表五十五

雜上請一

請罷功臣襲封表　長孫無忌

貞觀十一年令諸功臣世襲刺史錫之土宇以無忌爲趙州刺史封趙國公都一十四人無忌與房玄齡等上表曰

臣聞質文迭變皇王之跡有殊今古相沿致理之方乃革綰維三代習俗生一作靡常爰制五等隨時作教蓋由力不能制因而利之禮樂節文多非已出迨夫兩漢用矯前違置守頒條蠲除曩弊爲益之文四字一作無益之文爲覃及萬方不易之禮四字一作不易之禮建有逾千載今曲爲臣等復此奄荒欲其優隆錫之茅社施于子孫永貽長世斯乃大鈞播物秋毫一作毫髮並施其生小人踰分後世必嬰其禍何者違時易務曲樹私恩謀及庶僕一作僚義非僉允方招史冊之誚有紊聖道之綱此其不可一也又臣智効罕施器識庸陋或

情緣右戚遂陟台階或顧（英華作顧非）想披荆便蒙夜拜直當今日忝（一作猶）愧非才重裂山河逾彰濫賞此其不可二也又且孩童嗣職義乖師儉之方任以褰帷寧無製（一作傷）錦之弊上干天憲彝典既有常科下擾生民必致餘殃於後一挂刑網自取誅夷陛下深仁務延其世翻令勸絕誠有可哀此其不可三也當今聖曆欽明求賢分政古稱良守寄在共理此道之行（一作目非）爲日滋久因緣臣等忽有改張封植兒曹失於求瘼百姓不辜（一作幸）將焉用之此其不可四也在茲一舉爲損實多曉夕深思憂貫心髓所以披丹上訴指事明心不敢浮詞同於矯飾伏願天澤諒茲（一作其）愚款停其渙汗之澤（一作旨）賜其性命之恩（一作皆舊唐書本傳）

爲于侍郎（類表作中）請向山陵表（已見五百七十一卷）　上官儀

請省自披讀表　褚遂良

臣遂良言伏承風氣小動正進湯藥臣荷恩光不勝愁懼既聞御膳平和一則以喜伏惟陛下異人者神明同人者五情夫人之生以神爲主神太用則虛形太勞則倦有此而不生疾者非所聞也陛下昔年力平寇亂及臨實位憂勞萬國龍荒沙漠何所不思情切於民無時懈怠遂令陛下鬢鬚爲之早白又數年已來躭翫書史每作文詠兼諸手筆日暮繼燭運心不停又詰朝與群臣論政數百千語音若韶夏理同蘭玉若非辛勤何以得致且以天情愛好不能自息臣愚仍恐陛下今猶看讀夫人年踰四十筋力漸瘵篤而不休更增疹疾然君以百姓爲心百姓以君爲命君體平康天下安寧陛下已讀得之者用之不可盡已知之者當世不能踰伏願節諸言語且無披卷每減思慮微痾自遣天下蒼生之所幸賴臣不勝區區謹敢表聞伏願無覽臣之表遣旁人讀知臣意臣願足矣下愚之情伏深戰灼

請廢在官諸司捉錢令史表　前人

臣遂良言古稱君爲元首臣作股肱梁棟榱桷隨能助化所謂成海取乎細流崇山由乎積壤然則爲治之本在於擇人不正其原遂差千里周禮鄉大夫之職考士德行獻之于王王拜而受之登于天府漢家以明經拜職或四科辟召必擇器任使量才命官然則市井子孫不居官吏大唐制令憲章古昔商估之人亦不居官位陛下許諸司令史捉公廨本錢諸司取此色人號爲捉錢令史不簡性識寧論書藝但令身能估販家足貲財錄牒吏部便即依補大率人捉五十貫已下四十貫已上任居市肆恣其販易每月納利四千一年凡輸五萬送利不違年滿授職然有國家者嘗笑漢世賣官今開此路頗類於此在京七十餘司相率司別九人更一二載後年別即有六百餘人輸錢授職伏惟陛下治致升平任賢爲政或太學高第或諸州進士皆業同片玉經若懸河奉先聖之格言慕昔賢之廉恥拔十取五量能授官然犯禁違公輒罹刑法況乎捉錢令史主於估販志意分毫之末耳目廛肆之間輸錢於官以獲品秩荏苒年歲陛下能不使用之乎此人習與性成慣於求利苟得無恥豈蹈廉隅使居其職何向而可將來之弊宜絕本源臣每周遊民間爲國視聽京師僚庶爰及外官異口同辭咸言不便臣無容靜嘿輕敢表聞伏願更勑朝臣遣其詳錄輒煩聽覽伏深戰慄謹言（此篇六百九十七卷重出今已削去）

請千牛不簡嫡庶表　前人

臣遂良言臣聞主祭祀之亂必資於嫡長擢文武之材無

限於正庶故知求賢之務有異於承家前王制禮緣情斯極永嘉以來王塗不競在於河北風俗頗乖以嫡待庶而若奴妻遇妾而如婢廢情虧禮轉相因習構怨於室取笑於朝莫能自悛死而無悔降及隋代斯流遂遠獨孤后罕雎鳩之德同牝雞之晨普禁庶子不得入侍自始及末怨曠未弭聖朝御曆深革前弊人以才進不論嫡正自茲二紀多士如林今者簡千牛舍人方爲此制臣竊思審於理未安何者母以子貴子不緣母也今以母非正室便言子無貴仕則趙衰孕於越婢遙集（晉阮孚字遙集其母即胡婢）產於胡嫗田文枚皐皆妾子也文則播美於強齊皐則有聲於隆漢未聞前載有所間然此類甚多備存史策不敢煩引輕黷宸嚴今反棄古實從近事以妬忌之政施明敭之日非■英儁交屈固亦競端斯始王者設教務愼其源流源流一開爲弊必甚儻側室之子負才而不用君棄之於上家輕之於下忠孝不展友愛無施如此等人豈不怨憤雖隅千牛之選仍許三衛之官色類乃復稍殊捍禦至竟無別若惟材是用人自甘心一彼一此異端斯起至於昨來檢括麤人公孫武遠及崔仁師等兒多是嫡子故知善惡由乎積習邪正寧限嫡庶必然之理不言可明伏願更量可否還遵昔制不使側室之胤有高才而被屈正妻之子雖至愚而獲用則嫡庶於此分鑣諍訟無因發矣前選已了不可更追今仍補闕猶得詳審臣蒙恩獎擢厠近司事有未安豈敢自默謹以表奏伏增惶悚

爲原州趙長史請爲亡父度人表　王勃

臣某言臣聞奉忠履義帝業所資昭德報功王風是切臣亡父故臣使持節都督豐州諸軍事豐州刺史上柱國南康郡王士達往因隨季預奉皇初于時元洛未清雙崤尚梗江淮海岳王公數十亡父身羈僞鄭寵極戎庭掃千載之風雲擁三河之士馬情思奉順義不圖生綿越冦場寄歸誠款登太行而耀甲則建德離心出函谷而揚麾則王充破膽天書屢降手勑仍存洎乎九服乂安四方無事謀臣出鎮猛將臨邊西窮赤水之源東究青丘之境橫戈北塞盡沙漠之風塵授鉞南荒被牂牁之矢石義形夷險迹遍疆場分閫淹榮懸車遂禮雖死於牖下實懷天子之恩力盡方隅無媿忠臣之節今者歸藏有日先遠戒期陛下德被游魂恵流枯骨高班厚禄已極於生前列鼓鳴簫復光於身後誠非毀滅所能投報但臣霜露之感瞻彼岸而神銷烏鳥之誠俯寒泉而思咽希開淨福庶補窮埏伏惟陛下恢不次之恩錄無涯之請使獲從朝例賜許度人濟媿（一作沉）識於昏塗拯亡靈於爨宅則陛下乾坤之施既不隔於幽明微臣螻蟻之心豈忘情於家國是所圖也非敢望也輕黷冕旒若墜冰谷

爲獨孤氏請陪昭陵合葬母表　李嶠

妾獨孤氏言妾早罹鞠罰終鮮急難門構傾頹宗緒斷絕零丁在疚微眇何依賴母氏劬勞顧存鞠撫漸離脰瘵以至成立犬馬含識烏鳥有情空懷返哺豈曰能養枯鮮何幾隙駟不追擗地扣心仰天泣血應門乏五尺之嗣當室無三年之主衣衾之舉誰則始終奠酹所存實寄惸眇今日月斯邁龜筴告期將安窀穸或從遷祔妾亡祖唐右衛大將軍溧陽縣公彦雲迹參締構功勒鼎彝亡父唐某府折衝都尉襲溧陽縣公臣某寵懋戎行嗣守藩服咸得託基橋岳陪瘞穀林杜氏階前雖去非古齊君牖下義彰自

昔儻蒙返魂舊塋合骨先壟則存殁榮幸幽明感戴妾百
罹兼至六極備嘗雖送往飾終無資石槨之厚而傾家破
產不贍塗車之費先臣苴茅舊封食菜遺業頒諸同族散
在别房相彼哲言河事憑先德永言書社冝奉太宗伏望哀
此孤微惠以絲拂迴一歲之邑入助千齡之宅兆豈唯裒
多益寡有叶典經固亦勸義篤親實允觀聽妾生輕次藿
地接葭莩承夏禹之致孝屬唐堯之親叙荒情謬款輕敢
上祈天造曲成儻蒙哀遂無任窮懇之至謹詣朝堂奉表
以聞識贖冕旒伏增戰越

爲其官等請預陪告廟獻捷表　前人

臣某等言臣某沐道昌期承榮休曆或叨因獎擢謬隨州
縣之班或收拙罷歸行戢丘園之影徒懷闕庭之感終絕
雲霄之望不謂幽誠上達卑聽下臨太陽之暉遠鑒於傾
藿沾雲之澤俯淪於縲紲俱延鶴板之恩遂忝龍闈之召鎁
秦君入夢覽喜登天晉士披心長祈捧日豈足方其榮幸
疋此歡泰今三軍凱入邊境廓清五室恭禋靈祇配享介
冑承策勳之禮衣冠陪執豆之儀萬辟同趨百蠻在列有
識摇心而竊抃含靈稟背舉一作首而延頸臣等鞠躬天闕待
命帝閽馳心目於九霄隔門庭於萬里企悚之志徘徊罔
極伏望俯垂矜察曲賜㮛陪使得接影蹌蹌充鳥獸之前
列隨肩濟濟望夔龍之後塵則夕死朝聞有欣於服道千
齡一遇無憚於灰骨不任延佇企悚之至

爲汴州司馬唐授衣請預齋會表　前人

臣某言臣母氏齒髮既衰風氣彌積寢興乖豫定省不安
陛下降視萬方俯矜一物哀老母虚羸之疾愍愚臣煎迫
之心弘以不匱之恩布以非常之澤使得暫辭潘岳别梁
郡之禮帷旋赴京都求越人之砭石自班輿首路潘宅來
歸承厚蔭於四天接歡言於九族雖名久一作醫上藥研祕
術而未嘗而佩德感恩冀況痾之半愈屬千齡啓旦十號
登樞演金口之微言呈玉毫之實相三千國土俱傳貝葉
之文億萬天人並入蓮花之會臣六時空念五起未寧恩
訓顧復之恩願假招提之福儻獲書名檀供厠影法筵罄
歸依迴向之心受清淨菩提之果實望三身覆育開梵帝
之仙坊十善護持發醫王之祕藏永離災厄長登福壽上
以祈龍象之深恵下以申烏鳥之懇誠豈唯區區閭門獨
荷於仁覆故亦悠悠法界永覃於孝理不量淺薄敢輕上
祈塵黷威嚴伏增戰越臣某誠惶誠恐頓首頓首

爲文武百寮等請造神武頌碑表中宗　宋之問

臣某等聞行至公者莫先於發揮茂實垂不朽者不若於
刋紀鴻名伏惟應天神聖皇帝陛下一德披圖五精乘運
先天地而利用依鬼神以制法無思不服有感必通日者
變起心膂禍生肘腋弄兵指闕敢忘下濟之恩犯門斬關
遂激上靈之憤陛下近幸玄武傍顧紫微鳳翔而梟獍失
圖龍見而鯨鯢就戮順天翊聖皇后配乾積德從帝居尊
佐莫大之英猷參非常之妙略親紆寶思式頌玄猷椒掖
之文久垂河漢甘泉之石已入京都伏惟陛下早奉聖躬
謙保神器惜其國用念彼人艱有命且停含靈失望臣等
容光壽域竊位明朝不蠶而衣無裨塵露不耕而食有負
靈祇陛下寢有道之豐碑臣等享無功之厚載禄一作亭育
雖廣何所自容且天恵不可以闕書神功不可以久寂臣
等請各減所俸以勸殊休庶同子來成之匪日無任光開
文一作闡垂裕之至

不若集作莫若

爲韋將軍請上禮表　　崔融

此篇當在六百十三卷上禮門今已移入姑存其目

爲盧從愿請替東都留守表 [redacted]

臣其言臣才輕位重効淺恩深鑾駕西巡猥忝居守違離罕畢進退門闌感戀惟深負乘是懼臣其中謝臣初辭之日伏奉德音限以周年許遵舊例推遷荏苒星歲再環夕惕屏營日月以冀葵藿傾葉豈望迴光犬馬有心常懷戀主顧循卑鄙未敢上聞伏承今孟冬有事陵廟慶章覃於四海國禮盛於百王伏念漢臣彌嗟留滯預逢舜后願侍宗祧瞻望之情倍百恒品且三川朝市四塞關河論都抗於西賓作鎮雄於東夏倉儲猶在邦政孔殷臣亦何人久斯重任不勝控款兢惶之至謹奉表附驛以聞伏乞俯矜誠請更擇親賢不棄草茅之微終奉綸綍之委

爲羣臣請公除表　　蘇頲

此篇當在五百七十一卷遷祔門今已移入姑存其目

文苑英華卷第六百七

登仕郎胡　柯　鄉貢進士彭　叔夏　校正

文苑英華卷第六百八　　表五十六

雜上請二

將加神龍尊號羣官請公除表　　蘇頲

此篇當在五百七十一卷遷祔門今已移入姑存其目

爲崔異公請赴山陵表 已見五百七十一卷　于公異

爲宰相請不停千秋節宴會表 玄宗　孫逖

臣等伏見太常卿韋縚奏稱京兆韓朝宗面承進止云若更不雨即停作千秋節者臣等伏以千秋令節萬壽良辰上以答皇天啓聖之休下以展蒼生務農之望禮白帝賽田神著在典式久通誠感陛下以經旬不雨憂人軫念有

阻羣情將停盛德闕勤恤之旨被物以深而祈報之歡於義
難間況近城郊甸雖以憋陽自餘郡縣頻霑霈澤今日東
京起居使魏方進至臣等親問方進云自陝以東數日一
雨秋稼滋茂特異常年此則萬庾可期三農無害近郊之
内雖未霑濡率土之濱已知豐衍太平令典豈可闕如又
數年已來此禮頻廢臣子之地獻壽無因朝野之情多歡
莫展特希天鑒俯暢人心

請入湯表　常袞

臣袞言臣先患腰膝比成積疾自從趨侍漸覺痊除每屬
陰寒即微發動近加秋冷轉不支持半身風痺右足拘急
謂其冷甚因以熱攻遂覺頭旋兼之眼暗寒温相觸調息
實難伏蒙聖慈特賜醫藥殊造至深灰粉詶恩未申萬一
生成之力雖則頻瘳積久之癥固難速効沉綿增劇憂懼
失圖先因入湯常愈斯疾漸逼冬候今正其時伏望天恩
許臣就湯將息駑駘蹇步冀効驅馳螻蟻微誠庶迴昭鑒
無任懇迫之至謹奉表陳乞以聞

代郭令公請雪裴僕射表代宗　邵説大曆中

臣某言臣聞忠邪不可以並立善惡不可以同羣吳任宰
嚭而伍胥鴟夷楚任靳尚而屈原放逐遠惟前事孰不痛
心伏見灃州刺史裴冕明允忠肅道高德厚匪躬無怠有
謇諤之風首佐先帝驅馳靈武賛雲雷之業成社稷之勳程
元振忌其直道□方遂加誣構□譎荒裔天下稱寃空懷醜
正之悲莫雪盜憎之耻今姦邪屏退聖政文明百度作貞
四門已穆而寰海之内元元之人莫不延首德音思聞至
化伏願特令追冕列在朝廷俾之台座端揆庶僚平章百
姓勵訏謨之任當燮理之權必能叶和萬邦致君堯舜臣
位兼將相職忝股肱竊思賢傑共熙帝載無任懇迫之至

爲衛尉許卿請留男表　于邵

臣某言臣男某官某頃年二十一二因外人招誘性之天
和臣又拙訓遂交遊非類妄用錢物臣恐滋蔓累及家私
臣某年任寧州刺史表請磧西効力離鄉别親庶其思過
臣遽□流竄比屬艱難遐荒萬里分爲阻絶近節度使差
奏軍事會臣待罪輦轂重與相見至京以來臣竊窺察誘
其由衷似辨君親近於觀志屢申懇倒願留晨昏夫物感
人情況兹天屬苟及於此惕然關心臣今齒髮衰暮唯生
此子儻其改行家有所傳九原之下可以塞責臣昨詢問
磧西職掌殊非要重伏乞聖慈迴鑒許爲父子如初便留
効節東軍與叔冀遂急征討盡其武用或樹功勳王事不
殊殘寇又切臣得地近時復知聞縱其不賢猶可備老□臣
之幸至微至賤輕黷宸嚴醜冒之求戰越無地

爲人請合祔表　前人

臣某言臣固不肖寵由父任累荷朝獎非臣本才永惟筮
仕之初濫觴有地感舊恩愛竊係于心故開府儀同三司
兼太常卿李承光頃充河西兵馬使天寶年中録臣帳下
自兹効用得列戎班出入五涼艱勤一紀風雨寒暑未嘗
廢離俄屬幽燕作逆伊洛陷寇蒲潼不關天地交閉承光
臨計自失倉卒西還亦既通表華陽奉牋靈武枕干待命
俟期而往曾未信宿先朝賜書勅叔兄弟如家人禮當是
時也臣親見之開緘涕流是日便發及至行在特加天下
兵馬副元帥改名匡國扈蹕彭原别承詔旨因此伏法當
壓朔陲身雖受刑家免孥戮遽蒙昭雪發使宣恩特令安
存葬日官給今長男願見充鎮西副將次子諤又知覃懷

兵馬女婿周鼎分闡河西咸受緑車之榮並爲白馬之將
聖朝寵寄洎男及女臣謂臣國雖死猶生近以孀妻告終
願從合祔謬等銜恤無由上陳將傳銘誄未正官爵且臣
國非禁人收視之責微臣當故吏願言之時輙冒宸聰乞
從優贈縱前封尚在詎敢追榮儻後命有加方期復魄則
衛青有時將葬而欒布不負一言黄泉有知丹慊斯在無
任懇款求哀之至謹詣某門奉表陳乞以聞

爲崔僕射請弟寛當元載累表　前人

臣寧言伏見詔命以中書侍郎元載黷貨無厭姦邪迹露
國有明憲已寘嚴科臣弟御史中丞寛頃緣長春宫事蒙
恩充載判官今罪累所加寛亦合從譴責念其愚直罹此
禍階每荷聖朝獎拔之私累忝中臺精選之務恩逾所効
寵貴當時上答之期分知死所臣忝骨肉之分休慼是均
夙夜震驚反側難措朝典輕重不爲微臣伏乞聖恩無以
私貸伏增惶懼之至謹遣某官某奉表請罪以聞

爲郭令公請授四節度大使及五府大都督

表　王諫

臣某言皇太子者王之枝葉固當使之繁茂以蔭本根國
家自頃已來率由此道莫不重其職任以維四方如朔方
范陽河南隴右劍南等州節度大使并五府大都督一切
並用皇子以相監統内以制姦宄外以威寇戎雖未合封
建舊章亦所以廣維城盤石之義也自羯胡肆逆海内糜
沸務求武將授以兵權於是大使大都督府之職廢而不
復用矣近日僕固瑒梟夷之後陛下以朔方巨鎮寇逆未
平將授其使賜臣靈州大都督單于安西大都護朔方節
度使此一時之事非經久之術今妖氛電掃中外小康忝
職樞衡代天理物固合遵守舊典宣明國章豈可復竊大
名紊亂常式此臣所以内懷冰炭俛仰增慙伏乞選之親
王授以斯任俾臣兼靈州長史及副大都護節度大使佐
理其中并諸府節度亦望準此處置四夷聞親王分鎮必
當遠近畏威將亦絶其覦心不敢妄動又大元帥頃者並
以親王爲之自皇太子册在春宫遂罷斯職今但置元帥
司馬而元帥未有其人四方將帥之臣無所稟命亦望陛
下復授皇太子以振兵威此國家要務也臣前日已具聞
奏陳其事猶懼陛下未察愚言不以爲念是以敢再三抵
冒昧死上陳儻允臣所祈天下幸甚無任懇願之至

安西請衣賜表

臣奉某月日勑令臣河西揀招五千人赴磧西逐面防捍
者臣到安西之日安西早以斷營軍令有行困不敢息鐵
衣不解吹角便行邊庭路長去去彌遠往還三萬里辛苦
二周年朝行雪山暮宿冰澗溪深路細水[illegible]大約一
程少亦百渡人膚皴裂道上血流畜蹄穿跙寸與切行不進也路傍
骨積征馬被甲塞草不肥戰士戎衣胡風盡化今邊秋早
冷赤肉迎霜臣準勑放還實恐磧途凍死伏惟矜慈育物
遠念單寒請令安西給付綿帛蓋其凍露路免殭疑作僵屍
生入鐵門死將不朽

請置兩省官表　權德輿

臣德輿言臣聞堯之爲君也百工允釐舜之官人也九德
咸事伏惟陛下文明御寓建用大中德厚侔於集無於字二儀
利澤施及集無及字四海中外庬政寢興求思舉一事必稽於
禮法命一官必詢其望實故朝無虚授時絶幸人厲精萬
樞超冠前古可封之俗比屋相歡詩曰嗟我懷人寘彼周

行言思其才也又曰翹翹錯薪言刈其楚言選於衆也蓋在旌別能否循責功實以爵祿爲砥礪以羣才爲鋒刃則舉不失職人効其能左右掖垣首承詔命奉行詳覆各有攸司然後下於中臺頒於海內誠至重也彌綸政事侍奉軒墀分曹十員今則殆絶昔衛多君子晋有卿材況巍巍聖朝淳化所被濟濟多士豈謝古人要重之司曠闕既久則事有所壅吏得爲非亦慮四方聞知謂朝廷乏士事關理道豈止官常臣以凡庸過蒙慈渥塵汙清近超（集作逾）越等倫前後對敭備承奬飾德音顧問魂奪震驚而朴訥孱微不能自達又去四月三日面奉進止令臣有所見即條流奏來者輒以愚管手疏上陳（集作聞）干黷宸嚴伏待罪責無任兢懼殞越之至謹奉表以聞

爲趙侍郎乞歸河中侍兄表 [redacted]

臣某言臣私門積釁夙集荼蓼賴諸兄訓育得漸有成比登官序各限中外聚居則少離別則多（類表作爲別苦多）兄董頃任河中少尹先因風痺成疾手足不理于今累年中閒迎到上都（類表作京）臣自躬親方藥兄以枌榆松檟盡在河東懷土之心暫來輒去近從數月頗益沉綿形貌支離言詞蹇澁甥姪數輩年盡兒童雖在左右未能侍（類表作奉）養欲重迎至此在兄則羸瘵難堪將馳往近關顧臣爲官守所繫魂銷氣索志往形留百憂攢心動失次第伏以聖慈涵育至德潛通肖翹之倫各遂其性特乞罷臣所職許以還鄉儻得數歲侍兄必冀沉痾有閒然後星言匍匐稽首闕庭臣之至願於斯萬足無任懇願迫切之至

爲王相公請改六書表（武后） [redacted]

臣某言臣聞兩儀定位法象必在於區分百物正名稱謂不可以相奪然則當至公之運勿用於權變大朴之辰宜循其本臣竊見周官保氏教國子六書一曰指事二曰象形三曰象聲四曰會意五曰轉注六曰假借夫假借者謂本無其字假用音者也昔伏犧氏仰觀法於天俯觀法於地爰造書契是生文籍夫書者著也篆者傳也所以昭著誓言傳之不朽推意結字斷天下之疑垂萌示象紀天下之德安可穿鑿音韻假濫言詞者哉自史籀篇亡李斯簡脫古文有數物類難周雖魯恭王壞孔子之宅河內女子毀老聃之家而屋壁之餘門庭盡尠敬侯所寫凋訛於正始之閒汲冢所開散落於太原之際由是後儒晚學苦音訓之繁者生故老嗟異同之雜下兼案牘旁洎質劑聽受施行莫能見曉規摹典憲於何取則不有釐改孰導羣疑當今受神册鑄寶鼎封禪之隆固將九皇比德文章之盛豈直三代同風百官以理萬人以察臣此（一作比）伏見御筆前後所製新字等神功開合天地盤旋於筆端玄造運行日月相望於紙上玉諜石記無以校其幽深河圖洛書不能方其麗則臣幸承皇訓親沐聖猷竊東國一札之文奉西京七言之詠劉德之陳雅樂雖未澄心劉儻（一作黨）之學史書頗嘗遊目輒欲循環睿旨鑒竭蒙情凡所借音並加新字將令分有一定無汨於源流理或萬殊各隨其事業以此化俗佇微益於毫釐以此教人儻不虧於影響伏乞上玄卑聽至道曲成矜此庸愚霈然聽許臣即望以類撰綴隨了進呈輕觸冕旒不勝惶惕之至

爲河東副元帥馬司徒請刻御製箴銘碑表（德宗） [redacted]

臣燧言臣前竊睹御製賜靈鹽節度使杜希全君臣箴一篇輒請刻石於太原興王之都與玄宗所製起義堂頌碑

並列垂訓後代光示萬邦伏奉批表及賜臣等手詔俯賞允許仍賜臣一本又賜臣御製宸衷台衡銘二首并叙精義微言深于義文之旨明訓大誡叶于舜禹之謨訓涵(類表作函)周詩而軼商頌準天地而懸日月五彩彰施而溢目八音均調以動心至於上下咸和君臣交儆僻邪無自而入猜詹不萌於中鬱堙底伏之氣宣強悍(類表作險巧)讒諛之説泯援申甫以作誡紹唐虞而追蹤誠文教之極而至治(唐諱)之本也臣餘生陋質材朽功微陛下獎勵過深寵錫逾厚使得獲睹殊觀接聞至音目以勳賢稱其威武跪捧震駭顧循悚怍實願周旋奉戴内以爲子孫藏恢演昭宣外以垂金石刻今者琢磨已就刊勒方施至於(類表作其)次序篇章論載年月未敢即定謹令圖畫進上仍請於碑首正面刻(類表作刊)作御製箴銘四字其下刻年號月日字建箴銘二首并序其碑首陰面伏請準起義堂頌碑例刻年號月日字建其下刻臣所上表疏伏蒙批表勅語及所賜臣手詔庶使後之觀者尋其并連究其本末以知盛德之事懿鑠丕顯游揚無極臣之所顧也不勝忻懼悃懇之至謹遣某官臣某奉表以聞臣誠懽誠喜頓首頓首謹言

爲中書門下請追尊[redacted]號表(宣宗)　杜牧

臣某等言伏以收復河湟廓開土宇北絶梓嶺西過榆磔壯中夏起塞之雄奪西戎理弓之地至使強虜不敢觸鋒山鎖七關地闢千里歌狸首而息射詠杕杜以勞旋聖德神功超今越古某月日臣某等於延英殿面奉德音陛下以克定舊疆獲成先志歸功祖考追尊鴻名臣等伏念國家之爲理也溢三皇之軌躅奮百代之上下天寶之末天下大(集作泰)寧恃富貴(集作靡)而醉飽非(集作無)虞韜干戈而兇逆潛作大曆貞元之際河北河南之地朝廷行姑息之政郡國皆叛亂之臣苟且之令行畫一之法廢日增月長雄唱雌和李錡宗子劉闢書生東據石頭西斷劔閣朝廷所有唯止兩京伏惟憲宗皇帝順上帝之心酌列聖之法爵不踰德(集作等)舉不失賢親端莊之正人去側媚之邪士(集作親莊正之人去側媚之士)然後提挈綱紀震疊雷霆誅夷羣兇洒掃四海百度如律九功可歌天業益張聖統無極詩曰惠我無疆子孫保之復曰周雖舊邦其命惟新伏惟元和之初(集作功)實開中興之業伏惟聖敬文思和武光孝皇帝陛下修先王之大道行天下之達德廣問延諫褒直盡下首雪寃獄常對法官是(集有則字)虞舜䘏刑文王慎罰無以過也開張聰明延納諫諍守職業者無職不舉被言責者無事不言皆獲甄昇豈惟假借夫仲尼以三人有我師大禹以愚夫能勝予是仲尼之好問大禹之拜言無以過也是以百姓手足皆安於錯置四海風俗益臻於和平尚猶子(集作午)夜觀書日昃聽政下採人病上求天端帝典曰聖敬日躋湯銘曰日日新是誠(集無誠字)陛下之德有以方(集作過)之仲尼曰禹立三年百姓以仁遂仰陛下之至理知孔聖之可驗夫西戎強盛自古無之包有引弓之人盡臣(集作爲)跨馬之國天下獻力備邊不充四海輸賦養兵不足廣川薦草盡爲所有健兵倅馬不可當鋒雖李廣材能充國沉勇但能閉壁(集作壘)豈敢交綏伏惟聖敬文思和武光孝皇帝陛下畜眷筭於雲(集作霄)漢之表畫聖謀於造化之先捕虜將軍射聲校尉羽林突陣之騎酒泉校尉(集作射)之兵親自指蹤同時受命信星効祉靈旗呈祥壁壘言而洞開渠魁纍纍以(集作而)自縛解辮削衽投戈委弓懾怛威靈懽呼冠帶破種

從域空漠靜邊指北海而封燕然中西域而立幕府鄭吉之理烏壘班超之鎮他乾大庇生人一寬天下昔漢武帝之逐北虜四海耗半殷高宗之伐鬼方三年乃克尚書班史稱德詠功今陛下用仁義爲干戈以恩信爲疆埸所求必至有開必先不遺一矢不頓一刃洗八聖迴首（集作旰食）之恨刷百年七地之羞小雅盡與大業無極爲而不有歸功先帝禮曰天子有善上讓于天仲尼曰武王周公其達孝乎蓋以善於繼述能光祖考今者陛下謙讓之道符於禮經繼述之孝稱於孔聖臣等待罪宰相目覩昇平謹具太常追尊順宗皇帝憲宗皇帝謚號如前伏候（集作聽）勅旨

尚書（易高宗伐鬼方今云尚書得非通編上古武逸書乎）

中書省請冊皇后表　錢珝

臣某等言伏聞禮云男正位于外女正位于內乃欲承天休正人紀事宗廟奉蒸嘗是以詩有關雎貫三百篇之首用以佐天下而正夫婦乃王政之所由興也伏以聖唐積仁累德列聖重光莫不師古以訓人弘禮以勑本遂得九垓從化萬國用康曩者彝倫稍斁王道微缺使龍樓曠主鬯之位翟衣闕助祭之規則外和而國安內和而家理安得而致也必將有以待之伏惟陛下纘列聖之洪業恢百王之令圖爰建東宮再振墜典凡居寰海莫不欣歡百辟庶臣所懷尚慊蓋以中壼之位未立六宮之政未崇臣案天極四星一爲正妃上天垂象不可虛其應伏聞淑妃某氏以坤厚之性毋範有融淑懿之姿光乎內理用能誕生哲嗣克當天心竊願陛下思啓大猷仰弘丕訓淑妃其氏特依故事冊爲皇后使六宮之內一以遵承所爲王政之所由興而風化天下臣等位叨近密職在絲綸朝廷舊章合有論請上期聖造特賜允從輕冒宸嚴無任恐戰之至

史館王相公請冊淑妃何氏爲皇后表　前人

臣某言臣聞乾坤相配所以全覆載之功日月相隨所以明照臨之道惟王建后惟后助王若乾坤相配以成功若日月相隨而行道古皇有制歷代皆然伏惟皇帝陛下法天作聖引古爲師興邦則啓於聰明爲禮必循於先哲然則中宮久曠陰教罔修伏自累朝遂同廢典四海絕仰觀之表九嬪無所統之尊誰詠國風空垂易象永惟垂墜可謂因循漢氏以來舊章不易常先立后始可建儲今元良已視於東朝而柔順未臨於內職既虛正位莫敘大倫臣等每奉清光累陳彝憲竊詳眷旨俯鑒愚衷請問守龜必當告吉掖庭累行詎無白鸑之儔簡策正名宜受金螭之錫是以敢干旒扆進拜封章伏乞申命有司擇定良日俾行盛禮自叶至公冒黷宸扆臣等無任懇迫惶恐之至

文苑英華卷第六百八

登仕郎胡　柯　鄉貢進士彭　叔夏　校正

文苑英華卷第六百九　表五十七

雜上請三

爲崔大夫請入奏表　李舟

臣某言臣以久違闕庭歲請朝覲在宣州日伏奉德音且以河南用兵許臣事平入奏尋蒙寵命移鎮浙東臣自至越州旋經歲序瞻戀宸極道路轉遥俯察微躬疾病加劇實慮溘先朝露永謝明時昨者隨表便行冀蒙聖恩昭許續奉進止所在令迴伏迫宸嚴不敢冒進臣防身寡智處衆多尤但恐讒謗之聲日聞天聽浸潤之漸將迴聖慈憂疹相并死亡無日臣管内州郡幸無逋懸兩河之間又已寧靜伏願陛下察臣誠懇許臣朝謁實冀犬馬之疾歸上國而蠲除風波之言仰皇明而昭鑒無任懇迫之至

同前　前人

臣某言臣一昨初承國哀號慕罔極已陳哀懇請赴山陵伏奉批答上遵遺旨不許奔會玄宮甫閉攀扆無由永惟舊恩實延臣痛陛下自登寶位日月重光百靈昭蘇萬物咸覩臣限所守僻在海隅退瞻闕庭未獲稱慶陛下湛恩雨施大號風行繁傜頓除窮海知化臣管内州郡幸獲安怗在臣使務必有常規將臨元會之期倍切朝宗之戀伏願許臣暫趨天闕獲覲龍顏進稟命於聖君退宣風於遐壤臣死生無恨榮願之至

爲劒南西川崔僕射再請入朝表　于邵

臣某言去冬臣知衙事官姚悟迴伏奉手詔許臣入朝臣自西川山一作軍還理裝擇吉與監軍使孟遊仙等以今月五日發成都十二日至綿州羅江縣中使馬承倩至又奉恩旨令臣與遊仙等却迴臣久辭闕庭從事邊塞思一朝覲如天無階忽遂此行神道所感豈知中路猶阻懇誠揮涕懃對於三軍結戀詎同於他日臣所行意實不謀身一欲辯析讒一作戒間兼欲敷陳國要有不可形之翰墨有不可傳之外人表臣心切唯天而已將士等知臣悃款共憂家國見臣不行魂氣俱喪臣以迫於所務抱恨南邊固請監軍便行猶期上訴雖一夫阻命而違衆實難遊仙今於漢州便發以從諸將之請軍中要務悉以咨之伏乞聖聰俯遂羣議則冀上輯下睦永無外虞西南艱危再沐清晏豈臣獨夫之幸實充萬人之幸無任懇迫屏營之至謹附監軍使孟遊仙奉表陳請以聞

益州父老請攝司馬鄧公爲真表　閻丘均

臣聞天工人代安危所存得其情則風化淳厚失其性則

眊庶流離臣等本部益州司馬臣某雅處忠純貞心剛克通識人理博綜古言州無牧伯居攝端右靜以鎮撫物情功乃隱於視聽事益於國家故不可一二而言也臣又聞寇恂爲郡甚得人心將拜汝南百姓遮道漢皇如請竟留一歲敢緣斯義上犯天顔伏乞陛下憫垂涕之慈惠黎民之願即其所守除以爲真使生人無惜去之嗟孤貧有永綏之賴則上下咸得中和可期伏表上祈以驚以震（云云）

此篇元編在五百七十八卷辭讓門今移入于此

爲益州父老請留史司馬表　前人

益州大都督府草莽臣某等若干人謹冒死言臣聞理有所藉頴川重覲於黃霸惜其不可河南一借於寇恂古之恩迹今亦宜有臣等出身草莽茂育玄德井飲田食齒老年衰安全家道傾（闕）遂天性皆賴陛下聖情恩利惠及蒼生擇循吏以共康官賢才而俾牧者也臣州佐其官英明興（闕）氣忠志居心該舉墳典猶協文史充美價於一省著能聲於邦國緹油至止光輔藩維體要而庶政必凝憂勤而自公知退伏見今月日除節彭州刺史璽函適到熊軾將登吏人傳聞驚嗟相惜臣聞天地之道每從人欲帝王之義必順人心所以黎庶安寧上下禔福今此百姓乞留一年庶得服習其教而易安優柔其道而自得閶闔天遠上祈猶難伏乞聖慈西睠殊渙中留停已出之旨復如初之望使析（折一作）心重至驚魂還歸時雨一霑同養萬物無任瞻望佇迴之至

益州父老請留博陵王表　前人

臣某言臣伏見陛下睿圖興復寶命惟新救寓縣於阽危拯蒼生於塗炭凡在戴髮孰不幸甚蜀鄉財產古稱天府疲弊始西軍之役屢空拯（闕）冒賄之夫滿路吁嗟棄親亡散維貸是視愛養誰能陛下所以惠賜藩王鎮撫梁益因之傳（博一作）利期以政成而玄暐至止纔移弦朔除替旋聞臨莚不暖陛下與而奪之勾萌未達於方春濟舟忽度於中水天下何謂亡（闕）此哀憐今者百姓甚性（情一作）於官人貪富（疑作留）玄暐（闕）師恩（闕）斯弊遂革美其風而不見其好移其政而不失其宜且益州者列岳之雄望玄暐者朝廷之忠良明使是推能術尤急理以才名相副義與隨時不乖陛下何惜一賢以遺百姓特望俯迴授受留借朞年歷懇上陳馳情無地瞻帝闇而遐叫佇天睠而西流獲遂丹誠戴恩瞑目無任悃款屏營之至

爲公卿請復常膳第二表　（闕）

臣某等言前以減膳日久憂損聖躬率土迴惶輕陳管見而孝情凝邈猶未俯同誠不感天增其履薄臣聞先王垂教以禮制情聖人無心以身從物故能上安七廟下字兆民（唐諱）所以孝治（唐諱）莫非斯道伏惟陛下率由過禮至性光前想終身之憂懷茹荼之酷恐子卯之制淹晦朔之期生靈皆所不堪聖體必將勞頓貽臣子之危懼忘社稷之宴虞緬善靡違（兹一作）（一作緬善）方招兩失求諸典故兼且未安詢及普天孰云其可既守高祖之天下爲萬國之歡心先當愛身以寧宗社無宜獨善用杜衆情伏願俯順禮經仰迴天眷則羣臣荷賴庶品咸康不任懇切之至

中書門下請進膳表　常袞

臣某言伏奉以華陽公主攝和稍（頗表）（作小）乖思念所切齋官親禱輟膳終朝臣等下情不遑寸刻竊以經時之疾變節或加分至所臨晦明異狀漸過其後旋即如初頃嘗驗之

多亦然矣陛下以海内之衆子育寧殊豈天屬之間皇慈獨軫伏願忘懷澹慮常膳以時保安聖躬用慰臣下屬兹煩暑尤切懇誠謹奉表陳露以聞無任兢遑迫切之至

熒惑退舍宰相請復常膳表　錢珝

臣某等言今月某日伏奉批詔以臣累陳列宿之間熒惑退舍所宜升臨正殿進復常羞而眷聽彌高孝誠莫遂顧台星之有位居公府以不違伏惟陛下道合秉陽事皆師古稟天明於垂象察時變以側身克示允恭未忘戒懼考乎經籍實契規摹雖退就卑宮儉惟降食方期應感合舉典彝然而芒角既收運行已順歷懇亦循於故實拜章敢惑於聰明而玄鑒未開丹心如灼鋪陳無序裨贊失圖伏以大配乾坤重承宗廟執禮必遺於小者推誠皆可以貫之則行正道以臨萬邦不在乎不居法座也布王澤而滋庶物不在乎不食重味也而陛下未嘗不行正道於遐邇布王澤於細微苟行之有終弘之不已則天惟輔德心實弭災視棟宇而自安御豆籩而何爽敢祈聖鑒必念斯言伏惟俯徇愚誠特允所奏干冒旒扆臣無任

爲宗正卿請復常膳表　前人

臣某等言今月某日伏奉批詔以臣所請復常膳御正殿未賜允許者臣等恭承詔旨竊仰聖謀以爲前史所垂正言可取則應天動人之事實哲王致理之先然臣伏思陛下繼體以來推誠必至友愛之道顯教萬方惻隱之心罔遺一物於王師致討司寇用刑率皆毒被蒸人罪興衆怒救殘虐之極弊懲悖亂之元兇而後効順立功報之爵禄勞心焦思痛在瘝瘝屢降德音勤行王道得非應天以實動人以行哉況謫見之後戒懼不違朝野所知星辰所照則大官進御路寢燕居既舉舊章將踰期月固可以特開睿鑒俯狥羣心理且叶於至公事兼存於大體臣某等謬居宗緒敢貢諞詞瀝布腹心復干宸扆無任仰望兢越屏營之至

爲鳳翔李尚書請使人拜掃表　韓翃

臣某言臣聞子之能仕父教之忠臣仕雖無聞忠冀盡力當陛下至理之日偶四方無事之時臣幸揚名清朝全節聖代於臣之分榮感多焉而罔極之心未遑省告伏以先臣墳墓遠在定州道路所經瞻馳靡及臣自入宿衛三十四年頃者師旅雖寧武臣分閫臣職叨禁近事絶私情弘覆之德靡所不容而兢懼之誠實自難處空懷怵惕之感莫申展奠之儀今寰宇廓清憂疑必釋當天下交泰之際是人神叶吉之期臣寄重藩維不合上請今遣弟某官某專拜掃以道途所近便取北路赴定州輒披懇誠無任兢惶云云

代河南裴尹請拜掃表　令狐楚

臣某言臣聞天地之大曲成於品物臣子之心無隱於君父下情上達至化旁流伏惟開元天寶聖文神武應道皇帝陛下睿謀作聖孝理奉天蒼生之願不違皇極之慈廣運不以臣微劣無取累擢大官位高尹京職重居守犬馬陳力未酬明主之恩霜露感懷遽有私家之請臣某中謝先臣墳墓俯在近郊頃歲以來闕伸拜掃每至寒節展臣情禮晨往暮還所職無闕又臣於墳塋立碑恐其向就建樹之際獲遂躬親重泉承日月之光舉宗蒙雨露之澤不勝罔極之至

請河北遭旱澇州準式折免表　張廷珪

臣庭珪言伏見景龍二年三月十一日勑河南北桑蠶倍多風土異宜租庸須别自今已後河南河北蠶熟依限即輸庸調秋苗若損唯令折租乃爲常式者臣聞皇天無私覆后土無私載日月無私鑒陰陽無私毓是以明王聖帝則而像之慶浹萬邦政敷一德故書曰無偏無黨王道蕩蕩無返無側王道正直伏惟聖朝御曆皇極在人正朔所覃率土奉若百年于兹矣頃於災歲重賦飢人頓革彝典特開變例雖施蠻貊之邦臣愚猶知不可況此兩道枕倚大河南接神州北通天邑郡縣雄劇人物昌阜既類股肱之地尤宜得其歡心豈可殊其土風異其傜賦不恤災患而殫其財力者即以桑蠶别加徵稅至如隴右百姓羊馬是資山南諸州椒漆爲利其或銅錫鉛鍇貨自巖通蜃蛤魚鹽財自海殖土物性怍錯貢四字一作惟錯方隅咸有漭年並無他稅旱歲各準常規豈獨斯人外之王度且天災所降年穀莫登在於貧弱或致殍殣生理既其難恃人心固未易安就其憂危載空杼軸窮斯濫矣將無不至臣劾官頴服實在河南每見部人衆稱寃苦伏思景龍之際時多賦臣有若宗楚客紀處訥武延秀韋温等蔽虧日月專擅威權各食實封遍河南河北屬當水旱屢致蠲除因而遂矯制命固非先朝之本意也伏願陛下廣天成之德均子育之愛式崇大體追復舊章許河南河北有水旱處依貞觀永徽故事一準令式折免則在蒼生不勝幸甚謹因所部法司參軍鄭玄亮奏漭損謹附表以聞

代人至渭南縣降服請罪表　韓翃

臣某言臣自出邊鄙素無才術頃因寇難累効驅馳遂荷殊私謬膺重寄介於偏僻密邇寇讎備歷艱危得全節義遼陽移拔趙北掃除皆仗威靈非臣力致幸逢清廓輒自寛閑麾下不虞舟中生變坐移一作貽顛沛實愧無謀縱欲粉身於何塞責陛下念臣微効未即書刑許歸朝廷俾露誠懇王畿日近聖問荐臨雖承雨露恩深其若丘山罪重闕庭進對臣亦胡顔鈇鉞就誅甘當碎首謹於路側降服而囚且十年已來秉戎律者其於綏撫或有乖方不待刑章弊於部曲隱而不數斯輩亦多臣以負罪雖同免罹其禍幸全要領伏俟天誅臣之爲榮死亦不朽臣無任懇款之至

代人奉御批不許請罪謝恩表　前人

臣某言奏事官蘇翼迴伏奉聖造答表勸臣即復章綬速赴闕庭捧讀震驚心魂爽越臣某中謝臣智謝統戎罪深負國奉期死所翻荷生成恩承主偏法爲臣屈迴謝九原之路仰銜再造之功拜命之初不勝抃躍臣即匍匐拜謝闕庭無任感戴云云

賀幸長安起居表　武后時　富嘉謩

臣某言伏承車駕以今月二十二日西至長安臣聞咸秦奥壤河洛舊區王者是宅因時順動故睿情載佇西睠邦土王軔金根天旋雲被皇輿凱入在藻知歸臣忝葭莩謬膺垣翰尹京靡託陪鑾遂阻紫宸漸遥丹慊空積伏惟祁寒在候輦路逶迤法駕就蹕聖躬多祐然後闢天陛而臨舊都巡卜征而考元吉者也無任悦豫之至謹遣某官奉表以聞

代人行在起居表　德宗時　于公異

臣某言自中使至伏奉手詔後行在所未有人至伏以巴梁既遠信使全稀路有豺狼時當否閉東征西怨彼雖幸於南巡捧日望雲臣獨瞻於北極伏惟陛下以重愼爲意

以社稷爲心每於寢膳(類表作食)必盡顧攝況朱明啓夏小暑
届時曾觀蜀漢之風小異咸(類表作函)秦之氣尚衣侍膳之分
莫敢侵官資父事君之誠空思入面違奉旣乆涕戀無從
不任[redacted]之至

同前　羊士諤

臣某言臣以非才親奉昌運受藩隅之重任(類表作寄)効犬馬
之微誠惟君知臣特受恩奬夙興夕惕榮懼積中臣某(中謝)
伏以租稅之般江鄉爲重閭井之化水旱是虞臣職在分
憂期於富庶宣陛下雨露之惠令獲小康守朝廷刑賞之
規敢思中立條賦斂以辦集除疾苦而均安閉閤齋心仰
思(類表作答)玄造竊以聖慈廣被每念遐方臣忝守官具合闕達

代張侍郎起居表　呂温

臣某言孟秋猶(集作尚)熱伏惟聖躬萬福臣以去月二十一日
到薄寒山見蕃胡尚綺里徐等同(集作固)令盈珍等却迴奏
事令臣取今月發赴衙帳者伏惟聖德(集作澤非)柔遠皇明燭
幽蕃情大歡酋帥知感虔奉朝旨賓禮使臣迎勞肅恭饋
餼豐絜益知(集作明)嚮化彌表華心臣恭備單車不勝慶抃
嚴程方始絶域未窮白日在天瞻仰如近青蒲之地伏奏
猶賖感戀彷徨罔知攸措無任犬馬屏營之至謹因中使
第五忠憲附表起居以聞

文苑英華卷第六百九

登仕郎胡　柯　鄉貢進士彭　叔夏　校正

文苑英華卷第六百十　表五十八

進文章一(進文章表二卷英華析編失年代先後今正之)

進象經賦表(周武帝)　庾信

臣其言臣伏讀聖製象經并觀象戲私心踴躍不勝抃舞
伏以性與天道本絶尋求直以懸諸日月遂獲瞻仰九州
旣奠近對河圖四轍中繩全觀玉策未飛玄鶴先聞金石
之聲不上赤城獨見煙霞之氣罩蓋營而測光景愈高沉玉
而觀淵泉益遠寢不自涯課虛爲賦詞非寥亮學無雕刻
遂敢陳述誠爲厚顔況復日之遠近本非童子所問天之
渾蓋豈是書生所談冒用奏聞伏增流汗之至

聖製故司空魏徵挽歌詞表(唐太宗)　褚亮

臣亮言伏見聖製故司空鄭國公挽詞十首詞窮清曲理
備哀傷漢武北營之書更慙追遠魏文南皮之歎取愧悼
亡與辰緯而相暉隨鍾石而俱振魏徵早逢興運譽美當

朝爲聖主之賢臣預能官於多士出納通顯憑藉寵私忠誠所到心力同盡而逝水不追清徽永謝樹碑荒壠已叨相質之文哀歌泉路復降高堂之曲事重一時榮流千載臣趨侍學林竊觀春藻不入王山屢逢盈尺如遊珠水常覩照車慶抃之深唯知舞詠不任下情

爲李祕書上祖集表　上官儀

臣某言臣聞漢朝中葉陳農求訪於圖書魏歷初基袁渙請收於篇籍遂使容臺增飾冊府載輝雅道照於前古風流被於末裔伏惟陛下睿德緯天神功光表截海班朔益地延圖垂衣視典探羣玉之幽賾虛已緣情動兼金之歌詠由是芸香祕室青簡具陳璧水上庠漆書咸集臣大父隋金州刺史元操筮仕登朝官成三代學綜書部思洽詞源雖歲序寖寥微塵無弭河東薛道衡人推才傑范陽盧思道時號文宗並叶契相忘齊聲比價競炫梁車之實爭摘鄭騎之珍而二家文集久蒙宸照獨於臣門未汙天燭貽厥之訓在臣宜守獻書之典有國通規今繕寫已訖合若干卷謹詣闕奉進

上九成宮頌表　高宗　王勃

臣某言臣聞帝機無朕道洽則時邕靈化不言功成則頌顯伏惟陛下體元纂極模神建隧闕棟梁三氣闕庭衡六合松軒夜警杳冥姑射之心茅殿晨凝寥廓崆峒山之駕臣霑風太上庇影華胥仰衞室而無階俟襄城而有地雖望卑平寂空勤景福之詞而文謝子雲願竭甘泉之思謹憑天造輒貢九成宮頌二十四章攀紫墀而絕望叫丹闕而累息臣誠惶誠恐死罪死罪謹言

上拜南郊頌表　高宗　前人

臣伏見總章元年十二月四日詔旣清東寇將覲南岳甫資元勳旋窺大典伏惟皇帝陛下黼藻神器銜策睿圖用天老之前機戮防風之後至爲而不恃懸寶位於中宸卑以自居託靈符於上帝禮凝蒼璧瑞溢玄珪紫旻降祐黃祇叶矩微臣學不照古才曠不時窺宇宙之神功覩郊禋之盛節時非苟邁懷雅頌而知歸道不虛行想謳歌而有志豈與夫周傳考室義稱棟宇之規漢奏甘泉未息嬉遊之諷比與衰於列代較馳驟於同衢而已謹憑天則輒貢拜南郊頌十章文不足奇意有遺美臣誠惶誠恐謹言

進洛圖頌表　武后　崔融

臣某言奉某年月日敕令臣撰洛圖頌伏以陛下聖烈豐懿應期首出珍元一作符炳鑠曠代罕聞雖臯繇歌虞伯禹申歎其或生於今日尚不足以談天況臣涉學蓋淺採才多陋安可潤色皇化對揚神休竊讀古文幽尋舊式言大道者莫先於典誥序以之生焉美盛德者莫近於詩什頌以之成焉其辭婉而微其事簡而要今臣斟酌前訓擬議鴻猷述洛圖頌一篇并序謹詣宣議義一作門奉進誠未能探索玄奧憲章經書庶幾竭肝膽効塵露增日月之末光階天地而不朽斯亦微臣之願足矣臣拜手稽首冒顏以聞死罪死罪

爲朝集使絳州刺史孔禎等進大酺詩表　武后　李嶠

臣禎等言臣聞謠誦必採而風俗可觀舞詠旣陳而德音不泯伏惟金輪聖神皇帝陛下金口屈道璿樞正辰慶徽號於法宮撫懷生於淨國玄猷再闡紫極重光天地合德而同休黎氓改視而易聽萬方欣戴百寮抃舞臣等備列下藩預承大慶三年入計行趨王帛之禮五日賜酺即奏

雲天之宴覩光靈之赫奕接恩貺之綢繆酬報何階空誓心而銘骨嗟嘆不足遂抽毫而授簡非効狂而貢斐實有感而求音同盍各於二三冀揄揚於萬一并題序引式光鴻造雖戴天辯日誠不窺於兩童而講德陳詩庶無慙於四子不量疎野輕敢薦聞繕寫畢功進上如別擊轅之陋輙造響於雲門代草之微遂馳光於日谷旋顧庸鄙追增悚汗臣禎等無任

為鳳閣侍郎王方慶進書法表 武后　前人

臣某言奉墨勑令臣家所有書法並將進來但臣家書法屬隋季亂離並多墜失臣十代再從伯祖羲之書先有四十餘紙貞觀十二年太宗文武皇帝購求遺迹臣亡父先臣弘直並將奉進一不敢留今之所存唯有一卷并臣十一代祖導已下書一袟十卷謹隨狀進上但臣弓冶不嗣堂構缺然雖奉納極多逢壞壁亡失之外所餘無幾私珍緹襲方遺子孫不謂兩曜迴光九霄俯聽曲延採拾遂登旒扆使千載遺寶重增於光價九泉深隧更奉於恩渥寵被私門榮霑異代懷恩慕遠感佩兼深臣方慶誠惶誠恐頓首頓首死罪死罪謹言

為鳳閣侍郎王方慶進南齊臨軒圖表

臣某言臣家有齊帝臨軒圖是南齊袁倩下手所畫私門傳寶以為妙絕伏惟聖情兼尚眷鑒旁周稽古軼於虞聰幽求過於魏覽萬機多暇百代可知或厭遊娛儻存觀省臣暮年多幸得奉休明竊謂珍奇無容隱默近從京宅取到不獲早以上聞今謹詣闕隨狀奉進輕塵旒扆伏用慙惶屏營之至

進神鳳頌表 武后　陳子昂

臣子昂言臣聞昔周道昌而頌聲作遂能昭配天地光烈祖宗垂之無窮永為代典伏惟聖神皇帝陛下闡玄極昇紫圖光有唐基以啓周室不改舊物天下惟新皇王已來未嘗覩也臣聞仲尼曰聖人丘不得而見之矣又曰舜禹之有天下丘不預也又曰鳳鳥不至河不出圖丘已矣夫皆傷不得見大道之行而鬱悒也臣草鄙愚陋生長休明親逢聖人又覩昌運舜禹之政河洛之圖悉皆目見幸亦多矣今者鳳鳥來赤雀至慶雲見休氣昇大周受命之珍符也不稽元命探祕文採風謠揮象物紀天人之會以協頌聲則臣下之過也有國彝典其可闕乎臣不揣固(集作朴)陋輙獻神鳳頌四章以言大周受命之事誠未足以潤色鴻業揄揚盛美亦小臣區區丹慊(文粹作悃)之至謹詣洛城南奉進塵冒冕旒伏表慙惶云云 天授元年

為陳御史進奉和秋景觀競渡詩表 武后　前人

臣某言臣伏見去月日御製秋景務餘聊觀競渡故陳先作式佇來篇凡六韻天文爰降品彙咸亨金簡潛開珍圖斯見臣聞白雲興詠漢遊汾水之詞黃竹申歌周舞瑤池之駕然而志崇遠轍事式(集作或)勞人故文思之化未光太清之道猶(集作攸)闕伏惟聖母神皇陛下大虹齊聖感月含神玄德茂於皇階文明照於天下用能提玉斗把(集作捉)璇衡百神景從三靈叶贊青雲出洛爰開受命之符赤甲榮河終御興王之寶非窮神之至德者其孰能格(集作與)於是哉既而黃屋務閑紫機時暇洞庭張樂思接軫於軒遊嬀水披圖想同衆於堯輦然而遠而勞物者未若近而安人動而勤已者豈比靜而神泰於是從金蹕鳴玉鑾清禁林御池殿肅波臣(集作神)而戒事命舟子為水嬉彩鷁蓮歌乍

起吳江（集作江吳）之引青龍桂檝時謳越女（集作時謳越）之風鳥逝蚪（集作虬）鶩沸珠潭而競逐雲飛雷集橫玉浦而流光信可以娛樂性靈發揮文物皇歡允洽白日俄光於是奏薰風於管絃詠叢雲於林籞帝歌緩作天藻遐（集作假）彰龢帳帷宮縟文房之綉綵祥煙（集作雲）瑞景霏翰苑之榮光信探賾（集作道）於玄包得斯文於紫極太平允矣元首康哉方欲朝明堂之宮輯（集作受）羣后之瑞尊崇顯籙（集作號）光啓聖圖封玉嵩丘以接千年之統泥金少室攸增萬歲之規卓哉煌煌聖君之表也微臣曲學蓬戶竊位蘭臺未聞駿馬之謡非有雕龍之思鞠躬霜署謬覩於天章逖聽鈞臺側聞於帝樂天文尊貴不遠於下臣帝實殊（集作珍）崇曲宣於近貴竊以爲君唱臣和固不隔於尊卑宮變商從方允諧於金石輒用齋心扣寂假翰求詞將以攀日月之末光繼螢爝之微照不勝云云

進東嶽朝覲頌表（玄宗）　蘇頲

臣頲言臣學不淵（唐諱）博詞蓋實滯陛下過聽被恩最久喜覩封岱增天帝王壯觀臣以宗伯秩禮陪清道之輿臣之幸一也又伏覩自天垂象銘岳昭訓臣以有司上載封禪（一作光封）之烈臣之幸二也臣再三之幸萬百常情臣某（中謝）臣東京奉旨竊聞刻石三頌臣草一敷聖主之玄猷次紀宰臣之鴻筆斯事至大咎繇吉甫之難也臣自料度不勝惶悚而議者謂臣光榮之至死且不朽臣所羸疾翳然言卒能述終[redacted]愚臣極思慮罄肝膽而爲之伏希演修德之符非敢助親文之化儻以潤色鴻業一蒙睿覽則臣之至懇萬殞知歸輕塵晃旒若寘冰谷無任區區戰灼之至

進孝烏頌表　楊譚

草莽臣譚言臣聞自昔皇王撫運提象天錫禎應以光盛業臣伏見[redacted]以爲至道有孚能招異類深仁所協克順天心陛下孝理天下孩視羣動恩被羽族感通陽精雒器車馬圖洋溢祕府而黃龍丹雀委積近郊此或爲常不甚專美豈如孝烏俯爾營巢不懼不驚以育羣子臣幸逢昌運好覽休祥萬古珍圖安能有此百代良史未之前聞況宿（一作肅）穆紫宸曉夕嚴警會弁星列爪士雲屯燕雀飛梁無相賀之所魚龍在棟成駭目之觀唯此孝烏晏然能馴明陛下深愛子物之慈表皇太子歸哺報恩之孝首出象（疑作衆）瑞莫與之齊謹按符瑞圖玄宗廟肅敬則[redacted]烏至昔范曄對蜀主言慈烏知孝誠養之禽必有[redacted]方懷惠而至者陛下聖策遠備威震遐戎略地攻城無歲不克巴蜀之外今斯獲醜慈烏効祉可謂有徵加以遠降日輪近巢天宇據北辰以永固豈南飛以遠枝自古攸傳無聞此瑞願陳不朽垂裕將來謹獻孝烏旌德頌七首雖論揚之美有愧於清風葵藿之心無忘於捧日謹投延恩匭奉表以聞冒觸宸嚴伏增戰越臣譚誠恐頓首死罪謹言

進喜雪詩表　李邕

臣邕言一昨瑞雪愆期農人沮望陛下以億兆勤慮倉廩貽憂禋祀玄冥祈禱黑帝固能至誠感物聖德動天朔雪下於龍山海神朝於鳳闕是以途歌邑舞野慶朝歡荷一人之渥恩爲四海之膏澤臣仰思揚化伏念輶時雖力減鴻毛而情殷鶴立無任喜躍慶賀之至謹昧死詣金闕門陳表貢詩一章臣邕誠惶誠恐

進封西嶽賦表（玄宗）　杜甫

臣甫言臣本杜陵諸生年過四十經術淺陋進無補於明

時常困於衣食蓋長安一匹夫耳頃歲國家有事于（集作於）
郊廟幸得奏賦待制於集賢委學官試文章再降恩澤仍
猥以臣名實相副送隷有司叅列選序然臣之本分甘棄
置永休始望不及此豈意頭白之後竟以短篇隻字遂曾
闐徹宸極一動人主是臣無負於文少（集作小）多病貧窮好
學者也（集作已）在臣光榮雖死萬足至於仕進非所（集作敢）望
也日夜憂迫復未知何以上答聖慈明臣子之効況臣常
有肺氣之疾恐忽復先草露塗糞土而所懷冥寞實孤負
皇恩敢攄竭憤懣領略丕則作封西嶽賦一首以勸所覬
明主覽而留意焉先是御製西嶽碑文之卒章曰待予安
人富國然後徐思其事此蓋陛下之至謙也今茲人安是
也（集作已）今茲國富是也（集作已）況符瑞翕習福應交至何翠
華之脉脉乎維嶽固陛下本命以永（一作承）嗣業維嶽授陛
下元弼克生司空斯又不可以寢也（集作已）伏惟天子霈然
留意焉春將披圖視典冬乃展采錯事日尚浩闕人匪勞
止庶可試哉微臣不任區區懇禱之極謹詣延恩匭奉表
進賦以聞臣甫誠惶誠恐頓首頓首謹言

進鵰賦表（玄宗。已見一百二十六卷）　前人

爲陳王卿進續尚書表（玄宗）　蕭穎士

臣某言臣林莽介賤幼而強學竊聞諸大易之說曰觀乎
天文以察時變觀乎人文以化成天下夫察乎變者立德
以貞其象成乎化者立言以贊其功故太極列三階五緯
於上聖人著三墳五典於下至哉文乎天人合應名數指
歸之大統也今之言文字者始於太昊衡訓典者本於唐
堯振頹綱者孰若漢朝興盛業（一作言）者莫如聖代是則太昊
朕之軒轅章之唐堯祖之虞舜述之漢高作之光武維之
祖宗開之陛下因（一作固）之臣愚以爲太昊至于（一作於）我高
祖太宗軒轅至于（一作於）我開元聖文神武皇帝陛下稱廣
運者四代繼成功者四君咸宜布昭耆典光熙德政矣然
則伏羲創文籍黃帝立史官太古淳與權輿朴略至陶唐
氏而後大備故孔子美之曰堯之爲君也煥乎其有文章
由是敘帝王之書首唐虞之典於堯則曰欽明文思於舜
則曰誕敷文德文之時義大矣哉夏商已後德弗及舜仲
尼雖（一作雜）目其書而不爲典言未能察變成化比唐虞之
際也何則夏之興也泣辜殊於政（一作至）理殷之興也慚德
乖於雅樂周之興也謂武微於盡善其不爲帝典宜矣陵
夷僭亂以暨暴秦剗亂墳籍聾龍兆庶王者之風殄矣先
王（一作生人）之道窮矣天之未喪斯文也故帝道復興於漢家
數百年中（一作間）而憲章具舉夫其推步律歷帝堯分命之
典也增修封禪帝舜時巡之義也約三章之法以正咎繇
之刑班四時之舞以續（一作纘）后夔之樂臣竊覩（一作觀）三代
之作貽範垂訓體國綏人雖載祀縣（一作延）長德澤深遠皆
因循轍迹故弗易其事孔子曰殷因於夏禮周因於殷禮
所損益可知也未有踵七雄交爭（一作戰）之末繼六籍焚如
之後帝典缺而更張淳風醨而載洽若夫漢氏之難者也（八字一作若大漢者也）
且義帝之喪三軍縞服異夫湯武之放弒其
君矣諸呂之卻（一作亂）泆辰厎定異夫羿浞之驟移其祚矣
中興之盛華戎率服異夫吳楚之僭竊其名矣夫如是有
漢之美固可以肩虞后千載一時之運歟曹馬以還曾何
足擬四分五裂朝成暮敗其間雖晉平吳蜀隋舉梁陳混
并未幾危亡荐及法令不足以禁亂人聲明不足以垂後
裔其於帝道疎矣又況乎南遷淮海北起胡（一作獯）戎者邪

茲又二朝之不若也臣聞乾道運行否終則泰上帝有以輔文明之哲后表光宅之休期必將乗喪亂之極繼驅除之運故有周之末禮樂崩壞連横合從俱非正朔則秦氏略定而漢代以興在晉之亡寓縣崩拆南吳北虜各擅名號則隋氏削平而聖朝以作此天意也不然何秦隋二葉而亡也若彼唐漢一家之盛也如此於赫盛唐正百王之闕思文陛下光五聖之嗣啓運應期之符弔人伐罪之義制禮作樂之本郊天禪地之位萬庾三登之穰河海晏清一作河清海晏之瑞舞七旬而殊俗格歌六律而薰風至故巳一作以騰子姒而絶景挹嬀祁而高議矣又何東晉後魏梁陳周齊之足道哉誠宜詔史官一作臣敷帝載炳唐虞之故實黜遷固一作商周之遺制矣漢氏巳略之於前皇唐復曠之於後臣實惜焉知而不述則臣子之罪也臣誠一作實愚淺陋一無陋字

竊不自揆敢緣聖朝稽古之道陛下文思之德耕牧餘一作解暇輒復著書討尋載籍于茲一紀謹上今文四字一作今謹上續尚書一部凡若干篇卷始有漢二典次我唐二典以續夫前書堯舜之典也其餘文景明章之後魏晉宋齊巳還南訖有陳北起元魏歷周隋洎夫高氏以至聖朝勑一十三一作二代詔策章疏頌歌符檄忠臣之正議武士之權謀類而刊之次以年代以續夫夏商周秦魯之篇也臣聞古者右史記事左史記言舉其大略前書之義備矣孔聖沒而微言絶暴秦興而挾書罪雖戰國遺策舊章駁亂於從横漢臣著紀新體互紛一作約於表志其道末者其文雜其才淺者其意煩豈聖人存易簡之旨盡芟夷之義也昔文宣修帝者之書究三王之季臣性非天縱學異人師稟生何幸親逢帝一作聖代此皆文武聖皇之遺旨臣愚曷足以知之何者臣嘗伏讀貞觀實録昔太宗因聽政之暇觀覽尚書謂侍臣曰朕每庶幾一作希唐虞亦欲公等齊肩稷契又曰令數百年外讀我國史豈獨窺兩漢哉臣故知有漢之功業與我唐之化理俱可以繼夫唐虞之盛也伏惟陛下玄德昭升至仁廣被迺二十一年正月制曰各勵精一志一作心共興玄化俾蒼生登於仁壽天下還於淳樸愚臣緬述太宗之旨伏思一作惟陛下之詔固非一作宜取類於三代之間也勤成帝典不亦宜乎陛下睿思雄飛宸章間發質文一變風雅大興臣聞水之細者江海假其深材之短者棟梁資其峻陛下必謂臣所著小有可觀賜以召見闕庭一垂試問臣採摭之外亦以學文雖不能光揚盛美猶庶乎細水短材之益則聖旨之含容大矣臣之誠願畢矣

一作皆文粹

文苑英華卷第六百十

登仕郎胡　柯　鄉貢進士彭　叔夏　校正

文苑英華卷第六百十一　表五十九

進文章二

進文章

進千秋金鏡録表（玄宗）　張九齡（開元二十四年）

臣九齡言：臣伏見千秋節日王公已下悉以金寶鏡進獻，誠貴尚之尤也。臣愚以爲（集作謂）明鏡所以鑒形者也，有妍媸則覩（集作見）之於外；往事所以鑒心者也，有善惡則省之於内。故黄帝鏡銘云：以鏡自照見形容，以人自照見吉凶。又古人云：前事之不遠，後事之元龜。元龜亦猶鏡也。伏惟開元神武皇帝陛下聖德之至，動與天合，本已全於道體，固不假於事鑒。然天覆（集作覆載）廣大，無所不包；聖道沖虛，有來皆應。臣敢緣此義，謹於生辰節上事鑒十章，分爲五卷，名曰千秋金鏡録。雖聞見褊淺，所識（集作擇）不深，至於區區效愚，其庶乎萬一。不勝悃款之至。謹言。

進王維集表（代宗）　王縉（附見王維集）

臣縉言：中使王承華奉宣進旨（集作止），應是王維文賦並仰録寫進上者（十三字集作令臣進亡兄故尚書右丞維文章），恩命忽臨，以驚以喜。退因編録，又竊感傷。臣兄文詞立身，行之餘力，常持（集作當官）堅正，秉操孤貞（集作直），縱居要劇，不忘清淨（集作靜），實見時輩許以高流。至於晚年，彌加進道，端坐虛室，念兹無生。乘興爲文，未曾廢筆（集作未嘗廢業），或散朋友之上，或留簏笥之中。臣近搜求，尚慮零落，詩筆共成十卷，今且隨表進上（集作奉進）。曲承天鑒，下訪遺文，蒐而有知，荷寵光於幽穸；没而不朽，成大名於聖朝。臣不勝感戴悲歡之至，謹奉表以聞。臣縉誠惶誠懼（集作恐），頓首頓首。謹言。

進寶應長寧樂表（代宗）　張謂

臣某言：臣聞理定制禮，功成作樂，古先哲王不易之典。伏惟寶應元聖文武皇帝陛下纘堯立極，繼武承天，神授五兵，聖包七德。頃歲自王邸登將壇，祗奉廟謀，龔行天罰，卷舒龍豹，指麾而復洽陰陽；誅翦鯨鯢，顧眄而並收河朔。九鼎還重，三光益明，趙魏小康，周秦大定。伏見所部寄住客前梨園供奉官梁州充義府果毅劉日進新造寶應等凡十八曲，其調合雅，其聲用宮，以歌盡言，以舞盡意。夫雅者，三代之樂，貴之則鄭衛不行；宮者，五音之各，用之則角徵咸敘。興亡理亂，實繫於兹。昔王令言聽安公子失宮聲，知隋氏禍敗非久；今臣見寶應樂用宮調，知皇家運祚無疆。故製造其詞，發揮成曲，庶登樂府，上達天朝。謹附前梨園供奉官某進表以聞。

進元和聖德詩表（集以此表爲元和聖德詩序）（憲宗）　韓愈

臣愈頓首再拜言曰臣伏見皇帝陛下即位以來誅流姦臣朝廷清明無有欺弊（集作蔽）外斬楊惠琳劉闢以收夏蜀東定青徐積年之叛海內怖駭不敢違越郊天告廟神靈歡喜風雨明晦無不從順太平之期適當今日臣蒙被恩澤日與羣臣序立紫宸殿下親望穆穆之光況其職業又在以經籍教導國子誠宜率先作詩以稱述（集作道）盛德不可以詞語淺薄不足以自効爲解輒依古作四言元和聖德詩一篇凡千有二十四字指事實録具載明天子文武神聖以警動百姓耳目傳示無極謹冒昧塵獻無任惶悚之至（集無此十一字）

進撰平蔡州（集作淮西）碑文表　憲宗　前人

臣某言伏奉正月十四日勑牒（集作以）收復淮西羣臣請刻石紀功明示天下爲將來法式陛下推勞臣下允其志願使臣撰平淮西碑文者聞命震駭心識顛倒非其所任爲愧爲恐經旬涉月不敢措手（中謝）竊惟自古聖神之君既立殊功異德卓絶之跡必有奇能博辯之士爲時而生持簡操筆從而寫之各有品章條貫然後帝王之美巍巍煌煌（一作穆穆）充滿天地其載於書則堯舜二典夏之禹貢殷之盤庚周之五誥於詩則玄鳥長發歸美殷宗清廟臣工小大二雅周王是歌辭事相稱善并美具號以爲經列之學官置師弟子讀而講之從始至今莫敢指斥嚮使撰次不得其人文字曖昧雖有美實其誰觀之辭迹俱亡善惡惟一然則兹事至大不可輕以屬人伏以唐至陛下再登太平剗刮羣蕪灑掃疆土天之所覆莫不賓順然而淮西之功尤爲俊偉碑石所刻動流億年必得作者然後可盡能事今詞學之英所在成（蜀本作森浙本作麻）列儒宗文師磊落相望外之則宰相公卿郎官博士內之則翰林禁密游談侍從之臣不可一二遽數召而使之無有不可至於臣者自知最爲淺陋顧貪恩待（集作侍）趨以就事叢雜乖戾律呂失次乾坤之容日月之光知其不可繪畫強顏爲之以塞詔旨罪當誅死其碑文今已撰成隨表謹録封進無任慚惶怖懼（集作慙羞戰怖）之至

進平淮夷雅篇表　憲宗　柳宗元

臣宗元言臣負罪竄伏違尚書牋奏十有四年聖恩寬宥命守遐壤懷印曳紱有社有人臣宗元誠感誠荷頓首頓首伏惟睿聖文武皇帝陛下天造神斷克清大憝金鼓一動萬方畢臣太平之功中興之德推校千古無所與讓臣伏自忖度有方剛之力不得備戎行致死命況今已無事思報國恩獨惟文章伏見周宣王時稱中興其道彰大于後罕及然徵於詩大小雅其選徒出狩則車攻吉日命官分土則崧高韓奕烝人南征北伐則六月釆芑平淮夷則江漢常武鏗鏘炳耀盪人耳目故宣王之形容與其輔佐由今望之若神人然此無他以雅故也臣伏見陛下自即位已（集作以）來平夏州夷劍南取江東定河北今又發自天衷克翦淮右而大雅不作臣誠不佞然不勝憤踊（集作湧）伏以朝多文臣不敢盡專數事謹撰平淮夷雅二篇雖不及尹吉甫邵（集作召）穆公等庶施諸後代有以佐唐之光明謹昧死再拜以獻無任兢懼之至臣某誠恐誠懼死罪死罪謹言

代國子陸博士進集注春秋表　憲宗　呂溫

臣某言臣聞惟睿作聖觀乎人文達則化成窮則垂訓先師所以祖述堯舜志在春秋懸衡百王撥亂三季正大當（集作冠）之本清至公之源通羣方以誠貞天下於一動無不

順道德之要（集作玄）機斷無不齊帝王之利器而梁木旣壞生知蓋寡三傳得失索隱未周羣儒異同致遠皆泥没微言於滋蔓亡要旨於多岐奧室不開漫逾千祀天其或者將有俟焉伏惟陛下德合乾坤明並日月氣和物茂遠至邇安欲以人情爲田講學而耨鎮定皇極耀（集作燿）光時雍道之將行實在今日臣不揣蒙陋斐然有志思窺聖奧仰奉文明以故潤州丹陽縣主簿臣啖助爲嚴師以故洋州刺史臣趙匡爲益友考左氏之疎密辨公穀之善否務去異端用明本意助或未盡敢讓當仁匡有可行亦刈其楚輒集注春秋經文勒成十卷上下千載研覃三紀玄首雖白濁河已清微臣何幸與道偕（集作相）遇竊以德之匪鄰骨肉無應道苟許合（英華作道之苟合）古今相知然則堯舜之心非宣尼不見宣尼之志非陛下不行庶因儀鳳之辰永洗獲麟

之恨臣官忝國學思非出位以（集作道）爲家寶罪實欺天謹昧死寫前件書詣東上閤門奉進伏候聖旨輕黷宸嚴寃爽飛越無任

代百寮進農書表（憲宗）　前人

臣某等言臣等伏准故事每年二月一日以農務方興令百寮具則天大聖皇后所删定兆人本業記奉進者（中謝）臣聞不愛牲玉祈穀于圜丘可以致誠未足以勸農（集作爲勸）躬秉耒耜籍田於（集作于）千畝可以示勸未足以敎人必也穀天地之和順陰陽之理利其器用精厥法式行（集作變）之而不倦動之而不勞四海靡而風行百姓迷其日用弘我政本實惟農書伏惟睿聖文武皇帝陛下德茂生成道光慈儉捐金而寶穀非食而粒人考堯典以授時稽禹貢而任土潔粢盛而大事在祀銷劍戟而盡力爲農豐年屢薦

家世（唐諱）

於郊歌嘉瑞繼書（集作光）於國史而不自滿假惟懷永圖每至獻歲載陽仲春初吉俯察土膏之候仰觀晨正之祥經始歲功導揚生德銜有司之舊典奉先后之遺文深居穆清親覽奧妙匪崇朝而盡更田畝不出戶而遍洽人情見捽草坯土之艱知寒耕熱耘之苦宸心感念甽畝昭蘇一歎而時雨先飛三復而春雷自起臣等業慙學稼祿過代耕親承務本之風日奉在勤之訓三時不害觀玉燭於氤氳九扈孔修賀生靈於富庶謹繕寫前件書凡十二篇共成三卷謹詣東上閤門奉表陳獻以聞

爲羽林李景略將軍進射鴈歌表　令狐楚

臣某言伏惟皇帝陛下某月日臨御某殿射飛鴈一隻應弦而落懽動宮闈武暢環衛（中謝）臣家世爲將揚聲朔野弧矢之事少嘗習焉每張侯爲鵠注鏃而釋期於必中十

不一二今則禽飛於青冥之際箭發于倏忽之間一聲劈雲雙翼墜地此皆神授審固靈扶端直以成陛下神武之威也臣才質無取蒙恩深厚脫劍免胄之餘輒思撰射鴈歌一章隨此上獻誠不敢繼抗墜列風雅姑以抒下情宣上德附於大武之末而登歌焉無任懽抃怔營之至

進撰江西韋大夫遺愛碑文表（宣宗）　杜牧

臣某言奉某月日勑牒令撰故江西觀察使韋丹遺愛碑文臣官卑人微素無文學忽生望外事出非常承命震驚以榮爲懼伏以洪爲州府逾於千載（集作年）言念疲羸常患（英華作爲□）水火風俗如此改革無因韋丹受朝廷分憂爲百姓去弊不蹤舊跡特建宏謀凡三年苦心去千歲大患蕪之灌溉種蒔豐其衣食渤海潁川之理邵父杜母之恩校之於丹未足爲比伏惟皇帝陛下陟降順帝施設如神納諫

若轉丸去惡如反掌是以兵刑措寢年穀豐登而猶念切疲人及於循吏緬韋丹所已集作效之績慰江西去思之心特與彰揚創爲碑紀是宜使內署學士西掖詞臣振發雄文流傳後代至於臣者最爲鄙蕪陋集作明命忽臨牢讓無路俯仰慙懼神魂驚飛臣不敢深引古文廣衒樸學但首敘元和中興得人之盛次述韋丹在任爲理之切事必直書詞無華飾所冀通衢一建百姓皆觀事事勸一作彰明人人曉會但率誠樸不近文章受曲被之恩私如生羽翼報非次之拔擢宜裂肝腸無任感激懇悃血誠之至其碑文本謹隨狀封進以聞

史館王相公進和詩表　錢珝

臣其言臣聞在心爲志發言爲詩志通而若啓源流詩作而自合律呂伏以陛下道惟恭默稟在文思求圖欲漸於無爲眷覽且明於多暇因臨丹壑遂躡金繩喜物象之澄清假詠歌而放曠聲傳天籟韻合霜鐘篇殊黃竹之名辭掩白雲之美臣等逢時竊位敢並韋平應詔屬詞文非顏謝徒偶昭融之運獲聞雅正之音傾聽不知愧延陵之季子試吹必濫比南郭之先生但思參列輔臣安敢首違聖旨輒同擊壤仰和貫珠誠懷鄭衛之慙但感宮商之說星辰自轉難參旭日之光鼙鼓空鳴莫續春雷之響其奉和御製五言七言詩二首謹錄進上塵黷聖鑒臣無任循省惶越之至

舉薦

薦鮑幾機梁書作下同表　梁元帝

臣其言臣聞思皇多士仄陋所以明敭疇咨熙載髦俊所以竝作斯固毅殿初基拾龍淵之寶虞祠始構獻鳳管之王旌蒲出魯賁帛歸齊頌聲既興盛業斯在伏惟陛下則天緯地乘正馭才沙汰八風澄明六合叶龜登夢之客日賁於丘園韋轂投釣之臣相望於魏闕故以物無遺寶矣振鷺有充庭之謳白駒罕空谷之詠洋洋濟濟無得而稱者焉臣誠識一作愧知才職非選舉竊以進賢上賞蔽賢顯戮敢緣斯義用舉所知伏見臣府中錄事參軍東海鮑幾年五十有七字景玄門庭雍睦立身貞退博涉文史頗閑刀筆忠公抗直出宰廉平雅志弘深安貧專靜解巾入仕三十餘年自遊臣府一紀于茲前宰東邑實有二魯之風近處南臺欲尊兩鮑之則伏揆天嚴已當簡在朕蒙顯居良局登以清貫將齊毛玠古人之服實同吳隱酌水之廉昔丁喂牧州陳顧程之好禮徐靖爲郡薦袁奐之篤學桓範驅傳先舉管寧朱則剖符亦稱董直臣才非往哲識愧前脩輕塵聽覽伏待斧鉞謹奉表

薦顧協表　梁湘東王即元帝也未爲帝時封

臣聞貢玉之士歸之潤山論珠之人出於枯岸是以芻蕘之言擇於廊廟者也臣府兼記室參軍吳郡顧協行稱閭里學兼文義服膺道素雅量邃遠安貧專一作守靜奉公抗直傍闕知已志不自營年方六十家一作室無妻子臣欲言於官人申其屈滯協必苦執貞退立志難奪可謂東南之遺寶矣伏惟陛下未明求衣思賢如渴爰發明詔各舉所知識非許郭雖無知人之鑒若守固無言懼貽蔽賢之咎昔孔愉表韓伯愉一作纘疑當作績按晉書隱逸韓績傳孔愉薦之詔以安車束帛徵之韓伯傳無此事之才庾亮薦翟湯之德臣雖未齒二臣協實無慙兩士

一作皆梁書顧協傳

爲宇文戶部薦隱淪表　樊衡

臣某言臣將使之辰特奉天旨念及遺逸委臣明敭兼恤屢空令臣賙給臣謹依制命宣布遐邇承風籍(一作藉)響隱淪皆出考其精志所得如右伏惟陛下恢徵士之典飾蒲車之儀(一作義)昭示海內令知聖朝有寵賢之盛臣之報國志願畢矣孰知多士盈朝四門已集微臣所奏不動聖衷誠願陛下留意才難願求邦本山高惟積不厭高深務羨有裨伏希裁擇臣無任懇迫之至

自舉表 玄宗　　蘇源明

草莽臣某言臣實陋微素乏才業將遂長往守此無用天鑒孔明澤覃幽僻伏奉今年正月五日制詔闕自舉不次之私無限於物豈伊庸菲所當膺荷伏惟開元神武皇帝陛下道察旒扆德孚天地忝在草木幸均雷雨朝夕徵命虛受臣生偃卧窮藪詎知帝力展義介丘肆覲羣后得列

庶人之間不在役夫之上王者能事邦家烈光耳未前聞目所畢覩載懷涵育無答造化孰謂聖恩曲貸嚴壑顧慙庸近何階對敭臣聞明主臨下也務求才以自輔量能以自進臣才非令問譽寂鄉黨志尚庸寡理絕聞知縣令臣柳國狀臣於編戶之中刺史臣柳緯諭臣以明制之意且臣山東一布衣耳在昇平之時徵求之日非自察者難審其可苟欲避嚴令發困蒙心靈震越寢寐驚悸無任承恩喜躍之至

責躬薦弟表 肅宗　　王維

臣維稽首言臣年老力衰心昏眼暗自料涯分其壽(集作能)幾何以竊天官每兢(集作慙)尸素頃又没於逆賊不能殺身負國偷生以至今日陛下矜其懦(集作愚)弱託病彼囚不賜疵瑕累遷省閤(集作闥)昭洗罪累免負惡名在於微臣百生萬死(集作足[illegible])昔在賊地泣血自思一日得見聖朝即願出家修道及奉聖主伏戀仁恩貪冒官榮荏苒歲月不知止足尚忝簪裾昔(集作始)願屢違私心自咎臣又聞用不才之士才臣不來賞無功之人功臣不勸有國大體為政本源非敢論議他人竊見(二字集作竊以兄弟自比)臣弟蜀州刺史縉太原五年撫養百姓盡心為國竭力守城臣即陷在賊中苟且延命臣忠不如弟一也縉前後劾(集作歷)任所在著聲臣忝職甚多曾無裨益臣政不如弟二也臣頃負累(集作繫)狀在三司縉上表祈哀請代臣罪臣之於縉一無優恤(集作憂憐)臣義不如弟三也縉之判策屢登甲科衆推才名素在臣上臣小言淺學不足謂文臣才不如弟四也縉言不忤物行不尚人植性謙和執心平坦(集作直)臣無度量實自空踈臣德不如弟五也臣之五短弟之五長加以有功又

能為政顧臣謬官華省而弟遠守方州外愧其(集作妨)賢內慙比義痛心疾首以日為年臣又逼近懸車朝暮入地闇然孤獨迥無子孫弟之與臣更相為命兩人又俱白首一別恐隔黃泉儻得同居相視而沒泯滅之際冤魄有依伏乞盡削臣官放歸田里賜弟散職令在朝行(集作廷)臣當苦行齋心弟自竭誠盡節並願肝腦塗地殞越為期葵藿之心庶知向日犬馬之意何足動天不勝私情懇迫之至

為王戶部薦李諒表 德宗　　柳宗元

臣某言臣聞知賢必進忠臣之多(集作大)方擇善而舉明主之要道況臣特受恩遇超絕古今報國之誠寤寐所(集作源)切是敢竭愚臣之微分助陛下之至明恢張羽儀弘輔理化臣誠惶誠恐頓首頓首竊見新授其官李諒清明直方柔惠端信強以有禮敏(一作幹)而甚文求之後來略無其比

臣自任度支副使以諒爲巡官未及薦聞至一作去其月日荆南奏官勑下今見赴本道諒實國器合在朝行臣之所知尤惜其去伏望天恩授以諫官使備獻納冀他日公卿之任斯焉取斯則聖朝無乏士之名微臣緩蔽賢之罰無任誠懇屏營之至

舉前池州刺史張嚴一作巖下同自代表 德宗　李冉

臣某言伏准建中元年正月五日制條諸州刺史授訖於四方館上表讓一人自代者前池州刺史張嚴苦節立身直躬激俗潔廉惠愛特異常流自軍興已來職役繁重江淮百姓多有流亡張嚴在任三年闢田加戶頃因公坐法至免官在理可容原情堪録臣當州自定兩稅已來距今四歲戶口減省差科日增臣無政能坐待顛躓使嚴代處必有成功伏望天恩遂臣誠請無任悃款之至

文苑英華卷第六百十一

登仕郎胡　柯　鄉貢進士彭　叔夏　校正

文苑英華卷第六百十二　表六十

進祥瑞

齊王進白兎表　庾信

臣聞與國欲遠則玉虎晨鳴轍迹方開則銀麞入貢伏惟陛下明明在上翼翼居尊德動天關威移地軸是以風煙照燭毛羽禎祥史不絶書府無虚日臣受脤元戎用綏邊鄙轅門所届始次熊山前茅慮無乃獲白兎光鮮越雉色麗秦狐月德符徵金精表瑞呈祥輿頌効異披圖尊敬之迹既明應事之機斯兆臣之龔行實從東略瑞以素質彌雄西氣庶稟承廟筭方事申威搤代偃齊分韓裂趙不任鳧藻踊躍之情云云

齊王進蒼烏表　前人

臣某言臣聞飛南陽之雉尚聞霸圖下建章之鵠一作鶴通用

猶調和氣況乃虞庭告瑞姬社呈祥咸高識哺之心實貴
能仁之性伏惟皇帝陛下德教百姓孝刑一作刑於四海攝提
從紀天下文明是以東海輸禽乍改黔質西山度羽或變
蒼精臣去月三十日行到陝州獲大鄯賫莫仁回樂列稱
於州射堂内見一蒼烏林薄回翔循環不去駐乘木之精
轉司風之翼即召儀同某甲等同時觀見斯實禮敬所覃
孝慈之感理宜歸瑞秘圖書祥帝册用光至德取効升平
無令赤鳳留止偏爲瘞玉之歌玄鶴徘徊獨擅銜珠之舞

齊王進赤雀表　前人

臣某等言臣聞南陽雉飛尚論秦霸建章鵲一作鶴下猶明
漢德當今天不愛寶地必呈祥自應長樂觀符文昌啓瑞
伏惟皇帝欽明文思惟以劬勞成務曆象日月允釐百工
海水無波天星一作關不動去四月十三日獲隴右符府參
軍李暉牒稱戸屬秦州清水郡伯陽縣文谷村在家庭獲
一赤雀光同朱鳳色類丹烏降火飛精似入公車之府流
金成製若上凌雲之臺謹按赤雀銜書止於酆戸周之受
命興乎此祥即事所觀同符合契實可圖形瑞譜書頌儒
林事足成臺名堪紀號豈直一作有■雲中太守見赤心之奉
主蓬萊童子知白環之報恩臣等預覩休徵情迫恒慶不
任鳧藻之至

爲杭州刺史崔元將獻緑毛龜表武后　李嶠

臣某言臣聞五氣殊方元龜列於玄武四靈異稟神蔡遊
於紫泉用能藏往知來發祥祚聖大禹之永終天祿文蔦
九疇隆姬之乃命帝庭兆成三吉永言秘寶録存縑簡伏
惟金輪聖神皇帝陛下蘊靈沙劫屈道璿樞推正覺而御
彝倫弘大悲而撫羣俗雲行雨施之澤下漏三泉春生夏
長之仁曲成萬物恩洎草木惠覃飛走天澤感氣而延和
神靈應德而呈瑞伏見所部錢塘縣人聶幹於市内水中
獲毛龜一枚脩尾長頭玄甲緑毳名掩於楚宗狀奇於靈
繹雖六眸在首未足尚其禎祥五色成文詎能齊其詭異
伏叢著而自久下芳蓮而暫出美兼曠代休踰羣祉謹按
孫氏瑞應圖曰王者德澤湛漬漁獵從時則靈龜出禮含
文嘉曰内外之制各得其宜則山澤出靈龜陛下解網收
罟弘天地之大德創制改物窮帝王之能事宜其膺受冥
貺克享珍符且益有十朋表賢才之入用壽踰千祀彰聖
曆之無疆嘉祉不召而自臻乾象無祈一作言而潛應臣謬
當重寄親奉洪休靈異爰臻既駭於常觀抃舞胥屬實兼
於恒品無任慶躍之至

爲司農卿宗晉卿進赤觜山鵲表　前人

臣晉卿言昨於宿羽亭子園内捉得赤觜山鵲一枚其鳥
有三足中足有五指近人相託爪上有毛儀觀非常精彩
特異雖貌在禽類而名高羽族鮮毛孕碧勁觜含丹三足
呈休與黔烏而比孝五指爲瑞共白麟而同德填河未足
方其美繞樹無以儷其珍故使緑衣翠襟羞言辯慧藻翰
錦臆憚稱奇偉將明天子之德遂入虞人之羅自非眷感
潛通禎符顯應豈能使殊祥畢湊異物咸臻曠千古而難
逢超百王而獨異臣謬忝簪笏忝列葭莩抃躍之情實倍
恒品無任喜慶之至謹奉表稱賀以聞其山鵲謹隨表同進

爲鳳閣李侍郎進瑞一作牸牛一頭額上有萬字
蒙賜馬一疋表　前人

臣某言臣昨輕率愚陋進瑞牛一頭今蒙恩賜良馬一疋
伏惟陛下道超萬古化穆三神故得天壤薦成幽明歸奉

植物動類變形質而呈休羽族毛羣革音容而表貺萬爲盈數化成於大武之元牰者粹文煥炳於純窩之畜斯乃自天靈命曠代殊祥實上聖之元符在微臣而何力猥蒙宸獎曲被皇慈移滅没於帝閑降權奇於御阜漢宮流赭遂出於玉臺軒右飛黃俯回於馳道（一作鑾室）豈直衣冠同羨固亦妻子相驚臣亦何人冒斯殊寵惟當附玆驥尾希自勵於疲駑託此龍媒庶長承於驅策無任悚戴之至謹奉表陳謝以聞

爲鳳閣侍郎李元素進冬椹表　前人

臣某言聞京兆萬年縣大寧坊宅内有桑樹一株暮秋生子初冬椹熟今謹取得專輙奉進伏惟陛下惠覃區寓仁洎草木故得神蠶之樹發秀於寒露之辰帝女之林結實於繁霜之下出於萬年之界彰一人萬歲之符生自大寧之坊表羣生大安之慶鴟鴞已革見夷貊之懷音緜蠒行豐知府藏之逾實殊禎荐委絶貺仍臻凡在含生孰不欣慶無任抃躍之至謹奉表陳賀以聞

爲留守作奏慶山醴泉表（武后）　張説

臣某言臣聞至德洞微天監不遠休徵秘景時和則見是知綿代曠曆慶諜祥經帝王有必感之符神靈無虛出（集作應）之瑞伏惟天冊金輪聖神皇帝陛下金鏡御天璿衡考政欽若玄象弘濟蒼甿茂功將大造混成純化與陽和俱扇朝百神之樂職宅萬國之歡心嘉氣内充滛雨外息豈止搖風紀月之草列蒔於階廚儀鸞銜籙之禽相鳴於戶閣而已固有發禎厚載抽貺泉源表玄德之潛通顯黃祇之昭報臣去（集作於）六月二十五日得所部萬年縣令鄭國忠狀稱去六月十四日縣界霸陵鄉有慶山見醴泉出臣謹差司戶（集作戶曹）參軍孫履直對山側（集作中）百姓檢問得狀其山平地湧拔周回數里列置三峯齊高百仞山見之日天青如雲（集作天晴無雲）異雷雨（集作風雲非）之遷徙非崖岸之騫震欽爾隆崇巍然鬱鬱阡陌如舊草樹不移驗益地之祥圖知太一之靈化山南又有醴泉三道引注三池分流接潤連山對浦各深丈餘廣百步味色甘潔特異常泉比仙漿於軒后均愈疾於漢代臣謹按孫氏瑞應圖曰慶山者德茂則生臣又按白武通曰醴泉者美泉也可以養老常出於京師禮斗威儀曰人君乘土而王其政太平則醴泉涌潜潭（集無潭字）巴曰君臣和德道度叶中則醴泉出臣竊以五行推之六月土王神在未毋之象也土爲宮君之義也水爲智土爲信（集作仁）水伏於土臣之道也水相於金子之佐也今土以月王而高水從土制而靜天意若曰毋王君尊良臣善相仁化智理德茂時平之應也臣又以山爲鎮國（集作國鎮）水實利人縣有萬年之名山得三仙之類此蓋金契（集作輿）景福寶祚昌圖邦固不移之基君永無疆之壽自永昌之後迄于（集作於）玆辰地寶屢昇神山再聳未若連巖結慶並泌踊（英華作非躁）甘羣瑞同區二美齊舉高視今古（集作古今）曾無擬議信可以紀元立號薦廟登郊彰貴億齡愉衍萬宇臣辱司京尹忝寄留臺牧西土（集作夏）之疲人荷東蕃之餘寵游泳鴻露（集作霈）震悚明神禧祉有歸（集作神禧嘉祉物感有歸）光啓玆部喜覩殊觀實百恒流踊躍一隅馳誠雙闕伏請宣付史館頒示朝廷無任鳧藻之至謹遣某官進圖奉進

爲留守奏羊乳麞表（武后）　前人

臣某言臣聞靈感無方每先時以見象神監（集作鑒）不昧必憑物以示人有德著而休歸或祥來而事應伏惟天策金

輪聖神皇帝陛下端冕馭天舞干柔遠南越瑞貢久通譯而歸仁西域奇山近隨方而應聖臣今月(集作日)得所部萬年縣令鄭國忠狀送新出慶山下羖牝羊乳麞麑一頭狎擾因依動息隨戀如生(集作從)所產若素同羣理有可嘉事無前例臣聞異物(集作竊以異類)相育外方慕化之徵野畜自馴荒服來王之兆必有遠夷解辮歡心百獸之庭獷俗懷音稽首三朝(集作稽顙三乘)之會臣言可驗翹足是期昔馬或生羊易占得人安之體犬時養彘天鏡顯代康之文援此比蹤實爲同貫況復晨飲醴浦夕下靈山翳仙杏之奇花拾嘉禾之餘穗羊禎甚玉麞慶踰(集作如)銀晦朔未移祥符累集福應之盛今(集作前)古未聞臣忝尹京都屢薦嘉瑞慶抃(集作抃躍)之至兼倍恒流謹差其官奉表隨進

爲留守奏嘉禾表(武后)　前人

臣其言臣聞天聽自人神和在德代非乏瑞罕遇開(集作交)泰之期福不虛徵必俟休明之主伏惟天冊金輪聖神皇帝陛下仁覆萬靈孝理四海功莫(集作罔)高於尊祖道莫大於配天嚴備郊禋崇肅宗祀秩百王之禮兼六代之樂恩(集作化)溢膠庠訓優更老政每先於帝籍役不豢(集作奪)於農時嘉氣橫游(集作浮)祥風紛灑騰文煒色九光連合於貞明逸輦殊倫(集作逸輦殊輪)百寶駢滋於動植臣今月日奉進旨(集作止)告望鳳臺慶山醴泉之瑞其日於山陵東(三字集作東山)栢城内得嘉禾一本臣初見衆苗亘壟香穎垂秋嘉玩(集作翫)繁滋欲觀成(集作稃)粒左右無識折以呈臣異其緑葉緩舒葱芒壁秀熟視奇狀乃知嘉祥下則異畝合莖上又同連(集作延)雙穗昔雍熙之代政理(集作理政)之君雖導出應時而生不擇地未有託根神域彰孝德之能深吐秀壽宫助粢盛之豐潔此蓋睿誠通感靈(集作天)祐降祥中古以來未睹斯美臣藉慶宗枝久沐星潢之潤躬持瑞穎奉天保之符抃悅之誠倍兼恒品

進鬭羊表(玄宗)　前人

臣某言臣聞勇士冠雞武夫戴鶡推情舉類獲此鬭羊遠生越巂蓄情剛決敵不避強戰不顧死雖爲微物志不可挫伏惟陛下選良家於六郡求猛士於四方鳥無遁材獸不藏伎如蒙効奇靈囿角力天場却鼓怒以作氣前躑躅以奮擊趹(古穴切疾也)若奔雲之交觸碎如轉石之相叩裂骨賭勝濺血爭雄敢毅見而衝冠鷙很聞而擊節冀將少助明主市駿骨揖怒蛙之意也若使羊能言必將曰若鬭不解立有死者所賴(一作願)至仁無殘量力取勸焉臣緣損足未堪履地謹遣男駙馬都尉垍謹詣金闕(舊唐書作明)門陳進輕冒宸嚴伏深戰越

爲李北海作進芝草表(玄宗)　蕭穎士

臣某言臣聞郊祀盡敬粢盛豐絜則天降休祉地生靈芝大哉斯[redacted]元和正氣有感而昭敷者爾古先哲后所由盡心臣本郡道學講堂中梁有芝英產見六莖共本正向堂門素色純淨流輝棟宇臣遐考曩曆旁窺瑞諜多矣至若神爵九枝青龍三幹菌蠢池籞葳蕤甸服猶復登諸宗廟被以頌聲又況極道德之至精鑠玄元之景命超漢軼魏光圖掩諜之秘瑞伏惟開元天寶聖文神武皇帝陛下大孝尊先玄功兆物奐清宫於郡國驅赤縣於仁壽天弗違而寶曆重昌瑞有答而金莖(一作英)特秀觀其密曲而勢負陰抱陽當九月而生聿符陽數挺六莖之表遥叶樂章昭聖祚於天長返皇風於古始加之冰霞奪色緇塵不染迎

曉日而相鮮與秋雲（一作空）而共潔雖復晨敷者五競爽於丹田歲秀者三耀榮於玄圃以茲視彼奚其瑣碎臣姓忝宗枝任叨藩首（一作守）揚吹萬之化預禀陶鈞聳倍百之情寧忘肺腑

爲揚州李長史作千秋節進毛龜表（玄宗）　前人

臣某言臣聞在昔上皇之御極也則玄化有助嘉祥必臻故升中于天而四靈（一作靈貺）是格若夫出洛登壇青文丹甲之瑞王霸以降遼哉邈乎不可得而聞已然其緬邈郊藪威夷簡牒與時而升降者亦往往而存未有含道德之純粹闡祖宗之休命俛視千載潛通百靈允符秘祉若今之盛者也伏惟皇帝陛下至誠允迪懸解自衷神有契而斯輔道惟深而不測故錙銖繫表寤寐胥庭七曜垂文則玄言（一作元）焯叙千秋表節則緑錯來儀以今月某日所部江都縣崇虛觀講聖注道德經於玄元皇帝座隅有毛龜出見翠（一作羣）毫金介爍日霏煙迹殊生育來緣感召應陛下長靈之期符先聖谷神之妙知來藏往實見于茲休徵委集萬方幸甚手舞足蹈倍百恒情無任喜悅之至謹奉表以聞

進文馬表　李邕

臣某言臣聞禽獸殊祥卉木奇狀自古者[illegible]也必有應焉伏惟陛下德合天地道通神明天物所以來神物所以見且麟者仁獸王仁者則呈馬者文身君文者即（一作則）降曾是上叶尊號下報太平也觀夫豹蔚騰文龍章助聖書籍所未載耳目所未聞即知非常之君必有非常之物臣不勝抃躍欣慶之至謹遣某官馳表奉進以聞臣某誠惶誠恐

爲崔中丞進白鼠表　李舟

臣某言以今月某日於所部宣城縣謝亭鄉百姓姚德家獲白鼠一素毛毿然淨若冰雪體貌閑暇異於其倫臣爲（一作謂）白者少陰之色也鼠者陰姦人之象也夫以晝伏夜動之質穴社穿墉之姿而乃禀金方之正色投籠檻以馴擾此蓋小人革性之瑞西戎授首之符臣某（中謝）臣又聞白武白鼠皆金行之祥也且獸之大者莫勇於武獸之小者莫怯於鼠前志有之曰用之則如武不用則如鼠則武之與鼠其類之極乎臣愚以爲天之意者又以鼠警陛下耳夫犬戎猾夏者乘金方沴氣也陛下若臨之以律防之以時則雖強如武將弱如鼠矣陛下若臨之失律防之後時則雖弱如鼠將強如武矣今犬戎未滅秋律始行伏願陛下鑒上天之炯誡納微臣之芻詞考金行從革之儀徵武鼠強弱之勢則當西極月窟率來王矣況復蠢耳犬戎乎無任

廬州進嘉禾表　符載

臣某言得廬州刺史裴靖狀稱巢縣百姓唐海母喪廬墓手自耕植以備祠祭無何於粟田之中輒產嘉禾一本六穗一本五穗即時差録事參軍朱寧丁寧考驗事狀明白臣聞感天地者存乎誠通神明者極於孝蘊而爲精粹發而爲禎祥上玄與之獻酬后土爲之泄露故使騰芳高隴擢穎清秋冠九穀之英英增大田之藹藹此皆陛下聖德茂鴻化洽名教立風俗厚生人之内有淳孝靈瑞之下有嘉禾邁風烈於前王煥丹青於唐史不然何幽贊玄答其若是乎臣猥以鈍劣祗守風土宣陛下之恩澤撫陛下之庚甿觀茲盛美光榮耳目不勝歡抃踊躍之至

進異馬駒表　令狐楚

臣某言得當道征馬使穆林狀稱忻州定襄縣王進封村界去五月十二日夜孳化（一作生）馬羣內生異駒一疋白騧父馬畫圖送到者臣謹差虞候辛峻專往考驗幷毋取到太原府而毛色變換與青騧色駝頭趺額紅皐肉騣尾上茸毛額帶星及旋肋骨左右各十八枝四蹄青兩眼黑繢得穆林狀稱當生之夜羣馬皆嘶靈霄炳然休徵備矣臣某（中謝）臣聞馬之精也自天而降馬之功也行地無疆是以武藉其威文榮其德謹案馬經云肋數十六者行千里伏惟陛下握負圖之瑞愍服皁之靈異物殊祥蔚然叢集臣觀前件駒靈表挺特雄姿逸異頸昂昂而鳳顧尾宛宛以虬蟠信坤元之利貞誠太一之玄貺自將到府便羈于宮每飲以清池牧于芳草則彌日翹立驅之不前及長風時來微雨新霽輒驤首奔騁追之莫及臣某恒親省視專遣柔馴儻駿骨挐生奇毛日就獲登華廐既備屬車遠齊飛兎之名上奉應龍之馭天下大慶微臣至願見今養飼至秋中即專進獻伏惟陛下兼愛好奇想其風彩今謹圖畫隨表上進伏乞聖恩宣付史館俾此丕烈垂于無窮臣無任

爲太原李說尚書進白兎表（見六百四十二卷進貢門）　前人

文苑英華卷第六百十二

登仕郎胡　柯　郷貢進士彭　叔夏　校正

文苑英華卷第六百十三　表六十一

雜進奉（此卷英華所編失年代先後今正之）

雜進奉

爲晉陽公進王律秤尺斗升表　庾信

臣某言臣聞三才既立君臣之道已陳六位時成禮樂之功斯正故以叶和日月測度陰陽悅豫兆人儀刑萬國者也伏惟皇帝應籙馭天披圖受命據太陽而懸象履文昌而建極白環表讓德之符玄珪告成功之瑞太階既平升中可習必當水見千年山稱萬歲伏見勑旨刊正音律平

章曆象奏黃鍾而歌大呂變孤竹而舞雲門莫不遠取蹤通聲從安樂四分既明三微且定是以聞鍾於洛浦即辨聲乖聽鐸於邯鄲先知響韻二分二至行於司曆之官九變九成被於中和之職足以動天地感鬼神化被風俗平分寒暑豈直吟嘯谿谷回翔鸞鳳而已哉是知零陵廟前徒尋舜管始平城下空論周尺臣聞上製其禮下習其儀君定其法臣行其事謹造玉律一具并玉秤尺斗升合等始得成功至於分粟累黍量絲數籥實以仰稟聖規參詳神思所冀節移陰管無勞河内之灰氣動陽鍾不待金門之竹而琬琰事輕般倕慮淺不足展乎成均增輝庠齋器奉表以聞

爲并州長史張仁亶進九鼎銘表 武后　吳少微

臣聞鼎者夏后氏作群牧貢金遠方圖物備諸山澤以禦魑魅厥後嗣子昏亂（一作德昏嗣亂）鼎遷于商夏之寶也杞不足徵殷既有之又患失之周德休明神寶不墜百代可繼伏惟陛下光大而當之若乃崇貴之器金玉之鼎鎔首山發雕上列太廟序明堂克昭（一作明非）靈命以奉上帝非愚臣所敢議臣聞禮之興也始諸飲食故先王之制曰舉九鼎蓋鎢爍淳熬滫瀡（一作澄潴）膏餌御九州之美順四時之和臣所以征繕圯金敢貢新鼎夫有器必有銘臣竊見九州攸同迺述九號夫永昌天中所以基皇周也長安及歧所以紀靈瑞也武興建都所以光帝閈也禮日觀禪云亭（一作去去）所以美升中也少陽載青所以冀儲德也東原底平所以廣封植也江都淮海所以肆朝宗也江陵作乂（一作鎮）所以制荆蠻也成都奧區所以遏珍貢也夫此九者誠不足揄衍鴻休昭振方統庶觀者美其所稱知有由作微臣朽老不達（一有懸二字）歌頌慚（一作塵）八命之寵章負中軍之重任匪躬厥獻伏表汗流其九鼎銘謹遣某官奉表以聞（上八字一作謹敢列謹遣某官某奉鼎以聞）

爲僧履空進圖書古器物等表　閭丘均　一作皆唐文粹

僧履空言履空幸沐國恩謬齒和衆雖居鄉壤志尚幽古禮誦之餘每得披玩前件真迹書及圖書古物等積集既久衆推奇異豈下僧蒙鄙之資所得自畜如將服用必是保衛聖躬謹因括圖使臣某輒附進上奉表以聞塵黷旒扆伏增戰灼之至

爲蜀州刺史第八息進雲母粉表 武后　前人

臣某言伏按雲母者千二百玉石之精也七十二氣霧之英體華而光不爲水毀不爲火煅夫萬物之精者神氣所會未有不化神而能長久者也是以服食者則翱翔自任役使百靈臣肌性虛羸小嬰疾故務求攝理驗討方書品丹石之名徵草物之氣前聖所錄粗知其體（一作體）即味消邪厲力輔神年類非難得之珍價無兼金之重觸疾則愈莫若茲物伏惟越古金輪聖神皇帝陛下福德所符天作悠久豈假上藥方固南山然一日萬機或煩聖慮色力營衛（一作徹）必有相資臣從西山野人得其良者其色多白乃是（一作是名）雲液臣不揆拙昧輒採古仙要方量事施藝前翦棄麤類收聚輕英開潔清之所遠淹穢之迹浸以茅露洮以東流曝日彌時然後功就果得光潤融爛質理研微試之柔膚隨手化滅皆云所見未始相侔臣意其精殊儻涉靈秘豈以凡妄所敢飡嘗謹詣朝堂敢冒死封進伏希陛下兼愛博物受其區區不以凡人忽棄神寶無任下情

代崔大夫進銅燈樹表　薛昇

臣伏見兵戈已來紊亂法度小有權位即爲僭奢殫物竭財務資嗜欲故俗無廉耻政有侵漁自陛下蕩穢滌瑕躬儉節用漸清遠邇靡然從風夫以京邑翼翼四方取則故曰城中好髙髻四方高一尺城中好廣眉四方且半額伏願陛下日慎一日使美化行乎萬邦夫先近以及遠自家而及國文王所以造周也臣竊以所造燈樹匠人計料用錢四萬貫道路運致又約一萬貫百姓辛苦將辦實難況揚州到上都三千餘里州縣所過人皆見之未審此物欲將何用若聖意別有所在即非愚臣合知或有因時施設使夷夏共觀愚臣竊謂有力者愛而効之侈心又萌何可復制非抑奢從儉躬本塞末之道也昔漢文罷露臺之役晉武焚夏翟之裘豈徒惜一女之功愛十家之産焚而罷之蓋欲慎所好而使天下知所焚[illegible]矣書之青史千載美談今陛下嚮明之理美事多矣宜更昭儉德以示四方不軌不物明王所慎臣叨居重位師長百寮心有所疑敢不聞奏伏惟聖鑒裁擇臣某無任

進佛像表　張說

臣某言去年行塞至朔州忍辱尼寺見有高祖太宗造金像銀趺刻題尊號（集作諱）彼州士女屢覩佛光臣懇思聖心如在咫尺伏以皇帝事業遠存荒塞拯溺救焚身勤慮苦歸誠佛寶何神不據信知功徧區域澤周生人心憑神（集作聖）靈躬履危險故皇天眷命奄有邦家後嗣聖人欽承大寶當思積德而興帝國系本艱難而成事業（二句集作當思由積德而興帝系本艱難而成王業）先聖一心奉佛者蓋爲百姓求福也陛下爲繼文之主實創業之功再廓氛祲重安廟社垂統萬億同符祖宗夫惟興王必藉佐命咸有一德克享天心書曰非天私我有商惟天佑于一德非商求于下人惟人歸于一德功臣同德可不念哉物有小而感深事有徵而効（集作傳）遠臣謹將金像隨表奉進謹[illegible]

進渾儀表　玄宗　前人

臣某言臣聞迎日授時莫先於曆象先天成務必歸於制作伏惟開元神武皇帝陛下建中立極緯武經文至德難名神功不（集作莫）測於是定曆成歲立象考天紹唐堯欽若之尊（集作典一作文）繼（集作遵）虞舜在璿之義上皇能事於斯備矣臣書院先奉勑造游儀以測七曜盈縮去年六月造畢進奏又承（集作奉）恩旨更立渾儀臣等準勑令左衛率府長史梁令瓚檢校創造於是博考傳記舊有張衡陸績王蕃錢樂之等並造斯器雖渾體有象而不能運行事非經久旋即（一作亦）毀廢臣今按據典故鑄銅爲儀圓以象天使得俯察

上具列宿赤道周天度數注水激輪令其自轉（集作運）一日一夜天轉一周又別立二周輪絡在天外綴以日月令得運行每天轉一匝日行一度月行十三度十九分度之七凡二十九轉有餘而日月會三百六十五轉而行匝仍置水（一作木）櫃以爲地平令儀半在地上半在地下晦明朔望不差毫髮又立二木人於地平之上前置鍾鼓以候辰刻每一刻則自然擊鼓每一辰則自然撞鍾皆於櫃中各施輪軸鉤鍵交錯關鏁相持轉運雖同而遲速各異周而復始循環不息陰陽不能逃其數分至（集作度分）不能隱其時究天地之囲斡（集作斡運）極乾坤之變化斯皆上稟聖謨（集作模）傍獲神助臣等愚思非所能及望録付史館宣示百寮使知告成之功迥超前古無任懃懇之極謹隨表奉進以聞臣某誠惶誠懼

為獨孤中丞天長節進鏡表 肅宗　獨孤及

臣某言臣仕於太上聖皇之朝早蒙寵秩位至剖竹任兼干城摩頂至踵皆聖皇所錫陛下又不以臣菲薄加臣憲威殊私降臨榮命重疊臣頃雖罄誠竭節竟未能夷凶靜難思所以仰酬天造緬邈無階以去年五月五日於淮陽鑄上件鏡欲獻之行在為聖皇壽冀申犬馬之意臣子之心屬豺狼方熾道路艱阻懇願空積上達無由今宸極正而乾坤貞觀氛霧集作驚塵收而日月開朗當白露戒序之秋是黃河澄清之日臣幸逢佳節願展微誠謹遣某官某乙進上件二鏡一獻聖皇一獻陛下輒以愚懇上黷聖聰集作上續聖壽臣伏以聖皇執契垂化有如金玉之式陛下時乘馭天騁飛龍於國步臣故以金龍飾鏡以表聖德伏冀纖塵莫翳朗鑒長懸挂仙臺而如日之昇含品物而無私不照而臣之肝膽亦庶呈於此輕瀆宸扆戰越交深臣無任

進畫松竹圖表 德宗四月十九日生　于邵

臣某言伏以今月十九日累聖儲休之日陛下降誕之辰聲教所加舟車所及固將駿奔大慶鼓舞升平瞻北極而効誠亟南山而獻壽臣輒取率鄙思繪松竹圖一面并陳贊頌願躋聖祚伏貢闕庭臣某中謝伏惟皇帝陛下嗣聖居業統天握圖奄宅九圍光承丕構玄元敷道須有發明高祖造邦義資纂大故得上天垂慶八葉騰輝誕神聖於正陽統清明於玄昊既徼下武將付中興非徒履迹之祥實叶繞樞之異況臣特受榮遇思効微誠撰獻珍奇則珪璋有可玷之理馳奉章疏則文字非陳贄之儀故臣常於禮歎松栢有心之姿詢於詩仰松栢一作竹植一作侚茂之興則如一作知佳其不朽豈闕著前聞載徵纖微爰有叢竹節雖謝於穎拔操亦迫於歲寒故臣輒繪長松佐之脩竹辨之位則松可君於竹掄其材則卑可奉於尊然松竹木中特最為有壽衆材槎卉而翠蓋方成暮靄飄零而繁枝益茂輒所賦形像外移色毫端敢借堅貞之姿願增天地之壽況輕雲瑞氣必呈證聖之祥玄鶴仙禽每舉沖天之翼臣所以緣義況壽出幽入微不散氛氳之容同成俯仰之勢猶畫圖之旨誠慙創物求比興之義庶近愛君不勝區區之極其松竹圖并頌敢冒陳獻無任戰灼之至槎卉疑作栟

為信安王進寫聖容真圖表　呂溫

臣某言臣一昨扈從西狩岐陽時以有年事因農隙整六軍之衆備六田之禮戎卒是訓威武載揚蜀草淺獸肥霜清氣殺詔虞人以即鹿命荆州而起鳥陛下親御弧矢紆駕林衡曾不合圍取其背者雖有逸羣之狡走險之挺而飛黃騁轡繁拂如組綠沉縱鏑宛轉若伏一作臣必命中於前皆應弦而絕倒其餘變態不測神妙無方非臣聲言所能模狀既而備獻禽之禮虔薦寢之誠教人以孝自天作則此外郊獲畢賦懿親兼禁羽騎無犯宿麥是行也典禮斯備仁恩允洽三令惟肅七德以宣魏武何階亦紀功於猛獸周文差擬將比義於非熊臣忝籍宗枝幸陪鑾輅竊觀神武冠絕古今以為載之空言不若圖之繪事向所述聖今皆寫真雖天顏不違而丹青莫擬徒極愚思庶存萬一謹錄上陳獻伏深戰汗請宣付史館

齊賓客相公進所賜馬表 德宗　權德輿

臣某言臣頃待罪中樞特蒙眷渥既切維鵜之刺又叨錫馬之榮憂在忝曠積成疾瘵聖慈全貸尚列師賓見矜集作鶩福過之災猶積喜中之懼況茲天驥輟自御閑實有代勞

治　舊唐書作則理
食矣　唐書作食以矣
一氣　唐書作一歲
先協　唐書作長作
之頌　唐書作公之樂

之功且期致遠之用特優賜與以寵宰司臣自改官即合進納而心力衰耗晦明纏綿筋骸自便惟在床袵視聽所知不過湯藥沉痾餘息有異常人平居故事皆所廢忘頃年愧懼巳切於負乘今日稽留自疑於奪魄因緣尸素積累罪辜踈愚昧瞀殞越無地謹隨表奉進無任惶恐震懼之至臣某頓首頓首謹言貞元十九年閏二月二十三日

脩進繼天誕聖樂表 德宗貞元十二年　王虔休

臣某言臣聞於師夫君子爲能知樂是故審音以知樂審樂以知政治唐諱道備矣故清明廣大終始周旋與天地同其和與四時合其序豈止於鍾鼓管磬云乎哉伏惟皇帝陛下繼明御極理定成功則星辰之度以授人時酌昊穹之心以爲政本五行隨其用捨九有荷其陶鈞鳥獸魚鼈無不咸若伏見玄宗時天長節著于甲令每於是日海縣歡娛稱萬壽之無疆樂一人之有慶故能追堯接舜邁禹踰湯自周以已一作後不復議矣臣竊以陛下降誕之辰未有惟新之曲雖大和巳布於六氣而大樂未宣於八音無乃臣子之分或有所闕愚臣不揆頑昧思所祖述每私歌竊抃忘寢與食矣適遇有知音者與臣論及樂章探微賾奧窮理盡情臣乃遣造繼天誕聖樂一曲大抵以宮爲調表五音之奉君也以土爲德知五運之居中也凡二十五徧法二十四氣而足成一氣也每徧十六拍象八元八凱登庸於朝也所奠與雲門咸池永傳於律呂空桑孤竹同薦於宮懸不雜沾懘之聲先協中和之頌可使九域之人頓忘於肉味四夷之俗皆播於薰風與唐惟休終古盡善臣不勝懇款其所造曲譜謹同封進

進嶺南館王市舶使院圖表

臣某言臣聞無翼而飛者聲也無根而固者情也無方而富者生也聖恩以臣謹聲教固物情嚴爲防禁以尊其生由是梯山航海歲來中國鎮安殊俗皆稟睿圖伏以承前雖有命使之名而無責成之實但拱手監臨大略而巳素無簿書不恒其所自臣親承聖旨革刻前弊御府珍貢歸臣有司則郡國之外職臣所理敢回天造出臣匪躬近得海陽舊館前臨廣江大檻飛軒高明式叙崇其棟宇辨其名物陸海珍藏徇公忘私俾其戴天捧日見聖人一家之爲貴窮祥極瑞知天子萬方之司存今年波斯古邏本國二舶順風而至亦云諸蕃君長遠慕皇風寶舶薦臻倍於恒數臣奉宣皇化臨而存之除供進備物之外並任蕃商列肆而市交通夷夏富庶于人公私之間一無所闕車徒相望城府洞開於是人人自爲家給戶足而不知其然況北戶之髴顏南溟之睢盱國異俗泰而安宅生振忘歸而樂業百寶叢貨罔黷於人心群瑞效靈顧懷於天憲臣謬專任重啓處不遑供國之誠庶有恒制海門之外隱若敵國海門之內宣知和一作變風後述職於此者但資忠覆信守而勿失不刊之典貽厥將來聖恩以軍府交代之際委臣在鎮不獲捧圖陳薦拜舞天庭無任感戀慚惶之至

上禮食

爲絳州刺史孔禎等上獻食表 武后　李嶠

臣禎等言臣聞式宴爲歡易著需雲之象睎陽展敬詩有湛露之歌伏惟金輪聖神皇帝陛下功擁大千化高明一憑五乘而馭羣品秉六度而弘萬機俯順人心仰膺佛記尊名大號與日月而齊光凱澤歡酺共雷雨而俱作舞詠溢於三界聲明殷乎四天臣等備守外藩幸欣入討瞻衢

路而躑躅望闕庭而悚踴歡情未展空思側弁之娛聖造不貲仍賜合醵之禮三元告始萬品惟新陽進而君道載昌景延而聖壽彌固具寮稱賀率土同欣願申在藻之心輒効獻芹之志謹上禮食五十轝具如別狀和殊九沸美異八珍有慚殺鼎之滋豈益堯廚之膳輕蔫蔬菲追增悚怍臣禎等誠惶誠恐

為納言姚璹等上禮食表　李嶠

臣某等言伏以壇場既畢文物惟新寰區被雷雨之恩宴樂動雲天之曲玄髫黃髮式舞徧於康衢車馬衣冠追賞窮於勝境瞻鳳闕而列鼎抗龜浦而開筵風光藹佳麗之城烟霧上神仙之閣傾壘側斝盡百辟之歡娛伏檻憑軒延九霄之眺矚五日開十旬之賞千齡逢萬歲之期固以慶軼朝門（一作開）抃深天造無任喜躍之甚謹上禮食若干轝不恥獻芹之陋方期在藻之歡旋顧單菲追增悚怍

為定王上禮食表　前人

臣某言伏惟陛下至德動天深仁被物光輝格乎上下神化行乎中外故能使明祇叶贊景貺駢臻承靈命於九玄錫禎圖於萬祀高秋在律重九御辰陳法駕而展皇儀升紫壇而奠蒼璧欽告類之典盡祇敬之容咸秩群神允釐百福然後玉鑾回軫金鉞戒途發雷雨之恩私展雲天之宴樂百寮簪笏承愷悌而沐沉潛四海氓黎旋復除而荷優貸瑤圖載永鼎命惟新抃舞同於十方歡娛邁於千古臣謬當維翰忝屬葭莩敢申慶躍之情願奉宴私之澤謹上禮食若干轝野人何識徒致誠於獻芹天辯曲成儻[illegible]歡於在藻無任區區之至謹昧死奉表以聞臣誠歡誠喜頓首頓首

為魏王梁王賀賊帥李盡滅死及新殿成上禮食表　前人

臣承嗣等言伏見逆賊盡滅未誅先斃叛奚部落不守自降或貫盈而亡或懾懼而伏行從除殄不勝慶快臣承嗣等賀中臣聞違逆助順穹昊所以照臨振遠懷荒邦家所以底定蠢茲豺虺懔彼犬羊稱亂白山虔劉滄海豈徒石砮楛矢式遏於天朝故亦桑弧鐵衣憑陵於邊朔陛下乃睠愚悖情深遵養聊用七旬之舞未加（一作知[illegible]）五戒之罰雖大聖之德恒存於好生而冥祇之心有切於除害驅桃都之厲鬼勦檀石之妖魁不資舉網之勤而長鯨已曝無假合圍之費而封豕先屠有以知神道之難誣有以見天心之不遠元凶既覆餘孽旋殲畏威者鼠竄而離心懷惠者鴈行而革面毳幙連路氈裘成市與夫姬得瑞穎期越裳

於累年漢獲駢柯俟匈奴於後歲若斯而已也方傾巢而盡落佇匣刃而藏鋒自非睿感潛通靈符叶贊豈能使天地假手幽顯同心及有秩之方歌翳斯干之肇獻上棟下宇儲百福而擁神休開陽闔陰積千祥而宜聖壽配南山而永固與北極而長尊仙聖所以安居黎元由其式抃臣等幸逢昌運叨延嘉獎喜遐陬之霧廓且覿歸牛欣大廈之天臨方同賀雀願奉需雲之慶思承湛露之歡無任區區之誠謹上禮食若干轝蘋着何有希陳上帝之筵芻豢非珍遂同野人之獻旋顧單菲追增悚怍謹隨表進奉以聞臣承嗣等誠歡誠喜頓首頓首

為建安郡王獻食表　陳子昂

臣某言謬籍葭莩叨榮圭社統戎出塞違鳳扆而逾年班師入朝拜鸞闈而有日策勳飲至頻承湛露之恩獻壽奉

觴未伸行潦之薦所以白茅微藉願享於釣臺黃汙菲誠思奉於瑶水謹輒獻食一百轝伏知金雞〔一作雄〕瑞鼎盈上帝之珍羞玉女行厨盡羣仙之品味以兹菲薄有陋蘋蘩多慙在藻之歡竊希〔集作有〕獻芹之志所願皇慈俯納丹懇獲申天子萬年永慶南山之壽微臣百拜永〔一作長〕承北極之恩無任誠懇之至

皇太子上食表　崔融

臣某言伏見臣妹太平公主妾季今月嘉辰降嬪公族詩人之作下嫁於諸侯易象之興中行於歸妹又臣銅樓再惕常荷蔭於中慈金屋相驚忽承恩於内輔周官典瑞傍稽聘女之儀晉朝加璽兼採納妃之制聖懷感慰皇澤霑濡願垂扶木之光俯遂甘芹之請謹上禮食若干轝如列尊師四學雖有謝於温文問豎三朝竊無違於視膳謹遣某奉表以聞

爲韋將軍請上禮食表　前人

臣某言臣聞坤德承天所以曲成萬類陰靈配日所以燕燭四方故嬀水佐虞塗山翼夏殷之興也有莘光其業姬之盛也太姒贊其功用能家道以正國風兹始伏惟陛下睿智神武文思聰明光復丕基惟新寶運包混元而建極體造化而開階流形日用而不知含氣風從而自樂皇后坤維發祉軒宫正位黄雲不散白氣常流玉璽載耀椒塗以峻洛書疇能諭其懿河圖不足紀其靈外理克和内德惟茂臣濫逢明聖忝當姻戚榮寵被於門庭光耀生於道路西京六族在昔何優東國七家方今未重魚鼈咸若在品物而同歡鳥獸率舞顧微臣而倍躍臣聞飲食之禮聖賢所貴以奉君人以親宗〔一作九〕族敢因斯義輒罄單誠特望時降特恩聽臣上禮雖玉饔珍味固無假於獻芹而臣下微心寔有同於傾藿瞻言抃踴伏佇矜遂無任悃款踴躍之至謹奉表陳請以聞伏聽勑旨

此篇元誤編在六百七卷雜上請門今移入于此

文苑英華卷第六百十三

登仕郎胡　柯　鄉貢進士彭　叔夏　校正

文苑英華卷第六百十四　表六十二

邊防一

出師表　後魏　高歡（晉泰元年）

臣某言故天柱大將軍榮援立聖明中興寶曆而屠戮衣冠外降自己其勳雖大厥咎亦深以過比功則功不補過永安之末國祀權移疑貳已彰遂加大戮君猶天也理絶讎怨而世隆等鳩集犬羊傾覆京邑大行幽執酷害賊首且自立六王擅相署置或權重上將或官兼宰相輔淫貪亂肆行兇惡賣官鬻獄專貨求財政令無恒朝改暮易雖復南山之竹豈可盡言陛下以龍德先（一作光）天飜飛紫極斯乃宗廟之威靈億兆之念望而世隆等沮國衆安忍自以爲功帶甲勒兵唐突宮省篡逆之漸昭然有徵臣本無勳庸濫叨非據位班台鉉爵等藩王質薄任隆憂深責重常恐顛沛負之無力主憂臣辱先達明規主辱臣死微臣宿志況擁百萬之師罄四海之銳而坐觀成敗不恤國家之難哉方將惣馭大軍弔民伐罪其指麾形勢備在檄書若世隆等退出藩維奉辭廷闕臣便按甲休兵一無所預事寧之後泥首歸愆矯命專征分甘鈇鉞若固執逆謀敢拒義師者當戮及妻孥罪延三族伏願陛下留神省察照臣丹款大勳克舉拜手有期心馳象闕載懷罔極

請罷姚州屯戍表　武后　張柬之（神功初）

臣某言臣伏聞（一作竊按）姚州者古哀牢之舊國絶域荒外山高（新唐書作峒）水深自生人以來洎於後代（舊唐書作漢）不與中國交通前漢唐蒙開夜郎滇筰而哀牢不附至光武末（舊唐書作季）年始請内屬漢置永昌郡以統理之乃收（新唐書作賦）其鹽布氈罽之稅以利中土其國西通大秦南通交趾奇珍異寶進貢歲時不闕劉備據有巴蜀常以甲兵不充及備死諸葛亮五月渡瀘收其金銀鹽布以益軍儲使張伯岐選其勁卒利（舊唐書作搜）兵以增武備故蜀志稱自亮南征之後國以富饒甲兵充足由此言之則前代置郡其利頗深今鹽布之利（舊唐書作稅）不供珍奇之貢不入戈戟之用不實於軍（新唐書作戎）行寶（新唐書作賨）貨之資不輸於大國而空竭府庫驅率平人受役蠻夷肝腦塗地臣竊爲國家（新唐書作陛下）惜之漢以得利既多歷博南山涉蘭倉水更置博南哀牢二縣蜀人愁怨行者作歌曰歷博南越蘭津渡蘭倉爲他人蓋言（舊唐書作譏）漢貪珍奇鹽布之利而爲蠻夷之所驅役也漢獲其利人且怨歌今減耗國儲費用日廣（新唐書作引）而使陛下之赤子身膏野草骸骨不歸老母幼子哀號望祭於千里之外於國家無絲髮之利在百姓受（新唐書作蒙）終身之酷臣竊爲國家痛之往者諸葛亮破南中使其渠率自相統領不置漢官亦不留兵鎮守人問其故亮言置官留兵有三不易大率（舊唐書作意）以置官夷漢雜居猜嫌必起留兵運糧爲患更重忽若反叛勞費更多但粗設紀綱自然久定臣竊以亮之此策妙得羈縻蠻夷之術今姚府所置之官既無安邊靜寇之心又無葛亮且縱且擒之技惟知詭謀狡算恣情割剝貪叨劫略積以爲常扇動酋渠遣成朋黨折支諂笑取媚蠻夷拜跪趨伏無復慙耻提挈子弟唱（舊唐書作嘯）引兇愚聚會蒱博一擲累萬劒南逋逃中原亡命有二千餘戶見散在彼州專以掠

奪為業姚州本龍朔中武陵縣主簿石子仁奏置之後長史李孝讓辛文協並為羣蠻所殺前朝遣郎將趙武貴討擊貴及蜀兵應時破敗噍類無遺又使將軍李義揔等往郎將劉惠基在陣戰死其州遂廢臣竊以諸葛亮稱置官留兵有三不易其言遂（舊唐書作乃）驗至垂拱四年蠻郎將王善寶昆州刺史爨乾福又請置州奏言所課稅自出（新唐書作支）姚府管內更不勞擾蜀中及置州後錄事參軍李稜為蠻所殺延載中司馬成琛奏請於瀘南置鎮七所遣蜀兵防守自此蜀中搔擾于今不息且姚府惣管五十七州巨猾遊客不可勝數國家設官分職本以化（新唐書作正）俗防姦無恥無厭狼籍至此今不問夷夏負罪並深見道路劫殺不能禁止臣恐一朝鷩擾為禍轉大伏乞省罷姚州使隸巂府歲時朝覲同之蕃國瀘南諸鎮亦皆悉廢於瀘北置關百姓自非奉使入蕃不許交通來往增巂府兵選擇清良宰牧以統理之臣愚將為穩便

為喬補闕論突厥表　陳子昂

臣某言臣以頑蒙幸叨近侍陛下不以臣不肖特勑臣攝侍御史監護燕然西軍臣自違闕庭涉歷秋夏從軍（集作徙居）邊徼無尺寸之功臣識闇劣孤負聖明然臣久在邊隅夙夜勤灼莫不以蕃事為念比按察已北突厥離亂事迹（集作俾按察之比以突厥離亂事迹）參驗委曲窮問往來竊有以得其真莫不自為鯨鯢遞相吞食流離殘餓莫知所歸臣誠愚不識事機然竊以往古之變考驗於今乃知天亡凶醜之時是陛下收功之日然臣聞之難得而易失者時也易遇而難見者機也聖人所貴者去禍於未萌今陛下體上聖之資開太平之化匈奴為中國之患自上代所苦久矣合天降其災以授陛下萬代之業在於今時臣請以秦漢已來事迹證明之伏願陛下少留天聽尋繹省察天下幸甚臣聞始皇之時并吞六國雄制（集作制有）天下按劒叱咤八荒奔馳然匈奴彊梁威不能伏（集作服）牧馬河內以侵邊疆始皇赫然使蒙恬將四十萬衆北築長城因以逐胡取其河南之地七百餘里當時燕齊海岱贏糧給費傜役煩苦人以不堪故長城未畢而閭左之戍已為其患二代而亡莫不始於事胡也至漢興高帝受命率羣雄乘利便以三十萬衆困（集作窘）迫白登七日被圍僅而獲免自是歷呂太后至孝文帝單于桀驁益陵漢家文帝徒以遜詞致獻金帛但求其善和而已不敢有圖賈誼所以哭之痛文帝以天下之盛而畢事戎狄以倒懸天下也至景帝時邊受其患於是漢武踐祚以承六代鴻業屬乎文景玄默之化海內乂安太倉之粟紅腐而不可食內府之錢貫朽而不可校財力雄富士馬精彊忿匈奴之驕慢將報先帝之辱遂使王恢韓安國將三（英華作四非）十萬衆以馬邑誘單于師出徒費竟無毫髮之功（一作利）於是大命六師專以伐（一作擊）胡為務首尾二十餘年中國騷然大受其弊至於國用不足軍興不給租及六畜筭及船車盜賊羣興京師亂起竟不能制單于之命一日而臣服之漢室衰殘幾自覆社稷也故漢武晚年厭兵革之弊廼下哀痛之詔罷輪臺之遊封丞相為富人侯將以蘇中國也至宣帝代罕復出師屬匈奴數窮天降其禍虛閭權渠單于病死右賢王屠耆堂代立骨肉大臣自不相服又立虛閭權渠子為呼韓邪單于擊殺屠耆堂諸名王貴人各自分立為五單于更相攻擊以至大亂殘害死者計萬億數畜牧（集作產）耗減十至八九以飢饉（集作餓）

相燔燒以充（集作求）食於是寄命無所諸名王貴人右伊秩訾且渠當戶以下將衆（集作兵）五萬稽首來降於是北方晏然靡有兵革之事直至哀平之際邊人以安臣竊以此觀匈奴之形察天時之變盛衰存亡之機事可見也然則匈奴不滅中國未可安卧亦已明矣夫以漢祖之聖（集作畧）武帝之雄謀臣勇將勢威（集作盛）雷電窮兵黷武傾天下以事之終不能屈一王服一國宣帝承衰竭之後撫瘡痍之衆（一作人）不敢惕（集作愓）然有出師（一作征）之意然而未有遺矢之費而臣僕於單于之長者其故何哉蓋盛衰有時理亂有數故曰聖人脩備以待時是以正天下如拾遺陛下肅恭神明德動天地今上帝降匈奴之災孽遺陛下之良時不以此時順天誅建大業使良時一過凶虜復興則萬代爲患後雖悔之亦不及矣古語曰天與不取反受其咎今天意厚矣陛下豈可違之哉臣比在同城接居延海西逼近漢南口其磧北突厥來入者莫不一一臣所慰（集作委）察比者歸化首尾相仍携幼扶老已過數萬然而瘡痍羸憊皆無人色飢餓道死頗亦相繼先九姓中遭大旱經今三年矣野皆赤地少有生草以此羊馬死耗十至七八今所來者皆是稍能勝致始得度磧磧路既長又無好水草羊馬因此重以死盡莫不掘野鼠食草根自相殘命以給餱食（集作或自相食以活帳命）臣具委細問其磧北事皆異口同辭又耆老云自有九姓來未嘗（集作曾）見此飢饉（集作饑）之甚今者同羅僕固雖爲逆首僕固都督早已伏誅爲亂之原（集作元）既自喪滅其餘外小醜徒侵暴自賊耳本無遠圖多有獵葛復自相讎人被塗炭逆順相半莫知所安迴鶻諸部落又與金州横相屠戮羣生無主號訴嗷嗷臣所以願陛下建大策行遠圖大定北戎不勞陛下指麾之間事業可致則千載（一作千戈）一之後邊鄙無虞（一作憂）中國之人得安枕而卧豈不在陛下一斷哉且匈奴爲中國之患非獨秦漢之間臣竊惟先帝時衛公李靖蓋中庸之一老臣徒藉先帝之威用廟勝之策當頡利可汗全盛之日因機遂便大破虜庭遂繫其侯王裂其郡縣六十年將於今矣使中國晏然斥候不警（一作無斥候之警）書之唐史傳之無窮至今天下謂之爲神況陛下統先帝之業履至尊之位醜虜狂悖大亂邊陲皇天遺陛下以鴻業之時陛下又得復先帝之迹德之大者其何以加若失此機事以過往使李靖豎子獨成千載之名臣愚竊爲陛下不取也臣伏見去某月日勅令於同城權置安北都護府以招納亡叛扼匈奴之喉臣伏慶陛下見機於萬里之外得制匈奴之上策臣昔聞隗囂言（一作云）漢光武見事於萬里之外制敵應變未嘗有遺今陛下超然神鑒昭宣（集作遠照）實所謂聖明之見覩於無形也臣比住（一作在）同城周覩（集作觀）其地利又博問諳知山川者莫不悉備其地東西及南（集無南字）北皆是大磧磧並石鹵水草不生突厥嘗所大入道莫過同城今居延海澤接張掖河中間堪營田處數百千頃水草畜牧足供巨萬又甘州諸屯犬牙相接見所蓄粟麥積數十萬田因水利種無不收水運（集作運到）同城甚省功費又居延河海多有魚鹽此可謂殭兵用武之國也陛下若調選天下精兵搽拔名將任以同城都護臣愚料之不用三萬陛下大業不出數年可坐而取成臣比來（一作此者）看國家興兵但循於常軌主將不選士卒不練徒知（集作如）驅市人以戰耳故臨陣對寇未嘗不先自潰散遂使夷狄乘利輕於國威兵愈出而事愈屈蓋是國家自過計於敵

耳故非小醜能有異圖臣竊以爲陛下今日不更爲之圖以激勵天下忠勇但欲以今日之兵今日之將冀收功於異域建業於中興則臣之愚蒙必以爲未可得也陛下即以突厥爲萬代之患則臣所言願少加察若以戎夷(集作狄)荒服不臣則微臣小人非所敢諫臣今監領後軍某等取某月即度磧去計至某日及劉敬同謹當親按行磧計至北巳來地形及突厥滅亡之勢察其(集作當審)虛實續以聞奏伏願(一作惟)陛下省臣此章爲國大計儻萬有一可中者請與三事大夫熟圖議之此亦萬代一時也伏願少留聖意閑暇念之天下幸甚天下幸甚陛下採臣芻蕘臣請執鋭(集作及)先驅爲士卒啓行横行匈奴之庭歸報陛下臣死之日庶無遺恨不勝蹈踴之至

諫鑾駕親征表　玄宗　蘇頲(開元三年)

臣某言伏承某日制以吐蕃侵軼邊隅陛下欲親總元戎出征秦隴蠢彼羌髳敢爲叛换王赫斯怒整旅龔行實陛下雄略英威愛人活國之長策也臣聞北狄西戎自古而有雖夏殷之強軒農之盛未息其患也書稱蠻夷猾夏詩著玁狁孔熾未損東漸西被之化帝王馳騖之迹則有南仲出車吉甫維憲縱侵鎬及岐密邇畿甸未聞親征之義及乎漢代則烽火至于甘泉朝那喪其都尉亦止屯兵細柳天子但安于上京何者戎狄荒服怱怳之義也來則拒之去則勿逐以禽獸(唐書作畜)之以羈縻御之比諸校獵羽毛不入於服用體肉不登於郊廟則王者不射故知千鈞之弩不爲鼷鼠發機也况萬乘之重而與犬羊角勝哉誠勝之不武不足以勞也且陛下有高行者甚衆焚珠翠放鷹狗出宫女納直言爲百姓請命故關中豐稔則知皇天所睠通夫至誠今小寇難將不久陛下勤脩德音日慎一日自當消弭也且兵法有先聲後實陛下但發親征之令以旨遠而潜遣猛將謀略之士以濟其師則戎人日便崩挫也歧隴粗熟凋弊積年千乘萬騎往還儲峙恐外有寇虞内興徭役人不堪一也又戎虜之性倏來忽往敗不羞走勝不成師(唐書作讓成)若大軍臨邊尋巳鳥散則屢出多方我受其誤二也况太上皇萬福鍾愛實深陛下將對寇場必勞憂慮非惟問安頗闕亦恐御膳有違則陛下烝烝之思何以自得三也臣故曰擇將嚴邊旰食修德爲良筭也臣愚不識忌諱惟陛下裁擇一昨欲幸蒲州及長春宫臣等以人勞未復不足輕擾輙進狂瞽遂簡天心下制賢諫臣(一作官)之奏恤農人之業因而賜(一作見)停遐邇並知陛下從諫如流之美今月日未久勞役倍前斷可知矣陛下若哀此疲人頓兹戎輅則天下幸甚昔蒯城侯泣諫漢祖曰主上常自勞豈無人使漢祖以爲愛我良史書爲美談今朝廷將相之衆豈無與陛下盡力哉何勞聖躬之遽行也臣等不勝懍懍之誠謹奉表以聞

第二表　前人

臣某言皇情愍彼邊甿忿兹兇醜必親弔伐臣聞天子之怒伏屍百萬流血千里若吐蕃者鼠竊豕食猶魚躍釜中耳又何足以當陛下之怒哉臣愚竊有不可何也頻歲以來百姓不足岐隴河渭動無儲廪今大駕端征供置倉卒若緩之以法必乏我軍興如急之以刑則人無所措此時不可也乘邊將士或交鋒刃飛書告捷首尾繼來料賊之勢不復支久陛下若輕車電發則虧持重之慮(一作虞)如按部天行又非赴敵之義此勢不可也蓋稱王者之師有征

無戰謂蕃貢有闕王命征之於是乎理兵其郊獲辭而止非謂擐（一作按）甲臨軍敵人畏之莫敢戰也是以古者聖帝明王無親將也云黃帝五十二戰者即締構草昧非太平之本也故自阪泉之後脩身養德與七聖游於具茨三月齋而訪道今陛下鳳翔蕃邸龍躍御天不日再造乾坤一呼而撥定禍亂是則聖過黃帝而經綸之業備矣故當高居深視制禮作樂禪梁甫登崆峒雅歌從容爲後王法閫外之事屬諸將軍何至猷玉輦甘金革邀功馬上爲一人（一作日）之敵也今吐蕃遣偏裨小醜干犯大國我軍未捷而耻已深而陛下又將屈至尊遠爲之敵使攻無不勝戰無不克猶未足以誇四夷適足驕敵人羞天下也又扈從之人半非鬬士使給來往日費千金與其傾耗資儲孰若回募驍徒重賞之下必有勇夫以敢死之師當疲老之寇若排山壓卵何必勞聖躬哉況事有不可輕敵有不可小者昔周師困於祝聃漢祖厄於平城安可謂吐蕃無祝聃耶河右無平城耶千金之子坐不垂堂聖人終日不離輜重不可忽也臣又聞吐蕃之入也惟趣羊馬不至殺掠於人但剝體取衣以窮寇耳又數道俱進摟隊徐行若有所望恐連謀北狄陛下如必親戎邁于岐隴脫幽并警候靈夏馳烽突厥之騎南侵猶如吐蕃之勢長安百姓驚擾太上皇帝豈不憂勞陛下以三賊憑陵誰者先擊豈可挂西軍之衆分禦北胡野次之間遥謀廟堂不戰之策帝城空虛衆亦何仰臣固曰居中制勝爲防萌杜漸之上略也今但發近縣之兵擇良能之將重爲之募嚴爲之約其敗衂失律者已加必罰之誅矣其勇敢殺敵者亦願加信賞之勸焉兼購賊中有能斬酋帥以（一作已）下歸降者及邊軍之士俘馘醜虜者並厚爲賞格以班之我軍必大振矣彼賊聞之自解而去也又承萬騎官者數千其受國恩亦已多矣並習練梟雄遠近所憚陛下若拔爲將帥或備軍行勤以從征足可威賊也又數十年來人之多幸乃有捐（司馬遷傳作全）軀保妻子之臣親戚貪佞之輩並人猷階勳家盈封爵乃至紫衣塞路朱服滿朝皆能侵國害人未見尺功寸效自陛下欲櫛風沐雨親冒邊塵不聞獻一奇輸一册主憂臣辱請代此行而但臣所以痛心椎膺而移（闕）陛下言之耳何不簡冗食重祿之糜府庫之財殫征稅之奉嗚呼此所謂六蝎五蠹者是也夫權令禦寇此但惜身自當爲國而容養蠹蝎輕勞聖躬賈誼所以長歎息繼之慟哭爲此也昔楚漢相持楚強而漢弱漢祖猶曰使刑徒擊公吾不能鬬力也區區之時猶能如此況今四海之內皆爲臣妾普天之下莫非王土而蕞爾一寇如一蚊之附九牛陛下便欲降萬乘之尊親銜橛之變輕其帝重逸此庸臣臣竊爲陛下不取也夫三皇善用仁聖五帝善任知勇陛下當三五之運而捨其所長非英武之稱也議者或爲（闕）陛下前欲征匈奴制行而止今必須一出示信萬人此大謬也夫兵者以正合以奇勝故不厭詐而尚以權今以陛下英雄之資發親征之令敵聞而懼我勢以張更練熊羆推轂將帥見可而進騁變如神適謂幽遠而難知河漢而不測人是以服信是以孚夫何疑也今夫頓岐隴之外擾疲弊之人率徼之兵不過數萬阻飢積歲師不宿飽州縣急於供費力不足以救邊軍容制於部伍勢不足以赴敵脫胡騎紛擾京城空虛人情易動難安不可不慮也如太上皇暫勤旰食是陛下以天下之大不能安其親也惟陛下圖之今卜征有期不可頓止

但更延發日示擇良辰以候西軍動靜以爲長策臣愚所陳衆計亦願陛下擇善而從之臣聞資父事君惟忠與孝況臣職忝衮闕逾念讜言苟益消塵死而無悔昨四日已於閤門封進一表恐未周覽今復盡愚非敢阻於成規實願廣於天聽輕言時政伏待刑辟

爲清邊大摠管建安王奏失利表（武后萬歲通天初）　張說

臣攸宜言今日某乙從硤（集作往峽）石山稱前軍王孝傑等以其日失利於峽石山忽聞殞絶心摧魄死上孤天威下慙士卒臣死罪死罪頓首頓首臣以駑怯謬職戎麾銜戴恩榮統率將士驅關隴之馬引淮海之餉旗幕亘於邊城弓甲傾於內府不堪任使撓失節度羣帥無決勝之功偏師有挫衂之咎長犬羊之孔熾縱梟獍之未滅憤結靈祇怨毒骨髓臣實其罪罪非他人忍恥苟全遠媿胡顔之責引慝

遄死內負猶鬬之心跛踖無顔進退匪（集作靡）處臣既不建師律有干常憲合即嚴科以塞重責然以見在兵馬交要部統未敢束手軍事委置旌節稽後（集作緩）刑書伏深兢戰特乞更召嚴猛代臣部卒（集作統帥）臣請歸罪司寇以正國刑囚伏邊陲惟待斧鉞

幽州論戎事表（玄宗開元六年）　前人（集無）

臣某言伏以先帝以臣踐履忠孝使臣啓發聖明故得侍讀春闈夙承天眷洎於中歲兼掌樞密內當沸騰之口外禦傾奪之勢陛下監撫既安自天所祐然臣叶贊之意明神咎之開元之始首典鈞軸智小任大福過災生出守三州違離六載曲直非已外降由人惟君知臣事不待說今既牧邊鎮委重戎麾竊以兩蕃共和能器□同異九姓遠聞撫納欲恃賊殺無侵擾之慮保兩蕃受徵發之期臣愚料之恐未然矣何者賊殺親（一作新）立必逞兵所加必收九姓若去兩蕃搖失九姓雖屬并州節度然其幽州密邇脫有風塵何所不至臣孰聞幽州兵馬寡弱卒欲排比未可即用城中倉糧全無貯積事未逼迫臣實憂之伏乞聖慈深以垂意博詢舊將預爲籌畫事若早圖必無後悔且孤臣惣衆易起猜嫌寬大失濟事之宜嚴整招怨讟之謗遠辭天聽臨事回惶如有論告臣身奏劾軍事者乞追臣面問對定眞□虛則日月無可蔽之期幽遠有自通之望伏乞留書在內時加矜察

并州論邊事表（玄宗開元七年）　前人

臣說頓首頓首死罪死罪言臣聞小忿不忍延起大患小罪不寛迫成大禍契丹奚背恩誠負天地不容之責然原其狀本是夷狄君臣不和自相誅戮耳伏（集作所）望聖慈且

使其族類在朝者將勑書再三告譲因其所欲立酋長而便定之或可不戰而定也必告之不馴則大發兵馬東召靺鞨西舉九姓來春未青數道齊入突于之首可拾而取未爲晚也天恩若不忍以中國勞事蠻夷則嚴兵備塞棄兩蕃如糞土耳又許欽淡（集作澹）擁二萬餘兵（集作衆）據五丈之城有糧即守不可抜無糧即皷而行何所慮也今遣史獻非時遠抄兵回甚難（八字集作非時遠抄近掠其實甚難）萬一未捷賊氣轉壯臣愚不曉（集作下臣愚昧）不敢隱情伏願聖恩再加裁度臣說誠惶誠恐頓首頓首

文苑英華卷第六百十四

登仕郎胡柯　鄉貢進士彭叔夏　校正

文苑英華卷第六百十五　表六十三

邊防二

爲崔僕射遣高正平論邊事表（代宗）于邵

臣某言去五月日已差知衙事表遥獻狀露誠上塵聖聽猶恐帳下之士未盡對敭邊隅之要不復專達今害馬已去時政鼎新期於昇平天下屬望臣叨榮冒寵十有二年雖夙興夜寐將補不足智小任大其鈇實多臣某誠惶誠恐頓首頓首伏惟寶應元聖文武皇帝陛下纂戎立極俯鑒下人思無不周明必以察故得迷道自返橫波易流搜遺逸以在庭叶夢卜而作相順命布德奉天順人海隅蒼生孰不遂性臣僻守三蜀踼踖一方想通籍而轉踈望廣歌而莫及頃者正月之役中路詔還雖迫外懷之虞頗貽膚受之愬耸膽空知其有苦剖心無足以自明未知此生朝拜何日臣本道度支判官檢校虞部員外郎高正平佐臣理戎積有年歲文學政事不忝前修應緣三軍遠支近費無巨無細一與臣同陛下初擇宰臣旁求利害勸赴庭闕以代臣行近日山西將軍頻執蕃邏詢其動靜確有所傳必擬橫分劒門圖陷全蜀其勢甚大必在防虞正平此行臣意兼切伏乞聖鑒俯垂聽納則内獻心腹外執干戈王室有開萬死無恨心馳魏闕不爲身謀望斷玉關終期生入無任奉國忘家之至謹奉表陳懇以聞

爲杭州李使君論李藏用守杭州功表（代宗）獨孤及

臣某言臣聞當逆賊劉展擁兵過江之日變起倉卒鋒不可當人心動揺物情危殆（集作駭）五道節制望風潰散自淮而南至于海隅遂無敢保一城能守一節者惟少府少監李藏用以宗室近屬憂國如家臨危抗憤忠勇奮發收聚散卒糾合義士（集作師）挺身履險出萬死一生之地與賊轉戰堅守蘇州相持經月殺獲過當使凶賊徒（集作徒逆）黨鋒鋭挫衄自此王師始（集作載）張賊衆知懼其後以外援不至衆寡懸絶遂移師就崄（集作險）退保杭州當此之時江淮諸軍已散平盧之師未至三分全吳賊有其二藏用且募戰士（集作且戰）獨守孤城以忠義感激令驍雄樂用旬月之内致死士三千賊遣僞將張景超孫待封等盡鋭率衆分道來攻藏用與士卒等勠力一心義形於色殊死決戰奮不顧身遂能兵鋒所加無不摧陷皆一舉盡殲覆而屠之前後俘斬虜獲至數萬計向使微夫人之力扞此州之境則江介土宇盡爲戎疆海隅蒼生非復我有由是浙江之西（集作外）南至閩嶺士庶免有波迸道路窮寇不能（集作敢）搪突藩籬（集有屏息二字）風波晏然百姓樂業父不喪子兄不哭弟藏用之功也今都統使停本職已罷孤軍無主莫知適從將士嗷嗷未有所隷天聽高邈無人爲言遂使殊勳見委忠節未録口不言賞賞亦不及伏恐非聖朝旌有德表有功之意今逆寇雖殄人心猶攜山洞海島往往結聚睦州草竊爲蠹尤深惟憚藏用之兵是以未敢進逼若此軍一散必羣盗交侵

則臣此州危亡是懼伏望早降恩旨以答其勤錫之勳榮
委以（集作之）戎政俾惣統所領以鎮遏江表實江東萬姓顒
顒之望艱難之際人多異言（集作二心）以宗子維城智勇如此
必能使寇賊姦宄不敢窺伺間隙則江淮足以高枕而卧
陛下無有（集作可無）東顧之憂臣屬忝葭莩任居牧守安危之
分臣實預焉無任懇款之至

爲郭令公請停親征表 代宗　　前人

臣某言經略副使太子右諭德傅濤至伏承鑾駕欲有親
征恭聞聖旨載惶載懼臣以薄劣謬惣元戎受命於朝成
師以出雖志期靜難而力未摧兇邦甸多虞有貽聖慮遂
使六軍雷動七萃天行臣實無能萬死餘責然臣向辭之
日已具奏聞假令寇賊猖狂猶願陛下務於持重内安宗
廟外固人心臣之素懷正在於此縱微臣智力淺短終

無所成陛下仍須別擇英才授之師律豈有事非至切便
欲親戎誠恐上國衣冠自生震恐遠方士庶更有驚疑以
臣觀之竊謂非便今兇虜傷沮其勢式遏（集作其運已窮）天威赫
赫所向皆靡是陛下責成之日愚臣死難之秋伏望付臣
以專征委臣以集事回鑾上國端拱中朝豈惟微臣受賜
抑亦萬方幸甚謹奉表以聞

奏投降吐蕃表　　于公異

臣某言臣聞夏禹興師西戎即序漢宣嗣位北狄稱藩則
知自古帝王未有不先文德而後甲兵撫諸華而柔荒服
然後（一作則）列在墳籍號爲昇平伏覩今月某日吐蕃東道
節度尚奔息下吐蕃浪斯多斯獵人并馬十五疋投降者
此皆聖澤昭宣大和廣被夷狄（一作戎夷）左衽邊徼無虞臣某
（中謝）伏惟皇帝陛下以至聖統業以大明乘時休戰伐於
阪泉布風教於宣室化無不洽俗無不賓獨西蕃累犯邊
疆自爲倔強多從戰敗少有生降今者之來實異於昔蓋
以其違天已久負約頗深竊盜河湟震驚邊鄙神旣惡稔
時將可誅漸開離析之端是叶恢張之運臣獲受榮遇方
惣藩維當臨斬戎王將置槀街之下提封漢境願窮葱嶺
之西萌兆在兹不敢不賀無任喜抃之極

爲王尚書奏洺州事宜并進翻城副將李
澄表 德宗　　前人

臣某言自元誼亂常已經寒暑王師討逆久未凱旋臣待
罪轅門若臨泉谷渠魁未滅寢食不寧臣某（中謝）臣自春
初已來便爲持久之計控引洺水環繞賊城築室反耕示
其安堵冀憑廟略克剪凶徒臣所設隄防頗爲堅厚秋來
軍用又勝常年壠畝之間不知賊在臣與第五守進商量

且務撫綏蕞尒一城偷安晷刻今水勢滋漲營壘安閑惟
務訓師未嘗徹警賊城之内是物皆竭校計已窮頻有降
人審知實事臣若四面谿（一作谿）水一向取城量力校功計
日當剋筭其日數以待地乾須至冬中水凍然後可事集
或慮亡命之賊伺隙奔馳兼恐猖狂之儔爲之聲援若但
以水力爲灌瀦不停旬月之間賊城必壞中則促其急變
外則伐其異謀不假梯衝不費戈甲竊思上策實謂萬全
況秋風漸高寒氣已至城中士健懸望冬裝其元誼等無
可支持惟行誑惑旣以迫其凍餒仍更苦其勤勞據此事
情即當變潰昨者將軍劉南華等溺死臣已具聞奏訖臣
緣得城中款疏皆願歸降前後剋期非止一度臣若不使
人應接有似拒其輸誠若不激其義心即何以勸其効命
所以事須赴約有此差池伏惟聖鑒俯賜詳覽其城所與

計會前後帛書謹錄白并元本同封進所謀翻城人四面知敵副將李澄臣已補充衙前十將伏恐皇情憂軫要親問事宜臣謹令隨崔烈入奏云云

爲王大夫奏元誼防秋表德宗　王行先

臣某言洺州元誼等防秋將士以今月日盡發一作數上道訖氛沴清廓藩維底寧臣某中謝伏惟皇帝陛下玄德昇聞鴻猷允洽致生靈於富壽均覆載於乾坤舞兩階之干而苗氏有格收三面之網而庶類知歸頃者元誼等竊據城池載經寒暑陷危疑之死地抵逗撓之刑章逭孽逋誅視陰假息臣統茲卒乘臨問郊坰不能執桴鼓於行間盡敵而反擁旌旗於閫外胡顏自安每貽宵旰之憂實負春秋之責伏以陛下好生宥過軫悼發哀許其悛心納其請命俾導向闕之路使足勤王之師祆星見日而自銷喜氣乘春而乃發凡在率土孰不歡心況臣所部實增抃躍臣限以職拘戎旅不獲稱賀闕庭無任悚戀屏營之至

爲趙侍郎論兵表代宗　此表當在德宗之前

臣某言臣聞尉理之代不無逆節軒轅用師於中冀唐堯出征於丹浦啓戰有扈文王伐崇以至聖除至兇至順除至逆或小戰而勝或因壘而降誠審於用兵得其道也伏見承嗣旅拒倏已再歲靈曜跋扈今又踰時天兵四合竟未殲殄得非千慮一失未盡制敵之方乎臣常終夜不寢詳惟其故不敢膚引遠古安危之體請以天寶至德已來成敗言之夫以祿山陰深姦矯真巨猾也兇詐逆謀之計亦無元海石勒之流當其發幽燕陷洛陽涉崤函傾秦雍當國家理平之運忘戰日深初命將出師若封常清高仙芝哥舒翰程千里遇寇必敗奔北相望此則未究敵情小之而不設備以至於是也先聖寤既往之失苦心焦思發號靈武觀兵鳳翔良將勁卒風馳景附勇者爲之用智者効其謀命陛下爲元帥以儲貳之重威四遠俾子儀爲副以節制之任鎭九軍卒能恢復咸洛削平寓縣此先聖之雄略陛下之有感也其後相城之役陛下不行衆無適從竟以奔潰洎思明繼逆毒甚祿山狡算猖狂抑又有次光弼守河陽以挫其[illegible]勢朝恩鎭陝服以制其侵陵竟未能覆其巢穴屬陛下紹興皇極又命元子爲帥俾懷恩爲副以討之復能梟夷巨逆厎定東夏始自先聖與二兇相持無帥則無功有帥則有克士庶之所深知今河北河南更唱迭和然其用兵暴急與曩者二兇懸殊非惟才之不逮抑亦事之有異祿山思明之卒死而無退今承嗣靈曜之衆豈有是耶祿山思明之馬既多而且逸今承嗣靈曜之騎豈可方耶祿山思明[illegible]而無懼今承嗣靈曜深居而入保臣竊料其非不欲也蓋違天道失人心歸之退而自固其滅亡之兆了然可知幸北有寶臣朱滔與承嗣合勢西有忠臣李俛[illegible]馬燧連衡惟正己小有逗遛未肯勠力此正當陛下命師專征之日豈可持疑而不斷哉儻陛下採臣愚計時有臨遣忠淳者必叶心競進攜貳者必遷善來同未踰旬時當有成績如或務於含垢偷以過時不立元帥寄之諸將乘吐蕃寇盜回紇毆侵人心動搖賊勢滋蔓事宜一失無可柰何則吐蕃回紇四支之病承嗣靈曜腹心之病四支不理未足爲憂腹心或病此則爲患若內外受敵膏肓已成雖逢和扁計鍼疑作藥無及又聞二賊奏請言詞不恒河北則數云請降河南則云今已翻賊豈遷延晷刻以候一作至西陲有虞伏惟與公卿大夫審圖利害在於神

速不可遲回昔諸葛亮聞孫權破曹休軍因上疏蜀主云羣疑滿腹衆難塞胷今歲不征明年不戰使孫策坐而併有江東蜀主深感其言終以覺寤臣忝六官之貳待罪朝行内慙塵忝無補毫髮近者抵冒輒上封章已歷兩旬未蒙召見伏以君臣之際家國共同君安臣榮國危家敗此臣所以竟夕不寐伏敢再陳其愚伏願省臣前章覽臣此疏天下幸甚天下幸甚無任惶懼之至

代李侍郎論兵表（集作代論伐劒南更發兵表）　憲宗　呂温（元和元年）

臣某言臣伏見其月日詔旨更發太原鳳翔及神策諸鎮兵赴劒南東川者陛下眷筭無遺神武必斷與人除害順天行誅奮如霆之威乘破竹之勢期於乆逸無憚一勞大正國經永清時祲百王盛事千古英聲天下幸甚天下幸甚然或時事之可否兵家之利害（集作病）道途之險易將帥之宜稱不可不深圖遠計原始要終狂夫有可擇之言愚者有一得之慮管窺所至願効微誠（集作忠）臣竊以爲古今用兵皆在將勇師和政齊計勝不必多兵廣衆然後成功今高崇文等諸將所統已約一萬五千餘人以整擊亂以順討逆授以（集作之）廟筭假之天威殲醜挫兇綽有餘力若更多徵征鎮廣命師旅（集作廣合師徒）臣竊計之其患有五一則高崇文素非大將抜自偏鎮忠勇雖著威聲未振（集作洽）李兵既少兼統則多將皆權隸士非素撫雖是銳師勢同烏合居常則猶可脅制臨敵則何以指揮非惟崇文才分有限此亦自古兵家所難臣不敢廣引載籍上煩聖聽請直以近事明之哥舒翰潼關之守郭子儀相州之圍韓全義溵水之役皆以兵多將雜而致敗衂許叔冀之保靈昌李光弼之全河陽李晟之收復京邑皆以兵少將一而建大功成敗昭然布在人口二則貞元已來天下無事四方節將人各懷安陛下覆燾惟新理先清靜今以西南小醜乆稽天誅自春徂夏（集作冬非）徵發已廣見在兵力破賊有餘若更務濟師屢聞動衆山嶮（集作劒）深阻暑濕爲沴北人南役誰不憚行去土離家動生愁怨往年涇州叛卒職此之由事繫安危不可不察三則吐蕃約盟（集作盟好）未定窺伺在心間諜往來急於郵傳又必持兩端之計與劉闢交通若聞發兵西南多亂（集作取）邊鎮秋風即至虜馬已肥冒隙乘虛必有侵軼事出萬一悔何可追四則劉闢窮寇保險逃死雖禍盈助順天道甚明而兵凶戰危人事難必脫或黷武之師少不如意蜂蟻猶聚假息旬時攻守之間動須應援固當潛鋒養銳以逸待勞今便悉兵後將何繼五則劒川磽埆居人食且不充蜀路嶮艱餉運無由多致今屯兵日費何啻萬金數州麥粟（集作米貴）貴糴（集作糴且）將盡千里飛輓所濟幾何若更加兵實難供贍一夫脫有菜色三軍無復鬭心幸可少以成功何必多而爲（集作成非）患今太原及神策等軍已上道者其數頗多足辦戎事其鳳翔等鎮未發之兵伏乞聖恩且勒權停續候事宜以議行止臣謬膺重任過蒙恩遇輒率狂瞽輕黷宸嚴苟利國家甘心鼎鑊無任兢惶懇迫之至謹奉表陳奏以聞

請赴行營表（爲淮南杜相公　憲宗）　劉禹錫

臣佑言臣自守淮濆已周星紀虔奉朝典粗安遐方素効未聞新恩荐及身曳兩綬寄深一隅蚊蚋負山力誠不足鷹鸇逐鳥志則有餘臣再授兵符辱忝軍幕被堅執銳雖未經於戎行受制（集作制勝）伐謀亦嘗習於事業自忝藩翰屬時清平無施汗馬之勞但詠櫜鞬之什今則遭遇殊獎委

之專征以臣率先是臣素志況聞徐州士衆本無叛心倉卒之間危疑至此臣請自臨疆場親領紀綱裂帛繫書諭其禍福椎牛饗士養以威聲冀宣皇風煦兹蠢類以忠義感脅從之伍以含弘安反側之徒革面悛心期乎不日其揚州留務請令行軍司馬路應權知伏乞聖慈俯賜照鑒

論西戎表（爲淮南杜相公　憲宗）　前人

臣佑言臣一辭闕庭已僅二載官當重任身受厚恩既懷子牟戀闕之心又負臧文竊位之責所以歌頌聖德裨補箴規塵露至微不任懇迫臣遠祖詩顯名漢代出牧南陽讜言善策隨事獻納忠醇之至聞于中外遺風可襲有激愚衷臣是以輒竭聞見粗陳梗槩雖不盡陛下聖明萬分之一然臣子之心有直必獻伏惟皇帝陛下德合天地道躋文武弛張普博上（集作事）法陰陽氣均生成人霑亭育凡是氛沴覆以春和銷除容納皆如聖意寬宥肆赦實賴皇明河中誅鋤不勞兵革淮右底定不戮一人慶浹萬邦事出千古近又西戎背約寇犯王師陛下弘貸（集作貸其）對狼矜其兇悍布以恩澤果此知慚功因德成不以兵革（集作制）故詩云𤞑狁孔熾書稱蠻夷猾夏臣觀自古帝王不忍小忿貽大患故竭耗中國盡力邊陲至如滅昆明之城平大宛之種豈足發輝皇猷增榮簡冊故賢哲之論薄衛霍之功陛下鏡歷代無益之端修大君文德之教遂得北狄深藏五城晏閉百蠻嚮化四海無虞惟此小蕃尚迷聲教陛下示之大信弘以舊恩雖關防暫驚而烽燧旋罷臣負恩方鎮初懼寇戎正於憂迫之時果聞仁聖之諭攘却兇孽不勞干戈臣静思遠圖爲國久計莫若存信施惠以愧其心歲通玉帛待以客禮昭宣聖德擇奉誼之臣恢拓皇威選謹邊之將積粟塞下坐甲關中以逸待勞以高御下重其金玉之贈結以舅甥之歡小來則慰安大至則嚴備明其斥候不撓不侵則戎狄爲可封之人沙場無戰死之骨若天下無事人安歲稔然後訓兵命將破虜攙衡原州營田靈武盡復舊地通使安西國家長筭悉在於此計熟事定舉必有功苟未可圖豈宜容易此皆陛下朝夕倦談之事前後立驗之謀臣質性頑踈籌畫庸近受恩非據敢忘獻忠犬馬之心實所罄盡謹遣某官某奉表（云云）

文苑英華卷第六百十五

登仕郎胡　柯　鄉貢進士彭　叔夏　校正

文苑英華卷第六百十六　　表六十四

邊防三 屯田倉牧附

論西川討賊表 憲宗　元稹 元和初

臣某言伏見賊闢有不庭之罪陛下尚覆露以待之此誠陛下罪已泣辜之仁也微臣又何足以識之哉然臣聞之天之所以爲天者以其能化物也物之性不一故天之道有和煦震耀之異焉始其生也薰（集作動）之於（集作以非）幽伏被之以春陽扇之以仁風潤之以膏雨則百果草木之柔者順者油然而生矣及夫勾曲角觡堅本頑心凝者滯者幽者蟄者扇之以和煦而不出潤之以膏雨而不滋則必迅之以雷霆曜之以威赫然後頑滯之心改幽蟄之氣宣豈天之道仁於彼而厲於此乎化與不化之異也是以蚩尤之作亂黃帝鑄五兵以殺絕之共工之行惡虞舜揭五刑以放死之豈不欲夢華胥舞干羽而躋之於仁壽哉蓋不可化也及夫舞干而適至因壘而來歸此又物之可化者也豈黃帝虞舜文王之德有優劣哉蓋蚩尤共工與苗人崇人之罪有深淺也今陛下法天之德與物爲春凡在生成孰不柔茂而蕞爾微醜天將棄之寘蟊賊於其心假螻蟻以爲聚忠臣孝子思得食其肉而快其心久矣陛下猶聳之以名爵導之以訓誥崇之以寵章而不至假之以旌鉞而益驕戕賊我忠貞損汚我仁義人人不勝其憤有司不忍其威是以違陛下匿瑕含垢之仁順皇天震曜殺戮之罪（集作用）此誠天下人人快憤激忠之日也陛下猶思因壘以降之舞干以化之善則善矣其如天下之憤何其如天下之憤何臣願陛下可有司之奏法皇天之威與公卿大臣議斬叛弔人之師以快天下人人之憤實天下幸甚微臣無任懇悃嫉惡之至謹詣東上閤門奉表以聞

論討西戎表　前人

臣某言臣某月日蒙恩顧問竊見陛下患戎之意深矣自貞元已來國家所以甘億兆之費於塞下蓋以犬戎有侵軼之患而邊人思守禦之利也然而河湟之地日削田萊之業日空塞下之人日亡戎狄之心日熾若此無（集作非）他不得備戎（集作之）之術也且臣聞之君之命帥帥之命將將之使卒猶心之使臂臂之使指然後敵可擒而軍可制也今之屯戍者則不然衆其城堡異其師長獲一馬則圖功虜一戎則告捷至於屠縣道掠方人則曰使之（集無此二字）力弱不足以應敵援寡不足以摧兇苟謹閉繕守不失其守者則朝廷議賜（集作賞）之不給又孰肯推鋒刃冒殊死而出入於係虜哉此又非他衆分力散而責帥之刑無所加也而又加之以爲農者不教戰屯聚者不兼農寇至則卒伍被甲而乘城野人空拳以應敵此又耕戰之術不修而屯聚之兵（集作方）太逸也今夫邠岐汧隴之地皆后稷公劉之所理也土宜殖物人務稼穡陛下誠能使本道節制廣於荒隙大建屯田塞下諸軍除使令守防之外一切出之於野限之名田復其租入然後因其阡陌制之閭井由（集作因）其

辛伍樹之帥長固其塍塹以備不虞犬戎適至則有連阡
接畛之兵戎騎纔歸則復耰鋤穫耨之事若此則曩時之
聚食者盡歸爲服勤之農矣前此之係虜者盡化爲守禦
之兵矣不三五年間塞下有相因之粟邊人無侵軼之虞
陛下又董之以良帥威之以必刑則彼瑣瑣之戎陛下將
署其君長征其牛羊奴虜以擒之可也螻蟻以攘之可也
又何必詢王恢使蘇武用晁錯訪婁敬而後復河湟稱即
叙哉此禦（集作備）戎之大略也方今猶有急於此者臣敢冒
昧殊死而言之臣聞善弈棊者將刼其棊必固其羸是以
敵可殺而地不危今庸蜀有犬吠之警南蠻無貢賦（集作絶貢誠）
之路陛下又輟邊將以統問罪之師脫或蜂蠆相寧尚稽
天討兵連不解綿夏涉秋則犬戎乘釁啓心之日也陛
下其圖之愚臣無任懇款憂惶之至謹詣東上閤門奉
表以聞

代裴度論淮西事宜表　韋嗣立

臣某言臣伏以方岳之任職主分憂苟事涉安危利深社
稷詞得專達臣敢備言是用輕冒上聞伏惟

少紓僅踰數月朝廷未議所代臣恐日長姦謀彼
將膠固士心必希儌倖啗利滋蔓事則難圖當其人情尚
搖足以覩釁臣自聞少陽權主留務衆未甚寧昨知少誠
之子誘扇其軍又以誅戮天其或者勦絶姦類大振皇綱
陛下得不上順天心乘時廢置而又謀之遲久臣竊爲陛
下惜之何則夫以少誠怙兵偷安二十餘載威惠自已人
知素懷衆之所懷必厚其（一無此字）子弟其勢以分臣度具聞
不與者半所以人心持兩至有動搖以斯觀之或未盡附
少陽又以新殺其子必有疑衆之心今若及未寧出於不
意擇四方節制之臣可爲其帥者使馳而入之移少陽於
他鎮以待之彼得（一作彼待得）所安必効順承而無固衆之志
則其黨自離心矣因其所離而制其命何求而不克哉易
所謂見機而作不俟終日然以方布大信不宜隱情若先
命中貴他日奉明詔將告易位以誠諭之從而後行事可
以濟臣又度當今節制可以處淮西任者莫若河中節度
使王鍔寬厚慎重練識軍情必能悅慰羣心鎮撫疑黨若
將移鍔於淮西而俾（一無俾字）與少陽不遠矣朝廷立（一無此字）遷
授之權而內足以除姦蠹之本使少陽感恩以効命王鍔
推誠以莅衆是淮西絶繼代之業朝廷存弘貸之德亦將
以息河北狐鼠之勢示去逆効順之利自然風靡以承化
從此不希於苟得矣斯事體大伏惟陛下行之議者以爲
少陽兵戎賤臣曾居叛黨若將易處於關輔之地寵任以
兵戎之權何異夫朝四暮三而終不離其數是不然也夫
根深者難拔源長者難絶彼盤結衆根其人久矣我能絶
之使安植施於他以變其所庸非至計乎且事不先漸化
之道而欲頓歸於大政亦難矣方今征承宗以名聞于天
下者豈不恃衆違命邀爵乎若使少陽復而行之則其罪
均矣不可獨赦則必分師以討之當淮楚災旱之餘征賦
耗竭之日是使蒼生興流亡之歎甲兵無暫息之時上以
傷陛下子育之心下以竭邦賦資用之費得不審慎其舉
而保其成筭哉伏以國家艱難已來河北戎臣竊據州郡
父殁子代兄終弟及皆朝廷稽緩其事不時即謀使生人
之心率以沿習爲患久矣陛下神略獨斷超冠百王事當
其機宜以時華臣不勝誠懇悃款之至

代韓僕射諫伐淮西表　張述

臣某言某月日中使某至伏奉手詔兼宣聖旨以淮西事體令臣[redacted]謬竊藩隅每慙叨忝職惟承命思深隕越（一作思不越人）陛下特迂宸聰議及凡品累從聽之德慙啓聖之才慼恩徘徊難酬寵遇敢不罄陳愚贄竊備芻蕘伏以少陽男元濟不取聖裁擅理戎務國有常典罪必當誅或恐淮西一使曾經反側衆情所裁覬自偷安元濟此時求免無路陛下式遏爲心死寇（一無此二字）固合深除剪滅猥蒙詢訪無有寇能不死勢必萬全天討淹留衆心前却則干戈難弭殺戮滋深陛下愛人之心異殷湯釋網之意伏願與輔弼信臣朝廷碩德平章利害以取厥中使兆庶安生四方蒙福實天下幸甚豈惟臣一方臣所部兵馬排比有序但思報國恭候指揮伏惟賜鑒微詞俯察愚懇輕陳替烈慙懼伏深云云

代王僕射諫伐淮西表　王計

臣某言中使至奉詔兼宣口勑以彰義軍節度使吳少陽不起所疾奄謝明時聖情追念藩臣良深軫悼少陽男元濟不待朝旨自領軍戎陛下尚念舊勳特頒詔命冀其追悔未即加兵以臣謬列方隅俯賜宣示絲綸遠降天使荐臨祗奉眷謀仰荷玄澤亮臣微賤素無識知猥蒙恩私訪以去就其於利害臣所難言以臣旋觀誠在天斷伏以陛下內有輔弼外有勳賢資廟筭可以叶宸衷審政議可以正天下如臣庸瑣備位藩屏爲將非衛霍之籌在朝無絳灌之列徒以虛承重寄苟竊明時每荷寵光載懷兢惕豈敢輕塵聖聽以冒天威彷徨靡寧進退惟谷臣竊有愚懇思欲上達況承天問敢不奏陳伏惟陛下光有萬方子育兆庶安危所繫實在陛下忠於陛下者則獻弭兵之謀諂於陛下者則獻用兵之計臣性本專直心願竭忠苟徇羣情是惑宸聽臣若勸陛下韜兵匿甲則淮西受賜又慮多士橫議徵臣以臣私情有何阿黨二途之內伏俟聖裁臣於藩閫之中名位最下雖陳鄙見豈副天心其有不載表章附李誠義聞奏伏希玄造俯賜明鑒限守戎律不獲陳露闕庭

代淄青諫伐淮西表　陸行儉

臣某言臣聞忠以事君則正其詞所以誠臣也諂以事君則僞其辭所以諫臣也臣以多幸生逢昭代受方隅之重寄藉（一作竊）日月之餘輝荷寵益深殺身難報而心尚謇直志無回邪苟利國家臣敢無隱一昨中使李誠義銜命遠降軍中蒙以淮西事宜俯賜宣示跪捧宸諭枉受德音仰荷自天之恩下訪列藩之將恭承聖問思露下情芻蕘之言慮有塵黷誠義迴日已附表奏聞雖詞達於上而誠款動天彷徨轅門懼獲罪戾伏以堯舜在上伊皐立朝陛下謀及宰臣詢于卿士並以弼諧帝道匡贊皇猷在臣何知豈宜獻計然臣擁旄歲久受國恩深玄造未酬赤誠空竭得申犬馬之志敢逃湯鑊之誅仰天誓心白日所鑒伏以陛下君臨萬國子育兆人覆載所均無遠不至溥天之下孰匪王土率土之濱孰匪王臣永言雨露之澤豈隔遐邇之人今少陽去亡胤子在疚賞未追於後嗣兵已纏於四郊然則一方之人豈非陛下聲教所加蓋示懷柔俾霑恩信竊料中外日獻章疏來陳所見以惑上心夫爲姦邪者則願師旅荐興秉忠誠者則願干戈再戢羣情不一豈叶大中伏望皇明燭幽宸鑒及遠誠宜辨邪正於衆口斷可

否於萬機擇善而行從諫則聖如臣愚直謬竊寵私不敢以息兵沮（一作阻）議今所上表貴以直書非敢私於淮西誠願安於宇宙不然者恐煩聖上之慮有費天府之財不惟塗炭一方誠亦憂危四海盡忠於國者猶自銷難不忠於國者因此生禍國之理亂實所攸繫伏冀陛下弘以好生之德降以推恩之典使死者懷媿於幽壤生者盡節於聖朝凡在臣子孰不幸甚陳露愚懇輕冒天威周章失容進退無據臣限以戎閫不獲陳露闕庭無任憂惶殞越之至

宰相諫罷討伐請不幸奉天表　錢珝

臣某等言伏以伐叛與戎國之大事有不得已然後行之而食在兵先兵居謀後餽餉必足經略無遺得必勝之帥臣有可用之勁卒然後更度利害熟計始終以是興戎乃可伐叛昨者陛下以某臣節有虧嘗犯天怒而易其鎮守

猶示渥恩遷延未行苞藏難測聖慮潛察睿斷勇爲爰命宰臣使奉成筭臣等雖承嚴旨敢不深思實以國用方虛軍糧難濟藩垣調發深恐依違兼量於足食足兵二者皆所未備況去秋寇孽犯順鑾輅出居宗廟震驚士庶流落尚賴皇威所被大憝尋平宮闕復清生靈全活今纔周歲始得稍安至於畿甸之閒尚有瘡痍之疾（一作患）臣等所以累因數奏具寫便宜且乞明聖（一作聖明）更詳事理緩謀周慮全體養威必使盡叶事機而後重行討伐愚誠無感睿志不移旬月之閒血誠備瀝事行已定不敢復言昨日仰奉天顏密承聖旨又欲出幸近縣親督戎師仍慮寇盜奔衝且貴城壘堅固特令臣等更共平章祗稟宸嚴敢不傾竭蓋陛下將恐姦宄遽至奔軼遂欲先居高壘免動鑾塵備審睿懷切在於此又以爲出臨戎事促詔藩臣督集卒徒以速誅剪言於常理固合所宜然臣披抉腹心陳其數事一則伏思朝廷今日之事與建中之難不同當時猛將如雲謀臣如雨國贍九年之蓄兵持百勝之權德宗皇帝出幸奉天以爲長策一旦懷光繼叛晷刻難安遽遠宗祧遂奔梁漢陛下視將帥之材與粟帛之積得如當時否天下盡忠之力赴難之心又得如當時否以此量度實恐稍難二則陛下雖處奉天之固不可遽棄京師忽使姦謀馳於閒道直趨闕（一作城）下大縱戕殘陛下隔在孤城衆軍各圖其利謀危救亂欲仗何人三則士庶疑懼之心尚賴宸極安止若使鑾鈴順動禁掖頓空則萬姓之心一時何仰況輕違廟社遽捨生靈自古帝王未嘗至此四則秋序肅殺之氣金（一作全）在西方昨者冒此用兵犯陰陽大忌今陛下以一朝之怒忽萬乘之尊遠出皇居又衝王氣忝爲臣子

復列宰衡苟不盡言是負聖德五則凡有天象之變所以儆動帝王昨者妖星頗多凌犯陛下深知戒懼且降德音兼有禳祈欲銷災咎而銷災之本全在清靜無爲今則伐叛用兵天心不易又欲當災星謫見之後衝王氣以征行訪於匹夫亦知不可惟此五事敢不具言今則實在陛下英朗疏通且思守位以陛下語臣二者之意評愚臣五事之言裁在宸衷以安大事去此就彼聖慮自深輒貢直言難逃罪戾臣某等無任惶越懇激之至

請置屯田表（玄宗）　張說

臣某言臣聞求人安者莫過於足食求國富者莫先於疾耕臣再任河北備知川澤竊見漳水可以灌巨野淇水可以溉湯陰若開屯田不減萬頃化萑葦爲秔稻變斥鹵爲膏腴用力非多爲利甚博諺曰歲在申酉乞漿得酒來歲

甫通春事方興願陛下不失天時急趣地利上可以豐國下可以廩邊河漕通流易於轉運此百代之利也當今國儲未贍邊軍未息靜人業農願留聖意亦嘗賜前階之食承後騎之顧竟唯唯而無一言者豈敢隱情於聖主哉集作也正以職在仗衛憂於部伍馬上非公議之所圍遊非朝廷之事今昧死上愚見乞與大臣籌謀速下河北支度及溝渠使檢料施功不後農節謹附賀正使隨軍前曹州考城縣尉同希再奉表以聞謹言

論廢楚州營田表為淮南杜相公憲宗　劉禹錫

臣某言中使曹進玉至奉宣聖旨存問兼賜臣墨詔以楚州營田廢置事令臣商量奏者跪捧天書恭承睿旨道存致用義在隨時云云伏以本置營田是求足食今則徒有糜費鮮逢順成刈穫所收無裨於國用種糧每闕常假於

文六百十六　九　表

供司較其利害宜廢已久比來循守舊制不敢輕有上陳皇明鑒微特革斯弊取其田畜授彼黎蒸仍俾薄租誠為至當但以田數雖廣地力各殊須量沃塉用立程度臣已追里正臣與商量利便謹具別狀奏聞伏惟聖慮俯賜詳擇

請修義倉表　齊映

臣某言臣聞荷覆載之德者願訓天地之仁懷涓埃之勤者冀裨海岳之大所以思或出位知無不為況臣受寵過深感恩逾切不竭慮以自効是盜祿以苟安臣某中謝臣伏見一時愆雨一穀不登黎庶以[redacted]不知卿士以月俸自恃竊惟聖慮已積憂勤凡在人臣何以安處昨者自春接夏時雨暫愆陛下心憂於穆清之中躬禱於靈池之上精誠所至昭感遂通祥禽呈瑞於御前膏雨布澤於天下遂使百穀皆稔九土大豐國無不獲之夫代成廉讓之俗斯乃皆由聖德上合天心顧此齊人俱受其賜此何異開口待哺濡身仰衣豈知宸衷一作心不可常勞靈雨亦難恒若者也必在酌堯舜之至道舉祖宗之成法復修義倉以救歉歲則黎人絕水旱之困陛下釋憂勤之念君逸無勞乃合至道足食無患斯謂雍熙豈臣率心實聞方冊又臣伏以賦稅之道理化之源必資考古酌今以通其變俾為經制豈利因循各具狀別隨表臣某中謝伏以聖心屬念惟在黎元微臣惷愚嘗歷州府敢以所見備於上聞徒竭誠請理猶未明輕冒宸嚴不勝隕越

論萊州置監牧及和市牛羊奴婢表　張廷珪

臣廷珪言竊見國家於河南北和市牛羊及荊益等州市奴婢擬於登萊州置監牧此必有人謂頃歲以來軍裝所資國用不足或將見陶朱公公孫弘卜式之事而為陛下

文六百十六　十　表

陳其策耳臣愚以齷齪小算有損無益不足為盛明天子行法於代也何以明之彼三人者實為匹夫藉空虛之地罄勤苦之力畜牧積歲增致千金苟以一家言之其計得也今聖朝疆域四海臣妾萬方天覆地載莫非所有而欲必取於人從牧於國何示人之不廣而近樹私也況和市遞送所在擾然公私煩費不可勝計臣聞諸古人曰百姓足君孰與不足百姓不足君孰與足蓋君之與人上下同體無所間也今河南牛疾甚處十不一存農傷豈徒百姓而已又今[illegible]牧重取其牛在將者下俚尤要一無此十一字一則利其孳產二則不廢營農家家保之豈願輒賣今雖和市甚於抑奪[illegible]百姓之望是牛再疫而農重傷此則有損無利一也頃者諸州雖定估價既緣併市則雖平準加其簡擇事須賄求侵刻之端從此而出牛羊踴貴必倍於常百姓

私陪則破家業一作産雖官得一牛一羊而百姓已失兩牛兩羊價矣此則有損無利二也登萊之境是稱海隅因之水氣加以風迴秋則早寒春則晚昫深山大澤咸生蛟虵一作蚊虻若置羣牧必多死損此則有損無利三也高原之田百姓耕植下濕之地不堪放牧若奪百姓高處兩州皆失丁田至于牛羊復相踐暴乂長如此闔境不安非直百姓被侵蓋失國家租賦此則有損無利四也且又荆益等州親疑是和市奴婢多是國家戶口姦豪掠來一入於官永無雪理況南北旣遠風土非宜乍到登萊必生疾疫此則有損無利五也且方今東洎滄海西洎流沙亭鄣多虞甲胄未息戎機調發歲時相繼由是丁兵逃散戶口流亡略舉大凡十有數四陛下天憐黔首光啓玄猷將命使臣分道巡撫簡而靜鎭難畢乂安纔乃征伐外繁徵求內廣欲使萬方兆庶安堵復業亦猶剪鳥之翼而望其騰騫一作飛騰脫魚之鱗而願其遊泳臣又聞之君所恃者人人所生者食食所資者耕耕所恃者牛廢耕則去食去食則無人人無以生君將何恃然則牛者君國字人之本豈可無故一旦取之哉臣又度羊之爲須非軍國切要假命畜牧能遂繁滋三數歲閒億萬可致陛下豈可鬻之於外蕃射其利爲用乎又[illegible]可鬻之於中土剖其命爲資乎牛之爲損則如彼羊之無益則如此臣雖愚戇知其必不可也伏願陛下特加審愼詳圖損益諸有所和市及新置監牧等儻迴聖慮即日停絶天下蒼生豈勝幸甚昧死上表以聞

文苑英華卷第六百十六

登仕郎胡　柯　鄉貢進士彭　叔夏　校正

文苑英華卷第六百十七　表六十五

刑法一 刑法表凡三卷英華所編失年代先後今正之

諫將殺櫟陽尉魏禮臣表 太宗

朱子奢

臣伏見櫟陽縣尉魏禮臣爲斷河池一作池陽縣令崔文康事失情奉勑解任禮臣不伏詣堂上表稱御史阿曲請更推問若一事有虛乞戮都市大理奉勑更爲勘當令大理奏禮臣枉御史不阿勑令依其析辯賜以極法伏尋禮臣斷事乖僻正合解免不知甘罪呑聲更復上聞天聽恩勑重問虛實乃確執不移論其愚蔽朝野同忿然陛下君臨萬寓子愛蒼生一物失所載懷夕惕矜愚泣罪帝王盛事乃至如此禮臣橫訴止當上表不實律有明科令便賜以極刑恐傷過重且死者不可復生斷者不可重續縱欲思愆改謬安可得乎所以矜獄念刑歷代斯重又聞禮臣母氏年齒極高餘生垂迫前途無幾一旦逢此情何可言伏惟陛下日昃忘勞申理寃屈所以四方士庶咸湊闕庭令若遂殺禮臣悠悠之徒惟言禮臣上表被誅不知愚迷獲死後有欲自理者必懷此懼恐容納之道或有所虧謹以奏聞伏聽勑旨

論薛子雲等表 太宗

顏師古

臣師古言伏見宣勑別將薛子雲竇善衛二人釋禁引見此實陛下聖德寬仁垂恩宥過固非愚慮所能測量然臣

之區區竊有管見犬馬微志不敢隱默臣聞殺生威權帝王之所執而憲章法律臣下之所奉子雲等身居五品足知禁令捕獲罪人已就拘執計其本犯又非死刑遂乃違法恣心擅行殺戮是無憚也詐云格殺表奏求賞是罔冒也陛下付法司推窮事須歸實而遞相枝蔓（一作霊披）希冀恩澤挾僞干真是要君也自古節義之人亦有諱死之事皆爲臨危遇厄事不獲已愛敬君親亡身棄命豈如子雲等明白故犯懷詐藏姦朋黨比周違經亂法於義無所取於禮無以勸其罪不可恕其源不可開且法司之體職當察獄義無縱濫不得阿容二人雖則諱辜主司須定實罪不言殺人之道何者合坐專述相諱之辭以爲盛美亦非守職務據正法也若使二人皆承則不知罪之所在如其二人並諱復欲何以斷之臣聞愚者之言聖人擇焉脫有可

採伏願許察輕塵聽覽伏增戰慄

諫侯君集等下獄表（見六百九十七卷）　岑文本

諫大赦後遷配王充竇建德黨與表（太宗）　孫伏迦

臣聞王言無戲自古格言去食存信傳（舊唐書作聞）諸舊典故書云爾無不信朕不食言又論語云一言出口駟不及舌以此而論言之出口不可不慎伏惟陛下光臨區宇覆育羣生率土之濱誰非臣妾綵綸一發取信萬方使聞之者不疑見之者無惑陛下今月十（唐書無十字）二日發雲雨之制光被黔黎無所間然公私蒙賴旣云常赦不免者皆赦除之此非直赦其有罪亦是與天下斷當許其更新以此言之但是赦後即使無事因何王充及建德部下赦後始欲遷之此是陛下自違本心欲遣下人若爲取則若欲子細推尋逆城之內誰無罪者（唐書作人誰無罪）故書云殲厥渠魁脅從罔治若論渠魁充等爲首渠魁尚免脅從何辜且古人云跖（一作蹠）狗吠堯狗吠（二字一作蓋）非其主在東都城内及建德部下乃有與陛下積小故舊編髮友朋猶尚有人敗後始至者此等豈忘陛下皆云被擁故也以此言之自外踈者竊謂無罪又書云非知之艱行之惟艱上古已來何代無君所以秖稱堯舜之善者何也直由爲天子者實難善名難得故也往者天下未平威權須應機而作今四方旣定設法須與人共之但法者陛下自作之須自（唐書作還須）守之使天下百姓信而畏之今自爲無信欲遣兆人若爲信畏哉故書云無偏無黨王道蕩蕩無黨無偏王道平平罪賞之行達乎貴賤聖人制法無限親踈如臣愚見王充建德下僞官經赦合免責情欲遷配者請並放之則天下幸甚

論廢宮官屬表（太宗）　許敬宗

臣聞先王慎罰務在（一有於字）恤刑往哲寬仁義在（一有於字）宥過聖人之道莫尚乎（一作于）玆竊見廢宮官寮五品以上除名弃斥頗歷温寒（一作歲時）但庶人疇昔之年身處不疑之地包藏悖逆陰結宰臣所預姦謀多連宗戚禍生慮表非可防萌宮臣（一作内官）僚迥無關預今乃投鼠及器孰謂無寃焚山燬玉稍同遷怒伏惟陛下至德欽明哀矜庶類聖情冥感昭格上玄是天監孔明重申靈命神襟喜悆恩加率土爰詔寬鞠覃被普天惟此數人未沾洪造伏尋先典例有可原昔吳國陪臣則爰絲不坐於劉濞昌邑中尉則王吉免縁於海昏譬諸欒布乃策名於彭越比乎田叔亦委質於張敖主以凶逆悉陷（一作陷其）誅夷臣以賢良皆荷（一作荷彼）收擢歷觀往代此類尤多近者有隋亦（一作又）遵斯義楊勇之廢罪止加於佞人李綱之徒皆不預於刑網古今裁其

折衷史籍稱爲美談而今張玄素令狐德棻趙弘智裴宣機蕭鈞等並砥節礪操有雅望於當朝經明行修播令名於天下或以直言而遭窜扑或以忤意因（一作而）見猜嫌一槩雷同並罹天憲恐於王道傷在未弘臣早預藩寮深蒙録舊趨馳左右二十餘年伏見絲言每求輿誦所懷狂狷輕敢以聞（一作皆舊唐書本傳）

請更不窮逐竇智純表　太宗　褚遂良

臣遂良言竇智純不自循名陷於險薄既是陛下近親由來之所諳委然智純戚屬使任女爲王妃結髮從戎實惟故舊書言昔在唐堯以親九族陛下憲章前事自須進退以禮方今刑網寬大不以疑罪與民弘基所注箭射舍中事已非實智純自藏獨樹狀又難明所以刑部大理各相得失陛下已出智純爲開州刺史便是貶責正當處分已畢今之餘事只是窮逐語言但智純戚屬貴望親姻既莅職居官布在朝野相逢談説言議是常兼復其婦積病在床命懸朝夕即日刑部官司及在朝士皆不欲陛下更窮此事設令實推得智純自藏獨樹誣弘基家人刑名指歸殊非重大況又事跡曖昧猶未分明若久窮逐便成苛細生於物議虧損至德如臣愚見伏願更施天澤赦其所短情存故舊不失善聲即日在外議論如此臣猥居諫職不敢不聞塵黷聽覽伏增戰慄

請停春殺高蓊禮表　高宗　薛元超

臣某言臣蒙非分恩澤一朝拔擢至此跼影兢魂惟思報効伏惟天皇開直言之路不棄芻蕘臣之區區敢陳微款伏見近日奏揚州人高蓊禮詐宣勑乘驛馬採藥其日奉進止不得至秋即決蓊禮犯狀實當萬死但以罪非惡逆據法合至秋分臣聞聖人者德配二儀則天而爲政令既勾芒戒序時屬發生禮稱仲春之月無焚山林言順陽而養物也仲秋之月申嚴百刑亦順陰而肅殺也古人有云姦僞者與造化俱生自然之氣也是知掩義隱賊出自帝鴻毀信廢忠生於少昊以今海內之廣何得全無姦僞天皇踐極已來恒以寬仁被物故中外禔福區宇乂安以太平之時闡和平之化若其政察非所以（一作謂）上導玄老之風伏請稽諸彝典暫迴聖慮臣識不及遠輙申愚見懼不瓦合伏增戰悚

論刑獄表　武后（文粹作諫除濫刑疏）　朱敬則（長壽中）

臣聞李斯之相秦也行申商之法重刑名之家杜私門張公室棄無用之費損不急之官計日受功（一作惜日愛功）疾耕急（文類作亟）戰人繁國富遂（一作乃）屠諸侯此救弊之術也故曰刻薄可行（一作施）於進趨變詐可陳於攻戰兵猶火也弗（一作不）戢將自焚也既而（二字一作況）鋒鏑既（一作已）銷石城又毀即（一作諒）可易之以寬大（一作泰）潤之以淳和八風之樂以柔之三代之禮以導之秦則不經（一作秦既不然）淫虐滋甚往而不返卒至土崩此不知變之禍也陸賈叔孫通之事漢王也當滎陽成臯之間糧饋已窮智勇俱困不敢開一説効一奇惟進豪猾之材薦貪暴之客及區宇適平干戈向戢金鼓之聲未歇傷痍之痛尚聞二子顧盼雍容綽有餘態乃陳詩書説禮樂開王道謀帝圖高皇帝忽然曰吾以馬上得之安事詩書乎對曰陛下馬上得之可馬上理之乎高皇默然於是陸賈著新語叔孫通定禮儀始知天子之尊方覺帝王之貴（一無此句）此知變之善也向使高皇排二子而不收（一作教）置詩書而不顧重攻戰之吏尊首級之材複道爭

功張良已知其變拔劍擊柱吾屬不得無謀即晷漏難踰何十二帝乎亡秦是續何二百年乎故曰仁義者聖人之蘧廬禮經者先王之陳跡然則祝祠（文粹作辭）向畢芻狗須投淳精已流糟粕可棄仁義尚捨況輕此者乎自文明草昧天地屯蒙二叔流言四凶構難不設鈎距無以應天順人不峻（一作切）刑名不能（文類作無以）摧姦禁（一作息）暴故置神匭（一作器）開告端曲直之影必呈包藏之心盡露神道助順（一作直）無罪不除人心保能（文粹作寧）無妖不戮以茲妙筭窮造化之幽深用此神謀盡（一作入）天人之祕術故能計不下席聽不出闈蒼生晏然紫宸易主大哉偉哉無得而稱也豈比造攻鳴條大戰牧野血變草木頭折不周可同年而語乎然而急趨無善迹促柱少和聲拯溺不規行療飢非鼎食即向時之妙策乃當今之芻狗也伏願鑒秦漢之得失考時事之合宜審糟粕之可遺覺蘧廬之須毀見機而作豈勞終日乎陛下必不可偃蹇太平徘徊中路伏願改法制立章程下恬愉之詞流曠蕩之澤去（文粹作斷）萋斐之牙角頓姦險之鋒鋩杜告密之源絕羅織之跡（一作室羅織之源掃朋黨之跡）使天下黎人（一作蒼生）坦然大悅豈不樂哉（一作皆舊唐書本傳）

同前　武后　　徐堅

臣聞上天之道先春而後秋聖人制法外刑而內禮故知三辟之設王者不得已而用之今帝命惟新六合光宅遠無異望邇無異言亦宜安彼反側示以寬典臣竊見神都諸部勘當所尋有勑停迄至于今猶尚追攝豈非勘當使等志希僥倖執斯刻薄以爲已能哉長姦濫之源傷醇和之化伏願即停之臣又聞書有五聽慮失情實也令著三覆恐致虛枉也比見有勑勘當反逆令使者得實便決然人命至重死不可生儻萬分之中有一不實欲訴無路懷枉誰明飲恨吞聲赤族從戮豈不痛哉此不足以肅姦逆而明典刑適所以長威福而生疑懼臣望絕此處分依法覆奏則死者甘伏知泣辜之恩生人歡悅見詳刑之意又法官之任人命所懸若不簡擇恐招枉濫諸官僚之內有用法寬平爲衆所稱者願親而進之處事深酷不允[redacted]望者願踈而退之囹圄無寃億兆幸甚臣又聞罰不及嗣虞帝之明規罪不至孥漢君之茂德故郤芮作亂而郤缺登朝嵇康被刑而嵇紹入用終能立功白狄效死湯陰千載美談斯爲稱首父子猶其若此餘親尚何疑哉竊見逆人之親選曹廣責無親無服亦數十條士子之中十將三四今聖人在上寶命惟新有道賤貧實爲深耻遂令此等長從遐棄懷才抱器將何望哉是以聖意哀矜頻降恩制令同常例各使坦懷姚璹之徒皆逢委任而在下僚列不識天心苟求微疵不弘大體又準勑逆人周堂親不得任京官及兩畿三輔官準法刑戮緦麻親不得充近侍宿衛臣望申勑有司勑令逆人外不得輙爲勘責收其賢能示之曠蕩斯巍巍之德作範百王穆穆之風垂裕千祀伏惟皇帝陛下二儀合德百姓爲心一物不安納隍興想竊見關西戶口召募赴都聖旨含弘不言差送是以樂住之色數萬餘家受使之人苟徼勞効務選高戶抑此陪郭然高戶之位田業已成安土重遷人之恒性使者強送僶俛進途一人怨嗟或傷和氣數千餘戶深且察之臣望令檢勘先投牒樂住者並令赴都其差定陪郭者各任還貫若神都須人雍同等州先有工商戶在洛者甚衆令檢括兼簡樂住之人微有資財情願在洛城者並酬其宅鋪之地令漸修

立則洛城不少於邑户黎庶得安於本業此管子所謂順於人心施弘均養之仁則臣希冀痊平有朝覲之望容居散秩免負乘之愆無任悃迫之至

文苑英華卷第六百十七

登仕郎胡　柯　鄉貢進士彭　叔夏　校正

刑法二

爲百僚請加王慈徵等罪罰表 武后 李嶠

臣某等言伏見逆人王慈徵等並擢自凡庸累承恩奬遂得叨榮秩職此禁戎任切爪牙寄同心膂而忠勤之志莫効於鷹鸇悖逆之愆反同於梟獍向使邪謀不洩陰計遂成將恐變起宮闈禍生肘腋此實靈祇之所切齒臣子之所寒心若但寘以恒科委之常憲何以明大憝之懲咎杜元凶之覬覦望請汙其宮室轘之都市用遵雷電之象允叶春秋之義則衣冠塞望夷夏甘心無任憤切之誠謹冒死陳請臣某等誠惶誠恐頓首頓首死罪死罪謹言

百寮賀恩制逆人親屬不爲累表 武后 前人

臣某已下文武官九品已上二千七百五十人等言臣等伏見今月九日恩制緣逆人親屬有能公勤清白者自當隨材擢用不以爲瑕宜各坦懷佇收來効臣等仰承恩造伏誦德音感戴屏營抃舞相屬臣某等誠歡誠喜頓首頓首死罪死罪臣聞父殛子興聖賢忠厚之教身死宗戮季末陵夷之道或罰不及嗣或禍并其族淳朴浸往惻隱不逮於昆蟲 一作蚑 法令滋章網羅必及於麛卵天厭淫虐誕興明聖掃百王之餘弊張網羅而更理去貪殘而遂生育

品物昭蘇哀獄訟而緩虔劉寰瀛凱懌刻薄之風盡革厚之化流猶且締想納隍凝情溝壑在予之旨固以(一作已)刑於萬方拯物之心豈直解其三面日者亂臣干紀巨猾滔天將傾渤海之流且觸崑山之柱陛下傷澆浞之爲虐弔管蔡之不臧法雷電之威誅而不怨(一作怒)用春秋之義斷必以情權其髮而葬其尸殲其魁而宥其黨漢主三夷之法黜而不行秦皇九族之刑矜而莫用至若瓜連萍託枝附葉隨或玉石難分或淄澠易混俱削嫌疑之迹豈□從寬大之文遷州貶縣纔示於小懲竄海投沙尚班於榮級則是我有大造於羣兇也而聖慈無已天澤踰隆並運四時乃錫造於平分之外不遺萬物尚加惠於曲成之表使枯朽之幹向秋而更榮窮涸之鱗在轍而能躍藏其疾而含其垢責其効而要其功雖魏士之私於外朝獲安反側商人之染於汙俗咸與惟新無以匹此含弘方斯滌蕩陛下祚始酆鎬嗣周家之忠信卜于瀍洛承夏鼎之休明三后在天日歆於盛德四夷爲守永慕於高義方當鬼神降福豈止黎庶歸心臣等沐道昌期叨榮顯列觀太平之德禮聽中和之詩頌雨露之施徒仰於財成天地之仁豈議於酬答無任欣戴踴躍之至謹詣朝堂奉表陳賀以聞臣某等誠懽誠喜頓首頓首死罪死罪謹言

爲將軍程處弼謝(集作辭)放流表(武后)　陳子昂

糞土臣某言臣以殃釁姪搆凶逆臣合宗族誅戮以顯國刑不謂天慈哀矜宥從寬典全臣骸骨生竄遐荒窮魂再造以崩以躍臣某(中謝)臣聞忠臣事君如子事父窮痛之至則呼所親何者君父恩深臣子懇切況臣蒙陛下恩遇如子於母今爲子不孝爲臣不忠長辭闕庭永歿荒裔悲窮痛恨荼毒誰依即使朽骨埋魂長滅泉壤懇誠莫展幽翳明恩實恐隱匿於君不盡臣節明神誅殛瞑目貽殃輒敢隳裂肝心罄竭誠懇殘喘冒死期少謝恩伏惟聖母神皇陛下哀矜(集作憐)垂察臣某(中謝)臣聞犬馬賤畜尚知主恩草木無心猶感德化臣雖駑猥不足比人負榮懷恩能無感激臣山東孤賤(一作子)朝無親故性識愚鈍材無可堪非能矯迹立方(一作身)飾行軌物假借名譽爲時吹噓遂得宿衛階墀忝職郎將勤勞莫紀尸素已多任經十有三年竟無一階升録臣之駑劣於此可見而貪榮冒寵尚不知歸陛下應天受圖恢纂大業又不以臣駑鈍特見褒昇擢任中郎委以心膂在職未幾即檢校將軍纔逾一年又加正授未盈三歲貴顯朝端寵渥隆崇莫與臣比臣每刻肌骨曉夜思惟臣以何功謬私天造超羣越輩顯赫明朝應由臣天性專愚志一守直(一作志守一直)行不負物心不愧神盡忠事君竭力養母所以聖慈幽鑒曲照懇誠寵任無疑委同親近不然愚臣何取(集作以)叨此殊私(集作恩)臣凶險罪深母不終養爰初遘疾以至終亡天慈再三降醫賜藥酒脯珍膳繼踵臣門優問慇懃若同親戚臣之母子何德於天子貴母榮恩禮重疊臣誠不孝至頑至嚚蒙此恩榮豈無感戴臣愚性爲善不願人知非敢自矜用爲僥倖皇天后土實見赤心臣往任郎將之日陛下特以臣貧賜錢(集作銀)及絲臣以天恩非分矜憫賜臣懷戴之心祈懇宜報遂用於天宮寺寫經造像半爲聖主半爲老親臣以君親之恩所宜並報報是常理不合人知自爾造成實(集作)無知者臣今日獲罪不合上言實以事君之心所宜罄盡善惡有隱恐負赤誠況(集作恐)臣長没黃泉無見聖日區區之意安

可不陳臣每以陛下恩深微臣命淺常願湮宗滅族獲報萬分何圖誠効未申凶孽先集逆天反道背德孤恩汙辱門宗虧缺臣節此臣所以椎心泣血仰天號咷長負陛下之恩終無上報之日煩寃屠（一作荼）毒心肝以麇比者待罪幽囚已合殞身碎首爲奉陛下賜書示喻照察臣心所以捧戴偷生假息殘喘今既蒙寬刑（集作法）兄弟獲全投竄遐荒甘禦魑魅臣之慶賴復何可言所恨亡母棄背即遭此禍几筵塗炭孤魂煢煢存者流離亡者哀痛辛酸幽顯爲代所悲應由臣不孝不忠延此禍酷何以面目下（集作將）見先臣何以心顔拜辭天闕生死無措永訣於今即以其月日部勒妻子奔波就道即應死滅結草幽泉伏願聖母神皇陛下至尊寶神爲萬姓加膳天下褆福以祐蒼生壽如（集作若）南山永永無極不勝戀慕感咽之至

爲程處弼謝放流表　武后　前人

臣某言臣無教訓家有逆子臣合湮（集作汙）宗滅族以顯國刑天慈哀矜放從流竄臣爲慶賴已是非圖今月日遂蒙天恩以臣所坐流刑特從釋放窮骸朽骨一朝再生踊躍章惶再崩再隕（前篇作罔知所措）臣某中謝臣山東孤子朝無親故智（集作性）識愚魯非有材能陛下超羣越輩崇以榮寵昔任郎將十有三年遂無涓塵一階昇錄自陛下踐極謬荷恩私冒寵叨榮超絶時輩越從郎將檢校將軍纔逾一年即加正授皆是宸眷非有因人寵渥崇隆（前篇作隆崇）莫與臣（前篇作爲）比臣之孤賤貴（前篇作榮）顯知勳臣又凶殃積罪甘投魑魅孤負陛下之恩永爲遐荒之鬼肝腦塗地無以微酬豈謂天造曲矜恩及枯骨收骸溝壑反魄幽泉使魑魅窮魂重生聖日糞土殘命不滅荒陬負（集作荷）德戴恩萬死無報不勝感荷再生之慶

此篇五百九十卷重出前已削去

爲副大總管營田（集作屯營）大將軍蘇宏暉謝罪表　武后　前人

臣聞獫狁不龔周王致其大戮將軍失律漢制被其嚴刑未有逆命驕天而逋豐鼓之罰亡師沮衆遂寬載社之誅伏惟天冊金輪皇帝陛下肅恭上帝子育羣生萬國所以宅心百蠻由其屈膝而契丹凶狡敢竊邊陲毒虐生靈暴殄天物皇兵順伐杖仁義以龔行窮寇姦回憑險阻而猶鬭臣等仁虧聖略知（集作智）昧詭圖遂以熊羆之師挫於犬羊之旅誠合結纓軍壘抵罪國章陛下以堯舜深仁且緩三苗之伐禹湯罪已不與萬方之辜遂得齒劒餘魂更忝授鉞之任死綏之魄復同挾纊之恩四夷慕義以來甦三軍感恩而抃躍（集作踴）癈痍再起俘馘是圖將士同心誓雪孟明之恥殤魂共憤思抗杜回之讎臣等殉義忘生報恩惟死不勝（集作任）感激慶戴之至

同前　武后　前人

臣某言伏奉其月日已前赦書赦臣萬死纔削見任官秩還復本將軍名始慶再生即榮寵命宛轉踴躍感戴慙惶臣某中謝臣聞鑿門受拜（集作律）本合忘生對敵臨戎徇節惟死此乃國家恒典軍政嚴科臣妄以薄（集作庸）才謬叨重任不能深圖遠筭馘醜摧凶以宣廟略之威永息邊人之患屬以前軍挫衄士卒奔亡臣後繼驅馳戰鬬交合川谷地險客主勢殊步馬相懸左右受敵決死爭命（集作決命爭死）力盡途窮遂以貔貅之師衄於犬羊之衆誠合（集作宜）刎首謝罪（集作國）殺身報國（集作恩）陛下弘湯禹之仁務寬大典愚臣

同孟明之侶遂免嚴誅白骨再榮丹慊未泯誓將枕戈嘗膽殄逆梟凶躬爲士卒之先以雪殤魂之憤肝腦塗地少答鴻私不勝荷戴再生榮幸之至

謝免罪表　武后　前人

臣某言今月日司刑少卿郭某奉宣敕旨以臣所犯特從放免伏對恩命魂魄飛揚臣某（中謝）臣巴蜀微賤名教未聞陛下降非常之恩加不次之命拔臣草野謬齒衣冠臣私門祖宗幽顯榮慶豈止微臣一身而已臣宜肅恭名節上答聖恩不圖誤識凶人坐緣逆黨論臣罪累寔（集作死）有餘辜肝腦塗地不足塞責陛下弘慈育之典寬在宥之刑矜臣草萊憫臣愚昧特恕萬死賜以再生臣身首獲全已是非分官服具在臣何敢安臣若貪冒寵私靦顔恩造復塵舊職以玷清猷螻蟻微心實慙面目伏見南（集作西）有未賔之虜北有逆命之戎尚稽天誅未息邊戍臣請束身塞上奮命賊庭効一卒之力答再生之施庶陛下威命綏動（集作服）荒夷愚臣罪戾將補萬一若臣獲死鋒鏑爲厲犬戎（集作洋）古人結草實臣懇願不勝大造再生荷戴之至

爲人謝放父罪表（集作爲張著作謝父官表）　武后　前人

臣某言臣父某守官不謹獲罪自躬犯非清廉法宜不赦實由臣爲子不孝使臣（集無臣字）父陷刑憲天恩不盡（集作肅）嚴科放全首領臣得父子相見已是非圖豈謂天澤無涯更垂休命臣父子兄弟免罪從榮載惶載殞實慶實躍臣某（中謝）臣父子凡品守道幽微天恩矜憐（集作憫）見垂採録叨承恩幸廁列陪臣自得侍奉已來於今十有八載雖藝業無紀勞勩不聞小心恭勤實免愆過明明昊天實昭實察不敢有二不敢有私夙夜兢兢悚（集作祗）惕若厲所以父母兄弟皆荷恩私叨職謬官並在（集作預）供奉摩頂至趾豈足上酬愚臣兢兢實慙夙夜（集作實悚）不意臣父昏（集作衰）耄恃寵忘公貪潤微財取犯朝憲應由（集作是）臣不忠不孝使（集作事）父無良廉恥不脩幾諫有闕遂使陷於刑法玷國憲章（集作有玷國章）臣之萬死無補此責刻肌刻骨泣血泣天恨負聖恩以媿朝列臣宜代父蒙罪自殞闕庭不合偷安尚求苟免誠以天波昭洗得更自新所以忍垢偷生克躬自勵冀將（集作期効）萬一補過酬恩灰軀糜骨以甘心願伏惟神皇陛下恩同父母矜照懇誠信臣（集作其）赤心實有罄竭（云云）

請寛宥與張易之姪還人表　中宗　張廷珪

臣聞國之威柄在於賞罰賞中則人知勸罰中則人知沮二者苟得則四海獲安二者乖宜則萬人無措況陛下始復初業（一作復先業）甫登寶位率土顒然欽佇聖化凡欲興（一作舉）事亦何容易外有竊議臣請盡言至如張易之兄弟窮罪極逆蒼生苦之良有歲月憑託城社無所告訴陛下仁聖明斷憂在黎元一朝誅夷孰不慶抃在於親故並合從坐然量宜制法理或未弘何者然也臣歷觀自古以來革故即新之際莫不先行誅戮以服衆心此皆素無人望理藉如此今陛下先朝子孫唐德未改是乃天地之眷人祇之望非陛下而誰誠宜布恩施德以答之崇仁尚寛以理之豈更誅夷以虧至德況易之兄弟榮盛多時趨附之徒天下太半欲盡殺之則罪不加衆欲少殺之則法難畫一在都城者乍可有數遍四方者未知幾人反側者多不可不察安之之理必在於寛自非至親及於謀首請一原宥令其自新仁風大行在斯一舉臣無任

請代父死表　玄宗　張不耀（開元初）

臣某言臣聞哀哀父母生我劬勞欲報之恩昊天罔極臣父文成充使不了特宜嚴刑罪小責深不勝冤苦街衢驚歎長幼咸嗟皇天后土實所鑒照臣聞有理不申枉填溝壑臣子情切骨肉恩深請以微軀代父當死乞寬父之殘命展愚臣之孝心伏乞天命俯垂矜察臣不耀萬死猶荷再生臣父朝無近親孤官獨立苗踈難植根淺易危無風而自倒不寒而自戰李全交接邪作蠱舞法弄權虐甚周興酷殊來俊枉陷良善以立已功惡貫已盈貪殘事敗不慙顏厚猶事糾繩不懼皇天仍居憲府罪輕責重其枉實深但恨明時虛編咎晦闕伏願陛下採輿人之誦聽左右之言乞不濫無辜庶冤魂重返即臣雖死之日猶生之年不任酷裂之至冒死投匭以聞

文苑英華卷第六百十八

登仕郎胡柯　鄉貢進士彭叔夏　校正

文苑英華卷第六百十九　　表六十七

刑法三

執奏裴景仙獄表　玄宗　李朝隱時為大理卿

臣某言伏見武強縣令裴景仙犯乞取贓至五千疋事發逃走奉勅令集眾殺却伏以景仙緣乞取犯贓罪不至死又其曾祖故司空寂往屬締搆首預元勳載初年中家陷非罪凡其舊唐書作有兄弟皆被誅夷惟景仙獨存今見承嫡據贓未當死坐雖唐書作準犯猶入請條十代宥賢功實宜錄一門絕祀情或可哀願寬暴市之刑俾就投荒之役則舊勳不棄平典斯允

第二表　前人

臣某言臣伏以有斷自天處之極法生殺之柄人主合專輕重有條臣下當守枉法者枉理而取之十五疋便抵死刑乞取者因乞為贓數千疋止當流坐今若乞取得罪便處斬刑後有枉法當科欲加何辟所以為國惜法期守律文非敢以法隨人曲矜仙命射兔魏苑驚馬漢橋初震皇赫竟從廷議豈威不能制而法貴有恒又仙曾祖寂草昧忠節定為元勳位至台司恩倍常數載初之際枉被破家諸子各陷唐書作犯非辜惟仙子然猶在且又承嫡繼封王祀若寂勳都棄仙罪特加則叔向之賢何足稱者若敖之鬼

不其餒而捨罪念功乞垂天聽況應勑決杖及有犯配流近發德音並(唐書作普)標殊澤杖者既聽減數流者仍許給程天下顒顒孰不幸甚瞻彼四海已被深恩豈於一人獨峻恒典伏乞採臣之議致仙於法則國典有常率土幸甚幸甚

制景仙決杖一百流嶺南惡處

論夷州刺史楊濬決杖表(開元二十四年)　裴耀卿　六百九十七卷書出

臣某言臣伏見夷州刺史楊濬犯贓處死勑決六十配流者伏以聖恩天覆仁育品(舊唐書作庶)類死罪之責不欲尸諸市朝全其性命流竄而已所以政致刑措獄無冤人曠古已來未有斯美臣愚以爲全生免死誠爲至化有恥且格爲訓將來苟有未安不敢緘默臣以爲刺史縣令與諸吏稍別人之父母風化所瞻一爲本部長官即合終身致敬決杖者五刑之末品施於扶扑徒隸之間官蔭稍高即免鞭撻今決杖贖死誠則已優解體受笞事頗爲辱法至於死天下共之刑至於辱或有所恥況本州刺史百姓所宗一朝對其人吏背脊加杖屈辱頓挫(唐書作屈挫拘執)人或哀矜(唐書作憐)忘其免死之恩且有傷心之痛恐非敬官長勸風俗之意又雜犯死法(唐書作罪)本無杖刑奏報三覆然後行決今非時不覆決杖便發儻獄或未盡又暑熱不耐杖(唐書無杖字)因杖或死即是促期處分不得順時將欲生之却夭其命又恐非聖心(唐書作明)寬宥之意臣前後頻在州縣或緣雜犯決人每大暑盛夏之時決杖多死秋冬已後至有全者伏望凡刺史縣令於本部決杖及夏暑生長之時所是杖刑並乞停減即副陛下好生之德於死者皆有再生之恩也臣無任

論刑法不便表　李彭年

臣聞明王理人也設法立制不私喜怒與天下共之忠臣之事主也竭誠盡節不顧榮辱欲天下利之故得上下同心法令明一寬而有制從容以和此蓋刑措太平之道也今陛下作人父母勤憂庶政從諫不咈居安慮危臣所以敢進逆耳之言忘忤旨之罪伏願陛下少垂照察幸甚臣聞書曰罪疑惟輕功疑惟重與其殺不辜寧失不經好生之德洽于人心竊見紫微主書趙誨爲取蕃人末河利刀子趂文書特勑處盡趙誨受贓罪不枉法又異監臨貪以敗官事雖挂網議而定罪國有常條若必責之以極典假有罪重倣此者陛下復何以加之於法乎臣又聞政之所興事資賞罰□必信人心乃安輕重或虧手足無措陛下若以借趙誨之命勵貪吏之心以臣之愚又將未益國夫法存畫一不啓二門者蓋示人以信也先教後罰寧僭無濫者不陷人以罪也若有犯必死則非薄刑之意同罪異罰又非畫一之道何必殺之示信臣非愛人命也惜陛下之法也昔者渭橋驚馬空見罰金高廟盜環惟聞棄市漢幾刑措職此之由釋之之言可以爲喻伏惟陛下少留意焉抑臣聞之死者不可復生雖欲改過自新其道無由及也殺氣方深嚴刑在近一物失所聖心不安臣忝諍臣不敢不奏又典律所制輕重各殊笞杖是輕徒死是重爰自近日此道便乖凡所決囚例多非命此乃徒刑有必生之理杖刑爲致死之條既紊國經有傷和氣又凡曰造僞例是死囚伏準條格先決一百既必要之以斬罪何更加以杖刑臣雖至愚猶將不可凡百達識孰謂其宜又周禮論刑剌之典一曰訊羣臣二曰訊羣吏三曰訊萬人陛下若以臣所言事非可用則願陛下訊以羣吏詢諸宰臣擇善而行國之利也夫古之人臣干救危犯者非一人也然遇主

榮達者萬無一也(一作焉)其遭咎羅(一作罹)禍者不可勝數以此觀之豈臣之利也誠為主也伏惟陛下深察之臣識謝中庸才非上達猥以承乏叨居諫官既無涓埃之效實多尸素之責謹獻愚直輕觸威嚴儻益萬分甘之九死

第二表　前人

臣某言臣伏見詔書內外官取受一疋以上科本罪外放歸田里五疋以上仍於犯處便附貫者臣聞國之大禮必存其故不易其宜循其教不易其俗故禮曰刑者侀也一成而不可變此則百代常行之道也周禮曰刑新國用輕典刑平國用中典刑亂國用重典此又三等用刑之意也然設三槐九棘之吏入鈞金束矢之條蓋又慎之至也故詳刑則死者不恨而生者不怨怨恨不生則災害不作災害不作則太平之理也以堯舜之聖猶曰惟刑恤哉以成康之賢故稱明德慎罰為政之道可不慎歟自周室浸微穆王荒耄作五刑之屬立三千之條度時而用所謂刑亂者也春秋之時王道寖壞征伐交起教化不行子產鑄書見疵於叔向荀寅設法獲毀於仲尼偷薄之政自是滋矣秦至始皇專任刑罰赭衣塞路姦邪並生囹圄成市天下愁苦劉項一呼土崩瓦解降自魏晉至于陳隋歷代興亡莫不因此故孔子曰禮樂不興則刑罰不中刑罰不中則人無所措手足誠哉是言也當今天下有道庶政惟和四方無虞萬邦從政正可勝殘去殺道德齊禮大華前非淳風一變今乃下明勑峻刑書深非元元之望也夫刑罰者御人以威法令者示人以信若成而數變則人之心不安嚴而必行則獄訟滋起先王所言議事以制不為刑辟者懼人之有爭心也伏惟陛下取鑒前典率由舊章國用常刑俯收嚴典則政經有序德洽人心萬姓咸曰大哉王心茲用不犯於有司矣且臣聞寬者仁也政者正也上正其道下必從之陛下居無為之時行不嚴之化則如風靡草日用而不知豈待威之以深刑而欲革之以貪性苟縱免而無恥亦何益於政哉臣又聞之至刑無所用至政無所理故楊泉物理論曰姦與天地俱生自然之氣也人主以政御人政寬則姦易禁政急則姦難絕今法雖大設犯者逾多臣愚以為持政之急老子曰法令滋章盜賊多有此蓋急刑非止姦之意伏願陛下深思之臣識見近淺才非匡濟謬參列侍忝齒諍臣敢不竭誠以速官謗儻裨政化雖死猶生

請替李邕死表　玄宗　孔璋

山東布衣臣某言臣聞明主御宇捨過取(舊唐書作用後篇作舉)能舉(唐書作取)材棄行烈士抗節勇(後篇作奮)不避死見危致(後篇唐書作授)命晉用林父豈念過乎漢用陳平豈念行乎禽息殞身豈惜(唐書作愛)生乎北郭碎首豈愛死乎向若林父死(後篇唐書作誅)陳平棄(後篇唐書作死)百里不用晏嬰見逐是晉無赤狄之利(後篇唐書作土)漢無皇極之尊秦不兼(後篇唐書作并)西戎齊不霸東海矣臣伏見陳州刺史李邕學成師範文堪經國剛毅忠烈難不苟免往者張易之弄(唐書作用)權人畏其口而邕折其角韋氏恃(後篇作持)勢言出禍應(唐書作則禍)而邕挫其鋒雖身受謫屈終姦謀中損(後篇殞)然則(二字後篇作即)邕有大造於我邦家(二字後篇作國)也前宋璟每厚遇者豈以才重抑嘉其忠於國矣今聞坐贓醜敗厥行且斯人所然(唐書作能)者拯孤恤窮救乏賙患(唐書作賑惠)積而能(唐書作便)散家無私聚陛下下吏訊之聞諸道路執法者將極加之以刑噫天之將喪斯文死在朝夕永辭聖代臣聞生無益於國不如(唐書作若)殺身以明賢臣顧朽材輪轅

（唐書作朽賤庸夫）無取（後篇作用）徒獸視禽息（後篇唐書作獸息禽視）雖生何爲況賢爲國家之寶社稷之衛若喪國家之寶失社稷之衛哲人云亡國將若之何是臣痛惜深矣臣願以六尺之軀甘受膏斧以代邕死臣之死所謂落一毛邕之生有足照千里然臣與邕生平不款臣知有邕邕不知有臣是臣不逮邕明矣夫知賢而舉仁也代人任患義也臣獲二善而死死亦（後篇唐書作且）不朽則又何求陛下若以臣之賤不足以贖邕瞑門縫腋（後篇唐書作掖）有足効矣伏惟陛下寛邕之生速臣之死令邕率德改行全（後篇唐書作想）林父之功使臣得明（後篇作瞑）目黄泉附北郭之跡臣之大願畢矣陛下若以陽和之始難於用斧鉞俟天成命敢忘伏劒豈煩大刑然後歸死皇天后土實鑒（唐書作照）臣之心昔吳楚七國叛周（唐書作因）亞夫得劇孟以爲（二字後篇作則）寇不足憂矣夫以一賢之能敵七國之衆伏惟陛下敷含垢之道存棄瑕之義遠思劇孟近取李邕豈惟成愷悌之澤實亦歸天下之望臣先君孔子曰鄉人皆惡之未可也況大禮之後天地更新捨之（後篇唐書作赦而）復論人誰無罪惟明主深思之臣聞士爲知已者死且臣不爲死者所知而甘於死者豈獨爲惜邕之賢亦成陛下矜能之德惟明主圖之臣璋死罪死罪

此表六百七十四卷重出題作救李邕書內或節略今已削去

爲夫謝罪表　李邕妻温氏

妾温氏言邕効職不謹狀涉貪狼逼迫囹圄獲罪以聞誠宜不待刑書便當殞滅然事有所隱恐負明時天聞夐遠號訴不敢倉卒之際分從嚴誅豈謂天鑒仁明邕得生竄荒外再造之幸上荅何階死罪死罪邕少習文章薄竊時譽疾惡如讎徃任拾遺奏張昌宗之黨後參憲府劾武三思之罪坐此爲累不容于衆秉邪佞者切齒攻文章者側目由是頻謫遠郡削跡朝端不見闕庭何啻十載歲時凝戀聞者傷懷屬國家有事東岳大禮告成法駕西旋路遊近境普遵牛酒之獻各展臣子之心不意天澤曲垂恩私屬沐邕當再躍何以爲心懇至夙誠冀遂申効妾聞正直見用邪佞生憂邕之禍端自此爲始且邕比任外官竟無一議天顏暫顧罪則旋生謗云士無賢不肖入朝見嫉伏惟陛下明察此言妾之微軀萬死無恨死罪死罪邕初蒙勘當即便禁身水不入口向逾五日孤直援寡邪黨相趨窘急至深實不堪忍氣微息奄惟命（唐書作吏）是聽遣邕手書事生吏口貸百姓蠶糧（唐書作種）抑稱枉法市羅以進令作贓私吏以爲能寄此加罪當時勵使朝堂潛皆守捉號天訴地誰肯爲聞嚴命將行恭徃奔逐泣血去國没（唐書作投）骨炎荒長任欽州示以無用願邕充一卒之用効力明時膏塗朔邊骨糞沙壤使得身死王事成邕夙心妾則碎首粉身萬死爲足妾夫婦義重當見其志不避罪責冒死上聞儻天光垂照即當殞滅妾之榮幸實荷再生謹奉表投延恩匭

代郭令公請雪安思順表（肅宗）　邵說

臣某言臣聞郤宛之死罪由無極申侯之戮譖起濤塗惡直醜正其來自遠伏見故開府儀同三司兼工部尚書安思順并弟羽林軍大將軍兼太僕卿元貞等竭心聖代宣力先朝或任重疆場或寄深環列刈單于之壘殿天子之邦播美竹帛圖形文素既稱名將實爲勳臣哥舒翰與之不叶因謀陷害云共禄山通應兄弟盡誅（二字一作盡受誅夷）寃痛之心歿而猶在安禄山牧羊小醜本實姓康遠自北番來

投中夏思順亡父波主哀其孤賤收在門闌比至成立假之姓氏及祿山擁旄薊北思順授鉞朔方雖則兄弟而情非黨與祿山未反之日思順屢已陳聞朝廷百僚無不委悉豈意姦人罔上成此盜憎生爲盡節之臣死爲銜冤之鬼趙母以先請免坐思順以變告覆宗死而有知飮恨何極伏惟陛下以至聖之德紹休帝圖蕩定妖氛肅清寰海軫納隍之念深解網之仁陷賊衣冠咸蒙齒列豈令思順兄弟獨隔恩私忠義之臣所爲流涕此臣所以特祈昭洗昧死上聞但雪此一家必萬方感惠何則逝者抱屈尚蒙見申則存者謀安故無冤濫雖有不賓之俗將聞風而悅服蓄疑之將當委質而來朝豈惟天下歸仁實亦幽明欽德無任懇願之至

論王去榮打殺本部縣令表 肅宗　賈至 至德中

臣某言伏見宰臣奉宣聖旨將軍王去榮擅打殺富平縣令杜徽其罪狀合寘殊死緣新收陝郡防遏要人特宜免死削除在身官爵白身配陝郡展効者臣等既忝職司主在行下伏以聖人誅暴亂定王業必先明（新唐書作示）法令崇禮義於是百姓勠力賢愚悅隨是以漢祖之始入關約法三章殺人者死不易其則然後能戡定秦項而帝天下今陛下將欲清雲雨之屯掃欃槍之冠不自約其法恐異漢祖向時之事將何以成功業哉謹按王去榮是富平縣百姓朔方偏裨無專殺之權有犯上之逆且擁（唐書作提）數千之衆不能整齊行列外攻強寇翻乃無狀挾怨內（唐書作私怨）殺縣尹易曰臣弑其君子弑其父非一朝一夕之故其所由來者漸矣若縱去榮可以生漸臣聞去榮善放拋石能守城邑曩者陝郡初復非其人不可守之李光弼太原程千里上黨許兼（唐書作叔冀）靈昌魯炅南陽賈賁雍丘張巡睢陽無去榮拋石之能未聞賊能下之也其糧不足者自拔矣何獨陝郡非去榮不可哉陛下若以拋石一能所犯上者復何止之若曰上答去榮而誅將來之犯者則是法令不一而招罪人也今惜一去榮之才而殺十倍去榮之才者不亦其傷蓋多乎夫去榮亂逆之人也焉（一作烏）有逆於此順於彼亂富平而治陝郊悖於縣尹而不悖於君乎況今之律令太宗之律令也陛下不可惜小才而廢祖宗之法也伏惟明主棄瑣瑣之能全其遠者大者則禍亂不日而定師旅因茲整齊矣天下幸甚臣等不勝（云云）

爲吳王請罪表 代宗　于邵

臣祗言臣長男岵受國恩榮出典藩翰不能昭宣聖理協和上下爰抵憲章自貽剿絶臣年過歲制識謝平人徒以宗親昧於名教罪因兇悖之子敢望全生之分臣誠惶誠恐頓首頓首臣一自停務因茲杜門瞻闕庭而待命佇荒陬以投（疑作畀）俾頃者未明去就私喪心魂近以獲奉刑名公聞信宿尚迴天鑒免肆市朝因其所流許以自決且身首不異豈足謝於方隅而禮律所均尚未論於家屬遂使九泉之下猶荷全歸三族之中欣承在宥微臣朽老無階上答縱塡溝壑雖死猶生無任感恩負德之至謹詣朝堂并領男前梓州刺史某等束身請罪輕黷宸嚴兢惶無地

論潘炎表 德宗　前人

臣某言伏見今月一日制命以劉晏殊死之責連及前禮部侍郎潘炎貶授澧州員外司馬天鑒孔明善惡懸別比諸子壻猶佐上藩凡所見聞莫不欣荷知德刑無頗而行於代也但臣比見潘炎爲性貞純致身無過介然特立自

爲一時之選名不爲晏稱官不由晏進自晏處權掌要未嘗以毫髮受遺未嘗以親戚請求頃自晏居外使而安禮致書疏知而寒溫通意都不爲之開緘凡此之類蓋非一二所以海内修崇名節者莫不歎伏以爲古人之中罕有儔對自晏伏誅衆望炎免況一年風疾手足拘攣氣息奄奄藥餌未復奉詔奔波即日登路籃輿卧載生死難圖臣愚識炎日久知炎至行伏恐斃一吉士爲代所悲冒責上聞庶幾下達儻蒙聖人迴聽恤以守道不回賜其殘生許歸田里免隨道殣俯叶羣心將勸清貞之士以勵貪浮之俗炎之幸也臣愚不識忌諱干犯湯鑊塵黷宸嚴陷身無地不勝知賢請命之至謹詣東上閤門奉表陳列以聞

論御史臺誣謗表 德宗　　齊映

臣某言前月十七日八陵禮畢臣議以爲不合不賀宰相御史臺罰臣一月俸至十九日宰相奉宣聖旨不須罰者臣以愚直守職造次執文憲司班列失儀委曲書罰聖慈照監特恩釋放兢懼戰越不知所圖臣某中謝臣伏以昨者八陵之禮百王未行（一作明）特由陛下發於孝思成此盛典祉歸聖祚慶屬皇家惟當稱賀殿庭豈合推美臣下事關謟瀆禮近嫌疑臣忝職司豈敢苟且又詳郊廟之禮與臣愚見亦同但緣李汶性褊而剛不敢對衆陳白所以入諮宰相冀其無跡而停豈圖智小慮深竟以徇公招咎陛下察臣等守直免臣罰俸懲勸斯在隕越何酬臣某中謝臣素庸虚叨蒙奬擢身則誠爲賤品官是陛下九卿臺司理在持綱臣則職當執禮綱失是一時之誤禮失爲經（曠）古所非書罰已擅臺威放罰特闕（一作聞）聖造誠合各守職分上答恩私弘陛下大和之仁示朝廷至公之道豈以蓄憤未洩求過轉深數日已來衆情共悉臣昨（一有日字）自緣公事頻詣延英李汶疑臣別有披陳遂欲曲生瑕釁責臣不賀宰相則上引班列失儀惡臣專守禮文則旁說河南殘破其牒已公行組織欲杜臣之口近聞又有譖說擬陷臣之身不敢縷有塵煩自當漸布行路臣孤立無援行公奉職惟聖明在上徹臣必不及寃但恐誣構日深慈母亦當動聽臣今不敢避李汶之怒惟懼失人臣之和夙夜不寧憂惕成病若更請對轉恐生疑戰汗彷徨不知所處無任兢懼感恩之至

河南府論被謗表　　前人

臣某言臣聞修身止謗君子之道尚口自理小人常情臣雖駑劣不才竊服師父之訓縱有謗讟未嘗辯明久必自孚庶無所愧況釋謗於已則必過於人棄讓違謙何醜之甚然命之所切不緣臣身伏以受陛下命官之初直自聖心所擇遠致遺闕上累皇明此臣不得不辯一也聞謗臣之詞以驚聽爲務或云父子相食或云盜賊公行山谷之間已有結聚或云坊市之内亦至流亡儻或上達天聽則貽憂聖慮又臣不得不辯二也臣某中謝臣伏以鄰近數州去年皆同水旱惟當府一境前年先有水災既已積憂又加再歉其閒數縣人户頃者實多逃移據兩稅案所有未歸人户尚有一千五百已下有負奬任不勝憂惶自蒙陛下恩慈特發倉儲賑貸安業者無不懽忻逐食者漸以遷還幸災之人騰謗益甚致茲嫌怒實此根由蓋緣臣自到任已來事有不幸曾正寃獄嘗奏貪官且獄是聖衷所明幽魂知感贓是疲人之害踈網不容當官而行於臣何有今則彝章雖舉衆怒遂深乃於道路郵亭造其飛語又於往來使客揚此虛聲轉至沸騰布於遠近且謗臣者

以去臣爲限臣不去不休臣若尚安居謗亦滋甚向念時雨未降人心易揺乞罪微臣以安百姓今月十九日又得南市署承張斌狀送留守牒市之意似欲慰人户詳其牓内之詞却慮揺動愚下其牓云户口流散村落空虚恐依山林變爲狂寇攘竊道路隔礙往來者今地即王畿有事尚令密啓人皆服化虚詞豈可牓陳敢言不利府司又恐惑於遠聽臣伏以俱承寄任貴務和同今日故就皇城自取商議既至門首又不見臣臣憂懼轉深不敢不奏其市牓諸縣見擬移牒請其且收臣既昧通方輙陳事體兢懼戰越不知所裁今東都幸有臺省之官悉是朝廷所擇職爲耳目身在都城固諳纖微望委勘察庶事責實甘待刑章無任惶懼懇迫之至

文苑英華卷第六百十九

登仕郎胡柯　鄉貢進士彭叔夏　校正

文苑英華卷第六百二十　表六十八

諫畋獵遊宴

上諫獵表 高祖　褚亮

臣亮言臣聞堯皷納諫舜木求箴茂克昌之風致升平之道伏惟陛下應千祀之期抹（一作拯）百王之弊平壹天下劬勞帝業旰食思理（一作政）廢寢憂民（一作人）用農隙之餘遵冬狩之禮軨（一作獲）車之所遊踐虞旗之所涉歷網唯一面禽止三驅縱廣成之獵士觀上林之手搏迴玉鑾而籍豐草引金陣而蒲平原盡心目之娛翫罝罘之樂發彫弓而迫狡兔飛勁矢而摧高鳥斯固畋弋之恒規而皇王之壯觀至於親逼猛獸臣竊惑之何者筋力驍悍爪牙輕捷強（一作連）弩一發未必挫其凶心長戟繞搗不能當其憤氣雖復孟賁在（一作抗）左夏說居前卒然驚竄（一作軼）事生慮表如或近赴（一作起）林藂未填坑谷駭屬車之後乘犯宮（一作官）騎之清塵小臣怯懦私懷戰慄陛下以至聖之姿垂將來之教降情納下無隔直言臣叨逢明代（一作時）遊宦藩邸身漸榮渥日用不知敢緣天造冒陳丹懇上觸宸嚴伏增戰越　一作皆舊唐書本傳

同前（見六百九十四卷）（疏門）　虞世南

諫馬射表 太宗貞觀元年　孫伏伽

臣聞千金之子坐不垂堂百金之子立不倚衡以此言之天下之主不可履險乘危明矣臣又聞天子之居也則禁衛九重其動也則出警入蹕此非直尊其居處乃爲社稷生靈之大計耳故古人云一人有慶兆民賴之臣竊聞陛下猶自走馬射帖娛樂（舊唐書作悅）近臣此乃無急（唐書作禁）乘危竊爲陛下有所不取也何者一則非光史冊二則未足顯揚又非所以遵養聖躬亦不可以垂範後代此秪是少年諸王之所務豈得既爲天子今日猶行之乎陛下雖欲自輕其奈社稷天下何如臣愚見竊謂不可

諫格猛獸表　魏徵（貞觀十四年）

臣徵言臣聞書美文王不敢盤于遊畋傳述虞箴稱夷羿以爲誡昔漢文臨灞坂欲馳下袁盎攬轡曰聖主不乘危不徼倖今陛下騁六飛馳不測如有馬驚車敗陛下縱欲自輕奈高廟何孝武好格猛獸相如諫力稱烏獲捷言慶忌人誠有之獸亦宜然卒然遇逸材之獸駭不存之地雖烏獲逢蒙之伎不得用而枯木朽株盡爲難矣雖萬全而無患然本非天子所宜近孝元郊泰畤因留射獵薛廣德奏稱竊見關東困極百姓罹災今日撞亡秦之鐘（英華作今撥亡秦之鐘）歌鄭衛之樂士卒暴露從官勞倦願如宗廟社稷何憑河暴武未至之誡也臣竊思此數帝心豈木石獨不好馳騁之樂而割情屈己從臣下之言者志存爲國不爲身也臣伏聞車駕近出親格猛獸晨往夜還以萬乘之尊闇行（貞觀政要作投）荒野（政要作村）踐深林涉豐草甚非萬全之計願陛下割私情之娛罷格獸之樂上爲宗廟社稷下慰羣僚黎庶則天下幸甚

諫畋獵表　玄宗開元五年　吳兢

臣兢言伏見明制來年五月五日幸東都道路皆以陛下至長春宮及沙苑當有畋獵之事今東土耆艾關河士女莫不欣躍舞抃翹望帝車延頸企踵所恩者德伏願陛下舉無失禮動則有章詩云敬慎威儀惟人之則愚臣以山陵始畢甫及逾年陛下縗服雖除心喪未已四海之內八音尚遏豈可遽將犬馬爲娛鷹隼是務必或如此則恐傷人子之道虧天地之經欲令萬方何所取則況禮經云三年之喪自天子之達陛下既俯順當時之請唯行易月之制奈何更盤于遊畋以徇從禽之樂豈所謂明王之孝理天下乎而望德教加於百姓必不可得也昔魯侯觀漁于棠春秋尚列其戒陛下若既葬而獵後代豈不爲刺且馳騖山澤之間經過林薄之下冰谷之危未遠銜策之變不恒伏願陛下重慎防微須爲社稷自愛老子曰我無爲而人自化我無欲而人自朴詩云爾之教矣人胥效矣由是觀之居上者必慎所好愚臣職居待問兼掌史筆竊以君舉必書位（一作法）在無隱既聞衆所流議實恐有玷聖猷區區之誠唯在於（一作爲）此輒敢冒死上陳伏願留神省察恕此狂斐之罪云云

諫拜舞人安叱奴爲散騎常侍表（見六百九十三卷諫門）　李綱

諫作乞寒胡戲表　睿宗　韓朝宗

臣聞之傳曰辛有適伊川見被髮於野者曰不及百年此其爲戎乎其禮先亡矣後秦晉遷陸渾之戎於伊川其中國之人習戎狄之事一言以貫百代可知竊惟王公貴人國之藩翰凡所舉措須合彝典今之乞寒濫觴胡俗臣參聽物議咸言非古作事不法無乃爲戎伏願陛下三思籌其以道又道路籍籍咸云皇太子微行觀此戲且元良國本蒼生繫賴輕此馳驟能無變蹶況匈奴在邸宴樂有徒

刺殺寇發何限夷夏卒然奔呼掩襲邂逅驚擾則憂在不測白龍魚服取困豫且深可畏也惟陛下愛人活國憂勤庶政今所施爲豈徒然矣豈不以玄象變見疫癘相仍厭兵甲之災助太陰之氣臣誠愚瞽以爲無益臣聞皇天無親唯德是輔未聞兆亂以來多福太戊脩政而桑穀自萎景公善言而熒惑退舍彰善罰惡天之道也伏願去邪勿疑昭德以待豈區區末法而能定其休咎哉

諫安福門酺樂表（睿宗先天二年）　嚴浚（字挺之）

臣浚言微臣竊惟陛下應天順人發號施令躬親大禮昭布鴻澤孜孜庶政業業萬機蓋以天下心爲心深戒安危之理此誠堯舜禹湯之德教也奈何親御城門以觀大酺累日兼夜臣愚竊所未諭夫酺者因人所利合醵爲歡無相奪倫不致糜費（一作弊）且臣卜其晝史冊攸傳（一作存）君舉必書帝王重慎今乃暴衣冠於上路羅伎樂於中宵雜鄭衛之音縱倡優之樂陛下還淳復古宵衣旰食不矜細行恐非聖德所宜臣以爲一不可也譙何警夜伐鼓通晨以備非常古（一作存）之善教今陛下不深惟戒慎輕違動息重門弛禁巨詐（一作猾）多徒儻有躍馬奔車厲聲（一作流言）駭叫一塵聽覽有軫（一作累）宸衷臣以爲二不可也且一人向隅滿堂不樂一物失所納隍增慮陛下北宮多暇西墉暫陟（一作臨）青春日長已積埃塵之弊紫微漏永重窮歌舞之樂儻令有司跛倚下人饑倦以陛下近猶不恤而況於遠乎聖情攸聞豈不懍然祗畏臣以爲三不可也（一作四不可恐少一段）且元正首祚大禮頻先（一作頻光）百姓顒顒德咸（一作咸謂業盛）配天功垂曠代今陛下恩似薄於衆望酺即過於往年王公貴人各承微旨州縣坊曲競爲課稅呼嗟道路貿易家產損萬人之力勞百戲之資適欲同其歡而乃遺其患復令兼夜人何以堪臣以爲四（一作五）不可也書曰罔咈百姓以從己之欲況自去夏霖淫經冬（一作今）亢旱農乏收成市有騰貴損其實崇其虛馳不急之務擾方春之業前代聖主明王忽於微細而成過患者多矣陛下豈可効之哉伏望晝盡娛（一作晝則歡娛）暮令休息惡斯（一作要令）兼夜恐無益於聖朝惟陛下裁擇

此篇六百九十八卷重出今已削去

一作皆舊唐書本傳

諫江南採捕諸鳥表（玄宗開元四年）　倪若水

臣若水言臣伏以方今九夏時忙三農作苦田夫擁耒蠶婦持桑而以此時採捕奇禽異鳥供園池之翫遠自江嶺達於京師水備舟船陸倦擔負飼（舊唐書作飯）之以魚肉間之以稻粱道路觀者豈不以陛下賤人貴鳥也陛下方當以鳳凰爲凡鳥麒麟爲凡獸即鵁鶄鸂鶒曷足貴也陛下昔龍潛藩邸備歷艱虞今氛祲廓清高居九五玉帛子女充於後庭職貢珍奇盈於內府過此之外復何求哉臣承國厚恩超居重任草芥殘命常欲殺身以効忠葵藿微心常願隳肝以報主瞻望闕庭敢布腹心直言忤旨甘從鼎鑊

諫停市犬馬表（玄宗）　張廷珪

臣廷珪言伏見發使及典傔等大齎繒錦將於石國和市犬馬臣聞書曰犬馬非其土性弗畜珍禽奇獸不育于國者故明王欲極於德忠臣願畢於議皆護於細行保於大猷冀無間然能致盡善也今以陛下之明何失不見以陛下之斷何欲不懲復禹順於走丸法堯易於迴掌誠可却走馬訓旅獒聖心通於兆人德言應於千里一感則法星退舍一解則亢陽出雲豈宜勞遠人玩異物有從禽之漸無恤下之先使明詔遐臨聖意昭布上非治（唐諱）國之要下匪

即戎之功將恐新麥既獲舊穀已空飢饉荐臻邊荒速寇昭告則然上帝赫矣大君無以解其倒懸續于請命適不自給遠不能輸户口流離公私懷懼此臣之所以憂陛下順天之心從人之願省無益之用救必然之急先社稷後犬馬此天下之幸國家之福豈獨微臣哉無任竭忠竭誠之至謹録奏聞伏聽勑旨

諫不許突厥入仗馳射表　玄宗　呂向

臣聞鴟梟不鳴未爲瑞鳥猛武雖服文粹作伏豈齊仁獸是由醜性毒行火務常積故也今夫突厥者正與此類安忍殘賊莫顧君親陛下持武義臨之修文德來之既慴威靈又沐聲教以力以勢不得不庭故稽顙稱臣奔命遣使陛下乃能收其頑文粹作傲効雜以從官赴封禪之禮參玉帛之會此德業自盛固不可名焉因復詔許侍宸遊召入禁仗仰英姿之四目送神藝之百發恩旨文粹作意俱極誠無得踰焉乃更賜以馳逐使操弓矢競飛鏃於前同獲獸之樂是屑略大過猶獨夫敢取也雖聖智豁達遇文粹作與物無猜而愚心徘徊與時加慄儻此等各懷犬吠交肆盗憎荆卿詭動何羅竊至蹔逼嚴蹕稍冒清塵縱即殪玄兕墟幽土單于爲醢穹廬爲洿何塞過眚特願陛下勿復親近使有分限待不失常歸於得所此謂迴兩曜之鑒祛九宇之憂孰不幸甚文粹自縱即以下卻有悔將何及四字節去

諫不夜飲表　太宗　褚遂良

臣遂良言臣聞三爵獻酬所以成禮七升爲限謂之無度書之雅誥其慎在酒伏見去月二十七日爲太子成婚訖北門賜三品已上宴自日辰時連至三更疲勞聖躬尤非盛事有識者云云皆言非是昔孫權漢后酒敗其德昔陳完謂齊景公臣卜其晝未卜其夜白日傾酌是陶神情伏願陛下更無夜飲臣以虛薄拾遺是司不辭嚴誅輕敢聞奏謹陳庸淺不勝戰越

諫内宴至夜表一作論災異表　武后　張説

臣聞上天示下災祥將以誘導人主先王仰觀休咎亦以順修政教易曰天垂象聖人則之言天人之際感通必矣臣伏見去十月十七日月蝕猶望應虧不虧今月十七日亦未小虧集作月亦未虧此易常之異也夫月者至陰之氣臣下之象當助天作明順期一作時盈缺若一作今過盛踰時盈縮乖度得非臣下之咎而上天之誡耶一作也伏願陛下深察熟思而預防之臣又見近日内宴夜深方罷小臣無識抑所未安王在在鎬一作周王在鎬凱一作愷樂飲酒此誠大樂一作雅之美也臣卜其晝未卜其夜此蓋春秋之義也伏願陛下宴樂之餘一作終不及於夜臣職忝補闕昧死陳愚謹言

此篇六百二十四卷重出今已削去注異同爲一作

文苑英華卷第六百二十

登仕郎胡　柯　鄉貢進士彭　叓　挍正

文苑英華卷第六百二十一　表六十九

諫寺觀佛像都邑（此卷英華所編失年代先後今正之）

諫白司馬坂營大像表二首　諫多造寺觀及全主邸第表一首

諫造金仙玉真二觀表一首　諫開拓聖善寺表一首

諫營建中都表一首

諫白司馬坂營大像表　武后　張廷珪（久視元年）

臣廷珪言夫佛者以覺知爲義因心而成不可以諸相見也故經云若以色見我以音聲求我是人行邪道不能見如來此明真如之果不外求也陛下信心歸依發弘誓願壯其塔廟廣其尊容已遍於天下久矣蓋有住於相而行布施非最上第一希有之法何以言之經云若人滿三千大千世界七寶以用布施及恒河沙等身命布施其福甚多若人於此經中受持及四句偈等爲人演說其福勝彼如佛所言則陛下傾四海之財殫萬人之力窮山之木以爲塔極冶之金以爲像雖勞則甚矣費則多矣而所獲福緣不愈於禪房之匠夫沙門之末學受持精進端坐思理亦明矣臣竊爲陛下小之今陛下廣樹薰脩又置精舍則經云菩薩所作福德不應貪着蓋有爲之法不足高也況此營建事殷土木或開發盤礴峻築基陛（一作階）或填川澗（一作或塞宂洞）通轉採斫碾（一作輾）壓蟲蟻動盈巨億豈佛標坐夏之義愍蠢動而不忍害其生哉今陛下何以爲之又役鬼不可唯人是營通計工匠率多貧寠朝驅暮役勞筋苦骨簞食瓢飲晨炊星飯飢渴所致疾疹交集豈佛標徒行之義愍畜獸而不忍傷（一作殘）其力哉今陛下何以爲之又營築之資僧尼是稅雖乞丐所致而貧闕猶多郡（一作州）縣徵斂（一作輸）星火逼迫或謀計靡所或鬻賣以充怨聲載路和氣未洽豈佛標隨喜之義愍愚蒙而不忍奪其產哉今陛下何以爲之且邊朔未寧軍旅（一作裝）日給天下虛竭海內勞弊伏惟陛下慎之重之思菩薩之行爲利益一切衆生應如是布施不住聲香味觸法布施故（一作則）其福德若東南西北四維上下虛空不可思量矣何必勤勤於住相凋蒼生之業崇不急之務乎臣以時政論之則宜安（一作先）邊境蓄府庫養人力臣以釋教論之則宜救苦厄滅諸相崇無爲伏願陛下察臣之愚行佛之意務以理爲尚（一作上）不以人廢言幸甚幸甚謹言（一作皆舊唐書本傳）

第二表　中宗　前人

臣某言臣奉勑河北道宣勞今發都下從白司馬坂所過見轉運材木雇役人夫臣勘問撿校官左藏署監事馮道得狀奉今月八日勑於坂所修營并造天堂安置令王弘義李昭德等分道採斫大木虐用威勢鞭捶官寮鑿山填溪以夕繼晝傷殺丁匠不可勝言費散錢數動以億計其時百姓愁苦四海騷然皇天孔明實茲降鑒凡所營構並爲災火所焚懷義之徒相次伏法而死自此之後停寢十年近者狡豎張易之昌宗昌儀等將欲潛圖大逆爲國結怨下人兼售私木以規官利遂又與僧萬歲等設計移此坂營建今既逆豎夷滅皇運中興陛下先發德音頻下明制除不急之務罷土木之功所以少監楊務廉遠徙屏黜頒示天下凡在中外不勝抃躍若此像閣重復修營則與制書義殊乖越尚令二逆遺惡未除臣雖至愚固知不可且窮土木之作竭倉府之資將非崇樹勝緣求諸福德者也今則興起營造採木鑿坂蠕動含生因緣致死每當一日之內筭數尚不可知比及累歲而成譬喻豈復可及（一作能）廣

殺而求福德所獲焉補所亡慈悲之理深未弘暢方今仲春作候當務農業臣今在路經過全未見人耕種訪聞咸稱乏絶苟求朝夕米糧此則百姓切急誠若倒懸矣陛下受天明命作人父母可不先解倒懸之切而方罄財竭力修營不急之務乎特乞即日停造大像等仍量抽其錢賑濟窮乏如天恩允臣等所請天下蒼生幸甚謹遮表奏聞伏聽勑旨

諫多造寺觀及王主邸第表（見六百九十八卷疏門題作諫中宗置公主府官疏）　辛替否

諫造金仙玉真二觀表（睿宗）　裴漼（太極元年）

臣某言臣謹案禮記春夏月令曰無聚大衆無起大役不可興土功恐妨農事若號令乖度役使不時則人加疾疫之危國有水旱之變（一作災）此五行之必應也今自春及（一作至）夏時雨愆期下人憂心莫知所出陛下雖降哀矜之旨京（一作兩）都仍有寺觀之役（一作作）時旱之應寔此之由且春令告期東作方始正是丁壯就功之日而土木方興臣恐所妨尤多所益尤少耕夫蠶妾飢寒之源故春秋莊公三十一年冬不雨五行傳以為歲三築臺僖公二十一年夏大旱五行傳以為時作南門勞人興役陛下每以萬方為念睿旨殷憂（一作勤）安國濟人防微慮遠伏願陛下下明制發德音順天時副人望兩京公私營造及諸和市木等並請且停則蒼生幸甚若農業失時戶口流散縱寺觀營構豈救黎元飢寒之弊哉

諫開拓聖善寺表（一作皆舊唐書本傳）　宋務先

臣聞有國有家者以恤人為務節用為先故唐堯至化采椽不斲漢文深仁露臺罷構西方之聖道貴融心使下人不寧匹夫竊歎豈菩薩無相布施如來慈悲本旨哉陛下孝思罔極崇建明固（疑作因）土木之功莊嚴斯畢僧房精舍宴坐有餘禪寺道場經行已足若更開拓奪人便利貧者有擠壑之憂富者無安堵之所幸非急切何至於斯況陽和發生播殖伊始興役丁匠廢業農功一夫不耕必有饑者三時之務安可奪焉臣聞失鬼神之心可因巫祝而謝失君長之心可因左右而謝失父母之心不可解也陛下以萬邦為念何欲傷一物之心臣雖至愚猶有所惑方今西戎尚梗北虜未羈戰士老於邊亭後車屯於塞下甿戶流散府藏空虛卒然烽候興一面之虞水旱虐數州之地乘其不意何以禦之伏惟陛下體唐堯父母之用心思菩薩如來之本意傷邊卒艱勤之弊察下人勞怨之聲董逋逃休力役實倉廩急農桑杜邪枉之門正尚恥之路諸不急務一切惣停應須拓寺請俟農隙如此則國用充給黎元幸甚

諫營建中都表　韓覃

臣聞古者明王之制也史書過瞽誦詩公卿諫士傳言庶人謗於道商旅議於市然後君得聞其過失而後改之見義而從之所以永有天下也陛下不以臣不肖忝在學士敢不竭忠盡節有隱避乎詩曰靡不有初鮮克有終老氏曰慎終如始則無敗事曩者韋氏稱制萬邦憂惶賴陛下神武克復社稷其初也賤珍寶禁奢華罷土工躬朴素革衆弊代天工垂拱無為削[illegible]心虛靜追蹤堯舜比德羲軒天下顒顒傾耳注目喜遇非常之主復在於今日矣康哉之歌復聞於黎庶矣奈何簡易未幾而又興建中都乎蓄於閈廄數倍乎溺於聲色無極乎躭於遊畋不節乎營為繕造衆

多乎都邑課稅煩劇乎不省亡國之風因循覆車之軌天下失望海内驚嗟朝野心知而懼罪鉗口以斯統御天下豈所謂可久可大之業耶且自昔歷代之君皆欲建萬代之業使子孫長有天下也豈使子孫傾覆天下哉子孫若覺所行必將敗亡則必恐懼不敢爲之矣以亡國之主自謂必不亡也然後至於覆亡也存國之君恐懼必將亡也然後至於不亡也易曰知進退存亡得喪而不失其正者其惟聖人乎又曰其亡其亡繫於包桑此言懼亡獲堅固也管仲曰古之隳國家失社稷者非故且爲之也有樂焉不知其陷於惡也陸凱曰有道之君以樂樂人無道之君以樂樂身樂人者其樂彌長樂身者不久而亡夫人者國之根也君以人爲本人以君爲命人安乃君安人樂乃君樂伏惟陛下居安慮危在得圖失防患於無形之始慎禍於纖微之初念管仲之至言棄少樂而存社稷覽陸凱之篤論思樂人而樂彌長也禮記曰孟夏之月無有壞隳無起土功無發大衆無伐大樹昔魯夏城中丘春秋書之垂爲後戒今建都國乃長久之大業也犯天地之大禁襲春秋之所諱詩曰畏天之怒不敢戲豫孝經曰理國者不敢侮於鰥寡而況於士人乎今不恤士庶之擾而建都國不畏上天之怒而長戲豫棄安就危棄存就亡棄易就難棄約就奢而欲永有天下恐不可得也但恐頃年已來水旱不節天下虛竭兆庶困窮户口逃散流離艱苦肇洛暴水所喪尤多江淮赤地飢餓者衆加以東北有不賓之寇西涼有喪失之軍干戈歲增疆埸騷動近又胡羯逆命徼發不寧料事度宜豈應更建中都矣至若兩都雖舊制矣然而分守官衆多矣費耗用度尚以爲損豈況更建中都乎夫河東者國之股肱郡也勁銳強兵盡出於是其地隘狹今又置都十萬之户將安投乎夫惟所造城闕爰及苑囿毁拆閭閻令其別創損壞冢墓令其改卜殷富者破其產業貧窶者莫知所從外迫威詔内懷湯火怨嗟之聲驚惶之擾盈于途路遠于鬼神老小孤惸茫然無計憂悲苦惱不可勝說此甚不可也且陋東都而幸西都自西都而造中都取樂一君之欲以遺萬人之患務在都國之多不恤危亡之變悦在遊幸之麗不顧兆庶之困非所以建深根固蔕不拔之長策矣昔漢帝感鍾離之言息事德陽之殿魏主採續咸之諫止造鄴都之宫臣職非其位言發微細然聖主不以人廢言不以微擯人矣臣愚誠願陛下發德音垂明詔深恤黎庶罷事中都則福履無疆天下幸甚謹言

文苑英華卷第六百二十一

登仕郎胡柯　鄉貢進士彭叔夏　校正

文苑英華卷第六百二十二　表七十

上封事

論時事表一首　直諫表一首

進封章表一首　上封事表一首

獻事表一首　論諫職表一首

論時事表（唐高祖）　李綱

臣綱言臣伏見武德五年之後四海初定陛下自負太平日就驕侈傷於酒德稍怠萬機專與幸臣日夕遊宴所重唯聲樂所愛唯鷹犬夷夏進送道路不絕又折辱功臣多所輕侮或發其微時細過或加捶撻於殿庭德澤漸虧下將疑懼而戚藩公主皆逾憲式嬪媛之家多違法度不加禁止頗有侵漁行路之間非無諠籍又皇太子令及秦齊二教共詔勑並行唯計日之先後州郡之職無所的從授官分賞在意所欲不復論功伐簡才行矣加以每歲秋冬田遊無度王公妃主雜糅其間或時逢考選皆在原野至於歷時不返京邑略無居人億兆失望陰懷歎息朝之綱紀漸以弛紊而陛下不悟政教日頹在內不許論事當朝略無諫者愚臣竊懷懍畏誠有危亡之慮臣不敢不盡言伏待刑憲

直諫表（代宗）　獨孤及

臣及言伏見陛下屢發德音招延獻納使左右侍臣得直言極諫忠謇者無不聽狂訐者無不容又辛丑（唐書作壬辰）詔書詔裴冕崔渙等十有三人並集賢殿待制以備詢事考言之問此五帝之盛德也而臣以目睹生則幸矣然頃者陛下雖容其直而不錄其言進匭上封者大抵皆事寢不報書留不下但有容諫（唐書作下）之名竟無聽諫之實遂使諫者稍稍自省（集作引）鉗口就列飽食偷安相招爲祿仕此忠鯁之士所以竊歎而臣亦恥之十室之邑必有忠信如孔丘者況以朝廷之大卿大夫之衆而陛下選授之精縱假令不能如文王之多士堯舜之比屋其中豈不有溫故知新可使懋陳政要而億則屢中者乎陛下唯虛存其儀令條奏不曠及議政之際曾不採其一說堯之疇咨禹之昌言豈若是耶昔堯設謗木於五達之衢孔子亦曰以能問於不能以多問於寡又曰丘也幸苟有過人必知之然則多聞闕疑不恥下問聖人之心也臣不勝大願願陛下試以堯孔心爲心日降清問啓其弘說其不可者罷之可者議之於朝與執事者共之使知之必言言之必行行之必公則君臣無私論朝廷無私政天下無私是陛下以此辨可否於獻替而建太平之基（集作階）可也況國體乎自師興不息十年矣百（一作萬）姓之生產空於杼軸擁兵者第館亘街陌奴婢厭酒肉而貧人羸餓就役剝（集作剝床）及膚（新唐書作剝膚及髓）長安城中白晝椎剽京兆尹不敢詰加以官亂職廢將惰卒暴百揆瘝剌如紛麻沸粥百姓不敢訴於有司有司不敢聞於天聽士庶茹毒飲痛窮而無告今其心顒顒獨恃（二字集作獨指梅望）於麥麥不登則易子齩骨可跂而待眠於焚薪之上豈危於此陛下不以此時軫薄冰朽索之念厲精更始思所以救之之術忍令宗廟有累卵之危萬（集作百）姓悼心而失圖臣實懼焉及去年（集作歲）十二月丁巳夜中星隕如雨昨者清明降霜三月苦熱寒暑氣候錯綜（新唐書作繆）顛倒沴莫大焉豈下陵上替怨讟之氣焰以取之耶不然天意其（集作之）丁寧譴誡以是警陛下陛下宜反躬罪己旁求賢良者而師友之黜棄貪佞不肖而竊位者下哀痛之詔去天下所疾苦廢

無用之官罷不急之費禁止暴兵節用愛人罔使宦官亂國政佞言敗厥度兢兢乾乾以徼福于上下必能使天誠感而神心應反妖災以爲佳（集作和）氣彼太戊桑穀宋景熒惑焉足爲陛下道哉臣一昨陳奏請減江淮山南等諸道兵馬以贍國用陛下初不以臣言爲愚妄許當施行然及今日未有霈然之詔臣竊遲之今天下唯朔方隴西有吐蕃僕固之虞邠涇鳳翔等兵足以當之矣自此而往東泊海南至番禺西盡巴蜀萬里無鼠竊之盜巳積歲矣而兵不爲之解傾天下之貨竭天下之穀以給不用之軍而爲無竭之費臣不知其故假令居安思危用（唐書作以）備不虞自可於阨害（集作要）之地少置屯禦餘悉休之以其糧儲扉屨之資充疲人貢賦歲可以減國賦之半陛下豈持（集作遲）疑於改作逡巡於舊貫使大議有所壅而兵卒（集作率土）之患日甚一日是益其弊而厚其疾也臣竊惑焉夫療癰者必決之使潰今兵之爲患猶癰也不以漸戢之其害滋大大而圖之必力倍而功寡豈周易不俟終日之義歟伏惟圖其始而要其終天下幸甚臣無任懇款之至

進封章表　齊映

臣某言臣聞恩之重者非命可酬誠之切者無言以代但無以非命又無以（闕）可伸臣某（中謝）臣又聞君親之恩天地之理在臣所感異於常恩臣於廣德二年曾授徐州一尉既不赴任即同無官建中之初便荷聖澤自此累擢以至台司此臣所感異於常恩一也聖朝特重史官宰臣先獲兼授況臣不逮忽竊殊私此臣所感異於常恩二也敢言守直實禀至愚是以凡所歷官必遭飛謗慈母有投杼之惑古人著竊鈇之疑臣獨何人累蒙聖察此臣所感異於常恩三也但夙多羸疾今迫衰齡常恐殊恩未酬朝露溘盡負天愧地不知所云臣某（中謝）臣又聞西晉山濤之事君每有所知必有密奏晉代謂之山公啓事實君今之牓[illegible]也意在臣展盡忠之道君擇可採而行使政自上施言無外見但以臣性本庸淺識又暗劣每有聞見莫辨是非若合陳不陳懼乖耳目之任不合奏妄奏則當塵瀆之辜是積慙惶亟歷星歲竟未能舉一賢以自代興一利以上陳冒寵偷安其罪至重更以臣除官制云爾其竭誠啓沃以廣視聽故臣得以盡其管見塵涜天聽謹別録狀同進以聞無任兢惶戰汗之至

上封事表（憲宗）　李渤

臣渤言臣伏見今月一日赦文中外僚列應有策略可濟時者悉許上陳無有所隱臣竊以陛下登極已來擢自嚴野者唯一人而已臣感殊獎不合私身身既不私豈宜愛死若臣者得死於義則榮於生遠矣以元和九年十二月二十六日奏平賊三術並皆請不捨元濟其上是感其次是守其下是戰又言感不成[illegible]不失爲戰此求廟戰爲陛下萬全之謀也其直言必戰者是見無禮於君如鷹鸇之逐鳥雀奮不顧身真陛下義勇之臣也昔漢代先零羌反趙充國守屯田辛武賢請討襲宣帝兩行之雖各成本功豈如陛下雄邁獨斷竟斬滅兇虜則微臣前者上言爲國之道也今掃清淮西是陛下之聖也社稷之福也臣猶不勝懇款願朝廷增修德政以享外寧之功輒復自忘幽朴遠獻芻言冀以塵露少裨海岳竊以陛下天縱生知又嗜學不倦故臣敢依託經史敷陳下情特乞聖慈容其迂繁曲賜終覽則踈退小臣死骨不朽矣臣某（中謝）臣昔負薪偷暇

讀書至周禮見春官外史掌三皇五帝之書即楚靈王所謂三墳五典是也書叙又云三墳言大道也五典言常道也然則三五之君君之至者矣臣曾學易見三皇之道加之以書見五帝之德加之以詩禮見三王之仁加之以春秋見五霸之義尋戰國策極于隋史見治代得失因參以百家統以九流又遺其繁華擷其精實收視黜聽順其所自故遊涉中理也髣髴三皇之化自冥於天天法道者不疾而速不行而至範圍天地曲成萬物易稱先天而天不違又云鼓萬物不與聖人同憂是三皇在上至朴未散天下大同無思無爲逍遥而已五帝之教自冥於地[redacted]則天者其德廣運乃聖乃神乃武乃文書曰天聰明自我人聰明天明畏自我人明威孔子曰唯天爲大唯堯則之是也五帝在上唯精唯一允執厥中百姓不知其德至矣三王之政自冥於仁仁効地者不識不知無思不服本以六德六行文以五禮六樂孔子曰以仁理人又曰克己復禮天下歸仁焉是也三王在上上仁下義仁義相感天下大和故行葦天保之詩作成康襲政刑措四十年至于五霸力義統盟功過糅駁傷壞王猷秦賊隋盗周法剗去井田殘蝕六國知及之仁不能守之故二世（唐諱）而亡漢高帝寬仁大度與人同利能任使善聽納竟甸萬國孔子曰其或繼周者雖百代可知也彼蕭曹輩生於秦長於秦習於秦惑於秦不盡剛秦惡特建制度與夫三代聯輝此其未至也然皆根以忠朴與清靜其世（唐諱一作上[redacted]）代長久者亦在此文帝躬約素德罷構露臺却千里馬熙然與刑措無異賈誼尚以爲皇號甚美論德不稱豈非慙以造程裁範未抵大中歟景武昭宣亦各有美皆以樂賢從諫風流無窮元成哀平過有輕重皆以黜賢嬖佞稔釁亡國光武皇帝龍躍白水[redacted]乘舊德芟賊百萬且潰且溺又平赤眉銅馬隴蜀諸寇非項氏等夷其佐命與三傑亦異校其武蹤功次高祖若乃稽古宅周勳臣壽儒學光教化浹洽躬踐理平自牧以謙自勤以勞兢兢若不及過矣無次也明帝[redacted]孝思勤九族[redacted]旰食以達幽枉無倖私無矜色章帝性仁厚行春令建胎養法賦貧人以苑地和帝抑符瑞省貢獻有明章餘風皆洛都之令王自殤已下不足徵也桓靈不道羣醜侵政誅滅賢俊流毒蒸人鬻官於朝列肆於内羣盗大起腥聞在上赤帝之祚其亡也忽焉蜀先主任託孔明有仁人風烈魏文帝席父業擅妄大言輕議舜禹摧末踈本其昏塞劇矣然災眚罪己罷劾三公終制省薄亦足稱也此外無他勝畧繼以荒縱隣亘豪敵臣姦雄延數代而亡實爲幸矣晉武[redacted]承三葉權力通一淮海焚雉服譲泥金容劉毅直辭輝光靄然違欽言嶠議使黼衣左袵數百年華風不振者罪[redacted]朽[redacted]矣南北分朝質文術背造邦者挺雄才騁奇筭約之以勤儉必有憂呂之功焉殘國者皆淫逸其心猜毒溺私移之以矜禽耆奔必有失鯀之敗焉嗣主善惡紊駁三者擬諸二漢兇惑逾之美不及者也大槩兵風巧其失也[redacted]浮屠俗愚其失也鄙滯名不勝質故陳滅於隋昔漢世（唐諱）祖帝隴蜀更詔以書貴服其心恥以虚爲勝也何以造以[redacted]島夷索虜相濟得不愧顔於譲畔通樂乎自隋没唐祚十一帝頒春嚮二百年矣革土垂號亞姬敵劉但房杜病同蕭曹祖述秦漢憲章周隋使周邵得擅美於前代者龜玉毀於櫝中矣乃玄宗中興崇敏璟直敏未達直不深皆輔理名才不宜責以經國也李林甫元載媚君以

佞諛迷君以嗜好引同誅異封其邪志致逆羯啓釁燎原不滅者非二子而誰異代同憓共汙三紀遂使朝多忌諱俗尚苟容波驚雲橈蕩動未息易曰通其變使人不倦神而化之使人宜之窮則變變則通通則久是以自天祐之吉無不利竊聞至德已來天下常思太平君臣之心非不懇切迄于今未稱者是人倦而不知變雖君儕堯禹臣越伊周詔如尚書典誥日下既不行之行之亦何由得通且久乎易曰化而裁之存乎變推而行之存乎通神而明之存乎其人默而成之不言而信存乎德行天祚聖唐以變通之數遺陛下順而革之則悠久大曆必自此而更始矣臣觀前代嗣帝功未有如陛下今日之盛也宜乘今戮淮寇之勢以德制恒兖則恩威兼暢矣恩威兼暢而又加之以捨小過舉賢才則陛下雖欲讓太平之勳矣臣知必不得明矣伏望廓開聖德以撥亂意自兼劉秦茂[redacted]致志於炎昊間再造鴻業與天地惟新馳之於無窮昔舜禹以匹夫宅四海其烈如彼今聖代以五朝營太平其難如此臣又竊聞之陛下使工伎必能是不欲其兩傷也如此推而進之則建皇極致雍熙如指諸掌乎臣疑宰相公卿皆蘊其略但啓沃之次未及使陛下翹思之文（疑作）武疑望殷湯主憂臣辱孰不憤歎今陛下蹈道據德安人存義則三皇五帝三王五伯之美兼矣與人同利從諫如流尚約素斥珍奇則漢高孝文之美兼矣尊儒學兢兢若不及幽枉必達無倖私無矜色則光武孝明之美兼矣任託不惑容受直言則蜀先主晉武之美兼矣約以高祖太宗之善訓貫以陛下之明聖㧾萃前美混論消息融而為至德發而為玄化以王道為尺以大中為刀度時之宜裁酌古今引知蕩蒐驅末還本正六官叙九疇舉王制於月令調兵食崇孝悌敦九族闢諫路顯儒學退文華黜選舉復俊造定四人省道釋明刑以行令理兵以禦戎然後經之以禮樂緯之以道德推誠信以化之[redacted]風雅以暢之坐明堂登靈臺休息乎祥氣之間陛下襲羲軒於上公卿儕稷契於中黎元歡鼓腹於下挹甘露嗽醴泉禽畜四靈不為難矣臣愚寡聞不識遠大伏望下宰相公卿大夫議之如瞽言可採伏乞搜嚴封野博引海內巨儒耆德玄識明斷之士大開學館與朝賢參講令其稽古應時據經便俗仍使切磋周復沐出精義重作制度使合乎宣父繼周之旨夫正氣[redacted]衰彼承家鼠寇戎狄裔夷若槁葉迎霜輕冰涉暑瞥然已去闕[redacted]然已亡固不足塵于聖慮矣今臣謹竭管見獻五事如後是非疏密懸在天鑒蕞爾昏塞何能自分若乃沿革次第時政所切伏計宰輔必已詳奏亦不敢更言臣今幸生聖代又曾謬廁諫垣逢中興將啓之期知太平必成之術實懼不言為罪也狂瞽微臣不勝感恩申憤之過謹勒祇承人某奉表披露丹懇以聞臣渤誠惶[redacted]

獻事表 憲宗

元稹 元和元年

臣稹言臣聞理亂之始各有萌象二者無門在君上啓之而已所謂萌象豈有他哉容直言廣視聽躬親（集作勤）庶務委信大臣使左右近習者不敢（唐書作得）蔽踈遠之臣庶此理之象也此而不理萬無一焉大臣不親直言不進抵忌諱者殺犯左右者刑與一二近習者決事於深宮之中羣臣莫得參預籌畫此亂之萌也此而不亂亦萬無一焉是以古者人君即位之始萌象未見之時必有狂直敢言之士抵忌諱獻危言在上者苟或宥而容之激而進之則天下

之君子望風而悅曰彼之狂而猶容於上上之人其欲來天下之士乎吾之道可以行矣其小人擇（唐書作揀）利而言曰彼之直可以得幸於上吾將以直言（集作直詐以）徼利可也由是天下之賢與不肖各以所忠貢言於上上下之志需然而通得失之情幽遠必達合天下之智理萬物之心人人樂得其所戴其上如赤子之親慈母也雖欲誘之爲亂其可得乎臣故曰容直言廣視聽而不理者萬無一焉及夫進計者入而不出直言者戮而不容則天下之君子自謀於心曰與其言且不用而身爲戮吾寧危行言遜以保其終乎其小人擇利而喜曰君之所惡者拂心逆耳之言也吾將苟順是非以幸（集作事）之可也由是進見者隔（集作華）而不納言事者寢而不聞若此則十步之事不得見也朝廷之事（集作情）不得聞也而況於天下之大四方之遠乎故曰聾瞽之君非無耳目也蓋在（集無在字）左右前後者屏蔽之不使視聽耳此而不亂其可得乎（集作哉）昔太宗文皇帝初即位時天下之人莫有諫者唯孫伏伽嘗以小事持諫於上文皇帝大悅厚賜田宅以勉之自是言事者唯懼乎言不直諫不極不能激文皇之盛意曾不以觸龍鱗犯忌諱爲不可矣於是房杜王魏之徒議可否於前天下四方之人言得失於外不三四（集作四三）年而天下大理豈文皇獨運聰明於上哉蓋亦羣下各盡其忠言以宣揚發暢於天下也且夫樂全安而惡戮辱古今之情一也豈獨貞觀之人輕犯忌諱而不惡戮辱哉蓋文皇激而進之之切（集作功）也喜順從而怒謇犯亦古今之情一也豈獨文皇甘逆耳而怒從心哉蓋以順從之利輕而危亡之禍大無窮之業重而奉己之事微思爲子孫垂不朽建永安之計也爲後嗣者豈（集作其）可順一朝之意而輕用（二字唐書作幾）文皇之天下乎累聖傳序於今垂二百年矣莫不率由斯道致俗和平況陛下以上聖之姿紹復前統即位之日天下惟新罪叔文之徒而凶邪之黨散懸惠琳之首而悖亂之氣清（集作消）發承光之詐而假威之孽除反焦陂之田而蒸庶之情感其餘滌瑕緩死薄賦恤人賜帛耆年旌閭孝悌修廢學建義倉莫不曲被殊私覃於（集作于）有截斯皆陛下上法堯舜近法太宗致理之萌形見者數十豈臣庸劣一二而能明然而臣竊復孜孜蚩蚩（集作咄咄）有所未決者獨以陛下即位已來既周歲矣百辟卿士至于天下四方之人曾未有獻一計進一言受陛下伏伽之賞者左右前後拾遺補闕亦未有奏一封執一諫受陛下激而進之之勸者設諫鼓置匭函曾未聞雪一冤決一事明陛下無幽不燭（集作察）之意者若臣等備位諫列名爲供奉官曠日彌年不得召見每就列位屏氣鞠躬不敢仰視又安暇議得失獻可否哉供奉官尚爾又況於疏遠之臣庶雖有特達不羣之智思欲自効其路何階遂使凡今之人以諫鼓匭函爲虛器謂拾遺補闕爲冗員臣竊思之以陛下之睿博弘深勵精求理豈或入而不言出而不用哉蓋羣下因循不能有所發明之罪也且臣思之今之備召見承顧問者獨一二執政而已每一對揚不及俄頃之間議天下之事臣竊料之恭承聖問仰謝寵光之不暇又安得（集作暇）陳理亂議教化哉其餘瑣瑣有司或時一召者（集作見）言簿書之出入計錢穀之登降不暇又安足置齒牙間臣竊惟陛下以受（集作景）命惟新之初何如貞觀致理之後當貞觀致理之後以房杜王魏匡輔之智而猶上封進計者若至獻可替否者日聞今陛下當致理之初在四方

多虞之日然而言事進計者終歲無一人豈非羣臣(集作下)因循竊位之罪乎若臣某者禀性駑鈍昧然無識然以當陛下臨御之始首陛下策賢之科擢授諫司恩萬恒品若復默默與在位者處則臣莫大之罪亦萬於恒品矣輙將(集作敢)冒昧殊死件奏十事於後一曰教太子以崇(唐書作正)邦本二曰任(唐書作封)諸王以固磐石三曰出宮人以消水旱之災(集無此二字)四曰嫁諸(唐書作宗)女以遂人倫五曰無時召宰相以講庶政六曰序次對百辟以廣聰明七曰復正衙奏事以示躬親八曰許方幅糾彈以懾姦佞九曰禁非時貢獻以絶誅求十曰省出入畋遊以防銜橛凡此十者設使言之而是是而見納(集作用)非臣之福也天下之福也苟或言之而非非而見罪乃臣之分也亦臣之願也無任懇悃奮激効節愛時之至謹詣東上閤門奉表并事件以聞臣稹誠惶誠恐頓首頓首死罪死罪謹言

論諫職表(憲宗)　前人

臣某言臣聞先王之制祿也居其位不行其職者誅是以上無虛授下不隱情臣竊觀今時(集作之)備位素飡不行其職者莫過於臣輩臣聞太宗文皇帝時以王珪魏徵為諫官文皇雖宴遊寢食之間王魏實在其所用至於文皇發一言則王魏詳之而後出舉一事則王魏慮之而後行以文皇之明合王魏之智是以舉無遺事言有典常文皇猶以為視聽之未廣也因許(集作命)三品已上入議軍國大政必遣諫官一人(一作負)隨入以參驗之當是之時司耳目股肱之任者有君臣之義焉有父子之恩焉有朋友之勸焉以是否無不替可無不行不四三年而天下大理蠻夷君長帶刀入侍者不可勝計豈干戈征伐之所致乎蓋壅蔽之患銷而幽遠之情達也若此然後可以稱天子之爭臣矣近之司諫諍者則不然大不得備召見次不得參時政排行就列累累(集作纍纍)而已且臣聞之諫臣(集作官)之職曰左右前後拾遺補闕大則廷議小則上封近年已來正衙不奏事庶臣(集作官)罷巡對若此則不見遺闕補拾何階不得敷陳廷議安設其所謂舉諫職者唯獨誥令有不便除授有不當則奏一封執一見而已以此(集作臣)思之君臣之際論列是非諷諭於未形籌畫於至密尚不能迴至尊之盛意備讒慝之巧言而況於既行之誥令已命之除授然後執(集作奏)一封奏(集作執)一見而思欲收絲綸之詔迴日月之光信無裨於萬一矣至使凡今之人以上封進計為妄動拾遺補闕為冗員以此稱供奉官與王珪魏徵為等列臣雖至愚能不自愧且陛下若以為臣等無所裨補不足參侍從固不當假以名器無立(集作立之)於朝苟以為務廣聰明稍開(集作闢)理道又不宜(集作當)屏棄踈賤之使至於此伏願陛下許臣於延英候對召臣一見賜以溫顏使臣得盡愚懇之誠備陳諫官之職苟或言有所(集作可)採得裨聖聰則臣自寘刑書以謝謬官之罪亦臣之所(集有以守)甘心也無任懇款發憤守(集作効)職忘軀之至謹詣東上閤門奉表以聞

文苑英華卷第六百二十二

登仕郎胡柯　鄉貢進士彭叔夏　挍正

文苑英華卷第六百二十三　表七十一

雜諫論一（雜諫論表凡三卷英華所編失年代次序今正之）

諫山陵制度過厚表（太宗）　虞世南（貞觀九年）

臣聞古之聖帝明王所以薄葬者非不欲崇高光顯珍寶具物以厚其親然審而言之高墳厚隴珍物畢備此適所以為親之累非曰孝也是以深思遠慮安於菲薄以為長久萬代之計割其常情以定之耳昔漢成帝造延昌二陵制度甚厚功費甚多諫大夫劉向上書其言深切皆合事理其略曰孝文居霸陵悽愴悲懷顧謂羣臣曰嗟乎以北山石為槨用紵絮斮陳漆其間豈可動哉張釋之進曰使其中有可欲雖錮南山猶有隙使其中無可欲雖無石槨又何戚焉夫死者無終極而國家有廢興釋之所言為無窮計也孝文寤焉遂以薄葬又漢氏之法人君在位三分天下貢賦以一分入山陵武帝歷年長久比葬陵中不復容物霍光暗於大體奢侈過度其後至更始之敗赤眉賊入長安破茂陵取物猶不能盡無故聚斂百姓為盜之用甚無謂也魏文帝於首陽東為壽陵作終制其略曰昔堯葬壽陵因山為體無封無樹無立寢殿園邑為棺槨足以藏骨為衣衾足以朽肉吾營此不食之地欲使易代之後不知其處無藏金玉（一作銀）銅鐵一以瓦器自古及今未有不亡之國是無不掘之墓喪亂以來漢氏諸陵無不發掘乃至玉柙金縷骸骨並盡豈不重痛哉若違詔妄有變改吾為戮屍於地下死而重死不忠不孝使魂而有知將不福汝以為永制藏之宗廟魏文此制可謂達於事矣向使陛下德止如秦漢之君臣則緘口而已不敢有言伏見聖德高遠堯舜猶所不逮而俯與秦漢之君同為奢泰捨堯舜殷周之節儉此臣所以戚戚（一作尤戚）也今為丘隴如此其內雖不藏珍寶亦非（一作無）益也萬代之後人但見高墳大冢（一作墓）豈謂無金玉也（一作耶）臣之愚計以為漢之（一作文）（一作灞）陵既因山勢雖不起墳自然高顯今之所卜地勢即平不可不起宜依白武通所陳周制為三仞之墳其方中制度庶（一作事）事減少事竟之日刻石於陵側明丘封大小高下之式明器所須皆以瓦木合於禮文一不得用金銀銅鐵使後（一作萬）代子孫並皆遵奉一通藏之宗廟豈不美乎且臣下除服用三十六日已依霸陵今為墳隴又以長陵為法恐非所宜伏願深覽古今為長久之慮臣之赤心唯願萬歲之後神道常安陛下之孝名揚於無窮耳（云云）

一作皆舊唐書本傳

論封建表（太宗）　顏師古

臣師古言臣伏聞前年陛下親發聖慮將降明勑博問卿士議欲封建斯誠天機獨悟妙筴深遠既合事宜實惟治要然而議者不壹各執異端或欲追法殷周遠遵上古天下之地盡為封國庶姓羣官皆錫茅社或云承弊之後人稀土曠封建之事普未可行不臻至理兩失其中何者今

古異俗文質不同不可空採虛名以乘實効若即廢罷州縣分爲列國無功而受封爵庶姓而專臣吏非直於理不合亦自制度難成至如磐石之基實資藩屛皇枝帝子維城是寄伏以漢祖撥亂懲艾前失大啓九國雜行霸道規模弘遠歷祚延長近代澆浮不樹宗子雖有王侯之號了（一作而）無藩輔之實故易爲傾動顛而不扶前哲往賢論之巳備臣愚以爲當今之要莫如量於遠近分置王國均其户邑強弱相齊畫野分疆不得過大間以州縣雜錯而居互相維持永無傾奪使各守其境而不能爲非協力同心則足扶京室陛下然後命分諸子各就封之爲置官僚皆一省選用法令之外不得擅作威刑朝貢禮儀具爲條式一定此制萬世永久則狂狡絶暴慢之心本朝無怵惕之慮臣輒獻愚管伏聽採擇塵黷非宜退增戰懼惶恐謹言

論左右丞須得其人表　劉洎（貞觀十一年時爲治書侍御史）

臣某言臣聞尚書萬機寔爲政本伏尋此選授受誠難是以八座比於文昌二丞方於管轄爰至郎曹（舊唐書本傳作曹郎）上應列宿苟非稱職竊位興譏伏見比來尚書省詔勑稽停文案擁滯臣誠雖庸劣請述其源貞觀之初未有令僕于時省務繁雜倍多於今而左丞戴冑右丞魏徵並曉達吏方質性平直事應彈舉無所迴避陛下又假以恩慈自然肅物百爲（唐書作司）匪懈抑此之由及杜正倫續任右丞頗亦厲下比者綱維不舉並爲勳親在位品（貞觀政要作器）非其任功勢相傾凡在官寮未循公道雖欲自強先懼囂謗所以郎中抑（政要作與）奪唯事諮稟尚書依違不能（唐書作得）斷決或憚聞奏故事稽延案雖理窮仍更盤下去無程限來不責遲一經出手便涉年歲（唐書作載）或希旨失情或避嫌抑理勾司以案成爲事了不究是非尚書用便僻爲奉公莫論當否遞相姑息唯務彌縫且選賢授能非材莫舉天工人代焉可妄加至於懿戚元勳但宜優其禮秩或年高耄及或積病智昬既無益於時宜當致之以閑逸久妨賢路殊爲不可將救茲宿弊且宜精簡四貞（政要作尚書）左右丞左右司郎中如並得人自然綱維恪（唐書作略政要作備）舉亦當矯正趨競豈唯息其稽滯而已（二字唐書作哉）

諫詰難公卿表　太宗

此篇六百九十六卷疏門重出今已削去

前人

臣某言臣聞帝王之與凡庶聖哲之與庸愚上下相懸擬倫斯絶是知（文粹作若乃）課（舊唐書作以）至愚而對至聖以極卑而對極尊徒思自強不可得也陛下降恩旨假慈顏凝旒（後篇作神）以聽其言虛襟以納其說猶恐羣下未敢對揚況動神機（文粹作聰）縱天辯飾辭以析（唐書作折）其理援古以排其議欲令凡庶（政要并後篇作蔽）何階應答臣聞皇天以無言爲貴聖人以不言爲德老君稱大辯若訥莊生稱（會要後篇作云）至道無文此皆不欲煩也是以齊侯讀書輪扁竊笑漢皇慕古長孺陳譏（文粹作詞）此亦不欲勞也且多記則損心多語（文粹作言）則損氣心氣內損形神外勞初雖不覺後必爲累須爲社稷自愛豈爲性好自傷乎竊以今日升平皆陛下力行所至欲其（文粹作令）長久匪由辯博但當忘彼愛憎慎茲取捨每事敦朴無非至公若貞觀之初則可矣至如秦政強辯失人心於自矜魏文宏才虧衆望於虛說此才辯之累較然可知矣伏願略茲雄辯浩然養氣簡彼緗圖（後篇作宏機）澹焉怡目（唐書作自怡後篇作恬想）固萬壽於南岳齊百姓於東户則天下幸甚皇恩斯畢（文粹後篇作皇恩斯畢天下幸甚）

此篇六百七十五卷書門重出今已削去

論太子初立請尊賢學表（後篇作請太子尊賢重道書）　前人

臣某言臣聞郊迎四方孟侯所以成德齒學三讓元良由是作貞斯皆屈主祀（後篇作禮）之尊申下交之（後篇有明字）義故得匑言咸薦耆問傍通不出軒庭坐知天壤率由玆道永固鴻基（後篇作業）者焉至若生乎深宮之中長乎婦人之手未嘗識憂懼無由曉風俗雖復神機不測天縱生知而開物成務終由外奬夫宗彼干籥聽玆謠頌何以辨章庶績甄敷彝倫歷考賢聖咸資琢玉是故周儲上哲師望奭而加裕漢嗣（政要作兩）深仁引園綺而昭德原夫太子宗祧是繫善惡之際與亡斯在不勤于始（會要作哉不勤始）將悔于終是以晁錯上書令先通政術賈誼獻策務前知禮教竊惟皇太子玉裕挺生金聲夙振明允篤誠之美孝友仁義之方皆挺自天姿非勞審諭固以華夷仰德翔泳希風矣然則寢門視（後篇作問）膳已表於三朝藝宮論道宜弘於四術雖則春秋鼎盛飭躬有漸實恐歲月易徃情業興譏（後篇作志業難成）取適宴安言（唐書後篇作亦）從此始臣以愚短幸叅侍從思廣離明輕願聞徹不敢曲陳故事請以聖德言之伏惟陛下誕叡膺圖登庸歷試多才多藝道著於臣時允武允文功成於纂祀萬方即序九圍清晏尚且雖休勿休日慎一日求異聞於振古勞睿思於當年乙夜觀書事高漢帝馬上披卷勤過魏后陛下自勵如此而令太子優游棄日不習圖書臣所未諭一也加以暫屏機務即寓雕蟲紆（唐書作綜）賞思於天文則長河韜映摛玉字於仙札則霽（唐書作流）霞成彩固以錙銖萬代冠冕（政要作首冠）百王屈宋不足以升堂鍾張何階於入室陛下自好（會要作好古）如此而令太子悠然静處不尋篇翰臣所未諭二也陛下備該（後篇作通）衆藝（唐書作歷該衆妙）獨秀寰中猶晦天聰（唐書作聽）俯詢凡識聽（後篇作視）朝之隙引見羣儒（會要并後篇作官）降以温顔訪以今古故得朝廷是非里閭好惡凡有巨細必關聽覽陛下自行（唐書作好後篇作爲）如此而令太子久入趨侍不接正人臣所未諭三也陛下若謂無益則何事勞神若謂有成則宜申貽厥後蔑而不急未見其可伏願俯惟（政要作推）春範訓及儲君授以良書娛之嘉客朝（唐書作晨）披經史觀成敗於前蹤晚接賓遊訪得失於當代間以書札繼以篇章則日聞所未聞日見所未見副德逾（後篇作愈）光羣生之福也竊以良娣之選遍於中國仰惟聖旨本求内助防微慎遠之慮固非羣下所測暨乎徵簡人物則與聘納相違監撫二周未延一士愚謂内既如彼外亦宜然者恐招物議將謂陛下重内而輕外也古之太子問安而退所以廣敬於君父異宫而處所以分别於嫌疑今太子一侍天闈動移旬朔師傅以下無由接見假令供奉有隙暫還東宫朝謁（政要作拜）既疎且（政要作但）事欣仰規諫之道固所未暇陛下不可以親教宫案無因（唐書作由）以進言雖有具寮竟將何補伏願俯循前躅稍抑下流弘遠大之規展師友之義則離（唐書作儲）徽克茂帝圖斯廣凡在黎元孰不慶賴太子温良恭儉聰明睿哲含靈所悉臣豈不知而淺識勤勤思効愚衷者願滄溟益潤日月增華也（云云）

此篇六百六十七卷重出今已削去

論攝養表（太宗）　岑文本

臣某言臣聞生者天之大德人者有生之最靈是以物無大小咸愛其命人無貴賤咸貴其生故聖人弘全身之道而能免於憂患賢者著養生之術而能終其壽考嵇康有云導養得理以盡性命上獲千餘歲下可數百年而

皆不精故罕能得之又去夫爲稼於湯代偏有一溉之功雖同焦爛必溉者後枯然則一溉之益不可誣矣誠哉斯言實爲篤論但養生之術固非一途詳求至理語其大略莫若順陰陽之序節寒温之中何則人資陰陽以育候寒温以成雖禀於五常而連類於萬物在春夏也萬物因而生長人亦宜微受温暖以豐其肌膚在秋冬也萬物因而收成人亦宜微受寒涼以堅其筋骨是以貧賤之人皆順其性而疾病者少富貴之人多違其真而疾病者多是知春生夏長秋收冬藏此天道之大經也不順則無以爲天下紀綱故日月四時之順不可失也仲長統曰百年者人之常壽壽之上者也順四時節飲食適衣服遠聲色避災患者濟上壽之常道至於吐故納新熊經鴟顧此乃山林之術非廟堂所行養生之要唯斯而已竊惟帝王之位尊貴斯極夏則複殿清暑長廡生寒金罍浮蟻無赫曦之色玉饌含冰有淒涼之氣冬則温室墐户曲房掩軒前盈獸炭輕扇可以在握躬御狐白微汗可以沾襟斯皆陰陽變易寒温過度雖適一時之性實乖四序之宜故荀卿曰喜怒哀樂好惡必得其中所以養神也寒温盈虚消息必得其中所以養氣也寢興動靜屈伸必得其中所以養體也是知攝生之道必在得宜況陛下憂勤之心勞於内豈可使冬夏之節候虧於外哉伏願降日月之明覽賢聖之旨順陰陽之序節寒温之中則南山之壽更增於億年北極之尊永固於萬國云云

諫五品巳上妻犯姦不沒官表　太宗　褚遂良

臣遂良言臣聞大聖文明必垂憲法使聽之者知善聞之者自新謂之中刑而終久無蔽糠粃古昔而樹之風聲冠蓋百王光茲至道伏惟陛下心記五車坐談千卷斷決機務必先至理臣昨日伏見勑至門下五品巳上官人妻及女等有犯罪者並沒爲官婢夫犯惡逆始用此刑不然歷代雜刑曾無此準聖主可以理于臣乞以一理敢煩天聽夫禁織防姦既張羅網生民干犯必有其事今忽有三公六尚書等官當重寄或有子數人半居文武而此三公六尚書之婦忽犯姦淫披猖衢路沒爲官婢其夫既耻其子亦愧更何顏以在列亦無面以當官合門耻辱一時俱弃至於九卿之室十二衛將軍之妻沒爲官婢夫豈不愧雖有文武之幹珪璋之質朝廷之所嗤笑儕流之所指點自貽伊戚理須屏跡臣恐失諸人倫有從此起是以古者存其大體而略其微細掩其家室而用其才能若沒其女亦爲狼狽厥父與兄胡顏自處乞陛下審教化之本詳刑罰之要臣甘從鼎鑊更請一言忽若郡王近親縣主密屬有如此者若爲處置若沒爲官婢則非復國章若不爲懲則同罪異罰臣詳案前載參驗當今輕敢思量實爲不可臣荷陛下殊恩擢居近侍披跡庸流位班四品官高禄厚於臣願足俛仰而無懲過從容而悅聖顏所以敢犯雷電獻心帷扆者夙奉深恩願罄微節昔臣有慕汲黯而願其后爲堯舜守茲愚誠欲崇主德雖則畏懼必冀陳聞伏願天明一垂矜察陛下必以爲此事難容理須懲肅何闕可更付近臣詳議增加其罪臣未敢出勑手執踟躕敢冒宸嚴伏待刑憲

第二表　前人

臣遂良言昔人輸寫至誠必通幽顯是以落日迴光飛泉上出臣丹心不著空祈聽覽擢臣之髮不足讎懲臣今月

五日詣虔化門進封表論五品以上官人妻及女等有犯罪者没爲官婢既未進旨下情惶懼臣又再三思量實爲不可唯有身犯叛逆天下不容妻女等始合配没自兹以往曾無此例若犯姦罪身即没官不敬舅姑則依常律自非中刑不可爲教至於一婦没官其夫及子同宗合門有大羞辱見在朝者皆不可用郡王近親縣主密戚或有如此事並具前表夫帝王作典謂之利用恐其罪而化之不因其罪而利之不驚人心不興物議教民以善不爲異罰自三皇以來二百餘帝禁止姦穢皆無此法至於明聖獨用此刑既慙古昔終虧德義然則刑爲政教之用政爲宗稷之本若再三如此天下依行臣恐政道因兹漸就流壞是以不避嚴誅更敢一請若即班行四方談議臣緘口不言罪合萬死執以陳聞伏俟刑憲謹言

請宫中眼花浪見不得輒奏表　前人

臣遂良言昔者聖人之於鬼神也聞之而不獨信知之而不專恃是以顓頊依於鬼神制之以正不懼驚異增修仁德孔子不語怪力亂神伏惟陛下氣蓋區中威移海外擁百萬之陣殞九夷之額自書史所載未之前聞夫人歡樂則意氣高悲哀則膽力少自不可信兹訛惑轉移常操而宫中嬪列謂之婦人恇弱周章眼花浪見更相恐懼動一驚百雖有孟賁壯志孔翟精誠終不免聽之心疑聞之意動變異之來具諸前志自須制之以貞正厲之以安靜謂之爲吉則爲變謂之爲祥則爲嘉如臣愚見宜勑宫中眼花浪見不得報告傍人更相恐動亦不得專輒奏聞如此而不安然臣受死罪臣謹録前載所見皆爲吉慶事具別狀以聞

諫東宫物少於魏府長表（通鑑在貞觀十六年政要作十三年）　前人

臣遂良言昔聖人制禮尊嫡卑庶謂之儲君道亞霄極其爲崇重用物不計泉貨財帛與王者共之庶子體卑不得爲例所以塞嫌疑之漸除禍亂之源而先王必本人情然後制法知有國家必有嫡庶然庶子雖愛不得超越嫡子正體特須尊崇如當親者踈當尊者卑（二句一作不能明立定分）則佞巧之姦承機而動私恩容分（舊唐書作害公）或至亂國伏惟陛下功超邃古道冠百王發號施令爲世作法一日萬機未盡其美（唐書作武未盡美）臣職在諫諍無容靜嘿伏見東宫料物歲得四萬段付市貨賣凡直一萬一千貫魏府別州封及廪物一年凡直一萬六千貫此便儲后俸料飜少於諸藩（唐書作魏王）朝野聞見以爲非是（唐書作不以爲是）陛下往年行幸自洛陽還太子於關首獻食家令無物可用遂内出綾綵貨充鼎實預是宫臣誰不聞見陛下必以爲魏府支用見不足人多費廣此理可通然則至於儲君更宜增益臣謹按漢明帝披輿地圖等諸國戶口諸子租歲不過二千萬明德馬后爲言亦不偏得此方防其嗜慾節其驕恣伏願陛下頗擇漢世弘[illegible]無偏儲君之用微附古者然晉王陛下親自撫養至於成立上聖深慈偏所鍾愛傳曰臣聞愛子教之以義方忠孝恭儉義方之謂國家於東宫略同魏府即日所覩未有殊別語其將來不可不慮若多其室宇唯欲崇高賜以金貝使其盈積家人多於餘國良馬超於列藩王成童之年已得如此長世已後嗜慾方生歲增則欣喜微減則失意財多則溢卒有克全寵禄過驕安能自濟昔漢竇太后及景帝遂驕恣梁孝王封四十餘城苑方三百里大治宫室複道彌望財巨萬計入警出蹕小不得意發病而死

宣帝亦驕恣淮陽憲王幾至放敗輔以退讓之臣僅乃獲免伏願陛下四字唐書作且魏王既新出閤恒存禮制政要作訓唐書作則言提其耳且示節儉自可在後月加歲增愛子豈慮不足微臣庸暗不知大體所有管見願悉言之特願天明曲垂省覽即日諸王僚佐皆選上才或幹職有餘識見猶闕莫不誘王財賄偏曲聞奏他王皆不得我王獨得之以此自矜以茲爲美即日僚佐率多如此愚臣所見特謂不然傳曰上之化下如風之靡草也則衆人萬語不及陛下一言能成就保全唯在陛下留意子弟置嚴師傅或諸王之國帝弟歸藩何嘗不德音懇切示其成敗此皆皇唐美制以爲稱首諸王尊奉則無愆失然則芻蕘之說更有可觀愚臣千慮或一可採伏願陛下廣加教喻他王皆求請有一王獨■足陛下則崇賞之他王皆戲有一王獨愛學陛下則崇賞之他王好獵有一王獨不遊陛下則崇賞之他王皆營作有一王獨靜處陛下則崇賞之上好之則下爲之上賞之則下趨之雕琢諸王皆成退素如斯陷敗臣所不聞薰風所扇日馳千里既教唐書作勤之以謙儉又勸之以文學惟忠惟孝因而獎之道德齊禮乃爲良器此所謂聖人之教不肅而成者也臣以不才叨居諫職甘從鼎鑊輕敢以聞煩瀆之愆伏增戰懼

諫欲觀起居紀録表 太宗　漢世太宗時二名不偏諱　朱子奢 貞觀中

臣子奢言今月十六日陛下出聖旨發德音以起居紀録書帝王臧否前代但藏之官人主不見今欲親自觀覽用知得失愚以爲聖德在躬舉無過事史官所述義歸盡善陛下獨覽起居於事無失若以此法傳示子孫竊有未喻大唐雖七百之祚天命無改至於曾玄已後或非上智但中主庸君飾非護短見時史直辭極陳善惡未必省躬罪己唯當致怨史官但君上尊嚴臣下卑賤有一於此何地逃刑既不能朱雲廷折董狐無隱排霜觸電無顧死亡唯應希風順旨全身遠害悠悠千載何所聞乎所以前代不觀蓋爲此也其或有未允謹以奏聞伏待刑憲

文苑英華卷第六百二十三

登仕郎胡柯　鄉貢進士彭叔夏　校正

文苑英華卷第六百二十四　表七十二

雜諫論二

諫農時出使表高宗　劉思立

臣思立言臣伏見河南河北旱儉勑遣御史中丞崔謐給事中劉景先分往一作道存問蒸量事賑貸竊以水旱流行古今代有不專示責一作昔亦以戒盈伏惟天皇德越堯湯恩隆父母纔逢殊候即軫沖襟但謂聖人隔於九重不知皇心遍於四海所以分道出使量事優矜曲成賙給特加存問誠非愚闇所合名言然芻蕘之情尚有未達敢獻狂直乞垂省覽何者麥序方秋蠶功未及一作畢三時之務萬姓所先勑使撫巡人皆悚抃忘其家業冀此天恩踊躍來一作參迎必難抑止集衆衆英華作其積聚既廣妨廢亦多加以途程往還蒸之晨夕停止一作滯設遣物去決不盡還況宣問須見衆人賑給須作文簿少處猶經兩月多處必更淹延都計所歷州縣煩擾不可勝紀又一使之下凡有一十六人并馱所須揔乘一馬無驛之處須動公私簡弱取強非五十四不可禁馬之所求覓甚難使人欲來必須預追簡擇雨後農要唐書作務特切常情暫廢須臾即虧歲計每爲一馬遂勞數家從此相乘恐更滋甚又刺史縣令委任不輕準勑責成合稱明旨用倉給戶不足爲難且令賑貸庶免飢乏若須出使褒貶請待秋後閑時臣備位憲司不敢不奏云云

爲河內王武懿宗論功表武后

一作皆舊唐書劉憲傳

臣懿宗言伏奉其月日制書錄臣等在軍微功將加勳封嘉命聿至寵靈載優伏對慙殞魂守顛越臣某中謝臣聞古者名將先士卒而後身故其功勸末世庸將窮人力以寵己故其政乖然則單醪投河三軍告醉刓印在手萬夫以失與衆共功專以獨利成敗之紀興亡繼焉賞者國之大柄不可忽焉日者林胡搆孽敢亂邊陲陛下徵義兵誅不道天下士衆焱集星馳皆忘身憂國紓禍卻難至於窮矢石血草莽冒艱險歷寒溫氣騰青雲精貫白日誠亦勤矣雖則聖靈威遠逆虜自滅然士卒戮力亦盡其勞今大功未酬衆議猶在而臣等駑怯猥加先封臣不能折衝虜庭還師衽席今坐加第一一作茅土之賜以先將士之勤使鶡冠虎唐諱臣將何以勸今戰夫留滯於外府軍吏咨嗟於下寮臣等胡顏敢冒天造夫賞一勸百猶恐未孚利一沮萬其弊誰救爵命不可以招謗國章不可以假人伏願俯迴天光照譽軍禮請以臣前件勳封迴授征戰之人及立功將士等上以明國之大賞下以知臣等謬功使人悦忘勞士感知死然後兵可訓勵士可誅屠此誠國之元經不可苟而利者臣等不勝區區悚迫之至

論天官秋官及理匭使愆失表武后　徐有功

臣有功言自陛下即位已來海內官舊唐書本傳作職貞一定而

天下選人漸多掌選之曹用捨不平補擬乖次應留即放應放翻留囑請公行顏面罔懼遂使囂謗滿路怨讟盈朝浸以爲常殊無愧憚又往屬楊豫構禍(唐書作唐朝季年)時多逆節鞫訊結斷刑獄至嚴革命而(唐書作以)來載祀遽積餘風未殄用法猶深令推鞫者猶行酷法不依律文妄稱異端虛立證據構爲罪狀捨法用情格律昭然無心遵奉斷事則不依款占不據條章狀表生情法外構理率心任意輕重自由天下稱寃莫不緣此陛下九重嚴祕萬機事總何能一一躬覽事事親詳近臣畏罪而不言大臣重祿而不奏遂令刻薄之吏弊法未悛士子朝臣屏氣累息皆不自保恐墜網羅又陛下所令朝堂受表設匭投狀空有其名竟無其實並不能正直各自防閑延引歲時拖曳來去叫閽不達撾鼓不聞抱恨銜恩吁嗟而已至誠所感和氣必傷豈不由受委任者不副天心是陛下務欲使申其寃是有司務在增重其枉塵垢聖德隱蔽宸聰者是臣等不勝死罪死罪臣今請考選官銓注不平致令在外怨讟者臣即察訪糺而彈之獲其曲狀望貶考奪祿以愧其心罪仍依法其刑獄推斷之官有行酷法妄加詰斷臣即按驗奏而劾之獲其枉狀請即付法斷罪亦準前條奪祿貶考以懲其德其三司受表及理匭申寃使不速與奪致令擁滯(唐書作壅)有理不爲申者亦望準前彈奏貶考奪祿凡在百僚咸蒙委任君臣之際義在無猜寄託之隆無過考選令人監視全無付信徒爲證見翻使有詞不如每事委之使臣得摇霜筆其監考選御史望請總停然臣昔處法司緣蒙擢用臣愚無以上答至造願以執法酬恩無縱詭隨不避強禦猛噬鷙擊是臣之分如天恩允臣所奏請降勑施行庶不越旬時亦可以除殘革弊刑措不用天下幸甚

論災異表(已見六百二十卷武后)　張說

論則天不宜合葬乾陵表(中宗)　嚴善思(名譔以字行)

臣謹按天元房錄葬法云尊者先葬卑者不合於後開入臣聞葬(一無此三字)則天太后卑於天皇大帝今欲開乾陵合葬即是以卑動尊事既不經恐不(一作非)安穩臣又聞乾陵玄宮(一作關新唐書作闕)其門以石關(一作閉)塞其石縫隙鑄鐵以固其中今若開陵必須鐫鑿然以神明之道體尚幽玄今乃動衆加功誠恐多所驚黷又若別開門道以入玄宮即往者葬時神位先定今更改作爲害益深又以脩築乾陵之後國頻有難遂至則天太后權總萬機二十餘年其難始定今乃更加營作伏恐還有難生但合葬非古著在禮經緣情爲用固無定準(一作無足依準)況今事有不安豈可復循斯制伏見漢時諸陵皇后多不合葬魏晉已降始有合者然以兩漢積年向餘四百魏晉之後祚皆不長雖受命應期有因天假然以循機享德亦在時文但陵墓所安必須(一作資)勝地後胤嗣續(一作後之胤嗣)用託靈根或有不安後嗣固(一作亦)難長享伏望依漢朝之故事改魏晉之頹綱於乾陵之傍更擇吉地取生墓之法別起一陵既得從葬之儀又成固本之業臣伏以合葬者緣人(一作人緣)私情不合者前循(一作脩)故事若以神道有知幽途自得通會若以死者無知合之復有何益然以山川精氣上爲星象若葬得其所則神安後昌若葬失其儀則神危後損所以先哲垂範具立(一作之)葬經欲使生人之道必安死者之神永(一作必)泰伏望少迴天眷俯鑒(一作覽)臣言行古昔之明規制(一作劃)私情之愛欲使社稷長享天下又安凡在懷生孰不慶幸(一作皆舊唐書本傳)

諫李多祚充夾侍表（中宗） 王覿（見舊唐書李多祚傳）

臣覿言竊惟祔廟之禮在於尊祖奉先肅事之儀豈猷惟親與德伏見恩勑令安國相王與李多祚共（唐書作參）乘且多祚夷人有功於國適可加之寵爵豈宜逼奉至尊將（唐書作侍）帝弟而連衡與吾君而共輦誠恐萬方之人不允所望昔文帝引趙談參乘袁盎伏車前曰臣聞天子所共乘輿（二字唐書作六尺輿）者皆天下豪英今漢雖乏人陛下獨柰何與刀鋸之餘共載於是斥而下之多祚雖無趙談之累亦非卿相之重不自循省無聞固讓豈國乏良輔更無其人史官所書將示於後何袁盎之強諫獨微臣之不及惟陛下詳擇焉

諫中宗皇帝請內朝西宮表 盧懷慎

臣懷慎言臣聞書曰亶聰明作元后元后作人父母伏惟陛下敬順昊天爲人父母人之[redacted]於孝乎故曰夫孝者天之經地之義人之本也是陛下躬率此道爲天下先每十日朝西宮式展親親之義故得萬國之歡心者實惟陛下孝理天下也臣竊不揆顓聞於師王者必深居而高視用以表其嚴重也其將動未嘗不清道而後發昇車而後引出有警入有蹕用備其周衛也今陛下再立乾坤重安社稷克定中興之業務弘大孝之端率禮因心臣何敢預然陛下臣之君父也夫爲臣子者得不欲盡忠孝乎忠孝之事臣安敢讓也固知言出必死亦所無辭臣死罪死罪臣聞昔者漢祖受命五日一朝太公於櫟陽宮今日陛下豈不欲爲比（一作此）乎臣度其事業與此有異夫漢祖起布衣登皇極子有天下尊歸於父母故行於此耳今陛下守文繼統嗣武開基奉三聖之休烈當千齡之寶命順天立極蓋曰其常不知何爲更用此道遠自三五洎乎夏殷聖帝明王臣所覽見未有用此者陛下安所取則哉臣聞事不師古匪說攸聞禮煩則黷抑有其義況應天去提象纔至二里餘騎不得成列車不得方軌於茲屢出假愚人萬[redacted]有犯屬車之塵者陛下雖罪之何及縱使萬全亦非重慎之道也且唐之寶命繼在陛下雖欲自忽其若社稷何其若宗廟何頃三衛仗中路相失（一有及字）當時驚動聖聽臣等空知待死臣死罪死罪望陛下從今已後遵其內朝一則有暢於溫清二則無煩於出入敬慎之道誰曰不然必以長至在辰元正布曆應天納祐行慶有期則願陛下備法駕周羽儀然後出朝亦天下大禮也居常之日竊願陛下思之臣本書生叨榮執簡輒薦芻蕘之議願申犬馬之誠特乞天恩察其愚懇無任悾款之至謹詣閤奉表以聞

論別宅女婦入宮表 張廷珪（開元中）

臣廷珪言昨奉進止別宅女婦皆遣入宮勑至黃門臣已執奏停寢數日宰相重宣陛下以人廢言未蒙允納密旨增峻制獄益嚴事相牽聯重有追捕竊聞輿議足以傷心或母子生離或男女隔冤酷之至有甚於死方春德澤萬物昭蘇豈獨斯人不霑雨露一傷和氣恐沮聖恩況所進宮人皆非婉麗陛下容易將入下人迫脅而行不作無益害有益臣必知其然矣又陛下至明之君當比德於上皇豈校跡於中古況春秋鼎盛慶祚無窮樹德將遠於千年臣尚謂少行事儻乖於一物臣竊有疑且臣位在黃門年高白首常恐寵祿過厚顛墜微躬何所覬覦輒有干議伏以遭逢昌運沐浴湛恩如不披心竭誠無乃希旨苟免六合雖廣取容何地不勝愚懇之至謹重昧死奏聞伏願

曲留天鑒少垂矜采

第二表　前人

臣廷珪言檢貞觀永徽故事婦人犯私並無入宮之例準天授二年有勑京師神都婦女犯姦先決杖六十配入掖庭至太極修格已從除削唯決杖六十仍依法科罪今不依貞觀永徽典故又捨太極憲章而依天授之法臣愚竊將一作謂未便且法令者舉天下共之者也君不可失之於上臣不可違之於下如或失之於上則無以御下矣如或違之於下則無以事上矣所以古之聖人垂範作式懸諸象魏銘於景鍾昭示萬方期於畫一由是法有定禁時無濫刑化致邕和俗登仁壽鸞鳳巢閣騏驎在郊膏露浮甘醴雲布彩方今聖道包於天地仁恩浹於品物明無不燭聰無不聽時康俗泰遠肅邇安豈可升平之朝而行未令之罰臣之愚鄙伏深疑懼無任懇迫之極謹昧死重連正勑奏聞特乞天恩曲垂矜鑒得令別宅女婦等各准法處分率土蒼生幸甚如允臣所請仍望便傳令勑內宣降進止

論太廟屋壞請脩德表　玄宗　褚無量開元五年

臣聞尚書鴻範傳云王者陰盛陽微則先祖見其變昔成湯遇旱引事自責云女謁盛耶今則太廟毀壞即是先祖示變後宮衆多即是陰盛陽微伏請後宮之中非所幸者覲享之後簡出少應其變則上答先祖必災異自消昔殷帝武丁祭成湯有飛雉升鼎耳而雊武丁憂懼問其臣祖乙祖乙曰王勿憂先修政事武丁乃修政行德殷道復興昔太戊之時桑穀二木共生於朝一暮大拱此不恭之罪也太戊修德桑穀自消昔周成王之時周公輔政二叔流言秋大熟未穫天大雷電以風禾則盡偃大木斯拔邦人大恐王乃與大夫盡出郊天乃返風禾則盡起歲則大熟昔宋景公之時熒惑守心景公問之司星子韋對曰禍在君可移於相公曰宰相所與共理國也曰移於人公曰人死誰爲君曰移於歲公曰乇食人必死子韋曰天處高而聽卑君有至德之言三必三賞熒惑果徙三舍至漢之文景並叡明天子也亦災異繼起修德行政其名益光愚又竊聞左右近臣妄奏云國家太廟其材木是符堅時舊殿臣按括地志云隋文帝創立新都移宇文朝故殿改造此廟元非符堅及宇文氏所作也況國家隋文帝貴爲天子富有四海豈復遽取符堅之舊殿以充太廟者乎此則言僞而辨殊不足採納伏願精選舉用賢良節奢靡輕賦稅繼絕代愼刑罰納諫爭察諂諛夫賢良任用則能興化致理矣節奢靡則不恣耳目之欲清靜之風行矣輕賦稅則下人樂以奉上不困窮矣繼絕代則崇德報功有勸沮矣愼刑罰則寬猛相濟不濫罰矣納諫諍則日聞已過人竭忠矣察諂諛則君子道長無邪僻矣非禮勿動順時行令夫如是則人和人和則氣和氣和則天地和矣天地和會災異自消伏願陛下虔奉神心兢謹天誡幸甚

爲從叔鴻臚少卿論旱請掩骼埋胔表　玄宗　蕭穎士

臣[illegible]言臣聞事君之義有犯無隱故心苟所至願必上聞所以罄露塵消裨助山海則匪躬之節著致主之情竭矣臣實無庸志業非遠幸逢明聖累忝驅策位登四品官亞九卿叨竊已多咎効無紀常願刳肝碎骨仰報於天此臣景行前修悃款終夕不能已也臣某中謝臣聞諸傳曰天災流行國家代有雖升平之代兼哲之君禮義不愆刑罰斯中而適當其際化理不回故商武受命之賢王周宣中

興之令主桑林未禱金石以銷禮[redacted]其大統則陰陽之數義實固然推其至理則時事之端政乖取此誠[redacted]細有所遺驗諸方志昭然可辨雖日月薄蝕無損於明而宵旰兢懷未喻其道良足惜也伏惟開元聖文神武皇帝陛下道格上蒼功深下濟叶兩儀之高厚等四序之運行告成岱宗而靈響聿應展禮農籍而嘉禾實穎烝烝過於虞后翼翼邁於周文故玄祖契會昌之符蒼生踐仁壽之域臣竊觀圖諜所記生靈以來巍巍赫赫未有如聖朝之盛者也而水旱小數時或愆和一旬不雨仍延聖慮臣竊以殷周之事考之斯可得而言矣臣聞道德經曰大軍之後必有凶年論語亦曰因之以師旅加之以饑饉蓋去暴骨中原感動和氣疵癘是作災害用生故強死之魂傳稱爲鬼積尸之氣禮有驅除不徒言也臣竊觀成湯之受命也前有伐葛之役後有升陑之師凡七十二征而天下服故其詩曰武王載旆有虔秉鉞如火烈烈莫我敢遏宣王之中興也亦南征淮甸北伐太原外攘戎狄復文武之土故其詩曰六月棲棲戎車既飭四牡騤騤載是常服則二主用師而定也明矣未聞有岐昌掩骼之政秦穆封尸之令旱暵之故不亦宜乎不然則月令孟春之命一作令掩骼埋胔周禮蜡人職掌九國骴禁埋而置楬焉豈虛設也臣聞之五材並用誰能去兵小則施諸市朝大則陳諸原野我國家櫜鞬理定十紀于斯陛下重之以懷柔申之以靈武三韓左衽夷於郡縣六狄解辮願爲臣妾詩書所載未之聞也而西戎醜類尚興光野之師東胡噍餘猶儆柳城之戍陛下爰整其旅弔厥匪人雖有征無戰不聞遺鏃之矢而恃險與馬猶積抗輪之斃故血膏草莽骸聚丘山史不絕書士有餘勇以爲常矣臣又聞之帝王者則天而法地長物以子人如天之無不燾如地之無不載故天地無遺人雖古先哲王內諸華而外夷狄亦去要服者貢荒服者王聲教所加[redacted]于一揆所以伐其叛而柔其服重其生而哀其死詩曰普天之下莫非王土書曰丕冒海隅莫不率俾此之謂也頃春之季恒陽小愆宿麥未登首種不入賴陛下憂勞日昃以萬物爲心天且不違應如影響閏月去暮時雨滂流我田我私既浹祁祁之澤彼黍彼稷方成油油之稼此天慶陛下至誠一作矣人感陛下深矣而密雲未灑忽復二旬時屬炎蒸土仍滌灑元元之望又加于茲昔燕祠寡婦延闔境之潤漢察冤因致隨車之雨一作澤今陛下當措刑之代濟必封之吒吏不苛刻人無怨訴愆亢之由有異於彼愚臣不敏一有輒字竊有所見謂宜分遣制使往校邊庭凡戰陣之處骸骨所在即時埋掩仍施厲禁則儀刑萬國仁洽九泉存亡均雨露之恩華夷同日月之照庶膏液與聖私齊運旱苗將朽骨俱榮不任云云

諫拜陵侵早表　劉彤

臣彤言陛下明發不寐展敬山陵朝拜之時必候清曉此誠孝思罔極求諸幽明之弘義也將事發軫路猶曛黑紅塵四合白刃交馳往來不相知左右不相識假令有敗車逸馬枯木朽株則變在不虞患生所忽不可輕也愚臣淺識實以愚迫伏願慮及細微以安宗社拜陵之日必候朝光則九百歡心普天幸甚臣某云云

河南府奏論驛馬表　[redacted]

臣某言今月一日中使魏光勝至伏奉手詔當管每驛更加添鞍馬不得停留往來使命者伏以所到郵傳以備急

宣由臣政術無方致令馬畜有闕忽奉恩詔憂惶失圖臣其中謝臣伏以當府重務無過驛馬臣到官之日惟此是圖雖收市百端死損相繼蓋緣府界闊遠山谷重深自春多雨馬蹄又軟驅馳石路斃踣實多比於陝虢巳西及汝鄭等處道路稍異日夜倍憂又西自永寧東自汜水南到臨汝北達河陽正驛都管一十六所常加填備動以欠闕此皆以臣無政術上軫聖心跼地蹐天詩跼天蹐地不足所處臣今分遣官吏稍加價錢兼令外求冀免有闕臣某中謝又慮會昌到日臣謹依詔旨差人領送上都無任懇迫惶懼之至

文苑英華卷第六百二十四

登仕郎胡　柯　鄉貢進士彭　叔夏　校正

文苑英華卷第六百二十五　表七十三

雜諫論三

論鹽鐵表　劉彤

臣聞國之興衰在人不在天政之理亂在變不在習故殷辛失道雖得歲而亡齊桓反經雖改法而霸此則神而明之存乎其人之明效也是以五帝不相襲禮三王不相沿樂者豈祖孫父子苟欲殊其業耶誠代異乎宜而時有所適不得巳而然耳故能功格天地道濟生人三五而來未聞有弊而不遷以之長世唐諱者也國家承亡隋一作百王之季開累聖之業至於憲章彝典立教垂訓一作統可謂詳矣然猶倉廩未實流庸未還俗困蕪幷人嗟杼軸者所謂能適道矣而未能權積習之見不迴而隨時之宜未得故也臣聞漢之五葉孝武爲政一廐馬三十萬疋後宮數千萬貢禹傳孝武取好女數千人以塡後宮萬字疑衍人外討戎夷內興宮室殫費之甚實百當今然而古費多而貨有餘今用少而財不足者何也豈非古取山澤而今取貧人哉取山澤則公利厚而人歸於農取貧人則公利薄而人去其業此所以古今不一贏儉相懸故先王之作法也山海有官虞衡有職輕重有術禁發有時一則專農二則饒國濟人盛事也臣實謂當今宜之夫煮

海爲鹽採山鑄金伐木爲室者豐餘之輩也寒而無衣飢而無食傭賃自資者窮苦之流也若能求山海厚利奪豐餘之人輕調傜役免窮苦之子所謂損有餘而益不足帝王之道可不然乎臣願陛下詔鹽鐵木等官收興利貨貿遷於人則不及數年府有餘儲矣然後下寬貸之令蠲窮獨之傜可以惠群生可以柔荒服討百蠻不憂千金之費懷萬國自有三錫之饒雖戎狄降附堯湯水旱無足虞也如此則成康刑措而頌聲作臣愚易之臣聞可與守一作樂成而難與慮始者常情是也陛下若允臣愚計便付有司則恐由習常就之無日伏請付中書門下令妙擇才幹委以使車則愚臣所獻儻裨萬一奉天適變惟在陛下行之

爲田神玉謝不許赴上都護喪表

此篇當在五百九十七卷喪葬門今已移入姑存其目

論裴延齡表 德宗　元稹

按陸贄貞元十年貶元稹元和元年除拾遺相去十一年二表決非稹作集亦無之

臣某言臣昨二十五日宰臣伏宣聖旨以陸贄貶官罪狀不可書於詔命陛下慈仁愛人恩宥愚直仍令後有所見得以上聞臣忝職諫司不勝大幸臣等前所上表言陸贄等得罪之由起於讒構此皆延齡每自昌言以弄威寵及奉宣示姦詐乃明陸贄久在禁垣復典樞要今之譴責固出聖衷竊以李充勵志卹人勤身奉職惠愛之化洽於細微頃以公事之間與延齡相敵未貶之月延齡亦以語人讒構之端羣情是惑臣聞大臣之體出於讒辭安可持審勿之言爲忿怒之柄朝廷側目遠邇揺心百官素不能親附延齡者屛氣私門不知自保陛下聖德下照物無所遺豈獨厚於一夫而乃薄於天下伏惟發誠謹中官備問閭里有言延齡無罪李充有過臣實識耿敢逃天誅李充覆族亡家於臣何害事關大本不敢自私延齡姦計萬殊方司邦賦必能公用財賄陰結匪人則他時之過彰聞路絕伏以貞觀遺訓曰經宸心去其邪謀以慰天下幸甚幸甚臣不勝懇迫之至

同前 德宗　前人

臣某言閒者陛下親授臣以直言之詔又命臣以言責之官奉職以來未嘗忘死誓將忠懇上荅鎔造竊以裴延齡虧損聖德瀆亂典章逞其心欲以蝅毒黎元恣其苛刻以動揺邊鄙弄陛下爵位以公授私人盜陛下威權以誘脅忠善賢愚注耳朝野同辭臣固不敢飾其繁文再擾聰明所以晝夜感憤不能自寧者以陛下執刑賞之柄不借在人延齡狡詐公行曾不爲念伏見去年十二月五日勑度支計管李玘配流潘州張勛配流崖州仍各決六十斯則延齡自快怒心曲遂其狀陛下聽之以誠謂爲當舉峻其所罰用直群司罪名及加寃聲大振陛下深鑒其事詔命中留曾不旬朝馳聞海內使遠方之人疑陛下明有所擁令無必行姦以陷君執任其咎儻二人獨決延齡之手死不得言化理之失豈不重乎陛下常以登聞之鼓置之于庭必欲人情纖微不滯於外比來或事繫度支銜寃上訴皆不即驗問盡付延齡縲囚衣冠攘奪孤賤身不足償其怒家無以應其求怨痛内緘誰與爲理猾繳盈路動而見拘咫尺天門不敢上訴延齡之威益熾疲人之苦日深陛下必以延齡爲賢言者皆妄不若明白其罪昭示萬方使延齡無辜辨之何害儻兇惡滋蔓鬱於人心決之不時所傷豈細臣實寒心銷肉用是爲憂伏惟俯降聖情召臣問

狀有一非據罪在面欺臣不勝迫切之至

論追制表（憲宗）　元稹

臣某言臣聞令之必行於下者（集作必於行之者）信也令苟不信患莫大焉今陛下初臨寓內務切黎元至於牧守字人之官所宜詳擇苟未得人不當虛授苟或任使不可屢遷臣竊見近除寧州刺史論倏虔州刺史高弘本通州刺史豆盧靖曾不涉旬並已追制又以杜兼爲蘇州刺史行未半途復改郎署臣不知誰請於陛下而授之誰請於陛下而追之追之是則授之非授之是則追之非以非爲是者罰必加然後人不敢輕其舉以是爲非者罪必及然後下不敢用其私此先王所以不令而人從不言而人信豈異事哉率是道也今陛下如綸之令朝降反汗之詔夕施紛紛紜紜無所歸咎臣竊恐陛下之令未能取信於朝廷而況取信於天下乎臣伏願陛下徵舉者之詞察追者之請若舉者之詞直則請而追之者不得無過若追者之理勝則舉而授之者不得無辜賞罰是非所宜明當況陛下肇臨黎庶教化惟新詔令之間四方所仰小有得失天下必聞臣實庸愚謬居諫列職當言責不敢偷安苟有所補（集作裨）萬死無恨無任愚追懇款之至謹詣東上閤門奉表以聞

諫請不用姦臣表（穆宗）　裴度

臣度言臣聞主聖臣直今既遇聖主輒爲直臣上答殊私下塞群望（一作謗）誓除國蠹無以家爲苟獻替之可行何性命之足惜臣某（中謝）伏惟文武孝德皇帝陛下纂（一作恭）承丕業光啓雄圖方殄頑人之風以立太平之事而逆豎構亂震驚山東姦臣作朋撓亂（集作敗）國政陛下欲掃蕩幽鎮先宜肅清朝廷何者爲患有大小議事有先後河朔逆賊只亂山東禁闈姦臣必亂天下是則河朔患小禁闈患大小者臣等與諸道戎臣必能翦滅大者非陛下制斷非陛下覺悟無計驅除今文武百寮中外萬品有心者無不憤怨（集作怨）有口者無不咨嗟直以威權方重獎用方深有所畏避（集作忌）不敢抵觸恐事未行而禍已及不爲國計且爲身計（一作謀）耳臣比者猶懷（一作思）隱忍不願發明一則以罪惡如山怨謗如雷伏料聖君（一作明）必自誅殛一則以四方無事萬樞且過雖紀綱潛壞賄賂公行待（一作俟）其貫盈必自顛覆今屬凶徒擾攘宸衷憂軫凡有制命繫（一作計）於安危痛此姦臣（一作邪）恣其欺罔干亂聖略非止一途又與翰苑近（一作舊）臣結爲朋黨（集作黨與）陛下聽其所說則必訪於近臣不知近臣已先（一作私相）計會更唱迭和蔽惑聰明所以臣自兵興以來所陳章疏皆是至切（一作事皆要切）所奉（集作達）書詔多有參差蒙（一作措）陛下委寄之意不輕被姦臣抑損之事不少臣所與（一作素知）佞倖亦無讎嫌祇是昨者臣請乘傳詣闕面陳戎事姦臣之黨（一作徒）最所畏懼知臣若到御座之前必能悉數其罪（一作過）以此百計止臣此行臣又請領兵齊（一作進）衆逐便討賊（一作攻討）姦臣之黨尤（一作曲加）所阻礙恐臣統率諸道或有成功進退皆受羈牽（集作東）意見悉遭杜（一作蔽）塞復恐三人險狡（一作一二憸狡復共）同辭合力或令兩道招撫逗留旬時或遣蔚（集作他）州行營拖拽日月但欲（集作願）令臣失所使臣無成則天下理亂山東勝負悉不顧矣爲臣事君一至於此且陛下前後左右忠良至多亦有熟會典章亦有飽諳師旅足得任使何獨斯人以臣愚見若朝中姦臣盡去則河北逆賊不討而自平若朝中姦臣盡（一作尚）在則河朔逆賊雖平益熾（一作縱平無益）臣伏讀國史知（集作見）代宗之朝蕃戎

侵軼直至畿甸（一作犯都城）代宗不知蓋被程元振壅（一作蒙）蔽幾危社稷當時柳伉乃太常一博士耳猶抗表歸罪爲國除害今臣所任兼惣將相豈可坐觀兇邪有曀日月臣不勝感恩（一作憤）嫉惡之至謹附中使趙奉國奉表以聞儻陛下未甚信臣（一作未信忠詐）猶惑姦黨伏乞出臣此表令三事大夫與百寮集議彼不受責臣合伏辜天鑒孔（集作朗）明照臣肝血但得天下之人知臣不負陛下則臣雖死之日猶生之年

一作皆舊唐書本傳

第二表（集作狀）　前人

臣某言臣聞木有蠹蠹其木必壞國有姦臣其國必亂伏以前件人爲蠹爲姦欺下罔上百辟卿士莫不知名（集作莫敢指名）若不竄逐必爲患難陛下雖（一作他）時追悔亦恐無及臣所以奮不顧身舉明罪惡其第一表第二狀伏恐聖意含弘留中不行臣謹再寫重進伏乞聖恩宣出令文武百寮於朝堂集議必以臣表狀虛謬抵誤權倖伏望更加譴責以謝弘簡元稹如弘簡元稹等實爲朋黨實蔽聖聰實是姦邪實作威福伏望議事定刑以謝天下臣今將赴行營誓除（集作誅）兇冠而憂在心腹不在四支憂在朝堂（一作廷）不在河朔伏感諸葛亮出師之時上表言事猶以宮中府中不宜（集作合）同異科犯爲善爲惡請申刑賞臣才雖不逮諸葛亮心有慕於古人昧死聞天伏紙流汗

同前　白居易

臣某言臣聞主聖臣忠聖主既明臣輒獻至忠之誠上理國之典下去邪之疑伏望陛下納臣之諫則海隅蒼生兵屯咸偃無大臣之諫則國必敗有大臣之諫則國必安非[redacted]元稹之愆其事有實亦不虛矣矯詐亂邪實元稹之過朝廷俱惡卿士同冤裴度論議之謀陛下已令獎度之勳[redacted]不允所請理已爲乖今陛下含忍不爲竄逐處之台司同議國典天下人心無不惶戰何執元稹之言居度散司之職且同議裴度令（週）功業今代一人卿侯士庶無不同惜今天下欽度者多奉稹者少陛下不念其功何忍信其姦臣之論況裴度有平蔡之功元稹有罟軒之過東都留守誠即清閑大勞之功不合居於散地伏望陛下聖恩照明無執矯言伏乞追[redacted]裴度別議寵榮臣素與元稹志（疑作至）交不欲發明伏以大臣沉屈不利於國方斷往日之交以存國章之政臣等職當諫列不敢不奏謹奉表以聞無任兢迫戰切之極瞻望迴恩天下同慶（云云）

元白長分始終靡替方元傾裴時白不在諫列文既表應集內無之

夔州論利害表　劉禹錫

臣某言伏準元和十二年四月十八日勑諸州刺史如有利害可言者不限時節任自上表聞奏者臣伏見貞觀中詔許羣臣各上書言利便馬周時一布衣遂因中郎將常何獻策二十餘事太宗深奇之盡行其言擢周爲御史（有一重行二字）至龍朔中壁州刺史鄧弘慶進平索看精四字堪爲酒令高宗嘉之亦行其言遷弘慶爲朗州刺史則知茍有所見雖布衣之賤遠守之微亦可施用況臣早受國恩德宗朝忝爲御史逮今歷事四聖（集作朝）頻領藩條當陛下至明之時是微臣竭節之日伏以守在遐郡不敢廣有所陳謹準勑上利害及當州公務各具別狀奏（集作以）聞伏乞聖慈俯賜昭鑒無任

論利害表　前人

臣某言伏準今年正月五日德音宜令諸道觀察使刺史各具當處利害附驛以聞者伏惟皇帝陛下睿哲自天纘承列聖善述先志發揚德音率土人臣不勝慶幸臣虔奉詔旨宣示蒸黎伏以華夏不同土宜各異詳求利病謹具奏聞伏乞聖慈俯賜昭鑒臣伏覽國史竊見開元十八年朝集使至京師玄宗臨軒親問利害時宣州刺史裴耀卿上便宜事論轉運甚詳竟不行下至二十一年耀卿爲京兆尹再以前事奏論方見允納比及三年漕運七百萬石省脚三十餘萬貫當耀卿前不見納必有人非之及後數年得（集作方）展其効臣僻守遠郡敢望言行祗奉詔書或冀萬一伏惟明主擇之無任

爲濮陽公論皇太子表　李商隱

臣某言今月某日得本道進奏院狀報今月六日宰臣鄭某等率三省官屬入論皇太子事者褫魄疆場馳魂輦轂莫知本末伏用驚惶臣某（中謝）臣聞禮贊元良易標明兩是司匕鬯以奉宗祧華夏式瞻邦家大本自昔質文或異步驟雖殊既立之以賢則輔之有道北宮養德東序承榮（集作勞）■務近正人用光繼體周則周公爲太傅太公爲太師漢則踈氏二賢商山四老內揚孝道外盡忠規猶在去彼猜嫌辨其疑是不由微細輕致動搖乃得守三十代之丕圖延四百年之景祚著於史冊煥若丹青伏惟皇帝陛下道冠百王功高三古事窺化本謀洞機先皇太子自正位春坊傳輝望苑陛下旁延儁乂以贊溫文並學探泉源氣壓浮競嗜魚不進求玦莫從有王褒之獻箴無卞蘭之奉賦今縱粗乖睿旨微憮聖心當以猶屬妙齡未加元服或攜徒御時縱（一作致）逸遊樂野夏儲亦嘗觀舞南皮魏副屢見飛觴陛下濬發慈仁殷勤指教稍踰規戒即震威靈雖伐木析薪必循其理而逝梁發笱亦有可虞抑臣又聞父之於子也有嚴訓而無責善君之於臣也有掩惡而復錄功故得各務日新並從夕改同寘子（集作于）道不傷其慈儻犯在斯須便遺天性過當造次遽抵國章則以古以今孰爲令子在朝在野誰曰全臣虛牽復之微（集作至）言失不貳之深旨伏以（集作懺）陛下侔覆育於天地霽赫怒於雷霆復許省勵宮闈畢謝師傅蹈殊休於列聖慰欽矚於兆人臣才則荒涼志惟朴騃因緣代業蒙被官榮竊諸侯之土田領大將之旗鼓當車折檻合首他人瀝膽刺心正當今日而名非朝籍務切軍機道阻且躋佇立以泣龍樓獻直戴逵之辭翰蔑聞鳳闕拜章張儼之精誠未泯干冒宸極無任隕涕祈恩之至謹差某官某奉表陳論以聞

諫中官打人表　劉寛

臣某言臣生逢昌運謬列班行官爲御史職在舉事齒髮始壯名籍已至在臣至微誠爲多幸所以愛惜朝廷宗廟之意與元老大臣不殊臣昨遇郊禋得陪盛禮見執事者說陛下饗獻太廟至穆宗皇帝第九室跪起嗚咽感動神人臣不覺涕淚知陛下孝德可以化天下矣又至圓丘觀陛下升降嚴恭之禮不覺手足舞蹈知陛下誠敬可以達神明矣如嚮者數事非根於生知稟於天授固非一朝一夕之所能致推是而論則三皇之德必可侔五帝之業不足跂洎車駕即路臣實先馳至丹鳳門南禮物備具忽聞傳說云適有白身數十人於金鷄竿下奪囚崔發亂打致死有司救止力不能禁兵仗紛紜僅以格戰瓦礫交下傍中朝臣臣不勝驚痛蓋惜其無知毀損聖德也如此崔發爲

縣令有事(闕)當之罪抵朝廷之法有不赦之科斷自宸衷寘諸刑典則可矣豈得下人肆意騁憾一時紊亂紀綱敗失國體豈可使縱恣漸隳也儻陛下欲杜將來之萌絶偏黨之說俾罪人斯得正是刑名則太平之業日益崇矣臣又以爲今日搆扇人數至多若盡加誅恐非中典苟捨而不問實蠧大猷以臣愚見莫若勑左右軍使尋求首謀者一二十輩下明詔以示海内知人臣無專殺之文乘閒之謀不敢萌貯庶無私之德與日月盡明又伏聆今月赦書求理至切令(一作命)諫臣論事遣憲吏執法乘輿服御志在抑損又以見陛下遵禹湯之旨同堯舜之求臣爲耳目若有所聞而不上啓是臣負陛下之深也焉敢不言不勝懍懍懇切之至

爲集賢崔相公論京兆除授表　錢珝

臣某言今月某日伏奉密詔具審聖旨欲以某官鄭浦授京兆尹令臣進擬來者出自宸衷敢言違詔事非允當合具奏聞伏以三輔之雄京兆居首王畿之理專制甚難歷代重官當今急務比者任用多是丞郎給舍有才之人或藩方善政之帥宣宗皇帝求理之切常輟翰林學士韋澳授以此官今陛下固合且命中書令其公選苟或未稱即可改張鄭某自守(闕)周行頗聞靜守當官莅職亦極恪勤量材則可以序遷進善則無妨奬勸至於關中户口本貫京師轂下威權莫先尹正畿甸之内諸鎮甚多都城之閒萬户來會責辦則供須極衆整肅則彈壓且殷鄭浦入仕之初曾爲鹽州軍事判官幸守章程粗成勞績因茲際會遂列朝班物望固輕揚歷未久儻以此官除授必當不叶群情向者嗣薛王知柔以宗室大臣久兼崇秩事功已著惣領方宜以浦代之恐失所稱浦既乏公望又匪異材遽達宸聰必因薦導失舉之誤所繫非輕臣知柔出藩便憂京尹之任蓋二十四縣無不凋殘況屬今秋又罹兵火鄉閭刼殺尚且未安軍鎮侵陵比常多事賦輸之際撫緝尤難頃自黄巢犯闕災患相繼京畿百姓傷死固多今所保全皆由自備凡爲兵器無不家藏寇至即設寨依山事已則還鄉力穡可耕可戰自是精兵今近鎮多强不爲無事徵召外藩騎卒朝廷又乏軍粮昨者猖狂兼爲患禍每宜深戒不可遽忘實任京尹之權兼須武略不唯便於政理亦要防於艱虞臣請便言冀合睿筭竊見某官李鋋(一作鋌　下同)兩朝宿將久立茂勳頗以威名彰於委寄衆情甚洽公論多推授以尹京必能通濟京畿制置兼以命之有權則可抑豪强用武則可清姧盜圖安之本全在京都備患之先無加軍旅鋋之材略得以惣臨畿内户人累經賊寇農收之暇訓練不難鄉閭自强侵擾固息無事則各營耕稼有虞則便執干戈不假饋粮又非失業既安必集就便不煩況目下京都未能安堵速須制置安得因循非李鋋不可委任事惟(一作權)重難尋已悉詳外度人情内思機便悉宜如此方敢陳論伏乞聖明靜賜睿(一作循)覽以京尹難理之事思當今姧弊之初用非材無望之人可以控制於此若他時不濟何以謀安雖欲用典罪之固亦無救於患且李鋋與臣無素分鄭浦於臣無宿嫌與奪之間公當而已切於此事尋欲兼候奏聞便屬忽患瘡痍不離枕蓆近雖潰穴尚有本根固極虛羸且須將理寢食敢忘於機務數陳又隔於天顔遂敢直奉牋毫粗達肝膈伏以反正之新致理仍急有犯無隱臣心合罄於此時從善如

流聖政宜先於大者甚難甚切不敢不論伏以叡斷精明臣等常切感作今茲論列實冀允從儻或未察愚衷臣實不敢奉詔干冒宸扆臣某無任惶恐迫切之至

文苑英華卷第六百二十五

登仕郎胡柯　鄉貢進士彭叔夏　校正

文苑英華卷第六百二十六　表七十四

遺表

遺表　房玄齡

臣聞兵惡不戢武貴止戈當今聖化所覃無遠不洎（一作屆）上古所不臣者陛下皆能臣之所不制者皆能制之詳觀今古爲中國患害者無過（一作如）突厥遂能坐運神策不設（一作下）殿堂大小可汗相次束手分典禁衛執戟行間其後延陁鴟張尋就夷戮（一作滅）鐵勒慕義請置州縣沙漠以北萬里無塵至如高昌叛渙於流沙吐渾首鼠於積石偏師薄伐俱從平蕩高麗歷代逋誅莫能討伐（一作擊）陛下責其逆亂殺（一作弒）主虐人親總六軍問罪遼碣未經旬日即拔遼東前後虜獲數十萬計分配諸州無處不滿雪往代之宿耻掩崤陵之枯骨比功校德萬倍於古（一作前王）此聖主（一作心）之所自知微臣安敢備說且陛下仁風被於率土孝德彰於配天覩夷狄之將亡則指期周（一作數）歲授將帥之節度則決機萬里屈指而推（一作候）驛視景而望書符應若神筭無遺策擢將於行伍之中取士於凡庸之末遠夷單使一見不忘小臣之名未嘗再問箭穿七札弓貫六鈞加以留情墳典屬意篇章（一作什）翰（一作筆）邁鍾張詞（一作辭）窮班馬文鋒既振則宮徵（一作則管磬）自諧輕毫暫飛則花蘤競發撫萬姓以慈惠遇羣臣有（一作以）禮法褒毫髮（一作秋毫）之善解吞舟之網逆耳之諫必聽膚受之訴斯絕好生之德禁障塞於江湖惡

殺之仁息鼓刀於屠肆梟鸛（一作鷂）荷稻粱之惠犬馬蒙帷蓋之恩降乘吮思摩之瘡登堂臨魏衢之柩哭戰亡之卒則哀慟六軍負壤道之薪則精感天地重黔黎之大命特盡心於庶獄臣心識昏憒豈足論聖功之深遠談天德之高大哉陛下兼衆美而有之靡不備具微臣深爲陛下惜之重之愛之寶之周易曰知進而不知退知存而不知亡知得而不知喪又曰知進退存亡不失其正者其惟聖人乎由此言之進者（一作有）退之義存者（一作是）亡之機得者（一作有）喪之理老臣所以爲陛下惜之者蓋爲此（一作此謂）也老子曰知足不辱知止不殆謂陛下威名功德亦可足矣拓土（一作地）開疆亦可止矣彼高麗者邊夷賤類不足待以仁義不可責以常禮古來以魚鼈畜之宜從闊略若必欲絕其種類深恐獸窮則搏且陛下每決一死囚必令三覆五奏進素食停音樂者蓋以人命所重感動聖慈也況今兵士之徒無一罪戾無故驅之於城（一作行）陣之間委之於鋒刃之下使肝腦塗地魂魄無歸令其老父（英華作人）孤兒寡妻慈母望轊車而掩泣抱枯骨而（一作以）摧心足以變動陰陽感傷和氣實天地（一作下）之寃痛也且兵（一有者字）凶器戰（一有者字）危事不得已而用之向使高麗違失臣節而陛下誅之可也侵擾百姓而陛下滅之可也久長能爲中國患而陛下除之可也有一於此雖日殺萬夫不足爲愧今無此三條坐煩中國內爲舊王雪怨外爲新羅報讎豈非所存者小所損者大願陛下遵皇祖老子知（一作止）足之誡以保萬代巍巍之名發霈然之恩降寬大之詔順陽春以布澤許高麗以自新焚陵波之船罷應募之衆自然華夷慶賴遠肅邇安臣老病三公旦夕入地所恨竟無塵露（一作少微）增海岳謹述（一作罄）殘魂餘息預代結草之誠儻蒙録此哀鳴即臣死且不朽

一作皆舊唐書本傳

爲王尚書遺表　王行先

臣某聞死生者天地之常數忠孝者臣子之本心其孝未立於家忠未報於國而桑榆遽迫風燭俄驚雖脩短之分偶然而古今之歎一也臣受性頑踈昧於攝理嘗服石乳頗歷歲年始自去冬微覺發動皇慈軫念眷渥旁流特賜祕方兼傳要訣王人荐至馹騎載馳竊見聖心密聞天語方驗君臣之樂旋知瞑眩之功碎首微軀無階上答將謂載安營魄更長皮膚得霑雨露之慈可延犬馬之命不悟才微任重福過災生從此月十二日已後舊疾再發氣緒羸憊心慮沉綿徒加藥餌竟未瘳損自二十二日已後轉覺危惙生意寂寥視陰恐盡渴日不足臣自揣度必難保全雖覆載所容亭育之恩至廣且鬼神不捨膏肓之計已成永辭明聖憂在漏刻臣自荷深恩謬居方鎮三承寵命六變星霜撫俗臨戎幸無敗闕此皆陛下聖謨弘貸玄貺昭宣誓欲乘此遭逢少施勞効使千載之後知聖代有守土之臣焉永懷楊僕之移關常念子牟之戀闕是以仍歲抗表備述本誠瞻望軒墀冀獲朝覲儻丹誠曲遂玄鑒俯從則臣此生沒齒無恨豈意隱慝爲咎至誠不通徒（一作孰）知生也有涯何遽死之將至行潦微波望朝宗而先竭衰楊弱質待歲寒而已凋無由假魯陽之戈空想結杜回之草伏惟聖念俯察哀懷仰天無聲伏表流涕無任感戀歔欷之至

權文公遺表

臣某言生逢聖時獲事陛下以臣戇朴（一作朴戇）備位將相幸

免罪戾實無裨補福過災生二年已來脚疾痺緩近自旬日咽喉氣痛漸就危惙處不支持永辭聖明涕流嗚咽伏惟皇帝陛下繼十一葉休運承二百年景祚平吳定蜀掃蕩淮夷巍巍功德與天地準今縱有疥癬不足平夷伏惟以愷悌之仁弘寬大之本爲九州自愛使萬古同福則臣幽冥之下同生物受賜無任感恩攀戀悲激之至

代僕射濮陽公遺表　李商隱

臣某言臣聞螻蟻知雨雖遁藏於玄天蒲柳望秋必凋華於厚夜況臣攝生寡要將命無方寒暑頓侵精神坐竭竈乏傳薪之火餘焰幾何隙無留影之駒殘光即盡叩心戀闕忍死（集作命）封章叫白日而不迴望青天而永訣臣某（中謝）臣雖忝望族本實將家自先臣出愍郊圻遇大國靜無師旅被服元化翱翔盛時遂與季弟參元俱以詞場就貢久而不調因以上書自薦求通干時願試芸香作吏始筮仕於德宗瑞節臨戎復（入分）憂于陛下雖性分有限而忠誠不移（一作磨）固無韓彭爲將之能實慕趙竇散財之義兩踰嶺嶠四建牙旗約已潔身絕甘分少良田五頃慮莫及於子孫厚祿萬鍾惠頗霑於賓客恭承詔命以守藩條而掌事者徒以元和中吕元膺留守東都李師古潛謀洛邑託以郡邸入之甲兵臣當時爲元膺賓僚值師古竊發藍衫不脫竹簡仍持因爲麾兵虜其渠帥遂以將材相許戎統見期頡頏遐途纂修舊服光陰荏苒遷授頻仍昨者分領許昌兼臨河內當上黨阻兵之始是孽童拒詔之初臣方將奮勵疲駑指揮精銳所冀解鞍赤狄息駕晉城大攘蜂蠆之群以雪人神之憤自前月某日後軍聲大振賊勢稍衰人一其心士百其勇驚頷有相曾無定遠之期馬革裹尸實負伏波之願而精誠靡著素志（集作志望）見違接枹之意方堅就木之期俄及忽自今月某日疾生腹藏弊及筋骸藥劑之攻擊愈深神理之禱祠無益固已騰名鬼籙收氣人寰復燃無望於死灰更起難同於仆樹然臣素竊長者曾慕達人省於變化之端粗識死生之理豈其有貪富貴敢冀延長但以未報國恩未誅賊黨視胄長免對弓莫彎忠犬馬以自悲悼（集作怛）鐘漏之先迫志有所在傷如之何撫節而乏淚以流伏弢而無血可峪臣某（中謝）其行營三軍已舉牒差某官某河陽留務差某官某懷州留務差某官某訖並皆授之方略各有司存至於竊（集作計）旬時必無逗撓臣又伏思任司農大卿之日授忠武統帥之時紫殿承恩彤庭入對躬瞻堯日親沐舜風獲覩陛下神武之姿獲聞陛下憂勤之旨即北蕃小寇東土微妖（集作戎）亦何足煩陛下之甲兵汙陛下之鈇鑕伏願時推明略光闡睿圖内則收德裕讓夷紳鉉之嘉謨外則任彥佐允達宰汚之威力廓清華夏昭薦祖宗然後瘞玉勒成鏤金垂烈臣雖百死復何恨焉臣精爽已虧言詞失次氣無復續蒙以纊而莫勝口不能言飯用貝而何益故園（集作國）千里明君萬年永將覆載之恩長入幽冥之路殘魂不昧雖溫序之思歸枯骨有知遇杜回而必抗迴望聖（集作昭）代哀號不能無任荒惙攀戀之至

代彭陽公遺表　前人

臣某言臣聞達士格言以生爲逆旅古者垂訓謂死爲歸人苟得其終何怛於化臣永惟際會獲偶昇平鍾鼎之勳莫彰風露之姿先盡雖無逃大數亦有負清朝今則舉纊陳詞對棺忍死白日無分玄夜何長淚兼血垂目與魂（集作離）

斷臣某（中謝）臣早緣儒學得廁人曹克紹家聲不虧士行詞賦貢名於宗伯書檄應聘於諸侯東泛西浮南登北走時推倚馬人或薦雄西掖承榮得以言之無罪曲臺備位粗明物有其官允謂才難便叨郎選振衣華省履歷名曹高步內庭光揚密命憲宗皇帝以臣行多餘力忠絕他腸進無所因靜以有立過蒙顧問深降褒稱乃於同列之中獨許非常之拜殊恩既浹當路相排旅翮未高孤根已動河潼爲郡盟津統師溺以待援痿而念起憲皇旁（集作講）求輔相即記姓名果遣急徵仍加大用戴君之力雖弱許國之誠在茲實有微衷可裨玄化況初誅背叛務活疲羸方伏奏於鳳扆之前忽竄徒於鳥耘之次小吏抵罪邪臣結謀指之有名默不得訴空甘罪戾仰託聖明粗得生還幾臨死所其後官移賓護四年不調於承華任改察廉一日暫留於分陝欲舉而墜將安更危賴敬宗皇帝纘乃丕圖是思求舊振於洛宅榮彼夷門自爾已來敢虛其過周旋五紀鎮守唯切分憂前後兩歸闕庭皆非久次拙直不同於衆讒毀每集其躬含意未宣救過不暇伏思自長慶厥後開成之前凡幾忝遷幾遭退斥若非不欺天地不負君親至於機微尋合顛殞伏惟皇帝陛下道超覆載仁極照臨既委銅鹽又分端揆速今控壓亦在重難陛下之恩微臣何益微臣之節陛下方知興言及斯碎首殊晚然臣縱心之年已至致政之禮（英華作理）宜遵尋欲拜章以求歸老伏以諸道節制頻歲更移其於送迎例多債累臣在此雖無一毫侵損亦無纖介（集作芥）誅求而帑藏甚殷倉儲有羨特緣行李忍過秋冬而江山之氣候難常蒲柳之衰易見自夏則膝脛無力入冬則（集作又）腸胃不調對冠冕而始訝儻來指墳墓而已知息處昨今月八日臣已召男國子博士緒左補闕綯左武衛兵曹參軍綸等示以歿期遺之理命使內則雍和私室外則竭盡公家兼約其送終務遵儉約（集作所務遵儉）勿爲從俗以至廬居至十二日夜有僕夫告臣云大星隕地雅當正室洞照一庭臣即端坐俟時正辭無撓臣之年亦極矣臣之榮亦足矣以祖以父皆蒙褒寵有弟有子並列班行全骨領以從前人歸體魄以事先帝此不自達誠爲甚惡但以將掩泉扃不得重辭雲陛重（集作更）陳尸諫猶進瞽言雖叫呼而不能豈誠明之敢忘伏惟皇帝陛下春秋鼎盛華夏鏡清是修教化之初是復理安之始然自前年夏秋已來貶譴者至多誅戮者不少伏望普加鴻造稍霽皇威沒者昭洗以雲雷存者霑濡以雨露自然五稼嘉熟兆人樂康用臣將盡之苦言慰臣永蟄之幽魄臣某（云云）臣當道兵馬已差監軍使賓千乘勾當其節度留務差行軍司馬趙祝觀察留務差節度判官杜勝訖有舊規模無新華易悉（集作必）當輯睦決無諠驚臣心雖澄定氣已危促辭多逾切鳴急更哀升屋而三號豈來赴壑而一去無返忠誠直道竟埋沒於外藩腐骨枯骸空歸全於故國迴望昭代無任攀戀永訣之至謹奉表代辭以聞臣某誠號（集作哀）誠咽頓首頓首

代安平公遺表　前人

臣某言臣聞風葉露華榮落之姿何定夏朝冬日短長之數難移臣幸屬昌期謬登貴位（集作仕）行年五十五歷官二十三念犬馬之常期死亦非夭忝君親之厚施生以無酬是以時及啥珠命餘屬纊心猶向闕手尚封章撫躬而氣息奄然戀主而方寸亂矣臣某（中謝）臣少而羇屑長乃遭

逢常將直道而行實以明經入仕王畿作吏非州縣之職徒勞佚國從知愧軍旅之事未學憲宗皇帝謂臣材能登之郎選忝霜威而無所摧以憲司穆宗皇帝謂臣剛決擢拉歷星紀集作叨星經而有忝次躔旋屬皇帝陛下大明御宇至道承乾澄汰之初臣不居有過超擢之際臣獨出常倫高選掖垣箴規未效入居瑣闥論駁無聞自去年秋來典河關兼臨甸服惟當靜而阜俗清以繩姦粗致豐穰幸逃逋責豈意陛下謂臣奄有三縣未稱其能謂臣出以一麾未足爲貴爰降綸綍移之藩方錫以海隅與之嶽鎮將吾君之驍果萬計使得懃齊聯吾君之牧伯三人以居巡屬時雖相羨臣實深憂既辱聖恩果遭鬼瞰況臣素無徵恙未及大年方思高掛英華作卧非饋魚不燃官燭成陛下比屋可封之化分陛下一夫不獲之憂志願未伸大期俄迫忽自今月十日夜暴染霍亂并兩脅氣痓當時檢驗方書煎和藥物百計療治唐諱一無瘥除至十一日辰時轉加困劇漸不支持想彼孤魂已遊岱嶽念兹二豎徒訪秦醫對印執符碎心殞首人之到此命也何如戀深而乏力以言泣盡而無血可繼臣某誠哀誠戀頓首頓首臣當道三軍將士準前使李文悦例差監軍使元順通勾當訖臣與順通雖近同王事已備見公才假之統臨必能和協其團練觀察兩使事差都團練巡官盧涇勾當訖臣亦授之方略示以規模伏惟聖明不至憂軫臣精神危促言詞乖錯行當窮塵埋骨枯木容身螻蟻卜隣烏鳶食祭黄河兩曲長安幾千生入舊關望絶班超之請力封遺奏痛深來歙之辭迴望昭代不勝荒憹攀戀之至謹差某奉表代辭以聞

文苑英華卷第六百二十六　登仕郎胡柯　鄉貢進士彭叔夏校正

文苑英華卷第六百二十七

牋

諫皇太子牋　薛元超

臣元超啓臣聞位隆載鼎居之者匪易業峻承祧守之者爲重何則天下之本屬在元良歷選前脩詢尋往傳伏惟殿下畫堂凝祉幼彰岐嶷雕宮誕眷夙擅温文大孝因心不由於外奬深仁植學性禀於自然故能聿膺景福式光正緒皇基永固宸構克昌加以識贍機物天姿獨秀生知之量振古莫儔比者監守務殷親覽政事所關視聽決斷如流凡在朝行僉論歸美況臣忝預階陛密跡宮闈恭聞喜躍實百恒品區區所望唯願盛德日新勵茲三善無忘四術率土蒼生幸甚見去年之内數召學士等入討論經籍亹亹不倦此之令問播於遐邇在外聞者誰不欣然今夏已來接對遂簡講藝之道有謝曩時臣之事君在於無隱敢緣茲義輒獻愚忠但臣智識庸淺未足以發明雅訓求之史傳請揚搉而言焉昔漢苑招賢高軒洞敞曹園愛客飛蓋連陰此乃副君之待士也亦有推心鄭衆每佇於諮詢降禮桓榮用承於誨命此則副君之尊師也魏太祖征并州留太子在鄴頗出畋獵崔季珪進而諫曰槃于遊田書之所誡魯侯觀漁春秋譏之周孔之格言二經之明義也深惟儲副以身爲寶今忽馳騖而陵險誡有識所以惻心惟太子燔翳捐畢（魏志作褶下同）以塞衆望太子報曰昨奉嘉命廣開正路翳已壞矣畢亦去焉師傅之言實獲我心晉明帝之在東宮中庶子温嶠中舍人劉放（晉明帝爲太子阮放爲中舍人劉放乃魏明帝時人疑當作阮放）諫馬射曰臣聞千金之子猶不垂堂以萬乘之貳若有駭駟之難豈可不熟念殿下縱一日之娛忘萬代之基凡人猶知其不可況在聖明太子答云省所陳明卿等動靜數示此則副君之納諫不以爲嫌者也非獨一時之美事固亦千載之芳猷且思患預防著於易象樂不可極陳之禮經列聖典謨可爲龜鏡殿下昔在藩邸時以打毬爲戲當此之日已經墜馬近取諸身足爲深鑒又陛下仁孝之德聞於四海自車駕發後天慈許入苑内臣竊惟殿下之意既承恩旨始復出遊適以上副聖懷非徇盤遊之樂顧以苑園之地草樹極深絶磴危橋往往而有控纖離之馬影踰流電擁太阿之劒氣駭奔星截輕禽逐狡兎儻有銜勒之變雖悔何（一作不）追如户奴等色非是一種或反逆之胤或破亡之餘夷狄遺醜兼在其數窺計兇謀理難懸測忽有潛身翳薈侍衛不虞白龍魚服事出慮表臣每一思至此魂爽飛越夫爲人子者不登高不臨深恐近於危辱也故樂正子春下堂傷足數月不出猶有憂色弟子問之子春曰君子跬步不敢忘孝之道是以有憂色也子春匹夫尚知愛其身體儲后之尊何可以不慎焉儻馬逢驚佚微致毁傷豈不上貽二聖之憂下乖兆人之望伏請打毬馳射深是（一作知非）危機天后所賜誡書殷勤至切網羅今古罕得名言竊循

旨要在於彼（疑作披）懷虛已書云山林隱逸草澤高人物華春坊冀朝夕設對採其臣贊廣納忠規機務之餘遊心墳籍瑩襟靈於藝圃散耳目於書林披帙橫經克勤無怠此之至戒亦何不思殿下躬崇儒術闡揚文藝爰置學士獎拔人物應斯舉者若登龍津莫不延頸企踵思承顧眄皆願瀝肝膽露款誠布衣之交一言相託尚有懷知己之遇銜國士之恩殿下數存接引與其切磋道義竭忠進善必日有異聞則玉裕彌光金聲自遠頃日時景炎鬱不敢望以引召今高秋戒序景物（物一作候）漸涼伏乞聽政餘閑留情墳典所讀班史請畢殘功前者別勅賜物本録（一作緣）殿下書進時請臨池染翰使筆力轉道仍請逐月一兩度物喚學士因爲設食文學張君相素明莊老命之談說能暢玄風殿下假以溫顏人各申其藝業鉤深理窟者思憤懷蛟擴實詞條者文成吐鳳此亦一時之奇觀可以澡慮怡神預在宮僚人知自効便僻取容者疎之正直不撓者親之棄不急之務而省遊娛絕無益之慾而躬節儉以儒墨爲城池翱翔其際以禮義爲干櫓棲息其間一則遵天后誡書不敢失墜二則挹古人遺範有所發揮豈不美歟豈不盛歟殿下居養德之辰天下屬望聰明叡智何所不察若稍加引納實廣德音臣曲荷財成濫蒙委任雲雨之施預霑於品物丘山之恩久越於涯涘懼速官謗罔寘心靈不揆謏聞輕陳短見庶同纖壒取類涓埃所冀增山之高裨海之潤臣元超頓首頓首死罪死罪謹言

爲司徒趙國公謝皇太子寄詩牋　許敬宗

無忌惶恐白內使滎陽夫人至蒙寄歎別五韻并垂示擬古一首蹤開玉札炫目澄心行諷金聲式歌且抃竊惟化成天下資繫象以導洪源體物緣情自風騷而緜列代莫不咸相祖述罕見生知伏惟殿下擒絢紹天含章挺睿溫文表裕藻清漢於離暉麗則凝華緯春秋於博望乃以監守餘暇俯睨清篇覽夜月之流光降無私於遠客想懸旌之未卷察翹心於征旆加又作依依垂柳益愴邊城鬱鬱中園偏傷遠塞殊私所被文旨兼深詞運理而參神氣陵雲而含粹五章間發若啓榮光之圖六律相宣如覿奏金之字無忌幸從神武愧乏王粲之才忝降斯文益深吳質之戀無任戴荷慶躍之至於是和寂求音繼震方之逸響披肝見意吐爝火之微光某頓首頓首謹言

爲南陽尉六男上鄧州趙王牋　蕭穎士

某惶恐叩頭使君公節下小人以蹇淺之姿承命下吏常懼罪戾仰負仁明勵茲駑拙兢惕不暇安敢謬持文翰祗冒府庭濫巴歈之末音覬牙曠之清聽豈唯取笑僚友知其不然故亦退慙虛薄非所敢望今則沒階屏氣心膽戰越竊有短詞願聞於節下執事者理或至切情所不堪誠以仁賢措心名教有地敢布四體伏惟明公圖之某家自周齊業傳清白先人以文學政事[redacted]尚書郎門緒不昌幼集荼蓼詩禮之訓襁褓無追顧復之恩縞練仍失顧瞻兄弟童丱五人所不隕滅實同形影少賴餘蔭免從庶役或以進士或以明經二紀于茲畢參官序雖青紫之望有限登天而箕裘之業幸微墜地豈圖家不悔禍釁罰仍鍾累年以來凶險荐至兩兄一弟殂謝連及孀孤空室苫蓋在庭故不忍聞今在備見誠宜泣血私第移疾公門胡復心顏以冀榮遇所不爾者亦惟仁公哀之重以諸姪藐然三喪在殯丘封未兆凍餒是虞匪伊薄祿云何取濟今歲時

獲便龜策告從此月之交計發嵩汝季弟儁官越在東吳千里而遥三月不至興言主辦捨其而誰感念存亡觸目纏迫詩不云乎死喪之畏兄弟孔懷禮亦有之祖於庭葬於墓所以即遠也人道之終此日而畢天倫宗戚豈可輕忘守官次則情理頓虧赴私哀則簡書是懼龍鍾荼苦畢備於茲伏惟明公嘗以雅望忠誠弼諧聖政朝廷故事臺閣式瞻仁恕之風被於列郡儻或窮誠見遇微物感通許以假歸申其永慕生胃死肉實賴明恩所不敢言斯豈獲已況兖葉汝潁密邇山川往復之期旬日以冀奔走之事豈乏差池其頓首謹言

爲皇甫中丞上永王牋　崔祐甫

某皇恐叩頭昔臧孫辰之詞曰賢者急病而讓夷然則當禦侮之權必居衝要受分憂之任不務懷安伏見判官李著稱有教幕府移鎮江寧聞命矍然不識其故何者逆賊安禄山稱兵犯順竊據二京王師四臨久未撲滅自河淮右轉關隴東馳詔命所傳貢賦所集必由之徑實在荆襄朝廷以大王鎮之重矣自旌麾至止正令所覃嶺嶠華夷吳楚城邑公私遠邇罔有不寧賊庭震懾莫敢南望儻左右有司謀慮未熟輕舉旌鉞僻處下流既失居要害之津且■出封疆之外專命之責大王何以任之或啓寇讎之心來爭形勝之地則行李坐隔侵軼滋多安危大端不可不慎既往之失將且無追且上皇天帝巡狩成都皇帝駐蹕靈武臣子之戀大王兼之詠棠棣之詩講晨昏之禮其地逾遠胡寧以安假使別奉絲綸猶當執奏一則逆胡間諜矯詐須防二則國步艱難折衝宜近就閑樂土恐非良圖伏惟大王天縱仁明苞含光大其所以敢申讜議輕犯威嚴伏望廣延正人俯垂考覆芻蕘之論萬一可收不勝憂憤悃迫之至謹奉牋惶恐惶恐叩頭

上宰相牋　前人

祐甫惶恐惶恐叩頭昔諸葛孔明有言曰使一夫有尤亮之罪也嗚呼孔明以分崩離析之時事要荒割據之主尚能恢弘王度克廣德心魚龍咸若引爲己任千載之下以茲美談伏惟相公乘時間生略不世出光輔興運致於冢宰自明兩作離帝出於震發號施令無幽不達鼎新之業公實賛之眗嫗昭蘇孰不有望況祐甫當遺簪墜屨之列懷救虵養雀之惠雖報恩之分誓以終身而受庇之期亦望卒歲豈可不盡誠款匹夫不獲而相公有孔明之憾哉祐甫天倫十人身處其季夙遭險釁幾不同存没振提携仰於兄姊頃屬中夏覆没舉家南遷内外相從百有餘口長兄宰豐城間歲遭罹不淑仲姊寓吉郡周年繼以鞠凶呱呱孤甥斬焉在疚宗兄著作自蜀來吳萬里歸復羇孤之日斯所焉依豈期積善之人昊天不弔門緒淪替山頹梁折今茲夏末宗兄辭代顧眇眇之身巋然獨在寡弱嬰孺前悲後泣一門之中髮首相弔捨之而去必填溝壑昔者建寅初吉麾蓋將西猥承嘉話曲全之施不略微生許其待年致身徇國豈惟寮屬斯在山川鬼神實亦聞之今者相公大秉化源而小人拘牽以前命進於朝無一塵一露之益顧於家有死如棄如之患撫心自憐淚盡成血儻相公以天下爲一堂也忍其向隅而傷和氣哉所以遲迴道周欲行中止解懸之望屬在仁明藏之而不言小人之罪也一物失所伏惟相公圖之孟秋尚熱伏惟相公尊體起居萬福謹因洪州奏事官沁水府果毅徐晃奉牋塵黷

清襟伏深戰灼祐甫惶恐叩頭叩頭

賀赦牋　　劉禹錫（見集本）

使持節連州諸軍事守連州刺史劉某惶恐叩頭叩頭伏見今月一日制書大赦天下者伏以獻歲布和皇恩遠降乾坤交泰寰宇廓清伏惟皇太子殿下道冠元良德兼忠孝承顏拜慶榮耀古今某職守有限不獲隨例稱賀宮庭無任欣悦之至

皇帝冊尊號賀皇太子牋　　柳宗元

宗元惶恐言伏奉六月七日制元和聖文神武法天應道皇帝光受尊（集作徽）號率土臣子歡呼無際（集作歡抃無涯）伏惟皇太子殿下麗正居中輔成昌運削伏沴孽贊揚耀光鴻名載（集作允）外大慶周洽表文武之經緯著天道之運行瑞景昭（集作照）臨知重輪之發輝（集作耀）恩波下濟見少海之增潤其忝守遐方獲聞盛禮不任抃躍之至（六字集作曜踴之至倍萬恒情謹附）牋賀宗元惶恐死罪死罪

賀太子知軍國牋（見五百五十七卷）　　令狐楚

從樊漢南爲鹿門孟處士求修墓牋　　符載

廬山山人符載頓首頓首死罪夫仁義揚顯朗德之充也惠慈被幽昧仁之原也竊見故鹿門孟處士浩然納靈含粹仗儒傑立文寶貴重價吞連城一旦殞落門胤陵夷（一作蕡塋蕪如）于嗟丘壠頹陷荒圃形或異爲高不及隱永懷若人行路慨然前日辦覺佛寺峴首亭恭覩明公垂意拳拳將墓文表隧封起窀穸闔境搢紳擊闡嘉聲風動輿感偕至踴躍然垂休務當時從善貴流今閤下外迫軍旅程使之劇内勞賓客俯仰之勤牽耗星歲未遑指顧常恐旦夕飛踐廊廟纏綿深旨鬱紆不寫則處士之風流精爽沉翳厚地矣或好事者乘而射之孤負夙志矣伏惟閤下醇仁盛德覆乎草木除惡彰善發於鄉黨（一作影響）割省庶務凝神晷刻眄睞官屬望則□首尾實足以赴□士林之翹翹慰羇魂之冥冥其事關教化不主名譽伏惟念慮之始終之幸甚幸甚

文苑英華卷第六百二十七

登仕郎胡　柯　鄉貢進士彭　叔夏　校正

文苑英華卷第六百二十八

狀一

謝恩一

爲李卿謝三品狀　苑咸

伏奉今日恩制特換（一作授）臣三品恩出非常罔知所措臣以薄劣久忝班榮幸以地藉宗枝遂得位參卿寺常憂踰分祭於正名豈臣灰粉所能荅效自殊私俯及宿疾頓除旣承七命之貴更荷再生之澤才輕遇重以榮以憂又先承聖恩賜臣藥酒自蒙救療日覺痊平但以微虛未堪趨伏拜恩閭巷喜懼難勝馳心闕庭戰荷交集無任惶悚之至

代鄭相公謝賜戟狀　吕温

門戟十二竿右今日中使某乙至臣私第奉宣聖旨賜臣前件戟者臣伏以國朝之制名器尤慎吏考三十始秩銀青戰勳十二乃號柱國必資具美方賜（集作錫）殊榮於是有命服以朝加戟于户將勸勞而責實亦馭貴而崇名上無謬恩下不虛受臣迹非奇致擢自諸生先皇以廉謹賜知寄勿踰於一紀陛下以勤憂過聽委遇首於羣僚叨據樞衡亟移星歲雷霆用武曾無犬馬之勞日月垂文豈有螢燭之助徒以侍祠清廟拜舞（集作壽）鴻名累逢慶賚（集作賴）驟假勳秩禮異其數物盛其容新其閈閎賜之棨戟衡門燕雀乍相賀於朱楹武庫龍蛇忽追飛於陋巷焜燿當代寵靈自天聚族知慚殺身匪報無任荷懼屛營之至謹奉狀陳謝以聞

此篇五百八十三卷表門重出今已削去

謝官告狀　白居易

新授將仕郎守左拾遺翰林學士臣白居易
新授朝議郎守尚書庫部員外郎翰林學士雲騎尉臣崔羣

右臣等伏奉恩制除前件官今日守謙奉宣進止（集作旨）特加慰諭并賜告身者聖慈曲被寵命猥加俯以拜恩跪而受賜蹈舞離次驚惶失圖伏以郎吏諫官古今所重位當辰（集作星）象職在箴規皆須聞（集作問）望清方行實端愨然可以佐彌綸於草奏（集作昧）能正其詞盡獻納於芻言必直其節苟輕所選實忝厥官臣等學識庸虛才質愚懦自居近職忝冒已深況超擢榮班慙惶交至初授殊常之寵聞實若驚再思難報之恩感而欲泣唯當奮勵駑鈍補拾闕遺中誓赤誠上酬玄造俯伏愧畏（集作憂愧）若無所容無任感恩兢惕之至謹奉狀陳謝以聞謹奏

同前　前人

新授京兆府户曹參軍翰林學士臣白居易

右伏奉恩制除臣前件官今日守謙奉宣聖旨特加慰諭兼賜告身者俯僂（集作傴）拜恩怵惕受命戰越跼蹐驚惶失容蹈舞屛營不知所據臣叨居近職已涉四年自顧庸昧無裨明聖塵忝歲久憂慙日深況於官祿之間豈敢有所選擇但以位卑俸薄家貧親老養闕甘馨之費病乏藥石之資人子之心有所不足昨蒙聖念雖許陳情敢望天慈（集作恩）遽從所欲況前件官位望雖小俸料則（集作稍）優臣今得之勝登貴位此皆皇（集作聖）非明俯察玄造曲成念臣爲子

之心（集作誠）賜臣及親之禄臣所以撫心知愧因事吐誠烏鳥
私情得盡歡於展養犬馬微力誓效死以酬恩榮幸不止
於一身感戴實深於萬品無任荷恩抃躍之至

謝恩賜告身衣服并借馬狀　元稹

右奉倫重旻至奉宣恩旨授臣前件官并告身衣服疋帛
及借馬者忽降天書乍乘雲驥頒衣煥目賚帛盈庭皆非
朽陋之才宜受光揚之賜微臣無任抃躍慙惶之至況臣
素守（集作性本）踈愚（集作直素）無朋黨去年陛下擢於（集作自）郎吏命掌
書詞非因宰相奏論特是聖慈超授感恩深切頻獻封章
遂遭分外侵誣不敢保全軀命豈謂恩光轉至眷澤逾深
出自宸衷選居近地不試便令入院當日召見天顔口勑
授官面賜章服授令承旨不顧班資近日寵榮無臣此例
發言感泣指日誓心苟無死節之誠願受鬼誅之禍伏奉
恩旨令臣明日本司赴上舊例便合中謝伏縁先有疏論
邊事及幽州事宜兼縁李愿入朝並要面自論奏伏料二
十日入假已後南衙機務稍閑特乞天恩許臣中謝謹録
奏聞伏聽進止（集作勑旨）

爲蕭相謝告身狀　前人

右中使其乙至奉宣進止賜臣其官告身一通者鳳銜真
誥虬捧天書錦帙金牋霞明（一作光）日照臣聞高宗命說乃
申納誨之詞大舜相龍爰有聖讒之訓空書簡冊未煥縑緗
豈（集作如）臣寵榮而（集作豈）足爲喻慙惶增懼進退難安拜受
恩光戰汗交集無任感戴殊私之至

又謝官狀（集作爲蕭相讓官表）　前人

此篇移入五百七十四卷表門姑存其目

代裴相公謝告身鞍馬狀　杜牧

右中使某至奉宣聖旨賜臣告身一通馬一疋并鞍轡臣
生逢聖代竊位巖廊奉告令之詔書丹霄之雨露猶濕賜
（集作錫）代勞之駿馬内棧之風雲尚隨寶軸煥絲綸之言逸
足騁奔奇之態螢光爝火何裨日月之明弱質孤根但荷
乾坤之德殺身寧報撫已知慙無任感恩抃躍懇悃之至

爲侍郎汝南公華州謝加階狀　李商隱

右臣伏奉今月某日制書加賜臣階朝散大夫者榮從日
下恩自天中臣聞周室設官實重大夫之號漢臣異禮則
加朝散（集作請）[redacted]之名若臣者辯乏談天文非擲地貪叨華顯
綿歷光陰當陛下御極之初分陛下憂人之寄金章紫綬
已塵求瘼之榮崇級清階更竊昇高之望循揣斯久怔忪
莫寧唯當勤奉詔條所希粗贖官謗誠深感勵情切違離
犬戀主而空深蚊負山而何力無任感恩望闕結戀屏營
之至

謝譴讓狀　李嶠

臣特蒙天慈擢在樞近恩私屢及寵命頻加粉骨糜軀雖
久誓於心府纖埃滴水竟無補於川岳是用晨宵載惕啓
處增慙素自庸愚加以疾疹心緒遺忘耳目昏沉實恐虚
曠天工傾敗鼎餗伏思大臣引咎之義輙露微軀陳力之
請豈敢避鞅掌之秩就優游之閑臣每思古人竊仰遺事
充國則卧而陳策子囊則死不忘忠臣自念妨賢甘從屏
退敬竭芻蕘之議庶裨日月之明所以因欲辭違昧冒陳
上智慮庸短自速愆尤伏奉綸言俯垂恠責心膽飛越五
情無厝跼天蹐地伏待刑科死罪死罪無任戰懼之至謹
詣明福門奉狀陳謝以聞

奉謝口勑放三司推問狀　杜甫

右臣甫智識淺昧向所論事涉近激訐違忤(集作迕)聖旨既下有司具已舉劾甘從自棄就戮爲幸今日巳時中書侍郎平章事張鎬奉宣口勑宜放推問知臣愚戇(集作戆)捨臣萬死曲成恩造再賜骸骨臣甫誠頑誠蔽死罪死罪臣比(集作以)陷身賊庭憤惋成疾實從閒道獲面(集作謁)龍顏猾逆未除愁痛難過猥厠衮職願少裨補竊見房琯以宰相子少自樹立晚爲醇儒有大臣體時論許琯必位至公輔康濟元元陛下果委以樞密衆望甚允觀琯之伏(集作深)念主憂義形於色況畫一保大其素所蓄積者已而琯性失於簡酷嗜鼓琴董庭蘭今之琴工遊琯門下有日貧病之老依倚爲非琯之愛惜人情一至(集有於字)玷汙臣不自度量歎其功名未垂而志氣挫衄覬望陛下棄細録大所以冒死稱述何思慮未(集作始)竟闕於再三陛下貸以仁慈憐其懇到不書狂狷之罪(集作過)復解網羅之急是古之深容直臣勸勉來者之意天下幸甚天下幸甚豈小臣獨蒙全軀就列待罪而已無任先懼後喜之至謹詣閤門進狀奉謝以聞

謹進

爲濮陽公謝罰俸狀　李商隱

右臣伏準御史臺牒奉恩旨以臣不先覺察妖賊賀蘭進興等宜罰兩月俸料者伏以霧市微妖潢池小寇有乖先覺上黷宸聰昔漢以捕(集作通)盜不嚴猶加黜削晉以發姦無狀亦峻科條豈若皇帝陛下恩極好生德(集作仁)唯宥過與其漏網上以罰金臣與僚屬等無任戴恩省罪屏營之至

文苑英華卷第六百二十八

登仕郎胡柯　鄉貢進士彭叔夏　校正

文苑英華卷第六百二十九　狀二

謝恩二

謝兩弟移官就養狀　張九齡

右臣兩弟蒙恩移官就養老母感戴殊澤戰荷兼深臣山藪陋材豈堪國用日月私照謬掌綸言犬馬以地近見矜烏鳥以情至蒙福曲承孝理之賜莫知報效之所無任悚躍(集作懼)荷恩之至

讓兩弟起復授官狀　前人

右臣昨以兩弟身名狀涉隱冒家且未正焉能正人所以陳露奏聞誠欲自律今日高力士宣勑令與兩弟京官慈旨優柔感深骨髓微臣何有叨此殊恩但臣自罹災殃(集作殃罰)纔踰年序忝承重任不敢顧私而鞠育之恩終懷罔極几筵在遠奠酹不親唯有兩弟在家獲申情紀今若恭承恩命盡在塋縗將以(集作何心)何顏可偷此(集作以偷)責陛下每弘教義必先名節豈於愚臣不(集作無)少矜憫若使九皐等獲免罪戾幸無削除在臣闔門已霑殊澤更令授職俱遠哀次於臣私情實所不忍然於朝議必多(集作有)喧黷乞寢恩(集作成)命俯亮愚衷冀無玷大猷豈敢自遂而已不勝哀荷戰懼之至

此是讓狀緣次篇謝兩弟授官故英華併入

謝兩弟授官狀　前人

右臣伏奉昨二十日恩命授臣弟九皐殿中丞(集作殿中大監)九章太子司議郎臣私門積釁殃罰如昨日月逾邁禮及外除弟九皐等如臣常材(集作以常才加)比伏(集作服)哀疚瞻望未遠

縞素（集作練）猶存非常之恩一朝惣集慚惶哽咽罔識言次不知微命餘生何以上荅（集作報）天造載悲載躍（集作懼）五情飛越不勝感戴戰悚之至

為令狐相國謝迴一子官與弟狀　元稹

右臣奉某月日勑以所賜臣一子官迴與臣弟定授（六字集作迴授臣弟定）京兆府藍田縣尉者寵過憂深（集作來）恩殊感極彷徨自顧悚惕難居臣本實凡愚（集作才）猥當重任雖星辰軌道幸屬聖時歲月環周實妨賢路未嘗罪退益自慚惶豈謂眷（集作天）慈仍加渥澤特降推恩之命曲成友愛之私九族生光百身（集作年）何報況藍山（集作田）美邑黃綬清流旋觀冉冉之趨倍慶怡怡之樂手足交抃形影相輝空鏤肝心難酬雨露無任抃躍感恩之至

為晉公謝兄林宗為太僕卿狀　苑咸

右臣伏承今日恩制除臣兄太常少卿林宗為太僕卿明命自天惶抃（一作作）無地臣兄每私門誓約公道為心務竭忠勤敢踰涯分豈謂陛下降中旨之詔假望外之恩拔自奉常正於群僕臣久居宰輔職忝進賢考盤之詩未能息詠葛藟之蔭先及本根渥澤既重於丘山光輝復聯於花萼一門為幸九死何酬無任感戴惶悚之至

為晉公李林甫謝賜兄衣服狀　前人

右臣今月日中使郭全羽至奉宣聖（一作恩）旨賜臣兄太僕卿林宗紫衣一副并犀角（一作腰）帶及金魚袋恩出常倫（一作非常）榮超望表闔門捧戴喜懼失圖臣少遭閔凶早違怙恃兄弟素少形影相依幸遇休明俱霑官序且一身叨竊謬踐（一作奉）台衡闔門寵榮皆承天覆恩獎所及始望已過但兄林宗年力稍（一作俱）侵近嬰風疾常恐溘先朝露不報前期（一作恩）豈謂眷渥特深鴻私曲被河海重寄已叨（集作荷）命卿之榮章印崇班更承綬（一作受）服之賜慶流公族光照私門雖喜鶺鴒（一作鳰鳩）之詩終懼維鵜之刺無任喜懼感佩之至

為晉公謝（疑作諱）男五品官狀　前人　此篇五百九十二卷表門重出前已削去注異同為一作

右臣今日曲蒙聖恩處分仙客令與臣男岫五品并授外郎愚誠懇辭天鑒不察仙客承旨又已進官憂懼失圖不知死所臣幸承天蔭特荷殊榮無補涓塵常靦面目至如邊城克捷狂寇肅清皆聖略玄通聖謀獨斷臣之遥統但有空名敢冒天功而為已力虛承厚委深是曠官況在頑童何議延賞假使天慈善誘宸睠曲臨變其服章已深榮幸更塵清獎何以自安且郎官之任朝廷俊選無人則缺不可虛授臣男岫性資愚戇無所能為臣實知之非為矯飾儻謬踐華省深累聖朝必負黃童之才豈憚祁奚之舉知其不可敢乞收恩制命未行猶祈便寢無任懇款之至謹冒死陳請以聞

代王尚書謝一子官狀二首　王仲周

右臣素乏器能謬司方鎮敗公之責夙夜惟憂延世之榮雨露覃及顧老臣以增懼念童子以何知恩私忽臨負荷無力不勝感恩惶恐屛營之至

二

臣某言伏見某月日制除臣男憑御史中丞捧讀綸旨驚慚無據臣頃戰伐河北男亦隨身救援李忠頓軍易定屬陛下遷幸聞及河南臣留與論婚娶然得引軍關右堅保渭橋承筭略於皇明摧兇醜於都邑事關聖運功匪衆人陛下特以微功録其小子年未登於弱冠官已及於中司

若以忠孝而升且無往例若由臣授是紊國章臣初沐殊私即將陳讓但緣李忠在外方遏寇戎已行之恩難可追止柔遠之體或要順從勉承不次之榮益荷無窮之惠君親垂施並居踰等之官父子同心各獲捐軀之地不勝戴荷屏營之至

為人作謝子恩賜狀五首　令狐楚

右臣得進奏院狀報中和日伏蒙天恩賜臣男公敏内宴并賜前件綾羅三十疋銀椀一者臣伏以桃花始開蓂莢初吐陛下式崇佳節以慶仲春舞八卦於廣庭陳四詩於別殿道光在鎬義冠濟汾蓋所以勞徠勳賢昭明慈惠男公敏年方童幼智乏老成何殊一芥之微忽宴九天之上乳口而飡嘗鼎食青襟而陪列朝班越次之恩已深逾涯之賜仍及色絲成疋爛盈其箱篋白金為器皎映於盃盤之澤流而九族皆榮信至而萬夫相慶生子如父無功則同知臣者君報德何日徘徊官次喜懼交并戎守有限不獲陳謝無任感恩結戀屏營之至

二

右臣得男公敏狀今月十八日中使王希朝到院奉宣聖旨緣臣男患耳賜絹一百疋以充藥直并遣醫人劉江診療者臣自受國恩已更歲序其於功績絲髮未伸夙夜憂兢不知所處男公敏昨緣耳疾令赴上都素乏義方未能典謁豈意陛下惻隱之德俯加于纖芥眇睦之慈旁流于枝葉殊私猥及渥澤曲臨特降醫工厚霑藥直雖犢之疾料即痊除君親之恩何可報効榮光燭於府舍喜氣溢于閨門恩深命輕繼以感泣戎役有限未獲躬詣闕庭陳謝不勝感戴

三

右臣得進奏官趙履溫狀報中使姚文嵩到院奉宣進旨賜臣男公敏冬至節料羊酒麵等伏以愚臣在邊賤等螻蟻弱子兼疾微如塵埃豈意陛下施惠必均推恩皆及屬登臺以望之日降其出如綸之言錫香醪而滿壺頒肥羜以盈机伏自惟念不勝所蒙一門驚莫大之榮百衆賀非常之慶未知報効空積慙惶日月高明照臣忠懇所守有限未獲躬詣闕庭陳謝不勝感戴戀結之至

四

右臣得進奏院狀報前月二十九日中使某至奉宣進旨賜臣男公敏歲料羊酒麵等臣自領北藩于今五稔曾無明略以奉大猷孤直愚忠未足報陛下萬分之一男公敏伏緣醫療勤赴京都尚未平除爰逢歲節豈意翩蜎微物飛舞於東風靃靡輕生霑濡於春雨降少牢而頒賜迄中貴以宣傳麵起玉塵酒含瓊液鼴鼠飲河之腹聞已滿盈老牛舐犢之心喜終無極深恩似海弘覆如天寧唯感激一門實亦光明九族何階報荅終日慙惶空將許國之身誓竭在邊之力所守有限不獲陳謝無任感恩抃躍之至

五

右臣得進奏院狀報二月二十九日中使某至奉宣進旨賜臣男公敏寒食節料羊酒麵等至二十一日中使某又宣賜麥粥餅餤者臣伏以天地之恩所加斯厚君臣之義有感則深臣自守近藩曾無薄効緣恩據義以月繫年男公敏未識憲章獲忝班序每因令節又沐殊私班首之羊委其全體擢芒之麥散以輕塵粥既擬於瓊膏餤有同於萍實出為寵錫皆申上帝之心食以充盈莫匪小人之腹消

毫未展饔飱已頻常懷覆餗之憂有忝分甘之施苟仁之逮下微物敢讓於生成如澤或因臣瑣質何堪於負荷官守有限不獲陳謝無任感恩抃躍之至

同前

右臣得進奏院狀報今月九日中使李朝誠到院奉宣進旨賜前件節料麵肉等次十日中使徐智嚴奉宣聖旨又賜麥粥餅餤者寵榮便繁錫賚稠疊或陳於廊廡或貯在鐏壺酒可駕車麵疑經市而況屑杏實以爲粥味甜於蜜卷牢肉以成餤規大於拳皆出御廚無非仙饌面牆之目未曾窺見含粮之口忽此捧嘗恩逾涯分榮冠倫列在微臣而過幸日益憂兢念小子之何知無由荅効身輕施重負荷難勝所守有限不獲陳謝無任抃躍之至

爲蕭相謝賜大夫人國號告身狀　元稹

恩賜臣母國號告身一通右今月日某乙奉宣恩旨賜臣母前件告身恩光灼爍捧戴兢惶對揚天休無任戰越臣家傳儒素母實劬勞每織屨以資臣宦遊嘗斷織以勉臣師學念臣庸昧本望非高所希捧檄之榮敢萌（集作思）開國之慶陛下恩加望外簡自宸衷石窌封疆巳光於萬葉榮珠文字重降於九霄朝野謂之殊私宗族以之（集作爲）榮觀臣及臣母以抃以歡誓將齋戒洗心永奉真人之誥緘縢在笥深藏大帝（集作太常）之符寶過金籯瑞同鵲印蓼蕭知感兩露難酬無任抃躍競懼（集作戴恩）之至

爲滎陽公謝除盧副使等官狀　李商隱

新授某官盧戡

新授某官任繕

右臣得進奏官某狀報臣所奏盧某等二人奉某月日勑旨賜授前件官充職者臣謬當廉印合啓幕庭撫魚卑以興懷懼羖皮之廢禮盧戡與臣同年登第少日論交學富文雄氣孤志逸王清越而爲樂女舒退（集作脫）以求媒實懷難進之規不起後時之歎任繕幼壯孝悌慤靜精微得君子之時中友鄉人之善者匪因請託實自諳知皇帝陛下俯照遠藩咸加命秩南臺帖職延閣分班使戡有紆朱之榮繕無衣白之見巳經聖鑒可謂國華冀收規畫之功共奉澄清之寄臣不任感恩荷聖（集作得賢）之至

爲人作謝防秋廻賜將士等物狀　令狐楚

右件將士中使朱孝誠監領某月日平安到太原其賞物並勑給付訖臣伏以受命以行人臣之節斯著及期而代君父之仁巳深陛下愛育武夫綏懷猛士采薇遣戍旣霑挾纊之恩出車勞旋又有分纁之澤纔識家而競入俄拜賜以嵩呼盡忘征役之勞固感生成之德況臣叨居將帥獲沐恩波所守有限不獲陳謝

爲人作謝賜行營將士疋段并設料等狀　前人

右臣得行營兵馬使李黯狀報伏蒙聖恩賜前件疋段設料者伏以懷生之類莫匪王臣有事之時唯聽君命今者天誅小醜恩施羣雄豈謂偏裨皆蒙錫賚需以飲食比肩而膚華充盈賁於束帛連袂而衣裳華楚空知飽德何以勝恩競堅摩壘之心爭竭拘原之力臣叨居將帥誓掃寇讎感戴屛營倍百恒品

爲人謝賜行營將士襖子及弓弩狀　前人

右臣得兵馬使李黯狀伏蒙聖恩賜前件物等者伏以狂賊未平偏師在遠臣並全支器械厚給衣裝陛下念以戰爭矜其寒苦特頒星使猥降天波衣絮八蠶之絲暖如狐

服弓纏九牛之角勁若烏號須及連營來從內府選知被服皆不憚於兵鋒緬想操張盡一作悉將穿於虜骨歡聲感動勇氣蒸騰信山嶽之可移豈妖氛之足滅臣名叨將帥志掃冠讎沐恩澤而空深効勤勞而尚淺誓將忠懇以勵驍雄所守有限不獲陳謝

為人謝賜天德防秋將士綿一作絁下同絹狀　前人

右臣今月七日中使朱孝誠至伏奉詔書兼宣恩旨賜前件綿絹等臣伏以武夫之用職在防虞壯士之心樂從征役陛下仁慈廣被渥澤旁流諭以功名賜之綿帛荷殊私而東拜悉有兼衣賈餘勇而西行若無遠道同將日力共振天聲臣猥守藩隅叨居將帥欣榮感戴實百恒情

為人謝賜軍將官告狀　前人

右臣中使朱孝誠至伏奉詔命慰問臣并宣慰旨允臣所奏當使諸將官賜前件告身者寵命從天榮光溢路讙呼感戴皆不自勝臣素是懦愚叨居上將微誠空竭薄効未申伏蒙陛下曲降天波俯加王澤華資清秩周及於百夫喜氣讙聲喧傳於一道家藏寶軸人受綸言三軍驚非次之榮萬井賀殊情之慶誓將苦節上答明恩謹準敕捧受分給訖臣與諸將等限以所守不獲詣闕陳謝無任抃躍之至

文苑英華卷第六百二十九

登仕郎胡　柯　鄉貢進士彭　叔夏　校正

文苑英華卷第六百三十　狀三

謝恩三

謝敕書手詔狀　常袞

右今月十一日中使劉庭玉至奉宣恩命賜臣前件書詔臣謬忝防虞未申戎効寄分廉察又乏吏能尸素實深咎責難逭聖慈弘貸榮渥累霑俯降天書兼賜墨詔睿詞寵飭曾無毫髮之勞宸旨密臨特受腹心之寄自驚朽骨遠被殊恩捧承戰悚擊跪踴躍駑蹇之力過負已多鴻私未酬慙懼彌積軍州同慶惠澤溥將慰勉載加感悅交集無任欣抃惶悚之至

為王大夫謝中使招撫狀　崔行先

臣某言頃者元誼等擅固城池有違詔命臣出師野次持守經年以水攻圍俟其離變誓殲兇叛以靜方隅伏以陛下至德至仁好生惡殺恐失理死不忍誅夷特令中使就此招撫今洺州収復閭井獲安此皆天威光被神武底定顧惟愚陋載荷鴻私不勝感戴踴躍之至

奏廣州結好使事由奉詔書謝恩狀　裴次元

右臣伏奉某月日手詔令臣速具前件官本末事由聞奏臣去月日謹具其官歸本道事以聞某月日奏官至伏奉

其月日手詔所奏某官尋赴廣州事宜具詳本末想宜知悉者臣伏以綸綍下於紫霄明命光於滄海榮深感極寵洽心驚周章失圖歡惕交集顧臣鄙劣忝寄藩維無補涓埃累更涼燠矧茲地遠敢望恩加日月照臨之明無幽不燭乾坤生成之德在物莫遺豈期奏報常儀特降詔書慰撫事逾等列喜萬恒情伏以軒墀一違歲序三變謬職愧深於星琯荷恩思拜於彤庭廁清列于班行峩冠劒而何日守炎荒之遐服甘瘴癘以嬰身懷死節之丹誠願生還于絳闕每承存諭之命更切攀戀之心臣不勝感恩歡躍屛營之至

爲人謝宣慰狀　令狐楚

右監軍李輔光迴伏奉勑書手詔宣慰臣及參佐將校官吏等者臣竊位大藩連榮近屬戴山之力雖竭橫草之功未聞寢興以思憂愧若厲伏惟陛下日明于上子育其人降玉筯之天書遣銀璫之星使宸心煦育下浹於將校慈旨丁寧旁霑於掾吏讙呼之聲雷動舞抃之袖雲翻榮光併臨愁疾如失不勝歡喜感戴之至

謝勑書手詔慰問狀　前人

右監軍使李輔光迴伏奉勑書手詔慰問臣及將士等者臣自守大藩未申微効每承渥澤實所慙惶今者伏蒙陛下弘覆燾之仁與天爲大廣照臨之意如日斯升特遣王人復還使府捧絲綸之明詔光寵賤微吐汗漫之溫言霑濡羣萃浮空而喜氣成霧動地而歡聲若雷空知受恩何以勝德所守有限未獲陳謝無任感戴之極

謝口勑慰問狀　前人

右中使孟昇進至伏奉口勑慰問臣及將士等臣素非公才叨惣戎律清平無事績用未彰伏惟陛下子惠兆人天成萬物降星分之使宣綸出之言問以炎涼勉其勞役恩踰素望榮冠常倫跪聽歡呼衆心如一臣等不任感戴之至

謝宣慰狀　前人

右監軍使某迴伏奉勑書手詔兼宣恩旨慰問臣及將士等伏以天地大鈞固無私於覆載豚魚微類皆有荷於生成臣實庸虛叨膺奬用至於師人輯睦封略乂安皆稟廟謀無非宸筭豈意天慈廣被聖眷旁流歸復監臨昭宣慰撫爲膏之雨泛灑於編人如綍之言傳聞于列校驩生衆口感結羣心同守節以戴天各輸忠而報國臣與將士等不勝感恩抃躍之至

謝勑書手詔慰問狀　前人

右某月日中使某至伏奉勑書手詔慰問臣及將士參佐等并賜臣官告旌節兼宣口勑授臣節制者臣伏以聖澤汪洋高卑盡滿皇明照耀微細不遺内愧瑣材上煩慈旨朝聞夕惕豈復遑寧夜思晝行不敢失墜今者三軍輯睦萬井歡康皆憑天威盡出宸筭慙將孱劣虛受恩榮某月日已差衙官某奉表陳謝訖無任感戴之至

謝宣慰諸州軍鎮等狀　前人

右中使至伏奉某月日詔書令中使宣慰諸州刺史外鎮將士等令臣亦使人安撫者臣準詔差虞候張液隨中使某所在存問以某月日却到太原伏以設官分職邦國之恒規秉義納忠人臣之素分伏惟皇帝陛下嘉其奉上念以守邊降馹騎於九重諭天心於萬里法南風之長養豈擇卑微並白日之照臨不遺遐遠邊城將校井里黎人競鼓舞於皇明盡霑濡於聖澤室家相慶關塞無虞臣忝守

戎旃不任忻抃之至

爲崔仲孫弟謝手詔狀　前人

右中使尹偕至伏奉手詔慰問臣等伏以聖澤均霑天光下燭欣榮感戴不自勝任臣生代耒諧遭家不造嬰孩之日長養于外家童冠之年因依于伯姊容身寄食以至于今李説念臣以密親署臣以散職誓將裨補義不依違誠意莫申大期俄迫今者獲成安泰仰荷聖明豈期特降恩波深蒙慰撫昆蟲賤命不可以戴天葵藿微心空知其向日親疎共感存殁同榮無任感恩抃躍之至

謝御札狀　元稹

御札二十三字右泰倫重晏至宣賜臣前件御札其中聖旨云鎮州逆亂枉害忠良若與元[redacted]冀鎮州節度便（集作使）是捨賊之門者伏以睿筭若神聖慈猶父視兇狡之構亂

義在克清念台輔之銜寃期於必報此蓋仁深天地勇過雷霆臣實庸愚難議窺測況臣謏（集作謀）猷失次罪戾是憂宸翰忽臨天章煥發舞鳳迴翔於懷抱飛龍顧眄於縑緗豈獨傳之子孫便合鏤於肌骨微臣無任踴躍光榮之至

謝藥狀（集作表）　張説

右内使陳忠盛宣旨賜臣痢藥臣攝生無方自貽疢疾聖慈矜憫垂恩救護氣衰力憊忽吞永命之符腸滑胃虚更服（集作餌）返魂之草蒙天營祐（集作護）指日痊平雖萬粉灰何酬造化謹附忠盛奉狀陳謝以聞

謝勑賜藥狀　張九齡

右高力士奉宣恩旨賜臣等鹿角膠丸及駐年面脂有命自天感戴兼至臣等涓滴無補渥澤日深多謝股肱之良每慙智力之効徒承聖恩同體之義更霑御藥駐年之錫事絶希幸禮優常遇微軀殘貌因殊（集作大）造而載延捧日承天荷曲成而靡（集作無）極無任悚戴之至

爲晉公謝臘日賜藥等狀　苑咸

右昨晩内使曹侍仙至奉聖旨賜臣臘日所合通中散駐顔面脂及鈿合并吃力伽丸白黒蒺藜煎揩齒藥等逼夜又賜臣粳米一百石麪二十袋適中使揚元新至又賜鯸鮧魚魴魚鮭魚等仍使令膳造伏以嘉平舊節鍊藥良辰錫靈仙之祕方均雨露之殊澤金膏玉散駐齒髮於衰容瑞麪香粳頓豐盈於私廩況鯸魚魴鮭等降自天廚中使炮烹皆承聖法不資椒桂之力備適鹽梅之味臣竊位歳久叨榮日深調鼎之功未施於毫髮登俎之美屢浹於恩波徒荷生成何酬造化無任稠疊感戴之極

謝賜藥金盞等狀　前人

右内給事袁思藝奉宣聖旨賜臣藥金盞一匙并叅花蜜餘甘煎及平脱合二兼令中使輔朝俊親授昨所賜金方法者伏以聖澤無涯已沐九天之施真方不祕更示八公之法王人俯及寶器仍頒且自昔名臣近代良佐雖功業攸著或不承此賜況臣才非逮古雨露之澤逾深任重當時消塵之効無補仰瞻玄造上答何階無任

謝賜藥金狀　前人

右内給事袁思藝至奉宣聖旨賜臣江東成金二挺若服之後深有補益兼延駐者伏以仙方所祕靈藥稱珍必候休明之辰上益無疆之壽不意俯迴天眷念及微臣賜九轉之金駐百年之命且螻蟻賤質豈能長固蒲柳易朽常慮先彫竊荷生成之恩寧酬造化之德澤如河海空欣羽翼之期寵若丘山何伸灰粉之謝不任

謝賜神刀食金等狀　鄭絪

右今日中使某至奉某月日墨詔賜臣前件神刀及食金五挺并合子鎖等臣遠赴藩鎮上軫聖憂俯降王人特頒寵賜暢威懷於遠服佩以神刀矜微劣之庸軀錫之靈藥捧受戰越以抃以驚臣即以今日發藍田縣闕庭漸遠道里猶長瞻望天顔感涕交集無任戴荷結戀之極

謝賜手詔兼神刀藥金狀　孔戣

右中使至伏奉墨詔并賜藥金一合神刀等俯循陋質仰戴殊私渤澥無比其深山嶽無方其重臣蓽門賤品環堵諸生乏禦侮之籌謀罕濟時之方略而因緣官學塵忝班行効無可稱事每逾量聖慈過聽擢領藩方祗命戒途不敢陳讓省躬撫事益懼菲才今又特降王人遠臨郊甸賚刀出於武庫上藥本於金精足以蠲除餘癘激發忠勇顧惟孱懦承此寶光捐軀盡節豈足爲報無任感戀懇款之至

爲人謝問疾兼賜醫藥等狀　令狐楚

右今月十八日本道監軍使李某至奉宣口勅問臣所疾十九日中使張良祐至伏奉詔書賜臣烏藥萸參子各一合藥方兩紙并借供奉醫官兩人醫臣疾者臣素是凡庸猥當朝寄蹔乖將息特軫聖慈綸出王言朝昏不絶星馳驛騎道路相望頒仙藥于雲中降神醫於天上仰承榮寵冀即痊平兢惶失圖感戴無地蒲柳之心猶壯誓竭丹誠狗馬之齒更長敢忘玄造臣見準詔書與醫人商量服飲子及塗藥將息腫氣已退煩熱未定所守有限不獲陳謝無任感恩結戀之至

爲人謝詔書問疾兼賜藥方等狀　前人

右臣奏事官高榮朝迴伏奉墨詔問臣所疾并奉宣口勅賜臣藥方者臣疲馬（疑作駑）之質寒熱所侵仰憑天慈今已日損豈意猶煩睿想尚軫聖衷特降千金（一作十全）之方兼飛五色之詔榮光一燭愁疾如遺誓畢微生以酬殊造無任感戴之至

爲人謝問疾狀　前人

右監軍使李輔光迴宣口勅問所疾者臣頃因時旱疾以憂生仰蒙覆育尋就痊除伏以君恩過厚天聽至卑纔形於詞如撫以手顧慙微細特繫於宸衷內省疲羸尚關於睿想榮深益懼喜極而悲當望雙闕以注心守一隅而盡力不勝感結抃躍之至

爲令狐相公謝賜金石凌紅雪狀　元稹

恩賜金石凌紅雪各一兩

右中使竇千乘至奉宣進止以臣將赴山陵時屬炎暑賜臣前件紅雪等臣職司復土戀切攀號方當匍匐而前敢有赫曦之懼豈謂天光下濟靈藥旁霑念臣有丹赤之愚故賜臣以洗心之物察臣有木訥之性故賜臣以苦口之滋就日疑不冶之清冰在合若遇圓之絳雪恩加望外感極成悲（集作愚衷）無任跼蹐屏營之至

文苑英華卷第六百三十

登仕郎胡柯　鄉貢進士彭叔夏　校正

文苑英華卷第六百三十一　狀四

謝恩四

壽昌節謝酒食（集作茶酒）狀（宣宗生日）　杜牧

右臣某等言伏以大慶吉辰榮霑錫宴鴻恩繼至王人荐臨旨酒名肴（集作茶）玉食仙果來於御府莫匪天慈適口忘憂已滿小人之腹殺身粉骨難酬聖主之恩臣無任感恩抃躍之至

嘉會節宰相謝酒食狀（昭宗生日）　錢珝

右伏以香火至誠祝後天於萬歲弦匏飾喜會率土於三春敢望宸衷恩隆輔弼王人遞（一作遽）降寵錫爰加酒醞既陳炮燔兼至名茶馥郁嘉果駢羅嘗珍而食指先驚敢忘盈滿竊位而憂心已醉寧待獻酬仰望眷慈臣某等無任兢感懽抃屏營之至

中和節謝賜尺狀　白居易

右今日奉宣賜臣等前件紅牙銀寸尺各一者伏以中和戒（集作屆）節慶賜申恩當晝夜平分之時頒度量合同之令況以紅牙爲尺白金（集作銀）爲寸美而有度煥以相宣逮下明忖度之心爲上表裁成之德慶澤所及歡心畢同臣等塵忝日深寵錫歲至雖恩光下濟咫尺之顏不違而尸素內慙分寸之功未効捧受愧畏倍萬恒情謹具奏聞謹奏

清明謝賜火狀　前人

右今日高品官唐國珎就宅宣旨賜臣新火者伏以節遇藏煙時當改火助和氣以發滯表皇明而燭幽臣顧以賤微荷茲榮耀就賜而照臨第宅聚觀而光動里閭降寳自天非因榆柳之燧仰之如日空傾葵藿之心徒奉恩輝豈勝欣載

爲人謝端午賜物等狀　令狐楚

右中使王進卿至伏奉詔書慰問臣兼宣恩旨賜臣及諸將衣并百索銀器等者臣伏以夏之爲仁寔由乎長養王者所寳莫重於賢能故事將錫長年皆於今月因頒珎翫遐及庶方誠上帝之殊私信大朝之盛典臣才無所取政不足稱獲守司存已爲尸忝豈意九天之慶賜每歲必來五日之祥期（一作祺祥）無年不受衣裳霧疊詔書雲繁篋中盈綵絲之索按上滿貞金之器方圓通用紅紫交光命輕而服拜難勝身賤而鋪陳不稱以榮爲懼當喜而憂終無補於成功空有慙於偕賞並準勅捧受兼分給諸將訖所守有限不獲陳謝

爲安平公謝端午賜物狀　李商隱

右今月某日中使某至奉宣恩旨賜臣手詔一通兼前件端午紫衣銀器百索并大將衣者乾文昭融睿賜稠疊恩生望外榮積懼中臣已當時宣布給散訖伏以正陽令月端午佳辰渥澤合止於勳賢錫賚宜先於戚屬臣遠臨東魯久去上京豈望仁時同躋壽域八行明詔伏讀而不啻千鈞一襲輕衣跪捧而若無三伏況又綵縷出仙蠶之蠒貞金凝姹女之魂持可戒盈帶堪延筭豈微臣獨忝在列校不遺華楚成行永願千春而奉聖綿長共保常期五日

以霑恩臣與大將等無任感激懇悃之至

為滎陽公端午謝賜物狀　前人

右中使某至奉宣恩旨賜臣端午紫衣一副百索一軸銀器二事大將衣三副并賜臣手詔一通者伏以五神定位祝融司長養之功六律鈞和蕤賓有酬酢之義故節推戴禮日著漢儀彼艾人遠具於歲時角黍近標於風土乃耆舊傳聞之末亦(集作是)君親慶賜之原伏惟皇帝陛下克協樂章允符時訓(集作仁)恩霑近戚惠浹元僚臣守介蠻圻程遥鳳闕敢希瘴嶠特降軋文輕縞染衣貞金備器海綃掩麗渠盌藏珍拜受若驚跪捧如失嘗衣國僑之紵被服多慚久擕顏氏之瓢捧持未慣當晝而不假交扇向夕而唯宜飲冰況又將以綵絲縈諸畫軸用禳故忝蕙續脩齡爰自微臣頗流諸校鞠躬被寵全踰錫帶之榮覩物傳輝實動請纓之思唯當仰承帝力粗舉藩條誓相率於明時庶同登於壽域臣與大將等無任望闕感恩抃舞屏營之至

謝賜端午衣物狀　張次宗

右伏以中暑良時沐蘭令節王人乘馹初降於九霄内府頒衣遽霑於千里臣忝膺寄任未展涓埃節候每移尸曠增懼陛下殊私荐及寵賜不忘天書覩經緯之文麗服見裁縫之妙捧其珍玩價重於兼金賜以綵絲恩深於延筭況寵周將校問及偏裨爭馳就日之誠益勵酬恩之節

社日謝賜羊酒海味及茶等狀　常衮

右中使某至伏蒙聖慈賜前件羊酒等臣謬塵重任已積歲時日有餐錢月受高俸過蒙温飫常愧有餘内省謀猷實慚不足益彰尸忝深誡滿盈屬上戊御辰勞農報社賜兼海陸品極珍鮮上減御飡(一作餐)下豐私室何功而受承寵若驚惶恐拜恩戰懼交集無任戴荷欣抃之至

重九謝賜餻酒等狀　前人

右中使劉君壽等至伏奉恩命賜臣前件餻酒等仍令樂飲者伏以玄月戒時清風應律宜於長久欣聖祚之壽昌復見芳華喜陽數之重合時恩忽降節賜荐加王人寵臨御膳分旨膏以粉餌蒸以餹餅緑芋金芽紫蕨紛節茱萸清酒嘗聞舊俗之傳薏苡調賜今覩靈珍之味此[redacted]豢人苑吏上獻嘉辰豈伊凡品微生下霑殊貺賜宴既聯於伯仲覃恩更及於室家稠疊寵光低迴殞越一門同慶萬死何酬

臘日謝賜口脂曆日[redacted]狀　鄭絪

伏以王人戾止天書遠降於閩川星躔既回蓂曆猥頒於遐服推步允符於聖祚先天克合於歲功三百六旬斯須而咸覩二十四氣瞬息而可知(一作回)又賜以蘭膏錫之絳雪衆香流澤芳潤忽光於悴容五藥蠲痾瘴癘潛銷於腠理仰榮知忝承寵益驚閶闔九門歲時結戀於雙闕方隅萬里展効期激於丹誠敷惠未洽於遠人拜賜濫同於重鎮覩風察俗志有立於消塵比物省躬恩何酬於覆載臣某不勝歡躍屏營之至

為昭義李相公謝賜臘日口脂狀　崔行先

右中使某至伏奉敕書墨詔緣大禮後慰問臣及將士官吏等又緣近臘日便賜臣前件藥物臣謬履鈞衡守兹戎鎮星霜屢改渥澤逾深内忪外慚不知所措文明啟運殷薦告成郊廟展嚴禋之儀蒸黎洽時雍之化大宥五刑之典廣霑萬物之恩自天有慶與人更始臣名器俱忝宸睠曲臨節近嘉平恩延寵錫香膏凝潤於寶器上藥秘重於

仙方澤變衰顔不知老之將至光生僬質空驚疾乃有瘳祗奉舊章式披新曆想天長而地久看日往而月來無任

臘日謝賜口脂紅雪等狀　前人

右中使某至伏奉手詔慰問臣及將士等又緣臘日賜臣口脂紅雪并新曆日等伏以蜡節嘉辰載於六籍皇恩隆洽賚及萬方金膏不祕於上清蘭澤遠傳於中禁加以玄霜絳雪素能愈病（一作疾）析酲顧惟賤庸忝此恩造隕越無地惶悚失圖縱知死所豈答玄造載領新曆永傳億萬斯年欣奉明時獲辨七十二候無任云云

爲王大夫謝恩賜口脂曆日狀　前人

右中使某至伏奉手詔慰撫臣及將士等又賜臘日口脂并新曆日等伏以清祀嘉名載於前典實追歡之盛節亦和樂之良辰況天休光臨聖慈遐布顧臣賤陋竊奉明恩感戴周全不知所措蠲邪愈疾驗絳雪於仙方卻老駐顔覩瓊膏於寶器式頒聖曆仰贊皇猷永爲四海之尊更續千齡之壽臣不勝歡躍云云

爲人謝賜口脂等并曆日狀　令狐楚

右中使吳千金至伏奉敕書慰問臣并賜前件口脂臘脂紅雪紫雪各一合并曆日一卷等者伏以歲將更始節及嘉平陛下凝香爲膏聚藥成散頒日月於曆上奮龍鸞於筆端星分九天之使雲布一日之澤此誠無私之殊造均養之深仁而臣空抱愚忠曾無方略一居藩鎮三度受恩朱奩忽開鮮膩與芳馨相雜素編既列閏餘將分至不差披尋而齒筭延長塗傅而口容芳潤油雲之覆逾廣無以勝任綿地之封粗安未爲報効捧受嘗翫形神渙然無任感戴之至

謝賜臘日口脂紅雪紫雪曆日等狀　前人

右中使董文萼至伏奉詔書慰問臣并宣恩旨賜臣前件物等者臣伏以天書垂露御曆頒年靈膏有瓊液之容仙散擬雪花之狀司天推步定分至於四時尚藥煎和辨君臣於百品無不關於眷想發自宸衷[redacted]錫勳烈之臣猶无（一作獨不）過分幸霑庸微之質實所難勝況之（闕）潤身之資欣蒙苦口之利謹當奉揚節候下告于萬人宣播光輝旁誇於九族殊私未答渥澤逾深夙夜寢興不任感戴

爲人謝賜男歲節料并口脂臘脂等狀　前人

右臣得男公敏狀稱伏奉恩旨賜歲節料麪兩石羊壹腔酒伍㪷口脂臘脂紅雪各一合者臣繆以庸虚叨塵（一作膺）任使陛下前因蜡日已降使臣既霑澤口之膏又賜雪煩之散一從捧受實未遑寧豈疲痾小男復蒙寵賜（一作錫）酒漿口腹充溢於盃盤藥餌脂膏馨香于懷袖雖君父用賞延之義微細不遺而臣子非立功之人光輝斯極豈德澤之私於一物俾恩波之重若三山夙夜寢興以榮爲懼戎守有限不獲陳謝無任感慶屏營之至

臘日謝賜口脂（集作蠟）狀　白居易

右今日蒙恩賜臣前件口脂（集作蠟）及紅雪澡豆等仍以時寒特加慰問者伏以時逢臘節候屬祁寒豈意聖慈不忘微賤念嚴凝而加之煦嫗慮皸瘃而潤以脂膏嘉（集作喜）氣動中歡容發外挾纊之恩甫及（集作所勉）和則體舒不龜之澤既霑感而手舞臣等省躬懷愧因物喻情豈止飮德瑩心空（集作唯）驚寵賜必擬澡身勵節以答鴻私感躍之誠倍萬恒品謹具奏聞謹奏

文苑英華卷第六百三十一　登仕郎胡柯　鄉貢進士彭叔夏校正

文苑英華卷第六百三十二　狀五

謝恩五

謝恩命遣高將軍出餞狀　李邕

右高力士奉宣口勑以臣臨政特令賜宴恭承恵渥伏念庸微天地周仁木石知感不勝惶悚戴荷之極臣死罪死罪臣歷覩自古君臣凡所際會或因縁黨進或収接功成故未謁而知不言而信豈有地孤援寡毀衆誇深察業蔽之中致昭曠之外逢陛下特達之遇當陛下明聖之朝事出常均恩重今昔臣誓將瀝血足可竭誠徒欲殺身豈能報德至如勵精勤政舉直徇公副陛下憂人之心行陛下弘道之化豈（一作安）敢失墜以負神明但函關路懸長安日遠不任戀主懔懔之至

謝賜設狀　白居易

右今日[redacted]守謙奉宣聖旨以臣初入院特賜設者臣生長窮賤才質孱微草野鄙夫風塵走吏豈期聖造擢在禁闈煦以天慈賜之豐食（集作賜以御食）臣所以凌兢受命俯伏荷恩心魂不寧手足無措況鑮開九醖筵（集作饌）列八珍恵過加籩榮優置醴金罍引滿將皇澤而共深玉饌屬厭與聖德而俱飽終食且歎捫心自驚戰汗慙惶隕越于下謹奉狀陳謝以聞謹奏

謝賜設及疋帛狀　前人

右今日高品劉全節奉宣進止（集作旨）以臣等在院羈棲業畢特加慰問并賜設及疋帛者臣等職在掌文詔令考策雖竭鄙昧猶懼闕遺豈意皇鑒下臨聖慈曲至恵加賜食榮及承筐寵厚縑緗仰難勝於玄貺恩深醉飽退有愧於素飡徒積慙惶何酬慶賜無任感戴屏營之至

謝賜設狀　元稹

右今日某乙奉宣恩旨賜臣就院設者臣聞推食之賜用勸勳勞置醴之恩以待賢彦微臣猥承天眷擢在（集作自内）庭雨露頻施涓埃莫効陛下載分美禄特降珍羞空懷滿腹之慙未有沃心之便旣充膚革誓竭肺肝竊位素飡實非誠願微臣無任感激恩私之至

爲中丞滎陽公赴桂州長樂驛謝勑設狀　李商隱

右今月日中使某奉宣進止（集作旨）就長樂驛賜臣及將吏等設饌者將承闕（集作藩）寄尚忝朝恩絡驛八珍芬芳九醖臣階縁薄伎塵辱脩塗揚執戟之讀書雖無非聖董太中之對策何補清時忽秦康車作離閨籍誠欣列土實耿辭天然猶食指告祥朶頤有慶爰於近驛式降貴臣酒自堯鐏饌分禹膳（集作殽鼎）下需將校旁耀路岐況臣平生本實孤賤懷書奉役久無黔突之謀入國展儀且懵殽蒸之禮飽期蒲腹醉更憂心終虞負乘之災無報雲天之施臣與將吏等無任望闕感恩結戀屏營之至

九月九日謝恩賜曲江宴會狀　白居易

右今日伏奉進止（集作旨）賜臣等於曲江宴會特加宣慰并

賜酒脯等者伏以重陽令節大有豐年錫宴於無事之朝追歡於最勝之地況天厨酒脯御府管絃寵賜忽降於霄中慶幸實生於望外仍加慰諭曲被輝華臣等各以凡才同參密職幸偶休明之日多承飫賜之恩樂感形骸歡容動而成舞榮（集作澤）均草木秋色變以爲春徒激丹心豈報玄澤謹奉狀陳謝以聞謹奏

三月三日謝恩賜曲江宴樂狀　前人

右今日伏奉聖恩賜臣等於曲江宴樂并賜茶果者伏以暮春良月元巳嘉辰（集作巳禊）侍宴於內庭又賜歡於曲水蹈舞踴地懽呼動天況妓樂選於內坊茶果出於中庫榮降天上寵驚人間臣等謬列近司猥承殊渥（集作澤）捧觴知感終宴懷慙肉食無謀未展涓埃之効素飡有愧難勝醉飽之恩以此兢惶未知所報謹奉狀陳謝以聞謹奏

謝賜食狀　張九齡

右臣等面奉進止令就集賢院與諸學士等觀聖注道德經尋又賜臣等食竊味道腴兼承珍饌聞義飽德虛往實歸臣等何人叨承渥澤不勝惶悚感戴之至

謝每日賜食狀　常袞

臣袞言臣聞恩或曲存義不虛受故耆儒碩德方載珍羞大節殊勳乃加禮食至於列曹分署各置飡錢匪頒王饔食有公膳陛下勵精庶政垂意輔臣特降非常之慈屢蒙每日之賜上林果實至必先時太官飱牢送無曠日臣等自登三事已涉七旬當朝廷鼇華之時佐海內安危之重入趨殿省常奉憂人之旨出在廟堂每思克己之効而不能陳一策進一賢外無平戎之謀內闕叙官之實四夷未格百姓未安不副憂勤合當罪累更承飫賜實用慙惶既招折足之嫌將貽騰（周易作滕）口之誚伏望重回宸睠載允誠詞俯停三錫之恩伏免萬方之責則神明或祐官謗不行在於微臣再受多福無任懇迫悚懼之至

代杜相公謝就宅賜食狀　劉禹錫

右高品某乙奉宣聖旨賜臣食者出自太官飫于私第光榮曲被猥承推食之恩驚褰未施益重素飡之責舉其匕筯若負丘山無任戰荷踴躍之至

爲宰相謝恩賜酒脯餅果等狀　白居易

右中使某奉宣聖旨賜臣等前件酒脯（二字集作物）等俯僂受賜踈躍荷恩天酒來以分甘御饈（集作羞）降而示惠臣等省躬知感因物言情寵過加籩懼多尸素之責榮同置醴慙無麴櫱之功徒瀝丹誠豈酬玄造

代謝賜人糧馬料狀（此是譚狀英華誤編于此）　于邵

右臣先奉恩旨賜前件人糧馬料初已陳讓不蒙允許臣昨日於延英對見又請前件糧數內停一千人糧聖情未察倍增（一作益）惶懼臣自典兵已來早參戎律及討慶緒即從先皇皆虔奉睿謀遂清多難豈臣薄劣輒敢貪天而寵遇特深封賞殊厚纏綿渥澤三十餘年食邑累加俸料甚（一作亦）廣自此之外更有田園朝夕所須幸無闕乏不謂繼明之始恩出非常曲賜褒崇霑此糧斛雖雲雨之施在恩私而至極被凋朽之質顧饔餐而多慙是以形神震駭不知所據懼逮顛沛以促餘年敢犯宸嚴重祈哀亮儻蒙全度伏乞賜停謹奉狀云云

謝米麪羊酒等狀　常袞

右中使某至奉宣恩命以至節恩賜米麪羊酒猪鹿及雜口味等者聖旨頻降榮賚過優以周官百品之珍載頒其

實雖魏臣五釜之貴豈容其多受賜踰涯拜恩失次臣出自孤賤素甘貧苦不過滿腹竊誠終身且祭不掩豆飯惟脫粟昔賢之美其儉可師敢望豐盈重彰尸曠而雨露偏施歲時益榮俾奉先之饗味兼海陸合族之宴及於膏粱又沐深慈下霑中饋以慼以慶啓處難任無德無功慙惶罔措不任戴荷兢惶之至

謝賜大麥麪狀　張九齡

右林招隱宣勅賜臣等招隱說云薦新之外禁中所出皆是降至尊親耕稼穡之所成也伏以周人之禮唯有籍田漢氏之薦但聞時果則未有如陛下嚴祇於宗廟勤儉於生人事必躬親動合天德臣亦何幸近奉徽音又蒙聖恩猥垂珍錫已飽於聞義況霑此時羞綢繆渥澤未知報効死罪死罪仍望宣牒史館以示將來臣等不勝感荷之至

謝賜鹿狀　常袞

右中使祁國俊奉宣恩旨以前件鹿稍覺鮮好特以賜臣者謬竊和羹之任累承分食之恩無補涓塵叨徒一作霑雨露上戴洪造內愧素飡伏以陛下順時令以宣風展春蒐之彝典有司奉職上苑從禽將備御庖獻茲鮮獸宜供六膳以副八珍臣實無功何以受賜寵承殊渥味則非時顧調飪而空慙荷生成而何答無任感恩悚抃之至

爲晉公謝賜鹿肉狀　苑咸

右內品官史鳳節至奉宣聖旨賜臣鹿肉一盤捧戴殊私喜躍無地伏以十月農隙三秦歲成展豫離宮時巡近甸幸承扈蹕已荷陪遊之榮恩降自天更沐珍鮮之賜慶覃野次澤被私門顧螻蟻之至微仰丘山而何答無任感佩惶悚之極

爲晉公謝賜魚狀　前人

右內品官葉惠仙至奉宣聖旨賜臣魴魚一盤仍使令造羹伏以九天之使頻過衡門八珍之羞屢霑御膳登盤既榮於薦熟正席更喜於先嘗每侍軒墀曾無獻替歸休私室偏沐恩波空荷紅鮮之慈實負素飡之責無任惶悚感戴之極

爲晉公謝賜蟹狀　前人

右中使焦庭望奉宣恩旨賜臣生蟹一盤便令造食臣自叨陪侍從累沐殊榮朝天賜浴於御湯退食每霑於仙饌賞隨恩積慶逐時新臣之何功偏承厚錫游泳渥澤但懼踰涯徘徊寵私無階答効無任望外荷戴之極

爲晉公謝賜車螯蛤蜊等狀二首　前人

右品官葉惠仙至奉宣聖旨賜臣車螯蛤蜊等仍令使造膳適中使[redacted]賜臣水犢肉一合[redacted]自濫陪巡幸累沐殊私每荷沐一作天恩曾不踰日或承海味或降珍鮮況皆聖主傳方王人調飪薄効無裨於涓滴厚施轉積於丘山昔周美康侯特霑蕃庶之錫漢崇張禹亟覃賜饌之榮才不逮於前賢而遇每深於曩眷雖竭心盡節何答生成不任云云

二

右內官趙承暉至奉宣聖旨賜臣車螯蛤蜊等一盤仍令便造趙承忠至又賜生蟹一盤高如瓊至又賜白魚兩箇伏以衡門之下頻降王人簞食之中累承天饌適口之異無時不霑駭目之珍每日幸皆一作遇顧循涯分何以克當徘徊寵私罔知攸答

謝恩賜甘子狀　于邵

右中使某乙至奉宣進止賜臣前件甘子伏以江潭所出

見重於南州苞茅入貢一作菁茅合貢遠歸於北闕陛下念其野次錫及微臣顧淬實以虛言非蔗漿之足擬分甘絶少司馬遷傳李陵絶甘分少英華作劣竊荷於恩私食椹懷音敢忘於報効無任

謝賜甘蔗芋等狀　常衮

右今月日喬甘至奉宣恩命賜苑中所種甘蔗及芋等其形豐其味甘曲被生成之恩宛同吴蜀之物過蒙頒錫伏用驚喜陛下以萬靈效祉六合同風養之則生孰云其遠化之自我不隔華夷將有絶域之人服中州而禀教故使他邦之産歸上苑而咸植既登天膳實表地成太和之理於斯可見捧承異貺兢踢素飡感戴之誠倍百恒品不任受恩悚懼之至

謝賜茶果等狀　白居易

右今日高品杜文清奉宣進止集作旨以臣等在院修撰制問賜茶脯梨果者集作茶果梨脯等曲蒙聖念特降殊私慰諭未終錫賚旋及臣等慙深曠職寵倍驚心述清問以修辭言非盡意仰皇慈而受賜力豈勝恩徒激丹誠虔集作詎酬玄造無任欣戴抃躍之至

文苑英華卷第六百三十二

登仕郎胡　柯　鄉貢進士彭　叔夏校正

文苑英華卷第六百三十三　狀六

謝恩六

謝賜衣服狀五首　謝賜春衣狀六首

謝賜冬衣狀八首　謝賜馬狀八首

謝賀集作侍講遍賜衣物狀　張九齡

右高力士至宣稱陛下親講讀毛詩遍賜侍講陳希烈三品兼賜衣物等伏以睿思玄通超然物表俯臨天下必樹風化既弘儒教考覈詩人爰託師資親行講讀章句初畢賞賜集作錫有加明主深恩集作用心誰執集作不知勸臣謬承任遇實愧經通聖業彌深微誠何補方思斅學以助皇明集作明時無任悦豫之至

謝賜衣服及綃狀　前人

右中使某至特蒙恩曲賜遠別之什又中使某宣口勅賜衣一副并綃一百疋者但柱礎雖下感致於青雲陽燧則微照應於白日在臣孤賤亦荷寵光伏惟陛下御札龍躍八體比之未雄天文鳳章五色對之猶淺況束帛荐至衣服仍臻施重丘山恩深江海實爲九族遍有光華匪唯賤陋獨稱榮慶不任云云

謝賜衣物狀　前人

右高力士宣勅賜臣衣及器物等臣九齡不孝苟存企及禮制天恩以忝樞近賜問再臨衣服珍器殊常寵錫臣有何力可以叨濫渥澤至深誠効已竭唯有微命不知所圖無任感戴惶悚之至

爲盧監被盜衣物謝賜御衣物狀　蘇頲

内常侍趙元亨奉宣恩旨以臣被竊盜失物賜臣衣一副臣素以慢藏闕於周備令尹爲過尚不可逃大丘有言復

不能覺使臣知政未息盜於萑蒲加臣匪服遂增輝於樽櫟顧深慚各翻荷恩慈捧戴循環再三惶懼無任下情之至

謝恩賜衣服狀　白居易

右今日守謙奉宣聖旨以臣初入院特賜衣服者臣自入禁司纔經旬月未申（集作陳）薄効累受殊私況前件衣服等獻自遠方降從御府既鮮華而駭目亦輕煖而便身臣實何人堪此榮賜必擬祕藏篋笥傳示子孫何則顧陋質而懷慙貌非稱服撫微軀而荷寵力不勝衣因物感恩無任愧懼謹奉狀

謝恩賜春衣狀二首　崔行先

右中使至伏奉勑書手詔宣慰臣及將士等兼賜臣春衣等鴻恩霈澤忽降轅門霧縠冰紈猥加介冑臣等謏膺委使徒展寸誠曾無遂獸之功每懼伐檀之刺捧受祇慄不知所裁仰戴恩光將何上答彌憂不稱其服益用內愧於心無任云云

二

右中使至伏奉勑書手詔宣慰臣及將吏等又賜前件春衣臣等駑駘賤品介冑匹夫未彰塵露之功洊及雲雷之澤喜抃兢惕怳然失圖捧戴恩私不知所據以御府紈素耀晴景於三春天宮蘭麝襲迴風於十步豈土木之質被服所宜雖灰粉其身上答何極無任云云

同前　于邵

右今月日中使至伏奉勑書手詔慰諭臣及三軍等并賜臣及大將春衣者捧戴抃躍實增慙懼臣功効微淺寵遇日深霜露適濡恩已承於挾纊清明才度賜又及於解衣仰服用於公家罷裁縫於私室及已頒分大將訖各盡殫戎之力用申報國之誠

同前　常衮

右今月五日監軍某乙差行營十將某官某乙送正月十二日書詔并賜臣衣三副軍將二人衣兩副跪伏捧承惶悚殞越臣素以愚懦昧於吏能虛受寵私豈堪任使謬承條察吏法非明忝司訓練戎行不肅今之曠職獨有微臣宜懲冒榮以勵分鎮豈謂特迴聖睠俯示天書曲降宸慈載加墨詔下頒春服遠被時恩獎飾逾涯兢惶失次載光師旅仍錫偏裨誓以捐軀期於上報無任慶抃悚踴之至

謝賜春衣牙尺狀二首（作爲人）　令狐楚

右中使至伏奉詔書宣賜前件物臣伏以衣服者身之文章尺寸者王之律度被於四體不秉則災考以二分無差爲貴伏惟皇帝陛下陶蒸萬類軌物兆人每及新春皆頒上賞其或才堪國用智代天工福至而驚名成猶懼循省涯分比數藝能臣實無任累承斯寵曳紫光於腰下稱佩黃金操素質於掌中如持白璧窺看耀日舉止生風誠聖主全覆育之仁顧微臣無秉持之力蒙恩過厚忍愧逾深終申一寸之功用答九重之賜欣榮感惕不自任勝云云

二

右中使駱元榮至伏奉勑書手詔慰問臣等并賜臣春衣二副牙尺一枝軍將衣二十副者臣伏以行慶于下惟德所廣受賞于上無功則難臣實何人叨居重任履冰非懼食檗爲甘今者伏蒙陛下推漢后解衣之恩寵錫春服稽有虞審度之典榮頒象尺樂官考正無累黍之差女御裁縫有奪朱之麗而況端平皎絜無慙七寶輕盈綷縩不謝六銖此臣所以捧觀而似覲鈞衡服拜而如生羽翼謹便

分散諸將傳示衆人感戴欣抃歡與臣同（一作感戴欣歡與臣同日）所守有限不獲拜謝無任欣躍（一作抃）之至

謝賜冬衣表　權德輿

此表移在五百九十三卷表門今存其目

謝賜冬衣狀三首（爲人作）　令狐楚

右中使宋文璨至伏奉勑書手詔慰問臣及將士等并宣恩旨賜臣等前件冬衣者臣伏以爪牙之寄才實甚難衣裳之賜恩爲至厚臣之器質無所任用誠不足以膺重寄而蒙厚恩今陛下陶以大和蓋其多闕及戒寒之月屬授衣之時諭（一作倫）比賢能頒宣慈惠跪聽清問欽承寵章宛是蠶絲爛如猷錦長皆被土貴實兼金分列校不辨鮮華在微臣最爲重疊自承天澤不憚風威仰戴恩光有千鈞之重俯循功績無一縷之微空知竭誠難以勝德謹並捧受分給訖所守有限不獲陳謝無任感慶屏營之至

二

右中使某至伏奉勑書手詔慰問臣及將士兼宣恩旨賜臣等前件冬衣者伏以綸綍之言出於天澤衣裳之受必以王功臣職在總戎任當平寇效無絲髮非聖主而豈容施若丘山在愚臣而將壓令者司寒肇至命服載新降自九霄來經千里錯鳥章於襟帶奮龍文於素縧兼并縟麗備極瓌奇木石之姿過蒙鮮飾冰霜之氣頓減嚴凝曳婁而賤質生光憤悱而懦心增勇終期薄效用答深恩謹準勑受兼分給諸將訖所守有限不獲陳謝無任感戴之至

三

右中使吳千金至伏奉勑書手詔慰問臣及將士等并宣恩旨賜臣冬衣兩副及諸將衣二十副者臣守國之藩荷天之寵名聲績用未有可稱伏惟皇帝陛下仁育庶方澤均羣動當玄律開冬之候念祁寒用事之初書詔交飛衣裘疊至墨盡龍蛇之妙綾兼龜鶴之奇服翫而衰殘有光拊循而孱懦增氣自臣而下萬口一聲臣並準勑分配訖不勝歡抃愧戀之至

爲榮陽公謝賜冬衣狀　李商隱

右中使某至奉宣恩旨賜臣冬衣一副大將衣四副兼賜臣手詔一通者八行帝語宵降於重霄一襲天衣俯迴於窮節臣當時準詔給散訖臣叨蒙重寄適控遐陬地雖五鎮之衝氣得四時之正每玄冥應律顓頊司辰當二日之鑿冰則殊幽（英華作幽[illegible]）野及兩楹之飛雪無異朔山重以賓布少溫蠻綿乏暖方求麗密以禦嚴凝豈望司服頒衣貴臣傳詔綾裁飛鵲綵（集作素）裹仙蠶白分椒壁之光紫奪蘭牙之色已均下將仍逮連營晏子狐裘故弊何（一作舊飾故）彰於國儉王恭鶴氅風流不自於君恩被服有輝負戴無力謹當上宣殊渥下拊多寒均大袑於瑯琊變無襦於蜀郡粗令康泰以塞貪叨臣與大將等無任望闕感恩抃舞屏營之至

爲濮陽公涇原謝冬衣狀　前人

右某月日中使某至奉宣聖旨賜臣及大將兼諸鎮防秋兵馬等前件勑書手詔并冬衣者臣並已準詔旨宣示給散訖恩極解衣榮加降璽戴山未重負日非暄臣謬領藩垣適當戎狄唯憑廟筭粗展（集作振）軍威絕漠（集作塞）獵迴幸無警急高烽火過但報平安直以地勢多陰川形稍背三伏常聞於屏翳九秋尋訝於垂繒代馬暫嘶隴山無葉燕

鴻未過涇水先冰是以每降王臣仍迂御筆緘封垂
露寵錫禦冬非玉女裁成即仙人織出徒驚在笥莫匪集作覩
因針始顧屛微深懼不勝冠帶旋蒙被服便如能執干戈
遍逮軍前歷霑麾下達喜氣而陳根復秀動歡聲而蟄户
潛開華楚成行曳婁塞路其山南宣歙三道大將等雖久
居炎燠不慣嚴凝亦既更衣皆忘易地賈餘勇而例思盡
敵感鴻私而咸願殺身各限征行不獲陳謝臣與大將等
無任瞻天戀闕感恩屛營之至

謝賜冬衣狀二首　張次宗

右伏以玄律戒時祁寒應候王人傳詔御府頒衣伏惟皇
帝陛下盛德御天至仁育物每念藩方之任屢加寵錫之
恩臣績効未施塵忝兹久捧溫密之詔喜若朝天被輕纖
之衣暖同就日況撫寒之問下及師人錫服之榮遍周戎
校喜氣乍傳於封部陽和先及於荆衡爭馳戀闕之誠各
勵酬恩之志 云云

二　[redacted]

右中使劉泰伸至伏奉勑書手詔宣慰臣及將吏僧道百
姓等并賜臣手詔及冬衣兩副大將衣十副者清風戒寒
玄律將至未及嚴凝之候已霑輕暖之衣承寵命而載慙
啓緘封而增感伏惟皇帝陛下至德御時深仁育物光武
十行之詔每覩憂勤魏后五時之衣未爲寵錫況臣叨榮
漸久受賜彌多寒暄之節候驟移新舊之光華相委被服
悉頒於御府裁縫僅废於私家挾纊之恩已周於列校維
鵜之刺尤媿於微躬無任

謝賜馬狀　張九齡

右今日高力士奉宣聖旨賜臣紫騮馬一疋伏以恩覃不
次寵遇非常有忝股肱之臣頻奉渥洼之賜況郊壇展禮
尚未奠於九宮而雨露深恩反有叨於三接雖鳴珂噴玉
朝天永代於臣勞而任重才微久歲寧酬於聖造荷負無
力答効何階 云云

謝借馬狀　孔戣

右中使至奉宣進止將前件馬送臣至京兆路界祗承寵
光載兢載惕微臣猥以庸瑣謬分憂寄拜命之日已受錫
於龍媒遵路之時復假榮於天驥恩私稠疊渥澤殊常豈
謂聖意不遺獨懷軫念輟驊騮於內廄[redacted]逸步於長衢驅
馳忘勞服習如志誓當夙駕奔走所部冀安夷獠以免聖
憂無任感恩懇款之至

謝借飛龍馬二疋狀　鄭絪

右中使某至奉勑旨借臣前件馬至京兆府界者王人在
門天驥臨路寵光荐及行色增輝上感恩私何階答効自
臣叨承戎寄累軫皇慈念輸力於外藩降逸材於內廄分
憂未酬於聖主代勞已及於微臣雖駑鈍莫施而疲羸頓
解再馳猶勤於遠道三接已及於帝畿即以某日至京兆
府界迴瞻魏闕目斷白雲祗事王程指期丹徼無任感戀
之至

謝借馬狀　于邵

右今日中使某至以臣朝奏闕庭特借前件馬拜受殊深
不任驚懼伏以詔傳中貴馬出內閑恩光自降於九重前疑作剪
飾不關於衆口無功無效以懼以慙遂躡權奇方遺款段
瞻天心喜已駛捧日之誠向闕身輕更遇奔星之足仰丘
山而轉重知報效以何階

謝賜馬狀　常袞

右中使某奉宣恩旨賜臣前件馬臣竊位台司已招官謗未申薄效遽沐殊私捧荷驚惶心魂震越上慚慈睠下愧周行素無遠致（疑作致遠）之資益懼負乘之咎無任感戴之至

爲趙相公謝馬狀　齊映

中使某至奉宣進止賜臣馬一疋并鞍轡者臣官叨上司日荷厚俸固其乘馬足展驅馳宸睠過深聖慈猶軫猥出上駟特賚微臣豈徒體合鑄金法相皆備而乃足符歷塊驥德仍■束以銀鞍絡以金勒顧自微賤何可服乘拜命兢惶不勝戰汗當攬轡之際思六合於如琴■執鞭之辰度三代之得策空懷夙夜寧效消塵無任感激之至

爲段相公謝借飛龍馬狀　白居易

伏以出從内廄行及中途假飛龍之駿駒代跛鼈之蹇步執鞭拜命借馬踰身取其戀主之心以表爲臣之節恩深易感情懇難陳竦踴之誠倍百羣品

爲中丞滎陽公謝借飛龍馬送至府界狀　李商隱

右中使某奉宣恩旨以臣赴任特借飛龍馬一（集作匹）疋并鞭轡等送至京兆府界者臣謬奉恩榮出叨廉問豈期蹇步深軫皇慈特命内臣俾騰上駟梁縣蜀鐙几覆吴鞍每多曳練之疑不假着鞭之力倐踰秦甸將復周閑照地迴光瞻天送影長亭欲別未期東道而來雙闕傾嘶願附北風之思無任感恩戀闕雪涕屏營之至

文苑英華卷第六百三十三

登仕郎胡　柯　鄉貢進士彭　叔夏　挍正

文苑英華卷第六百三十四　狀七

謝恩七

爲薛岌謝賜宅狀　于邵

右件宅先賜臣亡弟嵩比緣空閑臣遂權住某月日中使其至奉宣進止轉以賜臣并勑所司改給公驗臣素空行藝久遭扞脇（疑作汗脅）陛下特存要領更齒班榮■以非常之恩■以超等之賜自典環列職在警巡歲月徒深消塵罕録豈謂叨承後命曲被殊私錫以膴牀之地永爲子孫之業生輕施重内省知慙捐軀報德實臣志願無任感戴

代謝賜永崇宅并賜酒食錦綵器物等狀　前人

右今日中使某至伏奉恩旨令臣移入所賜宅并賜前件者慈旨曲降驚抃難容臣以微生幸逢休運上公政本既荷殊私理第頒田特超恒數且居爽塏又賜歡娛芳膳出於天廚喜（疑作嘉）賓傾於朝彦金石諧座珍奇爛庭況棟宇輪囷近加枍塡林塘秘邃潛蓄清涼素以衡茅特驚弘敞周履既增於寬悸聆睞殊覺於心慙臣實何人遘茲多幸飲恩知愧受賜輕生誓將灰粉百身償國家之恩遇拂磨

一劒弭（一作殄）兇醜於邊疆區區寸誠仰荅萬一不任戴荷
之至

謝內園果栽并令府縣供花藥狀（疑是代郭子儀作）　前人

右臣得男曜狀稱伏奉進止緣臣莊栽蒔賜內園果樹又令府縣與竹及桐栽花藥等今月十日仍令開府魚朝恩已下到莊檢校者謬承天眷累沐恩私事有至微亦關聖慮顧唯別業封植未成特降明命賜臣甘木移根上苑擢秀中園發輝池館之勝實荷生成之力侍臣中貴接武貟來墟落生光里閭增慶況內園所賜品類已多府縣更供竊憂煩擾在臣諸已先有不敢重此勞人望停府縣所供曲遂微臣至願無任云云

謝賜冰狀　白居易

右今日奉宣聖旨賜臣等冰者伏以頒冰之儀朝廷盛典以其非常之物用表特異之恩況春蒸之薦時始因風出當夏蟲之疑日忽自天來煩暑迎銷清（集作涼）飈隨至受此殊賜臣何以堪欣駭慙惶若無所措但飲之懍懍常傾受命之心捧之兢兢永懷履薄之戒以斯惕厲用荅皇恩（集作慈）謹奉狀陳謝以聞

代人作昭應獵謝賜弓箭狀　于邵

右中使某至伏蒙賜前件弓箭跪捧殊私抃躍無地伏以彤弓出韔利鏃離房月滿星流皆承御物摧剛服猛便假天威慙無矯捷之能庶盡追擒之狀無任云云

爲宰臣謝恩賜吐蕃信物銀器錦綵等狀　白居易

右臣等材愧庸虛職叨輔弼遇天下削平之日當西戎即叙之時遂使殊方致茲遠物此皆率由玄化感慕皇風人臣既絕外交問遺敢爲（集作詎）已有今蒙重賜益荷聖慈況來自外夷知德廣之所及降從中旨仰恩深而不勝感戴悚惶倍萬恒品

讓勑賜蕃口狀（此是讓狀英華誤編于此）　張九齡

右高力士宣聖恩賜臣等蕃口執訊自邊釋因爲隸誠宜供國次及賞功臣等無庸以何（集作何以）受賜殊恩俯逮（集作降）循涯自失伏望俯停渥澤存以至公矜遂懇誠許歸官寺則上有無偏之道下無苟得之責無任悃款之至

謝賜毯價絹狀　令狐楚

右監軍使李輔光迴奉宣恩旨賜臣前件絹者臣當道比年未豐經費不足懼乏供億慙無智能陛下散燭幽之光垂逮下之德絲綸既出縑帛負來數至累千價盈巨萬廣狹中量鮮明如冰足以贍三軍之賜予充百工之餼廪捧受欣抃不知所裁無任云云

謝賜尺詩狀　張九齡

右今日高力士宣勑賜臣等御製詩并寶尺伏以尺者紀度之數宜疊天文詩者律呂之和是生節物聖恩下逮天旨旁流因物寓言以言垂象臣雖瞽陋伏見宸衷竊謝良工徒秉刀尺終期死力取配鈞衡而未副所圖退省知罪臣等不勝負荷感懼之至

謝賜撰鄭國夫人碑羅絹狀　張說

右內侍尹鳳祥宣口勑得所進鬪羊表及鄭國夫人碑令賜卿綵羅二十疋絹一千疋鬪羊薄伎恩感戰士之心雕蟲陋詞媿稱賢母之德効輕賞重戴厚慙深臣子之情豈望天報

謝宣行哀冊文狀　令狐楚

右臣先準勑撰成封進訖奉某月日勑旨敬依典禮不任

號慕者伏以範天地之大者難爲狀鑴金石之堅者難爲工況先皇之武烈文明迥超前古而微臣之瞽言慒學不及中人顧惟庸虛謬獲紀述叨蒙恩獎特賜宣行竊文士之名誠有慙色彰聖人之德實荷經綸（去去）

謝準朱書撰田弘正碑文狀　元稹

魏博節度使李愬請與田弘正立德政碑

右臣伏準（集作奉）今月二十四日勑令臣撰前件碑文者伏以田弘正首變魏俗彰先帝之睿謀近入鎮州宣陛下之神武積成忠懇大有勳勞人懷去思願刻金石陛下所宜外詔台席內委翰林妙選雄文式揚丕績豈謂天光曲照御札特書猥付微臣實非常例且臣頃以特恩拔擢便欲効死仰酬遂竭愚誠累蒙召對自去年九月已後橫遭謗毀無由（集作因）再覩天顏分隨枯朽而凋永絕恩波之望豈料聖慈長在記憶姓名無人奏請撰碑便自宸衷宣付微臣忝非木石粗有肺腸（集作肝）空懷感激（集作涕）之心未獲殺身之所無任感恩思報鏤骨銘肌之至（去去）

謝許受江西送撰韋丹碑綵絹等狀　杜牧

右今月十六（集作八）日中使某至奉宣聖旨令臣領受江西觀察使紇于泉所寄撰韋丹遺愛碑文人事綵絹共三百疋恩隨幸至榮與利并抃躍慙惶罔知所措伏惟皇帝陛下皇天縱聖赫日資明大奬功勞不計存歿舉韋丹江西之績特令微臣撰碑墮淚之思豈慙羊祜黃絹之妙實媿蔡邕今者更蒙恩私廣受綵帛捧戴兢惕無地容身不勝感恩慙惶之至

集賢院謝示道經狀　張說

右臣伏見聖札金字八分寫道經兩卷以爲惠文太子三七追福天毫發彩宸翰騰暉色麗風雲光逾日月伏惟陛下孝悌之至通於神明俯念天倫用資幽贊當茲炎暑服此勤勞事絕古今感深名教臣忝司舊職載考前王未有親親之至楷隸之美如斯之備也足以作則貽範垂之無窮伏望宣付史館以光典策無任誠懇慚惶之至

謝御書大通禪師碑額狀　前人

右內侍尹鳳祥宣示御書大通禪師碑額六字畫起平雲點蹲芒玉戈矛攢倚鸞鶴交飛神功發於至想睿思成於玄德實謂天龍捧持虛空稱讚逝者如在薦福知歸臣栖志禪門撰碑靈塔幸遇聖情崇道仙書假賁刻星辰於嘉石爛日月於封丘感極悲生恩深無荅臣無任望外殊澤之至

謝賜天寶寺額狀　釋嗣安

右臣會覺等言臣聞皇天以平分四時聖人以亭育萬物僧等何幸頻沐殊私但以王者封畿乃稱鄠杜之邑諸侯近甸是惟酆鎬之濱頃者靈符發兆聖號輝煥百神慶荅萬國惟新不謂惠澤旁流降仙毫之瑞札宸慈下被賜天寶之嘉名普潤緇黃齊露寺觀而魚龍起伏來從日月之宮束帛戔戔更賁金繩之界雙林戴色紺苑增榮臣等不勝抃躍之至

謝賜貞元寺額狀　崔行先

潞府羅城南面臣故使李抱真先用料錢修置山亭并改造立五龍神院等

右臣昨奏前件亭子及五龍院等伏望天恩賜額爲寺於當府抽有道行僧二七人住持修理爲國崇福者伏奉勑旨允臣所奏賜額爲貞元寺者特沐殊私俯遂愚懇採寶

曆之二字開浮域之一名演皇刼無窮之期示蒼生迴向之路莫大之福實在於斯且上黨古郡先皇舊藩星辰曾降於謳謡符瑞見存於圖諜昔爲盤石之地新作布金之園廣梵宇於城中資聖祚於天上闔境臣庶懽抃難勝臣忝列藩維戴荷何極

謝賜僧尼告身并華嚴院額狀　令狐楚

右中使王進卿至奉宣恩旨賜前件僧尼告身并院額等臣伏以有爲功德莫大於化人無上菩提亦先於奉國臣以前因慶誕輙貢敷陳期降福于上天庶効祥於今古[illegible]伏蒙陛下用至真之印轉不退之輪寵錫僧名榮頒院額仰窺金牓跪捧瑶緘龍翥四維鸞迴三點憑大悲之力便至道場承上聖之仁必成菩薩光生十地歡動一方荷天眼之照（一作照）明願法身之清淨所守有限不獲陳謝無任欣戴之至

爲五臺山僧謝賜袈裟等狀二首　前人

右中使蘇明俊至奉宣恩旨賜臣巾襪香茶念珠袈裟等伏以推恩之義法雨露而必均受施之深（一作心）戴丘山而不墜伏惟皇帝陛下爲人心印得佛髻珠垂衣于空寂之門倒屣於清涼之境每因令月常降信臣輦珍妙於九天散芳馨于十地巾裁吳紵靡不輕盈帔衲齊紈無非麗密臣某等名非長者跡在凡夫旣結襪以經行又焚香而宴坐啜楚山之新茗煩惱頓除持越海之名珠聖賢可數而煎和百品周遍萬僧覩弈葉以重光知分畦而疊慶豈大雄慈悲之力盡上帝福德之田誓當絜己禱天虔誠報國以無疆爲聖壽以常樂爲昌期長承覆護之仁永助清平之理限以修習不獲詣闕陳謝無任感戴之至

同前　前人

右中使蘇明俊至奉宣聖旨賜前件袈裟蓮子念珠等物均散五臺山諸寺伏以稻畦可製降自九天蓮菂親規生於八水或光浮眼界或香滿鼻根豈意凡夫今蒙寵錫山積于樓臺之下無不裝嚴雲散于林嶺之中悉皆周遍咸承覆露孰不欣榮誓將傳印之功以助垂衣之慶謹並準勑分散訖無任感戴之至

文苑英華卷第六百三十四

登仕郎胡柯　鄉貢進士彭叔夏　校正

文苑英華卷第六百三十五　狀八

賀上

賀冊尊號狀　孔戣

右臣聞唐德格天列聖垂裕必紀明號以彰治(唐諱)功伏惟元和聖文神武法天應道皇帝陛下纘戎十聖時乘六龍躬一德而善繼丕承鑿有形而天覆地載旣休武力方用文經遺步驟於殷周振聲容於華夏旣而天人合應億兆叶心探至道於邦家之先揭鴻猷於強名之域陛下初違羣議方守謙光旋體至公虔迴慈睠德意旣降盛禮將陳凡在品彙無任幸甚臣以待罪遐徼不獲稱慶闕庭徒勤子牟江海之心有同太史滯留之日無任歡抃之至

賀冊尊號表(英華作狀非)　韓愈

此篇當在五百六十九卷表門今已移入姑存其目

百寮賀冊皇太子表(英華作狀非)　柳宗元

此篇當在五百十七卷表門今已移入姑存其目

爲崔大夫賀冊皇太子狀　孔戣

臣聞帝王立極必建儲貳俾承宗祧所以祗奉粢盛永固社稷者也伏惟睿聖文武皇帝陛下積德承業光有天下思正國本以和人心載考春秋之義以明君臣之道主茲匕鬯允屬元良惟明至公振舉舊典皇太子體仁秉哲旣嫡且賢溫文發中孝友聞外欽若丕訓允膺冊禮陛下將嗣十聖之休烈垂百代之懿範大備禮物廣設明庭陰氣方晦而忽銷旭日旣昇而增朗夷夏胥悅神祇克諧足以包夏孕商跨周軼漢夫何晉魏以降易置瑣瑣不足侔比盛禮旣畢洪恩載洽恤刑議獄旌善賞勞禮問高年存恤疾隱皇王之德於茲備矣臣忝列近侍親承睿謨抃蹈之切不任愚懇云云

爲鄭尚書賀冊皇太子狀　令狐楚

臣聞於宣政殿冊皇太子訖伏以建崇儲位光啓春闈萬方以貞九服同慶伏惟皇帝陛下誕敷聖訓光啓天慈咸元貞於國經鍾福慶於邦本皇太子溫恭表德仁孝因心方毓質於龍樓肇增輝於望苑臣戎守有限不及蹈舞稱賀云云

賀降誕日德音狀　元稹

右臣等伏奉今日敕旨(集作書)以降誕之辰奉迎皇太后宮中上壽獲申歡慰宜集百寮及外命婦進名賀皇太后仍御光順門內殿與百寮相見便永爲常式者伏以降(集作誕)聖嘉辰承天令節新恩肇降品彙咸休皇太后念樞星之祥重遊甲觀羣執事排閶闔而入盡唱賡歌同沾就日之榮實慶溥天之樂況百官(集作寮)承式萬歲傳呼永爲利見之規彌荷無窮之澤臣等謬忝樞務親奉德音慶抃之誠倍萬常品無任鼓舞歡呼之至

李令公賀聖躬痊復狀(前篇作表已見五百六十九卷)　于公異

平和(前篇作康平)上天(前篇作自天)坐朝(前篇作求衣)之事(前篇作之任)任於藩臣(前篇作彼戎臣)其餘所司責成各有常務臣蒙國寵榮輒露丹懇伏惟察納表臣愚忠無任感激屏營之至(前篇作從容聖心消息玄化爲宗社自愛委諸有司幸甚幸甚臣蒙國寵榮輒露誠懇伏惟察納表臣愚衷)

爲大夫安平公華州進賀皇躬痊復物狀　李商隱

右臣聞藩方舊德臣子私懷將稱慶於天朝必展儀於土貢伏惟皇帝陛下道苞乾象德惣坤靈肇自元正載康福履九廟不忘於繼志兩宮無闕於問安鼓舞萬靈波傳四國驗推測則咸知周卜聽祝詞而皆若華封臣坐擁伏熊行驅畫隼值一人之有慶當春日之載陽心但葵傾跡猶匏繫伏蒲之覲謁未果獻芹之誠懇空深況又地邇宸居俗薰儉德更無玉帛以率梯航前件石器等瑞匪土硎珍斲巖磬並取諸地產皆以勒工名茯苓伏神等品載仙經奇標藥錄通靈祛疾不唯色若凝脂延壽安神豈是心如枯木干冒陳進無任兢惶（云云）

賀順宗謚議表（英華作狀非）　令狐楚

此篇當在五百七十一卷表門今已移入姑存其目

賀論三教狀　張九齡

右伏奉今日墨制召諸學士及道僧講論三教同異臣聞好尚之論事蹟於偏（集作萬）方至極之宗理歸於一貫非夫上聖孰探要旨伏惟陛下道契無爲思該玄妙考六經之同異詮三教之幽賾將以降照羣疑（集作數）化率士屏浮詞於玉殿緝經（集作精）義於金門一變儒風再揚道要凡百士庶（集作庶事非）罔不知歸臣等幸侍軒墀親承至訓抃躍之極實倍恒情望宣付史館謹奉狀陳賀以聞

賀西幸改期狀　前人

右臣等今日面奉進止西幸有日般運已去仍聞京畿百姓猶有未安儻來歲非熟下無所向（集作下人無向）朕雖至彼復有何情欲延期至來冬待看穀麥卿等商度以爲何似臣等具奏洛陽城闕雖曰皇都至於宮苑之間制度本狹然風土氣候不甚宜人陛下以萬姓爲心萬姓以陛下爲命億兆所繫誠在聖躬聖躬若安何顧小小陛下遂當宁動色再降德音苟利於人朕何顧惜發言惻隱感動神祇臣等幸聞至言不覺承睫聖恩愛育遂及於此又勑臣等商量進來者湛恩至德焉可使朝臣不知聖君鴻名不可令史官無述臣望宣聖旨改用來年十月幸西京仍望具將本狀遍示朝列并宣付史官臣等不勝感戴踴躍之至

文苑英華卷第六百三十五

登仕郎胡　柯　鄉貢進士彭　叔夏　校正

文苑英華卷第六百三十六　狀九

賀中

賀祥雲見狀　張九齡

右臣等伏見道門威儀司馬秀表稱今月十日夜陛下親臨同明殿道場爲宗廟蒼生祈福有祥雲見伏惟聖德以精意（集作至）動天天意以肹蠁符聖其感甚速豈云玄遠（集作其應豈遠）陛下肅（集作聖）敬之深勤恤所至靈心如答神道何言自表休期以介景福生人大賴天下幸甚臣等忝居近侍義百恒情謹奉狀陳賀以聞伏望宣示史館

賀彩雲見狀　張說（集無）

右伏奉恩旨今日屬下元賜臣等侍從昇降聖闕禮謁大聖尊容行香之際日西南有彩雲見者伏以大道無形至誠斯應上玄降福感而遂通步輦陟於齋宮虔修香火彩雲生於曉日遽發祥光是知聖德與天心合符萬靈與羣仙叶贊臣叨陪侍從如昇汗漫之遊承恩禮謁更覩氤氳之瑞榮幸之極千載一時無任欣慶之至

賀上仙公主靈應狀　張九齡

右臣等伏承今月八日上仙公主靈座有祥風瑞虹之應爰至啓殯乃知屍（集作尸）解又承特稟清虛薄於滋味素含真炁自不食鹽洎乎（集作于）遷神更標奇跡伏惟聖系本於道源妙有所鍾靈異必降不然者何得幼而能悟性與非常適來以時且契於玄運超然而脫（集作蛻）復升於丹籙杳冥雖遠髣像如存則知仙路有歸玆念已釋理絕今古事昭聞見況臣等親侍軒墀幸聞仙解無任感慰之至伏望宣付史館以昭靈異仍望宣示百官謹奏

賀昭陵徵應狀　前人

右御史中丞徐惲從京使還向臣等說妖賊劉志誠四日從咸陽北向面（集作原向）南見昭陵山上有黑雲忽起志誠謂其凶徒云此雲將有暴風若衝頭立恐有破敗志誠久從軍伍頗解雜占其言未畢飄風果至直衝行首莫不昏迷衆心驚惶不知所出及至便橋之際並即散走又見父老云往年權梁山之徒將逞不軌當時亦有烈風暴雨發自昭陵北（集作比）至京城賊還破滅謹參往事與今同符者伏以閭閻賤類竊敢猖狂而祖宗威靈亦已玄鑒昔年感召若命蚩尤今者驅除更徵（集作假）風伯所以妖炁（集作氛）自殄狡計莫施頃（集作暴）刻之間逃形無路此皆神功潛運昌曆無窮將俾孫謀用昭聖德事堪懲惡可以垂後無任慶悅之至仍望宣付史館（集作官）并示朝列謹錄奏聞謹奏

辨日旁瑞氣狀　元稹

今月一日日旁瑞氣右奉宣其日日上有橫赤五色氣鮮明黃潤日兩邊各有嘉氣內赤外青宰相稱賀云是五色雲見不知是否者臣謹按乙巳占有赤氣橫在日上謂之戴其分當益土進爵推戴人君之象又人君當立王侯封建親戚以爲覆祐之徵竊見其日除王潛郭釗田布等官則陛下凡有舉措盡合天心微臣所引占書悉皆明驗伏請以戴氣宣付史官不可誤書五色雲見又云青赤短小在日

旁謂之珥微曲向日謂之抱珥者纓珥之象天子有喜兼（集作并）有和親之事又當拜將抱者扶抱向就之象隣國臣佐來降天子有喜賀之事子孫之慶臣下忠誠輔主國中歡喜和合今北狄和親西戎通好昨者承元請命其日三將同昇萬姓歡呼四方來賀亦可謂陛下凡有舉措盡合天心微臣所引占書悉皆明驗伏乞（集作請）亦以抱珥宣付史官不可誤書五色雲見[illegible]以前件圖籍所載如右

伏以五色慶雲蓋是小瑞戴氣抱珥所謂殊祥宰臣忽遽之間未暇精究其事此皆陛下禮行郊廟誠達神祇展百拜而忘疲入九室而流涕近臣與感上帝垂休克呈捧日之祥以展（集作表）動天之德微臣同霑侍從別感恩慈方當鼓舞之時恨不叫呼而賀然臣以爲陛下特宣手勑宰臣去今月二日卿等所言日旁五色雲見叅驗圖書蓋是戴珥之象此皆祖宗積慶特示子孫之祥豈沖昧微誠能致昊穹之貺宜令所司擇日告廟上以奉高祖無窮之祐次以報憲宗有截之功誕告華夷並令知悉若此則陛下感通之德已見九霄推讓之風將傳萬葉爛然宸翰手勑以示於天下（集作宰臣）煥乎天文撰詔自生於聖旨事超萬古道冠百王伏惟天恩容賜裁察

賀太陽不虧狀　張九齡

右今月朔太史奏太陽虧據諸家曆皆蝕十分已上仍帶蝕出者今日日出百司瞻仰光景無虧臣伏以日月之行值交必蝕筭數先定理無推移今朔之辰應蝕不蝕陛下聞日有變齋戒精誠外寬政刑内廣仁惠聖德日慎災祥自弭若無表應何謂大明臣等不勝感慶之至謹奉狀陳賀以聞仍望宣付史官以垂來裔

同前　蘇頲

臣等伏承太史奏昨一日太陽虧陛下爰發行宮不御常服聖慮淵（唐諱）默天情寅戒頓于行在不可禜社以責陰凡厥觀瞻不殊登臺而視朔自亭午過晡申寒沍成春（一作溫）陽光轉大伏惟皇帝陛下纘千歲之統擁三神之休道洽功成增高益厚金繩玉檢轥跡於前聞日觀雲封降祥於即事且疇人察序太史宣職以曆而推式開常度至時不蝕乃自殊祥陛下昭事於上天上天昭答於陛下若是之速其何響會非常之祉孰不忻懼臣等忝預從臣無任踴躍慶抃之至

爲宰相論月應蝕狀　前人

臣近者特奉玉堦親承聖旨伏知今月十四日夜月蝕當盡此驗非遠即胡滅之祥臣以爲太陰之蝕必在於望太史司占不言爾日聖人同契果應先天而不測爲（一作謂）神前知者聖臣昨宵將瞑精慮仰觀初則桂魄正圓俄見蓂枝遂鈌乙夜之後所蝕便既臣載欣載躍聞所未聞但恐默啜禍盈命危勢蹙百年之運晷刻當窮三象之微蔽虧先肇（一作見）臣等忝階近侍喜萬恒情無任欣躍之至

爲政事賀雨狀　前人

頃者西郊不雨南陸愆陽上動聖情下憂農事一人以禹湯罪已百姓以堯舜爲心知天人之合符非土龍之可致德音朝降纔出於巖廊膏澤晩飛已周於城闕麥宜早秀日助晴光禾欲潤成歲知秋穫唯皇建極天且弗違用爾作霖臣復何補既叶夢魚之吉預占鳴鸛（一作爵）之期抃躍之誠萬萬恒品

賀祈雨有應狀　張九齡

右臣等一昨面奉恩旨緣秋稼有望時雨暫愆念及黎元見于顏色方躬自祈請誠勤夙夜上靈昭鑒嘉瑞必臻昨日申酉之間雲物果應初含五色正覆於壇場未及終宵更洒於城闕遂使炎埃宿潤虐暑暫清實冀膚寸之資必（集作畢）致普天之澤臣等多昧徒仰於成造蒼生何幸每及於聖私無任欣慶（集作戴）抃躍之至謹奉狀陳賀以聞既有殊應仍望宣示（集作付）史館

賀雨晴狀　前人

右今月十日高力士宣聖旨以霖雨滛（集作方）滯有害稼穡之憂將親禱上陽三日內不坐精意朝發而重陰夕霽乃數日已來遂致開朗誰謂天遠其應甚速遂得麥秋有望蠶事且登則知至人無心與天地合契神功潛運豈陰陽不測伏惟陛下明德自廣兢業載懷所致休徵必加謙慎天聖相合福施羣生日用不知年和在此臣等無功（集作能）翊佐徒忝近密每有大猷承奉不暇無任欣戴慶躍之至

賀麥登狀　前人

右今日高力士宣垂示臣等皇太子表以嘉麥有成陛下躬執勞事率先兆庶皇太子以（集作已）下繼美聖功臣聞勤於稼穡必有來麰之慶著在春秋則非他穀之比伏惟陛下致敬宗廟屬意（集作念）黎元春郊順時則千畝在御禁園測候則萬寓皆豐況云立訓天人降尊農務上靈昭德已聞瑞日增輝當夏（集作暑）不疲則有祥雲自覆是彰敦本之化式旌造物之功人謠在茲天意可鑒且禹之盡力堯實用心史冊美談帝王成（集作爲）非範未有休徵神應若斯之盛者也以今況古千載未聞請付史官天下幸甚臣等叨榮近侍倍百恒情無任感戴抃躍之至

爲政事賀苗稼狀　蘇頲

右臣等一昨面奉聖旨以近日暴風雨恐麥有損陛下務農在候輟膳終朝憂勞之甚起居不懌臣等聞重華之德昌發用心夏禹則爲人先成湯自以身禱求諸往事未或前聞天與聖符風將雨止杲杲之日吐扶桑而已霽芃芃之野合岐麥而皆秋仍滋北里之禾更潤南山之豆京城可望不知日用之功旒扆注懷尚切在予之念臣叨陪近侍親奉德音上貽慮於納隍下增憂於折鼎無任惶悚之至

文苑英華卷第六百三十六

登仕郎胡　柯　鄉貢進士彭　叔夏　校正

文苑英華卷第六百三十七　　狀十

賀下

賀剋捷狀　　張九齡

右高力士宣示臣等張待賓表臣等前因奏事親承聖旨懸料數日當（一作必）有捷書及此使至皆如𦘕畧但狂胡背誕圍逼軍州（一作州城）凶力固已困窮邊城一無所損臣等伏料此賊早是破傷大衆自遠方來（四字集作遠來）踰月乃去馬羸則多死人苦則計生本是烏雜之徒足爲（集作衛）破亡之漸此皆皇威遠讋氛祲坐銷豈伊邊人所能自保臣等幸忝樞近承奉聖謨邊捷有符不勝慶悅謹奉狀陳賀以聞仍望宣付史館謹奏

賀誅賊狀　　前人

右蓋嘉運奏北庭解圍仍有殺獲蘇禄背德敢此雠天盡驅犬羊來犯軍鎮雖肆凶毒欲逞其心而邊兵無遺鏃之費狂賊有輿尸之禍此皆陛下聖武將士龔行遠必叶謀動無遺策能令氛祲坐自廓清臣等每（集作忝）奉密謀屢承獻捷踴躍稱慶倍百恒情謹奉狀陳賀以聞謹奏

賀賊退狀　　前人

右高力士至宣勑示臣曹待仙奏狀知蘇禄遁逃（集作走）入山出界者四鎮懸遠比被侵逼將士用命雖有誅鋤凶黨（集作徒）尚多時（集作日）有抄掠兵疲矢盡爲弊亦深今自奔亡誠是震懼聖威無遠氛沴坐銷又北庭救兵當時迴斾不費軍廩事且無憂吐蕃縱實西行蘇禄不得相應其敗可必又無可憂邊事且寧不勝慶慰謹奉狀陳賀以聞謹奏

賀破突厥狀　　前人

右張守珪表奏突厥四萬騎前月二十五日至能訖離（一作錐）山契丹湼禮等前後斬獲俘馘數逾十萬突厥可汗棄甲逃亡奚王李歸國及平盧軍將等追奔逐北計日殲滅更聞奏者伏以突厥新立輕事用兵彼之威衆在於一舉又兩蕃與其結隙交搆未深在於邊隅猶軫天筭陛下料其終始指授規模知其舉衆（集作種）盡來本自無策勞師襲遠必合成擒使蕃騎先鋒漢軍堅壁坐觀成敗自戰蠻夷今契丹纔交突厥已破計其奔北必至喪亡縱脱身獲全亦舉衆皆棄醜（集作壯）虜震懾從此氣衰東胡保邊永不攜貳寬傜罷柝自此可期斯皆聖德遠覃皇威遐振事無遺策舉不失圖臣等忝跡樞近親承眷略抃躍之至倍百恒情謹奉狀陳賀以聞謹奏

賀東北累捷狀　　前人

右今日劉思賢至奉宣聖旨垂示臣等破賊所由兼見守珪表奏具承契丹累捷伏以聖武所加制勝者無失天威不抗犯順者自亡突厥負衆背恩窮凶遠襲兩蕃懷德誓死知（集作如）歸三軍奉國從命如指遂使一戰便克已聞殺傷無筭慟哭而奔則知主將必死且蠻夷相伐我則

不勞疆場有虞義亦奚失固知無愆信於漠北有大造於燕垂此實獨斷神謀事皆有預萬全之策永靜邊隅薄伐之師匪勞中夏凡在黎庶孰不欣躍臣等忝預樞近倍百恒情無任慶悅之至

賀賊自相誅滅狀　前人

右高力士宣示張守珪所上逆賊契丹屈烈及可突于等首級此等惡稔喪敗將及故天誘其衷既降又貳而感義之士惡其翻覆背恩之賊已就（集作既已）誅鋤幽障廓清華夷俱靜計其餘噍永無動搖陛下邊任先擇聖謀獨斷克稟成命樹此戎功且知河朔無轉輸之勞林胡爲賦稅之地臣忝在樞近預聞遠續捷書之至喜倍恒情謹奉狀陳賀以聞謹奏　開元二十二年十二月

此篇元誤編在五百六十六卷表門今移入于此

賀破吐蕃狀　張說（集無）

右臣等伏以涼州遥稟神筭大振天威吐蕃小醜應時摧敗元惡渠魁乘勢俘馘隻輪疋馬坐見無遺雖虞舜之格有苗黄軒之征涿鹿未有廓清氛祲如今日之盛者臣等無任慶快之至

爲昭義李相公賀雲南蠻歸附狀　崔行先

臣某言伏承雲南羣蠻率其類八國獻款歸附以某月日至于闕下臣伏惟皇帝陛下端拱九重高視千古聖謨廣運方昭不宰之功至德柔遠是有非常之慶不然者荒陬蠻貊左衽鳥言文軌未通嗜慾有異不知父子之性獨識皇王之恩此皆天誘其衷神助其請歸我龍德革彼狼心豈假渡瀘之師俄同兩階之舞夏啓之征有扈高宗之伐鬼方書之載籍適足慙恥臣限以守職藩維典兹戎旅不獲隨例稱賀抃舞丹墀之至

賀靈武破吐蕃表　令狐楚

此表當在五百六十七卷賀捷表門今已移入姑存其目

賀破渭北党項狀　于邵

右臣得所由報破前件賊者伏以作逆者皇穹所誅阻兵者黔首共棄此賊與懷恩同惡俱爲不道一昨率其蜂蠆犯我郊畿奉天之衆振其前邠州之軍制其後彼進無所入退知難歸尚肆貪狼更爲封豕毆侵縣邑剽掠居人光進仗天之威首殲魁孽杜晃賈士之勇再掃殘妖既已誅其鯨鯢佇見傾其巢穴凡在戎旅孰不懽欣臣忝總兵權倍萬恒品

賀斬逆賊僕固瑒狀　前人

右臣某日於華州下邽縣東乾坑店下營伏承中使某昨日於路將逆賊僕固瑒首級過上都者伏以前件賊夷狄雜種素無令望本因行陣得躋崇班當將帥之權效錐刀之用幸憑廟筭頗立戰功陛下嘉其成効寵以非次謂能盡節翻構異端兇惡貫盈人神共棄今引頸受戮傳首而來率土之人不勝大慶子既伏罪父必成擒掃蕩妖氛在於旬日臣忝司戎律倍萬恒情遲迴路隅踴躍忘倦無任慶快之至

賀生擒高玉狀　前人

右臣得澤潞節度兼鳳翔秦隴臨洮觀察處置等使李抱玉今月二日牒稱先鋒將栢秀等十一月於南梁州大雪嶺北破前件賊黨殺戮四千五百人生擒高玉妻及男女二人并獲牛馬八千頭疋器械三千餘事又得李抱玉今月日狀稱於南梁州城固縣界擒高玉訖伏以此賊因依

山險嘯聚甲兵蟻鬪郊畿之間鴟張邑屋之下西與犬戎連接北與逆豎交通更唱迭和窮兇極惡人神所棄覆載不容李抱玉虔奉睿謀深入其阻始則俘其逆黨終用覆此凶渠巖穴（一作谷）以之風行雲林由其電掃威靈遠暢兆庶同歡在臣微誠倍萬恒品

賀破高玉賊狀　前人

右臣得孫志直狀報具件如前伏以此賊嘯聚日久兇逆實深在於邦畿頗罹辛螫既與犬戎相結又共懷恩合謀若二寇北來必為內應孫志直恭承廟筭討伐殘兇既斬級以擒生遂傾巢而落卵蕃渠失援邊烽可息（一作麟息可期）臣忝揔■戎倍萬恒品

賀韓僕射充招討使狀　令狐楚

右中使臣希倩至伏奉詔書吳少誠比令招討都不悛心今以韓全義充蔡州行營招討處置等使臣當軍兵馬令取全義指揮上官說充招討副使令臣使人詣（一作於）行營所撫慰將士仍令激勵臣伏見逆賊吳少誠殘喘微生翻飛賊品敢違帝命未即靈誅陛下天覆為心雲行其德念日月所照九州攸同哀陷穽之中一夫不獲懸申詔旨開賜生全而長惡未悛執迷不復凶逾殄絲聲極吠堯今既慎選武臣盡驅猛士威聲先路實厲於震霆剪滅剋期必同於沃雪欣歡奮激倍百恒情當道應行營將士等悉懷感怒畜力俟奮指蹤示處既以得人致命指軀必應無敵臣即準詔差人專往慰諭仍切加激勵冀申微効用答深恩不任悃款之至

賀破賊兼優卹將士狀　前人

右中使臣希倩至伏奉詔書得全義揔率諸軍已入賊界四月二十七日大破賊徒并擒斬生級如有身死王事者已委全義並給棺櫬送歸本道令臣五年莫停衣糧者吳少誠昳澮下流不朝于海根荄弱植自絕於天狴牢之中嗚吠未已今霜鋒雲集月羽風馳既壓賊軍纔聞儳鼓將摩寇壘已見靡旗實廟堂知先勝之形校隊陳爭登之力誅鋤有次蔑殺無難凡在方隅不勝忻抃臣伏以雖忠不烈戰士所著視死如歸武夫之志伏惟陛下弘天覆壽為日照臨載激怒肝爰收膚骨漢詔徒頌其櫕櫝義嗣送終周詩縱褁其糇糧賞延非嗣以今觀古奮一當千臣獲守邊陲叨居將帥無任感激之至

賀行營破賊狀　前人

右臣得當道行營兵馬使李黷狀報諸軍兵馬四月十七日從臨潁縣三道齊進二十七日過溵水縣張村下營聞探知桑林中有賊遂與接戰大破賊軍擒生斬級不知其數者臣伏以天道無親助其効順人生有欲患在不安今逆賊吳少誠深入禍門自沉罟罟執迷不復謂暴無傷去至安而即甚危棄大順而為巨逆避日月之照干雷霆之誅尚假息于寸陰敢偷生於數刻今者將從天落兵若山行濟溵水而不濡隅偃城而欲斷長虵之首尾如截應接自難狡兎之窟亡已焚死亡無所方當破竹猶繫苞桑剩鋭氣以長驅抗威稜而直指困雖猶鬪亂不能軍既摧衆惡之鋒必喪元兇之膽以愚籌度不日掃清臣忝守戎旃無任抃躍憤激之至

賀行營破賊狀　前人

右臣得當道行營兵馬使李黷狀報今月十三日於故信州城下破賊三千人斬首七百餘級者臣伏以舉止或高

則無所措退藏多盜罔或不亡知一作逆賊吳少誠用已之
愚刼人爲惡唯日不足謂天可逃自韓全義稟受廟謀揔齊
力士橫行於境深入其郛兵才交鋒寇已亂轍以羸師之
散壘胃穢草而腥林疲馬之命委離裝壕而咽壍寔由奪
其信幟拔彼懸門遂使戰野者不知所歸守陴者無從而
出宄徒風散叛卒星分亦足以快帝怒於高天宣皇威於
下土況臣任當旄鉞誓掃氛祲慶抃之情實萬恒品所守
有限不獲稱賀闕庭無任屏營之至

文苑英華卷第六百三十七

登仕郎胡　柯　鄉貢進士彭　叔夏　校正

文苑英華卷第六百三十八　狀十一

薦舉上

南海舉給事中穆質自代狀　馬總

右臣伏見前件官才略過人清貞出衆早居省闥蘊有政聲官叙已高時望仍重爰自出牧美績尤彰正直不回沉毅能斷伏特一作乞以臣官授之於質則必能鎮靜方域輯和蕃戎臣之才能誠所不逮官謗易召榮福難叨伏希聖慈允茲誠請則君無妄授之義臣無虛受之名不勝懇切愧靦之至

舉杭州刺史韋皋自代狀　裴冕

右臣在福建與韋皋鄰近諳其爲政甚得人心逃亡悉歸遠近皆悅頃在京兆以公坐出官今領餘杭以理行高第馮異漢之名將初爲赤眉所敗俄又大勝光武降璽書勞曰昔雖垂翅回谿今乃奮翼澠池可謂失之東隅收之桑榆矣臣以爲韋皋之功亦馮異之比往雖小失今亦大理陛下旣捨其過而使之則必必一作人心激勵其氣有倍匹夫一

言相爲而死況君臣之義誰不感恩　云云

桂州舉前容管經略使嚴公素自代狀　李渤

右臣伏準建中元年正月五日制觀察使上後三日舉一人自代者前件官曾任容管經略使行朝廷威恩得蠻夷畏愛可以備方隅之任惣廉察之權使其勵臣之官代臣之職必能獷悍柔服谿洞乂安伏乞聖慈允臣所薦臣某不任誠懇之至

舉諫議大夫韋況（集本有全銜英華不錄）自代充太子賓客狀　權德輿

右伏準建中元年正月五日制常參官上後三日舉一人以自代者前件官含和抱素宴息道樞循性履方遠跡聲利御拜諫列乞歸故山實有古風可弘（集作司）教本伏以賓護之任道德所宜不嬰事物時謂清重正職貟於三品列商皓於四人豈臣小生忽據尊秩久於塵玷自速僁尤過蒙恩私猶勵優禮俯仰慙灼上負聰明賦禄命官必歸耆碩以臣負罪非所克堪推賢讓能朝有恒制大僚厚德慶洽時情謹録奏聞謹奏

舉散騎常侍楊憑（同前）自代充兵部侍郎狀　前人

右伏準建中元年正月五日制常參官上後三日舉一人以自代者前件官曠度偉才明誠直道卓爾山立不隨波流自踐朝倫時推公器話言形於風槩聲猷發於事業庶政根本在於南宮臣以庸虛五賛其職憑積望實未階兹選物議時情共知不可輙量力以循分期類能以審官庶允至公以明朝典謹録奏聞謹奏

舉吏部侍郎崔邠（同前）自代充太常卿狀　前人

右伏準建中元年正月五日制常參官上後三日舉一人以自代者前件官才茂識精密靜弘遠（集作達）久於右掖再履南宮儀曹取士聲實不惑少（集作小）宰掄材流品皆叙伏以奉常典禮首冠羣卿古今盛選不可虛授以臣愚薄累奉恩榮前後職官無非忝濫逮今奬命尤懼非宜將何以叶和人神祗肅郊祀跡邠公望當勵大僚循分讓能朝有彝典謹録奏聞謹奏

舉太常卿崔邠（同前）自代充禮部尚書狀　前人

右件官器行端茂文學弘深自中書舍人歷禮部吏部二侍郎太常卿皆與臣交代詣其政事伏準建中元年正月五日制常參官上後三日舉一人以自代者臣頃待罪非據首尾四年無補休明合當譴黜聖慈寬宥猶守本官受恩之日惶駭失次又蒙特令宰臣奉宣進止奬飾慰喻至于再三謂臣更無罪過恐臣妄有憂懼承命震灼感入肺肝宰臣退免未有斯比實當怵惕之際再沐生成之恩臣以違奉近侍不合申謝慮煩省覽不敢拜章輙因舉代之時特荷非常之澤況宗伯秩禮選任重難以邠代臣實允公望謹録奏聞謹奏

代李中丞薦道州刺史呂温狀　温自作（集無）

右臣伏以前件官操履有恒吏事精舉勵繁簡剸辨獄詳明尤於撫綏實著効績今道州賦稅畢集流亡盡歸虔奉公程日至清淨委心於理古人不如衡州凋弊累年常積逋欠實藉財用以安疲黎伏望除衡州刺史臣職當廉察上奉詔條觀善薦能臣合竭節七州之事敢不精詳前件官小心理務夙夜奉公才識出人効績尤著況道州風俗獷猾前後難爲緝綏自温條理已來疲人盡皆蘇息觀其能政堪爲表儀臣輙舉所職上達聖聰伏望天恩允臣所請　云云

薦昭州刺史張遜狀 為人作　令狐楚

右臣伏准貞元六年十一月八日勑旨自今已後諸州刺史縣令以肆考如理術尤異實効可稱考滿日委觀察使錄事跡以聞特加獎擢者前件官守文惟謹持法甚精清廉有餘貞固無比臣伏見嶺南風俗惰嬾苟避征傜易成逋竄張遜憂人若已理郡如家勸課農桑置立保社移風為敦厚之境徵賦無愫急之名周旋六年其道一致臣猥司廉察忝守方隅以所見聞恐須甄錄 云云

薦劉孟修狀 為人作　前人

右件官業傳忠厚雅尚文儒貞白居心公勤守職累曾試用皆著清廉頃崔漢衡在晉州日奏授殿中侍御史充都防禦判官直道不回正詞無隱賓僚之內裨益甚多知是公才豈辭 作 為叅佐屢詳疑獄心盡哀矜嘗判劇曹事無留滯臣是以錄其勞効奏請改官伏蒙聖恩特授前件官令赴闕下奉詔旨不敢乞留臣伏以孟修自有幹能誠堪任使所知微分輒敢薦聞干冒宸嚴伏增戰越

奏薛芳充支使狀 為人作　前人

右件官蘊蓄公才精勤吏道文章史傳無不該通大曆末則與臣及徐泗節度使張建封同事故馬燧作判官建中三年曾以公事直言不合其意遂被奏授交城縣令及有政績褒然疲羸悉安征賦皆辦臣以其四居職令兩任法官有學有才堪為賔佐委令推斷無不詳平與之籌畫多所裨益相諳相識二十餘年滯屈最深實希榮獎伏望天恩特賜改官充臣觀察支使

薦李晏韋楚狀 大和六年　白居易

朝議大夫前使持節海州諸軍事守海州刺史上柱國李晏

右前件官比任海州刺史被本道節度使配諸州稅麥一例加估徵錢晏頻申論 集作奏 恐損百姓本使稱用軍事切不得已而從之及被人論朝廷勘覆責不聞奏除削官 集作 替削 階雖在法則 四字集作在法 誠合舉行於晏則 集作即 為獨屈況晏累為宰牧皆著良能清白公勤頗聞於衆自經停罷已涉三年退居洛陽窮餓至甚身典三郡家無一金據此清廉別堪優獎又建中初李正已與納連反汴河阻絕轉輸不通晏先父洧即正已堂弟為徐州刺史當叛亂之時洧以一郡七城歸國効順棄一家百口任賊誅夷開運路於 集作之 咽喉斷凶渠於 集作之 右臂遂使逆謀大挫妖寇竟消從此徐州埇橋至今永為內地如洧之子實可念之臣伏以洧之忠功不可忘晏之吏材不可棄伏希聖念量授一官庶使廉吏忠臣聞之有以 集作所 激勸

伊闕山平泉處士韋楚

右件人隱居樂道獨行善身斂跡市朝息機名利況家承 集作傳 簪組兄在班行而楚獨栖山臥雲鍊氣絕粒滋味不接於口塵埃不染其心二十餘年不改其樂志齊箕潁節類顏原搢紳之間多所稱歎臣為尹正理合 集作合具 薦論雖飛鴻入冥自忘飲啄而白駒在谷亦貴縶維儻蒙賁彼周行縻之好爵降羔鴈之禮命助鵷鷺之羽儀足以厚貞退之風遏躁進之俗茲亦盛事有裨聖朝

以前件謹具如前臣伏以念功振滯前王之令猷貢士推能長吏之本職其李晏韋楚等並居府界不踐公門臣實諳知輒敢論薦有涉塵黷無任兢惶謹具奏聞伏聽勑旨

代人舉周敬復自代狀　杜牧

前件官執德以進嚮道而行譪有令名備歷清貫掌綸言於西掖才稱發揮參密命於內庭衆推忠慎自珥貂近侍主筦(集作綰通用)東門聲實並重於縉紳磨涅始彰其堅白伏以南省實天下根本兩丞爲百司管轄苟非其選必致曠(集作敗)官令若以臣所任迴授敬復庶能肅清臺閣提舉紀綱既曰陟明實不虛受伏乞天恩允臣所請

代人舉蔣係自代狀　前人

伏準某年月日勅內外文武常參官上後三日宜舉一人自代者伏以前件官仁義素彰文學早著揚歷臺閣宣昭令名嘗爲諫官無所避忌及領藩鎮實惠疲羸頑者不附權臣例遷佐官(集作例遭左官)今逢明代猶典小州伏以封還詔書駮正時事職業實重選擇宜精今若以臣此官迴與蔣係既不虛受是曰(集作爲)陟明伏乞聖慈允臣所請

文苑英華卷第六百三十八

登仕郎胡　柯　鄉貢進士彭　叔夏　校正

文苑英華卷第六百三十九　狀十二

薦舉下

爲濮陽公陳許舉(集作請)人自代狀　李商隱

其官崔灵蝨

右臣伏準某年月日勅內外文武官上後三日舉一人自代者臣伏見前件官鑾郤舊族鄒魯名儒鏡納無私(集作藏)山高不讓而又循牆戒切銘座規深蘭省辭榮竹符出守汝悲來暮晉有去思晦而轉明(集作彰)渙而尤白既還綸閣復掌禮闈人驚吞鳳之才士切登龍之譽(集作望)及司版籍以副地官比按西羌孤忠靡失(集作按比罔差初終靡失)居然國器實映朝倫今汚水無兵武昌非險用爲廉問尚鬱廟謀臣所部乃秦韓戰伐之鄉周鄭郊圻之邑軍踰千乘地控三州若以代臣必爲名將敢希睿澤曲遂愚衷俾寬竊位之譏冀受(集作獲)進賢之賞干冒陳薦無任兢越謹錄奏聞伏聽勅旨

爲懷州刺史舉人自代狀　前人

右臣伏準建中元(集作二)年正月五日勑内外文武官到任三日舉一人自代者臣伏見前件官汾陽啓胄沙麓遺芳佩觿之辰平居不戲加冠已後出言成章本以詩書綽有機斷奉陰郭之良躅(集作亂)銜(集作御非)馬鄧之明(集作成)規臣以(集作與)其祖禰已來藩宣相接雲臺高議同承鍾鼎之餘麟閣舊圖共著河山之誓交深志見年齊道均今河内名邦覃懷巨郡南藩鳳闕平分晉鄭之交北控羊腸方有干戈之役推讓雖循於故事薦聞實切於私誠伏乞聖恩特允臣志無任感恩推賢之至謹録奏聞伏聽勑旨

為尚書渤海公舉人自代狀　前人

某官周墀

右臣伏準某年月日勑内外文武官上後舉一人自代者伏以京邑為四方之極咸秦乃天下之樞必命英髦以居尹正臣謬蒙抽擢素乏材能將何以風彩章臺羽儀華闈(集作省)況又方營咸(集作函)鄗畢肇(集作肇建)園陵茍推擇之不先則顛覆而斯在前件官莊栗以裕簡嚴而寬玉無寒溫松有霜雪頃居内署實事文皇引裾而外朝莫知視草而中言罔漏洎分符近甸廉印雄藩不徇物以沽名善推誠而立斷渾(集作謫)若全器宜乎在庭儻召以急宣被之眷渥必能明張條目峻立堤防肅千里之封畿惣(集作般)五都之貨殖軒(英華作燕非)臺禹穴無虧充奉之儀漢苑秦陵盡絶樵埋之黨特乞俯迴宸斷用授當仁免今日之叨恩冀他時之上賞干冒陳薦兢越伏深

某官崔龜從

伏以内史故事例帶銀青尹正舊儀平揖令僕必資髦碩方備次遷臣特以鯫儒猥丁昌運位崇八座官紹三王況駕有上僊車當晏出務煩厩置役重津途儻讓爵之不思則敗官而斯疚前件官判岑挺價赤堇揚鋒稟松筠四序之榮抱金石一定之調由中及外自誠而明昨者故鄣利遷朝臺受律隱之清節無媿於投香江革歸資唯聞於單舸必能集同軌之會奉因山之儀使桴鼓稀鳴建瓴流化伏乞特迴鳳詔以命龜從成聖朝棫樸之詩減微臣維鵜之刺干黷旒扆伏用兢惶

為滎陽公舉王克明等充縣令主簿狀　前人

以前件狀如前伏以臣所部控聯谿洞叅錯蠻髦水接重湖山當五嶺縱有天官注(集作盗非)擬多緣地理幽遐或不出上京已發徒勞之歎或暫來屬邑即聞歸去之辭既經久而不謀亦柔良而昌寄臣謬膺廉部慮在曠官儻旬朔以無言則賦輿而必闕前件官或膏粱遺胄或英俊下僚雖寓遐陬久從試吏假之銅墨有意於鳴琴委以簿書不着其棲棘既聞績用合有甄昇一則復遠俗之凋殘一則輕微臣之憂責茍事因請託跡涉貪殘將有負於斯人豈敢逃於舉主伏希卑聽咸賜即真干冒宸嚴無任兢越

為滎陽公桂州舉人自代狀　前人

某官裴俅

右臣伏準某年某月日勑内外文武官上後舉一人自代者伏見前件官甚鄉茂族洛下名生處家國以必聞善兄弟而無瘉而又南暈耀彩東箭含筠身先較藝之場首出觀光之籍從外府而允稱賢佐立中臺而克號清郎洎時急昌言官登大諫楊阜常規於法服陳群盡削其封章實於不咈之朝能守勿欺之旨臣所部俗分蠻徼地控越城藉威畧以靖封隅資簡惠而安疲瘵願迴殊渥以授當仁

豈微敬仲（英華作豈為敬重非）之才蕪有伯游之長俯從牢讓方免曠官特冀宸嚴曲垂矜許干冒陳讓惶越無任

為鹽州刺史奏舉李孚判官狀　前人

某官李孚

右件官克生公族早履官途器實幹時辯能專對加之夙明韜略又逐旌旃頃為已知屈從吏議許休文之流浪萬里非駱王仲宣之播遷三年未遇險而不慭困且能通雖何恤於無家良可悲其絕籍去歲以惟新之命大洽鴻私亦既旋還合從叙用開成五年十一月十二日吏曹已注右威衛倉曹參軍授官未謝又蒙挾名除替初云牽復仍迫屢空京口劉生方思鵝炙洛陽蘇子已弊貂裘方今崇唐（集作帝）堯敦厚之恩推魏文光榮（集作榮樂）之旨豈令棄良材於散地化王孫為（英華作於非）旅人臣素乏器能叨膺任使控綠池之要地守清澤之堅城將以宣布威靈彈壓氛祲苟咨謀失所佐理非材豈唯竊此軍聲兼且傷於朝寄臣深自計孚實當仁況又得於諸宗且兼通舊諸葛均有因依之分龐士元多鑒裁之恩是敢輒黷宸階乞榮賓席使得盡其風力佐彼邊陲雖處平原之囊必將穎脫劒拭華陰之土粗雪幽沉伏請依資賜授一官充臣防禦判官干冒冕旒無任戰越

為濮陽公陳許奏韓琮等四人充判官狀　前人

韓琮

右件官早中殊科榮推雅度弦柔以直濟伏而清頃佐憲臺且丁家難當喪而齒未嘗見既祥而琴不成聲逮此變除未蒙抽擢臣頃居鎮守琮已列賓僚謀之既臧剛亦不吐願稽中選榮借外藩伏請依資賜授憲官充臣節度判官

段瓌

右件官言思無諂（集作謟）學就有道屢為從事嘗佐正人加以富有文辭精於草隸雋而且檢通亦不流臣所部稍遠京都每繁章奏敢玆上請乞以自隨伏請依資賜授憲官充臣節度掌書記

裴蘧

右件官魯國名儒邳邑鄉右族松寒更翠馬老不迷臣昔忝鑿（英華作監非）門辟為記室屬辭而夙構無異論兵而故校多歸晝（集作妻）以前籌見其餘地伏以前任大理評事已三十三箇月比於流輩已是滯淹伏請特授憲官充臣觀察支使

夏侯瞳

右件官藏器於身為仁由己齋莊雖犯勁挺不搖臣任切循良（集作拊循）務繁稽勾思留仙尉以重賓階伏請依資改授一官充臣節度巡官

以前件狀如前臣四朝受任三鎮叨榮慕碣石之築宮廣延儒雅効西河之擁篲樂得賢才韓琮等並無所因依不由請託久諳才地堪列幕庭伏希殊私盡允誠請謹錄奏聞伏聽敕旨

為安平公兗州奏杜勝等四人充判官狀　前人

杜勝

右件官流慶相門榮名詞苑當仁罕讓見義敢為符彩極高涯涘難挹臣前任已奏為判官臨事而每見公方輿語而必相弘益今臣寄分團結（集作練）任切訓齊將奉廟謨實在賓彥伏請賜守本官充臣團練判官

趙晳

右件官洛下名生山東茂族仁實其富天爵極高妙選文場亟仕侯國珪璋特達蘭杜芬馨今臣廉問大藩澄清列

部籍其甍畫共讚朝經伏請賜守本官充臣觀察判官

李藩

右件官文囿馳聲賓階擅美口含言瑞身出禮門前任巳奏爲判官馭（集作遇）下而和易不流臨事而貞方有執今臣移忝國用務切軍須實假平均以同計畫伏請賜本官充臣觀察支使

盧𣿰

右件官慱涉典經該覈流略自魯壁所壞汲冢之藏三篋能知五車盡究加之文釆兼以器能前者爲臣屬僚嘗在州推獄明斷而不容吏黠哀矜而莫有人寃今者團練之司豁巡是切每（集作直）思奬𢽪（集作效）非敢用情伏請依資賜授法官充臣都團練巡官

以前件狀如前伏以長人者必以吏分勞逸開幕者亦用士爲重輕若不樹人何以報國況臣素無勲効謬竊寵榮至於賢才敢恡筐籠前件官並推賓彦堪賛藩條伏希殊私盡允誠請謹録奏聞伏聽勑旨

薦前漢州刺史薛元賞狀　張次宗

右件官明敏多才幹能有用嘗列班行之任亦專繁劇之司廣漢在蜀川之中最爲大郡凋瘵之後爲理甚難流庸自占者過九千家田業開闢者踰五百頃脩兵甲則戎備斯足置什器則公用有餘事無不周去有遺美臣任當廉察備覩政能伏望聖恩特垂甄奬

薦前淮南節度掌書記殿中御史李蹮狀　前人

右件官稟性端方臨事果毅有清介之節擅文華之名操心不回居約可久臣去年有狀巳具薦論累月在京未蒙奬擢儻置之諫署或授以憲官視（一作迹）其爲人必能稱職輒再具論奏伏望天恩俯賜裁酌謹奏

薦前澧州刺史崔芸狀　前人

右伏以前件官業尚儒學才通吏事言行無玷終始可觀有古人歲寒之心得君子時中之道所歷五郡去皆見思或在危疑之中能全名節或當徵發之際不擾疲人自理澧陽課績尤異得賦斂變通之法置郵館供待之資創立隄防修繕城壍事必可久政皆有經臣任忝宣風諳其履行若在郡無此實効豈敢輒有薦論伏望聖恩特加奬擢

薦觀察判官陸暢請章服狀　前人

右件官植性謹和莅事周敏詞賦中第篇什成名應物而精力有餘處煩而變通靡滯所委公事按牘雖（一作甚）多巨細無遺剖斷尤速領刑獄之重人自不寃須廉察之條法皆可久準勑文使下檢校官九至五品便得賜緋今陸暢前任祕書丞巳是登朝五品即頗與格文相當又職事修擧合當甄奬臣先巳有狀未蒙允許今輒再具論奏伏望天恩特賜章服

文苑英華卷第六百三十九

登仕郎胡　柯　鄉貢進士彭　叔夏　校正

文苑英華卷第六百四十　　狀十三

進貢上

朝覲遇節進物狀一首　賀正進物狀五首

端午進物狀十二首　賀冬進物狀六首

進打獵口味狀一首

朝覲遇節進奉狀　鄭絪

右臣伏以古者諸侯入覲必奉贄幣或以車馬或以珪璋用展誠敬著於典禮臣謬領藩鎮獲覲闕庭幸遇昌辰又當嘉節用增聖壽以表微誠前件馬及器物謹差嶺南節度押衙某隨狀奉進至微至薄無任慙惶伏願如日之昇如天之福垂莫大之慶保無疆之休於萬億年永康四海臣不勝懇款之至

元日進馬并鞍轡狀二首為人作　令狐楚

右臣伏以元日開歲東風發春人神大和天地交泰伏惟皇帝陛下鴻猷更始寶祚惟新協三朝之會同受萬國之歸慶臣某職當分閫屬忝維城未聳翼於丹霄空馳心於皇極前件馬并鞍轡等驅馳有度彫鏤初成願將行地之功以奉如山之壽干瀆宸嚴伏增戰汗

二

右臣伏以五始混成歲為元吉四時分理春實發生伏惟陛下嗣帝鴻名受天成命百神降福願等於山河萬國歸仁思陳其玉帛臣限從戎役闕奉朝行又及新年皆成覆露每瞻初日如奉聖明前件鞍馬等稍似馴良並非淫巧冀充庭實用達邊情干冒陳獻伏增戰越

賀正進物狀　裴次元

右臣伏以青陽發春肇賓曆於玆始玄穹降祚仰聖壽而惟新正殿嚮明班行承慶顧臣等守土列在東隅空懷捧日之心望雲何及獨闕稱觴之禮鳴佩無因瞻九重而在天空倍情而增戀前件物及衫段宣臺卓座等禮不憚輕物斯期一作展敬即當有慶用申致貢之誠情苟為珍願比負暄之獻臣某不勝感恩抃躍屏營之至

代李令公進歲節口味一十事狀　于公異

右伏以獻歲首春元辰備饗內饔具品則有常珍野食擊鮮恐資須一作兼味臣昨以軍中無事畋獵出城既臨戎虜之邊且試偏裨之藝縱橫必中豈謝麗龜俯仰無遺寧憂即鹿或堪上獻輒露衷誠前件物等謹狀奉進庶裨仙餼用愧野芹無任惶懼悚一作之極

為滎陽公進賀正銀狀　李商隱

伏以運當聖日節在王春近則入金門而排玉堂歡於上壽遠則梯重山而浮漲海務以獻琛臣受國恩深守藩地阻明珠大貝南異於百蠻翠羽犀皮北殊於三楚前件銀出非大冶貨在中金敢以元正式陳方賄望闕憶銀臺之峻尚隔阻集作仙僚瞻天仰銀河集作漢之流莫階霄路馳心獻祝因物達誠干冒宸嚴不任兢越

端午進馬狀　于公異

右伏以律應蕤賓節臨端午徵彼風俗盛陳續壽之儀爰念人臣敢闕致誠之禮況朝廷叙位海內來王咸因贄幣之資用表肅恭之節臣叨承恩顧獲守邊陲朝不及於良辰禮竊憑於外物輒以前件馬并鞍等進奉殊慙駿驥微露衷誠願承端午之祥長居得一之位不勝區區之極

同前　裴次元

右臣伏以律應蕤賓日惟端午訖于四海皆馳必獻之珍

節彼南山咸祝無疆之壽臣職叨藩服守在遐方貢非禮
以展誠單微既懼傾葵心而向日捧戴何因情空愧於遼
東慙益深於闕下臣某不勝感恩戰灼屏營之極

同前四首　王仲周

右伏以楚俗遺風素傳角黍野人之志每願獻芹上件衣
服裁製實昧於上國針縷多慙於天造懇誠所至庶備祝
堯謹遣某官隨狀奉進

二

右伏以垂衣聖代角黍良辰述職之誠願有所獻器用非
寶寧備下陳之儀縑帛至微庶同長命之縷前件銀器花
紗等謹遣某官隨狀奉進

三

右臣伏以千年昌運屬在聖朝五日佳辰方臨仲月臣謬

司垣翰不獲稱慶闕庭對東海竊慕於朝宗望南山輒思
於上壽前件銀器花紗等謹遣某官隨狀奉進

四

右伏以聖壽千年不假封人之祝嘉辰五日用申臣子之
誠前件器物紗絹等不敢法外徵科皆積軍中餘羨遠塵
旒扆伏用兢惶謹差某官隨狀奉進

端午進鞍馬等狀三首　令狐楚

右臣伏以五者天之成數夏者天之仁時伏以陛下用仁
時而長養群生舉成數而陶甄品物是以百蠻委瑞萬國
歸誠同瞻日月之光共奉乾坤之壽臣方從邊役未在周
行謬宣力於清朝竊馳心於令節前件馬等柔馴既久彫
飾初成敢因五日之良以續千年之慶干冒陳獻伏用兢惶

二

右伏以月旅蕤賓節惟端午天人効祉朝野交歡伏惟陛
下宸極尊嚴大明光耀擁純陽之元吉保眉壽之康寧風
俗既和人倫以厚前件鞍馬器物等彫鐫始就服習初成
輒因五日之良以續千春之慶干冒宸扆伏增戰越

三

右伏以月惟仲夏時屬純陽當五日之良辰慶千年之聖
壽華夷修貢走玉帛於寰中朝野飛歡均金石於天上臣
方從戎役夙奉皇慈願竭微誠慙無遠物前件鞍馬等久
令馴致稱以柔良干冒宸嚴伏增戰越

又進銀器物并竹鞋等狀　前人

右伏以月惟正陽日次南午千官拜稱觴之慶萬國陳執
珪之禮將以嗣續聖壽延洪昌期（一作延洪期）蓋朝廷之舊儀
乃臣子之常事前件銀器等或便於用正當其時慙經萬

里之遥願獻九天之上塵黷宸鑒無任戰懼

為滎陽公赴桂州在道進賀端午銀狀　李商隱

右臣伏以（集作聞）握丕圖而御物必相見於离推小正以辨
時則盛德在夏故著為令節稽以舊章通修任土之宜仰
續後天之壽臣方乘傳置未至藩維前件銀已及中塗實
從前政拜章獻祝雖令尹以告新納賁展儀欲長府之仍
舊謹以前觀察使楊漢公封印進上千春屬慶億載儲休
繫以藩條闕覲丹墀之下徵諸貨志且媿白金為中干冒
宸嚴無任兢越

為安平公赴兗海在道進賀端午馬狀　前人

右伏以浴蘭令節採艾嘉辰百辟合祝於堯年萬方宜修
於禹貢臣方夙駕之部馳傳出關欲獻琛而未識土宜願
祝壽而已悲日遠前件馬伏櫪斯久著鞭亦多粗覺柔馴

未嘗奔逸雖非龍孫驥子邈一舉以絕塵願陪月駟雲螭慶千斯(集作嘶)於扈蹕干冒宸扆無任兢惕之至

賀冬進物狀　裴次元

右伏以履長之慶咸歡比日之休率土之濱皆祝如山之壽況臣早參近侍出鎮遐藩望闕既遙瞻天積戀手舞足蹈既不及於九流任土展誠空用馳於一獻輕瀆旒扆戰越惟深前件女口及紫袍叚銀壘子等謹遣某官隨狀奉進

冬至進鞍馬弓劒香囊等狀二首　令狐楚

右臣伏以建子實三微之宗黃鍾爲六律之本冬氣方至壁星正中伏惟皇帝陛下統馭天正發生陽數壽等南山之固萬姓具瞻恩均東海之波百川皆赴臣某限從外役叨奉殊私秉戎律以輸誠望宸居而積戀前件鞍馬等非追風照地之駿麗無切玉穿札之堅強用媿含香名慙承露輒備祝堯之禮願申朝禹之心干冒宸嚴無任戰越

二

右伏以四海無外三冬正中伏以陛下大明燭幽鴻化御極居玄堂而布政登觀臺以視朔受萬國之慶擁百神之休臣守在邊陲職司戎旅朝天之路由限於山川向日之心增勤於草木前件物等皆生其地並考於工願奉如山之壽敢脩任土之貢干冒陳獻伏增戰越

又進鞍馬器械等狀　前人

右伏以迎日良辰書雲令節始生一陽之數首出三統之正華裔交歡天人同慶臣某名班將帥守在封疆阻羅拜於彤墀空注誠於紫闕(一作闥)前件鞍馬器械等雖無犀利稍似駉良恭陳遠路之心願備廣庭之實干冒宸扆伏增戰越謹遣某官隨狀奉進

又進銀酒器唾盂等狀　前人

右件銀物等非有可觀甚無所直以其方圓不礙斟挹酒漿潔白自持宜承咳唾敢因長日願獻上天干冒宸嚴無任戰越

爲滎陽公進賀冬銀等(銀等二字集作銀乳白身)狀　李商隱

右伏以黃鍾應候白琯舒和近訪晉儀禮同元日遐觀魯史事重朔朝伏惟皇帝陛下與天同休如日之盛將融漢道兼舉周正臣方駕廉車關稱壽酒心懸土炭空循(集作思)太史之書身遠江湖徒積子牟之戀苟無納贐曷慶履長前件銀等稟和於天地之鑪擢粹於神仙之府豈爲方賄且自地征對三品之金庶陪白璧撰(集作刪)一丸之藥請映玄霜私白身等雖長在遐鄉而生知望闕比從訓示堪備指呼冀因物以達誠竊先時而効祝七百年之卜願過成周八千歲爲春敢徼蒙叟干冒陳進兢越無任

進打獵口味狀　于邵

右伏以平野未春寒山餘雪陛下俯令畋獵遥借寵靈豐狐難脫於重罻狡兎莫遺於三窟觀同將帥藝角偏裨況節號嘉平時兼蜡祭承威稟命恩已貸於戎臣登俎充庖味宜先於君上雖八珍豐衍六禽填委輒傾誠於金鼎庶慕義於野芹前件品味謹隨狀進

文苑英華卷第六百四十

登仕郎胡　柯　鄉貢進士彭　叔夏　校正

文苑英華卷第六百四十一　狀十四

進貢中

降誕日進光明砂等狀二首　呂頌

右臣伏以大電遶樞千年感聖神光照室六合歸尊恭惟
降誕之辰是啓乾坤之祚普天稱慶率土同歡仰舜日而
徘徊望堯雲而抃躍前件光明砂等金丹上品著在仙經
願因延一作不朽之姿永固長生之壽

二

右臣伏以上玄降聖之時皇帝出震之日天垂景曜遶北
斗以呈祥人竭歡心願南山而為壽前件光明砂丹石等
管内所出服餌所尚生依山谷誠有驗於仙方貢自蠻夷
幸得充於御府臣藩守有限不獲稱慶闕庭

降誕日進物狀　裴次元

右臣伏以摇光之祥貫月於佳夕遶樞之感降聖於良辰
歡浹寰瀛慶延寶祚百靈効祉固增壽於南山萬國一心
皆貢珍於北闕臣謬膺廉問分鎮甌閩當朝寀之稱觴身
居遐遠望長安而瞻日戀積心魂前件女口及銀器衣箱
等稽禹貢之文敢遵任土比野芹䕺作之獻空願竭心冀因
此而展誠豈以菲而廢禮輕瀆旒扆殞越伏深

降誕日進馬及織成紅錦地衣狀　于邵

右臣伏以今月十九日陛下降誕之辰萬國駿奔二儀交
泰玉帛方陳於闕下慶抃實亞於寰中臣謬荷殊恩恩登
壽域伏以馬則雄姿未識此句疑誠謝於權奇織成乃異於采箱
宜或存於煥爛懿茲致遠之用宜秉含章之資憑物眞誠
感恩祝聖所獻雖慙於萬國均情實萬於等夷臣不勝懇
悃之極

為京兆李尹降誕日進衣狀　劉禹錫

衣一副四事云云右伏以德水方清眞龍下降天長地久
瞻北極而常尊獻壽稱觴配南山之而集作永固臣地叨集作居宗
屬職忝尹京慶荷之誠倍萬常品前件衣服謹詣銀臺門
奉進輕瀆旒扆伏用兢惕集作惶

降誕日進銀器物及零陵香等狀　令狐楚

右伏以千年元命之符四月正陽之氣出震吉日繼乾良
辰黄河再清冠中古之表德恒星不見掩西方之誕聖前
件器物或堅白無玷或馨香有聞敢同率土之心以續如
天之壽干冒宸扆伏增戰越

降誕日進鞍馬等狀四首　前人

右臣伏以繞樞之電曾委瑞於軒皇照室之光昔呈祥於
漢后伏惟皇帝陛下貫從天下明在日中當四月之正陽
乘千年之聖運人神叶慶朝野同歡臣任重戎旃路遥天
闕懽呼萬歲如聞山嶽之聲傾竭一心庶均葵藿之志前
件馬等誠非珍異頗似柔馴干冒宸嚴伏增戰越

二

右伏以月惟首夏氣叶正陽一人慶誕之辰萬國樂康之
日臣某屬連枝葉守在邊陲覩河水之既清知冬松之盛
一作益茂前件馬并鞍轡等安其馴教考以精誠敢緣九族
之恩願續萬年之壽干冒宸扆無任戰越

三

右臣伏以大電繞樞之辰普天咸慶神光照室之夜匝地同歡臣限守邊陲未朝雲闕尚想河清之色如聞里社之聲前件鞍馬等乆似柔馴皆經考教任土作貢勲述職於微臣如日之昇願並明於聖主干冒陳獻伏增戰越

四

右伏以里社既鳴斗樞爰電誕生元聖允叶純陽實萬國同歡之時而千齡兆慶之月臣某限從邊役違奉天慈歆河每挹於清瀾向闕遥瞻於紫氣前件鞍馬等駿非金骨驪乏錦韉慙無照地之光願獻呼嵩山一作之壽干冒陳獻伏增戰越

降誕日爲楊大夫奏修功德并進馬狀　前人

右臣伏以居至道之尊其唯元命助無疆之祚亦在勝因是以千年爲慶誕之期百福有莊嚴之義伏惟皇帝陛下以文武道爲天人師降生於純陽之月纘承于大寶之位効祉而四天奔走流懽而萬國謳謌臣某職在監司土無珎異恨無以拜上玄之慶酬厚載之仁敢仗普通轉修經戒仰申誠懇以就有爲之功上爲聖神庶資無量之壽其馬乆令教習頗似柔馴願承内廐之恩以備屬車之駕干冒塵瀆不任戰汗之至

降誕日進器物狀四首　王仲周

右伏以執契牧人運歸聖德天臨日照慶集嘉辰瞻太極之肇分仰濛汜之初浴懽忻感戴踴躍屛營臣限守方隅不獲稱賀上件銀器等隨狀奉進

二

右伏以紫氣充庭黄河變色用符昌運式表誕彌雖聖壽齊天不假封人之祝而獻芹爲禮空馳野老之誠上件銀器綿錦綾綺等謹遣其官隨狀奉進

三

右伏以厥日誕祥惟天降聖懽連率土慶集茲辰前件器物雖竭愚誠欲申上獻顧惟簡薄難備下陳伏以陛下勤恤爲心慈儉成德是用恭行聖旨爲禮不寶遠物爲珎臣限以蹋守遐藩不獲申慶天闕竊同纖草長傾向日之誠願比封人遠獻如山之壽無任戀慕懽躍之至

四

右伏以四月孟夏千年聖期社鳴表祥河清叶慶臣於是日限守列藩不獲望南山以獻觴聞擊石以率舞屛營戀慕不知所裁上件器物等謹遣其官隨狀奉獻

進農書狀　柳宗元

農書三卷右伏奉某月日制勑集作宜以二月一日爲中和節所司進農書永以爲恒式者臣伏以平秩東作虞書立制俶載南畝周雅垂文此皆奉天時以授人盡地力而豐食自陛下惟新令節益勵農功既立典於可傳每陳書而作則耕鑿之利敷帝力於嘉謨稼穡之艱動天心於眷覽集作鑒勤勞率下超邁古先凡在率土不勝幸甚前件農書謹函封進謹奏

進田弘正碑文狀　元稹

田弘正魏博德政碑文右前件碑文伏蒙御札朱書遣臣撰述恩生望外事出宸衷銘鏤骨肌難酬雨露臣伏以陛下所以令臣與弘正立碑蓋欲遣魏博及鎮州將吏等並知弘正首懷忠義以致功勲臣若苟務文章廣徵經典非惟將吏不會亦恐弘正未詳雖臨四達之衢難掩萬人之

口臣所以效馬遷史體敘事直書約李斯碑文勒銘稱制使弘正見銘而戒逸將吏觀敘而愛忠不隱實功不爲溢美文雖朴野事頗彰明伏乞天慈特留宸鑒其碑文謹隨狀封進謹具奏聞伏聽勑旨

進幽州紀聖功碑文狀　李德裕

奉宣令臣撰述者伏以北狄強悍勇於四夷前代聖王莫能制伏昨者迴鶻雖乘危變勢已內侵豺狼之師尚餘十萬陛下神武雄斷智出無方震天威以雷聲碎攙搶而瓦解武功盛烈高視百王豈比周穆犬戎之征荒服不至漢武馬邑之詐羣帥無功將垂耿光宜命鴻筆臣學慚集作藝荒淺久病衰羸集作殘紀軒后之功徒知竭思敘唐堯之德終愧難名採其功狀稍似摭實今已撰訖謹連進上輕瀆宸嚴集作宸不任惶越謹錄奏聞

進詩狀　元稹

臣某雜詩十卷右臣面奉聖旨令臣寫錄雜詩進來者伏惟皇帝陛下學深江海文動星辰乙夜觀書秋風賦詠微臣入院之始學士等盛傳陛下親批賀雨一章體備鸞凰思深集作含珠玉臣雖不得目覩宸翰臣實竊得心念聖言既仰燭龍之光難逞聚螢之照欲爲陳獻益自慚惶況臣九歲學詩少經貧賤十年謫宦備極恓惶凡所爲文多因感激故自古風詩至古今樂府稍存寄興頗近謳謠雖無作者之風粗中遒人之採自律詩一百韻至於兩韻七言或因朋友戲投或因悲歡集作或以悲傷自遣既無六義皆出一時詞旨繁蕪倍增慚恐今謹隨狀陳進集作進呈無任戰汗屛營之至

進新舊文十卷狀　李德裕

四月二十三日奉宣令臣進來者伏以揚雄云童子雕蟲篆刻壯夫不爲臣往在弱齡即好詞賦情性集作性情所得衰老不忘屬吏職歲深文業多廢意之所感時乃成章豈謂擊壤庸音謬入帝堯之聽巴渝末曲猥蒙漢祖之知踢踏慙惶神魂飛越謹錄新舊文十卷進上輕瀆宸嚴無任兢惕

代李尚書進畫馬屛風狀　李翱集無

右臣近得前件馬様以其圖寫諸家稍殊試爲短屛備以文彩觀其體閑色淨氣逸神駿練影吳浦指山川而不遥花攢上林若雨露之新洗或屈膝千里或長鳴九霄昔以負圖爲寶今願揖蔽成功形影不殊效用何別謹裁成十二扇隨狀奉進若以時從啓閉猶足靖於埃塵儻將[redacted]以驅馳庶可效其筋力輒敢輕冒戰懼伏深

爲裴相公進東封圖狀　劉禹錫見集本

集賢殿御書院開元東封圖一面右臣謹按開元十三年玄宗皇帝以天下太平登封東岳聲明文物振耀古今伏惟陛下丕承耿光再闡鴻業祖宗盛事紹復有期臣所以寫成此圖輒敢上獻至於繢畫躬自指撝御史氏之文纂禮容之要山川氣象悉擬真形羽衛威儀咸稽故實所冀眷情一覽遐想玄蹤臣叨榮過深抱疾已久望陛下告成之日心必前知嗟老臣將謝之年身恐不見疲羸之際感激倍深前件圖謹差某官某乙謹詣光順門奉進謹奏

進西北邊圖經狀　元稹

京西京北圖經四卷右臣今月二日進京西京北圖一面山川險易細大無遺猶慮幅尺高低閱覽有煩於睿鑒屋壁施設俯仰頗勞於聖躬尋於古今圖籍之中纂撰京西京北圖經共成四卷所冀袵席之上欹枕而郡邑可觀遊

幸之時倚馬而山川盡在又太和公主下嫁伏恐聖慮念其道遠臣今具錄天德城已北至迴鶻衙帳已來食宿井泉附於圖經之內并別寫一本與圖經序謹同封進其圖四卷隨狀進呈

進憲宗哀冊文狀　令狐楚

右奉勑令臣撰者臣今撰了謹連如後竊以揚先帝無疆之德薦陛下罔極之思宜擇能者永垂不朽聖意以臣備位相府策名文場忘其庸虛賜以撰述頃自哀迷重疊心緒摧落雖磨鉛雕朽已竭其精誠捧日窺天難窮其高遠干冒封進無任悲躍屏營之至

進貞懿皇后哀冊文狀　常袞

右奉進止令臣撰詞訖謹隨狀封進伏以纂述坤儀弘宣聖悼禮有追冊文以叙哀前代已來舊章不易屬詞之重高選文臣晉之恭后則王彪之顏延年咸製其詞哀華著稱至貞觀中文德皇后遷座特詔虞世南撰述編於文館永播徽音此三臣者皆以鴻藻奮於一時用能紀皇壼之風煥青史之簡臣才學甚淺典策非工承詔兢悚匪遑夙夜伏自循省叨竊至深陛下往命貴妃追封殊號冊謚之令皆臣奉行德範柔明多所遺闕退思鄙薄于今愧赧況又獲承慈旨重紀芳猷雖竭庸虛慙無麗藻屬文明天下多士盈朝顧其式瞻何以昭示冒嚴上獻益用兢惶無任戰懼之至

文苑英華卷第六百四十一

登仕郎胡柯　鄉貢進士彭叔夏　校正

文苑英華卷第六百四十二

狀十五

進貢下

進金花銀櫻桃籠等狀一首　進白蕉狀一首
進娑羅樹枝狀一首　進古銅器狀一首
進金盞并甕子狀一首　進瓷器狀一首
進馬狀一首　進異馬駒狀一首
進白兎狀二首　進鷹狀三首
進雙雞狀一首　進白雀狀一首

進金花銀櫻桃籠等狀　令狐楚

右伏以首夏清和含桃香熟每聞採擷須有提携以其鮮紅宜此潔白前件銀籠并煎茶具度等羨餘舊物銷鍊新成願承薦寢之羞敢効梯山之獻其通犀瑇瑁上藥等買並依價採皆及時誠非珍奇恐要聚蓄勤拳丹款不敢不進

進白蕉狀　前人

右伏以半夏欲生正陽初王將勝時熱在新其衣前件白蕉先時織成依價市得光雖讓雪疎不礙風願充當暑之服爰申任土之貢干冒宸聰無任戰汗

進娑羅樹枝狀　張謂

右所管四鎮境天竺山壓枝（一作祇）園國有拔汗那最爲密近乃（一作木）有娑羅樹特稱奇絶不庇凡草不棲惡禽聳幹無慚於松栝（一作柏）成陰不愧於桃李但以生非得地譽絶因人榮枯長在於異方委棄不聞於中土陛下高視三代橫制四夷威信浹於君長仁惠霑於草木前件樹枝臣去載巳進訖臣伏以凡遵播殖貴以滋多今屬陽和之時願助生成之德近差官於拔汗那計會又採前件樹枝二百

並堪進奉如得託根長樂擢穎建章布葉垂柯隣（一作連）月中之丹桂連枝接影對天上之白榆於物無遺在人知感謹差軍將李滔押領赴京

賀衢州進古銅器狀　張九齡

右伏見衢州所進瑞魚銘等神物瓌奇形製純古魚爲龍象既章受命之元銘作龜文更表錫年之永河圖舊事無以加之臣升（集作叶）贊休明屢承福應恭惟拜慶倍百恒情伏望宣付史館傳之不朽無任喜躍之至

進貢扶風縣平地穿得金盞二枚并甕子一枚狀　于公異

右臣得所由狀送前件物至臣所者臣輒令瑩拭非是常珍宜在昇聞輒敢上獻陰陽造化神妙潛功群生既偶於昌期靈貺豈私於聖德伏惟皇帝陛下化通玄默躬贊昇平神功所以服不庭大孝所以尊清廟故天惟儲慶雲物表瑞於非煙地不韜珍寶玉騰光於內府陛下方弘至道爰紀殊祥仰聖德而彌高在天心而難讓至如此實安敢無言觀其形製標奇非一時之物精輝旁射逾百鍊之珍臣輒比擬他金光芒獨映求之故事未或前聞表孝通誠美已彰於盈缶徵神録異慶常美於化鈞況其賦質堅剛銷形盞斝齊大雅獻酬之用告太平歡樂之符時佇休明潛躍久同於瓦礫道合交泰成器堪佐於罇罍況因封嘗而生似表微衷而獲儻從殊貸是更褒揚必取類於金堅至遂成於家實期於銘刻傳在子孫長承聖主之恩使効微臣之節

代人進甆器狀　柳宗元

甆器若干事　右件甆器等並藝精埏埴制合規模禀至德之陶蒸自無苦窳合大和以融結克保堅貞且無瓦釜之鳴是稱土硎之德器慚瑚璉貢異砮丹既尚質而爲先亦當無而有用謹遣某官某乙隨狀奉進謹奏

進馬狀　元稹

同州防禦使供進烏馬一疋八歲堪打毬及獵　右臣竊聞道路相傳車駕欲暫遊幸溫湯未知虛實者臣職居守土侍從無由（集作因）羨魏闕之埃塵猶隨日御恨新豐之雞犬亦聽車音目斷魂消形留神往又得進奏官狀知河中華州京兆府並於昭應排比進獻臣當州素乏所出無以粗展丹誠臣既別受恩私又不合獨無壤奠伏以前件馬北方正色東道奇蹤調習多時備諳材力（集作色）解鞶毬者每嘉其環回斗轉動可（集作必）愜心善獵射者皆歎其度壍踰溝走不換足欲隨正至獻賀竊慮群衆混同徘徊顧瞻蓄銳斯久今者宸遊近甸帝降靈泉施展是時戢藏何益伏望陛下揚鞭頓轡取驗其馴良結尾絡頭試觀其神彩臣其深恩未報愚志空存自慚駑鈍之姿莫展驅馳之効捫心戀主因馬喻身輕冒天威無任戰汗其馬謹隨狀進謹進

進異馬駒狀　令狐楚

右臣得征馬使穆朴狀謹具毛色如前者臣伏以行地之用莫神於馬擅華名者則衆効奇質者甚稀伏惟陛下廣大際天高明配日殊祥競發休祉荐臻前件馬禀天駟之精體坤元之德毛拳惟細鬣赤而高尾掉肉而蜿蟺額帶星而倜儻臣謹差虞候辛峻專往覆視具如前列峻云雙瞳有耀四蹄如削宛然天産定是龍媒允協建午之辰光昭太一之貺臣見今就太原府養飼旬月稍任行步即專陳獻謹差某官聞奏

爲太原李說尚書進白兔狀（前篇作表）　前人（貞元十二年）

右臣得嵐州刺史趙侹六月二十九日狀稱嵐州合河縣太平鄉大慶村收獲前件白兔差行官李希林送到者臣謹按瑞應圖曰白兔壽千歲滿五百則色白又曰王者恩加耆老則白兔見臣伏以白爲正色兔實仁獸來皆有爲（前篇作應）出必以時伏惟陛下聖壽無疆神功不宰是故太陰精魄降以爲瑞皓質玉立素毛霜垂清明不讓於㲉狼皎潔可齊於周鹿況村爲大慶鄉號太平無爲而成不索而獲協元符之一氣彰皇德於千齡雖標中瑞之科實應大朝之曲（前篇作典）臣忝守藩（前篇作方）鎮覩茲休祥無任抃躍歡慶之至

此篇六百十二卷表門重出前已削去

同前　前人

右貞元十二年六月嵐州刺史於州界太平鄉獲白兔一臣已并圖進獻死（一作斃）於中路惜其誕生靈質不達明庭誠意所求禎祥荐至今又得狀宜芳縣孝義鄉百姓王貞收得前件白兔送到者臣謹按瑞應圖云王者仁及鳥獸則白兔見臣伏以兔之爲獸毚狡者多獸之有毛尨雜者衆臣觀前件兔皓然養素恬爾守柔處群萃以自殊抱貞明而不汙皎如疊雪爍若凝霜克生孝義之鄉實表中和之化伏惟皇帝陛下恩覃動物澤及毛群方弘三面之仁果應千齡之瑞若非上天慈惠下土清平則安得四年之中再見其地信可以摛皇王之懿德薦臣子之明誠昭彰可徵肸蠁如荅臣覩茲絜卽宛在封疆踴躍欣懽實倍恒品謹遣其官并圖隨狀奉進

爲易定張令公進籠鷹狀　鄭絪

右件鷹臣去秋來頻令入草一一揀擇皆有所能試其搏擊下韝必中伏以上囿五坊固多殊異之選下土一物實表臣子之誠敢望備羽獵於長楊從蒐狩於天仗輕瀆旒扆無任屏營之至

進白鷹狀　張謂

右臣管內大小鷹娑羅山採得前件鷹簡擇並堪進奉特禀異氣挺生殊姿頭圓頂平觜闊脛短丹目時轉志陵雲霄花毛始齊色靜霜雪既拔奇而賞異實超等而殊倫但四鎮川原千里砂磧草木既少禽獸亦稀礪志（一作）爪距調其羽翮徒有願於擊搏竟無階於効用今寒風凜冽殺氣嚴凝萬乘時巡六龍冬狩出樊籠之地登校獵之場必能隨人指蹤驅御苑之狐兔順時行令逐禁林之鳥雀物性有適天心所知

進異鷹狀　令狐楚

右臣所管採捕得前件鷹兩翅齊肩雙翎對僕雖非神俊稍似瑰奇以臣微誠輒敢陳獻風霜之後儻獲得用於三驅鳥雀之中曾冀成名於一擲干冒宸扆無任戰越

同州進雙雞等狀　元稹

同州防禦使供進烏鶻并雙雞共四聯　右臣當州元和十五年奉宣令採雙雞五聯各重四斤頻年採取一聯不獲自臣到州詢問採捕人等皆云二十年前採得一聯雙雞爾後更不曾採得昨旬日之內併獲兩聯斤兩輕重稍符詔旨況淺郊初啓既已大蒐豺狼鷙鳥負來可以助清梟獍臣所恨身無羽翼不獲陪奉屬車擒狡兔之根源破狐狸（集作妖狐）之群黨臣某無任忘軀思奮觀物感恩之至謹遣其官某乙隨狀奉進謹進

爲政事進白雀狀　蘇頲

右巢於黃門外省過官廳事丹眸瑩徹明若流珠嘉毳鮮華光如蘊玉臣等謹按瑞應圖白雀主鐵券陰之精也不來則國無後嗣伏以青宮踐位慶重離於上天黃閣曾巢屬瑞五於明日固以事優銜蘇聲高作頌臣等叨陪近侍喜萬恒情無任抃躍之至

文苑英華卷第六百四十二

登仕郎胡　柯　鄉貢進士彭　叔夏　校正

文苑英華卷第六百四十三　狀十六

雜奏狀

奏度女道士無名尼等狀　王仲周

右伏以理代弘道三教同歸聖誕佳辰萬靈叶慶上件女道士無名尼或早授畢法[redacted]已聞具戒願編僧道之録永遂修持之心今因降誕日伏乞賜其正度

奏姚季立妻充女道士狀　前人

右件驍將自貞元[redacted]年身亡其妻行服三年情禮畢備去歲秋首已及祥除素習真經志願入道伏以草野之人能修柏舟之誓義足以勸志不可移今因聖誕之辰願崇景福請度充女道士法名真玄仍請就潤州道林觀

代伊僕射奏請女正度狀　呂温

光禄大夫尚書右僕射南充郡王臣女請度尼某乙

右臣伏以陛下降誕之辰率土嘗幸臣於含氣之內獨受

深恩(集作愛恩獨深)思所以稱慶南山獻心北極遂逆割骨肉之愛俾歸岑寂之門結幽願於金仙奉勝因於寶壽冒昧上請精誠匪他陛下以鸞華初行渙汗無反憐臣罄至之分事與恩違念臣愚魯之忠貸於法外特降中使俯加慰諭臣忝居端右之地首干畫一之科(集作文)誠雖奉上義乖率下合當嚴譴忽被殊私震驚失圖慙踊罔據荷降鑒之明原情斯在蒙曲全之澤爲感則深輒(集作輕)瀆宸嚴伏增殞越

謹奏

奏汴州封丘縣得嘉禾嘉瓜狀　韓愈(集無)

右謹按符瑞圖王者德至於地則嘉禾生伏惟皇帝陛下道合天地恩沾動植邇無不協遠無不賓神人以和風雨咸若前件嘉禾等或兩根並植一穗連房或延蔓敷榮異實共蔕既叶和同之慶又標豐稔之祥感自皇恩徵豈何極於造化親逢嘉瑞小臣喜遇於休明無任(云云)

奏差赴唐州行營軍馬狀　崔行先

右伏奉今月日墨詔令選擇馬軍三百騎隨中使赴唐州臣當時已具聞奏訖臣所管士馬常經校試蓄銳斯久惟忠益彰常持報國之心盡秉(一作以盡)懷恩之分忽奉詔命頻生光輝叢意宸私俯察誠願三軍抃舞闔境歡呼並喻以動忠形於感激雖慙數寡不愧衆多蔚爲天討之師自假神威之福其器械軍容等並得鮮潔亦稍豐饒以今月十三日從鳳翔府隨中使進發訖臣職當護塞志切除姦不獲齒列諸軍身先士卒助銛鋒於破賊逆節斯摧俾寸燭以燎原焚枯可待臣無任憤悱踴躍之至

奏投降迴鶻大首領大將軍安達干等狀　于邵

右臣得邠州節度使牒上件人等背逆歸順去被懷恩招來打鳴沙縣便擬將收長安爲不奉可汗處分遂却迴邠寧投降並到使訖謹遣監軍使徐欽令領赴闕庭者迴鶻遠蕃素効誠節自中原俶擾累建勳庸陛下約爲弟兄式崇惠好我即示以恩信親仁善隣之道彼亦懷於德澤爲不侵叛之臣而逆豎倡狂間行招誘初遭誑惑雖衿甲而即戎遽感恩私竟束身而請命可汗既不助逆懷恩當即成擒殘孽永清指期非遠

代裴中丞奏邕管黄家賊事宜狀　柳宗元(此狀載宗元集外集作令狐楚時楚爲中書舍人恐非)

右今月四日邕管差奏事官嚴訓過稱押衙譚叔向等與黄家賊五千餘人謀爲劫動雖已誅斬猶未清寧臣當時差本道同十將試光祿卿雷遶至邕管界首賓州以來刺(集作逆)探事宜兼爲聲援昨得雷遶十四日狀并嚴訓狀報同到其黄家賊並已退散各歸洞穴訖伏以鼠竊狗偷非足爲患陛下威靈遠被神化旁行遂使姦狡(集作猾)之謀先期而自露回邪之黨不戮而盡滅(集作夷)伏恐飛章已達吉語未聞尚軫天心猶煩廟筭臣謬居方鎮忝接疆界所得事宜不敢不奏

奏太原府資望及官吏選數狀　令狐楚

右臣得司録參軍李旦等狀稱前件府名三都望同兩府吏曹近日稍易舊規格限之中增加選數特乞奏聞者謹檢開元十一年正月二十八日勑置北都府縣資望並準京兆河南府中間吏曹蹔有降下前使王縉薛兼訓馬燧李説並有舉奏尋蒙復舊今準三月十五日勑停減諸州府雙曹司録判司及甲曹參軍特蒙勑旨京兆河南太原三府不在減限伏以太原府龍興盛業天啓雄藩有義旗起建(一作建起)之堂爲仙駕留遊之地官標留守驛署都亭

典章甚明，制度咸在。數年來吏部選格不同京兆河南兩府，官資稍下，選數則深，掾吏諸臣懇有披訴。儻伺（疑作徇）從權之義，恐乖仍舊之規。伏乞聖慈特勑吏部準元勑，與京兆河南一例處分。

奏教習長槍及弩狀　前人

右淮泗寇盜猶或未（一作未掃）除，天下人臣皆思奮擊。臣伏以射渠魁之目，勁弩爲先；舂大憝之心，長槍是切。比雖兼習，多不專精。臣今選定前件官健，取八月四日於城東起教，不敢不奏。

奏排比第二般差撥兵馬狀　前人

右臣伏以逆賊吳少誠孤負聖明，作爲姧亂，尚延晷刻之命，未即雷霆之誅。天下人臣皆同憤激。況臣任當旄鉞，誓掃煙塵，割肌肉以資軍，亦無所苦；執干戈而衛國，唯恐不堪。況將士等忠義居心，堅剛挺質，勇於戰陣，樂此征行。臣謹差前件兵馬，如前其資裝器械一事已上，並無所闕。續具發日聞奏。杖其忠順，兵氣自雄，諭以功名，衆心皆勵。剗茲窮寇，非足勞師。伏望天恩不至憂軫。

奏教當道兵馬狀　前人

右臣伏以不教視成，爲國之蠹政；有備無患，前王之格言。今吳少誠叛換汝南，憑陵淮右。雖烏鳶嘯聚，見彈已驚，而枳棘萌生，須鋤其本。昨臣所陳章奏，願往討平。及奉詔書，但令排比。在軍中之百事，誠有舊規；以麾下之萬人，要知新令。謹取今月二十五日於城東準勑教習，至二十九日大設，後各勒歸本鎮，不敢不奏。

奏差兵馬赴許州救援并謝宣慰狀　前人

右中使臣希倩至，伏奉詔書，兼宣恩旨，慰問臣令差前件兵馬者。臣伏以吳少誠內懷姧詐，上負聖明，因幸隣喪，遂虧臣節，提携逆黨，逼迫孤城。凡在忠良，不勝憤切。況臣謬居方鎮，便合討平。伏蒙陛下委曲照臨，丁寧誨諭，感槩而毛髮盡勁，憤啓而肺腸皆激。諸軍會合，計日剪除。當道兵馬差定訖，已具別狀奏聞。

奏加嶺南州縣官課料錢狀　孔戣

右伏以前件州縣，或星布海壖，或斗（一作雲）絕荒外，首領強黠，人户傷殘，撫御緝綏，尤藉材幹。刺史縣令皆非正員，使司相承，一例差攝。貞廉者懇不願去，貪求者苟務徇私。臣自到州，深知其弊，必若責之以理，莫若加給料錢。今具分析如前，並不破上供錢物，輒陳管見，務在遠圖。伏乞天恩允臣所請。

奏桂管常平義倉狀　李渤

臣伏詳勑文，本救荒歉，忽有危切，貴及其時。當州去京往來萬里，奏迴方給，豈及飢人？臣請所管忽遇災荒，量事賑貸，訖續分析聞奏。庶使遠人速活，聖澤遐流。臣之所管僻在嶺外，迫以山賊，人尤難理。若令數改，必困蟊食。常平義倉，本救災害，向爲歎沴，擢臣處之方鎮，臣宜竭力上荅皇明。伏乞聖恩允臣所奏，庶使皇靈遠被，獷俗知恩。

奏準詔令子弟主辦遷奉事狀　裴次元

臣某言：伏以幸遇通年，奏請遷奉事，伏奉月日手詔，令子弟主辦，以趍時日者。私願上陳，天書下降，跪承恩（一作明）命，榮感失圖。臣實不天，幼丁家禍，荐鍾凶釁。方在童蒙，逮于成人，終鮮兄弟，比以時日非便，顧室且貧，日居月諸，未辦歸祔。痛心疾首，以候吉辰。昨日者（一作）陳露下情，求替遷奉，赴任之日，亦具奏聞。今奉詔書，令子弟主辦，雖懇辭上黷，而天聽未迴，荷朝廷之寄深，望阡兆而心殞。臣即準詔遣子弟專往揚州舒州主辦便赴上都續具聞奏臣揆以才劣職任非輕不敢重陳再煩睿覽懷罔極之感章奏冀允於深誠捧絲綸之書獎任益彰於聖旨顧違恩重哀荷難任臣不勝荒塞摧迫之至

奏孝子劉敦儒狀　權德輿（元和八年時爲東都留守）

孝子劉敦儒年四十九（曾祖子玄　祖貺　父浹　住東都從善坊）

右件人名儒史官之家積成教義至性誠孝感動人倫母患風狂心緒乖亂無故榜箠常至僵仆或凍於積雪之下或曝於赫日之中腐爛皸瘃（一作裂）詈無宁體見其楚毒方上（集作肯）飲食敦儒蘇而復起常懼人知承順恬然不覺疾痛因心之道貫於神明欲蓋彌彰事久方著蒸蒸不匱十有六年貞元二十（集無此字）年留守韋夏卿具狀奏聞奉其年八月二十九日勑宣付史館旌表門閭臣至洛都具詳事實聞諸族類布在風謠今又十年不改其養飢寒所迫衣食闕然晨昏所奉朝不繼夕伏以厎祿筵仕資廕多門至行絕人尤可嘉獎伏望天恩特授一解褐京官使分司就養則私計（集作計食）可給寸祿爲榮庶厚時風以弘孝理特乞聖慈允臣所奏（集作請）謹錄奏聞伏候勑旨

奏百姓王士昊割股狀　令狐楚

右臣得太原府牒前件人爲母阿張患瘦病割股奉母其母所疾漸損者臣伏以登于大孝在禮爲難忍其甚痛於人不易王士昊長於市井利在錐刀誓以誠明之心療其羸老之疾割肉於股饋羹于堂信可以感通神明風變人俗某猥司廉察獲守方隅以此至性恐須旌表

奏榆次縣馮秀誠割股奉母狀　前人

右臣得太原府牒前件人爲母久患割股奉母所疾漸損者臣差當縣攝主簿劉戡檢驗得狀具如前申者臣伏以縱釁及膚口猶難忍援刀次骨心豈易安前件人出於畎畝之中長在草茅之下天生仁孝日用元和志甚痛於已軀期有瘳於親疾人倫共感名教所宗斯實陛下仁奄周王孝逾虞帝陶蒸動物之性啓迪仁人之心況臣守在方隅職司廉察據其至行恐合褒稱

奏誅逆人等狀　于邵

右前件官等或久登清貫或厚受國恩天步艱難不隨清蹕僞庭頡頏忍飲盜泉或脩撰文書或統制兵馬或動衆以資敵或作奸以蠹人事迹昭彰實不可掩臣等初命禁錮伏候聖恩輿議囂然皆將傳刃此輩大逆無道覆奏難容臣忝諸禮法按軍令訖匿瑕含垢誠君父之恩私嫉惡剛腸亦臣下之職分擅此處置伏增戰越

奏黃州錄事參軍張紹棄妻狀　牛僧孺

右臣得張紹妻盧氏狀其張紹寵婢花子每令無禮相陵臣推問有實者伏以張紹忝跡衣冠幸陶德化不敦二姓之好敢瀆三綱之經嬖惑女奴蔑侮妻室非特（一作徒）衣服飲食貴賤渾同兼亦待遇等威衽席顛倒款招明白愆尤至多縱稟性庸愚靡及於教義而歷官州縣合聞於憲章逞其邪心曾不懼法顧茲醜行恐玷大猷臣職在觀風事先按俗有關政理敢不申聞伏乞明示罪名流竄遠地使人知家道以誡士林謹具奏聞伏聽勑旨

奏駁晉陽縣主簿姜鉥狀（爲人作）　令狐楚

右臣劉氏堂外生即故硤州刺史伯華嫡孫左補闕某弟三女是臣亡叔庾子絳州刺史勛外孫父身早亡臣妹多病遺孤寡婦無所依投及臣摠戎來相依止臣見其成長

須有歸從其美鈢父在太原曾任主簿誠非匹敵誤與婚姻豈料如獸之心同人之面縱横凶悖舉止顛狂旬月之間豪横備極惡言醜語所不忍聞有忝祖宗難施面目臣以爲夫婦之道無義則離因遣作書遂令告絶矜其愚下擬許生全而將校等二十三人牆進於庭確論其事具如前列請以上聞雖忍孤兒可欺其如衆怒難息特希寬譴以雪冤疑干冒宸扆伏增戰越之至

文苑英華卷第六百四十三

登仕郎胡柯　鄉貢進士彭叔夏　校正

文苑英華卷第六百四十四　狀十七

陳請

爲長安馬明府亡母請邑號狀　宋之問

臣亡母在於（一作屬在）外戚夙忝末姻不蔭慶雲早先朝露臣髮膚遺體是亡母所生金紫通班乃聖朝所賜臣每服一輕妙嘗一甘鮮何曾不遠媿劬勞近慙榮寵又見同列有太君拜邑命婦入朝臣早孤偏不勝感羨毋因子貴幸者何多禄不及親臣獨含恨明年某月改葬有期私門大事莫踰於此臣内寡材術謬忝朝恩外無愆尤夙承母訓郡縣之號翻及臣妻哀榮之禮不霑臣母臣生不待養殁未追榮若懼不敢祈恩偷生以安厚禄儻歸泉壤何對慈顔臣死罪死罪臣準其月日制令加一階伏乞迴臣此階追贈亡母又臣身死之後合有鼓駕出郊在臣何顔存殁叨僭亦許臣亡母用臣威儀臣身當以蘧篨存榮死足所祈越禮罪實干誅伏惟陛下孝理寰瀛仁及草木皇室之戚軒冕盛於前朝太后之親恩澤踰於曩日臣幸遇非常之主敢祈不次之恩伏乞陛下少念蓫莩垂哀犬馬回臣休寵以慰營魂則今日以前報恩於亡母自兹已後盡命於

聖朝無任慊懇悲慕之極謹進狀陳請以聞

爲政事請公除狀三首　蘇頲

臣等聞喪禮俯就所貴從宜古先哲王莫非孝子則知服紀漸變以至於除既除之後無不從吉祔即吉祭示不可踰頃者正自山陵奉安宗廟終服變禮今則其時執而不行將何用禮伏惟皇帝陛下孝思罔極首冠禮經然以神器至公理循故實今尚未臨正殿猶御慘衣夫以安上理人莫善於禮今若順情廢禮何以正人羣下顒然不知所措臣等謬陪樞密輒敢陳祈伏乞以禮制情式遵常典無任悚迫之至

二

臣等伏奉墨制固違羣情（一作請）未許公除臣等茫然罔知攸措臣聞孝者貴合道禮者貴從宜合道始可行孝從宜

四〇七九　文苑六百四十四　二　一

始可達禮況先皇遺旨行孝者共遵國朝舊章達禮者同守非宜將焉用禮違命豈得稱孝伏以至尊之制與凡庶不同故易月便除以時漸降山陵既畢謂之反虞宗廟當祔無不從吉今若除不易月降不以時豈得虞而不祔尚居喪服所以先儒執禮適變而除王者從權將除必降伏惟聖懷永慕雖增罔極故事不遠孰可虧違臣等至愚期於死請

三

臣等愚昧頗覩禮典數百年來漢晉間事主天地者不以私廢公行喪紀者故以日易月貞觀之後三宗遺訓著在實録垂之不朽匪臣等敢率下情屢希上達伏以聖懷罔極孝思永慕失人祇之大願持曾閔之小節使祖宗之禮家國成規陛下因而違之臣等固知其不可皇極神器天下至公曠時不親衆務皆闕阻羣情非順也顒顒億庶仰望天光徂夏及秋旬有四日陛下何以承顧託何以撫黎元臣等惶然不知忌諱敢昧死陳請冀垂昭納明日望於別次視事以寧臣子荒迫之心

論請舜廟狀　元結（永泰二年）

右臣謹按地圖舜陵在九疑之山舜廟在太陽之溪舜陵古老已失太陽溪今不知處秦漢已來置廟山下年代寖遠祠宇不存每有詔書令州縣致祭奠酹荒野恭命而已豈有盛德大業百王師表没投（集作於）荒裔陵廟皆無臣謹遵舊制於州西山上已立廟訖特望（集作乞）天恩許蠲免近廟三五（集作兩）家令歲時掃（集作埽）灑以（集作示）爲恒式豈獨表聖人至德及於萬代實欲彰陛下玄澤被於無窮謹録奏聞（勑依）

五、一　文六百四十四　三　一新

處州請隨例行香狀　齊映

右準式文臣當州不在行香之數伏以聖朝弘孝御下崇福追先憑法力於傳香表永懷於率土下垂甲令旁感物情臣州稍以遐遠比於列郡遂漏恩私俱承亭育之中獨隔情禮之外況語桂廣則道理猶近並接衢婺則州望悉同推於等夷倍切誠懇又垂白之老一命之士或生於開元天寶或逮事肅宗代宗從頂至足生成是賴五月六月思慕彌深方當感切之辰難抑衆庶之意臣又以國家榮建寺觀繼度緇黄所種田疇已爲優厚食時受供皆荷殊恩忌辰修齋當兹別給如蒙聖澤許同隣州應緣香燈所需皆率官吏取足於刺史以至末班輕減俸錢敬修法事庶使山越遺老咸覩漢儀海郡具僚率由唐典無任至誠至懇之至

代鄭相公請删定施行六典開元禮狀　呂温

右臣聞化人成俗莫大於禮樂垂統建中必資於制度然而忠敬有弊質文異數羣儒之得失鋒起歷代之沿革絲棼或榮古而陋今名實交喪或違經而便事本末相忘或煩雜（集作襍）以爲詳或闊略而（集作以）爲要未聞折衷以叶通方國家與天惟新改物視聽太宗拯焚溺之餘粗立統紀玄宗承富庶之後方暇論思爰勑宰臣將明睿旨集儒賢於別殿考古訓於祕文以論材審官之法作大唐六典三十卷以導（集作道）德齊禮之力作開元新禮一百五十卷網羅遺逸芟翦奇邪亘百代以旁通立一王之定制草奏三復衹令宣示中外星周六紀未有明詔施行遂使喪祭冠婚家猶異禮等威名分官靡成規不時裁正貽弊方遠伏惟睿聖文武皇帝陛下恢纂鴻業外于大猷雷霆奮有截之

五八十　文苑六百四十四　四　克

威日月廓無私之照三叛就戮四夷來賓馬牛放（集作散）於農郊兵革藏於武庫嚴禋上帝祇受鴻名惟懷永圖不自蒲假昧爽聽政子夜觀書處成功而勿休率（集作求）至理若不及每懷經始則知貞觀之艱言念持盈思復開元之盛臣謬忝密（集作樞）務兼掌圖籍無能輔弼（集作臣補）已負於恩私有所建（集作發）明豈先於典禮伏見前件開元禮六典等聖（集作先）朝所制鬱而未用奉揚遺美允屬欽明然或損益之間討論未盡或弛張之際宜稱不同將貽永代之規必俟（集作候）不刊之妙臣請於常參官內選學藝優深理識通遠（集作敏）者三五人就集賢院各盡異同量加删定然後敢塵（集作冀紓）睿覽特降德音明下有司著爲恒式使公私共守貴賤遵行苟有愆違必正刑憲如此則職官有制將興濟濟之詩風俗大同坐致熙熙之詠見可而獻知無不爲輙瀆宸嚴伏增殞越謹狀

代淮南杜司徒奏（集作論）新羅請廣利方狀　劉禹錫

淮南節度觀察處置等使勑賜貞元廣利方五卷右臣得新羅賀正使朴（集作朴）如言狀稱請前件方狀一部將歸本國者伏以纂集神効出自聖衷藥必易求疾無隱狀搜方伎之祕要拯生靈之夭瘥坐比華胥咸躋仁壽遂令絕域逖聽風聲美茲豐功爰有誠請以其父稱藩附素混車書航海獻琛既已通於華禮釋痾蠲疾（集作癘）豈獨隔於內（集作外）區正當四海爲家冀覩十全之効臣即欲寫付未敢自專謹錄奏聞

請孫守亮代男行營事狀（代郭子儀）　于邵

右臣前日面奏進旨前件男領兵馬赴靈州伏以朔方軍幕宿將頗多任以兵權合先勳舊非獨藉其時望亦以厭

五二十　文六一四十四　五

伏衆心男睎年纔成立素不更事雖薄閑騎射而未有智謀軍政弛張或非詳練昨緣逆徒在近畿甸多虞令統先軍以當大敵蒼黃之際不可固避畢力捐軀幸摧堅陣此天威所及非童子有成□欲速赴邊陲實恐未堪專任右廂兵馬使開府孫守亮出身入仕皆在軍行將校畏威士卒懷惠智能料敵勇可摧兇使與渾日進同行必冀免貽聖慮又男睎自幼及長首末隨臣常在私庭未曾遠出深願容其澣濯許以旬月休閑他日更有任使敢不奔波道路臣位崇寄重効淺恩深常恐委任失人以速官謗知子者父敢不上陳伏乞天慈俯哀誠請

爲南承嗣請從軍狀　柳宗元

故其官贈某官某乙男某官某乙右臣亡父至德之歲死節睢陽陛下每降鴻恩必加褒寵臣自七歲即忝班榮垂

五十年常居禄秩再守遐郡績用無成終貽官謗甘就嚴譴無以負荷先志報効殊私以慚以懼殞越無地伏見某月日敕以王承宗負恩干紀命將徂征雷霆所加殘(集作殄)滅在近臣竊不自揆思竭忠誠願以(集作預)一卒之任以答百生之幸庶得摧(集作推)鋒觸刃摩壘搴旗冀獲盡於微誠儻不墜於遺烈踴躍之至夙夜靡(集作不)寧敢希皇明俯鑒丹懇臣聞周官考藝國子置車甲之司漢道推恩孤兒備羽林之用千秋思奮於事越仲孺期死於奔吳義激君親名高竹帛臣雖無似有慕昔人雖身塗草野死而不朽披肝瀝血昧死上陳無任懇迫憤激(集作忠憤)之至謹錄奏聞伏候敕旨

請行軍司馬及少尹狀(爲人作)　令狐楚

右臣適蒙恩獎獲守方隅力小任大常憂敗累伏以行軍司馬相副之職知府少尹共理之官未得其人久空此位每平均征賦繕理邊陲實藉通才以分重寄伏惟陛下察臣心之懇款知軍務之殷繁選於中外爲此別貳陛下所用即臣所知苟獲同心庶無闕事謹遣某官奉狀奏請

文苑六百四十四

為滎陽公奏請不敘錄將士狀　李商隱

使當道將士及管內昭賀等州軍事將士共二千一百二十六人準去年五月五日制敘勳階使司去今年四月二十五日具將士姓名及甲授年月日申省訖右臣當道將士等遠當戎寄式控遐陬乘解慍之和寧親矢石望拱辰之列實隔煙波近者朝廷奄靖北方惟荒東道當陰山之哭虜靡効纖埃及天井之摧凶不橫寸草徒以皇帝陛下非煙結彩(集作蔭)瀼露流光向明繞及於鳳樓布澤遠霑於蠻徼固合同承國慶共稟朝榮伏以當管近無豐年亦經小水海上有分屯之卒邕南有未返之師慊冗食於居人困裹糧於戎士臣初叨廉問方切拊循雖拾級外階各思受寵而濡毫執簡無以爲資仰慮後期敢忘積懼伏見比者諸道有物力未足者聖恩弘貸許且權未敘錄竊緣徃例冒此上陳伏冀天慈曲垂矜許臣與將士等無任感激冒昧戰越之至

爲楊贊善奏請東都洒掃狀　前人

右臣先臣贈太保其塋在河南縣界臣自終喪紀便忝朝倫三年贊道於宮庭千里違離於墳墓竊惟令式合許乞除追遠興情敢希榮於陛蹕報恩未死寧自誓於羲之伏乞聖慈特從(一作鑒　集作允)丹懇

爲閑廄使奏判官韓勵改名狀　前人

右前件官名與再從叔故嬀州參軍自勵向下一字同伏以韓自勵頃因官遊歿於幽朔羈孤未返親黨莫知近始言歸因之合族雖爲子之道則慎更名於己孤而諸父之(集作具)來固難舉諱於其側伏請改名融謹錄奏聞伏聽敕旨

文苑六百四十四

請立前節度使李德裕德政碑狀　張次宗

右伏以勳著王室者則銘於景鍾功及生人者則刊於樂石故扶風存必拜之地峴山有墮(一作墜)淚之思固有舊章蓋無虛美竊以李某纘慶相門伏膺儒業得郤縠詩書之學兼祭遵儒雅之風自授任坤方鎮安全蜀亭戍多警災旱相仍外有定戎(一作鎮定)之功則城柵相望內有繕完之備則器甲惟新強寇將罷其東漁隣敵自止其南牧況今令(一作政)行屬郡威肅連營來暮之謠已彰於昔歲去思之美無謝於古人今合境同詞諸郡獻狀雖黃霸入用寵方盛於登賢而鄧侯不留情猶深於愛樹臣謬當交代備聞政

能願嗟吁轍之情特允紀功之請無任云云

文苑英華卷第六百四十四

登仕郎胡柯　鄉貢進士彭叔夏　校正

爲馬明府毋請邑號狀　若懼此下集有罪字制令集作制合遷除此下集有累葬二字

檄一（此卷英華所編失年代先後今正之）

為彭城王檄征鎮文　　為太祖檄齊神武高歡文
為東魏檄梁文　　為行軍元帥鄖國公檄陳文
為北齊檄陳文　　為侯莫陳悅檄陳蕭摩訶文
隋檄陳尚書江總文

為彭城王檄征鎮文　孔熙先（令休先作）

揚州刺史徐湛之告四方王公守宰夫休否相乘天道無常（一作道無恒泰）狂狡肆逆明哲是殛故小白有一匡之勳重耳有翼戴之德自景平肇始皇室多故大行皇帝天誕英聰聖明睿武（一作哲）拔自藩國嗣位統天憂勞萬機秉（一作垂心）庶務是以邦内安逸（英華作邦家安危 恐非）四海同風而頃（一作比年）已來姦豎亂政刑法違衷（一作刑罰乖濫）陰陽潛（一作違）舛致使釁起蕭墻飛禍卒集（一作禍萃集危）賊臣趙伯符積怨含毒遂縱兇醜（一作姦凶）肆兵犯蹕禍流儲貳（一作宰）崇樹非所（一作類）傾墜皇基罪百浞豷過千玄莽開闢以來未聞斯比率土叩心華夷泣血咸懷亡身之誠同思糜軀之報湛之暴與行中領軍蕭思話行護軍將軍臧質行左衛將軍孔熙先建威將軍孔休先忠貫白日誠期（一作著）幽顯義痛其心事傷其目投命奮戈萬殞莫顧即日斬伯符首及其黨與雖豺狼即戮惟新告始（一作王道惟新）而普天無統（一作主）群萌靡係（一作莫繼）彭城王體自高祖明明（一作聖明）在躬德格天地勳溢區宇世路威夷勿用南服龍潛鳳棲于茲六稔蒼生飢德億兆渴化豈惟東征有鴟鴞之歌陝西有勿翦之歎（一作思）而已哉靈祇告徵祥之應讖記表帝王（一作者）之符上愜（一作答）天心下合人望（一作愜民望）正位辰極非王而誰今遣行護軍將軍臧質等齎皇帝璽綬星馳奉迎百官備禮駱驛繼進並命羣帥鎮戍[redacted]常若干橈義徒有犯無貸昔年使反湛之奉賜手勑逆誡禍亂預覩斯萌令宣示朝賢共拯危溺無斷謀事失於後機遂使聖躬濫酷大變奄集哀恨崩裂撫心摧梗不知何地可以厝身輒督厲尫頓死而後已（一作皆宋書范曄傳）

英華録謀逆之檄未詳

為周太祖檄齊神武高歡文（西魏永熙三年）

蓋聞陰陽遞用盛衰相襲苟當百六無聞（周書作無間）三五皇家創歷陶鑄蒼生保安四海仁育萬物運距孝昌屯沴屢起隴冀（北史作驛）騷動燕河狼顧雖靈命重啓蕩定有期而乘釁之徒因生羽翼賊臣高歡器識庸下出自輿皁罕聞禮義直以一介鷹犬効力戎行靦冒恩私遂竊（北史作階）榮寵不能竭誠盡節專挾姦回乃勸爾朱榮行茲篡逆及榮以專政伏誅世隆以凶黨外叛（英華作叫濟兇黨[redacted]）歡苦相敦勉令取京師又勸吐萬兒復為弒虐（英華作傷殺暴虐）暫立建明以令天下假推普泰欲竊威權並歸廢斥俱見酷害於是稱兵河北假討爾朱亟通表奏云取讒賊（周書作敗）既行廢黜遂將篡弒以人望未改恐鼎鑊交及乃求宗室權允人心天方與魏必將有主翊戴聖明誠非歡力而歡阻兵安忍自以為功廣布腹心跨州連郡端揆禁闈莫非親黨皆行貪虐窫窳生靈而舊將名臣正人直士橫生瘡痏動挂網羅故武衛將軍伊琳清貞剛毅（北史作清直武毅）禁旅攸屬直閤將軍鮮于康仁忠亮驍傑爪牙斯在歡收而戮之曾無聞奏司空高乾是其黨與每相影響謀危社稷但以姦志未從恐先泄漏乃密白朝廷使殺高乾方哭對其弟稱天子橫戮孫騰任祥歡之心膂並使入居樞近伺國閒隙知歡逆謀將發相

繼歸逃歡益加撫待亦無陳白然歡入洛之始本有姦謀今親人蔡儁作牧河濟厚相恩贍爲東道主人故關西大都督清水公賀拔岳勲德隆重興亡攸寄歡好亂樂禍深相忌毒乃與侯莫陳悅陰圖陷害幕府以受律專征便即討戮歡知逆狀已露稍懷旅拒遂遣蔡儁拒代令竇泰佐之又遣侯景等云向白馬輔世珍等徑趣石濟高隆之及婁昭等屯據壺關韓軌之徒擁衆蒲坂於是上書天子數論得失訾毀乘輿威武疑作侮朝廷藉此微庸冀茲大寶溪壑可盈禍心不測或言徑赴荆楚開疆於外或言分詣伊洛取彼讒人或言欲來入關與幕府決戰今聖明御運天下清晏百寮師師四隩來暨人盡忠良誰爲君側而歡威福自己生是亂階緝構南箕指鹿爲馬苞藏凶逆伺我神器是而可忍孰不可容幕府折衝宇宙親當受脤鈇師百萬彀騎千群裹糧坐甲唯敵是俟義之所在糜軀匪悋頻有詔書頒告天下稱歡逆亂徵兵致伐今便分命將帥應機進討或趣其要害或襲其窟穴周書作宅電繞蛇擊霧合星羅而歡違負天地毒被人鬼乘此掃蕩易同俯拾歡若渡河稍逼宗北史作宮廟則分命諸將直取并州幕府躬自東轅電赴伊洛若固其巢穴未敢發動亦命羣帥百道俱前轘裂賊臣以謝天下其州鎮郡縣率土人黎或州鄉冠冕或功勲北史作勳庸世濟並宜捨逆歸順立効軍門封賞之科已別有格凡百君子可不勉旃周書作歟北史作哉

時齊神武稍逼京師魏帝遂入關周太祖乃奉魏帝都長安撤草萊立朝廷軍國之政咸取決於太祖

此篇英華所載甚略今以周書北史增入

爲東魏檄梁文

杜弼藝文類聚作魏收

觀夫辰象麗天山岳鎮地方以類聚物以羣分建之以邦國樹之以君長日月於是莫二一作貳宇宙一作帝王所以惣一雖五運相推百王革命此道之一作所行孰之能改一作孰云能易而皇家承統光配彼天義洽幽明化周動植崇文德以來遠修禮讓以止訟舞干戚於兩階執玉帛於萬國玄功潛運至德旁通百姓日用而不知兆民受賜而無迹唯彼吳越獨阻聲教匪民之咎責有由焉而元首懷止戈之心上宰薄兵車之會遂解縶南冠喻以好睦舟車遵泝川陸同光亭徼息奔走之勞屯戍無迫卒之變雖嘉謨長筭爰自我始而罷兵息民彼獲其利侯景竪子本無事一作士業乃枉道於人間遂乾没於世上鳴伏於爾朱之門鎮守於普泰之日曾無爲主之識詎有挈瓶之智旣而投命義旗歸身幕府殊異雍齒有類丁公時逢寬政得免大戮棄其瑕滓收其力用預在行伍參跡驅馳及秦隴逋誅每事經略以河南是空虛之地漢陽非兵戰之衝薄存猗角聊示旗鼓豈資實効寄以遊聲軍機催勤蓋維景任惣兵統旅則有司存而愚褊有積驕憤遂甚屢犯軍紀自生疑貳禍心潛構讎成亂階負恩棄德罔恤天討不義不暱厚而必顛委慈母似脫屣棄寵弟如遺芥龍鍾稚子痛苦成行孌彼諸姬破亡爲伍滅伯春之婉轉慕姜兒之爽言不與狼虎同仁而共豺狸等惡及遠託關隴依憑姦異逆主定君臣之分賊臣結兄弟之親解其倒懸仰人鼻息一日無恩終成難養俄而易慮躬擐干戈釁暴惡盈側首無託以金陵逋逃之藪江南統御一作流寓之地甘辭卑體進熟圖身讒言浮說抑可知矣叛豎投命豈將擇音而僞朝大小幸災忘義主荒於上臣蔽於下逐雀去草曾不是圖竊實叛邑椒蘭比好人而無禮其能國乎亦既失信不亡何待今帝道休明皇猷

允塞四民樂業百靈効祉故丞相村標國貞道潤時雨義冠伊霍動蓋桓文大君立德世功世祿作民舟檝爲國棟梁內外齊心上下同德虵騰虎嘯風生雲起摩日則車懸轉舍排山則龍門洞開呑雲夢於胷中運天下於掌內雖有賊臣去國亡卒出境何異一毛之落牛體隻凫之飛海曲（一作濱）彼既連結姦惡斷絕隣好追兵保境縱盜侵國蓋物無定方事無常勢或乘利而受害或因得而更失是以吳侵齊境遂致勾踐之師趙納韓地終有長平之役矧乃鞭撻疲民侵軼徐部築壘擁川捨信邀利此而可忍孰不可懷是以援乘麾殞之將投石拔距之士深銜僞主信納亡叛含怒作色如赴私讎意存涉血義不旋踵攻戰之利實若有神銜兵聚衆依山傍水舉螳蜋之斧被蛣蜣之甲當窮轍以待輪坐積薪而俟燎及其鋒刃暫接埃塵且接便已亡戟棄戈土崩瓦解貞陽以從（一作猶）子之親爲戎首之任非獨（一作但）力屈道窮亦將無路還蜀兼亦（一作復）挾子垂翅俱在籠樊將士以昧禍之心爲助亂之事皆搦指舟中被甲鼓下同宗異姓纍纍相望曲直既殊強弱不等父出子孤自取其敗違卜愎諫何以辭責雖復貪利苟得背同即異獲一人而失一國見黃雀而忘深井食鉤吻以療飢飲鴆毒以救渴智者所不爲仁者所不向誠既往之難迹猶將來之可追景以鄙俚之夫遭風雲之會位登三事邑啓萬家揣身量分久當止足而周章向背離披不已夫豈徒然意亦可見彼乃示之以利器誨之以慢藏使其勢得容姦今其時堪乘便既南風不競天亡老賊姧謀將復作矣然則摧堅強者難爲功拉枯朽者易爲力計其雖非孫吳猛將燕趙精兵猶是久涉行陣曾習軍旅豈同輕剽之師不比拖腕之衆距（一作拒）此則作氣不足攻彼則爲勢有餘恐尾大於身踵麤於股倔強不掉狼戾難馴呼之則反速而釁小不徵（一作懲）則叛遲而禍大會應遙望廷尉不肯爲臣自據淮南亦欲稱帝但恐楚國亡猨禍延林木城門失火殃及池魚橫使漢江（一作江黃）士子荆揚人物死亡矢石之下支（一作夭）折露霧之中彼梁王操行無聞輕險有素工用其短以少爲多反覆山淵顛倒冠履射爵論功盪舟稱力年既老矣耄又及之政荒民流禮崩樂壞改換朝章變易官品雖世異漢朝而事同新室加以用捨乖方立廢失所矯情動衆飾智驚愚毒蠱滿懷安敢試業躁競盈貫葺謬治情內恣鴟靡外逞殘賊人人厭苦家家思亂災異降於上怨讟興於下履霜有漸堅冰且至恃浮（一作將險）躁之風俗任輕薄之子孫朋黨路開兵權在外必將禍生骨肉難起腹心強弩衝城長戟指闕徒探雀鷇無救府藏之虛空伺（一作請）熊蹯詎延晷刻之命外崩中潰今實其時鷸蚌相危（一作扼）我乘其弊方使高旗舒旆長轂啓行迅騎追風精甲耀日四七竝列百萬爲群風飄雲動星羅海運以此赴敵何敵不摧以此攻城何城不陷猶爲岸上之虎當作水中之龍以轉石之形爲破竹之勢將使鍾山渡江青蓋入洛荆棘生建業之宮麋鹿遊姑蘇之館但恐兵（一作華）車之所轥轢劒騎之所蹈踐杷（一作椅）梓於焉傾折竹箭以此摧殘若吳之王孫蜀之公子順時以動見機而作面縛銜璧肉袒牽羊歸款軍門委命下吏當使焚櫬而出拂席相待必以楚材終爲晉用固乃喜得異度實自利獲士衡士龍即援客卿之族將加驃騎之號斯蓋壯士封侯之日丈夫立節之秋冬冰可折時不再來先事喻懷有如皎日王侯無種工拙

在人凡百君子勉求多福若不改迷坐待淪没一旦暴骨草莽流血成川猶且不悟噬臍何及故宣往意馳此簡書檄之到彼咸共申省一作皆藝文類聚

此檄與藝文類聚並資治通鑑所載並同惟魏書島夷蕭衍傳文既詳複先後亦異今併録之其僅同者白字是也

夫乾坤交泰明聖興作有冥運行之力俱盡變化之途抱識含靈融然並至呈形賦命混而同往所以玄功潛運至德旁通百姓日用而不知萬國受賜而無迹豈徒鑿其耳目易其心慮悟以風雲一其文軌使夫日月之照不私雨露之施均洽運諸仁壽之域納於福禄之林自晉政多僻金行淪蕩中原作戰鬬之場生民爲鳥獸之餌則我皇魏握玄帝之圖納水靈之祉駕雲車而自北策龍御以圖南致符上帝拯溺下土惟物殛死滛水不

作運神器於顧眄定寶命於踟躕恢之以武功振之以文德宇内反可封之俗圓首識堯舜之心沙海荒忽之外瀚漠羈縻之表方志所不傳荒經所不綴莫不繩谷釣山依風託水共仰中國之聖同欣大道之行唯夫三吳百越獨阻聲教匪民之咎責有由焉自僞晉之後劉蕭作慝僭擅一隅號令自己惟我祖宗馭宇愛民重戰未極謀臣之畫不窮節將之兵聊遣行人降以尺一圓臺已築黄屋輒去賜其几杖置之度外蕭衍輕險有素士操蔑聞睥睨君親自少而長好亂樂禍惡直醜正巧用其短以少爲多詃惑愚淺大言以驚俗驅扇邪僻口兵以作威曲體脅肩摇脣鼓舌候當朝之顧指邀在位之餘論遂汙辱冠帶偷竊藩維及寶卷昏狂下不堪命曾無北面有犯之節遽滅人倫在三之禮憑妖假怪鬼語神

言稱兵指闕傾朝鴆主陵虐孤寡聾愚士民天不悔禍姦醜得志内恣雕靡外逞殘賊驅嬴國之兵迫糊口之衆南出五嶺北防九江屯戍不解役無寧歲死亡矢刃之下夭折霧露之中哭泣者無已傷痍者不絶託身人上忽下如草遂使頑嚚子弟肆行婬虐狡猾羣小縱極貪惏剥割蒼生肌肉略盡刳剔黔首骨髓俱罄猛虎未方其害餓狼詎侔其禍慄慄周餘救死無地至於矯情飾詐事非一緒毒螫滿懷妄敦戒業躁競盈胷謬治清静至乃大興寺塔廣繕臺堂昭陽倒景垂珠銜壁峥嶸刻削千門萬户鞭撻疲民盡其筋骨延壤運石悲歌掩途死而可祈甘同仙化智淺謀疎曾不自揆遏桐柏之流翻爲巳害子立齊之亂忽爲戎首書契迄兹罕聞其事至於廢捐冢嫡崇樹愚子朋黨路開彼我側目疾視

扼腕十室而九翹足有待良亦多人二紀於兹王家多故始則車馳之警終有驚墜之哀神祇痛憤寓縣崩震於是故相國齊獻武高王感天壤之慘黷激雲雷以慨然仗高義而率民奮大節以成務爰有匡國定覇之圖非直討賊雪耻之舉於是叡略紛紜靈武冠世盪滌逋孽尊主康邦皇上秉歷受圖天臨日鏡道隨玄運德與神行既而元首懷舞戚之風上宰薄兵車之會遂解縶南冠喻以好睦舟車遵湖川陸光華亭徼相望欣然自泰反肉還童不待羊陸雖嘉謀長筭爰自我始罷戰息民兩獲其泰王者之信明如四時豈或爲人君父二三其德書而不法可不惜哉侯景一介役夫出自凡賤身名淪蔽無或可紀直以趨馳便習見愛爾朱小人叨竊遂忝名位及中興之際義旗四指元惡不赦實在群胡

景荷人成玆藉其股肱主人有丹頸之期所天蹈族滅之釁雖不能蔽捍左右以命酬恩猶當慘顏後至義形於色而趣利改圖速如覆手投身麾下甘爲僕隸獻武王棄其瑕穢録其小誠得厠五命之末預在一隊之後參跡驅馳庶其來効長鞭利鍛術以制之既關隴逋誅每事經略以河南空虛之地非兵戰之衝薄存掎角聊示旗鼓豈資實効寄以遊聲軍機催勤蓋爲景任惣兵統旅別有司存而愚褊有積憍復遂甚犯違軍紀仍自猜貳禍心潛構翻爲亂階負恩棄德罔恤天討不義不昵厚而必顛委慈母如脫屣弃少弟如遺土羣子陸陸妻姪成行幕羞兒之爽言蔑伯春之宛轉跳梁猖蹶夫欲誰欺比之梟獍異類同醜欲擬虵鼠顧匪其倫及遠託關右委命寇逆實炬定君臣之分黑獺結兄弟之親授以名器之尊救其重圍之死憑人繫援假人皐息俄而忘恩背惠親尋干戈釁暴惡盈側首無託以金陵逋逃之藪江南流禦之地甘辭卑體進孰圖身詭言浮說抑可知矣叛豎救命豈將擇音僞朝大夫幸災忘義主耄於上臣蔽於下逐雀去草曾不是圖竊寶叛邑椒蘭比好人而無禮其能國乎夫安危有大勢成敗有恒兆不假離朱之目不籍子野之聽聊陳刺心之說且吐伐謀之言今帝道休明皇猷允塞四民樂業百靈効祉雖上相去亡而伊陟繼事秉文經武虎視龍驤驅日下之俊雄收一世之英銳擊刺猶雷電合戰如風雨控弦躍馬固敵是求蠕蠕昔遭離亂輻分瓦裂匹馬孤征告困於我國家深矜隣附慰其入懷盡憂人之禮極繼絕之義保衛出於故地資給唯其多少存其已亡之業成其莫大之基深仁厚德鏤其骨髓引領思報義如手足吐谷渾深執忠孝膠漆不渝萬里仰德奏款屬路並申以婚好行李如歸蠕蠕境斜界黃河望通幽夏飛雪千里曾冰洞積北風轉勁實觔角之時沍寒方猛正氈裘之利吐谷渾疾彼凶逆彊兵歲舉傾河及鄯塵通隴峽驅龍池之種藉常勝之氣二方俟隙企其移踵加以獨孤如願擁衆秦中治兵刧憎黑獺北備西擬內營腹心救首救尾疲於奔命豈暇稱兵東指出師函谷且秋風揚塵國有恒防關河形勝之際山川襟帶之所猛將精兵基跱岳立又竇炬河陰之北黑獺卭（北史作芒魏書作土）山之走衆無一旅僅以身歸就其不顧根本輕懷進趣斯則一勞永逸天贊我也言之旦旦日月經天舉世所知義非徒語持此量之理有可見則侯景遊辭莫非虛誕夫景繩樞席牖之子阡陌鄙俚之夫遭風塵之會逢馳騖之日遂位在三吏邑啓千社揣身量分久當止足而乃周章去就離跂不已夫豈徒爾事可推揚度其衆叛親離守死不暇乃聞將棄懸瓠遠赴彭城老賊姦謀復將作矣固揚聲赴助計在圖襲吞淵明之衆招厭虐之民舉長淮以爲斷仍鵄張歲月南面假名死而有已此蓋蜂蠆之禍我承其弊且僞主昏悖不惟善隣賊忍之心老而彌篤納逋叛之詭譎蔑信義以猖狂天喪其神人重其怨將踐瓜圃之蹤且追兒侯之轍今徵發犬羊侵軼徐部築壘擁川覬覦小利此而可忍孰不可懷兵凶戰危出不得已謬奉朝規肅玆九伐扛鼎拔樹之衆超乘投石之旅練甲爭途波聚霧合虎班龍文之逸蘭池蒲梢之騏噓天陸野躡影追風振旅南轅長驅討賊非直三吳鼠面一

麾魚駭乘此而往青蓋將歸且行虐綱蚩兵權在外持險躁之風俗兼輕薄之子孫蕭綸兇狡之魁豈無商臣之佷蕭譽失志之憤當召專諸之客外崩中潰今也其時幕府師行以禮兵動以義弔民伐罪理有存焉其有知機審變翻然鵲起立功立事去危就安賞典未忘事必加等若軍威所至敢有拒違尺兒已上咸從梟戮今三禮四義之將豹虎熊羆之士深銜逋僞信納叛亡違卜愎諫實興伐役莫不含怒作色如赴私讎茹肝涉血義不旋踵攻戰之日事若有神荼積麻亂匪旦伊夕以彼曲師危卒望我軍鋒何異蛣蜣被甲蝍蛆舉尾正恐旗鼓一接芝雚俱摧先事喻懷備知翰墨王侯無種禍福由人斯蓋丈夫肉食之秋壯士封侯之會冬冰可折時不再來凡百君子勉求多福檄之所到咸共申省知我國行師之意

五百四十五　文苑六百四十五　二

為行軍元帥鄖國公韋孝寬檄陳文 周宣帝大象元年

僞陳私署公卿將校州鎮郡縣村屯邑落蓋聞五精上列耀魄總其威靈萬國下分皇王攝其區域至其創業垂統革命受終奄有神州光宅函夏莫不重極纂聖積德累仁播厚利於人民建大功於天地然後幽明贊叶兆庶歸往瑞之以龍圖鳳紀崇之以玉璽黃屋故能照臨九縣對越兩儀永保鴻名長為稱首未有蠻陬夷落裔土荒隅崛起阡陌之中妄竊帝王之號斯則僭越之首縣懸一作圖於漢闕亡吳之主會於晉臣布在方冊可以龜鏡者也我太祖文武皇帝自天攸縱膺運挺生屈道藩條或躍伊始屬玄運將改祿去王室三川已震九鼎將飛事切在泯祿疑作欘深流梟乃推誠仗義援手濡足迎衛乘輿崇建旐社舉天維於將墜振一作正地軸於已傾血氣食毛咸受其賜是則我有大造於區夏也重以闢土服遠包荊卷蜀功高於九合業重於三分愈執忠貞之操終以人臣之禮至哉大矣無得稱焉既而謳歌允屬金石變響神器大寶用集我有周我閔皇帝乃上膺靈命俯順樂推揖讓而登皇極垂衣而歸撫運世宗纘統克隆洪緒武功文德騰茂飛英我高祖武皇帝以上聖降下武以至道弘丕業其寂也象繫不能究其微其動也雷霆不能比其變僞齊竊據中原綿歷世祀一作紀帶之以巨海長淮鎮之以峻岱崇岳其地廣其民衆其俗富其兵強而帝運明德人思眷命金鉞一麾廓然大定申弔伐之義答億兆之心陟方之駕雖遠鼎湖之神未絕天元皇帝負四聖之休烈協千載之昌期懸金鏡振玉鼓宏天綱廣地絡東窮海外西極河源邛管夜郎之所冒頓呼廚之類莫不屈膝稽顙泛水梯山被華夏之仁風仰中國之聖道唯彼揚越獨為匪民蟇黽魚鳥之郡蝨安龜蛇之穴故偽魁陳霸先火耕水耨之夫蓽門圭竇之子無行檢於鄉曲充部隸於藩候施彼呼船之伎展其盜橐之用值蕭氏喪亂金陵擾攘爛羊啓邑拔卒為將遂得洗濯江漢奮迅泥滓王僧辯秉文經武挹義懷仁志在鷹揚誠深鶴立掃江表之巨寇復梁室之宗社提挈霸先成其羽翼而背恩忘德毀器折枝密相奄襲忍加屠害節士為之扼腕名臣所以涕流蕭方智世有江外實主梁祀霸先義則臣民任惟輔佐御下暴於戾虎輕上踰於老年疑作牛見左傳苞此禍心遽行篡弒遂令羣盜欻起宮闈窘迫梁棟之間顛死一作斃鋒鏑之下既甚南宮絕宋公之脰又過淖齒縮齊閔之筋自古逆子亂臣窮凶極悖未有如斯者昌實霸嗣積加篡戮殘虐

五八三　文苑六百四十五　十二　李華

相襲報復循環陳項獲自儲宮我之俘隸先朝深弘寬宥免其釁鼓置之夷邸淹歷歲時䘏秦費上林之牧稟䘏索長安之米其兄猜發常山之念屢致誠請國矜狐首之感以禮遣送項稟性兇嚚不義不昵害厥猶子僭其僞位朝廷遠撫長駕含垢匿瑕遍省不虧輶軒繼路東夏克平威震淮海乘勝席卷咸請南轅高祖以得原失信義有不取（一作敢）懷遠字小理存父大而違盟背惠忽從茲始搖蕩我邊陲侵軼我彭泗我是以有呂梁之役麾下裴忌程文秀之輩李緒將元舉之徒束手軍前不可勝計積甲等孤桐之岫溺卒斷浮聲之流項長惡愈甚守迷不變據如掌之地延翹足之頃猶怒臂當轍舉尾支山習黃旗之謬談忘青蓋之妖說貫盈數盡今實其時加庚子應年金火入斗天道人事宛若合符混一之期昭然可見寡人不武董茲戎律內禀帷幄出御天淵部勒諸將雷奔電擊大將軍龍門公拓拔王述領巴蜀之兵一十二萬出於白帝水陸俱下大將軍安昌公拓拔則領驍騎五萬濟於南岸循江東轉梁王舉一國之師盡舳艫之盛發自江陵首尾不絕行軍總管上柱國杞國公亮率步騎一十五萬掃蕩山林自東關行軍總管上柱國郕國公士彥領人馬一十萬濟自泗口徑取廣陵幕府精銳二十萬餘長驅淮水直指江左並同集石首大會金陵凡此諸軍皆從汧隴驍雄幽并勇俠捩犀拔象之夫斬蛟挐兕之士上谷漁陽之騎追風嘯雲荊門鄧塞之舟浮江沿漢象弭飾堂谿之杍鶩羽加淇園之竹旌旗靡電戈劍竟野鼓怒則江湖盪沸叱咤則山嶽簸跳以此攻城何城不陷以此衆戰誰能抗禦將恐程門賈霜梧楸與樗櫟同凋崐山火燎天球共珷玞俱盡故示以禍福冀相全濟陳項若識機知變輿櫬轅門當增安樂之封有加歸命之禮僞公卿已下或中華[redacted]冠帶流寓江淮或東南之雋楚世載名位豈[redacted]安危亂之邦事夷裔之主良由身居僞綱迹淪冠地雖心存魏闕無由自拔故耳今正丈夫轉禍（一作福）之秋君子見機之日若能投誠進款展効立功富貴榮華義同俯拾如有不達機運敢拒王師軍有嚴科刑茲罔赦檄之所到咸共申省

爲北齊檄陳文　盧思道

告三江之表僞署君臣將帥州郡邑落士民等蓋聞上玄垂象列宿拱辰極之尊厚載成形百谷指滄溟之大是以三五以降哲王㪚后遠覃聲教大燀威靈日月之所照臨俱荷亭育舟車之所通洎咸附象鞮我大齊積德累功開物成務光宅寰海覆燾烝民虞夏受終顧有慙德湯武革命未云盡善滄波已東九譯請吏玉門之右萬里無塵諸華冠帶之俗肆勤南畝皮服引弓之渠頓顙北闕內外禔福區宇懾然皇上垂拱巖廊司契而已惟夫太伯之後實號勾吳少康之裔是爲干越江界湫湄如掌之陋塗泥所集瘴癘是興自昔皇王列壤班瑞春秋之義爵不過子在晉永嘉運比數極司馬叡衆無一旅播越江濱劉蕭已還多歷世祀魏氏奄一神州置之度外且西吞巴蜀北據淮淝善人君子可以爲國陳霸先下愚小醜品極輿隸屬揚部淪胥之日幸梁人殲敗之秋騁其姦回妄自尊大類蠻觸之戰爭似鰌䱇之跳躍曇頊昏頑賊忍不義不慈劓厥猶子竊其僞位蜂蠆非毒谿壑易滿事甚楚圍之纓理切吳光之劍國小地狹虐用其民坑戮伴於屠伯芟夷過於薙氏加以沈迷麴糵酣酗終朝澆灌取盡夜以繼晝貨賄公

行政刑不立踈棄良士狎近小人守宰蠶漁子弟荒暴頭會箕斂杼軸其空災異相仍稻蟹不熟江左黎獻戴目而視齊之季世實多涼德江淮之間暫爲項有便謂三脊易求百年可致違卜愎諫黷武窮兵吳明徹程文秀之徒並早經行陣粗有風力彼朝上下繫以存立吕梁之役貫盈惡稔曾未交綏雲卷霧徹組練塞垣艅艎噎水顧眄之頃隻輪不歸及周宣馭曆將一淮海荆舒之民奢侈爲怨聊命偏裨拯其荼毒長江已北若火焚毛是則揚越之地爲陳孤立卒弊壤蹙邦羸政塞乘奔無轡譬茲非險坐薪待然方此爲秦司馬消難切荷特私任居連率猜狂使酒竊地外叛曇頊背恩棄德是信是使引盜納姦無媿無畏天奪其魄憑犯不悛緣邊諸城犬羊荐食聖主以軒開萬國屬盡九州一隅不庭宜置天討爰詔六軍分閫受鉞西衛秦隴之

銳北引燕代之英五校雄兒超乘俱起三河猛士拔距爭奮虎夫萬隊豹騎千群並骨勇肉飛風驤霧合慓彼江黃之衆遏矣彭濮之民巨艦高艫順流東指江都壽春之域扼喉撫背之兵飛龍赤馬絶水南越漢后昆明未足方其訓旅魏王玄武不能比其肄師以江湖之泥短衣祝髮輕舠利舸便習者多陳人上迷天意下憑地險所以舉尾支山怒臂當轅一作轍今荆門銳卒一作士致命前驅淮南義師賈勇競入揚舲振艫闕鳧起梟飛然則彼之所長我亦兼有我利涉大川匪旦伊夕江郢運漕吳會商旅東西遏絶通致無由僞朝軍旅或陳誠款密使相尋冣爾危邦表裏攜貳兼弱攻昧今也其時扛鼎蒙輪之卒事均貙兕三禮四義之將晚疑作俛視韓白正□之旗百道俱進並雲移雷動大會金陵牙旂晴一作旆映山原金鼓沸天地呼吸則江漢廻流叱咤則衡疑可拔運岱山而壓春卵引渤海而灌秋螢當不足等其銷滅譬其蠚粉猥以不武謬惣戎律上禀廟堂之謀下資貔貅之氣使張悌之魂先遊一作逝北斗呂嘉之級遠至新鄉漂櫓溺驂孱然已至亂麻積莽可爲寒心僞主若天誘其誠去危轉禍審青蓋之欲歸知蔣山之應渡銜璧輿櫬拜手轅門則上比吳蜀之君不失公侯之寵陳之百辟卿士編户黔庶有能深識逆順因事立功亦當服冕乘軒紆青佩紫疏爵酬庸待以不次王者之師全救爲本萬姓毫釐靡所侵軼勉求多福無待噬臍檄之所到咸共申省

此檄述吳明徹及司馬消難事以史考之明徹吕梁之敗在周宣政元年先一年周已滅齊後二年消難方奔陳又明年周禪隋開皇元年伐陳英華既題作北齊又文有我大齊之語未詳其誤今兩齊字疑皆爲隋當考

侯莫陳悅檄陳蕭摩訶等文

案侯莫陳悅西魏永熙三年卒後隋伐陳以侯莫陳穎爲行軍總管悅疑當作穎

夫文軌未同江湖致阻風雲密邇良用依然肇歲猶寒想如宜也經始戎務念以勞懷寡人肅稟天策爰征不庭懸旌秣馬今次楓岸夫時有盛衰運有興滅積德必慶延後嗣長惡則祚不及遠陳氏往因際會竊有金陵猜頊承立遽相屠害叔寶嗣僞彌復忍虐沉酗日增内荒愈甚彫牆峻宇加錦繡於土木嚴刑酷法陷人物於塗炭諫士喪身元良鉗口無道之極自古罕聞有一於此何可不滅斯皆公等所悉素匪寓言我皇誕膺靈命光臨大寶再闢乾坤重懸日月歷代逋誅之寇曠古不羈之民感我仁風咸沐至道唯彼吳越猶未革心主上義存字小含以寬大冀能

撫育彼民守其封域而窮凶極暴日就月將士庶無聊人
神共憤乞師繼軌獻款相尋悠彼黎元實與我役已有別
詔止廢偽主之身此外士民咸從蕩滌西自巫峽東達滄
海巨艦覆波濤樓舡出雲霧爪步六合當心腹之衝渚宮
漢口據上游之勢曲江鎮陽據其要津鐵馬介夫千羣萬
隊攘袂扼腕唯所用之彼國兵士多少備見以寡禦衆理
在非敵救首救尾將何以及況復士無鬬心人懷貳志身
雖擐甲情在倒戈假使穰苴更生孫武猶在亦不能施其
智略況異昔日者乎往者呂梁之師一舉殲滅淮南之地
二旬悉平彼之將帥皆奔走之餘何可用一作及非也世疑衍公早
涉戎旅備經征行安危之勢如近目前得喪之機若觀掌
內以國家今日之盛偽主若猶可全為其展效容復可爾
江東難立有識同知陳氏必亡賢愚共見天之所廢誰能

興之既無所成徒自傾覆夫毒虵螫手壯士斷腕豈不惜
其肌骨所存者大也公若轉禍為福因機立功翻然奮飛
共弘大業則江東士衆免於鋒刃之苦天下生民欣然太
平之世公當位極台鼎福延子孫爰及宗族咸加榮寵豈
與夫不識天命拒我王師舉死扶傷履涉膏血同年共日
而語哉斯皆肝膈至言成敗大理幸非可惑宜早圖之

隋檄陳尚書江摠等文

南北雖殊風雲在望載懷虛遲寤寐為勞獻歲猶寒比當
清豫臣賛乎國良亦愨懃寡人忝膺朝寄董律專征跋涉
山川今次江際公等文儒自立器用適時冠蓋二世齒德
兼重孔老殊教名墨異家金匱朱韜銀編玉策莫不騰於
舌杪散在筆端遂古成敗之機近代安危之跡照同懸鏡
明若觀火無待指南自應神悟猶恐思之未審差以毫釐
聊煩翰墨略申梗槩自穹昊生民樹之司牧羲軒以降書
契可紀咸一姓承五行四海無兩帝漢道云季三方鼎立
時惟版蕩世匪休明當塗起而蜀亡典午興而吳滅永嘉
喪亂紫宸曠主劉石符姚之儔偽夏僭燕之醜妄塵大寶
事乖圖籙魏室乘時兆基朔野經始嵩洛未暇江湖有周
受命敵非齊氏務在兼并不遑外略蕞爾吳越自相君長
竊擬王者之儀妄談天子之氣偷安假息綿歷世祀我大
隋之肇開寶祚光有神州皇帝感曜魄之靈應太微之座
千年啓聖萬代一時深仁至德寧濟群品越海窮河東漸
西被旄頭之屬歷代之羈作我臣民匍匐服裳唯彼江表
獨隔皇風夫物極則反否終斯泰郭璞有云年經三百天
下大同茲實玄運已定於前聖主膺期而出欲以區區之
陳國違上天之冥數其不可存者一也大必苞小天地之

常規明能逼暗日月之常理論道德以陶唐而征有苗語
衆寡舉海內而當群小在長江舟檝之用矜其積習而
山川共有我據上游鼓棹之能吳楚不異高艫巨舫東西
萬里扼喉撫背水陸千途彼之兵士不過十萬首尾分布所
在危急加以屯戍邊方淹積歲序風雨以為櫛沐蟣虱生
於甲胄望我寬仁思倒戈戟通在戎行更成敵國守以時
月則魚爛土崩接以鋒刃則鳥驚鹿走理在必然不假枚
卜此不可存者二也豐侯好酒實喪厥邦梁伯役民遺其
宗社彼之偽主覆車是襲日夜沉湎曾無節度繕造宮室
莫知窮已竭四民之產荒縱其心斂百姓之哀以為已樂
寶衣玉食填積後宮短褐羸饘不充編戶一介之善蔑爾無
聞五子之歌宛然悉備雖欲勿喪其可得乎此不可存者
三也偽主忌能護短酷法滛刑骨鯁之臣盡見疎斥諫諍

之士皆被屠害遐邇結舌衣冠解體人妖鬼怪觸類呈災稚齒耆年咸知殄滅此不可存者四也以此小邦攝於大國邊烽夜動照彼都城戎鼓晨嚴震其宮殿累朞十二方此未危懸縷千鈞比斯非切而莫知憂恐更自驕矜曾無事大之心專行犯上之志侵軼我邊鄙招納我叛亡國家爰自受命每從含養彰以隣睦申其聘好冀能守彼宗祊靜其疆域而長惡益甚縱毒彌深吳會雄稜之人湘郢耿介之士乞師請命盈庭滿闕帝乃憫然矜彼黎獻授鉞推轂弔民伐罪已有別詔唯廢僞主之身自餘士庶普從肆眚向所陳說咸是格言非曰游談共相欺誤且劉叔■納譙周之計而獲存孫皓用薛瑩之詞而致福此二子者終有良臣之譽皆無陷君之譏何則所恥者小所存者大若憲章往彥聿遵前軌則僞主享封侯之業祖禰延血食之期江東士民實受其賜公等身保榮貴名垂竹帛豈不美歟若膠柱不移守迷莫變率其蟻衆（一作聚）敢拒王師軍有常刑悔無及矣禍成俄頃宜早圖之使人今還遲有委曲言不盡意豈復多云揚廣白

文苑英華卷第六百四十五

登仕郎胡柯　鄉貢進士彭叔夏　校正

文苑英華卷第六百四十六　檄二

檄二

為李密檄洛州文（後篇作移郡縣書）　祖君彥

自元氣肇闢（一作啟）厥初生人樹之帝王以為司牧是以羲農軒頊之后堯舜禹湯之君靡不祗畏上玄愛育黔首（一作庶）乾乾終日翼翼小心馭朽索以同危履薄（一作春）冰而為（一作是）懼故一物失所若納隍而愧之一夫有罪遂下車而泣之謙德軫於責躬憂勞切於罪己普天之下率土之濱蟠木距於流沙瀚海窮於丹穴莫不鼓腹擊壤鑿井耕田致之（一作用）昇平驅之仁壽所（一作是）以愛之如父母敬之若神明固（一作用）能享國多年祚延長久（一作世）未有暴虐臨人克終天位者也隋氏往因周末預奉綴衣狐媚而圖聖寶胠篋而（一作以）取神器及纘戎（一作承）負扆狼虎其心始曀明兩之暉終干少陽之位先皇大漸侍疾禁中遂為梟獍便行鴆毒於是罪（一作禍）深於莒僕釁酷於商臣天地之所不容神明之所嗟憤（一作天地難容人神嗟憤）加以州吁安忍閼伯日尋（後篇作尋戈）劒閣所以懷凶晉陽於焉起亂（一作所以興亂）甸人為罄（禮記作磬）滛刑斯逞夫九族既睦唐帝闡其欽明百世本枝文王表其光大況乃（一作復）隳壞盤石勦絕（後篇作滅）維城脣亡齒寒寧止虞虢欲其長久其可得乎其罪一也禽獸之行在於聚麀人倫之禮（一作體）別於內外而蘭陵公主逼幸告終誰謂戮（音類）首（舜女弟名戮首）之賢翻見齊襄之恥逮於先皇嬪御並進銀環諸王子女咸貯金屋牝雞鳴於詰旦雄雉恣其于（一作羣）飛祖服戲陳侯之

朝穹廬同冒頓之寢爵賞之後篇作不出女謁遽遂一作成公卿
宣淫無復綱紀其罪二也平章百姓一日萬機未曉求衣
昃晷忘不一作食是以大禹不重貴一作於尺璧光武無不一作隔
於反支體此以是一作憂勤深慮幽枉而荒湎後篇作腼於于一作酒俾
晝作夜或號或呼號且呼一作式酣甘一作嗜聲伎常居密室每藉糟
丘朝謁罕見其身羣臣希覯其面斷決自爾此一作不行敷
奏於焉是一作停擁中山千日之酒飲一作酩酊無知名一作襄陽
三雅之盃留連詎比又廣召良家充選宮掖潛爲九市親
駕四驢自比商人見邀要一作逆旅般紂辛一作之謔爲小漢
靈之罪更輕內外驚心遐邇失望其罪三也上棟下宇著
于在一作易爻茅茨采椽陳諸史籍聖人本意唯避風雨詎
待珠玉之華寧須綈錦之麗故瓊宮璿室一作崇構商辛以之
滅亡阿房崛起秦族以之世是以一作二傾覆而不遵古典不念前

車章一作廣立池臺多爲營一作宮觀金鋪玉戶青瑣丹墀蔽虧
日月隔閡寒暑窮生人之筋力罄天下之資財使鬼尚難
爲之勞人固知其一作不可其罪四也公田所藉徹一作不過十
畝人力所供才通用一作纔止三日是以輕繇薄賦不奪農時寧積
於人不藏府庫藏於府一作無而課科一作稅繁猥不知紀極猛火屢
燒漏卮難滿頭會箕斂逆折十年之租杼軸其空日有萬
損千一作金之用費一作父母不保其赤子夫妻相棄於匡床萬邦
戶一作則城郭空虛千室里一作則煙火斷絶滅一作西蜀王孫之
室翻同原憲之貧東海麋竺之家俄成鄧通之鬼其罪五
也古先哲王卜征巡狩唐虞五載周則一紀本欲親問疾
苦觀省風俗謠一作乃復廣積薪芻多聚備一作饔餼年年歷覽
處處登臨從臣疲弊供頓辛苦而飄風涷雨聊竊比於前
先一作驅車轍馬蹤跡一作遂周行於天下秦皇之心未已周

穆之意難窮宴西母以而一作歌雲浮東海以而一作觀日家苦納
秸之勤人阻來蘇之望且夫天子有道守在海外外作內英華夷不
亂華在德非險長城之固役一作戰國所爲乃是狙詐之風
非關稽古之法而乃追蹤秦代版築更興廣營一作蓋其基址
延袤萬里遂使屍骸遍藪一作野血流成川河一作積怨比於丘
山於山川一作蒲號哭動於天地其罪六也遼水之東朝鮮之地
禹貢以爲荒服周王棄而不臣示以羈縻達其聲教苟欲
愛人非求拓土又強弩末矢不能理一作無穿於魯縞衝風餘
力非敢詎能一作動於鴻毛石田得而無堪鷄肋食喙一作而何
用而恃衆怙強力一作窮強一作兵黷武務在吞併在并吞一作唯不
思後篇作務長策夫兵猶火也不戢則將一作自焚遂使億兆夷
人隻輪莫返夫差喪國寔爲黃池之盟苻堅滅身良由壽
陽春一作之役欲捕鳴蟬於前不知黃雀於後彈在後一作挾復矢

相顧隳弔成後篇作連行義夫切齒壯士扼腕其罪七也直言
啓沃王臣匪躬唯木從繩若金須礪唐堯建鼓思聞獻替
之言夏禹懸鞞鞀一作時聽箴規之美而乃愎諫違卜妬蠹一作
賢嫉能直士正人皆由屠戮害一作左僕射齊國公高熲上柱
國宋國公賀若弼或文昌上相或細柳功臣暫吐良藥之
言纔加屬鏤之賜龍逄無罪遂便一作遭夏癸之誅王子何辜
濫被商辛之戮遂令君子結舌賢人鉗緘一作口指白日而爲
比一作盛射蒼天而敢欺不悟國之將亡不知死之將至其罪
八也設官分職貴在銓衡察獄問刑無聞賂賕一作鬻而錢
神起論銅臭爲公梁冀受黃金之蛇孟他薦蒲萄之酒遂
使彝倫攸斁政以賄成君子在野小人在位積薪居上驗
同一作汲黯之言囊錢不如傷趙壹之賦其罪九也宣尼有
言無信不立用命賞祖義豈食言自獨夫辟主一作嗣位每歲

行幸南北巡狩東西征伐至於(一作如)浩亹陪蹕東都固守(一作
守固)閿鄉野戰鴈門被(一作解)圍自外征伐(一作夫)不可勝紀既立
功勳須酬爵賞(一作官爵)而志懷翻覆言行浮詭臨危(一作危急)則
勳賞懸授克定則絲綸不行異商鞅之賚(一作頒)金同項王
之刓印芳餌之下必有懸魚惜其重賞求其(一作人)死力走
九逆坂壁(一作言匹)此非難凡百驍雄莫(一作誰)不讎怨至於匹夫蕞
爾宿諾不虧況(一作既)在乘輿二三其德其罪十也有一於此
未或不亡況四維不張三空(三空見後漢陳蕃傳)總萃(一作靈總萃三)無小
無大愚夫愚婦共識殷亡咸知夏滅罄南山之竹書罪未
窮決東海之波流惡難盡是以窮奇災於上國猰㺄暴於
中原三河縱封豕之貪四海被長蛇之毒百姓殲亡殆無
遺類十分之(一作為)計才(一作纔)一而已蒼生懍懍(一作懍懍)咸憂杞
國之崩赤縣(一作子)嗷嗷俱愁歷陽之陷且國祚將改必有
常期六百喪殷(一作殷亡)之年三十終姬之數(一作姬終之世)故讖錄
皆云隋氏三十六年而滅此則厭德之象已彰代終之兆
先見皇天無親唯德是輔況乃欃槍竟天申繻謂之除舊
歲星入井甘公以為義興兼以朱雀門燒正陽日食狐鳴鬼
哭川竭山崩並是宗廟為丘墟之狀荊榛是庭旅之事(一作宗廟
為墟之妖荊榛旅庭之事)夏后(一作氏)則災疊非多殷人則咎徵更少
牽牛入漢方知大亂之期王良策馬始驗兵車之會今者
順人將革先天不違大誓孟津陳盟(一作命)景亳三千列國
八百諸侯不謀而同辭不召而自至轟轟隱隱如霆如雷
雕虎嘯而谷風生應龍驤而景雲起我魏公聰明文(一作神)武
齊聖廣淵總七德而在躬包九有(一作功)而挺秀(一作出)周太保
魏國公之孫上柱國蒲山公之子家傳盛德武王承季歷
之基地啓元勳世祖嗣元皇(英華作皇室)之業篤生白水日角之

相更(一作便)彰載誕丹陵天寶之文斯著加以姓符圖讖(一作緯)
名協歌謠六合所以歸心三靈於焉(一作所以)改卜文王厄於
羑里赤雀方來高祖隱於碭山彤雲自起兵誅不道赤伏
至自長安(後篇作安平)鋒銳難當黃星(英華作星■)出於梁宋(英華作宋■)九
五龍飛之始大人豹變之初歷試諸難大敵獨勇上柱國
司徒東郡公翟讓功宣締構翼亮經綸伊尹之贊(一作佐)成
湯蕭何之奉(一作輔)高帝上柱國總管齊國公孟讓柱國歷
城公孟暢柱國絳郡公裴行儼上大將軍左長史邴元真
等並運籌千里勇冠三軍擊劍則斬蛟截鼇(一作截蛟斷鼇)彎弧
則啼(一作吟)猿落鴈韓彭絳灌成沛公之基寇賈吳馮奉蕭
王之業復有蒙輪挾輈之士拔距投石之夫冀馬追風吳
戈照月(一作日)魏公屬當期運撫茲(後篇作掘斯)億兆躬擐甲冑跋
涉山川櫛風沐雨豈辭勞倦遂興(一作起)西伯之師將問南巢
之罪百萬軍(一作成)旅四七為名呼吸則河渭絕流叱咤則
嵩華自拔以此攻城何城不克(一作陷)以此擊陣何陣不摧
譬猶決滄海而灌殘螢(英華作熒)舉崑崙而壓小卵誠行而西
進(一作前)百道俱進(一作前)以四(一作今)月二十一日屆於東都而昏
朝文武留守段達韋津等昆吾惡稔飛廉姧佞尚(一作久)迷
天數敢拒義師(一作兵)驅率醜徒衆有十萬迴洛倉北遂來
舉斧於是熊羆角逐貔虎爭先因爾(一作其)倒戈之心乘我破
竹之勢曾未旋踵瓦解冰銷坑卒則長平未多積甲則熊
耳為少達等助紂(一作桀)為虐嬰城自固梯衝亂舞徒設九
拒之謀鼓角潛(一作將)鳴空恃(一作憑)百樓之險鸞巢衛幕魚遊
宋池殄滅之期匪朝伊夕(一作暮)然興(後篇作迴)洛虎牢國家儲積
我並(一作已)先據為日久矣又(一作既)得迴洛復(一作又)取黎陽天下
倉廩(後篇作倉儲一作之倉)盡非隋有四方起(後篇作赴)義萬里如雲足食

足兵無前無敵裴光祿仁基雄才上略（一作將）受脈東（一作專）征遐邇攸憑安危是託乃識機知變遷虞（後篇作款）事夏表謙撝於（一作自）藍水張須陁獲在滎陽竇慶戰殁於睢陽（一作淮南）郭絢（英華作詢）授首於河北隋之亡殄（一作候）斷可知也清河公房彥藻近東戎律略地東南師之所臨風行電擊李安陸汝潁（一作南）則隨機蕩定淮安濟陽（英華作淮南濟北）則俄然送款徐圓朗巳平魯郡上柱國東平孟海公（一作又）破濟陰於是海內英雄咸來響應封民瞻取平原之境郝孝德據黎陽之倉李士才（一作雄）虎視於長平王德仁鷹揚於上黨滑郡公李景考功郎中房山基發自臨榆（一作渝）劉興祖起於北（一作白）朔崔白駒自（一作在）潁川起房（一作方）獻伯以譙郡來各擁數萬之兵俱期牧野之會滄溟之右函谷之（後篇作以）東牛酒隘（一作獻）於軍前壺漿迎（一作盈）於道左諸君等並衣冠華（一作世）胄杞梓良材歆神靈澤（一作神鼎靈澤）之秋裂地封侯之始豹變鵠起今也其時鼉鳴龜（一作鼈）應見機而作各宜鳩率子弟共建功名耿弇（後篇作門）之赴光武蕭何（一作宗）之奉高帝當以（一作豈止）金章紫綬軒（一作干）華蓋朱輪富貴以重當年珪璋（一作忠貞）以傳弈葉豈不盛哉若隋代官人同夫桀犬（一作同吠堯之犬）尚荷王莽之恩仍懷蒯聵之祿（英華作許）審配死於袁氏不如張郃歸曹范曾（漢書作增）困於項王未若陳平從漢魏公推以赤心當加好爵擇木而飄幸（一作令）不自疑脫其猛虎猶與舟中敵國夙沙之民共縛其主彭寵之僕自殺其君高官上賞即以相授如暗（後篇作憯）於成事守迷不返崑岡縱火玉石俱焚義等噬臍悔將何及黃河帶地明余旦旦之言皎日麗天知我勤勤之志（一作意）布告天下（一作海內）咸使聞知

一作皆舊唐書李密傳

此篇六百八十三卷書門重出今已削去

為李密檄竇建德文　房彥藻

公逸氣縱橫鷹揚河朔引蘭山之驍騎驅易水之壯士跨躡燕齊牢籠趙魏好通戎狄聲振華夏昔隗囂之居隴上非不險也項籍之據彭城非不強也然而援無所恃躬違歷數遂使楚徒獻欸於垓下秦泥不封於函谷故託身得地竇融保西河之功協契非人劉表喪漢南之業魏公英雄電逝類晨風之拂北林率土星奔甚涓流之赴東海今隋主拘囚於世充身制於朱粲白旗之首巳懸烏江之船未艤去月二十日總管兵馬會同黎陽莫不投蓋蒙輪貫勇求敵遠懷歸義分討不庭公能觀火鹿臺枉道垂報或以冀方猶梗願協力齊盟南臨則黃河可清北指則幽雲自卷公之遠度宏規高勳茂績必將俯眄伊呂吞併韓彭自餘碌碌復何足數絳灌尚敬干戈未戢想軍旅之事各有司存指蹤之勞無疲於明鏡也內懷悃款形於翰墨情之所寄言不能適

為竇建德檄秦王文　孔德紹

（建德帥衆度河與王世充相援船運軍糧泝河而上舳艫相繼首尾不絕水陸並進築城營壘於成皐之東見號三十餘萬陸令人與王世充相約乃遺秦王書）

夏王敬問唐秦王彼朝發跡太原奄有關內鄭氏光啓伊洛崇建宗社予則創基燕趙包舉山東鄭國何辜興師致討深懷固存不憚濡足方今千乘雷動萬騎雲屯投石拔距蒙輪擊劒統三燕之義勇驅六齊之雄傑制勍敵如拾遺殄高墉若摧朽鄭都鞠旅誓衆[redacted]雲鏇[redacted]我師躍馬礪戈克蕩氛祲彼則外無救援內絕軍糧將聽楚歌之聲方見崤陵之哭若能反鄭國之侵地守秦川之舊邦更修前好不乖來請

爲李密檄滎陽守郇王慶文　魏徵(見隋書郇王慶傳)

(密既屯鞏洛，東得黎陽河南郡縣，[illegible]莫不響應，唯滎陽不下，王即隋之宗室，故[illegible]密以一城之地不足以動大兵，先命行人開陳禍福)

早挹芳猷，未諧披展，其爲翹佇，興寢增勞。寒勢轉嚴，比得清吉。及處危城，無乃憂悴。自猜(隋書作昏)狂嗣位，多歷歲年，剝削黔黎(隋書作生民)，塗毒(一作炭)天下，瓊室瑤臺之麗，未極驕奢；糟丘酒池之荒，非爲淫亂；加以違忠臣之諫，從婦人之言，殺戮忠良(一作良多)，科稅無已。是以蝟毛而起，豹變其文，共舉義旗，同(隋書作戡)翦凶虐。今者屯營鞏洛，開發太倉，賑卹飢羸，咸從充偉。兵戈電照，隷首筭而無窮；冀馬雲屯，弘羊計而難盡。是以八方並湊(隋書作同德)，萬里俱來，莫不期入關以亡秦，爭度河而滅紂。東窮海岱，南洎江淮，凡厥遺黎(隋書作人)，承風慕義。唐公起兵黎(疑作晉)陽，兵(一作軍)臨灞岸，三秦父老，千里犒師，叶義同心，共爲犄角。元寶藏武陽興義，即取黎陽，燕趙之郊，來蘇成詠。唯滎陽一郡，仍(隋書作王)獨守迷愛，以宗盟尚疑銜璧，嗷陳鍼藥，莫愈膏肓。夫微子紂之長(隋書作元)兄，親(隋書作族)寔爲重；項伯籍之季父，戚乃非踈。然其(隋書作猶)去朝歌而歸周，背西楚而歸漢，豈不眷戀宗祊，留連骨肉，但爲識寶鼎之遷(隋書作將)移，知神器之先改。河決不可壅，樹顛不可維。所謂玄覽通人，明鑒君子者矣。而王之先代，家住山東，本姓郭氏，乃非楊族，只(隋書作止)爲宿與隋朝頗(隋書作先)有勳舊，遂得預沾磐石，遂(隋書作名)在葭莩。婁敬之與漢高，殊非血胤；呂布之於董卓，良異天親。芝焚蕙歎，事不同此。又王之昏主，心若虎狼，儲忿同胞，乃甚(隋書作有逾)沉閼。惟勇及諒，咸罄(禮記作磬)甸師，魏文之毒任城，漢武之鴆河獻，假使宗祧是一，踈不間親，况乃族類爲非，有何疑阻(隋書作何能自保)。王之爲臣，無所獻納，不能曲突徙薪，除煩去惑，致令四海鼎沸，百姓亂麻，高壘深壍，自固而已。藩屏之寄，豈若是乎？欲免大責，其可得也。爲王計者，莫若舉城從義，開門送款，識機知變，足爲美談，乃至子孫長守富貴(十六字隋書作安若太山高枕而卧長守富貴足爲美談乃至子孫必有餘慶)。今王世充屢被摧破，偷存漏刻，段達守東郡，窘迫自救無聊(隋書作今王世充屢被摧殘自救無聊偷存晷刻詎能支久段達韋津東都自守何暇圖人)，世充朝亡，彼(隋書作達)便夕死。又東都荒酣酒色(六字隋書作江都荒湎)，流宕忘歸，內外崩離，人情(隋書作神)怨憤，上江米船，皆被抄截，士卒飢餒，半菽不充，事切析骸，義均煑弩。舉烽火於驪山，諸侯莫至；浮膠船於漢水，還日未期。近得朱粲啓詞，銳師百萬，以破襄陽，㧾帥熊羆，沿流東下，剋期指日，定滅江都。分項籍於五侯，切王莽於千段。王獨守孤城，援絕(隋書作絕援)千里，餱糧之計，僅有月餘，弊卒之多，才(隋書作纔)盈數百，何以(隋書作有何)恃賴，欲相拒抗？飛(隋書作求)枯魚於市肆，即是未遙；因歸鴈以運糧，竟知何日？然城中雄(隋書作豪)傑，王之腹心，思殺長吏，將爲內應。(隋書作啓)只恐禍生匕首，釁起(隋書作發)蕭墻(隋書作空)，以七尺之形(隋書作軀)，徒(隋書作懸)賞千金之購，可爲寒心，可爲酸鼻者也。今貔豹百萬，馬首欲東，唯待王世充破了，鼓行東邁，梯衝亂舞，鼓角潛鳴，笑虢叔之死馬(疑作焉左傳制巖邑也虢叔死焉制在隋屬滎陽郡)，悲襄陽(疑作城漢書襄城無噍類)之噍類。南陽首(疑作守)齮封侯之事，杳然東門逐獵，臨刑之歎何晚。深相愛惜，裂帛裁書，幸可三思，自求多福(慶得書懼召父老計乃出降密)。

代徐敬業傳檄天下文　駱賓王

僞臨朝武氏者(集本文粹並作僞周武氏者)，人(文粹作性)非和順(舊唐書作溫潤)，地實寒微。昔充太宗下陳，曾(唐書作嘗)以更衣入侍。洎乎晚歲(諸本作節)，穢亂春宮，密(文粹作潛)隱先帝之私，陰圖後房(唐書作庭)之嬖。入門見嫉，蛾眉不肯讓人；掩袖(集作袂)工讒，狐媚偏能惑主。踐(集作元后於羣君啗（集作致）吾君於聚麀加以虺蜴為心豺狼成性近狎邪僻殘害忠良殺姊（集作子）屠兄弑君酖母人神之所同（集作共）嫉天地之所不容猶復包藏禍心窺竊神器君之愛子幽之于（唐書作於）別宮賊之宗盟委之以重任嗚呼霍子孟之不作朱虛侯之已亡燕啄皇孫知漢祚之將盡龍漦帝后識夏庭之遽衰敬業皇唐舊臣公侯冢胤奉先君之成業荷本朝之舊（文粹作厚）恩宋微子之興悲良有以也袁君山之流涕豈徒然哉是用（一作以）氣憤風雲志安社稷因天下之失望順宇（集作遂海）內之推心爰舉義旗誓（文粹作以）清妖孽南連百越北盡三河鐵騎成羣玉軸（唐書作舳）相接海陵紅粟倉儲之積靡窮江浦黃旗匡復之功何遠邊（唐書作班）聲動而北風起劒氣衝而南斗平喑嗚則山岳崩頹叱咤則風雲變色以茲（一作此）制敵何敵不摧以此圖功（集作以斯攻城）何功（一作城）不克公等或居漢地或叶周親（唐書作或家傳漢爵或地叶周親）或膺重寄於爪牙或受顧命於宣室言猶在耳忠豈忘心一抔之土未乾六尺之孤安在（文粹作何託）儻能轉禍為福送往事居共立勤王之功（文粹作圖）無廢舊（文粹作大）君之命凡諸爵賞同指（唐書作裂）山河若其（集作或）眷戀窮城徘徊岐路坐昧先幾之兆必貽後至之誅請看今日之域中復（文粹作竟集作合）是誰家之天下移檄州郡咸使知聞

為濮陽公檄劉稹文（集作書）　李商隱

足下前以肺肝布諸簡素仰承復命猶事枝詞夫豈告者之不忠抑乃聽之而未審擇福莫若重擇禍莫若輕一去不迴者良時一失不復者機事噫嘻執事誰與為謀延首北風心焉如灼是以再陳禍福用釋危疑言不避煩理在易了丁寧懇款至于再三者誠以某與先太師相國俱沐天光並為藩后昔去與國今則親鄰而大年不登同盟（英華作閒皇[illegible]）未至飯貝纔畢襚衣莫陳乃睠後生遽乖先訓還延朝命迷失臣誠不思先穀（左傳作轂）之忠將覆欒書之族此僕隸之所共惋（集作惜）兒女之所同悲況其擁節臨戎援（集作救）旗誓眾封疆甚邇音旨猶存忍欲賣之以為己功間之以開戎役將祛未寤欲罷不能願思苦口之言以定束身之計昔先太尉相公常蹈亂邦不從逆命糵身歸國全家受封居韓之西為國之屏棄代之際人情怗然太師相公（集作國）以早副軍牙久從征旆事君之節已著居喪之禮又彰故乃（集作前）奬其象賢仍以舊服納職貢賦十五餘年於我唐為忠臣於劉氏為孝子人之不幸天亦難忱纔加壯室之年奄有壞梁之歎主上深固義烈是降優恩蓋將顯足下之門為列藩之式不欲劉氏有自立之帥上黨為幸恩（集作姑息）之軍俾之還朝以聽故（集作後）命其義甚著其恩莫偕昨者祕不發喪已踰一月安而拒詔又歷數旬祕喪則於孝子未聞拒詔則於忠臣已失失忠於國失孝於家望此用人由茲保族是亦坐薪言泰巢幕云安智士之所寒心謀夫之所齰舌矧於僕者得不動心竊計足下之懷執事之論當以趙氏傳子魏氏襲侯欲以逡巡希恩顧望謀立耳夫事殊者趣異勢別者跡睽胡不度其始而議其終搴其華而尋其實願為足下一二而陳之趙魏二侯於其先也親則父子於其人也職則副戎賞罰得以相參恩威得以相抗義顯事順故朝廷推而與之今足下之於太師也地則猶子職非副戎賞罰未嘗相參恩威未嘗相抗稽喪則於義爽拒詔則於事乖比趙魏二侯信事殊而勢別矣此施之於太師趙魏則為繼代象賢之美施之於足下足下則為自

立擅命之尤得失之間其理甚白又計足下未必不恃太師之好賢下士重義輕財吳國之錢往往而有梁園之客比比而來將倚以爲墻藩託以爲羽翼使之謀取使以數求細而思之此又非計山高則羝羊自至泉深則沉玉自來已立然後人歸身正然後士附語有之曰政亂則勇者不爲鬬德薄則賢者不爲謀故吳濞有姧而鄒陽去燕惠無德而樂生奔晉寵大夫卒成分國之禍衛多君子孰救渡河之災此之前車得不深鏡代憲四祖文明繼興當時燕趙中山淮陽齊魯結連者幾姓旅拒者幾侯咸逆天用人背惠忘德據指掌之地謂可逃刑倚親戚之私謂能取信一旦地空家破首裂支分闇者不能爲謀明者固以先去悔而莫及未如之何先太尉與李洧尚書齊之密戚楊太保與蘇肇給事蔡之懿親並據要地方州領精甲鋭卒及其王師戾集作莅非止我武惟揚則割地驅人以降送款輸忠以入非不顧密戚非不念懿親非不思恩非不懷惠直以逆順是迫死生實難能與其同休不能與其共戚故也況足下大末侔齊蔡父未及李吳將以其人動於不義僕固恐夙沙之國縛主之卒重生彭寵之家不義之侯更出又計足下當恃太行九折之險部内數州之饒兵士尚強倉儲且足謂得支久謀而使安危哉此心自棄何速昔李抱真相國用彼州之人破朱滔於燕國困田悦於魏郊連兵轉戰綿歲經時而潞人夫死不敢哭子死不敢悲何者李相國奉討逆之命爲勤王之師義著而誠順故也及盧從史釋喪就位賣隣冀功將乘討伐之時欲肆兇邪之性計未就而人神已怒事未立而兵衆已離以萬夫之長困一卒之手驅檻北闕棄尸南荒而潞之人猶老者捫肯少

者扼腕謂朝廷不即顯戮深爲失刑其故何哉以從史不義不暱去安就危衆黜其謀下不爲用故也二帥去就非因傳聞鴆杖之人鮐背之叟知其本末尚能言之則太行之險固不爲勃疑作悖者之守數州之衆固不爲邪者之徒此又其不足恃也由此言之則何以敗名譽六字集作則以何名隳家聲何事捨君命何道求士死何計得集作圖人心此僕者所以對按忘飡推枕不寐爲足下惜爲足下危而不知其所以然也況太師比者養牛添卒畜馬訓兵旁招武幹之材中舉將軍之令然而輕集作聽於遠近頗有是非雖朝廷推赤心弘大度然而不逞者已有乖異集作冀圖之說橫議者屢興勃惡之疑人之多言亦可畏也誰爲來者宜其弭之今足下背季父引進之恩失大朝文誥之令則是實先太師之浮議彰昭義軍之有謀爲人姪則致叔父於不忠爲人孫則敗乃祖於無後亦何以對燕趙之士見齊曹之人耶又計足下旬月之前造次爲慮今茲追改懼有後艱此左右者不明而咨詢之未盡也近者李尚書祐董常侍重質之輩並親爲賊將拒我官軍納質於匪人效用於戎首久乃來復尚蒙殊恩皆受郡符咸領旗鼓不能悉數厥徒實繁豈有足下藉兩代之餘資弄集作委數萬之舊旅俛首聽命舉宗效誠則朝廷又豈以一日之稽遲片辭之疑異而致足下於不測阻足下之後至集作圖故事具存可以明驗幸請自求多福無辱前人護龍旋以歸洛師秉象笏而朝魏闕必當勳庸繼代富貴通身無爲隣道所資使作他人之福儻尚淹歸款未整來軒集作轅戎臣誠勇以爭先天子赫斯而降怒金玦一受牙璋四馳魏衛壓其東南晉趙出其西北拔距投石者數逾萬計科頭戟手者動以千羣兼

驅挽虎（唐諱）之材官仍率射鵰之都督感義則日月能駐拗憤則砂石可吞使兵用火焚城將（集作兼）水灌魏趣邢郡趙出洛州分二大都之間是古平原之地車甲盡輸於比境糗糧反聚於他人恃河北而河北無儲倚山東而山東不守以兩州之殘（集作饑）殍抗百道之竒兵比累卵而未危寄孤根於何所則老夫不佞亦有志焉願驅敢死之徒以從諸侯之末下飛狐之口入天井之關巨浪難防長飈易扇此際必當驚地底之皷角駭樓上之梯衝喪貝躋陵飛走之期既絶投戎（集作戈）散地灰釘之望斯窮自然麾下平生盡忘舊愛帳中親信即起他謀辱先祖之神靈爲明時之哂（集作戮）笑靜言其漸良以驚（集作兢）魂令故再遣使車重申丹素惟鑒前代之成敗訪歷（集作用）事之賓寮忠反道敗德之難念順令畏威之易時以吉日蹈兹坦塗勿餧劉氏之黿勿汙潞人之俗封帛增欷含毫益酸延望還章用以上表成敗之舉慎惟圖之不宣河陽三城節度使王茂元頓首

文苑英華卷第六百四十六

登仕郎胡　柯　鄉貢進士彭　叔夏　挍正

文苑英華卷第六百四十七

露布一（露布二卷英華所編失年代先後今正之）

兵部奏姚州破賊楊虔柳等露布一首
兵部奏姚州破賊設蒙儉等露布一首
爲建安郡王武攸宜等平冀州賊契丹露布一首
爲幽州長史薛楚玉破契丹露布一首

兵部奏姚州破逆賊諾没弄楊虔柳露布（高宗）　駱賓王

尚書兵部臣聞北辰（集作極）列象六合奉天子之尊南面稱（集作乘）乾一統成聖人之業是知衣裳所會義有輯於殊隣霜露所均誠無育於異類故塗山萬國誅後至者防風丹浦一戎綏（集作綏）前禽者就日然則陳（集作利）弧矢以威天下法雷霆而（集作以）震域中四時行焉天道不能去殺五兵備矣皇業所以勝殘雖事切救焚苟順時而濟物恩深祝網不獲已而用兵伏惟皇帝陛下登翠嬀以握圖憲紫微而正象玄功不宰混太始以凝神至道無名佇華胥而得夢闡文教以清中夏崇武功以制九夷環海十洲通波太液之水鄧林萬里交影甘泉之樹反踵穿胷之域襲冠帶以來王奇肱儋耳之酋奉正朔而請吏逆賊蒙儉和舍等浮竹遺胤沉木餘苗邑殊禮樂（集作義）之鄉人習貪殘之性日者皇明廣燭帝道遐融頗亦削左衽而被朝衣解椎髻而昇華冕而豺狼有性梟獍難馴遂敢亂我天常率九種（集作變九隆　九隆出後漢乃哀牢夷之先也）而背誕負其地險携七部以稽誅擾動（集作亂）邊疆寇（集作斂）擄州縣（集作郡）是用三門授律長驅無戰之師五月渡瀘深入不毛之地去月二十一日軍次三腨崑崙鎮前後捕得生口知守捉山羌傍山連結十部蠻有徒五萬衆此山即南郡中之巨防也岡巒千里西通大荒之外（集作郊）谿谷萬重南極炎洲之境聳喬林而挿月陰兔（集作靈）有假道之標拔崇巖以隱天陽烏無迴翼之地峯危東馬路絕懸車賊據臨岱（集作代）之形乘建瓴之利（集作勢）御風召雨蝟起蜂飛驅雜種以挻妖（集作災）封豕千里肆沉黎而作孽雄虺九頭臣以爲制敵以權柔遠者理或存於德教伐叛以義決勝者不必在於干戈於是廣布朝恩恭宣帝澤申之以安撫曉之以存亡信重蠻陬無負黃龍之約賞隆漢爵不踰白馬之盟而地接冉（見司馬相如喻蜀文集作周）駹詞屢殫於喻蜀俗通盤瓠聲不輟於吠堯臣遣左三（集作二）軍子揔管寧遠將軍前守右驍騎萬安府長史折衝都尉上柱國劉會基率檢校果毅驍騎尉井陘縣開國男劉玄暕等銜枚遠襲卷甲前驅偃危旆而設潛兵疑從天落乘間道而掩不備似（集作若）出地中又遣右三（集作二）軍子揔管明威將軍行右（集作左）武衛翊府中郎將上柱國高奴弗率左武衛天水府折衝都尉張仁擽（集作躒）等涉（集作陟）南山之南衝其要害之路又遣左一軍子揔管前右金吾衛翊府左郎將上柱國孫仁感率衛尉府右（集作左）果毅都尉王文雅等陵北山之北絕其飛走之途賊首領楊虔柳諾没弄諾覽斯等振螳蜋之力拒轍當輪肆（集作縱）蚊蚋之群彌山滿谷劉會基高奴弗孫仁感等並忠勤克著智略遠聞識明君之重恩輕生有地提太阿之雄（集作神）劒視死無時彎弧而兇黨土崩舉刃而妖徒瓦解錐危苕（見荀子英華作阽危）沸鼎未窮梟首之誅救死扶傷猶致析骸之請二十二日臣遣副總管兼安撫副使定遠將軍前左驍衛翊府中郎將令狐智通率右武衛良將壯府左果毅都尉韓惠德等擁貔豹之雄順天機而右（集作左）轉遣管內安撫副使朝議大夫使持節守銀州刺史上柱國宜春縣

開國子李大志率前左武衛靜初（集作福）府右果毅都尉上
柱國陳弘義等驅（集作率）象犀之卒乘地軸以右迴又遣行
軍司馬朝散大夫守巂州都督府長史上柱國梁待擘（集作辟）
率守右金吾衛右宜昌府果毅都尉閻文成等揔投石拔
距之材蹈中權而拊其背又遣前守右威衛龍西府果毅
都尉康留買等騰躍鐵歎金之騎犯前矛（集作茅）而扼其喉
臣等率守左衛清官府左果毅許懷秀等橫玉弩以高臨
縱金鉦而直進玄雲結陣影密西郊赤堇揮鋒氣衝南斗
飈煙塵（集作塵埃）而匝（集作布）地白日爲之晝昏積氛祲以稽天
蒼宜爲之晦色兵交刃接鳥散魚驚自卯及申追奔逐北
斬首千餘級轉戰三十里激流膏而爲泉似釁萇弘之血
委亂骸而擠壑若沉鼈令（集作若泛鼈靈）之屍既而照盡高春雲
昏乙夜賊乃收集餘衆深（集作保）據重巖臣度彼遊魂慮其
宵遁使三軍齊進四面合圍二十三日乘魚爛之危啓蚍
形之陣揚麾誓衆杖節訓兵一鼓先登賞必懸於芳餌九
攻失律罪無赦於嚴誅五都（集作部）材雄三河俠少或生居
燕地尤工即墨之圍或家本秦人早習昆明之戰叱咤則
江山摇蕩慷慨則林巒飛騰舉鵬翼（集作力）以揚威曜犀渠
而賈勇澄氛廓祲回夏景以潰春冰滅跡掃塵若霜風之
卷秋蘀戰踰百里時歷三朝前後生擒四千餘人斬首五
千餘級諾没弄楊虔柳等殞死（集作元）行陣懸首旌門蒙儉
和舍等委衆奔馳脱身挺險雖復刑以止殺丁壯咸伏於
誅夷禮不重傷班白必存於寬宥昔魏臣伐（集作賦）蜀徒闘
蒟醬之奇漢使開邛纔通竹杖之利豈若膺紫泥而爭
伐指丹徼以臨戎一戰而孟獲已擒再舉而哀牢授首斯
並皇威遠暢廟略遐宣奉玄德（集作猷）以配天徒知帝力掩

黄（集作皇）輿而闢（集作闡）地豈曰臣功無任（集作不勝）慶快之誠（集作至）
謹遣某奉露布以聞軍資器械别簿條上

兵部奏姚州破賊設蒙儉等露布　前人

臣聞七緯經天星墟分張翼之野八紘紀地炎洲限建木
之鄉西距大秦雜金莖而孕氣南通交趾枕銅柱以爲隣
俗帶白狼人習貪殘之性河淪赤虺川多風雨之妖水積
炎氛山涵毒霧竹浮三節肇興外域之源木化九隆頗爲
中國之患年將千祀代歷百王鄭純之化不追孟獲之風
逾扇故三年疲衆徒闘定笮（英華作鄭管）之譏五月出師未息渡
瀘之役然則大人拯物上聖乘期法乾坤以握樞體剛柔
而建極知仁義不能禁暴設刑綱以勝殘知揖讓不可濟
時用干戈而静亂伏惟皇帝陛下祥禽載玉（集作祥蟠戴玉）出（集作拓）
地軸以登皇道契書（集作寢）繩掩天紘而踐帝玄雲入户纂
靈慶（集作瑞）於丹陵蒼籙（集作緑錯）昇壇薦禎圖於翠渚垂衣裳
以朝萬國崇玉帛而禮百神昭儉防奢露臺惜中人之産
宣風布政明堂法上帝之宫致群生於太和登品物於仁
壽四神踐雪五老飛星君囿祥麟樂班文於仙樂（集作卉）女
牀鳴鳳韻歸昌於帝梧四隩同文五風異色配林萬里纔
踈苑囿之原（集作基）層城九重未浚（集作出）池隍之域合璧（集作六合）
照臨之地候月歸琛大鑪覆載之所（集作間）占風納賮蠢
兹夷（集作蠻）貊敢亂天常横赤標（集作熛）以踈疆背朱提而設
險石林萬仞巖邑千重（集作里）望秦阜以相傾嶠陵失四塞
之阻對梁山而錯峙劒門成一簣之峯自謂絶壤幽（集作遐）
荒中外足以迷聲教憑深負固江河（集作山）可以逃靈誅殊
不知玉弩垂芒（集作涵洶）水無九嬰之沴瑶階舞戚洞庭有
三苗之墟臣等謬以散材忝專分閫白招乘候順秋官（集作帝）

以揚旌絳節臨邊通夜郎而解辮自營開巂穴旆轉邛川峻岐折坂之危盡亡衿帶滇池漏江之固曾莫藩籬唯逆賊設蒙儉等未革狼心仍懷豕突陸梁放命旅拒偷安地（集作城）接祠雞竟無心（集作希）於改旦山多神鹿終未息於擇音（英華作陰杜預注左傳通用）臣以大帝宣威有征無戰明王杖順先德後刑弘（集作加）聖澤於中孚緩天誅於大造庶南蕫解慍仰雲闕（集作闕）以翔魂東律和（集作變）音扣轅門而啓（集作頓）顙而祝禽疏網徒開三面之恩毒虺挻妖愈（集作逾）肆九頭之暴乃鳩集餘衆蟻結兇徒儋耳椎髻之渠千里霧合鑿齒雕題之孽一呼雲屯疊（集作陵）石菌以開營拒巖掞而峻壘崇巒切漢若登藏寶之山絶壑憑霄似瞰封泥之谷去前（集作以去）月十七日連營布陣據（集作踞）險揚兵東西三十餘里馬步二十餘萬聚蚊蚋而合（集作成）響聲若雷霆縱虵豕以爲群氣稽宇

宙臣遣中郎將令狐智通等擁拔山超海之師當其步陣遣銀州刺史李大志等以（集作驅）躍景騰雲之騎乘其馬軍遣巂州都督府長史行軍司馬梁待璧（集作辟）等領勁卒二千絶其飛走之路遣臨原（集作源）府果毅馬仁靜等勒精兵九百斷其潛伏之軍臣率行軍長史韓餘慶等負霜戈而直指掃雲陣以長驅庶令斬馘七擒將士挾雷公之怒伏屍百萬（集作死）蠻夷識天子之尊（集作威）於是三略訓兵五申誓衆先登陷敵唯標（集作無遺）大樹之功後拒亂行必致曲梁之罰楚人三户蜀郡五丁氣擁玄雲精貫白日喑嗚則乾坤揺蕩呼吸則海岳（集作林壑）沸騰列旗影以雲舒似長虹之東指横劒鋒而電轉疑大火之西流刃接兵交洞肯達臆自辰踰午魚爛土崩沸殘息於層峯更切守陴之哭積圓顱於重阜殆成京觀之形（集作封）唯賊帥李千未悟傾巢之

兆敢懷拒轍之心猶（集作獨）率馬軍平川轉鬬驚塵亂起六合爲之寢光殺氣相稽四溟爲之（集作由是）變色副揔管李大志忠惟徇國義則忘軀臨危而貞節愈（集作逾）明制敵而機謀（集作神機）獨遠丹誠自守雖九死其如歸白刃交前豈三軍之可奪投袂則妖徒霧廓搴旗而逆黨冰摧（集作兇黨山崩）於是乘利追奔因機深入困獸猶鬬似化（集作戰）廩君之魂窮鳥尚飛如驚杜宇之魄斬甲卒七千餘級獲裝馬五千餘疋僵屍蔽地（集作野）臨赤坂而非遥流血洒途視丹徼而不（集作以何）遠首領和舍等並計窮力屈面縛軍門冀其萬死之誅弘以再生之路唯蒙儉脱身挺險委（集作負）命窮山顧巢穴以（集作而）靡依延（集作逃）晷漏其（集作而）何幾況妖徒革面荒（集作徼）外非復他人部落離心舟中皆爲敵國瞻言梟首指日可期九所（集作在）歸降隨事招撫與之更始復其故業首

丘懷戀疑臨舊國之墟安堵知歸（集作識家）似入新豐之市（集作邑）然後班師遯水振旅禺山建鴻業（集作勳）於武功暢玄猷於文教庶荒陬襲中邦（集作原）之禮邊疆息外寇（集作户）之虞華人（一作封）祝堯兆皇基於千歲（集作載）夷歌頌漢美王澤於三章豈與夫天帝前星廣賜秦公之冊坤元益地遥開王母之圖蓋亦有云曾何足紀斯並玄謀廣達（集作運）妙略遐覃一戰（集作戎）而荒憬肅清再鼓而邊隅底定豈臣等提戈擐甲克全百勝之功杖節揚麾能通九變之策謁藁街而獻捷（集作旅）大帝成規閫杖杜以勞還小臣何力不勝慶快之至謹遣行軍司馬朝散大夫守巂州都督府長史上柱國梁待璧（集作辟）奉露布以聞軍資器械別簿録上

爲河内郡王武懿宗（集作爲神兵道）平冀州賊契丹等露布（按新唐書神功元年武懿宗爲神兵道大總管討契丹一本作建安郡王武攸宜非）

張説

大揔管右金吾衛大將軍兼檢校洛州長史河內郡王臣某前軍揔管行左衛翊府中郎將上柱國定陽郡開國公臣楊玄基行軍長史朝奉大夫守給事中護軍臣唐奉一行軍司馬通議大夫行天官郎中臣鄭杲等言臣聞氛祲薄霄戎狄謀夏則武庫兵動中國有弧矢之威文昌將飛邊城用金革之事蓋以式遏姦暴大庇黎人震蠻溘夷明罰耀武者也伏惟天策金輪聖神皇帝陛下仁覆有截化被（集作行）無外皇圖未臣之黨先帝（集作帝載）不庭之俗罔不依被聲教浸潤邕（集作雍）熙望雲向風密邇遐裔而契丹凶醜奴隷餘（集作根）苗非冒（集作蹋）頓之雄族異單于之貴種徒以錯居遠郡漸化平時田牧混於四甿貿遷通於三市（集作賈）戍人（集作戰士）解甲邊馬垂韁禽獸飽而忘恩蜂蠆養而恣（集作成）毒敢孤亭育自絕生成乃狼心干紀鴞詛竊發虐我邊吏覆我鎮軍大棘殘於夷落孤竹淪於荒虛（集作墟）陛下震赫斯之怒授決勝之符天地合謀鬼神助伐六狄舉國百蠻整衆運欃槍而掃除縱裂（集作列）鈌而焚蕩臣飲冰受斧指日揚麾錐謝河間之學竊慕任城之勇誓將首冒鋒刃躬先士卒上假神兵之威下定鬼方之罪凶醜狂悖素無大志因乘便利扇動姦回（集作邪）去歲嘗師疑一軍之盡化今春輕敵見三帥之不歸蟻聚寔繁犲牙益厲結山戎以四（集作西）冠連島夷而深（集作東）入臣乃廣開形勢大振軍聲（集作聲威）移告郡邑金湯固守傳檄諸軍掎角相應清邊道大揔管建安郡王攸宜杖鉞薊門作鎮幽（集作燕）國當要害之地挫犬羊之群高壘深溝卧舊（集作驚）營而不動山虵雲鳥陣死地而無疑揔管沙吒忠義王伯禮安道買等兵臨易水使接桑河犀渠衞將（集作壯）士之冠（集作髮）雕騎落（集作識）將

虎（唐諱）

軍之戰（集作箭）四面當敵（集作冠）九拒乘城御史大夫婁師德揔管高再（集作冉）牟辥思行等扞敵中山折衝外侮訓厲鷹揚之士輯穆震驚之師其餘部散校分（集作部校分離）離網（集作綱條）別緒兵車星布巡太行而綴碣石介馬雲羅挾衡漳而連海浦山川積雨盡（集作共）消胡騎之塵草木長風咸有王師之氣清邊士馬稍南驅而擁麾神兵甲卒漸北逐以威臨但合圍而持重未輕挑而即戰重以蕃臣默啜統率氈裘控弦逾於萬騎帶甲彌於千里長驅松漠掩集（集作奪）柳城巢穴是空胎卵皆覆于時賊衆兵馬屯逼幽州聞其塞外之敗懼有舟中之敵勢力外窘心腹內乖建安郡王攸宜蓄銳淵（唐諱）停乘機電發援桴作氣則山岳可摇書箭一飛則酋渠相滅兵纔接刃元凶授首舂喉蔽野京觀起於中州積甲成山組練收於外府雖本根斯拔已蕩滌於一隅而餘蔓所（集作以）滋尚縻延於數刻（集作郡）賊帥何阿小等頑凶是極屠儈爲資受其署置肆行驅（集作刼）掠幽陵之下不知首惡之已擒兩河之間仍謂遊魂之可恃士女遭其迫脅軍城（集作城池）被其屠陷以殺戮爲事户積虔劉之悲以刼奪爲心家盈剥割之痛鹿城縣令李懷璧衣冠貴冑令長崇班背我朝恩歸誠狄寇潛修甲杖輸以利器之資見委兵權當其上將之任蠢兹狂亂暫（集作誓）同燎火言事剪除方申沃雪（自阿小至沃雪以上倉曹劉憲詞 憲集作書）臣乃盛兵邢趙塞井陘之隘命虎賁之將遏其衝突之鋒長史唐奉一馳使洺魏據河曹之津縱羽林之雄挫其侵軼之勢臣又遣前軍揔管忠武將軍行左衛翊府中郎將上柱國定楊郡開國公揚玄基押飛騎營中郎將李釋子揔管雲麾將軍行玉鈴衛翊府中郎將康國公阿史那毗伽子揔管冠軍大將軍行左

玉鈐衛翊府郎將宋拔延子物管冠軍大將軍行左金吾衛翊
府郎將廻鶻（集作紇）果別勑行人雲麾將軍康戡誕子惣管
定遠將軍左威衛長李當義壯武將軍何義本子物管忠
武將軍何（集作阿）利深子惣管壯武將軍俱羅㩳淮宣威將
軍行左玉鈐衛翊府郎將蘇達矦（一作帿）斤度施子惣管定
王府典軍成善威子物管押飛騎定遠將軍平原府左果
毅長上穆仙童子惣管劉尚珪子物惣管渭川府左果
毅鹿思讓押飛騎左玉鈐衛隊正長上賈楚珪左鷹揚衛
長上花臣鼎押飛騎李言忠押飛騎沮忠揚鎮副張元敬
押飛騎康景休押飛騎左監門衛司戈竇九臯別奏右武
威衛長上揚仁奭左武威衛長上楊裔原州崇岡鎮副康
戍（一作成）子右監門衛長上傳阿毛左監門衛長史㲈承範
右衛長上王仁奬右衛執戟嚴弘琰右金吾衛羅元譲潭
州花石戍主蘇元暉前右武威衛長鄭嘉祥左衛司戈鄭
彥湊嬀州威寧戍主崔思暕押步兵子惣管左玉鈐衛長
上閭弘晢別奏右衛親府校尉長上范思臣右玉鈐衛長
上張中儼別奏首領蘇農娑羅三品子首領宋義本別奏
游擊將軍左玉鈐衛宿衛哥咄施注比別奏鄭思疾左衛
潞川府果毅員外置同正阿史皎子惣管王城府檢校果
毅任弘晢別奏檢校虞候任處寂別奏裴光嗣等徇其東
北又遣子惣管游擊將軍玉鈐左司階伏羌縣開國男李
弘頠子總管邢州司户条軍飛烏縣開國男常元楷子惣
管原州廣牧領將軍元寂子惣管右武衛員外置同正武
元禮子惣管前潞州条軍武其別勑行人張景扶州刺史
舊鎮副崔敬一右武衛中郎將阿史德奉職右鷹威衛將
軍業恤啜刺矦斤右豹韜衛柔遠府長史上果毅吐火羅泱

斯右金吾衛果毅執失守直右鷹揚郎將員外置同正阿
所那左玉鈐衛長上借緋金元濟東天竺國王子僧伽杖
摩右鷹揚衛郎將僕固郡骨支左金吾衛郎將阿康地具右
武衛威郎將東河察使左豹韜衛高城府長上果毅阿史
德伏麾支右玉鈐衛郎將路驢駒左金吾衛長上阿史德
伏麾支右玉鈐衛郎將路欲谷游擊將軍葛羅枝延游擊
將軍契苾木昆折衝都尉車鼻施矦斤虔州猎口鎮副白
善德晉州仁壽府果毅矦義威子惣管左武威衛矦伸城
府果毅杜玄隱押後隊長上張德峻天官常選王暠常彥
緯押千騎三交戍主董玄景河州安香戍主王才龕別奏
康玄寂押千騎隊楊待封前冀州堂陽縣丞温待禮別勑
行人白君㠐等略其西南或折衝其前或乘躡其後整貔
貅之佐奮猛毅（集作勇猛）之倫長戟林廻高旗雲撓賊黨駭
漏急命窄途殫執無全之心投必死之計以今月一日何
阿小等帥不悛之旅擁脇從之衆結聚數萬抗拒官軍自
寅及午前後九陣玄基等並鋒鏑爭先戈鋋遞躍抗足
而跳鮮卑之血塗地攘臂而扔（人蒸切因也）烏丸之首積野
摧同冰陷裂若山焚窮其子遺無復噍類斬獲逆賊冀州
三品大惣管何阿小逆賊河北道招慰大使冀州刺史馬
行感逆賊冀州道副大惣管楊奉節逆賊冀州長史王弘
胤逆賊惣管劉伏念逆賊十二衛大將軍見任鹿城縣令
李懷璧逆賊信都縣令楊志寂[redacted]惣管胡六朗逆賊惣
管王知先逆賊帥馬明哲逆賊三品惣管姬目等魁首巨
蠹三百餘人所有戎羯憑陵殘毀之處臣皆宣布制旨撫
集其人咸懷聖恩俱得復業群凶既定冀（集作四）方砥平二
載逋誅一朝泯滅數州怨毒俄然（集作爾）清彌舞溢河冀歌

達塞垣截風浪以息滄溟廓氛埃而覩白日郤縠（集作獻）何力敢推群帥之勞敘向有言實在明君之德臣憑藉眷略忝當戎政神機密運不待橫草之功天贊冥符恭承破竹之勢伏惟（集作瞻）廟勝遠奉朝歡抃躍之情倍萬恒品不勝（集作任）慶快之至謹遣傔人天官常選李佑別奏左衛長上校尉張德俊奉露布以聞其軍資器械別簿條上謹言

爲幽州長史薛楚玉破契丹露布（玄宗）　樊衡

臣聞天地設險聖人則之士生懸弧其來尚矣故黃帝涿鹿之戰重華三苗之役湯伐有扈文王克崇至於不得已而用之其實一也伏惟開元神武皇帝陛下乘五聖之資踐六合之大（一作盛）德光天下（一作光天之下）威振百蠻四方無金華之事蓋亦久矣蠢茲凶寇東胡餘孽日者關門未通隔在荒外自相殺戮君臣無序不能獨立交臂屈膝求

我國家以安之聖朝矜其輸誠且以護塞故列于朝貢編於鴻臚故再冊名王累降重主魁渠豪首靡不霑渥自開復營州二十年內部落不聳安農乎商金帛山積我國家之於惠貸亦深矣而野姓易動狼心不革中復背誕寇我柳城我是以有平盧之戰當爲兵少城孤不暇追北盡其巢穴殘凶遊䰟假氣絶徼自以爲黃河涇山可以保天險懸塞沙漠可以逃靈誅陸梁窮荒迷肆不復我王師遠略是以有墨山之討其突厥分兵助爲聲勢官軍既會萬弩齊發逆順不敵賢王失陣契丹東龍鍾走林奔穴甌脫不守髭頭匿光可突于挾馬浮河僅獲殘喘謂其困而知悟面縛請降而西連匈奴東構渤海收合餘燼窺我阿降奚我是以有盧龍之師當是時也四蕃雲屯十萬雨集動兵鼓噪聲聞百里山川晝昏土木皆震勢欲朝驅降戶夕通河朔我行軍七千乘夫假威靈黜之硤口斬單于之愛子燔契丹之積卒衆虜奔逃扶傷不暇於是從散約解雲卷霧消投戈弃甲莫敢迴視我降戶完然堅利而西蕃輜畜十遺半矣夫突厥乘天驕兩蕃藉甚銳悍所向得志其來久矣昔漢高祖以三十萬衆猛將如雲謀臣若雨平城之下七日不食竟以計免頡萬歲通天中亦忿其不恭雷霆發怒驅熊羆之卒策貔武之將以數十萬相繼而出沒之峽中隻輪不返卒使趙定陷沒河北塗炭數十年間瘡痏不復所以敢輕犯官軍之衆者以往事之驕我國家偏師不滿七千當十萬之寇綿險提寡揚桴而出勢同解竹兵不留行於戲前事也如彼今捷也如此哉蓋順人心因神怒察地利用天時威靈之所覆而逆順不敵也然自黃龍舉烽無歲不戰驚駭我城柵虔劉我亭戍勞軼我師徒糜耗我

廣輸實已四稔于茲矣若乘勝不殄無以一戎所以戰士憤惋餘怒未洩將斬踏（史作蹋）頓以染鍔血頭曼以釁鼓彷徨北兵（一作山）望煙塵而不肯返旆者久之臣以爲突厥銳而逃渤海懾懼勢未敢出契丹大戰之後人馬俱羸其心不振又恃以荒遠必無我虞而諸軍蓄銳久思奮發新聞破賊無不增氣若驅而襲之可不血刃而取也臣又與侍御史王審禮節度副使烏知義及將士等僉議咸以爲然議猶未決適會勑令臣討逐臣已準勑書當日宣布三軍之士莫不踴躍於是拔距蒙輪之伍響應投蓋超乘之卒景集節度副使右羽林軍大將軍烏知義即令都護裴旻理兵述職大閱于松林管內勇士萬人騋（一作騋）駒千里拔三丈者得七十（一作千）疋輕幟迅走之乘鷹揚貔武之士左贏糧右持械者日越七百里朝發薊門夕宿碣石者得八千人

勵以威神節以金鼓既而鐃樂歸義王李詩衙官可支刺史伊覔曙一無此字燭禄并里水扶餘如者違未盧東胡雜種君長之群左射人右射馬翼迅霆轉沙振騂角者二萬五千餘騎鐵甲霜野朱旗火天遂陵赤山下塞谷絶泱漭横大漠以四月二十三日夜銜枚渡黄河質明頓夫松漠漠庭疾雷暴驚天落地動群兇狂顧周章自失於是三軍横亘風偃電掃烏知義都統主一作王中權裴旻領三千騎與宣慰討會發兵馬使内給事蓟思賢副使内寺伯李安達右領軍衛翊府郎將李良玉軍前討擊副使大將軍鑰高等爲先鋒中郎内供奉李仙壽領馬步五千與宣慰内供奉奚官局令王尚客内供奉中郎李延光長上折衝史直臣右驍衛左郎將王抱一經略軍副使左衛率府右郎將李永定咸寧府軍李車蒙領馬步五千與宣慰使内謁者監劉玄向供奉長上折衝康太和一作利供奉長上折衝白延宗長上果毅高處謀永寧府果毅閻鼎臣副將布折等爲右翼中郎將裴價■領馬步五千與攝副使内供奉左驍衛府郎將抱忠英樂府折衝李璸等爲後殿奚王李詩與内供奉長上折衝歸州刺史韓仙松衙官段志忠等統其部屬知虜掠北郡長上折衝兼儒州都督烏承恩與供奉將軍恩盧庭賓平盧軍攝副使遂城縣折衝栢善珍經略軍副使政和府果毅楊元亨軍前討擊副使果毅路順清夷軍子將英樂府右果毅樊懷璧等四面雲合煙塵俱起兩翼掩進前後夾攻數百里間沸聲若雷波駭雲亂窮寇奪氣僵仆相藉弓不暇張戈不敢振雖蒙茸奔穴町疃走險轞轣所暨盡爲鯨鯢其餘孱幼匿車惕喘穹帳烈火既爇與煙俱銷者不可勝數或遺奔迸脱扼據峻嶺聚徒嘯侶擬欲鳴吠而左縈右拂咸在彀中傷鳥惡弦舉弓皆落於是韜兵弛甲俯伏請命俘虜蔽於原野羊牛填於坑谷遺械如草流膏成川然後戮渠魁斬封豕責元歸罪枯衆啓降二十五日收獲南驅二十七日次于烏鶻都山前後大小三十一陣旗鼓所向莫不奔潰野絶遺寇萬里肅清然後頓軍休士大閲俘實約生級羊馬駞驢器械都獲三十餘萬口疋頭數其餘瀑潦奔注浮澗涉河揭厲未畢而中流汩没不入見數者十餘二三所斬丁壯豪徤暴骸相藉者亦三萬餘級所焚爇車帳農具器械儲糧老小灰燼燼滅者不知涯極於是椎牛買酒散賞髙會宣慰使内謁者監普心寂與判官掖庭局監潘進忠別勑行人李如意等銜命至便申慰諭三軍蹈舞呼聲動天將吏等令驅蠻夷而襲虜庭因寇糧以贍軍用亦降奚所勤懇也伏惟勑俘虜許戰士奚等内附賞餌因而用之且不踰時禮也羊十六萬口牛四萬頭馬四萬疋車五十乘并生級除留堪進九千人已上餘四萬衆悉降奚既以蠻夷出攻亦以蠻夷入賞俘獲數廣行程不多自振旅而旋日役數十以今月四日兵馬並平安到平盧蕃漢健兒惟六人損一人死臣聞善戰不陣良將難之臣等不才承命出師遠征勁虜二十三部落並不鈚鋒士馬完歸軍容益振非陛下威神所覆則臣等碎首必然今幸覩洪勲不勝慶快之至謹遣戰將攝副使行軍虞候惣管等檀州密雲府果毅都尉賜紫金魚袋車仙惲奉露布以聞其所獲首級器械別録申上

文苑英華卷第六百四十七

登仕郎胡　柯　鄉貢進士彭　叔夏　校正

露布二

露布二

河西破蕃賊露布 玄宗

朝議大夫守左散騎侍郎河西節度經略使營田九姓長行轉運等副使判武威郡事赤水軍使攝御史中丞賜紫金魚袋上柱國臣某破蕃賊露布事尚書兵部臣聞背施怒隣惡貫以蒲者天誅之行慶布澤德政以順者人從之況乎夷背其隣有貫盈之罪王將服叛舉德政之役彼曲我直何可敵哉蠢茲吐蕃在僻西裔山川禽獸以處之造物者以限之於外區也我國家貞觀之際戎有微服來朝太宗因而異之啗以金帛終其身不敢近漢邊矣中宗之享國許修舊好姑務息人乃割愛主以降之至今朝廷無西顧之患洎我開元天寶聖文神武皇帝陛下嗣宅丕業文化遐被非不以德和之矣然彼戎以承數代之患晏安七十年之間而得掠諸夷之種落猶纖草之滋蔓因怙其衆轉以作讎悉國興師犯我河隴天罰有罪大敗其衆既而戎有旋悔願得比爲舅甥我皇帝以天地爲心山澤含垢重使信以綏撫蓋不忍以蠻夷而疲其中國人也噫外而翼之犬長吠主反伐勃律之屬國匿我四亂之亡人誘我石堡之城踐我蕃禾之麥多行背德是惡貫[redacted]矣我皇帝怒之密發中詔使秉不虞以襲之臣以統五原之師擁中軍之師奉聖略憑天威以今月初戒太初之嚴引高牙而出十二月會于大斗之南擇精騎五千皆蓬頭突騎劒服之士乃遣都知兵馬使左羽林軍大將軍安波主帥之先鋒使右羽林大將軍李守義副之十將中馬軍副使折衝李廣琛等部之臣自以馬步三千於大斗建康三水張掖等五大賊路爲應接別委行軍司馬大理司直攝殿中侍御史盧幼臨領步兵五百過合黎川爲聲援又使大將軍渾大寧將軍契苾嘉賓各領步兵於三水賊境爲掎角波主等將辭臣戒之曰爾豈不聞乎天子之怒伏尸者百萬將軍之權得專誅戮爾須自大斗南山來入取建康西路而歸當吾所戰鋒可斷飛鳥若不剋于敵逗留却（一作既非）行汝則有大刑雖剋于敵[redacted]故道而還汝亦有大刑緣隴以西賊必知懼縱爲多備亦可鼓行此本出於聖謀縱舉覺必亦無慮諸將乃敢於勇決進不顧身十二日至新城南吐蕃已燒盡野草列火如晝諸將曰賊果知備矣因躡其烽燧高揭旌旗氣雄雷霆聲疾風雨十五日至青海北界遇吐蕃兩軍遊奕二千餘騎波主乃使先鋒使大將軍李守義領鐵騎一千穿賊之中取背而陣又使先鋒副使郎將安貞領騎二百摩賊之壘斬馘而旋又使中馬軍副使李廣琛領勃律馬騎一千攻其傍又節度惣管李朱師等領兵八百騎亢其下使右馬軍副使張仁賢以遊兵一千彌縫其闕波主自與突將軍雍餘義等領精兵（一作卒）一千敵其南北東西左右橫集而兵氣初銳馬逸不止弓矢三注而連發長劒四按而無前初溪縻輿（一作而）苟在終蹂踐而皆盡誰爲其後徒言塊魄歸天不報國恩虀聞肝腦塗地則向之爲寇今已殲焉自朝至于日中凡斬二（一作三）千餘級十六日進至魚海軍千里煙塵百道旗鼓波主已先遣前軍副使折衝傅光

越設伏於使道及交矢石又使節度惣管唐朝英等冠而僞奔戎爭追之遇伏皆死一作斃因得戮巨鯨於魚海墜封豕於鹿泉平積骸成京觀斬魚海軍大使劍具一人生擒魚海軍副使金字告身論悉諾匝生擒棄軍大使節度悉諾榖生擒遊奕副使諾匝生擒遊奕副使金字告身拱齎生擒魚海軍副使銀字告身統牙胡其餘褊裨難以盡一作備載斬首三千級生俘千餘人牛馬羊駝八萬餘頭數獲未畢虜救潛來在山滿山在谷滿谷顧眄之際合圍數重諸將皆曰兵法所謂致之死地今則是也亦焉能皆陷於虜廷辱明主之深料乎於是謀夫一心戰士倍力擇強弩長戟爲外拒寘輜重生級於其內雖責獲多急何能保其俘囚有因動而將變且驅而斬之其虜畜有力極而難致則擁而焚之候暴夜之時望歸路而突其初也銜枚屛氣鬼

神無聲旣出則奮臂大呼天地搖動暗疑作諳將馳逐而玄黃且戰且行一千餘里馬無齕草之所人無抔一作旅飮之地共食冰雪傳飡糗糧猶能夜盜虜之營使自攻殺朝拔虜之幟爭爲致師凡七八日間約三百餘陣至合河之北斬得二丈之綏而莽布支更益其銳兵追截我歸路安波主懼其危迫請救其後軍臣遂遣副使劉之友一作儒等領後軍二千騎迎之會中使駱玄表至臣行軍使善子雄監之同往救兵旣至旌旗相望其氣益振又戰數合虜旣不利夜遂遁逃臣聞軍得歸便牒安波主虜之去也必謂我不能復追之必出其不意可使安思順反戈却入必盡擒之遂東疑作東精騎二千與之又使副使婆羅度抱一二丈城副使李可朱副之臣別差大斗軍副使烏懷愿討擊副使哥舒翰等領精騎一千應之分前麾隨閒道蔽山乘夜晨

壓賊營或馬淖其妖夢之時或刃遊于假寐之際死生同泯不知其去前有朱衣旃裘保而相拒首已飛於異處身猶僵而兀立不可勝紀其有漏網得逸擐甲復來恥於生降窮以死決不免戈矛以撞摐而擁坑谷以顚填而就拉拘十不存一所以擒金銀告身副使三人斬首千餘[redacted]俘囚二百餘人獲牛馬羊駝共三千餘頭疋器械新物一萬餘事謂我再勊而虜再敗矣皆會漢境一如往哲之朝善一作吉戰已來人所不覩臣試迹前事行之惟艱且李陵之兵盡矢窮緤爲之虜秦人之勞師襲遠再敗其師未有如今之深入能勝歸者此乃陛下神斷之謀也聖威之被也不然豈季冬之月天地嚴凝齎孤軍十月疑作日之糧入絕域重阻之地橫跳千里連破數軍討而復擒歸而復襲一日三捷震天聲而凱旋臣獨輯甲兵日討軍實終當拔邏些城青地

斬贊普之首以懸北闕則臣之願畢矣不勝慶快之至謹遣其官奉露布以聞

劍南節度破西山賊露布　玄宗

楊譚

臣聞天分四序寒暑莫同地裂八方華夷各異言語不達詎可以政令齊苞茅不供乃可以干戈服黃軒有涿鹿之戰以定火災顓頊有共工之陣以平水害逖聽前古無能去兵將用撫柔遐荒混一書軌豈徒勞師玩寇黷武殘人而已哉伏惟開元天地大寶聖文神武應道皇帝陛下清靜端極無爲體道祖文德而耀昌期則種虜解甲恢武功而運上策皆慕化之賓惟彼西戎可逃天孽豈謂慈仁廣覆猶見背陽之禽聲教傍羅尚有吠堯之犬伏以南蠻亂德恃險偷生吐蕃舉國興兵資其叛逆頃者西山戰士及八國子弟因其窘迫遂欲憑陵敢懷猶鬬之心來犯必誅

之令以正月五日率故洪臘城褭囊功三節度兵馬八萬餘人分爲六道攻圍萬安柔遠明威平戎及保寧都護府等五城驅牛馬有甚於谷量運干戈實踰於山積萬安城使金吾衛將軍張知海柔遠城使右金吾衛大將軍于仙障平戎城使武衛劉元果明威副使折衝曾希光攝保寧都護折衝馬仙童等久戍邊隅備閑攻守或自固堅壁不發懸門或蓄其精鋭誘以羸弱賊等不虞設詐兢欲登陴再鼓當彼竭之餘一舉得我盈之勢矢石齊發噍類無遺前後殺傷不可勝紀八國招討副使左羽林軍大將軍董當左羽林軍將軍董旁郎董畢郎右羽林董利董哥弄左驍衛將軍董利峯（一作蓬）左武衛將軍董奉仇左威衛翊府中郎將先鋒党利才統八國子弟八千餘衆并都護武士府健兒一千餘衆間道設伏潛入深林旗鼓相望晝夜苦戰自其月十五日都護武士殺賊衆退散至十七日遂攻合所圍明威柔遠兩城兵馬併力死戰攻萬安新城十八日都知西山子弟兵馬副使左金吾衛大將軍攝臨翼郡太守董郤麴左羽林軍大將軍燕靜[redacted]郡太守董元智右羽林大將軍兼蓬山郡太守董懷恩右驍衛將軍兼歸誠郡太守董思賢江源郡太守董懿（一作懿）右驍衛大將軍董仁羆折衝董弄封等領八郡驍勇并蕃漢武士等七千人自蓬婆路取牙山出其不意銜枚夜襲賊等震驚遂相殘戮棄其輜重稍欲抽軍蒼黃之際前後（一作翦除）略盡漂杵之血方此非少積觀之屍今茲目覩同州節度副使都知兵馬使左羽林大將軍兼通化郡太守譚元受遣左金吾衛將軍裴振攝維川郡長史折衝張粲雲山守挻使折衝姚高倡攝天保郡折衝楊夏日攝司馬董元勸（一作勤）等率健彍三千人自滴博嶺

將治（唐諱）

入競施掎角之勢各陳擒縱之謀自正月五日至二月五日前後轉戰五十餘陣生擒吐蕃哥末國王渠時兵馬副使翟步離并士衆等共二千餘人斬獲故節度副使且祿翁都知使乞呂徐男律熙等器械牛馬羊等二十餘萬右威衛郎將康裕昌保寧都護府長史鍾景等恭承將命挺劒重圍宣傳聖恩曉諭將士遂得[redacted]賈勇萬夫激節以少克衆實杖天威取亂推亡誠因廟筭今長鯨就戮封豕載屠桃塞放牛徒聞往諜華陽歸馬稀遇聖朝無任慶快之至謹遣威衛郎將楊如海奉露布以聞軍資器械別簿録上

兵部奏桂州破西原賊露布（肅宗）　前人

臣聞聲教無外修文德以來遠人職貢有虧耀武威而討亡命然則五材並用金革爲遏亂之資八卦相宣弧矢乃濟時之具事非獲已道豈爲偉將治衆以安人必除殘而禁暴歷覽今古誰能去兵未有捨禮樂而致升平奮干戈而弘大業者也伏惟乾元大聖光天文武孝感皇帝陛下明齊日月德配天地化同異類澤洎無垠寰宇已墜而更興社稷將顛而復振崇勳累績曠古莫儔蠢茲魑魅之鄉敢恃犬羊之衆據其險要恣其冠攘西原羈縻舊梟聲教被其不閭（二字一作險書疑）誘引同惡者多僭稱王侯僞署官爵旌旗蔽野鼓角沸天恣殺戮以威人將玉帛而濟衆方圓數千里控帶十八州丁壯並執其干戈子女盡充其僕隸自謂強盛轉加兇頑迫之則鳥散獸驚緩之則蟻結蜂聚老幼奔走耕稼失時萬井無煙兆人失業不賓王化于茲四稔臣前年銜命到州深入招慰示之仁信許其自新猶尚憑陵每行攻劫管內州縣日漸流離村落焚燒廬井空竭伏奉去年三月十日勑遣中使魏（一作衛）朝璨宣慰凡諸首領皆賜

勑書再三曉諭許其官爵但以炎方人物躁競者多承
巳來久絶朝命自蒙提獎感激殊私勠力同心傾家竭産
訓勉子弟策勵甲兵介冑自出於私門糧儲不損於官廩
向非陛下化周動植徳及遐荒豈有不勞王師坐清氛祲
去年二月二日睦州武陽珠(唐書作朱)蘭金溪黄橙等一百餘洞大賊
帥僞號中越王廖殿(此下僞號唐書與英華顛錯不同)僞號桂南王莫淳僞號拓南
王相友(唐書作文)僞號南越王莫尋(唐書作潯)僞號象郡王梁秦(唐書作奉)僞號鎮
南王羅成(唐書作誠)僞號戎成王莫濤僞號南海王羅品等潛相結構約
二十萬衆跨壤連州志如梟獍風號雨嘯心等豺狼仍欲先破
嶺南後圖嶺北遠近百姓皆不聊生臣遂激勸將士宣傳
聖旨誘以厚賞使其盡節皆決命苦戰非無損傷不顧危
亡志懷忠勇大首領梧州長史鎮南副都護攝柳州刺史
西原遊奕使張維南勸率首領統茲軍政萬夫齊進一舉

無遺都知兵馬使朝散大夫象州刺史成匝領當管及郴(一作柳)
州刺史衡州等戰手共一萬人卷其旌旗踰挺爭先
應有渠魁當陣斬獲經略副使朝議郎行賀州長史穆成
構防禦副使朝議郎梧州長史任早梧州刺史本州防禦
使李抗先鋒總管梧州長史秦臣朝四界遊奕使廣州番
禺府折衝譚崇慰及惣管子蜂等五百餘人并西原環古
等州首領方子彈甘令暉羅承韋張九解宋原等五百餘
人各領子弟并部外義征及惣管内戰手共成二十萬衆
或擐甲仗兵縱其救援或致果決勝扼其喉咽左右夾攻
飛走無路諸將及首領等義在竭誠以死無生以晝繼夜
或攻或圍當其彼竭之餘遂得我盈之勢封豕既戮長蛇
又屠餘黨喧騰自相蹂踐勢如解籜事等摧枯指揮而夷
獠喪氣(一作魄)叱咤而山川沮色賊等既因失律不知所向

武承裴敬簡(唐書作武承斐韋敬簡)

或連袂墜谷自成積觀之尸或帶刃投江有同漂杵之血
横行歲久驕縱日深勢如雷霆莫敢拒敵臣乃陳師誓衆
思各忘軀自春徂冬凡經二百餘日前後苦戰各三十餘
陣破賊二十萬衆斬獲五千餘級以頭首喪亡餘黨奔亂
窮滅之後然始求降臣伏以人無盡劉道忌太甚因陛下
好生之德洽陛下至仁之心於是宣傳聖恩示其生路大
賊帥武承裴敬簡等二人餘衆竄伏無地周章失圖解(一作卷)
甲輳門面縛請罪臣便脫其桎梏仍加宴賞兼賚疋帛散
於營農各分疆界使其斥堠遮相轄控永絶憂虞今臣管
内亦且寧帖實賴天威遠備(一作被)廟筭遐臨静彼凶殘康
茲億兆無任慶躍之至謹遣所部官桂州臨桂縣丞朱璟
謹奉露布以聞其立功將士首領別簿奏上

西平王李晟收西京露布(一作收朱泚露布)(德宗)　于公異

神策軍京畿渭北商華鄜坊丹延等州兵馬副元帥李晟
於苑牆內神麏倉東南連白苑(唐書二作華)破逆賊朱泚兵馬收復上
都露布事尚書兵部臣聞春司生榮秋司(一作主)殺伐若終
始煦嫗(一作殺伐)則不能成歲功仁則順成暴則殘滅(一作滅絶)若
一貫邪正則不能建大中是以(一作故)春秋序行則通天和
而毋元氣(一作通元和而充氣毋)德刑具舉則協王道而經彝倫亂
由是除兵不可去堯舜禹湯之德統元立極之君或制五
兵或張九伐蓋欲儀尉凶戾(一作剸姦寇)乂安(一作保乂)生靈補痡
熙之未洽佐聲教之不曁有以然者抑實爲焉(一作何)伏惟
皇帝陛下溥博法於乾坤貞明侔於日月陶埏六籍表正
萬邦揚高祖太宗之耿光奉肅宗代宗之丕烈自纂承(一作大)
前緒高居穆清率土承有截之風懷生無不遂之性(一作物)
頃者邊鄙或聳干戈爰設有征無戰許蔡僕首領之誅陸

梁背誕涇原生肘腋之變逆賊朱泚所以委身凶德假翻姦徒熒惑我生人僭賊我神器聚爲起織之物腥彼宮闈散作旬始之妖孛于躔次先皇帝懷柔河朔數佑下人録其率化之類(一作續)加以登朝(一作以登賢一作優)之禮恩澤汪濊集凡庶之門名器爚灼加闒茸之輩(一作質)謂(一作冀)華綵跖(一作騖)將馴大和殊不知惡木生槎枿之蔓㓹(一作猰)狗吠豢牢之主頃屬鑾輿順動郊畿(一作圻)駐蹕而泚乃嘯兇命醜阻兵安忍長戟(一作戈)指關流矢射天穿高墉以鼠牙毒王師以蠆尾罪浮(一作踰)羿浞惡貫梟鏡是以萬方糾(一作憤)怒九服覺騰思齒劍者投袂而興爭傳(一作洊)刃者不期而會屬賊臣閭(一作伺間)釁陰貸凶謀中(一作既)緩雷霆之誅遂延頃(一作晷)刻之命臣是用祗承眷筭恭行天罰(一作討)攝衣登壇明君親(一作臣)之大義禡牙宜(一作饗)社假神祇之幽贊以今月二十五日更(一無更字)揔領師徒直趨都邑略灞滻而(一作以)揚旆瞰圍游(一作兆圍)而下營土濠(一作盛扶滑切)雲舒木柵(一作栅)林植蓍威蓄銳直殄元兇(一作兇渠)臥鼓偃旗猶輕小利賊初陵犯略以(一作已略)芟夷謂其氣竭而來歸尚敢尸居而作固敵若可縱師多奚爲遂(一無遂字)至二十七日會諸將於中權占勝風於大旆未鼓而人心粗厲先庚而軍令凝嚴各懷報士之誠(一作報國之心)盡(一作爭)淬伏讎之刃臣知其可用遂此疾(一作長)驅五月二十八日寅時華州鎮國軍節度使駱元光神策行營商州節度使兼御史大夫尚可孤本軍副使都知兵馬使御史大夫呉説(一作詵)都虞候兼御史大夫邢君牙京西行營都知兵馬使檢校工(一作刑)部尚書孟涉右廂兵馬使御史大夫康英俊隴州節度右廂兵馬使郭審全又權文成神策行營商州節度都虞候彭元光(一作[illegible])俊等受(一作承)命於牙旗之下分麾於轅門之外將士等超乘賈勇免冑啓行夾川陸而左旋右抽抵丘陵而侵(一作浸)淫布護聲塞宇宙氣雄鉦鼓陳兵於光泰門外悉(一作盡)銳於神麛倉東繚垣全(一作摧)以成塵滋水涸而爲地左廣未歸(一作離)於舊壘前偏已交於賊鋒若降於天若(一作如)出於地賊帥姚令言張芝(一作雲二唐書作張廷芝)等志懷剽(一作傈)狡心(一作言)尚憑陵作忠盡謀力則不及怙亂賊義氣則(一作如)有餘勢如(一作同)颷馳衆若蜂(一作蟲)集橫列堅陣勢(一作旁)連高岡猶張蹭蹬之鱗更舉螳蜋之臂衙前兵馬使兼御史大夫王必知牙官兼刀斧將兼御史中丞史萬頃等自相誓約又令軍行(一作又合軍聲)指麾而貔(一作貙)兕作威感激而風雲動色遂先登進擊深入合攻七擒連發而星馳兩翼旁行(一作張)而雲合霜刃吐(一作交)光而揮霍(一作霍耀)鼉鼓騰聲而隱轔賊方土崩我乃霆擊乘其蹈(一作踏)藉遂至於上蘭取彼鯨鯢直通乎(一作於)中禁段誠諫賊之心背既就生擒涇原軍(一作厚遷)(一作沈)賊之羽毛終制死命故其係頸求活投戈乞降崩騰於蓁莽(一作莽蒼)之間震慴於旌麾之下臣以其今(一作雖)染汙俗昔實平人推赤心以如初敷皇(一作王)化而咸(一作如)一姚令言等力扞王師退而復合惡鳥將墜尚顧危巢妖狐就擒猶守舊穴自卯及申(一作自卯以及酉來)拒而復攻讙譟之聲山傾而河泄鼓鼙之氣霆鬭而電奔(一作雷馳)屏翳發向敵之風回祿扇燎原之焰馬逸不止人(一作士)怒未舒既自北而徂南竟輿屍(一作尸)而折首又使決勝軍節度使工部尚書唐良臣右廂兵馬使御史大夫趙光鏟(一作詵唐書作鋭)義武軍兵馬使楊萬榮左步軍使御史大夫孟日華馬軍將田子奇霍去懒(一作傲)郝覲等(一無等字)華州節度使左廂先軍兵馬使馬英華右[illegible]先鋒兵馬使董泚(一作華州)

（至董泚二十三字一作華州左廂兵馬使馬英右先鋒兵馬使董玭）神策行營商州節度兵馬使賈慎金右廂左都虞候張望都等領馬步爲副勢均破浪攻若（一作甚）決河雖其盜（一作恃）武庫之五兵憑宮垣之萬雉及茲翦滅才（一作纔）圖欲乘陵曾無（一作乏）鏄刃之鋒已失藩籬之固遂生擒僞署侍中董秦中書侍郎平章事將鎮左（一作右）僕射同平章事張光晟（一無晟字）兵馬使李希倩敬釭等逆賊朱泚與同惡姚令言張芝等輕騎走出臣已遣兵馬使田子奇等追躡討即梟（一作誅）夷臣竊以此賊苞藏逆謀忝會凶德祲沴（一作氛）其氣豺武其心背先皇亭育之恩傷陛下玄默之化漢之莽卓未足等夷胷有勍亡自當超軼子暴其父陰侵於陽自古未有如泚之大者也或者上天之意申儆於巨唐中興之期先（一作光）啓於陛下然則（二字一作不然何）王師奮伐（一作發）勢無駐於建瓴醜類搶攘功有輕於折箠猶戁（一作逃）密網尚反隻輪誠當盡敵之時更發追亡之騎且稽分體未即燃臍快億兆之歡心復（一作蕩）宗社之深耻即當梟戮用申刑典今已肅清宮禁祗（一作修）謁寢園鍾簴不移廟貌如故盡爲（二字一作蓋）宸極之所垂祐（一作象）烈聖之所雄都神扶業業之傾天降穰穰之福不然豈免於毀圯之患崩剥之虞者哉此皆上天降鑒眷處潛（一作旁）施制兵要於事先規雄武（一作圖）於𠷎内再造可封之俗因櫜不戰之弓左武右文銷鋒鑄鏑澹乎華胥之代（一作夢）冥（一作熙）然葛天之風臣謬寄台司幸當統帥之吉甫之文武鈇郤縠之詩書此皆諸將叶心群帥宣力非臣庸瑣敢自矜大臣不勝慶使之極謹差監軍使王敬親牙官御史大夫符郡王邵張少引謹奉露布以聞（一作皆唐文粹）

文苑英華卷第六百四十八　登仕郎胡柯　鄉貢進士彭叟校正

文苑英華卷第六百四十九　　彈文

彈文

彈賈執傅湛文 梁大同中　劉孝儀

長兼御史中丞劉孝儀稽首言南康嗣王府行參軍知譜事賈執與前中書舍人傅湛在王座飲酒時上不安人從臺還聖體已和湛乃揚眉瞋目謂執曰卿念天子我不見關出悖慢言語連及於上共執忿諍湛昔經殺牛誤父自殺近劾貪殘賄賂狼籍特逢解網宥其餘命自被棄廢尤懷怨憤謗訕不遜謹按前兼通事舍人臣傅湛才薄（一作薄才）駑蹇特荷抽擢自預左右頻蹈極刑狎對鞫書累逢關過未聞報効反懷恚憤聖體不安臣下憂懼而湛敢生怨望輕肆慢辭醜爭及父心無愛敬戲語連上罪同悖逆未央馬瘦不覩廐令之忠甘泉道燕無遽見扶風之罪宜其徇乎東市尸彼轂門南康嗣王府參軍臣賈執始聞湛語初無逐雀之心末因私忿追顯懷鴆之逆雖迹似折姦意由肆憾惡慢於人自彰穢醜見辱父子已會季倫之辭爭及其公復入梁蚡之難（一作歎）足使王嬙悲於連累黑要喜於得用太子舍人始興蕃王臣蕭毅幸因祉祚爵預藩屛而散金失所設醴乖人雍容之賓未遊於雕苑號怒之客日醉於雷池致使博徒跅弛慢醉盈路醜顏受辱曾無發糾並恕伯厚之心俱鳴路粹之責臣等參議請以見事依法免毅所居官解執知譜事請議貶黜付之鄉論不得厠預官流剌尚施行輙不禁止

彈張瑾將軍等文　杜正倫

臣聞陳力就列不能者止鍾鳴漏盡夜行宜息故張良多病辭少傅而專導養韋賢告老謝丞相而乞骸骨豈惟體非筋力不可疲殆從政抑亦情重謙退欲以廉讓弘道自時積亂離久習澆弊仁義之化忽之其若遺名利所存苟得而無耻今四海乂安群生樂業陛下思治之情勞於寤寐臣謂欲防其末先正其本若廉耻之教不行則升平之化無自謹按瑾等理治之教義多罕稱出身事主行能兼闕年方壯也尚不如人耄又及之無能爲矣張瑾拔跡行陣素無才略自歸聖朝惣兵（一作鬖總）過任子王之戰頻有喪師須賈之髮未足論罪朝廷假以餘年不寘於法陛下再造天地更施雲雨瑾等並以齒髮流恩遂使名器踰量特進之號擬跡竇周公冠軍之名連衡霍去病既年在遲暮智乏老成宜思靜退自安止足而外託闕庭之戀內希筐篚之恩牽力衰朽強顏預朝（預朝一作強會）陛下仁愛之心形容於萬物以其不堪侍立特於廊下賜坐叨榮自若聞寵不驚貪競之志更深靦目（一作冒）之顏逾厚臣聞設法訓人在弘其教引年敬老終取於賢寧有庸庸之流諄諄若是而可均彼上庠忝茲厚秩且名曰人臣事乖朝列養非貴德坐異論道縱慶雲之惠不別荊棘闕恩傷教其如禮何臣以庸才謬當朝寄風俗未清實任其咎瑾等爵秩既隆虧損尤大釋此不問安事狐狸激貪止競宜從黜始儻天地含容未至（一作恐）屛黜請斥放之罷歸里第且七十致仕古今通規近代以來貪競不息臣隨即舉劾恐陷罪者多內外

諸司有如此比散下知之使遵節制四維以張彝倫式敘

彈李子和將軍文　前人

臣某言臣聞同陰以息分路尚有悽然向隅成悲滿堂猶兵不樂況天倫長逝伉儷不終共被同車之歡遂隔今古撫存悼亡之痛有傷心目而可譬孔懷於行路忽齊體於泉壤對凶筵而奏豔妓悅新寵而忘舊哀此實名教所不容人倫之尤蠹者也謹案子和一介庸流百行兼闕階緣際會叨濫恩榮乃分建茅社叅掌禁衛廁跡周行有年歲矣縱前賢之行未識思齊而先王之禮宜其企及寧有弟喪妻殯纔逾十旬子哭父歌遂同一日身被子高之繐室對安仁之簟隣春不相而家妓畢陳節物共時而悲忻相對傷風損教莫之爲甚何可視息人閒叅預朝列雖自鄶已下無足致譏而告朔餼羊實愛其禮陛下勤求治理崇獎教義欲使習弊之人變於其道但子和器識庸下所傷尤大若準常科則免而無恥請特加貶以彰禮教謹奏

爲宴御史彈尚書某人入朝不敬文　陳子良

臣聞孝愛資於事父忠敬盡於事君淑慎爾儀不僭于位聿修厥德無忝所生苟虧格言必貽明罰竊見某甲出自庸微素無才術幸以運逢義始早預周行佐命之勞已酬爵土攀附之寵復典樞機擢自芻蕘功歸聖德昔晉榮八座蔡謨始漸斯官漢貴五曹鄭均才沾此秩況某方圓無取叨據非宜而覆餗之譏於焉已及歌器之誡如何遂盈不能翼翼在公兢兢從政及復入朝散誕無鞠躬之容陪軒慢懈乏虔恭之禮有一於此身名何寘臣雖凡品職當糾察既覩相鼠之儀敢忘逐雀之志若斯風不黜方紊大猷宜正刑書以彰朝典請以其見事付大理治罪謹言

代御史王師旦彈莒國公唐儉文　許敬宗

臣聞古人莅職不膳池魚前良罷官尚留家犢拔園葵而自絜垂往哲之通規飲吳水而齊清標曩代之遺則若乃營求不已貪猥無厭徇私利而黷官方挾朝權而侮天憲有一於此必寘明科風聞唐儉往任尚書之日付託前鹽州刺史張巨令（舊唐書作巨合）遣錄事叅軍張正表元大節等專令撿校牧放私羊所判文書自去撿示約束剪毛之貨易州僚判署潛立公文市司勘估一同官案并有放羊人康莫賀咄所署文牒共稱牧長依問巡察使楊蓍狀與新聲秩（一作聲扶）所同謹案前民部尚書光祿大夫莒國公唐儉門資斗食器劣鉼筲在勢爲優唯聞酒德座（一作席）賓常滿無匪慱徒以逐兎之微庸屬鳳翔之興運功未參於執帛賞已茂於桓圭効無補於經綸位乃隆於常伯由是越自泥滓超驤雲漢甲第高門與灌絳而並列朱輪翠蓋共吳鄧以齊驅寵出勳前化家開國任居才表揮翼在梁灑膽噴肝未荅諮官之刺驛蒐飛梟豈謝匪服之榮反復乘此恩波肆其溪壑之性憑茲惠渥縱其姦慝之心敢以私產託于州將芻豢交易並立案於曹司牧圉家童咸假署於名級情包僣擬家有擅除以此論愆深驚視聽稽諸往冊國有常科其鹽州刺史張巨令昔在剖符寵膺繁露趍其勢位擅役官寮資給貪夫成其敗類順行私令汨亂天綱請皆付法以清彼斁無任嫉惡之至謹奉白簡以聞

彈劍南東川節度觀察處置等使嚴礪文　元稹（時任劍南東川詳覆使）

故劍南東川節度觀察處置等使嚴礪在任日擅籍沒管內將士官吏百姓及前資寄住等莊宅奴婢等并（集作今於）兩稅外加徵（集作配）錢米及草等謹件如後

嚴礪擅籍没管内將士官吏百姓及前資寄住塗山甫等八十八户莊宅共一百二十二所奴婢共二十七人並在諸州項内分析

右臣伏準前後制勑令出使御史所在訪察不法具狀奏聞臣昨奉三月一日勑令往劒南東川詳覆瀘川監官任敬仲贓犯於彼訪聞嚴礪在任之日擅籍没前件莊宅奴婢等至今月十七日詳覆事畢追得所没莊宅奴婢文案及執行案典耿琚馬元亮等檢勘得實據嚴礪元和二年正月十八日舉牒云（集作稱）管内諸州應經逆賊劉闢重圍内并賊軍到處所有應接及投事西川軍將州縣官所由典正前資寄住等所犯雖該（集作經）霈澤莊田須有所歸其有莊田奴婢桑柘錢物斛䤅邸店碾磑等悉皆搜檢勘得塗山甫等八十八户案内並不經驗問虚實亦不具事賊職名便收家産没官其時都不聞奏所有（集作取）資財奴婢悉皆貨賣破用及配充作坊驅使其莊宅桑田元和二年三年租課嚴礪並已徵收支用訖臣伏準元和元年十月五日制西川諸州諸鎮刺史大將及參佐官吏將健百姓等應被脅從補署職官（集作掌）一切不問又準元和二年正月三日赦文自今日已前大（集作反）逆緣坐並與洗滌況前件人等悉是東川將吏百姓及寄住衣冠與賊（集作逆）黨素無管屬賊軍奄至暫被脅從狂寇既平再蒙恩蕩嚴礪公違詔命苟利資財擅破八十餘家曾無一字聞奏豈惟剥下實謂欺天其莊宅等至今見被使司收管臣訪聞本主並在側近控告無路漸至流亡伏乞聖慈勒本道長吏及諸州刺史招葺（集作緝）疲人一切却還産業庶使孤窮有託編户再安其本判官及所管刺史仍乞重加貶責以懲（集作絕）姦欺

嚴礪又於管内諸州元和二年兩稅錢外加配百姓草共四十一萬四千八百六十七束每束重一十一斤

右臣伏準前後制勑及每歲旨條兩稅留州留使錢外加率一錢一物州縣長吏並同枉法計贓仍令出使御史訪察聞奏又準元和三年赦文大辟罪已下咸蒙恩蕩唯官典犯贓不在此例臣又（集作訪）聞嚴礪加配前件草準前月日追得文案及執行案典姚孚檢勘得實據嚴礪元和二年七月二十一日舉牒稱管内郵驛要草於諸州秋稅錢上每貫加配一束至三年秋稅又準前加配計當上件草臣伏準每年旨條館驛並（集作自）有正料不合於兩稅錢外擅有加徵況嚴礪元和三年舉牒已云準二年舊例徵收必恐自此相承永使（集作爲）疲人重困伏乞勒本道長吏嚴加禁斷本判官及刺史等仍（集作伏）乞準前科責以息誅求

嚴礪又於梓遂兩州元和二年兩稅外加徵錢共七千貫文米共五千石

右臣伏準前月日追得文案及執行案典趙明志勘驗（集作檢勘）得實據嚴礪元和二年六月舉牒稱綿劒兩州供元和元年北軍頓遞費用倍多量於梓遂兩州秋稅外加配上件錢米添填綿劒兩州頓遞費用者臣又牒勘綿州得勘報稱元和二年軍資錢米悉準舊額徵收盡送使訖並不曾交領得梓遂兩（集作等）州錢米添填頓遞亦無可（集作克）折當州錢米處者臣又牒勘劒州得報稱元和元年所供頓遞侵用百姓腹内二（集作兩）年夏稅錢四千二十三貫三文使司令於其年軍資錢内尅下訖其米即用元和元年米充並不侵用二年軍資錢米數使司亦不曾交（集作支）梓州

遂州米充填者臣伏念綿劒兩州供頓自合準制（集作勅）優
矜梓遂百姓何辜擅令倍出租賦況所徵錢米數内準（集作惟）
剋下劒州軍資錢四千二十三貫三文其餘錢及米並是
嚴礪加徵別有支用其本判官及梓州遂州刺史悉合科處
以例將來擅收没塗山甫等莊宅奴婢及於兩税外加配錢
米草等本判官及諸州刺史名銜并所收色目謹具如後
擅收没奴婢莊宅等元舉牒判官度支副使檢校尚書
刑部員外郎兼侍御史賜緋魚袋崔廷
都計諸州擅没莊共六十三所宅四十八所奴一十
人婢一十七人
於管内諸州元和二年秋税錢外隨貫加配草元舉牒
判官觀察判官殿中侍御史内供奉盧詡
都計諸州共加配草四十一萬四千八百六十七束

加徵梓遂兩州元和二年秋税外錢及米元舉牒判官
攝節度判官監察御史裏行裴澍
計兩州加徵錢共七千貫文米共五千石
梓州刺史檢校尚書左僕射兼御史大夫嚴礪元和四
年三月八日身亡
擅收塗山甫等莊二十九所宅四十一所奴九人婢
一十七人加徵錢三千貫文米二千石草七萬五千
九百五十二束（元和二年三萬一千七百九十二束元和三年四萬四千一百六十束）
遂州刺史柳蒙（英華作濛）
擅收没李簡等莊八所宅四所奴一人加徵錢四千
貫文米三千石草四萬九千五百三十五束（元和二年二萬四千五百三束元和三年二萬五千四百八十二束）
綿州刺史陶鍠
擅收没文懷進等莊二十所宅十三所加徵草八萬
八千六百八十八束（元和二年三萬八千九十三束元和三年五萬五百九十五束）
劒州刺史崔實成（元和二年十一月五日改授邛州刺史）
擅收没鄧琮等莊六所加徵草二萬一千八百七十
七束（元和二年九千三十九束元和三年一萬二千七百七十八束）
普州刺史李怤
元和二年加徵草六千束三年加徵草九千四百五
十束
合州刺史張平
元和二年加配草三千四百六十二束三年加徵草
五千六百五束
渝州刺史邵膺
元和二年加徵草二千六百一十四束三年加徵草

三千七百二十七束
榮州刺史陳當
元和二年加徵草九千四百三束三年加徵草五千
四百二十七束
瀘州刺史蕭御史劉文翼
元和二年加徵草三千八百五十三束三年加徵草
三千八百五十一束
資州元和二年加徵草一萬五千七百九十八束三年
一萬六千二百二十五束
簡州元和二年加徵草二萬四千一百四束三年二萬
三千一百一十八束
陵州元和二年加徵草二萬四千六百六束三年二萬
三千八百六十一束

龍州元和二年加徵草八百九十一束三年八百一十一束

右已上本判官及刺史等名銜并所徵收名目謹具如前其資簡等四州刺史或緣割屬西川或緣停替遷授伏乞委本道長史各據徵收年月具勘名銜聞奏

以前件狀如前伏以聖慈軫念切在蒼生臨御五年三布赦令殷勤曉諭優在（集作惠）困窮似涉擾人頻加禁斷況嚴礪本是梓州百姓素無藝（集作才）行可稱久在兵間過蒙（集作於）獎拔陛下録其末（集作微）効移鎮東川伏節還鄉寵光無比固合撫綏士（集作黎）庶上副天心蠲減征傜内榮鄉里而乃橫徵暴賦不奉典常擅破人家自豐私室訪聞管内產業阡陌相連僮僕資財動以萬計雖則（一作即）没身謝咎而猶遺患在人謂宜謚以醜名削其褒贈用懲不法以儆（言）將來

其本判官及諸州刺史等或苟務容軀競謀侵削或分憂列郡莫顧詔條但授節將指揮不懼朝廷典憲共爲蒙蔽皆合痛繩臣職在觸邪不勝其憤謹録奏聞伏聽（集作候）勑旨

文苑英華卷第六百四十九

登仕郎胡　柯　鄉貢進士彭　叔夏　校正

文苑英華卷第六百五十　　移文一卷

移文（此卷英華所失年代先後今正之）

移虜淮陽太守文 [redacted]

永明十年太歲其淮陰太守其移淮陽長大齊秉乾得一清寧今皇上體聖居震纘戎昌緒仁澤之所灑霑惠風之所偃靡威武之所勝（騰疑作）驤刑政之所宣暢浩浩乎其不可涯涘固能徽岷禺闒夷海拓沙渚道零山入㣲承嗣九垓禔福含齒戴髮其樂只且所以通歡魏境靜息邊民嗟爾黔氓共知優忝而魏主不篤我信誓侮弱我慈懷憑陵我㽕城冦擾我樊鄧元帥遑梟鳶之心銳卒畜蜂蠆之毒蠅飛藩棘蟻附池隍我聊命偏將執而俘之連左衽於郊門頓編首於外闕有司將加誅焉天子弗之許也重謁而請天子又不許也更從請所以置之乃制詔曰昔虞帝欽明苗山記倒戈之陣夏軍踵武鈞臺載不戰之兵今鋒鏑陵邊彤雲入候加討而後擒待征而知服此迺朕之涼德彼將何德徒哀其積習爲性因染遂變（一作慼）不識天時用干人事雖同濱率境自陽王臣直曰斯民獨爲係虜父母生乖妻兒[redacted]則（疑作別）桑梓悠悠墳塋萬里情甚悲之可解網改祝聽歸巢穴豈直隣好足鄙（闕）特以哀矜自中以時資遣稱朕意焉已遵明詔部送所虜若干人即日在界宜速近議時施故堡使幽荒之外知皇王之德音故移

爲侯景叛移梁朝文　　魏收

夫化成萬物分界九道紀之以山河照之以日月方足圓首含器呈形咸惣之於聖人畢會之以朝市皇魏應衢甲之祕圖納封金之寶命萬方爲宅四海爲家卜世靈長將踰八百天壤之間朝（闕）不別焉唯夫三江五湖九蠻百濮其地如掌人鳥未分瞻星昧（闕）琛拱之方託水迷朝宗之義積蠅爲衆長蛇稱長石田無菽粟之用衆人非聲教所孚是以年歷三僞棄而不有豈力不足蓋所未徵而陸梁塗泥時軼疆鄙天討所遺理存惡殺自二紀及茲中原多故未清區宇文武兼勤偃伯歸戰有懷勞止將令動植俱仰尭心遂冠蓋括途象胥提告推誠（闕）然類識王道授衣禮（一作祠）節拜首歸仁舞戚所以爲高止戈故能稱大方知夙沙交臂不待兵車有苗納款未勞征伐而庸夫爲善希能令終狂人克念更知徒語闇利無匹夫之信好詹有助鬼之心白頭爲賊曲自莫撥嘉闡浮功甘於苟得罔顧揄次之禍詎識江浦之禽侯景一豎微蔑民斯下矣人倫士操本自不倫直以少從羈勒頗習趨走叨忝名器事出爾朱藏情諂笑唯利是視（闕）義兵同舉羣胡覆族雖欽祭首丘事非小人而忘恩背本景爲先至不義不信自此可知但丁公之戮時有未可也大澤深山龍蛇並育遂容其悔非棄其瑕穢任（一作假）以將率授以兵符庶其被鞍銜鑣盡力馳驟指蹤投紲鷹鳧或擒而弱才負重折足是慮置之不爭之地虛出韓鄭之間曾無戰伐之勤可言摧陷之績歲往年徂卒無可紀而腹心羣小信納逋亡刼奪行道侵掠民庶流聲遠聞王法有典驄馬將出朱筆且行自貽伊戚了不知咎盜憎主人乃圖逆節拔本塞源以（疑行）委身賊虜迫脅居民翻蕩城池叉手曲躬千里唯諾殘賊相依忻同鱗

水寵以大位屬以東方外曰臣主內深骨肉安危契闊約以死生拯其鼎鑊之命全其虀粉之禍時不暇浹翻然易慮還相掩擊事劇仇讎反覆剽獲莫非此類至於老母暮倚少弟升岡妻望行夫子號出父食毛之屬可爲■心哉景忽之如草芥棄之如塵垢任其斮截之誅安其烹斬之痛放麑食子有以可親觀臧窮否恥其並主獸心人面華裔同讎歸家懼執法之刑赴賊反噬臍之釁首領無地進退數窮遂畢邪說自託左右苟有君子義均逐雀而彼方上下樂禍好亂叛竊之豎獲毒之人圖浮芥之小利忘丘山之大禍乃崇飾土偶被以玄黃馳馬高蓋載飈爲重委以專征施其爪角驅逼子姓率我叛亡迫猒虐之侶鞠苦役之衆蟻攢蚋集侵竊邊鄙恤患分災本不要於夷僻違衆悖禮蓋神明之所誅皇帝垂旒華土則天而動卷覆三古懷佩百王掌握中道崇基增構殊塗同會百慮一歸中外禔福戎華俱庇持秋霜夏震之威以拔山超海之力顧指則風雲揔至迴眸而山岳削平雖復旗鼓所臨有征無戰猶以師出而服辱在我世所務者息民所存者文德豈復以擒將威敵漂杵溺驂爲功於一時示武於千載但天生五材有聞前古禍非我胎其得已乎遂置壇命將持柯畢禮引營就道分途競馳貔熊舉輪之士翹關扛鼎之卒被組橫矛執殳挺劍龍駒並躍騄驥千羣沸聒天壤蒸鬱雲霄一朝指揮倏忽千里候騎羅紛聯逞前驅天兵之鼓未鳴衆軍之旗詎接而荊揚烏合一朝崩解塞川滿野馘耳截鼻以千萬計不可勝數宗親節將咸見擒束委命軍吏憂在疊鼓楚兵吳甲積若山丘青雀赤烏噎流斷岸千金之費爲我資焉痛辱可哀其利安在覆師喪旅禍本可尋方之噬臍悔之靡及皆侯景叛戾虛相陷誘指成提挈之舉終無掎角之勢景棄本趨末背國違鄉部下數千屈迫羅網離親懷土一日三秋拘網立瓠朝不謀夕豈能搖足東上遠赴彭城天奪彼魄信納虛詭使蕭明貴孫面縛於徐泗景爲凶數逡巡而坐觀託人七尺之身居人成敗之地急病讓夷固若此也兩端自見故態未除今知東南滌盪雖潼清復梁之喪師單輪不返繫援之期終當無日勢窮路盡憂在滅亡事留變生將謀及己且彼軍殲殄江淮屠酷禍源釁迹景變（疑作實）爲之上懼金陵君長致請設（二字疑）之責下恐荊吳子弟法（疑）父兄之寃愚小猜驚將興異計乘專任之機藉方面之重必當招結傖楚翕合無賴內自封殖外絕防禦因見信而類起出不疑以竊發事比疾雷理同激矢上或憑陵乘（一作建）疾專擅縱橫下則鴟峙淮肥覬覦叛換老賊姦回不虛然也而彼土區區厚加崇納置之襟帶之方厲以藩籬之所費金帛於烈火釁酒漿於漏卮非乘景虛聲委其變（疑作實）用夫量材授任必源其始考行責成當存其大景豺聲蜂目之首狼心狐魅之徒義無父子棄同即異捐親背德於我尚反目而去在梁則何施可懷且我逃重傷心尾大不掉魚脫於淵義彰老氏而假威凶險授柄姦回欲求肝膽之誠更啓危亡之兆固智者不爲迷者遂去若抽薪止沸剪草除根函首槁頭叉手械足返國姦於司敗歸侵地於玄武非直惡之在今天道人事實弃無禮苟違（違一作達）之者其長世何若悔非知罪恭承德音且欲飛騎合符班師凱入悠悠水鄉有救其死若乃執飾非之辨固遂過之失便當盡常勝之戰極必取之攻飛江南度浮山將恐削壤卑名雖頓顙而不獲亡宗滅廟望喬

木而可悲昔田假英人於期壯（一作壯）士窮而歸我許以入懷景踈悖狗子攪亂四國庸可紓難弃若孤鶵何足戀戀於亂臣勤勤於賊子也王者之威（心）厲如霜電信同寒暑言猶麗天移至深念變通孰量可否幸思大雅無貽後悔

爲東魏與梁請和移文　元世俊

侍中大驃騎同尚書令武陽子元世俊移梁執事乃眷江漢襟帶南土疆埸相望交錯如繡輶軒未通革車屢起一彼一此或利或鈍亡載得輿所獲蓋寡爭鷄失牛所損更大空使干戈未（一作不）戢戎馬生郊髓腦塗於原野骸骨暴於草澤二國不和百姓何罪靜言思之良所未悟我皇帝以聖明啓運禮樂惟新澤漏淵泉道光日月方欲寢榆關之高烽罷輪臺之遠戍鑄劒戟爲農器納蒼生於仁壽而前益州刺史傅和往處西蕃逢時多難歸途多（一作中）阻流寓江濱亦既來朝具陳彼意知以止戈在念去殺爲心留情灌爪遲存通樂風期所望實協虛想（一作心）猶恐失詞或乖其實眷言在茲佇聞良信至彼假節開遠軍李稜昔經垂翅遂掛天網矜是南冠捨之還故因其致書用宣朝旨若覆逯前言共斯隣好當拂逆旅以待行人

梁報東魏移文　何敬容

侍中宣惠將軍尚書左僕射何敬容報魏執事成湯二十七征志唯靜難軒轅五十二戰義在拯民既異時而同致信殊政而一揆豈其黷武以窮兵寧爲仗威而尊大我皇帝降茲仁（一作上）聖承彼百王負扆君臨不以四海爲貴冕旒日昃常以百姓爲心同二儀以覆載一六合而光宅德踰羲昊道邁唐虞諒開闢之一君信典謨而莫擬均心彼我等悦怨親物有常懷人無異念自北國紛擾河洛沸騰牝鷄索家蕭牆起釁事以（疑作似）譚尚義以（疑衍）類閱況競（一作兄鬩）尋干戈民無定主侯馬泣師月陳庭廡果糧請救日填關下單民有微禹之望遺黎興徯后之悲誠感仁恕理惻皇慈任好璅璅納二晉君小白區區存三亡國況我朝廷寧忘拯救是以命師薄伐至于伊川雲旗屢張非爲黷武鉦鼓載陳豈衒威力湯伐不祀周有義兵疋夫是讎尺土非利百戰百勝非善之善九拒九攻終勞率土納隍之慮無忘寢食李稜失律摧（一作隨）身晉陽獲彼來移聞見委曲知魏當璧得主龜兆有人作相惟賢棟梁克（一作充）室欲偃兵戈式斯隣好九皐既響唳天已聞銅山一崩靈鍾斯應矧乃出其言善千里莫違嘉言孔昭良以攸納且敵怨敵惠不在後嗣亡羊補牢亦所未失移至之日輒以奏聞即蒙詔可不爽來意行符（一作等）緣邊偃兵解甲屏烽（一作權）火不警邊亭息候征夫捨刁斗之勤處婦無憤望之至尋常不爭農桑是務分災恤患繼好息民稜在北歲久情無疑難還使賫移報彼來懷

答魏初和移文　任孝恭

蓋聞軒轅五十二戰義在拯民湯武二十七征本惟靜難明異時而同致信殊政而一揆我皇帝屈茲上聖承彼百王卷六合而包容弘二儀而覆載照高日月澤畜（一作富）雲雨值魏氏紛綸亟離星暑競尋干戈爭以興發（一作廢）王無卒歲相不決辰隻馬泣師月陳庭闕裹糧請救日款關扉故屢動震（一作雲）旗冉驅蒼兕同小白之存亡等任好之繼絕疋婦是讎尺土非利然百戰百勝猶苦四民九拒九攻終勞百姓納隍之念無忘日昃李稜以失律暫摧鱗羽同孟明之返秦似荀瑩之歸晉少展（一作并賫）來移聞之委曲知

彼當璧得人兆龜有主欲偃兵戈式歌雅好鶴鳴九臯唳天已響出其言善良以欣然輙勒緣邊屯戍各息烽警旌旗晝捲刁斗夜停浿鷄犬於四隣接桑麻於二境一作皆藝文類聚

右二篇大同小異前篇加詳後篇見藝文類聚今英華並收不欲去取內有同處止於後篇作白字

移齊河陽執事文　庾信

周天和四年四月二十七日使持節車騎大將軍儀同三司大都督陝州總管府移齊河陽執事自疆埸卧鼓邊鄙收烽義讓之行未能朞月孔誠誨盜即值苞藏是以板載之師書時而動自安封域非求拒防雖復風塵暫接旗鼓無侵五將即迴雙崤已靜始奉朝旨獲被彼一作移書今受叛城使迴軍實想彼邊司又應已奉處分既有此還輙須領納未知何日可遣戍兵指附行人遲能速報盟且不渝隣境相善顧瞻原野幸甚實多故移

同前　前人

周天和四年十一月十日陝州總管長史梁昕移齊河陽執事自拭玉繼書通關去傳實謂上方銷劍山陽息馬故茲樂客或慢重扃屬彼司疆陰行善盜君一臣二上穆下乖國家以邊鄙心搖須固備守大司馬齊國公天子介弟中軍元帥駕馭孫吳驅馳貔虎舉因農隙義異城郎師巡我境曾非反鄣縮載之畢前旌已迴彼國兵馬不防殿後餘塵遂之相接建旌一作忠壘上未及五申安鄴城傍先驚七伏當時鋒刃或膏原野所獲彼將夏州刺史梁老首領今以相還尸鄉不遠無令久客馬驢甲兵具條相勸封人宜依領納宿無關志不獲交綏致此埃塵誰階其咎故移

移虜留使文

年月朔日某官告配某州郡前本欲發遣彼使但某入境以來國祥甫邇自秋迄冬未申款接且狼星表邦嚴霜以戒浮河亂濟長路苦寒時當獻歲惟新三元告慶珪贄盈庭華裔參軫式觀盛禮洽此嘉讙陽和既動澤漸萬邦便當遣使相隨永敦隣睦故移

文苑英華卷第六百五十

登仕郎胡柯　鄉貢進士彭叔夏　校正

文苑英華卷第六百五十一　啓一

諫諍

諫東宫啓　于志寧

按舊唐書太子承乾以農時營造曲室志寧上此書又載六百六十七卷書門今存其目

諫東宫左右非其人啓　前人

此篇按舊唐書是諫承乾第二書當移入六百六十七卷書門今存其目

諫東宫引突厥達哥友入宫内啓　前人

按舊唐書志寧上太子承乾第三書又載六百六十七卷書門今存其目

重諫東宫啓　張玄素

此篇按舊唐書是諫承乾第三書當移入六百六十七卷書門今存其目

規正東宫啓 高宗時太子賢　韋承慶 儀鳳四年爲太子司議郎

臣承慶言伏以殿下國之儲貳主器承祧百姓繫心萬方延首行一事天下所瞻出一言天下所聽動静不可以不慎進退不可以不思固須數引正人詢謀得失使忠言日聞於耳善事每關於心所爲合度必自知其過如此則正心起邪心息德業日新聲聞彌廣福禄可以長守榮位可以久安若謟諛在側忠良不進意有所向則合詞稱善言未出口則同聲稱美有非莫悟有過莫知便自謂神睿聰明超絶今古驕溢之漸常必由之伏願特留睿情每存規誡聞過必改見善必行朝夕孜孜常恐不及則邦家是賴天下幸甚進德脩業大易垂文説禮敦詩春秋所貴尚書云念終始典于學禮云玉不琢不成器人不學不知道孔子曰吾常終日不食終夜不寢以思無益不如學也殿下昔在藩邸耽讀典墳論道觀書匪朝伊夕自外儲貳已歷炎涼侍讀承言稍以稀簡雖睿姿天挺神用生知器業自然非求外奬然更加研勵彌益風猷伏願數召儒生勤修學藝縑緗不離於左右披閲無捨於光陰使日知所未知月聞所未聞凡在匹夫苟能强學猶可以高取名譽坐致簪纓況殿下以儲后之尊而能留心於學德音之美固無得而稱焉畋獵馳騁敗德之源必須順動不可以盤遊無度至於從禽逐獸絶野馳原駿足雲飛輕弧電舉當其適意豈憚艱危無險不陵無深不赴忽然奔馬委轡猛獸逸羣致驚駭之憂貽顛墜之患雖有所悔如何可及夫以千金之子猶且坐不垂堂況在萬國之貞豈可不思重慎殿下初升儲位養德春闈理宜静默自居文史爲務不可數爲遊縱以損德音尚書云内作色荒外作禽荒酣酒嗜音峻宇彫墻有一於此未或不亡伏願詳覽古今以爲鑒誡殿下驅使之人每於北門召入如此等色皆是憸利小人緣得供奉祗承自謂別蒙恩幸外則妄爲威福内則專事諂諛巧媚百端以求顔色日爲一事時進一言漸漬纖微遂成瑕累此之浸潤最難覺察特須斥遠屏黜不宜親近左右殿下皇儲國嗣帝子天孫府庫充盈宫室崇麗但使不爲鄙僻不作奢淫凡所營求有司畢備何藉此等別

有祇承令南衙官寮皆是搢紳士子或耆年舊德博識洽聞或雅望英材修身潔行莫不策名委質奉事殿下自非陪扈法仗不得一奉宸顏豈有僕隸輿臺而可特承恩眄伏願一皆杜絕勿許更至宮闈所見者惟端士正人所聞者惟詩禮典誥則邪孽無由而起咎悔無從而生春德彌高休聲日遠伏見今年六月三十日令書以崇文館中學士極少令賓客庶子詹事及宮官五品已下各舉所知令出已來日月已久官寮所舉咸已進名迄至于今更無進止殿下躬崇學藝廣訪時英天下四方莫不欣悅文學之士飭躬待問而淹歷時序未有指歸朝廷搢紳咸謂殿下徒有其聲而無其實私談竊議頗盈衆口但令出惟行理非虛設舉能進善其事不輕一降令書終年寂寞天下英髦誰不解體此乃欲益反損應是更非伏願與賓客庶子等量宜早爲處分事或不可專決亦須速以聞奏不可淹延致招誹議今關隴之外蕃夷寇竊國家將申弔伐大興師旅轉輸給用糜費日多聖上內恤黎元外憂疆埸宵衣旰食惕慮兢懷殿下在國爲儲君在家爲長子事兼家國何以自寧至於居處服翫飲食聲樂並請務從省約以助聖上憂勞不可每事豐華自爲安逸儲副之尊士庶瞻仰雖宮闈務簡不資每日坐朝至於朔望之辰諸王賓客咸萃皆欲親承春旨肅奉宸儀伏見秋冬已來累月不曾一坐恭已之義竊謂有虧伏覩每至此朝特臨法仗則殿下無宴安之逸羣寮有趨奉之歡臣聞體寬裕之德者在乎納諫懷忠貞之極者期於盡節是知君以不諱昭其美臣以無隱達其誠固君臣之大義古今之通道伏惟殿下挺叡研機凝貞毓照處帝王之元子爲億兆之副君當其冊命之初天下含齒戴髮童兒牧豎莫不歡忻踴躍抃舞謳歌者以殿下至德至仁克忠克孝故能上當天意下應人心雖夏邦建啓周朝立誦不之及也但能行之以道守之以仁居安慮危在蒲防溢一日三省一事九思知稼穡之艱難省宮苑之遊翫正辭雅誥每關心術鄭聲亂色不留聰明忠讜者引而親之便佞者屏而遠之則可以長主宗鬯永在國本照黃離以保元吉居蒼震而享利貞臣出自膠庠即忝藩邸微班再易馳年十變短才弱翰濫蒙甄奬書記文章特受恩寄洎乎嗣登銀牓復得忝侍銅闈俯存簪屨之餘仰攀鱗羽之末蕩蕩鴻澤（一作鴻霈蕩澤）霑濡不已區區淺志答効無階所以輸罄心源瀝盡肝血奉芻蕘之片議獻狂瞽之一言庶輕露馳聲薄滋於少海纖塵縣影微助於遥山逆耳儻申觸鱗甘罪無任控款之至謹奉啓以聞

重上直言諫東宮啓 高宗時　前人

臣聞太子者君之貳國之本也所以承宗廟之重繫億兆之心萬國以貞四海屬望殿下以仁孝之德明睿之姿岳峙泉渟金貞玉裕天皇外殿下以儲副寄殿下以監撫欲使照無不及恩無不覃百寮仰重耀之輝萬姓聞洊雷之響夫君以人爲本人以食爲命君非人無以保其位人非食無以全其生故孔子曰百姓足君孰與不足百姓不足君孰與足自頃年已來頻有水旱菽粟不能豐稔黎庶自致煎窮今夏亢陽米價騰踴貧窶之室無以自資朝夕皇皇惟憂餒饉下人之瘼實可哀矜稼穡艱難所宜詳悉天皇所以垂衣北極殿下所以守器東朝（一作宮）爲天下之所尊得天下之所利者豈惟上玄之幽贊亦百姓之力也百

姓危則社稷不得獨安百姓亂則帝王不得（一作能）獨理故古人云（二字一作之）明君飽而知人飢溫而知人寒每以天下爲憂不以四海爲樂今關隴之外凶寇憑陵西土邊（一作疆）甿凋喪將盡干戈日用烽柝荐驚（一作興）千里有勞於饋糧（一作運）三農不遑於稼穡雖蜂蠆之小毒亦足以煩師旅而（一作蕃）擾邊隅矣殿下爲臣爲子乃國乃家爲臣在於竭忠爲子期於盡孝在家不可以自逸在國不可以自康一物有虧聖上每留神念三邊或梗殿下豈不兢懷況當養德之秋非是任情之日伏承北門之內造作不常翫好所營或有煩費倡優雜伎不息於前鼓吹繁聲亟聞於外既喧聽覽且黷宮闈兼之僕隸小人緣此得親左右亦既奉承顔色能不恃賴（一作託）恩光作福作威莫不由此若不（一作不加）防慎必有愆非儻使微累德音於後悔之何及書云不作無益害有益此皆無益之事固不可耽而悅之臣又聞在上不驕高而不危制節謹度滿而不溢高而不危所以長守貴滿而不溢所以長守富是知高危不可不愼滿溢不可不持易曰君子終日乾乾夕惕若厲无咎敬愼之謂也在於凡庶能守而行之猶可以高振聲華坐致榮祿殿下有少陽之位有天挺之姿片善而天下必聞小能而天下咸服豈可不爲盡善盡美之道以取可久可大之名哉伏願博覽經書以廣其德屏退聲色以抑其情靜默無爲恬虛寡欲非禮勿動非法不言居處服玩必脩節儉畋獵遊娛不爲馳騁（一作縱逞）正人端士必引而親之便僻側媚必斥而遠之使惠聲溢於遠近仁風翔於內外則可以克享終吉長保利貞爲上嗣之稱首奉聖人之鴻業者也（一作矣）臣昔忝朱邸忝膠東之藩吏晚侍青宮叨望苑之儲寀每得親承眷盻側奉宸規出入銀牓之前旦暮銅樓之下小人頂戴無以勝恩區區淺誠竊不自已古人恥其君不及堯舜臣亦願殿下超於啓發是以冒進狂言庶有裨於萬一微生萬死實無恨於三泉謹啓

諫東宮啓三首　姚珽

一作皆舊唐書本傳

按舊唐書節愍太子舉事不法珽上書三篇並見六百六十七卷書門今存其目

上東宮啓（睿宗時玄宗爲太子）　李景伯（景雲中爲太子右庶子）

臣聞書曰惟上帝不常作善降之百祥作不善降之百殃禍福之來惟人所召應符影響可不懼哉伏惟殿下稟粹重離摛英若木道光儲貳譽表元良掃凶祲而邦家以寧贊寶曆而皇祚方永凡在羣品莫不仰賴語成功則已大矣論盛業則已崇矣唯當養德青宮問安紫極去惡除本爲善務滋納忠讜於正人杜浮媚於邪逕遊心經史引接文儒覽古今之得失爲行事之龜鏡日新其美豈不盛歟近承諂曲之徒私進女色莫非倡蕩穢跡可知將入宮闈以爲娛樂傷教敗禮豈復是過及其出入矜誇恩幸坊曲之間能無漏泄至如榮忝簪笏跡預朝廷稍涉斳私尚爲深累況一國之儲副萬方所瞻奉焉可不自戒且政之興衰皆由化下自上所及若草隨風理在必然不可不愼竊惟後宮命婦員品稍多兼選良人固爲淑麗止足之賞詎假旁求此非殿下之本心直被小人之所誤臣實庸鄙智識無聞濫齒榮班謬忝宮相職在規諫冀申裨補若其嘿而自守何以上答聖恩非直尸素之罪人亦當神祇之所譴敢罄愚直以効消塵伏願悔已往之失知昨非之弊念色荒之誡懲縱敗之言勿近小人無聽邪說常恐有失兢

懼爲心則睿德被於羣方頌聲振於吡俗天垂福祐永保無疆儻蒙採納幸甚幸甚謹昧死奉啓以聞輕觸威嚴伏待斧鉞謹啓

上東宮啓 玄宗在東宮遣使采女樂就率更寺肄習　賈曾 景雲中爲太子舍人

臣聞作樂崇德以感人神韶夏有容咸英有節婦人媟黷無預其間昔魯用孔子幾致舊唐書作至於霸齊人懼之饋以女樂魯君旣受孔子遂行戎有由余兵強國富秦人反間饋之美女戎王耽悅由余乃奔斯則大聖賢君舊唐書作名賢疾之已久良以婦人爲樂必務冶容娃姣動心蠱惑喪志上行下効淫俗將成敗國亂人實由茲起伏惟殿下神武命代文思登庸宇內顒顒瞻仰德化而渴賢之美未被於吡謠好妓之聲或聞於人聽豈所以追啓誦之徽烈襲堯舜之英風者哉至若監撫餘閑宴私多豫後庭妓樂古或有之非以風人爲弊猶隱至於所司教習彰示羣寮慢妓淫聲實虧睿化伏願下明舊唐書作敕令發德音屏倡優敦雅頌率更女樂並令禁斷諸使採召一切皆停則朝野內外皆知殿下放鄭遠佞輝光日新凡在含生孰不欣戴謹啓

文苑英華卷第六百五十一

登仕郎胡　柯　鄉貢進士彭　叔夏　校正

文苑英華卷第六百五十二　啓二

勸學

上東宮勸學啓一首　上東宮請講學啓一首

薦士

上桂州李中丞薦盧遵啓一首

薦韓乂啓一首　薦王寧啓一首

賀官 雜賀附

賀陸相公拜相啓一首　賀趙相公拜相啓一首

賀趙江陵宗儒辟符載啓一首

賀裴相公破淮西啓一首

賀門下裴相公啓一首

賀門下李相公啓一首

賀中書門下平澤潞啓一首

賀相國汝南公啓一首　賀高相公除荊南啓一首

勸學

上東宮勸學啓 玄宗爲太子時　劉憲

臣以今月二十一日侍從外參覲奉令旨令臣勾當所進書隨了隨進并語臣云當今閑暇正好讀書臣自承殿下之好尚私心歡喜不能自勝伏惟天縱神武生知睿哲誠時與理會固無待[redacted]勤求然自古及今皆重于學至於光輝盛德發揚令問安靜身心保寧家國除此之外更無以加常人讀書擬于爵祿事須精熟乃堪試練殿下居副君之位有絕世之才豈假尋章摘句哉蓋應略知大意而已用功甚少爲利極多伏願克成美志無棄暇日上以慰至尊之心下以答庶寮之望幸甚幸甚侍讀褚無量經明行脩在朝罕四是以皇帝簡擇令侍殿下謂宜時蒙召問而察

其言臣以愚劣忝迹士端區區之誠莫不罄竭謹啓

上東宮請講學啓（玄宗爲太子時）　張說

臣某等啓臣聞安國家定社稷者武功也經天地緯禮俗者文教也社稷定矣固寧輯於人和禮俗興焉在刋正於儒範順考古道率由舊章故周文王之爲太子也崇禮不倦魏文帝之在春宮也好古無怠博覽史籍激揚令問取高前代垂名不朽伏惟皇太子殿下英睿天縱聖敬日躋神筭容發雄威立斷廓清氛祲用寧家國兆人由是歸德六合所以推功主鬯青宮固本也分務紫極觀政也副羣生之望作累聖之儲殿下之於天下可謂不輕矣監國理人可謂至重矣莫不拭目而視清耳而聽冀聞異政以裨聖道臣愚伏願崇太學簡明師重道尊儒以養天下之士今禮經殘缺學校陵遲歷代經史率多紕繆實殿下闡揚之日刋定之秋伏願博採文士旌求碩學表正九經刋考三史則聖賢遺範粲然可觀況殿下至性神聰留情國體幸以問安之暇應務之餘引進文儒詳觀文典商略前載討論得失降温顏開讜議則政途理體日以增益繼業承祧永垂德美臣等行業素輕藝能寡薄顧慙端士叨侍宮闈日夜祇懼無以匡輔區區微誠願効塵露輕進芻鄙庶垂採擇臨啓如失伏用兢惶謹啓

手令答曰經史脱誤事資刋理自非通儒孰詳大義侍讀等外堂觀（集作覩）奥能定闕文今司經崇文皆有舊籍敬承來教即令考序頃日以來未暇數（集作接）對何嘗少選而忘德音尋當敘進羣英（集作公）冀聞餘論仍令（集作今仍）錄留啓本以代書紳

薦士

上桂州李中丞薦盧遵啓　柳宗元

其啓凡士之當顯寵貴劇則其受賜於人也無德心焉何也彼將曰吾勢能得之是其所出者大而其報也必細居窮厄困辱則感槩捧戴萬萬有加焉是其所出者小而其報也必巨審矣故凡明智之君子務其巨以遺其細則功業光乎當時聲名流乎無窮其所以激之於中者異也若宗元者可謂窮厄困辱者矣世皆背去鯨顙曠野獨賴大君子以明智垂仁問訊如平生光耀囚錮若被文繡嗚呼世之知止足者鮮矣既受厚遇則又有不已之求以黷閣下之嚴威然而亦欲出其感槩捧戴而効其巨者伏惟閣下留意裁擇幸甚幸甚伏以外族積德儒厚以爲家風周齊之間兄弟三人咸爲帝者師孝仁之譽高於他門伯舅叔仲咸以孝德通于鬼神爲文士所紀述相國彭城公嘗號于天下名其孝以求其類則其後咸宜碩大光寵以充神明之心今乃彫喪淪落莫有達者豈與善之道無可取耶獨内弟盧遵其行類諸父靜專温雅好禮而信飾以文墨達於政事今所以聞於閣下者無怍於心無愧於色焉以宗元棄逐枯槁故不求達仕不務顯名而又難乎其進也竊高閣下之舉賢容衆故願委心焉則施澤於遵過於厚賜小人也遠矣以今日之形勢而不廢其言使遵也有籍名於天官獲禄食以奉養用成其志一舉而有知恩之地（集作地士二）焉可不謂務其巨者乎伏惟試詳擇焉言而無實罪也其敢逃大譴（七字集作罷其敢逃）進退恐懼不知所裁不宣謹啓

薦韓乂啓　杜牧

其啓昨日所啓言韓拾遺事非與韓求衣食救飢寒也御史亦豈爲救飢寒之官乎中丞必曰大梁奏取韓以飢寒

何不去夫幕吏乃古之陪臣以人爲北面雖布衣無恥之士亦宜訪其樂與不樂況有恥（集作道）之君子乎韓以旅寓洛中非不樂沐（集作梁）也不甘不告之請耳韓及第後歸越中佐沈公江西宣城府罷唐扶中丞辟於閩中罷府歸路由建州妻爲元晦同高祖妹惡晦爲人不省之及晦得越乃棄産避之居常州穀儼者仰韓之道自閩寄百縑遺之及門不開書緘而斥去之牧比兩府同院但見其廉愼高㓗亦未知其道大和八年自淮南有事至越見韓居（集作君）於鏡上三畝宅兩頃田樹蔬釣魚唯召名僧爲侶餘力究易嬉嬉然無日不自得也未嘗及身名出處之語未嘗入公府造請與幕吏宴遊因此不爲搢紳相所見禮蕭高二連帥至即日造其廬詢以（集作其）政事稱先人梓材有文學高名没於越之府幕故不顧復爲越賔及高至許下厚禮辟之其爲人也貞㓗芳茂非其人不與遊非其食不敢食蕭舍人考功崔員外是趨於韓交者牧復趨於蕭崔二君子者即韓之去牧其間不啻容數十人矣亦安得知其賢而言之復不憯乎伏恐中丞謂韓求官以衣食干交朋者中丞初在憲府固宜愼選御史御史固非救飢寒之官其久承恩知但欲薦賢於盛時雖至淺陋亦知不可以交友飢寒求清秩以干大君子者伏恐（集作慮）未審誠懇故此具陳本末伏惟照察謹啓

薦王寧啓　前人

某啓前渭南縣令王寧前件官實有吏才稱於衆口年少強力一也遇事必能裁割二也既藴智能無頭角誇誕三也廉直可保四也處於驕將内臣之間必能和同五也今者邊將生事雜虜起戎不憂兵甲唯在饋運其過承恩奬輙敢薦才伏惟取捨之間特賜恕察謹啓

賀官（雜賀附）

賀陸相公拜相啓　呂頌

某啓伏見詔書相公拜上台之位寅亮天工登翊王室弼成大化佇致和平叶一人夢卜之求副四海具瞻之望凡在中外孰不慶幸方今聖主文明天下思理兵革不舉于茲十年黎元有再安之望戎馬有歸牧之勢夫物應有兆機生其微制動者守乎靜求直者端乎表秉鈞者愼始而圖其終也相公天實生德錫我皇家顒顒蒼生延首以望蠻夷左袵亦仰無窮某受任遐荒職在邊鎮瞻戀欣抃無任下情

賀趙相公拜相啓　前人

某啓伏見某月日詔書伏承相公膺啓沃之心登輔弼之任人望已久天意下從休聲飈馳浹洽海内凡在士庶不勝慶幸伏以陛下文德聿脩武功克靜祲沴不作昇平漸階正可乘天時以創制因人事以立法天其或者必以相公秉啓聖之運致仁壽之期自然百度以貞九流式叙霜露所墜罔不開化蠢動含生皆遂其性致君堯舜何獨古人某受命荒服職在天涯瞻望喜躍無任下情

賀趙江陵宗儒辟符載啓　柳宗元

某啓伏聞以武都符載爲記室天下立志之士雜然相顧繼以歎息知爲善者得其歸嚮流言者有所問執直道之所行義風之所揚堂堂焉實在荆山之南矣幸甚幸甚夫以符君之藝術志氣爲時聞人才位未會盤桓固久中間因緣陷在危邦與時偃仰不廢其道而爲見忌嫉者横致唇吻房給事以高節特立明之於朝王吏部以清議自任辨

之於外然猶小人浮議困在交戟凡諸侯之欲得符君者城聯壤接而慼於騰沸環視相讓莫敢先舉及受署之日則皆開口垂臂悵望悼悔譬之求珠於海而徑寸先得則衆皆快然罷去知奇寳之有所歸也嗚呼巧言難明下流多謗自非大君子出世之氣則何望焉瞻望清風若在天外無任感激欣躍之至輕黷陳賀不勝戰越不宣謹啓

賀裴相公破淮西啓　元稹

某啓伏見當道節度使牒伏承相公生擒吳元濟歸斬闕下功高振古事絶稱言億兆讙呼天下幸甚某聞舉世非之而心不惑者謂之明羣疑未亡而計先定者謂之智日者天棄淮蔡蓄爲洿瀦五十年間三后垂顧眇爾元濟繼爲凶妖謂君命可逃以父死爲利聖上以睿謨神筭方議翦除羣下守見習聞咸懷阻沮公英猷獨運卓立不回內排疑惑之詞外輯異同之旅三軍保任一意誅鋤投石之卵雖危拒輪之臂猶奮賴閤下忠誠憤激親自拊巡靈旗一臨餘沴電掃此所謂俟周公而後淮夷服得元凱而後吳冦平凡在陶甄孰不忻幸況某早趨門館抃躍尤深僻守遐荒不獲隨例拜賀無任踴躍徘徊之至

賀門下裴相公啓　劉禹錫

某啓伏以相公含道傑出降神挺生坐籌以弼睿謨秉鉞以行天討風雲助氣山岳効靈制勝於罇俎之間指蹤於韝紲之末蕭斧既定袞衣以歸君心如魚水人望如風草一德交暢萬方（集作邦）和平運神思於洪爐納生靈於壽域文武丕績冠于古今某恪守遐荒不獲隨例拜賀瞻望抃躍無任下情

賀門下李相公啓（自西川入爲大夫拜相）　前人

某啓伏以聖君當功成愷樂之日而求賢愈切思治益深是上玄垂休欲速致太平之明効以相公事業而逢此時天下之人視仁壽之域其猶尋尺故命書所至德風隨之微材片善咸自磨拂況同主國柄如吹塤篪含生之倫唯所措置日月亭午物無邪陰聖賢合德人識正道雖居畎畝足以詠歌某遐守要荒不獲隨例拜賀私感竊抃實倍恒情

賀中書門下平澤潞啓　杜牧

某啓伏以上黨之地肘京洛而履蒲津倚太原而跨河朔戰國時張儀以爲天下之脊建中日田悅名曰腹中之眼帶甲十萬籍土五州太行東儀爲其扃關健馬強弓爲其羽翼自逆黨專有僅及一世頗聞教育實曰精強昨者凶豎專地之請初陳聖主整旅之詔將下中外遠邇皆疑難攻蜂蠆螳蜋頗亦自負伏惟相公上符神斷潛運廟謀仗宗社威靈驅風雲雷電掌上必取彀中難逃纔逾周星果梟逆首周公東征之役捷至三年憲皇淮夷之師尅聞四歲校虜冦之強弱曾不等倫考攻取之敗亡何至容易若非睿筭英略借箸深謀比之前脩一何遠出自此鞭笞反側洒掃河湟大開明堂再振儒校窮天盡地皆爲壽域之人赤子秀眉共老止戈之代某謬分符竹實由恩知慶快懽抃之誠倍百常品不宣謹啓

賀相國汝南公啓　李商隱

某啓日者慶屬中興運推常武仰窺金版遐考瑶圖順祖之孝思丹青曾閔憲皇之武力刀机彭韋聖上初九潜泉登三佩契以后稷岐嶷爲小慧故人莫得知以漢皇雲物爲下祥故神無所豫洎陟元后洪惟長君固必降非常之

人輔惟新之政伏惟閤下昭回降彩沆瀣融精往執靈鉉正星辰之分野今調鏤鼎猶日月之得天昔軒后師臣成(集作商)王畏相殷奉伊尹則謂之元聖周事呂尚則命爲太公此王者之所以尊賢傑而不以爲疑也至于姬旦金縢不與燕召同列仲尼麟史不令游夏措辭甘盤尊舊學之名夷吾居仲父之位此又賢傑之所以自負其道而不以爲讓也上下交感人祇叶從是我后夷姦秉哲之辰是閤下宰物康時之夕清廟係心矣蒼生延首矣允也無間樂哉惟時其早奉輝光嘗蒙咳唾牛心致譽麈尾交談而契闊十年流離萬里扶風歌則劉琨抱(英華作跪)膝白頭吟則鮑照撫膺重至門闌空餘皮骨方從初服無補大鈞穿屨弊衣正同北郭槁項黃馘乃(集作仍)類曹商未知伏謁之期徒切太平之賀下情無任抃賀踴躍之至謹啓

賀高相公除荆南啓　胡曾

伏以相公承家業峻開國勳高術妙六奇圖精八陣生民皎日聖主迅雷才成破趙之功旋告下齊之捷故得威宣破竹力號拔山弛張七德之中舒卷五車之内東周士庶咸居沸鼎之中西蜀蒸民悉在春臺之上蓋由人事豈屬天時昔漢得韓信而興楚失陳平遂滅今者江騰海沸山動岳摇荆門告累卵之危淮楚陳剖胎之難赤眉卷地黃巾滔天公侯無匡合之才藩鎮乏縱擒之術若不預咨賢哲早託英雄則何異魚遊宋池鷰巢衛幕崑岡火發玉石俱焚歷陽水來智愚同陷雖思嘗膽何補噬臍且擘斷華山宜假巨靈之力決平洪水須憑大禹之才是以上自一人下同百辟僉云非相公不能定荆楚非相公不能縮貨泉既無易於肴羹遂有成於命説伏計即離犀浦遽赴龍山銷唐堯旰食之憂解黎庶倒懸之急其家在湖外即出關中遂假道於荆關獲起居於梅鼎仰將軍之大樹敢議營巢窺丞相之巨川唯希在藻伏惟照鑒

文苑英華卷第六百五十二

登仕郎胡柯　鄉貢進士彭叔夏　校正

文苑英華卷第六百五十三　啓三

謝官

謝竇相公除男襄州粢軍仍許隨父啓　呂頌

某啓男元曜蒙恩授襄州粢軍又奉七月初四日勑許令隨父準例支給料錢者恩生不次事出非常仰戴天慈伏荷仁德以欣以懼戰越交并伏以國朝故事及古名臣惠及黎元勳高社稷則有賞延于代禄及于家或總角腰章或垂髫結綬綺紈拜命襁褓分榮自葉流根蓋超彝典某謬承聖獎猥守方隅政教無聞典禮多闕男尚幼小濫廁班榮相公念以遐荒將與便近更許隨父仍給料錢榮超流輩之中賞過彝章之外退循涯分喜躍伏深限以所守拜謝未由下情伏增戰灼

謝周相公啓　杜牧

某啓伏奉八月三日（集作三月八日）勑除尚書司勳員外郎史館修撰承命榮懼啓處無地伏以聖主順上帝之則率四海以仁神化風行家至日見古先哲王之德也有求必至有開必先是以傅吕得於夢卜申甫降於山岳伏惟相公待主乃用為時而生當考室構厦之時膺篤繩削墨之任贊傑俊遂賢良調陰陽提紀律類能而使度材授官常切如家之憂每懷撻市之耻是以朝廷禮樂天下清明人不凋傷神不怨悵萬物由道百度皆貞雖周獲仁人商得元哲夢卜降岳之得豈能逾焉某以樸樕之材糞朽之賤遭逢聖（集作盛）業三帶郡符自審事宜實以逾忝伏以睦州治所在萬山之中終日昏氛浸（集作侵）染衰病自量忝官已過不敢率然請告唯念滿歲得保生還不意相公拔自汙塗（集作泥）昇於霄漢却收斥錮令廁班行仍授名曹帖以重職當受震駭神魂飛揚撫已自驚喜過成泣藥肉白骨香返遊魂言於重恩無以過此雖買臣懷紱郡邸蕭育召拜扶風楊僕三組垂腰蘇秦六印在手較於榮忝無以為踰（集作喻）言念微生難酬殊造伏以相公自數年已來朝廷舊老四海賢俊皆因提挈（集作挈維）盡在門館毗輔聖主巍為元勳自有神明以相百禄顧惟賤末報効無門感激血誠涕淚迸溢無任攀戀激切懇款之至謹啓

謝座主魏相公啓（為弟作）　李商隱

羲叟啓伏奉前月二十八日勑旨授祕書省校書郎知宗正表疏續奉今月五日勑改換（集作授）河南府粢軍依前充職者小宗伯之取士早辱搜揚大宗正之薦賢又蒙抽擢未淹旬日再授班資任重本枝職齋載筆方殊王逸唯注於楚詞有異郝隆但攻於蠻語此皆相公事均卵翼勢借風雲特於汨没之中俯借扶摇之便孔龜効印未議於酬恩楊雀銜環徒聞於報惠感抃之至罔知所裁謹啓

謝宗卿啓（為弟作）　前人

羲叟啓伏奉（集作蒙）奏署知表疏官伏奉前月二十八日勑旨授祕書省校書郎續奉今月五日勑改授河南府粢軍

者某少實艱屯長無才術（集作運）徒以與周同姓從魯諸儒託阮籍之竹林攀郄詵之桂樹曲蒙題目猥被薦聞惟我大朝克崇宗祏叙文昭武穆之位勤紹堯纘禹之親豈以斯文失於能者況一蒙旌録再忝恩榮班資將厠於郄超職業幾踰於孫楚感結所至生死以之即以今月某日發赴所職登門在近縮地是思惟動肺肝恨無毛羽伏惟特賜恩察謹啓

謝襄州李尚書啓　　溫庭筠

某啓某櫟社凡材燕鄉散質殊無績効堪奉恩明曷當紫極牽裾丹墀載筆顧循虛淺實過津涯豈知畫舸方遊俄昇於桂苑蘭膏未染已捧於芝泥此皆寵自昇堂榮因著録勵鴻毛之眇質託羊角之高風日用無窮常仰生成之德時來有自寧知進取之規兢惕彷徨莫知所喻未由陳謝攀戀空深

謝紇干相公啓　　前人

某啓某材謝楩柟文非綺組間關千里僅爲蠻國叅軍荏苒百齡甘作荆州從事寧思羽翼可勵風雲豈知持彼庸蹤栖于宥密迴顧而漸離緇（集作淄非）垢冥昇而欲近煙霄榮非始圖事過初願此皆揚芳甄藻發跡門墻丘門用賦之年相如入室楚國命官之日宋玉登臺一日光陰百生輝映未由陳謝伏用兢惶

謝時相啓二首　　張玄晏

某啓某今日伏奉宣召伏蒙聖慈令充職翰林者出自埏鎔成茲忝越循涯積感揣分增榮某洛下諸生隆中散族進取本無其聲援歸休復迫於羇離白首爲郎固乏堂堂之稱青雲無路但甘碌碌之嗤愈迫低徊欲成淪没相公殊常降德不次施恩拔自迷途寘諸密地蒙虎皮於下駟抑以騰驤綷鵠羽於寒鳴教之騫翥遂使專詔誥教令之事爲言語侍從之臣内省孱微益深榮懼謹啓

二

某啓某伏奉今日敕授尚書駕部郎中知制誥依前充職者某才殊敏健識異精通既無瓌潤之姿焉有矜嚴之譽謬因鎔鑄驟陟煙霄掌禁苑之文詞列金門之侍從顧惟鯫淺尋過津涯忽自秋而徂冬每素飡而尸禄愈成覥冒益被顯榮相公曲示洪鈞重磨頑璞降始終之茂德弘特達之深恩再假丹青復掀羽翼遂使移粉署應星之列帖掖垣掌誥之名盡出殊私皆爲華給蚊蚋難勝於山岳塵灰何報於生成謹啓

謝集賢相公啓　　前人

某啓某今日伏奉恩旨宣召充職翰林者出鈞鎔之巨力收居楄之小材拔自塵泥驟陞霄漢撫已實知其忝越銜恩載切於屏營某洛下諸生朝中孤宦進取本無其聲援歸休又迫於羇離既碌碌以經時亦倀倀而度日伏蒙相公十九兄殊常降德不次施恩生暖甲於枯荄化豐肌於朽骨出諸陷穽置在門闌綷鵠羽於寒鳴教之騫翥蒙虎皮於下駟（四）抑以騰驤但自捫心何階報德況專詔誥教令之事爲言語侍從之臣内顧孱微益深榮懼唯冀永賫肝膈長託鑪錘但當有命以酬固亦無言可謝謹啓

謝奉常僕射啓二首　　前人

某啓某今日伏奉聖旨令充職翰林者厖鴻恩重螻蟻命微循涯增感激之誠揣已積叨踰之懼伏以某名慙鉅下人異隆中無賦雪之詞華乏論天之才辯頃歲纔萌進取

便獲攀投及門人指其登龍託賀時推其附鳳因得交朋改觀行止增光遂忝決科俄榮筮仕始優游於諫省旋履歷於霜臺郎署一棲星霜六變而偶茲多難方困迷津永無振奮之期益勵退藏之志僕射憫其孤拙哀以棲遲忽垂大恩顧及衰緒孜孜保證矻矻維持竟使凡材遽塵劇職參玉堂之侍從掌金殿之書詞榮非始圖事過初望唯誓永將死節上報生成倍激屢捐冀申萬一

二

某啓某伏奉勑命授尚書駕部郎中知制誥依前充職者某藝能無取才格俱凡任孤僻以趨時守顓愚而樂道敢於榮顯竊冀遭逢伏蒙僕射不次垂恩踰涯降德彫朽曲施其敏手磨鉛俾耀其銛鋒因得擺脫塵泥昇騰霄漢專玉堂之詔誥追金馬之遊從尋（一作覽）過津涯每慙醜冒孰謂纔踰累月又陟華資南宮秩換其司[redacted]西掖名參於演綍生成益被灰粉何酬感深空集其涕洟恩重但期於殞越云云

謝尚書丞郎給舍啓　前人

某啓某忽蒙宸獎擢處內庭循省荒蕪倍懷兢懼某才殊二妙譽媿三英趨時既之於梯媒退跡倍悲於萍梗其官常迴恩獎曲賜吹揚遂使虛孱成茲忝越列侍從於金門之下掌書詞於禁苑之中榮非始圖事過初望云云

謝史館裴相公啓　羅袞

某啓伏以洪鈞播物已在生成朗鑑通幽寧期照燭伏以相公三十五丈熙朝德茂軌世才高發言爲褒貶之經迴顧是寒暄之律自叨洪獎愈切寵驚近又見戶部王侍郎伏知造化工夫不遺纖草丹青潤色徧及偶人輝華而賤賀增榮感激而雄眸有淚實以衮家殊弁冕業繼詩書卷懷於盛壯之時浮泛於衰遲之日詞科入仕尋周一紀之星諫署外朝亦改四年之火雖復毛慙腹背角困藩籬何嘗不砥礪公方琢磨文術竟以長沙地窄難呈宛轉之姿南郡鬼逢每受揶揄之耻俄消剥道顯自明恩霖施而窮澤生流瑞降而枯條更肄得不乘風奮力搦朽申勞依魯相之門牆永隨車暨仰殷宗之左右長奉鼎梅卑情無任日夕兢惶生死銜戴之至

謝監修相公啓二首　前人

某啓某鄉品慙卑朝班愧近叉託運籌之化元無載筆之能今伏奉恩制伏蒙相公特賜奏授前件官充職者寵靈重疊敢幸於時來塵忝過多但驚於望外下情無任戴恩感激量伎兢惶之至伏以相公道壯龍圖情專鳳策兩掖之內以讜辭爲先三館之中以信史爲急必銓名實乃授清華固以時屬叡文事當修舉列聖之青編再輯盛朝之鴻藻將鋪是宜對李札以歌唐求孟堅而述漢然後可以昭彰一代昺奕（一作顯赫）千齡如衮之才非此之任誠欲奉身而退避懇以辭無傷棫樸之風自適輪轅之用竊念早依門闥昨侍台階聞善誘而遽巳捧承沾謬恩而莫遑辭讓主文譎諫顧拙訥以何裨廣記備言審荒蕪而豈措徒思竭力寧逭靦顏唯當稟奉公忠執持愚直分職於仲山之下庶展其能受經於尼父之前冀成其傳効酬之志灰没爲期卑情無任銜荷惕勵憂懼怔營之至

二

某啓幸以弱才託於弘造遂捨寒鄉之士叅外近署之班雖與道翺翔似無邪行而隨波上下安有直詞是以久列

編修常孤事任一家之言莫就空慕馬遷三國之志未聞實慙陳壽深宜免罷稍獲逭寧不謂相公尚貸簡書且彰方冊才授攺官之寵仍還帖職之榮乍簪筆於宸軒復和鉛於紬閣中書肄入寧同著作之郎相府依棲乃類司徒之掾分誠已過恩亦太隆既辭讓以難諧但憂兢而罔寘穀梁清婉休校力於短長王隱混淆預甘心於譏誚營職爲務投生以酬下情無任感激省循光忝愧懼之至

謝宰相啓　前人

某啓伏以居有熊左右之司每聞沮誦著周穆存亡之誡但記戎夫規動止於九天法春秋於百代某雖愚懵知此重難況復皇朝廢置之初便搜才實近日選求之慎必在英華峻等級於螭陛盛風流於鳳闕某則寒陋分無希望伏以相公協兆爲師奮庸熙載將行大道上繼於宣尼誘進單門下同於王儉不以某諫垣空食史閤曠官特與久次之嗟俾授殊遷之命瞻臨忝谷方知律呂之聲調境入蓬山孰謂風飈之道阻徒成踴躍莫獲逡巡副燕臺尊隗之心奉孔里鑄顏之化巍巍聖德雖期有舉必書赫赫台光定是無階上報榮懼感激不任下情

謝諸知己啓三首　前人

某啓伏奉恩制除授前件官者事匪心期恩將敵闕至榮懼憂惕不任下情伏以某用乏適時言非悟主雖困泥塗之辱敢希朝序之榮伏蒙某官念以吾道依棲斯文宗仰懇動吹噓之力終諧憐奬之心遂使縣吏塵銜擺脫忽同於蟬蛻諫臣清級超昇遽遂於鸞翔叨忝何多提携至此竊復念孤單事契愚魯性靈苟非示以修塗安得縻茲好爵獻可替否諒無補於皇明徇義忘身庶粗酬於恩德卑情無任感戴激切之至

二

某啓某操行無奇文章匪贍拾遺左右三年未望於轉遷約史春秋五夜寧通於夢想斯亦孤單雅分頑魯自宜忽踐履於清華諒因依於賢達伏以某官優容下位奬進微才荀君之日月在躬王氏之風塵外物輒忘孤陋榮遂品題（一作荀君之日月在躬道存矚王氏之風塵外物榮遂品題）故得譽徹中台名聞東觀遽遷彌縫之地仍叅著作之庭祇奉寵光若臨泉谷靜循叨竊實自門牆敢不永抱兢銘深虞負累以當官而曠（疑作瀆）忝用舉職以酬知求女媧鍊石之方潛裨碧落就太史藏山之事（一作筆）試學青編尚覬宗師更傳規矩下情無任攀戴覼汗之至

三

某啓伏以記事之官顯司存於戴禮侍臣之職正號位於隋朝自古不輕方今爲尤（一作重）豈期幽介遽獲忝塵此乃某官道著訏謨情敦片善偃彼小人之草列諸君子之林遂令補袞掖垣仍叨筆削珥貂仙室更踐清華得不上報鴻恩旁酬重德日月簡編之効敢怠於季（一作學）終雪霜松栢之心佇彰於歲晚榮懼感奮不任下情

文苑英華卷第六百五十三

登仕郎胡　柯　鄉貢進士彭　叔夏　校正

文苑英華卷第六百五十四　啓四

謝辟署

爲同州張評事謝辟并聘錢啓二首　李商隱

潛啓伏奉榮示伏蒙猥賜奏署今月某日勑旨授官承命恐惶（一作懼）不知所措其文乖綺繡學乏縑緗負米東郊止勤色養獻書北闕未奉明恩撫京洛之塵素衣穿穴訪江湖之路白髮徘徊大夫榮自山陽來臨沙苑固以室盈東箭門咽南金豈謂搜揚乃加辱眇府稱蓮沼勲無倚馬之能地號雲門竊有化龍之勢便居帷幄遽別蓬蒿衰生有望於樵蘇楚子永辭於藍（集作艦）縷刻諸肌骨知所依歸伏惟特賜鑒察謹啓

二

潛啓錢若干伏蒙仁恩賜備行李重非半兩輕異五銖子毋相權飢寒頓解細看銅郭徐憶牙籌雖云（集作震）神有曾褒便恐癖如和嶠辮裝無關通剌有期感戴之誠不知所喻謹啓

爲山南薛從事謝辟啓　前人

傑遜啓今月某日伏蒙辟奏節度掌書記勑下徒有長裾曾無綵筆初疑誤聽久乃知歸感激慚惶不知所喻其受天和氣而鮮雄村幸承舊族之華遂竊名場之價頃者湮淪孤賤綿隔音塵其後從事梓潼經塗天漢初陪末席披霧覩天自爾以來懷恩莫極鄭玄之腰腹若掛丹青崔琰之鬚眉常存夢寐方思捧持杖屨廁列生徒豈望便上仙舟遽塵蓮府尚書士林圭臬翰苑龜龍方殿大藩將求記室是才子懸心之地詞人効命之秋豈伊踈蕪堪此選擢思曾顏之供養念陳阮之才華自公及私終榮且忝伏以家室憂繫初解山川跋涉未任須至季秋方離上國撫躬泣下尚遥郭隗之門閉目夢遊已入孔融之座下情無任攀戀銘鏤之至

爲東川崔從事謝辟并聘錢啓二首　前人

福啓伏奉公牒伏蒙辟署觀察巡官某早厚梯媒獲沾科第呉公之薦賈誼未塞前叨竇融之舉班彪仍當後忝仰觀蓮幕俯度桂科卵翼不自於他門頂踵實非其己物但賫灰粉遠逐旌幢雖有命以酬實無言可謝伏惟俯賜鑒亮

二

福啓錢若干伏蒙賜備行李竊以白馬從軍青梟受聘磨文難滅校貫知多陸賈方驗於大花郭況莫矜於金穴感戴之至不任下情謹啓

爲河東公謝相國京兆公啓二首　前人

某啓今月某日得當道萬安驛狀報伏承遣兵馬使陳朗賫幣帛鞍馬辟召小男者未敢尋盟遽茲聞喜遐瞻闕闥

恨乏羽毛伏以自有搢紳誰無交結朋友不全素諾在古殊多父子同受深知當今罕集作未見豈期今德圖於所難男珪曾未成人纔沾下第辨仲謀之菽麥雖則有餘況安石之芝蘭竊將不可忽依大府便廁英僚東吳之哈恐自此始西園之讌未知如何此皆相公以某謬接藩維久依繩墨克降由衷之信將酬事大之心不然則安得接集作拔童子於舞雩禮諸生於白社身枝獲慶城府知歸感激恩光丁寧教誡永言銘鏤尚昧端倪伏俟簡書來至弊邑則專請張覿評事奉啓狀申陳慕義無窮措辭莫盡攀附惶戰集作戢不能究陳謹啓

二

某啓伏奉榮示伏蒙辟署某第二子前鄉貢進士珪充攝劒南西川安撫巡官并賜公牒舉者某去月得楊侍御書題微傳風旨初如吉夢終謂戲談非不尋思莫得端緒今乃竟詢仲淹果降嘉招伸紙發緘悸蒐流汗何者某頃居班列已奉陶甄口裏雌黄屢加雕煥胸中雲夢過沐涵濡掀之以順風煖之以愛日茲辰議報不在他門一昨叨裂土田謬分旗蓋適當東道獲事西鄰豈望信在言前榮流意外坤維接畛何酬上相之知坎卦成占遂報中男之喜且渠譽乖郄桂名媿謝蘭未學周南召南纔得一科一第縱解問絹不能負薪將何以與先生並行從大夫之後仰塵帷幄佇雜簪纓況襟帶禺同咽喉巴濮求於安撫必也機謀深慮異時莫副虛佇然竊尋史傳所載語父子之間雖石苞獨異石崇而山濤不知山簡亦豈集作安敢保其孱陋遽遣退藏但當授以一經訓之大杖庶將寡過以謝明恩染翰銜情封牋寫抱小人多事拜台席以猶賒童子何知上賔階而在即瞻望閽闥死生以之伏惟深賜鑒信謹啓

爲柳珪謝京兆公啓三首　前人

某啓散兵馬使陳韌至伏奉榮示兼奉公牒伏蒙召署攝成都府叅軍充安撫巡官者師襄鼓缶或近戠人和氏搜珉能無驚物跪受高命莫知所裁某藏豹不堅雕龍未巧徒承庭訓遂廁人曹比衛家之一兒天懸鵬鷃望鄴中之七子風逸馬牛已忝決科敢思筮仕伏惟相公以仁義禮智信爲基構用温良恭儉讓爲藩蘺堯時則業貫夔龍殷代則道符尹説入秉文教出曜兵權揮神鋒而劒合陰陽述雅誥而筆開造化況天有井絡地稱坤維控三巴百濮之雄帶南詔西山之險人稱奥府帝謂殊藩固己一作以廣集豪英用資叅佐玳簪珠履綠水紅蓮成籍籍於淮山致憧憧於燕路若某者徒將慕藺何足望回又安敢集作可拂其塵埃加以冠屨伏思相公直以大人頃居班列獲奉恩私羅照秉於驪淵覬歸昌於鳳穴未見其可勵之不疑曾不念木朽石頑雕鐫莫就榆瞑豆重性分難移古人所以有以榮爲憂受恩如敵斯言之作珪也有焉今月六日辰時輙奉辟書具聞晨省仰承嚴旨便定行期而又内奮弟兄外誘交友傳翼類虎生角如麟事誠寔於顯榮勢莫知其報効尚須旬日方拜旌旄唯當洗心爲齋延頸以望持千尋之建木想像環姿用萬頃之澄波比量曠度戴恩揣已授集作投命依仁神之聽之百生如一謹啓

二

某啓伏蒙榮示賜及前件衣服段及束絹等謹依處分捧授訖伏以大人自勵通班彌修儉德田園唯恐蕪沒子弟

不免飢寒去春成名首秋歸覲雖才非張載未刋劒閣之銘而志慕胡威敢問荊州之絹豈謂(集作意)相公復以簡書召署筐篚加恩古者贖百里奚纔持五羖詣程不識猶惜一錢況其碌碌無奇容容自守敢邀厚幣來自雄藩品目難名珍纖可玩仰李膺之德尚未登門讀戴聖之書(集作經)已驚潤屋下情無任戴荷悚懼之至謹啓

三

某啓伏奉榮示令將前件馬及行官延接者某將仕大藩苦無遠道特蒙恩禮曲賜優崇扶以武夫濟之良馬經過燕館將耀於鳴騶夢寐梁園只思於飛鞚感佩之至不任下情謹啓

獻河東公啓二首　前人

商隱啓伏奉手筆猥賜奏署某少而孱懦(集作孱)長則艱屯有志爲文無資就學雖雜賦八首或庶於馬遷而讀書五車遠慙於惠子契闊湖嶺淒涼路岐罕遇心知多逢皮相昔魯人以仲尼爲佞淮陰以韓信爲怯聖哲且猶如此尋常安能免矣(集作乎)是以艮背却行求心自勵羅含蘭菊仲蔚蓬蒿見芳草則怨王孫之不歸(集作遊)撫高松則歎大夫之虛位不可終否屬於高明伏惟尚書春日同和秋霜共冽叔子則九代清德稚春則七葉素儒君子立言永爲周禮正人得位長作歲星今者初涉將壇始敷賔席射江澳(集作奧)壤潼水名都俗擅繁華地多材雋指巴西則民皆譙秀訪臨卭則客有相如舉纖緻以下宜鴻執定鏡而求西子唯所指命便爲丹青若某者又安可炫露短材叨塵記室臨軍款段徒逢伯樂而鳴土鼓迂踈恐致文侯之卧承命知忝撫懷自驚終無喻蜀之能(集作心)但誓依劉之願未獲謁謝下情無任感激攀戀之至謹啓

二

某啓伏蒙示及賜錢三十五萬以備行李謹依榮示捧領訖伏以古求良材必有禮幣一束錫皆堪旣美五羖皮未曰輕齎況其跡忝諸生名非前哲尚遥玉帳已賚金錢訪蜀郡之卜人懸之莫竭遇河間之姹女數且難窮未草檄以愈風不執鞭而獲富敢將潤屋且以騰裝戴荷之誠寄諭無地

上尚書范陽公啓三首　前人

某啓仰蒙仁恩俯賜手筆將虛右席以召下材承命恐惶不知所措某幸承舊族早預儒林鄴下詞人夙蒙推與洛陽才子濫被交遊而時亨命屯道泰身否成名踰於一紀旅宦過於十年恩舊凋零路岐悽愴薦禰衡之表空出人間嘲楊子之書僅盈天下去年遠從桂海來返玉京無文通半頃之田乏元亮數間之屋隘傭蝸舍危託鷰巢春畹將遊則蕙蘭絕逕秋庭欲掃則霜露沾衣勉調天官獲昇甸壤歸惟却掃出則卑趨仰燕路以長懷望梁園而結慮尚書道光士範德冠民宗愷悌之化旣流鎮靖之功方懋竊思上國投技(集作剌)東都及門唯交抵掌之談遂辱知心之契載惟浮泛頻(集作頗)涉光陰豈期咫尺之書終訪蓬蒿之宅感義增氣懷仁識歸便當焚遊趙之簦毀入秦之屩束書投筆仰副嘉招謁謝未間下情無任感戀之至謹啓

二

某啓某猥以謏聞仰承嘉命勵囊引喻未施下客之能在握稱珍遂忝上卿之列循揣斯久兢惶不任況尚書學揔百家術窮三略文鋒筆力越揚馬之懸門劒氣弓聲割韓

彭之右地永言賔晝宜在民宗豈意非才旋蒙過聽未至居右既乏相如之譽後來在上終輿汲黯之嗟手足分榮里閭交慶行吟花幕卧想金臺未離紫陌之塵已夢清淮之月依仁佩德白首知歸伏惟俯賜恩察謹啓

三

某啓絹若干右特蒙仁恩賜備行李謹依數捧領訖嘉命猥臨厚賚仍及提襟見肘免類於前哲裂裳裹踵無取於昔人感佩恩私不知所喻謹啓

爲白從事上陳許李尚書啓　前人

某啓伏奉公牒辟署節度巡官兼伏奉榮示賜及疋帛等才異當仁事從非望拜受失度跪捧難勝其符彩無奇局量有限徒以杜林外氏學富文華謝朗舉宗皆親儒墨鄙年有志壯歲無名瞻遺構以自驚奉成書而未遂重以零丁屬豐息類非蕃決稚圭之甲(集作射)科則行有違離之苦効敬通之却埽則坐無供養之資徘徊盛時鬱抑衷懇敢思聘召忽賜降臨尚書分戚天家揚輝王國攻文而丹青讓巧論兵而韜鈐慙能頃者言自執金雄推受脤河橋三壘當弟子之輿尸易水一(集作二)城值將軍之下世功深式遏道著綏和中間衛朔拒君邢洺起亂紀侯去國汾晉挻災語其巢穴之間在我封隣之側而又潛調遠戀密運良籌輕敵殘人則勇於不敢伐謀持重則令在必行今者趙北變風淮南受賜戎麾始至賔驛初開固合大選英髦以充僚屬豈期恩(集作思)慮遂及孱微賁帛豐盈寓圭重複慈親喜問孀姉號驚姓名遂列於羣英簪笏遽(集作再)光於單緒感深肌骨戴重丘山未伸刺股(集作投刺)之誠以定麾軀之誓伏以久將栖託兼議扶迎更涉旬時方遂行李滌園之蝶濫入莊周之夢竹林之風永依中散之身蓮幕含誠金臺結想仰瞻恩顧伏揀精寬謹奉啓陳謝謹啓

爲桂州盧副使謝聘錢啓　前人

某啓錢若干伏蒙賜備行李謹依數捧領訖多若鑿山積如別藏丙科擢第未全染於桂香盛府從知却自驚於銅臭禮於是重富而可求既不憂貧惟思報德伏惟俯鑒微懇謹啓

劒門寄上路相公啓　胡曾

某啓某蓽户庸人荷衣賤子道慙墨妙業媿筆精俯校史之文章雖憐七發感潘生之歲月已歎二毛失路腸迴迷邦足刖蟻樓培塿蛙伏潢洿自笑朱愚誰憐參魯尚思逐鹿未分牽羊將趨涣汗(疑作汗漫)之程詎學邯鄲之步但以才非迴出性乏孤標雖勤側管之窺終類正牆之視有心吐鳳無夢懷蛟不逢曹操之頭虛刺蘇秦之股誠宜世棄敢望時來方嗟碌碌之生忽忝戔戔之幸朽株委地永甘夫子之捐枯骨凝塵豈料昭王之市遍身德澤滿目恩輝寧止負葛仍兼戴華既蒙蜀顧敢望秦留即遂面走鹿頭背馳鶉首如昇青昊似入玄都不知劒閣之艱豈覺刀州之遠伏惟相公神資重器天縱偉才邦國金城朝廷玉燭文高庾月詞峻謝山纔見紫驂便居黃閣陶鈞百辟啓沃一人議平吳皓之時雖云推局報破秦堅之日不廢圍棋故能早執化權久司政柄今則暫辭龍闕來鎮龜城將軍之細柳雖新丞相之鹽梅仍舊旦不煩壯士自仗雄圖楊麾而氛祲晨銷按節而妖星夜落劉焉原野昔爲累卵之鄉杜宇山河今作覆盆之地曾寔慙孤陋叨沐招延鄭驛將窮燕臺漸近那能倚馬妄竊攀龍仰天上之程途已親台席

指人間之岐路尚感客星披霧非遥拜塵在即無任

代青州掌記謝本府辟啓　顧雲

某啓今月日脩前虞候某乙賫到簡牒伏蒙召署節度掌書記者伏以記室司存雄藩重務吳中草檄始召陳琳鄴下裁牋方徵阮瑀咸持彩筆以掌軍書況地控全齊封連巨浸有外夷之琛賮多上貢之賦輿假道既繁飛章亦衆永言斯任宜委高才且某徒効聚螢未嘗吐鳳讀傳而雖云成癖爲文而未見愈風忽辱簡書遽蒙辟召捧函增懼撫已知歸遐想膺門已積糜軀之志仰瞻龍節空懷拜賜之誠

文苑英華卷第六百五十四

登仕郎胡　柯　鄉貢進士彭　叔夏　校正

文苑英華卷第六百五十五　啓五

謝賜賚

雜謝

謝賜賚

謝趙王賚絲布等啓　庾信

某啓鄭䜣至蒙賜絲布綾等十段王褒至又蒙許賜錢等望外之恩實符大賚非常之錫乃溢生涯曳練且觀無勞白馬之望流泉欲委佇見青鳬之飛楊池搖荷李園移樹既欣谷利彌思青木一作林陳留下粟有媿深恩櫟陽雨金翻慚曲施靈臺父客從此數炊黍谷長寒於今更暖從雲夢之田不踰此樂得豐城之劒未均斯喜謹啓

謝趙王賚絲布啓二首　前人

某啓奉教垂賚雜色絲布三十段去冬凝閉今春嚴勁霰

似瓊田凌如鹽浦張超之壁未足鄗風表安之門無人開雪覆鳥毛而不暖燃獸炭而逾寒遠降聖慈曲垂矜賑諭其蠶月殆罄桑車津實〔一作賚〕秉杼幾空織室遂令新市數錢忽疑敗絲平陵月夜驚聞擣衣妾遇新縑自然心伏妻聞裂帛方當含笑莊周車轍實有涸魚信陵鞭前元非窮鳥仰蒙經濟伏荷深慈謹啓

二

某啓某息苟娘昨蒙恩引曲賜絲布等五段南冠獲宥既預禮筵稚子勝衣還蒙拜謁關尹津梁之織鄴地雙絲扶風彩文之機仙園獨繭青衿宜襲書生無慶〔一作學〕之詩春服既成童子得雩沂之舞況復栖鳥挾子同知桂樹之恩澤雉將雛共喜行春之令根株一潤枝葉俱榮謹啓

謝趙王賚白〔一作皁〕羅袍袴啓　前人

某啓垂賚白羅袍袴一具程據上表空論雉頭王恭入雪虛稱鶴氅未有懸機巧綜〔一作緤〕變躡奇文鳳不去而恒飛花雖寒而不落披千金之暫暖棄百結之長寒永無黃葛之嗟方見青綾之重對天山之積雪尚得開衿冒廣樂〔一作夏〕之長風猶當揮汗白龜報主終自無期黃雀謝恩竟知何日

一作皆藝文類聚

謝滕王賚巾啓　前人

某啓奉教垂賜鹿子巾一枚解角新胎戴藤初殀落星交映連珠踈點盤龍之刀既剪長命之縷仍縫翠羽懸推芙蓉高讓遊斯隱士足笑鼓皮入彼春林方誇笋籜其逢驥髮〔闕〕颯衰容耆朽三秋不沐實荷今恩十年一冠彌欣此賚謹啓

謝明皇帝賜絲布等啓　前人

臣某啓奉勑垂賜雜色絲布緜綃等三十段銀錢二伯文某比年以來殊有關乏白社之內拂草看冰靈臺之中吹塵視甑對妻很妾既嗟且憎瘠子羸孫虛恭實怨王人忽降大賚光臨天帝賜年無踰此樂仙童贈藥未均斯喜張袖而舞玄鶴欲來撫節而歌行雲幾斷所謂舟檝無岸海若為之反風蘼麥將枯山靈為之出雨況復全抽素繭雪坂疑傾併落青鳧銀山或動是知青牛道士更延將盡之命白鹿真人能生已枯之骨雖復拔山超海負德未勝垂露懸針書恩不盡蓬萊謝恩之雀白玉四環漢水報德之蚍明珠一寸某之觀此寧無愧心直以物受其生於天不謝謹啓

謝趙王賚犀帶等啓　前人

某啓奉教垂賚犀裝帶錢十貫魏君寶帶特賜劉楨趙王國租偏資裴楷貫藏文馬如燒安息之銀帶插通犀似獵雲南之獸北郭騷之長貧是所甘愜南宮敬之載寶殊非念望花開四照唯見其榮鼇戴三山深知其重昔沈羲將盡逢司命而還生〔三國志注童子謂杜讖司命使我召子讖固請童子為求代者沈羲未詳〕士變行埋〔一作綏〕值仙人而更活今日慈矜斯之謂矣馬前驅而導路或似識恩雞未曉而開關容能報主謹啓

謝趙王賚米啓　前人〔見藝文類聚〕

某啓奉教垂賚米十石丹烏銜穟既集西周黃雀隨車還飛東市漬而為種不無霜雪之精取以論兵即有山川之勢某陋巷簞瓢櫛風沐雨剝榆皮於秋塞掘蟄鷰於寒山仰費國租遂開塵甑非丹竈而流珠異荆臺而炊〔一作碎〕玉東方朔之捧米既息長飢西門豹之墾田方慙此賚

謝趙王賚乾魚啓　前人

其啓蒙賚乾魚十番醴水朝浮光疑朱鼈文鰩夜觸翼似青鸞況復洞庭鮮鮒溫湖美鯽波瀾成兩鱗甲防寒某本吳人常想江湖之味及其飢也唯資藜藿之餘慈賚渥恩膏腴流溢不勞私子之亭即勝雷池之長翻驚河伯獨不受人足笑任公終年垂釣謹啓

謝滕王賚馬啓　前人見藝文類聚

其啓奉教垂賚烏騮馬一疋柳谷未開翻逢紫燕臨源猶遠忽見桃花流電爭光浮雲連影張敞畫眉之暇直走章臺王濟飲酒之權長驅金埒謹啓

謝滕王賚猪啓　前人

其啓奉教垂賚肥豕一腔白腹見珍度遼東之水赤欄為重對襄陽之城忽降今恩謹充炮烙孫弘牧於淄水唯以求錢卜式養於上林豈知其味謹啓

謝趙王賚馬并繖啓　前人

其啓奉教垂賚紫騮馬并銀釘乘具紫紬繖一張上天降兩特垂深澤若木流光偏蒙私照迴茲翠蓋事重劉基之恩降此青驪榮深李忠之賜北部丹帷便須高捲西河竹馬即已郊迎在命之輕鴻毛浮於弱水知恩之重龜一作鼇背負於靈山況復驚鴻別水但見徘徊黃鶴去關唯知反顧悽戀之心事同於此

謝所知賚集賢墨啓　溫庭筠

其啓即日門幹至奉披榮示垂賚集賢墨一挺竹山奇製上蔡輕煙色掩緇帷香含漆簡雅復三臺故物貴重相傳五兩新膠乾輕入用猶恐於潛曠遠建業乖羸韋曜名方即求雞木傳玄佳致別染龜銘恩加於蘭署郎官禮備於松櫨介婦汲妻衡弟所未窺觀廣記漢儀何嘗著列況又玄洲上苑青瑣西垣讎字猶新疑籤尚整帳中女史每襲清香架上仙人常持縹帙得於華近辱在庸虛豈知夜鶴頻驚殊慚志業秋蛇屢縮不稱精研唯憂禱物虛投蠟槃空設晉陵雖壞正握銅兵王詔徒深唯磨正硯捧受榮佩不任下情

謝衣段啓　張玄晏

其啓某伏奉手誨伏蒙相公十九兄特以某初叨宸獎賜及衣服段等捧戴尊念感激伏深況鶴紋價重龜甲樣新纖華不讓於齊紈輕楚能均於魯縞掩新蒲之秀色奪寒兎之秋毫莫稱頑姿難勝繆旨倍切肝一作肺腸之感永為裼襲之榮謹啓

謝賜錢啓　胡曾

曾啓曾業謝懸頭道非刺股未能入洛安可下遼空懷逐鹿之心莫遇斬蛇之世因拘翰墨困扼塵泥虛費宣毫枉銷蜀縹不救鋤蘭之禍詎禳伐樹之災自歎龍鍾誰知牛鐸又以山東藩鎮江表節廉悉用豎儒皆除迂吏肯襟齷齪情志荒唐入則粉黛遶身出則歌鍾盈耳但自誅求白璧安能分減黃金雖設朱門何殊亡國徒開王帳無異荒墟遂使寗戚無扣角之歌鄒陽乏曳裾之地伏惟相公英風獨振偉量孤標推葛亮之秤心負姜維之斗膽內安宗廟外却蠻夷魚水賢良塤篪骨肉桃李滿於衢路金帛遍於風塵六合之中一人而已是以昨者不度庸陋輒有干祈方虞按劍之悖然敢望夢刀之莞爾俄頒清俸遽恤白衣朝之半千夕盈五萬豈期庸蹇忽忝遭逢不是孟嘗詎聽馮諼之鋏若非趙勝那知毛遂之錐遇既重於西河知亦深於北海感恩泣處未成泉客之珠撫己哭時空抱荆山

之王限以程遠陳謝未由感激生成不任死所

雜謝

謝李相公示手札啓(吉甫)　柳宗元

某啓六月二十九日衡州刺史吕温道過永州辱示相公手札省録狂瞽收撫羈縲沐以含弘(英華作洪避諱)之仁忘其進越之罪感深益懼喜極增悲五情交戰不知所措宗元質性庸塞行能無取著書每成於廢疾進德且乏其馨香常願操篲醫門掬溜蘭室良辰不與夙志多違昨者踴躍殘魂奮揚蓄念激以死灰之氣陳其弊帚之詞致之煙霄分絶流眄今則垂露在手清風入懷華衮濫褒於赭衣龍門俯收於埳井藻鏡洞開而秋毫在照文律傍暢而寒谷生輝化幽鬱之志若覿清明換兢危之心如承撫薦非常之幸豈獨此生伏以淮海劇九天之遥瀟湘參百越之俗傾心積念長懸星漢之上流形委骨永淪魑魅之群何以報恩唯當結草無任喜懼感戀之至謹啓

謝李中丞安存(集作撫)崔簡家(集作戚)屬啓　前人

某啓伏見四月六日勑刺史崔簡以前任贓罪決一百長流驩州伏奉去月二十三日牒崔簡家口牒州安存并借官宅什器差人與驅使者伏惟中丞以直清去敗政以惻隱撫窮人罪跡暴著則按之以至公家屬流離則施之以大惠各由其道咸適于中威懷並行仁義齊立繩愆糾繆列郡肅澄清之風匡困資無闔境知噢咻之德凡在巡屬慶懼交深伏見崔簡兒女十人皆柳氏之出簡之所犯首末知之蓋以風毒所攻(集作加)漸成狂易不知畏法坐自抵刑名爲贓賄卒無儲蓄得罪之日百口嗷然叫號羸頓不知所赴儻非至仁厚德深加憫恤則流散轉死期在須臾某幸被縲囚久沐恩造至於骨肉又荷哀矜循念始終感懼無地謹勒祗承人沈澹奉啓陳謝下情輕瀆

謝門下武相公啓　劉禹錫

某啓某一坐飛語廢錮十年昨蒙徵還重罹不幸詔命始下周章失圖吞聲咋舌顯白無路豈謂烏鳥微志惻于深仁恤然動拯溺之懷喣然存道舊之旨言念觳餗慰安耇黄推以恕心期於造膝重言一發聰聽克從迴陽曜於肅殺之辰沃天波於蹭蹬之際俾移善地獲奉安輿率土知孝治之源群生識人倫之厚感召和氣發揚皇風豈唯匹夫獨受其賜某即以今月十一日到州上訖守在要荒拘於印綬巾韝詣謝有志莫從誠知(集作如)微生不足酬德捐軀之外無地寄言効節蕭屏虔然心禱無任懇悃屏營之至謹勒軍事衙官守左威衛慈州吉昌府别將員外置同正員常懇云云

謝中書張相公啓　前人

某啓某智乏周身動必招悔一坐飛語如衝駭機昨者詔書始下驚懼失次叫閽無路擠壑是虞草木賤軀誠不足惜烏鳥微志實有可哀伏蒙聖慈遽寢前命移莅善部載形綸言凡在人臣皆感至德凡爲人子同荷至仁豈唯鄙生獨受其賜伏以相公心符上德道冠如仁一夫不獲感見于色密啓(集作旨)未下歎形于言竟迴三舍之光能拔九泉之厄袁公之平楚獄不忍錮人晏子之哀越石仍伸知己所以慶垂胤祚言成春秋神理孔昭報應斯必身侔蟬翼何以受恩死輕鴻毛固得其所卑守有限拜謝未由無任感激兢惶之至

謝僕射李相公啓　前人

某啓州吏還伏蒙擺落常態手筆具書言及貞元中登朝人逮今無十輩又（集作及）發中書相公一函具道閤下亟言曩遊顔閒（集作顔問）頗有哀色夫溝中之木與犧象同體追琢不至則坐成枯薪朱而藍之猶足爲器苟液構（見莊子集作满非）曲戾不足枉公斧斤願爲庭燎以照嘉客謹啓

謝裴相公啓　前人

某啓某遭罹不幸歲將二紀雖累更符竹而未出網羅親知見憐或有論薦如陷還濘動而愈沉甘心終否無路自奮豈意天未勦絶仁人持衡紆神慮於多方起堙淪於久廢居剥極之際一陽復生出坎深之中平路資始通籍郎位分曹樂都喬木展舊國之思行雲有故山之戀姻族相賀壺觴盈門官無責詞始自今日會魚之志誓以死生草木之年惜其晩晩章程有守拜謝無由瞻望巖廊虔然心禱謹啓

謝竇相公啓　前人

某啓某一辭朝列二十三年雖轉郡符未離謫籍卑濕生疾衰遲鮮歡望故國而未歸如痿人之念起昨蒙罷免甘守丘園相公不棄舊遊特哀久廢每奉華翰賜之衷言果蒙新恩重忝清貫薦延有漸拯拔多方六律變幽谷之寒一丸銷彌年之疹鎩翮將舉危心獲安布武吏途自此而始分曹有繫拜謝無因瞻望德藩坐馳精爽無任感激之至謹啓

謝宰相啓　張玄晏

某啓某文愧靈虵質慚威鳳謬因鎔鑄遂竊顯榮粉署握蘭詎有堂堂之稱禁林視草全乖籍籍之名驟忝轉遷盡由擡舉伏蒙相公俯迴念録過賜褒稱尊誨下臨恩言俯被假金駿爲駑駘之飾駿骨難勝引朱絃於燋朽之餘深恩有自

（金駿疑作金鋄士犯切馬首飾也張衡西京賦金鋄鏤鍚）

謝草詞啓　前人

某啓昨日獲忝轉遷出於提獎伏知舍人次當視草曲賜褒稱裁成五色之紛綸啓導九霄之渥澤過勞江筆潤色（一作特潤）堯言指頑石爲瑶瑾之流謂駑馬有驊騮之足揣循驚感倍切肺肝

謝江陵借宅啓　羅袞

某啓伏以衰荒靡夙掩蓽路今飄離曳裾果在於朱門而握髮何妨於白屋伏蒙令公獎以來能擇地去俟朝天恐馬援之災氛寧逃漏濕念楊雄之風雨須託帡幪特借華居俾安滯跡況復牀分上下器備圓方障錦飄紅則土皆被繡幕雲浮翠則木鮮呈材愛忽異於吾廬誤將同於君室遂得彌寬徯后更盡依劉宛如夫子之墻不在隸人之館揣循涯分抃戴恩光家雖喪而狗已如歸關欲度而雞不難學館開碣石略爲鄒衍之身臺認章華永荷楚王之德下情無任感遇激切之至伏惟俯賜鑒察謹啓

謝江陵津致赴闕啓　前人

袞啓伏蒙令公念以赴闕奔馳臨途窘罄特頒厚賜用備促（一作陬）裝捧命循涯無任荷戴惶灼之至伏以袞拙艱成性窮約處身寧殊杌杜之郎謬列伏蒲之地一昨以西京無象南國迷方蒼黄於河華之間流落於漢地之外荆州劉表幸獲依棲南郡馬融叨陪訓説爰從殺節以及熙春恩知將日月兼深惠卹與丘陵比峻今則周傾再定禹會重脩既憑栢右之功且懼防風之戮輒將行計上軫沖襟伏惟令公韜世量弘濟人心修組駢緡綏委彼貫泉七百

里以趨程玆辰頓贈二十萬之爲贈今代所稀得不泣類鮫人慙同劒客歸赤墀而有賴顧玄幘以難忘突劒觸鋒始稱劾酬之分抽毫命牘終餘感慨之誠竟之雄詞徒揚懦氣銘誓激切不任下情伏惟俯賜鑒察

文苑英華卷第六百五十五

登仕郎胡柯　鄉貢進士彭叔夏　校正

文苑英華卷第六百五十六　啓六

謝文序并和詩

謝滕王集序啓一首　謝趙王示新詩啓一首

上高長史述和詩啓一首

謝皇太子玉華山宮銘賦啓一首

上從舅侍御啓一首　和閨情詩啓一首

謝河東公和詩啓一首　獻侍郎鉅鹿公啓一首

上文章啓上

上薛令文章啓一首　上恩光曲詞啓一首

上武侍極啓二首　上李常伯啓一首

上皇甫常伯啓二首　上吏部裴侍郎啓一首

謝文序并和詩

謝滕王集序啓　庾信

某啓伏覽制垂賜集序紫微懸映如傳闕里之書青鳥遥飛似送層城之璧若夫甘泉宮裏玉樹一叢玄武闕前明珠六寸不得譬此光芒方斯照燭有節有度即是能平八風愈唱愈高殆欲去天三尺殿下雄才蓋代逸氣横雲濟北顔淵關西孔子譬其毫翰則風雨爭飛論其文采則魚龍百變蒲桃繞館新開碣石之宮脩竹夾池始作睢陽之苑琉璃汎酒鸜鵒承杯鳳穴歌聲鸞林舞曲況復行雲逐雨迴雪隨風湖陽之尉既成爲喜之因春陵之侯便是消憂之地某本乏材用無多述作加以建鄴陽九劣免儒硎江陵百六幾從士（事一作）隴至如殘編落簡並入埃塵赤軸青箱多從灰燼比年痾恙彌留光陰視息桑榆已逼蒲柳方衰不無秋氣之悲實有途窮之恨是以精采瞀亂頗同宋玉言辭蹇吃更甚揚雄一吟一詠其可知矣好事者不

求知音者不用非有班超之志遂已棄筆未見陸機之文乆同燒硯至於凋零之後殘缺所餘又已雜用補袍隨時覆醬聖慈憐愍遂垂存録始知逾揚過差君子失辭比擬從横小人迷惑荆玉抵鵲正恐輕用重寶龍淵削玉豈不徒勞神慮匠石迴顧朽材變於彫梁孫陽一言奔蹄成於駿馬故知假人延譽重於連城借人羽毛榮於尺玉滇池九萬里無踰此澤之深華山五千仞終愧斯恩之重即日金門細管未動春灰石壁輕雷尚藏冬蟄伏願聖躬與時納豫南陽寶雉幸足觀瞻酈縣菊泉差能延壽伏遲至鄴可期從梁有日同杞子之盟會必欲瞻仰風塵共薛侯而來朝謹當逢迎冠蓋魚腸尺素鳳足數行書此謝辭終知不盡謹啓

謝趙王示新詩啓　前人

某啓鄭歡至奉手教累紙并示新詩八體六文足驚毫翰四始六義實動性靈落落詞高飄飄意遠文異水而湧泉筆非秋而垂露藏之山嵓可使雲霧鬱起濟之江浦必當蛟龍繞舡首夏清和聖躬怡裕琉璃彫管鵲顧鸞迴婉轉緑沉猿驚鴈落下風傾首以日爲年揵爲舍人實有誠願碧鷄主簿無由遂心寂寞荆扉踈蕪蘭逕騤駕來梁未期卜日遣騎到鄴希垂枉道

上高長史述和詩啓　李嶠

某啓近於録事參軍杜延昌處伏見公秋日遥想洛城十韻之作曲中之妙傳乎郢客之聲天下之珍得自隋侯之掌鳳鳴六呂龍文九光駭矚奇觀相趍動色若乃政理餘隙翱翔多暇臨八水之高秋企三河之上國衣冠濟濟入青瑣而步丹墀車馬諠諠下銅衢而赴金谷人物仙舟之會風塵俠窟之遊莫不屬想心目託情謡詠九迴靈府遥馳雨露之郊千里神畿近接風雲之思雕文將錦繡同美蕙氣與芝蘭等馥用過秦肆懸輕呂氏之金持入周京即貴洛陽之紙足使兩都賔主羞談翰墨二陸兄弟耻論詞賦死者可作賈生爲入室之徒來者難誣潘子得扶輪之地某學異通敏才非沉鬱刀筆爲吏趨馳之歲月已多鞴藻成文雅頌之風流尚缺平原從者終慙入楚之遊闕里門人空積後陳之歎徒以夙承光彩早延提拂曾將薄伎見知思以庸音自効輒忘固陋敢有和歌登卞肆而論寶入夔門而撫節擬託非倫揣磨增靦謹啓

謝皇太子玉華山宫銘賦啓　許敬宗

臣敬宗行成季輔等啓昨晚内坊丞王君德奉宣令賚臣等玉華山宫銘賦二本拜承恩貺駭抃交懷跪翫清辭星河溢目伏惟殿下天資學府道貫生知絢發詞林若春華之矖韶景漪清碧海譬秋水之澹晨霞仙鶴和吟慙八音於雅韻神龍縟彩謝五色於彫文綺布天庭雲生石砌理含貞邃雅達谷處之端趣極幽閑妙盡嵓居之體煙松合翠露桂分紅察彼殊形翻然共色究寫真之奥旨擅體物之窮神若乃漢月鈎空乍臨珠箔石苔垂髮或映莊帷莫不理超詞表意生文外自餘清抜觸類奇新成若神化之工光乎性道之製蓋由基天挺裕纂聖凝離故能邁古超前納卿雲於度内逾儔絶侶括啓誦於胷中臣等忝荷殊私曲蒙垂示見所未見情百恒情無任鳧藻之懷謹上陳謝謹啓

上從舅侍御啓　王勃

某啓一昨弟勔至奉命以憲臺詩十首垂示氣横霜署彩

洞雲荷綉衣兼藻肆之華白簡控玄樞之奧仙驄在馭踐文路而驅神獬冠臨下望詞林而直指某質惟茅艾名隔搢紳虛霑自出之榮每愧諸甥之列思華曲被誨誘傍臨識謝知音榮深覩奧虞韶忽奏聽律呂而忘疲楚匣遥開仰光芒而不暇昔孔融之逢元禮罕覩高文王粲之謁伯喈終慙懿戚援今企古議德疇恩荷慄兼儲悲欣兩集但才非酷似攀宅相而多慙慕切如存臨渭陽而增感不勝荷戴屛營之至

和閨情詩啓　駱賓王

賓王啓學士袁慶隆奉宣教旨垂示閨情詩并序跪發珠韜伏膺玉札類西秦之鏡照徹心靈同南指之車導引（集作發）迷誤竊惟詩之興作兆基遂古唐歌虞詠始載典謨商頌周雅方陳金石其後言志緣情二京斯盛含毫瀝思魏晉彌繁布在緗簡差可商略李都尉鴛鴦之辭纏綿巧妙班婕妤霜雪之句發越清迥平子桂林理在文外伯喈翠鳥意盡行間河朔詞人王劉爲稱首洛陽才子潘左爲先覺若乃子建之牢籠群彥士衡之籍甚一（集作當）時並文苑之羽儀詩人之龜鏡爰逮江左謠詠（集作謳謠）不輟非有神骨仙才（集作材）專事玄風道意顏謝特挺戕罰典麗（英華作顏謝鬱為麗則梁非）自茲已降聲律稍精其間沿改莫能正本天縱明眷卓爾不群聽新聲鄙師涓之作聞古樂笑文侯之睡以封魯之才追自衛之迹弘茲雅奏抑彼淫哇澄五際之原救四始之弊固可以用之邦國厚此人倫俯屈高調聊同下俚（集作里）然思入態巧文隨手變雅調慙其曼聲延年愧其新曲走以不敏謬蒙提汲謹抽詞奉和輕以上呈未近詠謌伏深羞悚（集作悚恧）謹啓

謝河東公和詩啓　李商隱

商隱啓某前因假日出次西溪既惜斜陽聊裁短什蓋以徘徊勝境顧慕佳辰爲芳草以怨王孫借美人以喻君子思將玳瑁爲逸少裝書願把珊瑚與徐陵駕（一作架）筆斐然而作曾無足觀不知誰何仰達尊重果煩屬和彌復驚（集作兢）惶某曾讀隋書見楊越公地處親賢才兼文武每舒錦繡必播管絃當時與之握手言情披襟得侶者惟薛道衡一人而已及觀其唱和乃數百篇力鈞聲同德鄰義比彼若陳葛天氏之舞此必引穆天子之歌彼若言太華三峯此必曰潯陽九派神功古迹皆應物無疲地理人名亦爭承不屈後來酬唱罕繼聲塵嘗以斯風望於哲匠豈知今日屬在所天坐席行衣分爲七覆煙花魚鳥置作五衡（集作衢）詎能狎晉之盟寧見取鄫之易不以纍鼓惠莫大焉恐懼欣榮投錯無地來日專冀謁謝伏惟鑒察謹啓

獻侍郎鉅鹿公啓　前人

某啓今月某日舍弟新及第進士義叟處伏見侍郎所制春闈於牓後寄呈在朝同年兼簡新及第諸先輩五言四韻詩一首夫玄黃備綵（集作彩）者繡之用清越爲樂者玉之奇固以慮合玄機運清俗累陟降於四始之際優游於六義之中竊討前時承榮內署栢臺侍宴能嘗從畋式以風騷仰陪天籟動沛中之舊老駭汾水之佳人非首義於論思實終篇於潤色光傳樂録道煥詩家况屬詞之工言志爲最自魯毛兆軌蘇李揚聲代有遺音時無絕響雖古今異制而律呂同歸我朝已來此道尤盛皆陷於偏巧罕或兼材枕石漱流則尚於枯槁寂寥之句攀鱗附翼則先於驕奢豔佚之篇推李杜則怨刺居多効沈宋則綺靡爲甚

至於秉無私之刀尺立莫測之門墻自非託於降神安可定夫衆製伏惟閣下皆其餘力廓此大中足使同僚盡懷博我不知學者誰可起予某比興非工顓蒙有素然早聞長者之論夙託詞人之末淹翔下位欣託知音抃賀（集作贊）之誠翰墨無寄況乎仲氏實預諸生榮𣻌洙泗之風高列偃商之位仰惟厚德願沐餘輝輒罄鄙詞上攀清唱聞郢中之白雪媿列千人比齊日之黃門慙非八米（集作斗）非干冒尊重伏用兢惶其詩五言四首謹封如右（集作別）

上文章啓上

上薛令文章啓　陳子昂

某啓昨恭承顯命垂索拙文祗奉恩榮心寬若厲幸甚幸甚某聞洪鐘在聽不足論擊缶之音太牢斯烹安可薦羹藜之味然則文章薄技固棄於高賢刀筆小能不容於先達豈非大人君子以爲道德之薄哉某猥以（二字集作實）鄙能未窺作者斐然狂簡雖有勞人之歌悵爾詠懷曾無阮籍之思徒恨跡荒淫麗名陷俳優長爲童子之群無望壯夫之列豈圖曲蒙榮獎躬奉德音以小人之淺才承令君之嘉惠豈不幸甚豈不幸甚伏惟君侯星雲挺（集作誕）秀金玉間（集作火）成衣冠禮樂範儀朝野致明君於堯舜皇極允諧當重寄於周（集作阿）衡中階叶泰非夫聰明博達體變知機如其仁如其仁方當拔俊賞奇使拾遺補闕坐開黃閣高視赤松然後與稷契夔龍比功論德豈徒蕭曹魏邴屑屑區區而已哉某實細人過蒙大（集作知）遇顧循微薄何敢祗承謹當畢力竭誠策駑磨鈍期効忠以報德奉知己以周旋文章小能何足觀者不任感荷之至

上恩光曲歌詞啓　許敬宗

某啓少傅玄齡奉宣令旨垂使撰恩光曲詞六言四章章八韻謹率愚管宣述睿懷自惟淺陋深懼不允（一作懼允不合）竊尋樂府雅歌多皆不用六字近代有三臺傾盃樂等艷曲之例始用六言今故雜以兮字稍欲存於古體起草適畢未敢爲定蒙假不獲面啓對封藁本上呈可不之宜伏聽後命謹啓

上武侍極啓二首　王勃

某啓某聞玄蟠掩耀光銷（一作鋪）赤堇之芒白鶴摧輝影滅青胡之寶由是紫氣霄耿指牛漢而忘歸丹水神迷道（一作路）驪泉而罔悔其有龍文已遠輕圖剸兕之功魚目濫持自擬靈虵之色循榮覽分朝聞夕可君侯締華掖闥席寵芝扃綮貂冕於金軒藻龜章於玉署月開鸞鏡懷精鑑以分形霜湛虬鍾蘊希聲而待物吞九溟於筆海若控牛涔抗五岳於詞峯如臨蟻垤馳魂霧谷佇逢紫岫之英驛思霞丘佇接青田之響某北巖曲藝東皋下節攀翰苑而思齊俵文風而立志迹疲千里未陪丹轂之游業契三英尚隔黃衣之夢謹憑洪貸輒録舊文輕敢上呈列之如右消波有訴望日谷以馳誠鐘鼓無施伏雷門而假息謹啓

二

其啓昨不緣媒紹輕承盼飾祗寵相驚俯仰無地何則循方極弊尚虧風雨之間撫翼濡鱗猶失江湖之上況乎九天鵬術一代龍門榮枯升致山川在目而可以追騰白日忘言於咫尺之書干突青雲投跡於尋常之境徒以北林增秀弱翰知歸東壑流謙纖鱗未已神交道合君侯昭片善之榮千載一時下走得長鳴之所是用謬憑高擬曲撰蕪音游海無際過雷自聾雖黃金激憤指秦路而方窮

著璧慙恩伏焦原而未遠謹啓

上李常伯啓　前人

某啓某聞杞林騰秀羽族知歸暘谷流謙波臣有託然則朝光八聖尚欣牧豎之詞道濟五殘未隔輿人之誦謹憑斯義輒呈宸遊東岳頌一首當仁不讓下走無慙於自媒聞善若驚明公豈難於知我龍門尚遠眇黄道而無階爵里既投叫丹閽而有地伏願暫停左右曲流國士之恩廣進芻蕘俯息樵夫之議輕陳徑捷退用彷徨

上皇甫常伯啓二首　前人

某啓一昨奉命令寫新對臺策及前後舊文謹憑國士之恩敢進輿人之頌竊以龍鑣就路駑駿相懸鵲鏡臨春妍蚩自遠亦有飛霜匝地蘭蕭銜共盡之悲列火埋岡玉石抱俱焚之慘然則知音罕嗣流水空存至寶不同荆山有淚君侯飾揚芻議提擬蕪詞白圭成再見之榮黄金定一言之重鵬飈既接仰雲逕而將趍龍阪可登指星臺而有望循襟佩德撫事知恩山岳有輕河漢無極謹啓

二

某啓自恭陳薄伎祗奉話言咳唾成恩盻睞爲飾狂夫摯節方思孤竹之風壯士寒心實有長楊之作謹憑嚴命輕呈乾元殿頌一首將冀導江至海常以筆札見知南館西園遂與簪纓爲伍德雖無盡攀驥尾而方遥生也有涯比鴻毛而非重謹啓

上吏部裴侍郎啓　前人

某啓猥承衡鏡驟照堦墀本慙刀筆之工虚荷彫蟲之睠殊恩屢及嚴命頻加責光耀於昏冥課宫商於寂寞進退惟谷憂喜聚門誠恐下官冒輕進之譏使君侯招過聽之議貴賤交失恩愛兩虧所以戰懼盈旬遲廻改朔懷鄭璞而增愧捧燕珉而自恥某性惟懵昧識謝沉冥蒙父兄訓導之恩藉朋友琢磨之義好學近於智力行近乎仁知忠孝爲九德之源故造次必於是審名利爲五常之賊故顛沛而思遠雖未之達也亦有其志焉孔子曰言及之而不言謂之隱今者接君侯者三矣承招延者再矣抑亦可以言乎夫文章之道自古稱難聖人以開物成務君子以立言見志遺雅背訓孟子不爲勸百諷一揚雄所耻苟非可以甄明大義矯正末流俗化資以興衰家國由其輕重古人未嘗留心也自微言既絶斯文不振屈宋導澆源於前枚馬張淫風於後談人主者以宫室苑囿爲雄叙名流者以沉酗驕奢爲達故魏文用之而中國衰宋武貴之而江東亂雖沈謝爭騖適足兆齊梁之危徐庾並馳不能救周陳之禍於是識其道者卷舌而不言明其弊者拂衣而徑逝潜夫昌言之論作之而有逆於時周一作蛆公孔氏之教存之而不行於代天下之文靡不一作道大壞矣國家應千載之期恢百王之業天地静默陰陽順序方欲激揚正道大庇生人黜非聖之書除不稽之論牧童頓顙思進皇謀樵夫拭目願談王道崇大厦者非一木之材匡弊俗者非一日之衛衆扶則力盡直長則僞銷自然之數也君侯受朝廷之寄掌鎔範之權至於舞詠澆淳好尚邪正宜深以爲心者也伏見銓擢之次每以詩賦爲先誠恐君侯器人於翰墨之間求才於簡牘之際果未足以採取英秀斟酌高賢者也徒使駿骨長朽真龍不降衒才飾智者奔馳於末流懷貞蘊璞者栖遑於下列易不云乎言行君子之所以動天地失之毫釐差以千里書不云乎弊化奢麗萬葉同流

餘風未殄公其念哉嗟乎蓋有識天人之幽致明國家之大體辯焉而不窮酌焉而不竭抱膝無悶盱衡自得彼悠悠之(小一作)技焉足爲君侯道哉自非奉閑宴接清談未可一二言也然竊不自揆嘗著文矣非敢自媒聊以恭命謹録古君臣讚十篇并序雖不足塵高識之門亦可以見小人之志也伏願暫停左右少察胷襟觀述作之所存知用心之有地謹啓

文苑英華卷第六百五十六

登仕郎胡　柯　鄉貢進士彭　叔夏　校正

文苑英華卷第六百五十七　啓七

上文章啓下

上吏部侍郎帝京篇啓　駱賓王

賓王啓昨引注日垂索鄙文拜手(集作首)驚魂承恩累息楚璧丹質在荆南以懷(集作多)慚遼豕白頭望河東而載赧賓王散材易朽蟠木難容雖少好讀書無謝高鳳而老不曉事有類楊雄徒以易象六爻幽賛通(集作適)乎政本詩人五際比興存(集作在)乎國風故體物成章必寓(集作寫)情於小雅登高能賦豈圖榮於大夫蓋欲樂道遺榮從心所好非敢希聲刻鵠竊譽雕蟲至若賓(集作質)醜行以自媒衒庸音而苟進固立身之殊(集作岐)路行已之外篇矣君侯蘊明略以佐時虛靈臺以照物觀梁父之曲識卧龍於孔明聽康衢之歌得飯牛於甯戚是用異人翹首俊乂歸誠獨此(集作以)疵賤之姿謬奉清通之眄雖仲由之瑟終闕響於丘門而宋玉之謳儻均音於郢路敢忘(英華作望非)下里輕用(集作冒)上呈㢘道叶起予陳卜商之四始恐吾幾失子劝然明於一言拜首增慙憂心如醉謹啓

獻楊州李吉甫相公雜文啓　柳宗元

宗元啓始閤下爲尚書郎薦寵下輩士之顯於門闌者以十數而某尚幼不得與於厮役及閤下遭讒妬在外十餘年又不得効薄伎於前以希一字之褒貶公道之行也閤下乃始爲贊書訓辭擅文雅於朝以宗天下而某又以此時去表著之位受放逐之罰拧仍囚錮視日請命進退違背思欲一日伏於（集作在）門下而不可得常恐抱斯志以沒卒無以知於門下冥冥長懷塊𩴾幽憤故敢及其能言貢書編文冒昧嚴威以畢其志伏惟覽觀焉幸甚幸甚閤下相天子致太平用之郊報則天神降地祇出用之經邦則百貨殖萬物成用之文教則經術興行用之武事則暴亂翦滅依倚而冒榮者盡去幽隱而懷道者畢出然後中分主憂以臨東諸侯而天下無患盛德大業光明如此而又有周公接下之道斯某所以廢錮擯（集作濱）死而猶欲致其志焉閤下儻以一言而揚舉之則畢命荒裔固不恨矣謹獻雜文十首（六字一作謹以雜文十首上獻）縲囚而干丞相大罪也寧爲有聞而死不爲無聞而生去就乖野不勝大懼謹啓

與湖南李中丞啓　前人

宗元啓宗元無異能獨好爲文章始用此以進終用此以退今者畏罪悔咎伏匿惴慄猶未能去之時時舉首長吟哀歌舒泄幽鬱因取筆以書紉韋而編略成數卷伏念閤下以文章昇大僚統方隅而某幸緣罪辜得與編人齒於部内不以此時露其所爲以希大君子顧視則爲陋劣而自棄也敢飾近文及在京師官命所草者凡三卷合四十三篇不敢繁故也儻或以爲有可采者當繕録其餘以增几席之汙去就鄙野伏用兢惶謹啓

獻江陵趙相公雜文啓　前人

宗元啓往者常侍坐於崔比部聞其言曰今之爲文莫有居趙司勳右者自是恒欲飾其所論著薦之閤下病其未就將進且退者殆十數焉幸以廢逐伏匿獲申其業類於嚮者若有可觀然又以罪惡顯大甘死荒野不能出其固陋以求知於閤下則固昧昧徒生於世矣謹獻雜文十首儻還以數字定其是非使得存於世則雖生與蠻夷居塊與魑魅遊所不辭也輕黷威尊（集作重）伏增戰懼（集作惶灼）謹啓

寄（一作上）嚴東川啓　前人

宗元啓伏惟僕射以仁厚蓄生人以勇義平國難而劒門用兵之事最爲天下倡首取其險固爲我要衝王師得以由其門而入彷徉布護遂無留滯是閤下之勳力宜著於萬祀而不巳也某負罪俟命晷刻觀望道里深遠不得悉聞當時之威聲然而竊以累受顧念踴躍盛德唯恐没身炎瘴卒無以少報於閤下是以晝夜恟恟不克自寧今身雖敗棄庶幾其文猶或傳於世又焉知非因閤下之功烈所以爲不朽之一端也敢默默而巳乎謹撰劒門銘一首惶恐上獻誠無以稱宏大之略亦足以發平生之心不勝慙懼戰越之至謹啓

上裴門下啓（度）　前人

宗元啓伏以周漢二宣中興之業歌於大雅載在（蜀本作於）史官然而申甫作輔方召專淮夷之功魏丙謀謩辛趙致罕羌之績文武所注中外莫同伏惟相公天授皇家聖賢克合謀協德一以致太平入有申甫魏丙之勳出兼方召辛趙之事東取淮右北服恒陽略不代出功無與讓故天下文士皆願秉筆牘勳思慮以贊述洪業（集作烈）闡揚大勳某雖敗辱斥逐守在蠻裔猶欲振發枯槁決疏潰汙罄効蚩

鄙少佐毫髮謹撰平淮夷雅二篇恐懼不敢進獻私願徹聲聞於下執事庶宥罪戾以明其心出位僭言惶戰交積無任踴躍屛營之至不宣某謹啓

上襄陽李僕射啓愬　　前人

宗元啓昔周宣中興得賢臣召虎師出江漢以平淮夷故其詩曰江漢之滸王命召虎其卒章曰于周受命自召祖命以明虎者召公之孫克承其先也今天子中興而得閤下亦出江漢以平淮夷克承于先西平王其事正類然而未有嗣大雅之說以布天下以施後代豈聖唐之文雅獨愧(集作獨後於)周室哉某身雖陷敗而其論著往往不爲世屈意者殆不可自薄自匿以墜斯時苟有補萬分之一雖死無憾謹撰平淮夷雅二篇齋沐上獻誠醜言淫聲不足以當金石庶繼代(集作代)洪烈稗官里人得采而歌之不勝憤踴之至輕黷威尊戰越交深謹啓

上興元權尚書啓　　元稹(集無)

某啓某聞周諸侯生栢文時而不列於盟會則夷狄之以其微不能自達於盟主也元和以來貞元而下閤下主文之盟餘二十年矣某亦盜語言於經籍卒未能効互鄉之進甚自羞之自陛下以環梁十六州之地授閤下麾蓋鈇檠玄纛青旌晨(一作泉皆可疑)魚符竹信東朱左右轓府置軍司馬以下官屬刻節而惣制之則某實爲環內之州司馬而又移疾謁醫在閤下治所私心懽忻願改前恥然而吏通之初有言通之州幽陰[redacted]險烝瘴之甚者私又自憐其才命俱困恐不能復脫於通由是生心悉所爲文留置友善冀異日善惡不妄於朋類耳筐篋之內遂無遺餘方創新(一作雜)詞以須供(一作洪)贄不幸瘖瘂暴侵手足沉癈恐一旦神棄其形終不得自進於閤下因用官通已來所作詩及常記憶者共五十首又文書中得遷廟議移史官書戡難紀并在通時叙詩一章次爲卷軸封用上獻塵黷尊重怙伏迴遑謹以啓陳不宣謹啓

上令狐相公詩啓　　前人

某啓某初不好文徒以仕無他技(一作岐)強由科試及有罪譴棄之後自以爲廢滯潦倒不復以文字有聞於人矣曾不知好事者抉摘芻蕪塵黷(一作穢)尊重竊承相公直於廊廟間道某詩句昨又面奉教約令獻舊文戰汗悚踴(一作躍)慙忝無地某始自御史府謫官於外今十餘年矣閑誕無事遂用力於詩章日益月滋有詩向千餘首其間感物寓意可備矇瞽之諷達者有之詞直氣麤罪戾是懼固不敢陳露於人唯杯酒光景間屢爲小碎篇章以自吟暢然以爲律體卑痺(一作下)格力不揚苟無姿態則陷流俗常欲得思深語近韻律調新屬對無差而風情自遠然而病未能也江湘(集作湖)間多有新進小生不知天下文有宗主(英華作宋)□妄相傚(一作數)而又從而失之遂至於(一無於字)支離褊淺之詞皆自謂(一作目二字)爲元和詩體某又與同門生白居易友善居易雅能爲詩就中愛驅駕文字窮極聲韻或爲千言或爲五百言律詩以相投寄小生自審不能有以過之往往戲排舊韻別創新詞名爲次韻相酬蓋欲以難相挑耳江湘(一作湖)間爲詩者復相傚(或相傚三字一作學)力或(一作或力)不足則至於顛倒語言重復首尾韻同意等不異前篇亦自謂(二字一作自)爲元和詩體而司文者考變雅之由往往歸咎於某嘗以爲雕蟲小事不足自明聞相公記憶累旬已來實懼糞土之牆庇以(一作於)大厦便(一作使)不復摧壞實(一作永)爲版築

者之誤輒敢撰(一作繕)寫古體歌詩一百首百韻至兩韻律
詩又一百首合爲五卷奉啓跪陳或希構厦之餘一賜觀
覽知小生於章句中欒櫨榱桷之材盡曾量度則十餘年
之邅迴不爲無用矣(三字一作無所用心耳)詞旨瑣劣冒瀆尊嚴俯
伏(一作伏候)刑書不敢逃譴死罪死罪　一作皆唐文粹

爲舉人獻韓郎中琮啓　李商隱

某啓某少承嚴訓早學古文非聖之書未嘗關慮論都之賦
頗亦留神徒以不授(集作愛)非絲毫末吞瑞鳥馳名江左陸機
莫及於材(集作才)多擅譽鄴中王粲終闇於體弱上下群士
差池累年頃者輒露疎蕪不思狂簡捧爝火以干日御動
已光銷抱布鼓以詣雷門忽然聲寢不謂郎中搜材路廣
登客門寬望犬附書冀雞談易特垂題目曲賜丹青旋屬
榮嶓從行神州視膳同孟陽之覲蜀比孝若之歸齊雖佩
恩私竟乖陳謝光陰荏苒誠抱勤拳今此秋期遂有天幸
更奉禰衡之剌敢無騣茂之言其在京多時自夏有疾失
外郡薦名之限俯神臯試士之期物情既集於宗師公選
果歸於令季懷材者皆云道泰抱器者自謂時來以卞和
爲玉人無不收之璵玫得蹇脩爲媒氏無不嫁之娉婷(集作婷)
是以願託一拳潛布百兩顧方流而有託慮良會之猶賒
伏惟郎中與先輩賢弟價重兩劉譽高二陸比李膺則仙
舟對棹方馬融則絳帳雙褰若某者雖陋若左思瘦同沈
約無庾信之腰腹乏崔琰之鬚眉然至於感分識歸銜誠
議報將酬楊寶則就雀求環欲答孔愉則從龜覓印推其
異類不後他人謹復陳(集作袖)新文重干清鑒馬卿室邇孔
子牆高遲面莫由瀝肝無所任重道遠方懷驥坂之長鳴
一日三秋空詠馬嵬之清什知深可恃言切成煩幽谷未
見於鶯喬曲沼空勤於鳧藻仰瞻几閤伏待簡書謹啓

爲先輩獻集賢相公啓　前人

某啓某竊觀(集作覯)貞觀朝書伏見文皇帝因夢吹塵方求
風后于畋問卜始載磻溪事偉於王圖(集作塗)道光於帝載
下惟數衽上則虛襟纏綿圖緯之前窈窕天人之際崇基
立極四足雖斷於神(集作戶)鼇龜開物成功七竅仍沾於混沌
禹羞乘輦舜耻彈琴白馬已見於將雛朱草仍聞於滯穗共
工蚩尤之輩與貳負同拘豕韋晋耳之徒與七騶共御是
以今上[redacted]貽謀負扆相公以餘慶持衡用十一德之資贊
七百年之祚古猶今也仁豈遠乎伏惟相公日觀同光天
球並價揚鋒露鍔則武庫常開散藻摛華則文星鎮見一
言悟主二接承恩季孟伊緜友朋蕭酈漢皇發論十萬常
愧於淮陰齊后推誠一二皆歸於仲父百度既已貞矣九
流又復清焉牆東竈北隱淪者咸欲呈材猿飲鳥言僻陋
者皆思入貢莊生獻劈揚子拔毛三百篇之詩更無諷刺
二百年之史永絕譏嫌斯乃百代可知一言可(集作以)蔽豈
立錐側管可折莛尋環巍乎煥乎盛矣美矣若某者剖(集作剳)
心寡寢對面多牆小比焦螟敢矜巢窟微同觸氏寧務戰
爭徒以簪紱承家階庭受訓堂中得桂已有前叨幕下開
蓮仍當後忝所宜結囊無咎絲服爲榮絕方朔之上書罷
禰衡之投剌直以措心賢路哲志昌時既慕義無窮思有
道則見伏惟相公霧能蔚豹燔(集作雷)可燒龍爲百氏之指
南作九州之木鐸任安彥國已在於廄中楊子馬卿並歸
於門下而猶渴飢未副影響無寧請客者不解衾裯當關
者空有皮骨此其所以淮山遠至漢棧斯來望姬旦之吐
飡冀張華之倒屣以昇堂客衆擁篲人多苟無騣茂之言

難佐仲宣之陋今輒以嘗所著文若干首上獻伏惟少迴巖電微駐台星固無望於討論庶或觀於指趣黨蕭稂可刈菅蒯無遺蒙文宣一字之褒得玄晏三都之序便若神巫去癘司命添年禱祝之誠造次於是門遥閶闔路隔瀛洲於人世存思空移氣序以塵中仰望未見端倪希陪上士之流終預群仙之末祈恩望德乃百斯生干冒威嚴下情無任惶懼感激之至謹啓

獻相國京兆公啓　前人

某啓人稟五行之秀備七情之動必有詠嘆以通性靈故陰慘陽舒其塗不一安樂哀思厥源數千遠則鄘邶曹鄶以揚領袖近則李蘇顏謝用極菁華嘈囋而鼓鍾在懸煥爛而錦繡入翫刺時見志各有取焉某愛自弱齡側聞古義留連薄宦感念離群東至泰山空吟梁父南遊郢澤徒和陽春遊於自得之場實竊德音之選伏惟相公既秉（集作康）大政復振斯文論風雨則秋枿（英華作卉■）芬華語霜霰則春條零落發軔於風力解鞍於伊咎宫商賁正始之音寒暑協中和之序是故贊其纓拾俟彼斧斤神氣雖怯於大巫名字願聞於下客舊詩一百首謹封如別延之設問希鮑昭之一言何遜著名繫沈約之三讀干冒嚴重延望恩輝進退之間若據泉谷伏惟俯賜容納謹啓

上知巳文章啓　杜牧

某啓某少小好為文章伏以侍郎文師也是敢謹貢七篇以為視聽之汙伏以元和功德凡人盡當詠歌（文粹作歌詠）紀敘之故作燕將錄往年吊伐之道未甚得所故作罪言自艱難來始（文粹作以來）卒伍傭役輩多據兵為天子諸侯故作原十六衛諸侯或恃功不識古道以至于反側叛亂故作與劉司徒書處士之名即古之巢由伊吕輩近者往往自名之故作送薛處士序寶曆大起宫室廣聲色故作阿房宫賦有廬終南山下常有耕田著書志故作望故園賦雖未能盡（集作深）窺古人得與揖讓笑言亦或的的分其狀貌矣自四年來在大君子門下恭承指顧約束於政理簿書間永不執卷上都有舊第唯書萬卷終南山下有舊廬頗有水樹當以耒耜筆硯歸其間及鬢齒甚壯冀有成立他日捧持一遊門下為拜謁之先或希一獎今者所獻但有輕瀆尊嚴之罪亦何所取伏希少假誅責生死幸甚謹啓

獻詩啓　前人

某啓某苦心為詩本求高絶不務奇麗不涉習俗不今不古處於中間既無其才徒有其意篇成在紙多自焚之今謹録一百五十篇編為一軸封留獻上握風捕影鑄木鏤冰敢求恩知但希鐫琢干瀆尊重下情無任惶懼之至謹啓

上蔣侍郎啓二首　温庭筠

某聞有以跣賤而闚至貴者古人之所譏笑有以單外而蘄末契者君子之所兢戒何則無因以至遽膚辨其妍蚩豈有為而然曾不討於能否有詠嘲異狀詭激常姿希彼顧瞻斯為衒造則亦受嗤於識者見詆於通人者矣抑又聞三月而行士人之常準十年乃字女子之常期永為干世之心厥有後時之嘆某尋常（一作己）爵里謬嗣盤盂離方遁圓因陋成寡亦嘗研窮簡籀耽味聲詩頗識前修之懿圖蓋聞長者之餘論顓愚自任并介相忘質文異變之方驪翰殊風之旨粗承師法敢墜緹緗伏以侍郎弘繼濟之機謀運搜羅之黙識思將菲質來挂平衡遂揚南紀之清源謹効東臯之素謁越石父彼何人也夙佩遺文趙臺卿

敢欺我哉敬承餘烈輒以常所爲文若干首上獻

二

某聞朔禽違雪海鳥知風苟曰含靈咸思擇地況乎謬竊墳素常稟盤盂從師於洙泗之閒擢迹於湘江之表能不成周問道先詣伯陽故絳侍言唯從叔向伏惟侍郎稟生成之秀窮先哲之姿言成訓謨信比暄燠某率兹孤植勔彼單家持擊缶之凡音嗣操琴之舊事於是持撾自警割席相衒味謝氏之膏腴弄顏生之組繡勞神焦慮消日忘年雖天分不多尚慙於風雅而人功斯極劣近於謳歌頃常撰刺門人投書齊帥蒙垂盻飾致在褒稱既而文闈求知神州就選遂得生芻表意腐箒生姿永言棲託之懷不在翾飛之後今者商飈已扇高壤蕭袁楚貢將來津塗悵望高堂有念末路增悲願持款啓之心先偵生成之施儻或洛陽仲暠後漢种暠仲山甫之後猶記姓名建業張遼方弘採拾則百靈斯畢一顧爲榮謹以新詩若干首上獻延露里聲皇華下調有慙狂瞽不稱仁私無任依投之至

上裴相公啓　　前人

某啓聞効珍者先詣隋和蠲養圖者必求俞扁苟無懸解難語奇功至於有道之年猶抱無辜之恨斯則没爲癘氣來撓至平敷作寃聲將垂不極此亦王公大人之所慷慨義夫志士之所歔欷某性實顓蒙器惟頑固纂脩祖業遠愧孔琳承襲門風近慙張岱自頃爰田錫寵鏤鼎傳芳占數遼西橫經稷下因得仰窮師法竊弄篇題思欲紐儒門之絶維恢常一作帝典之休烈俄屬孤辜軫蓼藿艱虞處默無衾徒然夜歎脩齡絶米安事晨炊既而羇齒侯門旅遊淮上投書自達懷刺求知豈其杜摯相傾臧倉見嫉守土者以忘情積惡當權者以承意中傷直視孤危橫相陵阻絶飛馳之路塞飲啄之塗射血有寃叫天無路此乃通人見愍多士具聞徒共興嗟靡能昭雪竊見玄宗皇帝初融景命遽惻宸襟收拭瑕疵申明枉結劉丞相尋揚優詔蘇許公潤色昌謩五十年閒風俗敦厚逮及翔泳未安其所雨暘不得其和匹夫匹婦之吁嗟一聚一鄉之幽鬱欲期昭泰必仰陶鈞某進抱疑危退無依據暗處囚拘之例不沾渙汗之私與煨燼而俱捐比昆蟲而絶望則是康莊並軌偏哭於窮途日月懸空獨彰於豐蔀伏以相公致堯業裕佐禹功高百姓咸被其仁一物不違於性儻或在塗興歎解彼右一作左驂彈劒有聞遷于代舍瞻風自卜與古爲徒此道不誣身明未遠謹以文賦詩各一卷率以抱獻縑緗僭陋造寫繁蕪干冒尊高無任惶灼

文苑英華卷第六百五十七

登仕郎胡　柯　鄉貢進士彭　叔夏　校正

文苑英華卷第六百五十八　啓八

投知一

爲蘇令本與岑内史啓一首

上明員外啓一首　上許左丞啓一首

上郎都督啓一首　上司列大常伯啓一首

上李少常伯啓一首　上兖州刺史啓一首

上兖州崔長史啓一首　上兖州張司馬啓一首

爲蘇令本與岑内史啓　陳子昂

某啓某聞子以母貴自古通方禮以親榮在昔恒理豈非奉上之道休泰必同膝下之恩親愛先及伏惟舅寵居崙戚位列崇班實富貴於當今允尊榮於前代居得言之地據至要之途九族同欣皆憑於獎盼六親咸賴仰德於恩波莫不拂飾（集作拭）生其羽儀談薦長其光價某自惟末品忝在甥徒早蒙撫育之恩不殊骨肉之愛自痛無福家禍遂纏妄在孤遺載延慈眷愛同諸子禮越常流遂得教訓成人策名從官舅又曲垂顧念恩甚庭闈渭陽之情實多荷戴猥以庸薄叨累周行自委質戎班（集作昭）昭（集作班）名果毅經今一十三載（集作歲）矣而竟未一遷仰望儕流莫不皆居顯位旋觀時輩亦已再歷榮班猥亦何人（集作獨某一人）空嗟留滯雖命途乖舛良或甘心然親貴盈朝豈忘提獎所以仰瞻恩惠不棄於疎微冀降慈仁（集作流）有憐於孤賤伏願舅大弘收採之眷特垂咳唾之恩矜憫小子使得官及朋友寵以親榮私門載昌幽冥是賴豈不幸甚豈不幸甚無任企仰之至謹奉啓不宣謹啓

上明員外啓　王勃

某啓側聞金烏聳轡俯圓燧而抽光瑶兎浮輪候方諸而吐液斯則洪纖異數冥符造化之津高下相懸精契陶鈞之表故知聲同義合存長幼於三州理隔氣殊置山川於一面神交可託風雲於杵臼之間道不虛行涇渭於簪裾之列其有跡申知己投爵里於思齊事迫當仁抱龍泉而顧割雖荆山巳峻多輕抵鵲之珍而渤澥方春敢進歸凫之影伏惟文人珠躔降德銑社抽英河岳縱其神器煙霞發其符采江東第一家傳正始之音日下無雙譽重名流之首三冬文史先兆跡於青衿百里絃歌即馳芳於墨綬彭澤陶潛之菊勝氣仍存河陽潘岳之花芳風遂遠榮加徙袂（一作袟）上清蘭府之遊寵奪攀輪更掌蓬山之務麟圖緝諡定榮辱於三泉鵷閣（一作闇）裁書考董猶於四部旣鶴鳴雲路望偃朝端鴻漸星臺俯諧僉議廉平譽號李宣伯之當官雅操繩時山巨源之稱職加以文場武庫發揮廊廟之師瓊樹瑶林寥廓風塵之表一丘一壑同阮籍於西山一嘯一歌列嵇康於北面詞條鬱霧遥騰駕日（一作月）之陰辯鍔橫霜直上衝星之氣凫鍾蓄韻聞片言而指掌鸞鏡懸心見一善而明目情源九派士流欣滿腹之期德宇千門詞人有庇身之望方當坐談帝席雄視羣公豈徒比跡天府雌伏郎官而已哉某崇徽啓緒盛德在家承太子之仙宗析將軍之遠系朱輪在漢列高士於三台青蓋浮江邑平王於七姓遺風舊烈尚存清白之基祖德家聲代有縱橫之目及金陵東覆玉馬西奔髦頭傑起文儒繼出鳳鳴朝日森梢煙雨之標龍躍雲津盤礴江山之氣雖雄名雅譽隨朔野而揚聲而華冕雕軒比南風而不競陳太丘之積善羔鴈成羣謝車騎之餘芳蘭蓀不替趨庭洽訓共歌朱萼之篇避席承歡猶守青箱之業嘗謂酣神北阜籍春渚

而忘歸動影南櫓坐秋山而長往不意蘭皐獨嘯輕交委鶴之書芝澗行謠坐辱飛龍之使年殊賈誼仰宣室而方同業謝劉縣俯長途而遂亟塞上浮雲之跡空倦吳山隋侯明月之珠終悲暗室豈不知拂衣長謝林泉多倦（一作倨）俗之因安枕有餘廟堂非養高之所松楹坐月臨黛壑而遐征桂席攀風俯青嵓而自足而欲俛首屈膝逡巡多士之林弔影懃寃骯髒文昌之府徒以牛蹄已倦臨文壑而驤鱗羊角可逢想高衢而撫翼希名國士方叨智伯之恩揮迹奉常冀雪公孫之恥識正平於勵士雖在孔融期仲容於皇外終資許允猶恐先馳折翮頻驚鵾路之風再舉枯鱗空擊龍門之水文人借以顔色資以恩波垂雅契於長年叙清交於累代情加倒屣知步頂之生光禮極昇堂覺聲名之有地是用俯抽丹思上瀆清顔鏤殊獎於肝膽銜德音於咳唾懦夫增氣先歌易水之風壯士投心思赴吳宮之火恩崇命淺瞻呂梁而可泛山高海深涉孟門而何險謹啓

上許左丞啓　前人

某啓自違阻恩華嬰纏風恙守愚空谷斂跡仙臺同衛玠之虚羸談非正始愧劉楨之逸氣卧似漳濵朝野既殊風猷遂隔望芝蘭之漸遠覺鄙悋之都生所以暫下松丘言游洛邑永懷前倦〔闕〕逡巡元禮之門延首下風匍匐文章之府實顧稍捐人事少奉清言質儒釋之幽疑訪空玄之極境顧聞者道敢披江海之心所進者榮非慕軒裳之重雖幽絶位殊空塵左右而道存目擊豈隔形體輕陟階堂伏深悚越謹啓

上郎都督啓　前人

其啓某聞古之君子重神交而貴道合者以其得披心胷而盡志義也是以叔牙苟在管仲分多而不貪無知尚存陳平受謗而非罪何則達其趣者能申其迹收其大者能讓其細也今某東鄙之一書生耳少懷耿亮頗慕高烈俛仰相得則署博可遊造次不諧則軒冕異路嘗家君侯國士之遇受君侯長者之禮繾綣談讌殷勤誨誘今有情而不告是不盡也有窘而不訴是有疑也將恐季布無侶於後葉孫賓獨稱於前古嗟乎可以竭誠矣敢不盡言乎勃家大人天下獨行者也性惡儲歛家無擔石自延國譴遠宰邊隅常願全雅志於暮齒揚素風於下邑而道里夐遥資糧寠鮮扶寡鍾釜倩盈數萬此某所以側目扼腕臨深履薄庶逢知己之厚以成大人之峻節也古人有言富觀其所與貧觀其所取又曰損有餘補不足於君侯何如哉然則定其交而後求敢無愧色易其心而後語夫何飾讓賑給之義既惟其常厚薄之差仍希俯訪輕塵視聽伏增兢惕

上司列大常伯啓　駱賓王

側聞曾澤祥麟希委質於宣父吳坂逸驥寔長鳴於孫陽是則所貴在乎見知所屈由（集作伸）乎知己故彫其樸嶧陽（集作山）有半死之桐賞其聲柯亭無永枯之竹伏惟明常伯公儀天聳幹（集作構）横九霄而拓基浸地開源控四紀而疏派自赤文薦祉曲阜分帝子之靈紫氣浮山（集作仙）函谷誕真人之秀本枝百代君子萬年道叶神交黄石授帝師之略德攸（集作由）天縱白雲（集作星）降王輔之精至若峯秀學山列三墳而仰止瀾清筆海踈四瀆（集作九流）委以朝宗登小曾之巖辨練光於曳馬臨大吳之國識寶氣於連牛垂秋實於談叢絢春華於詞苑辯河飛箭激流翻白馬之津文江散

珠圓波潄驪龍之穴是用德茂麟趾削桐葉以分珪道煥鵷鴻（集作鶴）池映桃花而曳綬既而揆留皇鑒忠簡帝心奉職春宮爍離光於青殿代工天府明台耀於紫宸綜理玄風燮諧元氣含暉禮閣皎愛日以流光散（集作鋪）彩文昌映德星而開照若乃識度宏遠器宇疏通明允篤誠盛業隆於厚土惠和忠肅玄功格於上天則伊陟謝其緝熙巫咸慙其保乂舉才應器與士無私水鏡澄華炫金波於靈府冰壺徹鑒朗玉燭於神機則鄧攸莫際其瀾盧毓罕窺其術故使妍蚩各安其分輕重不失其權五教克敷百揆時敘折衝千里魯連談笑之功師表一時郭泰人倫之度加以分庭讓士虛右（集作席）禮賢片善經心揖仲宣於蔡席一言合道接然明於鄭階賓主蓬廬布衣叅樞韋帶自弱齡植操本謝聲名中年誓心不祈（集作期）聞達上則執鞭為仕王庭希干祿之榮次則捧檄入官私室庚代耕之願（集作祿）然而忠不聞於十室學無專於一經退異善旻爻（集作藏）進殊巧宦摶羊角而高翥浩若無津附驥尾而（集作以）上馳邈焉難託實欲投竿垂餌晦幽（集作名）跡於渭濱抱甕灌園絕機心於漢渚幸屬乾坤貞觀烏兔光華嵩山動萬歲之聲德水應千年之色雖無為光宅欣預比屋之封而有道賤貧恥作歸田之賦於是竭來甕牖利見金門指帝鄉以望雲赴長安而就日美芹之秀（集作願）徒有獻於至尊蟠木之姿誰為容於左右明公惟幾成務論道經邦一顧之隆駘足踰於仙鹿片言之重魚目軼於靈虵庚望顧兔離（集作羅）非箕動薰風於舜海從龍潤礎霈甘雨（集作澤）於堯雲則鱠餘之魚希振鱗於吳水螣後之豕翻（集作飛）化龜於曾津趨拜階庭（集作拜伏階墀）增其冰谷謹啓

上李少常伯啓　前人

賔王啓竊惟陰陽作炭化一氣以陶甄天地為爐混萬物於（集作爲）芻狗然則壁輪均照或流景於萊城玉燭平分猶（集作獨）得氣者翔寒於黍谷是知隆汙遞（集作迭）襲榮顇相仍（集作循）繁滋失時者零落伏惟（集作以）君侯疏乾激派龍門開竹箭之波鎮地橫基鵲翅峙蓮花之岳（集作嶺）曜重輝於若月炳疊彩於非煙至若瑞動赤光著元勳於東漢烽驚紫塞宣武功於北征弈葉龍光蟬聯龜組德攸天縱白星降王輔之精道叶神交黃石授帝師之略故得三千運北擊舜海以遊鱗九萬圖南望堯雲而矯翰折衝千里魯連談笑之功師表一時郭泰人倫之度於是九重銜紱照星彩（集作影）非於宸維四達埋輪震（集作振）霜威于（集作於）權右加以分庭讓士虛席（集作坐）禮賢片善必甄揖虞翻（集作飜）於東箭一言可紀許顧榮以南金某蟠木朽株散樗賤質牆面難用灰心易寒（集作然）退無毛薛之交進乏金張之援塊然獨處（集作居）一紀于（集作十載於）茲矣然而日夜相代歎（集作笑）溝壑以（集作之）非遙貧病交侵思薜蘿而可託嘗欲乘幽控寂追綺季於青山樂道棲真從曾連於滄海幸屬舜門廣闢漢幣交馳遂得佇嘯高丘應箕文而動韻聆吟大野浮艮爻（集作蚰）以流陰將恐在藻纖鱗終絕（集作寡）登龍之望槍榆弱羽徒仰搏鵬之高所覬曲逮恩光資餘潤於東里襲夷道（集作導）引託輕葛（集作夢疑作蔓）於南樛撫已多慙覘躬彌懼（集作[illegible]）謹啓

上兗州刺史啓　前人

側聞未遇孫陽鹽車無絕塵之跡時逢和氏荊山有連城之珍豈若聽清音於爨餘則枯桐發響收夜光於玄壁則恠石騰輝在物猶然況於含識者矣伏惟明使君公鳳穴

振儀龍門，標峻瓊姿（集作彫），岳立表秀，干雲霞煥，霜飛搖貞鏡鑒（集作霞煥霜霏，澄虛鑒物）。既而代工天府，忠簡帝心，擁熊蓋（集作軾）而撫百城，建隼旟而臨千里。坐棠敷惠，恩纏去思；剖竹垂仁，式歌來慕。清凝夜燭，化警晨烏。外勗九農，內弘五教。導之以禮樂，齊之以刑書。約法遵寬，誤示（二字集作設）蒲鞭之恥；發（集作立）言唯信，結（集無結字）控竹馬之期。甘雨隨車，雲低輕重之蓋；還珠合浦，波含遠近之星。至如卧理稱難，坐嘯匪易，披裳問疾，垂愛景以字人；褰帷廣聽，移薰風以（集作而）扇物。飛（集作嚴）霜秋降，叶隼擊而防小人；零雨（集作露）春濡，飾羔旌而禮君子。於是仁風革俗（集作仁必有勇），吏不忍欺，美譽鬱於三高（集作辭），芳猷騰於萬古。若乃清規遠鏡，皎月色於靈臺；玄鑒虛凝，穆松風於智府。研機十簏，探賾九流。縟綺（集作翠）萼於詞林，綷仙（集作鮮）花於筆苑。文江灩浪，織王潋以翰霞；學海驚瀾，綴珠連（集作鮮）於濯錦。加以懸榻待士，擁篲禮賢，汲引忘疲，獎提不倦。懷經味道之客，望範圍以駿奔；兼流包略之夫，窺義園而遐集。求小善於毫芥，顧正禮於二龍；振幽滯於泥沙，許公明於一驥。其淹中故俗，體朴厚之清（集作弘）規；稷下遺氓，陶禮義之餘化。頗遊簡素，少閱縑緗。每（集作蟋蟀）悽吟，映素雪於書帳；菼雜振羽，截翠（集作碧）蒲於翰池。既而學異懷蛟，才非夢鳥，價不齊於南漢，芳不重於東山。幸屬日月光華，雲霞紛郁，方結羨魚之網，將謠扣角之詞。奮短翮於榆枋（集作槍榆），希高標之餘拂；躍纖鱗於涓滴，望鴻澤（集作浪）之微霑。所冀顧盼曲流，翦拂增價，則鉛刀起一割之用，跛鼈致千里之行。是以（集作知）竊混吹於齊竽，濫飛聲於郢唱（集作路）。抱（集作拘）山雞而自恧，顧遼豕以多慚。輕觸威顏，不遑流汗。謹啓。

上兗州崔長史啓　前人

側承鄴城戢耀，駭電之輝；俄剖沙丘，蜿跡籥（集作躡）雲之響。載馳然則激溜（集作瑞）侵星，佩潛蛟於壯武；騰鏢歷塊，騁蹀駿於咸陽。且呴轍波鱗，側羨鼇潭之躍；觸籠雲翼，局望鵬隅（集作田）之迅。是以齊郊夕唱，牛歌拔白水之詞；漢境朝趨，車候警拂塵之思。伏惟某公騰瀾洛景，濬靈派以含珠；擢幹梢雲，翊淮巖而聳桂。崇基疊秀，匡霸道於周盟；茂緒聯輝，贊文場於漢戚。偉龍章之秀質，騰孔雀於（集作之）觿年；叶鳳彩之（集作於）英姿，辨蟾精於弱歲（集作日）。靈臺宏遠，騁霄練於霜潭；策府幽深，絢朝虹於壁渚。心波湛漢，詠魄曜於黃陂；情岳干天，韞（一作韜）風雲於嵇巘。龍津共濟，競忻登御之車；蕪室欽賢，必攬（集作擁）澄清之轡。鬱文條而擢彩，藻逸潘花；曄詞峯而衒價，光浮衛玉。然則昆溪既琢，必見山川之精；樹羽已懸，行嗣雲韶之響。是以佐龜陰而演化，務肅萬（集作百）城；翼（集作輔）麟壤以宣風，恩覃千里。徽猷克著，逾盛德於休衙；聲績聿宣，軼規模（集作英規）於恭祖。佩呂刀而劭美（集作已），賛褰帷之遊；屈龐驥而流芳（集作未伸），將叶順風之問（集作將騁仁風之駕）。加以側階引彥，鑒宋（集作宗）子之微言；倒屣迎賓，辨王生之雅量。故使圓流之下，探照乘於長波；高岫之巔，剖連城於幽石。其瓶筲小器，鷃蚊末品，斜帶嶧梧，戢睎陽之厚德；旁隣汶篠，慕貫時之貞勁。直以容膝一丘，曲阜之瓢遽切；枕肱五畝，成都之壁已勞。擔石厭於糟糠，負薪疲於短褐。然則少奉過庭之訓，長趨克己之方。弋志書林，咀風騷於七略；耘情義圃，偃圖籍於九流。灑惠澤於陽波（集作渥於羊陂），屢泛文通之麥；峻曲岸於鶯谷，時遺公叔之冠。雖不能縱逸韻於霜皋，唳野致九天之響；而頗亦蓄餘芬於露薄，無薰有十步之芳。而乃恧迹曾鴻，悲荊山之抵鵲；嗟鳴韓犬，歎稽皐之横梁方今玉管(集作琯)躔秋金風動籟呉宮歸乙望陰岫以依遲素林反鴈候朝陽(集作陽潮)而低舉籯金味道之子候纁帛以彈冠屑玉含毫之人望弓旌而蹺(集作翹)足竊不揆於庸識輙輕擬於揚庭所冀恩波時留(集作流)咳唾儻當(集作能)分其斗水濟濡沫之枯鱗惠以餘光賑孀居(集作棲)之寒女得使伏櫪駑蹇希騏騮(集作驥)而蹀足寬棘翩翾排鵷鸞而刷羽則捐軀匪恡碎首無辭雖復投報揚金君子以之貽惠(集作戒)效誠魏草小人之所懷恩輕瀆威嚴懼深履尾載塵聽覽迫甚蹈冰謹啓

上兗州張司馬啓　前人(集無)

某啓竊聞網㵎緝裳傃指雲於偃蓋排虛止棘附絶電於纖離然則左右爲容鏘金有階於蟠木無因而至椄劒致懼於連城是以賃牘干榮發伢資於禽息求光抱燧束髮濟於于髡伏惟某官瓊峯聳峭儼曦覯而爭峙瑶派驚瀾泝天漢而比濬漢臺引路夕翊浮雲之陰晉閣垂璫朝曄文星之苑劒池濯彩耀震德於渥津弱水摛祥炫離精於丹穴辨懸瞳於朗鏡肇自觿年對似魄於虧陽光乎弱歲言阿(一作辯言)激箭浴紫貝以飛湍情岳驚峯蔽丹霄而傑峻文條擢秀馥長坂之幽蘭筆苑揚葩曄小山之丹桂松飆結韻搢紳藉以雌黃品電流光通賢資其月旦於是佐褰帷於曽甸威讋列藩臣露冕於梁陰恩覃絶境緝諧鱗(疑作麟)甸下白鶴於仙庭輔弼凫郊重黄金於帝里加以獎拔幽滯汲引英髦錫以吹噓暖燕郊之陰谷延之顧眄熖漢園之寒灰某篠派庸微桐巖賤伍託根鄒邑時聞闕里之音接閈雩津屢聽杏壇之説加以承斷織之慈訓得鋭思於書林奉過庭之嚴規遂容情於義圃方欲閉門却掃養拙以終年幽遁鑿坏甘貧而卒歲直以棲遲五畝獲鷦鷯之數粒蕭條三逕匱侏儒之斗儲雖則放曠林泉頗得閑居之趣而乃寂寥蓬户唯深色養之憂是以望檄動容慨南陽而閭寂祈名夙駕嘆郢路而依遲方今涼秋届節嚴飆扇序衡陽極浦振潮音於負霜寒皐迴甸驚宵吟於静野弓旌之禮斯及辟聘之際是期不揆庸愚輕斯自衒所冀分其末照惠以餘波得預觀光全由咳唾儻雲鑣釋紲申其漱玉之音霜匣開輝照以盤蛟之影則陰山之雀敢懷飡蘂之心漢東之蛇期致投珠之報不勝窘迫之至謹啓

文苑英華卷第六百五十八

登仕郎胡　柯　鄉貢進士彭　叔夏　校正

文苑英華卷第六百五十九　啓九

投知二

上齊州張司馬啓　駱賓王

某啓昔者薛邑聞歌揖馮諼於彈鋏夷門佇（集作命）駕顧侯
嬴於抱關何則志合風雲戴笠均乎乘馬情諧道術忘筌
貴乎得魚是以揖（集作挹）蘭言於斷金効（集作交）蓬心於匪石
庶清音動（集作默）聽賞流水於牙絃妙思通神叶成風於郢
匠伏惟司馬公疏源白水浸地軸以輪波纂慶黃軒感星
精而誕命綴珠華於七耀聯玉葉於五雲至夫神石呈（一作摛）
祥靈鈞（集作釣）非表睨千年馭鶴振仙駕（集作氣）於帝鄉七葉珥
貂襲榮光於戚里固以紛綸國諜昭晰家聲洎乎鹿走周
原相（集作輔）秦圖以（集作而）興霸虵分沛澤翼唐運以基皇常
山王之玉潤金聲博望侯之蘭薰桂馥羽儀百代掩梁竇
以霞褰鍾鼎一時罩袁楊而岳立固（集作故）得重規遠鏡湛
月路以流清茂趾（集作祉）遐鋪架雲門而擢秀公飛英鳳穴
藻五色以凝華顯曜驪泉（集作顯耀龍泉）含九重而流（集作毓）潤風
情疎朗霜明月淨（集作湛）之姿氣骨端嚴雪白冰清之槩若
乃性符神授道擅生知挫三端於情峯朝九流於學海博
聞強記辨晉國之黃熊將聖多能識吳門之白馬言泉激
迴驚瀑布以飛瀾文江澹清含濯錦而翻浪鬱槐市而（集作以）
增茂穆蘭室以流芳於是祥（集作翔）鱣應符觀光上國飛龍
成卦利見大人搏羊角以垂天展驥足而騰景翼化二（集作貳）藩
邸挹敬祖之清廉光贊外臺陳君回之亮直推公平而折
獄磔鼠謝其嚴明擁端慤而行仁化虵慙其智勇加以清
規日舉湛虛照於冰壺玄鑒露凝朗機心於水鏡謙光自
牧恭已愛人片善必甄揖虞翻於東箭一言可紀許顧榮
於南金但某疾抱支離材均擁腫進不能握蘭分竹綰銀
黃於雲臺退不能絕粒茹芝煉金丹於地肺而出沒風塵
之內漂淪名利之間知（集作游）無毛薛之交仕乏金張之援
塊然獨居（集作處）者一紀于（集作於）茲矣然而日夜相代想（集作恐）
溝壑之非遙貧（集作窮）病交侵思薜蘿之可託尚欲乘幽控
寂（集作常願處幽棲寂）追夏黃於商山樂道栖真從魯連於滄海豈
圖語默易爽心跡難并（集作逃）陟（集作從）橋之恨愈（集作逾）深攀桂之
情徒結是用絕心（集作深）乾沒馳閱丘墳謁子將於南荆訪
康成於北海西遊梁益効（集作仰）司馬王楊之風東入臨淄
慕淳于管晏之智瞻言前古徒欲思齊俯惟當今空勞懷
刺不意雲浮礎潤霜落鍾鳴揖郭泰於虛舟有道斯在賞
駿明於撤俎盛德猶存雖雅調清歌誠寡和於郢路而庸
音濫吹竊混奏於齊竽輕課撮囊揄揚盛德庶幾金波離
畢零陵之石自飛瑶光建寅蕭丘之火暫爇學慙麟角德
輕（集作類）鴻毛愧汗如漿憂心若厲謹啓

上廉察使啓　前人

賓王啓每讀書見古人負米之情捧檄之操未嘗不廢書
輟卷流涕傷心何則情蓄於中事符則感形潛於內迹應
斯通而悅帝力以栖塊情欣養素仰皇華而息（集作暢）慮敢
用披丹伏惟某公源控玉輪激神濤而涵地基疏金闕架
飛岳以韜雲洎乎鹿駭周墟（集作鹿走周原）霸燕圖於即墨虵分
沛澤封漢爵於華城福祿攸鍾公侯必復炳靈丹穴習（集作襲）

吉黄裳若乃峯秀學山列三墳而仰止瀾清筆海委九流以朝宗登小魯之山辨練光於曳（集作亂）馬臨大吳之國識寶氣於連牛垂秋實於翰林絢春花於文苑清規湛秀照月旦於雕談素論凝玄開夜光於妙辨旣而業成麟角引茅茹而彈冠道映鵷池絢桃林（集作花）而曳綬撰留皇鑒忠簡帝心奉職春宮標離光於青殿代工天府明神（集作台）耀於紫宸故得龍紆垂光戢兩星而開照鶴蓋浮影翼五雲以連陰賓王大塊流形小人餘慶幸河神入昴映白榆而（集作以）流梓江使負圖上（集作泛）青蓮而薦兆薰風廣扇聖日多（集作揚）暉進不能高議靈（集作雲）臺談社稷之上務退不能銷形地肺揖箕潁之餘芳而出沒風塵漂（集作湮）淪名利十年無禄（集作椽）萬里惟桑旣而日遠長安出蓬門而西笑雲飄吳會逗松江（集作松浦）遥以南浮冀塵跡於丘中絕漢機於俗網獲承歡於膝下馭潘輿於家園不悟地絡遐張維白駒於空谷天羅迥布弋黄鶴於高雲顧已駑鉛合（集作並）從媒衒力農賤事未免東皐之勞反哺私情遽切南陔之詠少希顧復敢（集作輙）布懇誠雖嗟指（集作臍）思歸空軫倚廬（集作閭）之望而齧臂求仕非圖髙蓋之榮明公資孝履忠恕已及物惟幾成務論道經邦庶得顧兎離箕（集作星）動清風於舜海從龍潤礎霈甘雨於堯雲則白羽書生自銘恩於食稻黄衣童子將賽德於飡花拜首迴惶傾心霡霂謹啓

上瑕丘韋明府啓　　前人

賓王啓側聞觸籠戢翮負垂天而跼形伏櫪羈蹄望絕塵而蹶足故以遊蓮絏網（集作遇絏）悟宋玉於嬰羅在藻迷波顧蒙莊於眴轍是以臨淄遺婦寄東縕於齊隣邯鄲下客効處囊於趙相伏惟明府公締跡（集作址）瓊峯靈丘（集作岳）蔽丹霄之景圖基珠浦（集作溜）神派（集作流）沃清漢之波玉札飛文綜宏詞於楚傳（集作傳）金篇緝藝味玄（集作雅）道於扶陽孕蘭畹而生姿灃灞踵高門之慶産銅谿而寫鍔荆藍資象緯（集作德）之禎早（集作幼）辨羝羊演飛龍之祕策夙談孔雀對家禽之麗詞赤野浮炫價之光珠胎瑩色丹穴陪來儀之迅鳳姿含彩靈襟轉壁絢逸照於蘭池神府驚蘋韻清音於桂浦談叢散馥翰餘芳（集作韞餘氣）於九蘭筆海飛濤駭洪波於八水於是綰銅麟甸製錦晃郊化浹下車恩孚攬轡德聲洽詠仁風飄十地之雄道化徧謠惠露灑三天之渥狎中牟之馴雉豈懼驍媒鶩重泉之瑞鸞非關照舞雖則塵飛范甑垂銀有結綬之華而乃調理密絃亨雞屈函牛之量加以招携白屋勸誘青衿延張公於鶩輪引王終於倒屣遂使漱流逸客望驥足以雲蒸栖汲遺村（集作才）款龍門而霧會賓王緯蕭末品拾艾幽人寓跡雩壇挹危直之祕説托根磬渚戢戰勝之良談（集作圖）幸以奉訓趨庭（集作東）采情田於理窟從師負笈芸性識於書圃（集作林）至於九流百氏頗綜緝於（二字集作忽其）異端萬卷五車亦研精（集無精字）其奥旨將欲優游三樂負杖以終年栖遲一丘鳴絃而卒歲以糠蔬（集作糟糠）不贍甘旨之養屢空簞笥無餘（集作資）朝夕之歡寧展是以祈南陽之捧檄擬毛義之清塵思魯國之執鞭蹈孔丘之餘志屬以商（集作蓻）秋應節素（集作飈）序戒時飈金將露玉俱清柳黛與荷緗漸歇宴含毫振藻之日（集作際）摛（集作離）經析理之期不揆雕朽之材竊冀遷喬之路輙祈泛愛輕用自媒儻荆璞無致於見疑（集作無見致疑）夜光不逢於（集無於字）按劒則沉骸九死終望銜珠殞首三泉猶希結草載塵清覽鑒（一作矚影外驚集作載塵清矚蹋影外歎）冒黷威嚴循心内駭謹啓

上梁明府啓　前人

賓王啓竊聞辥邑聞琴揖馮諼於彈鋏夷門佇駕顧侯嬴於抱關何則志合風雲戴笠均乎乘馬情諧道術忘筌貴乎得魚是用挹蘭言於斷金効蓬心於匪石庶清音動聽賞流水於牙絃妙思通神叶薰風於郢匠（以上與上張司馬啓同）伏惟其公儀天峙構層基控射牛之峯浸地開源驚濤蹴釣鼇之浦至夫封侯廟食掩金張以騫翥三主七公畢袁揚而岳立故得重規遠鏡湛月露以流清茂趾霞鋪架雲門而擢秀若乃博聞強記辨晉國之黃熊將聖多能識吳門之白馬言泉潄迥驚瀑布以飛瀾文江澹虛涵濯錦而翻浪（自畢袁揚至翻浪七十字與上張司馬啓同）於是功超食跖位典烹鮮水鏡澄瀾照孤鸞之舞影鳴琴動操叶馴翬之雅音既而盛德有隣佐皇華而省俗居群不器扈輶軒而觀風其疾抱支離材均擁腫自弱齡植操本謝聲名中年誓心不祈聞達始則執鞭爲仕帝里希干祿之榮次則捧檄入官私庭庶代耕之樂然而忠不聞於十室學無專於一經退異善交進殊巧宦摶羊角而遐翥浩矣無津附驥尾以上馳邈焉難託實欲垂竿投餌晦名迹於渭濱抱甕灌園絕機心於漢渚幸屬乾坤貞觀烏兔光華嵩山動萬歲之聲德水應千年之色雖無爲光宅忻預比屋之封而有道賤貧恥作歸田之賦（從自弱齡至之賦一百五十三字與前卷上太常伯啓同）明公顧眄成飾咳唾爲恩漏微潤於江波流末光於隣燭幽禽遷木佀丹山於帝梧鳴石浮川應黃鍾於仙管敢布心也詎能望焉

謹啓

集載此篇題目同而辭有詳略異同今錄于後其啓昔者聞歌辥邑賞彈鋏於馮諼佇駕夷門揖抱關於侯子豈惟成風之斲妙思通神流水之絃清音入聽況夫志合者蓬心可采情諧者蘭味寧忘伏惟其公儀天峙構層基控射牛之峯浸地開源驚濤蹴釣鼇之浦至夫封侯廟食掩金許以霞褰三主七公畢袁揚而岳立於是功超振鷺位典烹鮮水鏡澄瀾照翔鸞之舞影鳴琴動操叶馴雉之雅音既而盛德有鄰佐皇華而撫俗君子不器扈輶軒以觀風其蒲石摘遷聲鄉蓬轉不叶十室無事一經攀驥逸而無由仰鵬飛而自失公顧眄成飾咳唾爲恩庶微潤於江波蕢末光於鄰燭使幽禽遷木佀丹山於帝梧鳴石在川應黃鍾於仙管敢布心也詎能望焉

謹啓

上郭贊府啓　前人

賓王啓側聞樞精嘯谷韻清籟於鸞蘋震德昇乾鼓玄枝而布族鮭涸鱗濡沫終觖望於鯨潭（集作波）而決羽槍榆頗思遷於鶯樹伏惟贊府公璚階（集作基）疊秀積珠構於三龍王幹驚華瞱瑤林於八桂仙飛有道縈河泛高尚之舟德驗通神靈筴洞幽冥之境產耶谿而濯質霜鐔廓豐匣之姿孕鍾嶺而飛華虹玉絢荊巖之氣松秋表勁翊頳霞而挿極菊晚馳芳涵清露而凝（集作泫）沼鑒懸龍鏡朗逸照於咸陽韻入凫鍾驚洪音於長樂心源泛藻控鼇壑以朝宗情岳披蓮掩龜岑而作鎮惠牛曜辯驚荀鶴於談叢揚鳳摛文詠鄒龍於筆海故得佐銅章於磬渚側扇文䌷之風貳墨綬於桐郊潛誘祥鸞之化絃揮單父弼清韻於巀琴乳（集作化）狎中年翊馴翬於潘雉加以延賓致驛接士式閭（集作盧）採拔翹微邁欽賢於司隸提獎幽滯軼取俊於淳于賓王甕牖輕生席門賤品幸得（集作以）忝名比屋悅（集作稅）非康衢以自娛預迹耕夫（集作耦耕）欣日出而知作且（集作又）以家傳素業弋書林而騁志少奉庭訓（集作聞）馳文圃以游蒐（集作踐文圃以蒐）至於縹卷青箱頗側採其奧旨竹書石記亦幽求於異（集作其邃）源雖未能響（集作叫）徹帝門（集作閽）聲馳宰府而頗亦見推里閈譽浹鄉閭方今銀箭躔秋金壺應節吮墨翹足希造杖（集作遂迹）期於一枝味道彈冠望橫經而（集作於）重席不

量庸昧竊冀揚庭伏乞恩波暫垂迴眄儻使陳留逸調下採柯亭之篠會稽隂德流（集作傍）眷餘谿之蔡則迴眸之報不獨著於前龜清亮之音詎專聞（集作誰專稱）於往笛雖滄溟遠量敢（集作永）不媿於牛涔而嵩岱洪恩終慚酬於蟻穴（集作垤）輕瀆（集作喧）視聽戰讋誠深（集作憂讋唯深）猥黷階庭兢惶交集謹啓

與湖南李中丞啓　柳宗元

宗元啓某嘗讀列子書有言於鄭子陽者曰列禦寇蓋有道之士也居君之地而窮若不好士使之然乎子陽於是以君命輸粟於列子列子不受固常高其志又讀孟子書言諸侯之於士曰使之窮於吾地則賙之賙之亦可受也又恠孟子以希聖之才命代而出不卓然自異以潔白其德取食於諸侯不以爲非斷而言之則列子獨往（集作任）之士唯巳一毛之爲愛故遁以自免孟子兼濟（蜀本作愛）之士唯利萬物之爲謀故當而不辭今其處則無列子之道出則無孟子之謀窮則去讓而自求至則捧受而無慚斯固爲貪陵苟冒人矣董生曰明明求財利唯恐困乏者庶人之事也是皆詬耻之大者而無所避之何也以爲士則黜辱爲農則斥遠無伎不可以爲工無貲（集作貲）不可以爲商抱大罪處窮徼以當惡歲而無廩食又不自列於閤下則非所以待（集作示）君子之意也伏惟覽子陽孟子之說以垂德惠無使惶惶然控于他邦重爲董生所笑則縲囚之幸大矣謹啓

上大理崔大卿應制舉不敏啓　前人

宗元啓伏聞古之知己者不待來求而後施德舉能而已其受德者不待成身而後拜賜感知而已故不叩而響不介而合則其舉必至而其感亦甚斯道遁去遼闊千祀何爲乎今之世哉若某者智不能經大務斷大事非有恢傑之才學不能探奧義窮章句爲腐爛之儒雖或寘力於文學勤勤懇懇於（集作于）歲時然而未能極聖人之規矩恢作者之聞見勞費翰墨徒爾拖縫掖曳大帶游於朋齒且有愧色豈有能乎哉閤下何見待之厚也始者自謂抱無用之文戴不肖之容雖振身泥塗仰晞雲霄何由而能哉遂用收視內顧頫首絕望甘以沒沒也今者果不自意他日瑣瑣之著述幸得流於衽席接在視聽閤下乃謂可以蹈遠大之途及制作之門決然而不疑介然而獨德是何收採之特達而顧念之勤備乎且閤下知其爲人何如哉其貌之美陋質之細大心之賢不肖閤下固未知也而一遇文字志在濟拔斯蓋古之知己者已故曰古之知己者不待來求而後施德者也然則亟來而求者誠下科也其向以應博學宏詞之舉會閤下辱臨考第司其升降當此之時意謂運合事并適丁厥時其私心日以自負也無何閤下以鯤鱗之勢不容尺澤倏爾而自放廓然而高邁其不我知者遂排退（集作逐）而委之委之誠當也使古之知己猶在豈若是求多乎哉夫仕進之路昔者竊聞于師矣太上有專達之能乘時得君不由乎表著之列而取將相行其政焉其次有文行之美積能累榮不由乎舉甲乙歷科第登乎表著之列顯其名焉又其次則曰吾未嘗舉甲乙也未嘗歷科第也彼朝廷之位吾何修而可以登之乎必求舉是科也然後得而登之其下不能知其利又不能務其往則曰舉天下而好之吾何爲獨不然由是觀之有愛錐刀者以舉是科爲悅者也有爭尋常者以登乎朝廷爲悅

者也有慕權貴之位者以將相爲悦者也有樂行其政者以理天下爲悦者也然則舉甲乙歷科第固爲末而已矣得之不加榮喪之不加憂苟成其名於遠大者何補焉然而至於感知之道則細大一矣成敗亦一矣故亦（集無此字）曰其受德者不待成身而後拜賜然則幸成其身者固末節也蓋不知來求之下者不足以收特達之士而不知成身之末者不足以承賢達之遇審矣伏以閤下德足以儀世才足以輔聖文足以當宗師之位學足以冠儒術之首誠爲賢達之表也顧視下輩豈容易而收哉而其樸野昧劣進不知退不可以言乎德不能植志於義而必以文字求達不可以言乎才秉翰執簡敗北而歸不可以言乎文登場應對刺謬經旨不可以言乎學固非特達之器也忖省陋質豈容易而承之哉叨冒大遇鑱累高鑒喜懼交爭不克寧居竊感荀罃如實出己之德敢希豫讓國士遇我之報伏候門屏敢俟招納謹奉啓以代投刺之禮伏惟以知己之道終撫薦焉不宣某謹啓

文苑英華卷第六百五十九

登仕郎胡　柯　鄉貢進士彭　叔夏　校正

文苑英華卷第六百六十　啓十

投知三

上杜司徒啓一首　上淮南李相公啓一首

上門下武相公啓一首　上李相公啓一首

上宰相求杭州啓一首　上宰相求湖州啓三首

爲堂兄愷求澧州啓一首

上杜司徒啓　劉禹錫

某啓一自謫居七悲秋氣越聲長苦聽者誰哀湯網雖疎久而猶詿失意多病衰不待年心如寒灰頭有白髮惕厲之日刹於退藏是以彌年不敢奏記近本州徐使君至奉手筆一函稱謂不移問訊加劇重復點竄一無客言忽疑此身猶在門下收紙長想欻（集作欣）然感生尋省遭罹萬重不幸方寸之地自不能言求人見諒豈復容易伏蒙遠示且曰浮謗漸消況承慶宥期以振刷方今聖賢合德朝野多歡澤柔異類仁及行葦萬族咸悦獨爲窮人四時平分未變寒谷自同類牽復又已三年側聞衆情或似哀歎其材略無取廢錮是宜若非舊恩孰肯留念六翮方鍛思重託於扶搖孤桐半焦冀見收於煨（集作灰）燼伏紙流涕不知所言謹啓

上淮南李相公啓　前人

某啓某聞以昧於周身措足危地駭機一發浮謗如川巧言奇中別白無路祝網之日漏恩者三咋舌兢魂分終爲壤豈意天未剿絶仁人登庸施一陽於剥極之際援衆溺於坎深之下南箕播物不勝昌言危心鍛翮係是自保陰施之德已然乃聞受恩同人盟以死答私感竊抃積于窮年化權禮絶孤志莫展今幸伍中牽復司存宇下伏慮因是

記其姓名謹獻詩二篇敢聞左右古之所以導下情而通比興者必文其言以表之雖甿謡俚音可儷風什伏惟降意詳擇斯大幸也謹因楊子程留後行謹奉啓不宣謹啓

上門下武相公啓　前人

某啓去年本州吏人自蜀還伏奉示問兼賜衣服繒綵等雲水路遥緘縢既厚恭承惠下之旨重以念舊之懷熙如陽和列在緗（集作湘非）簡苦心多感危涕自零驚（集作鷩）神驛思若侍穎枝伏以聖上注意理本銳求國楨念外臺報政之功追宣室前席之事重下丹詔再昇黄樞群情合符和氣來應況八柄所在三人同心叶台座之精膺俊傑（集作保材）之數談笑於規隨之際從容於陶冶之間物皆由儀人識所措某久罹憲網兀若枯株當萬類咸悅之辰抱窮途終慟之苦清朝無絳灌之列至理絶椒蘭之嫌此時不遇可以言命嗟乎一身主祀萬里望枌榆之鄉高堂有親九年居蠻貊之地從坐之典固有等差同類之中又尋牽復頃在臺日獲奉準繩指吏途於棲讖導文律於章奏藻鑒之下難逃陋容炎凉載移足見真態自違間左右沉淪遐荒歲月滋深艱貞彌厲緬思受譴之始他人不知屬山園事繁孱懦力竭本使有内嬖之吏供司有恃寵之臣言涉猜嫌動礙關束城社之勢函矢紛然彌縫其間崎嶇備盡始慮罪因事闕寧虞謗逐跡生智乏周身又誰咎也伏以趙國公頃承顧遇之重高邑公夙荷見知之深雖提挈不忘而顯白無自蓋以求貞之際皆在外方雖得傳聞莫詳本末特哀黨錮亟形話言自前歲振淹命行中止或聞輿論亦愍重傷伏遇相公秉鈞軸已自賀儻重言一發清議攸同使聖朝無錮人大冶無廢物自新之路既廣好生之德遠彰羣蟄應南山之雷窮鱗得西江之水指顧之内生成可期伏惟發膚寸之陰成彌天之澤迴一瞬之念致再造之恩誠無補於多士（集作事）之時庶有助於陰施之德無任懇悃之至謹啓

上李相公啓　前人

某啓去年國子主簿楊歸厚致書相慶伏承相公言及廢錮愍色甚深哀仲翔之久謫恕元直之方寸思振淹之道廣錫類之仁遠聆一言如受華袞自不窺牆仞九年于兹高卑邈殊禮數懸絶雖身居廢地而心恃至公伏以相公久以訏謨參于宥密材既爲時而出道以得君而專令發於流水之源化行猶偃草之易習强伉者自納於軌物困杼柚者咸躋於仁壽六轡在手平衡居心運思於陶冶之間宣猷於魚水之際然能軫念廢物遠哀窮途嗟哉小生有足悲者内無手足之助外乏強近之親爲學（集作何爲）苦心本求榮養得罪由己翻乃貽憂捫躬自劾媿入肌骨禍起飛語刑極淪胥心因病怯氣以愁耗近者否運將泰仁人持衡伏惟推曾閔之懷憐烏鳥之志處夔龍之位傷屈賈之心沛然垂光昭振幽蟄言出口吻澤濡寰區昔者行葦勿傷枯骼猶掩哀老以出幣愍窮而開懷無情異類尚或嬰慮顧惟江干逐客曾是相府故人言念材能誠無所取譬諸飛走庸或知恩嗚呼以不駐之光陰抱無涯之憂悔當可封之至理爲求廢之窮人聞弦尚驚危心不定垂耳斯久長鳴孔悲腸迴淚盡言不宣意謹啓

上宰相求杭州啓　杜牧

某啓某於京中唯安仁舊第三（英華作二）十間支屋而已長兄慥罷三原縣令閑居京城弟顗一舉進士及第有文章時

名不幸得痼疾坐廢十三年矣今與李氏孀妹寓居淮南並仰某微官以爲糇命某前任刺史七年給弟妹衣食有餘兼及長兄亦救不足是某一身作刺史一家骨肉四處安活自去年八月特蒙奬擢授以名曹郎官史氏重職七年棄逐再復官榮歸還故里重見親戚言於鄙微（集作識）已滿素志自去年十二月至京以舊第無屋與長兄異居今秋已來弟妹頻以寒餒來告某一院家累亦四十口狗爲朱馬縕作由袍其於妻兒固宜窮餓是作刺史則一家骨肉四處皆泰爲京官則一家骨肉四處皆困謀於知友曰杭州大郡今月滿可求欲干告吾相以活家命以爲如何皆曰子七年三郡今始歸復相國知子必欲次弟叙用子今復求刺史得不生相國疑恠乎某荅曰是何言歟某惟恃吾相之知始敢干求今天下以江淮爲國命杭州户十萬稅錢五十萬刺史之重可以殺生而有厚祿朝廷多用名曹正郎有名望而老於爲政者而爲之某今官爲外郎是官位未至也前三任刺史無異政聞於吾相是爲政無取也今若得遂所求非惟超顯兼活私家某若不恃吾相之知而求之是狂躁妄庸人也墜井者求出執熱者願濯古人以此二者譬喻所切也某今所切是墜於絶壑而衣掛于樹抄覆在鼎中下有熱火而水將沸與古所喻則復過之輒敢具疏血誠上干尊重冀垂恩憐或賜援拯慺慺丹懇不勝惶懼懇悃之至謹啓

上宰相求湖州第一啓　前人

其啓人有愛某者言於某曰吏部員外郎例不爲郡子不可求假使已求慎勿堅懇至于再三荅曰某雖不學按六典令式及諸故事全（集作多）無此例國史復無賢相名卿懸之以爲格言此乃急於進趨之徒自爲其說若以例言貞元初故相國盧公邁由吏部員外郎出爲滁州近者澧王傅李凝爲鹽鐵使江淮留後豈曰無例人曰盧事太遠李爲擢用此不足徵某曰不知今者視之古事在書取爲今證遠自三代兩漢近至隋氏國初尚可援引況前十五年名相故事反不足爲例乎況盧公邁止以骨肉寒餓求守滁陽非如某以親弟廢痼寒餓仍之是盧公有一某有二與盧公所切復爲不同仲尼曰雍也可使南面今刺史古之南面諸侯行天子教化刑罰者江淮鹽鐵留後求利小臣校量重輕與刺史相懸求利小臣乃可吏部員外郎爲之十萬户州天下根本之地曰吏部員外郎不可爲其刺史即是本末重輕顛倒乖戾莫過於此某弟顗世胄子孫二十六一舉進士及第嘗爲上裴相公書遒壯温潤詞理傑逸賈生司馬遷能爲之非班固劉向輩疊疊之詞流於後輩人皆藏之朱崖李太尉迫以世舊取爲浙西團練使巡官李太尉貴驕多過凡有毫髮顗必疏而言之後謫袁州於蒼黃（集作惶）中言於親吏曹居實曰如杜巡官愛我之言若門下人盡能出之吾無今日李太尉在袁州顗客居淮南牛公欲辟爲吏顗謝曰荀爽爲李膺御以此顯名今受命爲幕府下執事御李膺矣然李公困謫遠地未願仕官牛公歎美之聰明儁傑非尋常人也某自省事已來未聞有後進名士喪明廢棄窮居海上如顗比者今有一兄仰以爲命復不得一郡以飽其衣食盡其醫藥非今日海内無也言於所傳聞亦未有也自古言喜莫若號國太子以其死而復生言懇莫若申包胥求救於秦七日七夜哭聲不絶某今懇如包胥但未哭耳若蒙恩憫特遂血懇其喜

也不下號太子詞語煩碎頻干尊重足及軒闥神驚汗流不勝憂恐懇惘之至謹啓

第二啓　前人

某啓某幼孤貧安仁舊第置於開元末有屋三十間而已去元和末酬償息錢爲他人有因此移去八年中凡十徙某居奴婢寒餓衰老者死少壯者當面逃去不能呵制止有一豎戀戀憫歎挈百卷書隨而養之奔走困苦無所容庇歸死于延福私廟支拄欹壞而處之長兄以一驢游丐于親舊某與弟顗食野蒿藿寒無夜燭默念（集無念字）所記者凡三周歲遭遇知己各及弟得官文宗皇帝改號初年某爲御史分察東都顗爲鎮海軍幕府吏至二年聞顗病眼暗無所覩故殿中侍御史韋楚老曰同州有眼醫石公集劒南少尹姜沔喪明親見石生針之不一刻而愈其神醫也某迎石生至洛告滿百日與石生俱東下見病弟于揚州禪智寺石曰是狀也腦積毒熱脂融流下蓋塞瞳子名曰內障法以金針旁入白睛穴上斜撥去之如蠟塞管蠟去管明然今未可也後一周歲脂當老硬如白玉色始可攻之某世攻此疾自祖及父某所愈者不下二百人此不足憂其年秋末某載病弟與石生自揚州南渡入宣州幕至三年冬某除補闕石生自曰明年春眼可針矣視瞳子中脂色玉白果符初言堂兄慥守潯陽泝流不遠刺史之力復可以飽石生所欲令其盡心此即家也京中無一畝田豈可同歸遂如潯陽四年二月某於潯陽北渡赴官與弟顗決執手哭曰我家世德汝復無罪斯疾也豈遂痼乎然有石生慎無自撓其年四月石生施針九月再施針俱不効五年冬某爲膳部員外郎乞假往潯陽取顗西歸顗固曰歸不可議俟兄慥所之而隨之會昌元年四月兄慥自江守蘄某與顗同舟至蘄某其年七月却歸京師明年正（集作七）月出守黃州在京時詣今虢州庾使君問庾（集有使君二字）眼狀庾云同州有二眼醫石公集是一也復有周師達者即石之姑子所得當同周老石少其（集作有）術（集作甚）深妙似石不及某常病內障愈于周手豈少老間工拙有異某至黃州以重幣卑詞致周至蘄周見弟眼曰嗟乎眼有赤脉凡內障脂凝有赤脉綴之者針撥不能去赤脉赤脉不除針不可施除赤脉必有良藥某未知之是石生業淺不達此理妄再施針周不針而去時西川相國兄始鎮揚州弟兄謀曰揚州大都爲天下通衢世稱異人術士多游其間今去值有勢力可爲父安之計冀有所遇其年秋顗遂東下因家揚州與顗一相見別八年矣坐一室中不復有再生意住三十日而西臨岐與決曰此行也必祈大郡東來謀汝醫藥衣食庶幾如志近聞九疑山南有隱士綦毋弘者人言異人能愈斯（集作異）疾忠州豐都縣有仙都觀後漢時仙人陰長生於此白日昇天今聞道士龔法義年逾八十精嚴其法人之所謂有前世負累今世還以痼疾者奏章於上帝能爲解之刺史之力二人或可致是以去歲閏十一月十四日輒獻長啓乞守錢塘蓋以私懇有素非敢率然言念病弟喪明坐廢十五年矣但能識某聲音不復知某鬢已半白顏貌衰改是某今生可以見顗而顗不復能（集作能復）見某矣此天也無可奈何某能見顗而不得去此豈天乎而懸（集作懇 非）在相公若小人微懇終不能上動相公相公恩憫終不下及小人是日月下親兄弟終無相見期況去歲淮南小旱衣食益困目無所覩復困於衣食

即海內言窮苦人無如顗者今敢以情事再書懇迫上干尊重伏料仁旨必爲憫惻然其早衰多病今春耳聾積四十日四月復落一牙耳聾牙落年如七八十人將謝之候也今未五十而有七八十人將謝之候蓋人生受氣堅強脆弱品弟各異也堅強者七八十而衰脆弱者四五十而衰其不同也亦與草木中蒲柳松栢同也其今生四十八年矣自今年來非唯耳聾牙落兼以意氣錯寞在群衆懽笑之中常如登高四望但見莽蒼大野荒墟廢壠悵望寂默不能自解此無他也氣衰而志散眞老人態也自省人事已來見親舊交遊年未五十尚壯健而死者衆矣況其早衰敢望至六七十而後死乎聞未死前一見病弟異人術士求其所未求以甘其心厚其衣食之地其若先死使病弟無所不足死而有知不恨死早湖州三歲可遂此心伏惟仁憫念病弟望某東來之心察其欲見病弟之志一加哀憐特遂血懇披剔肝膽重此告訴當盛暑時敢以私事及政事堂啓干丞相治其罪可也伏紙流涕俯俟嚴命不勝憂惶激切之至謹啓

第三啓　　前人

某啓某去歲閏十一月十四日輒書徵懇列在長啓干瀆尊重乞守錢塘以便家事自歎精誠不能上動相公不遂私便伏以病弟孀妹因緣事故寓居淮南京中無業今者不復西歸遂爲淮南客矣病孤之家假使旁有強近救接庇借歲供衣月給食日問其所欠闕尚猶慼慼多感無樂生意況乎爲客於大藩喧囂雜沓之中無俸祿之氣勢食不繼月用不給日閉門於荒僻之地取容於里胥遊徼之輩部曲臧獲可以氣陵凨侵又不能制止所可仰以爲命者在三千里外一郎吏耳復有衣食生生之所須悉多欠闕欲其安活而無歎吒悲恨不可得也去歲伏蒙恩念出於私曲語今青州鄭常侍去吏與一官必任東去某承受仁旨不敢不重以錢塘吏塵視聽今自動曹擢爲廢置在某更授一官巳榮遇矣在相公必任東去之言鏘然在耳近者累得來書告以羇旅困乏聞於他人可爲酸鼻況於某心豈易排遣今年七月湖州月滿敢輒重書血誠再干尊重伏希憐憫特賜比擬某伏念骨肉悉皆早衰多病常不敢以壽考自期今更得錢二集作百萬資弟妹衣食之地假使身死死亦無恨湖州三考可遂此心湖州名郡也私誠難遂也不遇知巳豈得如志瀝血披肝伏紙迸淚伏希殊造或賜濟活下情無任懇悃惶懼之至謹啓

爲堂兄慥求澧州啓　　前人

某啓庫部家兄昨者特蒙獎拔却忝班行實以聽聞稍難不敢更求榮進今在郢州汨口草市絕俸巳是累年孤外生及姪女堪嫁者三人仰食待衣者不啻百口脫粟蒿藿纔及一飡伏蒙仁恩頻賜顧問必許援拯授以涔陽話於闔門無不感涕伏以相公上佐聖主蔚爲元勳恩隨風翔德與氣游雖一物之微四海之大鎔造所及罔不得宜伏念庫部家兄承一顧之恩二紀不替伏恐機務繁重不時記憶心迫情切輒敢重干尊嚴戰汗憂惶伏地待罪謹啓

文苑英華卷第六百六十

登仕郎胡　柯　　鄉貢進士彭　叔夏　校

文苑英華卷第六百六十一　啓十一

投知四

爲張周封上楊相公啓　李商隱

其啓某聞不祥之金大冶所惡自衒之士明時不容斯實格言足爲垂訓然或顧逢伯樂但服鹽車聽屬鍾期不調綠綺阜壤搖落老大傷悲同劉勝之寒蟬効子綦之枯木貝刃跆鼠弁世行關揚名其價乏球琅譽軒鄉由粗霑科第薄涉藝文錐不穎於囊中水竟深於山上淹留蓮幕（一作侯國）栖託（一作祗事）戎麾揷羽佩鞬從相公於關右束書載筆隨校尉於河源自北徂南已秋復夏心驚於急弦勁矢目斷於高足要津而又永念弊廬空餘喬木月（集作山）中桂樹遠媿於幽人日暮柴車莫追於傲吏捋鬚理鬢霜雪呈姿弔影颺音煙霞絕想徒以相公遠郭世故容在恩門存趙氏之孤受梁生之禮竽將濫吹石有參瓊咳唾隨風眄睞成飾追惟疇曩曾是逢迎蜀郡登文翁之堂上國醉曹參之酒吹噓盡力撫愛形顏雖以捧承莫能銜戴況許之高選光彼官情以曲臺之任用猶輕憲署之發輝方盛仍期官牒不越歲時今則節邁白藏候臨玄律鸞雖戀主馬亦嘶風郭伋還州尚不欺於童子文侯校獵寧爽約於虞人苟四時之信是乎亦一諾之恩斯及況自元和已後公侯冢嫡卿士子孫與之同時歷然可數莫不翔蹌鳥道泳出龍津或並命南臺或迭居青瑣金朱照耀軒蓋追隨某雖忝伊人亦惟（集作惟共推）華胄比王謝之子弟誠有重輕在嵇呂之交朋夙嘗連接而獨分光隣女貸潤監河野鶴天麟絕比倫於朝右騶參短薄困擬議於軍前竊聽重言嘗與深歎是以願馳蹇步誓奉光塵儻或厠錯薪之斯翹詠歸荑於自牧少窺上路試睨重霄擊水三千暫隨鵬運澄流十二免使魚勞猶能賛敘變調謳謌鎔範廢無雅拜以累於君公不使繁聲見憂於仲子心（集作仁）懷右（集作台）席夢結邊城寓尺牘而畏達空函寫丹誠而慙非健筆仰望恩顧下情無任攀戀感激惶懼之至

爲李貽孫上李相公德裕啓　前人

月日從姪某官某謹齋沐裁誠著于啓事跪授僕者干獻于司徒相國叔父閤下某伏遠牆藩亟踰年籥抱（英華作挹[illegible]）徽音於故器雖賞遂時遷竊餘潤於奧雲亦情由類至中阿弭節末路增懷況吟易失之時悵望難邀之會石崇著引徒顧思歸殷浩裁書其如慕義伏惟相公丹青元化冠蓋中州羣生指南命代先覺語姬朝之舊族莊武慙顏敘漢代之名門韋平掩耀歲（集作將）隣三紀克佐五君動著嘉猷行留故事陶冶於無形之外優游於不宰之中始者主上以代邸承基琅邪纘業明發不寐懷清廟之景靈日晏忘飡念蒼生之定命爰徵元老允在寶臣五載于茲六符斯炳頃單于故境（集作地）獯鬻遺疆屢緣喪荒亟致携貳夙沙自縛其主冒頓忍射其親遂去北邊欲事南牧既赫斯而貽怒乃密勿以陳謀管氏將來屢發新柴之井留侯每入

便(集作更)聞借箸之籌全師(集作舉帥)受成中樞獨運前軍露板方事於羽馳清禁壽觴旋聞於月捷仍其貴種慕我華風或辨姓寫誠推諸右校或釋兵伏(集作服)義列在周廬潞子離狄而春秋書徐夷朝周而大雅詠其餘膺鷙鳥散風去雨還亘絶漠以銷寃委窮沙而喪膽胡琴公主已出於襜襤毳幕天驕行遺其種落(集作瀌酪)向若非薛公料敵先陳三策充國爲學當(集作晝)通四夷則何以雪高廟稱臣之羞全肅祖復京之好此廟戰之功一也惟彼參代(疑作伐)實興皇家天漢美名方之尚陋春陵王氣比此非多而物衆藏姦地寬長孽敢起在行之衆因興逐帥之謀遂使起義堂邊台臣夙駕晉陽宮下逆豎宵奔翻(集作月■)勢將冀於連雞勇鬬尚同於困獸詎知長筭已出奇兵金僕蠠鉒靡留於旬朔簑輿貫朽巳集於都街此廟戰之功二也而潞寇不懲兩豎之凶徒恃三軍之力干我王略據其父封表熙因累葉之資衛朔拒大君之詔人將自弃鬼得其(集作醮)誅蛙覺井寬蟻言樹大招延輕險曾微(集作衞■)吳國之錢藏匿罪亡又乏江陵之粟所謀者河朔遺事所恃者巖險偷生今則趙魏俱攻燕秦(集作齊)併入奉規於帷幄遵命於指蹤亞夫拒吳鶩東南(英華作西■)而備西(英華作南■)北韓信擊魏艤臨晉而渡夏陽百道無飛走之虞一縷見傾危之勢計其反接當不踰時是則陳曲逆之六策(集作奇)翻成屑屑葛武侯之八陣更覺區區此廟戰之功三也孤(集作三)寇行靜萬方率同將盪海騰區夷山拓宇高待泥金之禮雄專瘞玉之辭烟閣傳形華車就國盡人臣之極分煥今古之高名況又奉以嘉聲諧茲國檢傳文賜粳遠箴醉飽之徒晏子朝(一作辭)衣横勵輕肥之俗比周息慮孤介歸仁紹續勳家扶持舊族囷容私謝皆事公言景風至而慶賞先行仲呂叶而賢良必遂豈直杜伯山之令子大邑傳榮陶彭澤之孤孫西曹受署重以心游書圃思託文林提(英華作緹■)抱於絶藝之場班揚掃地鞠旅於無前之敵江鮑輿尸(集作棺)故矯枉(集作在)則黃台(德裕有黃冶賦　英華作竹■)之賦興游道則知止之篇作詞窮體物律變登高文星留伏於筆間綵鳳翺翔於夢裏此固談揚絶意報(集作傲)効何階若某者徒預宗盟早塵清鑒而行藏遷貿岐路差池今將抽實吐誠推心叙款緘(集作感)猶未寫詞已失煩(集作繁)其爰自弱齡實抱孤操寒郊映雪暑草搜螢雖有謝於天姿或無慙於力學庾持奇字(陳庾持傳好爲奇字　英華誤作屢持寄字)信未皆通敬禮小文頗常留意大和中敢揚微抱竊獻短章方侯明誅忽蒙復命荆州一紙河東百金叨延月旦之評長積竹林之戀竟以事將願背蹇與身期離索每多交攀莫遂武陵被病洛表求醫未及上言先蒙受代肩輿而至杜門以居蓬翟荒涼風霜迅厲今巳稍痊美疢獲託休辰彀鈞體亂尚能爲郡馬卿疾罷猶可言文退無井臼之資進乏交朋之助是以徘徊軒幄託附緘封冀陳蔡之及門厠江黃之列會敢渝孤直仰累清光東浪驚年西飈結欷矢(英華作交■)心佩賜畢命銜輝道阻且躋書不盡意金楹假蔭望同相賀之禽珠岸迴光庶及不枯之草明懸肝膽唯所鑪錘干冒尊嚴伏用兢灼謹啓

爲舍人絳郡公上李相公啓　前人

其聞量力省躬典刑之深旨度材任事聖哲之良規其雖甚愚頗嚮斯義屬者謬圖(集作從)仕進因藉時來伏值相公顧以外藩夙通於契憫羊曇之未立早託謝家憐康伯之無歸常依王氏拔於幽滯勵以周行遂俾(集作得)南憲中臺屢承關乏內庭西掖比辱昇遷邁越時流塵汙中旨恩渥

非次性分難移徒掌侍從之榮莫有論思之効竟使懼因福過疾以憂成外雖全人中抱美疢常願青蒲瀝懇紫殿披誠進退未聞過累仍積及正名綸閣收跡翰林尋願（集作欲）竊俟休旬拜伏（集作伏拜）蕭屏謝昔年之朝獎杼他日之私誠而機事且繁燮和少暇齊沐累至肝（集作肺）腸莫從旋屬虜帳夷氛壼關伐叛絳臺北控有元戎大集之師鄭國東臨過列鎮在行之衆任當調發事屬供須豈斯擇材皆在非據周旋二郡綿歷兩霜頒宣詔條祗暢（集作惕）廟畫雖無咎悔亦之殊尤（集作功）今幸以四海無塵九州嚮化靈臺偃伯衞室歸尊是修明禮律之初舉拔俊賢之始而鄭之爲地右臨梁苑左倚成皐比之列藩實爲劇郡山東望族幾同屈景之強洛邑頑民甞雜萑蒲之聚永言出牧豈易其人而又孔道所因使車旁午送迎或闕則怨讟流詞館餼稍求（集作乖）則職司謗（集作貽）辱託之全器猶或難居矧在朽材寧宜久處其伏思自隨宦（集作官）牒遽忝恩榮位至圭符寵當金紫或筋骸無苦心志有餘即豈願踞熊軾以告勞指隼旟而辭疾直以攝生寡妙舊恙無痊儻或形言懼塵清聽每朝昏改候霧露潛威則或至問俗有違在公多廢坐爲尸祿行有愧顏而又貪盛明之時有婚嫁之累未敢高論止足直乞退休是以輙疏情誠上干陶冶伏惟相公雲龍叶應舟檝呈功比屋可封期於屈指一夫不獲固以動心如蒙曲鑒深誠猥從志願置之他所以遂其愚（集作宜）則吳楚列城江關別郡（集作部）雖居隣佐亦委緝綏獲安病躬豈敢擇地猶希磨淬鉛鈍撫養疲羸積以歲時少裨塵露伏惟試賜恩照圜減帶緩鬢稀弁傾首然向風目極心往下情云云

爲絳郡公上李相公啓　　前人

某少悲羈屑不承師友之親（集無此字）覩晚學文章粗致鄉曲之名（集無此字）譽謬汙官秩遂彯華纓握蘭清曹視草禁掖貪叨過極憂責匪寧早爲寒暑之（集作所）侵頗染（集作有）肺腸之疾自頃以慶雲結蔭宸極係心當就望以推誠於煎調而寡裕前歲伏蒙任使奉遠承明值朝廷興問罪之師原野有宿兵之餽絳城甚苦鄭驛匪遙（集作完）加之以降虜移鄉仍之以貴臣銜命飛輓之外將迎寔繁旁奉廟謀上遵詔旨動繫調發居勞撫安抱疾以臨爲日斯久伏幸姦兇克乂濡澤橫流是大朝陟降（集作黜陟）之初良冶埏鎔之始此郡路通四境名冠六雄軒蓋已來原野交錯（集作午）萑蒲有聚武吏貽憂雖清時無杼軸之虞而常日有逋懸之賦必在假之賢守屬以強材然後清（集作謐）詠克興公私不廢豈可使某素兼痾恙本乏良能久於是邦以主東道饋餼將藥歐並進假牒以公案相隨含意不言貪榮是罪相公漢籌始運殷鼎將調度材任官歸於至當存誠愛（集作受）物決在無頗竊敢自託緘封遠干樽俎俯期恩意（集作旨）以保衰微且某運偶昌期年初知命豈不願臨劇郡稍冀榮途但以力有所不任心有所不逮雖欲勉強實憂敗傾彼吳楚偏鄉非舟車要路永言凋瘵亦藉緝綏儻特降優容遙聞擬議則朽質有報恩之所羸軀收曠位之譏宿疢或痊理劇未晚伏惟試賜裁度嚮風披懇服義陳詞仰台耀以瞻輝望洪鈞而佇惠干冒尊德（集作雄）伏積兢惕謹啓

爲絳郡公上史館李相公啓　　前人

其啓伏以秉大鈞者以物得其所爲先執大化者以材適於任爲急將以致理在明命官使輕重合宜大小（集作小大）有裕然後人稱其職職無廢人此相公之所以（集無此字）明知也其材

術素寡聲光莫聞叨偶承平謬登華顯洎分符竹使絶籍金閨一授專城再易灰琯且解巾臨郡前賢攸重一麾出守昔人所榮雖積戀於本朝實俯光於單緒況又此州管叔舊國帝鴻遺墟接彼巘嶢浸以京索聚山東之右族通雒表之宸居内揣非才頗榮斯(集作所)任而復以通莊所自假道攸繁載惟餞迓之勞實半須宣之務必屬於壯齒付彼全人用以責功僅能集事某早年被病晚歲加深衣袴無取於絜清藩溷動淹於景刻徇已則坐隳物務業官則立致蕭衰願(集作欲)俱濟於公私實加憂於寤寐坐(集作矧)兹仍歲適有外虞降卒征人旬時併集飛芻輓粟星火爲期以此疚心彌深舊恙今寰瀛大定雨露霶流高步翰飛一呼而至雲羅場藿萬里無遺將謂斯人以求良牧得才爲美今也其時儻蒙允賛聰明曲聽奏記俯憐衰苶稍賜優容則亦不敢便掛簪纓遽離鑪(集作陶)冶江呉偏郡襦袴須人無根節之難少舟車之會俾之養理使得便安庶粗致人謡以酬廟筭則其所謂材有稱職時無廢人凡在官途皆仰時化伏惟試賜恩察違離漸久刺謁未由昔在丘門嘗忝四科之列今瞻曾史將期一字之恩下情無任感戀兢惶之至

為絳郡公上崔相公啓　前人

某啓某本洛下諸生東莞(集作山東)舊族粗霑科第薄涉藝文謬籍時來因成福過青縑赤管已忝於華資(集作清華)黃紙紫泥仍叅於宥密相公早容薄伎獲寄光塵別殿朝迴禁林夜直每披襟素常賜語(集作話)言知蔣琬之爲公敢矜先見哀馬卿之多病亦辱來言圭律未遐銘鏤斯在相公鹽(集作羹)梅調味舟(集作川)檝濟時晉水擒兇(集作捽)都蕩梗以不剛不柔貞百度以無偏無黨定九流若其者實有何能可叨出牧絳田已非厥任榮波轉過其材間歲已來爲政非易有南遷之降屢有西出之成師資扉所供饑牽之備未嘗造次敢殆躬親今梟獍掃除馬牛歸放將使坐臻富庶必先用得材能此地名高六雄實控東道分憂之寄自昔爲榮況在疎蕪敢忘涯分但以輶軒巠至賦貢川流非唯撫字之難兼有送迎之遽舊痾加甚朽質難堪假故稍頻曠廢爲懼又以官游既久故里多違陶令之田園將蕪尚平之婚嫁未畢顧惟羈絆未可歸休竊敢遠疏丹誠上干清重匪獨祈恩於時宰實將誓款於已知儻蒙以然諾爲心誠明濟物垂憂不逮賜議所安則吳楚之間郡邑不(集作非)少非(集作不)當衝要或異膏腴使之(分)須條庶可求瘼一昨賊平之後啓事尋成氷霜始嚴筆札未暇又伏慮内庭曩顧稱已推遷外郡寓詞頗乖流品況吟有日鬱悒經時今則情素坐煎驅馳行久若猶緘默是負陶甄伏惟曲賜恩鑒誠懸書殿戀積台階比殷浩之空函情同事異望孫弘之東閤竃往形留下情不任感戀兢惶之至

為韓同年上河陽李大夫啓　前人

某啓某材術空虛行能無取因緣慰薦蒙記姓名劉弘一紙之榮方斯未重季布百金之諾比此猶輕昨者李涿侍御此來又蒙降以重言將之厚意望輝光而便同簪履在負荷而何啻丘山況其婚姻早聯門館外舅以列藩之故家人延自出之恩重疊依投綢繆顧遇東床坦腹早以愧於郗公朱邸曳裾復欲階於謝掾儻復清風時至丹慊獲申實於生前識其死所伏希恩詧

為賀拔員外上李相公啓　前人

某啓某聞被彩飾於無用之姿斯須或可垂休光於不報之地始卒收難至有馬疲而尚報輕軒席弊而猶存華幄推仁則極備用無聞雖有切於戀思宜自量其涯分嗚呼某者今甚類焉翰柔莫申語苦難聽聊憑牋素用（一作寫）肺腸伏惟少齋尊嚴猥賜披省某伏思早歲仰累深知龍尾貽譏敢通交契牛心前啗實媿時才世故推遷年華荏苒葭灰檀火屢變於寒暄靈濟泥涇遂分於清濁羇離管札僶俛絃歌名汙柳營顏慙花縣竟以千金乏產三逕無歸初服莫從迷津亟問屬者伏幸相公羙梅調味川檝濟時起塌翼於衝風活枯鱗於亂轍登諸蘭署轄彼芸臺閣移文語薛夏而無取東南才子並張率以何能未報前叨旋承後顧版圖被召花幕分榮牧駑駘於阜棧之中刻蚣蟠於樂懸之上勢高足跌道泰身屯未竭私誠已嬰沉痼況某素無靈氣夙昧攝生乏單豹養內之功闕王吉實下之効湫底莫適節宣失中然猶深願待年少酬厚德三醫畢訪百藥皆投竟非无妄之災莫見有瘳之候瀕於九死負彼十旬取煖則煩加寒必痢髮寧支弁帶不成圍謝述心虛方茲未逮田光精竭比此猶強豈可尚占職員但尸俸入久塵物議且速殘骸況相公職統溥達時登衆寡任崇棪比務繫孤終（見圖語）職是賔僚豈宜虛曠固不可下私微物曲降深慈憫將盡於桑榆妨得材於杞梓是以推枕興感攝衾占辭願申斂跡之期以贖曠官之咎祇聽裁旨用息兢惶必也舊履流恩遺簪結念（集作歎）恤以孀孤非少婚嫁未終不使衰羸便辭祿仕致乎外地睎以末光未乖念録之仁稍減憂慙之累亞尹諸府別乘近郊負荷無差饘餬有繼則猶冀逢十全之藝近一日之生重登門墻再就埏埴是所願也非敢望也詞多力殆感極（集作深）涕（英華作成）繁避席承言未卜曹參之侍封函抒款畏遺殷浩之誠（集作書）瞻望清光實動魂守伏惟特賜憂察

爲同州任侍御上崔相國啓　前人

憲啓憲質異楚材寶同燕石重以覊丱即丁憫凶瞻遺構以闕然不堪多難奉成書而未就無處求生藐是流離屢經寒暑逮于（集作乎）既冠猶恤無家叨承師友之規獲忝簪纓之列此皆相公推孔李之素分念國高之舊家鏤朴雕頑披聾抉瞶沐膏雨以令植假順風而使飛不然則安得獲驪龍之珠假獬豸之角榮皆過望感豈勝言而猶悵望下風徘徊高義望賀燕以難去撫棲烏而不寧者葢以相公以伊皐之事業佐大君以揚馬之文章輔昌運一登宣室遂借前籌以有征無戰之方彰明下武以永逸暫勞之勢恢拓中華不舞梯幢不鳴金鼓復數千里之沃野刷十五聖之苞着彼圍穀而穀人不知入鄭而鄭啤皆哭方茲決勝彼有多慙今百職聿修五工（集作九功）咸叙萬國佇登封之禮五山傾望幸之祥鰈至鶼來茅歸楛入馳湯驟夏轢漢陵周若憲者雖不能行舞舜戈坐耕堯壤至於獻千載河清之序裁二王助祭之詩歌詠相庭發揮帝載則其志願亦或庶幾伏希孫閤時開鄭茵多恕克懋山公之德終全趙氏之孤擁篲瞻門封函即路苑沙宮樹雖吟左輔之風煙良夜慶霄唯望中台之晷度感恩撫已誓志投誠仰惟輝光終賜埏埴下情無任感激攀倚惶戀之至

爲舉人上翰林蕭侍郎啓　前人

某啓某聞師曠之琴不皷之則無以召玄鶴揚義之石不用之即無以聘應龍物既有之言亦由是伏惟侍郎學士

絪縕降秀翕闢資華天上比方但有文星粗爾人間擬議未將泰華爲然爰自妙齡遂肩名輩當時人物何戰唯劾於褚公邇日風流杜乂難方於衛玠加以弘成與石郭璞傳毫渙水儻來皆逢藻繪荆峯若至只有璆琳合沓縑緗縱横筆硯三都作序不勞皇甫士安萬乘爲僚只有東方曼倩況從近歲且有外虞傅介子在樓蘭國中奇功未就班仲叔於玉門關外報命猶賒雖太平之業已隆而震耀之威尚作侍郎又綢繆武帳密勿皇闈九地九天之兵寧因舊學七縱七擒之術固已玄通用視草之工解按劍之怒手爲天馬心繪國圖九重之中暫煩前箸萬里之外輙敢衡車位誠在於論思功已參於鎮撫圖書之府鼎鼐之司伊咎懸遺帳（集作爲恨）之誠憂説貯妨賢之媿載惟後命夫豈踰時抑某又聞之昔管仲經邦賓客有二周公待士吐握皆三邴丞相之車茵寧彈醉客平津侯之賓館不礙布衣並脂粉簡編冠纓圖史後之披卷皆若昇堂侍郎美譽滂流高節彌折擔簦者成市躡屩者如雲此乃前賢後賢不殊軌轍往哲來哲非異門牆縱燕有黄金之臺齊爲碣石之館料其棟宇必已荒蕪若某者陋若左思醜同王粲鬚眉不及於崔琰腎腹無預於鄭玄若值庭蘭固多慙德如逢巖電不望齊名重以惠劣禰生專非董氏殊顔回之易鑄若宰我之難雕徒欲萬卷咸披且乏五行俱下叨從歲賦勉致文編户户醬甌唯聞見辱人人覆曰不肯留題再困於魚登一匭於鴈序（其長兄兩舉及第）然天付直氣家傳義方雖在顓蒙不苟述作廣絶交之論抑有旨焉移太常之書非無（集作敢）爲也頃者曾干閽侍獲拜堂皇既容納之有加遂希望之滋甚爾後以毛傷崇（集作榮）彈鱗損任鈞拔剌不遷喻隅無暇既乖受教便以經時今孝秀貢（集作爰□）來風霜已積秦人屢出自欲焚舟楚卒數奔誰教拔旆是以更持魚目當夜肆以沽諸復挈豚蹄祝天時之未已義誠多媿志亦可憐儻蒙猶枉鉛華更施丹雘俾其恩地不在他門雖不及采（集作衰疑作榱）椽備枝梧於大厦亦庶乎稊米增流衍於神倉與夫九九之能（集作推□）猶或萬萬相遠誠深詞切聲急響煩仰郭泰之龜龍望仲尼之日月濡毫伏紙億萬常心干冒尊威伏用戰灼謹啓

文苑英華卷第六百六十一

登仕郎胡　柯　鄉貢進士彭　叔夏　校正

文苑英華卷第六百六十二　啓十二

投知五

上白相公啓　薛逢

某啓某聞杞梓居林掄材必藉其良匠驊騮伏皁發跡用章於圉人將假激揚必先紹介如某者關中士族海內窮人幼遭憫凶壯知傳導南窮海裔北濟河源勤苦一經栖惶三紀家門版蕩亡惠子之五車風樹哀纏痛虞丘之三失加以元昆厄(一作抱)瘵孀妹無家同氣六人半歸泉壤嗟乎郭氏之昆多殄顏生之室屢空縱白首粗霑一名或終身不知五味凶衰荐及沉痛可知往往晝眠及昏夜坐達曉長安甲第羅列九衢朱門大開欲往誰訴因大中四年冬蒙相公念以苦心拔授館職期於旦暮必使奮飛旋遇羌冠犯邊相公北討風雲一失流落十年尉萬年而郎祕書宰西畿而紏東洛几所莅守皆立涓塵但以時尚佻浮不熟根本以親庶務者爲俗吏以能矯枉者爲令人聲名看門簿高低流品出人家子弟豎置童騃擠排老成遂使清貫華資蔑聞於擬議塗趍坌走久困於風塵自相公每(疑作再)秉鈞衡重開鑪冶私門相慶如春發榮山妻斂衽而前曰不以詞賦擬高科以詩篇達天聽以政事取章綬以孤直沉下僚今相國司徒公鼓鑄元和疇庸品物風俗日益厚太階日益平是懷才抱器之人雲飛羽化之秋也何尚悒悒於蓬茅者乎於是整某之冠急某之帶驅策僕御促某出門仍授某洛下所著百篇再拜祝而送之曰飛龍在天雲雨闐闐賢相秉鈞倫方序圜時哉時哉君其勉焉某離鞍拜賜超乘而出茫茫(一作茫洋)然而又不知其所自平生坎壈難自梯媒進退囁嚅終莫上達亦猶魘者夢逐聲愈哀而言愈不宣足愈勤而身愈不進孤影無援危燈在旁幽憂旅魂逼迫中夜獨能振臂呼而寤之者唯相公乎伏惟明誠燭兩耀大信鈞四時綱維設而天地開陰陽順而風雨若一物失所如推諸隍某所以滌慮嚮風齋心卜日細將肝膽具以(一作再具)披陳伏惟念以迷邦釋之網罟幸甚

每自握朝鏡潛窺壯猷恭守門風不敢墜地或秉秋搏擊或載筆芟夷或獻替而定否臧或從容而備顧問儔諸流輩亦不後人誠知自衒自媒士之醜行但以日暮途遠倒行逆施若俟涉級循涯必慮填溝委壑而又搜尋志尚爰及成人役思慮者三十年著詩賦者千餘首雖不足誇張流輩亦可以傳示子孫豈料尚與麽弟小兒蹴踖中途而爭先後抑又聞哀音入耳達者動容伏惟示以長途指之中道俾入懷之鳥重明憂漢之心曳尾之龜再有巢蓮之望不獨銜環報寶矯印酬愉必能當場效剋敵之功灼骨獻非熊之兆伏以國政初畢機務尚繁敢罄腹心先致門闌僭越之罪無所逃刑伏惟俯賜省覽百生幸甚百生幸甚不宣謹啓

上崔相公啓　前人

某啓某聞擁腫之材動乖於繩墨琤瑽之韻自合於宮商雖觀聽以由人實否藏而在己所以困驥見稱於伯樂焦爨（一作桐）取譽於伯喈咸發跡一時垂芳千祀某自開成建號則執藝求知跡忝及門名叨中選或緣情序美移時而變導再三或體物達誠一席而稱揚數四遂使聲華振耀諠動華流桂折高枝名登上第但以依仁歲久軒墀之桃李成陰趍屏年深門巷之椅桐暗老徒蒙陰覆莫自根牙良辰幾何玄鬢倏改伏惟相公推名意切錄舊情深朝宣一言夕濟千里俾平生志業不負於辛勤向者恩知果成其遠大生死幸甚生死幸甚頻將偃蹇屢瀆堦墀日暮途遥誠堪憫念

上翰林韋學士啓　前人

學士文山援俗嵩華讓其孤標學海無邊乾坤以之涯涘優游仙署偃息禁闈筆灑王猷硯涵天澤成霖而雨露非遠吐氣而虹蜺坐舒流品群倫衣冠仰其衡鏡扶持大厦社稷思其棟梁不有伊人孰爲邦彦某頃因章句獲達門牆雖大匠剪拂之間多慙擁腫而貧女鉛黄之飾豈讓娉婷故得桂枝先攀楊葉高中始謂陵躍出泥滓指顧生風雲嗟乎九仞將成而一簣莫前三年欲飛而長風不借顧影增歎誰將晤言當（疑作嘗）闡通義相公爐冶新開陶甄是切儻閤下猶傷墜履（一作屨）終許掃門信執鞭之亦爲奚指蹤而不可方今選限猶遠官秩未期伏希度以短長擇其任用上可以考校書府下可以羽儀戎藩庶竭駑駘稍裨萬一聊將肝膽輒自梯媒躁進之辜不敢逃責

上令狐相公啓　温庭筠

某聞丘明作傳必授宣尼王隱著書先依庾亮或情優國士或義重門人咸托光陰方成志業抑又聞弃菌微物尚軫晉君壞刷小姿每干齊相豈繫効珍之飾蓋牵求舊之情某邴第持囊擧車執轡旁徵義故最歷星霜三千子之聲塵預聞詩禮十七年之鉛槧尚委泥沙敢言蠻國叅軍纔得荆州從事自頃潘床無鏡儉府侶■弓戴經稱女子十年留於外族嵇氏則男兒八歲保在故人藐是流離自然飄蕩叫非獨鶴欲近商陵嘯類斷猿況鄰巴峽光陰詎幾天道如何豈知蕞陋之姿獨隔休明之運今者野氏辭任宣武求才儻令孫盛縑油無慙素尚蔡邕編録獲偶貞期微迴謦欬之榮便在陶鈞之列不任覦冒彷徨之至

上崔相公啓　前人

某聞石苞鬻賤早遇何曾魏武尊高猥知徐晃其後咸成間氣訖立鴻勳能令簡冊（一作素）增輝亦俾鐏彝動彩則道惟熙載皆資甄藻之時德邁賡歌必用搜羅之道是以皇綱克序茂範咸凝某荆氏凡材雕陵散質謬傳清白實守幽貞嬰闡彎弓何能中鵠五門用賦尋恥雕蟲常患荒蕪殊非挺拔依劉薦禰素之梯航慕吕攀嵇全無等級分甘終老莫有良期既而竊仰洪鈞來窺皎鏡墳壚下土敢望頒形甕盎碩姿寧希鑒貌豈謂不遺孤拙曲假生成拔於泥滓之中致在煙霄之上遂使龍門奮發不作窮鱗鸎谷翶翻（一作翮）終陪逸翰此則在三恩重吹萬功深空乘燮律（一作捷）之機未得捐軀之兆豈可猶希鼓鑄更露情誠伏念良馬嘶風非甘伏皂饑鷹刷羽終耻棲籠誠知叅養之恩頗有飛翔之志而又專門有暇曾習政經閉户無營因窺吏事既辨張湯之鼠深知子産之魚書劒彷徨年光倏忽徒思効用無以爲資儻蒙再翦董風仍宣厚澤庶

使晏嬰精鑒獲脱於在途騣蕞微班得昇於收器纔聞謦欬便是扶揺

上首座相公啓　前人

某聞舉不違宗得於王濬近因其族聞自謝玄雖通人與善之規亦前哲睦親之道某謬忝華緒得庇餘陰固已鯉庭蒙翼長之恩阮巷厚心期之許遂得還肌改骨擁本揚英則窮鳥入懷靡求他所羈禽繞樹更託何枝昨者膏壤五秋川塗萬里遠違慈訓就此窮棲將卜良期行當杪歲通津加歎旅舍傷懷相公河潤餘津雲行廣施調羹之味末及宗親育物之餘希沾幼弱儻或假一言之甄發隨百蟄之昭蘇庶令葛藟之陰拘疑作均其煦育椒聊之實遂彼扶踈成鍾儀操樂之規寬顧悌拜書之戀下情無任

上宰相啓二首　前人

某聞日麗于天洪纖必及月離于畢枯槁皆蘇斯則推披疑作彼無私彰於大信苟關於宰匠咸仰以生成其或潤接西郊流金未已光承北陸豐蔀猶深則亦分作窮人甘爲弃物歲華超越京洛風塵忽爾號咷非同阮籍泫然沾灑不爲楊朱略忘醜冒之辜唯以哀矜爲主伏念三餘簡墮六尺伶俜臨濟輝華昔懸陳榻洛陽羈旅今造膺門已驚於自葉流根敢望於裒多益寡但以謝家故墅事屬臨川陸氏先疇名還好畤同氣雖均於昭泰連枝或累於榮枯是以更就洪鈞來呈瑣質雖戴逵之弟志尚無聞而何準之兄恩輝已遍豈宜苟希河潤更望餘波投驥尾以容身執豚蹄而望歲然則跡同永疑作水子賁巢山郎梓柱雲楣獨居蝸舍綺襦紈袴已卧牛衣若乃清旦問安長筵稱壽貂璫必集少長俱來膏沐之餘則飛蓬作鬢銀黄之末則青草爲袍莫不顧影苞羞填膺茹嘆儻或王庭辨貴許厠九疑京縣坐曹令懸五色校於同列未越彝章則衛館孤遺常聞出涕山陽舊曲不獨傷心誓將居必在勤行惟難後潛知寄託所望於江州必效忠貞得酬於吏部無任皇懼之至

二

某聞仁祖乘流先知彦伯張憑植棹整值劉惔豈唯俄頃遭逢抑亦初終汲引當其羈游臨汝旅泊丹徒遐思謦欬之音杳絶煙雲之路苟無直道將委窮途何異於懸水揚音九弄有潺湲之曲嚴霜戒節兩欒含清越之儀某融襟蟻術遷跡龍門三千子之聲塵曾忝講席十七年之鉛槧夙預玄圖而性稟半癡機無兩可牧羌羝而寡術舉舜鳳以無緣使何準之兄皆爲杞梓戴逵之弟獨守蓬茅至于詞苑辛勤儒林積習自期燕笥不媿秦臺伏以相公周輅輪轅虞琴節奏早振經邦之業果敷華國之姿伊尹安危本同於兆庶淵源晉殷浩字淵源唐人避諱以深字代淵此猶存舊字行止必繫於興衰既而放跡戎軒遺榮畫室劉尹秣陵之柳尚有清風邵公陝服之棠空留美蔭竊聞謡詠即付樞衡是以負笈趍塵羸粮載路願奏書於台席思攀履於侯門儻張禹尊高猶爲戴榮說禮鄭玄嚴毅便令服慎聞詩敢歎朝飢誠甘夕死加以旅途勞止末路蕭條不無悽惻之懷豈只羈離爲主仰瞻旌棨如望蓬瀛不任懇迫之至

爲人上裴相公啓　前人

某聞疲馬依風悲皆感土秋鷹厲吻飢即投人能知豢養之恩頗識歸飛之兆是以臺御瀝懇先告孫賓越石棲身

唯親晏子觀賢達始終之趣察古今行止之規必有良知願諧依託其伶俜弱植憔悴孤根詞林無渙水之文官路乏甘陵之黨每持踈拙乆謝紛華既而曳屐侯門經時不遇牽裾憲府越月而昇九衢獨愧於迷津五省纔霑於掌庾相公初締鄭棟甫潤殷林寧知蕞陋之姿首在陶甄之列拔於郎吏委在絃歌元日縱囚殊無異政清晨探賊未報殊恩豈期遽露情誠猶煩鼓鑄近者私門集舋同氣貽災孀幼流離關河緬邈涙變萇弘之血髮同園客之絲萬里魂銷孤燈弔影蓋生人之大痛行路之同悲泉壤長辭何緣取決人琴併絶不得申哀端居則有愧簪纓乞告而曾無事例又以孔懷酷遠先塋非遥永言龜筮之期遂在蟈鳴之月儻解其所任契彼私心絶靦冒於官曹獲優游於教義孤誠所願九死如歸其或念以艱虞難於罷免亦有虛閑散秩不漏於幽微終鮮之悲無慙於顯晦伏增哀迫懇款之至

上鹽鐵侍郎啓　前人

某聞珠履三千猶憐隊屨金釵十二不替遺簪苟興求舊之懷不顧窮奢之飾亦有河南撰刺徵彼通家號略移書期於倒屣志亦求於義合理難俟於言全某嘗蒯九姿郛滕陋族釋耕耘於下邑觀禮樂於中都然素勵顓蒙常耽比興未逢仁祖誰知風月之情因夢惠連或得池塘之句莫不冥搜刻骨默想勞神未嫌彭澤之車不嘆萊蕪之甑其或嚴霜墜葉孤月離雲片席飄然方思獨往空亭悄爾不廢閑吟強將麋鹿之情欲學鴛鸞之性遂使幽蘭九畹傷謡詠之情多丹桂一枝竟攀援之路斷豈直牛衣有涙蝸舍無煙此生而分作窮人他日而唯稱餓隸頃者萍蓬旅寄江海羇游達姓字於李膺獻篇章於沈約特蒙俯開嚴重不陋幽遐至於遠泛仙舟高張妓席識桓温之酒味見羊祜之襟情既而哲匠司文至公當柄猶困龍門之浪不逢鶯友一作谷之春今者俯及陶鎔將裁品物輒申丹慊更竊清陰儻一顧之榮將迴於咳唾則陸沉之質庶望於騫翔永言進退之塗便決榮枯之分如翩翻賀鷰巢幙何依觳觫齊牛疊鍾將遠苟難窺於數仞則永墜於重泉空持擁篲之情不識叫閽之路不任懇迫之至

上封尚書啓　前人

某跡在泥塗居無紹介常思激勵以發湮沉素禀顓愚夙躭比興因得誅茆絶頂薙草荒田默想勞神冥搜刻骨遂使崇朝覽鏡壯齒成衰暇日欹冠玄髮一作鬢變白妄將蕪非來貢文明伏遇尚書秉甄藻之權盡搜羅之道誰言凡拙獲預恩知華省崇嚴廣庭稱獎自此鄉閭改觀瓦礫生姿雖楚國求才難陪足跡而丘門託質不負心期一旦推轂貞師渠門錫社顧惟孤拙頓有依投今者正在窮途將臨獻歲曾無勺水以化窮鱗俯念歸黃猶憐弃席假劉公之一紙達彼春卿成季布之千金霑於下士微迴咳唾即變昇沉羇旅多虞窮愁少暇不獲親承師席躬拜行臺輕冒尊嚴伏增惶懼

投憲丞啓　前人

某聞古者窮士求知孤臣薦拔或三歲未嘗交語或一言便許忘年奇偶之間彼何相遠則運租船上便獲甄才避雨林中俄聞託契此又無由自致不介而親者也某洛水諸生甘陵下黨曾游太學不識承宮偶到離庭始逢种暠懸蘆照字編葦爲資遂竊科名纔沾禄賜常恐澗中孤石

終無得地之期風末微姿未卜棲身之所侍郎議（一作義）合機象望逼台衡每敘群才常推直道昨者播齊丘里撰剌膺門伏蒙清誨垂私溫言假煦內惟孤賤急被輝華覺短羽之陵飇似窮鱗之得水今者方祗下邑又隔嚴扃誰謂避秦翻同去魯佇見漢朝朱博由憲長以登庸願同晉室徐寧因縣僚而遷次下情無任

上裴舍人啓　前人

某自東道無依南風不競如擠井谷若泛滄溟莫知投足之方不識棲身之所孫蒿百口繫以存亡王尊一身困於賢佞伏念濟絕氣者命爲神藥起僵屍者號曰良醫自頃常奉緒言每行中慮猥將瑣質貯在弘衿今則阮路興悲商歌結恨牛衣夜哭馬柱晨吟一發徘徊九門深阻敢持幽款上訴隆私伏以舍人十一兄法上聖之規行古人之道俯勤中外不陋幽沉迹在層霄足有排虛之計身居大輪寧無拯溺之方伏在庭除希聞謦欬下情無任

上蕭舍人啓　前人

某啓某聞孫登之獎嵇康驟茂之逢叔向蓋亦仙凡自隔豈唯流品相懸雖三秀靈（一作鮮）華終難苟得而一言輝發因此相期曷嘗不仰企前脩追懷逸躅豈期陋質偶竊貞規某器等缾筲居惟嶺嶠徒然折簡非孔門之詞率爾中科忝劉蕡之第殿硎協律頃因同籍遂及論交竊示衷（一作裏）言奉揚嚴旨張司空汲引先及陸機楊丞相銓衡竟遺劉炫實亦義同得祿榮甚登門伏以舍人川瀆降靈星辰効祉所冀陶鈞之日不忘簪屨之餘報不先期竊比齊門座客情非自外欲爲顧氏家丞徒自捐軀安能報德下情伏增依託

上學士舍人啓二首　前人

某聞七桂（闕）希聲契宜符於淥水兩孽孤響接玄映於清霜感達真知誠叅神妙其有不待奔傾之狀寧聞擊考之功亦有芝砌流芳蘭扃襲馥已困雕陵之彈猶驚衛國之弦而暗達明心潛申讜議重言七十俄變於榮枯曲禮三千非由於造請始知時難自意道不常艱某茍鐸搖車邕琴入爨萎悴信（闕）人之末摧殘膳宰之前不遇知音信爲弃物伏以學士舍人陽葩搴秀夏菜含章靜觀行止之規已作陶鈞之業遂使枯魚被澤病驥追風永辭平坂之勞免作窮途之慟恩如可報雖九死而奚施軀若堪捐豈三思而後審下情無任

二

某步類壽陵文慙渙水登高能賦本乏才華獨立聞詩空遵詣道在蜀郡而唯希狗監泝河流而未及龍門常嗟美玉在山但揚異彩更恐崇蘭被逕每隔殊溱（一作榛）徒自沉埋誰能攀擷一旦彫於敏手佩以幽襟免使琳慙寧貽蕙歎潛虞末路未有良期今乃受薦神州爭雄墨客空持硯席莫識津塗既而臨汝運租先逢謝尚丹陽傳教取（一作㦸）覔張憑輝華居何準之前名第在冉耕之列俄生藻繡便出泥沙誰言獻輅車軨先期畢命猶懼吹竽樂府未稱知音儻更念毛輶終思翼長贖彼在途之厄仍遺生芻脫於鳴坂之勞兼貽半菽平生企望終始依投不任感恩干冒之至

上杜舍人啓　前人

某聞物乘其勢則嘒紀畫塗（王褒傳忽若彗氾畫塗英華誤彗氾作嘒紀）才突於時則荷戈入棘必由賢達之門乃是坦夷之逕是以陸機行止唯繫張華孔闓文章先投謝眺遂得名高洛下價重

江南唯彼歸美同於拾芥某弱齡有志中歲多虞摸孝綽之詞方成賤奏竊仲任之論始解言談猶恨日用殊多天機素少撥牛涔於巨浸持蟻垤於維嵩曾是自强雅非知量李郢秀奉揚仁旨竊味昌言豈知沈約扇中猶題拙句孫賔車上欲引凡姿進不自期榮非始望今者末塗悵悵羈官蕭條陋容須託於媒揚沉痼宜蠲於醫緩亦嘗懷鉛信史鼓篋遺文頗知甄藻之規粗達顯微之趣儻使閤一作閣中撰述試傳名臣樓上妍蚩暫陪諸隸微迴木鐸便是雲梯敢露誠情輒干牆仞

上吏部韓郎中啓　前人

某識異旁通材無上伎幸傳丕訓免墜清芬衡軛相逢方悲下路弦弧未審可異前朝郭翻無建業先疇嵇紹有榮陽舊宅故人爲累僅得猪肝薄伎所存殆成鷄肋分陰屢轉尺澥難收仲宣之爲客不休諸葛之娶妻怕早居唯數畝不足棲遲智効一官靡能沾沃荒凉散杜流寓窮途高堂之養社難充下澤之津蹊可見竊以弃菌懷舊尚動深仁投釣言情猶牽末契敢將幽懇來問平衡昇平相公簡翰爲榮巾箱永秘頗垂勤奬未至陵夷儻蒙一話姓名試令區處分鐵官之瑣吏厠鹽醬之常僚則亦不犯脂膏免藏縑素豈惟窮猿得木涸鮒投全然後幽獨有歸永託山濤之分赤蟻疑作赫曦無耻免干程曉之門進退彷徨不知所喻

文苑英華卷第六百六十二

登仕郎胡柯　鄉貢進士彭叔夏校正

文苑英華卷第六百六十三　啓十三

投知六

投前夏口韋尚書啓一首　投禮部鄭貟外啓一首
投永寧李相公啓一首　投湖南王大夫啓一首
謝崔舍人啓一首　投湖南于常侍啓一首
謝大理薛卿啓一首　投祕監韋尚書啓一首
上太常房博士啓一首　投鹽鐵裴郎中啓一首
投蘄州裴貟外啓一首　投同州楊尚書啓一首
河中辭令狐相公啓一首　投鄭尚書啓一首

投前夏口韋尚書啓　羅隱

某啓某今月二日輒以近文一通上憑閽侍辭違既久僣越是虞勤蹇步以戴恩捨醫門而奚適伏念隨計渚宮之日求聞漢浦之年王儉望高芙蓉比幕陳琳筆健瑇瑁爲簪因矜窺豹之能遂竊登龍之舉習池侍讌峴嶺從游許之以向者爲文頗勝張詡戒之以偶然成事恐似李滂其後歲月煎熬輪蹄頑禿僅逾十上幸免一鳴角羸而只有困時矢盡而未知降處聞者尚書理兵夏汭栽柳武昌文聘江山粗資吟玩費禕欄檻聊奉登臨某此時嘗駐征橈仰趨畫戟方欲扣洪鍾而待教指墜屨以明恩而疾恙所牽依投不暇伏枕而初甦數蹇揚帆而竟歎途窮今則潁水政成旋爲故事中台位缺已副急徵風雲將騁於康衢神鬼肯論於宣室輒預提勃簺先立丘牆雖哲匠掄材固須良木而洪鍾許叩豈獨兼金謹啓

投禮部鄭貟外啓　前人

某啓某前月十八日輒以所爲惡文上干嚴重尋嬰疾劣遂曠門牆伏以皎鏡無私雖容屢照醫門多病應惓施功

忍隨翔鳥之姿，更望不龜之術。其滄州拾釣，紫陌迷塵，徒欲信書，不能知命，道薄而魚腮易曝，計踈而鳧脛難加。所以𪗋戚扣歌，不唯長夜；魏舒對策，近至中年。丹霄無獨上之期，雙驥有相輕之色。而負外芝田養秀，桂苑摘華，口裏雌黃，旋成典故；座中蕤白，早避風流。敢因誘善之初，仰冀噓枯之便。儻一擲華陰之土，聊拭蘚文，則數外（漢書作斗）涇水之泥，永依清濟。謹啓。

投永寧李相公啓　前人

某啓：某去今月三十日獲遂起居。伏以黃閣尊崇，雖容展敬；白衣卑賤，不敢興言。今則輒於隕穫之間，聊舉證明之事。晉代則司空試劒，漢朝則丞相開牛。彼或以頑滯幽姿，或以疲駑下乘，猶能動搖至化，感達深仁。而況生稟五常，早知恩義，跡居十等，不至輿臺。伏思癸卯年中，維揚城畔，謝傅裂土疆之日，羊公分節制之時。珠履瑇簪，朝盈望府；雞香豸角，暮出行臺。轉輸則萬井魚鹽，統御則九州侯伯。當事務重難之際，是籌謀閑暇之初。南國佳辰，長聞賦詠；東山勝賞，屢見篇題。為教化之笙鏞，作經綸之緣繪。所以漢陽計吏，得詣軍門；厭次狂生，叨蒙客禮。憫之以轉蓬之質，安之以負米之心。進趨獲奉於麾幢，俸入仍資於甘旨。其後何武捧詔平陽，趣裝參佐廨中，方虞浪跡新城棣下，忽受溫言，嗟其未了之身，勉以難遷之性，且憐色目，猶可發揚。其是以不揣狂愚，重萌躁妄，出則祝趙衰之日，永冀流暄；入則禱傅說之星，唯希借耀。今者風雨得生成之候，鑪鎚外鼓鑄之司。郭令軍前，潛抽妓樂；崔寧城外，暗毀池臺。登庸之時序未遂，反旆之鎡基已兆。若某者族惟單緒，藝即中流，旋以佩服殊私，緘藏厚旨，假昆蟲而稟信，指簪履（屢一作）以輸懷。竊以浪遏龍津，風催律管，魚皆五色，禽必九苞。揚錦鬐彩羽之姿，俟啓蟄吹葭之便。獨某行迷要路，坐守窮株，九品班資，略非親舊，六街車馬，莫接聲塵。捫心而一寸寒灰，泣淚而萬行清血。良時易失，司馬遷猶是再三；知己難逢，越石父於焉感激。相公儻或俯迴衡柄，曲賜褒稱，雖朽蠹不凋，則推常理，而孤寒無命，祗繫洪鈞。謹啓。

投湖南王大夫啓　前人

某啓：某聞元亮苦貧，姑求彭澤；戴顒多病，遂乞海虞。苟物役之是牽，亦人情而斯見。某族惟單賤，品在下中，三篋亡書，幸無漏略，一枝仙桂，嘗欲覬覦。十年慟哭於秦庭，八舉摧風於宋野。近者以調甘軫慮，負米嬰心。毛義前賢，尚猶捧檄；鯫生何者，焉可守株。勤氣馬以徐迴，解藩羊而適願。前使常侍遽憐此志，遂以奏官藉俸入於衡陽，專表章於使府。雖元瑜書記，不足愈風；而處士衣裘，未嘗換雪。斯亦寃鳥尚思於銜石，愚公猶銳於移山。尋遇大夫輟夢軒宮，吹暄楚嶠，手中扇在，何必袁宏；天上才高，寧唯公輔。閒者龍門掌貢，馬帳搜遺，泉客號咷，只憂寶盡；地靈惆悵，不覺山空。而某適限徐兵，遠留吳會，不得少將鱗驥，側望風雷。指函谷以馳誠，遙知氣紫；上蘇臺而送目，空羨河清。今者輒捧危心，來干畫戟。大夫或俯迴趙印，下煦（一作照疑避諱）韓灰，更於茶藥之中，重假勾留之便。所冀猶縻祿食，遠救朝昏，跡稍免於屢空，心尚期於妄動。百生可卜，式占郭泰之龜；一字為褒，全繫宣尼之筆。謹啓。

謝崔舍人啓　前人

某啓：某鏤冰伎短，緣木計踈。去年舍人俯念窮迷，猥垂慰薦，竟以梁危易折，氣俗難醫，負壓尾之高譚，困龍津之駭浪雖懷感激長抱憂慮今月八日見某官伏知德水迴波重霑涸鮒靈丹減粒已救傷蚍當谷鸞刷羽之秋是海鷲窺梁之日豈謂舍人未容祈禱遽賜保明樹立孤株栽培弱蔓跪聽而淚霑胷臆仰承而背負丘山而况俗漸輕訛時交勢利或朝游夕處或貴族華宗至於取事之時與能之際猶須必成桃李方許扶持若某者跡未及蕭階一作齋陳榻之嚴目未覩巢閣栖梧之瑞門寒於光逸命薄於黔婁縱饒委曲所私其柰纖毫無取必舍人知其殺青廢業二紀于兹垂白倚門一生顒望乃施陰德以慰歸心言念徘徊不知所處謹啓

投湖南于常侍啓　前人

其啓某聞淮王鍊跡於真仙含靈盡去鄒衍移暄於寒谷衆卉皆芳豈羽毛可從於霓旌豈凋枏盡蘭於葭律蓋以至道無遺於一物殊私必及於羣生某嘗佩斯言請陳丹懇闇者豹藏不穩魚躍無成逸山公啓事之書累王衍雌黃之口捫天莫及跼地興歎向浮世以傷懷拊勞生而自喟光陰不駐齒髮漸高當家貧親老之時是失一作值歧路亡羊之日淚將欲盡口不敢開直以非漢代之簪裾困晉朝之流品物彙雖逃於芻狗孤寒竟陷於蟲沙所以仰蟾桂之高高恐無仙骨覩魚鬐之歘歘忽有癡心竊希常侍從來許與之言作此改張之計俾其七郡興奏一官致之於騶叅短簿之間責之以駑馬鉛刀之用所冀內資骨肉外罄筋骸但繫受恩何須及第必若終憐薄伎尚憫前途則科號三篇判稱六節早嘗留意頗亦偪人將今晨禱祝之詞爲異日覬覦之路情雖可恕僭亦堪誅對膠柱以軫懷顧滲身而在此謹啓

謝大理薛卿啓　前人

其啓某聞宋濟之困名場空餘坦率唐衢之昇軍宴但益號咷斯人以當年不偶於良知晚歲遂成其永恨况某早將此事以戒前車志願蹉跎年光老大向秦庭而屢泣抱楚足以頻傷中閒輒以所著讒書上干閽吏近見某官伏知閤下爰哀弱植俯降深仁迴日月於壺中展方書於肘後欲使徐甲之屍必起蔡經之骨重生仰嘉音而背若負山承厚旨而身知有翼既容託跡竊敢興言某動不知機進唯招敗忌王隱之名者虞預暴蘇秦之過者張儀羣居不出一言彼則謂其矜才傲物痛飲不逾三爵彼則謂其恃酒凌人何爭名競利之場有蠹節食苗之類苟非令君側耳於車上中郎注目於亭閒則隨趙鞅以長鳴與吳祿而共朽者也謹啓

投祕監韋尚書啓　前人

其啓某月日以所著讒書一通寓于閽吏退量僭越伏積憂惶某聞樊子昭之處屠沽發光輝於許劭本傳有子昭事郭林宗之游鞏洛振聲價於符融其後物態乖訛風流委敗下有自媒之誚上無相汲之由其由是反袂興懷捫心注恨又安得不屬耳於輿人之論傾懷於長者之譚而尚書以盛名鎮乎當時以盛德傳乎奕世不欻趨於闒茸不浮泛於姦回動則致聖主而浩蒼生以爲已任靜則導沖襟而養和氣以守家聲恭惟大朝屬在吾道若某者燎薪就學擲楯攻文一則以神氣低凡不足動王侯之瞻視一則以家門寒賤不足辱卿相之搜揚十年索米於京都六舉隨波而上下永言浮世堪比多歧所以覽嵇叔夜之書則伏膺户外讀張季鷹之傳則大嚼窻閒長恐一旦月挂情衷江蘋思

起不得揖兖國山庭之相不得窺漢朝王佐之才是以重拂塵衣聊希藻鑒儻尚書以孺子可教則隨洛下之書生儻尚書以斯人若狂則訪江東之釣叟靈著神蔡唯禱所從謹啓

上太常房博士啓　前人

某啓某前月二十五日以所著讒書一通上獻近見其官某乙伏承博士曲垂題品俯及孤危某聞孫陽以一顧之恩騏驥不爲駑馬宣父以一言之重夷齊不作餓夫苟吾道之未忘諒斯人而何遠某也爇薪就學闤市成功偶不自量因思妄動捨五湖之高蹈事九陌之窮遊（一作途）爲良工不度之材爲要路不容之物所以嵇康奏樂忿魑魅以爭光劉子營生柰鬼神之相笑那言不幸一至於斯恭惟咸通之初大中之末故判南余正字以博士爲軒鏡庖刀今渭北徐端公以博士爲靈著神蔡但言薄伎合在殊私其後某則困躓於龍津博士則佪翔於鴛侶雖心祈目禱不忘斯須而天上人間憑何訊問寧知此日屬在明思（一作恩）豈一旅人之遭遇有時而二作者之語言斯中永爲負荷適足憂慙況復風訛俗敗之初轍亂旗奔之際講學則衛刀削樹論文則贏火燒人家家無相保之心處處有自媒之口而博士獨持大旆高坐危城招既散之師徒復已亡之土地顧兹隆替尤屬尊嚴某也雖賦命以多奇或因人而成事願將所贄以賀明時謹啓

投鹽鐵裴郎中啓　前人

某啓某聞大道五千所制者莫先於躁浮生七十所傷者莫甚於情其所以反袂興嗟（一作懷）支頤浩歎顧兩端而若是持萬緒以奚歸奚念齠年即偕時輩胷中馬駿握內虵靈入公孫龍之關不唯逞辯叱東方朔之御且欲獻書其後濩落單門蹉跎薄命路窮鬼謁天奪人謀營生則飽少於飢求試則落多於上東經海嶠受下館於諸侯西出劒門泣危途於丞相光景但銷於杯杓貨財不入於槖裝傳書而黃耳增勞久客而黑貂兼弊聞者郎中丹青演潤咳唾成音薦光逸之才以地寒爲累舉仲宣之賦以體弱見遺旣興奔北之懷因指在東之念江夏則鋪名池口毗陵則堰號銅墈皆有主張以生鹽米郎中儻或言泉晚浹未忘淘灑之功譚柄時迴別借齒牙之助（一作便）俾得內資柔滑外救困窮然後驅淮陰入趙之師更謀背水整秦將渡河之卒重議焚舟目禱心祈言狂意迫其於罪戾不敢逭逃謹啓

投蘄州裴員外啓　前人

某啓某月六日輙以所著讒書一通貢于客次遂歸逆旅載軫危途必恐員外以其姓氏單寒精神鈍滯汩在衆人之下遺於繁務之中其懷璧經穿壯年見志仲舒養勇何啻三年安世補亡寧唯一篋其後因從計吏遂混時人憤龍尾以不燋念魚腮之屢曝嵇康骨俗徒矜養性之能李廣數奇豈是用兵之罪事往難問天高不言去年牽迫旨甘留連江徼雖傷弓之鳥誠則惡弦食堇之蟲未能忘苦所以遠辭蝸舍來謁龍門黍谷棠陰方諧志願荷衣蕙帶不柰風霜負所業以長嗟向良工而有謂昔也松苗各性已知難進之由今則火木相生未測自焚之理謹啓

投同州楊尚書啓　前人

某啓某聞足歷屠門尚能大嚼力疲吳坂亦解長鳴而況覩棠陰教化之源入黍谷暄和之景苟不能自提由瑟直

犯丘牆則其人生爲無益之徒死作無知之鬼其樵鄉賤族釣瀨遺氓鉅下二卿素非朋執於陵一叟或與交游偶然蒙郭泰之言欻爾厲蘇秦之志遂得麥漂風雨門長蒿萊旋慕題橋因吟入洛三秋旅寓身居計吏之先萬里徒行家匪大夫之後孰謂九街浪闊雙闕雲浮姜維之膽有破時李陽之拳無下處由是潛傷鮒轍暗泣牛衣賈誼長纓雖猶自運張儀健舌亦擬何爲前窺而四海清平內顧而一身流落輒復徘徊鄭驛睥睨秦醫敢言畫虎之勤但有傷蚍之望謹啓

河中辭令狐相公啓　前人

某啓某聞歌者不繫音聲唯思中節言者不期枝葉所貴達情苟抑揚之理或差則流誕一作荒之詞亦棄而況委病鵲門之下一作外窺光龍燭之前上方於趙臺若用後漢趙岐字臺卿爲曹操孔融舉碑事則當如字或疑作壹蓋臺壹字相近亦有羊陟袁逢稱薦耳遭逢下比於陸機榮顯雖偶儻不侔於二子而輝華敢讓於伊人今則住踰負嶽之蚊去切戀軒之馬輒復重將越調更唱燕臺以爲京兆王章三冬有淚淮陰韓信一飯無門唯憂委骨窮塵敢望橫戈要路加以輕蹄逸軌猶祈公子王孫同窺萬頃波瀾各有一時顏色而某短袖難舞危絛易風禱祠則天或未從號泣則人皆不弔由是飾裝增欷攬筴興嗟指跂戟以凝神望鑪鎚之借便雖琳琅杞梓盡歸梁棟之間而藻荇蘋蘩亦戀池亭之內殷函軫念劉紙懸緘無言誓天有死銘德

投鄭尚書啓　前人

某啓某前月某日輒以所爲讒書一通貢于客次尚書俯憐羇旅遽賜霑濡既受厚恩則宜前去然則疆境有牽於感槩風烟或軫於追思所以公子亭邊重噓懦氣俟羸關畔再轉危腸何昔時有殉義之人而今日無死恩之士輒復更彈馮鋏上指膺門其也江左孤根關中滯氣強學早亡其皮骨趨時久困於風塵福星不照於命宮旅火但焚其生計徘徊末路惆悵危途覽八行之詔書空仰聖人在上詠五言之章句未知游子何之與言而幾至銷瑰反袂而自然流涕尚書蘊稷契皐夔之事業負卿軻遷固之文章入則藻鏡冰壺品量人物出則油幢瑞節控禦山河固已藏雷於伺蟄之時待蔓於驅羊之際苟有一物未登其所一夫不遂其懷亦宜上卜聰明旁摇憫惻儻或王衍之雌黃借潤仲尼之日月迴光則其人也三千里之別離免爲虛滯十五年之勤苦永有所歸發自門闌百生知感謹啓

文苑英華卷第六百六十三

登仕郎胡　柯　鄉貢進士彭　敹　校正

文苑英華卷第六百六十四　啓十四

投知七

投顧端公啓　顧雲

某啓某聞三吳詞苑不乏家聲兩晉儒林非無祖德洎風流寖薄簪紱漸稀將闡吾宗獨付全德不依華宇更託何門某遠派消流寒林一葉學由耕石才實鏤冰爰自隨計遐方觀光上國難沽聲價易掇羇愁出谷風高先摧弱羽登門浪急預返窮鱗伏念一擲漁竿四環星琯華髮灑倚門之淚遠書開隔歲之緘而又曾棄關繻空歸未得已隨律柱捨此何之今則漸偪春期將臨試藝彎弧乏勇睇鵠增憂伏以端公三翁德服儒流言爲詁訓薫枯有術肉骨多方儻蒙少借餘波微迴誕說當見長房之竹亦可爲龍則知莊叟之魚終能化羽輕瀆尊聽伏積憂惶延望音塵不勝翹企

代人上路相公啓　前人

某啓某本異仙材又非良器叨因射策偶忝決科始脫麻衣纔沾斗粟方期清慎稍竊寵榮無何不善攝生遽沈痼疾懸虵結釁（一作疹）鬪蟻成災針石屢加駕（一作衰）羸無減並相如患渴雖覺有瘳丘玄晏病風猶希可療實以彌年伏枕終日閉關嬰幼素多饘餬莫給腸燃烈火鬢染繁霜分無榮達之由敢望陶鎔之力家室以幸連姻戚合候起居伏蒙特軫襟靈深垂顧問咨嗟生業憫惻羇危許以轉銜致諸外府側聆嘉命寂聽好音扶策病躬開張淚目仰希尊旨如釋沉痾拜賜猶賒銜恩欲泣望朱門而尚遠銘丹懔以先深必也果踐王音不移金諾資糧有羨藥餌無虞然後訪三世之名醫求千金之顯效獲離枕席再服冠纓維此昇沉實繫恩德困而待問希同喘路之牛誓此酬恩願比棲囊之雀謹專奉啓起居陳謝

投戶部裴德符郎中啓　前人

某啓某聞放龜者無心覓印養雀者微意求環蓋由仁發于誠惠加於物因懷感激遂効禎祥若某者泳沼未期傷弦有日仰恩波而尚遠指雲路而猶賒欲望生成猶希憫惻實以才非辨鵠道異猶龍四海投知希逢厚遇二年求試未過先場撫螢窗而便欲灰心對鸎花而徒傷淚目加以秦吳路阻煙水程遙甘滑多違問安常闕中宵夢到星漢俄沉萬里書迴槐檀遽改而又偶師題柱竊斆棄繻期未達而不還亦捨此而何適伏以曾將薄伎叨忝殊私儻蒙尚憫枯鱗猶傷塌翼纔霑末薦便是深恩縱不能生報田文亦可以死酬宣子傾心企望瀝懇依投圓蓋低臨方輿上載苟違斯語請告神明謹啓

投殿院韋侍御啓　前人

某啓某聞千時妄動君子不爲小智大謀（一作智大謀小）兵家所忌進憂狂狷退恥敗亡詳觀躁靜之機爰（一作頗）契軍戎之事聊因牋簡假喻師徒冀憑殷氏之函用代秦庭之泣某名同膠柱用等鉛刀不思量力而行竊欲爭鋒而進洎焚舟

學海決戰名場忠（一作衷）甲不堅心城匪固兩經先牓但（一作俱）潰楚師再犯終場亦班齊騎雄鋒鈌落銳志銷磨執金鼓以無因送降旗而不暇李陵矢盡項籍兵窮歸漢懷慚還吳失計所以重噎懦氣再奮空拳欲罷不能既蘇復上將欲戒嚴文陣蹂躪議圍贖孟明奔命之辜雪曹沫敗軍之辱而我師甚寡彼敵尚強未暇爭衡空憂失律持疑不進掉鞅難前先懷納欵之誠欲有乞師之志伏以侍御身弓落鴈心劒剸犀儒囿中軍翰林盟主揮五色筆爲諸侯師出奇於文苑之中二南衡壁決勝於粉闈之内七子輿櫬儻蒙益以奇兵濟之餘勇旁麾義旝遠借雲梯使武庫戈矛皆爲我旅文山草木盡作王師苟無必勝之功甘受後期之責塵瀆清聽（一作德）伏積憂惶謹啓

投户部鄭員外啓　前人

某啓某聞柳文暢之遇王融初因雅韻劉嗣芳之逢沈約實自片辭或兩句可嘉或一篇堪獎則題於團扇寫在郊居遂使西邸流芳南朝溢美時名愈大紙價彌高今也故事具存清風盡在每因投卷竊賀伊人雖有負於斯文幸遭逢其至鑒若某者學殊半豹藝愧全牛慙無經濟之文空有悲哀之賦投竿漁浦遴跡龍津無一時暫廢討論無一日敢忘牽課誠不足揄揚大政感動知音比於雕蟲（一作蟲跡）爲文鳥跡（一作蹤）成字雖無關至理亦粗有可觀輒敢編錄荒蕪輕塵裁鑒禽中一鶚冀文舉之明知獄底雙龍庶茂先之必識儻或冰壺借潤水鏡分光知其積玉之名示以鏗金之譽一日三復非敢望於休文拂席易衣竊有期於謝混仲尼牆峻元禮門深非因咫尺之書難寫依投之懇紘哀柱促言切詞繁先甘妄進之嗤然（一作後）受自媒之責干犯明（一作名）德伏積兢慙謹啓

投翰林劉學士啓　前人

某啓某聞鄭玄之謁馬融不知不去趙壹之干羊陟未遇未休或三年常在於門庭或一日再經其牖仍蓋以此時儒學無出於馬公（一作融）當世文儒不先於羊子今所以重桴靈鼓復扣洪鍾者實存於此也某問（一作聞）不知三書唯闚五未能窺豹強欲知龍泊投棄綸竿依憑緗帙從田巴於稷下謁楊震於關西三篋之書粗知篇目一枚墜簡微識指歸棲遲雖甚於蘇秦勤苦近同於甯越時或嚴霜屆節脫葉辭枝曲突無煙幽窗有雪飛文月殿欲擬謝莊染翰蘭臺思齊宋玉實以鈍蹄龐統魯極曾參三犯龍門屢奔鯨浪玄珠難得空迷罔象之津大道多岐頗灑亡羊之泣輒塵藻鑒叨獻非辭竊自朋游或聞推許潘生擒錦巧借丹青謝氏碎金猥加流品亦復願披仙霧頻扣朱門冀遂望塵不期倒屣今則藩羝類窘幕燕同危正當羸角之時未識安巢之計輒披肝膽（一作膈）來訴融明伏以學士辯敵飛龜才雄白鳳鑒同止水公甚平衡潤菁藻於詞林薙榛蕪於義路講理則絲繩讓直發言則山嶽慙輕儻假以風雲賜之慰薦奏揚雄於漢殿始郭隗於燕臺願借吹噓豈無裨助至於斬衣畢命顧印酬恩夜盜狐裘曉開魚鑰凡於死所請以身先干犯清嚴無任殞越謹啓

又謝下第後使人存問啓　前人

某啓某聞收燼枝於烈焰必假良知出埋刃於重泉當資至鑒苟非精識孰測神功蓋由六律五音固應難審靈鋒寶鍔或未易知某不善守株妄修通刺爰從前歲秋杪去年冬初累貢菲詞上干藻鑒實以仙凡阻越流品懸殊天

上程遥人間信斷在塵寰而祝望空有精誠向雲路以存思寧通夢想近者以龍門阻浪鸎谷摧枝鱗驟傷殘羽翰零落懷鄉䧺馬正苦越吟去國鍾儀方悲楚奏誰言否極忽有泰來前日其官委訪窮居曲傳芳訊側聆尊旨跪聽玉音竊聞俯降咨嗟深垂惻惻初疑夢覺終謂風傳方當退鷁之時忽得攀龍之便伏以學士優游仙苑（一作禁）泛泳天潢覆錦高眠八花塼而譲寵含香視草五色筆以（一作而）甦神況鏤鼎思調前籌待運起骰有術肉骨多方儻蒙列在衆賓致之下舍曉彈長鋏不空効其歌魚夜取珍裘竊欲偕於盗狗下情無任攀望依託感激之至謹啓

投西邊節度使啓　前人

其啓某聞天列將星國分戎律必命英傑以專統臨故入則掌驍衛而主親兵為王心膂出則驅隼旟而駕熊軾分

國土田苟非敵號萬人謀通七德孰副擁旌之選仍當汪意之求伏以尚書勇冠山西聲聞隴右九天九地之法夜受於神姝金箱金匱之書曉傳於靈叟故得抜劒龍吼彎弧鴈驚使夷落無喧干戈盡偃邊烽息焰寒柝沉聲為天子之長城斷匈奴之右臂加以文通三變學洞九流郭璞神毫每通於夢想羅含彩羽素貯於心誠時或月滿青樓風清畫閣謝玄暉之理郡不廢謳吟杜元凱之禦戎何妨講誦而又政唯師古恩切字人利刃一揮亂繩皆理佇見鳳銜仙詔豹製牙旗長驅十乘之驍雄福致一方之黎庶遐瞻寵渥不越秋冬某稷下儒生天涯客子遠携書劒來拜旆旌識馬援之鬚眉見泰初之禮樂頻叨前席屢聽玄譚憂一夫不濟其生耻一物不登其所義形顔色煦（一作照疑避諱）發襟靈因敢覼縷血誠輕塵藻鑒必希恩察少賜知憐其射鵠無功亡羊有恨晝敬之衣裘累弊張儀之頰舌何為至於草織衡門雪封陋巷蛙鳴竈底魚躍釜中然猶講樹未休書筠不已潛修此道以俟（一作候）明時春初將謁朱門卜行上國著言利見龜告叶從徑趍沙漠而來直指旌旗之下盡披肝膈布在牋毫事迫丹誠言多直致志（一作心）同鄰女止希蘇代之餘光身類鮒魚唯冀莊周之一勺干犯清重無任兢惶謹啓

投刑部趙郎中啓　前人

其啓某聞弱水瀰瀰匪風輪而不濟丹丘懸（一作縣）邈微羽駕而何之苟非玄化之功寧造長生之境其有本無靈氣復異仙材徒勤九轉之功未識三清之路侍立於葛洪陂上願附龍鱗徘徊於緱氏山前思隨鶴馭敢傾丹赤盡寄牋毫扣德操之鼓鍾冀聞音響仰劉琨之山海庶覿高深

或覬憫憐少加披省某勾吴寒族鄒魯庸儒偶斆殺青因思拾紫捨獨繭文竿之樂預横經染翰之游一別楚山四凋秦葉進惟角觸（一作解）退則羸棲望化羽之期烏頭詎白困龍門之險魚尾將赬近者輒以荒蕪上干裁鑒實慙小道不副至公或自朋游竊聆風旨潘江陸海曲借品流繡段金聲仍加縁飾今則將臨筆陣漸逼掄材既乏先容唯憂點額紘哀杜促風勁葉危輒寫丹誠仰塵清鑒儻蒙特分餘潤微假末光朽枿生荑寒灰發焰纔沾慰薦便是輝華酬恩豈止於捐軀効德願同於異類迴眸顧印庶竊比龜靈四代五公請先於雀報

投陸侍御啓　前人

其啓某聞河南器賈本為能文紀（一作渭）北推袁曾因善賦或以年將弱冠或以才越衆流縣是拔自後生寘諸前席

高擅洛陽之價雄專倚馬之名故能爲文苑之美譚作儒家之盛觀若某年將逾誼才不及宏論乏過秦詩殊詠史徒修通剌莫偶深知加以故國三千青霄九萬但抱羇離之苦暑無騫翥之期陶元亮之揮毫只思歸去庾子山之染翰空有悲哀近者不自揣量輒懷狂狷累緘巴唱來叩郢門螢近燭龍敢言芒耀鶵親威鳳方耻羽儀近自朋游竊聆風旨每承譚論常借丹青免貽覆甕之譏叨枉擲金之譽此皆情深誘掖意在維持迂洛下之名華徑容攀附記吳中之氏族常所接聯令申孔李之交許入原嘗之舍且知逢晏子屈則宜申媒遇蹇脩醜而思嫁所以更傾幽抱來訴融襟宋王雄風必加吹煦謝莊明月終借光輝獲居七十之間便是百生之忝干犯清德伏積憂惶謹啓

上池州衛郎中啓　前人

某啓某聞哲匠搜材不遺於櫰楠至公選士無間於蒿萊苟求其文行高明豈計其人材仄陋故王襄之臨益部首薦郡人杜密之理太山先推縣吏咸齒公侯之爵秩鬱爲文學之宗師若某者早寓樂郊實爲編籍數間螢牖猶存於去歟江邊一葉漁舟尚繫於還珠岸下頃者不量名分學亂纖緗足履春闈肩隨貢士爭先路狹角力材微伏膺於孔硯江毫終愧於秦楚一作鷄遼豕加以中堂千里丹禁九重空吟招隱之詩誰買長門之賦寒同冰子久迷溫燠之途窮類偶人更軫漂流之歎伏念自隨鄉薦便託門牆每以蕪詞常干藻鑒必謂秉持刀尺流品生徒豈期來暮興歌亂繩思理旋提郡竹俄擲省蘭寧知出刺之邦又是維桑之地伏以郎中含香望重覆錦才高輟自南宮出臨偏郡池魚官犢既濟於公私綸閣瑣闈已形於僉矚其近

得弟霄狀報竊知曲荷獎勸俯念孱微深嘉羇越之辛勤仍憫酈生之落魄大垂恩煦下蔭宗親兒童知激勵之風骨肉感饘餬之賜伏以秦吳阻隔江嶺縈迴不獲奔走階庭拜陳感激隨車在御空懷軾下之態無翼陵虛更羨旟邊之隼

上池州庾員外啓　前人

某聞陳太守之獎善先自郡人鄭司農之受知始從鄉佐欲使恩隆薄俗化起儒門年代雖遷風流常在某者樵蘇賤品桑梓遺民識昧機先智唯人下陳於器用則匏瓠興譏列在宮商則齊竽致誚徒以幼知經訓長辨義方偶近纖緗遂捐耕釣披經閱史無怠於光陰雪牖螢窗每加於懸刺至於論都叙別歎逝悲秋假烏有以交譚擬子虛而發論偶以書籍得句聊因起草成篇陸海郭江亦常聞慮宋風謝月素所縈心縱不及於前修時見推於同輩爰自東書辭楚懷刺遊秦求試春官昇名貢士投暗而終多齟齬乘機而本乏梯媒纔犯龍津旋悲鶂退且桃花浪峻難前短翮纖鱗蘋葉風高預返蹂翎弱羽雖臣衡游官未及十年而卞氏傷嗟俄經再刖迴翔輦下求索闕中橫戈而未忍先降掉鞅而猶思更戰竊念秦舟已艤敵在不還蜀柱曾題途窮未返而又戀深陟岵悲重倚門父子棲遲鄉閭共笑蘇秦羇旅骨肉相疑儻蒙特降文符稍存庥庇纔聞顧眄便是恩榮使魯鄰知敬孔丘楚市不陵韓信謝郎中楚端公皆曾投謁遂忝眷知近聞有使還家便令附狀訴言名姓實辱獎憐非敢越趄妄邀聲援

上翰林劉侍郎啓　前人

某聞皎鏡當懸無疲屢照華鍾在簴不阻頻鏗其有飾貌

前來橫蓬直進思投朗鑒願聽洪音孔室高深前遠仲由之懇羊門峻阻難傳趙壹之懷所以載託牋毫用爲紹介某吳門釣者闕里儒徒捨詹何獨繭之綸學楊子雕蟲之伎慕顓孫之干祿效車子之聚螢西過許昌空吟景福東游鄒魯欲擬靈光時或風入楚臺雪飛梁苑偶然成詠忽爾盈篇是用歷韓鄭之門庭學楊衡之刺謁刻舟琢木未擬迂踈鑿枘攻堅難方齟齬以至兩臨文陣俱挫筆鋒東郭先生將逃濫吹步兵校尉欲泣窮途然亦默聽時謡頗聞通論以爲蔡中郎之末顧則竹棄柯亭張司空之見知則劍辭圓室以時方濟會物有窮通須因甄藻之時冀別沉淪之所求諸作者不在他人是以某月日輙貢菲詞上干英盼以侍郎學士作時儀鳳爲國元龜學海波瀾常融沉瀣情田壟畝曾稔耕耘屬詞則麗藻怡春視草則文星鎮動言能振蟄勢可燃灰儻蒙垂一顧之恩出陸沉之所平生進退決在指蹤干犯清嚴無任惶懼企望之至謹啓

上鹽鐵路綱判官啓　前人

某聞積塊爲龍猶能致雨攻堅作鳥亦善因風此皆出自巧心營於敏手被之鱗甲假以羽毛纔離土木之形便達陰陽之理當其入用猶或濟時況其跡忝人曹名殊物類瞻雲望畢粗識晦明指月看箕常知動息實以曾親筐篋強學進趨人非冠玉之儀賦乏披砂之譽澗松遲茂隴蘖難芳重趨孟門再困先浪以至萍漂陸海蓬轉九衢大子生涯唯餘四壁楊雄家產不過十金然猶染翰自強草玄無怠克己唯修其直道潛心將俟於已明一作知必有英賢寧無濟會自叨將陋唱再黷沖襟螢爝太陽敢言芒耀鮒游滄海方愧眇微豈期俯惻湮沉深垂汲引吐丹青於金口誇姓字於同心榮耀既多鐫銘倍切今則俯臨文陣方假詞鋒失水多虞傷弦易怯輙披肝肺更訴融明儻蒙少借餘光微均美蔭庶使因風託便不謝於冥鴻假霧成斑無慚於隱豹塵黷清鑒無任攀望延佇憂懼之至謹啓

上右司袁郎中啓　前人

某聞仙翁遲術叱石爲羊方士呈能結巾成兔苟神靈之必至亦變化而何難其有欲改前蹤須憑異術徵諸事跡或可比倫如某者稷下庸儒吳中單緒爰從幼稚竊慕摶鵬思積學以干時欲代耕而求祿俄拋釣艓遂履名場朝無九品之親業有三餘之苦楊子雲之詞賦自愧雕蟲丁敬禮之文章人嗤畫虎邊蓬易斷路權難芳頻傷肅殺之威未識陽和之力窮棲家遠旅宿衣單望鶚長踈懸鶉屢弊況復吳波瀉淥秦巘堆青懷橘莫從採蘭多阻大書一去玄律方還蝶夢初迴凉宵已文恨淚泉湧愁腸火煎數奇而只自傷身語苦而何人傾耳竊想曾披仙霧獲拜仁風煦以温和借其光彩或終以陸沉興念再惻傷懷顧假雲雷偶蘇幽蟄豈可使鷄鳴函谷只美馮諼龍躍天衢獨傳文舉儻德鄰而義合寧古有而今無遐想音徽無任懇迫遥瞻紫氣希傳尹喜之書更詣朱門重奉張湯之刺謹啓

文苑英華卷第六百六十四

登仕郎胡　柯　鄉貢進士彭　叔夏　校正

文苑英華卷第六百六十五　啓十五

雜啓上

答趙王啓　庾信

其啓仰承張幕全韓連營上地澠池置陣解鄧禹之圍函谷開關削王元之印鋒旗朝上刀斗夜鳴彌雄壯士之心足起横行之志況復才人出娉還得賢夫塞外有夫人之城軍中有女子之氣都尉青旗即時春色將軍大樹巳復花開雲氣浮壘流星汎梳細舞長歌横簫直笛當乎（一作千）此時青雲之上信不學無術本分泥沉忽逢天造搜揚仄陋今者遂總憲司預聞刋鼎獻歲刑書既應懸法上春木鐸方須徇人但年髮巳秋性靈久竭嘉石肺石無以測量舌端筆端唯知繁擁乖展一月遂涉兩年傾首東瞻山河千里風塵未盡霜露沾衣仰願珍宜以爲身寶謹啓

上門下裴相公啓　劉禹錫

其啓嚮（集作曩）者淮右逋誅即戎歲久天子齋戒以命元臣登壇之日上略前定從九天而下縱以神兵分六符之光拂（集作掃）其長彗授鉞於西顥之半策勲於北陸之初功成偃節復執大柄君臣相遇播于樂章山河啓封載在盟府上方注意人益具瞻因魚水之叶符極夔龍之事業時屬四始恩覃萬方致君及物其德兩大古先俊賢所未備者我從容而保之殆非人事抑有幽贊夫異同之論我以獨見剖之文武之道我以全材統之崇高之位我以大功居之造物之權我以虚心運之然持盈之術古所難也實在陰施拯（集作及）物厚其德基以左右功庸而百禄是荷人所欣戴久而愈（集作逾）宜昔袁太尉不忍錮人而楚獄衰息一言之慶子孫丕承以今日將明之材行前修博施之義筆端膚寸澤及九垠猶夫疾耕必有滞穗其墳墮（集作墜）危厄嘗受厚恩誼盟於心要之自効常懼殷死荒服永孤願言敢因賀牋一寄丹懇顧非奇理不足以縈于沖襟然利於行者固在乎常談而卓詭孤特之言未必利於行也伏惟以愚言與賢者參之謹啓

上白相公啓　杜牧

其啓伏惟相公上佐聖主獨專魁柄封殖良善修整紀綱練群臣謹百職考功績覈名實大張公室盡閉私門盛德大功直筆實光於簡冊清節細行祝史不愧於神明天下望之爲準繩朝廷倚之爲依據畢公克勤小物周公焕發大猷邴吉陋按吏於公庭袁安不錮人於聖代衛將軍有長揖之客張子孺無謝恩之人吉甫率由舊章魏相能明故事房杜不以求備取人不以巳長格物姚梁公先有司修舊法下位各得言其志百司各得盡其才求於古人之賢皆集相公之德如以尺量刀解粉布墨畫小大銖黍丸角尖缺各盡其分皆當其任是以庶人不議鄉校無言天下欣欣若更生者自此黄髮之老待哺之子不見兵戈不離抱撫清廟之祭四夷來助蒼生之願百志皆成顒顒萬方實懸斯望其遠守僻左無因起居但採風謡亦能歌詠無任

攀戀激切之至謹啓

上宰相啓　薛逢

伏以玉燭開年金儀應曆軒律風暖羲輪馭遲草木以之萌牙禽魚以之翔泳伏以相公化弘動植道洽雍熙吹噓必自於幽深喧潤不遺於枯朽如某兀如枯木性若寒灰沐和風而莫振柯條應陽管而纔知動息伏惟相公模於心匠待以天成鼓鑄賢愚區分貴賤動用陰陽之炭開張天地之鑪量其小者則爲盎爲盂舉其重者則成鍾成鼎苟圓方式序幽陋不遺及兹發生俾遂春氣生死甚幸

上虢州崔相公啓　前人

相公河嶽鍾靈芝蘭蘊德頃因直道常中佞人阻絶九重播遷萬里無非中正發言而天地鑒知不負神明冒險而靈祇附助所以恬和自得寢膳長安雖經夷貊之畏途不爍江山之沴氣皇天眷祐於焉有徵伏惟相公道濟中興仁歸厚德即當重開鑪冶再設權衡俾器用各適圓方錙銖不失輕重天下幸甚逢此時或因陶鑄得叙宗彝佇從長養之時復覩昇平之代自相公歸官虢略尋欲附狀起居伏以縣吏卑微不敢輕肆塵黷昨者從孫薛誠過此令候方便咨達姓名瑣瑣形骸或希記憶謹啓

上崔相公罷相啓　前人

某聞川梁壅而舟檝施禾黍登而霖雨霽天地常數古今共然伏惟相公理達卷舒用明進退調陰陽以成歲受功於天執謙讓以歸仁弘道於己所謂進退唯正卷舒適時某每念庸虚嘗蒙匠化當幽滯之求振拔則且願持權在卑懇之望曆麻復稍思税駕從古難者于今見之雖范蠡登舟子房避世方之髙躅何足比肩慺慺懇誠伏望深鑒

上前鄭滑周尚書啓　前人

尚書筆綜文經機參武緯虛己應物推誠濟時澄明而識內融操剸而鋒不露在文宗時以詞藻參近密峭若孤峰在武宗時以韜略鎮藩維毅然巨防謂往無不利用皆適時今者急詔徵還開襟待見必當付以舟檝委之陶甄康濟兆人鎔範庶物天下幸甚此時或希匠化獲備圓方盜天地之大和沐唐虞之至化生死幸甚

上前易定盧尚書啓　前人

尚書文從心匠武自天機西南貞右界之師東北振中山之旅莫不皆爭死節願答深仁乃者訓撫二州折衝四境飲成德盧龍之帥盡醉禮容啖天雄橫海之師被充文教故得人知俎豆俗廢干戈嚴城夜開外户不閉遂使常山蚍陣翻成干戚之文易水劒歌變鹿鳴之奏雖去病不師吳起世祖常合伏波方之變通曾何比數佇見翱翔溫樹刷盪天池代著中興風還太古此時或將詞詠獲偶一作贊雍熙心醉堯罇神迷舜樂百生幸甚

上中書李舍人啓　前人

某啓某聞枝枯幹悴助莖葉者煙蘿棟橈梁欹能扶持者匠石是以茂盛自豐於莖葉孤危全賴於扶持若不爲枝梧則立見傾弛其因緣恩顧輒吐肺肝伏惟念以風波必垂拯濟生死幸甚某家望陵遲眇然孤藐飄流勤苦垂三十年分分自登粒粒自啄取第不因於故舊蒙知皆自於儁賢每用飲冰清心閉門守道南宮試藝三篇徒獻於九重東觀讎書七稔纔升於一邑同時流輩盡列班行獨此後時有慙先達得不況吟俛首局促哀鳴其自守一官倏成兩考惟將勤儉用免悔尤刻意撫綏纔成條貫曹無宿

寀獄罕係囚孤弱者貸之以恩豪強者繩之以法置公廨草三千束粟三百石小有供須了無率配洎徵三稅不鞭一胥公署無噎雀羅可設縣南峽口羣盜所居白晝刼人赤丸殺吏其自到縣百計方圓峽南北各置一鋪仍選有身手健兩處共置十人給與園場兼之杵臼往來應援旦夕隄防自此已還盜賊弭息其餘恢張廨宇搜抉姦欺澄清鎮軍撿轄僚吏乃至招攜户口役使人夫利物之由不可遽數昨者秋收自京迴具舍人面喚詢諸所圖上戴恩知莫能比喻其比者依投仁宇首尾三年苟非同聲未嘗接武輒將勤苦勉自進修豈假再言素應詳熟尚想鑄前即席月下譚詩偏於才儁之場曲借吹噓之便其柰驚湍暗激利觜潛傷清要班資寂寥擬議自料於家必孝於國必忠於事必勤於身必正刑于兄弟至于家邦亦何必貴擬齊栢冨侔盜跖復念誓志不識古人盟府策勳用爲已事至於亭嶂山川之險易儲蓄一作軍儲經費之有無戈鋋利便之短長戎狄土風之好尚莫不心摩意揣慮討神籌言從智符事與機會陳思王之自試不獨古人班定遠之東書焉知來者既蒙憂軫得以諮謀伏惟念以迷方指其捷路生死幸甚今所期者國庠博士赤縣子男儻蒙歷試諸難便作秦隴刺史不妨緣階取貴因劾建功事列鐏彝名光史冊生死幸甚所謂射已之鵠無信旁人苟能自審行藏不致甚費恩力伏望憫其孤立曲賜重言俾枯荑再生於青楊朽骨重肥於白日誓當觸槐全盾結草抗回生爲廝養之臣死作掃除之鬼生死幸甚生死幸甚如或責其狂妄校以尊卑躁僭之辜生死唯命伏惟俯垂仁恕幸甚不備謹啓

爲崔從事寄尚書彭城公啓　李商隱

福啓福聞雀辭楊館常懷寶篋之恩鸞別張巢永結雕梁之戀推誠況物其有類焉始者尚書晞髮丹山騰身紫府曉趨清禁則瓊樹一枝夜直皇闈則金缸二等人寰莫見塵路難逢而某志在譚窮勇於求益輒于阜隸自露菲葑實肆迴腸只期和氏醫門投足永念倉公果蒙愍彼顓愚溢爲題品勾萌始達依周囿以揚翹滴瀝纔分託靈光而振響遥輕集作經軒短羽驟化窮鱗每欲陶冶肺肝耕耘筆硯粗調宫徵以謝陽秋而義有多塗情非一槩辭煩轉野意密彌踈雖塗逭如韓遂之書反覆類集作若葛洪之紙終無髣髴可得端倪去歲洛陽獲陪良宴頻趨絳帳累坐青氈況闒懇拒台階請從藩屏舉郄超之幕畫數阮瑀之軍書懸以嘉招形於善謔何言違阻復賀光陰潼水千波巴山萬嶂接漏天之霧雨隔嶓冢之煙霜皓月圓時樹有何依之鵲悲風起處巖無不斷之猿煎嚮義之初集作孤心軫懷仁之勁氣竊惟秦鏡當察衛桃一昨伏承擁節浚郊建牙隋岸將求捧幣申好裂裳就塗接枚叟之餘光奉鄒生之末座又伏慮旋登殺夢俄奉周畋徵詔已行拜塵無及徘徊失措鬱悒誰聊必也華榻長懸簡書無廢即割任安之席堪晒無圖負田叔之鈐可嗟非據伏惟慎安寢膳勉護興居早乘信圭速調大鼎至於禱祝實倍等倫半菽思貯於神倉一勺願投於靈海道之云遠更開穀浩之函書不盡言重灑楊朱之淚攀戀感激不知所裁伏惟俯賜鑒照謹啓

上兵部相公啓　前人

商隱啓伏奉指命令書元和中太清宫寄張相公舊詩上

石者昨一日書訖伏以賦曠代之清詞貽當時之重德昔以道均稷契始染江毫今因慶襲韋平仍鐫宋石依於檜井陷彼椒牆扶持固在於神明悠久必同於天地況惟陋質（集作非陋）早預生徒仰夫子之文章曾無具體辱郎君之謙下尚遺濡翰空塵寡和之音素之入神之妙恩長感集格鈍慙深但恐涕洟終斑琬琰下情無任戰汗之至

上時相啓　前人

商隱啓暮春之初甘澤仍降既聞沾足又欲開晴實關燮和克致豐阜繁陰初合則傳說爲霖媚景將開則趙衰呈日獲依恩養定見昇平絶路左之喘牛用驚邴吉無廐中之惡馬以役任安偃仰興居唯有歌詠瞻望（集作仰）闈閾不勝肺肝謹啓

上河東公啓三首　前人

商隱啓兩日前於張評事處伏覩手筆兼評事傳指意於樂籍中賜一人以備紉補某悼傷已來光陰未幾梧桐半死方有述哀靈光獨存且兼多病眷言息胤不暇提攜或小於叔夜之男或幼於伯喈之女檢庾信荀娘之啓常有酸辛詠陶潛通子之詩每嗟漂泊所賴因依德宇馳驟府庭方思効命旌旄不敢載懷鄉土錦茵象榻石館金臺入則陪奉光塵出則揣摩鉛鈍兼之早歲志在玄門及到此都更敦夙契自安衰薄微得端倪至於南國妖姬叢臺妙妓雖有涉於篇什實不接於風流況張懿仙本自無雙曾來獨立既從上將又託英僚汲縣勤銘方依崔琰漢庭曳履猶憶鄭崇寧復河東裏飛星雲間墜（集作墮）月窺西家之宋玉恨東舍之王昌誠出恩私非所宜稱伏惟克從至願賜寢前言使國人盡保展禽酒肆不疑阮籍則恩憂之理何以加焉干冒尊嚴伏用惶灼謹啓

二

商隱啓其聞周朝貝葉列妙引於王襄梁日枳園灑芳詞於沈約必資乎鴻筆麗藻刻乎貞金翠珉然後可以充足人天發揮龍象苟其曖昧即匪莊嚴爰託亨塗夙聞妙喻雖從幕府常在道場猶恨出俗情微破邪功少二百日斷酒有謝蕭綱十一年長齋多慙王奐仰蘊東閣未歸西林近者財俸有餘津梁是念適依勝絶微復經營伏以妙法蓮華經者諸經中王最尊最勝始自童幼常所護持或公幹漳濱有時疾疹或謝安海上此日風波怳惚之間感驗非少今年於此州長平山慧義精舍經藏院特刱石壁五間金字勒上件經七卷既成勝果思託其音伏惟尚書有夫子之文章備如來之行願不逢惠遠已飛廬岳之書未見簡栖便制頭陁之頌是敢右繞三匝仰希一言庶使鵝殿增輝龍宮發色流傳沙界震動風輪報恩於蓮目果脣奪美於江毫蔡絹伏希道念特降神鋒瞻望旌幢攜持碪斧曝身布髮以俟還辭無任懇迫之至謹啓

三

商隱啓伏奉榮示伏蒙仁恩賜撰金字法華經記一首正冠薦笏跪捧伏讀聽儀鳳之簫管秖恐曲終對仙客之碁枰仍憂路盡欣榮羡慕造次失常昨者爰託翠珉將翻貝夾方資護念粗冀標題換骨唯望於一丸痾身止求於半偈豈謂尚書載持夢筆仰拂文星入不二法門住第一義諦儒童菩薩始作仲尼金粟如來方爲摩詰鋪舒於無上藻輝於至真而又以七喻之微較五常之要脗然合契永矣同塗既令弟子言詩又與聲聞受（集作授）記一佛出世萬

人所望不知羼微何以負荷便當刻之鳥篆置彼龍宫此則吹之以宋玉之風照之以謝莊之月彼則傳之於赤疑䟽主示之於白足禪師然後負篋趨門前芻入廐以鈐奴爲勸歡集作支與車御爲良朋冀必從公以謝嘉命過此而往不知所圖下情無任距躍感激歡喜信受之至謹啓

端午日上所知劒啓　前人

商隱啓五金鑄衛形威邪神劒一口銀裝𣾰鞘紫錦囊盛右傳自道流頗全古製未遇良工之鑒甞爲下客所彈龍藻雖繁鵜膏稍薄敢因五日仰續千齡夙王玦於君侯擬象環於夫子所冀更掌千灌重許三鄉一作卿國使武士讓鋒佞臣喪魄無荆王之遇敵手以麾城有漢相之策勲腰而上殿嘉辰祝願平日禱祠伏惟恩憐特賜容納謹啓

端午日上所知衣服啓　前人

商隱啓右件衣服等弄杼多疎紉針未至逸李固之奇表累王衍之神鋒敢恃深恩竊陳善祝伏願永延松壽常慶𥻘賓遠比趙公三十四歲年集作當國近同郭令二十四考中書肝膈所藏神明是聽仰塵尊重實用兢惶

文苑英華卷第六百六十五

登仕郎胡　柯　鄉貢進士彭　叔夏　校正

文苑英華卷第六百六十六　啓十六

雜啓下

上蕭舍人啓　温庭筠

某啓某聞周公當國東伐淮夷陸抗持權北臨江漢或陳師鞠旅或築室反耕然後王府圖功台庭陟恪猶垂壯烈尚播雄圖屬者邊塞失和羌豪𢘆擾煙塵驟起烽燧相連犬牙秦雍之疆蠆尾河汾之地雖登壇授鉞屢選中權而禁暴安人殊無上策相公手揖相印腰佩兵符威不搴旗信惟盈缶莫不周勤體物嘔喻垂仁足食足兵儀成於富庶唯風及雨立致於生成今者再振萬機重宣五教方從易簡及表優崇凡列陶鎔咸增抃賀從此鑄彝著德鍾鼎流芳四海遐瞻共卜歸還之兆一陽初建便當霖雨之期某忝預恩知實踰倫等

爲前邕府段大夫上宰相啓　前人

某聞欒氏垂恩延於十世屈生罹譴不過三年雖行一切之科宜聽九刑之訴某謬因門廕獲忝朝私雖位以恩遷而官由政舉累經重事皆立微勞頃年初忝邕南頗常釐弊事皆條奏不敢曠官冰蘖自居膏腴不染南蠻𢘆擾邊

徵先聞始事詳觀飛章備述黃伯選根基深固溪洞酋豪準詔懷來署之軍職李蒙妄因非罪忽使誅鋤某離任之初濫稱遺愛伍營校隊千里農商叫譟盈途牽留截鐙爰從初任以至罷還不戮一夫聞於衆聽其後既經焚蕩又遣統臨糠籺不充萑蓬自覆曾無禄賜唯抱憂危至無尺絹貫緡以為歸費及蒙罪狀煥在絲綸以為徒黍官常曾無制置且經營甫爾物力未周拜疏將行替人俄至仰恩波而不浹駐官局以何由懦怯請兵才非將帥今者九州銜發萬旅喧騰憑賊請鋒已至城下則以三千土著衆寡何如兩任經年曾無掩襲雖有煙塵之候不踰朝貢之州無勞北軍已自抽退伏念至德建中之際長蛇大豕之間願報國恩盡靡（一作糜）家族松楸未拱帶礪猶存顧慚無用之軀旋漏不私之貸僑居乞食蓬轉萍飄生作窮人死為羞（一作醜）鬼伏惟相公業開伊呂朗鏡臨人運值堯湯平衡宰物伏乞録其勳舊假以生成免令家廟豐碑尚垂蟲篆私庭陋巷長設雀羅戀闕傷魂臨途結歎無任懇迫[redacted]

上崔大夫啓　前人

伏承已踐埋輪光膺弄印夙承知遇欣賀伏深大夫二十三兄銑社光輝珠庭宅慶居方可裕秉直無徒誠宜便捨珪符來調鼎鼐而乃芝田挺秀不許於三農蕙畝流芳寧同於百卉伏想嵇山靈爽鏡水澄明仰止尊高居然勝絕隱貧居而坐聞絲管謂仙家而行有旌旗竊料已飾廉車行離郡界高風在律爽氣盈軒未窮臯壤之秋已領江山之秀瞻望恩顧攀結倍深

未召試先與奉常啓　張玄晏

某啓某人惟冗末地匪清華異前修稽古之勤乏往彥求已之志偶塵科級旋履官途甘蒙碌碌之嗤實愧堂堂之稱唯思勇退秪欲自強孰謂僕射念及孤沉獎茲顓僻遇孔梨之津潤別借齒牙因姜被之包容俯明肝膈昨日晚面承尊旨曲奉溫言直欲拔自塵泥置之霄漢恩既生於望外喜載溢於情衷況憫恤垂仁念惜薰至假毛羽而使之騫翥迴鞭策而俾學騰驤盡自生成益隆丘嶽但慮藝無所取才不足稱仰累埏鎔或孤擡舉誓節永依於門館疇恩冀盡於死生苟違斯言是欺皦日

未召試先與孫相公啓　前人

某啓某昨日早趨崇屛面奉弘慈承許與之恩言荷提拔之隆旨循涯自失沒齒知歸某孤拙無媒迂疎寡合且乏幹時之具仍慙悅世之機一忝班行八移年曆內絕遭逢之望分無騫翥之期伏以某官光輔丕圖啓迪昌運當此艱危之際克展經綸之才孰謂膚虛亟塵褒採況丹霄侍從清籞遨游畀資枚馬之流以闡堯湯之化顧茲孱薄詎稱論思倍懷感激之心冀竭効酬之節但以鉛刀鈍質不可廁於龍泉瓦缶凡姿固難齊於神鼎雖感恩而載切實顧已以難勝

上承旨崔侍郎啓　前人

某啓某才非敏達器異閎深乏百函飛翰之能虧九紙課詩之業植操虛陵於霜雪干時未脫於塵埃自忝班行尋踰涯分豈謂承旨侍郎念茲單拙憫及堙沉寄迴吹借之隆私顯示摯維之重德今日早面承尊旨曲奉恩言必欲拔自泥沙置之霄漢擇千里驊騮之足未棄駑駘合九成韶護之音不遺浥濫感深泣下喜過悲來但慮不稱彫鎪實慮有孤提拔循涯揣分感德慙恩之至

先與丞郎啓　前人

某啓某伏思借其毛羽則鎩翮者能飛皷以笙簧則無心者知感輙陳引喻仰謝吹噓其濮上庸音墻間賤品植操但期於霜雪趨時未脫於塵埃徒激攀棲難希奬勵近者伏見宮相楊侍郎右司趙員外奉揚尊旨竊話旦言伏審侍郎學士俯録鯫微奬稱孱薄指其迂拙謂以自修假鉛紅於蕞陋之姿迴剞劂於離奇之木感深泣下喜過悲來

答魏博羅太尉啓　羅袞

袞啓都衙侯司徒到京伏奉寵誨卑情無任欣躍兢戴之至伏以太尉二十二叔國步縈心藩條繫慮籌筭方毅於大者緘封宜略於小哉況袞再從宗盟至爲卑末庶僚品秩仍是瑣微乃蒙掛在風襟形於賜問奬飾用光其曖昧慰安將勵其辛勤蓬島音書異術靡勞於方士戴山翰墨真蹤遽覩於羲獻之捧且不勝喜難自定亦復載窺隆旨深省賤軀豈叔父私恩偏存睦族豈王侯公道廣及懷才蓋以太尉二十二叔學擅鴻儒詞摛麗藻臨戎按節全忘掌武之尊握牘含毫但記爲文之客得不終身永佩拭目頻觀祕之若三皇內文寶之如歷代傳璽言慙善對謝宗哲以何因義貴能酬銘已知而莫極榮荷惶灼不任下情

至襄州寄江陵啓　前人

袞啓伏念昨將蓬蔕久寓棠陰德隆於雲夢之山惠浸於瞿塘之水已於荊聶備講恩憐豈向春陵徒陳主客伏以令公雄才不世茂績無倫威揚戎閫之先仁洽士林之表頃以竿旄纂國漂流幸許其棲簷今則羽衛還宫資遺又令其赴闕斯可謂事關舒慘恩拯始終其往也異彈鋏以求車其去也免吹篪而乞食遂使仲宣遭亂休假日以登樓明遠還都得侵星而赴路力非可報感豈勝言倏爾辭違漸成遐阻出荊門而迴首詎見麾幢渡漢水以盟心唯懷金石以今月十九日發襄州邐迤北去攀涕結戀不任下情謹附狀啓陳伏惟俯賜鑒察

謝刑部蕭郎中啓　羅隱

某啓某伏以內揣荒蕪早乖投獻近者某官曲傳尊旨伏蒙郎中賜及卷紙令寫近詩捧對憂榮莫知所處某利非楚鐵鈍甚燕錐漢落危根低摧壯節藏豹之功夫不至屠龍之事業愈疎爰自南國辭耕東堂奉貢劍迷船畔膠在柱間靡旗而何啻再奔繞樹而豈唯三匝所以騷人避熱不忘吹虀玄客求聞長憂蓄醬姑息於輿臺之類殷勤於閽侍之徒而猶往往拒關時時毀櫝豈謂郎中俯軫吾道欲堰頹波不憚客嘲先從隗始寓劉藤而下授指巴句以旁徵榮異當年事殊近俗而況風流漸泯翰墨難言別路萬般中堂千里雖欲壞扆郷之履屩一作詎肯動心哭羊陟之門何嘗留意復安有對紛華而輟玩叩寂寞以搜遺因使斯文亦歸清鑒揣厚旨而時猶可待荷殊私而力欲不任寧唯玄晏吟時空增紙價兼冀武卿窺後免遂灰寒謹啓

謝屯田全郎中啓　前人

某啓某揣摩不至蹇剝無圖爰自畫虎貽譏掇蜩逞傴輒軻於風塵之際流離於灰琯之間雖瀝膽隳肝竟將誰訴而煎皮敖髮終不自醫已甘與物沉浮隨波上下今月某日見某官伏知郎中玉壺委鑒金口開譚驅雲於道士梁間校籍於真官筆下欲使餘杭美酒必醉蔡經崑崙仙桃先露曼倩承吉兆而心神駭越對嘉音而涕泗縱橫某散拙非才牽纏失計通衢十二惟弊黑貂故里三千但勞黃

耳欲索身而莫可將問路而愈迷若非郎中暖律旁吹和風外扇擢之於枯荄之側致之於芳英之中則蝶舞鶯啼空緘永恨春來秋去便過此生謹啓

辭宣武鄭尚書啓　前人

某啓某聞鄭司農之東去絳紗感深吾道謝記室之西辭朱邸戀切所知雖定名之分則殊而懷德之心不異某有栖羸樂廄養病醫門海鸞辭巢即摧萍影林鳥繞樹忽軫蓬心又安得下棄席於詩人感崩波於行客某也風塵下物天地中材光逸門寒無因自進楊雄口吃徒欲解嘲屬者尚書罝驛恩寬躬風志大孔文舉之干元禮既忝登門徐孺子之謁陳蕃俄蒙下榻淹延館宇荏苒春秋稻粱有異於他人觴豆時陪於上客那言此際遽愴離聲背重德於丘山揖紅塵於道路緬懷今日杳不勝情加以貢部傷

心名場落羽獸因鬬困羊以多亡前瞻既倦於吹虀內顧徒悲於求劒昔也來慙賦雪謬稱梁苑之游今則去類乞師已抱秦庭之哭倚征輪而悵望指斷梗以衷猶尚書儻或仙客壺中旁均日月山公啓事別借篇題無令一葉先秋遂對蒲堂垂泣捨此丹須九轉桃指千年天也如何時乎不再謹啓

謝湖南于常侍啓　前人

某啓某今月十九日已至界首迴望旌棨涕泗不任某莊櫟龘踈庸膏昏鈍不能量力嘗欲于名隨貢部以恓惶將鄉十上看時人之顏色豈止一朝進則刺滅許都退則歌終漢壘地雖至廣人莫相容遏執囊以無由假鄰光而不得常侍獨於此際降以深仁奏仇覽之官資近陳遵之尺牘福因無妄榮亦何酬近者以江表歲飢吳中力困旨甘既闕晨夕繫懷常侍不顧人言將逾事例給使府留州之物代衡陽計歲之資俾以東歸救其恓（一作栖）旅蔡澤北游之日鉼甑不存陸生南返之年橐裝皆滿聊將自街粗可諱窮但以感切違梁情深去魯辭晝戟而心猶似醉上孤舟而淚始如流蓋以非故舊之由緣無強近之慰薦祇因獎善便與致身如某之孤賤者則多似某之遭逢者則少以茲自誓安可暫忘今則尚有迴期猶寬旅思石尤風定橋口浪衰展（一作屏）片席以高飛指重湖而直過地名北渚長牽楚客之心水到東吳敢忘湘波（一作江）之色謹啓

謝江都鄭長官啓　前人

長官鑊筆才清操驪價重因循世態放蕩官游劇譚以雞肋況時偶對以馬曹當職而自黃塵北犯翠輦南巡張掾投（一作抽）簪雖離齊邸陶公染翰本慟晉朝於半郊半郭之中

有一詠一觴之趣爲謀甚逸所得何多芳草遠山纔供掇拾晴陽媚景別受指撝登臨則光祿寒山悲歎則雍丘明月憑何徑隧達此津涯某海曲迷聲壽陵忘步虵虛畫足鵠不中心將風霜委地之姿值兵革滔天之日正平刺滅屢窘輿臺叔夜燈殘頻逢鬼魅梁苑之舊游永已鄴都之作者寂然豈謂長官獨好斯文仍流散地牙絃久絕秦缶增慚那言吾道陵持（疑作遲）猶見騷人風骨牽牛不暇希驥莫從輒敢効彼蠅頭騰於魚網保持所切已高黃絹之名傳寫可知旋長烏絲之價謹啓

謝徐學士啓　顧雲

某啓某聞隨珠暗投路人興忿荆玉三獻明主懷疑非至珎之有類有瑕亦明鑒之難逢難遇況某樵歌俗韻牛鐸凡聲雖委巷末途時聞中律而曲卑調下難感知音泊

儒術中微，時文稍變，原玉之風流漸遠，淵雲之事業攸歸。亦常悵望危津，濤淺阮路，斂毫興感，掩卷長嗟。今也河薦綠圖，山張翠檢，開張網罟，漁獵英髦，周渭商一作殷嚴皆辭鈞築，抱關負鼎盡掛簪裾，必有賢人出扶聖教。歷詢時論，實屬高才。伏惟學士瑶圖呈祥，尼丘降瑞，名題仙署，足躡瀛州，東皙臺前閒披碧簡，秦王府裏時閱瑶籤，徐觀動息之蹤，已積鈞鎔之望。某所以携持陋唱，塵玷朱門，駭愕未遑，軒車忽至，俯留榮誨，下獎微才。拜啓琅函，跪吟華藻，笙簧滿耳，雕煥盈眸。某嘗徧閱縑緗，旁徵故實，亦聞先達時接後來，遠則沈隱侯之獎何伯言，纔聞發論；近則韓文公之知李長吉，始議及門。未有曲示恩私，顯留翰墨。才微往彥，遇倍昔時，仰戴恩榮，已增銘篆。謹當卷之龍軸，飾以錦帙，置在書囊，永為家寶。

代新及第人謝鹽鐵使啓　前人

某學慙辯豹，業媿藏螢，且乏智囊，況無經笥。雖冰盤凍筆，素所牽懷，而長笛短簫，亦嘗關慮。豈謂攻堅少益，雕朽難能，劉子駿之醬瓿屢蒙相誚，陸士衡之酒甕每沐見嘲。內揣龍鍾，深甘棄置。去年因收敗卒，決戰文場，奮藻儒林，爭衡筆陣。方憂殿騎，忽擢丙科，姓名遽接於英髦，骨肉初違於凍餒。懷仁空極，欲報無由，徒銘效死之心，未得殺身之地。近見其官説，竊知侍郎以沉淪軫念，汲引關懷，欲廣薦衡，遂先始隗。託使變商為角，化慘成舒，備雅奏於文絃，偃和光於暖谷。遐沾厚惠，咸出深仁。今也周渭告祥，殷嚴叶夢，前籌待運，鑄鼎思調。明主系心，蒼生企踵。其幸將微眇預託鈞衡，願居擁篲之先，獲廁掃門之末。庶因灰粉，少借毫芒。下情無任。

文苑英華卷第六百六十六　登仕郎胡柯　鄉貢進士彭叔夏　校正